HEYNE <

Das Buch

Eigentlich wollte sich Sparkplug bei Doktor E. R. nur eine neue Headware implantieren lassen, doch als er aus der Narkose erwacht, liegen der Straßendoc und seine hübsche Assistentin in einer Blutlache am Boden. Rasch wird Sparkplug klar, dass man ihm das Verbrechen anhängen will, und so taucht er in den Barrens von Seattle unter. Aber nicht nur Cops, sondern auch mächtige Konzerne sind ihm auf den Fersen. Um seine Unschuld zu beweisen, macht sich Sparkplug auf die Suche nach den Mördern. Wer war der Doc in Wirklichkeit, und wer hatte ein Interesse daran, ihn zu ermorden? Bald stellt sich heraus, dass E. R. Sparkplug den Prototyp einer neuen und revolutionären Waffe in den Schädel eingebaut hat – und die Spur führt zu einem geheimen Konzernlabor in Deutschland …

»Schattenjäger« versammelt die drei faszinierenden Shadowrun-Romane »TAKC 3000«, »Gottes Engel« und »Aeternitas« von Bestseller-Autor Markus Heitz erstmals in einem Band.

Der Autor

Markus Heitz wurde 1971 in Homburg geboren, studierte an der Universität des Saarlands, arbeitete lange Jahre als Journalist und ist heute einer der erfolgreichsten deutschen Phantastik-Autoren. Seine Romane »Die Zwerge«, »Der Krieg der Zwerge« und »Die Rache der Zwerge« sowie der zuletzt erschienene »Ritus« standen monatelang auf den Bestsellerlisten.

MARKUS HEITZ

SCHATTEN-JÄGER

WILHELM HEYNE VERLAG
MÜNCHEN

FSC
Mix
Produktgruppe aus vorbildlich
bewirtschafteten Wäldern und
anderen kontrollierten Herkünften

Zert.-Nr. SGS-COC-1940
www.fsc.org

Verlagsgruppe Random House FSC-DEU-0100
Das für dieses Buch verwendete FSC-zertifizierte Papier
München Super liefert Mochenwangen.

5. Auflage
Taschenbuchausgabe 6/06
Redaktion: Ralf Oliver Dürr

www.heyne.de
Printed in Germany 2007
Umschlaggestaltung: Nele Schütz Design, München
Satz: C. Schaber Datentechnik, Wels
Druck und Bindung: GGP Media GmbH, Pößneck

ISBN: 978-3-453-52207-7

ERSTES BUCH

TAKC 3000

I.

Seattle, Redmond Barrens, 21. 07. 2057 AD, 7.25 Uhr

»Wenn du diesmal nicht die Nuyen beisammen hast, reiße ich dir so viel Cyberdrek aus deinem dürren Elfenkörper, bis die Finanzen stimmen«, drohte Doktor E.R. und fuchtelte mit einem Laserskalpell vor dem Gesicht seines Kunden herum. Dann tauchte er nach links außerhalb des Gesichtsfelds des Metamenschen und kramte geräuschvoll in seinen medizinischen Werkzeugen.

Sparkplug grinste und beobachtete den Straßendoktor mit den grau melierten Haaren und der altmodischen Nickelbrille bei den Vorbereitungen.

»Da wirst du nicht viel Glück haben, Doc.« Er ließ die Beine rechts und links von der Liege baumeln, auf der er es sich bequem gemacht hatte. »Ich habe nicht viel von diesem Zeug in mir. Jedenfalls nichts Wertvolles. Außerdem bekommst du bereits die alte Fahrzeugsteuereinrichtung.« Der Rigger atmete tief ein. »Ah, ich liebe den Geruch von Formaldehyd und Desinfektionsmitteln. Es hat so was ...« Er zögerte kurz. »... Unwiderstehliches.«

Der Straßendoktor hob die Augenbrauen. Die Brille rutschte ein wenig nach vorne und hing gefährlich wankend auf der Nasenspitze. »Unwiderstehlich? Junge, hast du einen Kabelbrand in deinem Encephalon gehabt? Was, bitte schön, findest du daran unwiderstehlich?« Mit einem Knopfdruck aktivierte er ein elektronisches Beatmungsgerät und startete die Selbstdiagnose.

»Das Gefühl, kotzen zu müssen«, sagte der Elf lachend und richtete sich auf. »Lieber rieche ich ranziges

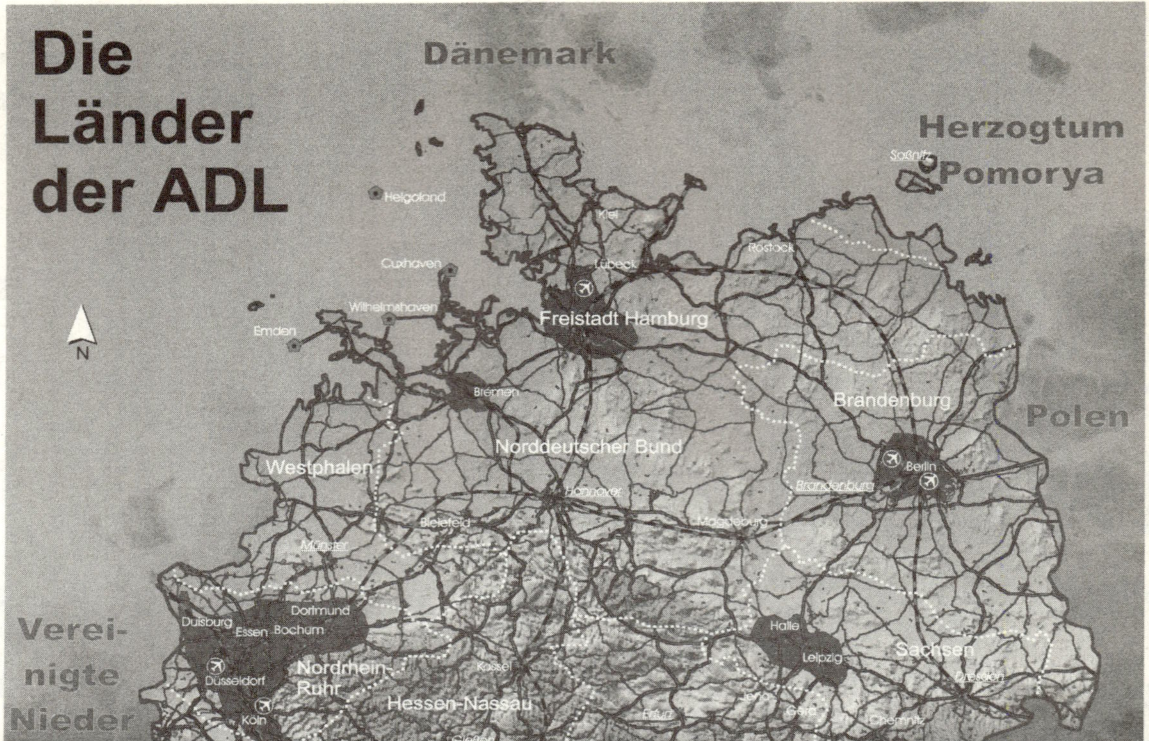

Die Länder der ADL
N
Dänemark
Herzogtum Pomorya
Saßnitz
Helgoland
Kiel
Cuxhaven
Lübeck
Rostock
Wilhelmshaven
Emden
Freistadt Hamburg
Bremen
Brandenburg
Polen
Norddeutscher Bund
Westphalen
Berlin
Brandenburg
Hannover
Bielefeld
Magdeburg
Münster
Dortmund
Duisburg
Essen
Bochum
Halle
Verei-
nigte
Nieder
Sachsen
Düsseldorf
Nordrhein-Ruhr
Kassel
Leipzig
Dresden
Hessen-Nassau
Köln
Erfurt
Jena
Gera
Chemnitz

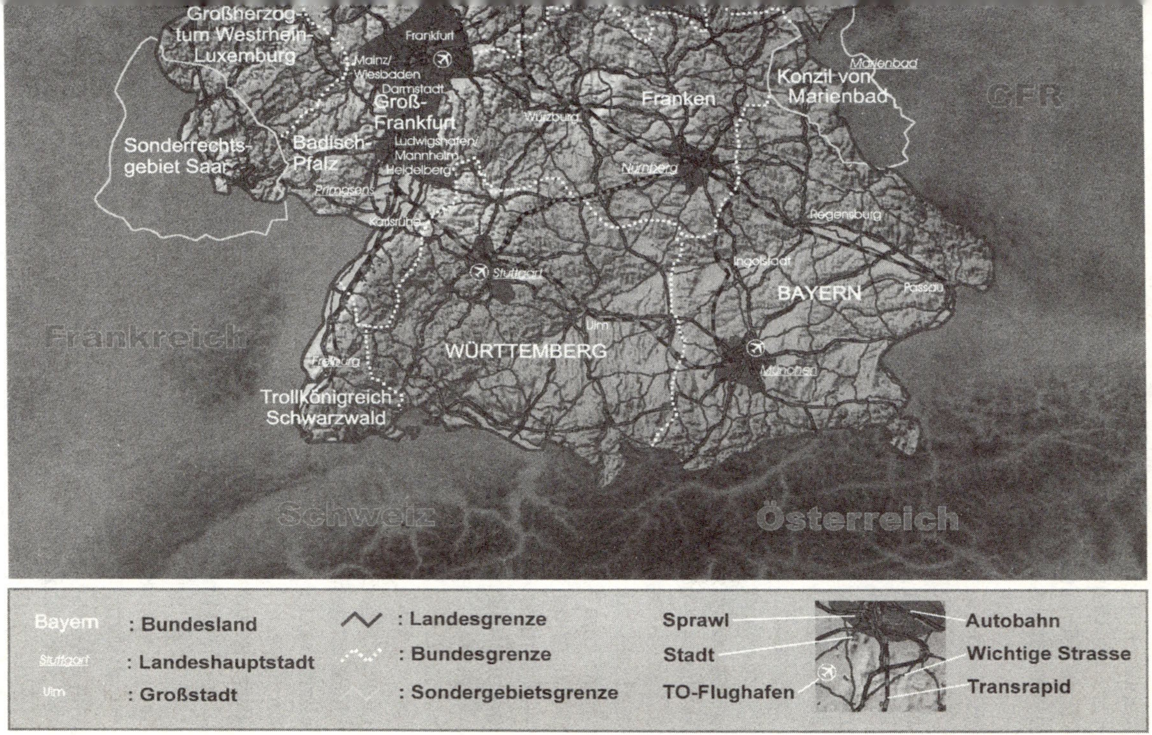
Großherzog-
tum Westrhein-
Luxemburg
Frankfurt
Mainz/
Wiesbaden
Darmstadt
Groß-
Frankfurt
Ludwigshafen/
Mannheim
Heidelberg
Sonderrechts-
gebiet Saar
Badisch-
Pfalz
Primasens
Karlsruhe
Würzburg
Franken
Nürnberg
Marienbad
Konzil von
Marienbad
GFR
Regensburg
Ingolstadt
BAYERN
Passau
Stuttgart
Ulm
WÜRTTEMBERG
München
Frankreich
Freiburg
Trollkönigreich
Schwarzwald
Schweiz
Österreich
Bayern : Bundesland
Stuttgart : Landeshauptstadt
Ulm : Großstadt
: Landesgrenze
: Bundesgrenze
: Sondergebietsgrenze
Sprawl
Stadt
TO-Flughafen
Autobahn
Wichtige Strasse
Transrapid

Motorenöl als das hier.« Er nahm ein metallisch funkelndes Werkzeug vom Stahltablett, das seitlich neben dem Tisch stand, und hielt es prüfend unter das Licht. »Was ist das denn?«

Der Mediziner fuhr herum, kniff die Augen zusammen und schnappte danach. »Finger weg, Sparkplug! Das ist eine Klammer. Drek, jetzt kann ich sie wieder sterilisieren. Das nächste Mal bringe ich meinen Wagen in deine Garage, und dann krame die ganze Zeit ich deinem Krempel herum, während du den Motor reparierst.« Er warf die Klammer achtlos in ein Becken mit grünlicher Flüssigkeit. »Schauen wir mal, was der Herr Homo sapiens nobilis alles in seinem hübschen Metamenschenkörper trägt. Du kannst den Oberkörper schon mal freimachen, wir fangen gleich an.«

Der Elf streifte sich die Jeansjacke, den Pullover und das kugelsichere T-Shirt ab, während er den Blick durch den Raum schweifen ließ.

Die Praxis am Anfang der Redmond Barrens war wie immer penibel aufgeräumt. Keine Kabel hingen unordentlich herum, keine Blutspritzer klebten an den Wänden, der Boden präsentierte sich im wahrsten Sinne des Wortes klinisch rein. Sorgsam angeordnet lagen die chirurgischen Werkzeuge auf den Stahltabletts, Computeranschlüsse ragten griffbereit aus den Halterungen, und über allem hing dieser beruhigende Glanz von Sauberkeit. Diese Gewissenhaftigkeit sprach für Doc E. R., bei dem Sparkplug seit einem Jahr ein guter Kunde war.

Hier könnte man glatt picknicken, dachte er.

Sein Schieber hatte ihn auf den Mediziner aufmerksam gemacht, der im Gegensatz zu den meisten anderen in den Barrens keinen Liefervertrag mit einer Körperbank oder einem Versuchslabor abschließen wollte – das schien dem Rigger irgendwie vertrauenerweckend. Außerdem war er noch nie in seiner ganzen

Schattenläuferkarriere einem handwerklich so begabten Chirurgen begegnet, der dabei ganz auf Talentsoftware verzichtete. Das Einzige, was sich der Mann gegönnt hatte, waren ein paar Cyberaugen mit speziellen Einstellungen und Vergrößerungsoptionen, die Operationen erleichterten, sowie eine Datenbuchse, über die er alle Daten seiner Patienten während des Eingriffs kontrollierte.

Sparkplug hatte den Mediziner schon häufig zu überreden versucht, endlich die überflüssige Brille abzulegen, aber diese Gewohnheit wollte der gerüchteumwitterte Mann nicht aufgeben. Angeblich, so erzählte man sich auf der Straße, hatte sich Doc E. R. mit einem großen Tier aus der Kybernetikabteilung von Fuchi angelegt und auf seltsame Weise seine Approbation verloren.

Anfangs, das wusste der Rigger noch sehr gut, wirkte der kleine, schlaksige Mann etwas hilflos in den Barrens, aber er gewöhnte sich recht schnell an das Leben zwischen allen Fronten, und seine Ausdrucksweise klang inzwischen fast, als hätte er schon immer hier gelebt. Sein Ruf bei den anderen Schattenläufern war erstklassig.

»Die Haare müssen noch ab, oder?« Der Elf kratzte sich am Kopf und fuhr sich durch die ohnehin kurzen Reste. »Dabei waren sie gerade so schön nachgewachsen.«

Die Tür des OP öffnete sich, und Schwester Tiara kam herein.

»Aha, der verrückte Elf ist wieder da«, begrüßte sie ihn. »Hätte ich das gewusst, wäre ich heute nach Downtown gefahren.« Die hoch gewachsene Arzthelferin mit den tiefblauen Augen und den schwarzen Haaren lächelte. »Schön, dich zu sehen.«

»Die Freude ist ganz auf meiner Seite, Tiara.« Er deutete einen Handkuss an.

»Du ziehst dir zu viel von diesem Rittertrid-Drek rein, den sie nachts senden«, grummelte Doc E. R. »Und du, hör auf, den Typen zu verwöhnen, und mach ihm eine Glatze. Der Strom scheint gerade konstant zu sein, also die besten Voraussetzungen für den Eingriff.«

»Ich hoffe, du weißt, wie die Jungs dich auf der Straße nennen, oder?«, fragte der Rigger unschuldig, während Tiara ihm den Kopf einschäumte und die Haarsträhnen mit dem Rasierer abschnitt.

Der Doc schloss Kabel der unterschiedlichsten Geräte zusammen und schaltete nach und nach Monitore hinzu, bis der ganze OP voller piepsender und pfeifender Bildschirme war.

»Ich vermute mal, Genie oder Virtuose. Oder vielleicht sogar Halbgott?« Er stöpselte sich ein und checkte die Anzeigen.

»Nein – Doc Deb.« Sparkplug zog einen Stecker heraus, worauf ein ohrenbetäubendes Heulen einsetzte. »Das ist die Abkürzung für Debrifilator.«

Die Schwester kicherte.

»Sehr komisch.« Der Mediziner entfernte den Anschluss, zog die Latexhandschuhe an und entnahm eine Kanüle aus der sterilen Verpackung.

Elegant und fast ohne spürbares Pieksen setzte er dem Elf die dicke Nadel in den Unterarm, befestigte den Infusionsschlauch und schloss einen Beutel mit klarer Flüssigkeit an das Kanülenende an.

»Ich werde es richtig genießen, wenn du gleich einschläfst. Und jetzt gib der Schwester deinen Credstab, damit sie mir die Kohle abbucht.«

»Vor der OP?« Sparkplug wollte aufbegehren. Tiara entfernte die Rasierschaumreste und besprühte die Kopfhaut mit Desinfektionsmittel. »Fragg, das brennt! Was ist das? Salzsäure?« Der Rigger kramte den Stab aus der Tasche und reichte ihn der Arzthelferin.

»Keine Angst. Es ist nur ein Routineeingriff. Tja, mal

sehen.« Der Doc schaute über Tiaras Schulter auf den elektronischen Prüfer. »Da sind 60 000 Nuyen drauf, und für deine Steuereinrichtung gebe ich dir«, er wackelte mit der Hand, »sagen wir 8 000 Nuyen. Das neue Spielzeug kostet dich aber, inklusive Betreuung durch mich und Schwester Tiara, rund 100 000 Nuyen. Da bleibt eine beachtliche Differenz, Sparkplug.«

Der Elf seufzte. »Also gut. Mach mir einen Vorschlag, Doc.«

Tiara befestigte Überwachungsdioden an seinem weißen, dünnen Körper. Die Monitore zeigten kurz darauf seine Vitalwerte.

»Als dein Arzt muss ich dir sagen, dass mit der neuen Steuereinrichtung die Solidität deines Nervensystems, praktisch der komplette Einklang von Körper und Geist gefährdet wird, wenn ich mir deine Implantatesammlung so ansehe.« E. R. hielt dem Rigger seine Akte unter die Nase. »Du hast ein Smartlink der Stufe 2, Cyberaugen und eine Funkanlage, dass du bis nach Alaska telefonieren könntest. Was ich damit sagen will: Bei der nächsten Steuereinrichtung muss ich dir einiges aus dem Kopf reißen, sonst bist du zum letzten Mal Auto gefahren, Chummer. Nur damit du das weißt.« Er drückte den Rigger auf den OP-Tisch und zog eine Spritze auf. »Aber du hast Glück, ich mache demnächst ein verdammt gutes Geschäft mit einem Sararimann. Ich werde dir einen Kredit einräumen, obwohl ich mir vorgenommen hatte, so etwas bei einem Schattenläufer nie wieder zu tun. Die meisten leben nicht lange genug, um mich zu bezahlen, aber bei dir mache ich der Freundschaft wegen eine Ausnahme.« Der Doc setzte die Spritze an den seitlichen Infusionseingang und drückte die Flüssigkeit in den Kanal. »Und wegen des lebenslänglichen Chauffeurdienstes, den du mir zugestehen wirst.«

»Sagen wir, ein Jahr freie Fahrt und kostenloser

Fahrzeugcheck bei meiner Lieblingsmechanikerin, einverstanden?«, feilschte Sparkplug schläfrig.

»Ich hoffe, Twing weiß das?« Der Doc grinste. »Einverstanden. Und nun süße Träume, Chummer.«

Der Elf sah noch Tiaras Lächeln. Dann driftete sein Geist davon.

Sparkplug erwachte langsam aus der Narkose, und das Geräusch, das er trotz seiner benebelten Sinne hörte, ließ ihm das Blut in den Adern gefrieren: Der Kardialmonitor, der seine Lebenszeichen kontrollierte, produzierte einen lang gezogenen Warnton.

»He, Doc«, rief der Elf schwach. Aus seiner linken Hand löste sich etwas und fiel klirrend zu Boden. »Ich glaube, ich sterbe gerade. Tu was!«

Sein Kopf schmerzte fürchterlich, und sein viel zu schneller Puls rauschte laut in seinen Gehörgängen. Die künstlichen Augen verweigerten jeden Dienst und lieferten nur Schwärze an das Gehirn.

Das Pfeifen, das seinen Tod verkündete, blieb.

Den Tod hätte ich mir irgendwie anders vorgestellt. Sparkplug beschloss, ruhig liegen zu bleiben und auf Hilfe zu warten, während er in Gedanken die Höhepunkte seines Lebens durchging.

Die Glanzlichter seines Daseins waren jedoch schnell vorübergezogen. Nach knapp dreißig Sekunden fühlte er sich nicht wesentlich anders, obwohl das Gerät immer noch Herzstillstand verkündete. *Was ist das für ein Mist?*

»Verdammt, Doc«, versuchte er sein Glück erneut. »Die Maschine ist im Eimer und geht mir tierisch auf die Nerven. Ich bin nicht tot.«

Im Raum blieb alles still.

Dem Rigger dämmerte allmählich, dass irgendetwas nicht stimmte.

Doc E. R. war ein Pedant, und wenn einem seiner Patienten das Ableben drohte, pflegte er nicht im Warteraum zu sitzen und Kaffee zu trinken. *Er wird am Ende nicht doch einen Vertrag mit einer Körperbank abgeschlossen haben? Oder ist das vielleicht ein Wake-up-Joke des medizinischen Meisters?*

»Ich habe keine Lust mehr«, nörgelte er nach einer Weile. »Ich bezahle eine Menge Creds für guten Service, und dazu gehört mit Sicherheit nicht dieser Dauertest für Trommelfelle.«

Er sah immer noch nichts, und das dumpfe, schmerzhafte Gefühl in seinem Kopf verstärkte sich. Offensichtlich ließ die Wirkung der schmerzhemmenden Mittel nach.

Dafür meldete sich kurzfristig die Narkose zurück, und der Elf versank in einen Halbschlaf, aus dem er nach einer unbestimmten Zeit erwachte, stürmisch begrüßt von dem immer noch jaulenden Kardialmonitor.

Jetzt habe ich die Schnauze aber voll. Sparkplug tastete nach den Kabeln und riss daran.

Seitlich neben ihm knirschte es, dann kippte etwas dröhnend zu Boden. Das Pfeifen verstummte kläglich. *Selber schuld.*

Vorsichtig fuhr er mit den Händen die Liege entlang und stellte verwundert fest, dass er immer noch auf dem OP-Tisch lag.

Spätestens jetzt wusste der Rigger, dass etwas schief gelaufen war. Normalerweise kam der Patient im Aufwachraum zu sich.

Er konzentrierte sich auf die Geräusche der Umgebung, aber es war alles still.

Prüfend sog er die Luft ein und glaubte den Hauch von einem ihm unbekannten Aftershave zu riechen. *Seit wann stinkt es im OP nach Rasierwasser?* Er versuchte, sich so vorsichtig wie möglich aufzusetzen.

Der dumpfe Schmerz in seinem Schädel wurde zu einem heißen Lavastrom, der Magma durch alle Zellen seines Körpers jagte.

Sparkplug schrie auf, sank zurück, verlor dabei das Gleichgewicht und fiel seitlich vom Tisch.

Zu seiner Überraschung landete er einigermaßen weich. Trotzdem blieb er einige Minuten benommen liegen, und er spürte, wie ihm Blut aus der Nase lief.

Allmählich registrierte er, dass er auf einem Menschen aufgekommen war. Mit zitternden Händen tastete er den Liegenden ab.

»Doc! Drek, was machst du auf dem Boden? Ist alles in Ordnung? Wäre echt toll, wenn du mich untersuchen würdest. Ich fühle mich wirklich schlecht.«

Warme, klebrige Feuchtigkeit breitete sich unter seinen Fingern aus, die aus dem Oberkörper des Mediziners zu kommen schien. *Oh, glänzend.*

Sparkplug suchte vergebens den Puls des Docs, griff dafür aber in eine klaffende Wunde am Hals. Links daneben, knapp neben dem Kopf des Mannes, fand er die zertretene Nickelbrille und ein blutiges Skalpell.

Keuchend fuhr der Rigger zurück und zog sich unter Aufbietung all seiner Kräfte hoch. »Drek! Oh, verfraggter Drek! Ich hole Tiara, Doc. Vielleicht kann sie noch was tun. Verreck mir bloß nicht, hörst du?«

Blind taumelte er gegen ein Schränkchen und warf es um, klirrend verteilte sich der Inhalt über den Boden des OP.

»Keine Panik, keine Panik«, murmelte er und rief sich den Operationssaal ins Gedächtnis.

Langsam, seinem Zeitgefühl nach viel zu langsam, arbeitete er sich bis zur Tür vor, die halb offen stand. Am Boden lag ein Hindernis, über das der Elf stolperte.

O nein. Bitte nicht. Als er sich bückte, wurden seine schlimmsten Vermutungen bestätigt. Tiara lag tot auf der Schwelle. Aus ihrem Körper lief aus Dutzenden Wunden Blut.

Frag, was hat das alles zu bedeuten? Sparkplug lehnte

sich gegen den Rahmen und rutschte kraftlos auf die Fliesen, und wenn ihm schon nicht schwarz vor Augen wurde – die elektronischen Augen lieferten immer noch kein Bild von seiner Umgebung –, so spürte er doch eine drohende Ohnmacht. Was nicht verwunderlich nach dem Eingriff war.

Schniefend zog er das Blut aus seiner Nase hoch, metallisch schmeckend rann die Flüssigkeit seine Kehle hinab.

Er versuchte, das eingebaute Comlink zu aktivieren, doch von dort bekam er keine Meldung. Lediglich der Traumadämpfer sprang an und linderte den gewaltigen Schmerz ein wenig, sodass das Denken einigermaßen störungsfrei funktionierte. Die physische Schwäche machte ihm jedoch gehörig zu schaffen.

›Na prima. Ich sehe nichts, ich kann keine Hilfe rufen, und ich bin drekschwach auf den Beinen.‹ Er wischte sich das Blut unter der Nase weg. ›Und außerdem läuft mein Gehirn aus, wenn das so weitergeht.‹

Sparkplug atmete tief ein und aus, um seinen Kreislauf einigermaßen auf Touren zu bekommen.

Wenn ich mich richtig entsinne, hatte Doc E.R. neben dem Tresor mit den teuren Medikamenten einen Panikschalter anbringen lassen. Mit dem werde ich es versuchen.

Mühsam rappelte er sich auf, schwankte blind durch den OP und kam nach einigen Irrwegen und etlichen Verschnaufpausen tatsächlich bei dem tonnenschweren Stahlschrank an. Der seitlich angebrachte Plastikknopf, der den Alarm auslöste, war bereits versenkt worden.

In dem Moment hörte er draußen die ersten Sirenen.

Ihr kommt wohl ein bisschen spät, Chummers. Er hockte sich auf irgendetwas, das sein Gewicht aushielt, und ließ die Geschehnisse Revue passieren.

Zu den Sirenen des DocWagons gesellte sich das hektische Jaulen von LoneStar. Schlagartig wurde Sparkplug wach.

»Drek, die werden denken, ich hätte E.R. gegeekt«, fluchte er und erinnerte sich dunkel an den Gegenstand, den er nach dem Aufwachen in der linken Hand gehalten hatte.

In seinem Zustand nach dem Skalpell zu suchen war reine Verschwendung. Er wusste nicht einmal mehr genau, wo er es verloren hatte. *Neben dem Doc? Oder war es neben Tiara?*

Den Gedanken, dass er ihn und die Schwester tatsächlich umgebracht hatte, ignorierte er. *Mir will jemand etwas anhängen, und darauf habe ich überhaupt keine Lust.*

Er wankte zur Tür, stakste über die Tote und taumelte den Korridor entlang zum Hinterausgang, wo er seinen GMC Bulldog geparkt hatte.

Der Rigger verschwendete kostbare Sekunden, bis er endlich die zigarettenschachtelgroße Abdeckung neben der Fahrertür entfernt und den richtigen Code in das Zahlenschloss eingegeben hatte. Die Sirenen und Motorengeräusche kamen immer näher.

Mit letzter Kraft warf er sich auf den Sitz und startete den Autopiloten.

»Nach Hause, Cynthia«, sagte er, »fahre die Programmierung 01166 ab. Die Stars sind vermutlich hinter uns her.«

»Wie Ihr wünscht, Mylord«, bestätigte die weibliche Computerstimme.

Der GMC setzte sich mit quietschenden Reifen in Bewegung.

Der gepanzerte Wagen rammte ein Hindernis, dann klang es, als ob etwas gegen die hintere Tür hagelte.

Cynthia kurvte durch die Gassen, um die Polizisten abzuschütteln. Das Sirenengeheul wurde schwächer, und schwächer bis es schließlich ganz verstummte.

»Wir haben sie abgehängt, Mylord«, meldete der Autopilot, aber Sparkplug war ohnmächtig.

Seattle, Redmond Barrens, 21. 07. 2057 AD, 23.25 Uhr

Jeroquee schwang sich seufzend aus dem verrosteten Ares-Master. »Immer dieselbe Scheiße, Piers. Runter in die Kanalisation und wieder rauf, tagaus, tagein.«

Der grauhaarige Mann lachte und stieg ebenfalls aus dem Wagen. »Sei froh, dass du dort unten nicht sauber machen musst, Mädchen.«

Er klatschte einen Aufkleber gegen die Windschutzscheibe. Deutlich sichtbar prangte die kleine Plakette auf der Fahrerseite. Damit lieferte das Fahrzeug den Nachweis, dass sein Besitzer der ansässigen Gang, den ›Sparks‹, das entsprechende Standgeld gezahlt hatte.

Die hübsche, dunkelhaarige Frau mit den prächtigen Locken lächelte schwach und suchte die Absperrungsvorrichtungen aus dem Master hervor, um sie hinauszureichen. Piers baute sie mit routinierten Bewegungen um den Kanaldeckel vor dem Fahrzeug auf.

Wie immer fühlten sich die beiden beobachtet, aber in den Barrens waren sie daran gewöhnt.

Das Ghetto der gescheiterten Existenzen, Anarchisten, Aufständischen und Verlorenen sang für die beiden die übliche Melodie. Von irgendwo aus den Häuserschluchten erklang das gedämpfte Knattern einer einsamen Uzi, der Wind trieb die lauten Töne von Hardrock heran. Eine Aufklärungsdrohne huschte über sie hinweg und verschwand im Dunkel einer Seitengasse.

Eine Motorrad-Gang rollte auf die beiden zu. Die aufgemotzten Geländemaschinen röhrten stinkende Abgase in die abendliche Luft und trugen ihren Teil zum Smog bei, der wie ein Schleier über Seattle schwebte.

Keiner der Ganger würdigte die beiden eines Blickes. Sie waren dank der Plakette uninteressant.

Piers hatte seine Arbeit nach kurzer Zeit beendet

und ging zum Heck des Wagens, wo seine Partnerin ihre Waffen inspizierte.

Ein kleines Sammelsurium von Handfeuerwaffen lag vor ihr, sorgsam gepflegt und leicht mit einem Öltuch abgerieben.

Die Jäger wechselten ihre Klamotten gegen wasserdichte, dunkle Spezialkleidung, ähnlich einem Neoprenanzug. Darunter trugen sie lange Unterwäsche und kugelsichere Westen, die ihre Körper extrem überproportioniert erscheinen ließen. Der Anzug verfügte zudem über eine Panzerung, die Schutz vor Klingen oder kleineren Projektilen bot. Lebenswichtig bei ihrem Job.

»Jeff, glaubst du, wir finden heute ein paar von den Leichenfressern?« Klickend rasteten die letzten Zähne des Reißverschlusses ineinander.

Ihr Mentor klopfte ihr beschwichtigend auf die schmale Schulter. »Nur langsam, Mädchen. Eile ist dort unten tödlich. Die Wesen kennen sich in den Abwasserkanälen bestens aus und spielen ein Spielchen mit dir, wenn sie merken, dass du ein verdammter Anfänger bist. Aber wir zwei machen bei ihrem kleinen Zeitvertreib nicht mit, weil wir schlauer sind als alle, die sie schon erwischt haben.«

Jeroquee griff nach der Ingram und aktivierte probehalber das eingebaute Smartlink. »Hattest du schon viele Kämpfe mit den Ghuls, Jeff?«

Seine verchromten Augen schienen belustigt aufzublitzen. »Mädchen, seit ich die Straßen vor zehn Jahren verlassen und das Läuferleben aufgegeben habe, schlage ich mich mit diesen Kreaturen herum. Aber das ist einfacher, als sich mit Konzernen, Gangs oder LoneStar anzulegen. Ich betrachte mich als einen modernen Kammerjäger. Aber warum du mit deinen zwanzig Jährchen hier mitmachst, verstehe ich beim besten Willen nicht.«

»Das ist ganz einfach«, antwortete Jeroquee, während sie sich ein Kurzschwert auf den Rücken hing und den breiten Schultergurt mit Schrotpatronen voll stopfte. »Die Regierung bezahlt für jeden Kopf der Leichenfresser, wissenschaftlich auch *manesphagus horridus* genannt, jede Menge Creds. Ich finde, es ist eine aufregende und gute Arbeit, wenn es auch nicht gerade angenehm riecht.« Sie befestigte die Gasmaske und die Sauerstoffmaske an den Halterungen am Gürtel. »Seit ich vor einem halben Jahr zu dir gekommen bin, habe ich viel gelernt. Das Einzige, was ich konnte, war Schießen und Leute zusammenschlagen. Jetzt mache ich etwas völlig Legales, um an die Nuyen zu kommen.«

Jeff Piers sah sie lange an. »Und was sagt dein Freund dazu?«

Sie zuckte mit den Achseln, mit einem Ruck korrigierte sie die Einstellung des Klettverschlusses und rückte den Gurt mit der Munition zurecht. »Barry? Dem ist es scheißegal, solange ich nur Credsticks für seine BTL-Chips mitbringe. Aber sonst ist er ein einwandfreier Typ.« Sie hob eine Hand, um eine Erwiderung im Ansatz zu ersticken. »Und sag jetzt nicht wieder, ich hätte einen Besseren verdient, okay? Ich finde ihn dufte.«

Der ehemalige Straßensamurai lachte ungläubig auf, hob mit einer Hand den Kanaldeckel ab und legte ihn zur Seite. Dass er das Verhalten ihres Freundes zutiefst missbilligte, behielt er lieber für sich. *Der sollte seinen Arsch selbst hierher bewegen und sich die Creds für Hirnweichmacher besorgen.*

Warme Dunstschwaden waberten aus der Öffnung, deren Geruch Übelkeit erregend war. Der Mann wedelte mit der Hand die Wolken zur Seite und rümpfte die Nase.

»Hast du ein Glück, Jeroquee. So wie es hier riecht, passen du und dein Freund heute Abend perfekt zusammen. Dann seid ihr beide ›dufte‹.« Er warf einen abschätzenden Blick nach oben. »Es wird bald Regen geben. Wir sollten uns beeilen.«

Er zog sich die Handschuhe über und begann mit dem Abstieg in die Schwärze der Seattler Kanalisation.

»Jeff! Auf den Friedhöfen hat es mir besser gefallen!«, rief sie hinterher und kletterte die feuchten Eisensprossen hinab. »Wie ist das mit dem versprochenen Urlaub? Kann ich mir den jetzt nehmen?«

»Jeroquee, halt den Mund!«, tönte es hohl von unten herauf.

Sie liefen seit einer Stunde in der Kanalisation umher, ohne einen einzigen Ghul zu Gesicht bekommen zu haben.

Das Abwasser, das in einer zwei Meter breiten und anderthalb Meter tiefen Rinne entlangschoss, hatte alle möglichen Farben und Gerüche. Von der Decke tropfte Kondenswasser herab, während aus Zuleitungen in der Wand hin und wieder ein Schwall verschmutztes, stinkendes Wasser herauslief und den schmalen steinernen Steg, auf dem sie balancierten, in eine Rutschbahn verwandelte.

Ratten huschten zwischen ihren Stiefeln entlang und verschwanden hektisch pfeifend in ihren Löchern, wenn sie sich einen Tritt einfingen.

Jeder normale Straßenbürger wäre hier wahrscheinlich den Ekeltod gestorben, doch Piers und Jeroquee standen mittlerweile über diesen Dingen.

Es war das gewöhnliche Umfeld ihres Berufes, und wenn die Kanalisation nicht den Einsatzort darstellte, trieben sie sich in verlassenen Häusern oder auf Friedhöfen herum.

Aber heute schienen sie kein Glück zu haben.

An einer etwas breiteren Stelle hielt Jeff an und winkte Jeroquee zu sich.

»Das sieht ziemlich mies für uns aus, Mädchen. Wenn ich Trash finde, der behauptet hat, es würde hier von Leichenfressern nur so wimmeln, reiße ich ihm seine verfluchten Steckbuchsen aus dem Schädel. Elender Junkie«, fluchte er laut, um das Plätschern des Abwassers zu übertönen. »Wahrscheinlich haben sie uns bemerkt und sich verzogen. Was meinst du?«

Jeroquee nickte erleichtert. »Wir können uns auf dem Friedhof umsehen. Dort finden sie immer etwas zum Knabbern«, schlug sie vor und spähte dabei nach allen Seiten, wie es ihr Piers beigebracht hatte. Ghuls standen auf Überraschungen.

Piers überlegte kurz. »Ich habe noch ein Stück verwesten Ork im Auto, das wir als Köder benutzen könnten.« Er hielt es anscheinend für eine gute Idee. »Genau! Dass ich daran nicht früher gedacht habe.« Seine Augen hefteten sich auf die Karte. »Wir benötigen ungefähr zehn Minuten bis zum nächsten Ausgang und noch mal fünf bis zum Auto.« Er grinste sie an. »Los geht's, Mädchen. Vielleicht bekommen wir unsere Ghuls doch noch.«

Jeroquee trottete im Dunklen hinter ihrem Lehrer her und nutzte die Gelegenheit, sich das, was sie über die Leichenfresser wusste, erneut durch den Lockenkopf gehen zu lassen.

Die Ungeheuer ernährten sich von toten Lebewesen, vorzugsweise Menschen. Sie lebten in Gruppen, waren nachtaktiv, begrenzt intelligent, mitunter gefährlich gerissen und durch ihre Krallen und Reißzähne gute Nahkämpfer, die man besser auf Abstand hielt. Sie sahen nicht besonders gut, konnten dafür umso besser hören und riechen. Manche der Leichenfresser sollten sogar magisch begabt sein.

Betroffen von dieser Goblinisierung konnte jeder und jede, gleich welcher Rasse werden. Ein Gedanke, der ihr gar nicht behagte. Einmal ihre Waffe gegen jemanden richten zu müssen, den sie kannte, war das Schlimmste, was sie sich vorstellen konnte.

Die Erkrankten verloren sämtliche Köperbehaarung, die Haut bleichte unweigerlich aus, und sie verströmten einen widerlichen Geruch, den sie schon oft wahrgenommen hatte.

Jeroquee schauderte bei diesen Erinnerungen, nahm die Schnellfeuerwaffe fester in die Hand und zwang sich zu erhöhter Aufmerksamkeit. *Ich will keinesfalls als Ghulmahlzeit enden.* Fand diese Spezies nämlich kein totes Fleisch, machte sie sich eben welches.

Ein schwaches Geräusch neben ihr im Wasser ließ die junge Frau herumfahren.

Sofort riss sie die Waffe hoch und visierte die Stelle an.

Ihre Cyberaugen, gekoppelt mit der Smartverbindung, lieferten trotz der herrschenden Dunkelheit ein ungefähres Bild von dem, was in der Abwasserrinne mit dem Gesicht nach unten entlangschwamm.

»Piers! Schau dir das an.«

Der ehemalige Straßensamurai blickte seiner Partnerin über die Schulter und pfiff durch die Zähne. »Sieh an! Das scheint ein toter Mensch zu sein. Und er trägt die Kleidung eines Hippies«, meinte er lakonisch.

»Das war kein Hippie, sondern eher ein Schamane, wenn du mich fragst«, erwiderte Jeroquee und musterte den vorübertreibenden Leichnam neugierig. »Vielleicht hat er noch was dabei, was uns Creds einbringt.«

»Gute Idee, Mädchen«, stimmte Piers zu, langte nach dem Körper und zog ihn auf den schmalen Gehsteig, während sie die Waffe auf ihn anlegte, falls es eine List sein sollte.

Die Todesursache hatten sie schnell erkannt, auch ohne Mediziner zu sein.

Der gesamte Brustkorb des Mannes war mit tiefen Schnitten geöffnet, die Haut zurückgeklappt und die Organe entfernt worden. Den Innenraum füllte eine watteähnliche Substanz, die allmählich begonnen hatte, das Wasser aufzusaugen.

»Nicht schlecht, wer immer das auch gewesen war«, meinte Piers und zeigte nachdenklich auf die Wunde.

Jeroquee würgte tapfer und kämpfte gegen den Drang an, sich übergeben zu müssen.

Der Straßensamurai durchsuchte mit schnellen Griffen die Kleidung des Toten und beförderte zwei Credstäbe, jede Menge Amulette und Anhänger sowie eine Karte der Kanalisation auf den Steinsteg.

Um sich von dem Anblick der Wunde abzulenken, studierte Jeroquee mit weißem Gesicht den Plan. Aus den Augenwinkeln schaute sie auf die Fundstücke ihres Mentors. »Muss was Persönliches gewesen sein«, vermutete sie. »Wer macht in den Barrens einen platt, wenn er ihn nicht berauben will?« Sie hob die durchnässte Karte. »Er hat etwas angekreuzt, ungefähr einen Kilometer weiter nördlich von hier. Aber um dahin zu gelangen, müssten wir durch echt kleine Tunnel durch.« Sie sah der Leiche scheu ins Gesicht. »Und er hatte dabei anscheinend nicht so viel Glück gehabt, trotz seines magischen Firlefanz.«

Piers' Gesicht war aschfahl. Bedächtig schloss er dem toten Mann die Augen und richtete sich auf. »Ich kannte einmal jemanden, der seine Opfer derart zugerichtet hat. Aber der müsste eigentlich tot sein.«

Jeroquee sah erstaunt auf. »Wie erklärst du dir das hier? Und warum sollte der andere tot sein?«

Der ehemalige Straßensamurai bedeutete ihr aufzustehen. »Ich habe ihn erschossen.« Er schwieg eine Weile und blickte in die Dunkelheit. »Das glaubte ich zumindest bis jetzt.«

II.

Seattle, drei Blocks vor den Redmond Barrens,
22. 07. 2057 AD, 08.11 Uhr

»Einen wunderschönen guten Morgen!« Die Tür zum Umkleideraum der LoneStar-Wache XIII wurde mit Wucht aufgestoßen. »Tataa! Und ich habe jede Menge Bestechungsmaterial bei mir, ihr Lieben.«

Sergeant Enrico Gonzales nahm die Hand vom Griff der Dienstwaffe und schickte dem jungen Mann mit der Baseballkappe, der so aufdringlich gut gelaunt in die Kabine gestürmt war, einen bösen Blick zu.

»Irgendwann, Poolitzer, werden sie dich erschießen. Entweder wir oder die anderen.« Sein muskelbepackter Körper zwängte sich in die Panzerjacke, dann überprüfte er den Schlitten der Mossberg-Schrotflinte. »Dein Auftritt ist jedes Mal lebensgefährlich. Für dich, meine ich.«

»Na, wer wird denn einen Vertreter der Medien unter Beschuss nehmen?« Poolitzer, der eigentlich Severin T. Gospini hieß, stellte die große Schachtel mit den Donuts auf den Tisch in der Mitte des Raums. »Ich wollte euch nur was Gutes tun.«

»Bestechung ist nicht in Ordnung.« Gonzales öffnete den Deckel und fischte sich einen mit Kirschmarmelade gefüllten Kringel heraus. »Aber ich werde dich nicht verpfeifen.«

Aus der Dusche kamen vier weitere Polizisten, Handtücher um die Hüften geschlungen, die sich ebenfalls über das Gebäck hermachten. Still kauend standen die Männer um die Schachtel.

»Verdammt trocken. Kaffee wäre nicht schlecht gewesen«, versuchte Gonzales den Preis für die Infos in die Höhe zu treiben.

»Erzähl mit erst was Brauchbares.« Wie aus dem Nichts hergezaubert, hielt Poolitzer plötzlich eine große Thermoskanne in der Hand und drehte den Schraubverschluss auf, um Gonzales und die anderen Cops schnuppern zu lassen.

»Mann, das riecht wie echter Kaffee!«, staunte der Sergeant.

»Es ist echter Kaffee, altes Streifenhörnchen«, feixte der junge Mann und brachte die Kanne außerhalb der Reichweite. »Und jetzt streng dich an: Gibt's was Neues aus den Barrens, wofür sich ›Free Network Seattle‹ interessieren könnte?«

»Ich könnte die Kanne beschlagnahmen.« Gonzales machte einen Schritt vorwärts, die Muskeln zuckten.

»Ich könnte sie auch fallen lassen, dann bräuchten deine Jungs einen Strohhalm für den feinen Kaffee. Und das wäre doch wirklich schade, oder?«

Die beunruhigten Cops redeten auf den Sergeant ein, während der junge Mann die Tassen um die Donutskiste verteilte. Er wusste, dass er gewonnen hatte.

Severin T. Gospini war seit fünf Jahren bei FNS, eine eigenständige Sendestation, die sich auf lokale Talkshows, gemäßigte Regierungskritik und Seifenopern spezialisiert hatte.

Vor seiner ›Karriere‹ bei FNS hatte er als Schreiber bei ›Seattle Daily‹ gearbeitet, ohne Erfolg allerdings. Aus der Zeit stammte sein Straßen- und Spitzname, der sich bis heute wacker gehalten hatte.

Sein Reporterdasein gefiel ihm besser als die Artikelschreiberei.

Seit zwei Jahren berichtete er exklusiv aus dem Gebiet, das es laut Stadtverwaltung überhaupt nicht gab: Die Barrens, egal ob Puyallab oder Redmond, kannte er mittlerweile wie seine Westentasche, und im Großen und Ganzen sah er inzwischen auch so aus, als gehöre er dorthin.

Die Augenbrauen hatte sich der 26-Jährige schräg rasieren lassen, die kurzen Haare waren auf der linken Seite schwarz, auf der rechten weiß gefärbt, ebenso wie das Kinnbärtchen.

Seine ursprüngliche Augenfarbe wusste er schon gar nicht mehr. Meistens trug er irgendwelche Kontaktlinsen, heute waren die Smileys an der Reihe.

Um Verhaftungen in Downtown, wo er sich manchmal herumtrieb, kam er nur deshalb herum, weil ihn die meisten Cops inzwischen kannten oder weil er rechtzeitig seinen Presseausweis zückte, um handfeste Unannehmlichkeiten zu vermeiden.

Schattenläufer und Stars akzeptierten ihn, auch wenn sich die Kooperation meist schwierig gestaltete. Keine der beiden Seiten traute ihm wirklich.

»Also gut.« Gonzales setzte sich und kritzelte eine Adresse auf ein Stückchen Karton. Poolitzer lehnte sich abwartend an eine Spindtür. »Gestern Morgen hat es einen Arzt aus einer Schattenklinik erwischt, den die Jungs auf der Straße Doc E.R. nannten. Seine Sprechstundenhilfe ist ebenso hinüber. Auf der Flucht mit seinem illegal modifizierten GMC Bulldog hat der Mörder einen von uns platt gefahren. Officer Ferini, vielleicht kanntest du ihn ja? Zwei Kinder, geschieden.«

»Nein. Das tut mir Leid, Jungs.« Der Reporter kratzte sich an der Nase. Wenn sein Riechorgan juckte, bedeutete das eine große Story. »Weiß man schon, wer es war?«

Gonzales schüttelte den Kopf. »Die Ermittlungen laufen, wenn auch ohne große Ergebnisse, schätze ich. Vielleicht ein paar Junkies oder Typen, die ihre Schulden nicht bezahlen wollten.« Demonstrativ hob er die leere Tasse und das beschriebene Papier. »Wenn ich bitten darf?«

»Nur, wenn noch mehr kommt«, verlangte Poolitzer misstrauisch, schnappte sich die Adresse und füllte, nachdem der Cop huldvoll genickt hatte, den Behälter bis zum Rand.

Sein Hirn arbeitete auf Hochtouren und durchforstete alle Namen, die er mitbekommen hatte. Aber an einen Doc E. R. konnte er sich nicht erinnern.

»Was ich so gehört habe, war der Schattenmedizinmann ziemlich beliebt, weil er sauber gearbeitet und auf Nebengeschäfte verzichtet hatte«, half der Cop. »Das weiß ich aber von Macksten, nicht von der Straße. Du wirst dich da mehr auskennen als ich.« Schlürfend sog er die braune Flüssigkeit ein. »Wenn du noch einen Blick auf den Toten werfen willst, der Typ liegt bei Doc Holiday, zwei Etagen tiefer, und wird gerade zersägt. Und wenn du den offiziellen Obduktionsbericht nicht erwarten kannst, vielleicht erzählt dir der alte Griesgram schon vorab etwas von seinen sensationellen Befunden. Oh, die Sprechstundenhilfe liegt auch unten.«

Wie gut, dass ich schon gefrühstückt habe, beglückwünschte sich der Reporter wenig begeistert. Er stellte die Kaffeekanne auf den Tisch. »Hier, Jungs. Und trinkt langsam, das Zeug hat es nämlich in sich. Nichts für Weicheier. Da braucht man schon echt dicke, haarige Cochones.«

Ein nasses Handtuch traf ihn am Hinterkopf, als er hinausging, aber das störte ihn nicht weiter. Er war die Späße der Stars gewöhnt.

Poolitzer durchquerte Korridore, grüßte alle möglichen Cops, als würde er zu ihnen gehören, und fuhr mit dem Fahrstuhl in die forensische Abteilung.

Manche nannten das Stockwerk auch ›Gruselkabinett‹ oder ›Geisterbahn‹, in dem kein geringerer als Doc Holiday persönlich hauste.

Obwohl der Name nach Schattenläufer klang, war

der Forensiker völlig unschuldig daran. Er hieß wirklich so.

Mit einem ›Ping‹ öffneten sich die Türen der Fahrstuhlkabine und ließen den klinisch reinen Duft ins Innere strömen.

Aus irgendeiner Ecke des Labors hörte es der Reporter klirren und rappeln, dann erwachte eine elektrische Säge zum Leben. Kreischend fraß sich das Werkzeug durch etwas hindurch, während Holiday fluchte.

Poolitzer wurde schlecht. »Hallo! Doc, ich bin's!«, rief er den Gang entlang.

»Spielzimmer vier«, schallte die Stimme des Mediziners nach draußen, und gehorsam setzte sich der junge Mann in Bewegung.

Holiday stand an einem Stahltisch über eine männliche Leiche gebeugt und platzierte die Säge gerade auf einen kleinen Beistelltisch. Daneben lag auf einem weiteren Tisch der Körper einer hübschen, jungen Frau mit schwarzen Haaren.

Mit raschen Bewegungen klopfte der Arzt dem Toten auf die Stirn, dann löste er mit einer leichten Drehung die obere Schädelplatte vom Rest des Kopfes und besah sich das Hirn.

Poolitzer würgte und stützte sich am Türrahmen ab.

»Na, so klingt doch nur einer?« Holiday richtete sich auf und wandte sich um. Sein Plastikkittel wies Blutspuren auf, die Handschuhe trieften vor Rot, auf der Schutzbrille haftete ein dünner Film Knochenstaub.

»Mal wieder auf der Jagd nach einer Story, was, Gospini? Wie kommen Sie denn auf die Idee, in meinem kleinen Etablissement wäre etwas zu holen?« Er näherte sich dem Reporter und streckte ihm die verschmierte Hand hin. »Schön, Sie zu sehen.«

Abwehrend hob Poolitzer die Arme. »Bleiben Sie mir bloß vom Leib, Leichenfledderer. Mir ist schon schlecht genug. Trotzdem danke, dass sich wenigstens ein Mensch freut, wenn ich auftauche.«

»Die anderen können sich ja schlecht freuen«, meinte der Mediziner trocken und kehrte an den Tisch zurück. »Kommen Sie. Ich habe vielleicht wirklich was für Sie.«

»Muss ich so nah ran?« Zögerlich folgte er ihm. »Warum sagen Sie es mir nicht einfach?«

»Das müssen Sie gesehen haben, wirklich«, schwärmte der Forensiker. »Das sind Einstiche, wie sie sich jeder Chirurg nur wünschen kann. Gerade, hart, präzise, wenn auch etwas übertrieben oft, würde ich meinen.«

»So? Würden Sie meinen?« Poolitzer betrachtete die schmalen Schlitze in der bleichen Haut. »Also ein abartiger Profi? Jack the Ripper? Der soll ja auch Arzt gewesen sein.«

»So sagt man«, bestätigte Holiday amüsiert. »Die Wunden hier«, er deutete auf der Leiche herum, »waren nicht tödlich, aber extrem schmerzhaft, auch wenn der Blutverlust später sein Ende bedeutet hätte. Und das hier«, er zeigte auf den Schnitt in Herzhöhe, »war der Abschluss der Aktion. Das Messer wurde gedreht, damit es nicht zwischen den Rippen stecken bleibt, in den Muskel versenkt und ein paar Zentimeter nach rechts gezogen, damit das Herz auch mit Sicherheit irreparabel beschädigt wird. Selbst ein Notarzt hätte damit nichts mehr machen können, höchstens Gulasch. Bei der Frau ist es übrigens das Gleiche.«

»Ein Verhör?«, mutmaßte der kreideweiße Poolitzer und kratzte sich erneut an der Nase. *Da muss entweder eine Riesenstory drin sein, oder eine Erkältung ist im Anmarsch.*

»Sieht fast so aus«, bestätigte Holiday. »Aber das Beste kommt noch. Unser Freund hier, Doc E.R., hat nicht viel Cyberware eingebaut, aber was er in sich trägt, ist vom Feinsten. Ausländische Spitzentechnologie.« Mit einem präzisen Schnitt löste er die Verdrahtung der Cyberaugen aus dem Hirn. »Zeiss-Cyberaugen, System 5, mit speziellen Einstellungen und Vergrößerungsoptionen, die Operationen erleichtern. Ein deutsches Produkt, rund 170 000 Nuyen wert. Auf dem Schattenmarkt in Seattle nicht erhältlich. Brauchen Sie sie? Ich kann sie Ihnen billig überlassen.«

Er pulte lachend im Schädel und nahm das Zerebrum heraus, ohne den feinen Draht zu kappen, der zu einer Datenbuchse führte.

Dann drückte er mit Hilfe eines seltsamen Instruments und eines Laserskalpells die millimeterkleine Metallfassung aus dem Knochen. Strahlend hielt er seine Beute hoch.

»Noch mehr Premiumqualität, Gospini. Ein gewöhnlicher Straßendoc war der hier jedenfalls nicht. Schauen Sie sich mal die Verarbeitung der Materialien an. Ich würde sagen«, er drehte die graue, walnussartig gemaserte Masse gegen das Licht, »mindestens 10 000 Nuyen. Und die Arbeit ist einmalig ausgeführt. Oder, Gospini?«

Stille.

»Gospini?«

Der Reporter lag ausgestreckt auf dem gefliesten Boden und rührte sich nicht.

»Verdammt. Jedes Mal das Gleiche mit ihm.« Holiday schüttelte den Kopf und stemmte den ohnmächtigen jungen Mann auf eine freie Liege. »Irgendwann härte ich Sie schon noch ab.«

Nach ein paar Minuten schlug Poolitzer die Augen auf. Er lag im Aufenthaltsraum, eine Decke unter dem Kopf und die Beine hochgestellt. *Scheiße, das war mir ja klar. Immer muss ich umkippen.*

»Seien Sie froh, dass ich Sie aus lauter Neugier nicht zerlegt habe. An solchen Tagen kann ich einfach nicht glauben, dass Sie aus den Barrens berichten.« Holiday grinste ihn an. »Ich werde Ihnen den Rest erzählen. Nicht dass Sie jemand aus Versehen seziert, weil ich Sie mal wieder auf eine der Liegen gebetet habe und einen Soykaf trinken gehe.«

»Sehr komisch.« Der Reporter betastete den Kopf, wo er auf die Kacheln geschlagen war. Eine stattliche Beule begann sich auszubreiten. »Haben Sie einen Beutel Eis oder etwas Ähnliches?«

Der Forensiker deutete todernst auf eine der Kühlkammern. »Suchen Sie sich eine aus.«

Poolitzer verzog das Gesicht. »Ihre Witze sind genauso kalt wie Ihre Patienten. Also los. Was war noch auffällig?«

»Der tadellose Zustand des Blutes. Keine Drogen, keine Aufputschmittel, nichts. Für seine Profession höchst ungewöhnlich. Und, mal unter uns, welcher Schattendoc hat künstliche Augen für fast 200 Riesen im Kopf?« Holiday reichte ihm ein kleines Gläschen mit Alkohol und machte eine verschwörerische Mine. »Ich würde mir die Sache an Ihrer Stelle genauer ansehen. Da steckt jede Menge dahinter, wenn Sie mich fragen.«

Der Reporter überlegte. »Wie lange können Sie den Bericht zurückhalten? Ich will nicht zusammen mit Dutzenden meiner Kollegen in die Schattenklinik einfallen und alles kaputt treten, was hilfreich wäre.«

»Ihnen zuliebe oder gegen Kohle?«

»Gegen Kohle. Oder ein Abendessen in der *Space Needle*.«

»Mal nachdenken.« Der Forensiker zog sich den Arbeitskittel aus und wusch sich die Hände. »Ich muss die Befunde erst diktieren, dann schreiben, überprüfen, dann habe ich einen Computerabsturz, dann muss ich, unter Umständen …« Er machte eine Pause und sah gespannt auf Poolitzers Gesicht.

»Na schön, abgemacht. Ein Essen in der *Space Needle*«, seufzte der junge Mann. Holiday setzte seine Aufzählung daraufhin fort.

»… natürlich neu obduzieren, und das kann dauern. Ich hole Ihnen, sagen wir, 24 Stunden raus, die Sie nutzen sollten. Die Ermittlungen laufen, wie Sie wissen.«

»Ich bin schon unterwegs.« Poolitzer kippte den Alkohol hinunter und rang nach Atem. »Formaldehyd?«, keuchte er, während er sich schüttelnd das Glas zurückgab.

»Möglich«, meinte der Rechtsmediziner. »Konserviert von innen und außen.«

Der Reporter sprang von der Liege und eilte zum Ausgang. »Sie sind einfach der Beste, Doc.«

»Ich weiß, Gospini«, sagte dieser lächelnd. »Ich weiß.«

Seattle, Redmond Barrens, 22. 07. 2057 AD, 09.11 Uhr

»Und nun kommt die nächste Stufe, die Ihnen 200 000 Nuyen einbringt. Von welcher Persönlichkeit stammt das Zitat: ›Alles Große ist einfach?‹«

Die mächtige Stirn des Trolls legte sich in Falten, die Warze zwischen seinen Augen wurde von Hautwülsten eingekeilt. Aufgeregt tippte er sich gegen seinen linken Stoßzahn, auf dem ein kleines Goldplättchen in Form einer Mickymaus prangte. Seine andere riesige Hand knautschte eine Bierdose zu einem kleinen Stückchen Metall zusammen. »Mann, das is echt schwer«, brach es aus ihm ein wenig hilflos hervor.

»Wer immer es auch gesagt hat«, meinte Hustle erheitert, »er muss wohl dich gemeint haben, Ultra.« Der grinsende Ork, der eine komplette Montur Stadttarnklamotten trug, schaukelte mit seinem Stuhl vor und zurück, während er Spielkarten mischte. Der andere Metamensch hockte auf dem Boden seines Ess-, Wohn-

und Arbeitszimmers und erreichte dabei fast die Ausmaße eines stehenden Menschen. »Diese Quizsendungen werden dich eines Tages bekloppt machen, Chummer. Dein Grips wird einfach durchbrennen.«

»Platon?«, versuchte der Kandidat auf dem Bildschirm zu lösen.

»Is der doof, Hustle«, röhrte der Troll und warf die würfelgroßen Dosenreste gegen die Wand. »Das war doch so ein alter Kriegsfilm. Den bringen sie nachts immer.«

»Genau«, seufzte der Ork.

»Aristoteles«, antwortete der schadenfrohe Moderator Max Millionmaker. Die Kamera schwenkte auf das entsetzte Gesicht des Mannes und zoomte näher, um den Zuschauern die Enttäuschung noch besser zeigen zu können. Die Fanfare der Verlierer ertönte.

Ultra brummte unzufrieden und fuhr sich über die langen, öligen gelben Haare. »Aristoteles? Der hat den Griechengrill, Ecke 15. und Mainstreet. Ich wusste gar nicht, dass der so berühmte Sachen sagt, dass er ins Fernsehen kommt.«

»Jetzt weiß der Typ wenigstens, dass er nichts weiß. Chummer, bewirb dich doch mal bei ›Quizz It‹«, schlug Hustle vor und musste einen Lachanfall unterdrücken. »Du würdest einfach so durchmarschieren. Echt.«

»Meinst du?« Der Troll spielte an den Piercings in seinen Ohren. »Ich könnte mir dann endlich 'ne neue Wumme kaufen.«

»Eine?«, entfuhr es seinem Freund ungläubig. »Für 2000000 Creds bekommst du so viele Ballermänner, dass du nie wieder ein Magazin wechseln musst. Wenn eine leer ist, hopp, weg, und die nächste Bleischleuder gezückt.« Seine gelben Cyberaugen richteten sich auf die Uhr an seinem Handgelenk. »Wo bleiben die anderen?« Ungeduldig klopfte er mit den Karten auf den

Tisch, ließ sich nach vorne kippen und nutzte den Schwung, um aufzustehen. »Willst du noch ein Bier?«

Aber Ultra hatte seine Aufmerksamkeit bereits wieder auf den Monitor gerichtet und lauschte der nächsten Frage.

Hustle ging in die unaufgeräumte Küche, zog den Kühlschrank auf, in dem sich nichts befand außer Bierbüchsen, und nahm die nächste Dose. Kalt lief der Alkohol seine Kehle hinab.

Seine Blicke richteten sich auf die Wassertropfen, die von der Scheibe liefen.

Dreckwetter. Sein Gesicht spiegelte sich schwach im Glas wieder. Er prostete dem Ork mit den schwarzen Haaren und der Topffrisur zu, stieß einen gewaltigen Rülpser aus und kehrte zu seinem Freund zurück.

Im gleichen Moment klopfte es. Nach einem kurzen Blick auf den Überwachungsmonitor öffnete er den Eingang.

Eine schwarz gekleidete junge Frau in einem schwarzen Cape trat ein. Lange, feuerrote Haare mit orangefarbenen Strähnen hingen ihr etwas wirr ins weiß geschminkte Gesicht, und dicke Kajalstriche betonten die Augen, deren Pupillen von einer Flammenkorona umkränzt waren.

»Hübsche Kontaktlinsen, Cauldron«, kommentierte der Ork und gab die Tür vollends frei.

Die Schnallen an den schwarzen, spitz zulaufenden Schuhen klingelten leise, passend zum Klimpern der zahlreichen Ringe an ihren Fingern und dem Amulett um ihren Hals. Die Hände steckten in dunklen Spitzenhandschuhen.

»Danke«, meinte sie knapp, hängte ihren Umhang an den Haken an der Tür und nahm am Tisch Platz. »Kann ich einen Soykaf haben?«, wisperte sie. »Für die Jahreszeit ist es viel zu kalt draußen.«

»Ich bring dir was.« Hustle verschwand wieder in der Küche.

»Eins kann ich dir sagen«, begrüßte sie Ultra. »Wenn der Kerl sich um das Amt des Bürgermeisters in Seattle bewirbt, wähle ich ihn.«

»Wen?« Cauldron verstand nicht.

»Karl Marx«, erklärte der Troll gedehnt, als sei es eine Selbstverständlichkeit. »Der hat Opium fürs Volk verlangt.«

»Bei allen freien Geistern, unser Quizgenie schlägt wieder zu«, stöhnte die hermetische Magierin auf.

Die Mikrowelle meldete sich mit einem ›Ping‹. Hustle kehrte zurück und stellte einen Becher mit dampfendem Bier vor ihr ab. »Beinahe so gut wie Soykaf.«

»Warm ist warm«, meinte die junge Frau achselzuckend, blies eine aufsässige Strähne aus dem Gesicht und nippte an dem Getränk. »Fast perfekt.« Sie langte über den Tisch und rührte sich etwas Zucker hinein. Ihre Ringe rieben mit einem metallischen Laut aneinander.

»Milch?«, erbot der Ork grinsend.

»Nein, danke. Es geht so.«

»Und nun, für tausend Nuyen: Was ist eine Kakophonie?«, wollte der Millionmaker vom nächsten Kandidaten wissen.

»Dünnschiss!«, brüllte Ultra triumphierend.

Cauldron sank mit einem Laut der Verzweiflung in sich zusammen. Hustle röhrte dermaßen vor Lachen, dass der Troll die Antwort nicht verstand.

Böse warf er seinem Läuferfreund einen vernichtenden Blick zu. »Verarschen kann ich mich selbst, Hustle.« Er stand auf und setzte sich zu den anderen an den Tisch, per Fernbedienung erhöhte er die Lautstärke. »Ich werde mich echt bewerben. Vorher büffele ich noch ein bisschen, und dann gewinne ich die zwei

Millionen Creds.« Der Troll reckte den dicken Zeigefinger gegen den Ork. »Und dir gebe ich nix. So, nur damit du es weißt, Chummer.«

Hustle schlug ihm freundschaftlich auf den breiten Rücken. »Hey, Kumpel, so war es nicht gemeint. Ich kaufe dir einen Rätselchip für deinen Palmtop, einverstanden? Dafür beteiligst du mich an deinem großen Gewinn.« Er zwinkerte der hermetischen Magierin zu, die gerade ihren Becher leerte.

»Pah, du kannst dir deinen Chip sonst wohin schieben.«

»Und nun unsere Zuschauerfrage: Die Römer nannten die Göttin der Liebe und Schönheit Venus«, ging der Moderator in die nächste Runde. »Wie aber lautete der griechische Name?«

»Ich zeig dir, wie clever ich bin.« Ohne weitere Erklärung schnappte sich der Troll das Telefon und wählte.

»Jetzt bin ich aber gespannt«, meinte Cauldron.

»Tach, Aristoteles«, redete Ultra hastig. »Du bist doch Grieche, oder?« Der Troll lauschte, sein Gesicht heiterte sich auf. »Gut, sehr gut. Hör mal, wie nennst du die Göttin der Liebe?« Er bedeutete Hustle, dass er etwas zu schreiben benötigte. Eifrig notierte er sich die Antwort und legte auf, um sofort die eingeblendete Studionummer zu wählen.

»Um was wetten wir, dass er nicht durchkommt?« schlug Hustle eine Wette vor.

»20 Mäuse«, ging die Frau auf den Vorschlag ein.

»Und da haben wir unseren ersten Anrufer in der Leitung«, sagte Millionmaker und lächelte in die Kamera. »Er heißt Ultra. Okay, Rätselhirn, wie lautet die Antwort? Sie bekommen 500 Nuyen, wenn Sie Recht haben.«

»Ich werd verrückt«, entschlüpfte es dem Ork ungläubig. Cauldrons gezupfte, schwarze Augenbrauen hoben sich, gut gelaunt hielt sie die beringte Hand auf.

»Die Griechen nennen die Göttin der Liebe«, sagte der Samurai feierlich und hob den Zettel, um den Namen abzulesen, »Mathilda.«

»Oh, Shit«, prustete Cauldron. Hustle bedeckte die Augen.

»Na, Rätselhirn, das war leider falsch«, meinte der Moderator, und sein Gesicht zuckte verräterisch. Deutlich erkannte man, dass der Mann kurz davor stand, in lautes Gelächter auszubrechen. »Der nächste ...«

»Hoy, hoy, Chummer, Moment mal«, beschwerte sich der Troll polternd. »Ich habe die Antwort zufällig von einem Eins-A-Zaziki-Macher, und der muss es schließlich wissen. Mathilda ist richtig.«

»Mathilda ist falsch.« Millionmaker schüttelte den Kopf und hielt sich seinen Notizzettel vors Gesicht. Inzwischen wackelte sogar das Bild, denn der Kameramann musste ebenfalls lachen.

»Ich weiß, wo dein Studio ist, du Betrüger!«, brüllte Ultra in den Hörer. »Ich schneide dir 500 Nuyen aus den Rippen! Ich ...«

Die Verbindung wurde unterbrochen.

Die Sehnen des Unterarms zuckten, krachend splitterte das Plastik in der Faust des Metamenschen. »Ich mach den Ouzoschlürfer platt.« Wutschnaubend musste der Troll mit ansehen, wie das Geld an einen anderen Kandidaten ging, der mit ›Aphrodite‹ richtig lag.

Seine Arme bewegten sich mit einem Grollen auf den Fernseher zu, die wurstgroßen Finger schlossen sich um das Gehäuse, sein Kopf wandte sich zum Fenster.

»Hey, komm wieder runter!« Der Ork sprang auf und stellte sich seinem Läuferkollegen in den Weg. »Nicht den Fernseher, okay? Stell ihn wieder hin oder bezahl mir 150 Nuyen.«

Grummelnd setzte Ultra den Bildschirm ab und verschwand in der Küche. Den Geräuschen nach gönnte er sich in schneller Reihenfolge ein paar Bier.

Der Orksamurai hob die zerstörten Einzelteile des Fernsprechers in die Höhe und kniff die Mundwinkel zusammen.

»Ich erlasse dir deine Schulden«, meinte die Magierin großzügig. »Kauf dir ein neues Telefon.« Sie nickte zum Monitor, der die Gestalt einer Frau im Blaumann zeigte, eine riesige Pappschachtel in einer Hand balancierend, während sie gleichzeitig versuchte, den Klingelknopf zu drücken. »Mach Twing auf, bevor noch was zu Bruch geht.«

Hustle warf die Trümmer des Fons in den Mülleimer und öffnete der Mechanikerin die Tür.

Erleichtert lächelte die junge Frau mit den blauen Haaren ihn an und stellte die Schachtel auf den Tisch. »Hoy, Leute. Ich habe was mitgebracht.« Sie öffnete die Verpackung und präsentierte eine Torte. »Zur Feier des Tages. Sparkplug wird Augen machen.«

»Hat er denn das verdient?«, bemerkte die Magierin spitz, nachdem sie den Kuchen begutachtet hatte und Hustle auf die Finger klopfte, der von der Sahne naschen wollte.

»Eigentlich nicht. Und Augen macht er, weil er nichts davon abbekommt«, erklärte die Mechanikerin und warf sich auf einen freien Stuhl. Ein schallendes Rülpsen fegte durch die Wohnung. »Hoy, Ultra!«, rief sie fröhlich in Richtung Küche. »Mein Herr und Meister«, sie blinzelte als Zeichen, dass sie es nicht allzu ernst meinte, »bekommt von Doc E. R. eine neue FSE, für die er ungefähr ein Jahr lang gespart hat. Und weil wir sein Gejammere die ganze Zeit ertragen mussten, habe ich uns etwas mitgebracht.«

»So lobe ich mir das«, sagte der Ork und ließ den Troll ein Messer aus der Küche bringen.

Die Torte wurde säuberlich von Twing aufgeteilt.

Hustle beobachtete die junge Frau, an der außer ihrer Haut alles blau war, von Kopf bis Fuß. Selbst die Tätowierungen, die sich vom Hals bis an die Stirn zogen, waren in Hellblau gehalten.

Ein unerklärliches Phänomen bestand darin, dass sich immer an irgendeiner Stelle ihres Gesichts ein Rest Motoröl befand. Cauldron hatte irgendwann scherzhaft vermutet, dass Twing sich die Flecken nachschminken würde, um immer beschäftigt auszusehen. Dabei verschaffte ihr Riggerfreund ihr mehr Arbeit, als ihre Hebebühne verkraftete.

Sparkplugs Hirn brütete ständig abstruse Verbesserungen aus, angefangen bei der Lackierung der Kisten bis zu Tuning, ohne sich Gedanken über eine realistische Umsetzung zu machen.

»Kommt Bullet auch noch?«, wollte sie von der Magierin wissen.

»Der kann mich mal«, zischte Cauldron gereizt. »Er hat unseren Jahrestag vergessen.«

Hustle zog die Luft durch die Zähne. »Und? Lebt er noch?«

Die Magierin lehnte sich zurück, strich sich eine Strähne hinters Ohr und grinste nur bösartig.

»Ich gebe sein Stück Ultra«, meinte die Mechanikerin trocken und schaufelte zu dem halben Kuchen noch den Anteil des dritten Straßensamurais obendrauf.

»Gute Idee«, lobte der Troll und kehrte aus der Küche zurück. Er wuschelte in den kurzen blauen Haaren der Mechanikerin herum. »Hm, das sieht aber prima aus.«

»Bestes recyceltes Material.« Twing lutschte sich die Finger ab und verteilte die Stücke. Schweigend machten sich die Läufer über die Torte her. Das Schmatzen des Trolls ignorierten alle. »Ich mache schnell etwas Soykaf.« Sie stand auf und verschwand in der Küche.

Ultra fischte nach der Fernbedienung, um auf die nächste Quizsendung zu zappen, doch der Ork war schneller und schnappte das Gerät, um einen Nachrichtenkanal auszuwählen.

»Der Coach der ›St. Louis Slaughters‹ hat einem Freundschaftsspiel mit den ›Mainzer Black Barons‹ aus den ADL zugestimmt«, verkündete ein Sprecher des Sportkanals die Neuigkeit des Tages. »Damit tritt in wenigen Monaten zum ersten Mal nach langer Pause eine nordamerikanische Mannschaft auf dem Herkunftskontinent des ›Jeu de guerre‹ gegen ein europäisches Team an. Wir werden sehen, ob die Europäer ihrem Ruf gerecht werden, die härtesten Spieler der Welt zu sein.« Der Sender verglich die Verletzten- und Todesstatistiken, bei denen die ›alte Welt‹ eindeutig die Nase vorne hatte.

»Die ›Slaughters‹ lassen auch keinen PR-Gag aus. Aber der wird sie teuer zu stehen kommen. Bin gespannt, was die Europäer unter Freundschaftsspiel verstehen.« Hustle schaltete weiter und erwischte einen Lokalsender.

Das Gebäude, über dessen Front die Blaulichter der LoneStar-Fahrzeuge huschten, kannten sie alle.

Gepanzerte Stars rannten durch die Gegend und verscheuchten Schaulustige und Penner, Absperrbänder wurden ausgerollt, die Kamera brachte verwackelte Bilder von einem MedTeam, das im Schein einer ausfahrbaren Flutlichtanlage an einem der Cops Wiederbelebungsversuche durchführte.

»Ist das nicht die Praxis von E. R.?«, sagte Cauldron entsetzt, ihren Löffel senkend.

Klirrend zerbarst die Karaffe mit Soykaf auf dem Boden, die braune, heiße Flüssigkeit verteilte sich, schwappte über den Synthetikteppich und lief unter die Möbel. Twing stand im Türrahmen und starrte auf den Bildschirm. *Sparkplug.*

»Keine Zeit zu verlieren«, meinte der Ork nur, warf sich die kugelsichere Weste über und nahm seine Waffen aus der Wandhalterung. »Vielleicht konnte er abhauen. Lasst uns ihn suchen.«

Hastig verließen sie seine Wohnung und rannten durch den prasselnden Regen zu den Fahrzeugen. Selbst Ultra war der Appetit vergangen.

Seattle, Downtown, 22. 07. 2057 AD, 17.00 Uhr

»Habt ihr ihn?«, fragte die Stimme aus den Boxen des Laptops. Der Bildschirm des Computers blieb allerdings dunkel. »Die hohen Tiere werden allmählich ungeduldig und machen mir Druck. Und wenn ich Druck habe, mache ich euch Druck.«

Unheilvoll hingen die Worte in dem nüchtern eingerichteten Bürozimmer, das jeden Hauch von Persönlichem vermissen ließ.

Matt schimmten Stahlschränke an den Wänden, ein aufgeräumter, leicht verstaubter Schreibtisch stand vor dem Fenster und eine Kaffeemaschine auf einem fahrbaren Teetisch. Die Neonröhren an der Decke waren ausgeschaltet.

»Schon, aber es hat nichts gebracht«, antwortete der größere der beiden Männer, der seine schwarzen, kurzen Haare mit Gel glatt nach hinten gelegt hatte, und nahm einen tiefen Zug an der filterlosen Zigarette. »Wir haben sein Labor ausfindig gemacht und ihn ausgefragt, aber er wollte nichts sagen. Er meinte, er wäre das Opfer einer Verwechslung und wüsste nicht, worum es gehe. Seine Assistentin hat Alarm ausgelöst, und wir mussten verschwinden.«

»Was heißt das im Klartext?«, bellte es aus den Lautsprechern.

»Wir haben die Ware nicht. In seiner Klinik fanden wir nichts, das nur entfernt dem geähnelt hätte, was wir suchen.« Der andere schüttelte den Kopf und flüsterte ihm etwas ins Ohr. »Ach ja. Lugstetter hat eine Steuereinrichtung mitgenommen, die Doktor Hellmann gerade einem Schattenläufer ausgebaut hat. Vielleicht hat er es darin versteckt, als er mitbekommen hat, dass wir ihn besuchen. Unsere Spezialisten untersuchen den Gegenstand zur Zeit.«

»Ich habe euch doch gesagt, dass er das Ding mit Leichtigkeit umbauen kann. Für einen Mediziner und Kybernetikfachmann seines Kalibers ist es eine Kleinigkeit. Ich will, dass ihr nach den Bullen noch mal in die Praxis geht und den Laden Stück für Stück auseinander nehmt. Packt alles ein und zerlegt es von mir aus in euren Zimmern in Einzelteile.« Es blieb kurz still, und die Männer hörten, wie ein Glas gefüllt wurde, dann ertönten Schluckgeräusche. »Hat der Patient euch gesehen?«

»Nein, das wäre wohl kaum möglich gewesen«, antwortete der Mann grinsend. Mit der Rechten rückte er den Schulterhalfter zurecht. »Er hat den Eingriff nicht überlebt – ohne dass wir Hand an ihn gelegt haben.«

»Und was ist mit Hellmann?« Die Leitung rauschte einen Moment lang. »Verdammt, die Übertragung ist sehr schlecht heute. Das müssen die vielen Wolken über Seattle sein.«

»Er überlebte den Eingriff auch nicht«, berichtete der Größere ungerührt und zog erneut an der Zigarette.

Ein trockenes, böses Lachen ertönte. »Sehr schlau von euch. Wie wollt ihr denn jetzt weitersuchen?«

»Er hat in Seattle eine Schwester, die wir nachher kontaktieren werden. Sie arbeitet bei Fuchi als Abteilungsleiterin in der Kybernetik. Vielleicht weiß sie mehr. Unsere Spuren in der Klinik haben wir ordentlich verwischt. Die Polizisten werden den toten Elf für den Mörder halten.«

»Wenigstens etwas«, knurrte der Gesprächspartner.

»Meldet euch, wenn ihr mehr wisst. Und tut mir einen Gefallen und legt euch nicht mit Fuchi an, wenn es sich vermeiden lässt.«

Der Laptop piepste kurz, dann flimmerte die Meldung über den Schirm, dass die Satellitenverbindung unterbrochen worden war.

»Unsere Spezialisten, ja?«, meinte Lugstetter und klappte den Bildschirm um. »Soweit ich mich erinnere, liegt diese Steuereinrichtung in unserem Auto, in deinem Aktenkoffer, Gercke.«

Routiniert verstaute er den tragbaren Computer in der Tragetasche, dann ging er zum Fenster und legte die kleine Satellitenschüssel zusammen, die auf dem Sims gestanden hatte.

Er schaute kurz zum Restaurant der *Space Needle* hinüber, deren Fenster in der Nacht hell schimmerten. Die Straßenschlucht wimmelte von Autos, die von hier oben aussahen wie dicke, umherkrabbelnde Leuchtkäfer.

»Phänomenale Idee, einem toten Elf, der verkabelt auf einem OP-Tisch liegt, das Skalpell in die Hand zu drücken. Die Cops sind zwar schwer von Begriff, aber nicht total verblödet. Und bevor du das nächste Mal wieder die Leute geekst, die ich noch verhören will, schalte dein verdammtes Gehirn ein. Hellmann hätte mir alles erzählt, und wir müssten jetzt nicht der Schwester hinterherhetzen. Wenn sie eine Größe bei Fuchi ist, hat sie Bodyguards ohne Ende. Bei meinem Glück ist sie bestimmt ein Exec und kommt nie aus der Arc heraus. Scheiße, Mann, warum muss immer ich mit dir arbeiten?«

Der muskulöse Mann mit den kurzen, schwarzen Haaren und der breiten Narbe unter dem Auge ließ die Zigarette auf den Boden fallen und trat sie mit dem Absatz aus.

»Reg dich ab, Lugstetter. Ich bin eben kein Stratege

wie du. Ich bin Praktiker. Ich reagiere instinktiv. Außerdem hat die Schlampe den Panikknopf gedrückt.«

»Mach die Kippe in den Aschenbecher«, erwiderte sein Partner. »Ich will nicht, dass unser Büro wegen dir abfackelt. Wir haben nur eins in Seattle, wenn du dich erinnerst. Falls das bei deinen anabolikaverseuchten Gehirnzellen noch möglich ist. Und jetzt lass uns gehen.«

Lugstetter überprüfte sein Äußeres im mannshohen Spiegel neben der Garderobe.

Der Kinnbart war perfekt getrimmt, das schmale Gesicht makellos rasiert, und die schulterlangen dunkelbraunen Haare mit den drei schwarzen Strähnen baumelten als Zopf im Nacken. Er lächelte seinem Spiegelbild zu.

Gercke steckte sich die nächste Zigarette an und wartete das übliche Ritual seines Partners ab.

»Du verbringst zu viel Zeit in den Kon-Etagen. Das verweichlicht«, kommentierte er tonlos und öffnete die Tür.

Das ungleiche Duo in den maßgeschneiderten dunkelblauen Anzügen verließ den Raum. Lugstetter änderte gewohnheitsmäßig die Kombination des Türschlosses und aktivierte das zusätzliche Magschloss. ›Generalis Im- und Export‹ stand auf dem Schild neben dem Eingang, ›Sprechstunden nur nach Vereinbarung‹.

Zügig gingen sie durch die Korridore des Geschäftshauses am Südende der Madison Street, fuhren mit dem Fahrstuhl in die Tiefgarage und stiegen in den silbergrauen Saab ›Dynamit‹ 776TI.

»Ich sage Jennings und seinen Jungs Bescheid, dass wir unter Umständen ihre Hilfe benötigen.« Lugstetter tippte die Nummer in sein Handgelenktelefon. »Fahr los. Wir treffen uns in einer halben Stunde mit Professor Takahiro, damit er sich die Fernsteuereinrichtung ansieht.«

Gercke nickte, zog die Sonnenbrille auf und startete den Wagen, der mit einem kaum wahrnehmbaren Zittern zum Leben erwachte.

»Hoffentlich finden die Bullen nichts in der Schattenklinik.« Vorsichtig steuerte er den Sportwagen die Rampe hinauf und ordnete sich in den Abendverkehr Seattles ein.

»Gercke, merk es dir einfach: Die Bullen heißen hier Cops«, meinte der andere genervt. »Und jetzt lass mich telefonieren und nimm die Sonnenbrille ab. Es ist dunkel draußen, und du siehst damit bescheuert aus.«

»Wahre Schönheit entstellt nichts«, gab sein Partner gleichmütig zurück und ließ die Sonnenbrille, wo sie war.

Poolitzer stieg gut gelaunt in den Ford Americar, ein ehemaliges LoneStar Streifenfahrzeug, das er billig bekommen hatte, und drückte aufs Gas.

Die Schattenklinik lag am Rande der Barrens, also glücklicherweise nicht in einer echten Kampfzone.

Sein Fahrzeug hatte er im Laufe der Zeit mehrfach lackieren müssen. Stahlplatten und kugelsichere Scheiben sorgten dafür, dass er einigermaßen sicher durch die rechtlosen Viertel kurven konnte.

Zwar hatte er sich in breiten Buchstaben ›FNS‹ auf sein Fahrzeug gepinselt, trotzdem nutzten einige Spaßvögel immer wieder den auberginefarbenen Wagen als Zielscheibe.

Nach ein paar Metern in Downtowns Straßen programmierte er dem Autopilot Doc E. R.s Adresse. Danach checkte er seine Ausrüstung, die er in einem Stahlcase unter dem Beifahrersitz verwahrte.

Der Reporter überprüfte den Ladezustand seiner Kamera, eine gebrauchte Fuchi VX2200C Cybercam, welche die Aufnahmen direkt auf eine Mini-CD brannte.

Dank der Portacam-Kopfhalterung und der Cambrille, mit der er das Gerät steuerte, waren seine Hände immer frei, was in den Barrens lebenswichtig sein konnte.

Die Cambrille hatte den Nachteil, dass er seine Umgebung durch die Perspektive der Kamera sah. Wenn es aber wirklich gefährlich wurde, montierte er das Fischaugenobjektiv, das ihm eine optimale Übersicht verschaffte.

Die Elektronik funktionierte tadellos. Restlichtverstärker, Zoom, Infrarot, Bildstabilisatoren, Autofokus und der ganze andere teuere Schnickschnack sorgten dafür, dass seine Bilder stets einwandfrei waren, ganz egal, ob ein wütender Trollrausschmeißer, ein Feuergefecht zwischen LoneStar und ein paar Gangern oder ein weinendes Kind neben seinem kaputten Lieblingsspielzeug darauf waren.

Es brauchte seine Zeit, bis er sich an die VX C und das Gewicht auf dem Kopf gewöhnt hatte, aber die Vorteile waren einfach zu groß.

Zugegeben, unauffällig konnte man damit nicht sein, aber er war Reporter und kein Schnüffler. Und für solche seltenen ›Undercoverfälle‹ hatte er außerdem ein Geheimnis parat, das nur er und sein Doktor kannten.

Poolitzer steckte sich eine Zigarette an. Danach zwängte er sich in die kugelsichere Weste und schnallte mit großen Verrenkungen die dicke Ares Predator II um die Hüfte. *Braves Baby. Hoffentlich werde ich dich nie brauchen.*

In erster Linie setzte er bei der Waffe auf Abschreckung, denn ein guter Schütze war er trotz Talentleitungen und Smartverbindung wirklich nicht. Die Mossberg-Schrotflinte, ein Geschenk aus der Asservatenkammer von LoneStar, steckte griffbereit in der Seitentür.

Zwei Zigaretten und ein Schokoriegel später, sein übliches Mittagessen, stand der Americar vor der angegebenen Adresse. Die Umgebung war wie ausgestorben.

»Action«, sagte er und stieg aus.

Das grüne Licht auf der Anzeige signalisierte die Aufnahmebereitschaft der Kamera.

»Wir sehen hier die Fassade einer Schattenklinik, in der vor kurzem noch illegale Operationen vorgenommen wurden. Vergangenen Morgen, etwa gegen acht Uhr, starben Doc E.R., der Betreiber der Klinik, und seine Assistentin durch mehrere Messerstiche. LoneStar sucht nach dem mutmaßlichen Täter, der in einem modifizierten GMC Bulldog flüchtete und dabei einen Officer überfuhr.«

Poolitzer drehte den Kopf und machte so einen Schwenk über den Tatort, filmte Absperrband und zoomte die Kreideumrisse des Cops auf der Straße heran.

»Die ersten Ermittlungen vor Ort scheinen bereits abgeschlossen zu sein. FNS wird sich nun im Inneren des Gebäudes umsehen. Schnitt.« Die Kamera schaltete sich wieder aus.

Schauen wir mal, ob die Putzfrau uns was übrig gelassen hat. Er ging vorsichtig zum Eingang.

Eins hatte er gelernt: Wo es Tote gab, waren die Geier nicht fern, selbst in Seattle. Ein paar schießwütige Ganger beim Plündern zu erwischen wäre eine dumme Sache.

Doch im Inneren blieb es still.

Etwas beruhigter bahnte sich Poolitzer einen Weg durch das Absperrband und machte sich, nachdem er einen kurzen Blick in das Erdgeschoss geworfen hatte, auf in die zweite Etage.

»Action.«

Blutlachen, wieder Kreideumrisse und ein leidlich unordentlicher OP-Saal wurden auf die Mini-CD in der VX C gebannt.

»Die Spuren des bisher unbekannten Mörders. FNS macht sich auf die Suche nach neuen Hinweisen, die LoneStar vielleicht übersehen haben könnte.«

Der Reporter begann bei laufender Kamera das Büro erneut auf den Kopf zu stellen, ohne jedoch Wesentliches entdecken zu können. Neben dem OP-Tisch lag eine Krankenakte, die über und über mit Blut verschmiert war.

»Soweit ich feststellen kann, wurde nicht einmal etwas aus dem gesicherten Schrank mit den Drogen entwendet.« Er deutete auf die unberührte Tür, die von LoneStar versiegelt worden war. »Jedenfalls nicht seit dem Abrücken der Polizei. Wer war Doc E.R.? Wer war sein Mörder? Waren es mehrere, und wurde der Doc Opfer einer Schutzgelderpressung? Wir werden der Sache weiter auf den Grund gehen. Ich werde nun …«

Von draußen ertönte das Motorengeräusch eines größeren Fahrzeugs. Poolitzer ging zum Fenster und spähte hinunter.

Aus einem schwarzen Lieferwagen stiegen mehrere Männer in schwarzen Anzügen aus. Wortlos verteilten sie sich entlang der Straße und sicherten die Umgebung.

»Ja, was haben wir denn da?«, freute er sich und machte eine Totalaufnahme der Szene.

Den Beulen unter den Jacketts und dem Verhalten nach handelte es sich um schwer bewaffnete Typen, wahrscheinlich der Regierung, die zu allem Überfluss auf den Eingang der Klinik zusteuerten.

»Schnitt«, befahl der Reporter. *Was hat der Besuch der Muskelaffen zu bedeuten? Die Cops hatten nicht erwähnt, dass sich ein Geheimdienst in die Ermittlungen eingeschaltet hätte. Und wenn es gar kein Geheimdienst war, wer dann?* Seine Nase begann wieder zu jucken.

Schnell sah er sich im OP um und entschied sich für eine ungeplante, wenn auch bestimmt sichere Flucht durchs Fenster.

Erste Strahlen der Taschenlampen zuckten die Treppe hinauf, und gedämpfte Gesprächsfetzen waren zu hören, als Poolitzer bereits auf dem Außensims balancierte und sich auf der Rückseite des Hauses zur Feuerleiter vortastete.

Die Geräusche, die aus dem OP kamen, zeigten, dass sich die Neuankömmlinge gründlich und ohne große Rücksicht umsahen.

Fast lautlos kletterte der Reporter die Stahlsprossen hinunter und schlich sich an sein Auto heran, das genau vor dem Lieferwagen stand.

Einer der Anzugträger schaute gerade durch die Seitenscheibe, überprüfte, ob die Tür abgesperrt war, und ging zurück zum eigenen Gefährt.

Drek. Der Typ baut mir die Karre auseinander, wenn ich nichts mache. Poolitzer filmte den Lieferwagen, nahm dann die Portacam-Kopfhalterung ab und verstaute die VX C in einem Müllsack, den er vom Boden aufhob.

Also gut. Die Besoffenen-Nummer.

Dreimal atmete er tief durch, dann löste er sich aus seiner Deckung und steuerte torkelnd auf den FNS-Americar zu.

Der Kopf des Anzugträgers ruckte hektisch in seine Richtung, die Hand verschwand augenblicklich unter dem schwarzen Sakko.

Reflexbeschleuniger, dachte Poolitzer, rülpste schallend und simulierte einen Schluckauf.

»'n Abend, Sir«, grüßte er jovial und zwinkerte dem Mann zu. »Schöne Karre. Woll'n Se kaufen?« Er taumelte an dem Anzugträger vorbei und fummelte die Keykarte umständlich ins Schloss. »Is' ganz billig, wenn Se'n haben woll'n. Ich hab 'n nämlich geklaut.«

Kichernd öffnete er die Tür und warf den Müllsack auf den Beifahrersitz, insgeheim betend, dass VX C und Cambrille den Aufprall unbeschadet überstanden.

»Hübsche Wumme«, sagte der Anzugträger ruhig und nickte in Richtung der Mossberg, deren Kolben sich nur wenige Zentimeter von Poolitzers Hand befand.

Du bist vielleicht ein cooler Typ. »Och, die war drin, als ich's Auto geklaut hab«, meinte er und grinste gespielt dümmlich.

Vorsichtig stieg er ein und zog die Tür zu, immer darauf bedacht, weiterhin den Betrunkenen zu markieren.

»Bist du sicher, dass du in dem Zustand noch fahren kannst?«, fragte der Mann. Die Waffe hielt er offen in der rechten Hand. Die Mündung des schallgedämpften Colt Manhunter zeigte zu Boden.

»Mein A-Pilot hat alles unter Kontrolle«, nuschelte Poolitzer und winkte ab. »Kutscher, Abfahrt. Programmierung Beta.« Der Americar rollte davon. »Schönen Abend noch, Chummer!«

»Wünsch ich dir auch«, rief der Anzugträger hinterher und verstaute seine Waffe.

Da haben wir noch mal Schwein gehabt. Der Reporter atmete tief durch und kramte die Kamera aus dem Abfall. Alle Teile hatten den schwungvollen Wurf unbeschadet überstanden.

Die Sichtung des Materials würde einige Zeit in Anspruch nehmen, und dann musste er unbedingt herausfinden, wer diese Figuren waren, die in schlechter Geheimagentenmanier angerückt waren.

Nur mit großer Mühe unterdrückte er einen heftigen Niesanfall. *Die Sache muss verdammt groß sein.*

Seattle, Redmond Barrens, 24. 07. 2057 AD, 21.25 Uhr

Sparkplug erwachte aus seiner Ohnmacht und bemerkte überrascht, dass er in einem Feldbett lag.

Mehr konnte er nicht feststellen, denn die Bildübertragung der Cyberaugen schien immer noch defekt zu sein. So musste er sich auf Nase, Ohren und Hände verlassen.

Er strengte sich mit aller Kraft an, doch die Konzentration brachte ihm nur einen stechenden Schmerz im Hinterkopf ein, und er verzog das Gesicht.

»Er ist wach«, hörte er Twing jubeln. Im Hintergrund johlten ein paar Leute, und der Rigger glaubte, vertraute Stimmen auszumachen. »Er hat überlebt!«

Fremde Finger betasteten vorsichtig seinen pochenden Kopf.

»Die Infusionen sitzen richtig, die Drainage leitet einwandfrei ab. Der Junge hatte mehr als ein verdammtes Glück. Wahrscheinlich hat er seinen ganzen Bonus bei Jahwe aufgebraucht«, sagte eine ihm unbekannte männliche Stimme, aber der klinische Geruch von Desinfektionsmitteln, der von dem Sprecher ausging, erinnerte Sparkplug an Doc E. R.

»Drek, wo bin ich?«, fragte der Elf schwach und erhielt als Antwort einen sanften Kuss auf die Wange.

»Keine Angst«, beruhigte ihn Twing. »Wir haben dich in die Praxis von Doc Brown verfrachtet. Um ein Haar hättest du die große Riggermaschine gesehen, aber der Doc hat dich zurück ins Leben geholt.«

»Wie lange liege ich hier?«

»Ungefähr drei Tage. Die Wunden sind inzwischen einigermaßen gut geschlossen, aber du darfst dich noch nicht bewegen.« Twing streichelte seine Hand, ein Tropfen warme Flüssigkeit klatschte auf seinen linken Unterarm.

»He, du weinst ja.« Sparkplugs Stimme klang besorgt. »Es ist doch alles in Ordnung mit mir, oder? Ich meine, warum, verfraggter Drek, sehe ich nichts?«

»Das liegt einfach daran, dass der Straßendoc, bei dem Sie waren, Ihre elektronischen Augen ausgebaut hat«, belehrte ihn der Mediziner. »Schön, dass Sie sich so viele Gedanken um Ihr eigenes Wohl machen.«

»E.R. hat was?« Der Elf konnte es nicht glauben. »Drek, deshalb falle ich wie ein Blinder durch die Gegend.«

»Nicht ›wie‹. Sie sind faktisch blind«, erläuterte Doc Brown. »Und so lange Ihr Zustand nicht besser geworden ist und Ihr Körper sich nicht von dem anderen schweren Eingriff erholt hat, werden Sie das auch vorläufig bleiben. Das dürften, meiner bescheidenen Schätzung nach, zwischen drei und vier Wochen sein. Immerhin waren Sie klinisch tot, als Sie in meine Anstalt gebracht wurden.«

»Wir haben die Live-Übertragung im Fernsehen gesehen und sind los. Wir fanden dich in der Garage«, erzählte Twing. »Du hast Cynthias Sitze von oben bis unten mit Blut beschmiert und fast nicht mehr geatmet. Das Heck vom GMC sah aus, als ob du die Zielscheibe von einem Dutzend Schrotflinten gewesen wärst. Die Jungs und ich haben dich dann zu Doc Brown gebracht, weil es der kürzeste Weg war.« Sie streichelte ihn. »Du bist in meinen Armen gestorben, Drahtkopf, aber der Doc hat dich zurückgeholt.« *Er sieht zwischen den weißen Laken noch blasser aus als sonst.*

»Drek, das wird verflucht teuer«, flüsterte der Rigger und zog sie zu sich heran. »Ich weiß nicht, ob ich es mir leisten kann. Ich bin pleite, um genau zu sein, und habe keine Lust, als Ersatzteillager ausgeschlachtet zu werden, nur damit die Kosten von Doc Brown gedeckt werden.«

»Keine Sorge«, sagte der Mediziner, der die leisen

Worte sehr wohl verstanden hatte, »Ihre Freunde haben im Voraus bezahlt und für Sie garantiert.«

»Wieso garantiert?« Sparkplug war verwirrt.

»Na, dass Sie mich nicht genauso umbringen wie meinen verehrten Kollegen E. R.« Seine Schritte entfernten sich. »Wenn Sie etwas brauchen, rufen Sie nach der Schwester.«

Eine Tür fiel zu.

Verdammt, ich habe mal wieder alles Glück der Welt. »Twing, glaub mir, ich habe E. R. nicht umgebracht.« Er tastete nach ihrer Hand. »Jemand hat den Doc und Tiara erledigt und wollte es mir in die Schuhe schieben.«

Die junge Frau küsste ihn erneut. Danach wischte sie etwas Motorenöl von seiner Wange, das sie hinterlassen hatte. »Wenn ich und die Jungs nicht an deine Unschuld glauben würden, wärst du nicht hier. Wir wissen, dass du der Letzte wärst, der dem Doc etwas antun wollte, aber es gibt ein paar Schattenläufer, die keine so hohe Meinung von dir haben und nur darauf warten, dass du dich blicken lässt. E. R. hatte eine verdammt gute Lobby auf der Straße.«

»Wem sagst du das«, seufzte der Elf. *Und alle werden hinter mir her sein.* »Und was meinen die Gesetzeshüter Seattles?«

»Du bist berühmt, Glatze. Sie sind den Weg des geringsten Widerstands gegangen und haben eine Fahndung nach Cynthia rausgegeben«, berichtete seine Freundin und wurde von Hustle lautstark unterbrochen.

»Und wenn deine Karre nicht einen der Cops umgefahren hätte, würde es LoneStar nicht besonders interessieren, was passiert ist. Aber der Typ ist platt und hat das Profil von Cynthias linkem Vorderreifen im Gesicht. Die Cops nehmen so was persönlich, Chummer, das hätten sie wissen müssen.« Er klopfte dem Rigger aufs Bein. »Sei froh, dass sie keine schweren Waffen dabei hatten, sonst hättest du dich über die ganzen Barrens verteilt.«

»Ja, ja. Sei ruhig mitfühlend«, beschwerte sich Sparkplug. Auch wenn er den Ork nicht sehen konnte, wandte er ihm das Gesicht zu. »Ich möchte dich um was bitten, Hustle.«

»Und das wäre?«

»Geh in die Klinik von E. R. und sieh dich um. Vielleicht entdeckst du was, das dem Unbekannten gehört. Ich muss wissen, wer den Doc auf dem Gewissen hat.« Das Gesicht des Elfs verfinsterte sich. *Ich will die Mörder finden, das schulde ich dem Weißkittel.* »Ich habe keine Lust, für etwas gegeekt zu werden, das ich nicht getan habe.«

Mann, mit den leeren Augenhöhlen sieht er echt beängstigend aus. »Auf die Klinik bin ich auch schon gekommen. Die Cops sperren das Gebiet ab. Ich habe einen Beobachter abgestellt, der mich anruft, wenn sich was tut.« In dem Moment klingelte ein Telefon, und Hustle führte ein kurzes Gespräch. »Das ist ja wie bestellt, Chummer«, sagte er. »Die Stars ziehen ab. Ich geh dann mal nachsehen.«

Sparkplug hörte, wie er hinausstapfte.

»Sei vorsichtig, Stoßzahn«, rief er hinterher, und der Ork grummelte etwas Unverständliches.

»Bleibst du noch?«, fragte er Twing hoffnungsvoll, die sich erhoben hatte. »Es ist ein Drekgefühl, wenn man nichts sehen kann. Ich bin es nicht gewohnt. Normalerweise habe ich Thermalbilder, Radardisplays und die schönsten Zoomaufnahmen von der Umgebung. Jetzt erkenne ich nicht mal meine Hand, wenn sie direkt vor der Nase schwebt. Das macht mir ein wenig Sorgen.« Er klang wirklich nicht besonders glücklich. »Es würde mich interessieren, warum E. R. das getan hat.«

»Was getan?«

»Die Augen ausgebaut.«

»Das wird Doc Brown bald herausfinden«, beschwichtigte Twing. »Er hat mir gesagt, er macht einen gründlichen Check all deiner Implantate, sobald dein Kreislauf im grünen Bereich ist und du wieder die richtige Drehzahl hast.« Der Rigger spürte, dass sich die junge Frau an seine Seite setzte. »Ich habe noch ein bisschen Zeit, aber dann mache ich mich an die Arbeit.«

»Warum? Was steht denn Wichtiges an?«

»Na, ich wollte Cynthia mal durchsehen. Ich glaube, sie hat sogar in der Tür ein Einschussloch, und der rechte Hinterreifen sieht platt aus, ganz zu schweigen von der Stoßstange und der Kühlerhaube, mit denen du den armen Cop erwischt hast, Evil Knevil«, zählte Twing auf.

»Und da sitzt du noch hier rum?« Sparkplug spielte den Entsetzten. »Los, an die Arbeit, die Schutzbrille auf und das Schweißgerät in die Hand. Ich will nicht, dass es Cynthia schlechter geht als mir. Und vergiss nicht, die Lenkstabilisatoren zu checken. Die sind drekanfällig, und ich kann es nicht verantworten, dass du mir in der nächsten Kurve abschmierst.«

»Wir müssen mal die Beziehung zu deinen Fahrzeugen ausdiskutieren.« Die hübsche Mechanikerin mit den kurzen, blau gefärbten Haaren und den farblich dazu passenden Augenbrauen stand auf. »Manchmal denke ich, du tickst nicht mehr richtig.«

»Fahrzeuge haben auf ihre Art eine Seele, glaub mir«, beteuerte der Elf und kratzte sich vorsichtig am kahlen Schädel. »Und wenn man sie schlecht behandelt, versagen sie dir im wichtigen Augenblick den Dienst. Sie haben einen verfraggt guten Memorychip im Autopilot. Übertriff dich selbst, wenn du an ihr herumschraubst. Aber bitte mit Gefühl, ja?«

»Ich liebe dich auch sehr«, sagte Twing und ging kopfschüttelnd hinaus.

Sparkplug stieß geräuschvoll die Luft aus. *Weiber. Noch schlimmer als empfindliche Autos.*

Seattle, Redmond Barrens, 24. 07. 2057 AD, 22.23 Uhr

Hustle stoppte den Ford Americar, der in den schrillsten Farben besprüht worden war, direkt vor dem Eingang des dreistöckigen Hauses, in dem Doc E.R. seine angesehene und florierende Schattenklinik gehabt hatte.

»'ne Schande, so'n prima Weißkittel abzuputzen«, grunzte Noomy, einer der drei Orkganger, die sich der Straßensamurai als Verstärkung mitgebracht hatte, denn immerhin sahen acht Augen mehr als zwei, egal, wie vercybert sie waren. »Würd mich echt interessieren, warum der bescheuerte Rigger das gemacht hat.«

»Sparkplug war's nicht, Noomy«, stöhnte Hustle und stieg aus. »Das hab ich heute schon viermal gesagt.« Er zeigte auf den schwarzen Lieferwagen, der zehn Meter weiter auf dem Bordstein stand. »Weiß jemand zufällig, wem der gehört?«

Die Ganger schüttelten die Köpfe, luden ihre Uzis III durch und verließen ebenfalls den Ford.

»Vielleicht 'n Pressefuzzi auf Storyjagd? Vorhin kam uns einer von FNS entgegen«, vermutete Glogg und schulterte seine Waffe. »Wie die Haie. Wo einer ist, sind bald alle. Die schreib'n doch über jeden Mist.«

»Kann sein«, murmelte der Straßensamurai. »Haltet trotzdem die Augen offen. Wenn's stimmt, was Sparkplug erzählt hat, kann die Sache haariger als ein Sasquatch werden.« Er schaute auf die verdreht angeordneten, menschlichen Umrisse, die mit Kreide auf die Straße gezeichnet worden waren. »Muss wohl der Cop gewesen sein.«

»Yeah, wieder einer weniger«, brummte Noomy und ging ins Haus.

Die Ganger folgten, während Hustle dem Lieferwagen noch einen schnellen Blick zuwarf, bevor er im Eingang verschwand. *Sieht nach einem interessanten Besuch aus.*

Das Polizeiabsperrband lag zerrissen am Boden, und der Ork war sich sicher, dass es bereits vor der Ankunft seiner Truppe dort gelegen hatte.

Im Gebäude blieb zunächst alles still, bis die Gruppe in die zweite Etage kam.

Hinter den Türen, die zu Doc E. R.s Klinik führten, ertönten Geräusche von splitterndem Glas und Gegenstände wurden umgeworfen.

»Was sagt man dazu?« Noomy brachte empört die Uzi in Anschlag. »Ich pack's nicht. Da plündert einer. In meinem Revier!«

Der Straßensamurai zog seine Ares Predator II und aktivierte die Smartverbindung. Seine Cyberaugen glühten kurz grellgrelb im Halbdunkel. »Lasst uns nachsehen, wer sich da bedient, Chummers.«

Er hob drei Finger in die Luft und zählte rückwärts, dann stürmten die Ganger hinein. Hustle folgte unmittelbar dahinter.

Die vier Orks überraschten fünf Männer in schwarzen Anzügen, die sich gerade über das Inventar der Praxis hermachten.

»Keine Bewegung, Freaks, oder ich blase euch allen das Licht aus!«, schrie Noomy und schwenkte den Lauf der Uzi III wild hin und her. Seine Leute brüllten ebenfalls durcheinander.

Keineswegs eingeschüchtert, sondern eher genervt erhoben sich die Männer langsam und reckten die Arme in die Höhe, wobei sie ihre Besucher mit abschätzenden Blicken taxierten.

Lächelnd trat einer der Anzugträger vor, dicke

Kunstmuskelstränge zeichneten sich unter der Kleidung ab.

»Smith ist mein Name, Gentlemen. Darf ich Sie darauf hinweisen, dass Sie eine Aktion des Geheimdienstes behindern?« Langsam fuhr er mit der linken unter das Sakko und holte vorsichtig einen CIA-Ausweis hervor. »Meine Leute und ich sind bereit, den Vorfall zu vergessen, wenn Sie ganz schnell wieder dorthin gehen, wo Sie hergekommen sind.«

Noomy blinzelte. »Geheimdienst, ja? CIA? Klar, ich hab auch 'nen Ausweis.« Er hob die Uzi. »In dem Clip sind gleich zwei Dutzend von der Sorte drin. Hochexplosiv. Willste mal sehen?«

Der Anzugträger schnippte, und mit einer für das normale Auge kaum nachvollziehbaren Geschwindigkeit zogen die vier Männer hinter ihm ihre Waffen. Jeder der großkalibrigen, schallgedämpften Colt Manhunter zielte auf einen der Orks. »Ich würde sagen, wir haben ein Unentschieden«, meinte er lächelnd, während er lässig die Hände in die Taschen steckte.

Drek, die haben ziemlich gute Reflexbooster. Noomy begann zu schwitzen. *Vielleicht sind sie ja doch von der Regierung.* »Steht dein Angebot noch, Smith?«, fragte er den Anzugträger, der kaum merklich nickte.

»Selbstverständlich. Ich vermeide Blutvergießen, wenn es geht.«

Hustle überlegte. *Hier läuft eine verdammt große Nummer.* Er glaubte keine Nanosekunde an den Unsinn mit dem Geheimdienst, aber trotzdem waren die anderen ziemlich gut verdrahtet. Nach der Sicherheit ihres Anführers zu schließen, waren sie sogar noch besser, als er befürchtete, und wenn er richtig vermutete, würde keiner von den Gangern lebend aus diesem Zimmer kommen. Inklusive seiner Person. *In was ist Sparkplug bloß hineingeraten?*

»Okay, Chummers, ziehn wir uns zurück«, befahl

der Orkganger und ging langsam rückwärts, wobei er die angeblichen Regierungsagenten keine Sekunde aus den Augen ließ.

Seine Leute verschwanden ziemlich erleichtert einer nach dem anderen im Korridor, während der Straßensamurai unbeweglich neben dem Fenster stehen blieb.

»Komm schon, Hustle«, flehte Noomy, »raus hier. Die Typen wollen alleine sein.«

»Sir, haben Sie ein Problem mit der Abmachung?« Smith wandte sich ihm zu. »Wir können Sie auch gerne erschießen, wenn Sie darauf bestehen.«

»Noomy, sei kein Idiot. Die werden dich ebenso abknallen wie deine Jungs. Unten steht bestimmt ein Begrüßungskomitee.« Hustle visierte den Kopf des Anführers an. »Lass uns auf einem anderen Weg abhauen.«

»Ich gebe Ihnen mein Wort, dass Sie freies Geleit haben«, meldete sich der Anzugträger freundlich. »Sie können einfach die Tür hinausspazieren.«

Der Orkganger schluckte schwer und ging wieder rückwärts. »Tut mir Leid, Hustle, aber ich verschwinde.«

Ich hatte dich gewarnt. Der Samurai steckte die Waffe weg. »Na schön. Ich gehe lieber hier raus, das ist sicherer.«

Mit einem kräftigen Sprung beförderte er sich durch das Fenster, stürzte ein paar Meter und landete in einem Scherbenschauer zwischen Mülltonnen und Plastiksäcken, die den Aufprall dämpften.

Schnell rappelte er sich auf. Um ihn herum schlugen die ersten Schüsse ein. »Freies Geleit«, fluchte er. »Das habe ich mir anders vorgestellt.«

Zwei Treffer kassierte er in die linke Schulter, doch seine Dermalpanzerung fing die Projektile ab. Dann hörte er eine Explosion.

»Schöner Drek«, fluchte der Ork, klaubte eine Bananenschale aus der Tasche und lief los. »Wenn ich auch nur geahnt hätte, was mich da oben erwartet, hätte ich die ganze Gang mitgenommen und ein Dutzend von Sparkplugs Drohnen.«

Er rannte fluchend die Straße hinunter und passierte eine Kreuzung, von der aus er den Eingang des Hauses sehen konnte.

Der Ford Americar brannte lichterloh. Dicke Qualmwolken zogen über den kochenden Asphalt, und Hustle bekam einen Schwall Phosphorgeruch in die Nase.

In einem gebührenden Abstand zu dem Inferno kauerte ein Mann im Anzug und lud den Granatwerfer nach, während seine Kollegen einen weiten Halbkreis um das Fahrzeug gezogen hatten und ihre Magazine in das Innere leerten. Die Türen des schwarzen Lieferwagens standen offen.

Ihr verfraggten Säcke! Noomy war zwar ein Idiot, aber trotzdem ein netter Kerl.

Der Samurai zog wütend die Predator II und schickte den Gegnern drei Kugeln hinüber. Einer der Männer brach zusammen. Wenn ihn die Vergrößerungsoption der Cyberaugen nicht getäuscht hatte, war dem Anzugträger der ganze Kopf weggeflogen.

Hustle kam nicht dazu, sich richtig zu freuen, denn der Granatwerfer schleuderte gerade einen faustgroßen Gegenstand in seine Richtung.

Der Samurai duckte sich hinter die nächste Mauerecke. Dann detonierte die Granate in seinem Rücken und überschüttete ihn mit brennendem Phosphor.

Hustles Jacke stand in Flammen. Schnell fraß sich die glühend heiße Chemikalie durch die Kleidung und ließ den Ork aufschreien.

Während er über die Straße taumelte, riss er sich die Kleider vom Leib. Dann blieb er stehen und wälzte sich schreiend am Boden, bis er glaubte, die Flammen erstickt zu haben.

Der Gestank von verbranntem Fleisch umgab ihn, die Schmerzen waren unglaublich.

Als er sich mühsam auf die Beine gestemmt hatte, waren die Anzugträger bei ihm und überwältigten ihn mit Leichtigkeit.

»Erledigt ihn nicht«, quakte es aus einem Funkgerät. »Schickt ihn einfach nur schlafen. Ich will ihn verhören. Es interessiert mich, was sie in der Klinik gesucht haben.«

»Verstanden, Boss.«

Einer der Verfolger drückte ihm ein Traumapflaster auf die nackte Brust. Dann beorderte er den Wagen in die Straße.

In wenigen Minuten war der bewusstlose Straßensamurai eingeladen, und der schwarze Lieferwagen brauste davon.

Zurück blieben ein qualmender Ford Americar und drei verkohlte Orkganger.

III.

Seattle, Downtown, 25. 07. 2057 AD, 10.00 Uhr

Das Café im Obergeschoss von ›Buyworld‹, dem drittgrößten Kaufhaus in Seattles Downtown, wimmelte von Kunden, die sich nach dem anstrengenden Wettlauf, den manche immer noch Einkauf nannten, eine Tasse Soykaf gönnen wollten.

Die abgehetzten Kellner rannten von Tisch zu Tisch, um die Wünsche der Durstigen zu erfüllen.

Das Klappern von Tassen und Tellern, die Unterhaltungen der Menschen und das lautstarke Quengeln ungeduldiger Kinder mischten sich zu einem allgegenwärtigen Geräuschebrei, der sich dick über jeden Keim von Gemütlichkeit legte und ihn abtötete.

Lugstetter saß ungerührt inmitten des Chaos wie ein Fels in der Brandung, hatte die Kopfhörer des tragbaren Musikchipplayers aufgesetzt und las die ›Seattle Daily‹ auf seinem Palmtop. Seine Füße wippten im Takt der Musik.

Auf dem Tisch lag sein metallbeschlagener Aktenkoffer, der zwischen den ganzen Einkaufstüten fehl am Platze wirkte. Auch Lugstetter hob sich durch seinen dunkelblauen Maßanzug deutlich aus der lärmenden, durchschnittlich gekleideten Masse ab.

Ein kleiner Orkjunge schlich sich von seiner Sippe weg, die über die erneuten Preiserhöhungen im ›Buyworld‹ diskutierte, und kam an den Tisch des Mannes.

»Du, Onkel!«

Lugstetter reagierte nicht, sondern blätterte per Cursor die virtuelle Zeitungsseite um.

»Was hast'n du im Koffer, Onkel?« Der Orkjunge

schielte nach den Schlössern und streckte die Finger danach aus. »Kann ich mal gucken?«

Ganz langsam senkte der Mann die Lektüre und lächelte den kleinen Metamenschen an.

»Na, mein naseweiser Freund? Das ist nichts für Jungs in deinem Alter.« Er beugte sich vor, nahm den Keks, der neben seiner Tasse lag, und reichte ihn ihm. »So, da hast du einen Keks. Und jetzt schwirr ab.«

Der Orkjunge blieb standhaft, während er den Keks in den Mund schob und heftig kaute, dass die Brösel durch die Luft flogen.

»Ich will aber sehen, was du da drin hast.«

Lugstetter machte ein geheimnisvolles Gesicht und strich über seinen Kinnbart. »Also gut. Granaten, Pistolen und ein ganz großes Gewehr, mit dem ich neugierige, minderjährige Orks wie dich erschieße. Peng, peng!«

Der Kleine würgte geräuschvoll den Keks runter, drehte sich auf dem Absatz herum und lief wie der Blitz zurück an seinen Tisch. Um ein Haar hätte er einen Kellner gerammt.

Lugstetter grinste zu der Orksippe, die ihn jetzt böse anstarrte, und winkte fröhlich, dann vertiefte er sich wieder in die ›Seattle Daily‹.

Ein fast schon übernatürlich muskulöser Mann in schwarzem Geschäftsanzug näherte sich seinem Platz und stellte sich vor den Tisch.

»Darf ich mich zu Ihnen setzen, Herr Lugstetter?«

»Natürlich dürfen Sie, Mr. Jennings, und es wäre mir lieb, wenn Sie mich in der Öffentlichkeit nicht mit ›Herr‹ anreden, sondern das in Seattle gebräuchliche ›Mister‹ verwenden. Am besten ›Mr. Johnson‹, so sagt man doch, oder? Es muss ja nicht jeder gleich mitbekommen.« Er machte eine einladende Handbewegung, orderte einen Kellner herbei und bestellte einen Martini für seinen Gast.

»Wenn ich mich so umsehe, kann ich mir unsere 32 Prozent Bevölkerung unterhalb der Armutsgrenze überhaupt nicht vorstellen.« Jennings nippte an seinem Drink. Das Glas sah zierlich und zerbrechlich in der breiten Hand des Mannes aus. »Die Leute kaufen immer noch wie die Bescheuerten.«

»Und dazu noch den unsinnigsten Schund.« Der Deutsche deutete auf den kleinen Ork, der eine hässliche Actionfigur malträtierte. »Wenn ich nachts durch die weniger belebten Viertel fahre, kann ich mir die Verbrechensrate von 18 pro tausend Einwohner nicht vorstellen.« Lugstetter roch an seinem Soykaf. »Vermutlich liegt sie dreimal so hoch.«

»Sie würden sich wundern, wenn Sie die echten Daten kennen würden. Ich denke, Sie haben ...«, begann der Samurai, aber der andere hob die Hand.

»Einen Moment noch.« Er drehte die Zahlenkombination seines Koffers auf 876. »Ich wollte nur noch schnell den White-Noise-Generator einschalten. Ich rede nur ungern über Geschäfte, ohne mich abzusichern.«

»Dann mal los«, sagte Jennings und wartete, dass Lugstetter den Deckel öffnete.

»Der Generator ist eingeschaltet.« Er deutete auf den Koffer. »Ein kleines Spielzeug mit jeder Menge zusätzlichen Extras, Made in Germany. Der Antiüberwachungssender wird mit der Kombination aktiviert und stört alle, die versuchen wollen, per Wanze oder Mikrofon auch nur ein Wort von uns zu belauschen. Als Geschäftsmann muss man sich schließlich vor der Konkurrenz schützen.« Er lächelte unverbindlich. »Also, Mr. Jennings, was haben Sie zu berichten?«

»Nettes Gerät. Vermutlich hat es auch eine Selbstzerstörung, nicht wahr?« Der Mann war fasziniert.

»666«, antwortete Lugstetter grinsend. »Darf ich Sie noch einmal an die Schattenklinik erinnern?«

»Selbstverständlich.« Jennings zog einen Chip aus der Innentasche seines Sakkos. So musste ein Cent in der Handfläche eines Riesen wirken. »Hier ist alles aufgeschlüsselt, was wir an elektronischen Geräten mitgenommen haben. Ich denke, Professor Takahiro möchte sich die Sachen ansehen.«

»Ganz recht.« Der Deutsche verstaute den Datenträger in der Seitentasche. »Gab es noch etwas?«

»Es wird Sie vermutlich interessieren, dass wir gestern nicht die Einzigen waren, die sich in Doc E.R.s Klinik umgesehen haben. Wir bekamen plötzlich Besuch von ein paar Gangern, die wir entsorgen mussten.«

»Ganger?« Lugstetter verzog das Gesicht. »Was haben die dort gewollt?« *Das hat mir gerade noch gefehlt!*

»Wäre ich Optimist, würde ich vermuten, sie waren ›nur‹ auf Beutezug, um ihrem Hehler ein paar billige medizinische Geräte zu besorgen. Da ich aber meist das Schlimmste annehme, haben wir einen geschnappt, der gegenwärtig verhört wird. Im Gegensatz zu den anderen ist er ein bekannter Schattenläufer. Eine Phosphorgranate hat ihm gehörig den Pelz verbrannt, aber wir halten ihn so lange am Leben, bis er uns was gesagt hat. Ich schätze, dass ich morgen die Informationen aus ihm rausgeholt habe.« Der Samurai angelte die Olive aus dem Glas und zerkaute sie genussvoll.

Lugstetter verfluchte sein Schicksal. *In Deutschland wäre der ganze Job mit meinen Verbindungen schon lange erledigt.* Hier musste er die umständlicheren Wege wählen, arbeitete mit Fremden zusammen und hatte so gut wie keinen Einfluss auf die Behörden. *Außerdem geht mir Gercke gehörig auf den Geist.*

»Sie sehen nicht sehr erfreut aus, Mr. Johnson«, hörte er Jennings sagen, der mittlerweile den zweiten Martini vor sich stehen hatte.

»Oh, entschuldigen Sie bitte. Seien Sie versichert, es hat nichts mit Ihnen zu tun. Sie haben Ihre Arbeit gut gemacht, und die Bezahlung erfolgt auf die übliche Weise. Kann ich mit Ihrer weiteren Hilfe rechnen, oder sind Sie und Ihr Team derzeit ausgebucht?« Insgeheim betete er, dass der gepflegte Samurai keine Termine hatte.

»Mr. Johnson, ich habe immer Aufträge. Aber Ihnen und Ihren Freunden räume ich selbstverständlich Priorität ein«, sagte Jennings mit einem freundlichen Geschäftslächeln. »Schon alleine wegen der prompten und großzügigen Bezahlung.«

»Ich habe den Wink verstanden«, lachte der andere. »Sagen Sie, funktioniert der Trick mit dem Geheimdienst immer noch? FBI?«

»CIA«, antwortete der Samurai. »Ich mache mich gut als Specialagent Smith. Aber wir werden uns demnächst etwas anderes einfallen lassen. Es nutzt sich ab, und wenn es sich herumspricht, verliert es den Coolheitsfaktor. Mir ist aber noch etwas eingefallen, was ich überprüfen lassen würde. Einer meiner Männer hat einen Wagen mit der Aufschrift ›FNS‹ direkt vor der Klinik gesehen. Ein ziemlich verlotterter Typ ist eingestiegen und hat behauptet, er hätte den Wagen gestohlen.«

»Und was ist das für eine Abkürzung?«

»Das wird Ihnen nicht gefallen«, sagte Jennings mit ernstem Gesicht. »Free Network Seattle, ein kleiner Lokalsender hier in der Stadt, der sich ins Kabel einspeist. Wir wissen, wer der Kerl ist. Wenn Sie seine Adresse haben möchten?«

Live dabei. Das wird immer besser. Lugstetter sackte zusammen. »Was habe ich in meinem vorherigen Leben verbrochen, dass bei diesem Job so rein gar nichts funktionieren will?«

»Das müssen Sie schon selbst wissen. Vielleicht waren Sie Versicherungsvertreter?« Der Samurai stand auf und reichte Lugstetter die Hand. »Sie wissen, wie Sie mich erreichen können. Die Adresse des Lagerhauses, in dem die elektronischen Geräte zu finden sind, steht auf dem Chip. Schönen Tag noch.« Der Mann schlenderte zum Aufzug.

Schönen Tag noch, echote er missmutig in Gedanken, *sehr witzig.* Dennoch empfand er das Ergebnis des Gesprächs als zufrieden stellend. *Ich werde der Zentrale empfehlen, Jennings auf unsere feste Lohnliste zu setzen. Der Mann ist wenigstens ein Profi.*

Er klickte das Zahlenschloss auf 109 und öffnete den Deckel des Koffers, in dem erstaunlich wenig Platz für einen Behälter dieser Größe war.

Sorgsam steckte er den Chip in ein dafür vorgesehenes Fach, in dem er mit einem leisen Klicken einrastete, startete den integrierten Laptop und aktivierte den Zerhacker.

Das Funkmodem sendete die verschlüsselten Daten über etliche Umwege an Professor Takahiros persönliche Mailadresse.

Nach wenigen Minuten schloss Lugstetter den Koffer und bestellte sich einen weiteren Soykaf und ein großes Stück Kuchen. *Nervennahrung.*

»Du hast ja gar keine Pistolen im Koffer«, sagte der Orkjunge, der lautlos wie eine Katze an seiner Seite aufgetaucht war. »Du hast gelogen, Onkel.«

Was zum … Der Mann unterdrückte den Impuls, den doppelten Boden des Koffers zu öffnen und dem Jungen die entsicherten Mikrogranaten in die Taschen zu stecken oder ihm wenigstens mit der versteckten Altmayr SP ein Loch ins Bein zu schießen, nur um zu zeigen, dass er kein Lügner war, bis auf die Sache mit dem Gewehr.

Stattdessen spielte er mürrisch den Ertappten.

»Meine Güte, jetzt hast du mich ganz schön erwischt. Und jetzt nimm den Kuchen und verpiss dich.« Er drückte dem kleinen Ork den Teller in die Hand und schob ihn weg. Strahlend zog der Junge mit seiner Beute an den Tisch seiner Sippe und berichtete von seiner Entdeckung.

Scheiß Kinder. Lugstetter orderte drei Schokodonuts und kippte den Soykaf hinunter. Angewidert verzog er das Gesicht. *Was für eine Brühe. Die Yankees scheuen vor nichts zurück.*

Ein wenig beruhigter las er das virtuelle Nachrichtenblatt weiter. Seine Blicke schweiften über die Überschriften der Artikel, auf der Suche nach etwas, das ihn interessieren könnte.

Als er die Meldung über LoneStars Stand der Ermittlungen bei einem vor vier Tagen begangenen Polizistenmord entdeckte, verging ihm schlagartig der Appetit.

Nicht dass sich ein beschissener Reporter in der Klinik herumgedrückt hatte, nein.

Es kam noch besser.

Der Rigger, den sie für tot gehalten hatten, war quietschlebendig und auf der Fahndungsliste ganz oben. *Ich hasse die Amis.*

»Drek, Drek und noch mal Drek!«, tobte Sparkplug in seinem Bett. »Ich habe Hustle gesagt, dass er aufpassen soll. Und jetzt hat es ihn doch erwischt.« *Nur wegen mir.*

»Nur langsam«, meinte Twing, die an seiner Seite saß. »Sie haben seine Leiche nicht gefunden. Vielleicht ist er irgendwo in Deckung gegangen und wartet, bis sich der Wirbel ein wenig gelegt hat.«

»Ach, Frag! Dann hätte er uns schon lange angefunkt.« Er trat gegen das Fußende seiner Liege.

Betreten standen die restlichen drei Schattenläufer um die beiden herum.

Cauldron spielte an ihren unzähligen Ringen, der Troll strich über die Bartstoppeln im Gesicht, während Bullet die Unzahl von Monitoren betrachtete, die nach dem cholerischen Anfall des Riggers Kurven zeichneten, wie sie ein Erdbeben der Stärke sechs auf Seismographen auslöste.

Doc Brown kam hereingestürmt und scheuchte sie hinaus.

»Er braucht Ruhe, wenn er sich schnell erholen soll«, schimpfte er, »und das Letzte, was er jetzt braucht, ist ein Herzinfarkt vor lauter Aufregung.«

Er injizierte Sparkplug eine Beruhigungsspritze, worauf die Monitore bald Normalwerte zeigten. Der Elf schlief ein.

Die Schattenläufer versammelten sich auf dem Korridor.

»Dass Sparkplug nichts mit dem Mord an E.R. zu tun hat, dürfte somit bewiesen sein«, begann Cauldron und strich sich eine lange, feuerrote Haarsträhne aus dem weiß geschminkten Gesicht.

»Stand das jemals außer Frage?«, fauchte Twing sie an. Ihre hellblauen Tätowierungen an Hals, Augenwinkeln und Stirn leuchteten vor Aufregung.

Ultra, der wie immer seine Militärklamotten, den langen Sicherheitsmantel und die deutsche Hauptmannsmütze trug, stellte sich schlichtend zwischen sie.

»Beruhigt euch, Schönheiten«, sagte er. »Wir woll'n die Jungs schnapp'n, aber nich uns gegenseitig kalt mach'n. Das bringt nichts.« Die Ringe in seinen Ohrmuscheln schlugen aneinander und klingelten leise. »Oder ich stelle euch eine Quizfrage, und wer sie richtig beantwortet, der …«

»Hört auf mit dem Drek. Cauldron hat's nicht so gemeint«, unterbrach Bullet, der müde und niedergeschlagen wirkte. »Kommt, wir gehen einen auf Hustle trinken. Ich geb einen aus.«

»Wir wissen nicht genau, ob die alte Klaue wirklich tot ist, begreift das doch«, erinnerte die Mechanikerin und hob verzweifelt die Arme. »Was ist denn mit euch los? Ihr seid doch sonst nicht so schlecht drauf.«

»Die Kleine hat Recht.« Der Troll klemmte die Daumen hinter den breiten Kampfgürtel. »Wir sollt'n herausfind'n, welcher Frag da am Dampfen is, alles andre sehn wir dann.«

Bullet trat mit Wucht an den mittelalterlich anmutenden Soykafautomat, der daraufhin einen Becher freigab, ihn aber nicht füllte. »Drek, verdammter«, fluchte er leise und versenkte die Hände frustriert in den Taschen seiner blau-grün gestreiften Hose.

»Ja, ganz toll. Dem Automaten hast du's aber gegeben. Können die Herrschaften auch noch was anderes außer Kraftausdrücke von sich zu geben?«, meinte die Magierin spitz. »Dass ungefähr jedes zweite Wort aus Sparkplugs Mund ein Fluch ist, weiß ich inzwischen, aber bei euch ist mir das noch nie aufgefallen.«

»Es muss was mit dem Doc zu tun gehabt haben«, murmelte die Mechanikerin abwesend und setzte sich auf einen verrosteten Stuhl, der einsam auf dem Gang stand. *Aber was?*

»Das Haus kannste vergessen, das is nur noch ein Haufen kokelnder Trümmer«, brummte Ultra. »Die hab'n mindestens hundert Liter Phosphor um sich geworfen, um ihre Spuren zu verwisch'n, wer auch immer es war.« Er schob sich die Mütze ins Genick und kratzte sich am Kopf. Die langen, öligen gelben Haare lagen dicht am Schädel an.

»Kennt jemand von euch E.R.s richtigen Namen?«, fragte Bullet unvermittelt. »Ich meine, der ganze Sprawl wusste, dass er angeblich mal bei Fuchi gearbeitet hat. Vielleicht ist da was dran, und ich könnte einen Decker auf die Sache ansetzen.«

»Der bei Fuchi mal eben so einsteigt und nachsieht,

oder was, Schatzi?«, schnaubte Cauldron ungläubig und wischte einen Fussel von ihrem bodenlangen, schwarzen Kleid.

Sie legte den Kopf in den Nacken und setzte sich ihre Kontaktlinsen ein, die um ihre Pupillen eine effektvolle Flammenkorona legten. Ihrem Geliebten warf sie einen mörderischen Blick zu. Sie hatte ihm immer noch nicht verziehen, dass er es wagte, ihren Jahrestag zu vergessen.

Der Samurai mimte den Gleichgültigen.

»Die Idee is vielleicht gar nich so schlecht«, meinte der Troll vorsichtig. »Kann doch sein, dass die Jungs von Fuchi was von ihm wollt'n. Vielleicht wusste er 'n Geheimnis.«

Cauldron verzog den Mund, während Bullet bereits eine Nummer in sein Handgelenkcom tippte.

»Ich setze Hotwire darauf an.« Er unterhielt sich kurz mit dem Decker am anderen Ende der Leitung. »Wann E. R. bei Fuchi aufgehört hat?« Unsicher schaute er in die Runde. »Ich glaub, vor anderthalb Jahren. Du kümmerst dich drum?« Der Samurai schwieg, während seine Augen immer größer wurden. »Du Deckhead willst 2000 Nuyen nur fürs Nachsehen? Chummer, ich könnte mir auch einen Anfänger für den Job holen, aber ich wollte dir ein paar Kröten gönnen.« Wieder eine Pause. »Aha, Personaldaten sind gut geschützt? Schwarzes ICE? Von mir aus, du kriegst deine 2000. Und jetzt stöpsle dich gefälligst ein, wir kommen in einer Stunde vorbei.« Er unterbrach die Verbindung.

»Da bin ich aber gespannt, was dein Freund leistet«, stichelte Cauldron. »Vermutlich sitzt er mit rauchenden Buchsen und durchgebrannten Leitungen vor seinem Deck, wenn wir ankommen. Weißt du, wie schwer es ist, euch Essenzlose mit Magie einigermaßen wieder hinzubiegen?«

»Du kannst eben nichts, Hexe.« Der Straßensamurai schaute sie herausfordernd an.

Er wusste, was er mit dieser Bemerkung bei seiner aufbrausenden Gefährtin provozierte, aber er lebte nach dem Motto, das er in die millimeterkurze Frisur rasiert hatte: No fear!

»Sag das noch mal, und ich setze dir einen Manablitz zwischen deine elektronischen Lichter«, giftete sie prompt und hob die Hände. Für einen Augenblick wirkten die Flammen um ihre Pupillen echt.

Bullet spielte das Spiel mit. Kunstmuskeln zuckten gefährlich, und der Sporn im linken Unterarm fuhr aus seiner Hülle.

»Und später schieben sie wieder 'ne Nummer«, bemerkte Ultra grinsend. Twing schüttelte den Kopf.

Das Verhältnis zwischen dem menschlichen Straßensamurai und der Magierin war etwas Besonderes. Mal verbrachten sie Stunden zusammen im Bett, dann waren sie kurz davor, sich gegenseitig ins Jenseits zu befördern. Nach dem Streit, schätzte die Mechaniker, würden die beiden spätestens in einer Stunde lebhaft Versöhnung feiern. So ging das seit mehr als anderthalb Jahren. *Muss so eine Art Hassliebe sein,* schätzte sie.

»Du hast Glück, dass ich meinen freundlichen Tag habe«, fauchte Cauldron und entspannte sich.

»So wie du dich benimmst, hast du wohl eher deine Tage«, konterte der Samurai, um etwas Öl ins erkaltende Feuer zu gießen.

Ultra seufzte und schob sich zwischen die beiden, um eine handfeste Auseinandersetzung unmöglich zu machen. »Ich komm mir bei euch inzwisch'n echt vor wie 'n Türstopper. 's is genug, ehrlich. Wir wiss'n alle, wie sehr ihr euch liebt. Wie wär's mit 'ner Fahrt zu dies'm Decker?«

Bullet nickte grimmig. »Er benutzt normalerweise ein altes Haus ungefähr zehn Blocks von hier, um ins

Netz einzusteigen, damit man ihm nicht die Bude demoliert, wenn mal was schief gehen sollte. Ist aber bei Hotwire bisher nicht passiert.«

»Dann mal los.« Twing stapfte zum Ausgang. Der Rest des Teams folgte.

Cauldron schickte Bullet finstere Blicke aus ihren Flammenpupillen hinüber, die der Samurai aber ignorierte. *Dieser Idiot hat nicht den blassesten Schimmer, weshalb ich wütend auf ihn bin,* ärgerte sie sich. *Gedankenloser Chiphead.*

Der Troll bog in das Arztzimmer ab und kam kurz darauf nach.

Die Mechanikerin startete Cynthias Motor, der mit einem kräftigen Röhren aus seinem Schlummer erwachte.

430 Pferdestärken gab der modifizierte Antrieb her. Lachgaseinspritzung und Hochleistungskühlgeräte sorgten für die entsprechende Endgeschwindigkeit von 200 Sachen, obwohl der GMC Bulldog dank seiner Stahlplatten, die einem kleinen Panzer alle Ehre machten, stolze dreieinhalb Tonnen ohne Ladung wog.

Twing trat das Gaspedal durch, und Cynthia schoss los.

Nach ein paar Metern schaltete sich der doppelte Turbolader mit einem leisen Pfeifen hinzu. Die Schattenläufer wurden in die Sitze gedrückt.

Die junge Frau lächelte still, als sie das Fahrzeug gekonnt durch die Gassen jagte. Die Mauern flogen rechts und links an den Scheiben vorbei.

»Du genießt es, dass du die Karre auch mal fahren darfst, was?« Cauldron saß mit noch blasserem Gesicht als sonst neben der Mechanikerin und klammerte sich an ihrem Gurt fest. Ihre Wut auf den Samurai verflog angesichts der leibhaftigen Lebensgefahr. Adrenalin flutete durch ihren Körper.

Die digitalen Anzeigen des GMC, die entfernt Ähnlichkeit mit einem Equilizer hatten, glühten im Halbdunkel des Cockpits und beleuchteten Twings Züge fast gespenstisch.

»Mann, gibst du Gas. Ist das vielleicht nicht ein bisschen ...«

Hart riss die Mechanikerin das Steuer herum. Der Bulldog ging seitlich in die Stoßdämpfer, fing das abrupte Manöver aber gut ab.

Nur schemenhaft erkannte die Magierin einen geöffneten Abwasserschacht, an dem Cynthia mit knapp hundert Stundenkilometern haarscharf vorbeiraste.

Bullet und Ultra protestierten gegen das unverhoffte Rütteln.

»Drek, jetzt ist mir die Handgranate runtergefallen«, schimpfte der Mann, und Cauldron verlor den Rest Rosa aus dem Gesicht. Schon wollte sie einen ihrer Elementargeister zu Hilfe rufen.

»Siehst du«, sagte Bullet und grinste den Troll an, »ich habe doch gesagt, sie fällt drauf rein.«

Im nächsten Moment bekam er eine kraftvolle Ohrfeige von der erbosten Magierin.

»Deine Reflexbooster sind wohl nicht in Ordnung«, feixte Ultra, der beim verdutzten Ausdruck in den Augen seines Teamkollegen schallend lachen musste. Immer wenn der Troll sein mächtiges Gebiss entblößte, sah man auf dem linken unteren Reißzahn die kleine Blattgold-Mickymaus, die er sich als Glücksbringer hatte anbringen lassen.

Er kramte einen Organizer hervor. Piepsend erwachte das Gerät zum Leben. »Hat jemand eine Ahnung, wie die ganzen Gashüllen rund um die Erde heißen?«, fragte er.

»Hat er sich etwa ein Quizprogramm geladen?«, stöhnte Cauldron, während sie sich am Griff neben dem Einstieg festklammerte, dass die Knöchel hervortraten.

»Bingo«, lachte der Troll. »Hustle meinte, ich soll üben. Ich will bei ›Quizz It‹ mitmachen.«

»Atmosphäre?«, schlug Bullet vor.

»Nee, so heißt der Sammelbegriff«, lehnte der Troll die Antwort ab. Er tippte auf dem Gerät herum. »Troposphäre, Stratosphäre, Mesosphäre, Thermosphäre und Exosphäre«, las er vor. »Und ich dachte immer, 'ne Fähre wäre ein Boot.«

Twing trat auf die Bremse, lenkte den GMC auf den Bürgersteig und hielt vor einer Einfahrt an.

»Motor aus«, befahl sie und lehnte sich mit geschlossenen Augen und zufriedenem Lächeln in den Sitz. »Das tat gut.«

»Wenn du es sagst«, meinte Cauldron wenig überzeugt und stieg mit schlotternden Knien aus. Die anderen beiden schnallten sich ab und verließen das Fahrzeug.

»Erstes Stockwerk, drittes Zimmer rechts«, lenkte sie Bullet, der die Hand am Griff seiner Ingram Smartgun hatte. Auch der Troll hielt sich vorsichtshalber kampfbereit und fasste die Wallacher Kampfaxt fester. In diesem Teil der Barrens war alles möglich.

Sie durchquerten einen verdreckten Hinterhof.

Ein paar Ratten huschten davon, als die Schattenläufer in ihre Nähe kamen. Die Dunstschwaden, eine Mischung aus Fernwärmedampf, Smog, echtem Nebel und Küchenabluft, verdichteten sich nach dem Regen, und die Temperaturen stiegen.

Die vier stiegen knarrende Stufen in die angegebene Etage hinauf und blieben vor der Tür stehen, die ein intaktes Magschloss aufwies und ziemlich neu aussah.

Bullet klopfte, und die Tür wurde geöffnet.

Ein Zwerg mit einer gewaltigen Lockenpracht sowohl auf dem Kopf als auch rund ums Kinn stand in der Tür. In den beiden Datenbuchsen auf der Stirn steckten Anschlüsse und verliehen dem Decker das Aussehen eines kleinen Teufels mit langen Hörnern.

»Ah, Bullet«, begrüßte er den Samurai mit einem Slang, der sich irgendwie nach einem Hauch Griechisch anhörte, »schön, dich zu sehen. Oder wie meine Vorfahren sagten: Ja sou.«

»Hoy, Deckhead.« Er reichte dem untersetzten Metamenschen die Hand und deutete auf die anderen. »Das sind Twing, Cauldron und Ultra, meine Chummers. Dürfen wir reinkommen?«

»Klar, Leute.« Er trat zurück und gab den Weg frei. »Ísse kalá?«

»Alles bestens.« Bullet zwängte sich an ihm vorbei.

Erst jetzt entdeckte die Mechanikerin die Schrotflinte, die in einer Halterung an der Decke angebracht war und auf den Eingang zielte. Von dem Firmpoint verlief ein Kabel nach hinten in das andere Zimmer.

»Gefährliche Gegend hier, oder?« Twing deutete auf die Waffe.

»Geht so«, meinte der Decker zwinkernd und lotste sie in den Nebenraum. »Das schlimmste sind die Ratten. Die Mistviecher nagen mir die Leitungen durch, wenn sie Hunger oder Langeweile haben. Ansonsten lassen sich hier nur die Leute blicken, die ich herbestellt habe.«

»Sind das nich zu wenig Ballermänner?« Ultra deutete zu der Schrotflinte. »Soll das ausreichen, um ein Kon-Team im Notfall aufzuhalt'n?«

«Ts, ts, ts.« Hotwire schüttelte die Locken. »Was bist du denn für einer? Eigentlich siehst du aus wie ein Samurai, aber besonders gewitzt scheinst du nicht zu sein. Ihr seid an drei ferngesteuerten Waffennestern vorbeigekommen. Okay, ich geb's zu, sie sind schwer aufzuspüren. Moment, ich zeig's euch mal.«

Bullet grinste den Troll-Straßensamurai schadenfroh an.

Der Zwerg setzte sich an sein Fuchi Cyber-8, an dem eine Unmenge von Umbauten vorgenommen worden waren, hackte auf die Tastatur ein und zauberte einen Lageplan des Gebäudes auf den Monitor.

In einem Müllhaufen im Hof blinkte ein rotes Lämpchen, ein weiteres unter der Treppe und ein drittes am Ende des Korridors, der zu der Tür führte.

»Zwei AK-98 mit eingebautem Granatwerfer, eine Enfield AS7 und ein Ingram Valiant. Das sind Leihgaben von einem befreundeten Rigger. Der hat mir die fahrbaren Pods zusammengebaut, und ich habe die automatische Zielerfassung neu geschrieben. Alles schön getarnt, sensorgesteuert und vom Feinsten.«

»Okay, das hält'n Kon-Team auf«, gab der Troll zu und rülpste. »Du bist Grieche, was? Wie heißt bei euch die Göttin der Liebe?«

»Ich glaube nicht an Götter, Chummer«, antwortete der Matrix-Experte überrascht. »Im Netz sind wir alle gleich.«

»Ein Kollege von dir hat gesagt, sie heißt Mathilda«, beschwerte sich der riesige Metamensch beleidigt. »Das war natürlich falsch.«

Am Gesicht des Zwergs erkannten die Läufer deutlich, dass Hotwire nichts, aber auch gar nichts verstand.

Die Tasten des Organizers wurden gedrückt. »Stimmt. Das Ding hier sagt auch ›Aphrodite‹. Dann hat mich Aristoteles angelogen, der Idiot.«

»Der Philosoph?« Verwirrt schaute der Decker in die Runde. »Muss ich verstehen, was er sagt?«

»Nee, nicht der Philosoph«, sagte Ultra gedehnt. »Der Tzazikimacher. Der Gyrosschnippler, Ecke 8. und Ecke Main. Ein Grieche wie du.«

Hotwire rollte mit den Augen. »Äh …«

»Warst du schon im Fuchi-Netz?«, wollte Bullet wissen und schwenkte den Credstab vor den Augen des

Deckers hin und her, um die Angelegenheit endlich ins Rollen zu bringen. »Wir brauchen die Infos wirklich dringend.«

Dankbar für den Themenwechsel zog Hotwire die Kabel aus den Buchsen. »Ne, ich war dort. Ich meine, normalerweise interessiert es mich nicht, was meine Kunden mit den Auskünften wollen, aber heute mache ich eine Ausnahme.«

Er griff unter den Tisch, wo der Drucker stand, und reichte dem Samurai ein Blatt Papier. »Ich bin kein schlechter Decker, und in der Matrix macht mir so schnell keiner was vor, aber was ich eben bei Fuchi erlebt habe, glaubt mir keiner der anderen Chummer.«

Twing fuhr sich über die blauen Stoppeln. Sie spürte, dass sie etwas Gefährlichem auf der Spur waren. »Wieso? Was war los?«

»Und erklär's so, dass wir's auch verstehn, ja?«, fügte Ultra vorsichtshalber hinzu.

»Kein Problem.« Der Zwerg lehnte sich im Stuhl zurück. »Um es einfach auszudrücken: Ich habe mit einem Soldaten gerechnet und bin einer Armee begegnet. Ich habe mich eingeschlichen, brav die Sicherheitscodes geknackt und steh mitten im Fuchi-System. Weit und breit keine scharfen ICs, nur ein paar dämliche Abfragen; ich bin dann, schwupp, in Richtung Personaldatei.« Hotwire gestikulierte wild mit den Händen. »Nicht ganz einfach, wie ich es mir gedacht habe, und dann, peng«, er schlug mit der Faust in die offene Handfläche, »stehe ich an einem roten Knotenpunkt. Das hat ganz schön Arbeit verlangt, der Gedankenschweiß ist mir die Persona runtergelaufen, das kann ich euch sagen. Tja, nach einigem Aufwand komme ich dran vorbei und latsche zwischen meterhohen Regalen rum, in denen die ganzen Daten aufbewahrt werden. Ich schmökere die Sachen von vor anderthalb Jahren durch, als ein Bibliothekar auftaucht und fragt, was ich hier zu suchen hätte. Ich hab ihn davon überzeugt, dass ich dazugehöre, als ich weiter unten einen anderen Bibliothekar sehe, der eine Schublade öffnet und alle Akten auf den Boden schmeißt.« Der Zwerg langte nach der Dose Bier, die neben dem Deck stand, und nahm einen tiefen Schluck.

»Warte mal, ich hab noch eine Frage zu der Matrix«, hakte Ultra ein.

Cauldron nahm ihm den Minicomputer aus den Händen und deaktivierte ihn mit einer energischen Bewegung.

»Was dann?«, drängte die Mechanikerin. »Ist das was Besonderes?«

»Ah, und ob, Lady.« Hotwire zwinkerte ihr zu, die Locken wippten. Irgendwie sah der Decker aus wie ein kleiner, dicker Neptun. »Normalerweise tragen die Ordnungsprogramme, also die Bibliothekare, Daten in fetten Ordnern durch die Gegend und werfen sie nicht zu Boden. Ich schlendere also hin und schaue die Akten durch, während der Typ ungeniert das Fach weiter entleert. Er sieht mich, packt ein Feuerzeug aus und, zosch«, ein paar Bierspritzer flogen Twing entgegen, »steckt den ganzen Haufen Papier an. Mit anderen Worten, es hat sich jemand mit einer Maskenutility eingeschlichen und war gerade dabei, Aufzeichnungen zu löschen. Tja, und nach der Aktion ging der Alarm los. Die Bibliothekare rannten weg oder versuchten das Feuer zu löschen, und plötzlich wimmelte das Archiv von säbelschwingenden Samurais, die mir und dem anderen auf die Pelle rückten. Ich hatte keine große Lust, mich mit ihren Killern anzulegen, sondern habe mir einen Stapel Unterlagen geschnappt und bin ausgestiegen.«

»Katanas«, sagte Ultra fachmännisch.

»Was?« Der Zwerg schaute irritiert.

»'s war'n keine Säbel, sondern Katanas«, stellte der Troll klar. »Japaner hab'n keine Säbel.«

»Hör endlich mit deiner Quizkacke auf«, fuhr ihn Cauldron an.

Ultra schüttelte den Kopf. »Das hat nix mit meinen Vorbereitungen auf ›Quizz It‹ zu tun. Das gehört zum Handwerkszeug eines guten Läufers, stimmt's, Bullet?«

»Das ist mir doch egal, ob es Katanas, Säbel oder Essstäbchen waren.« Hotwire zuckte mit den Schultern. »Sie haben versucht, mich zu geeken, und dagegen habe ich was.«

Bullet überflog das Blatt und strahlte. »Bingo! Ein gewisser Brightman wurde wegen einer Bestechungssache entlassen. Er war Mitarbeiter in der Forschungsabteilung Kybernetik und kam am 1. März 2048 zu Fuchi. Dem Gesicht nach war es unser Doc.«

»Seltsam, sie haben keine Anzeige erstattet.« Twing deutete auf einen Zusatz. »Hier ist sogar ausdrücklich festgehalten, dass er nicht verklagt werden soll. Da steht eine Aktennotiz, wer das angeordnet hat. Da hat aber der Drucker gekleckst.«

»Ah, Óchi. Die Akte war teilweise schon gelöscht«, erklärte der Decker betrübt. Die Augen verrieten Enttäuschung und ein bisschen Verlegenheit. »Ich habe sie nur teilweise wieder herstellen können. Aber ich habe eine Überraschung für euch.« Er zog ein weiteres Blatt Papier aus der Ablage unter dem Tisch hervor. »Nach dem ganzen Zinnober, den Fuchi veranstaltet hat, dachte ich mir, ich checke die Sache mal genauer.«

Cauldron schnappte es mit ihren Fingernägeln. »Das sind ja Einträge der Einreisebehörde. Hier steht was über die Einreise eines gewissen Prof. Dr. Hartmut Eric Hellmann am 24. Februar 2048 per Flugzeug aus Ingolstadt, Deutschland. Ja, und?«

Hotwire saß lächelnd auf dem Stuhl und freute sich diebisch über die Gesichter der Schattenläufer. »Hach, ich liebe Rätselraten. Aufgepasst, es folgt das nächste Teil des Fuchi-Puzzles.«

»Puzzles sind doof«, brummte der Troll. »Mann, wie viele Blätter komm'n denn noch? Die Geheimniskrämerei geht mir allmählich auf die Nerven.«

»Ein Antrag auf Wechsel der Staatsangehörigkeit«, sagte Twing überrascht. »Sieh mal einer an – aus Hellmann wurde ein Jahr später Brightman.«

»Und du weißt selbstverständlich, wer dieser Hellmann ist?« Bullet sah den Decker abwartend an, doch der schüttelte den Kopf, dass die Locken flogen.

»Tut mit Leid, Chummer, aber für 2000 Nuyen mache ich keinen Einstieg ins europäische Netz. Zum einen sind die Kosten enorm, zum anderen wird das mit dem anderen System ein Problem. Ich weiß nicht, ob meine Programme dort laufen, aber für weitere 2000 Nuyen würde ich es versuchen.«

»Also, ich fasse noch mal zusammen«, unterbrach die Magierin die Verhandlung. »Am 24. Februar 2048 landet ein Prof. Dr. Hartmut Eric Hellmann auf dem Seattler Flughafen und bekommt ein paar Tage später eine Anstellung bei Fuchi. Wenn das mal nicht verdächtig ist.« Die anderen des Teams nickten. »Und ein Jahr später wird aus Hellmann Brightman, der wegen eines Bestechungsfalles 2056 aus der Firma fliegt. Das ist mehr als mysteriös.«

»Und dabei handelt es sich um unseren Doc E.R., den Sparkplug angeblich abgemurkst hat«, schloss die Mechanikerin.

Hotwire schaute abwechselnd von einem zum anderen. »Wie sieht's mit den 2000 aus?«

Bullet warf ihm den Stab zu.

»Wenn wir rausfinden wollen, was es mit Doc E.R. auf sich hat, müssen wir die Nuyen wohl investieren«, seufzte Twing.

»Das is'n Run«, beschwerte sich Ultra und bohrte

mit Hingabe in der Nase. »Das erste Mal, dass ich selbst meine Auslagen bezahl'n muss. Aber wichtig is es schon.« Er betrachtete seinen Fund und schnipste ihn gegen die Wand. Dann kramte er sein elektronisches Kredgerät aus der Tasche und gab es dem Decker.

»Alles klar, Herrschaften. Ich fange gleich damit an. Ihr könnt so lange hier warten, aber seid leise. Und den Popel auf meiner Tapete verrechne ich mit 50 Nuyen. Antío.«

Der Zwerg stöpselte sich wieder in sein Deck, hackte auf der Tastatur herum und bekam kurz darauf einen abwesenden Ausdruck in die Augen.

Die Schattenläufer suchten sich einen Sitzplatz und warteten ab.

IV.

Seattle, Everett, 25. 07. 2057 AD, 22.12 Uhr

Poolitzer richtete sich im Sessel auf, legte die Hände auf den Rücken und drückte die Wirbelsäule gerade.

Die Augen brannten wie Feuer, angestrengt vom ständigen Starren auf Monitore, Computerbildschirme und Filmsequenzen.

Sein Hirn fühlte sich sehr leer an, und aus seinem Magen kam der sanfte Hinweis, dass die Nahrungsaufnahme gefälligst nicht zu vernachlässigen wäre.

Seit drei Tagen sichtete er das Bildmaterial immer und immer wieder, aber einen echten Hinweis hatte er bisher nicht finden können.

Die Jungs in den Anzügen waren die üblichen glatten, nichtssagenden Gesichter, die Nummer des schwarzen Lieferwagens existierte nicht in den Daten von Lone-Star, und von Ermittlungen des Geheimdiensts in der Sache ›Doc E.R.‹ wussten weder Gonzales noch Doc Holiday. Kein Offizieller war aufgetaucht, der den Obduktionsbericht des Forensikers haben wollte. Zu allem Überfluss schienen die Anzugträger nach ihrem Besuch einen Großbrand gelegt zu haben, der alle noch vorhandenen Beweise vernichtet hatte.

Wenn also die MIB nicht von der Regierung oder sonst einer zuständigen Stelle kamen, woher dann? Langsam stand er auf.

Er ließ die Aufnahmen weiterlaufen, während er zum Kühlschrank schlurfte und sich eine Dose Malzbier aus dem Tiefkühlfach fischte. Der Reporter lehnte sich an den Küchentisch und hielt sich die kühlende Dose an die Stirn, hinter der es hoch herging.

Alle seine Kontakte in den Schatten hatte er auf die

Unbekannten angesetzt, aber es meldete sich keiner der Quellen, die normalerweise innerhalb von Stunden und gegen entsprechende Bezahlung Wunder verrichteten.

Etwas Seltsames ging in den Barrens vor. Zudem stand er in seinem Zeitplan für den FNS-Beitrag über den Mord weiter hinter den Vorgaben.

»Verdammt, das dauert viel zu lange«, fluchte er leise. Er schaute über das Chaos, das in seinem kleinen Studio herrschte.

Das teuerste Gerät war zweifellos der Sony TFX-1000, ein Bildmischgerät mit eingebautem 500-Megapulsprozessor, der aus den beschissensten Schnappschüssen einwandfreie Aufnahmen machte und auch mal andere Hintergründe bei Interviews oder Schießereien zauberte. Das Aufpolieren war Poolitzers Spezialität.

Für weniger komplizierte Sachen standen ein Fuchi Holo-Edit und ein Vertex Netsynth Tridmixer parat, die der Reporter am häufigsten benutzte. Dazu kamen Adapter für die Kamera, ein Laptop, Dutzende von großen und kleinen Bildschirmen, CDs, ein computergesteuertes Mischpult für die Tonnachbearbeitung und, das Wichtigste überhaupt, der Soykafautomat, der gurgelnd eine Kanne nach der anderen produzierte.

Poolitzer wünschte sich, er käme mit seinen Nachforschungen besser voran. Dann könnte er per Datenleitung seinen Beitrag in das FNS-Studio im billigsten Hinterhof in Downtown schicken, das wiederum die Einspeisung ins Kabel übernahm.

Gleichzeitig sendete FNS auf der guten alten Zimmerantennenfrequenz für alle Bürger, die sich Kabel nicht leisten konnten.

Sein Studio hatte er mit Bedacht nach Everett verlegt. In den Barrens würde er sich nur einmal umdrehen, und schon wäre er all seine technischen Spielereien los. Die Sicherheit in diesem eher mittelprächtigen Wohngebiet Seattles dagegen war um Längen besser.

Sein Telefon klingelte.

Ja, Baby, bitte bring Papa nur gute Neuigkeiten. Mit einem Satz war der Reporter am Apparat und drückte die Freisprechtaste. »FNS, Poolitzer. Was gibt's?«

»Hoy, Chummer. Hier ist Mailorder. Ich habe dir was ins System gestellt. Ich hoffe, es hilft dir weiter«, sagte eine vertraute Stimme. Mailorder war eine erstklassige Deckerin, die ihm schon so manchen Gefallen getan hatte und die er auch privat überaus schätzte.

Eigentlich überraschte es ihn, dass ausgerechnet sie sich zuerst meldete. Hinweise aus den Schatten liefen normalerweise schneller auf als Meldungen aus der Matrix.

»Die Sache kostet dich 500 Nuyen, Poolitzer. Lies es dir in Ruhe durch. Ich habe nicht viel Zeit. Ich glaube, ich bekomme bald Besuch. Ciao.«

»Äh«, machte der Reporter, aber die Frau am anderen Ende der Leitung hatte bereits aufgelegt.

In Windeseile hackte sich Poolitzer in sein Mailsystem und rief die zugeschickten Infos ab.

»Das gibt's doch nicht«, wunderte er sich. »Von 2049 bis 2056 hat er als Prof. Dr. H. Eric Brightman in der Kybernetikabteilung bei Fuchi gearbeitet und flog wegen eines Bestechungsfalls aus der Firma.« Er lehnte sich in die Polster. *Der Doc hat mal bei Fuchi gearbeitet? Aber warum benutzte er dann deutsche Cyberware?*

Sein Gehirn begann eine Theorie auszuarbeiten.

Wenn E.R. für Fuchi tätig war, könnten die Anzugträger vom Kon geschickt worden sein, die vielleicht nach kleinen Geheimnissen suchten sollten, die sich der Doc als ›Andenken‹ mitgenommen hatte. Der Reporter schnalzte mit der Zunge. *Das passte. Schließ-*

lich war der Doc wegen einer Bestechungssache rausgeflogen.

Ein elektronischer Trompetenstoß schmetterte aus den Boxen des PCs, der Hinweis, dass eine weitere Mail eingegangen war.

Poolitzer schreckte aus seinen Gedanken auf und las aufmerksam die Nachricht durch, die ihm einer seiner Informanten von einem öffentlichen Terminal geschickt hatte.

Der Mitteilung zufolge kursierte in den Schatten das Gerücht, dass die Regierung oder eine andere offizielle Stelle Nachforschungen anstellen würde. Eine Läufergruppe, die wohl kurz nach dem Reporter in die Klinik E. R.s gekommen war, wurde von den MIB regelrecht hingerichtet. Überlebende gab es keine.

Ach du Scheiße. Poolitzer überlief es kalt.

Ihm dämmerte, wie nahe er dem Tod gestanden hatte. Wenn der Anzugträger geahnt hätte, dass er in dem Müllsack Aufnahmen der Truppe transportierte, hätten vermutlich ein halbes Dutzend Kugeln aus dem Manhunter seinen Verstand auf dem Asphalt verteilt.

Gedankenverloren sah er auf die Monitore, auf der die Aufnahmen aus der Schattenklinik flimmerten.

Und plötzlich bemerkte er etwas.

Schnell hielt er die Szene an, ließ die CD ein paar Tracks zurückfahren und vergrößerte mit dem Sony TFX-1000 den Ausschnitt, der ihm ins Auge gesprungen war.

Auf der blutverschmierten Krankenakte war undeutlich ein Name zu lesen.

Gotcha!

Die nächste Stunde verbrachte ein mit neuer Energie geladener Poolitzer damit, das Bildmaterial so zu bearbeiten, dass man die Schrift erkennen konnte.

Und wirklich zauberte der 500-Megapulsprozessor den Namen ›Sparkplug‹ auf den Bildschirm.

»Ein Schattenläufer also«, sagte der Reporter zufrieden vor sich hin. *Wenn die Akte auf dem Tisch lag, hatte er wahrscheinlich an diesem Tag beim Doc einen Termin.*

Poolitzer beschloss, den Läufer ausfindig zu machen. Unter Umständen hatte E.R. ihm mehr gesagt. *Vielleicht hatte der Mediziner geahnt, dass ihm jemand ans Leder wollte.*

Seinen ursprünglichen Plan verwarf er aus Sicherheitsgründen, es sei denn, die Suche nach diesem ›Sparkplug‹ verlief erfolglos.

Wenn alle Mittel versagten, würde er sich direkt an Fuchi wenden und den Kon mit seiner Theorie konfrontieren. Als Pressemensch durfte er das, obwohl er fürchtete, dass ihm dann auf dem Heimweg ein paar Muskeln in schwarzen Anzügen begegneten. *Aber wenn man an den richtigen Stellen kitzelt, bringt man selbst Riesen zum Furzen.*

Poolitzer ließ die Fingerknöchel knacken und begann, seinen Informationsquellen neue Aufträge zu erteilen.

»Ja, Gonzales. Ja, er nennt sich ›Sparkplug‹, ist ein Elf und Rigger. Er ist 1,92 groß, wiegt um die 70 Kilo, eher weniger, ist schätzungsweise 24 Jahre alt, hat eine schmale Statur und kurze, blonde Haare und hüllt sich meistens in schäbige Sachen, um nicht aufzufallen. Er hat eine Vorliebe für gebrauchte Anzüge.«

Poolitzer hatte die Beine hochgelegt, den Hörer in der rechten Hand, eine Dose Malzbier in der anderen, und sah sehr zufrieden aus.

»Er war kurz vor der Tat in der Klinik und wollte sich eine neue Fernsteuereinrichtung einbauen lassen. Wenn ich LoneStar wäre, würde ich nach dem Typ suchen lassen.« Er lauschte kurz. »Nein, ich konnte ihn nicht finden. Nein, ich halte keine Beweismittel zurück. Hey, falls du es nicht bemerkt haben solltest, ich versorge dich gerade mit wichtigen Infos, Streifenhörnchen. Oh, noch was. Beeilt euch besser, wenn ihr ihn lebend haben wollt. Manche Schattenläufer halten ihn für den Mörder von E. R. und wollen ihn tilten.« Der Reporter lachte, als er die Antwort des Cops hörte. »Ach? Ihr auch? Das wird ja ein richtig spannender Wettbewerb. Sag Holiday einen schönen Gruß. Und gebt mir Bescheid, wenn ihr ihn gefunden habt, ja? Exklusiv, du verstehst? Ciao.« Er unterbrach die Verbindung mit einem Knopfdruck.

Diesmal hatten seine Informanten schneller gearbeitet. Innerhalb von drei Stunden wusste er alles von dem elfischen Rigger, der aber nirgends aufzufinden war.

Untergetaucht. Verständlich, wenn er der Mörder war, und noch verständlicher, wenn er es nicht war, was der Reporter aber für äußerst unwahrscheinlich hielt. Derzeit kam niemand anderes in Betracht.

Den Beitrag für FNS bereitete er in bester Laune vor.

Seiner Meinung nach, und so würde er es auch in dem Bericht darstellen, wollte der Doc mehr Geld für den OP oder der Elf konnte den Eingriff nicht bezahlen.

Es kam zu einem Streit, der Elf, vermutlich ohnehin ein Cyberzombie, drehte durch und stach die beiden nieder, flüchtete und fuhr einen Cop um. Fuchi bekam über irgendwelche Kanäle Wind vom Ableben des ehemaligen Mitarbeiters und schickte seine MIBs los, um sich in der Klinik umzusehen. Die gerieten an die plündernden Läufer, machten sie platt, legten Feuer, um alle Beweise zu vernichten, und zogen ab.

Bester, teilweise hypothetischer Stoff für eine sehr gute Story, die Fuchi einmal mehr an den Karren fahren würde.

In der Haut des Riggers wollte Poolitzer nicht stecken. Ein paar wild gewordene Schattenläufer, Lone-Star und, so wie es aussah, auch die Fuchi-Truppe suchten nach dem Elf.

Damit erhöht sich das Risiko, an einer vorzeitigen Projektilvergiftung zu sterben, für den Meta enorm.

Der Reporter sah sich den fertigen Beitrag an. Es klang zwar alles passend bis ins Detail, trotzdem störte ihn etwas. Stellenweise klang es zu sehr nach Vermutung. *Mann, zu viel Konjunktiv,* ärgerte er sich.

Aber für Zweifel blieb wenig Zeit. Sein Chefredakteur wartete ungeduldig auf den Beitrag, der heute noch groß rauskommen sollte. Beinahe bewiesene Verwicklungen eines Kons waren immer eine beliebte Sache bei den Zuschauern. Es verkaufte sich besser als Mord und Totschlag, die leider in den Barrens einen gewissen Grad von Üblichkeit hatten.

Poolitzer machte eine Kopie der CD, nahm das Original aus dem Brenner und steckte den Datenträger in eine schlagfeste Hartplastikbox, die er in den Innentaschen seiner gepanzerten Lederimitatjacke verstaute.

Nachdenklich baute er die Verbindung zur FNS-Matrix auf und machte sich bereit, den Beitrag zu übermitteln.

Warum gehen diese Anzugträger der Sache immer noch nach? fragte er sich. *Sollte Fuchi doch nicht alles gefunden haben, was sie beim Doc vermutet hatten?*

Oder hatte der Elf von E. R.s Absicherungen gewusst und ihren Wert erkannt? War damit durchgebrannt, nachdem er den Mediziner erstochen hatte?

Wie viel Ärger kann diese Absicherung wert ein?

Der Zeigefinger des Reporters, der sich eben noch Millimeter entfernt von der Entertaste befunden hatte, um den Bericht zu verschicken, verharrte.

»Shit. Das sind völlig neue Theorien«, ärgerte er sich. »Dann muss ich den Beitrag wohl entsprechend überarbeiten.«

Seufzend schaute er auf die Uhr. Ins Bett und zu seinem wohlverdienten Schlaf kam er wohl nie wieder.

Ohne Vorwarnung flog die Tür zum Studio krachend aus den Angeln und knallte zu Boden.

Erschrocken fuhr Poolitzer hoch, die Hand griff nach der Ares Predator II, aber die riesige Mündung eines schussbereiten und schallgedämpften automatischen Gewehrs zielte direkt auf seine Stirn.

Ein großer Mann mit kurzen, schwarzen Haaren und einer breiten Narbe unter dem linken Auge trat in den Raum. Er trug einen maßgeschneiderten Geschäftsanzug, passende Schuhe und schwarze Handschuhe. Der Geruch von aufdringlichem Rasierwasser verbreitete sich.

»Ich bin die Zensur, Mr. Poolitzer. Machen Sie eine falsche Bewegung, und Ihr Kopf fällt der Zensur zum Opfer.« Der Reporter saß so regungslos wie ein tiefgekühltes Hähnchen auf dem Sessel. »Sie haben ein interessantes Talent. Sie mischen sich in Angelegenheiten ein, die Sie absolut nichts angehen.« Der Mann nickte in Richtung Computer. »Wie ich sehe, haben Sie den Beitrag noch nicht abgeschickt. Das ist gut.«

Ein Kugelhagel aus der großkalibrigen Waffe zerfetzte die Abdeckung des PC, durchschlug Platinen, Speicher und Prozessoren.

Innerhalb von Sekunden verwandelte sich Elektronik für mehrere tausend Nuyen in nutzlosen Schrott.

Poolitzer sprang in Deckung. Die Funken stoben ihm um die Ohren, ein Kurzschluss sorgte nach dem künstlichen Gewitter aus der Automatik des Unbekannten für abschließende Dunkelheit.

Der Reporter hörte in der Stille ein scharfes Klicken. Das Magazin wurde gerade gewechselt.

»Bleiben Sie unten, Mr. Poolitzer. Es geht weiter.«

Diesmal donnerte die Waffe los und richtete im gesamten Studio Totalschaden an. Röhren platzten, Flüssigkeit aus Batterien und Akkus lief aus, selbst der Soykafautomat wurde nicht verschont.

»Schrotmunition ist zur großflächigen Vernichtung besser geeignet.« Wieder das scharfe Klicken. »Mr. Poolitzer?«

Ich bin doch nicht blöd!, dachte der Reporter und blieb, wo er war.

»Ich wollte Ihnen nur sagen: Lassen Sie die Nachforschungen sein. Wir wollen keinen unnötigen Wirbel.« Es piepste ein paarmal. »Das sollte Ihnen eine Warnung sein.«

Der große Mann, das hörte Poolitzer anhand der Schritte, verließ das Zimmer.

»Du blöder Arsch!« Der Reporter tauchte aus seiner Deckung auf, schnappte sich die Ares und lief wutentbrannt zum Fenster.

Draußen brauste ein silberner Saab Dynamit davon.

Poolitzer überlegte, ob er hinterherfeuern sollte, aber bei seinem Talent traf er wahrscheinlich nur ein Haus in der Nachbarschaft oder eine unschuldige Katze.

Frustriert hob er die Arme und drehte sich um. *Sieh sich einer diese Scheiße an.*

Vor ihm qualmten, zischten und knisterten die Überreste von drei Jahren harter Arbeit. Die Gerätschaften wieder anzuschaffen konnte er sich nicht leisten, und ob FNS ihm auf die Schnelle eine gleichwertige Ausrüstung zur Verfügung stellen würde, war mehr als fraglich.

Irgendwo in weiter Entfernung heulte eine LoneStar Sirene, die schnell näher kam.

»Das ist zum Kotzen!«, brüllte er noch mal. »Alles futsch! WER war das Arschloch überhaupt?«

Sein Blick fiel auf den Türrahmen, an dem ein kleiner, blinkender Gegenstand klebte.

Eine LED-Anzeige stand auf ›00:00:08‹.

Und zählte weiter rückwärts.

Oh, toll! Poolitzer schloss für eine kostbare Sekunde die Augen, dann hechtete er durch die Scheibe.

Kaum schlug er draußen auf, raffte er sich hoch und stolperte auf Händen und Füßen vorwärts, direkt vor den LoneStar-Wagen, der mit quietschenden Bremsen zum Stehen kam.

Ohne Erklärung hechtete der Reporter über die Motorhaube und kauerte sich hinter dem Fahrzeug in Deckung, ungläubig beobachtet von den Cops.

Dann detonierte die Bombe.

Seattle, Puyallab Barrens, 25. 07. 2057 AD, 21.32 Uhr

Hustle erwachte, schlug die Augen auf und sah auf einen gekachelten, weißen Boden.

Sein erster Gedanke war, dass er in Doc Browns Schattenklinik lag, aber nach und nach kam die Erinnerung an die Auseinandersetzung mit den angeblichen Geheimdienstleuten zurück, die seine Gangerchummers kaltblütig erledigt hatten.

Normalerweise galt in seinem Metier das Gesetz der so genannten ›nicht unbedingt notwendigen Gewaltanwendung‹ bei einem Lauf oder in den Schatten, was bedeutete, dass man nicht zwangsläufig alles ins Jenseits beförderte, was einem vor die Mündung geriet.

Gerade Mega-Kons waren verdammt schlecht auf diese Art von Personalabbau zu sprechen und revanchierten sich meist dreifach dafür.

Die getürkten MIBs von letzter Nacht allerdings dachten da entweder anders oder einer der großen Konzerne konnte Hustle und seine Kollegen aus irgendeinem Grund nicht leiden.

Angestrengt überlegte der Ork, ob er in letzter Zeit unnötig Gewalt angewandt hatte, aber es fiel ihm absolut nichts ein.

Die unangenehme Alternative dazu war: wer auch immer für Doc E.R.'s Ableben verantwortlich war, er wollte keine Zeugen haben.

Die MIBs hatten ihn mit dem Bauch nach unten, wahrscheinlich wegen der Verbrennungen auf dem Rücken, auf einen Tisch geschnallt. Für das Gesicht war eine Aussparung gelassen, durch die der Schattenläufer die weißen, sauberen Kacheln betrachten konnte.

Vorsichtig versuchte er, sich zu bewegen, aber Halterungen an den Beinen und Armen verhinderten seine zaghaften Befreiungsabsichten. Sein verletzter Rücken brachte sich in Erinnerung. Hustle stöhnte auf.

Eine Tür öffnete sich. Der Ork hörte das Geräusch von schweren Stiefeln, die sich ihm näherten.

Plötzlich schwenkte der Boden weg, der Tisch wurde in eine vertikale Position gebracht, und der Metamensch sah Jennings, den Anführer der angeblichen Geheimagenten, der sich gerade eine Zigarette anzündete.

Er nahm einen tiefen Zug und steckte sie Hustle zwischen die Lippen.

Der Ork hustete. »Nette Idee, aber ich bin Nichtraucher, Smith.«

»Oh, entschuldigen Sie bitte«, sagte der andere, nahm den Glimmstängel und warf ihn zu Boden. »Ich dachte, echte, harte Jungs rauchen alle. Sie sind doch ein harter Junge, oder?« Hinter seinem Rücken hörte der Schattenläufer metallische Gegenstände klappern. »Sie wissen hoffentlich zu schätzen, dass wir Sie medikamentös behandelt haben, sonst würden Sie mit den Verbrennungen nur noch schreien.«

»Ihr habt mich ja auch so zugerichtet«, knurrte Hustle. »Was soll das alles?«

»Ich möchte wissen, was Sie in der Klinik von Doc E. R. zu suchen hatten.« Jennings bekam einen Hocker gereicht, auf den er sich setzte. »Und was Sie über den Doc wissen. Und, natürlich, wer Sie geschickt hat.«

»Natürlich. Und wenn ich nicht will?«, fragte der

Schattenläufer und versuchte, ruhig zu wirken und seine Angst nicht zu zeigen.

Der Mann im Anzug seufzte. »Mal ganz ehrlich, Mr. Hustle. Sehe ich so aus, als ob ich nicht die Informationen bekomme, die ich haben will?«

»Ich sage Ihnen lieber nicht, was ich über Ihr Aussehen denke. Ihr seid keine MIBs.«

Jennings grinste. »Eine große Klappe.« Auf seinen Wink hin lief im Rücken ein elektrisches Gerät an, das den Metamenschen an eine Bohrmaschine erinnerte. »Sie wären erstaunt, wenn Sie das Ding sehen könnten. Es hat zwei rotierende Aufsätze, die wie diese Stäbe aussehen, die man zum Teigkneten benutzt.« Hustle spürte ein leichtes Pieksen im Oberarm. »Das war die Spritze, die die Sedative in ihrem Körper deaktiviert. In wenigen Sekunden merken Sie, welche Schmerzen eine Brandwunde dieser Größe verursacht.« Er beugte sich vor. »Wenn ich ehrlich bin, es ist ein Küchengerät, ein so genannter Handrührer, mit dem mein Agent Ihre Haut bearbeiten wird. Haben Sie schon mal gesehen, wenn sich das halbgare Fleisch um die Stäbe wickelt? Ich bin schon ziemlich gespannt. Sie auch? Sagen Sie mir, welche Qualen man dabei empfindet.«

Hustle grunzte und stemmte seinen Körper gegen die metallenen Halteriemen, aber das Material war zu stabil, als dass die Kunstmuskeln es hätten zerreißen können. Das glühende Stechen, das von seinem Rücken ausging, verriet ihm, dass die Wirkung der Spritze bereits eingesetzt hatte.

Der Mann mit dem Handrührer brachte das Gerät neben Hustles rechtes Ohr und erhöhte die Rotation der Stäbe. Dem Ork liefen Schweißperlen die Stirn herab.

»Ich sag nix.«

Jennings nahm den Mixer und hielt die glänzenden, sich drehenden Stahleinsätze vor das Gesicht des Schattenläufers.

»Die Enden sind sehr stumpf, das tut garantiert höllisch weh. Ich kann Ihnen das Ding auch bis zum Anschlag in die Cyberaugen schieben. Die Kabel werden sich darin verwickeln, und die hübschen Kunstoptiken werden herumfliegen wie Gondeln an einem Kettenkarussell, dann ziehen wir Ihr Gehirn samt Anschlüssen aus der Augenhöhle.«

Näher und näher kam der surrende Knetstab. Hustle spürte den Wind an der Nase, als das Metall nur noch wenige Millimeter von der Optik entfernt war.

»Und dann packen wir alles zurück in den Schädel und beleben Sie wieder. Das wird ein Spaß. Vor allem für Sie. Gleich geht es im wahrsten Sinne des Wortes rund.«

»Drek, halt! Halt!«, schrie der Samurai panisch, der seine Augen und Leitungen schon in den Spiralen hängen sah. »Wir wollten sehen, ob die Typen, die E.R. geekten, Spuren hinterlassen hatten. Wir wollten unserem Freund helfen.«

»Welchem Freund?«, fragte Jennings. Die Knetstäbe drehten sich noch schneller.

»Sparkplug«, brach es aus Hustle hervor, »er heißt Sparkplug und ist Rigger. Er war der Patient bei E.R., als ihr den Doc umgenietet habt.«

»Wir haben niemanden umgenietet, außer den Orkgangern«, stellte der Mann richtig. »Wo ist der Rigger jetzt?«

Der Ork schwieg.

Jennings ließ den Handmixer sinken und nickte kurz.

Ein harter Schlag traf den Rücken des Schattenläufers. Die verbrannte Wunde riss ein Stückchen auf.

»Er ist bei Doc Brown«, heulte der Metamensch. »Redmond Barrens, Ecke 13. und 14.«

»Ich entschuldige mich für diese letzte Aktion«, sagte Jennings, der sich erhob. »Ich wollte ursprünglich keine physische Gewalt anwenden, aber ich denke, dass unsere Kunden die Informationen schnell brauchen.«

»Geh zur Hölle«, fluchte Hustle schmerzerfüllt.

»Irgendwann bestimmt«, pflichtete der Anzugträger ihm bei, »aber zuerst zu Doc Brown. Sie werden unser Gast bleiben, bis wir Ihre Angaben überprüft haben. Danach entscheiden unsere Auftraggeber, was mit Ihnen geschehen soll.« Er wandte sich an jemanden, der hinter dem Ork stand. »Legen Sie ihn schlafen, und sorgen Sie dafür, dass er sich erholt. Die Wunde scheint sich geöffnet zu haben.«

Der Tisch klappte zurück in die horizontale Position, es piekste in Hustles Oberarm, dann dämmerte er hinweg.

Tief innen hasste er sich selbst dafür, dass er seine Freunde verraten hatte, aber die Angst war einfach zu groß gewesen. Doch er wollte es wiedergutmachen, sobald ihm die Flucht gelungen war.

V.

Seattle, Redmond Barrens, 26. 07. 2057 AD, 00.47 Uhr

»Ich hab's!«, schrie der Zwerg und sprang auf.

Bullet, der dösend an der Wand gelehnt hatte, zog reflexartig die Browning Max-Power. Ultra fuhr grunzend in die Höhe. Die beiden jungen Frauen sahen erschrocken zu dem Decker hinüber, der wie ein Derwisch um den Sessel hüpfte.

»Ich bin der Beste, Herrschaften!« Er zog die Kabel aus den Datenbuchsen und verstaute in Windeseile das Fuchi Cyber-8 im Hartschalenkasten, den Drucker klemmte er sich unter den Arm und ging zur Tür. »Und nun sollten wir schleunigst weg von hier. Ich glaube, ich bin ein paar Deckern auf die Füße getreten.«

Die Schattenläufer musterten Hotwire verständnislos, folgten dem Zwerg aber gehorsam, der den Korridor zügig hinunterschritt.

»Ich dachte, du warst in Europa«, versuchte Bullet etwas aus dem Decker herauszuholen. »Wieso verschwinden wir dann von hier?«

»Ich war nicht nur in Europa«, antwortete Hotwire gut gelaunt, »oder glaubst du, ich brauche drei Stunden, um nach Deutschland zu decken? Ich war noch kurz bei Fuchi, tja, und die waren ziemlich aufgeregt und hatten so viele Aufspürprogramme im Netz, dass ich sie schlecht abschütteln konnte. Ich glaube, dass einer ihrer Schnüffler mich verfolgt hat. Ihr seid doch mit dem Auto da, oder?«

»Ich will ja nicht aufdringlich sein, aber würdest du bitte sagen, was du gefunden hast?«, insistierte der Straßensamurai.

»Erst weg von hier, dann gibt's die Infos«, erwiderte der Zwerg dickköpfig.

Die Schattenläufer kamen in den Hinterhof.

Hotwire nahm etwas aus der Tasche, das wie eine Fernbedienung aussah, und drückte ein paar Tasten in schneller Reihenfolge. »Die Autopiloten sind auf verschärfte Wache eingestellt, also haltet euch ab jetzt fern von hier.«

Der GMC Bulldog stand friedlich auf dem Bürgersteig, weit und breit war nichts zu sehen.

»Scheint wohl doch nicht so dringend gewesen zu sein.« Cauldron spähte nach allen Seiten, bereit, eine Attacke mit ihren magischen Kräften abzuwehren. Eine Hand ruhte auf einem Amulett, das ihr als Fokus diente.

»Alles einsteigen«, sagte Twing, tippte den Code ein und öffnete die Türen des Lastwagens.

Im gleichen Moment hörten sie das Brummen von Motoren, die sich mit hoher Geschwindigkeit auf ihren Standort zubewegten.

»Hab ich es euch nicht gesagt?«, fragte der Zwerg rechthaberisch. »Fuchi versteht keinen Spaß.«

»Los, rein«, kommandierte Bullet. Die Mechanikerin startete Cynthia und gab Gas, dass die Reifen qualmten.

Ultra spähte durch die hinteren Sichtfenster.

»'s sind zwei Chryssler-Nissan Patrol«, meldete er nach vorn und machte sich kampfbereit. »Aber sie haben keine Waffen montiert.«

»Wenn man Sparkplug einmal bräuchte, liegt er im Krankenhaus«, schimpfte Twing und lenkte den GMC hart um die Kurve. Sie drosch die Gänge durch und verlangte dem Motor alles ab, der Turbolader pfiff wie eine Sturmböe. *Hoffen wir, dass meine Reparaturen was getaugt haben.*

Noch immer stieg die Drehzahl des aufgemotzten Bulldogs, die Patrols fielen zurück.

Dann zischte etwas von hinten heran, verfehlte das Heck Cynthias um Armeslänge und rauschte ein paar Meter vor dem Fahrzeug in eine Mauer.

Die Explosion zerriss die Backsteine und schickte einen Trümmerhagel gegen die Front des GMC. Ein größeres Stück krachte gegen die Scheibe und brachte das kugelsichere Glas zum Splittern. Cauldron fragte sich, wie die Mechanikerin noch etwas sehen konnte.

»Keine Bewaffnung, ja?«, rief die schwitzende Twing nach hinten. »Das war eine verfraggte Rakete!«

Sie bog ab und schrammte an der Häuserwand vorbei. Ein gleißender Funkenstrahl stob an den hinteren Sichtfenstern vorbei, doch wurden keine größeren Panzerplatten vom Rumpf gerissen. »Verdammt, die Lenkstabilisatoren sind ausgefallen. Jetzt wird's ein bisschen rütteln.«

Die Verfolger holten auf.

»Da kam einer aus der Dachgefechtsluke. Der hatte den Rakwerfer«, entschuldigte sich Ultra, »aber ich mach's wieder wett.« Er schob die Seitentür auf. »Gib mir die Handgranaten, Bullet.«

Der Mann reichte ihm eine. »Da hast du die Ananas.«

»Chummer, gib mir alle. Die Dinger hinter uns sind gepanzert.« Der Troll packte fünf der faustgroßen Sprengkörper mit einer Hand, zog die Sicherungsbügel auf einmal ab und ließ die scharfen Granaten auf die Straße fallen.

»Ananas ist übrigens indianisch«, sagte er beiläufig. »Sie gehört zur Gattung der Ananasgewächse mit fünf Arten in Mittel- und Südamerika. Die Fruchtananas wird heute in den Tropen auf großen Plantagen kultiviert. Hauptanbaugebiet ist Hawaii mit 80 Prozent der Weltproduktion.«

Die Sprengkörper kullerten über den Asphalt und verteilten sich. Dann war der erste der Patrols über einer und überfuhr mit dem linken Vorderrad eine andere.

»Der Beerenfruchtstand ist je nach Sorte unterschiedlich groß und kann bis zu 3,5 Kilogramm schwer werden. Das Fruchtfleisch ist reich an Mineralstoffen und an Vitaminen, vor allem Vitamin A und B«, ratterte der Troll herunter.

Bullet starrte ihn an.

Dumpf drangen die Detonationen an ihre Ohren. Das linke Rad des Patrol platzte wie eine überreife Melone, die brennenden Gummifetzen flogen meterweit.

»Die Blattfasern, Ananashanf genannt, werden für feine Gewebe verwendet, Seile, Netze, Hängematten. Wusstest du das?« Ultra zog die Nase hoch und schaute abwartend zu seinem Freund.

Der Fahrer des beschädigten Nissan verlor die Kontrolle, und das Fahrzeug machte einen Satz zur Seite, wo es mit dem anderen Verfolger kollidierte.

Schreiend fiel der Schütze mit dem Mehrfachraketenwerfer auf der Schulter aus der Geschützluke und geriet zwischen die beiden Patrols.

Die Sicherheitsfahrzeuge verschwanden in einem Feuerball, als die restlichen drei Geschosse des Werfers zündeten. Metallsplitter regneten auf den Asphalt.

Mehr sah Ultra nicht, da Twing den GMC um die nächste Kurve lenkte und die Geschwindigkeit drosselte.

»Ich kann nichts mehr erkennen, die Scheibe ist total hinüber.« Sie sah in den Rückspiegel. »Haben wir sie abgehängt?«

»So kannste's auch nenn'n«, gab der Troll zur Antwort und zog die Tür zu. »Ananas sind was Feines.«

»Das gibt mächtig Ärger mit den Fuchis«, schätzte Cauldron. »Zwei Fahrzeuge und mindestens zehn ihrer Samurais. Die Zeit der Samthandschuhe wird wohl vorbei sein.«

»Die ist vorbei, seit ich das zweite Mal in ihrem System war«, bemerkte Hotwire lakonisch.

»Habt ihr mitbekommen, was unser Mastermind eben über Ananas erzählt hat?«, erkundigte sich Bullet fassungslos.

»Tja …« Der Troll zwinkerte und klopfte sich an den Schädel. »Aber zu Samt weiß ich auch einiges. Das ist ein Polgewebe mit einem Flor, der das Grundgewebe ein bis zwei Millimeter überragt. Beim Kettsamt, dem Velours, entsteht die Flordecke durch Aufschneiden der Polkette beim Weben, beim Schusssamt durch nachträgliches Aufschneiden der Schussschlaufen.«

Die Magierin hob ihre gezupften Augenbrauen in stillem Erstaunen. Bullet deutete nur auf den Straßenläufer, wie Showmaster ihre Stars präsentieren.

Twing kramte nach dem Werkzeugkoffer unter dem Beifahrersitz, holte den Hammer heraus und klopfte vorsichtig rund um die Gummidichtung der zersplitterten Windschutzscheibe. »Würdest du bitte mal deine Kräfte spielen lassen, Ultra?«

»Klaro.« Der Troll drückte mit beiden Händen gegen das Glas, dass die mächtigen Kunstmuskel an den Oberarmen anschwollen. Die beschädigte Dichtung gab mit einem lauten Krachen nach, und die kaputte Windschutzscheibe segelte auf den Straßenbelag. »Nur das mit dem Polgewebe habe ich nicht ganz verstanden. Muss das in Polen hergestellt werden oder hat das was mit dem Nord- oder Südpol zu tun?«

»Na, das Genie stößt an seine Grenzen«, meinte die Magierin erleichtert. »Für einen Moment war er mir schon unheimlich.«

»Es wird jetzt leider etwas kalt, Chummers, aber es geht nicht anders. Im Gegensatz zu Sparkplug brauche ich klare Sichtverhältnisse.« Twing startete, und der GMC setzte sich gemächlich in Bewegung.

»Was sollte das mit den Samthandschuhen und dem Fuchi-Netz?«, hakte Ultra nach.

»Können wir noch bei MacYouth vorbei? Ich habe

ganz schön Hunger«, meldete sich Hotwire zu Wort, der sich während der Verfolgungsfahrt schützend auf sein Deck gelegt hatte. »Decken ist anstrengend.«

»Verdammt, Hotwire, mach es nicht so spannend.« Bullet gingen die Pferde durch. »Es ist wichtig für uns. Wir müssen Sparkplugs Unschuld beweisen, und dazu brauchen wir alles über diese seltsame Fuchi-Sache.«

Der Decker schaute ihm kurz, aber intensiv in die Augen und nickte. »Aber hinterher will ich etwas zu essen.«

»Kein Problem«, warf der Trollsamurai ein, »fahrn wir einfach ins *Hioto.* Das ist die beste Pizzeria, die ich in den Barrens kenne, und dort kann man sich in aller Ruhe unterhalt'n.«

»Die Japs machen Pizza?« Hotwire schaute mindestens genauso überrascht wie die übrigen Schattenläufer. Die Mechanikerin verriss fast das Steuer. »Da bin ich aber gespannt.«

Wenig später, nachdem sie das Fahrzeug gewechselt hatten, saßen die fünf in einem Nebenzimmer der Pizzeria, die mit der typisch unverbindlichen japanischen Freundlichkeit geführt wurde.

Anhand der vielen Verbeugungen des Kellners vor Ultra schloss die Magierin, dass der Troll hier regelmäßig Unmengen von Pizzas in sich hineinschaufelte.

Die bestellten Pizzas schmeckten entgegen den Befürchtungen der Schattenläufer ausgezeichnet, obwohl der Algengeschmack und die Sushi-Garnierung nicht unbedingt dem entsprachen, was Cauldron unter ›traditionell‹ verstand.

Hotwire machte immer wieder Andeutungen, hatte aber wohl beschlossen, erst nach dem Essen alles zu erzählen. Selbst die wüstesten Drohungen des Menschensamurai ließen den hungrigen Zwerg kalt.

Als das letzte Stückchen in seinem Mund verschwunden war, packte Hotwire sein Deck aus, schloss den Drucker an und jagte ein paar Blätter durch den Einzug.

»Ich gebe es euch schwarz auf weiß, damit ihr alles nachlesen könnt.«

Die Bedienung brachte ein Tablett voller Gläser mit heißem Pflaumenwein. Der Zwerg fischte sich zielstrebig jenes heraus, das bis zum Rand gefüllt war, und kippte den Alkohol auf einen Schluck hinunter.

»Also«, sagte er gedehnt, »ich war im deutschen Netz, und es war eine ziemliche Umgewöhnung. Am Anfang habe ich mich an den einfachsten Knotenpunkten zweimal verfahren. Das ISDN2 ist nicht so ohne, hat aber ein paar echt coole Möglichkeiten mehr als der Schrott, den wir hier an Leitungen haben.«

»Erspar uns das, bitte.« Die Magierin hob abwehrend die Hand, und einer ihrer Ringe funkelte kurz im Licht auf. »Was hat es mit diesem Hellmann auf sich?«

Der Decker verteilte die Blätter. »Hellmann ist gebürtiger Deutscher und stammt aus dem Rhein-Ruhr-Megaplex, genauer gesagt aus Lünen. Er hat in München studiert und ging anschließend zu Cyberdynamix in Ingolstadt. Dort arbeitete er zehn Jahre lang und reichte seine Kündigung ein, weil er sich dort nicht so entfalten konnte, wie er wollte, laut dem Schreiben, das er Geschäftsführerin Annegret Berger auf den Tisch gelegt hat. Die Forschungen in seinem Spezialgebiet Kybernetik seien ihm zu rückständig und zu langsam.« Hotwire spähte zu dem Glas, das unberührt vor der Mechanikerin stand. »Kann ich das haben, obwohl mir ein Ouzo eigentlich lieber wäre?« Twing schob den Pflaumenschnaps rüber. »Offensichtlich hatte er Verbindungen zu Fuchi aufgenommen, Aufzeichnungen gibt es leider keine darüber. Jedenfalls wurde er kurz darauf eingestellt. Der klassische Fall von leiser Abwerbung.«

»Wie steht'n Fuchi zu Cyberdynamix?«, wollte Ultra wissen, der die Mütze im Nacken sitzen hatte und hilflos die Blätter durchforstete. »Und was is Cyberdynamix überhaupt?«

»Was das Verhältnis angeht, wie soll ich sagen«, versuchte der Zwerg zu erklären, »ungefähr wie Renraku zu Fuchi. Fuchi ist der größte Konkurrent von Cyberdynamix in Europa. Die Deutschen hinken, was die Forschung angeht, etwas hinterher, dafür sind ihre Produkte weniger anfällig und stabiler. Sie klonen in erster Linie die Japsprodukte. Das Netz meint, dass sich die beiden Kons nichts schenken, wenn es um Vorteile geht. Die Palette reicht von Betriebsspionage bis hin zu ... *boom*«, er ahmte das Geräusch einer Explosion nach, »handfesten Sabotageakten. Tja, und Cyberdynamix ist ein Tochterunternehmen von Eurotronics, Europäische Computer- & Cybertechnologie AG mit Hauptsitz in Turin.«

»Ist ja reizend. Und dann flog der mühsam abgeworbene Hellmann, der inzwischen sogar eine andere Staatsbürgerschaft angenommen hatte, wegen einer Bestechungssache raus?«, meinte Cauldron. Ihrem Tonfall zufolge glaubte sie nicht so recht an die Geschichte.

»Es sollte jedenfalls so aussehen«, bestätigte Hotwire. »Schaut mal auf Blatt zwei, dort steht der Grund.«

Bullet zog die Augenbrauen hoch. »Kontakte zu Cyberdynamix? Scheint, als hätte der Professor wieder Sehnsucht nach good old Germany bekommen.«

»Genau. Insgesamt war er seit seiner Entlassung dreizehnmal in den ADL, immer für ein paar Tage, höchstens zwei Wochen. Und am 12. Juli flog Brightman über den großen Teich, direkt nach Ingolstadt, von wo er zwei Tage vor Sparkplugs OP wieder zurückkehrte.«

»Er hat seine Fuchi-Geheimnisse an Cyberdynamix geliefert«, vermutete Twing und verschränkte die Arme hinter dem Kopf. »Oder den Deutschen Hilfestellung gegeben.«

»Nach allem, was ich weiß, hat er keine Kohle von dem ADL-Kon bekommen«, warf der Decker ein.

»Dann waren es vielleicht Tests, um seine Loyalität zu prüfen, bevor Cyberdynamix ihm eine neue Stelle in der Kybernetikabteilung anbieten wollte«, schlug die Magierin vor.

»Ich hätte dir zugestimmt, wenn ich nicht zufällig entdeckt hätte, dass auf Hellmanns, also Doc E.R.s Konto regelmäßige Zahlungen von 15000 Nuyen pro Monat eingegangen sind. Und zwar von einer Körperbank hier in Seattle.«

»Das kann nicht sein!« Die Mechanikerin schnellte nach vorne. »E.R. hatte keinen Liefervertrag mit einer Metzgerei, das weiß ich. Der ganze Sprawl wusste das, und deshalb war sein Ruf auch ausgezeichnet.«

»Eben«, bestätigte Hotwire. »Und deswegen habe ich die Überweisungen verfolgt. Am Anfang war es ziemlich einfach, ein Spaziergang, aber dann, rumms«, er schlug mit der Faust auf den Tisch, »kam ich an einen roten Knoten, der etwas Bekanntes an sich hatte und eine verdammt gute Absicherung für ein Schattenunternehmen war. Ich habe ihm mit meinen Programmen ordentlich zugesetzt und ihn geknackt. Mir kommen fast die Augen der Persona aus dem Kopf, als ich im System bin, denn diese Körperbank existiert überhaupt nicht. Es ist eine verfraggte Briefkastenmetzgerei!«

»Das nimmt allmählich beängstigende Dimensionen an«, murmelte Bullet.

»Ich versteh's nich«, sagte der Troll unglücklich, die Hauptmannsmütze saß jetzt schief auf dem Kopf. »Was heißt'n das? Und wie sieht eine Briefkastenmetzgerei aus?« Seine Finger tippten auf dem Palmtop herum, um das elektronische Lexikon zu durchforsten.

»Moment!« Der Zwerg grinste und spielte mit den Bartlocken. »Ich bin noch nicht fertig. Ein Decker hat nämlich einen gewissen Ehrgeiz, wenn es um den Job geht, und der wurde bei mir geweckt. Die Kohle für den Doc kam wiederum von einer anderen Firma, und nachdem ich die Spur über mindestens drei weitere ominöse Knotensicherungen verfolgte, stand ich vor einem Zugang, bei dem ich heute schon mal war.« Er machte eine theatralische Pause und schaute in die Runde der angespannten Gesichter. »Fuchi, Herrschaften.«

Es herrschte sekundenlang Stille im Nebenzimmer.

»Soll das heißen, E.R. hat die ganzen Jahre über Tantiemen vom Kon bekommen, obwohl er offiziell rausgeflogen war?« Bullet konnte es nicht fassen. Auch die anderen sahen ungläubig drein.

»Das war ja auch der Grund, weshalb Fuchi seine Kavallerie vorbeigeschickt hat«, gestand Hotwire. »Weil es schnell gehen musste, bin ich mit zwei Freunden mit brachialer Gewalt bei Fuchi eingestiegen, habe die Überweisungen überprüft und Daten aus der Personaldatei geladen, während die anderen das Black Ice beschäftigt haben. Ich hoffe nur, dass sie's unbeschädigt geschafft haben. Mir war klar, dass die Schnüffelprogramme längst wussten, von wo ich gestartet bin, aber für einen Freund und 4000 Nuyen begibt man sich schon mal in Gefahr.« Er strahlte den menschlichen Samurai an. »Und Hellmann hat eine Schwester, die für Fuchi arbeitet. Wenn mich nicht alles täuscht, sitzt sie im Management, heißt Professor Mira Kirstin Hellmann und ist Elfin.«

»Dann weiß sie mit Sicherheit mehr.« Cauldron blies eine aufsässige Strähne aus dem Gesicht und drehte nachdenklich ihr leeres Glas in den Handflächen hin und her. »Vielleicht sollten wir mit der Dame reden.«

»Wenn E.R. von Fuchi weiterhin Kohle bekommen hat, er aber mit Cyberdynamix über einen Neueinstieg verhandelt hat, dann war er mit Sicherheit ein verdammt guter Industriespion«, schloss Twing aus dem bisher Gehörten. »Ganz schön raffiniert. Das erklärt auch, weshalb Fuchi keine Anzeige erstattet hat. Aber warum und von wem wurde der Doc gegeekt?«

»Wie wär's denn, wenn du dich weiter im Netz umsiehst und herauszubekommen versuchst, was E. R. bei seinem letzten Aufenthalt in den ADL gemacht hat?«, schlug Bullet vor. »Ich gebe dir noch mal 2000 dafür.«

»Und'n kostenlos'n Aufenthalt im Hioto«, fügte Ultra fröhlich hinzu. Die Goldmickymaus blinkte im Licht auf.

Cauldron schenkte dem Decker einen tiefen, schmachtenden Blick. »Ich lade dich in einen Club deiner Wahl mit deinen Hilfsdeckern ein.«

Hotwire grinste wie ein Honigkuchenpferd. »Wenn Twing noch eine Jahrespflege für meinen kleinen Jackrabbit drauflegt, mach ich mich gleich morgen an die Arbeit.«

»Einverstanden«, seufzte die Mechanikerin und stand auf. »Kommt, Chummers. Mal sehen, ob Exec Hellmann mit sich reden lässt. Aber zuerst bekommt Cynthia eine neue Scheibe und eine Lackierung, sonst erschlägt mich jemand, wenn ich den GMC so abliefere.«

»Er sieht es ja ohnehin nicht. Ich bin gespannt, wie es Sparkplug geht«, sagte Bullet und winkte die Kellnerin herbei.

»Hoffentlich hat Doc Brown den Systemcheck bei deinem Schatz gemacht«, meinte die Magierin. »Ich würde zu gern wissen, weshalb E. R. die Augen ausgebaut hat. Mit seinen Nervenbahnen und den Cyberimplantaten war doch alles in Ordnung, oder?«

»Normalerweise benutzte der Doc nur zuverlässige Ware«, beruhigte Bullet. »Vielleicht hatte er sie für den Eingriff ausgebaut und wollte zuerst die Fahrzeugsteuereinrichtung einsetzen. Ich weiß ja nicht, wie viele Kabel und Leitungen in so einem verdrahteten Hirn Platz haben.«

»Und dann isser gegeekt word'n und konnte die Glubscher nich mehr reinsetz'n«, vollendete Ultra.

Der menschliche Samurai beglich die Rechnung. »Wahrscheinlich war es wirklich so, Twing. Mach dir keine Sorgen, das wird schon wieder.«

Die Schattenläufer verließen das *Hioto,* verabschiedet von zahlreichen sich verbeugenden Angestellten.

Seattle, Redmond Barrens, 26. 07. 2057 AD, 21.47 Uhr

Cauldron kehrte in ihre Wohnung zurück, schwer beladen mit braunen Packtüten, in denen sie ihre Besorgungen schleppte. *Das nächste Mal setzte ich einen Geist aufs Einkaufen an. Die Lauferei ist mir echt zu dämlich.*

Keuchend nahm sie die letzten Stufen zu ihrer Tür, stellte die Tüten ab und suchte nach dem Magschlüssel.

Als sie eine der Taschen gegen das Holzimitat lehnte, öffnete sich der Eingang mit einem leisen Klack. Die Magierin erstarrte in ihrer Bewegung.

Sofort suchte sie magisch nach Feinden, ohne fündig zu werden.

Sie benutzte einen weiteren Zauber und bemerkte mit dessen Hilfe sehr wohl eine Lebensform in ihrem Wohnzimmer. *Keine Fuchi-Abordnung, aber anscheinend jemand, der sich verlaufen hat.*

Die Magierin verließ sich nicht alleine auf ihre mentale Kraft.

Leise zog sie die Ares Crusader, während sie sich auf einen Zauberspruch vorbereitete. Wie von selbst wanderte ihre Hand an eines ihrer Amulette, um den Fetisch zu aktivieren.

Dann treten wir dem Schmarotzer mal in den Hintern. Wenn er an meinem Beschwörungskreis herumgemalt hat, mache ich Seife aus ihm.

Lautlos huschte sie in den Flur und steuerte auf den Raum zu, wo sich der Eindringling befand.

Als sie die Tür öffnete, fiel Lichtschein heraus, und etwas Weiches rieselte auf sie herab und landete auf ihr. Erschrocken machte sie einen Schritt in das Zimmer, die Mündung der Ares auf den Unbekannten gerichtet, der zwischen unzähligen Teelichtern kniete.

Im Schein der Kerzen erkannte sie, dass sie mit roten Blütenblättern bedeckt war. *Was hat das zu bedeuten?*

Die Reaktion des Mannes, der nichts außer einem schwarzen Ledertanga trug, verriet den Profi. Sofort hechtete er zur Seite und katapultierte sich hinter ihrem Sofa in Deckung.

Dann tauchte ein weißes Taschentuch hinter der Lehne auf. »Ich ergebe mich.«

Cauldrons Anspannung fiel beim Klang der vertrauten Stimme ab. »Bullet, du Armleuchter!«. Sie verstaute die Crusader im Schulterhalfter.

Der Straßensamurai erhob sich grinsend. »Ich wollte dich überraschen.« Er sprang aus dem Stand über das Möbelstück, stand plötzlich an ihrer Seite und nahm sie in die Arme. »Alles Gute nachträglich zu unserem Jahrestag, meine Hexe.«

Er wollte sie küssen, doch Cauldron drehte den Kopf weg und entwand sich ihm. Seine Lippen trafen ins Leere.

»Hat dich Twing daran erinnert oder bist du selbst darauf gekommen?« Natürlich verzieh sie ihm, aber sie wollte ihn noch ein wenig zappeln lassen. Ihr langer, schwarzer Sommermantel glitt auf den Boden und gab den Blick auf ihr dunkles Spitzenkleid frei, das einen starken Kontrast zu ihrem weißen Gesicht und den roten Haaren bildete.

»Ich hatte mich im Datum vertan«, versuchte er sich herauszureden. »Aber dafür habe ich mir jetzt umso mehr Mühe gegeben.«

Die Magierin streifte das Holster ab. Ihr Blick wanderte an der muskulösen Gestalt des Samurais entlang.

Einzig die deutlich sichtbare Dermalpanzerung des Schattenläufers trübte den optischen Genuss. »Du wirst dir noch mehr Mühe geben müssen, um die Scharte auszuwetzen.« Die halbhohen Schnallenstiefel flogen durchs Zimmer. »Und ich erwarte eine Bestleistung«, fügte sie mit dreckigem Grinsen hinzu.

Cauldron klaubte ein paar Rosenblätter zusammen und blies sie von der flachen Hand in seine Richtung. Bullet verstand das als Hinweis, sich seiner Gefährtin nähern zu dürfen.

Sie streichelte sein Gesicht, während er die Haken, Ösen und Schnüre ihres Kleids behutsam öffnete. »Sexy Tanga, den du da anhast.« Eine Hand umfasste sein Kinn. Mit einem harten Ruck zog sie seinen Kopf herum und drückte ihm einen wilden Kuss auf die Lippen. Dabei schloss sie wie immer die Lider. Den Blick in seine künstlichen Augen ertrug sie bei aller Liebe, die sie für ihn empfand, nicht lange.

»Nicht so schnell«, flüsterte er in ihr Ohr. Ohne sichtliche Anstrengung hob er sie hoch und trug sie zum Sofa, wo er sie behutsam absetzte.

Die Magierin wunderte sich ein wenig. *Normalerweise ist er es doch, der gleich zur Sache kommt.* Heute dagegen wirkte er beinahe geheimnistuerisch.

Bullet entzündete die letzten Teelichter, bevor er in einer kleinen Kiste kramte und einen Gegendstand in seiner Faust umschloss.

»Cauldron, du weißt, ich bin kein Poet.« Er drehte sich zu ihr. »Wir sind jetzt seit mehr als zwei Jahren zusammen, und ich denke, ich bekomme keine bessere Frau als dich. Zumal mir die Sache mit Hustle und Sparkplug gezeigt hat, dass es großartig ist, sich auf jemanden verlassen zu können. Nicht nur heute oder morgen, sondern auch in vielen Jahren, wenn diese Läuferscheiße vorbei ist und wir den ganz großen Lauf gemacht haben.«

Eine heiße Welle rollte durch den Körper der Magierin. *O nein, bitte nicht! Lass es ihn nicht tun.*

Die Hand des Schattenläufers gab den Gegendstand preis. Ein silberner Ring blinkte im Schein der Kerzen auf. »Willst du mich heiraten?«

Fuck. Cauldron seufzte und öffnete den Mund, um etwas zu sagen, dann fuhr sie ihm zärtlich über die Stirn. »Bullet, ich …«

Sein Antlitz spiegelte die maßlose Enttäuschung über ihre Reaktion wider, die Hand mit dem Ring sank herab.

»Ist okay. Wir müssen nicht heiraten, wenn du nicht willst«, versuchte er die Situation zu retten. Ein Windstoß brachte einige Teelichter zum Verlöschen. *Wie passend.* »Ich dachte nur, wir könnten unser Zusammensein irgendwie stärker binden.« Ein Blick in die Augen der jungen Frau ließ ihn verstummen. »Es war wohl keine gute Idee.«

Die Magierin fuhr sich mit beiden Händen über das Gesicht. Die Schminke verwischte sich und verlieh ihr im Schimmer der Kerzen etwas Groteskes.

»Da war sehr lieb von dir.« Sie schluckte. »Hör zu, ich fühle mich nicht bereit dazu. Wenn es einen gibt, den ich an meiner Seite haben möchte, dann wirst du es sein. Aber das Bedürfnis ist nicht da.« *Versteht er, was ich meine?* »Noch nicht.«

Bullet erhob sich und legte den Ring auf den Tisch. »Nimm ihn an, wann du möchtest«, sagte er gedehnt und schlüpfte in seine Hose. Mit knappen Bewegungen zog er sich an.

»Wohin willst du jetzt?«, fragte sie leise. »Bullet, bleib doch …«

»Nein, lass nur, ich schlafe zu Hause. Ich muss ohnehin noch was erledigen und ein paar Leute anrufen wegen der Geschichte mit Sparkplug.« Er lächelte traurig. »Ich akzeptiere deine Gefühle. Bitte hab Verständnis, dass ich jetzt nicht glücklich bin. Morgen geht es wieder.«

Er warf ihr einen Handkuss zu und verließ das Zimmer. Kurz darauf fiel die Haustür ins Schloss.

Mann, ich liebe dich und hätte dich gerne immer in meiner Nähe, das hätte ich ihm sagen sollen. Cauldron sank stöhnend zur Seite und verbarg ihr Gesicht in den Händen. Wie Flammen umgaben die Haare ihren Kopf. *Verdammt, ich hab's vermasselt.*

Sie sprang auf und lief hinaus, um ihren Gefährten zurückzurufen, stolperte jedoch über die Tüten, die er hineingetragen hatte, und schlug beinahe hin. Ein stechender Schmerz durchzuckte ihren rechten Knöchel.

Das hat noch zu meinem Glück gefehlt. Humpelnd kehrte sie in die Wohnung zurück und schlug die Tür zu.

Sie schlüpfte aus ihren Kleidern und ging unter die Dusche, um unter dem warmen Wasserstrahl Zuflucht zu suchen.

Soll ich ihn heiraten oder nicht?, grübelte sie, die Hände an die gekachelte Wand gelegt, das heiße Nass auf ihren Schulterblättern genießend. Dampfwolken verwandelten das Bad in eine Nebelküche.

Sie dachte an ihr erstes Rendezvous und daran, wie sie ihn beinahe mit einem Mana-Blitz attackiert hatte, als sie wegen einer leichtfertigen Bemerkung wütend auf ihn war. Er war mindestens ebenso impulsiv. Gleichzeitig zeigte er ruhige, zärtliche Momente. Und man konnte sich auf ihn verlassen, wenn es nicht gerade um Jahrestage ging.

»Heiraten«, sprach sie das Wort leise aus und hob das Gesicht, um es vom Wasser berieseln zu lassen. *Und danach eine schöne Reise, quer durch England. Da wollte ich schon immer mal hin. Mystische Stätten, alte Magie und uralte Monumente.*

Sie hörte schon die Stimmen ihrer Magiefreunde. Sie sah vor ihrem inneren Auge, wie sie alle den Kopf schüttelten, wie sie es damals getan hatten, als sie den Straßensamurai zu einer Club-Party ins *Dark Site* brachte und die Magiebegabten ihre Witze über den vercyberten Mann und dessen Essenzmangel machten.

Sicher, Bullet strotzte nicht vor Implantaten, dennoch spürte sie gelegentlich seine andere, kältere Aura, die ihn von einer ›normalen‹ Person unterschied. Eine Zeit lang zusammen zu sein war eines, ein ganzes Leben miteinander zu verbringen, etwas anderes.

Du bist doch glücklich mit ihm, also was sollen diese Gedanken?, ärgerte sie sich, stellte die Dusche ab und verließ die Kabine, um sich abzutrocknen.

Das Telefon läutete. Cauldron warf sich einen Bademantel über und hastete hinaus. *Vielleicht ist es Bullet?*

»Ja?«, sagte sie schnell in den Hörer.

»Hoy, Perle der Nacht«, antwortete Twing. »Schon wach? Wir treffen uns in einer halben Stunde, ich hole dich ab. Wir müssen ein paar Ersatzzeile für Cynthia abholen.«

Der Blick der Magierin heftete sich auf den Silberring auf dem Tisch, ihre Gedanken drifteten davon. Die weitere Erklärung ihrer Freundin wurde leise und leiser. *Ich glaube, ich werde ja sagen.* Sie nahm das Schmuckstück auf und betrachtete es. *Oder?*

»Hörst du mir zu?«, rief die Mechanikerin laut durch die Leitung.

»O ja, entschuldige.« Cauldron zuckte zusammen. »Gib mir ein paar Minuten, ich muss mir noch die Haare trocknen.«

»Die Mühe kannst du dir sparen, es regnet«, entgegnete Twing lachend und unterbrach die Verbindung.

Die Magierin versuchte beim Anziehen, den Straßensamurai zu erreichen.

Ohne Erfolg.

VI.

Seattle, Eingang Redmond Barrens,
28. 07. 2057 AD, 9.29 Uhr

»Hast du schon mal die Donuts mit der grünen Zuckerglasur versucht?« Officer Jerry Harrison starrte suchend in die braune Papiertüte, auf der ›Hughs Big Holes‹ gedruckt war. Hugh war so etwas wie der Hoflieferant für Harrison, der für die frittierten Kringel seine rechte Hand hergegeben hätte. »Oder willst du die mit kombinierter Schoko-Vanille-Sauce?« Er hielt das passende Gebäckstück in die Höhe. »Oder vielleicht die mit Kirschfüllung?« Er kramte einen anderen Donut heraus und hielt ihn seinem Partner unter die Nase.

»Lass mal gut sein«, wehrte Officer Clark Dubinski ab und nahm einen Schluck Grüntee, den er sich in seiner Thermoskanne mitgenommen hatte.

Das Innere des Ford Americar roch penetrant nach dem fettreichen Gebäck und überreizte allmählich die empfindliche Nase des jungen Polizisten, der frisch aus der Ausbildung kam.

Er schlürfte an seinem Tee. Die Scheibenwischer fegten in regelmäßigen Intervallen den Regen zur Seite und erzeugten ein monotones Geräusch. »Weißt du eigentlich, dass du das Klischee eines LoneStars voll erfüllst? Du sitzt hier, ziehst dir die fetten Donuts rein, säufst literweise Soykaf und hast zehn Kilo Übergewicht.«

»Ja, und?«, entgegnete sein Partner und zog den Kringel schnell wieder zurück. »Wenn du damit Probleme hast, such dir einen anderen Kollegen. Ich kann nichts dafür, dass dir der Streifendienst nicht gefällt, Mr. Action.«

Dubinski startete den Motor und setzte das Auto in Bewegung.

»Was machst du?«, protestierte Harrison und balancierte den Becher in seiner Hand. »Wir haben Pause, da wird nicht in der Gegend herumgefahren. Ich versaue mir bestimmt die Uniform mit Soykaf bei der Kurverei, und wer bezahlt mir dann die Reinigung? Verdammt, wo fährst du denn hin?«

»Hier wurde letzte Woche ein Star überfahren, und ich will mir die Gegend mal ansehen«, antwortete sein Partner. »Vielleicht ist der Typ so dämlich und fährt mit der Karre immer noch durch die Straßen.«

Harrison lachte. »Klar werden hier Polizisten überfahren, hier beginnen die Barrens. Mann, ich bin jetzt dreizehn Jahre in Seattle, aber so bescheuerte Typen, die mit einem gesuchten GMC herumkurven, habe ich noch nie gesehen. Wenn du mich und Gonzales fragst, war das ein Schattenläufer, der seine Schulden nicht bezahlen wollte, den Mediziner gekillt hat und auf der Flucht einen Star überrollt hat. Helden sterben nun mal jung in unserem Job, und wenn sich der Kollege unbedingt vor die Motorhaube eines gepanzerten Bulldog stellen muss, darf er sich nicht darüber wundern, wenn er tot aufwacht.«

»Du bist ein Riesenarschloch, Harrison.« Dubinski lenkte das gepanzerte Fahrzeug näher an den Rand der Barrens. »Du bist so ein Riesenarschloch, dass du Seattle zukacken könntest.«

»Und du willst ein verdammter Held sein und genauso schnell draufgehen wie der Typ, dessen Umrisse sie auf die Straße gemalt haben.« Herzhaft biss der beleibte Cop in den Kirschdonut und spülte ihn mit der heißen, braunen Flüssigkeit hinunter. »Meinen Segen hast du, Dubinski.« Krümel flogen auf die Handschuhablage. »Das ist nicht wie in den Detektivfilmen oder wie sie es dir in der Ausbildung beibringen. Wir sind sterblich, einige von uns sind bestechlich, und vor allem, und das zählt besonders für mich, sind wir auf das eigene Wohl bedacht. Also, halte dich bitte ein wenig zurück, Rambo.«

Ein breiter GMC Bulldog ohne Frontscheibe tauchte aus einer Seitenstraße auf, überquerte eine Kreuzung und beschleunigte plötzlich, als er den Streifenwagen bemerkte. Das Heck des Fahrzeugs wies etliche Einschüsse auf, und auf der einen Seite fehlte der komplette Lack, als ob der Fahrer an einer Wand entlang gefahren wäre.

»Das gibt's doch gar nicht«, sagte Harrison fassungslos, warf den angebissenen Donut und den Soykaf aus dem Fenster und schnappte sich das Funkgerät.

Der andere Cop trat das Gaspedal bis zum Boden durch und nahm mit heulenden Sirenen die Verfolgung auf.

»Hier Star 3412«, gab er durch, »wir verfolgen ein verdächtiges Fahrzeug, einen aufgemotzten GMC Bulldog, Ecke 10te und 9te, Redmond Barrens. Könnte der gesuchte Copkiller sein. Benötigen Unterstützung, kommen.«

»Hier BigStar«, meldete sich Gonzales aus der Zentrale. »Schicken euch drei Fahrzeuge. Bleibt auf Abstand, und wenn sich der GMC zu weit in die Barrens verdrückt, bevor die Unterstützung da ist, kehrt um.«

»Verstanden. Sie sollen unserem Signal folgen, und schickt eine Sicherheitsdrohne mit.« Er hing ein, zog die Schrotflinte aus der Halterung in der Tür und lud sie mit den Stahlmantelgeschossen. »Wir erwischen das Schwein. Okay, Mr. Action, das wird voll nach deinem Geschmack.«

Cauldron warf einen besorgten Blick in den Außenspiegel. »Die Cops haben uns gesehen. Warum mussten wir auch unbedingt hier entlang fahren?« Der

Regen tropfte in die Kabine und perlte von der Plane ab, die sich die Frauen über die Knie gelegt hatten, um nicht durchnässt zu werden.

Twing zuckte mit den Schultern. »Ich kann nichts dafür, dass mein Schieber sein Ersatzteillager in der Nähe von Doc E. R.'s ehemaliger Praxis hat. In Sparkplugs anderen Karren kann ich nicht so viel Zeug einladen. Normalerweise stehen die Stars nie hier rum.«

Die Magierin strich sich das feuerrote, klamme Haar aus dem Gesicht, das immer irgendwie einen Weg fand, sie zu ärgern. »Ich werde sie aufhalten.«

Sie fasste an einen ihrer Ringe und schloss die Augen, um sich zu konzentrieren. *Eine gute Gelegenheit, sich abzureagieren.*

»Nein, warte!« Die Mechanikerin bog schwungvoll ab. »Wenn wir denen auch nur einen Kratzer in den Lack machen, jagen die anderen Cops uns bis ans Ende aller Tage. Ich versuche, sie abzuschütteln.«

Cauldron schaute skeptisch. »Sie werden bereits Unterstützung angefordert haben.«

»Sobald wir tiefer in den Barrens sind, kehren sie um«, versprach Twing und wischte sich ein paar Wasserspritzer aus den Augen. »Cynthia ist nur ein wenig bockig ohne Lenkunterstützung und Stabilisatoren.«
Rigger müsste man sein.

Es knallte gewaltig. Etwas krachte mit Wucht in die hintere Tür und riss ein zentimeterdickes Loch in das Metall.

»Ich bin nur froh, dass ich noch nichts repariert habe, sonst würde ich mich jetzt mächtig ärgern«, knurrte die Mechanikerin. »Die Panzerung ist zu lädiert, als dass sie noch was abhalten könnte.«

Das Streifenfahrzeug holte auf.

»Wie beruhigend. Bist du dir immer noch sicher, dass wir sie abhängen können?« Die Magierin beobachtete die Bewegungen der Frau. »Warum haben wir die anderen beiden eigentlich nicht mitgenommen? Für Ultra und Bullet wären die Cops eine nette Abwechslung.«

»Und umgekehrt für die Cops auch«, erwiderte Twing lachend. »Aber ich weiß nicht, ob es den Stars gefallen würde, einen Trollsamurai zu durchsuchen. Oder besser gesagt, wenn sie es versuchen würden.«

Wieder durchschlug ein Projektil die hintere Tür und sirrte zwischen den beiden nach vorne hinaus.

»Wie kann man bei der Lage so gut gelaunt sein?« Cauldron steckte sich ihren Harrschopf mit einem Kamm fest. »Das hätte uns eben erwischen können. Ich rufe Flamma, mir reicht es.«

»Du wirst dein Feuerelementar schön dort lassen, wo es ist«, befahl die Mechanikerin energisch. Ihre hellblauen Tätowierungen leuchteten.

Sie zog ohne Vorwarnung die Handbremse, schlug das Lenkrad ein und gab Gas.

Gehorsam vollführte Cynthia eine abrupte 180-Grad-Drehung und steuerte frontal auf den LonStar-Wagen zu.

»Banzai!«, schrie Twing und stemmte die Arme gegen das Lenkrad.

»Bist du bescheuert?« Die Magierin hatte die Augen geschlossen und klammerte sich krampfhaft am Gurt fest. *Lass es mich überleben, damit ich ihr anschließend den Kopf von den Schultern hexen kann.*

»Oh, Shit, Shit, Shit!«, brüllte Dubinski, als er die breite Schnauze des GMC immer näher kommen sah.

Mit einem Röhren schoss das gepanzerte Fahrzeug noch einen Satz nach vorne und walzte mit hoher Geschwindigkeit auf den Ford Americar zu.

»Das gibt ein Unglück, Harrison!«

»Was ist los, Mr. Action? Halt die Kiste ruhig«, befahl sein Partner, der halb aus dem Wagen hing und versuchte, den Fahrer anzuvisieren. »Wenn ich ihn erwische, überstehen wir es.«

»Und wenn nicht?«

»Wirst du gleich das Licht im Tunnel sehen, Rambo«, knurrte der Cop zwischen den Zähnen hindurch.

Harrison drückte ab, als ein kleines Schlagloch den Americar zum Wackeln brachte, und das Projektil bohrte sich knapp neben der Fahrerin in die Verkleidung.

Dubinski riss das Fahrzeug im letzten Moment zur Seite. Trotzdem streifte das Heck des Einsatzwagens die Stoßstange des Bulldog.

Die Kollision brachte das Copauto ins Schleudern. Harrison prallte auf seinen Partner, der die Kontrolle über den Americar verlor und ihn auf den Bordstein lenkte.

Es rumpelte, Mülltonnen, Paletten und Kisten stoben zur Seite, dann stand der Streifenwagen und soff mit einem letzten Hüpfer ab. Das Rauschen des Regens auf dem Wagendach wirkte überlaut.

»Alles in Ordnung, Harrison?« Der junge Star betastete vorsichtig seinen Kopf, mit dem er auf das Steuerrad geknallt war, doch der Helm hatte Schlimmeres verhindert.

»Schon gut«, stöhnte sein Partner und richtete sich auf. »Hinterher, sonst verduften sie und wir können den Kollegen erklären, warum wir einen Copkiller haben laufen lassen.« Sein Kiefer knackte laut. »Prima. Verrenkt.«

Dubinski ließ den Americar an, setzte zurück und fuhr auf die Straße. Der Regen wurde schwächer. Dennoch sprühten von den Rädern des Fahrzeugs hohe Wasserfontänen auf. Mehr als einmal musste der Nachwuchscop mit Aquaplaning kämpfen.

»Die Dame am Steuer war verrückt. Die hätte uns platt gewalzt wie eine leere Coladose.« Er nickte seinem Kollegen zu. »Kompliment, Partner. Du bist doch nicht so gleichgültig, wie ich geglaubt habe.«

Der Mann lud das Gewehr durch. »Egal, wie ich zu Heldentaten anderer stehe, sie hat einen von uns umgebracht und es auch bei mir versucht. Das lasse ich mir von niemandem gefallen!«

Plötzlich erschien ein schwarzer Lieferwagen an der Fahrerseite. Die Schiebetür rollte zurück und gab die Sicht auf einen Mann mit Sonnenbrille im schwarzen Anzug frei, der gerade in ein militärisches Headset sprach.

»Brechen Sie die Verfolgung sofort ab, 3412«, dröhnte es aus den Lautsprechern des LoneStar-Funkgeräts. »Sie gefährden eine lang geplante CIA-Aktion, Officers.«

Unsicher schaute Dubinski zu seinem Partner, der sich das Sprechgerät schnappte. »Sir, die Zentrale hat mir nichts über einen solchen Einsatz gesagt. Ich muss erst nachfragen.« Er ließ die Taste los. »Gib Gas, Dubinski, sonst hauen sie ab.« Der Star hob das Gerät wieder an die Lippen. »Sir, Sie können uns begleiten, bis die Zuständigkeiten geklärt sind.«

»Ich verstehe.« Der Agent nickte und verschwand im Dunkel des Transporters.

»Gar nicht so übel«, meinte Dubinski grinsend. »Jetzt arbeite ich mit dem CIA zusammen. Die können uns ja Schützenhilfe geben, wenn wir den Bulldog stellen.«

Harrison bemerkte aus den Augenwinkeln eine Bewegung an der Schiebetür und schaute instinktiv hinüber zu dem Lieferwagen, der immer noch auf gleicher Höhe mit dem Americar fuhr. Die Mündung, in die er entsetzt blickte, war so groß wie eine Kinderfaust.

»Bremsen, Dubinski! Bremsen!«

Sein Partner drehte den Kopf in seine Richtung,

ohne die Geschwindigkeit zu verringern. »Was soll ich? Zuerst sagst du, ›gib Gas‹, und jetzt …«

Etwas prallte gegen die Seitenscheibe, brach in einem Scherbenregen in das Innere und flog dem jungen Cop an den Hinterkopf.

Benommen und mit einem überraschten Gesichtsausdruck kippte Dubinski in Harrisons Schoß.

Der Gegenstand sprang an den Fahrzeughimmel, hüpfte nach hinten und verschwand unter dem Fahrersitz.

Der schwarze Lieferwagen drehte ab, während sich der Mann im Anzug lächelnd mit zwei Fingern an die Stirn tippte. Harrison glaubte für einen Moment, sein eigenes, verstörtes Gesicht in den spiegelnden Brillengläsern zu erkennen.

Eine kleine Sonne erwachte im Americar zum Leben. So empfand es zumindest der Star in den letzten Sekunden seines Lebens. Dann wurde es noch heller und heißer.

»Ich glaube, wir haben sie abgehängt«, sagte Twing erleichtert. »Seit drei Straßenbiegungen sind sie nicht mehr hinter uns. Ich habe irgendwo da hinten Qualm gesehen. Vielleicht sind sie gegen einen Laternenmast gefahren.«

»Mann, ich könnte dich umbringen!«, rief Cauldron, und ihre Stimme klang so, als ob sie ihre Drohung gleich in die Tat umsetzen wollte. »Wenn du noch mal eine Kamikazeaktion vorhast, sag bitte vorher Bescheid, damit ich mich vorbereiten kann. Ich wäre beinahe vor Angst gestorben!« Ihre Flammenpupillen loderten in einem mörderischen Feuer.

Die Mechanikerin grinste. »Der Cop am Steuer sah auch so aus, als ob es ihm ähnlich gehen würde.«

»Halt mal an, ich möchte nachsehen«, sagte die Magierin. »Astral, natürlich.«

»In Ordnung.« Twing lenkte den GMC an den Straßenrand. »Aber warum?«

»Nur so ein ungutes Gefühl. Wenn sie sonst nie hier rumstehen, war wohl was oberfaul«, murmelte die rothaarige, junge Frau. Sie schloss die Augen, und ihr Körper erschlaffte.

Twing wusste, dass Cauldron hin und wieder einen sechsten Sinn hatte, deshalb sparte sie sich ausufernde Diskussionen mit der Magiekundigen.

Sie betrachtete die zierliche, leblose Gestalt ihrer Chummerin, die man ohne weiteres als ›Grufti‹ bezeichnen konnte. Cauldron mochte das Unheimliche und Rätselhafte und tat alles, um auch so zu erscheinen.

In Aktion gesehen hatte Twing die Magierin erst zweimal. Einmal grillte sie drei Ganger, die ihr bei einem Lauf in die Quere kamen, ein anderes Mal hatte sie gegen zwei Elementargeister gekämpft, um der Gruppe den Rücken freizuhalten.

In beiden Fällen hatte Cauldron ziemlich souverän gewirkt, und wenn es stimmte, was Bullet über sie sagte, widmete sie dem Beschwören von Geistern und dem Ausarbeiten von eigenen Zaubersprüchen viel Zeit. Obwohl es dem Samurai einen höllischen Spaß bereitete, sie mit vermeintlicher magischer Unkenntnis aufzuziehen, vermutete sie tiefe Gefühle hinter seiner coolen Fassade.

Nach ein paar Minuten flatterten die weiß geschminkten Augenlider. »Ich habe es gewusst«, sagte sie leise, während sie sich langsam an die Umgebung und die Körperlichkeit gewöhnte.

»Und? Hängen sie mit dem Kühler an einem Hydranten?«, fragte Twing und startete.

»Einen Hydranten hätten sie gut gebrauchen können. Ihr Wagen steht lichterloh in Flammen.« Sie stützte den Kopf in die Hände.

»Drek, ich dachte, wir hätten vereinbart, wir hängen

sie einfach ab.« Die Mechanikerin war verärgert und steuerte in Richtung Doc Browns Klinik. »Jetzt haben wir noch zwei weitere Stars auf dem Konto. Musste das Inferno denn sein?«

»Ich war es nicht, Twing.« Cauldron schaute nach vorne. »Es stand ein Lieferwagen an der Kreuzung, der in unsere Richtung gefahren ist. Ich glaube, sie haben den Wagen in Brand gesetzt.«

»Das hat Ultra auch von den Orkgangern erzählt, die es vor E. R.s Praxis erwischt hat.« Die Mechanikerin runzelte nachdenklich die Stirn. »Sie sind ebenfalls abgekokelt.«

»Es brannte heller als ein normales Feuer – kann sein, dass sie Phosphor oder Magnesium benutzt haben.« Allmählich war sie wieder voll bei Bewusstsein. »Wenn sie uns die Cops vom Hals geschafft haben, wollen sie sicher was von uns. Wahrscheinlich sind sie uns auf den Fersen.«

»Vielleicht hat es was mit dem GMC zu tun«, überlegte Twing. »Sie wussten, welcher Wagen sich in E. R.s Todesnacht von der Praxis entfernt hat und suchen ihn, genau wie die Cops. Sie haben uns sowie unsere Verfolger gesehen und räumen sie aus dem Weg, damit wir unseren Weg ungestört fortsetzen können. Wenn sie Interesse an unserem Tod hätten, wären wir nicht mehr auf der Straße.«

»Ich weiß nicht, ob mir unsere neuen Schutzengel gefallen.« Cauldron massierte ihre bleichen Schläfen. »Wir würden sie direkt zu Brown führen.«

»Und damit zu Sparkplug«, vollendete die Mechanikerin. »Vielleicht hat er doch was mitbekommen, woran er sich derzeit nur nicht erinnert, wer weiß? Auf alle Fälle fahren wir nicht zu Brown. Ich rufe die anderen an und informiere sie über die neue Situation.«

»Wir sollten den Jungs im Lieferwagen eine Falle stellen, um herauszufinden, was hier überhaupt gespielt wird«, schlug die Magierin vor. »Fuchis scheinen es keine zu sein. Ich kann dir sagen, dass die sechs Gestalten voll gestopft mit Cyberware sind.« Sie wischte sich Regentropfen von der Kleidung und schaltete die Heizung ein. »Wer spielt denn noch alles mit? Cyberdynamix? Aber die sitzen in den ADL.«

»Na, und? Ist das ein Grund für einen Kon?« Twing gab Bullet per Funk einen Kurzbericht der Lage.

»Er sagt, er und Ultra überlegen sich was. Aber er meint auch, dass es vermutlich die Männer sind, die Doc E.R.s Klinik in Schutt und Asche gelegt haben. Somit wüssten sie vielleicht, was mit Hustle passiert ist. Vielleicht haben sie ihn sogar«, gab die Mechanikerin die knappe Unterredung wieder. »Er wusste nur, dass vor einer Stunde sechs Männer in schwarzen Anzügen in Doc Browns Praxis alles auf den Kopf gestellt haben.«

Cauldron stieß ein kurzes Lachen aus. »Da hatte Ultra eine wirklich gute Idee. Auf den Quartierwechsel wären wir natürlich auch gekommen, aber vielleicht zu spät.«

»Doc Brown ist schlecht gelaunt, weil sie alle seine Instrumente mitgenommen haben«, erzählte Twing. »Alles, was nur entfernt elektronisch aussah, haben die Jungs eingepackt.«

»Dann war das, was sie suchen, nicht dabei«, schloss die Magierin, »wenn sie uns immer noch verfolgen.«

»Scheint so«, stimmte die junge Frau mit den blauen Haaren zu. »Meinem Schatz geht es so gut, dass der Doc endlich den Check der Cyberteile machen kann. Es wird nur etwas länger dauern, weil sein Zweitlabor nicht so perfekt ausgerüstet ist.«

Cauldron schwieg einen Moment. »Du magst Sparkplug sehr gern, oder?«

»Ich liebe ihn«, antwortete sie ohne zu zögern. »Wie sonst könnte ich es mit ihm aushalten? Er hat mich bei den Halloweenern rausgeholt, ohne was dafür zu verlangen. Er meinte, ein Auftraggeber hätte ihm den Lauf bezahlt, aber ich habe rausbekommen, dass er es auf eigene Faust gemacht hat. Dabei hatte er mich vorher nur kurz gesehen. Es wäre Liebe auf den ersten Blick gewesen, hat er mir später gestanden.« Sie sah die Magierin ernst an. »Ich würde alles für ihn tun.«

»Hoffen wir, dass es in nächster Zeit nicht dazu kommt«, meinte Cauldron leise. »Ich hätte nie gedacht, dass ein Essenzkrüppel wie Sparkplug derart starke Gefühle entwickeln kann.«

»Er hat sie sich bewahrt, und das ist die Kunst«, erwiderte Twing. »Viele sind dazu nicht imstande, obwohl sie kein einziges Cyberelement in sich haben.«

Cauldron schwieg und drehte gedankenverloren ihren Rubinring um den Mittelfinger. *Es sieht so aus, als ob er mir da etwas voraus hätte.*

Twing beschloss, das Thema zu wechseln, bevor die Magierin an ihrer Seite ins Grübeln über sich und den Straßensamurai versank. »Ultra und Bullet melden sich, sobald sie einen Plan ausgeheckt haben.«

Cauldron nickte. »Ich bin einsatzbereit. Wir verziehen uns besser tiefer in die Barrens, bevor wir weiteren LoneStar-Abordnungen begegnen.«

»Einverstanden«, sagte Twing und steuerte Cynthia ins Zentrum der gesetzlosen Zone.

Ohne dass sie ihn sahen, wussten die beiden Frauen, dass der schwarze Lieferwagen ihnen auf der Spur bleiben würde.

Seattle, Redmond Barrens, 28. 07. 2057 AD, 22.29 Uhr

Seit sie vor ein paar Tagen den toten Schamanen entdeckt hatten, sahen die beiden kaum mehr das Sonnenlicht.

Jeroquee war auf die Idee gekommen, den nassen, stellenweise unleserlichen Plan mit dem Kanalisationsnetz abzugleichen. So kamen sie auf eine Möglichkeit, die sie heute überprüfen wollten. Die Jagd auf Ghule trat vollständig in den Hintergrund. Ihr Mentor wurde von den Schatten der Vergangenheit vorwärts getrieben.

Irgendwann, vom steigenden Wasser und der Lauferei genervt, machte sie eine Bemerkung darüber.

Piers wandte sich Jeroquee zu. »Mädchen, ich muss nachsehen, ob dieser abgedrehte Verrückte meine Kugeln überlebt hat. Aber du hast Recht, das hat mit deinem Job nichts zu tun.« Der ehemalige Läufer nickte zur nächsten Leiter. »Geh zurück an die frische Luft und mach eine Pause, bis ich wieder zurückkomme.«

»Entschuldige.« Die junge Frau schüttelte den Kopf. »Vergiss es. Selbstverständlich begleite ich dich.« Diesmal legte sie ihm die Hand auf die Schulter. »Was wäre das für eine Einstellung, wenn der Schüler den Lehrer sitzen lässt? Es würde mir aber helfen, wenn du mehr über diesen Menschen erzählen könntest.« Jeroquee ließ die Hand sinken, um ihre Uzi zu packen. »Bisher hast du es nur bei Andeutungen belassen.«

Piers Gesicht war mittlerweile zu einer ausdruckslosen Maske geworden. »Er hieß Nicodemus Seg. Ich hatte ihn vor achtzehn Jahren bei einem Run kennen gelernt, als er uns von einem Kon zur Unterstützung zugeteilt wurde. Wir waren damals Anfänger in dem Geschäft und dankbar für die Unterstützung eines Profis.«

Jeroquee unterbrach ihn neugierig. »Profi? Auf welchem Gebiet?«

»Er war ein Spinner, der zu viele von diesen japanischen Animes gesehen hatte und sich mit der Zeit selbst für einen Ninja hielt«, fuhr Piers fort und lehnte sich an eine Wand, ungeachtet des Sickerwassers, das ihm in den Kragen lief. »Der Kon hatte ihn mit Cyberware erster Güte voll gestopft und ihm die beste Ausrüstung mitgegeben. Demus, wie wir ihn nannten, wirkte äußerst eindrucksvoll in seinem schwarzen, gepanzerten Dress. Es war noch ein Decker und ein Magier dabei, der sich maßlos überschätzte, wie wir bald feststellen mussten. Wir sollten einer kleinen Gang einen Chip abjagen, den sie zufällig gefunden hatte, der aber dem Kon gehörte. Was wir, außer Demus, nicht wussten, war, dass die fünf Jungs durch die Bank Magier waren.« Er verschränkte die Arme vor der Brust. »Weißt du was? Komm mit nach oben. Wir gönnen uns eine Auszeit. Es erzählt sich besser, wenn man was trinken kann.«

Nach einem kurzen Aufstieg saßen sie in ihrem Ares Master, genehmigten sich schweigend eine Stärkung und beobachteten die Tropfen, wie sie in die Pfützen klatschten und Kreise erzeugten.

Jeroquee sah Piers zum ersten Mal nach einer Flasche mit Whiskey greifen. Seine Hand zitterte leicht. Peinlich berührt setzte er sie ab. *Es nimmt ihn mit.* Die Ghuljägerin empfand Mitleid.

Der Mann atmete tief ein, schien Anlauf zu nehmen. »Kannst du dir vorstellen, was es heißt, gegen eine Horde Magier anzutreten? Dementsprechend gingen wir unter. Während meinen Leuten und mir die Feuerbälle, Manablitze und Elementargeister nur so um die Ohren flogen, schnappte sich Demus den Chip und verschwand. Der Kon gab uns die Schuld an dem Desaster und verlangte Schadenersatz, den wir nicht bezahlen konnten. Demus verkaufte das Computerteil an einen anderen Konzern und verdiente sich eine goldene Nase. Mit der Zeit und den Aufträgen, die er erledigte, wurde er immer reicher und verrückter.«

Als die Flasche ein weiteres Mal an seine Lippen wanderte, umfasste Jeroquee sanft seine Hand.

Piers hielt inne und warf sie in hohem Bogen aus dem Laderaum. Klirrend zersprang sie. Die goldgelbe

Flüssigkeit lief aus, mischte sich mit dem Nass und rann in den Gully.

»Er ließ sich Ratschläge von Wahrsagern geben, damit seine Läufe stets Erfolg haben sollten. Einer dieser Typen hatte in seiner Hand gelesen, dass sein Leben sich verlängere, wenn er die ›Herzen der Zauberer‹ essen würde. Das Zeug ist nichts anderes als eine Droge, die der Typ an den Samurai verchecken wollte, um zweimal abzukassieren. Doch Demus nahm den Rat des Wahrsagers in seinem durchgeknallten Cyberhirn wörtlich und jagte alle Magier, denen er beikommen konnte.« Piers schlug unvermittelt mit der Faust gegen die Wand. »Sunrain gehörte zu seinen Opfern.«

Jeroquee erstarrte. »War sie deine Freundin?«

Der gealterte Straßensamurai nickte und lehnte sich gegen die Innenwand des Ares Master. »Ich stellte eine neue Gruppe zusammen, die wesentlich besser arbeitete. Wir benötigten noch einen Magier. Und dann kam Sunrain. Sie war die schönste und wunderbarste Frau, die ich je gesehen hatte. Sunrain gehörte zu den Wolfsschamanen und steckte eigentlich noch in den Kinderschuhen. Aber ihr Wesen hatte mich dermaßen fasziniert, dass ich sie sofort aufnahm.« Sein Mund verzog sich zu einem dünnen Strich. »Wir kamen uns schnell näher und waren glücklich, als Demus zuschlug. Während eines Schattenlaufs musste die Gruppe sich trennen, und der Wahnsinnige nutzte diese Gelegenheit.« Unwillkürlich ballte sich die rechte Faust. »Nach vier Tagen Suche fanden wir ihren Körper. Er hatte Sunrain die Augen eingedrückt und die Zunge herausgerissen, um sie daran zu hindern, ihre Fähigkeiten einzusetzen. Danach wurde sie so zugerichtet wie der Schamane, den du gefunden hast.«

Verdammter Mist. Jeroquee hasste sich dafür, nachgefragt zu haben. Sie kroch zu dem Straßensamurai

Mann und nahm ihn in die Arme. »Es tut mir Leid, Piers.«

»Schon gut, Mädchen. Dafür habe ich Demus zur Hölle geschickt.« Der Mann lachte kalt. »Ich habe das ganze Magazin meiner AK-74 leer geschossen, bis er endlich still dalag. Kurz darauf hörte ich die Sirenen von LoneStar und zog es vor, mich nicht erwischen zu lassen. Als Abschiedsgeschenk warf ich noch eine Granate ins Zimmer, bevor ich losrannte. Vielleicht hätte ich mich vergewissern sollen, dass Demus wirklich tot war.« Piers drückte sie sanft von sich. »Aber das holen wir heute nach, Mädchen.« Er kletterte aus dem Van. »Die Pause ist zu Ende. Und danke für deinen Zuspruch.«

Jeroquee folgte ihrem Lehrer und fragte sich leise, wie gut ein toter Ninja nach achtzehn Jahren wohl noch sein könnte. »Und wenn es ein Nachahmer ist? Solche abartigen Idioten gibt es immer wieder.«

Der Ghuljäger stand am Kanalschacht und lächelte schwach. »Es wäre zu schön, um wahr zu sein. Trotzdem müssten wir so einen Chummer ausschalten. Jemand, der Demus imitiert, ist keinen Deut besser.« Er stieg vorsichtig die Leiter hinab.

Jeroquee fühlte sich mehr als unwohl.

»Piers? Hörst du das auch?«

Vorsichtig, um nicht den Halt auf den nassen Steinen zu verlieren, drehte sich der Mann um. »Wenn du das schleifende Geräusch hinter uns meinst, dann lautet meine Antwort: ja. Solltest du etwas anderes gemeint haben, bedeutet das mehrere Probleme für uns.«

Jeroquee schüttelte den Kopf. »Keine Angst, wir hören dasselbe. Was tun wir?«

»Keine Angst? Der war gut.« Piers überlegte kurz. »Laut der neuen Karte sind wir nur noch wenige hundert Meter von der markierten Stelle entfernt, und da wir später kriechen müssen, schlage ich vor, dass wir uns erst den Rücken freimachen, einverstanden?« Er deutete auf ein zwei Meter durchmessendes Abflussrohr, das von rechts in den Hauptgang mündete. »Wir verstecken uns und sehen mal nach, was das ist.«

Die beiden Ghuljäger setzten sich in das große Metallrohr, brachten ihre Waffen in Anschlag und warteten ab.

Nach kurzer Zeit drangen verzerrte Laute zu Jeroquee und Piers herüber. Es klang nach mindestens vier verschiedenen Kreaturen, die den Kanal hinaufstapften.

»Das sind keine Leichenfresser, Mädchen. Zügle deinen Zeigefinger und ballere nicht gleich wild drauflos, wenn du sie siehst«, raunte Piers.

Als ob ich das nicht selbst wüsste. Jeroquee ersparte sich eine Antwort.

Plötzlich flammten grelle Scheinwerfer auf und erleuchteten den Tunnel taghell.

»So fühle ich mich direkt wohler«, sagte eine dünne, zittrige Stimme mit holprigem Akzent. »Hoffentlich bekommen wir keine Ghule zu Gesicht.«

Hoffentlich doch. Jeroquee musste grinsen. *Was sind denn das für Spaßvögel? Execs auf der Suche nach einem Adrenalin-Trip?*

»Wär mir nur recht«, erwiderte eine tiefere Stimme. »Da käm ich endlich mal zu'n paar extra Nuyen statt den lausigen 400 für die Kanalreinigung.«

Die junge Frau atmete erleichtert auf und nahm den Finger vom Abzug.

»Wir lassen sie passieren und warten, bis sie verschwunden sind, Mädchen«, flüsterte ihr Partner und zog sie tiefer in die Dunkelheit des Abflussrohrs.

Sekunden später liefen die vier Kanalarbeiter, drei schwer bewaffnete Orks und ein Mensch, an ihrem Versteck vorüber, ohne sonderliche Vorsicht zu zeigen.

»Zum Teufel mit diesem stinkenden Dreckwasser«, machte sich der Mensch mit der tiefen Stimme Luft. »Wenn es nach mir ginge, hätten alle Bürger von Seattle ein Chemieklo. Das wäre wesentlich praktischer für die Entsorgung, und wir müssten nicht durch die Kacke waten.«

Ein Ork lachte und versetzte ihm einen Schlag auf die Schulter, dass der Sprecher ein Stückchen nach vorne taumelte. »Tolle Idee, Barkley. Dann wär'n wa alle arbeitslos!«

»Schon gut. Es war bloß ein Gedanke, du stinkender Stoßzahn«, maulte der Mensch.

Sie stapften weiter und waren bald verschwunden. Eine letzte Welle, dann herrschte Ruhe.

Die Finsternis kehrte in die Kanalisation zurück.

»Mädchen, wir gehen hier durch das Abflussrohr. Wenn ich mich richtig erinnere, stoßen wir auf den ersten Nebentunnel, der uns zu diesem angekreuzten Punkt bringt«, erklärte ihr Mentor, während er das Bajonett über den Lauf seiner Waffe montierte. Jeroquee nickte.

»Auf dem Plan ist dort ein Überlaufbassin für Hochwasserzeiten eingezeichnet. Rein theoretisch müsste es noch leer sein. Aber lange nicht mehr.« Sie machte ihre Schrotflinte bereit. »Ein idealer Ort für einen Unterschlupf und um Magier in aller Ruhe auszuweiden.« Zu spät bemerkte sie ihre Taktlosigkeit. *Alle Fettnäpfe der Welt zu mir,* seufzte sie.

Piers stimmte ihr zu und setzte sich in Bewegung, dicht gefolgt von der jungen Ghuljägerin. Unterwegs erläuterte er ihr die Taktik, die er sich zurechtgelegt hatte.

Jeroquee hoffte nur, dass sie funktionieren würde.

Der alte Straßensamurai stand am Grund des Bassins, zündete eine Magnesiumfackel an und blickte sich um, das schwere AK-98 locker in die Hüfte gestützt.

Das trockene Becken war 50 Meter lang, acht Meter breit und zehn Meter hoch. Jede Menge kleiner Rohre ragten in unterschiedlichen Höhen aus der Wand, zu denen Titanleitersprossen führten. *Ein richtiges Rattennest, mit unendlichen Fluchtmöglichkeiten.*

Dass hier vor kurzem jemand gewesen war, bewiesen die frischen Blutspuren auf dem Betonboden und an den Wänden.

Sieht so aus, als käme ich noch zu einigen Abschüssen. Es roch nach Exkrementen, vermischt mit einer Spur süßen Parfums, das sich selbst hier noch gegen den Gestank behaupten konnte. Ghuls benutzten solche penetranten Düfte, um ihre eigenen Ausdünstungen zu überdecken. Vermutlich hockten sie in den Röhren und beobachteten ihn.

Piers machte sich daran, das Bassin genauer zu untersuchen, und entdeckte einige interessante Hinweise. Insgesamt fand er über hundert leere Patronenhülsen, Kaliber neun Millimeter, im hinteren Teil des Überlaufs, tiefe Furchen in der Wand, die vermutlich von einem Sporn stammten, und diverse Einschusslöcher, die sich auf ein Rohr in fünf Meter Höhe konzentrierten und bis zur Decke hoch wanderten, wo die Schützen anscheinend auf eine kleine Luke gezielt hatten.

Es gab außerdem blutige Schleifspuren, die zu den Leitern führten, sich an den Wänden nach oben fortsetzten und ebenfalls in die Rohre mündeten.

Die Leichenfresser werden sich die leichte Beute, die ihnen Demus liefert, nicht entgehen lassen. Es war reiner Zufall, dass Jeroquee und er diesen Schamanen vor den Ghuls gefunden hatten.

Die Magnesiumfackel flackerte heftig und verlosch mit einem letzten Aufglühen.

Sofort wechselte Piers seinen Standort, um einen Überraschungsangriff zu erschweren, tastete mit der freien Hand nach einer neuen Fackel und nahm sie aus dem Gürtel. Seine thermographische Sicht zeigte ihm nur ein paar Ratten.

Der vercyberte Mann zog die Reißleine der Fackel mit den Zähnen ab, doch nichts tat sich. Das erhoffte Zischen des zündenden Magnesiums blieb aus. Piers warf sie grummelnd in hohem Bogen davon.

In diesem Moment schrie der Thermosichtmodus der künstlichen Augen förmlich auf, als an allen Öffnungen der Rohre Hitzequellen auftauchten.

Nachdem er die Zahl seiner Gegner überschlagen hatte und auf 13 kam, wich er langsam an die Wand zurück, um wenigstens den Rücken frei zu haben, und wartete ab. Der Zeigefinger legte sich an den Abzug der AK. *Eine Flucht ist aussichtslos.*

»Was tust du hier, Mensch?«

Piers entdeckte soeben eine neue Variante von Leichenfressern. *Denkendes und sprechendes Ungeziefer! Das könnte gefährlich werden.* »Ich rede nicht mit stinkendem, totem Fleisch, Ghul. Komm runter, damit ich dir zeigen kann, was ich von dir halte.«

Er konnte den Ursprung der Stimme noch nicht genau bestimmen, was für einen guten Schuss unerlässlich war.

»Mein Name ist Doh Gabahr. Du bist in meinem Reich, und dafür werde ich dein totes Fleisch essen, Mensch. Wir warten nur darauf, dich zu töten.« Ein Kopf neigte sich ein wenig nach vorne. Der Ghul verließ seine Deckung und sog die Luft ein. »Du bist der, den sie Piers nennen. Dich zu essen wird uns alle freuen.«

Piers wusste jetzt, in welchem Rohr sich der Leichenfresser verbarg, und zielte sorgfältig. »Ist ja toll, dass es so viele sind, Glatzkopf. Das gibt eine hübsche Abschussprämie!« Der Ghuljäger drückte ab und jagte eine Granate aus dem integrierten Werfer der AK-98 in die Öffnung des knapp 30 Meter entfernten Rohrs.

Mit einem dumpfen Laut schoss die Granate aus dem Zusatzlauf und flog in gerader Linie in ihr Ziel.

Piers drehte sich zur Seite, um vom Lichtblitz nicht geblendet zu werden. Die Detonation erfolgte Sekunden darauf.

Die Druckwelle beförderte die Ghuls, die sich dort aufhielten, katapultartig aus ihrem Versteck, und sollte einer der drei die Explosion überlebt haben, so tat der Fall aus vier Metern Höhe den Rest.

Die übrigen Leichenfresser wimmerten und zogen sich, ihres Anführers beraubt, in die Röhren zurück.

»Was ist denn, ihr Viecher? Wo bleibt ihr? Ihr könnt dieselbe Bestellung haben wie euer komischer Freund!« rief Piers und schoss ungezielt eine Salve in die Wand des Bassins. Das alte Jagdfieber erwachte. »Kommt und holt's euch, ihr Feiglinge!« Mit dem letzten Satz hatte er etwas zu dick aufgetragen. *Verfluchtes Adrenalin. Ich benehme mich wie ein blutiger Anfänger.*

Der Ghuljäger feuerte auf den ersten mutigen Leichenfresser, der geglaubt hatte, er wäre für den Mann im Dunkel nicht zu sehen, als er die Leiter hinabkletterte.

Doch der Thermographikmodus machte seine Arbeit recht gut.

Nun quollen sie aus sämtlichen Rohren, ungeachtet der Verluste, die sie hinnehmen mussten.

Piers löste einen Schuss nach dem anderen, doch immer mehr Ghuls stiegen die Titansprossen hinunter, rissen ihren getöteten Artgenossen gierig das fahle Fleisch von den Knochen oder liefen brüllend auf den Straßensamurai zu, der in Windeseile das Magazin seiner Waffe wechseln musste.

Nicht ganz so schnell, Jungs. Einige Angreifer waren bedrohlich nahe an ihm heran, sodass er nach allen Seiten kurze Feuerstöße abgab.

Das hellgelbe Mündungsfeuer des Sturmgewehrs

hatte einen Stroboskopeffekt zur Folge, der das Zielen in der Dunkelheit erschwerte. Ebenso verzerrten die entstehenden Hitzewellen seinen Thermographikmodus.

Urplötzlich stand der erste Ghul knurrend neben ihm und schlug aus der Drehung zu.

Geistesgegenwärtig fing Piers den Arm mit dem Lauf der AK ab, rammte dem Gegner das Bajonett ins Gesicht und beförderte ihn mit einem Seitwärtstritt rücklings zu Boden.

Von der anderen Seite tauchte ein zweiter auf und schnappte nach seinem Gesicht.

Wieder rettete den Straßensamurai seine Waffe, denn ihr hatte er es zu verdanken, dass sich die rasiermesserscharfen Zähne des Ghuls nicht in seinen Hals, sondern wenige Millimeter tief in das Metall des Verschlussstücks bohrten, bevor sie splitterten.

Heulend zog sich der Leichenfresser zurück und machte neuen Angreifern Platz, die Piers nur noch mit Mühe abwehren konnte.

VII.

Seattle, Downtown, 28. 07. 2057 AD, 21.29 Uhr

»Wenn der Herzmonitor piept und eine Linie zeigt, ist der Patient meistens tot.« Gercke zündete sich eine Zigarette an und stieß einen Rauchkringel in Richtung Decke. »Woher sollen wir denn wissen, dass das Gerät entweder kaputt war oder Hellmann es so manipuliert hat, dass wir glauben sollten, der Rigger sei tot? Das kann wiederum nur bedeuten, dass der Elf unser Eigentum hat und Hellmann deshalb seinen Tod vorgetäuscht hat, oder?«

Der Straßensamurai ging um den Schreibtisch herum und schaute seinem Teampartner über die Schulter. »Dem Tridfuzzi von FNS habe ich übrigens die Warnung überbracht.«

Lugstetter saß vor dem Laptop und hackte in rasender Geschwindigkeit auf die Tastatur ein, ohne sich um die Erklärung des Mannes zu kümmern.

»Stell die Parabolantenne auf das Fensterbrett«, befahl er und drückte die Entertaste. »Der Chef wartet auf die Informationen, und ich möchte das so schnell wie möglich hinter mich bringen.«

Gercke klemmte die Zigarette in den rechten Mundwinkel und kam der Anweisung nach. »Wann gehen wir endlich auf die Jagd?«, wollte er wissen. »Ist unser kleiner Vogel noch nicht in seinem Nest angekommen?«

»Falls er es überhaupt schafft. Aber wir wollten es nicht zu offensichtlich machen, sonst würde er Verdacht schöpfen.« Lugstetter wirbelte auf der drehbaren Sitzfläche des Bürostuhls herum und lächelte den Samurai an. »Ich bin mir sicher, dass wir schneller zum

Ziel kommen als Jennings. Außerdem beschäftigt unser Freund die anderen der Gruppe, sodass sie uns gar nicht beachten werden.«

Er nahm eine Fernbedienung, richtete sie auf den Schrank und aktivierte den Mechanismus. Zügig rollte die Verkleidung nach oben und gab die Sicht auf einen Großbildschirm frei. »Das Einzige, was mir Sorge bereitet, sind die Typen von LoneStar.«

Über den Schirm flimmerten die Bilder von einem brennenden Patrouillenfahrzeug, in dem schemenhaft menschliche Umrisse erkennbar waren. Cops rannten mit Feuerlöschern durch die Gegend und versuchten vergeblich, die Flammen zu ersticken.

Der Berichterstatter, es war nicht Poolitzer, wie Gercke voller Genugtuung feststellte, schilderte im Hintergrund den vermeintlichen Vorgang des Geschehens.

»... haben die Copkiller zwei neue Opfer gefordert. Wie die beiden Beamten kurz vor ihrem Tod der Zentrale mitteilten, verfolgten sie den GMC Bulldog, dessen Fahrer vor einer Woche einen Straßendoktor und dessen Assistentin brutal ermordet und anschließend auf der Flucht einen LoneStar-Officer überrollt hatte. Die heutigen Opfer, die Officers Dubinski und Harrison, entdeckten das gesuchte Fahrzeug gegen 9.30 Uhr und nahmen die Verfolgung auf.« Die Kamera schwenkte an dem Reporter vorbei und zoomte direkt auf das flackernde Feuer. »Das ist das Resultat. Der Fahrer des Bulldog setzte das Polizeifahrzeug mit einem Brandbeschleuniger in Flammen. Beide Männer, glückliche Familienväter, starben einen grausamen Tod. Von dem Fahrzeug und dem Fahrer, dessen Identität LoneStar bekannt ist, aber vorerst noch geheim gehalten wird, fehlt jede Spur.« Die Kamera ging wieder in die Totale, und der Sprecher machte ein ernstes Gesicht. »Wie immer werden nach solchen

Vorkommnissen Stimmen laut, die für eine härtere Gangart gegen die Elemente in den Barrens plädieren. Die Stadtregierung wird diesen Punkt auf ihrer nächsten Versammlung besprechen. Es berichtete Jonny Carlton, FNS.«

»Man kann Jennings keinen Vorwurf machen«, kommentierte Gercke, der die Schüssel aufgestellt und mit dem Laptop verbunden hatte. »Wenn die Bullen den GMC bekommen hätten, wäre eine wichtige Spur verloren gegangen. Vielleicht hätten sie sogar vor uns den Aufenthaltsort des Riggers von den beiden Frauen erfahren.«

Lugstetter stellte die Verbindung zum Satelliten her. »Natürlich, aber die Stars werden keine Ruhe geben, bis sie Sparkplug gefunden haben, weil sie annehmen, er wäre in der Kiste gefahren. Sehr ärgerlich für uns. Das erschwert die Sache zusätzlich.« Er überflog die decodierten Nachrichten auf dem Bildschirm des Rechners, die aus den ADL übermittelt worden waren. »Sieh mal einer an. Da ist jemand von Seattle aus bei Cyberdynamix eingestiegen. Er hat die Personaldaten von Hellmann überprüft.«

»Anscheinend haben sich die Schattenläufer Gedanken über ihren Doc gemacht.« Gercke setzte sich in den Sessel und verfolgte den Bericht über den ›Copkiller‹. »Haben sie rausbekommen, was Hellmann in den ADL wollte und was er gemacht hat?«

»Woher soll die Zentrale das wissen?« Der Mann strich sich über den Kinnbart. »Es wäre jedenfalls nicht verwunderlich, denn ihr Decker scheint ein richtiges Naturtalent zu sein.« Er kniff die Augen zusammen. »Aha, hier haben wir die Adresse von Hellmanns Schwester und ihren Lieblingsclub, in den sie jeden Freitagabend geht. Na, da weiß ich doch, wohin wir heute Abend gehen.«

»Und was ist mit Jennings und diesem Ork?« Der

Samurai ging an den mit einem Retinaschloss gesicherten Stahlschrank und öffnete ihn mit jener gewissen Feierlichkeit, mit der ein Priester den Hostienschrein aufschließt.

Die eingebauten Halogenlampen beleuchteten das Dutzend hochmoderner Faustfeuerwaffen, die an den beiden Türen hingen, während im Schrank Gewehre in allen möglichen Größen lagerten, für die ein Schattenläufer gleich mehrere Körperteile und seine Seele geopfert hätte.

»Jennings wird mit seinen Leuten weiter an den beiden Frauen kleben, damit die Gruppe in Bewegung bleibt«, überlegte der Mann, lehnte sich zurück und verschränkte die Arme hinter dem Kopf. »Ruf ihn an und sag ihm, er soll auf Abstand bleiben. Wenn sich eine Schießerei mit den Läufern abzeichnet, soll er sich zurückziehen. Ich will nicht, dass er oder einer seiner Leute draufgeht, nur weil den anderen die Nerven durchgehen. Wenn er eine Möglichkeit sieht, ohne großen Aufwand an den Rigger zu kommen, darf er machen, was er will.«

Gercke tippte die Nummer in sein Handgelenkcom und sprach das weitere Vorgehen mit dem einheimischen Samurai ab.

»Und er soll diesem Elf nicht in den Kopf schießen«, rief Lugstetter von seinem Platz aus. »Mir ist soeben ein interessanter Verdacht gekommen.«

Der Mann mit der breiten Narbe unter dem Auge nickte und gab die Anweisungen durch, während sein Partner sich vor dem Spiegel auf den Besuch im Club vorbereitete.

»Was sollte das mit dem Kopf?«, wollte Gercke wissen und strich das schwarze Haar glatt nach hinten. Das Gel schimmerte feucht im Schein der Neonlampen. Mit einem verklärten Lächeln nahm er ein dickläufiges Gewehr aus der Halterung, ließ das Zylindermagazin mit einem leisen Klicken einrasten und verschloss sorgfältig den Schrank.

»Erinnerst du dich, dass wir eine billige Steuereinrichtung neben dem OP-Tisch gefunden haben?«

»Ja, aber die hatte nichts Besonderes an sich.«

»Eben.« Lugstetter betrachtete sich prüfend in der reflektierenden Oberfläche. »Und was macht ein Rigger ohne Fahrzeugsteuereinrichtung?«

Gercke verstand. »Hellmann hat unsere Ware zusammen mit einer neuen FSE in den Rigger eingebaut? Das erklärt, warum wir sie nicht in der Klinik gefunden haben.«

»Korrekt. Und die Cops haben auch nichts entdeckt, wie einer von Jennings Kontakten erzählt hat.« Er fasste das braune Haar mit einem Lederband im Nacken zusammen und achtete sorgsam darauf, dass die drei schwarzen Strähnen symmetrisch angeordnet waren. »Ich bin mir sicher, dass er das Bauteil in seinem Schädel spazieren trägt. Hoffentlich vertragen es seine Nervenbahnen, sonst zerlegt es sein Gehirn, und wenn wir Pech haben, zerstört er dabei unsere Ware.« Lugstetter trat an den Laptop, drückte ein paar Tasten, nickte und schaltete das Gerät sowie den Fernseher aus. »Der Ork liegt immer noch im Dreck und schläft. Wir können beruhigt gehen.« Er warf dem Samurai einen Blick zu. »Was ist das für ein Spielzeug? Es sieht wie ein zu dick geratenes Sturmgewehr aus.«

»Das ist kein Spielzeug. Das ist das Neuste auf dem europäischen Markt, ein Heckler&Koch ›Hexenhammer‹, eine automatische Schrotflinte mit rotierendem 24-Schuss-Zylindermagazin«, erklärte Gercke ein wenig mitleidig. »12 Millimeter Standardmunition ist ebenso möglich wie Schrot, Gel- und Explosivmunition oder Spezialmunition wie Flechette, chemische Munition, Raketengeschosse oder Mini-Granaten. Sie wiegt ohne Magazin 4,75 Kilogramm, hat eine theoretische

Schussfrequenz von 240 pro Minute und besteht außen aus den Komponenten Fieberglas und schlagfestem Plastik, die Innenbestandteile sind aus Stahl.« Er aktivierte die Smartverbindung und lud eine Patrone in die Kammer. Rund um die Mündung leuchteten mehrere Ziellaser auf, die einen fünf Zentimeter großen Kreis auf die weiße Wand projizierten. »Das hier ist für den psychologischen Effekt. Der Gegner weiß ungefähr, wie groß das Loch in seinem Körper sein wird, wenn der ›Hexenhammer‹ ihn trifft.«

»Denk daran, dass wir nicht allein viel Lärm bei einer Schießerei veranstalten sollten.« Lugstetter wandte sich zur Tür.

»Keine Angst, Kollege.« Gercke verstaute die Waffe in einem Futteral. »Das ist die erste Schrotflinte der Welt, die in allen Situationen schallgedämpft ist. Man muss den Dämpfer allerdings nach 24 Schuss auswechseln, weil er sich sehr schnell abnutzt.« Er öffnete die Tür und trat hinaus.

»Wo hat er diese Sachen nur her?« Sein Teampartner schüttelte den Kopf und folgte kurz darauf mit seinem eigenen metallbeschlagenen Koffer.

Er vollführte das übliche Codeänderungsritual an der Tür von »Generalis Im- und Export«. Dann setzte sich das Duo in Bewegung.

Die schwarz gekleidete Menge um sie herum tanzte zu den harten Beats einer New-Gothic-Band. Depressive Sounds verquirlten sich mit elektronischen Effekten, die Stimme des Sängers grollte den Text, der mit der verlorenen Mitmenschlichkeit in einer kalten Welt haderte.

Mann, du hast keine Ahnung, Junge, von was du da singst. Cauldron hob die Augen und ließ ihren Blick über die Gestalten schweifen, die in dem dichten künstlichen Nebel und in dem zuckenden Licht kaum zu erkennen waren. Ihr Weg hatte sie nach der erfolgreichen Übergabe der Ersatzteile in ihren Club geführt.

Das *Dark Site* bedeutete so etwas wie einen Zufluchtsort, wohin sie sich immer dann zurückzog, wenn sie sich mit etwas Wichtigem beschäftigte.

Oder einen Spruch erforschen wollte.

Der Besitzer des Clubs beherbergte in der schallisolierten Etage darunter eine kleine, aber exquisite hermetische Computer-Bibliothek, worauf die Magierin gerne zurückgriff, um sich gegen das entsprechende Kleingeld Passagen downzuloaden.

Dieses Mal stand ihr der Sinn weder nach Vergnügen noch nach Studieren. Sie benötigte lediglich die düstere Atmosphäre, um besser grübeln zu können.

Twings Bemerkungen über ihre Beziehung zu Sparkplug hatten sie mehr als nachdenklich gemacht und trafen schmerzlich in die Kerbe. Die Magierin fürchtete, dass ihre Gefühle für Bullet nicht stark genug waren, um auf Dauer zu bestehen.

Warum muss es auch immer so kompliziert sein? Cauldron bestellte einen Tee und legte die Füße auf den Tisch, die Schnallen ihrer Stiefel funkelten im Licht der Scheinwerfer.

Beinahe neidisch beobachtete sie ein verliebtes Punkerpärchen, das sich in einer dunklen Ecke heftigst küsste. In ihrer Vorstellungskraft wandelte sich das Bild. Sie sah sich und den Samurai. Ihre Linke glitt in die Tasche und spielte mit dem Ring.

»Nicht gut drauf heute?«, fragte Cheryll, die Stammbedienung, die heute eine enge Kunstlederhose und ein schwarzes Lackmieder trug, als sie das dampfende Getränk servierte.

»Nein«, antwortete Cauldron müde und verbrannte sich die Lippen am Tee. *Geh weg.*

Cheryll stellte das Tablett ab und setzte sich unaufgefordert zu ihr. »Frauengespräch?«

Die Magierin atmete tief ein und wollte etwas Unhöfliches erwidern, als sie wieder das Pärchen sah. Die Frau mit den kurzen schwarzen Haaren folgte ihrem Blick und schien zu verstehen.

»Als Bedienung hab ich so was wie eine psychologische Ausbildung«, bot sie an. »Es geht um dich und Bullet, stimmt's?«

Vielleicht ist es nicht das Schlechteste, mit ihr darüber zu sprechen. Lange genug kennen wir uns ja. Cauldron nickte zögerlich. »Okay, aber behalte es für dich. Er hat mir einen Heiratsantrag gemacht.« Sie legte den Ring auf den Tisch.

»Wow.« Cheryll stützte die Ellbogen auf, ihre Augen nahmen einen verträumten Ausdruck an. »Das hätte mir mal passieren sollen.«

»Ja, toll«, schnaubte die Magierin.

»Lass mich raten: Du hast abgelehnt?«, sagte sie ungläubig. »Aber ihr seid doch schon lange zusammen und versteht euch so gut.«

Cauldron umfasste die Tasse mit beiden Händen und führte sie zum Mund. »Ich habe Angst, dass es schief geht«, murmelte sie. »Wir sind Läufer, da kann immer etwas passieren. Er wird sich garantiert neue Implantate zulegen und noch mehr Essenz verlieren.« Sie fröstelte unmerklich. »Wir streiten uns so schon oft genug.«

»Hassliebe«, kommentierte Cheryll grinsend und verscheuchte einen Gast, der etwas bei ihr bestellen wollte. »Klarer Fall von Hassliebe.« Sie lehnte sich nach vorne. »Mal ehrlich: Bist du glücklich in seiner Nähe?« Die Magierin nickte. »Und du freust dich, wenn du seine Stimme am Comgerät hörst?« Wieder eine bestätigende Bewegung. »Und ihr könnt über alles reden und habt guten Sex?«

»Ja, aber …«, begann Cauldron.

»Nichts aber«, unterbrach Cheryll sie freundlich.

»Wenn du euch keine Chance gibst, wirst du nie erfahren, ob ihr auf Dauer zusammenpasst. Er jedenfalls will für immer bei dir bleiben. Das ist heutzutage selten. Glaub mir, ich habe schon zwei Beziehungen hinter mir. Was du eben gesagt hast, klingt für mich, als hättest du gewaltige Angst, ihn zu verlieren.« Sie stand auf. »Was den Tod angeht, tja, ein Läufer lebt immer gefährlich, ganz egal, ob er verheiratet ist oder nicht. Wenn du Sicherheiten haben willst, müsst ihr euch einen anderen Job suchen.« Die Bedienung lächelte sie an. »Ich kann dir die Entscheidung nicht abnehmen. Dass dich jemand so sehr mag, dass er alles andere in Kauf nimmt, auch die schlechten Seiten, den Streit und den Stress, den ihr gelegentlich habt, ist schon ein ziemlich gewaltiger Liebesbeweis.« Cheryll nickte in Richtung Tee. »Der geht aufs Haus.«

»Danke«, sagte die Magierin. »Danke für die psychologische Betreuung.«

»Zufriedene Gäste sind Gäste, die zurückkommen«, meinte Cheryll augenzwinkernd und ging an ihre Arbeit.

Ein gewaltiger Liebesbeweis, dachte Cauldron und spielte mit ihrem Kreuzanhänger. *Dann soll es wohl so sein.*

Seattle, Downtown, 28. 07. 2057 AD, 22.29 Uhr

Das *Salome's Dream* war angesagt, wenn man Zerstreuung, laute Musik und grelle Lichteffekte schätzte.

Geöffnet wurden die doppelflügligen Türen erst gegen 23.00 Uhr, aber bereits eine Stunde vorher stauten sich die Vergnügungssüchtigen vor dem Eingang.

Wie jeden Freitagabend flammten die beiden riesigen, kreisrunden Scheinwerfer vor dem *Salome's Dream* leise knackend auf und badeten ein überdimensional großes Plakat mit einer orientalisch gekleideten Frau in grelles Licht.

Die bunten Lampen auf dem Dach erwachten zum Leben und beleuchteten ihrerseits die wartenden Gäste in der Schlange vor dem Eingang in dunklen Grün- und Blautönen.

Pompöse, klassische Musik dröhnte aus den Außenlautsprechern, während sich beinahe majestätisch die Flügeltüren öffneten und fünf Sicherheitsleute, gestylte Trolle in buntem Fummel, aufmarschierten. Es war ein berechnetes Spektakel, das die Leute immer wieder aufs Neue begeisterte.

Ganz hinten in der Schlange standen Bullet, Ultra, Twing und Cauldron, die ihr Äußeres dermaßen auf Vordermann gebracht hatten, dass man allen die Kon-Führungsetage abgenommen hätte.

Die Magierin trug ein schwarzes, eng anliegendes Kleid mit Spitzen, die roten Haare wallten wie Feuer um ihr hübsches, blasses Gesicht. Um den Hals trug sie ein Rubincollier, die schlanken Finger steckten in schwarzen Handschuhen, über die sie ihre Silberringe gezogen hatte.

Auch wenn sich Twing alle Mühe gegeben hatte, gut auszusehen, neben der imposanten Erscheinung ihrer Freundin wirkte sie nicht besonders aufregend.

Die Mechanikerin trug einen hellblauen Anzug, einen modischen schwarzen Hut und Rennfahrerhandschuhe, dazu flache Slipper und eine orangfarbene Handtasche aus Synthleder.

Für Ultra und Bullet hatten sie schwarze Anzüge geliehen, damit sie die Rolle von Bodyguards überzeugender spielen konnten.

»Und du bist sicher, dass dein Schieber dir gut gefälschte SINs und Cyberlizenzen besorgt hat?« Cauldron wirkte nervös und ignorierte die anzüglichen Blicke ihres Vordermannes. Noch hatte sie keine Gelegenheit gehabt, mit ihrem Freund über den Antrag zu reden. *Sobald diese Club-Sache gelaufen ist, nehme ich ihn zur Seite.*

Der Straßensamurai machte ein böses Gesicht, und der Spanner vor ihnen drehte schnell den Kopf zur Seite. »Klar, und wenn du willst, dass wir gleich von den Stars abgeholt werden, brüllst du am besten noch lauter«, antwortete er leise.

Die Magierin setzte zu einer heftigen Erwiderung an, doch Twing schnitt ihr das Wort ab. »Könnt ihr die Streiterei bitte verschieben? Lass dich überraschen. Ich bin sicher, dass es funktionieren wird.« Sie fasste ihre Freundin am Ellbogen. »Sieh es so: Die Information des Schiebers hat gestimmt.« Sie nickte nach vorne. »Am Eingang steht Hellmann. Da werden die SINs auch in Ordnung sein.«

»Sehr gut«, bemerkte der Troll und ließ die Brustmuskulatur zucken. »Dann sind wir ja bald 'n bissch'n schlauer, wenn wir mit der Tussi geredet haben. Ich kapier nämlich bald gar nix mehr.«

»Ich bin immer noch der Meinung, wir hatten verdammtes Glück, als wir vorhin den schwarzen Lieferwagen der wandelnden Sonnenbrillen abgehängt haben«, murmelte Cauldron.

»Vermutlich hat sie die Gang gestört, die mit ihren 15 Motorrädern angerollt kam. Natürlich ganz zufällig«, sagte Bullet mit breitem Grinsen. »Es ist doch gut, wenn ein Gangboss einem einen Gefallen schuldet.«

»Die haben die anderen Orkganger in E. R.s Praxis zerlegt, als ob es ein Spaziergang gewesen wäre«, beharrte die Magierin störrisch. »Da wären ein paar armselig bewaffnete Gestalten auch kein Problem gewesen.«

Der Samurai schaute finster drein. »Wenn du magisch mehr drauf hättest, könnten wir uns jede Menge Arbeit sparen.«

»Vielleicht hatten sie den Befehl, nichts zu unternehmen«, schlug Twing vor, während die ganze Gruppe mehrere Meter in der Schlange nach vorne rückte.

»Und jetzt sollten wir das Thema wechseln, Chummers, hier sind mir nämlich entschieden zu viele Ohren, die zufällig mehr mitbekommen könnten, als sie sollten. Nur eins noch: Würdest du die Männer wiedererkennen, Cauldron?«

Die junge Frau nickte. »Ich glaube schon. Ich sage euch Bescheid, wenn ich sie sehe.«

Sie versanken in unbehaglichem Schweigen.

Sollte ich schon mal vorfühlen, damit er sieht, dass mir sein Antrag am Herzen liegt? »Bullet, hör zu«, begann die Magierin leise. »Wegen der Sache gestern ...«

Der Läufer, der immer noch eingeschnappt war, weil sie die Ganger, die er ausgesucht hatte, kritisierte, hob eine Hand. »Nicht jetzt. Lass uns erst mit Hellmann sprechen.«

Der alte Trotz regte sich in ihr. *Du kannst mich mal.* Demonstrativ wandte sie sich ab.

Ultra flirtete mit dem weiblichen Sicherheitstroll an der Tür, was dazu führte, dass sie ohne intensive Kontrollen in das *Salome's Dream* gelassen wurden.

Erdulden mussten sie lediglich einen flüchtigen Scan auf versteckte Waffen. Ultra und Bullet hatten vorsorglich ihre großkalibrigen Schießeisen zu Hause gelassen und ›Spielzeuge‹, Walther Streetline Specials, mitgenommen und mit Gelmunition geladen, die sie mit hinein nehmen durften.

Schon bald badeten die vier in einem Lichtermeer, der dröhnende, stampfende Takt der Musik machte eine Unterhaltung unmöglich.

Die Diskothek stellte eine Mischung aus kostspieligem Café, nobler Bar, exquisitem Bordell und erstklassigem Trommelfellterminierer für die Reichen der Stadt dar.

Das Innere des mehrstöckigen Gebäudes bestand aus marmorverkleideten Wänden, weiß gekachelten Böden und viel orientalischem Dekor. Kunstvoll aufgeschüttete Dünen und eine perfekt imitierte Oase vervollständigten den Eindruck, mitten in tausendundeiner Nacht zu sein.

Die Etagen wurden durch Rolltreppen und Plexiglasfahrstühle miteinander verbunden, die Tanzfläche lag im Erdgeschoss und konnte von den anderen Emporen eingesehen werden.

Nicht jeder konnte sich den Aufenthalt im *Salome's* leisten. Die Elite aus den unterschiedlichsten Kons und ambitionierte Jungunternehmer kamen hierher, um zu sehen und gesehen zu werden. Kon-Größen schlossen nicht selten nebenbei Geschäfte ab oder trafen ›Arrangements‹.

Auf der Tanzfläche war die Hölle los. Gogo-Tänzerinnen putschten die Menschen auf, zuckende Leiber bewegten sich im Rhythmus der peitschenden Beats, manche Gesichter waren bereits ekstatisch entzückt.

An den Bars drängten sich erschöpfte Tänzer, die mit einem Drink, gemischt mit Substanzen hart an der Grenze der Legalität, neue Kräfte schöpften.

Von den oberen Rängen schauten Besucher herab und amüsierten sich über das bunte Treiben.

Ultra spähte durch die Gegend, um irgendwo in der Masse Hellmann auszumachen, doch selbst für den Troll mit seinen stattlichen 2,92 Meter war es ein aussichtsloses Unterfangen.

Sie beschlossen deshalb, sich aufzuteilen und über Funk Verbindung zu halten.

Der Troll begleitete Cauldron, Bullet passte auf Twing auf. Die Magierin hatte auf dieser Trennung bestanden. Offensichtlich war sie noch böse auf den Samurai.

»Er hat wieder gesagt, ich könnte nichts«, zürnte Cauldron und strich ihr Haar aus dem Gesicht.

»Hm?« Ultra drehte den Kopf in alle Richtungen und hielt Ausschau nach Hellmann.

»Ich kann nichts dafür, dass das *Salome's* magisch so gut gesichert ist, dass ich mich nicht astral umsehen kann.« Ihre Flammenpupillen leuchteten, ein sicheres Zeichen dafür, dass sich die magiebegabte junge Frau in Rage redete. »Soll ich die Manabarriere vielleicht zerlegen und dem Wachelementar erklären: ›Hey, wir sind die Guten. Würde es dir was ausmachen, wenn ich mal einen kleinen Rundflug mache?‹ Was glaubt er eigentlich, was Magie ist? Ein Manablitz würde dem wahrscheinlich nicht mal was ausmachen. Wo kein Gehirn ist, kann auch nichts anbrennen.«

»Tja ...« Ultra kratzte sich hinter dem Ohr. Er verstand Cauldrons ewiges Getue nicht, aber erstens war sie eine Frau, und die verstand er sowieso nicht, und außerdem war sie Magierin. Und die Magier, die er kannte, hatten alle einen leichten Schlag. »Weißt du eigentlich, wer diese Salome war?«

»Ultra, bitte jetzt kein Quiz«, bat sie und versuchte, so ruhig wie möglich zu klingen. »Lass uns eine Etage höher gehen«, schlug sie vor und schritt in Richtung Rolltreppe. »Hoffentlich finden wir sie vor diesem kleinhirnigen Muskelsack.«

»Mich interessiert es aber. Allgemeinwissen schadet nix.« Der Troll seufzte und folgte gehorsam, wie es sich für einen Bodyguard gehörte. Dabei tippte er auf seinem Palmtop herum. »Tochter der Herodias, der Frau des Herodes Antipas, verlangte nach neutestamentlicher Überlieferung das Haupt Johannes' des Täufers«, las er die Antwort. »Testament? Wessen Testament die wohl gemeint haben? Das muss ne ganz schön böse Tussi sein ...«

»Komm schon«, rief Cauldron. *Es dauert nicht mehr lange, und ich schmeiße das Ding in den Müll.*

Seattle, Downtown, 28. 07. 2057 AD, 23.43 Uhr

Poolitzer stoppte den Americar vor der Absperrung und dem mitgenommenen Ares-Master.

Der Reporter stieg aus und schulterte die sperrige Handkamera, die seiner Schätzung nach aus den Anfängen der Filmkunst stammen musste. Sie kam aus dem tiefen, wahrscheinlich antiken Fundus von FNS und war ihm nach der Zerstörung seines TV-Labors freundlicherweise überlassen worden.

Dann wollen wir mal. Grinsend schaute er an sich herab und wackelte mit den Füßen, die wie sein Unterkörper durch die grasgrüne Anglerhose vor der Kloake, in der er gleich waten wollte, geschützt waren.

Darüber trug er einen knallgelben Regenmantel, den er auf Bauchhöhe abgeschnitten hatte, darüber lag eine Kevlarweste, auf der in weißen Lettern ›FNS‹ und ›Nicht auf den Reporter schießen‹ gemalt war. Für alle Fälle hing eine Ares Predator an seinem Kugelschutz. Am Gürtel pendelte ein gebrauchter Helm.

Poolitzer schritt um den Ares-Master herum, der verlassen war.

Sein Informant hatte ein Treffen mit den beiden Ghuljägern Piers und Jeroquee arrangiert, damit der Reporter ein Feature über die beiden drehen konnte.

Keine Kon-Sachen mehr, keine Verwicklungen, keine Muskeln, die mich in die Luft sprengen wollen, dachte er. *Eine nette, harmlose Geschichte mit totem Ungeziefer.*

Zur Auswahl hatte er noch die Sache mit den verschwundenen Magiern, die ihm ein Bekannter zwischen Tür und Angel zugeraunt hatte. Angeblich würden sich von Zeit zu Zeit irgendwelche Magier in Seattle in Luft auflösen. Auf Nimmerwiedersehen, ohne dass man jemals wieder eine Spur von ihnen fand.

Da ihm das aber zu ungenau und nebulös erschien, wich er auf das Ghuljägerfeature aus.

Bevor ich mir wegen nichts und wieder nichts die Hacken ablaufe, filme ich was Konkretes. Poolitzer schaute auf die Uhr. *Haben sich wohl verspätet.*

Er schlenderte zum offenen Kanalschacht und schaute in die Schwärze. *Aha, so ist das also, Sportsfreunde. Die wollten mich bestimmt abhängen.* Dann zückte er die Kopie eines Plans, die er von seinem Informanten bekommen hatte. Ein großer Raum war markiert worden. *Aber ich lasse mir die Story garantiert nicht entgehen.*

Kurz entschlossen stülpte er sich die Kapuze über, schnallte sich den Helm auf und kletterte die Sprossen hinunter. *So schlimm kann es hier unten gar nicht sein. Mit den paar Ratten werde ich unterwegs schon fertig.*

Jeroquee kam weder vorwärts noch rückwärts.

Sie hasste es, diesen Umstand eingestehen zu müssen, aber sie hing fest.

Piers hatte die glorreiche Idee gehabt, sie durch einen schmalen Tunnel zu schicken, während er den Hauptkanal benutzte, um den Feind, wer immer es auch sei, von zwei Seiten aus im Überlaufbecken anzugreifen.

Hätte sie gewusst, dass ihr Lehrer unter ›schmal‹ eher ›unüberwindlich eng‹ verstand, wäre sie lieber als Hamster zur Welt gekommen.

Ihre auf dem Rücken befestigte, geliebte automatische Schrotflinte hatte sich irgendwo verklemmt, sodass Jeroquee nicht einen Zentimeter weiter robben konnte. Und an die Schnalle des Waffengürtels reichte ihr Arm nicht herum.

In 100 Jahren findet ein Kanalarbeiter mein Skelett und lacht sich kaputt. Wütend schlug sie mit der Faust gegen die Wand. Sie ärgerte sich maßlos.

In dem Augenblick hörte sie eine Explosion, die den Tunnel zum Beben brachte. Das Stakkato eines Schnellfeuergewehrs drang gedämpft zu ihr.

»Scheiße!«, fluchte sie laut. »Piers steckt anscheinend in Schwierigkeiten.«

Leises Gluckern tönte an ihr Ohr, das sich schnell zu einem wilden Rauschen verstärkte.

Nicht das auch noch. Kleine Bäche stinkender Brühe schossen unter ihrem Körper durch, und seufzend bereitete sie sich auf die zu erwartende Abwasserflut vor. Vermutlich hatte die Detonation eine Leitung zerstört, die ihren Inhalt nun ausgerechnet in ihre Röhre ausschüttete.

Eigentlich wollte ich in sechzig Jahren friedlich und reich zu Hause vor dem Fernseher zu sterben, aber festgeklemmt in einem Strom von Dreckwasser zu ertrinken?

Hastig schloss sie die Augen und hielt sich die Nase zu.

Piers keuchte vor Anstrengung.

Die Leichenfresser gaben einfach nicht auf. Anscheinend waren sie wirklich wütend, dass er ihr Familienoberhaupt so unwürdig erledigt hatte.

Ein Ghul überraschte ihn ein weiteres Mal. Mit voller Wucht warf er sich auf ihn und riss ihn von den Beinen.

Schmerzhaft prallte Piers zu Boden, der stinkende Angreifer lag auf ihm. Das AK war dem Jäger entglitten und rutschte über den Beton außerhalb seiner Reichweite, wo es sich ein Leichenfresser schnappte und auf die Kämpfenden richtete, allerdings ohne abzudrücken.

Der Straßensamurai fuhr den Unterarmsporn aus und stach drei-, viermal in die Brust seines Gegners, der schreiend versuchte, sich aufzurichten. Piers ließ die Nagelmesser hervorspringen und hieb quer durch das Gesicht des Ghuls, der endgültig genug hatte und wegsprang.

»Das war genug, Mensch«, sagte der Leichenfresser mit der AK, »du hast neun unserer Brüder getötet.«

Mit dir werden es gleich zehn sein. Piers stand auf. Blut tropfte vom Sporn und den Klingen der Nagelmesser. Der Ghul zeigte einen Moment Unsicherheit.

Doch bevor Jeroquees Lehrer etwas unternehmen konnte, ertönte ein tiefes Rauschen aus einem der Rohre gegenüber, und ein dicker Strahl brauner Flüssigkeit ergoss sich in das Bassin.

In dieser Fontäne schwamm prustend und spuckend seine Schülerin, die unsanft auf dem Betonboden aufschlug und sich mit letzter Kraft aus dem Abwasserstrom schleppte.

Piers machte einen Schritt vorwärts. Der Ghul schoss, wohl mehr aus Überraschung als aus Absicht, was aber in diesem Fall keinen Unterschied machte.

Das Projektil streifte seine Schädeldecke, prallte an der Wand ab und verschwand sirrend in der Dunkelheit.

Für einen Moment dachte der Ghuljäger, ein Amboss hätte seinen Kopf getroffen.

Er knickte benommen in die Knie und musste sich abstützen, um nicht umzufallen. Blut strömte aus der Streifwunde und lief ihm über das rechte Auge.

Der Leichenfresser lachte laut auf. »Du wirst mir bestimmt gut schmecken, wenn du erst einmal ein paar Tage abgehangen bist, Mensch.«

»Erstick doch an meinen Cybersystemen«, murmelte Piers schwach und kämpfte gegen die drohende Ohnmacht an. Er blickte zu dem triumphierend grinsenden Gegner und erwartete den Todesschuss.

Langsam krümmte sich der graue Zeigefinger der Klauenhand. Grelles, durchdringendes Licht blendete Piers, bevor die automatische Verdunklung der Cyberaugen reagieren konnte. Dann gab es einen enormen Anstieg von Hitzewellen in seiner thermographischen Sicht, deren Ursprung unter einem Fuß des Ghuls lag.

Dunkel erinnerte sich der Straßensamurai an die

weggeworfene Magnesiumfackel, auf die sich der Leichenfresser gestellt hatte.

Brüllend vor Schmerz zuckte der Ghul zurück, warf das AK von sich und versuchte, die Flammen, die sich an seinem Bein hoch fraßen, auszuschlagen.

Seine Artgenossen verschwanden kreischend aus Angst vor der Flamme und der Helligkeit in die Röhren.

Der Ghuljäger nahm das Sturmgewehr auf und feuerte in die Richtung der Flüchtenden und verschoss noch zwei Granaten, die das Feld der Leichenfresser endgültig säuberten.

Der brennende Leichenfresser, der mittlerweile regungslos am Boden des Bassins lag, schaffte genug zusätzliches Licht für Piers Cyberaugen, um das Becken genauer zu begutachten. Er zählte jetzt vierzehn Gegner, die tot herumlagen. Er kramte ein Stimulanzpatch aus seiner Gürteltasche, klebte es auf und wartete, bis die Wirkung voll eingesetzt hatte. Danach ging er zu Jeroquee, die benommen an der Wand lehnte und sich immer wieder übergeben musste.

Piers klatschte ihr vorsichtshalber ein Antidot- und ein Stimulanzpatch auf den Arm.

»Komm schon, Mädchen. Hier liegen vierzehn mal 500 Nuyen herum, die wir einsammeln müssen.« Er zog sie auf die Beine. »Wo warst du eigentlich? Ich mache hier die Arbeit, und du planschst herum! Gute Güte, du stinkst vielleicht, Mädchen.«

Jeroquee stützte sich müde auf die Schulter ihres Mentors. »Piers, versprich mir bitte, mich nie wieder in die Kanalisation zu schicken. Mein Magen verträgt das nicht mehr. Ich sollte besser den Beruf wechseln.« Sie stieß hörbar auf. »Das schafft mich irgendwann.«

Sie beugte sich vor und übergab sich herzhaft auf Piers Hosen. »Oh, Mann! Tut mir Leid, aber mir war danach«, entschuldigte sie sich bei dem Jäger, der verzweifelt das Gesicht verzog. »Wir haben diese Sache überstanden, nicht wahr, Piers?«, fragte sie leise und zog die Nase hoch.

»Vorerst«, bestätigte er. »Wir machen eine Pause und schauen nach, wenn wir uns ausgeruht haben.«

»Schnitt«, sagte eine Stimme glücklich. »Oh, Mann, ihr wart einfach Klasse!«

Die Ghuljäger rissen ihre Waffen hoch und zielten auf das Hauptrohr, von wo die Stimme gekommen war.

»Ho, Chummers, haltet bloß die Finger still.« Poolitzer trat mit erhobenen Händen aus der Röhre. »Ihr werdet doch nicht auf einen Reporter schießen?«

Tropfen um Tropfen fiel zu Boden und klatschte leise in die dreckig braune Pfütze auf den rissigen, schwarzgrauen Betonbelag. Feuchtwarme Luft ließ die verrosteten Metallrohre schwitzen, Kondenswasser sammelte sich in kleinen Perlen und rann die Leitungen herab.

Aus weiter Entfernung drang das Geräusch, das ein heftiger Platzregen verursachte, heran, kleine Rinnsale sickerten in den Rissen entlang und verschwanden irgendwo in unergründlichen Tiefen eines breiten, stinkenden Kanals.

Es roch nach faulem Obst, brackigem Wasser und Fäkalien, grelles Fiepen lieferte den Hinweis auf die einzigen Bewohner fünf Meter unter den Straßen Seattles.

Mit einem Stöhnen kam Hustle zu sich und schlug die Augen auf. *Wo bin ich denn hier gelandet?*

Über sich sah er den nassen, feuchten Beton der Abwasserröhre, an dem Flechten und seltsam schimmerndes Moos wuchsen. Vorsichtig hob er seinen dröhnenden Kopf und sah an sich hinunter.

Die MIBs hatten ihm nur die Kleider am Leib gelassen, von seiner Ausrüstung und den Waffen fehlte jede Spur.

Eines besaß er allerdings jetzt, von dem er sich ziemlich sicher war, dass es ihm nicht gehörte.

Mit zitternden Händen betastete er den Griff des langen Messers, das zwischen seinen Rippen steckte.

»Drek«, fluchte er leise und stemmte sich unter großen Schmerzen in die Höhe.

Er war nicht so töricht, das Messer herauszuziehen, dafür lebte er schon zu lange in den Schatten und kannte sich bestens mit Stichwunden aus. Die meisten, die im Laufe einer Messerstecherei gestorben waren, kratzten wegen des Blutverlusts ab, nachdem sie sich die Klinge stolz aus dem Leib gezogen hatten.

Sein Rücken brannte wie Feuer. Das Phosphor hatte sich tief durch die Dermalpanzerung und seine Haut gefressen.

Für einen Moment drehte sich die Röhre vor seinen Augen wie eine Zentrifuge, dann stabilisierte sich der Kreislauf, und die Betonwand kam zum Stehen.

Die haben mich als Ghulfrühstück hier liegen lassen, dachte er verärgert und hielt sich die Seite, während er vorwärts taumelte. *Habe ich vorhin Schüsse gehört?*

Der Ork hoffte inständig, dass ein Ausgang in der nächsten Nähe sein würde, denn lange würde er den Spaziergang hier unten nicht durchhalten. *Meine nächste Anschaffung wird ein Schmerzeditor sein,* schwor er sich.

Die Hand, mit der er sich unentwegt an der Wand abstützte, hinterließ jedes Mal einen blutigen Abdruck am schmutzigen Beton.

Mann, ich verliere literweise Soße. Wenn das so weitergeht, bin ich demnächst trocken wie 'ne Jungfrau.

Eine menschengroße Gestalt tauchte in einiger Entfernung vor einer Kreuzung auf und blieb überrascht stehen, als sie den verletzten Ork bemerkte.

»Oh, Chummer, was bin ich froh, jemanden zu sehen«, begrüßte Hustle den Unbekannten und streckte eine Hand aus. »Ich muss ganz schnell hier raus, bevor ich endgültig draufgehe. Wo geht's nach oben, und wo bin ich?«

Der Mann kam näher, und der Samurai erkannte seinen Fehler. Was sich so hilfsbereit auf ihn zubewegte, war einer der verdammten Leichenfresser.

Fieberhaft überlegte der Metamensch. Vermutlich hatte der Geruch seines Bluts ungefähr die Wirkung auf den Ghul wie eine Sushibude auf einen halbverhungerten Japaner.

»Du stirbst bald, ja?«, fragte das Wesen lauernd und blieb zwei Meter vor Hustle stehen, wobei er den Verletzten keine Sekunde aus den Augen ließ. »Du riechst nach viel Blut. Gutes Blut.«

»Schwirr ab, du Aasgeier.« Der Ork machte einen drohenden Schritt vorwärts, aber der Ghul, der die Schwäche erfasst hatte, durchschaute den Bluff, blieb stehen und grinste. Die scharfen Reißzähne schimmerten hell.

»Du machst mir keine Angst, du bist nicht bewaffnet wie der andere«, flüsterte er und zog ein Bleirohr aus dem Gürtel, das er vor dem Gesicht des Metamenschen schwenkte. »Du stirbst sowieso, aber ich habe Hunger. Komm, ich helfe dir.«

Unter normalen Umständen hätte Hustle das Rohr abgefangen und es dem Leichenfresser in den Hals geschoben, doch mit den Verletzungen konnte er nur zusehen, wie sich das Metallstück auf seinen Kopf zubewegte, wo es mit einem dumpfen Laut aufschlug.

Dem Samurai tanzten Sterne vor den Augen, und er kippte vornüber. Irgendwie schaffte er es, so zu fallen, dass er sich das Messer nicht durch die Rippen jagte.

»Ich bin Soola.« Der Ghul ging in die Hocke und schubste seine Beute vorsichtig mit dem Rohr an.

»Und du wirst uns mit deinem Fleisch ernähren, Ork. Sei stolz. Dein Rücken ist schon gebraten. Wird nicht so gut schmecken.« Er schnüffelte. »Phosphor, bäh.«

»Ich hoffe, du gehst dran ein«, murmelte Hustle, der beschlossen hatte, doch die Waffe aus der Wunde zu ziehen, um sich damit zu verteidigen.

Der Ork richtete den Oberkörper ein wenig auf, krümmte sich zusammen, um unbemerkt das Messer zu ziehen, und erschlaffte.

Vorsichtig schnuppernd rutschte der hungrige Ghul nach vorne. Die Aussicht auf ein Stück Fleisch ließ ihn unachtsam werden.

Der Samurai mobilisierte alle seine Reserven und stieß unvermittelt zu. Die Schneide glitt tief in die fahle Haut des Leichenfressers, durchtrennte mühelos ein paar Sehnen und blieb im Unterarmknochen stecken.

Kreischend fuhr der Ghul zurück, heulte ohrenbetäubend und riss sich das Messer aus dem bleichen Gewebe. Schwarzes Blut schoss aus der Wunde und lief auf den Boden.

Hoffentlich schaffe ich es. Hustle rappelte sich auf und wankte zurück in die Richtung, aus der er gekommen war.

»Du hast Soola verletzt«, tobte das Wesen mit weinerlicher Stimme hinter ihm. »Ich werde dich töten!«

Die Wände warfen das Echo laut zurück, und der Samurai schätzte, dass innerhalb weniger Minuten die Röhre von Ghulen nur so wimmeln würde, die sich zeternd um seine besten Stücke streiten würden.

Soolas schnelle Schritte waren zu hören, der sich an die Verfolgung seiner Beute gemacht hatte. Schon krachte das Bleirohr auf den geschundenen Rücken des Orks, der schreiend zusammenbrach.

Immer wieder drosch der brüllende Ghul auf den Samurai ein, der nichts machen konnte, als schützend die Arme über den Kopf zu legen. Mit jedem Schlag driftete das Bewusstsein an den Rand einer Ohnmacht.

Plötzlich hielt der Ghul inne und sog prüfend die Luft ein.

Im nächsten Augenblick schoss gleißendes Licht die Röhre entlang und blendete den Leichenfresser, der blinzelnd in die Helligkeit starrte, um dann heulend die Hände vor die Augen zu halten.

Dann setzte das trockene Rattern einer automatischen Waffe ein, zu der sich das tiefe Bellen einer schweren Pistole gesellte.

Hustle hörte den Aufprall eines Körpers. Scheppernd prallte das Bleirohr auf den Gang und plumpste in den Kanal.

»Na, da kommen wir aber in letzter Sekunde«, brummte ein männliche, sonore Stimme. »Jeroquee, schneid dem Leichenfresser den Kopf ab, dann schnappen wir uns den jungen Ork und bewegen unsere morschen Knochen nichts wie raus hier, bevor die anderen Bleichhäute zum Picknick kommen.«

Schwere Stiefel stiegen über ihn drüber, ein Messer wurde gezogen, während ihn ein Paar kräftige Arme hochzogen.

»Kannst du laufen?«, fragte die Stimme.

Hustle nickte schwach und knickte ein. Er wurde angehoben und über die Schulter geworfen.

»Drek, ist der schwer«, fluchte der Mann und stapfte vorwärts. An seiner Seite klapperte ein AK-98.

»Das sieht verdammt gut aus, Piers. Ich wusste gar nicht, dass Männer in deinem Alter noch so stark sind«, sagte eine dritte männliche Stimme, die belustigt klang. »Der Aufenthalt in der stinkenden Röhre hat sich gelohnt. Die Zuschauer von FNS werden begeistert sein.«

»Halt die Klappe, Poolitzer. Du stehst im Weg. Hey,

komm schon, Mädchen«, rief die sonore Stimme, »es kann nicht mehr lange dauern, dann sind sie hier.«

»Piers, willst du dir die fette Prämie wirklich durch die Lappen gehen lassen?«, antwortete eine Frau zweifelnd. Es knirschte laut, als sie die Wirbel des Ghuls brach und die Nerven mit der Klinge durchtrennte. »Es ...«

»Für heute haben wir genug, und außerdem stirbt uns sonst der Junge.« Der Mann hielt an und begann Sprossen nach oben zu steigen. »Mach schon. Die anderen sind bestimmt sauer, dass wir so viele erledigt haben.«

»Moment mal!«, schaltete sich der Reporter ein. »Heißt das, es könnte noch einmal richtig gefährlich werden? Ich dachte, ihr hättet alle erwischt? Ho, warte! Ich komme mit! Mein Bedarf an Gefahr ist seit ein paar Tagen mehr als gedeckt.«

Immer weiter kletterte Hustles Träger nach oben, sein Atem ging keuchend und stoßweise, als strenge ihn die Aktion sehr an.

Der Ork bekam das Ganze nicht wirklich mit. Er war in dem Stadium, wo ihm alles egal wurde.

»Trägst du mich in den Himmel?«, fragte er leise. »Ich hätte nicht gedacht, dass ich dorthin darf.«

»Drek, er ist schon im Delirium«, rief Piers den Schacht hinunter und erklomm die letzten Sprossen. »Beeil dich, Mädchen!« Er legte den Verletzten sanft in einen verrosteten Ares-Master.

Von unten dröhnte als Antwort der Klang mehrerer Schüsse. Lautes, vielstimmiges Gekreische zeigte Piers, dass seine Begleiterin getroffen hatte.

Poolitzer stieg keuchend aus dem Loch.

Wenige Sekunden darauf kletterte Jeroquee aus dem Einstieg, leerte das Magazin der Predator in die Öffnung und warf eine Granate hinterher. Ohne das Stimulanzpatch wäre das nicht möglich gewesen.

Dumpf polterte die Explosion den Schacht entlang und beförderte einen deformierten Ghulkopf in hohem Bogen auf den Asphalt.

Dann war es still. Aus anderen Gullydeckeln waberten stinkende Rauchwolken.

»Das war cool«, freute sich Poolitzer.

»Glaubst du, wir bekommen dafür noch ein paar Nuyen?«, fragte die junge Frau mit den dichten Locken und bückte sich nach dem Kopf, ohne auf den Reporter einzugehen.

»Es müsste als Beweis ausreichen«, sagte Piers und sprang in den Van.

»Mann, ihr Ghuljäger seid vielleicht abgefahrene Typen. Schnitt.« Poolitzer ließ die sperrige Kamera sinken, die er die ganze Zeit auf der Schulter getragen hatte. »Hey, Drek, die haben mir meine Karre geklaut!«

»Bist du zufrieden mit deinen Aufnahmen, Poolitzer?«, wollte der Mann wissen. »Das war nämlich das erste und letzte Mal, dass wir dich mitgenommen haben. Du warst die ganze Zeit im Weg.«

»Ich habe doch nur gefilmt, nichts weiter.« Fassungslos starrte er auf den leeren Fleck. »Meine Karre – einfach weg. Hier wird das Medienrecht nicht geachtet. Das finde ich scheiße.«

»Und mir bist du im Weg gestanden, Linse. Sei froh, dass ich eine so gute Schützin bin«, beschwerte sich Jeroquee und setzte sich nach hinten. »Und jetzt steig ein. Wir geben dem Ork eine neue Chance. Ich hoffe, es ist nicht zu spät.«

Seufzend stieg Poolitzer ein. Der Lieferwagen brauste die Straßen der Barrens entlang.

»Seit wann kletterst du unter den Barrens entlang, Poolitzer?«, wollte Piers wissen. »Ist oberirdisch nichts mehr zu holen?«

»Oh, ich war an einer echt heißen Story, die mich

beinahe das Leben gekostet hätte, und da dachte ich mir: ›Na schön, Pooli, lass es. Das ist es nun wirklich nicht wert.‹ Und da hatte ich die Idee mit dem Feature über Ghuljäger. Bei aller Ballerei immer noch weniger gefährlich als der andere Mist. Aber das nächste Mal wartet auf mich, wenn ihr einsteigt.«

»Wir waren in Eile«, meinte der Samurai knapp.

»Für die finale Schießerei kam ich ja noch rechtzeitig.« Der Reporter sah sich den Ork an. »Na? Glück gehabt, mein Junge, was? Sag den Zuschauern artig guten Tag und deinen Namen.«

Der Metamensch öffnete für einen kurzen Moment die Augen. »Müssen Sparkplug retten. Bei Doc Brown«, krächzte er, dann glitt er zurück in die Ohnmacht.

Poolitzer rutschte die Kamera aus den Fingern, polternd fiel sie in den Fußraum und schaltete sich aus. Es wurde ihm eiskalt. *Ach du große Scheiße! Und ich dachte, ich hätte es überstanden.*

»Was hat er gesagt?«, fragte Jeroquee und drehte sich nach hinten. Misstrauisch sah sie den Mann mit den schwarzweißen Haaren an. »War es was Wichtiges?«

Der Reporter machte ein unschuldiges Gesicht. »Nichts. Er phantasiert. Fahr schneller, Piers. Ich muss unbedingt mit jemandem reden.«

»Erst muss der Junge versorgt werden, dann bist du an der Reihe, Poolitzer«, bestimmte der Ghuljäger und trat das Gaspedal durch. »Es sei denn, du hattest auch ein Messer zwischen den Rippen.«

»Noch nicht«, murmelte Poolitzer und dachte an den Unbekannten mit der riesigen Knarre. *Es wird auch eher eine Kugel sein, fürchte ich.*

Seattle, Downtown, 29. 07. 2057 AD, 01.43 Uhr

Cauldrons Wunsch erfüllte sich nicht. Bullet und Twing entdeckten E. R.s Schwester zuerst, die sich mit ihren beiden Bodyguards in das oberste Stockwerk verzogen hatte und sich eines der teuren VIP-Menüs gönnte.

An ihrem Tisch saß eine weitere Person, dem Anzug und Alter nach ein aufstiegswilliges Jungtalent, das hoffte, durch ein persönliches Gespräch mit der Professorin die Karriereleiter ein wenig schneller hinaufzuklettern.

Die vier Schattenläufer suchten sich einen unauffälligen Beobachtungsposten auf der anderen Seite und warfen versteckte Blicke zu Hellmann, einer gut aussehenden Elfin mit langen, silbernen Haaren und dunkelblauen Augen im gewagten schwarzen Partykleid, und ihrem Gast.

Dem Essen nach zu schließen, das vor ihnen stand, waren sie über die Vorspeise noch nicht hinausgekommen.

Der Mann breitete erklärend Unterlagen über den ganzen Tisch aus, während Hellmann aufmerksam zuhörte.

»Kannst du nicht was machen, damit sich die beiden Clowns hinter ihr verziehen?« Bullet machte ein grimmiges Gesicht und ließ in bester Leibwächtermanier die Blicke schweifen.

»Ich habe es dir schon mal erklärt«, fauchte Cauldron zurück. »Dieses Gebäude ist magisch gesichert. Wenn ich nur auf die Astralebene gehe, um mich friedlich umzusehen, kommen gleich ein paar freundliche Watcher und weisen mich darauf hin, dass ich das bitte zu lassen hätte, andernfalls legt ihr Herr eine Zündschnur an meine Foki, dass ich explodiere wie eine Superrakete an Sylvester.«

»Ich könnt sie 'n bisschen provozier'n«, meinte Ultra und bohrte mit dem Daumen ungeniert in der Nase. Der Nasenflügel weitete sich gefährlich.

Twing zog ihm am Arm den Finger wieder heraus. »Lass das, Chummer, wir sind hier in der besseren Öffentlichkeit.« Die Mechanikerin lächelte entschuldigend zum anderen Tisch hinüber, an dem die Gäste mit einer Mischung aus Abscheu und Spannung die Reinigungsversuche des Trolls im Anzug mitverfolgt hatten. »Außerdem würde das die Haussicherheit auf den Plan rufen.«

»Wie wär's mit der Wahrheit?«, schlug der Menschensamurai vor. »Wir gehen rüber und sagen, dass wir wissen, dass sie einen Bruder hat.«

»Ich bin eher für die Kartenlösung«, warf die Magierin ein. »Wir schicken ihr eine kurze Notiz an den Tisch, und dann kann sie sich entscheiden, ob sie uns sehen will oder nicht. Wir sollten jedoch hinzufügen, dass wir unsere Entdeckung auch gerne an die Medien weitergeben würden.«

»Dann erschießen uns die Bodyguards vermutlich gleich«, brummte Bullet, aber Twing nickte zustimmend.

»Wir machen es so.« Sie riss ein Stück der Speisekarte ab, kritzelte eine Nachricht darauf und winkte einen Kellner herbei, der wortlos eine neue Karte brachte und mit der Botschaft auf die andere Seite verschwand.

Hellmann reagierte professionell. Sie las den Zettel, lächelte ihren Gast an und sagte etwas zu ihm.

Der nickte verblüfft, raffte seine Unterlagen zusammen und verschwand, während die Exec zu den Schattenläufern hinübersah und auf eines der Separées deutete, die für das körperliche Vergnügen der Besucher des *Salome's* mit den hauseigenen Pferdchen vorgesehen waren.

»Ich glaube, die will was von dir.« Twing grinste Bullet an und stand auf, um der Einladung nachzukommen.

»Das wäre ein ziemliches Wunder«, giftete Cauldron. »Dafür ist sie bestimmt viel zu intelligent!«

»Das war gerade ein Eigentor, Liebes«, sagte der Menschensamurai freundlich und zog den Stuhl zur Seite.

Die Augen der Magierin verengten sich, und für einen kurzen Moment fürchtete die Mechanikerin, dass Cauldron auf die Sicherheitsmaßnahmen pfeifen und einen Manablitz abfeuern würde. Doch sie entspannte sich und ließ die Hände sinken.

»Ich bin nur viel zu nett zu niederen Geschöpfen. Gott hat uns eben damit beauftragt, diese Wesen zu beschützen.«

»Das is aber furchtbar lieb von dir.« Ultra verzog anerkennend den Mund. »Was sind'n das für Geschöpfe, die du meinst? Deine Geister?«

»Lasst uns gehen«, unterbrach Twing entnervt jede weitere Konversation. »Hellmann wartet bereits.«

E. R.s Schwester saß entspannt auf dem roten Sessel. Rechts und links von ihr standen die Leibwächter und beobachteten die Schattenläufer argwöhnisch bei deren Eintreten.

Wenn die Elfin durch die Nachricht nervös geworden war, zeigte sie es nicht. Die Körperhaltung verriet nicht die Spur von Unsicherheit oder Unruhe.

Ihre dunkelblauen Augen musterten Bullet, die Mundwinkel zuckten kurz, dann lehnte sie sich zurück. Wie flüssiges Silber legten sich die langen Haare um die nackten Schultern.

Twing und Cauldron nahmen ihr gegenüber Platz. Die beiden anderen platzierten sich so, dass sie vor den Bodyguards standen.

Hellmann hob den Zettel mit zwei Fingern in die

Luft und warf ihn nach einer kurzen, theatralischen Pause auf den niedrigen Tisch. »Was soll das?«

»Wir wissen, dass Sie einen Bruder hatten, Professorin Hellmann«, begann Twing zögerlich. »Er war ein guter Freund von uns, und er hat vielen das Leben gerettet.«

»Ach ja?« Die Elfin legte den Kopf zur Seite.

»Sie wissen genauso gut wie wir, dass er tot ist«, platzte Cauldron heraus, »und jetzt soll es unser Chummer gewesen sein.«

»LoneStar sucht einen elfischen Rigger namens Sparkplug, ich erinnere mich.« Sie legte die Hand an die Schläfe, ihr schmales Gesicht drückte Langeweile aus. »Was habe ich damit zu tun, vorausgesetzt, dieser Doktor wäre mein Bruder gewesen?«

»Sie sind offensichtlich mehr daran interessiert, als Sie uns weismachen wollen, Professorin.« Twing beugte sich vor. »LoneStar hat über die offiziellen Kanäle den Namen des mutmaßlichen Mörders nicht bekannt gegeben. Das bedeutet, dass sie sich bei den Cops umgehört haben.«

»Und Sie sind jetzt hier, um mich von der Unschuld Ihres Freundes zu überzeugen? Da sind Sie an der falschen Adresse.« Ihre Hand wanderte von der Schläfe an die Unterlippe.

»Wir können beweisen, dass er Industriespionage für Fuchi bei Cyberdynamix betrieben hat«, bluffte die Mechanikerin. »Diese ganze Abwerberei, die Entlassung wegen angeblicher Bestechung, das diente doch nur zu dem Zweck, dass Ihr Bruder bei Cyberdynamix unauffällig wieder einsteigen konnte, um für den Konzern die neuesten Sachen aus der Kybernetikabteilung zu holen.«

»Ihr Decker, dieser Zwerg und seine beiden miesen Deckheads, waren nicht die besten«, sagte sie und schlug die Beine übereinander. »Er hat die ganze Matrixsicherheit durcheinander gebracht und so in Aufruhr versetzt, bis sie das System mit Schwarzem Ice geflutet haben. Zwei von ihnen haben wir erwischt. Der Zwerg hat es aber überlebt, nur zu Ihrer Beruhigung.« Ihre Augen ruhten auf Twing, die wie die anderen Schattenläufer nach dieser Eröffnung etwas erschrocken wirkte. »Warum sollten wir bei Cyberdynamix Spionage betreiben und dazu noch so umständlich?«, fuhr die Elfin ungerührt fort. »Sie sind keine Konkurrenz und in der Forschung mindestens ein Jahr hinter dem, was wir zu bieten haben.«

»Sind Sie so kalt, wie Sie tun? Macht es Ihnen gar nichts aus, dass Ihr Bruder tot ist?«, fragte die Magierin unvermittelt. »Wir haben ihn sehr gemocht. Er war ein großartiger Mensch.«

Die Exec schaute zu Boden und verschränkte die Arme vor der Brust. Man sah ihr an, dass sie einen inneren Kampf austrug.

»Ich habe ihn gewarnt«, sagte sie nach einer Weile. Die Worte der Magierin hatten das Eis gebrochen. »Er sollte mit dem Spiel aufhören und offiziell zu Fuchi zurückkommen. Aber er meinte, er wolle seine Freunde in den Schatten nicht im Stich lassen. Außerdem hatte er vor, noch ein Geschenk aus Europa mitzubringen, um seine Rückkehr zu Fuchi mit einem Knaller zu beginnen.«

»Also hat er spioniert«, warf Twing ein.

Die Elfin nickte. »Wir haben uns die Sache gemeinsam ausgedacht. Ich bin wesentlich älter als er und schon seit mehr als 30 Jahren bei Fuchi. Die ADL waren mir zu chaotisch, also bin ich nach meiner Ausbildung über den Atlantik.« Sie nahm eine Zigarette aus der Handtasche, die neben dem Sessel stand, und zündete sie an. »Mein Bruder hatte zunächst anderes im Sinn. Zuerst hat er wirklich an Cyberdynamix geglaubt, aber schnell eingesehen, dass in Europa nicht seine Zukunft liegt. Die Deutschen unterstützten ihn nicht so, wie sie es ihm versprochen hatten. Ich fragte ihn, ob er sich für die verlorenen Jahre nicht ein wenig entschädigen wollte. Die Idee gefiel ihm. Er sollte sich zum Schein von uns abwerben lassen, dann aber nach einiger Zeit Kontakt zu seiner alten Firma aufnehmen, um für uns zu spionieren. Uns war klar, dass sie eine lange Probephase und Beweise von ihm verlangen würden, andererseits waren sie scharf auf das Wissen, das er sich bei uns angeeignet hatte. Wir hingegen wussten, dass Cyberdynamix zusammen mit DrakenSys an einer Sache arbeitete, in der sie uns überlegen waren, und die wir gerne näher betrachtet hätten.«

»Ging es um Chips? Um Module?« Cauldron spielte aufgeregt an ihren Ringen. Endlich kamen sie der Sache auf die Spur.

Hellmann lachte kurz. »O nein, da liegen Sie völlig falsch. Auf dem Sektor haben wir höchstens Renraku zu fürchten, aber nicht die Ingenieure aus den ADL.« Sie drückte den Serviceknopf in der Tischplatte. »Wie unhöflich von mir, dass ich Sie nicht gefragt habe, was Sie trinken möchten.«

Die Schattenläufer sahen sich an.

»Ich hätte gerne 'n doppeltes Bier«, sagte Ultra glücklich. »'s ist nämlich mächtig warm hier, und da schwitz ich viel.«

Auch die anderen nannten ihre Wünsche, die ein herbeigeeilter Kellner entgegennahm, sichtlich verwirrt über die große Ansammlung im Separée.

Während sie auf die Drinks warteten, herrschte Schweigen.

Gedämpft, als ob in weiter Ferne ein wütendes Gewitter tobte, drang der Bass der Musik durch die Schallisolierung, Lichtreflexe zuckten hin und wieder durch das getönte, von außen verspiegelte Glas.

Die Bodyguards der Execs hätten den Wettbewerb für

perfekte Marmorstatuenimitationen auf Anhieb gewonnen, befand Twing. Die breiten Gesichter mit den leblosen Cyberaugen wirkten so gleichgültig, als ob den Leibwächtern die Anwesenheit der vier Schattenläufer egal sei.

Hellmann dagegen beobachtete das Quartett aufmerksam. Ihr besonderes Interesse galt dabei Bullet, sehr zum Leidwesen der Magierin.

Das Letzte, was ich gebrauchen kann, ist ein gutaussehendes, reiches und williges Löwenzähnchen, das ihn auf dumme Gedanken bringt. Cauldron drehte den Kopf und schenkte Bullet das netteste Lächeln, zu dem sie imstande war. Er hob irritiert die Augenbrauen, lächelte aber zurück.

Der Kellner kam mit den Getränken, stellte die Gläser auf den Tisch und zog sich diskret zurück.

Die Elfin prostete den Freunden zu. »Um den Faden nicht komplett zu verlieren, es ging um militärische Ware, die vom skandinavischen Tochter-Kon Draken-Sys entwickelt wurde. Die Unterlagen waren geheime Verschluss-Sache und für ihn noch nicht zugänglich. Wir hatten Informationen, dass es für meinen Bruder gefährlich werden könnte, und wir beschlossen, dass die Mission zwar ein Fehlschlag war, uns aber ein gesunder Wissenschaftler lieber ist als ein toter.« Sie schaute in die Runde. »Der Entschluss kam wohl etwas zu spät. Ich gebe mir die Schuld für seinen Tod.« Wieder schaute sie zu Boden. »Ich hätte die Aktion viel früher abbrechen müssen.«

»Wissen Sie, wer den Doc … ich meine, Ihren Bruder gegeekt hat?«, hakte Bullet ein.

»Allem Anschein nach kann es nur eine Abordnung von Cyberdynamix gewesen sein«, sagte sie leise. »Er hat kurz vorher noch bei mir angerufen und gesagt, dass er die Überraschung hatte, die er mir und Fuchi versprach. Er müsse nur noch eine OP machen, dann käme er vorbei. Fragen Sie mich nicht, was diese Überraschung sein sollte. Er wollte es mir nicht verraten.«

»Auf alle Fälle ist sie Cyberdynamix einen ziemlich großen Aufwand wert«, murmelte Twing. *Und Sparkplug wird zu Unrecht verdächtigt, ein mehrfacher Copkiller zu sein.*

Hellmann leerte ihr Glas und schaute in die Runde. »Ich möchte Ihnen allen einen Vorschlag machen. Was halten Sie davon, wenn wir in diesem Fall gemeinsam arbeiten und ich Sie als Schattenläuferteam anheuere? Mit den Cops werde ich nach Abschluss des Laufs ebenfalls ein paar beruhigende Worte reden. Dafür werden Sie zukünftige Einstiegsversuche im Fuchi-Netz unterlassen. Für den Schaden, den Ihr Decker angerichtet hat, müssen Sie ausnahmsweise nicht aufkommen. Ich bin bereit, Ihnen außerdem ein großzügiges Angebot zu machen, wenn Sie herausfinden, was mein Bruder aus Europa mitgebracht hat und es mir zurückbringen. Die Mörder meines Bruders dürfen nicht ungeschoren davonkommen.« Sie schaute Bullet in die Augen. »Und wenn Sie es nicht für mich tun wollen, dann für meinen Bruder und Ihren Arzt. Ich biete Ihnen pro Teilnehmer 20 000 Nuyen.«

»Is in Ordnung«, beeilte sich der Troll zu sagen.

Twing schoss herum und schaute ihn böse an. »Wir werden kurz darüber beraten müssen, Professorin Hellmann.«

Die Elfin nickte verständnisvoll und verließ das Separée mit ihren Leibwächtern.

»Bist du bescheuert?«, fragte die Mechanikerin Ultra. »Seit wann redest du für uns alle?«

»Aber das Angebot war doch dufte«, verteidigte sich der Troll, der unglücklich seinen Bierhumpen stemmte. »Mein Mund war eb'n schneller, als ich denk'n konnte.«

»Hört, hört«, machte Cauldron und zupfte an den Spitzen ihres Ärmels. »Nicht nur, dass er quizt, nun denkt er auch noch.«

»Jetzt hört auf«, herrschte Bullet sie an. »Ultra war vielleicht ein bisschen vorschnell, aber im Grunde hat er Recht – 20 000 Nuyen für eine Sache, der wir ohnehin nachgegangen wären. LoneStar würde sich nicht mehr für Sparkplug interessieren, und wir hätten bei einem mächtigen Kon einen Stein im Brett. Das ist wirklich mehr, als wir hätten erwarten können, oder?«

Twing überlegte. »Wenn Cyberdynamix nichts in der Klinik gefunden hat, wo konnte E. R. dann das Objekt verstecken?«

»Theoretisch überall«, gab der Menschensamurai zur Antwort. »Er kannte genug Leute, die wir aber glücklicherweise auch kennen. Die müssen wir eben abklappern, bis wir fündig geworden sind.«

»Entschuldigt, bitte«, meldete sich die Magierin zu Wort, »aber sollten wir nicht endlich entscheiden, ob wir überhaupt für Fuchi arbeiten wollen? Ich persönlich könnte die Kohle gut gebrauchen. Meine Bibliothek müsste dringend aufgestockt werden, und ich hätte da ein paar Downloads in Aussicht.«

»Ich sehe es von der praktischen Seite«, fügte Bullet hinzu. »Wenn wir für sie arbeiten, können sie uns nicht in die Quere kommen. Und wenn ich an die letzte Begegnung denke, hatten wir nur verdammtes Glück, dass Cynthia so viel ausgehalten und Ultra die Jungs weggesprengt hat.«

Der Troll strahlte und kippte das Bier hinunter. Ein röhrendes Rülpsen folgte.

»Und aus dem Grund glaube ich Hellmann nicht ganz.« Die Mechanikerin schnappte sich ihr Glas. »Wenn ich bedenke, welche Kosten wir Fuchi verursacht haben, ist es ein Wunder, dass uns die Leibwächter nicht hier und jetzt gegeekt haben.«

»Das ist ganz einfach«, antwortete Cauldron. »Wir wissen viel über den Fall, wir kennen die Hintergründe, und wir sind aus den Schatten, wo sich offensichtlich das meiste abzuspielen scheint.«

»Bis auf den letzten Grund waren das Eigentore, Liebes«, bemerkte Bullet. »Vielen Dank übrigens für die netten Blicke vorhin.«

»Ihr redet schon wieder so viel, dass ich ganz durcheinander bin«, beschwerte sich Ultra. »Heißt das jetzt ja oder nein?«

Twing sah von einem zum anderen. »Ich denke, es heißt ja.«

»Oh, toll, toll, toll.« Ultra war begeistert. »Dann sollt'n wir Hellmann Bescheid sagen.«

Alle drehten sich zur Glasfront, doch vor dem Raum stand lediglich einer der Leibwächter, der mit dem Rücken an der Tür lehnte. Von der Elfin und dem zweiten Mann fehlte jede Spur.

»Was soll das denn?«, wunderte sich Bullet und öffnete die Tür.

Der Bodyguard fiel ihm leblos entgegen. Aus seinem rechten Ohr sickerte ein dünner Blutfaden.

»Hat er 'n Trommelfellschad'n?« Ultra bückte sich und zerrte den Mann ins Separée, Cauldron und Twing stürmten auf die Balustrade, um sich umzusehen. »Ich glaub, der ist tot.«

Der Menschensamurai schaute in die Ohrmuschel des Leibwächters. »Da hat ihm jemand mit einem langen, spitzen Gegenstand einen Direkteingang zum Hirn gelegt. Los, raus hier. Wir müssen Hellmann suchen. Ich glaube, Cyberdynamix ist näher an der Sache dran, als wir dachten.«

Sie stellten sich zu den Frauen und schauten angestrengt in die Menge.

»Da«, schrie die Magierin, um die Musik zu übertönen, »da ist sie! In der ersten Etage, zwischen den beiden Typen. Der eine hat einen Pferdeschwanz, der andere eine Narbe unter dem rechten Auge.«

Die vier liefen los und stürmten alles über den Haufen, was nicht schnell genug aus dem Weg war.

»Ihr nehmt die Rolltreppe«, ordnete Bullet an, »Ultra und ich versuchen, über die Feuertreppe schneller nach unten zu kommen.«

Die beiden Schattenläufer rissen die Türen zum Notausgang auf. Über dem Eingang leuchtete sofort eine Signallampe auf, aber darauf nahmen der Troll und sein Freund keine Rücksicht.

Wenn wir Hellmann jetzt an die Unbekannten verlieren, wäre unsere Bezahlung und unser Leben im Eimer, spornte sich Bullet an. Fuchi würde sie verantwortlich machen, egal, was passierte und wer tatsächlich die Schuld trug.

Sie hasteten die Stufen hinab und kamen neben dem Ausgang heraus.

Ein paar erstaunte Ordner liefen in ihre Richtung, die Ultra mit schnellen, wuchtigen Schlägen zu Boden schickte.

Im Gewühl der Menschenmenge fielen die rasanten, dank der Reflexbooster kaum erkennbaren Aktionen des Trolls nicht auf, lediglich eine der Sicherheitskameras schwenkte herum. Die Linse surrte und zoomte die Gesichter heran.

Am Ausgang blitzten die silbernen Haare der Elfin auf.

»Da vorne ist sie«, brüllte Bullet und kämpfte sich vorwärts.

Ultra wollte gerade zu ihm aufschließen, als ihn die hauseigenen Trolle des Sicherheitsdiensts abfingen.

Eine wilde Schlägerei entbrannte, die sich schnell auf die Umstehenden ausweitete.

Bald bestand die komplette Tanzfläche aus sich prügelnden Gästen, die gegen die Abwechslung offenbar nichts einzuwenden hatten.

Cauldron und Twing standen auf der überfüllten Rolltreppe, die abgeschaltet worden war, und kamen weder vor noch zurück.

Bullet verfolgte die beiden Männer, die Hellmann in die Mitte genommen hatten und zielstrebig auf den großen Parkplatz liefen.

Shit, ich fühle mich unterbewaffnet. Die Walther Streetline Special in seiner Hand wirkte für den Samurai wie ein Spielzeug im Vergleich zu den sonstigen Waffen, die er bei einem Lauf benutzte. Aber sie war besser als nichts.

Der Kerl mit dem Pferdeschwanz und dem Kinnbärtchen hielt bei einem silbernen Saab ›Dynamit‹ 776TI an, riss die Tür auf und versuchte vergeblich, die sich wehrende Elfin auf den Rücksitz zu schleudern, während der andere ruhig an den Kofferraum ging und die Klappe öffnete.

Bullet brachte die Pistole in Anschlag und zielte auf die Stirn des Größeren.

»Stehen bleiben!« Das Smartlink übermittelte die Daten der Waffe. Die Schädelfront war für ihn dank der Cyberaugen so groß wie die Breitseite eines Hochhauses.

Als das Fadenkreuz genau auf der Nasenwurzel ruhte, drückte der Samurai ohne weitere Vorwarnung zweimal ab.

In dem Moment verschwand der Kopf. Die Geschosse sausten ins Leere.

Drek. Bullet wechselte das Ziel und feuerte auf die Reifen des Sportwagens, doch die Gelmunition richtete keinen nennenswerten Schaden an. *Das ist doch zum Kotzen! Nichts funktioniert.*

Der Mann mit der Narbe unter dem Auge tauchte wieder auf. In der Hand hielt er eine dem Samurai unbekannte Waffe, die ihn an ein zu breites Sturmgewehr in Bullpubkonfiguration erinnerte.

Die Ziellaser rund um den Lauf projizierten einen rot leuchtenden Kreis vom Umfang eines Sektglases auf seine Brust.

»Ruhig, mein Junge«, sagte der andere lächelnd. Die schwarzen, kurzen Haare lagen dicht am Kopf an und glänzten feucht. Der Saab ›Dynamit‹ 776TI startete. »Wenn du auch nur einen Finger bewegst, platzt dein Brustbein wie eine reife Tomate.«

Ultra schnaufte von hinten heran und kam neben Bullet zum Stehen. Auch er hatte die Streetline gezogen, obwohl sie bei dem Troll lächerlich aussah. Sein Anzug hing in Fetzen an ihm herunter, ein Auge war blutunterlaufen.

»So, Chummer, jetzt sind wir zwei«, sagte er keuchend. »Du kannst uns nicht beide gleichzeitig erwischen!«

»Wollen wir wetten?« Der Mann lächelte, während sich der Choke der Waffe leise surrend öffnete. Der rot leuchtende Kreis wurde größer, bis der Wirkungsbereich auch Ultra erfasste.

»Shit«, murmelte Bullet, »das ist eine verfraggte Schrotflinte!«

Beide eröffneten das Feuer auf den Unbekannten, aber die Gelmunition beeindruckte den Mann nicht. Seine Kleidung schien mehr abzuhalten, als es für ein herkömmliches Sakko üblich war.

»Ihr Spaßvögel habt meinen besten Anzug versaut.« Mit der anderen Hand fasste er das Griffstück unter dem Lauf. »Und jetzt darf ich.« Sein Zeigefinger zog den Abzug durch.

Schuss um Schuss löste sich. Die automatische Waffe jagte in atemberaubender Folge alle 24 Patronen aus dem rotierenden Zylindermagazin.

Obwohl kein Schuss zu hören war, zerbarsten die Scheiben der umstehenden Autos, platzten Reifen und heulten Alarmanlagen los. Die Luft füllte sich mit

Glassplittern, Metall und Gummifetzen, Blut bespritzte den Lack der demolierten Luxuskarossen.

Dann stieg der Mann lachend ein. Der Saab rauschte davon.

Ultra richtete sich stöhnend hinter seiner Deckung auf und begutachtete die zahlreichen Wunden, die die Schrotmunition hinterlassen hatte. Seine Dermalpanzerung und die zähe Trollhaut hatten das Schlimmste verhindert.

»Mann, was war'n das für'n Ding, Bullet? Haste so was schon mal geseh'n? Das Gerät war schallgedämpft oder haben meine Ohren was abbekommen?«

Sein Freund antwortete nicht.

Der Troll war sofort alarmiert. »Bullet? Sag was!« Er stand auf und schaute sich um.

Die Elfin, die sich erfolgreich der Entführung widersetzt hatte, stemmte sich gerade vom Asphalt hoch. Der Samurai dagegen lag schief auf der Motorhaube eines Mercedes, die Arme weit ausgebreitet. Augenblicklich war Ultra an seiner Seite.

»Was'n los? Drek, du siehst ja aus wie'n Nudelsieb. Mann, Mann, Mann, geh mir bitte nich drauf, sonst bringt Cauldron mich um«, sagte er hektisch. »Oh, ich meine, ich will natürlich auch nich, dass du abkratzt, hast du gehört?«

Seine Augen weiteten sich vor Entsetzen, als er das zerschossene DocWagonarmband sah. Aus dem Elektronikschrott würde kein klares Signal mehr kommen.

Die Brust des Schwerverletzten, eine einzige große, klaffende Wunde, hob und senkte sich unregelmäßig. Blut rann zu Boden und bildete kleine Pfützen.

Schritte näherten sich. Die Magierin und Twing rannten an der Spitze einer Menschenansammlung auf den Parkplatz. Von weitem hörte man die Sirenen LoneStars.

»Nein!«, schrie Cauldron, als sie den sterbenden Samurai auf der Motorhaube sah. *Tu mir das nicht an.* Ihre Hand legte sich auf die Wunde, aus ihrem Mund drangen unverständliche Laute. Ultra vermutete, dass sie Magie anwandte, um Bullet zu retten.

Zögerlich schlossen sich die Wunden, brachen aber sofort wieder auf. Der Behandlungsspruch misslang.

Cauldron schwitzte heftig. Ihr bleiches Gesicht wurde blasser, immer schneller sprach sie Formeln. Dann erschien eine rot schimmernde, zwei Meter hohe Flammensäule neben ihr. Die Menschen wichen zurück.

»Hilf mir«, befahl sie dem leise knisternden Feuerelementar, »unterstütze meinen Zauber!«

»Das kann ich nicht, Herrin. Was soll ich sonst tun?«

Cauldron ignorierte den Geist. Erneut versuchte sie, ihren Freund zu heilen. *Du wirst mich gefälligst heiraten. So drückst du dich nicht vor mir, Bullet.*

Diesmal schien sie mehr Erfolg zu haben, bis sie plötzlich in die Knie ging und zusammenbrach. Der Feuerelementar löste sich in einem glühenden Funkenregen auf.

Gleichzeitig senkte sich die Brust des Mannes ein letztes Mal.

»Sie müssen weg«, sagte Hellmann, die eine Platzwunde an der Stirn hatte, und steckte Twing eine Karte zu. »Rufen Sie mich an, wenn Sie was rausbekommen haben.«

Die Sirenen waren bereits vor dem *Salome's* zu hören.

Ultra erwachte als Erster aus der Starre, klemmte sich die bewusstlose Cauldron unter den Arm und lief zum Americar, mit dem sie gekommen waren. Die Mechanikerin folgte wenige Sekunden darauf.

Um ein Haar wären die Schattenläufer mit einem anderen Fahrzeug kollidiert, so abwesend fuhr Twing den Wagen.

Ihr Mund war ein einziger dünner Strich, und aus

ihren Augenwinkeln liefen Tränen. Der Troll hatte das Gesicht in den mächtigen Händen begraben. Neben ihm lag die ohnmächtige Magierin. Auch sie wirkte mit ihrem weißen Gesicht wie tot.

»Wir konnten ihn nich mal mitnehmen«, jammerte er leise, »Bullet, mein Chummer.«

Die junge Frau mit den blauen Haaren fühlte sich nicht in der Lage, etwas zu sagen. Der Kloß im Hals war zu dick.

Wie in Trance steuerte sie durch die nächtlichen Straßenschluchten.

Auch wenn sie alles furchtbar fand, hatte sie vor dem Augenblick Angst, in dem Cauldron ihr Bewusstsein wiedererlangen würde.

VIII.

Seattle, Redmond Barrens, 29. 07. 2057 AD, 1.40 Uhr

»Ja, was ist denn das?«

Es lag mehr Erstaunen als eine echte Frage in den Worten von Doc Brown, als er sich die Messdaten und Computerbilder ansah, die über die Bildschirme der medizinischen Geräte flimmerten.

Drei Stunden lang hatte er den Metamenschen mit Sonden, Elektronik und Scangeräten malträtiert. Seit einer Stunde lief die Auswertung, die nun offensichtlich abgeschlossen schien.

»Sparkplug, das müssen Sie sich ansehen.«

Arschloch, dachte der Rigger und drehte den Kopf in Richtung des Arztes. In den leeren Augenhöhlen glitzerte es, die elektronischen Leitungen schimmerten leicht unter den Neonröhren und reflektierten das künstliche Licht.

»Oh, Entschuldigung«, meinte Doc Brown gedankenverloren. »Ich habe vergessen, dass Sie blind sind. Aber unter den gegebenen Umständen weiß ich nicht, ob ich Ihnen Ersatz einbauen soll.«

»Was soll das heißen?«, begehrte der Elf auf. »Soll ich mir einen Blindenhund zulegen oder mit einem Mikroskimmer unterm Arm durch die Gegend latschen?«

Der Arzt tippte auf den Bildschirm. »Ich sage es mal so: Was auch immer mein Kollege Ihnen eingebaut hat, eine normale Fernsteuereinrichtung ist es nicht. Deshalb rate ich Ihnen auch vorerst ab, Ihre FSE zu benutzen, obwohl sie rein körperlich dazu in der Lage wären.«

Sparkplug tastete auf seinem Nachttisch herum. »Das ist mir egal. Ich möchte endlich wieder sehen.

Haben Sie keine medizinischen Sonden oder etwas, das ich mir einstöpseln könnte?«

»Was glauben Sie, wie groß eine medizinische Sonde ist? Die können Sie aus Versehen einatmen, wenn Sie nicht aufpassen«, erwiderte Doc Brown. »Aber über die Datenbuchse kann ich Ihnen ein Kamerasignal einspeisen. Ich lehne jedoch jede Verantwortung ab, hören Sie?«

»Das ist mir egal, Chummer.« Der Rigger schwang die Beine aus dem Bett und setzte die Füße vorsichtig auf die Fliesen.

Das OP-Hemd hing an seinem mageren Körper wie ein Kartoffelsack an einer Vogelscheuche. Der Kopfverband, den er immer noch trug, ließ ihn wie Frankensteins Monster aussehen. »Hat Twing irgendwelche Drohnen hier gelassen? Das wäre mir lieber als eine Kamera.«

»Nein«, log der Mediziner, während er auf die Galerie von allen möglichen kleinen und großen Fahrzeugen schielte, die im Nebenzimmer standen und blinkten. »Sie wollte sie später holen, wenn sich der Wirbel etwas gelegt hat.«

Mit dem Fuß schob er die Tür zu. Dann klemmte er ein paar Kabel zusammen, montierte einen Stecker und schloss am anderen Ende der schlauchähnlichen Glasfaserleitung die Kamera an, eine stecknadelgroße Linse. Er drückte seinem Patienten die Konstruktion in die Hand.

»Es müsste funktionieren.«

»Es werde Licht«, murmelte Sparkplug und stöpselte den Stecker in die Chrombuchse. Mit der rechten Hand hielt er das vordere Ende mit der Kamera und bog die millimetergroße Optik hin und her, um sich im Raum zu orientieren.

»Geht's?«, wollte Doc Brown gespannt wissen.

Der Rigger nickte und richtete die Linse auf das Gesicht des Mannes. »Ah, so sehen Sie also aus.« Er ging etwas hölzern an die Bildschirme. »Und jetzt erklären Sie mir mal, was ich da oben drin habe.« Er setzte sich auf einen Hocker, den Kopf zur Tür gewandt. Die Linse hielt er vor das Glas, auf dem die Daten zu sehen waren.

Der Mediziner drückte ein paar Knöpfe.

Die Computerbilder zeigten Sparkplugs Gehirn, die FSE und die Cyberaugenleitungen. Dicht unterhalb der FSE war ein kleiner kastenförmiger Chip zu sehen, der einen eigenen Ausgang hatte.

»Ich vermute, Sie wissen, was Sie normalerweise alles eingebaut haben?«, fragte Doc Brown. Der Elf bejahte. »Dann verrate ich Ihnen nichts Neues, wenn ich Ihnen sage, dass das hier«, er deutete mit dem Stift auf den Kastenchip, »nicht dazugehört. Mein Kollege hat, soweit ich das erkennen kann, den Kasten mit der FSE gekoppelt und einen eigenen Zugang von außen gelegt, den er aber getarnt hat. Eine zweite FSE ist es nicht, die Buchse ist dafür zu klein. Sie hat ungefähr den Durchmesser einer Kugelschreibermine.«

Sparkplug schwenkte das Kabelende hin und her, ohne den Kopf zu bewegen, sein Gesicht war ausdruckslos. »Bauen Sie mir das Ding bloß aus.«

»Den Teufel werde ich tun«, widersprach der Arzt, »denn ich habe keine Ahnung, wie die Cyberware und das Encephalon reagieren. Außerdem weiß ich nicht, was es ist. Das Einzige, was ich auf Anhieb einordnen kann, ist, dass Ihre feedbackgesicherte 3er-FSE …«

Das Kabelende schwenkte zu Doc Brown. »Moment mal. Wo ist mein verfraggtes Funkgerät? Und sagten Sie eben ›feedbackgesicherte 3er-FSE‹?«

»Ja«, bestätigte der Mediziner und gab sich Mühe, sein Missfallen zu unterdrücken. »Und ich bin noch nicht fertig. Diese 3er-FSE ist ein ausländisches Modell, hergestellt von …« Per Knopfdruck zoomte er eine

Detailaufnahme der Cyberware auf den Bildschirm. »... Cyberdynamix.« Das Bild rotierte und vergrößerte den kleinen Kasten um ein Vielfaches, die Schrift ›DrakenSys‹ war deutlich zu sehen. »Um ehrlich zu sein, von der ersten Firma habe ich noch nie was gehört, obwohl der Name nicht ganz so fremd klingt. Aber ›DrakenSys‹? Was soll das denn sein?«

Drek, deshalb sind die hinter mir her wie die Irren. Ich habe das Zeug im Kopf, das sie unbedingt haben wollen. Na, vielen Dank, E.R.

Der Rigger wirbelte abwesend mit dem Kabel durch die Gegend und hielt sich unversehens an der Tischkante fest.

Der Arzt schaute ihn besorgt an.

»Keine Angst«, winkte Sparkplug ab, »mir ist nur kurz schwindlig geworden. Man sollte mit seinem Auge nicht Karussell spielen.« Er hob die Linse an und senkte sie interessiert in sein Ohr. »Mit so einem Ding hat man völlig neue Möglichkeiten. Ich will sofort in ein Schwimmbad und in die Nähe der Damenumkleidekabinen.«

»Es freut mich, dass es Ihnen wieder besser geht.« Doc Brown lächelte. »Trotzdem wird unser Problem dadurch nicht geringer. Was auch immer Sie an modernster Tech mit sich herumschleppen, ich kann es Ihnen nicht sagen.«

Der Elf überlegte einen Moment. »Dann müssen wir es auf einen Feldversuch ankommen lassen.«

»Sie wollen sich tatsächlich an ein Fernsteuerdeck hängen?« Der Arzt klang mehr als ungläubig.

»Falls mich die verfraggten Säcke erwischen und auseinander schrauben, will ich wenigstens wissen, was ich implantiert hatte. Wo ist das Deck?«

Der Mann langte in ein Fach und holte einen Hartschalenkoffer hervor. »Bitte sehr. Aber ich werde nur unter Protest ein paar Messgeräte an Ihnen anschließen«, seufzte der Mediziner und begann, den Verband des Patienten, den er vor einer Stunde mühsam um den Kopf gewickelt hatte, wieder abzunehmen. »Welche Drohne möchten Sie?«

»Ich wusste doch, dass Twing mich niemals ohne meine Jungs lassen würde.« Sparkplug grinste und ließ das Kabel mit der Linse über seinen kahlen Schädel wandern. »Drek. Das sind mit Abstand die hässlichsten Narben, die ich jemals gesehen habe.«

»Mein Kollege schien es ziemlich eilig gehabt zu haben.« Er legte die Binden beiseite und begutachtete die rosafarbenen Schnittstellen, während er behutsam Sonden anbrachte. »Ansonsten eine einwandfreie Arbeit. Wirklich eine Schande, dass er sterben musste.«

Der Rigger klemmte sich das Kabel zwischen die Zähne, um beide Hände frei zu haben. Dann öffnete er den Koffer.

Noch waren die kleinen Bildschirme des 5er-Fernsteuerdecks dunkel, aber sobald er eine Drohne startete, würde sich das ändern, und er würde endlich seine geliebten Sensorbilder sehen können.

Beinahe liebevoll fuhr er über die Hebel und Knöpfe. Dann schloss er sich an das Deck an.

»Würden Sie bitte den Snooper startklar machen?«, bat er den Doc. »Einfach nur den Hebel von ›Laden‹ auf ›Power‹ umlegen. Den Rest mache ich dann. Sagen Sie mir Bescheid, wenn Sie das erledigt haben.«

»Ich empfehle Ihnen, das Augenprovisorium auszustöpseln«, kam es aus dem Nebenzimmer. »Wer weiß, ob sich die Signale vertragen. Meine Aufzeichnungsgeräte sind bereit.« Für kurze Zeit herrschte Stille. »Ist ein Snooper ein rundes, flaches Ding?«

Sparkplug grinste und zog den Kameraanschluss aus der Datenbuchse. »Nein, das ist ein Mikroskimmer. Wir nennen sie auch Mülldeckel. Nehmen Sie die Drohne, die aussieht wie ein kleines Spielzeugauto.«

Es summte laut. »Oh, gut. Ich habe diesen Mikroskimmer auch eingeschaltet. Dann haben Sie mehr Auswahl für Ihren Test. Es kann losgehen.«

Der Elf atmete tief durch und legte den Zeigefinger auf den Schalter des Decks.

Mit einem leisen Klick versenkte er das Plastikteil nach unten, und schon kamen die Statusmeldungen des Gerätes.

Wie üblich sprang er direkt in den Snooper, das kleine Spiongefahrzeug mit dem ausfahrbaren Kameraarm und der Unzahl Sensoren.

Genoss er es sonst, geistig mit dem Auto zu verschmelzen, spürte er heute ein ungutes Gefühl. Die Anspannung war enorm, denn immerhin hatte er keine Ahnung, was ihn erwartete.

Im schlimmsten Fall würde es sein Hirn durchkochen oder seine Nervenbahnen erlitten den ultimativen Cyberschock.

Sparkplug hatte schon Rigger gesehen, die zu Deckzombies geworden waren, nachdem sie zu viel technischen Kram einbauen ließen. Mal wirkten sie ganz normal, dann rasteten sie völlig aus, wenn sie ein raschelndes Blatt Papier hörten, oder starrten einfach nur stundenlang auf das Wärmebild einer Schaufensterlampe.

So wollte er auf keinen Fall enden, auch wenn Riggen seiner Meinung nach das Größte war.

Im Moment erwartete er einen Stromschlag oder etwas in der Art, doch noch war alles gleich.

Die Drohne verfügte über halben Energievorrat, die Sensoren informierten ihn über die Umgebung per Wärmebild, Miniradar, Kamera und Mikrofone. Er ›fühlte‹ den Boden unter den sechs Rädern des Snoopers und die elektrische Energie, die durch den Motor des Fahrzeuges schoss. Alle Systeme arbeiteten im grünen Bereich.

Eine Meldung zuckte durch den Bildrand.

»Verbindung zum Satellit nicht möglich«, las er laut vor, damit der Doc es mitbekam. »Empfangsgerät nicht angeschlossen.«

Er setzte die Drohne in Bewegung. Gehorsam rollte der Snooper los und fuhr gemächlich ins Behandlungszimmer.

Sparkplug ließ ihn die Kamera ausfahren und sich umschauen.

Die Reaktionen waren einwandfrei.

Der Elf entspannte sich und bemerkte erst jetzt, dass er die Zähne zusammengebissen hatte und seine Kiefermuskulatur schmerzte.

Er fuhr den Schwenkarm wieder ein und beschleunigte auf 30 Sachen, kurvte problemlos um Stuhlbeine, Tische und Apparaturen, ohne eine Veränderung feststellen zu können. Enttäuscht hielt er an und stieg aus dem Snooper aus.

»Drek, da hat sich gar nichts verändert, abgesehen von der Nachricht über diesen Satelliten«, rief er dem Doc zu, der auf die medizinischen Monitore starrte. »Ich versuch's jetzt mit dem Mülldeckel.«

Der Mikroskimmer schnurrte nach einer kurzen Statusmeldung fast lautlos in die Höhe, die Hoverturbine arbeitete ruhig und ohne zu ruckeln.

Kaum schwebte er aus dem Nebenraum, veränderte sich die Wahrnehmung.

Die Drohne meldete automatisch zwei Feinde und legte Fadenkreuze über die Wärmebilder des Docs und des Riggers. Entfernung, Geschwindigkeit und Größe der Ziele erschienen als Einblendung am unteren Bildrand. Als Nächstes blitzte die Trefferwahrscheinlichkeit auf, während die Fadenkreuze auf die jeweilige Stirn der Männer wanderten. Der Mikroskimmer glaubte zu hundert Prozent an zwei saubere Salven aus dem leichten MG mit tödlichen Treffern.

»Das ist neu«, flüsterte Sparkplug entgeistert. *Drek, das verfraggte Ding würde seinen eigenen Meister umpusten. Gibt's denn so was?*

Er schaltete die Zielsensoren aus und begann, die Manövrierfähigkeit der Drohne auszuprobieren.

Auch sie gehorchte jeder noch so kleinen Bewegung und sauste durch die Räume der Zweitpraxis.

Doch jedes Mal, wenn er in das Behandlungszimmer steuerte, aktivierte sich die Zielerfassung automatisch und hielt selbst bei gewagteren Flugkunststückchen, soweit sie im Raum möglich waren, die Männer im Visier.

Nach zehn Minuten ließ er die Hoverdrohne landen und stöpselte sich aus.

»Haben Sie es gesehen?« Der Rigger senkte den Kameraanschluss wieder in die Datenbuchse. »Das Mistding wollte mich zerlegen. Das Fadenkreuz war verdammt neu, und es hat mir sogar gefallen, auch wenn ich keine Lust habe, als Ziel herhalten zu müssen. Aber im Prinzip ist es eine gute Idee, der beste Schütze bin ich nämlich nicht.« Er ging zu Doc Brown, der sich seinerseits in den medizinischen Analysecomputer eingestöpselt hatte und in die Luft schaute. »Was haben Sie herausgefunden?«

Der Arzt blinzelte und fuhr sich durch die Haare. »Das sind die Reaktionszeiten einer durchschnittlichen 3er-FSE«, er deutete auf einen roten Balken auf einem der Bildschirme, »und das waren Ihre Reaktionszeiten.« Ein grüner Balken überrundete den roten um fast ein Drittel. »Außerdem hat zwischen dem kleinen Kästchen und der FSE ein reger Datenaustausch stattgefunden. Soweit ich das erkennen konnte, gab die FSE die Sensorendaten an den Kasten, der übermittelte eigene zurück. Vermutlich die Zielerfassung, denn beim Snooper war lediglich die Reaktion erhöht.«

»Ist das denn die Möglichkeit.« Sparkplug schüttelte

den Kopf, während er die Linse weiter auf den Doc gerichtet hielt.

»Ja, aber es kommt noch besser.« Doc Brown kratzte sich mit dem Kuli am Hals. »Dieses Wunderwerk von ›DrakenSys‹ verlangte außerdem Inputinformationen über den zusätzlichen Ausgang. Wenn Sie mich fragen, haben Sie irgendeinen militärischen Prototyp im Kopf, und dieses Kästchen mit dem hübschen Chip macht auf mich den Eindruck eines taktischen Computers. Eine Erklärung, weshalb E. R. fast allen Cyberkrempel aus dem Schädel geholt hat, wäre der hohe Essenzverlust, ausgelöst durch diesen Prototyp.« Er schaute ihn ernst an. »Mit anderen Worten: Sie sind für den, wer immer Sie auch haben möchte, unbezahlbar.«

Der Elf fiel auf den Hocker. »Drek, verfraggter.«

»Ich mache uns einen Tee?« Der Arzt stand auf und erhitzte Wasser über einem Bunsenbrenner. »Das entspannt.«

»Frag auf den Tee. Ich will lieber einen Whiskey«, meinte Sparkplug leise und ließ die Kameralinse herunterhängen. »Oder haben Sie medizinischen Alkohol da? Blind kann ich ja nicht mehr werden.«

Eine halbe Stunde später herrschte Hochbetrieb in der Praxis von Doc Brown. Cauldron, Twing und der verletzte Ultra kehrten zurück.

Der Mediziner machte sich sofort an die Arbeit. Dem Troll verpasste er eine schmerzstillende Injektion und begann mit größter Sorgfalt, die Schrotkügelchen aus den Wunden zu pulen.

Die junge Magierin war immer noch bewusstlos, das Gesicht totenbleich. Der Troll hatte sie auf eine Liege gebettet, bevor er im Behandlungszimmer von den Projektilen befreit wurde.

Twing stand mit roten, tränenverquollenen Augen neben Sparkplug, der gerade das OP-Hemd gegen seine normalen Sachen tauschte. Der abgewetzte, schrille Anzug, der ziemlich schäbig wirkte, schlackerte um ihn herum. Die ausgelatschten Turnschuhe vervollständigten den verheerenden Eindruck, den man von dem Elf in diesem Outfit bekam.

Sie erzählten nacheinander, was alles passiert war, dann nahm der Elf die Mechanikerin in die Arme, die sofort wieder anfing zu weinen. Sie saßen fast eine Stunde schweigend nebeneinander und hielten sich fest.

Ultra kam herein, über und über mit kleinen Verbänden und Pflastern bedeckt, der Mediziner hinterher. »'s geht wieder, Chummers«, sagte er leise. »Ich hatte riesiges Glück, meint der Doc, dass ich'n Troll bin.«

»Diese Spezies hält unheimlich viel aus«, bestätigte der Mann, dessen ehemals weißer Kittel dunkelrote Flecken aufwies. »Ich gehe mich schnell umziehen. Die Behandlung hat auch an mir Spuren hinterlassen.« Er verschwand in einem Nebenraum.

»Hustle ist tot, Bullet ist tot, mich jagt Cyberdynamix, und nebenbei arbeiten wir jetzt auch noch für Fuchi«, seufzte der Rigger. »Was glaubst du, werden sie mit mir anstellen, wenn sie erfahren, dass ich das Teil eingebaut habe?«

»Ausbauen«, meinte der Troll anstelle der schniefenden Mechanikerin. »Is nur die Frage, ob du's überlebst.«

»Vielen Dank, aber das kommt für mich nicht in Frage«, wehrte der Elf ab.

»Welche Möglichkeiten haben wir denn noch?«, fragte Twing verzweifelt. »Ich will nicht die nächsten Jahre damit verbringen, immer auf der Flucht vor den ADLs, LoneStar und vielleicht noch Fuchi zu sein. Es ist dann nur eine Frage der Zeit, wann uns einer von ihnen erwischt.« Sie nahm Sparkplugs Hand. »Wir können nicht gegen so viele Parteien antreten. Wir haben es kaum geschafft, als wir noch ein intaktes Schattenläuferteam waren. Bitte, geh zu Fuchi, dann wird alles gut.« Der Rigger zog die Hand weg. »Hellmann wird mit LoneStar reden. Cyberdynamix hat keinen Grund mehr, uns zu jagen, und wir haben unsere Ruhe. Bitte«, flehte sie, »das ist alles zu viel für uns.«

»Glaubst du wirklich, Fuchi lässt mich am Leben?« Der Metamensch schüttelte den Kopf. »Die haben ebenso wenig Ahnung von diesem Prototyp wie Brown, also werden sie das Ding rausnehmen, damit nichts daran kaputtgehen kann. Das kann das Ende meiner kleinen, grauen Zellen bedeuten, und darauf habe ich keine Lust. Wenn überhaupt, müsste ich mich Cyberdynamix stellen, aber das kommt nicht in Frage.«

»Wie wird es also weitergehen?« Twing fuhr sich mit beiden Händen durch die blauen Haare.

»Hard 9335«, rief Ultra plötzlich. »Genau, das war's! Hard 9335.« Die anderen beiden schauten ihn verwundert an. »Das war's Nummernschild des Saab, in dem die Typen weggefahr'n sind.«

»Na also, eine Spur«, freute sich Sparkplug. »Ruf Hotwire an und sag ihm, er soll nachschauen, wem der Wagen gehört und wo er wohnt.«

»Anschließend statten wir ihm einen kleinen Besuch ab, den er nicht überleben wird«, kam eine tonlose Frauenstimme von hinten. Cauldron war erwacht und hatte sich aufgesetzt. Die Magierin betrachtete ihre Hände, an denen noch das getrocknete Blut von Bullet klebte. *Dafür werden sie sterben.*

All ihre Pläne, die Zukunft mit dem Samurai, der Ausstieg aus dem Läuferdasein, hatten sich aufgelöst. Etwas in ihr war zerbrochen und hatte tödlichen Hass freigesetzt.

Twings erster Impuls war, hinüberzugehen, ihre Freundin in den Arm zu nehmen und zu trösten. Aber als sie den eiskalten Gesichtsausdruck im bleichen Gesicht sah, verwarf sie das Vorhaben schnell wieder.

Ultra stand am Telefon und sprach mit dem zwergischen Decker, nickte dabei viel und machte immer wieder nur ›Aha‹ und ›Hm‹.

»Hotwire sagt, wir hätten ein Problem«, informierte er die anderen drei, während er die Sprechmuschel am Comgerät zuhielt.

»Was denn noch?«, zischte Cauldron wütend. »Reicht der ganze Bullshit denn nicht?«

Sparkplug richtete die Linse erstaunt auf die Magierin. »Du fluchst ja«, kommentierte er den Ausbruch der Frau, die nur abwinkte.

»Er meint, LoneStar hätt'ne Belohnung auf Sparkplug ausgesetzt. Sie bieten 5000 Nuyen für den Copkiller, und ein Unbekannter hat in Shadowland zusätzlich 'ne Prämie von 30000 Nuyen auf dich ausgesetzt. Da sind ein paar Leute in Aufregung geraten.«

»Wie geht's seinen Kollegen?«, wollte Twing wissen. Ultra fragte nach.

»Der eine hat einen bleibenden Dachschaden, dem anderen ist das Hirn bis unter die Decke gespritzt«, gab er die Antwort weiter. »Hotwire hat ein persönliches Interesse daran, den Fuchis eine reinzuwürgen.« Er lauschte kurz. »Das Fahrzeug, dieser Silbersaab, ist zugelassen auf ›Generalis Im- und Export‹, die Adresse lautet Madison Square 1245.«

Wortlos sprang Cauldron von der Liege und ging in Richtung Tür. »Kommt jemand mit?«

»Ich habe noch die Karte von Hellmann«, schlug Twing hastig vor. »Wir könnten sie anrufen und Fuchi die Sache erledigen lassen. Was haltet ihr davon?« Hoffnungsvoll sah sie in die Runde.

Doch Cauldron und Bullet schüttelten nur den Kopf. Auch Sparkplug stimmte der Idee nicht zu.

»Es ist etwas Persönliches«, sagte die Magierin lakonisch.

»Und was ist, wenn sie ahnen, dass ihr kommt?«, wandte die Mechanikerin ein.

»Es wird ihnen nichts nützen«, versprach Cauldron tonlos. »Ich habe noch zwei Dienste bei Elementaren ausstehen, und die werde ich notfalls einfordern, egal, ob LoneStar mich dann mit seinen Hermetischen wegputzt.« *Bullet ist tot, was soll's also.*

Der Rigger wollte sich erheben, doch der Troll drückte ihn zurück. »Du hältst hier die Stellung, Chummer.«

»Einen verfraggten Drek werde ich«, schimpfte der Elf, »mit der neuen FSE bin ich schneller als alle anderen da draußen.«

»Und auf deine Visage sind 35 000 Nuyen ausgesetzt«, erinnerte ihn Ultra. »Was glaubt du, wie weit wir mit dir auf der Straße komm'n, hä? Du kurierst dich aus, damit wir'n echt ausgeruht'n Rigger hab'n. Lass dir die Cyberaugen einsetz'n. Das Kabel aus der Birne sieht scheiße aus.«

»Ich fahre euch.« Twing ergab sich seufzend in ihr Schicksal und stand auf. »Ich habe Cynthia umlackiert und einigermaßen repariert.«

In dem Moment wurde die Tür geöffnet.

Doc Brown kam strahlend herein. Hinter ihm folgte eine den Schattenläufern vertraute Gestalt, dahinter ein junger Mann mit schwarzweiß gefärbten Haaren, gleichfarbigem Ziegenbärtchen und leuchtend violetten Augen, der einen großen Koffer in der rechten Hand trug.

»Hustle?«, rief der Troll ungläubig, dann hüpfte er auf den Ork zu und umarmte ihn. »Hustle lebt! Hustle lebt!«

»Aber nicht mehr lange, wenn du weiter so zudrückst«, beschwerte sich der Samurai mit verzerrtem

Gesicht und befreite sich aus Ultras Umklammerung. »Vorsicht, Quizhirn. Die Nähte und Brandwunden sind noch nicht verheilt. Habt ihr mich vermisst?«

Der Unbekannte hielt sich im Hintergrund, und begann eine Kamera auszupacken und die Szene zu filmen. Noch hatte keiner der Läufer seine Aktion bemerkt.

»Oh, Mann, tut das gut, dich zu sehen.« Twing begann wieder zu heulen und drückte den Ork. Sparkplug erhob sich ebenfalls und schüttelte dem Freund die Hand. »Wir haben dich fast aufgegeben, weißt du das? Wo warst du die ganze Zeit?«

Cauldron nickte ihm zu und schenkte ihm ein flüchtiges Lächeln.

»Ich war bei den MIB. Die haben mich verhört und wollten mich mit einem Messer zwischen den Rippen in der Kanalisation als Ghulfutter entsorgen«, erzählte Hustle, dem die Freude über das Wiedersehen deutlich anzusehen war. »Aber ein paar Ghuljäger, Piers und Jeroquee, haben mich zusammen mit Poolitzer rausgeholt und in die nächste Schattenklinik gebracht. Und hier bin ich.« Er schaute sich um. »Wo ist denn Bullet?«

Wortlos verließ Cauldron den Raum.

Die Mechanikerin warf einen schnellen Blick in die Runde. »Ich gehe ihr besser hinterher.«

Ultra schaute betroffen zu Boden, während die gute Laune bei allen schlagartig verflog.

»Es hat ihn erwischt?« Der Ork setzte sich. *Schöner Drek.*

»Ich mache uns einen Tee, dann erzählen wir alle, was passiert ist, und bereden den Schlachtplan in aller Kürze«, meldete sich der Arzt.

Keiner widersprach.

Poolitzer nahm den Finger vom Aufnahmeknopf und ließ die Fuchi sinken. »Tag zusammen.«

»Was filmst'n du da?« Der Troll kniff ein Auge zusammen und tippte auf das Objektiv. »Du bist doch der Typ aus der Glotze, der Barrensschleicher, der überall seine Nase reinsteckt?«

»Poolitzer, FNS«, stellte er sich vor und winkte ein wenig unsicher. Das Gerät brachte er schnell außer Reichweite von Ultras dicken Fingern.

»Du hast uns doch eben nicht wirklich gefilmt, oder?« Hustles Gesicht zeigte eine Spur von entnervtem Unverständnis.

»Klar. Das gehört zu meinem Job«, antwortete der Reporter aufrichtig. »Außerdem bin ich damit der Erste, der den gesuchten Copkiller gefunden hat. Lust auf ein Exklusivinterview? Das würde mich beim Sender richtig nach oben bringen.«

Der Rigger schwenkte das Kabel mit der Minikamera auf Poolitzer. »Drek, bist du bescheuert? Sind wir etwa live drauf?«

»Nein, nein. Keine Angst. Ich bin nicht live. Dann wären wir schon lange nicht mehr alleine in der Klinik. Wie steht's jetzt mit dem Interview?«

Ultra machte einen Schritt in Richtung des Reporters und grabschte nach der Kamera. »Du wirst mich nich filmen, Snoop.«

Poolitzer brachte die Liege mit Sparkplug zwischen sich und den Troll, der unbedingt an die CD mit den Aufnahmen wollte.

Bevor im Kampf um die Aufzeichnungen wichtige Apparate der Klinik beschädigt wurden, schaltete sich Hustle ein.

»Ultra, lass ihn. Er hat mir zusammen mit den anderen das Leben gerettet.«

»Er soll mich nich filmen.« Der große Metamensch blieb stur wie ein kleines Kind.

»Ich mache einen Vorschlag.« Poolitzer setzte ein nettes Lächeln auf, das ihn aber wegen der violetten Kontaktlinsen wie einen Verrückten aussehen ließ.

»Ich begleite euch von jetzt an bei all euren Unternehmungen. Dafür verrate ich nichts, bis die Sache ausgestanden ist. Wenn er es wirklich nicht war, ist das für euch kein Problem und für mich die bisher größte Story, die ich in den Schatten hatte.« Dass er den Cops bereits die Identität des Elfs verraten hatte, verschwieg er lieber.

»Das glaube ich dir aufs Wort.« Sparkplug musterte den Reporter von oben bis unten. »Du hast gute Beziehungen zu den Stars, richtig?«

»Das ist vielleicht etwas übertrieben«, schwächte Poolitzer ab, weil er nicht genau wusste, worauf der Rigger hinauswollte. »Aber ich kenne den ein oder anderen. Weshalb?«

»Wir bräuchten ein paar Infos aus den Akten über Hellmann. Hinweise, Obduktionsberichte oder andere Dinge, die uns weiterhelfen könnten.« Sparkplug hielt seine Minikamera auf den Mann gerichtet. »Wenn du das schaffst, bist du dabei, Snoop.«

»Hellmann? Wer soll denn das sein? Der Name ist bisher nicht in den Ermittlungen aufgetaucht«, überlegte Poolitzer laut. »Gibt es eine Verbindung?«

»Mann, Hellmann is Doc E.R.«, half Ultra gelangweilt und legte die verölten, gelben Haare glatt, um das Horn besser zur Geltung zu bringen. Die Ohrringe klingelten leise. »Aber nur bei Cyberdynamix. Bei Fuchi hieß er Brightman und in den Schatten E.R. Aber in Wirklichkeit hat er bei Cyberdynamix spioniert, in der ADL.«

Der Reporter hing dem Troll gebannt an den Lippen. »Ich habe kein Wort verstanden. War E.R. etwa Deutscher?«

»Jepp«, machte Hustle und setzte sich. »Das erklären wir dir jetzt alles in Ruhe, und danach sagst du uns, was die Stars in der Zwischenzeit herausgefunden haben und wie sie Sparkplug finden wollen.«

Doc Brown balancierte ein Tablett mit Teegläsern und eine dampfende Kanne ins Zimmer. »Teatime, Herrschaften.«

Während der Mediziner das heiße Getränk ausschenkte, berichtete Poolitzer in aller Kürze von E. R.s Obduktionsbericht. Dann führte er mit Hilfe der kopierten CD die Aufnahmen vor, die er damals in der Klinik geschossen hatte.

Als die Stelle mit den MIBs kam, verkrampfte sich der Ork.

»Das sind die Typen, die Noomy und die anderen erledigt haben«, knurrte er. »Der Anführer hat sich Smith genannt. Halt mal das Bild an.« Der Reporter gehorchte. »Kennt den jemand?« Hustle tippte auf den breiten Anführer der Anzugträger. Alle schüttelten den Kopf.

»Bei mir war auch ein Arsch im Anzug«, sagte Poolitzer. »Nur ist der hier nicht dabei. Der hat mein Studio in Everett in die Luft gesprengt.« Er beschrieb Gercke und den silbergrauen Saab Dynamit.

»Das ist die Sau, die Bullet umgenietet hat«, brüllte der Troll.

Doc Brown zuckte zusammen, sein Glas fiel zu Boden und zerschellte.

»'tschuldigung.« Ultra sah betreten zu Boden. »Ich war nur so aufgeregt.«

»Vielen Dank.« Sparkplug hielt sich das rechte Ohr zu. »Jetzt bin ich auch noch taub. Wir haben aber vermutlich eine Spur zu dem Typen. Der Kleine«, er nickte zum Troll hinüber, »hat sich die Nummer des Saab gemerkt.«

Poolitzer sah schweigend zu dem Metamenschen, der einem schimpfenden Doc Brown beim Aufheben der Scherben half. »Stimmt die Nummer auch wirklich?« Er klang nicht überzeugt.

»Sie gehört zu einer Import-Export-Fima, der wir

demnächst einen Besuch abstatten werden«, erklärte Hustle. »Mach die Kamera startklar, wir wollten los.«

»Da bin ich aber gespannt.« Der Reporter legte eine neue Daten-CD in die Fuchi VX 2200 Manual und überprüfte die Ladezustände und Anschlüsse. »Wenn das wirklich Mr. Zensur ist, trete ich ihm persönlich ins Gehänge.« Klackend schloss sich das CD-Fach. »Mehrfach.«

Twing beobachtete ihre Freundin, die mit geschlossenen Augen auf der Tanzfläche stand, sich im Rhythmus der Musik leicht bewegend. Sie sang den Text der deprimierendsten Lieder lautlos mit. Seit einer Stunde verharrte sie so an einer Stelle, unmittelbar neben dem Subwoofer.

Die besorgte Mechanikerin verschwendete keinerlei Gedanken daran, dass sie mit ihrem Blaumann kaum in das Ambiente des *Dark Site* passte.

Niemand machte sie deswegen an. Selbst die Bedienung verlor kein Wort darüber, als sie der Frau mit den blauen Haaren das bestellte Getränk brachte. Zudem wusste sie, dass Twing zur Gruppe gehörte.

»Heute hat sie nicht die beste Laune«, meinte Cheryll und nickte zu der Magierin. »Hat sie immer noch keine Gelegenheit gehabt, mit ihm darüber zu sprechen?«

»Worüber?«, wunderte sich Twing.

»Ups«, machte die Bedienung schuldbewusst. »Habe ich da eben etwas verraten? Ich meinte den Heiratsantrag ihres Freundes.«

»Nein, das wusste ich«, log die Mechanikerin und verbarg ihre Bestürzung, indem sie so tat, als würde sie nach jemandem Ausschau halten. *Meine Güte, Bullet und Cauldron wollten heiraten?* »Es lief heute nicht besonders.«

»Das scheint in letzter Zeit häufiger der Fall zu sein«, bedauerte Cheryll und zog ab.

Kein Wunder, dass sie so reagierte. Ein Schauder überlief Twing, während sich ihre Aufmerksamkeit auf die tanzende Magierin richtete. *Verdammt, es tut mir so Leid für euch.* Sie bestellte einen Schnaps. *Auf dich, Bullet.*

Ruckartig stürzte sie den Alkohol hinunter. Als sie wieder aufschaute, stand ihre Freundin neben ihr.

Twing schob ihr den Stuhl hin. Cauldron setzte sich und wich dem Blick der Mechanikerin aus. Die Bahnen, die die Tränen in der weißen Schminke hinterlassen hatten, sprachen Bände.

Die Magierin suchte ihr Notepad heraus und warf es auf den Tisch. »Das ist ein Teil meiner beschissenen Bibliothek«, meinte sie zur Erklärung. »Weißt du, wie viel mich diese Sammlung an Zeit und Nuyen gekostet hat?« Sie ergriff das elektronische Gerät und beförderte es in hohem Bogen auf die Tanzfläche, wo es im Kunstnebel verschwand. »Wertlos.«

»Wertlos?«, echote Twing ungläubig, die den Flug verfolgte.

»Wertlos«, wiederholte Cauldron. »Hat mir mein Wissen genützt, als ich Bullet retten wollte? Er hatte Recht, ich war magisch niemals gut genug. Ich bringe diese deutschen Idioten um, und dann war es das für mich. Kein Läuferleben mehr, bevor noch mehr wegen meiner Unfähigkeit draufgehen. Lieber sitze ich als Kassiererin im Wal-Mart oder tanze nackt auf den Tischen.«

Die Mechanikerin schüttelte den Kopf, fühlte sich aber völlig hilflos. *Was soll ich nur sagen?*

Währenddessen begann ihre Freundin, die Kontaktlinsen von den Pupillen zu lösen. Danach griff sie in die Tasche ihres langen, schwarzen Mantels und legte einen silbernen Ring auf den Tisch.

»Bullet wollte mich heiraten«, sagte sie leise. »Und

ich habe mich nicht getraut, sofort ja zu sagen.« Eine Träne rann glitzernd über die Wange. »Jetzt ist es für immer zu spät, weil ich versagt habe.« Sie stützte sich auf die Kante und starrte auf den Ring, der im Licht schimmerte. »Was mache ich jetzt mit dem Ring? Ich könnte mir eine Kugel davon anfertigen lassen und sie mir durch mein bescheuertes, kleinmütiges Gehirn jagen.«

»Ich glaube nicht, dass das Bullet gewollt hätte«, versuchte es Twing vorsichtig.

»Und glaube nicht, dass Bullet gerne gestorben ist«, meinte Cauldron tonlos. »Wenn ich nur etwas konzentrierter gewesen wäre, würde er noch leben.« Sie löste den Blick und schaute sie mit ihren echten, grünen Augen an. »Und was ist, wenn mir das wieder passiert? Angenommen, ich bleibe Läuferin und versage beim nächsten Mal genauso jämmerlich?«

»Wenn du diesen Gedanken nicht los wirst, versagst du vermutlich zwangsläufig«, schätzte die Mechanikerin und legte ihre Rechte auf die Hand der Freundin. »Mach dir keine Vorwürfe. Mehr als es zu versuchen konntest du nicht.« Sie reichte mit der Linken ein Taschentuch hinüber. »Wir alle trauern um Bullet und werden ihn vermissen. Wir haben ihn gemocht.« Sie drückte sanft die Finger der Magierin. »Aber wir brauchen dich, Cauldron. Wir brauchen dich als Mensch, und wir brauchen dich, um Sparkplugs Unschuld zu beweisen. Ohne dich schaffen wir es nicht.«

Cauldrons Blick ruhte auf dem Gesicht der Frau mit den blauen Haaren, wanderte über die Tätowierungen an der Stirn und am Hals. Sie schien zu überlegen.

»Du hast damals im Auto gesagt, du würdest Sparkplug lieben«, begann sie unvermittelt. »Hast du schon einmal jemanden verloren, für den du so empfandest?« Die Mechanikerin verneinte. »Ich sage dir, es ist das Schlimmste, was einem zustoßen kann. Schlimmer als der eigene Tod.« Sie schaute zur Tanzfläche. »Viel schlimmer«, raunte sie abwesend.

Die Kälte, die von der Magierin ausging, machte Twing frösteln.

Cauldron bemerkte die Bewegung durch die Hand, die auf der ihren lag, und wandte sich ihrer Freundin zu. »Ich werde euch zunächst gegen jene helfen, die Bullet erschossen haben. Danach sehen wir weiter, ob ich mich so sicher fühle, dass ich größere Verantwortung übernehmen kann.«

Twing lächelte aufmunternd. »Du wirst es schaffen, Cauldron.«

Die Magierin tupfte sich mit dem Taschentuch die Tränen vom Gesicht und blickte die Mechanikerin ernst an. Sie nahm den Ring auf, drehte Twings Rechte um und öffnete sie.

Bevor die Frau mit den blauen Haaren ahnen konnte, was geschah, drückte ihr Cauldron das Schmuckstück in die Hand und schloss die Finger darum.

»Mach nicht den gleichen Fehler wie ich und warte so lange, bis es zu spät ist, Twing«, sagte sie bekümmert.

»Das kann ich nicht annehmen.« Ihre Freundin war von der Geste völlig überrumpelt. »Das ist dein Andenken an Bullet.«

»Du wirst den Ring annehmen. Sein Andenken trage ich in mir«, unterstrich die Magierin schwach lächelnd. *Wie könnte ich seinen Anblick vergessen?* »Ich würde gerne die Trauzeugin sein, wenn du einverstanden bist.« Sie erhob sich. »Ich gehe nur rasch in den Waschraum und lege Schminke nach. Ich bin gleich wieder da.« Cauldron verschwand im Nebel.

»Zwar nicht sehr subtil, aber nur das Resultat zählt«, sagte Cheryll an Twings Seite, und die Mechanikerin zuckte erschrocken zusammen.

»Belauschst du immer Unterhaltungen anderer?«

Die Bedienung sammelte die leeren Gläser ein. »Nur, wenn es sich um Leute handelt, die ich gut leiden kann.« Sie legte das leicht ramponierte Notepad der Magierin auf den Tisch. »Das wird sie vermutlich brauchen«, zwinkerte sie und ging zurück an den Tresen.

Die Magierin präsentierte sich wenige Augenblicke darauf in altbewährter Fasson, weiß geschminkt, die Augen mit schwarzem Kajal betont, die Flammenkorona loderte um ihre Pupillen. Überrascht schaute sie auf das Gerät und entfernte den Schmutz mit Hilfe des Taschentuchs. »Da hatte ich noch einmal Glück, was?«

»Es gibt eben noch ehrliche Finder«, antwortete Twing und schaute zum Tresen.

Cheryll hob grüßend ein Cocktailglas.

IX.

Seattle, Downtown, 29. 07. 2057 AD, 09.17 Uhr

Gercke schaltete die Musikanlage des Büros auf volle Lautstärke, schenkte sich zum Takt vom neuesten Maria Mercurial-Song ein Glas Cognac ein und setzte den frisch gereinigten H&K Hexenhammer zusammen. Liebevoll glitten seine Finger über die Einzelteile. *Effektivität ist das Einzige, was bei einer Waffe zählt. Effektivität und Eleganz.*

Das ganze Magazin auf die beiden Schattenläufer abzufeuern hatte mächtig Dreck im Rohr hinterlassen. Den Schalldämpfer, eine Kartusche, die innerhalb des Laufs montiert wurde, wechselte er vorsichtshalber gleich mit aus.

Auch wenn der Mann nicht zufrieden mit der Aktion vor dem *Salome's* war, hatte er jede Menge Spaß mit den beiden Typen gehabt, die sich freiwillig vor der Mündung des Hexenhammers aufgebaut hatten. Professorin Hellmann war ihnen zwar entwischt, dafür standen zwei Läufer weniger zwischen diesem verdammten Rigger und ihnen.

Und das Beste war nach der Meinung des Deutschen, dass diesmal Lugstetter schuld am Scheitern war. Dieser Kon-Etagentiger war nicht in der Lage, eine schwache Elfin in ein Auto zu schubsen. *Weichei.*

Der Mann grinste, als er an seinen fluchenden und schwitzenden Partner dachte, ließ das Magazin mit den Vollgeschossen einschnappen und die Ziellaser aufleuchten.

»Dakka, dakka«, sagte er leise, dann senkte er die automatische Schrotflinte und stellte die Musik leiser. Erst dann hörte er das Telefon an seinem Handgelenk läuten.

»Generalis Im- und Export«, meldete er sich.

»Ich bin's«, sagte Lugstetter unfreundlich. »Ich bin bei Jennings und seinen Leuten. Gib mir noch mal die Koordinaten von vorhin und die Nummer des Startfelds. Ich möchte hinterher so schnell wie möglich weg von hier.«

Der Hüne schaltete Lugstetters Laptop an, der vor ihm auf dem Tisch stand. Ein roter Punkt leuchtete auf dem eingeblendeten Stadtplan von Seattle auf.

»Die Koordinaten lauten Y 14/3, 11«, gab er durch, nachdem er einen Blick auf den Monitor geworfen hatte. »Das Signal steht immer noch und ist klar. Wir treffen uns am Flughafen, Eingang Nord, Tor 7, um 17.00. Mit der Route und der Starterlaubnis ist alles klar, die Frachtpapiere liegen dem Zoll vor. Das Startfeld ist Nummer 46.« Er konnte sich eine bissige Bemerkung nicht verkneifen. »Es geht, was mich anbelangt, alles in Ordnung.«

»Verstanden, Gercke.« Lugstetter unterbrach die Verbindung, ohne auf den Zusatz des Samurais einzugehen.

Ich bin gespannt, ob er es wieder versaut. Der Deutsche packte die Koffer und achtete nicht weiter auf den Laptop, auf dem sich der Punkt plötzlich bewegte.

Zwanzig Minuten später schlug der Türsummer bei ›Generalis Im- und Export‹ an.

Was soll denn das? Gercke betätigte die Sprechanlage vor dem Büroeingang. »Es tut mir Leid, aber wir haben heute nicht geöffnet, auch wenn der Portier Ihnen etwas anderes gesagt hat.«

Es summte wieder.

Gercke wurde misstrauisch, zog sein Jackett an, das Oberteil einer magisch veränderten Teilrüstung, und aktivierte das Smartlink, als er den Griff des Hexenhammers umfasste. *Dann wollen wir mal nachsehen.*

»Wir haben geschlossen, Sir. Machen Sie bitte telefonisch einen Termin aus«, rief er und stellte sich seitlich an die Wand, um den Vorraum des Büros im Auge zu behalten. *Wer kann das sein?*

Zufällig fiel sein Blick auf den Bildschirm des Laptops, auf dem der rot leuchtende Punkt gewandert war.

Das Signal stand klar und deutlich genau in diesem Gebäude.

Gercke fluchte, setzte die Adrenalinpumpe in Gang und schaltete den Schmerzeditor ein. *Ihr wollt also herausfinden, ob ihr gut genug seid? Da werde ich euch aber enttäuschen müssen.*

Er überlegte, ob er ohne Vorwarnung durch die Tür feuern sollte, als etwas leise am Fenster schabte.

Die Reflexbooster traten in Aktion.

Blitzartig wirbelte der Samurai herum und feuerte dreimal durch das Glas auf die Gestalt im blauen Overall, die gerade mit einem der Fensterputzeraufzüge vor der Scheibe angehalten hatte. Scherben flogen durch die Luft.

Der entsetzte Mann warf schreiend das Fensterleder und den Gummiabzieher weg. Die Kugeln bohrten sich sauber dicht nebeneinander in den Oberkörper und ließen ihn gegen das Geländer prallen. Dann stürzte er rücklings über die Metallrohre und verschwand in der Tiefe.

Gleichzeitig krachte die Tür aus den Angeln. Ultra und Hustle stürmten aus allen Rohren feuernd das Büro.

Gercke erhielt eine Salve in den Rücken und fiel gegen den Tisch, ohne ernstlich verletzt zu sein. Kurz entschlossen hechtete er über das Möbelstück in Deckung, während die Projektile um ihn herum einschlugen.

Euch zeig ich's.

Er schnappte sich das Magazin mit den Mikrogranaten vom Tisch und wechselte die Geschosse aus. Ein tiefes Durchatmen, dann rollte er sich seitlich über die Schulter ab und ging in die Hocke.

Die Thermalsicht signalisierte ein verdecktes Ziel im Vorraum, und Gercke zog durch.

Die Mikrogranate schlug in die Wand ein und riss ein Loch von der Größe eines großen Fernsehers, durch das er das verdutzte Gesicht des Trolls sehen konnte.

»Du überlebst nicht noch mal, Troggy.« Wieder zuckte der Zeigefinger, doch ein harter Gegenstand flog von schräg rechts unten an den Lauf des Hexenhammers. Die Granate jagte in die Decke, wo sie die Neonlampen und Stromleitungen zerfetzte.

Hustle kam hinter dem Sessel hervorgeschnellt, von wo er den Aschenbecher geschleudert hatte, und entlud die Ares Predator auf den Deutschen, der nur wenige Sekundenbruchteile brauchte, um sich hinter die nächste Deckung zu werfen.

Der Hexenhammer schickte eine weitere Granate auf die Reise, und der Sessel, in dem Lugstetter so gerne gesessen hatte, verteilte sich im ganzen Raum.

»Das ist der Typ, der mein Studio weggeblasen hat«, rief eine dritte Stimme. »Macht ihn fertig. Ich warte hier so lange.«

»Halt die Schnauze, Poolitzer«, herrschte ihn der Ork aus seiner Deckung an.

Gercke nahm einen kleinen Handspiegel aus der Jackeninnentasche und hob ihn vorsichtig über den Stahltisch. Er sah, wie sich Hustle erhob und zum Sprung bereitmachte.

Der Deutsche richtete sich auf und visierte den überraschten Ork an, der stehen blieb, als ob er an der Situation so etwas ändern könnte. Der rote Kreis der Ziellaser umgab seine Nasenspitze.

»Ciao, Meta«, grüßte der Samurai lächelnd.

Dumpf pfeifend sauste Ultras Streitaxt, eine auf den Troll angepasste Wallacher, heran und durchtrennte sauber den rechten Unterarm des Cyberdynamix-Mitarbeiters.

Die automatische Schrotflinte polterte zu Boden, und Gercke starrte fassungslos auf den blutspritzenden Stumpf.

»Guter Wurf«, lobte Hustle schwitzend und gab dem Samurai mit einem gezielten Schuss den Rest, bevor der Gegner wieder aktiv werden konnte.

Ultra griente. »Ich wusste für'n Moment nich, ob ich'n treffen würde.« Putz rieselte von der Decke, dann krachte eine Neonlampenfassung herab. »'s is besser, wenn wir uns schnell umseh'n, sonst fällt uns alles auf den Kopf. Ich hab die Wette übrigens gewonn'n, oder?«

»Ja. Er hat tatsächlich den Fensterputzer erschossen, ich fasse es nicht.« Der Ork stieg über den Toten und hob die Waffe auf. »Das Zuckerstück lassen wir aber nicht hier.«

»Der Mann is inzwischen bestimmt unten aufgeschlag'n«, mutmaßte der Troll und begann die Waffen und Munition aus dem geöffneten Stahlschrank in einen Seesack zu packen. »LoneStar is garantiert im Anmarsch.«

»Keine Angst. Cauldron wird sie uns vom Leib halten.«

Poolitzer streckte vorsichtig den Kopf herein. »Mann, wenn ich daran denke, dass ich den Fensterputzeraufzug nehmen wollte.«

»Das wäre keine gute Idee gewesen«, stimmte der Ork zu. »Hast du alles im Kasten oder sollen wir die Szene noch mal machen?«

»Du hast ja richtig Humor.« Der Reporter stieg über die Trümmer, während er mit der VX 2200 alles einfing.

Hustle warf einen Blick auf den Laptop, der die Ballerei wie durch ein Wunder unbeschadet überstanden hatte. Nachdenklich verzog er das Gesicht. »Das ist doch eine Straßenkarte von Seattle, oder?« Er drückte die Entertaste.

Der Computer vergrößerte den Ausschnitt, in dem ein roter Punkt leuchtete. »Frag, das ist doch genau hier.« Er betätigte die Option ›Audio‹, aber es war nichts zu hören.

»Vielleicht ist es kaputt?«, vermutete Ultra, dessen Stimme in diesem Moment über die Lautsprecher des Laptops kam.

»Drek, was ist das denn?«, entfuhr es Hustle. Auch seine Äußerung tönte zeitgleich aus den Boxen des Computers. Er drückte die Vergrößerungstaste und bekam einen Gebäudeplan auf den Bildschirm, in dem der Punkt markiert war.

»Mir kommt da ein Verdacht«, flüsterte der Ork. Gehorsam gaben die Lautsprecher die leisen Worte wieder.

Hustle ging zur Tür und im Büro hin und her, während sich der rote Punkt ebenfalls auf dem Gebäudeplan scheinbar ziellos umherbewegte.

Poolitzer hörte auf zu filmen. »Das ist ein nettes Spionageprogramm. Das benutze ich auch. Du staffierst dein Ziel mit einer Wanze aus, die artig sendet, wohin du gehst und was in der Nähe gesagt wird. Aber das hier ist Oberligastoff, ziemlich teuer, würde ich sagen. Via Satellit.« Er sah den Ork an. »Und so wie es aussieht, haben sie dich bei irgendeiner Gelegenheit mit dem Anhängsel bedacht. Shit, dann wissen sie auch, dass du bei Doc Brown warst und wo sich Sparkplug aufhält.« Poolitzer schluckte. »Verdammt. Sie wissen auch von unseren Nachforschungen.«

»Natürlich! Die MIBs haben mich verwanzt«, begriff der Samurai, der sofort sein Comgerät aktivierte und die beiden Frauen informierte. »Ich bin's, Hustle. Die MIBs haben mir eine Wanze angehängt. Sie wissen wahrscheinlich, wo Doc Browns Praxis ist.« Er hastete zum geborstenen Fenster. »Wir nehmen den Fensterputzeraufzug, kommen zu euch und dann nichts wie in die Barrens. Ich fürchte, sie wollen sich Sparkplug schnappen.«

»Sollten wir nicht erst mal herausfinden, wo die Wanze steckt?«, schlug der Reporter vor. »Wenn der Laptop nicht das einzige Empfangsgerät für das Signal ist, brauchen sie immer nur schön dem lustigen Punkt zu folgen.«

Hustle überlegte fieberhaft. »Ich habe keinen Detektor. Du etwa?« Poolitzer verneinte. »Dann müssen wir es riskieren. Wo sie den Rigger finden, wissen sie ohnehin, und dahin werden wir jetzt auch fahren.«

Er rannte zum Fenster und stieg in die Fahrstuhlgondel, die bedrohlich ächzte und knarrte, als sich der Troll hinzugesellte.

Poolitzer schnappte sich den tragbaren Computer, schickte ein Stoßgebet gen Himmel und schwang sich hinaus zu den anderen Schattenläufern.

Seattle, Redmond Barrens, 29. 07. 2057 AD, 9.59 Uhr

Sparkplug zitterte am ganzen Körper und übergab sich lautstark zum vierten Mal in den bereitgestellten Eimer neben seinem Bett.

Doc Brown zog eine Spritze auf und injizierte den Inhalt in den rechten Arm des Riggers. Der Metamensch entkrampfte sich daraufhin ein wenig.

»Ich habe Ihnen gleich gesagt, dass es keine gute Idee ist, die Cyberaugen einzubauen. Die Solidität Ihrer Nervenbahnen ist bereits bis an die Grenzen des Möglichen belastet. Ein Wunder, dass sich Ihr Gehirn nicht sofort verabschiedet hat.«

»Warum fühle ich mich dann so?« Die Stimme des Elfs klang dumpf, weil sein Kopf direkt über der Eimeröffnung hing.

»Ihnen wurde nur schlecht, und der Kreislauf brach zusammen«, beruhigte ihn der Arzt. »Meines Erachtens nichts Ernsthaftes. Ich kenne Leute, die sind bei der Überlastung einfach gestorben. Sie können froh sein, dass ihr Körper so harmlos reagiert.«

Sparkplug spuckte aus und lehnte sich in sein Kissen. »Das war's. Mehr kann nicht mehr drin sein.« Er nahm das Fernsteuerdeck und stöpselte sich ein.

»In dieser Verfassung sollten Sie sich nicht hinters Steuer setzen«, mahnte Doc Brown und räumte den Eimer weg.

»Seien Sie ein netter Quacksalber und schalten Sie alle Drohnen an«, bat der Elf, die Anweisung des Mediziners ignorierend. »Ich möchte was ausprobieren.«

»Ich hole einen neuen Eimer, dann kann's gleich losgehen. Ich bin sicher, Sie werden kotzen wie ein Reiher, wenn Sie sich jetzt zu viel zumuten.«

»So ka«, erwiderte Sparkplug und schaltete das elektronische Gerät an.

»Der Eimer ist links vom Bett, und die Drohnen sind an«, meldete Doc Brown. »Ich bin im Büro und trinke einen Soykaf.«

Der Elf glitt in den Mikroskimmer und düste durch die Räume.

Gesteuert von seinem Willen, die Drohne vollführte Drehungen, Schrauben, wich Hindernissen erst in letzter Sekunde aus oder absolvierte ein atemberaubendes Kunststück nach dem anderen.

Sparkplug fühlte sich gut. Alle Anzeigen waren normal, der Strom der Batterie reichte für knapp vier Stunden, und er hatte alle Zeit der Welt – das redete er sich zumindest ein, sonst würde er in diesem Bett durchdrehen. Das komplette Team war wegen ihm im Einsatz, und er konnte nicht mit von der Partie sein.

Dabei kam er sich so schnell und gut im Umgang mit den Drohnen vor wie noch nie in seinem ganzen Leben.

Er hatte in der letzten Zeit mit einer Leichtigkeit harte Manöver absolviert, nach denen er gewöhnlich drei bis vier Biere brauchte, bis sich sein Puls wieder einigermaßen beruhigt hatte.

Dieses Ding in seinem Kopf, von dem wahrscheinlich nicht mal die Konstrukteure vermutet hätten, dass es wirklich funktionierte, stellte den reinen Turboboost für die kybernetischen Leitungen in seinen grauen Zellen dar, und das Einzige, was ihn noch mehr interessierte, war der Zusatzchip, vom dem Brown glaubte, dass es ein taktischer Computer sei. *Aber was sollte dann die Meldung über den Satellitenempfang?*

Inzwischen störte sich der Rigger nicht mehr an der automatischen Zielerfassung, sondern vermied es einfach, an den Feuerknopf zu kommen oder ein Signal an den Auslöser zu senden.

Die Außenmikrofone der Drohne registrierten plötzlich eine Unterhaltung aus dem Büro des Mediziners.

»Die anderen sind schon zurück?«, murmelte Sparkplug und flitzte per Mikroskimmer den Korridor hinunter in Richtung Arbeitszimmer. »Da bin ich aber gespannt.«

»… Sie ein kriminelles Subjekt bei sich verstecken«, sagte eine ruhige Stimme. »Wir werden über den Vorfall hinwegsehen und Ihre Klinik in Ruhe lassen, wenn Sie uns keine Schwierigkeiten bei seiner Verhaftung machen, Doc. Ich schätze, wir haben uns verstanden.«

»Aber nur, wenn Sie nichts davon publik machen«, zögerte Doc Brown. »Es würde ein schlechtes Licht auf mich werfen. Ich bin gezwungen worden, ihn zu behandeln.«

Sparkplugs Telefon, das auf dem Nachttisch neben ihm stand, klingelte.

Der Metamensch hob den Hörer nicht ab. Dafür hatte er jetzt keine Zeit. *Da scheint jede Menge Ärger im Anmarsch zu sein.*

Schritte bewegten sich in Richtung Bürotür. »Keine Angst. Wenn Sie nichts sagen, wir sagen auch nichts.«

Der Rigger flog mit der Hoverdrohne rückwärts und drückte das Fluggerät in eine dunkle Nische.

Wenig später passierten sechs sonnenbebrillte Anzugträger das Versteck und steuerten zielstrebig auf den Behandlungstrakt zu, während einer der Männer mit verschränkten Armen am Durchgang stehen blieb und die Umgebung musterte.

»Wie im CIA-Film«, murmelte Sparkplug und gab der Drohne den Stand-by-Befehl.

Er aktivierte den Snooper, um etwas von seiner Umgebung zu sehen, klemmte sich das Miniaturfahrzeug unter den Arm und ging in Richtung Müllschacht. Nur mit Mühe gelang es ihm, sich samt Drohne in den Schacht zu quetschen, durch den normalerweise organischer Abfall in die Kanalisation entsorgt wurde.

Die Sohlen der Turnschuhe stemmte er fest gegen die Wände, um nicht in der übelriechenden Kloake zu verschwinden, die schräg hinter ihm vorbeifloss.

Die Tür, so hörte der Metamensch, bekam einen Tritt und schwang auf.

»Er ist nicht hier«, sagte die Stimme von vorhin, in der eine Mischung aus Enttäuschung und Wut lag. »Agent Smyth, schaffen Sie mir den Doktor her. Die Übrigen durchsuchen das Zimmer.«

Das Telefon wurde abgenommen, und zu Sparkplugs Erstaunen meldete sich der Mann nicht nur mit ›Brown‹, auch sein Tonfall war auf einmal identisch mit der des Arztes.

Drek auf die Stimmmodulatoren, dachte der Elf.

»Oh, Doc. Gut, dass ich Sie erwische. Sie müssen sofort mit Sparkplug verschwinden. Die falschen MIB sind hinter euch her«, haspelte Twing aufgeregt am anderen Ende. Der Mann hatte anscheinend die Freisprechanlage eingeschaltet.

»Oh, das ist ja schrecklich«, imitierte der Mann Browns Aussprache. »Wir lassen alles stehen und liegen und treffen uns in dreißig Minuten bei den Puyallab-Barrens, Ecke 13. und 14. Ich kenne dort ein paar Leute, die uns in Sicherheit bringen werden.«

»Abgemacht«, sagte Twing erleichtert. »Und jetzt macht euch auf die Socken.«

Sie legte auf.

Die MIBs lachten leise.

»Die Herrschaften wären wir auch los«, kommentierte der Mann mit seiner natürlichen Stimme. »Sie scheinen Ihrem Freund einen Besuch abgestattet zu haben, Mr. Lugstetter, sonst wüssten sie nichts von unserem Aufenthalt hier.«

»Es scheint fast so«, stimmte der andere zu. »Es wäre bedauerlich, wenn ernsthaft Schaden entstanden wäre.«

»Mr. Gercke ist vom Fach. Er wird sich zu verteidigen wissen.« Etwas fiel scheppernd zu Boden.

»Ich rede nicht von diesem Anabolikahirn.« Der Samurai klang indigniert. »Ich meinte das Büro. Es war sehr teuer, und es ist sehr schwer, ein adäquates Gegenstück für ›Generalis Im- und Export‹ zu finden.«

Jammernd kam der Mediziner in den Raum. Agent Smyth schien ihn handfest zum Mitkommen überredet zu haben.

»Specialagent Smith, glauben Sie mir, ich weiß nicht, wo der Rigger ist. Er wollte mit den Drohnen üben und lag in seinem Bett.«

»Dann hat er sich wohl unsichtbar gemacht?«, schlug Smith freundlich vor. »Wenn Sie mich zum Narren halten wollen, Sir, dann wird das CIA Ihre Schattenklinik noch einmal besuchen, aber einen bleibenden Eindruck hinterlassen. Ich darf Sie an ihren Kollegen Brightman erinnern?«

»Ich weiß es wirklich nicht«, gab Brown unglücklich zur Antwort.

Ich komme mir vor wie in einem Hörspiel, dachte der Rigger. Wäre er dank des Snoopers und dessen Sensoren in der Lage, etwas zu sehen, hinderte ihn jetzt die Klappe daran. Andererseits schützte sie ihn vor den MIBs, und das war im Endeffekt mehr wert.

Er verlagerte sein Gewicht ein wenig.

Prompt rutschte sein rechter Fuß mit einem hässlichen Quietschen ab. Der andere Turnschuh glitt ebenfalls lautstark von der Wand, und der Elf verlor den Halt im Schacht.

Zähneknirschend ließ er den Snooper und das Fernsteuerdeck los, um sich mit einem Satz nach vorne zu katapultieren und am Rand der Röhre festzuklammern.

Das Miniaturfahrzeug rollte in die Tiefe und plumpste in die Kloake. Die Sensoren meldeten noch 20 Grad warme Flüssigkeit, dann gab der Snooper den Geist auf. Das Ende der Drohne bescherte dem Elf lediglich ein kurzes Ziehen rund um die Buchse. Die Feedback-Sicherung hatte gehalten.

Im Zimmer war es totenstill.

»Das sind die Ratten«, stotterte Doc Brown wenig überzeugend. »Die rennen im Schacht herum und hoffen auf eine kaputte Leber oder anderen organischen Schrott.«

»Das ist ja eine vertrauenswürdige Klinik«, meinte Smith. »Meine Herren, wir ziehen uns zurück. Vielleicht schnappen wir die anderen Schattenläufer. Früher oder später wird sich der Rigger dort melden.«

Ruckartig wurde die Klappe aufgerissen, kräftige

Hände schlossen sich um die verkrampften Unterarme Sparkplugs und zogen an.

Wie ein Rohrpostbehälter schnellte er aus dem Schacht, doch bevor er auf dem Fliesenboden aufschlagen konnte, hielten ihn die MIBs unter den Achseln.

Vor Sparkplug standen zahlreiche Männer in Anzügen. Specialagent Smith machte einen Schritt nach vorn und zog den Stecker, der den Elf mit dem Fernsteuerdeck verband, aus der Buchse.

»Wir wollen doch keine unangenehme Überraschung erleben, oder?« Das Gerät klapperte zu Boden.

Ein schummriges Gefühl breitete sich in Sparkplugs Kopf aus, das nur einen Sekundenbruchteil dauerte. Nun war er wieder so blind wie die ganze Zeit zuvor. Die Mikroskimmer-Drohne nutzte nichts mehr.

»Ja, das ist der Typ, der auf Hellmanns OP-Tisch lag«, sagte Lugstetter zufrieden. »Gute Arbeit, Specialagent Smith. Und nun sollten wir aufbrechen. Das Flugzeug wartet bereits.«

»Glauben Sie mir, Sparkplug, sie haben mich gezwungen«, jammerte Brown im Hintergrund.

Seine Bewacher setzten sich in Bewegung.

Der Elf ging folgsam mit. *Was soll ich auch groß tun?* Seine Freunde waren am anderen Ende von Seattle, er war blind und ohne Drohnen. *Die Jungs um mich herum haben Cyberware implantiert, dass sie es mit der ganzen verdrekten Nationalgarde aufnehmen können.* »Wo bringen Sie mich hin? Was geschieht mit mir?«

»Das erfahren Sie noch früh genug«, antwortete Lugstetter, der seine Waffe durchlud. »Doc?«

»Ja?«, der Mediziner kam ein paar Schritte den Gang hinauf. Dann ertönten drei schnelle Schüsse. Etwas Schweres fiel zu Boden.

»Nichts weiter«, meinte der deutsche Samurai gleichgültig. »Wir können den CIA-Kram jetzt sein lassen, Mr. Smith … ich meine natürlich Jennings. Sagen Sie Ihren

Jungs, sie sollen hier aufräumen, ungefähr in dem Stil wie bei Hellmann. Ich möchte keine Beweise hinterlassen. Und bringen Sie die Unterlagen von Sparkplug mit.«

Während die drei Männer mit dem Aufzug nach oben fuhren, sorgten die anderen Samurai für größtmögliches Chaos in der Klinik. Zum Abschluss deponierten sie in jedem Zimmer eine zeitgesteuerte Phosphorbombe. Dann verließen sie den Keller.

Sparkplug wurde auf eine Rückbank gezwängt, flankiert von Lugstetter und Jennings.

»Sir, wir haben da was auf dem Radar«, sagte der Fahrer. »Mehrere Fahrzeuge, die sich hierher bewegen.«

»Entfernung?«

»Ungefähr einen Kilometer in gerader Linie.«

Jennings stieg aus, gab ein paar für den Rigger unverständliche Befehle und kehrte in das Fahrzeug zurück. »Fahren Sie los.«

Der Wagen setzte sich in Bewegung und schoss die Straße entlang.

»Es ist ein Volkswagen Elektra, oder?«, fragte Sparkplug. »Die haben als Einzige das Problem mit den Stoßdämpfern. Außerdem ist der Anzug mehr als lächerlich. Wenn man eine BII-Batterie vorschalten würde, die nur den Saft für den …«

»Vielen Dank, aber wir benötigen Ihre Ausführungen nicht«, unterbrach Lugstetter. »So lange der Wagen fährt und wir sicher dort ankommen, wo wir hin wollen, soll es uns genügen, Mr. Sparkplug.« Er drückte ihm eine Brille in die Hand. »Das ist eine Sonnenbrille, setzen Sie sie bitte auf. Auch ohne ihre leeren Augenhöhlen sind wir schon auffällig genug.«

»Brich dir keinen ab, Chummer«, sagte der Rigger und setzte die Brille auf, »Sparkplug genügt vollkommen. Wie sehe ich aus?«

»Blind«, lachte Jennings.

Den Rest der Fahrt verbrachten die Männer schweigend. Lugstetter schenkte sich irgendwann etwas zu trinken ein, während der andere Samurai kurz vor dem Flughafen eine Meldung seines Teams erhielt.

»Es waren Kopfgeldjäger, die scharf auf die Prämie waren«, berichtete er. »Zwei meiner Jungs haben in den Asphalt gebissen, ein dritter wurde verletzt. Danach haben sie sich zurückgezogen, da der Gegner massive Magieattacken einsetzte. Dafür haben sie das Schattenläuferteam unseres Freundes hier abgegriffen.« Er notierte auf einen Zettel das Wort ›Bluff‹ und hielt es seinem Auftraggeber hin.

»So ist das Straßenleben«, sinnierte der Deutsche und nickte. *Raffinierter Schachzug. Der Rigger wird alles tun, was man verlangt.* »Man kann alles gewinnen und alles verlieren. Ihre Bezahlung erfolgt natürlich auf dem üblichen Weg, und bevor ich in das Flugzeug in die ADL steige, darf ich Sie etwas im Namen von Cyberdynamix fragen, Mr. Jennings?« Er leerte das Glas, die Eiswürfel klirrten gegen den Rand. »Möchten Sie zum festen Stab der Firma gehören? Wir bieten Ihnen ein Grundgehalt von 10000 Nuyen monatlich, zuzüglich einer Prämie nach Abschluss eines Auftrags.«

»Vielen Dank, aber ich lehne ab«, antwortete der Samurai. »Ich bevorzuge es, unabhängig zu sein.«

»Wie Sie möchten.«

Sparkplug konnte es nicht fassen. *Der Typ hat ein Angebot bekommen, wonach sich Hunderte von Läufern alle Finger ablecken würden, aber der Arsch lässt sichere 10000 Nuyen einfach so sausen.* »Sie müssen ja prächtig im Geschäft sein, Jennings.«

»Es sieht danach aus«, kam die amüsierte Antwort.

Der Elektra hielt an. »Wenn Sie in den nächsten Minuten Ärger machen, Sparkplug, werden Ihre Freunde einen jähen Gehirntod sterben, ausgelöst durch einen neun Millimeter großen Grund. Das ist meine erste und letzte Warnung. Jede Nicht-Kooperation wird bestraft«, verkündete der Deutsche.

Der Elf nickte schwach.

Lugstetter ließ die Seitenscheibe herab.

Der Lärm von startenden und landenden Flugzeugen drang in das Innere. Lautsprecher quäkten entfernt Durchsagen und Aufrufe.

Große Riggermaschine, was soll ich machen?, überschlugen sich die Gedanken des Elfs. *Aber was passiert, wenn ich einen Aufstand probe?*

Die Wache grüßte, Papier raschelte, ein SIN-Prüfer piepte ein paarmal.

Vor seinem geistigen Auge sah Sparkplug die mögliche Szenerie, die in einem Blutbad endete, wenn er den Wachmann aufmerksam machen würde. Und draufgehen wollte er nicht. *Zudem wären meine Chummer ebenso an der Reihe.* Twings Gesicht entstand in seiner Vorstellung. *Ich will sie nicht verlieren.*

Der Elektra rollte unbehelligt durch die Kontrollen.

»Wie immer ein Kinderspiel, wenn man die richtigen Leute kennt«, sagte der Kon-Mann zufrieden. Der Wagen fuhr wenige Meter und stoppte dann.

Sparkplug wurde von Jennings nach draußen befördert. Regen peitschte dem Rigger ins Gesicht, kleinere Sturmböen brachten seine zu große Kleidung zum Flattern wie Fähnchen. Der Samurai führte ihn die Gangway hinauf ins Flugzeug.

Leise Unterhaltungsmusik dudelte, es roch angenehm frisch nach Zitrone.

»Ich kann nicht sagen, dass es ein Vergnügen war, aber auf alle Fälle war es unterhaltsam, auf Sie und Ihre Kollegen Jagd zu machen«, verabschiedete sich Jennings von Sparkplug. »Ich werde Ihre Freunde nach Abschluss aller Maßnahmen freilassen, also immer schön daran denken, wenn Sie in den ADL sind: Anruf genügt, und alle Ihre Chummers sind tot.«

»Fall die Gangway runter und brich dir das Genick«, wünschte der Metamensch lautstark, während ihn jemand in einen weichen Sessel drückte und anschnallte.

»Einen Sekt, Sir?«, fragte eine weibliche Stimme, Parfümgeruch breitete sich aus.

»Wenn's geht, einen doppelten«, knurrte er. »Drek, ich kann noch nicht mal fernsehen während des Fluges.«

»Ein hartes Schicksal, Sir«, sagte die Stewardess freundlich und reichte ihm ein Glas. »Ihr doppelter Sekt.«

Sparkplug stürzte ihn mit einem Schluck hinunter. »Noch einen.«

Die Turbinen des Lear-Jets sprangen an.

»Wir können nicht länger auf Gercke warten«, befahl Lugstetter, der gerade aus der Pilotenkanzel kam. »Wir starten früher als vorgesehen.«

»Das wird auch nicht nötig sein«, meinte Jennings von der Tür. »LoneStar hat soeben seine Leiche im Büro gefunden, meldete der Polizeifunk. Das Schattenläuferteam hat ihn wohl erwischt. Auf Wiedersehen, Mr. Lugstetter.«

Die Schritte entfernten sich, und zu Sparkplugs Missfallen stürzte der Mann nicht die Metalltreppen hinab.

Der Eingang wurde geschlossen, die Außengeräusche drangen gedämpfter in die Kabine.

»Schade um die Cyberware.« Lugstetter setzte sich dem Elf gegenüber. »Cyberdynamix hatte viel Geld in Gerckes Ausstattung investiert. Außerdem stand mein Laptop im Büro. Sehr ärgerlich.«

»Scheint sich nicht gelohnt zu haben, was?« Der Sekt besserte Sparkplugs Laune. Und wenn er etwas sehen würde, hätte er dem aufgeblasenen Fritz direkt den Kopf vom Hals gerissen, das Flugzeug entführt und

Twing persönlich befreit, ungefähr in der Reihenfolge. »Also, was soll ich in den ADL? Kultur schnuppern?«

»Um den TA.K.C. 3000 aus Ihrem Schädel zu holen, benötigen wir unsere Spezialisten in Ingolstadt, die den Prototyp ohne Beschädigung Ihres Hirnes und unseres Computers ausbauen. Das Problem, so schätze ich als medizinisch-neurologischer Laie, ist, dass Professor Hellmann uns, was den Zusammenbau sowie die Kopplung der FSE und des taktischen Chips angeht, ein paar Schritte voraus war. Wir werden also einige Tests durchführen, bevor wir Sie auf den OP-Tisch schnallen«, erklärte der Deutsche. »Solche Untersuchungen können wir nicht in Seattle vornehmen, weil die Möglichkeiten begrenzt sind.«

»Ich darf das Baby richtig hochjubeln?« *Ich werde es zu Schrott fahren.*

»Bis es um Gnade winselt«, stimmte Lugstetter zu. »Und wenn Sie Glück haben, werden Sie als Testpilot angestellt.«

»Drek drauf. Ihr habt meine Freunde entführt, und nur deshalb mache ich bei dem Spiel mit«, begehrte der Rigger auf. »Und wenn alles vorbei ist, will ich zurück nach Seattle.«

»Sie haben mein Wort, Sparkplug«, versprach der Deutsche. »Sie werden zurückkehren – so oder so.«

Der Jet rollte auf die Startbahn, beschleunigte und hob ab. Der Flug der Maschine stabilisierte sich, und sie gewann schnell an Höhe.

»Was ist dieses Ding eigentlich?«, erkundigte sich der Elf, während er seinen dritten doppelten Sekt schlürfte und immer angetrunkener wurde. »Klingt sehr geheimnisvoll, Tack 2000.«

»TA.K.C. 3000. Genau weiß ich es auch nicht«, meinte Lugstetter. »Es hat etwas mit Ortungs- und Spionagesatelliten zu tun, die in der Umlaufbahn schweben. Dessen Daten werden irgendwie in den taktischen

Chip eingespeist und mit den Signalen der FSE abgeglichen. Sich in Zukunft effektiv in unzugänglichen Gebieten zu verstecken wird unmöglich sein.«

»Verfraggter Drek«, staunte Sparkplug und verschüttete vor lauter Überraschung seinen Sekt. »Das ist ja richtig unfair.«

»Alles andere werden Ihnen die Experten von DrakenSys erklären. Die sind zuständig für den militärischen Kram, also fragen Sie mich nicht weiter und genießen Sie …«

»Sagen Sie bloß nicht ›die Aussicht‹, sonst eskaliere ich«, drohte der Elf. »Warum vergisst eigentlich jeder, dass ich nichts sehe?«

Seattle, Puyallab Barrens, 29. 07. 2057 AD, 10.32 Uhr

»Weiß jemand, was Koniferen sind?«

»Das sind Meister ihres Faches«, meinte Poolitzer, während er die Kamera schulterte und einen Schwenk über die Gruppe machte, die in einer Seitengasse an der Kreuzung stand. »Also so etwas wie ich.«

Ultra prustete los. »Nee, Junge. Hier steht, dass Koniferen Nadelhölzer sind.«

»Das Wort, das die alte Fichte sucht, lautet Koryphäe«, bemerkte Cauldron grinsend. Poolitzer wurde rot.

»Das wusste ich«, log er und schlenderte zur Ecke, um die Szenerie abzufilmen. Die Kreuzung lag wie ausgestorben vor ihnen.

Cauldron betrachtete das Gesicht der Mechanikerin, auf dem sich die Sorge um Sparkplug deutlich abzeichnete. Unermüdlich kaute sie an ihren Fingernägeln, und als diese abgekaut waren, bearbeitete sie ihre Unterlippe. Beruhigend legte die Magierin ihre Hand auf die Schulter der jungen Frau und schenkte ihr ein Lächeln.

Doch die Geste bewirkte nichts, Twing führte sich auf wie ein unruhiges Tier.

»Bei dem ganzen Stress ist meine Vorbereitung auf ›Quizz it‹ beinahe ausgefallen«, ärgerte sich der Troll und scrollte die nächste Frage auf den Bildschirm des Palmtop. »Ist ein Delfin ein Fisch oder ein Säugetier?«

»Fisch«, sagte Hustle nach kurzem Nachdenken.

»Säugetier«, meinte Poolitzer überlegen.

Das Gesicht Ultras verfinsterte sich. »Die Batterien sind leer.«

»Allen freien Geistern sei Dank«, entfuhr es der Magierin.

»Wie komme ich jetzt an meine Antwort?«, beschwerte sich der Troll. »Wenn ich bei ›Quizz It‹ mitmache und die genau das wissen wollen, was tu ich dann?«

»Sag einfach, dass dein Computer kaputtging«, schlug der Ork vor. »Oder sag ›Fisch‹, das stimmt.«

»Dann fliegst du aber raus«, warnte der Reporter und kehrte zu den beiden zurück. »Ein Delfin ist ein Säugetier. Oder hast du mal einen Delfin mit Kiemen gesehen?«

»Ich habe noch niemals einen Delfin gesehen«, meinte Hustle genervt. »Die kommen ganz selten in den Barrens vorbei, weißt du? Wale sind Säugetiere, Delfine nicht.«

»Das war aber nicht die Frage«, beharrte Ultra.

»Das ist mir scheißegal«, brach es aus dem orkischen Straßensamurai hervor. »Ich weiß es aber.«

»Delfine gehören zur Familie der Wale«, ließ Poolitzer nicht locker, der die Niederlage mit der ›Koryphäe‹ ausmerzen wollte.

»Und was ist mit dem Walhai?«, wollte der Troll wissen. »Ich hatte gestern eine Antwort, die besagte, dass der Walhai kein Säugetier ist.« Er schaute fragend in die Runde.

»Äh«, machte Poolitzer, »ist das nicht ein Hai und kein Wal? Der frisst doch nur kleine Schwebeteile im Wasser, oder?«

»Quatsch!« Der Ork lachte siegessicher. »Alle Haie fressen Menschen und Fische. Du verzapfst Unsinn, Snoop. Wale hingegen sind friedlich.«

»Und was ist mit dem Killerwal?« Genüsslich betonte der Reporter das letzte Wort. »Meinst du, der heißt so, weil er alten Omas über die Straße hilft oder Pfadfinderkekse verkauft? Nein, mein Bester. Der reißt Tauchern den Arsch auf.«

»Tut er nicht.« Hustles Nackenmuskulatur spannte sich, er trat die Flucht nach vorne an. »Der Killerwal ist in Wirklichkeit ein Hai. Das haben sie in der Glotze gebracht.«

Poolitzer brach in schallendes Gelächter aus. »Ja, welcher Sender denn? Blöd-TV? Kanal Debil?«

»Was ist denn debil?«, wollte Ultra sofort wissen. »Das habe ich noch nie gehört. Für ›Quizz It‹ …«

Ein Blitzschlag knallte zwischen ihren Füßen nieder. Erschrocken sprangen sie auseinander.

»Haltet endlich die Klappe, Chummers«, sagte Cauldron mit mörderischem Blick. »Ihr macht mich wahnsinnig. Außerdem ist das momentan wirklich schnurz.«

Die drei Männer verzogen das Gesicht und schwiegen.

Poolitzer hustete, was entfernt nach ›Säugetier‹ klang, Hustle rülpste augenblicklich ›Fisch‹, aber mehr wagten sie nicht mehr.

Unglücklich, weil er immer noch keine Antwort erhalten hatte, hockte der Troll auf einem Müllcontainer und bohrte sich in der Nase. »Wenn ich wegen euch rausfliege, versohle ich euch den Hintern«, brummte er.

»Hey, er schafft das«, sagte die Magierin zu Twing. Sie bemerkte, dass ihre Freundin den Ring an einer

Kette um den Hals trug. »Er wird sich das Schmuckstück noch abholen müssen.«

»Ich glaube, ich besorge sofort einen Priester und lasse uns trauen«, antwortete die Mechanikerin leise und fuhr sich mit beiden Händen durch die blauen Haare. *Oder bringt die Absicht zu heiraten allen Unglück?*

Cauldron setzte sich neben sie, damit sie sich anlehnen konnte. Sie warteten schweigend. Poolitzer erneuerte die Akkus, Hustle erklomm die Feuerleiter und überwachte den Bereich vom Dach eines baufälligen Gebäudes aus.

Doch von Doc Brown und Sparkplug fehlte jede Spur.

»Mir langt's. Ich höre lieber mal nach.« Als Twing in der Schattenklinik anrief, kam sie zu allem Überfluss nicht durch. »Die Leitung ist tot«, raunte sie mit aufgerissenen Augen.

»'s is bestimmt was passiert«, prophezeite der Troll düster. »Man braucht nich so lange bis hierher.«

»Doch, braucht man«, widersprach Hustle von oben. »Die Barrens liegen zwar nicht am anderen Ende der Stadt, aber es ist fast ein kleines Wunder, dass wir rechtzeitig hier waren.« Er schaute zu Twing. »Keine Sorge, die schaffen das schon.« *Hoffe ich zumindest.*

Ein kleiner, gelblich leuchtender Ball erschien vor der Magierin und hüpfte aufgeregt.

»Da sind welche, Herrin, da sind welche! Sieben Stück, sie sind beim Doc und haben nach dem Rigger gefragt. Das war's. Mein Dienst ist beendet. Tschüs.« Der Watcher verschwand so schnell, wie er gekommen war.

»Das hat uns noch gefehlt.« Der Ork verließ seinen Aussichtspunkt.

»Ich gehe besser mal nachsehen, bevor wir falsche Schlüsse ziehen«, sagte Cauldron, lehnte sich in den Sessel und erschlaffte.

Es verging einige Zeit, bevor der Geist der rothaarigen Frau in den Körper zurückfuhr. »Die ganze Klinik brennt. Draußen ballern die MIBs auf irgendwelche Läufer, ein paar Magier decken die Samurai mit Sprüchen ein und hätten mich um ein Haar auch noch erwischt.« Cauldrons weißes Gesicht sah traurig aus. »Von Sparkplug fehlt jede Spur. Im Keller brennt es ebenfalls. Ich konnte nicht viel erkennen, weil mich der andere Magier bedrängt hat.«

»Du hättest ein Elementar anstelle eines Watchers abstellen sollen.« Twing sprang von der Ladefläche, klemmte sich hinters Steuer und startete den Motor, aber Hustle, der ihr Vorhaben erahnt hatte, würgte die Maschine ab.

Die anderen stiegen vorsichtshalber ein.

»Nein, wir werden nicht hinfahren und uns abknallen lassen. Denk nach, Twing. Das sind mehr, als wir uns derzeit zumuten können.« Der Orksamurai sprach ruhig, aber nachdrücklich. »Wir finden raus, wo sie sind, und befreien ihn.«

Poolitzer kramte sein Telefon hervor und begann ein leises Gespräch.

»Lass den Lenker los«, verlangte die Mechanikerin hysterisch, aber der Ork schüttelte den Kopf.

Ihre Augen wurden schmal, dann zuckte ihre Hand vor und klatschte in Hustles Gesicht. »Lass los!«, schrie sie.

Der Orksamurai schaute böse, sagte aber nichts, die kräftigen Finger umschlossen weiterhin das Steuer.

Als Twing mit beiden Fäusten auf ihn einschlagen wollte, griff Ultra ein und zog sie einfach nach hinten, hielt ihr die Arme fest und schüttelte sie ordentlich durch.

»Mann, hör doch auf. Hustle hat Recht.« Er ließ sie los.

Twing schluchzte und warf sich auf die Polster der

Rückbank. Sie stieß die Magierin weg, die sie trösten wollte.

Poolitzer klappte sein Telefon zu. »Okay, Kollegen, ich habe mich erkundigt. Das waren Kopfgeldjäger, die sich die Prämie unter den Nagel reißen wollten. Lone-Star hat inzwischen Wind davon bekommen und ist auf dem Weg zur Klinik.«

»Schöner Drek«, murmelte Cauldron. »Und nur zu deiner Information, Twing, ich habe keinen Dienst mehr übrig. Den Flammenelementar habe ich nach der Sache bei ›Generalis Im- und Export‹ auf die Cops gehetzt, schon vergessen?« Sie wandte sich an die anderen. »Also, ich bin dafür, dass wir Hellmann anrufen und ihr die Sache erzählen. Was bleibt uns denn anderes übrig?«

»Es wird das Beste sein«, stimmte der Ork zu, auf dessen rechter Wange rote Fingerabdrücke zu sehen waren. »Ich weiß nicht, was wir sonst tun sollten. Hotwire wird sich um den Laptop aus dem Büro kümmern, und wir überreichen die Ergebnisse der Elfin. Vielleicht kann sie uns helfen.«

»Ich bin ganz durcheinander.« Ultra knüllte verzweifelt seine Hauptmannsmütze. »In so 'ner Lage war'n wir noch nie. Ich leg mich mit 'ner Familienpackung Ganger an oder mach andere Kerls fertig, aber das is mir zu kompliziert.«

»Wer ist gegen den Plan?«, fragte die Magierin, aber keiner erhob Einspruch.

Die Mechanikerin setzte sich auf und wischte die Tränen mit einer linkischen Bewegung aus den Augenwinkeln. Poolitzer reichte ihr wortlos ein Taschentuch.

»Wir besuchen Hotwire. Oder soll ich lieber fahren?«, bot Hustle an.

Twing schaute trotzig, kletterte nach vorne und ließ den Motor an. »Es geht schon wieder.« Sie steuerte das

Fahrzeug auf die Straße in Richtung Zweitversteck des Deckers.

Aus dem Nieselregen wurde ein ständiger Strom. Die Wischblätter arbeiteten auf Hochtouren.

»Bitte entschuldige«, sagte sie nach einer Weile zu dem Ork. »Es ist nur so, dass ich mir große Sorgen um Sparkplug mache. Wenn ihm das Gleiche wie Bullet passieren sollte, werde ich den Rest meines Lebens nicht mehr froh.«

»Keine Sorge. Wir werden ihn rechtzeitig rausholen«, beruhigte Hustle. »Du wirst sehen, Hellmann wird uns weiterhelfen.«

»Hoffen wir das Beste«, bemerkte Cauldron spitz von hinten. *Ich habe das Gefühl, dass sich Fuchi nicht so anstrengt, wie es sein sollte.*

»Wir werden sehen. Hotwire wird den Laptop bis auf das kleinste Bit unter die Lupe nehmen. So bedeutungslos kann das Gerät nicht gewesen sein, und die Daten kann er sich kopieren. Wenn er Glück hat, sind es jede Menge Paydatas.« Hustle packte den Griff seiner Waffe. *Hoffentlich kommt uns kein Abfangkommando von Dynamix entgegen.*

»Auf die Schwester bin ich gespannt«, meinte der FNS-Reporter. Sein Jagdeifer war geweckt, auch die Nase juckte seit einiger Zeit vielversprechend. »Ich hätte Fuchi um ein Haar schon früher mit der Sache konfrontiert, aber dann kam dieses Muskelpaket und hat mein Studio als Warnung ...«, er schnaubte das Wort heraus, »... zerlegt. Mal sehen, was das Spitzohr so alles weiß.« *Und vor allem, was sie uns sagen wird.*

»Du wirst die Kamera brav zu Hause lassen«, empfahl der orkische Straßensamurai. »Sonst wirst du vermutlich keinen Fuß in die Arc setzen dürfen.«

»Ganz blöd bin ich auch nicht«, gab Poolitzer zurück und ordnete den schwarz-weißen Bart. »Dank meines phänomenalen Gedächtnisses werde ich mir alles merken können. Manche sagen sogar, ich hätte ein fotografisches Gedächtnis.« Er grinste breit, als ob er einen guten Witz gemacht hätte. »Keine Angst. Ich werde mir die Chance auf meine beste Story nicht versauen.«

Der GMC Bulldog rauschte über die regennassen Straßen. Die Scheibenwischer produzierten ein monotones, einschläferndes Geräusch, das Ultra und die Magierin eindösen ließ.

»Hattet ihr schon öfter mit Kons zu tun?« Der Reporter suchte den Behälter für die Kontaktlinsen und nahm die violetten Sehhilfen heraus, nur um sie gegen grünweiß-karierte auszutauschen. »Das ist echt eine verzwickte Sache, oder?«

Hustle schaute gedankenverloren geradeaus und tippte immer wieder gegen einen hervorstehenden Zahn, während Twings Sorge um ihren Elf wuchs.

»Hallo?«, versuchte es Poolitzer erneut. »Ihr müsst nicht mit mir reden, wenn ihr nicht wollt.«

Die Läufer blieben stumm.

Der Reporter resignierte seufzend und schloss die Augen. »Säugetier«, murmelte er.

Die Gedanken der Mechanikerin überschlugen sich. *Ein unbedeutender Spielball zwischen den Kons. Ein scheiß Gefühl. Bitte, große Riggermaschine, Sparkplug darf nichts geschehen.*

Die junge Frau mit den blauen Haaren unterdrückte die Tränen und stimmte Cauldron zu. Gerckes Ableben war nicht genug, nur Trinkgeld, sozusagen.

Jemand wird diese fette Rechnung, die wir offen hatten, komplett bezahlen. Und derzeit heißt dieser jemand Cyberdynamix.

X.

Seattle, Downtown, 30. 07. 2057 AD, 21.43 Uhr

Die getönten Scheiben des Großraumbüros verwandelten den Sonnenuntergang in ein atemberaubendes Spektakel aus unterschiedlichen Rot- und Gelbtönen. Das warme Licht durchflutete das Zimmer und überzog alle Gegenstände mit einem goldenen Schimmer.

Die silbrigen Haare der Elfin, die am Kristallschreibtisch saß, glänzten, reflektierten die Strahlen und verliehen der Metamenschin etwas Übernatürliches.

Während sie mit zusammengezogenen Augenbrauen den Bericht auf dem Computerdisplay las, saßen die vier Schattenläufer im Raum verteilt und warteten ab.

Ultra blätterte in einer Zeitschrift, die Mechanikerin hatte den Kopf in die Hände gestützt und starrte geistesabwesend auf den teuren Teppich.

Cauldron stand unbeweglich an dem riesigen Fenster und betrachtete die Skyline Seattles, die Arme hinter dem Rücken verschränkt. Poolitzer war vor etlicher Zeit auf die Toilette verschwunden und seitdem nicht zurückgekommen.

Hustle beobachtete interessiert die bunten Zierfische im Aquarium, das so groß war wie eine Badewanne für Trolle.

»Blubb, blubb. Fischi, Fischi, Fischi«, brabbelte er halblaut.

Neugierig schwammen die Tiere näher und glotzten den Ork an.

Nach zehn Minuten konnte er sich nicht länger beherrschen und tippte mit dem Zeigefinger gegen das Glas.

Erschrocken stoben die Fische nach allen Seiten davon, flüchteten sich ins Seegras oder tauchten zwischen den Gesteinsbrocken ab.

»Ich wäre Ihnen sehr dankbar, wenn Sie meine Lieblinge in Ruhe lassen würden, Mr. Hustle. Die Fische sind sehr schreckhaft und kostspielig. Außerdem fällt mir die Konzentration bei Ihrem Klopfen und Gemurmel sehr schwer.« Die Exec langte nach dem Glas, das einen 2037er Bordeaux enthielt. »Geben Sie mir noch ein bisschen Zeit, ich bin gleich so weit.«

Der Ork nickte schuldbewusst und setzte sich neben Ultra.

Ein Bediensteter brachte ein Tablett mit Getränken und reichte es herum. Im Schlepptau kam der Reporter, der sich gerade die nassen Hände an der Hose trocken wischte.

»Haste nich zielen können?«, fragte Ultra und gluckste dumpf.

»Ich habe mich in der Toilette verlaufen, so groß ist die«, berichtete Poolitzer grinsend. Die Smileykontaktlinsen schienen noch breiter zu lachen. »Deshalb hat es ein bisschen länger gedauert.«

Hellmann lächelte, schaltete das Display aus und lehnte sich in den komfortablen Sessel.

»Herrschaften, zurück zur Sache. Die Angelegenheit sieht für keinen von uns gut aus, wenn die Informationen aus Gerckes Laptop stimmen«, begann die Elfin. »Fuchi hat nicht nur meinen Bruder und damit einen exzellenten Wissenschaftler verloren, auch die Spionagearbeit der letzten Jahre war umsonst. Ein millionenteures militärisches Produkt wird von unserer Konkurrenz auf den Markt gebracht und unsere Aktien in den Keller treiben. Nicht nur, dass Fuchi immense Einbußen hätte, wir würden auch unser Gesicht verlieren.« Sie nippte äußerst elegant am Wein. Die Flüssigkeit leuchtete dunkelrot im Glanz der untergehenden Sonne. »Jahrelang hinkte Cyberdynamix unseren Forschungen hinterher, und auf einen Schlag präsentieren die Deutschen zusammen mit DrakenSys ein Gerät, das innovativer nicht sein kann. Eine peinliche Sache für unseren Kon, Herrschaften.« Hellmann schaute von einem zum anderen. »Jeder von uns hat zudem eine persönliche Rechnung mit Cyberdynamix offen, und deshalb hat die Geschäftsführung einen Entschluss gefasst: Wir werden Sie in die ADL bringen.«

»Wie soll das denn gehen?« Cauldron drehte sich um. »Ich kann kein Deutsch.« *Und das ist noch das kleinste Problem.*

Die Exec produzierte ein erprobtes Verhandlungslächeln. »Wir werden Sie alle einem Intensivtraining unterziehen, das Sie innerhalb eines Monats befähigt, sich auf fremdem Terrain zurechtzufinden. In der Zwischenzeit werden unsere Informanten herausgefunden haben, wo die Tests mit Ihrem Freund durchgeführt werden. Es mag vielleicht nicht sehr taktvoll klingen, aber der Umstand, dass der Prototyp von meinem Bruder verändert wurde, ist für Mr. Sparkplug lebensrettend. Und je länger die Cyberdynamix-Forscher benötigen, um hinter die Konstruktion zu kommen, umso mehr Zeit haben wir und Ihr Freund.«

»So wie Sie das sagen, hört sich alles sehr einfach an«, brummte Hustle, nahm Ultra wortlos die Zeitschrift aus der Hand und legte sie zurück auf den Tisch.

»Ja, aber der Text war gerade so spannend. Die hatten ein Kreuzworträtsel, das ich für meine Vorbereitungen …«, protestierte der Troll, schwieg aber, als er den Blick des anderen Straßensamurais bemerkte.

Hellmann ignorierte die Unterbrechung und nutzte die Gelegenheit, um vom Wein zu nippen. »Wenn wir Sie in die ADL schicken, hätte es für uns den Vorteil, andere nicht hineinziehen zu müssen und somit nicht zu riskieren, dass Fuchis Verstrickung in die Angelegenheit bekannt wird. Für Sie hätte es wiederum den Vorteil, dass Sie mit den Verantwortlichen abrechnen können. Wir erwarten, dass Sie sich wie Profis verhalten und uns die FSE sowie den Chip beschaffen. Von unserer Seite aus haben Sie bei Ihrer Vorgehensweise freie Hand, soweit der Auftrag erfüllt wird.«

»Und was passiert, wenn Sparkplug den Prototyp noch eingebaut hat, wenn wir ihn bei Cyberdynamix rausholen?«, wollte Twing wissen. »Garantieren Sie dafür, dass Sie sein Gehirn nicht beschädigen, wenn Ihre Wissenschaftler das Teil entfernen?«

Die Elfin schüttelte den Kopf. »So Leid es mir tut, aber eine Garantie kann ich Ihnen nicht geben. Allerdings glaube ich nicht, dass Cyberdynamix ein echtes Interesse daran hat, Ihren Freund am Leben zu lassen. Er wird vermutlich als Testkaninchen benutzt, ausgeschlachtet und hinterher entsorgt. Wir dagegen, Herrschaften, haben einen Deal. Und an Vereinbarungen halten wir uns.«

»Könnten wir uns darüber kurz beraten?« Die Mechanikerin schaute von einem zum anderen.

Hellmann erhob sich. »Aber sicher. Dafür habe ich größtes Verständnis. Sie finden mich draußen im Aufenthaltsraum, wenn Sie zu einem Entschluss gekommen sind.«

Die Exec verließ den Raum, und die schallgedämpfte Tür fiel ins Schloss.

»Ich mache auf alle Fälle mit, und wenn ich alleine zu den Deutschen muss«, fing Cauldron an, während sie ihre Spitzenhandschuhe nachzog. *Ich will den anderen Typen schnappen.*

»Ich weiß nicht so recht«, zweifelte Hustle und schenkte sich ein Glas Bier ein. »Wir kennen uns nicht in den ADL aus und sollen auch noch einen erfolgreichen Lauf hinter uns bringen. Glaubt ihr, dass wir gute

Chancen haben? Es ist immerhin ein Heimspiel für Cyberdynamix.«

»Andererseits rechnen sie nicht damit, dass wir kommen«, warf Twing ein. »Wir sind doch die einzige Chance, die Sparkplug hat.«

»Aber dass Fuchi jemanden hinterher schickt, dürfte dem Kon klar sein.« Der Ork unterdrückte ein lautes Rülpsen. »Einfach ist es bestimmt nicht, und auffallen werden wir dort drüben mit Sicherheit.«

»Wenn man euch so zuhört, dann könn'n wir's gleich bleib'n lass'n.« Ultra bohrte sich im Ohr. »Dabei ham wir viel härtere Sachen gemacht, wisst ihr noch? Und damals ging's nur um Kohle, jetzt hat's aber was mit Ehre zu tun. Die Säcke haben Bullet auf dem Gewissen und Sparkplug geschnappt. Was glaubt ihr denn, was mit unser'm Chummer passiert, wenn die Deutschen wiss'n, wie das Dings funktioniert, hm?« Er knickte den Stift in der Mitte durch. »Dann war's das für ihn, und wir müss'n uns dann Vorwürfe mach'n. Nee, ohne mich. Ich geh mit Cauldron.«

»Es stimmt schon, was er sagt«, erklärte Hustle. »Das sind wir ihm schuldig. Kommst du auch mit, Poolitzer?«

Der Reporter hatte die Unterredung wortlos verfolgt, das Kinn auf die Handfläche gestützt. Er überlegte. »Es sieht so aus, als ob ich den Rest meiner Story nur in den ADL zusammenbekomme, oder? Da wird mir nichts anderes übrig bleiben, als euch über den Teich zu begleiten. Vielleicht öffnet der Presseausweis ein paar Türen.«

»Die zum Ausgang«, schätzte Cauldron spöttisch. »Nein, im Ernst. Ich denke, dass wir dich gut gebrauchen können.« Die Magierin lächelte schwach. »Dann ist ja alles geklärt. Ich hole Hellmann.«

Die junge Frau verschwand. Ihre roten Haare wehten wie eine Fahne hinter ihr her.

»Sie is noch blasser als sonst«, flüsterte der Troll Hustle ins Ohr. »Ich mach mir Sorgen.«

»Ich hätte niemals gedacht, dass der Tod von Bullet ihr so nahe geht. Wenn ich mich erinnere, wie sie sich immer angeschrien haben.« Der Samurai legte die Stirn in Falten.

»Die Sache war ernster, als wir alle geglaubt haben«, erklärte Twing. »Ich habe mich mit ihr im Club darüber unterhalten. Sie wollten heiraten.«

»Oh, Shit«, stöhnte der Ork auf. *Jetzt wird mir so einiges klar. Ich hoffe, sie ist Profi genug, um sich im Griff zu haben.*

Die Tür öffnete sich, die Exec und Cauldron kamen zurück.

»Ich habe Ihre Entscheidung mit Freuden vernommen«, strahlte die Elfin. »Wir werden umgehend mit dem Training beginnen, damit Sie Ihren Freund in Kürze zurückholen können. Und ich mache Ihnen einen zusätzlichen Vorschlag. Als Ausgleich dafür, dass Cyberdynamix meinen Bruder getötet hat, möchte ich, dass Sie so viele Einrichtungen dieses Kons wie möglich in die Luft jagen.« Ihre schlanken Finger tippten auf die Tastatur ein. »Sie erhalten von mir pro zerstörtem Labor, Büro oder etwas in der Art 20000 Nuyen zusätzlich. Treffen Sie die Deutschen dort, wo es Ihnen richtig wehtut, Herrschaften.« Sie hob ihr Rotweinglas. »Auf Ihre Mission. Kommen Sie lebend und mit dem Prototyp zurück.«

Ein Mann in Geschäftsanzug mit aalglatten Gesichtszügen und durchschnittlicher Figur trat ein.

»Das ist Mr. Herberts. Er wird Sie durch das Spezialtraining führen. Mich sehen Sie wieder, wenn Sie aus den ADL zurückgekehrt sind. Eine kleine Motivation habe ich außerdem für Sie.« Hellmann steckte eine Hand in die Tasche. »Nach einer Unterredung mit ein paar einflussreichen Leuten hat LoneStar sich dazu entschlossen, nach den neuen Verdächtigen in diesem Fall zu fahnden. Die Männer werden außerdem wegen Amtsanmaßung gesucht. Die CIA wurde bereits benachrichtigt.«

»Na, da kommen wir doppelt so gerne zurück«, erwiderte Hustle grinsend.

Der Mann deutete eine leichte Verbeugung an. »Kommen Sie bitte mit. Wir werden Ihre Sachen von zu Hause abholen und morgen mit der Einweisung beginnen.«

»Isser gut?«, fragte Ultra die Elfin leise.

»Glauben Sie mir, Sie werden hinterher denken, Sie wären in den ADL zur Welt gekommen, Mr. Ultra«, antwortete Hellmann augenzwinkernd. »Viel Spaß. Ach ja, Mr. Poolitzer.« Sie sah dem Reporter eiskalt in die Augen. »Wenn auf irgendeinem Kanal mein Name, mein Gesicht oder der Name Fuchi in Zusammenhang mit diesem Fall gebracht werden sollte, werden Sie Ihres Lebens nicht mehr froh. Eine gelungene Präsentation der Fakten würde dagegen selbstverständlich gut honoriert. Wir haben uns verstanden?«

Poolitzer blieb ihr die Antwort schuldig und deutete stattdessen auf das Aquarium. »Sagen Sie, Ms. Hellmann, Sie scheinen sich mit Fischen auszukennen.« Er grinste. »Ist ein Delfin ein Fisch oder ein Säugetier?« Cauldron stöhnte auf.

Die Exec runzelte die Stirn. »Muss ich den Anlass Ihrer Frage verstehen?«

»Es ist wirklich wichtig.« Der Troll nickte begeistert und hob den Daumen in die Richtung des Reporters, um zu zeigen, dass er die Frage voll unterstützte. Hustle verschränkte die Arme vor der Brust. »Ich muss das wissen, wegen ›Quizz It‹.«

Der Reporter lachte. »Denken Sie bitte nicht darüber nach, antworten Sie einfach.«

»Ein Säugetier«, sagte die Elfin und kniff die Augen zusammen. »Das weiß doch jeder.«

»Pah«, machte der Ork und wandte sich abrupt um.

»Danke sehr.« Poolitzer verbeugte sich vor der Exec und verließ mit den anderen das Büro.

Nachdenklich schaute Hellmann zu ihrem Aquarium. *Es stimmt, was mein Bruder immer sagte. Schattenläufer sind eine seltsame Spezies.*

Matrix, 03. 08. 2057 AD, 21.43 Uhr

Das Stück Feta auf zwei Beinen mit der Sonnenbrille auf der Nase und der Umhängetasche sah sich im Burghof um, entdeckte jedoch in der Umgebung nichts von Interesse. Selbst die Hundehütte neben dem Eingang war leer. Und dennoch befand es sich am Ende seiner Reise.

Der Wächter des Tors hatte es passieren lassen, nachdem es die Losung nannte.

Beiläufig kontrollierte der Ziegenkäse die anderen Durchgänge, doch Gatter aus flirrender Energie versperrten den Weg. Die Hitze, die von ihnen ausging, ließ den Feta hastig zurückweichen.

Ratternd hob sich die Zugbrücke. Der Durchgang schloss sich und verwandelte sich in ein Burgtor aus zuckendem, pulsierendem Licht.

Der Ziegenkäse verzog missbilligend den Mund.

Eine Tür im Wachturm wurde geöffnet. Giftgelber Nebel waberte heraus und wehte auf den Feta zu. »Es freut mich, dass Sie es geschafft haben«, kam eine Stimme aus den Schwaden.

»Kalispéra.« Der Feta deutete auf den Ausgang. »Ich finde das nicht witzig.«

»Wir haben uns nach außen stärker abgesichert. Das hier werden Sie noch weniger witzig finden«, sagte der Nebel. Aus der Hundehütte schoss ein Bluthund heraus, schnupperte an dem Feta und lief los, die Nase dicht über dem Boden. Mühelos passierte das Tier die Barriere aus reiner Energie. »Aber seien Sie versichert, es ist nur eine Vorsichtsmaßnahme. Aufspüren wird ja wohl noch erlaubt sein.«

»Óchi«, meinte der Käse. »Aber wen interessiert schon meine Meinung. Kommen wir zum Geschäft.«

»Ein gutes Stichwort«, stimmte der Nebel zu. »Sie traten an uns mit einer Offerte heran, wie mir unser Kontakt mitteilte? Sie sind im Begriff, sich wirklich große Feinde zu machen, wissen Sie das?«

»Sie sind der erste Sararimann, der sich dafür interessiert«, sagte der Feta erstaunt. »Aber ich versichere Ihnen, dass ich auf die Fuchis einen uralten griechischen Salat gebe.«

Der Nebel lachte samten. »Ich möchte nur, dass Sie sich der Gefahr bewusst sind. Nicht dass Sie uns später die Ohren voll jammern, wenn man Ihnen auf den Hacken ist. Nun die Informationen, bitte.«

»Erst eine Summe«, verweigerte der Ziegenkäse die Auskunft. »Die Infos, die ich Ihrem Kontaktmann gegeben habe, müssten Ihnen zeigen, was da für Sie zu holen ist.«

Die wabernden Schwaden schwiegen. Dann entstand wie aus dem Nichts die Zahl ›3000‹ in der Luft und umschwebte den Feta wie eine lahme Biene. Gleichgültig verfolgte er ihren Flug.

»Óchi«, meinte er nur knapp.

Eine weitere Null erschien daraufhin und reihte sich in die Aufzählung.

»Das wäre die Anzahlung«, meinte der Nebel. »Wenn es tatsächlich das Material ist, das Sie uns in Aussicht stellten, legen wir das Doppelte noch einmal drauf. Ich verhandele nicht. Nehmen Sie an oder lassen Sie es bleiben.« Zwei Ritter in flammender Rüstung traten aus dem Schatten der Burg und zückten ihre Schwerter. »Das Bleibenlassen ist allerdings mit ein paar Schwierigkeiten verbunden.«

Der Ziegenkäse überlegte nicht lange. »Einverstanden. Sie können das ICE zurückpfeifen, bevor ich es auseinander nehmen muss. Nehmen Sie die Buchung vor. Wir warten so lange, bis ich die Überweisung gecheckt habe.«

Der Käse nahm eine kleine Olive aus der Tasche und ließ sie laufen. Es knisterte, als sie das Burgtor durchschritt, aber sie kam durch. Sie stand eine Weile stumm auf der anderen Seite.

Nach kurzer Zeit kehrte die Olive zurück und hopste in die Tasche.

Schließlich nickte der Ziegenkäse. »Gut. Die Gruppe kommt in Frankfurt an, 29. 09. 2057 um 13.45 Uhr, Terminal D, Flugsteig 17.« Er reichte einen Umschlag in den Dunst. »Das sind die falschen SINs und alle Infos, die ich besorgen konnte. Alles andere liegt nun an Ihnen und Ihren Experten.« Der Käse rückte die Sonnenbrille zurecht. »Sie werden Ihnen aber nichts tun?«

»Vielen Dank. Nein, das überlassen wir anderen«, meinte der Nebel zufrieden. Die Ritter verschwanden so schnell, wie sie gekommen waren. »Sollten Sie uns allerdings hinters Licht führen wollen, denken Sie immer daran, dass wir alles auf Sie hetzen werden, was wir in der Matrix finden können. Nur noch einmal als Hinweis.«

»Ich würde mit denen locker fertig«, meinte der Feta grinsend. »Im Netz bin ich unschlagbar.«

Die weißen Schwaden bewegten sich lachend auf den Ausgang zu und verschwanden. »Dann zeigen Sie mal, ob Sie tatsächlich so gut sind«, hallte die Stimme durch den Burghof. Im gleichen Moment änderten die Energiegitter ihre Farben und schimmerten orange. »Sie haben nun Gelegenheit, sich zu beweisen. Sehen Sie's als kleine Übung.«

Der Feta fluchte und kramte einen Feuerlöscher aus seiner Umhängetasche. »Sie werden sich wundern, wie ich Ihnen die Hütte einreiße. Ich bin der Feta mit echter Griechenpower.«

Nach einer Stunde sandte er ein Hilfesignal. Ein lachender Torwächter gab den Ausgang frei …

Verärgert stieg Hotwire aus dem Netz.

Aber der Anblick des Kontostands, den er noch einmal abrief, ließ ihn sofort besserer Laune sein.

Das feiere ich mit einer Familienpizza im Hioto, dachte er und stand auf. *Wie immer auf Rechnung von Ultra.*

Seattle, Redmond Barrens, 03. 08. 2057 AD, 21.50 Uhr

Piers und Jeroquee, gekleidet in ihre übliche Jagdmontur und jeweils ein Seil umgelegt, blickten nach oben zu der Luke in dem riesigen Überlaufbecken, die dem ehemaligen Straßensamurai einige Tagen zuvor schon aufgefallen war.

Überreste von den toten Ghulen konnten sie nicht finden. Offenbar hatten ihre Artgenossen sie davongeschleppt und in die Vorratskammer bugsiert.

»Es war gut, dass wir ein wenig gewartet haben«, sagte Piers, eine Magnesiumfackel in Händen haltend. »Die Leichenfresser haben sich anscheinend zurückgezogen.«

Die Frau mit den dunklen Locken schaute sich um. »Ich traue dem Frieden nicht.«

»Glaub mir, sie haben entdeckt, dass ihr Versteck nichts mehr Wert ist und haben sich abgesetzt«, blieb Piers bei seiner Meinung. *Ich wette, sie sitzen auf irgendeiner Müllkippe und knabbern das Fleisch von den Knochen ihrer Artgenossen.* »Aber dem eigentlichen Rätsel sind wir keinen Schritt näher gekommen. Das bringt uns zu der Frage, warum der Raum auf dem Plan markiert war. Weshalb hat ein Schamane den beschwerlichen Weg durch die Kanalisation auf sich genommen?«

»Du meinst, wir müssen da hinauf?« Jeroquee deutete zu der kleinen Klappe. »Was könnte sich dort befinden?«

»Wir werden sehen.«

Ihr Mentor suchte sich zwei gegenüberliegende Stahlleitern aus und klinkte die Enden seines Nylontaus jeweils an der obersten Sprosse mit Karabinerhaken fest, sodass das Seil etwa einen Meter unter der Luke entlanglief.

Wortlos schlüpften die Ghuljäger nacheinander ins Klettergeschirr, sich gegenseitig sichernd, und hangelten sich am Tau unter die Luke.

Ein Feuerstoß der AK-98 zerstörte den Verschluss der kleinen Klappe, die sofort aufsprang. Dahinter leuchtete Jeroquees Taschenlampe in eine senkrecht aufsteigende Röhre, in der sich Klettersprossen befanden.

»Zeit, den Akrobaten in mir rauszulassen«, verkündete die Jägerin, erklomm das schwankende Seil, ging in die Hocke und hakte ihr Geschirr aus. »Tu mir einen Gefallen und bleib ganz ruhig.«

Mutige, kleine Verrückte. Mit angehaltenem Atem beobachtete Piers seine Schülerin.

Jeroquee stand vorsichtig auf und verschwand in der Luke.

Sie packte die Eisengriffe und zog sich in den kaminbreiten Schacht, bis ihre Füße auf den Metallstücken standen. Danach sicherte sie sich mit einem Karabinerhaken.

»Ich lasse dir mein Seil runter«, rief sie. »Ältere Menschen sollen solche Kunststückchen nicht mehr machen.«

»Sehr witzig«, antwortete Piers. »Mach schon.«

Während die junge Frau das eine Ende an einer

Sprosse befestigte, meinte sie aus der Dunkelheit über sich ein leises Geräusch gehört zu haben. Sie stockte, eine Hand ruckte an die Browning Max-Power unter der Achsel. Dann kehrte Ruhe ein.

Wunderbar. Wenn jetzt etwas runterfällt, kann ich nicht einmal ausweichen. Die unangenehmen Erinnerungen an den Ritt durch die Abwasserröhren waren noch bestens in ihrem Gedächtnis. Deshalb hatte sie dieses Mal auf alle langen Waffen verzichtet und nur Pistolen mitgenommen.

»Was ist?«, erkundigte sich der Ghuljäger besorgt.

Sie ließ das Seil herab. »Nichts«, erwiderte sie. »Du kannst kommen.«

Als sich ihr Mentor ebenfalls in den engen Schacht gepresst hatte, wollte er die Führung übernehmen. Doch der Platz reichte nicht aus, dass er an seiner Schülerin vorbeigelangte. Da sie keine Lust auf weitere Verzögerungen hatten, begann Jeroquee mit dem Aufstieg.

Im zitternden Schein ihrer Lampe ging es höher und höher. Dann machte der Gang einen scharfen Knick und führte im Winkel von 90 Grad nach Westen. Auf Händen und Knien rutschten sie vorwärts, mit dem Seil sicherten sie sich. Schließlich erreichten sie ein Gittertürchen.

»Und jetzt?«, fragte die junge Frau und zog ein kleines Handschweißgerät. Mehr als einmal hatte es in den Kanälen und auf den Friedhöfen gute Arbeit geleistet, wenn Scharniere klemmten. »Aufmachen?«

»Aufmachen«, bestätigte Piers. »Drück dich aber etwas an die Wand, damit ich notfalls schießen kann.« Er schob den Lauf des AK nach vorne. »Hast du deine Ohrenstöpsel dabei?«

»Ich wette, dass auf der anderen Seite niemand mit uns rechnet.«

Fauchend erwachte das Gerät zum Leben. Die weißblaue Flamme fraß sich in Windeseile durch die Türangeln. Rot glühend schimmerten die Ränder in der schummrigen Röhre.

Nach kurzem Lauschen beförderte Jeroquee das Türchen mit mehreren Tritten aus der Halterung und schaute in ein weiteres Überlaufbecken, an dessen Boden sie, nach allen Seiten sichernd, hervorkrochen.

In drei Meter Höhe verlief ein balustradenartiges Laufgitter und führte zu einem Stahlschott. An der Decke verbreitete eine Halogenlampe schwaches Licht.

Ein kleines, wasserdichtes Terminal befand sich auf dieser Seite neben der Klappe, die sie demoliert hatten. Die Zeichen blinkten und meldeten stumm Alarm.

»Ich werd verrückt.« Die Jägerin tippte Piers an und zeigte mit dem Lauf der Max-Power in eine Ecke. »Alles voller Talismane.«

Die südliche Wand des kleinen Überlaufbeckens war übersät mit seltsamen Amuletten und Anhängern. Jemand hatte sie nach Größe und Farbe geordnet und sorgfältig angebracht.

»Das müssen beinahe hundert Stück sein«, schätzte Piers und rückte vor, die AK im lockeren Anschlag. »Dafür nimmt ein Schamane und jeder andere Zauberkundige einiges in Kauf.«

Sie näherten sich der Wand.

An dem ein oder anderen Fokus klebte getrocknetes Blut. Der Beweis, dass der ursprüngliche Besitzer seinen Zauberanhänger nicht kampflos hergegeben hatte.

»Ein verdammter Albtraum.« Der Ghuljäger senkte langsam die Waffe. Wie in Trance reckte sich seine Hand nach einem der Foki. Er gehörte Sunrain.

Plötzlich erlosch das Licht.

»Verteilen«, zischte der ehemalige Straßensamurai und hechtete nach rechts. Den Geräuschen nach war Jeroquee seiner Aufforderung nachgekommen.

Eilig entzündete er eine Magnesiumfackel und warf sie an das andere Ende des Beckens.

In der Dunkelheit quietschte etwas. Die junge Frau richtete den Strahl ihrer Lampe aufgeregt auf das große Schott.

Das Handrad surrte atemberaubend schnell um die eigene Achse und stand mit einem Mal still.

Es klackte vernehmlich. Die schweren Stahlbolzen sprangen zurück und entriegelten den Eingang.

Die ölgelagerte, massive Tür schwang auf. Eine schwarz gekleidete, muskulöse Gestalt ohne Gesicht huschte unvermittelt und viel zu schnell, als dass Jeroquee reagieren konnte, durch den Lichtstrahl und sprang die Balustrade herab.

Jeroquee ahnte, um wen es sich bei dem Angreifer handelte, und sie mochte diesen Gedanken überhaupt nicht.

Der Mann, der sein Antlitz mit Stoff verbarg, bewegte sich geschmeidig in geduckter Haltung auf die beiden Ghuljäger zu. Der Kegel der Taschenlampe legte sich auf den Unbekannten. Da außer den menschlichen Konturen nichts zu erkennen war, hatte die Szene etwas Dämonisches.

Gebannt haftete Jeroquees Blick auf dem fremden Samurai.

Dann schicke ich dich eben jetzt zu den Toten, Demus. Neben der jungen Frau riss Piers ohne ein Wort zu sagen das AK hoch und feuerte auf den Angreifer.

Ein Querschläger sirrte knapp an der Frau vorbei und zertrümmerte ihre Taschenlampe. Die Splitter drangen durch ihre Handschuhe, sodass sie die MaxPower fallen ließ.

Der Fremde hechtete blitzschnell zur Seite, rollte sich über die Schulter ab und kam kniend wieder auf die Beine. Von irgendwoher hatte er eine Ares Predator gezogen.

Die halbautomatische Waffe spuckte in schneller Folge eine Kugel nach der anderen aus dem klobigen Lauf. Orangene Feuerblumen erblühten vor der Mündung. Der hohe Raum verzerrte den Klang der Schüsse.

Jeroquees Mentor zuckte unter den Einschlägen der Projektile hin und her, wurde nach hinten geschleudert und fiel zu Boden. Die präzise gezielten Geschosse hatten die Handgelenke und Unterarme getroffen. Blut strömte zu Boden.

Piers schrie noch einmal auf und kippte benommen zur Seite.

Demus erhob sich und ging gemessenen Schritts auf die junge Frau zu.

Die Magnesiumfackel brannte hinter ihm, sodass Jeroquee nur die gewaltigen Körperumrisse des Mannes erkennen konnte, die sich langsam auf sie zuschoben.

In aller Ruhe wechselte er das Magazin seiner Halbautomatik und ließ den Schlitten der Predator nach vorne schnappen. Das metallische Klicken hallte in der Stille nach.

Die aufkeimende Furcht, die nichts mit der gemein hatte, wenn sie einem Leichenfresser gegenüberstand, lähmte sie. Die Gelassenheit des Angreifers verunsicherte sie vollends. An Gegenwehr dachte sie nicht. Ihr Überlebenswille verlangte sofortige Flucht.

Wir müssen raus hier. Jeroquee rutschte zu Piers und rüttelte an seiner Schulter. Nervös fummelte sie mit ihrer unverletzten Hand die zweite Pistole aus dem Hüftholster. »Wach auf! Komm schon, du kannst mich mit dem da nicht allein lassen!«, schrie sie ihn an, der daraufhin tatsächlich die Augen öffnete.

»Verschwinde von hier, Mädchen. Gegen ihn bist du nichts, glaube mir.« Der Mann kämpfte gegen die immensen Schmerzen an, die durch seinen verwundeten

Körper schossen. »Demus will mich, also sieh zu, dass du wegkommst. Wenn du unbedingt gegen ihn kämpfen willst, dann bereite dich noch ein paar Jahre darauf vor.« Er drückte sie von sich. »Und jetzt lauf, Jeroquee. Lauf um dein Leben, Mädchen.«

»Wir haben uns nicht gegen die Ghuls behauptet, damit du mir jetzt gegen den Samurai abkratzt«, stieß sie hervor und machte Anstalten, ihn sich auf die Schulter zu laden.

»Vergiss es, zusammen haben wir keine Chance«, sagte er gepresst.

Demus richtete den Lauf auf die Ghuljägerin und feuerte. Die Panzerweste hielt zusammen mit dem Spezialanzug die Kugeln auf, dennoch warf sie der Einschlag um. Die Angst überwältigte sie vollends.

»Lauf endlich, Mädchen.«

Sie blickte Piers entschuldigend an und rannte los.

Die Tränen in den Augenwinkeln wischte sie hastig weg.

Der HighTech-Straßensamurai sah der schwarz gelockten Frau interessiert hinterher, als sie ihn passierte. Spielerisch nahm er den Rücken der Flüchtenden in die Zielerfassung seines Smartlink und registrierte mit Genugtuung, dass dieser imaginäre Schuss das Rückgrat der Frau getroffen hätte. Aber sie hatte noch Zeit.

Breitbeinig baute er sich vor Piers auf, die Predator hing locker herab.

»Schön, dich wiederzusehen, Black Sting«, grüßte Demus den schwer verletzten Mann. »Es ist schon eine Weile her, seit wir uns das letzte Mal gesehen haben.«

»Ich erinnere mich ganz gut«, erwiderte Piers, dem sein alter Straßenname aus dem Mund dieser Tötungsmaschine unendlich fremd vorkam. »Ich hatte geglaubt, ich wäre dich Stück Scheiße endgültig los!«

Demus lachte leise, was durch das Tuch über seinem

Gesicht dumpf klang. »Ich gestehe, dass du mich beinahe geschafft hättest, alter Mann, aber die Vorsehung wollte es anders. Du hattest lediglich meine Gefährtin erwischt. Ich konnte mich auf die Straße schleppen, bevor deine Granaten explodierten, und dann den Doc Wagonsender betätigen. Die Wiederbelebung gelang rechzeitig. Aber es reichte aus, dass ich Dinge sehen durfte, die kein anderer vor mir sah. Glück muss man eben haben, was man bei dir nicht sagen kann, Black Sting. War das eben dein neues Mädchen?«

Er hat endgültig den Verstand verloren. »Fahr zur Hölle, Demus.«

Der Schattenkrieger winkte ab. »Da war ich schon, als ich für ein paar Minuten tot war. Es hat mir aber nicht gefallen. Wie hast du mich eigentlich gefunden, Ex-Partner?«, wollte er wissen und stellte den rechten Fuß auf einen der verletzten Arme Piers.

Der Ghuljäger schrie auf und trat nach Demus, der flink auswich. »Ich bin deinen Spuren gefolgt. Wenn du schon deine alten Angewohnheiten wieder aufnimmst, dann pass besser auf den Abfall auf, den du dabei produzierst«, knurrte er durch die Zähne. *Ich kann nicht einmal eine Granate zünden, um ihn mit mir in die Luft zu jagen.*

Demus nickte bedächtig. »Ich dachte mir, dass es irgendwann passieren wird. Die Ghuls sind einfach zu dämlich, um die Spuren vollständig zu verwischen. Nach deiner letzten Aktion haben sie es vorgezogen zu flüchten. Respekt.«

»Du hast sie dafür bezahlt?«

»So etwas Ähnliches. Ich überließ ihnen die Körper der toten Magier, und im Gegenzug sollten sie dafür sorgen, dass ich hier unten alleine blieb, bis ich das Wiedererscheinen von Demus in Seattle stilgerecht in Szene setzen konnte. Du wärst überrascht, welch ehrbarer Bürger tagsüber aus mir geworden ist. Ich verkehre in den höchsten Kreisen. Ich spiele mittlerweile in der Champions-Klasse der High Society.« Er tippte sich grüßend an die Stirn. »Umso weniger erfreulich ist der Umstand, dass ich entdeckt wurde. Aber ich bin glücklich, dass du es gewesen bist, der mich gefunden hat. Wer hätte das gedacht, Black Sting?«

Demus hockte sich vor Piers. »Ich beende das, was vor so langer Zeit begonnen hat, alter Mann. Wie du siehst, hinterließ die Zeit an mir keine Spuren des Verfalls, wie sie es bei dir tat. Es ist erstaunlich, wozu die moderne Medizin und die ›Herzen der Magier‹ in der Lage sind.« Er stand auf und kreuzte die Arme vor der Brust. »Du sollst die gleiche Ehre erhalten, die ich damals deiner kleinen Freundin zukommen ließ, auch wenn dein Herz für mich nicht von Interesse ist, Black Sting. Es ist alt, ohne Energie … ohne Magie.«

Durch minimale Muskelbewegungen aktiviert, zischten jeweils drei schmale, geschliffene Klingen aus den Handrücken hervor. Die 20 Zentimeter langen Schneiden glänzten bösartig im unruhigen Lichtschein der Magnesiumfackel.

Piers starrte gebannt auf die Cyberwaffen und rutschte zurück bis an die Wand. Er kauerte sich zur Seite und drückte eine der Mikrogranaten aus dem Gurt, um sie sich zwischen die blutenden Hände zu klemmen.

Mit schnellen Handbewegungen wirbelte Demus die Klingen durch die Luft, die leise sirrten und im Halbdunkel aufblitzten, den Mann Schritt für Schritt verfolgend.

»Bist du bereit, Sunrain zu folgen, Black Sting? Sie erwartet dich bestimmt schon mit offenen Armen und einem Lächeln auf den Lippen, nicht wahr?« Demus stand vor Piers und zeigte mit den Klingen auf seinen Brustkorb. »Bereit oder auch nicht, Black Sting, du verlässt diese Welt nun für immer.«

Mit dem Fuß drehte er ihn um, und kraftvoll stieß er zu.

Piers hielt schwach lächelnd den Explosivkörper in den Weg der Schneiden. »Du auch.«

Seattle, Redmond Barrens, 03. 08. 2057 AD, 23.43 Uhr

Cauldron gefiel es nicht, dass sie den Reporter um etwas bitten musste. »Okay, Snoop. Ich hätte da noch ein Anliegen.« Sie senkte den Blick ein wenig. »Es ist etwas Privates.«

Normalerweise hätte der junge Mann nun einen anzüglichen Spruch gebracht, aber angesichts der Ereignisse ließ er es lieber bleiben. »Schieß los.« Er spähte aus dem Fenster des Abteils. »Aber erst sagst du mir, an welcher Station wir aussteigen müssen.«

»Es dauert noch eine Weile«, beruhigte sie ihn. »Wir kommen schon noch rechtzeitig ins *Dark Site*.« Sie atmete tief ein. »Du hast doch Connections zu den Stars.«

Poolitzer ahnte, was sie wissen wollte. *Scheiße, ist das traurig.*

Die hermetische Magierin hielt inne, ihre Wangenmuskulatur zuckte. »Ich muss wissen, wohin sie Bullets Leiche gebracht haben.« Sie schloss für einen Moment die Augen und rang mit der Beherrschung. *Bei allen Geistern, lass mich nicht in der Sub losflennen.*

»Klar, das mache ich. Zufällig kenne ich …« *den Gerichtsmediziner,* vollendete er in Gedanken. *Das wäre wieder ein echter Fettnapf gewesen.* »Zufällig kenne ich ein paar der Cops«, meinte er aufmunternd.

»Danke.« Cauldron nickte. »Wir müssen raus.«

Den einen Block Fußmarsch nutzte Poolitzer, um Doc Holiday anzurufen. »Er fragt, ob du eine Verwandte bist«, gab er die Antwort des Forensikers weiter. »Oder ob du einen Beweis hast, dass du seine Lebensgefährtin gewesen bist. Dann könnte er etwas machen.«

Zur Hochzeit hat es nicht mehr gereicht. Die Magierin schüttelte den Kopf. »Nein, habe ich nicht. Er hat auch niemanden, der ihn abholen wird«, sagte sie mit belegter Stimme.

»Dann bekommt er ein so genanntes John Doe-Grab.« Poolitzer hätte sich um die Erklärung gerne gedrückt. »Das heißt, er wird eingeäschert und in den Fluss gestreut.« Er betrachtete das entsetzte Gesicht der jungen Magierin. »Ich vermute, das willst du nicht? Soll ich seine Urne besorgen?«

Cauldron seufzte und steuerte auf das *Dark Site* zu. »Wenn es nicht zu teuer wird. Mehr als 3000 Nuyen kann ich nicht bezahlen.« Die Musik dröhnte durch die Mauern und Scheiben des alten, auf gotisch getrimmten Gebäudes mit zahlreichen Wasserspeiern und anderen Imitationen mittelalterlicher Bauelemente.

»Der Doc macht das gratis, hat er gesagt.«

Sie betraten den Club. Die Musik schlug dem Reporter augenblicklich auf die Trommelfelle. Düsteres Ambiente bestimmte die Einrichtung im Foyer, an den Wänden hingen mannshohe Spiegel mit goldenen Rahmen, künstliche Fackeln spendeten schummriges Licht. An der Decke schwebte ein Skelett mit Engelsflügeln und einer Sense, den Knochenmund zu einem Schrei geöffnet. Schweigend machten sie sich an den Abstieg in den eigentlichen Club.

»Nett«, schrie Poolitzer, der sich die Ohren zuhielt. »Alles so schön bunt hier. Und die Atmosphäre hat so was Aufbauendes. Lass mich raten, so wie du aussiehst, bist du öfter hier?«

Cauldron lotste den Reporter durch das schummrige *Dark Site* und ärgerte sich bereits, dass sie dem Drängen des Mannes von ›FNS‹ nachgegeben hatte. Sie setzten sich in eine Nische, die etwas weniger vom Schall der New-Gothic-Beats durchflutet wurde.

Die Magierin fuhr mit dem Finger über einen im Tisch eingelassenen Stein. Augenblicklich wurde die Musik gedämpft. »Du wolltest dir den Club ansehen, also beschwer dich nicht, Snoop.« Sie winkte Cheryll zu und formte mit ihrer Hand das Zeichen für Tee.

»Ich habe schon viel gesehen, aber so eine Goth-Hütte hat mir noch in der Sammlung gefehlt«, erklärte er ihr den Grund für seine Neugier. »Wenn die Töne ein bisschen leiser sind, kann man sich die Songs gut anhören.« Unschuldig schaute er die Magierin an. »Wie hoch ist die Selbstmordrate unter Gruftis?«

»Geringer als die Mordrate an denen, die sich über uns lustig machen«, meinte Cheryll, die in ihrem Lederoutfit einen leicht bedrohlichen Eindruck machte. »Du bist doch Poolitzer, oder?« Musternd schaute sie sich in der Nische um. »Keine Kamera? Gut. Eine Dreherlaubnis wirst du nämlich nicht bekommen.«

»So feindselig gegenüber den Medien?«, meinte er grinsend. Über den Pupillen lagen die Tic-Tac-Toe-Kontaktlinsen. »Man könnte fast meinen, die Gruftis würden sich gegenüber der restlichen Welt absondern.«

»Das ist ein Club, in den nicht unbedingt alle kommen sollen, die nur auf die Musik stehen«, erklärte die Bedienung. »Das ist alles. Wir sind ein bisschen exklusiver, und so soll es bleiben, verstanden, Poolitzer? Der Anteil an Magiern ist recht hoch, und die wären nicht gut auf dich zu sprechen, wenn du gegen die Hausregeln verstoßen solltest.« Sie schenkte ihm ein diabolisches Lächeln. »Aber ansonsten bist du ein Gast wie jeder andere. Was darf's sein?«

»Einen magischen Schutzschild und eine Cola«, bestellte er äußerlich unbeeindruckt. *Coole Frau.* Seine Blicke glitten über das Ledermieder und die schwarze

Synthlederhose, die ihre Figur unterstrich. »Wenn hier so viele Magier sind, hat jemand etwas über die verschwunden Hokuspokuskasper gehört?« Die Köpfe der Frauen zuckten gleichzeitig herum. Poolitzer hob die Hände. »Ich meinte Magiekundige, ehrlich. Das ist mir nur so rausgerutscht.«

An Cauldrons Gesicht erkannte er, dass sie nicht wusste, was er meinte. Doch die Bedienung fixierte ihn kurz. »Gleich«, vertröstete sie ihn. »Wenn ich die Getränke bringe.«

»Was meintest du damit?«, erkundigte sich die Magierin.

»Es geht das Gerücht, dass in den letzten Wochen immer wieder Schamanen und Hermetische verschwinden. Puff und weg, wie Hudini. Keiner hat sie jemals wiedergesehen. Ich dachte mir, hier wüsste man vielleicht mehr darüber.«

»Deshalb wolltest du unbedingt ins *Dark Site*«, schloss Cauldron.

»Nicht nur, aber die Gelegenheit nutze ich natürlich«, erwiderte der Mann mit den schwarzweißen Haaren. »Tu nicht so beleidigt. Ich muss mich für ›FNS‹ noch um Themen kümmern, die nichts mit euch zu tun haben. Es gibt auch ein Leben nach dem Lauf.«

Nicht für alle. Sie dachte an Bullet. Ihr Gesicht verfinsterte sich. Schweigend rührte sie Süßstoff in den Tee und beobachtete, wie sich die Tabletten auflösten. *Aber Twing wird Sparkplug unbeschadet wiederbekommen, dafür sorge ich.*

Cheryll erschien mit der Bestellung und setzte sich neben den Reporter. »Die Sache mit den verschwundenen Magiern ist mehr als ein Gerücht«, begann sie. Poolitzer nahm sein Diktiergerät zur Hand und zeichnete die Erzählung auf. »Angefangen hat das alles vor mehr als 15 Jahren, da erwischte es die Ersten. Sie verschwanden einfach, nachdem sie sich zuvor recht geheimnistuerisch gegeben hatten. Einer soll gesagt haben, er schnappt sich den dicksten Fang, den ein Magier machen kann. Sowohl Schamanen als auch Hermetische schienen von dem Schatzfieber gleichermaßen ergriffen worden zu sein. Zwei, drei Leichen fand man noch. Alle mussten von einem Geistesgestörten bearbeitet worden sein.«

»Kann es nicht sein, dass sie bei einem Lauf draufgegangen sind?«, hakte der Reporter nach und nippte an seiner Cola.

Cauldron schloss die Augen, ihre Unterkiefer mahlten.

Shit, ich hätte daran denken müssen, fiel es Poolitzer zu spät ein, und er zuckte entschuldigend mit den Achseln. »Sorry.«

Cheryll wackelte mit dem Kopf. »Ein Teil davon mit Sicherheit. Aber von den anderen, die vermisst wurden und deren Leichen nicht auftauchten, hat man nie wieder etwas gehört. Als hätte sie eine andere Dimension verschluckt. Dann wurde es ein paar Jahre etwas ruhiger, doch seit einem halben Jahr scheint die Sache wieder von vorne loszugehen.«

Zu viel Recherche, zu viel Aufwand für eine kleine Auflockerung vom Alltagstrott, befand der Reporter. »Klingt spannend, aber ziemlich unergiebig. Ist derzeit jemand dabei, der Sache nachzugehen?«

»Ich habe keine Ahnung«, entgegnete die Bedienung. »Denkst du wirklich, jemand wollte deine Linse immer um sich herum haben, wenn er etwas finden möchte, das zu wertvoll ist, um es zu teilen?« Sie erhob sich. »Tatsache ist, dass Magische verschwinden. Wenn du willst, kümmere dich selbst darum.«

»Mal sehen«, meinte Poolitzer unbestimmt und drückte auf die Stopp-Taste. *Aber erst nach der Sache in den ADL.* »Was machst du eigentlich in deiner Freizeit, Cheryll?«

Die Frau lächelte. »Vergiss es, Snoop. Keine Lust auf Sex. Jedenfalls nicht mit dir.« Sie verschwand zurück an die Bar.

»Das war direkt«, griente der Reporter und hatte Mühe, seine schmutzigen Phantasien unter Kontrolle zu behalten. »Deine Freundin ist lustig.«

»Jetzt hast du ja deine Infos bekommen.« Sie roch an ihrem Tee und berührte den Tischstein, um den Musikdämpfer abzuschalten.

»Warst du schon mal in Europa?«, brüllte Poolitzer hinüber.

Cauldron schüttelte nach kurzem Zögern den Kopf. *Ich wollte unsere Hochzeitsreise dorthin machen, aber das geht dich nichts an, Snoop.*

»Was weißt du über die ADL?«, versuchte er weiter Konversation zu betreiben, was wegen der Beats beinahe unmöglich war.

»Sie sind klein, die Menschen essen Sauerkraut, und im Schwarzwald leben Trolle?«, gab sie zur Antwort. Ihr Zeigefinger tippte auf den Stein. Sofort reduzierte sich die Lautstärke. »Ich muss weg. Ich wünsche dir noch einen schönen Abend. Ich habe noch ein paar Sachen aus der Bibliothek zu besorgen, damit ich für die Deutschen vorbereitet bin.«

Sie verließ die Nische und tauchte nach wenigen Metern in den künstlichen Nebelschwaden unter.

Poolitzer kramte seinen Organizer hervor und machte sich ein Memo zu den Magiern, inklusive des Querverweises auf das mitgeschnittene Gespräch. Der Datenchip wanderte in den Organizer. Die Worte Cherylls wurden innerhalb weniger Sekunden in Text umgesetzt, den der Reporter noch einmal überflog. Seine Nase juckte.

Schon wieder eine Story? Mist, wenn man eine bräuchte, passiert einfach nichts, und kaum muss ich in die ADL, überschlagen sich hier die Ereignisse.

Mitten im ausländischen Geschehen zu sein empfand er derzeit spannender, als nicht absehbare Stunden an Recherche zu betreiben, um einen Hokuspokuskasper aufzutreiben, der ihn mit auf seine abenteuerliche Reise nach Was-auch-immer nehmen wollte. Immerhin hatte er nun die Bestätigung des Gerüchts.

Dem aktuellen Lauf räumte er Vorrang ein. Zum einen sah er so die ADL, zum anderen würde sich ein Bericht über die Welt außerhalb von Seattle bestimmt gut machen.

Jetzt wird doch noch eine Kon-Geschichte daraus, überlegte er, während er die Lautstärkeregelung aufhob und sich den schwermütigen Tonfolgen des *Dark Site* hingab. *Aber der ›human touch‹ dabei ist unbestreitbar. Liebe, Chummer-Loyalität und eine gute Portion Rache. Und die nette Ms. Hellmann wird sich noch wundern, wo ihr Gesicht überall auftaucht. Zensur findet dieses Mal nicht statt.*

ADL, 30 Kilometer nördlich von Ingolstadt,
03. 08. 2057 AD, 10.43 Uhr

»Es freut mich außerordentlich, Ihre Bekanntschaft zu machen«, wurde Sparkplug von einem Wissenschaftler in weißem Kittel mit Ausweis am Kragen begrüßt. »Sie können sich nicht vorstellen, wie sehr wir Ihre Ankunft erwartet haben. Sozusagen wie einen verlorenen Sohn. Hatten Sie einen angenehmen Flug?«

Der Elf zuckte mit den Schultern. »Keine Ahnung, ich habe geschlafen. Ihr Herr … es heißt doch ›Herr‹ in den ADL? … Lugstetter hat mich betäubt und in eine Kiste gepackt, um mich durch den Zoll zu kriegen. Aufgewacht bin ich vor einer halben Stunde in einem Sessel. Ich vermute zumindest, dass es ein Sessel war.«

Der Mann lachte. »Köstlicher Humor, ganz köstlich,

wirklich. Oh, entschuldigen Sie, Herr Sparkplug, dass ich mich noch nicht vorgestellt habe, aber die Aufregung ist so groß, dass ich ganz aus dem Häuschen bin.« Er tippte auf den Ausweis. »Ich bin Professor Herbert Haake, Leiter der Forschungsabteilung Kybernetik bei Cyberdynamix. Und jetzt begrüßen Sie mit mir unseren kleinen Mitarbeiterstab. Kommen Sie. Ich werde Sie durch die Abteilung führen, damit Sie mit eigenen Augen die kleinen Wunder von Cyberdynamix sehen können.«

Der Wissenschaftler ging durch eine Tür und verschwand.

Sparkplug schüttelte den Kopf, seufzte und bewegte sich keinen Millimeter.

Wieso ignoriert jeder, aber auch wirklich jeder, dass meine verfraggten Optiken irgendwo in den Redmond Barrens liegen und zu einem Häufchen Asche verbrannt sind?

Umständlich kramte er aus der Manteltasche sein provisorisches Auge hervor. Mit einem leisen Klick rutschte der Stecker in die Datenbuchse über dem Ohr und lieferte einigermaßen scharfe Bilder seiner Umgebung.

Der Raum stand voller dschungelhafter Zierpflanzen. Die hohe Temperatur zusammen mit der Luftfeuchtigkeit brachte den Elf zum Schwitzen und beschlug die Kameralinse.

Verfraggter Drek. Er rieb die Minikamera an seinem Hemd, um den Feuchtigkeitsschleier zu entfernen. *Ich dachte, ich wäre in den ADL und nicht in den Tropen.*

Haakes Gesicht erschien im Türrahmen. »Wo bleiben Sie denn? Gefällt Ihnen unser Gewächshaus so gut?« Er stutzte, als er die Behelfskonstruktion des Metamenschen sah. »Ach? Was ist denn das? Es sieht sehr abenteuerlich aus.«

Mit der freien Hand nahm Sparkplug die Sonnenbrille ab und grinste. »Überraschung, Professor. Dank

Ihres Prototyps muss ich mir alles durch diese Kameralinse ansehen.«

»Das ist ja interessant!« Der Deutsche kam näher und streckte die Hand nach der Leitung aus. »Darf ich?«

»Nein«, der Rigger grinste immer noch, »es sei denn, ich darf Ihre Augen später auch mal in die Hand nehmen. Ich würde sie drücken und lieb haben. Und streicheln.«

»Äh, besser nicht.« Allmählich wirkte der Forscher irritiert. »Würden Sie das denn wirklich mit meinen Augen tun?«, vergewisserte er sich unsicher.

»Sollte ein Scherz sein, Chummer.« Sparkplug nickte in Richtung Ausgang. »Dort lang, richtig?« Er setzte sich in Bewegung, ohne auf Haake zu warten, der nach Überwindung der kurzen Schrecksekunde hinterhereilte.

»Hören Sie, Herr ...«, begann der Mann, als der Rigger wahllos auf den Tasten der Codetafel herumdrückte, die neben dem Eingang zu einem der vielen Büros hing.

»Sparkplug reicht.« Der Elf hielt die leere Augenhöhle vor den Retinascanner, woraufhin ein dumpfes Brummen ertönte.

»Fehlversuch«, sagte eine weibliche Computerstimme freundlich. »Bitte geben Sie Ihren richtigen Code ein, oder die Kon-Sicherheit wird alarmiert.«

Mit zitternden Händen fummelte der Professor die Karte von seinem Kittel ab und zog sie durch den Magnetschlitz.

»Das ist genau das, was ich vorhin sagen wollte«, versuchte er einen zweiten Anlauf. »Bitte fassen Sie nichts an. Absolut nichts. Sie befinden sich hier in einem Hochsicherheitsbereich, in dem jedes noch so kleine Schloss elektronisch überwacht wird.« Am Ende des Korridors erschienen fünf schwer gepanzerte und bewaffnete Kon-Gardisten, die Haake mit einer beschwichtigenden Handbewegung verscheuchte. »Merken Sie sich das.«

»Und jetzt sag ich Ihnen mal was, Prof.« Sparkplug tippte dem Mann auf die Brust. »Ich mache bei diesem Drekspiel nur mit, weil meine Chummers in den UCAS sitzen und von Ihren Nagelmessern bedroht werden. Also, machen Sie mit mir Ihre kleinen Tests, bauen Sie mir das Ding aus, und dann schicken Sie mich gefälligst wieder zurück!« Die Wände warfen den immer lauter werdenden Ausbruch des Elfs zurück. »Und Ihr verfraggtes Labor interessiert mich nicht einen Drek, comprende?«

Haake zog erstaunt die Augenbrauen hoch. »Schön. Wie Sie wollen.« Er sprach kurz in sein Armbandcomgerät. »Kommen wir gleich zu unserem Hauptpunkt. Hier entlang.«

Die beiden gingen zum Fahrstuhl. Der Professor zog wieder seine ID-Karte durch den Datenleser.

»Kellergeschoss, Ebene III-K«, sagte er. Der Aufzug setzte sich in Bewegung. »Wir werden mit einer Spiral-Computertomographie anfangen, um einen Eindruck zu bekommen, anschließend Kernspin. Es ist natürlich einfacher, an einem Toten Untersuchungen vorzunehmen, aber in diesem Fall ist es so für uns besser, auch wenn wir noch nicht genau wissen, was unser ehemaliger Mitarbeiter modifiziert hat. Herr Lugstetter hat uns die Unterlagen von diesem Brown mitgebracht. Sehr interessante Ergebnisse, wenn man bedenkt, dass die Tests in einer Schattenklinik durchgeführt wurden. Wir werden natürlich alles wiederholen müssen.«

»Und wann bin ich den ganzen verfraggten Chip-FSE-Drek los?«

»Das kann ein oder zwei Monate dauern, aber höchstens drei.« Die Kabine hielt an. Die Türen öffneten sich ohne Geräusch.

»Was?« *Das wird Twing und den anderen gar nicht gefallen.* Sparkplug wirbelte herum und brachte die Linse ganz nahe vor das Auge des Wissenschaftlers. »Ich dachte, die ganze Sache wäre in ein bis zwei Wochen erledigt. Und was wird aus meinen Chummers?«

»Über das Schicksal Ihrer Schattenläuferfreunde werde ich Sie auf dem Laufenden halten. Seien Sie versichert, dass es ihnen in der Zwischenzeit an nichts mangeln wird. Immerhin hängt davon Ihre Kooperation ab, und die wollen wir auf keinen Fall verlieren.«

»Drek, ihr erpresst mich ganz billig.«

»So kann man es natürlich auch ausdrücken.« Haake streckte den Arm aus. »Hier entlang und dann dort hinein, wo die Tür offen steht.«

Sie betraten einen steril eingerichteten Raum, von dem ein Teil mit einem Paravent abgetrennt worden war.

»Ziehen Sie sich bitte bis auf die Unterhose aus, Sparkplug. Dann gehen Sie duschen. Die sanitären Anlagen befinden sich nebenan. Herr Ulmer, einer unserer Sicherheitsmitarbeiter, wird Sie zur Spiral-CT bringen. Es wird nicht wehtun.«

Haake verließ das Zimmer.

Ulmer, ein Schrank auf zwei Beinen, der aus den Cyberaugen und Kunstmuskeln keinen Hehl machte, kam herein und grinste nur.

»Wehtun würd ich dir mal gerne«, schimpfte der Rigger dem Wissenschaftler nach und stapfte hinter den Sichtschutz. *Gehen Sie duschen, gehen Sie duschen … Verfraggter Denksack.*

Er hob die Kameralinse über den Paravent und spähte nach seinem Leibwächter. Ulmer sah gleichgültig in eine Zimmerecke und wartete. »Hätten Sie vielleicht einen Bademantel für mich? Ich bin etwas prüde.«

Der Leibwächter deutete auf sein Ohr, sagte etwas,

das Sparkplug nicht verstand, und zuckte mit den Achseln.

»Verfraggt.« Der Elf nahm die bereitgelegten Stöpsel und dichtete die Daten- und FSE-Buchsen ab, bevor er sich in die Duschkabine tastete und sich unter dem warmen Wasser kräftig abschrubbte.

Die letzte Körperpflege lag schon einige Zeit zurück, also genoss er das angenehme Gefühl, das sich breit machte. Wenn es nach ihm ginge, würde er noch Jahre unter dem Wasserstrahl stehen. *Aber noch lieber wäre mir, wenn ich bei Twing sein könnte. Weit weg von den Krauts.*

Ulmer klopfte an die Tür und rief etwas. Der Rigger nahm an, dass es wohl eine Aufforderung war, sich mit dem Duschen zu beeilen.

Die nerven ohne Ende. »Ich komme gleich, du Muskeltüte! Geh und fick einen Kartoffelsack«, antwortete Sparkplug fröhlich, schaltete das Wasser ab und trocknete sich ab, bevor er in die Unterwäsche schlüpfte.

Ulmer grummelte und gab Handzeichen.

»Schon verfraggt, wenn man nichts versteht, oder?«, fragte der Metamensch. »Du raffst wirklich nicht, was ich sage, du Wichser? Kinderschänder? Mutterf …«

»Ich darf doch sehr bitten.« Haake tauchte aus einem der Labors auf und zerrte Sparkplug in den Raum. »Ich wäre Ihnen dankbar, wenn Sie mein Personal nicht beschimpfen würden. Und jetzt hinein in die Röhre.«

Ein rundes Schott schwenkte summend auf und gab eine Öffnung so groß wie ein Abflussrohr frei. Mit einem kräftigen Ruck zog Ulmer die Liege heraus, auf der es sich der Rigger bequem machte.

»Die werden Sie hier nicht brauchen.« Der Wissenschaftler zog die Kameralinse heraus, und für Sparkplug wurde es dunkel. »Die Untersuchungen dauern länger als gewöhnlich, weil wir die CT kalibrieren müssen, sonst bringen die ganzen Metallteile die Messdaten durcheinander. Sie bekommen von uns eine Spritze, die sie völlig ruhig werden lässt. Sie werden sich nicht langweilen, und wir brauchen uns keine Sorgen zu machen, dass Sie einen Röhrenkollaps erleiden.« Es pikste im Oberarm. »Und als Belohnung dürfen Sie nächste Woche den TA.K.C. 3000 so ausprobieren, wie er eigentlich konzipiert wurde, inklusive des Satellitensystems.«

Ich werde eueren dämlichen Satelliten zu Schrott fliegen. Die Lider des Riggers wurden schwer, und der Schlaf meldete sich mit überwältigender Macht. »Ich will mit Twing reden, wenn ich wach werde«, flüsterte er. »Hey, Ulmer.« Der Mann drehte den Kopf. »Hämorridenarsch.«

Ulmer grinste.

Seattle, Redmond Barrens, 03. 08. 2057 AD, 00.12 Uhr

Jeroquee rannte durch die Kanalisation, wie sie in ihrem Leben noch nie zuvor gerannt war.

Um schneller zu sein, hatte sie alle Ausrüstungsgegenstände von sich geworfen und lief ziellos, allein mit der Ersatz Max-Power bewaffnet, auf den nächsten Ausgang zu, den sie finden konnte.

Zweimal stürzte sie, verlor die Taschenlampe und die Karte und versuchte auf gut Glück, zu einem Aufstieg zu gelangen.

Dabei hätte sie sich an den Einleitern orientieren müssen. Piers hatte ihr beigebracht, wie man Sprossen nach oben fand, falls man sich hier unten verlief.

Doch in ihrer Panik vergaß sie fast alles Erlernte.

In Gedanken war sie zudem bei ihrem Mentor, der von Demus seltsamerweise mit Black Sting angeredet worden war.

Die junge Frau kämpfte dagegen an, umzukehren

und ihrem Lehrer helfen zu wollen. Vermutlich wäre sie für diesen Killer, der Leute wie sie mit der linken Hand fertig machte, ein netter Happen für zwischendurch.

Jeroquee hielt keuchend vor Anstrengung an und lehnte sich erschöpft gegen die nasse, kalte Wand. Ihre Beinmuskeln zitterten. Sie war vollkommen ausgelaugt.

Scheiße, was mach ich nur? Die Angst vor dem übermächtigen Gegner, ihre Verletzung und die Dunkelheit wirkten auf sie. Sie rutschte an der Mauer hinab, legte die Arme um die Knie und schluchzte. *Das ist alles zu viel.*

Ihr Widerstandswille erlosch von einer Sekunde auf die nächste. Klappernd prallte die Waffe auf den Boden.

Wie ein verängstigtes Kind saß die junge Frau auf dem Steinsims und weinte. Sie fühlte sich allein gelassen ohne Piers, der ihr immer gute Ratschläge gegeben hatte.

Was mach ich nur?

Das kalte Wasser, das durch den ramponierten Schutzanzug drang, weckte sie aus ihrer Verzweiflung. *Lass dich nicht hängen,* feuerte sie sich selbst an. *Los, auf die Beine und nichts wie raus hier. Konzentriere dich.* Umständlich erhob sie sich, nahm die Pistole und ging weiter. *Immerhin, ich kann wieder einen halbwegs klaren Gedanken fassen.*

Nach einer Weile erkannte sie Sprossen in der Wand, die nach oben führten. Ein schwacher Lichtschein fiel beinahe überirdisch schön herein und beleuchtete die senkrecht angebrachten Metallstiegen.

Mit einem kleinen Freudenschrei steckte sie die Waffe ins Hüftholster, lief zu der Leiter und begann hinaufzuklettern. Die hellen Strahlen riefen die Lebensgeister in der jungen Frau zurück. *Wer sagt's denn.*

Jeroquee hatte erst vier der Eisensprossen bewältigt, als sich ein stahlharter, schmerzhafter Griff um ihren linken Knöchel schloss.

Sie schrie auf und trat mit dem anderen Fuß nach der fremden Hand, während sie nach der Waffe an ihrem Gürtel griff.

Die Zugkraft des Angreifers war so enorm, zumal es ihm gelungen war, den zweiten Fuß ebenfalls zu fassen und vehement nach unten zu ziehen, dass sich die junge Frau mit beiden Händen festhalten musste und die Max-Power geräuschvoll in der Tiefe unter ihr verschwand.

Der Gegner fluchte dumpf und riss heftig an ihren Fußgelenken.

Ihre Finger lösten sich, und schreiend fiel Jeroquee von der Sprossenleiter ins warme Abwasser, das gierig über ihr zusammenschlug. Sie ließ sich sinken. *Hoffentlich ertrinke ich, bevor Demus mich findet.*

Ihre Hoffnung wurde nicht erfüllt.

Unversehens zerrte sie jemand aus dem brackigen, stinkenden Wasser, mit dem sie des öfteren Bekanntschaft gemacht hatte.

Halb ohnmächtig hing sie in den kräftigen Armen des Mannes.

»Was'n los, Kleines?«, nuschelte es undeutlich vor ihrem Gesicht, und eine Ekel erregende Wolke schlechten Atems, der sogar den Gestank hier unten bei weitem übertraf, hüllte ihr Gesicht ein. »Warum rennst'n so und schmeißt deine Sach'n weg, hä? Sind 'n paar Ghule hinter dir her, oder was?«

In dem Moment wurde es hell um sie herum.

»Faxe! Mach's Licht aus, du Idiot! Die Kleine sieht ja nix, wenn du rumblendest wie doof.«

Jeroquee öffnete verblüfft die Augen. Sie hatte mit allem gerechnet, nur nicht damit, die Kanalarbeiter wiederzusehen. Und niemals zuvor empfand sie eine solche

Sympathie für Meta-Menschen wie in diesem Augenblick. Sie schloss die Arme um den Ork und lachte glücklich.

»Faxe! Komm her und nimm mir die mal ab. Ich glaub, die ist geistig hinüber.«

»Wer dich umarmt, muss geistig hinüber sein, du stinkender Orkzahn«, lästerte der Mann mit der tiefen Stimme. »Frag sie lieber, warum sie herumrennt, als ob der Teufel leibhaftig hinter ihr her wäre. Wenn du sie schon mal auf dem Arm hast ...«

Jeroquee strampelte ein bisschen, und der Ork setzte sie vorsichtig ab.

»Tut mir Leid wegen der Dusche, aber du hast mir vorhin ins Gesicht getreten, und da wollte ich mich beeilen, bevor du mir einen Zahn ausschlägst«, entschuldigte sich der Meta verlegen, als er die patschnasse Frau sah. »Gott, wie siehst du denn aus?«

Der Mann, an dessen Namen sich die Ghuljägerin dunkel erinnerte, drängte sich an dem Ork vorbei. »Also was jetzt, Lady? Krieg ich die Geschichte heute noch serviert?«

»Sie heißen Barkley, nicht wahr?«

»Kunststück, Süße. Steht doch auf meiner Uniform«, sagte der Vorarbeiter unwirsch und machte eine ungeduldige Handbewegung. »Seattle South Drains. Was liegt jetzt an?«

»Hier unten läuft ein Verrückter rum ...«

»Entschuldige mal, aber das ist falsch«, unterbrach sie der Ork mit der hohen Stimme und grinste unverschämt, »in Wirklichkeit sind es nämlich vier. Das sind wir, die irre genug sind, diesen Job für die lausigen Nuyen zu machen.«

Barkley drehte sich um und schenkte dem vorlauten Metamenschen einen langen Blick, der sich daraufhin duckte und die Scheinwerfer löschte.

Jeroquee schilderte die Vorkommnisse, so gut sie dazu imstande war.

Mitten in ihrer Erzählung gellte ein gequälter Schrei durch die Tunnel, der in einem schweren Seufzen endete und schließlich verebbte, dann folgte eine dumpfe Detonation. Hatte einer der Arbeiter bisher Zweifel an der Story der dunkelhaarigen Frau gehabt, verschwanden sie.

»Piers!«, schrie die junge Frau und krallte sich an Barkleys Uniformaufschlägen fest. »Wir müssen ihm helfen! Wer weiß, was Demus mit ihm anstellt. Bitte!«

Der Vorarbeiter befreite sich umständlich und schüttelte bedauernd den Kopf. »Sorry, aber das geht uns nichts an, Lady. Wir sind für die Instandhaltung zuständig und weder eine militärische Einheit noch das LoneStar-Response-Team. Ich bringe Sie hier raus und zur nächsten Wache. Denen können Sie von mir aus alles erzählen, und mit viel Glück reagieren die in den nächsten drei Jahren.« Er reichte ihr die verlorene Max-Power. »Tut mir echt Leid, Lady, aber das ist nicht mein Problem.«

Verdammt. Jeroquee betrachtete niedergeschlagen kleine Bläschen im Abwasser. *Piers, es tut mir so Leid.*

XI.

ADL, 30 Kilometer nördlich von Ingolstadt,
06. 08. 2057 AD, 11.21 Uhr

»Glauben Sie, er ahnt, was mit ihm geschieht?« Dr. Udo Kürten von DrakenSys schaute sich die Aufnahmen an, welche die Messungen der Magnetströme ergeben hatten, und hielt sie Haake hin, der anerkennend nickte. Das Gewebe des Elfen war nach dem Eingriff auf Hellmanns OP-Tisch einwandfrei zusammengewachsen.

»Die Medikamente sind sehr stark, und der Rigger wird nicht lange brauchen, um zu verstehen. Immerhin hat er ein Encephalon eingebaut.« Die Männer lachten. »Ich weiß, dass es gefährlich ist, den Elfen zu behalten, Herr Kollege.« Der Professor reichte die Bilder in die Runde der Wissenschaftler, die sich im Besprechungszimmer versammelt hatten. »Aber es ist für uns einfacher. Wir benötigen weniger Zeit, als wir gedacht haben, um hinter die Konstruktion zu kommen, die Hellmann zusammengebaut hat. Sie ist ebenso brillant wie einfach. Es ärgert mich nur, dass wir nicht selbst darauf gekommen sind. Die Testzeit wird bis Anfang nächsten Monats abgeschlossen sein. Dann können wir mit der vollständigen Indoktrination des Riggers beginnen.«

»Welche Methoden sind angebracht?« Kürten sah immer noch fasziniert auf die errechneten Bilder.

»Ich dachte an eine klassische Behandlungsweise, kombiniert mit einem gehörigen Schuss Magie. Ein Experte ist bereits auf dem Weg hierher, um unseren Gast sanft, aber bestimmt auf den Cyberdynamixweg zu führen. Die bisherigen Tests zeigen, dass dieser

Sparkplug ein perfekter Träger für den TA.K.C. 3000 ist. Also warum sich dann die Mühe machen und einen neuen Rigger suchen, der die gleichen Anforderungen mit sich bringt wie er, nicht wahr?«

»Können Sie das verantworten?«, meldete sich einer der Wissenschaftler zögerlich zu Wort. »Angenommen, das Projekt gerät durch einen unkontrollierbaren Zwischenfall in Gefahr, weil der Rigger seinen eigenen Willen plötzlich durchsetzen kann …«

Haake hob beschwichtigend die Hände. »Keine Angst, meine Herren. Ich trage dem Kon gegenüber die volle Verantwortung für etwaige Fehlschläge, die – das kann ich Ihnen allen versichern – nicht eintreten werden. Wir haben zu viel Arbeit in die Sache gesteckt. Die Indoktrinationsmöglichkeiten sind bei dem heutigen Stand der Wissenschaft mehr als sicher. Ich darf Sie daran erinnern, dass unser Fachmann mehr als 20 Mitglieder anderer Kons umgedreht hat, ohne auch nur einen Funken Magie anzuwenden. Mit Magie wird die Absicherung und die Übernahme von Sparkplug so leicht wie das Erhitzen von Wasser.«

Die Männer wirkten sichtlich entspannt. Trotzdem entstand eine leise, aber rege Diskussion untereinander.

»Welcher Trottel war das eben? Fällt mir in aller Öffentlichkeit in den Rücken«, sagte Haake leise zu Kürten.

»Tscherny«, kam es wie aus der Pistole geschossen. »Er ist Mitarbeiter auf Ebene I.«

»Ich werde den Idioten in ein auswärtiges Labor versetzen, wo Standardtests durchgeführt werden. Ich will ihn hier nicht mehr sehen.« Er hob die Stimme. »Wenn es keine weiteren Fragen mehr gibt, dann würde ich vorschlagen, dass wir zurück an unsere Arbeit gehen.«

Die Versammlung löste sich in wenigen Minuten auf. Der Raum war leer.

»Und wir beide bewundern jetzt Sparkplug, wie er

zum ersten Mal die komplette Bandbreite des TA.K.C. 3000 ausprobiert.« Haake wirkte erleichtert, die Meute los zu sein.

»Ich habe hier noch eine Meldung vom Sicherheitsdienst, Herr Kollege.« Er reichte ein kleines Pad herüber. »Wir hatten gestern Abend einen Zwischenfall an Tor 6. Ein Schattenläuferteam wollte sich Zugang verschaffen.«

Haake überflog den Bericht. »Aha. Ein weiterer Konkurrent streckt seine Fühler aus, um zu sehen, ob wir was Neues haben. Wenn ich den Schwachsinnigen aus der Konetage in die Finger bekomme, der die vollmundige Pressekonferenz über den TA.K.C gegeben hat, werde ich ihn eigenhändig vor einen Schweißlaser binden.« Das Pad knallte gegen die Wand und zerbarst. »Seit dieser bescheuerten Meldung hatten wir fünf Einstiegsversuche in das Datensystem und drei Angriffe durch Schattenläufer. Sind die Wachmannschaften verstärkt worden?«

»Aber, natürlich.« Kürten öffnete die Tür. »Und bei dem jetzigen Stand der Dinge bräuchte man eine kleine Armee, um hier reinzukommen.«

»Oder nur einen Mann, der sehr gut ist.«

»So gut ist keiner, Herr Kollege, wenn ich das mal so sagen darf«, wehrte Kürten ab. »An unserem Sicherheitsdienst kommt keiner vorbei. Aber schade, dass Sie das Pad kaputtgemacht haben. Es stand noch eine wichtige Information darauf.«

»Dann werden Sie es mir wohl so sagen müssen.«

»Wir haben einen der Schattenläufer geschnappt und zur näheren Beobachtung festgesetzt.«

»Und was ist daran so wichtig?« Der Professor schaute seinen Kollegen entnervt an. »Außerdem ist es Unsinn, diese Subjekte am Leben zu lassen. Das Einbunkern rentiert sich in den wenigsten Fällen. Im Endeffekt machen sie nur Schwierigkeiten.«

»Das kann schon sein, aber das hier bereitet unserer Forschungsabteilung bestimmt große Freude.«

Die beiden Männer schritten den Gang hinunter, die Gummisohlen quietschten leise.

Haakes Miene verfinsterte sich zusehends. »Hören Sie schon auf mit der Geheimnistuerei, und sagen Sie es mir einfach.«

Kürten genoss seinen Auftritt und lächelte. »Der Läufer war für die Wachelementare nicht sichtbar.«

Abrupt blieb der Professor stehen. »Sie meinen, er hat sich getarnt?«

»Ich meine, er ist ein Nega-Magier«, verbesserte der Wissenschaftler. »Genaues kann ich natürlich noch nicht sagen, ich bin nur militärischer Kybernetiker. Es trifft sich sehr gut, dass Sie einen Magieexperten erwarten.«

»Ich dachte immer, die Nega-Magier seien Hirngespinste oder Ergebnisse falscher Versuchsanordnungen.« Haake schlug Kürten begeistert auf die Schulter. »Da wird sich die Konetage aber mächtig freuen. Geben Sie dem Mann, der ihn gefangen hat, eine ordentliche Belohnung. Ich sage bei den zuständigen Leuten Bescheid. Bis dahin bleibt der Mann unser Gast. Und jetzt zu dem Rigger. Ich bin gespannt, was er zu seinen neuen Möglichkeiten sagt.«

»Vermutlich wechselt er freiwillig zu Cyberdynamix«, schätzte Kürten schmunzelnd.

»Das würde uns vieles erleichtern. Trotzdem würde ich mich auf das Wort alleine nicht verlassen.«

Sie betraten die Kontrollzentrale der Ebene, von der aus der anstehende Versuch überwacht wurde. Eine dicke Panzerglasscheibe gewährte Einblick in den benachbarten Raum, wo alles für den Elfen vorbereitet worden war.

»Schicken Sie Ulmer und den Rigger her«, befahl der Professor einem Mitarbeiter, der die Anweisung über Com an Sparkplugs Aufpasser weitergab.

Ulmer sprach in sein Armbandcom und deutete auf den Ausgang. »Go, Chummer.«

»Hoy, Ulmer.« Sparkplug schob sich den Rest Soyburger in den Mund. »Ist heute der große Augenblick, ja? Also gut, du Penner, dann mal los.« Er lief an dem Samurai vorbei und grinste. »Geh vor, Muskelsack. So hässlich wie du bist, hat deine Mama bestimmt mit einem Elch gevögelt. Mit einem wirklich ...«

Ohne Vorwarnung schoss die Faust des großen Mannes nach vorne und hämmerte dem Elf in den Bauch, dass er vom Boden abhob, bevor er keuchend auf die Knie fiel und sein Mittagessen wieder ausspuckte.

»Talentleitung und Englischchip«, sagte Ulmer lakonisch. Er packte den Elf im Genick und zog ihn auf die Beine. »Für jede Beleidigung gibt's in Zukunft einen Schlag in den Bauch, mein Junge. Leider darf ich dir nicht in die Fresse hauen. Anweisung vom Chef, damit der Prototyp keinen Schaden nimmt.«

Sparkplug spuckte aus. »Drek, verfraggter. Weißt du, wie ausgekotzte Pommes schmecken? Wie soll ich mich da auf meinen Job konzentrieren, hä?«

»Jetzt weißt du es, Kamerad. Vorwärts.« Er gab dem Rigger einen Stoß. »Und wenn wir zurück sind, darfst du den Kotzfleck wegwischen.«

Schweigend legten sie den Weg zum Labor zurück. Sparkplug lief gekrümmt und jammerte vor sich hin.

Als sie in das Zimmer traten, vergaß der Metamensch beim Anblick der elektronischen Kostbarkeiten alle Schmerzen. Hinter einer dicken Glasscheibe erkannte er Haake und Kürten, die ihm zunickten.

»Nehmen Sie Platz, Sparkplug. Sie haben das unbeschreibliche Vergnügen, die fortschrittlichste kybernetische Fernsteuereinrichtung der Welt global einsetzen zu dürfen«, kam die Stimme des Professors aus dem Lautsprecher. »Setzen Sie sich einfach an den Computer, und stecken Sie sich den Anschluss für das Satellitensystem in die kleinere Buchse. Die andere ist für das Fernsteuerdeck. Auf dem Bildschirm vor sich sehen Sie die Erde aus der Weltraumperspektive. Der heutige Tag dient dazu, dass Sie sich an das Satellitensystem gewöhnen. Die Ansicht von dort ist anders, als Sie es von Ihren Drohnen gewohnt sind. Wenn Sie bereit sind, stöpseln Sie sich ein.«

Sparkplug tastete nach dem Stecker, führte ihn zum Kopf und beförderte ihn nach einem kurzen Zögern in den Anschluss.

»Satellitenverbindung wird hergestellt«, lautete die Meldung, die ungefähr dreißig Sekunden aufblinkte. Dann wich die Dunkelheit der vergangenen Wochen, und vor ihm lag die Erde.

Wie in den Nachtprogrammen, wenn die Sender alte Aufnahmen von Shuttleflügen zeigten, breitete sich direkt unter ihm das wunderschöne Blau aus. Weiße Wolken trieben über die inselgleichen Landmassen. Den Umrissen nach zu urteilen, schaute er auf Afrika hinunter.

Für eine Schrecksekunde lang glaubte er ersticken zu müssen, bis er realisierte, dass er nicht körperlich im luftleeren Raum trieb, sondern mit den Kameraaugen eines Satelliten auf die Erde schaute.

Das Gefühl war seltsam, denn Schwerelosigkeit hatte er noch nie empfunden. Auch die größte Geschwindigkeit bedeutete nichts im Vergleich zum endlosen Schweben. Die Temperaturanzeigen ließen ihn frösteln.

»Das ist Wahnsinn«, flüsterte er. *Ich bin über der Erde. Verfraggter Drek, ist die schön.*

»Seien Sie so lieb, und wechseln Sie nach Nordamerika, UCAS«, hörte er Haake über das Comgerät. »Schauen Sie sich Seattle an.«

»Wie mache ich das?«, wollte der Rigger wissen und

vollführte mit der FSE einen Sprung, wie er es normalerweise bei den Drohnen machte.

Ohne genau zu wissen, wie es geschah, glitt er in einen anderen Satelliten und schaute auf einen Ausschnitt des amerikanischen Kontinents herab. »Ich glaube, ich bin hier richtig«, meldete er. »Ich sehe mir das mal näher an.«

Er vergrößerte die Zoomstufe und erkannte den Küstenstrich, an dem seine Heimatstadt lag.

Automatisch erfasste die Kamera das nächtliche Seattle und vergrößerte weiter, bis aus den leuchtenden Würfeln kleine Häuser und aus den hellen Strichen belebte Straßen wurden.

Aus der Vogelperspektive betrachtete Sparkplug das pulsierende Downtown, strich über die Barrens hinweg und segelte über die Aztec-Pyramide.

Er zoomte und zoomte, bis es nicht mehr größer ging, und konnte sogar die Schrift eines Buchs lesen, das ein Mann auf einer beleuchteten Dachterrasse in der Hand hielt.

»Das ist Wahnsinn! Das ist verfraggter, drekiger Wahnsinn«, jubelte der Elf, schaltete sich der Reihe nach um die halbe Welt, hüpfte nach China, in die ADL, Frankreich und Ägypten.

Sparkplug hätte mit Sicherheit nicht mehr aufgehört, doch Professor Haake meldete sich wieder.

»Faszinierend, nicht wahr? Die Technik ist schon seit ein paar Jahrzehnten bekannt, aber noch niemand hat sie so eingesetzt wie Cyberdynamix. Wir haben allerdings erst 50 kleinere Satelliten oben. Bis zu einer umfassenden Abdeckung des gesamten Erdballs müssen noch rund 30 dazukommen. Aber wir schaffen das schon. Vor 50 Jahren hätte man mehr als 200 Satelliten benötigt. Jetzt schalten Sie sich bitte wieder über die ADL. Suchen Sie die SOX, die Verseuchte Zone in Frankreich. Die genauen Daten erhalten Sie jetzt.«

Es dauerte exakt 2,7 Sekunden, bis der Rigger den Ort gefunden hatte, der aus der Vogelperspektive mehr als trostlos wirkte. Ein leises »Wow« konnte er nicht unterdrücken.

»So sieht es aus, wenn ein Kernkraftwerk in die Luft geht. Cattenom ist damals explodiert, obwohl der letzte Super-GAU gerade mal 50 Jahre her war«, kommentierte Haake den Anblick mit bitterem Humor. »Wir nutzen die unbewohnten Gebiete als Testgelände für unsere neuen Erfindungen, wie viele andere Kons auch. Und jetzt passen Sie bitte auf. Sie müssten gleich eine Kontaktbestätigung erhalten.«

In diesem Moment erschien auf dem Bildschirm die Meldung ›Dobermann-Drohne einsatzbereit, Signalverstärker aktiviert‹.

»Ich werd verrückt«, murmelte Sparkplug fassungslos und sprang in die Drohne.

Er ›spürte‹ weichen, sandigen Untergrund und eine Temperatur von 30 Grad; vor sich sah er eine zerstörte Dorfstraße mit etlichen verfallenen Häuserzeilen.

Vorsichtig setzte er sich in Bewegung, lenkte die Drohne in einen Seitenweg und beschleunigte.

Auch hier war das Gefühl anders. Er fühlte sich wie in Trance, während er das Fahrzeug steuerte. Die Reaktionsübertragung schien für seinen Geschmack nicht ganz optimiert.

Plötzlich aktivierte sich die Zielerfassung, als eine kleine, schwarze Gestalt über die Straße lief. Entfernung, Geschwindigkeit und Größe des Ziels erschienen sauber auf dem Display. »Es ist eine Katze«, verkündete der Elf.

»Versuchen Sie, die angegebenen Objekte auszuschalten«, befahl der Professor.

»In Ordnung.«

Der Dobermann spuckte eine Salve aus den beiden leichten Maschinengewehren und zerfetzte das Ziel.

Blut spritzte. Der taktische Chip hatte die wahrscheinlichste Bewegung des Tieres vorausberechnet und automatisch das Vorhalten übernommen.

»Das war nicht eines der angegebenen Objekte«, meldete sich Haake trocken. »Trotzdem war es nicht schlecht. Fahren Sie die Straße hinunter und achten Sie auf die Pappscheiben, die hochklappen. Wir wollen das Zielerfassungssystem optimieren.«

Gehorsam setzte sich die Drohne in Bewegung und steuerte eine leichte Anhöhe hinauf, als plötzlich mitten auf dem Weg etwas aus dem Boden hochschnellte.

Die Scheibe war noch nicht vollständig in der senkrechten Position, als die MGs losröhrten und die menschengroße Silhouette in der Mitte auseinander sägten.

Drek, war das schnell, freute sich der Elf, da katapultierte sich der nächste Pappkamerad unmittelbar hinter dem Dobermann aus seiner Deckung.

Auch diesmal war es kein Problem für die Drohne, die den simulierten Angreifer in Rekordzeit eliminierte.

Immer schneller tauchten nun die Ziele auf, doch die Elektronik funktionierte einwandfrei, bis die Meldung kam, dass der Dobermann außerhalb der Reichweite des Signalverstärkers käme.

Sparkplug gönnte sich einen letzten Rundumblick in der Verseuchten Zone, einen Ort, den er wohl niemals in Wirklichkeit betreten würde.

Das Bild wurde immer mehr von Störstreifen durchsetzt. Schnee und Griesel trübten die klare Sicht auf die zerstörten Gebäude des unbekannten Dorfes.

Und dann entdeckte er die Gestalt.

Eine weibliche Silhouette erhob sich auf einem der angrenzenden Hausdächer, ein weißer Mantel und lange, weiße Haare flatterten im Wind. In der rechten Hand hielt sie eine große automatische Waffe, die Mündung zeigte zu Boden.

Mit einem gewaltigen Sprung überwand die Gestalt die Distanz von fast zehn Metern zum nächsten Balkon, federte den Schwung mühelos ab und huschte durch ein zerstörtes Fenster ins Innere.

Was, bei allen verfraggten Geschlechtskrankheiten dieser Welt ... Sparkplug wollte der Frau folgen, da riss die Verbindung zur Drohne abrupt ab.

Automatisch flog Sparkplug zurück in den Satelliten über der Verseuchten Zone, ohne ein Anzeichen von Schwindel zu spüren, wie es normalerweise passieren konnte. Die Feedbacksicherung hatte gehalten.

»Sie können aussteigen, Sparkplug. Wir wollen es am ersten Tag nicht übertreiben.«

Der Rigger gönnte sich noch einmal einen Weltraumblick auf die ADL. Dann stöpselte er sich aus.

Die Schwerkraft, so glaubte er zumindest, traf ihn wie ein Hammerschlag, und sein Kreislauf sackte in den Keller. *Oh, bitte nicht.* »Haben Sie die Gestalt gesehen? Diese Frau mit den platinblonden Haaren?«, fragte er ein wenig geschwächt.

Sofort waren Männer in weißen Kitteln um ihn herum und kümmerten sich um ihn. Haake und Kürten strahlten wie Glühbirnen.

»Das war phantastisch, Sparkplug. Sie sind ein wahres Naturtalent, wenn ich das so leger sagen darf«, lobte der Professor. »Ihren Kreislauf bekommen wir wieder hin, das ist nur die ungewohnte Perspektive und die Anstrengung.« Er brachte sein Gesicht ganz nah vor Sparkplugs. »Wissen Sie überhaupt, was Sie eben als erstes Lebewesen der Welt getan haben? Begreifen Sie die Möglichkeiten?«

Der Elf versuchte sich zu konzentrieren. »Man kann in Zukunft bei einem Lauf zu Hause bleiben?«

»Wir können in Kürze überall auf der Erde Drohnen einsetzen, ohne vorher das Gelände mit Aufklärern überprüfen zu müssen und damit die Aufmerksamkeit des Gegners zu erregen. Die Daten des Satelliten fließen direkt in den taktischen Computer und werden in die Zielerfassung integriert. Wir können den Satelliten zudem an eine Sammelbox anschließen und eine Doppelschaltung mit herkömmlichen Aufklärungsdrohnen koppeln.« Haake schloss die Fäuste, dass die Knöchel weiß hervortraten. »Wer einmal in den Fängen des TA.K.C. 3000 ist, wird nie wieder entkommen.«

»Geil«, flüsterte Sparkplug grinsend. »Sie sind besessen von dem Baby, was?«

»Genau wie Sie. Ihre Stresswerte sind enorm gestiegen, damit Sie es nur wissen. Deshalb lassen wir Sie ein paar Tage in Ruhe. Entspannen Sie sich in der Sauna oder im Whirlpool, dann besprechen wir die Auswertung des Testlaufs.« Er klopfte dem benommenen Rigger auf die Schulter.

»Aber was ist mit der Frau?«, versuchte es der Elf ein weiteres Mal. »Haben Sie denn nicht gesehen ...«

Der Blick des Wissenschaftlers richtete sich kurz auf einen Monitor. Einer seiner Assistenten nickte bestätigend. »Wir haben etwas aufgezeichnet, aber wen interessiert das? Es kann auch ein Engel gewesen sein. Und er sollte dankbar sein, dass das Dobermannsignal abriss, sonst hätte er gegen die moderne Technik antreten dürfen.« Er lächelte und verließ mit Kürten den Raum.

Bescheuerte Kittelträger. Müde erhob sich der Elf und schaute per Leitung und Kamera auf den Computerbildschirm, auf dem die Erde zu sehen war. *Du bist vielleicht eine verfraggt ultrageile Maschine. Wo warst du all die Jahre, hm?*

Ulmer erschien an seiner Seite. »Zeit zum Ausruhen, Elf. Ab ins Bett.«

»Drek auf die Schnarchkiste. Ich will sofort wieder einsteigen.«

»Tut mir Leid, Kamerad, aber daraus wird nichts.

Der Professor hat dir einen Timeout verordnet, also gehen wir.«

»Von mir aus. Außerdem muss ich noch den Kotzfleck wegwischen.« Sparkplug ergab sich in sein Schicksal.

Dass er Twing anrufen wollte, vergaß er völlig. Die überwältigenden Erfahrungen beschäftigten ihn vollkommen und das Verlangen, seinen Geist mit den Satelliten zu verschmelzen. *Gott muss einen ähnlichen Blick auf die Erde haben.*

Gestützt von zwei Sanitätern, kehrte er unter den strengen Augen Ulmers in sein Zimmer zurück, wo eine Flasche Sekt auf ihn wartete.

Wenn ich mir alles recht überlegte, ist Cyberdynamix nicht schlecht. Der Gedanke, für immer hier zu bleiben, wuchs schon seit längerem in seinem Kopf. Deshalb hatte er sich vor kurzem geweigert, mit fremden Schattenläufern durchzubrennen. Dank der Erfahrung mit dem TA.K.C. 3000 erhielt die Idee neuen Nährboden. Riggen war eben das Größte.

So etwas kann mir keine Drohne der Welt und kein System bieten.

Er legte sich ins Bett und dämmerte beinahe sofort ein, nachdem er ein Glas Sekt getrunken hatte. *Vielleicht kann ich über eine Zusammenarbeit verhandeln. Kon-Testrigger.* Er zog sich die Decke über den Kopf. *Die ADL sind gar nicht so schlecht.*

An Twing dachte er nicht mehr.

XII.

ADL, Frankfurt a.M., 29. 09. 2057 AD, 13.45 Uhr

»Willkommen in Frankfurt. Vielen Dank, dass Sie mit der Lufthansa geflogen sind. Wir hoffen, Sie hatten eine angenehme Reise, und wünschen Ihnen für den weiteren Aufenthalt in den ADL viel Vergnügen. Vielen Dank und auf Wiedersehen.«

Die Stimme der Stewardess erstarb, und die ersten Reisenden erhoben sich von ihren Sitzen.

»Dann mal raus mit uns.« Hustle stand auf und ging Richtung Ausgang des Airbus 380, Cauldron und Twing im Schlepptau.

Alle hatten falsche SINs von Fuchi bekommen. Ihre Cyberware war mit einem Mal legal, dank der entsprechenden Ausweise, und keiner hatte Angst, von der Sicherheit angehalten zu werden. Poolitzer musste die Gesetzeshüter und Kontrollen nicht fürchten. Er war so legal wie ein Kaugummi.

»Wo bleibt denn unser Riesenbaby?« Der Ork drehte sich um und hielt Ausschau.

Ultra stand am Mittelgang, gestikulierte wild und verhandelte eindringlich mit der Flugbegleiterin.

Hustle ächzte. »Mädels, geht schon mal vor und sucht unser Gepäck. Ich kümmere mich um den Kleinen.«

Die beiden Frauen nickten und verschwanden nach draußen in den hellen Sonnenschein. Der Reporter folgte schweigend. Das ein oder andere Luftloch hatte ihm schwer zu schaffen gemacht.

»... Nein, Sir. Ich darf Ihnen das Cockpit nicht zeigen, auch wenn die Maschine gelandet ist. Die Piloten haben Anweisung, niemanden in die Kanzel zu lassen. Außerdem sind Sie zu ... muskulös, Sir.« Die Stewardess lächelte zwar immer noch, doch allmählich zeigte sich ein Hauch von Panik in ihrem hübschen Gesicht. »Bitte, verlassen Sie das Flugzeug, Sir.«

»Mein Gott, jetzt ist er so groß und immer noch nicht erwachsen«, murmelte Hustle und legte der Frau jovial die Hand auf die Schulter. »Ma'am, entschuldigen Sie bitte. Mein Freund ist ein wenig zu neugierig. Er will bestimmt keine Schwierigkeiten machen, nicht wahr, José?« Der Troll lugte zur Tür. »JOSÉ!«

Die Worte des Orks klangen wie ein Peitschenknall. Ultra zuckte zusammen und ließ die Schultern hängen.

»Ich wollt nur mal guck'n, wie so'n Stahlvogel fliegt und wie viele Hebel es da vorne gibt. Das ist nämlich bestimmt eine Frage bei ›Quizz It‹.« Er trottete davon.

»Danke, Sir«, atmete die Stewardess auf. »Es ist eben Vorschrift, dass keine Passagiere ins Cockpit dürfen. Bitte haben Sie dafür Verständnis.«

»Kein Problem, Ma'am. Mein Freund ist ein großes Kind, auch wenn er aussieht wie ein erwachsener Metamensch.«

Er verließ als Letzter die Maschine, passierte den Sicherheitsposten, der ihm die handschellenförmigen Cyberwarehemmer abnahm, und traf die anderen am Gepäckband, das so breit war wie eine Autobahn.

Hunderte von Koffern, Taschen und anderen Behältern sausten an den Wartenden vorüber, und Hustle fragte sich, wie ein Normalo ohne Reflexbooster schnell genug sein konnte, sich sein Gepäck herunterzuklauben.

»Und wie geht's weiter?« Ultra grabschte die Koffer der Schattenläufer und stellte sie neben sich auf den Boden. Jedem, der auch nur zufällig zu nahe an das Gepäck herankam, warf er einen bösen Blick zu. »Und wo is'n Poolitzer?«

»Kotzen«, feixte Twing. »Er verträgt das Fliegen nicht besonders.«

Der Samurai dachte einen Moment nach. »Hotwire zufolge hätte Hellmann gesagt, wir würden hier von einem Jeromin abgeholt. Hat jemand von euch einen Typen mit einem Schild gesehen, auf dem unsere Namen stehen?« Die anderen schüttelten den Kopf. »Dann schlage ich vor, wir gehen jetzt in das Flughafencafé und gönnen uns 'n Tässchen Soykaf, einverstanden?«

Sie schlenderten durch die riesige Halle, vorbei an Schaltern exotischer Fluggesellschaften, drängelten sich durch Touristenschwärme und grinsten in japanische Kameras, bis sie endlich in der mit schalldichtem Glas umgebenen Lounge des Cafés saßen und sich müde in die Sessel fallen ließen. Der Jetlag machte sich bemerkbar.

Ein echtes Gespräch kam nicht zustande, trotz der belebenden Wirkung des Soykafs, der irgendwie stärker schmeckte als in Seattle. Jeder hing seinen eigenen Gedanken nach. Twing fielen immer wieder die Augen zu.

Knapp einen Monat hatten die vier Freunde gebraucht, bis sie einigermaßen Deutsch verstanden. Das Sprechen bereitete allen außer Cauldron erhebliche Schwierigkeiten. Der Akzent war allerdings unüberhörbar breit und gedehnt. Der Reporter kam dank seiner Talentleitung besser davon und beherrschte durch den Chip die Sprache am besten.

Die neuen SINs waren äußerst gewöhnungsbedürftig. Vor allem Ultra ignorierte immer wieder, dass er in den ADL José Gonzales gerufen wurde. Hustle hieß Jim Montoya, Twing nannte sich Maria Espinosa, Cauldron hörte auf Carmen Peron. Nur Poolitzer hieß weiterhin Severin T. Gospini.

Aber nicht nur die Namen hatten sich geändert.

Die Ausstatter von Fuchi hatten sich alle Mühe gegeben, den Läufern eine sowohl unauffällige als auch einigermaßen gut aussehende Kleiderkollektion zusammenzustellen. Ein Beobachter hätte nichts Besonderes an ihnen gefunden, sehr zum Leidwesen von Cauldron, die nur mit großer Überredungskunst dazu zu bewegen war, ihre schwarzen Gruftiklamotten gegen etwas völlig Durchschnittliches einzutauschen.

Auch ihre auffälligen Haarfarben waren die Läufer los. Twing musste sogar auf die Tätowierungen verzichten.

Richtig zivilisiert, fast salonfähig sah der FNS-Mitarbeiter ohne die gefärbten Haare, den Bart und die Kontaktlinsen aus. Poolitzer hatte sich eine schlichte Kombination mit passendem Hut ausgesucht und wirkte damit wie ein Relikt aus den 50er Jahren des vorigen Jahrhunderts. Der helle Trenchcoat machte die Sache perfekt.

Hellmann war mit dem neuen Outfit, welches das Team wie eine Gruppe grauer Mäuse erscheinen ließ, sehr zufrieden gewesen.

Die Exec hatte sie immer wieder mit den neuesten Informationen versorgt, soweit man etwas aus Cyberdynamix-Kreisen erfahren konnte.

Zwar taten Bestechungsgelder, Matrixattacken und simple Industriespionage ihren Teil, aber Fuchi wollte es nicht übertreiben. Die Sicherheit des deutschen Kons wäre unzweifelhaft hellhörig geworden, wenn sich plötzlich zu viele gleichzeitig für die Vorgänge um den TA.K.C 3000 interessiert hätten.

Bekannt war lediglich, dass Sparkplug in einem Forschungslabor irgendwo in der Nähe von Ingolstadt festgehalten wurde. Alles Weitere sollte der deutsche Kontaktmann, von dem bisher jede Spur fehlte, mit den Schattenläufern klären.

»Also, was jetzt?« Cauldron wurde ungeduldig. »Wie lange sollen wir auf diesen Jeromin warten?«

Ein um die Nasenspitze bleicher Poolitzer steuerte auf die Läufer zu, den Hut forsch im Nacken, den

Mantel über dem Arm. »Danke, dass ihr auf mich gewartet habt. Es ist ja nicht so, dass man sich hier leicht aus den Augen verlieren kann.« Er ließ sich auf den harten Plastikstuhl fallen. »Gott, ist mir schlecht.«

Ultra schob den Memorychip seines Palmtops in ein Terminal und lud sich nach Bezahlung von ein paar Nuyen ein Update seines Quizprogramms herunter. »Hey, die haben speziell Fragen, die sich um die ADL drehen«, freute er sich. »Weiß jemand, was Dendrologie ist? Ich sage Zahnkunde.«

Seine Freunde überhörten ihn absichtlich.

»Dann eben nicht.« Er schnalzte mit der Zunge, als er die Antwort las. »Baumkunde? Is ja witzig.«

Hustle rührte im Soykaf und beobachtete den Strudel, der sich an der Oberfläche der schwarzen Flüssigkeit bildete. »Wir bleiben, bis der Typ da ist«, beantwortete er die Frage der Magierin. »Ich wüsste nicht, wohin wir gehen sollten. Du vielleicht?«

Cauldron schüttelte den Kopf. Sie öffnete ihre Handtasche und suchte die langen, schwarzen Zigarillos heraus, die sie sich vor ihrer Abreise am Flughafen gekauft hatte.

Sie steckte den Filter zwischen die Lippen, als wie aus dem Nichts eine Hand mit einem Feuerzeug vor ihrem Gesicht erschien.

»Erlauben Sie, gnädige Frau?« Die Stimme klang ölig und einschmeichelnd. Dann trat der Unbekannte vor.

Cauldron sah einen Geschäftsanzug von Boss, teure, dazu passende Schuhe und eine protzige Rollex.

Ihr Blick wanderte nach oben.

Die markanten Gesichtszüge des Mannes waren eine freundliche Maske, das Lächeln war erprobt, aber nicht echt, wie bei allen Geschäftsleuten, die sie bisher kennen gelernt hatte. Trotzdem ging von dem Mann etwas aus, das ihn interessant machte. Das Aftershave jedenfalls roch betörend gut. *Unverschämt gut.*

Beiläufig bemerkte die Magierin, wie auch Twing den Kopf hob und neugierig zu dem Unbekannten herübersah.

Der Reporter schloss die Augen und wechselte die Gesichtsfarbe. »Meine Güte, sind Sie in die Auslagen einer Parfümerie gefallen?«

Cauldron lächelte zurück. »Danke sehr.« Das Zigarilloende glühte auf. Sie legte den Kopf in den Nacken und blies eine Rauchwolke nach oben.

»Ich bin so frei«, sagte der Mann und setzte sich unaufgefordert zwischen die beiden Läuferinnen. Ultras und Hustles Muskeln spannten sich gefährlich.

Poolitzer wedelte demonstrativ in die Richtung des aufdringlichen Feuergebers. »Haben Sie irgendwo ein Schild gesehen, auf dem stand: ›Mach unbekannte Frauen an‹?«

»Bevor die Herren ihren Beschützerinstinkten freien Lauf lassen, mein Name ist Antonius Jeromin. Ich hoffe, das Wetter ist in Tichuana besser als in Ingolstadt?«

»Darauf können Sie einen lassen«, grunzte der Troll.

»Die richtige Antwort lautet: Wie immer ist es so und nicht anders«, seufzte Twing und vervollständigte damit das vereinbarte Codewort. »JOSÉ hat nicht so richtig mitbekommen, was vereinbart war, fürchte ich.«

Jeromin lachte leise. »Aber das macht doch nichts. Ich war mir ziemlich sicher, die Richtigen vor mir zu haben. Vor allem bei so hübschen jungen Frauen, wie Sie beide es sind.«

»Was hat er gesagt?«, erkundigte sich Ultra auf Englisch bei Hustle. »Er redet ein bisschen schnell.«

»Er verteilt Komplimente und hat für meinen empfindlichen Magen zu viel Rasierwasser an sich«, sagte Poolitzer und wandte sich um. »Wenn ich Sie gleich vollkotze, ist das nicht persönlich gemeint.«

»Wenn Sie mich nicht verstehen, kann ich natürlich

auch in Ihrer Heimatsprache reden, das sollte das kleinste Problem sein. Es ist allerdings etwas zu auffällig«, warf der Mann in breiter Seattler Stadtsprache ein und wechselte zurück ins Deutsche. »Ich habe das außerordentliche Vergnügen, dafür zu sorgen, dass Sie alle Informationen und Ausrüstungsgegenstände erhalten, die Sie beim Einsatz gegen Cyberdynamix benötigen. Ich habe für uns einen Wagen bereitstellen lassen, der uns direkt nach Ingolstadt befördert. Hatten Sie einen angenehmen Flug?«

»Es gab keinerlei Schwierigkeiten«, beeilte sich der Ork zu sagen, während sie sich erhoben.

»Nullos Problemos, Senor, wie wir in Mexiko sag'n«, griente Ultra, schnappte sich die Koffer und trabte hinterher.

»Es freut mich sehr, das zu hören.« Jeromin schlenderte durch die Halle, als hätte er alle Zeit der Welt. »Es wäre sehr bedauerlich, wenn Sie schon auf der Reise einen schlechten Eindruck von den ADL bekommen würden. War einer von den Herrschaften schon einmal hier?«

»Nein«, sprach Twing für alle. »Wie auch?«

»Ach, richtig, ich vergaß.« Jeromin tippte sich mit den Fingern an die Stirn. »Na, dann genießen Sie den Aufenthalt, auch wenn Sie leider nicht viel von unseren schönen Ländern sehen werden. Ich werde schauen, was ich für Sie an Kultur einrichten kann.«

»Mir würde ein Bett, das nicht hin und her schwankt, reichen. Keine Kultur, bis sich mein Magen beruhigt hat«, bat der Reporter und bog ohne Vorwarnung zur Toilette ab. »Ich komme gleich nach.«

»Ich hab gehört, die ADL hat super Brauerein«, sagte der Troll hoffnungsvoll. »Gibt's davon welche in der Nähe?«

»Oh, ich fürchte, ich muss Sie enttäuschen.« In Jeromins Worten klang ein Hauch Bedauern mit. »Da hätten Sie weiter in den Süden gemusst. Aber ich schaue, was ich für Sie arrangieren kann. Wir sollten warten, bis Ihr Freund wieder da ist, sonst verlieren wir ihn noch im Gedränge.«

Nach ein paar Minuten kehrte Poolitzer zurück. Sie setzten den Weg fort.

»Sie wissen doch bestimmt viel«, begann der Troll.

»Verschon ihn mit deinen nervigen Fragen«, fiel ihm die Magierin ins Wort.

»Aber, aber, ich helfe gerne«, beeilte sich Jeromin zu versichern. »Wie kann ich Ihnen weiterhelfen?«

»Also, vorhin im Flugzeug hab ich mich gefragt, wie viele Hebel in einem durchschnittlichen Cockpit zu finden sind.«

»Veranstaltet man Quiz an Bord, um die Reisezeit zu verkürzen?«, wunderte sich ihr Kontaktmann. »Na, ich werde es herausfinden lassen, wenn Ihnen so sehr daran liegt.«

»Cool«, freute sich Ultra.

Die Gruppe kam an einen Kleinbus, einen Eurocar Blitz II Transporter, der vor dem Ausgang stand.

»Stellen Sie die Koffer hinten ab. Ich lade sie sofort ein.« Der Verbindungsmann entriegelte per Fernbedienung die Türen und deaktivierte die Diebstahlsicherung. »Bitte sehr, die Damen.« Er öffnete die Tür und hielt sie offen, bis Twing und Cauldron eingestiegen waren. Dann ging er nach hinten, um das Gepäck einzuladen.

»Er is zwar nett, aber er is'n Schleimer«, meinte Ultra leise.

»Ein Schleimer mit Stil«, fügte die Magierin hinzu und nutzte die Gelegenheit, um sich Jeromin astral anzusehen.

Der Mann verfügte über ein wenig Cyberware und schien, wenn die Aussagekraft seiner Aura nicht log, in bester Stimmung zu sein.

In einiger Entfernung stand ein Elementar, vermutlich von der Flughafensicherheit, und beobachtete die Aktivität Cauldrons. Schnell wechselte die junge Frau in die normale Ansicht zurück.

»Was machen Sie beruflich?«, wollte Hustle wissen, als der Mann Platz genommen hatte und den Wagen in Bewegung setzte.

»Hey, hey! Fahren Sie bloß vorsichtig, sonst geschieht hier hinten ein Unglück«, fiel ihm der Reporter panisch ins Wort. Demonstrativ rückten die Damen ein Stück weg.

»Offiziell arbeite ich als Reiseführer und betreibe nebenher noch einen Escort-Service. So lernt man wichtige Leute kennen, die auch mal einen Tipp geben«, antwortete Jeromin lächelnd.

»Was is'n Escort-Service?«, fragte Ultra und spielte mit dem elektrischen Scheibenheber.

Dankbar lächelte Poolitzer, als ihm die frische Luft um die Nase wehte. Die Farbe kehrte zurück.

»Reiche Männer und Frauen suchen eine nette, charmante, gebildete und gut aussehende Begleitung für den Abend, ganz ohne Sex.« Souverän schaltete der Mann die hintere Scheibenheberautomatik aus und schloss das Fenster über die Hauptkontrollen. »Alle meine Mitarbeiter müssen über gutes Aussehen und Talentleitungen verfügen.«

»Raffiniert«, bemerkte Cauldron. »So kann man sich sicher sein, dass die Begleiter immer etwas zu erzählen haben.«

»Genau.« Jeromin steuerte auf den Autobahnzubringer. »Es gibt in dieser Branche nichts Schlimmeres als unqualifiziertes Geplapper bei einem Empfang oder im Theater. Das kann man auf diese Weise wunderbar verhindern.« Er drückte ein paar Tasten auf dem Armaturenbrett, und kleine Bildschirme in den Sitzen flackerten auf. »Sie können sich bereits ein wenig mit der Umgebung von Ingolstadt vertraut machen. Wir haben inzwischen herausgefunden, in welchem Labor Ihr Freund steckt. Es haben sich leider ein paar Probleme ergeben.«

»Und die wären?« Twing klang aggressiv. »Sagen Sie mir nicht, es wäre unmöglich hineinzukommen.«

»Zumindest wird es sehr schwer«, gab Jeromin zu. »Cyberdynamix hat eine Pressekonferenz gegeben, auf der der TA.K.C. 3000 sehr gelobt wurde. Verständlicherweise haben die anderen Kons auf diese Provokation reagiert und versuchen ihrerseits, an das Ding heranzukommen. In den letzten Wochen haben sich mehrere Schattenläufer blutige Nase geholt, und dementsprechend aufgekratzt ist die Sicherheit des Labors. Wir können von Glück sagen, wenn man Ihren Freund nicht heimlich, still und leise an einen anderen Ort gebracht hat.«

»Na, prima.« Ultra kratzte sich am Kinn und schaute aus dem Fenster. »Da könn'n wir uns auf was gefasst mach'n.«

»Trotzdem wird es nicht unmöglich sein.« Jeromin lächelte in den Rückspiegel. »Ich habe Kontakte zu jemandem aufgenommen, der die Anlage noch von früher kennt und unter Umständen einen weniger gut gesicherten Zugang weiß. Das Labor war vor rund hundert Jahren ein Bunker. Ich bin recht zuversichtlich.«

»Immerhin«, sagte Cauldron. »Das klingt schon besser, obwohl ich nicht viele Leute kenne, die so alt werden.«

»Elfen, Zwerge und ein paar andere Rassen, wenn ich mich richtig erinnere«, half ihr Kontaktmann. »Kennen Sie sich mit Elektronik aus?«

»Es wird schon gehen.« Die Mechanikerin gab sich zuversichtlich. »Ich baue euch jede elektronische Anlage auseinander, wenn es sein muss. Ich habe früher bei den Halloweeners auch Autos geknackt.«

»Wir reden hier von Sicherheitsanlagen, nicht von Getrieben und Einspritzelektroniken oder Hovertriebwerken«, warf Cauldron vorsichtig ein. »Bei aller Freundschaft, bist du sicher, dass du es schaffst?«

Twing nickte trotzig und schwieg.

Sie kam um vor Sorge um den Rigger, den sie in ihren Albträumen bereits seziert vor sich sah. Lachende Wissenschaftler hielten blutige Cyberware in ihren Händen, während Sparkplug sich sterbend auf dem OP-Tisch krümmte. *Lass uns nicht zu spät kommen.* Sie schüttelte sich.

»Im Notfall springe ich ein«, meldete sich der FNS-Reporter zu Wort. »Wenn mir Herr Jeromin den passenden Chip für die Talentleiter besorgen kann, öffne ich alles.«

»Ich werde versuchen, an die Chips und die Pläne des Bunkers zu kommen. Das hilft bestimmt«, versprach Jeromin. »Der Ablenkungsplan, der in Kraft tritt, sobald Sie in den Bunker einsteigen, steht. Ich habe ein paar Freunde eingeschaltet und erklärt, Cyberdynamix betreibe Tierversuche in widerlichstem Stil. Mit ein bisschen Geld und gutem Willen können wir eine Demonstration mit allem Drum und Dran vor dem Haupttor organisieren, die die Sicherheitskräfte auf Trab hält. Die Grünen Zellen und die Presse wissen schon Bescheid.«

»Ja, ja, die Macht der Medien.« Poolitzer nickte vielsagend. »Wir reiten die Kons so richtig in den Drek, wenn es sein muss.« *Und wenn nicht, auch.*

»Ich sehe, Sie sind bestens vorbereitet«, sagte Cauldron anerkennend zu dem Deutschen.

»Kleinigkeiten, gnädige Frau. Nichts im Vergleich zu Ihrer Arbeit, die sie alle mit dem Tod konfrontiert«, wiegelte Jeromin ab. »Ich habe höchste Achtung vor Leuten wie Ihnen. Immerhin machen Sie die eigentliche Drecksarbeit.«

»Sie klingen nicht wie einer, der überzeugt von Fuchi ist.« Twing runzelte die Stirn.

»Ich bin ein freier Mitarbeiter«, erklärte der Mann, »und somit ist es nicht meine Aufgabe, in Jubelrufe auszubrechen, wenn ich den Kon-Namen höre. Ich erledige meine Arbeit hundertprozentig, und das ist die beste Visitenkarte. So einfach ist das.«

ADL, Kreis Ingolstadt, Hofgut Werrle,
29. 09. 2057 AD, 15.00 Uhr

Eine Stunde später rollte der Wagen in den Innenhof eines kleinen Gehöfts, das zehn Kilometer vor Ingolstadt lag.

»Ich habe das Wochenenddomizil angemietet, damit Sie in aller Ruhe Ihre Vorbereitungen treffen können.« Jeromin sprang aus dem Fahrzeug und hielt den Frauen die Tür auf. »Normalerweise finden hier draußen Veranstaltungen statt. Ich habe hier hin und wieder eine Escortparty für meine besten Kunden. Deshalb bekomme ich das Anwesen ohne groß Formulare ausfüllen zu müssen. Folgen Sie mir einfach.«

Die Schattenläufer betraten das alte Bauernhaus, das innen auf rustikal und nostalgisch getrimmt worden war.

Der Reporter benötigte etwas länger, bis er zu ihnen stieß.

»Mann, das ist bestimmt hunderte Jahre alt«, staunte Cauldron. *Ich weiß gar nicht, ob es in Seattle ein so altes Gebäude gibt. Später werde ich doch eine astrale Reise unternehmen. Vielleicht finde ich einen freien Geist oder etwas in der Art.*

»Seien Sie bitte vorsichtig«, riet ihr Kontaktmann. »So viel ich weiß, wurden magische Barrieren um das Gebäude errichtet, um Lauscher und ungebetene Gäste fern zu halten.« Das Lächeln wirkte diesmal echt. »Ich möchte nicht, dass Ihnen etwas geschieht.«

»Ich drängle nur ungern, aber wo sind denn unsere Zimmer?« Hustle stand bereits halb auf der Treppe.

Ultra balancierte geschickt die Koffer und Taschen und schien das Gewicht überhaupt nicht zu spüren. »Ein Mittagsschläfchen käme mir gerade recht.«

»Und mir erst«, sagte der Reporter mit seligem Gesicht und nahm den Hut ab. »Danach ist hoffentlich auch der letzte Rest Übelkeit verschwunden.«

»Wie unaufmerksam von mir.« Jeromin lief die Stufen hinauf. »Kommen Sie, Herrschaften.«

Der Deutsche führte sie durch alle Zimmer. Die Verteilung übernahmen die Schattenläufer selbst.

»Wenn Sie mich suchen sollten, ich erwarte Sie unten in der Bibliothek und mache uns einen starken Kaffee, sobald Sie sich erholt haben. Jetlags sind sehr unangenehm.« Er verschwand nach unten.

»Hübsch hier«, meinte die Magierin und fuhr mit dem Finger über die Möbelstücke. »Und sauber ist es außerdem.«

»Ich find's 'n bisschen zu alt.« Ultra hatte es sich auf seinem Bett bequem gemacht, das bedrohlich unter dem Gewicht des Metamenschen ächzte. »Fehlt nur noch'n Gewitter, dann is die Gruselbaracke genau richtig für'n Horrortrip.«

»Wenn es hier freie Geister gibt, dann besteht die Möglichkeit, dass es rund gehen kann«, bestätigte Cauldron. »Besser, ich checke das gleich ab, bevor ein Unglück geschieht.«

»Meinst du, der Magier, der die Barriere installiert hat, würde einen freien Geist übersehen?«, warf Hustle ein. »Ich habe zwar keine Ahnung von Magie, aber das kann ich nicht glauben.«

»Egal. Wenn ihr mich sucht, ich bin nebenan.«

»Soll ich auf dich aufpassen?«, er bot sich der Reporter. Cauldron winkte dankend ab.

»Gegen den Fritz hast du keine Chance, Snoop. Der

sieht besser aus als du und riecht angenehmer. Ich lege mich jetzt auf's Ohr«, verkündete Ultra. »Hier ist es total langweilig. Wenn das Geballere nicht bald losgeht, fahr ich wieder nach Hause.«

»Sei froh, dass es noch nicht so weit ist, Chummer.« Der Ork erhob sich und ging mit Twing zur Tür. »Trotz aller Planung und guten Ideen wird es wohl eine ziemlich haarige Sache. Also erhol dich gut und träum was Schönes.«

Der Troll machte sich lang und begann fast augenblicklich zu schnarchen.

Poolitzer wartete, bis alle gegangen waren, dann streifte er durch das Haus und suchte sich mit seinem Koffer ein ruhiges Plätzchen.

Er nahm eine Steckverbindung und führte den einen Anschluss in eine versteckte Buchse dicht unterhalb der Ohres ein. Das andere Ende des Kabels versenkte er im tragbaren CD-Brenner und schloss die Augen.

Mit einem Keuchen fuhr Twing aus dem unruhigen Schlaf und schnellte hoch. Eine Hand presste sie auf den Mund, um den Schrei zu unterdrücken. Ein weiterer Albtraum, der ihr den Tod ihres Geliebten vorgaukelte.

Ein dumpfes Grollen verkündete ein Unwetter.

Tatsächlich hatte sich der Himmel mittlerweile verfinstert. Dunkle Gewitterwolken rollten heran und schickten grelle, bläulich weiße Blitze zur Erde. Ihr flackerndes Licht schuf bizarre Schatten im Zimmer der Mechanikerin.

Sie legte die Finger an die Stirn. Ihr Blick fiel auf den Spiegel gegenüber des Betts.

Befremdet betrachtete sie das Bild. Es dauerte im stroboskopartigen Licht eine Weile, bis sie verstand, dass sie sich selbst sah, wie sie mit freiem Oberkörper im Bett saß. Keine blauen Haare, keine Tätowierungen, kein Blaumann. *Keine Twing.*

Sie wandte sich von dem Spiegelbild ab und langte nach dem Glas Wasser, das auf dem Nachttisch bereitstand. Hastig stürzte sie die klare Flüssigkeit hinunter und ließ sich zurück ins Bett fallen.

Der Ring, den sie um den Hals trug, rutschte an ihren Hals, als wollte er sich in Erinnerung bringen. Kühl lag das Metall an ihrer Haut. Sie griff nach dem Ring und fixierte ihn.

Werde ich es jemals schaffen, ihm den Ring zu geben?, fragte sie sich bedrückt. *Und was mache ich, wenn wir zu spät kommen?* Das Metall leuchtete beim nächsten Blitz grell auf.

Twings Gedanken glitten in die Vergangenheit, hinüber zu den glücklichen Tagen in Seattle.

Ihr Alltag im Läuferteam, geprägt von der Suche nach Aufträgen, dem ständigen Reparieren von Fahrzeugen und dem Zusammenleben mit dem Elf, der seine Liebe auf ungewöhnliche Weise zu zeigen pflegte.

Nicht verbal, nein, so weit ging Sparkplug nicht.

Aber die Gesten, die kleinen Aufmerksamkeiten, die sie ebenso vermisste wie seine Nähe, seine Zärtlichkeiten. *Sogar sein ständiges Fluchen fehlt mir,* fiel ihr auf.

Der nächste Blitz, der aus den Wolken herabzuckte, durchbrach ihren Rückblick. Heftiges Donnern erschreckte sie und erinnerte die Mechanikerin an ihren Aufenthaltsort. Sie ließ den Ring los.

Cauldron hat es noch schwerer als ich. Sie betrachtete sie als die tapferste von ihnen allen. Die Magierin verarbeitete den Tod ihres Gefährten im Stillen, bewahrte sich den Hass gegen seinen Mörder auf.

Vermutlich zieht sie daraus ihre Kraft, schätzte die junge Frau, rollte sich zur Seite und zog die Beine an den Körper, um sie mit den Armen zu umschlingen. Sie hoffte inständig, dass sie niemals in die Lage der

Magierin kam und den Tod ihres Geliebten überwinden musste.

Die ganzen Verstrickungen der Konzerne interessierten sie nicht. Alles, was zählte, war das Leben des Riggers. *Die Kons können machen, was sie wollen.*

Kaum fielen ihr die Augen zu, kehrten die schrecklichen Bilder eines verstümmelten Sparkplugs zurück.

Twing erhob sich fahrig. An Schlaf war nicht mehr zu denken.

Sie warf sich einen leichten Bademantel über und durchstreifte die Gänge des Bauernhauses, was ihr wie eine Flucht vor der möglichen Wahrheit erschien.

Sie lauschte an den Türen, auf der Suche nach einem Gesprächspartner. Sie wollte nicht alleine sein, zumal das Gewitter ihre Unruhe steigerte.

»Cauldron?«, wisperte sie vor der Tür ihrer Freundin und drückte die Klinke herab.

Die Magierin war gerade dabei, einen Kreis auf die Holzdielen zu zeichnen und ihn mit magischen Zeichen zu versehen.

Sie war so in die Vorbereitungen zur Beschwörung von Elementaren vertieft, dass sie die Mechanikerin nicht bemerkte. Ständig vergewisserte sie sich mit einem raschen Blick auf den kleinen Bildschirm des Organizers, dass sie die Zeichen korrekt anbrachte und jeder noch so kleine Strich richtig ausgeführt war. Bei ihrer Vorliebe für Feuerelementare konnte der geringste Fehler einen Großbrand bedeuten, sollte der beschworene Geist sich gegen die Herbeirufung erfolgreich zu Wehr setzen.

Cauldron legte ein paar Kohletabletts in eine Waschschüssel und entfachte sie mit einem Feuerzeug. Knisternd flackerten die aus Kohlestaub gepressten Vierecke auf und glommen dunkelrot.

Eilig platzierte die Magierin das Gefäß in der Mitte des Kreises, stellte einen Eimer mit Wasser neben sich und setzte sich. Mit geschlossenen Augen begann sie die Beschwörungszeremonie, die mehrere Stunden in Anspruch nehmen würde.

Dann gehe ich wohl besser wieder. Stören würde Twing nun auf keinen Fall, aber sie wollte Jeromin Bescheid geben, damit er wenigstens wusste, warum sich der Hof möglicherweise in einen kokelnden Trümmerhaufen verwandelte.

Sie erinnerte sich, dass der Kontaktmann in der Bibliothek auf sie warten wollte, und machte sich an die Suche.

Die Mechanikerin kam am Zimmer von Hustle und Ultra vorbei, aus dem die Stimme eines Sportreporters schallte, der jeden Zug des Urbanbrawl-Freundschaftsspiels der ›St. Louis Slaughters‹ gegen die ›Mainzer Black Barons‹ kommentierte. Gelegentlich dröhnte das ungläubige Lachen des Trolls aus der Unterkunft, immer gefolgt von einem scharfen Zischen, mit dem Hustle versuchte, seinen Mitbewohner zum Schweigen zu bringen.

Das Spiel muss ja mitreißend sein. Twing grinste schwach. Dennoch stand ihr nicht der Sinn danach, zwischen einem grölenden Troll und einem schlecht gelaunten Ork zu sitzen.

Sie fand Jeromin tatsächlich in der Bibliothek, die Füße auf den Teakholztisch gelegt, einen Laptop auf den Beinen und eine eingehende Botschaft lesend.

Obwohl sie sich aus einem inneren Gefühl heraus zuerst anschleichen wollte, um die Nachricht auf dem Bildschirm mitzulesen, siegte die Höflichkeit. Die Mechanikerin räusperte sich.

Der Deutsche klappte augenblicklich, aber dennoch keineswegs überhastet, den tragbaren Computer zusammen und drehte sich zu dem unerwarteten Gast.

»Nanu, Miss Twing? Können Sie nicht schlafen?« Jeromin erhob sich, stellte den Laptop ab und kam ihr ein paar Schritte entgegen, um ihr einen Stuhl anzubieten.

»Ich weiß auch nicht«, antwortete sie unsicher und nahm Platz. *Was hat er wohl eben gemacht?* »Die ungewohnte Umgebung, der Lauf und …«

»Warten Sie einen Moment.« Jeromin lächelte sie gewinnend an und verschwand.

Twing biss sich auf die Unterlippe und kämpfte dagegen an, den Computer zu starten und einen Blick auf die Botschaft zu werfen.

Der Deutsche kehrte zurück, schenkte ihr ein Glas dampfende Milch ein und rieb ein wenig Gewürz darüber, bevor er ihr das Getränk reichte. »Das Rezept stammt von meiner Großmutter. Milch, etwas Honig und frischer Muskat. Ein besseres Mittel zum Einschlafen werden Sie nicht finden, verlassen Sie sich darauf.«

Dankbar nippte sie an der Milch und genoss den ungewohnten Geschmack. Sie bemerkte sein beinahe schon vertrautes Parfüm, fand den Mann von seiner ganzen Art nach wie vor sehr sympathisch. *Und hoffentlich verständnisvoll.*

Jeromin beobachtete sie. »Was haben Sie auf dem Herzen, Miss Twing?«

»Eigentlich bin ich gekommen, um Sie zu informieren, dass Cauldron Elementargeister beschwört, und Sie nur für alle Fälle nach einem Feuerlöscher schauen sollten.«

»Das ist sehr umsichtig von Ihnen, danke.« Jeromin nickte ihr zu. »Und uneigentlich?« Seine Pupillen schienen durch sie hindurchzusehen, ihre Gedanken erfassen zu können.

»Bitte?« Die Mechanikerin war irritiert.

»Sie sagten, Sie seien ›eigentlich‹ in die Bibliothek gekommen, um mich zu informieren. Oder suchten Sie jemanden, mit dem Sie sich ein wenig unterhalten können?« Er vermittelte in seiner ganzen Haltung den Eindruck, als sei er bereit, sich die Klagen der Welt anzuhören. »Was beunruhigt Sie? Sagen Sie es mir. Ich schätze, dass es vor einem Lauf nicht gut ist, wenn man etwas mit sich herumschleppt und niemanden hat, um sich, pardon, auszukotzen. Gehe ich recht in der Annahme?«

Soll ich ihm tatsächlich alles erzählen? Sie blickte in das Glas. Seufzend nahm sie Anlauf, um sich die Geschehnisse in Seattle, ihre Ängste und Bedenken von der Seele zu reden.

Nach einer halben Stunde Monolog, dem eine Flut von Tränen folgte, endete sie. »Danke, dass Sie mir zuhörten.« Twing kramte ein Taschentuch hervor und putzte sich die Nase.

»Ich bitte Sie«, schwächte Jeromin ab. »Es hilft mir, die ein oder andere Reaktion ihres Teams zu verstehen. Fuchi hat mich nicht über jede kleinste Einzelheit informiert, daher bin ich froh, dass Sie mich ins Vertrauen ziehen, Miss Twing.« Er schenkte sich von dem Mineralwasser ein, das auf dem Tisch stand, und wischte den Wasserring mit der Handfläche weg. »Wie ich bereits sagte, ich bewundere Schattenläufer, weil sie ständig mit dem Tod konfrontiert werden. Kein Leben für einen Luxusmenschen wie mich.« Er berührte sie sanft an der Schulter. »Sie werden es schaffen, Sparkplug zurückzuholen. Sie dürfen nur die Zuversicht nicht verlieren. Wenn Sie sich Ihren Optimismus bewahren, wird alles andere gelingen.«

»Brauchen wir dabei nicht Glück?«, warf sie ein.

»Wer sich auf die Fügung verlässt, wird auch nur zufällig gewinnen«, gab der Deutsche zurück. »Und das können und wollen wir uns nicht leisten.« Ernst schaute er in ihre Augen. »Verstehen Sie meine Frage bitte nicht falsch, aber glauben Sie, Ihre Freundin wird den Lauf diszipliniert über die Bühne bringen? Wenn ihr Wunsch nach Rache sie den Blick für das Wesentliche verlieren lässt, gerät nicht nur die Unternehmung, sondern auch Ihr eigenes Leben und das Ihres Freundes in Gefahr. Sagen Sie nur ein Wort, und ich lasse Ersatz beschaffen.«

In Twing entbrannte ein Kampf. »Ich kann es nicht sagen«, gestand sie nach einer Weile. »Aber sie ist eine professionelle Läuferin, die schon kniffligere Situationen durchgestanden hat.«

»Mit dieser emotionalen Voraussetzung?«, fügte Jeromin freundlich hinzu.

Zögerlich nickte die junge Frau und trank ihre Milch aus. »Ja«, sagte sie entschlossen. »Sie wird ebenso wenig Fehler machen wie ich.« Eine Müdigkeit überfiel sie.

»So gefallen Sie mir, Miss Twing.«

»Ich glaube, Ihre Großmutter wusste verdammt gut Bescheid«, gähnte sie den Deutschen an. »Ich werde mich hinlegen.« Sie stand auf. »Was war das für eine Nachricht, die Sie vorhin bekommen haben? Hat sich etwas am Plan geändert?«

Jeromin erhob sich ebenfalls. »Ach, das? Nein, das war nur eine Kontrollmitteilung von Fuchi. Alles ist in bester Ordnung. Ich soll Ihnen ausrichten, dass Miss Hellmann mit LoneStar Kontakt aufgenommen hat, um die Sache mit Sparkplug zu regeln. Sie sehen, Sie können unbehelligt in Ihre Heimatstadt zurückkehren.« Seine Hand ruhte für wenige Herzschläge auf ihrem Rücken, als er sie zur Tür begleitete. »Niemand wird sich mehr für den Rigger interessieren.«

Twing spürte die Wärme seiner Haut durch den dünnen Bademantel. Sie drehte sich zu ihm. Der Bademantel klaffte ein wenig auseinander und gab einen Teil ihres nackten Oberkörpers frei. Über sich selbst erschrocken, ertappte sie sich dabei, wie sie sich auch eine Berührung des Mannes an einer anderen Stelle ihres Körpers gefallen lassen könnte.

»Danke nochmals«, verabschiedete sie sich hastig, raffte den Mantel zusammen und fasste mit ihrer Rechten unbewusst nach dem Ring. *Mann, ich scheine allmählich den Verstand zu verlieren. Was hätte ich beinahe getan?* Sie hastete zurück in ihre Unterkunft.

»Aber immer wieder gerne«, sagte der Deutsche amüsiert.

Dann widmete er sich der Nachricht, die er noch nicht zu Ende gelesen hatte.

Das Aluminiumbriefchen mit den Resten des schwachen Schlafmittels, das er in die Milch gegeben hatte, landete zerknüllt im Müllkorb.

ADL, Kreis Ingolstadt, Hofgut Werrle,
29. 09. 2057 AD, 21.02 Uhr

Sie trafen sich bei tosendem Gewitter alle in der Küche.

Ultra grinste wie ein Honigkuchenpferd. »Hab ich's nicht gesagt, Chummers? Jetzt wird's wie im Gruseltrid!«

»Das glaube ich nicht«, beruhigte Jeromin, der dampfenden Kaffee in die bereitgestellten Tassen ausschenkte.

»Passen würd's schon«, murmelte Poolitzer. Seine Haare standen in alle Richtungen. Auch der Bart wirkte, als hätte er sich im Bett nur hin und her gewälzt, anstatt zu schlafen. »Ich werde FNS den Vorschlag machen, das Haus als Location für einen Splatterfilm zu nehmen.«

»Hm«, Cauldron schnupperte, »das riecht aber gut, gar nicht wie Soykaf.«

»Das ist echter Kaffee, gnädige Frau, aus dem Hochland Kolumbiens. Von dort kommen, wie man sieht, nicht nur Drogen.« Er reichte ihr die Tasse mit einem freundlichen Lächeln, was Ultra dazu veranlasste, Hustle feixend in die Seite zu rempeln.

»Das Gewitter ist nur noch ein paar Kilometer weg«, schätzte Twing und schlürfte an ihrer Tasse. Die junge Frau schloss genießerisch die Augen. »Das schmeckt göttlich.«

Verwundert stellte sie fest, dass die Attraktivität des Deutschen für sie nicht mehr in dem Maß vorhanden war wie vor wenigen Stunden, als sie beinahe bereit gewesen wäre, mehr als nur Händchen mit dem Mann zu halten. *Es wird das schlechte Gewissen sein.*

»Woha!«, rief der Reporter und setzte seine Tasse schwungvoll wieder ab. »Verdammt, wenn ich einen Herzinfarkt bekomme, ist das Gebräu hier schuld. Koffein pur. Aber sehr gut. Wie viel kostet das Pfund?«

»Das Pfund?« Jeromin schaute ihn mitleidig an. »Ich kaufe ihn grammweise. Und den Preis wollen Sie gar nicht wissen. Sagen wir einfach, manche haben das als Monatsgehalt.«

Der Backofen meldete sich mit einem Brummton. Der Verbindungsmann beförderte einen Teller dampfender Kekse auf den Tisch. Danach breitete er einen vergilbten, angerissenen Plan aus.

»Hier ist das gute Stück, Herrschaften. Tatsächlich handelt es sich um eine Bunkeranlage aus dem so genannten Zweiten Weltkrieg.«

»Ja, den haben wir gewonnen«, lachte der Troll. »Es gab im 20. Jahrhundert so einen Typen, Hilde oder so …« Er kramte den Organizer heraus. »Nee, Hitler hieß er. Und der hat …« Als er in die mörderisch funkelnden Augen der Magierin blickte, verstummte er und packte den Minicomputer schnell weg, bevor sie dem Stück etwas antun konnte. »'tschuldigung. Bin schon still.«

Jeromin deutete auf verschiedene Stellen auf der Zeichnung. »Wie Sie sehen können, haben Sie mehrere Optionen, wo Sie in das Labor einsteigen könnten, allerdings rechnen Sie besser mit verschütteten Gängen oder Sicherheitsanlagen. Welchen Weg Sie am besten wählen, kann ich Ihnen leider nicht verraten.«

»Liegen die Eingänge innerhalb einer Sicherheitszone?«, wollte Hustle wissen.

Jeromin schüttelte den Kopf. »Wir haben großes Glück. Es gibt drei Eingänge irgendwo in unbebautem Gelände in fünf Kilometern Entfernung zur eigentlichen Anlage. Die Breite ist unterschiedlich, wie Sie sehen können. Welchem Zweck sie gedient haben, wissen wir nicht.«

»Was die Nazis da wohl gemacht haben?«, sagte Poolitzer leise. »Man erfährt da so einiges, wenn man sich alte Bänder ansieht.«

»Darüber wissen wir leider nichts. Ich überlasse es Ihrer Phantasie.«

Die Schattenläufer hingen über dem historischen Plan, auf dem in einer Ecke sogar noch ein Hakenkreuz zu sehen war, und nippten an dem Kaffee. Ultra stopfte sich beiläufig die Kekse händeweise in den Mund und kaute geräuschvoll.

Ein Blitz zuckte herab und krachte ganz in der Nähe in den Boden. Der Donner war ohrenbetäubend.

»Knapp vorbei«, kommentierte Hustle, der wie alle anderen zusammengezuckt war. »Hat das Haus einen Blitzableiter?«

»Ich fürchte, nein.« Der Kontaktmann sah etwas besorgt aus. »Aber es wird schon nichts passieren.« Er hielt die letzten Kekse in die Runde. »Am besten, Sie schreiben auf, was Sie für Ihren Lauf benötigen, damit wir es schnell über die Bühne bringen, bevor eine andere Gruppe von den Plänen erfährt. Wenn wir Pech haben, sind es nicht die einzigen.«

»Wir geben Ihnen morgen die Liste, und in drei Tagen schlagen wir los«, meinte der Ork, und die anderen stimmten ihm zu. »Reicht das, um die Demo zu organisieren?«

»Ich kann die Demo sofort veranlassen, wenn es sein muss.« Jeromin biss in einen Keks und spülte ihn mit einem Schluck Kaffee hinunter. »Die Sache gefällt mir.«

»Hoffen wir, dass wir nicht zu spät dran sind«, murmelte Twing.

»Bestimmt nicht«, zeigte sich der Troll optimistisch. »Zu spät waren gestern diese andern Armleuchter, die ›St. Louis Slaughters‹. Mann, sind die gegen die ›Mainzer Black Barons‹ untergegangen. Es stimmt schon, die europäischen Brawler sind härter als unsere.« Traurig kratzte er den letzten Keks von der Platte. »Gibt's noch mehr davon, Chummer?«

»Ich könnte noch ein paar aufbacken, wenn Sie möchten.«

»Könnten wir zu wichtigen Dingen kommen? Ich würde gerne ein paar Elementare beschwören«, meldete sich Cauldron zu Wort. »Ich habe es bereits letzte Nacht versucht, aber die Barriere ist zu stark. Ich werde mich ein paar hundert Meter entfernen müssen, um Erfolg zu haben.«

»Ein Kilometer von hier steht eine alte Scheune, die Sie benutzen können«, bot ihr der Deutsche an. »Ich fahre Sie gerne.«

»Und wer backt mir meine Kekse?«, beschwerte sich Ultra.

»Weißt du was? Schau einfach unter ›Bäcker‹ in deinem Palmtop nach«, giftete die Magierin den Troll an. »Such dir eine Anleitung und mach's selbst, aber geh mir nicht auf die Nerven.«

Etwas Gleißendes schoss aus den Wolken und krachte auf dem Innenhof in den Wagen.

Funken sprühten um die Antenne, die Alarmanlage heulte los und die Birnen zerplatzten. In einer stinkenden Wolke zerschmolzen die vielen Plastikteile des Blitz II Transporters. Blubbernd tropfte die Masse zu Boden, wo sie eine dampfende Pfütze bildete.

»Aha, ein interessantes Beispiel, dass der Faradaykäfig bei Kunststoff nicht funktioniert. Ich schätze, ich fahre mit dem Taxi in die Stadt«, sagte Jeromin trocken und schenkte sich eine Tasse Kaffee ein. »Möchte noch jemand Kekse? Ich denke, dass ich nun etwas Zeit habe, bis das Taxi hier ist.«

»Pack den Ofen voll, Chummer!« Ultra klatschte in die Hände und warf der Magierin einen triumphierenden Blick zu. Heimlich aktivierte er seinen Palmtop, um nach Faraday zu schauen.

ADL, Ingolstadt Zentrum, 29. 09. 2057 AD, 23.34 Uhr

Das Taxi rollte in Ingolstadt ein.

Jeromin ließ sich vor sein Lieblingscafé ›Russia‹ fahren, setzte sich an seinen Stammplatz und bestellte bei Oleg, dem besten Kellner vor Ort, einen großen Cappuccino.

»Oleg, wenn du in nächster Zeit einen Transporter kaufen möchtest, lass die Finger von Blitz II«, sagte er laut, während er dem Mitarbeiter zusah, wie er das Getränk zubereitete.

»Ich weiß«, gab der russische Kellner über die Schulter zurück. »Hat Probleme bei Gewitter. Wenn echter Blitz in falschen Blitz einzappt, es macht bumm und Auto schmurgelt zu Pfütze.« Grinsend servierte er die italienische Spezialität. »Musst ab und zu lesen Testberichte. Mein Schwager hat Autohandel, und daher ich wissen.«

»Danke«, sagte Jeromin verdrießlich. »Ich werde dich in Zukunft fragen.« Er wartete, bis der Mann gegangen war, dann aktivierte er sein Armbandcomgerät.

»Es läuft alles nach Plan. Die Schattenläufer haben keine Ahnung, was ihnen bevorsteht. Die Sache soll in drei Tagen über die Bühne gehen. Bis dahin brauche ich die Demo, die Lkw mit der besprochenen Ausrüstung und eine ganze Horde von Pressevertretern, damit Cyberdynamix so richtig ins Schwitzen kommt. Die anderen Läufer sollen einen auf ›Grüne Zellen‹ machen.«

»In Ordnung, Jeromin. Passen Sie auf, dass unsere UCAS-Gäste genau das machen, was wir von ihnen wollen«, antwortete eine männliche Stimme. »Hat die Gegenseite bereits reagiert?«

»Ihre Idee hat eingeschlagen wie eine Atombombe. Die Gegenseite ist von unserer Aktion so überrascht, dass sie sich bislang nicht gerührt hat.«

»Umso besser für uns«, lachte der andere. »Haben die Läufer gesagt, was sie sonst noch vorhaben?«

»Sie wollten ein paar Cyberdynamix-Labors in die Luft jagen, aber ich konnte es ihnen ausreden«, erzählte Jeromin, während er mit der freien Hand Zucker in den Cappuccino streute. »Der Zeitplan lässt ihnen außerdem keine Freiräume. Sie lernen gerade die Karte mit den Tunnelsystemen auswendig.«

»Wie würden Sie die Chancen der Schattenläufer einstufen?«

»Nun, sie machen einen recht professionellen Eindruck, auch wenn ich nicht viel mit ihnen zu tun gehabt habe. Es sind einige emotionale Faktoren im Spiel, die eine gewisse Unberechenbarkeit zur Folge haben. Einer von ihnen ist Reporter, wie ich nebenbei erfahren habe. Das macht die Sache im Abschluss schwieriger«, gestand der Mann. »Aber sie haben sich bisher von mir übertölpeln lassen. Ich denke, die beiden Frauen habe ich im Griff. Der Troll ist nicht schlau genug, und der Ork, nun ja, er ist mental keine Herausforderung.«

»Auf Sie sind schon ganz andere Leute reingefallen, Jeromin. Warum sollte es denen besser gehen?« Wieder lachte der Mann am anderen Ende der Leitung. »Das Wichtigste ist der Rigger und dieser verfluchte Chip in seinem Kopf.«

»Soll ich die Läufer hinterher eliminieren?« Er kostete den Cappuccino und gab nachträglich Zucker hinzu.

Sein Gesprächspartner zögerte kurz. »Nein, jedenfalls nicht sofort. Vielleicht brauchen wir sie anschließend noch, und wenn auch nur als Sündenböcke. Dem Reporter werden wir falsche Informationen zuspielen, damit die Berichterstattung in unserem Sinne ausfällt.«

»In Ordnung. Vergessen Sie nicht die Demo und den Lkw.«

»Sie können sich auf mich verlassen, Jeromin. Viel Erfolg und passen Sie auf, dass die Magierin keinen Verdacht schöpft. Wenn sie Gedankenlesen oder einen ähnlichen Unsinn beherrscht, könnte es unangenehm werden.«

»Ich habe ihr schöne Augen gemacht. Ich denke nicht, dass sie auf dumme Gedanken kommt«, beruhigte der Mann. *Die Pheromondrüsen waren die beste Investition, die ich seit langem getätigt habe.*

»Sie sind ein raffinierter Hund. Haben Sie das Spiel gestern gesehen?«

»Sie meinen, die ›St. Louis Slaughters‹ gegen die ›Mainzer Black Barons‹? Nein, ich hatte keine Zeit. Aber wir haben gewonnen, wie ich gehört habe.«

»Und wie. Hoffen wir, dass Ihre Amerikaner fähiger als ihre Landsleute sind, die sich gestern platt machen ließen. Hat mir einen hübschen Batzen Geld eingebracht. Wenn Sie ein Autogramm von Tattoo haben wollen, sagen Sie Bescheid. Ich gehe mit der überragendsten Spielerin des Abends essen.«

»Dann können Sie vermutlich auf Ihre Leibwächter verzichten?«

Der Mann lachte. »Mit Sicherheit. Sie hatte zwei Kills. Bis dann, Jeromin.«

Die Leitung war tot.

»Auf die Schattenläufer«, sagte der Deutsche leise und hob die Tasse. *Ich hoffe, dass ihr besser seid als die anderen vor euch.*

XIII.

ADL, Kreis Ingolstadt, Tunnelsystem,
01. 10. 2057 AD, 20.45 Uhr

»Und wenn es wieder der falsche Tunnel ist?«, keuchte Twing und schob sich ein Stück weiter zwischen den Steintrümmern durch.

»Deshalb sollt ihr ja nachsehen, bevor ich mich da durchquetsche«, kam Ultras Stimme über Com. »Ich mach mir die Mühe nämlich nich einfach so.«

»Ich verstehe nicht, weshalb Cauldron nicht einfach den Gang astral untersucht.« Hustle zerrte an seinem H&K G9 A4z/i, das sich verheddert hatte. »Drek. Fehlt nur noch, dass das Ding losballert.«

»Weil ich nicht will, dass sich irgendein Watcher plötzlich für mich interessiert, weil ich magisch aktiv geworden bin«, erklärte die Magierin, die hinter Twing stand.

»Ich weiß schon, warum ich keine Magie mag«, murrte der Troll. »'s is einfach unfair. Da kannste so stark sein, wie du willst, ein Zauberfuzzi bläst dir mit 'nem Fingerschnipps das Gehirn aus der Birne.«

»Schwache Frauen brauchen eben etwas zur Verteidigung«, kommentierte Cauldron. Twing prustete.

»Könnt ihr euch wie Profis benehmen?«, knurrte Hustle und kroch über einen Trümmerhaufen. »Ah, das sieht gut aus. Ultra, beweg deinen Hintern her. Wir sind richtig. Und bring Poolitzer mit.«

Die Frauen schlossen auf und postierten sich zu beiden Seiten des Orks, der hinter einem größeren Betonbrocken kauerte und in den Gang spähte.

»Ich verstehe nicht, warum wir den Snoop mitgenommen haben«, grummelte die Magierin.

»Du meinst, er stellt ein zusätzliches Risiko dar?« Hustles Augen, die unter der Sturmhaube gerade noch zu erkennen waren, verrieten, dass auch er nicht ganz glücklich mit dem Reporter im Rücken war. »Immerhin hat er Talentleitungen.«

Cauldron schnaubte. »Und fast keine Chips, weil Jeromin nicht alle besorgen konnte. Wenigstens hat er eine Kamera dabei. Vermutlich zieht er damit das Feuer der Kon-Gardisten auf sich. Cyberdynamix kann sich keine schlechte Publicity leisten.« Sie lachte leise.

Dem Gerumpel hinter ihnen nach zu schließen, bahnte sich der Troll einen Weg durch die herabgestürzten Deckenteile. Irgendwo im Hintergrund fluchte Poolitzer.

Für den Einsatz hatten sie sich von Jeromin Teilrüstungen, schwarze Tarnanzüge, Helme und Sturmhauben besorgen lassen.

Twing und Cauldron benötigten außerdem Nacht- und Infrarotsichtgeräte, um sich in den unterirdischen Gängen zurechtzufinden. Die Gefahr, durch den Strahl einer Taschenlampe verraten zu werden, wollte die Gruppe nicht eingehen.

Ultra schleppte ein H&K Urban Combat, Granaten und tonnenweise Munition mit sich herum. Ein Ruhrmetall SF20 hing für die ›Grobarbeit‹ auf dem Rücken, während Hustle lieber auf ein H&K G9z/i mit integriertem Granatwerfer vertraute.

Twing hatte unter Protest eine Uzi III mitgenommen, weil sie keinen blassen Schimmer von Schusswaffen hatte.

»Wenn ein paar Ziele auftauchen, einfach in die Richtung halten und durchziehen«, riet der Ork, aber die Mechanikerin war nicht sehr überzeugt. In einem schlagfesten Köfferchen trug sie alle wichtigen Sachen, die sie zum Überbrücken von elektronischen Anlagen brauchte.

Cauldron sah am eindrucksvollsten aus und erinnerte den Ork an die Heldin von Tomb Raider 21 – nur die Oberweite war nicht ganz so enorm. Ihre langen schwarzen Haare hatte sie zu einem langen Zopf geflochten, der unter der Sturmhaube hervorhing. Rechts und links unter den Achseln steckten Walther Securas in den Schulterhalftern, nur für den Notfall, wie sie versicherte.

Der Reporter trug als Einziger keinen Helm. Auf seinem Kopf saß die Halterung der Fuchi VX 2200C Cybercam, die ihm FNS vor dem Abflug geliehen hatte, als der Sender von der Tragweite der Story erfuhr.

Kontrolliert wurde das Aufnahmegerät von einer Kamerabrille, Marke Zeemandt Luxor Monocular, ein Modell, das die Bilder der VX per Miniaturmonitor vor Poolitzers rechtes Auge projizierte.

Endlich arbeitete sich auch Ultra zu der restlichen Gruppe vor. »Muffige Luft hier. Und trocken wie 'ne Wüste.«

»Die Barrens sind Gold gegen die Kletterei in diesem Loch«, bemerkte Poolitzer, der über den Geröllhügel rutschte und auf den Füßen landete. Staubwolken umgaben den Reporter, der sich sofort an die Reinigung des Objektivs machte. »Der Schmutz ist Gift für technisch hochsensibles Gerät, Leute. Hoffentlich hält das die Kamera aus.«

Hoffentlich halten das unsere Nerven aus. Twing studierte den Plan. »Wir kommen genau neben einem der Stromgeneratoren raus. Wenn wir Glück haben, hat Cyberdynamix nichts geändert und die Energieversorgung dort gelassen. Das gäbe uns die Chance, unentdeckt einzusteigen.«

»Ich schätze mal, dass die Generatoren besonders bewacht werden«, widersprach Cauldron. »Ihr Ausfall würde alle elektronischen Abwehrsysteme zum Erliegen bringen, und das könnte sich eine solche Forschungsabteilung nicht erlauben.«

»Wir sollt'n 's einfach versuch'n«, meinte Ultra und spähte in die Dunkelheit. »Wir ham ja nix andres.«

Die Mechanikerin tippte auf den vergilbten Plan. »Hier ist eine Art Zusatzkammer eingezeichnet. Vielleicht haben wir von dort einen Zugang.« Sie drückte Ultra den Plan in die Hand. »Ich checke den Gang auf elektronische Späßchen, wie Lichtschranken oder Kameras. Ich bin gleich wieder zurück.« Die Frau verschwand.

»Wann geht die Demo los?«, fragte die Magierin.

»Wenn sich Jeromin und seine Freunde von den ›Grünen Zellen‹ an den Zeitplan halten, steigt der Tanz in genau drei Minuten. Die Lkw müssten vorgefahren sein, die Protestler warten in der Nähe. Jeromin gibt ein kurzes Funksignal, wenn sie starten.« Der Ork hielt sein G9 im Anschlag.

»Was sich Fuchi das alles kosten lässt.« Cauldron schüttelte den Kopf. »Eines ist klar. Ich werde nicht eher weggehen, bis ich Lugstetter erwischt habe.«

»Wir werden sehen«, wich der Samurai aus. »Je nach Lage der Dinge.«

»Es würde sich in der Dokumentation sehr gut machen«, unterstützte Poolitzer die Magierin. »Emotionen machen das Material gleich viel lebendiger als die bloße Ballerei.«

Cauldron warf ihm einen bösen Blick zu. »Ich warne dich eindringlich: Wenn du mich bei meiner Abrechnung filmst, werde ich einem Elementar befehlen, dir die Kamera vom Kopf zu reißen, haben wir uns verstanden?«

Poolitzer nickte zwar, aber jeder wusste, dass der Reporter letztendlich das Objektiv dort draufhalten würde, wo es ihm gefiel.

Twing tauchte wieder auf. Sie wirkte aufgeregt. »Ich habe den Zugang für diesen Raum gefunden. Das ist phantastisch, kommt mit. Und passt auf, hier liegen Schienen.«

»Schienen?«, blökte Ultra, seine Stimme hallte den Tunnel entlang.

»Ja, Schienen, wie bei einer Eisenbahn. Ich glaube, die hatten hier eine Abschussvorrichtung. Und plärr nicht so rum.«

Die Läufer folgten der Mechanikerin, die zielstrebig auf eine verrostete Eisentür zusteuerte.

»Seht euch das an. Ich verwette meine Schraubzwinge, dass Cyberdynamix noch nie in diesem Teil des Bunkers war, sonst hätten sie das alles nicht liegen lassen.«

Meterhoch stapelten sich die metallbeschlagenen Holzkisten, auf denen Hakenkreuze prangten. Einige waren Munitionsbehälter, andere sargähnliche Kisten dagegen erschienen zu groß.

Ultra öffnete eine davon mit Hilfe des MG-Kolbens und machte große Augen.

»Das sieht ja aus wie'n Stück Rakete. Kann einer von euch was lesen?«

Hustle entfernte den Staub vom Metall. »Nein. Nur zwei Buchstaben: V1.«

Poolitzer grinste, während er alles auf CD bannte. »Da sind andere. Hier steht ›V2‹. Hat jemand von euch in der Schule aufgepasst?«

»Das mit den Nazis ist hundert Jahre her. Außerdem ist es nicht mein Kontinent. Du bist der Mann mit den Talentleitungen, Poolitzer. Kein Geschichtschip dabei?« Twing öffnete den Koffer und nahm ein streichholzschachtelgroßes Stück C4 heraus, befestigte einen Fernzünder daran und legte es in eine geöffnete Munitionskiste, in dem Geschosse von größerem Kaliber aufbewahrt wurden. »Das lassen wir vorsichtshalber als Rückendeckung zurück. Wenn uns später jemand folgt, gibt es eine schöne Überraschung.«

»Ha!«, machte der Troll triumphierend. »Wenn ihr mich fragen würdet …«

Poolitzer schwenkte herum. »Gut, Mister. Sagen Sie uns die richtige Antwort.«

Ultra schwoll sichtlich die Brust, als er mit seinem Wissen, das er aus seinem Minicomputer bezog, protzen durfte. »Das ›V‹ ist die Kurzbezeichnung für zwei während des 2. Weltkriegs entwickelte, neuartige Waffensysteme, die Hilde ... Hitler als ›Vergeltungswaffen‹ einsetzen wollte.« Er tätschelte vorsichtig eine der Kisten. »Die V 1 ist ein unbemannter Flugkörper mit einem Gefechtskopf von rund 850 Kilogramm Sprengstoff, und die V 2 ist eine ballistische Flüssigkeitsrakete mit einer Tonne Pulver.«

»Regie, bitte einen kleinen Applaus«, sagte der Reporter. Der Troll strahlte.

»Na also. Funktioniert das Pulver noch, wird das Labor bis zum Mond gepustet«, sagte Hustle. »Die Vorstellung gefällt mir. Und jetzt weiter. Einen Zugang scheint es von hier aus nicht zu geben.«

Ultra stopfte sich ein paar Granaten in die Taschen. »Mann, sin' das Öschis. Die kann man bestimmt noch gebrauch'n.«

Das Com piepte kurz.

»Das war das Zeichen. Die Demo geht los. Wir beeilen uns jetzt besser, damit wir das Durcheinander ausnutzen«, befahl der Ork und setzte sich in Bewegung.

Die Schattenläufer tasteten sich zügig den Gang entlang.

ADL, Ingolstadt Zentrum, 01.10. 2057 AD, 21.00 Uhr

Jetzt wollen wir mal sehen, was geschieht. Jeromin bog schwungvoll in sein Lieblingscafé ein, nahm gut gelaunt Platz und bestellte per Handzeichen einen Cappuccino.

Heute würde sich entscheiden, ob es eine gute Idee war, die ausländische Gruppe für die eigenen Zwecke einzuspannen. Als beruhigend empfand er, dass sich die Gegenseite noch nicht gerührt hatte. *Offenbar sind die anderen zu überrascht, und das ist mehr als gut so.*

Er schaute auf die Uhr und hob den Kopf. »Könntest du mal den Nachrichtensender anschalten, Oleg?«, fragte er den Kellner.

»Kein Problem.«

Aus der Soap ›Lindenstraße‹ wurde DNK, der Deutsche Nachrichten Kanal. Der Bildschirm zeigte erste Aufnahmen von den Ereignissen vor dem Cyberdynamix-Tor.

Die Lkw mit den bunten Planen und Transparenten rollten vor und blockierten die Zufahrt zum Cyberdynamix-Gelände. Hinter dem Absperrzaun sah man nervöse Wachleute, die aufgeregt in ihre Comgeräte sprachen und auf ihre Befehle warteten.

»Lauter lustige Menschen.« Der russische Barkeeper prüfte die Sauberkeit des Glases. »Was haben die vor? Picknick?«

»Aber nicht doch. Sie setzen sich gegen die Ausbeutung wehrloser Geschöpfe ein, die unter unwürdigsten Bedingungen für fragwürdige Experimente missbraucht werden«, erklärte Jeromin.

»Aha. Also für Prostituierte?«

»Nicht ganz«, antwortete der Deutsche lächelnd.

Die rund 500 Protestler zogen johlend die Straße entlang, riefen Parolen und schwenkten Schilder, auf denen Schmähbotschaften gegen den Kon standen. Ein Mann mit langen Haaren und Brille schnappte sich ein Megafon und hetzte die Menge mit Tiraden gegen den Kon auf.

Es dauerte nicht lange, da flogen die ersten Eier und faules Obst in Richtung der Gardisten, die sich in den Schutz des Empfangshäuschens zurückzogen.

»Ist witzig. Woher hast du gewusst?« Oleg hielt mit dem Polieren der Gläser inne und schaute auf den

Schirm. »Wieder mal ein paar Spinner, die Kon an Karren fahren wollen.«

Aus einem der hinteren Gebäude der Forschungseinrichtung marschierten 50 Gepanzerte im Laufschritt zum Eingang und bezogen Stellung, Plexiglasschilde als Abwehr vor sich haltend.

Buhrufe schallten den Männern entgegen. Erste Mutige gingen an den Zaun und versuchten, mit den Kon-Gardisten ins Gespräch zu kommen, die keine Miene hinter den Visieren verzogen.

»Guck mal, Jero. Das sind Spaßvögel. Wollen reden mit Gehirnlosen«, kommentierte Oleg. »Wissen die, dass andere von Kon für Nichtdenken bezahlt werden?«

»Die Aktivisten sind noch ärmer dran. Sie leiden unter ›Idealismus‹, und das ist viel schlimmer«, gab Jeromin zur Antwort. »Du kriegst die Fresse voll und bist überzeugt davon, dass sich deshalb was ändern wird.«

»Ändern tut sich nur Zahl von Zähne in Mund.« Der Keeper tippte sich an die Stirn. »Sind bescheuert, ehrlich.« Er warf das Glas hoch in die Luft und fing es mit der anderen Hand, ohne hinzusehen, knapp vor dem Tresen auf.

Weitere Kameraleute tauchten auf, machten Interviews mit den Demonstranten und wollten eine Stellungnahme des Laborleiters.

Die Planen wurden von den Lkw entfernt, dicke Musikboxen sorgten für ohrenbetäubende Musik. Zwischen den Songs ergriff immer wieder einer der Anführer das Wort, forderte die sofortige Freilassung aller Tiere und verurteilte den Kon als rücksichtslosen Geldmacher.

»Was wollen die? Jeder braucht Geld.« Oleg schenkte sich ein. »Bin gespannt, was passiert.«

ADL, Kreis Ingolstadt, Tunnelsystem,
01. 10. 2057 AD, 21.19 Uhr

Ohne Schwierigkeiten kam das Läuferteam vorwärts. Weder Sicherheitssysteme noch eingestürzte Gänge machten dem Zeitplan einen Strich durch die Rechnung.

Glaubten alle fünf anfangs noch an Glück und Zufall, trauten sie inzwischen der Sache immer weniger. Wenn das Labor so einfach zu infiltrieren war, warum hatte dann bisher kein anderer den Weg gefunden?

Plötzlich drückte sich Ultra an die Felswand und bedeutete seinen Freunden, in Deckung zu gehen.

Mitten auf den Schienen stand ein seltsames Geschütz mit vier dicken Läufen, die in die Richtung der Läufer zielten.

»Da steht 'ne ganz dicke Kanone«, flüsterte der Troll. »Vier Läufe.«

Die Mechanikerin lugte nach vorne. »Na, jetzt wissen wir, wozu sie die Trasse gebraucht haben. Das Ding ist ja uralt.« Twing ging näher heran, inspizierte die großkalibrige Waffe und hüpfte auf den Sitz. »Wenn ihr mich fragt, ist das ein altes Flakgeschütz.« Sie lugte durch das tellergroße Visier, klopfte an die Rohre, zerrte an den Verschlüssen und überprüfte die Abzugsvorrichtung. »Gute Luft hier unten … die konserviert. Ein bisschen Rost und zu wenig geschmiert, aber die Flak scheint noch zu funktionieren.«

Ultra zerrte stolz eine Kiste aus einer Felsnische. »Hier is noch Munition.«

»Was wollt ihr denn damit?«, erkundigte sich Poolitzer. »Hier unten werden keine Flieger auftauchen. Dafür ist die Decke wirklich ein gutes Stück zu niedrig. Wir sollten weiter.«

»Ich baue uns schnell eine zweite Rückversicherung.« Die Mechanikerin war in ihrem Element. Sie wickelte ein Stück Draht ab und begann, ihn am Abzug festzumachen. »Dauert nur wenige Sekunden, ehrlich. Ihr könnt schon weitergehen.«

Nach knappen zehn Minuten endete der Gang vor einer verrosteten Eisentür mit dem obligatorischen Hakenkreuz darauf.

»Hoppla«, sagte Hustle leise. »Sieht das vielleicht aus wie unsere Eintrittskarte in die Kon-Geheimnisse?«

Twing kam angelaufen. »Alles vorbereitet. Denkt auf dem Rückweg daran, immer dicht an der Felswand langzugehen und an der Nische einen großen Schritt zu machen.«

Sie kniete sich hin und überprüfte das Schott auf Sicherheitsanlagen oder andere Fallen, konnte aber nichts entdecken.

»Mir ist die ganze Sache ein Rätsel.« Sie erhob sich und trat zurück. »Vermutlich habe ich die Kameras übersehen oder sonst was, aber das ist doch alles nicht normal. Wir wollen in eine Forschungsstation einbrechen und haben leichteres Spiel als an einem Kaugummiautomaten. Sind die Deutschen denn so blöd?«

Ultra schloss die Hände um die runden Drehgriffe der Tür und setzte die Räder in Bewegung.

Ächzend gab der seit einem Jahrhundert nicht mehr benutzte Mechanismus nach. Millimeter um Millimeter drehten sich die Zahnräder und schoben die Metallbolzen im inneren der Tür zurück.

Zähneknirschend hing der Troll in den Speichen, die Kunstmuskeln schwollen zu Gebirgen an. Schließlich hatte der schweißgebadete Metamensch es geschafft und zog die Tür auf.

»Drek«, schimpfte Twing und bückte sich nach ihrem Koffer, währen die anderen entsetzte Gesichter machten.

Hinter dem Eingang stand eine Mauer.

Prüfend kratzte die Mechanikerin mit einem Schraubenzieher am Material. »Scheint alt zu sein.« Der Mörtel bröckelt ab. »Wenn wir uns beeilen, haben wir sie schnell abtragen.« Sie schaute Ultra abwartend an. »Na los. Wer weiß, wie lange die Verwirrung da oben anhält.«

ADL, Kreis Ingolstadt/Ingolstadt Zentrum/Eingang Cyberdynamix-Labors, 01.10. 2057 AD, 22.04 Uhr

Bis kurz nach 22 Uhr verlief die Sache einigermaßen friedlich.

Aber das Unheil kündigte sich für geübte Zuschauer an.

Oleg war einer der geübten Zuschauer und nahm Wetten bei den Gästen des Cafés an, wie lange der Kon warten würde, bis er die Demonstranten aus dem Verkehr zog.

Das Haus setzte auf 22.30 Uhr, frühere Termine standen bei einer Quote von 1:5, alles danach bei 1:2. Wer den exakten Zeitpunkt getroffen hatte, bekam eine Flasche Sekt.

»Ich setze 200 EC auf 22.15 Uhr.« Jeromin hielt dem Keeper den Credstab hin.

»Willst mich arm machen, oder?« Oleg buchte den Einsatz ab. »Aber du wirst verlieren.«

»Das sehen wir dann.«

Immer mehr Sicherheit wurde am Eingang zusammengezogen. Zwei MAN BGS-TF3 mit Wasserwerfern stellten sich rechts und links vom Tor auf.

Die ersten Einheiten mit Höllenhunden erschienen und postierten sich vor dem Zaun. Die Tiere fletschten die Zähne, jaulten Furcht erregend und brachten die Demonstranten auf Abstand.

Weniger Mutige flüchteten bei den schauerlichen Klängen der Critters und ernteten den Spott ihrer Kollegen.

Dann erschien ein gut angezogener Mann mit einem Ausweis von Cyberdynamix aus einem der MAN BGS-TF3.

»Sie haben nicht das Recht, hier zu sein«, erklärte er ruhig. Ein Comgerät übertrug seine Stimme an die Außenlautsprecher am Wachhaus. »Wir haben uns bei der Polizei erkundigt. Sie wissen nichts von einer Demonstration. Diese Kundgebung entbehrt nicht nur jedweder Grundlage, sie ist außerdem widerrechtlich. Sie befinden sich auf Privatgelände, Herrschaften.«

Oleg sprang vor dem Fernseher hin und her. »Das gilt nicht. Er provoziert sie. Das senkt die Quoten. Geh weg, dummer Mann!«

»Sie bestreiten also die Vorwürfe der Demonstranten?« Ein Reporter schob sich durch die Menge, blieb aber angesichts der Höllenhunde etwas zurück.

»Cyberdynamix hat, und das sage ich in aller Deutlichkeit, niemals in der Vergangenheit Lebewesen als Versuchsobjekte benutzt, noch wird so etwas in der Zukunft geschehen«, verkündete er feierlich, wurde aber durch wütende ›Lügner‹-Rufe unterbrochen.

»Was habe ich gesagt? Dummer Mann hat sie gereizt. Die Quote liegt nur noch bei 1:3«, bestimmte der Keeper laut und kehrte hinter den Tresen zurück. »Mist, verdammter.«

Der Kon-Mann schaltete auf stur. »Wenn die Straße nicht binnen einer halben Stunde geräumt wird, haben wir von der Polizei die Erlaubnis erhalten, den Weg mit unseren eigenen Angestellten freizumachen. Wir erwarten Lieferungen und müssen …«

Ein fauler Apfel klatschte dem Mann an den Kopf und platzte. Sekunden darauf gellten Pfiffe. Die Luft war erfüllt von Wurfgeschossen aller Art.

Fluchtartig zog sich der Kon-Sprecher in den Mobmaster zurück. Die Sicherheit öffnete das Tor und rückte vor.

Minuten später eskalierte die Situation.

Eine Schar Demonstranten durchbrach die Blockade der Kon-Gardisten und stürmte an den Fahrzeugen vorbei in Richtung der Labors, gehetzt von den überrumpelten Sicherheitskräften.

Doch die jugendlichen Randalierer kamen nicht weit. Es gab ein kurzes Flimmern, dann blieben die ersten so abrupt stehen, als ob sie gegen eine Wand gelaufen wären. Die schnell errichtete Manabarriere hielt die Menschen zurück.

Am Tor prügelten sich die restlichen Wachmannschaften mit Demonstranten, die der Ausrüstung der Kon-Sicherheit nichts entgegenzusetzen hatte. Die Werfer der MAN sprühten mit Reizstoffen versetztes Wasser in die Menge, die sich schreiend zu den Lkw zurückzog.

Einer der Kundgebungswagen startete und rammte den Zaun. Plötzlich peitschten Schüsse. Mehrere Kon-Leute gingen zu Boden.

»Liebe Zuschauer, was eben noch wie eine friedliche Demonstration aussah, ist umgeschlagen in eine brutale Schlacht zwischen Sicherheitsangestellten und Tierversuchsgegnern. Militante haben Waffen mitgebracht und machen aus der Aktion ein Blutbad. Es wird nur noch eine Frage von Minuten sein, wann Cyberdynamix auf die schweren Attacken der Leute reagiert, und, liebe Zuschauer, ich will dann nicht in der Nähe der Versammlung sein«, haspelte ein blasser Reporter in die Kamera, während er sich hinter einen Lkw zurückzog.

Projektile sausten durch die Luft. Dann stieß jemand einen Schrei aus, und die Kamera begann zu wanken. »O Gott, mein Mitarbeiter wurde von einer Kugel ins Bein getroffen. Wir müssen uns zurückziehen.«

Im Hintergrund begann das Stakkato einer schweren Waffe. Das Mündungsfeuer erhellte die Szenerie wie ein Stroboskop und verwandelte die Schlägerei in eine bizarre Szenerie.

»Scheiße, gib mir die Kamera. Das wird der Quotenrenner.« Der Reporter nahm dem Verletzten das Gerät weg und wagte einen Schwenk über die tobende Menge.

Mit säuerlichem Gesicht zahlte derweil Oleg die Einsätze aus.

»Rechne es in Cappuccinos um«, sagte Jeromin und grinste.

»333«, kam es wie aus der Pistole geschossen, »ab jetzt.«

ADL, Kreis Ingolstadt, Cyberdynamix-Labors,
01. 10. 2057 AD, 22.12 Uhr

Die Mauer erwies sich stabiler als angenommen. Hustle und Ultra arbeiteten wie besessenen, um die Steine herauszubekommen.

Als ein kleines Loch entstand, entdeckten die Schattenläufer eingezogene Stahlplatten, die vermutlich die Wände eines dahinter liegenden Raumes oder Ganges verkleideten.

Twing hatte die vernietete Konstruktion in Minuten mit Hilfe ihres kleinen Schweißlasers so weit gelockert, dass man die ungefähr einen Quadratmeter großen Platten lösen konnte.

Ungewiss blieb nur, welche Überraschung sie auf der anderen Seite erwartete.

Die Mechanikerin hatte sich mit einem Stethoskop bewaffnet und lauschte angestrengt. Selbst Poolitzer hielt die Klappe.

»Ich kann nichts hören«, teilte sie mit.

»Vielleicht steh'n dort zehn Jungs, die Wummen im Anschlag, und warten nur darauf, dass sich was bewegt«, unkte Ultra, der inzwischen wie eine verschwitzte Fußballmannschaft roch.

»Ich werde jetzt astral nachsehen«, bestimmte Cauldron. »Wenn sie die ganze Zeit über mit Sicherheitsanlagen gegeizt haben, warum sollte es hier anders sein?« Sie setzte sich vor den Steinhaufen, den Rücken an die Backsteine gelehnt, und erschlaffte augenblicklich.

Nach bangen Sekunden öffnete sie wieder die Augen. »Alles klar. Es scheint eine leere Zelle zu sein. Hier unten ist im ganzen Stockwerk niemand. Weiter oben ist mehr los, aber die Sicherheit scheint sich auf das Tor zu konzentrieren. Von Magiern oder Astralwesen habe ich weit und breit nichts gesehen.«

»Jeromin scheint ganze Arbeit geleistet zu haben. Also los!« Hustle entfernte die erste Platte und warf sie hinter sich. Ultra half mit und beschleunigte den Vorgang. Innerhalb weniger Minuten war die Öffnung groß genug.

Der Troll brachte die Urban Combat in Anschlag, der Reporter startete die VX2200C.

Auch wenn Poolitzer schon mehrmals einen Lauf dokumentiert hatte, das hier erschien ihm als die größte Sache, bei der er jemals mitmachen durfte. Sein Nasenjucken war so penetrant, dass er sich alle paar Sekunden ein Mittelchen in die Nasenlöcher sprühen musste. *Das lasse ich mir von FNS teuer bezahlen. Mindestens ein neues Studio. Oder zwei.*

»Ich geh vor und sichere. Endlich geht's los.« Der riesige Troll quetschte sich durch das Loch und verschwand in der angrenzenden Zelle.

ADL, Kreis Ingolstadt/Ingolstadt Zentrum/Eingang Cyberdynamix-Labors, 01. 10. 2057 AD, 22.20 Uhr

Auf der Ladefläche des rechten Lkw stand eine Trollfrau in Teilrüstung und feuerte mit einem riesigen Mehrfachgranatwerfer auf die Sicherheitsfahrzeuge.

Der MAN versuchte noch, sich mit einem schnellen Rückzug zu retten, aber die Metamenschenfrau jagte eine Granate nach der anderen auf das Fahrzeug. Der vierte Treffer stanzte ein dickes Loch in die Seite.

Brüllend schickte die Trollfrau ein weiteres Geschoss auf die Reise und traf genau die schadhafte Stelle der Panzerung.

Es gab eine dumpfe Detonation, dann flogen alle Luken des MAN auf. Ein zerstörter Helm segelte nach draußen und blieb auf dem Asphalt liegen.

Die Kon-Gardisten zogen sich zurück, mehrere Demonstranten lagen verletzt oder tot am Boden. Auch die Sicherheit hatte einige wenige Verluste hinnehmen müssen. Währenddessen ging der Beschuss weiter.

Von den Labors rollten nun drei modifizierte Ruhrmetall II Wolf AFV heran, die Mini-Kanonen auf den Türmen montiert hatten.

Die restlichen Demonstranten, die bislang wie eine Herde verängstigter Schafe zwischen den Fronten standen, begannen zu rennen.

»Grüne Zellen!«, brüllte die Metamenschenfrau und schwenkte mit dem Granatwerfer auf die Panzer. »Grüne Zellen!«

Die Läufe der Mini-Guns begannen mit einem schrillen Kreischen zu rotieren. Dann eröffneten die Schützenpanzer das Feuer.

Zuerst sah es so aus, als ob ein dicker Lichtstrahl aus der Mündung kam, über die Lkw strich und überall, wo er auf Widerstand traf, Metall, Holz und Körper zerfetzte.

»Das ist doch was fürs Auge, oder, Oleg?« Jeromin deutete auf die Bilder, die über die Mattscheibe flimmerten. »Die Cyberdynamix-Jungs verwenden tatsächlich Leuchtspurmunition, als ob sie an die vielen Zuschauer gedacht hätten. Fast wie an Silvester.«

Es dauerte einige Zeit, bis auch der Reporter des DNK vor Ort begriff, was vor sich ging.

»Die Kon-Sicherheit reagiert, wie ich es Ihnen vorausgesagt habe, liebe Zuschauer, auf die Ereignisse der letzten Minuten. Und glauben Sie mir, ich wollte, ich wäre mindestens drei …«

Der Lkw neben dem Mann explodierte. Die Druckwelle beförderte den Reporter durch die Luft und ließ ihn ein paar Meter weiter zu Boden fallen.

Die Spähpanzer rollten vorwärts und bestrichen die Fahrzeuge der Demonstranten mit Dauerfeuer. Knapp dahinter folgten die Kon-Gardisten. Wie von Geisterhand schoben sich die Lkw zur Seite.

Wieder flimmerte die Luft, doch diesmal manifestierten sich drei Feuerelementare. Ihre Kräfte machten aus den Lkw lodernde Fackeln. Stand ein Demonstrant im Weg, kümmerte das die magischen Wesen auch nicht weiter.

Die Magier riefen die Kreaturen nicht zurück, sondern ließen sie wie Kampfhunde auf die Grüne Zellen-Kämpfer los. Auch die Höllenhunde hetzten durch die Menge und verbissen sich in Gliedmaßen.

Plötzlich erschienen zwei Wasserelementare und stürzten sich auf die Cyberdynamix-Wesen. Die brüllenden Widersacher verschwanden in einer zischenden Dampfwolke.

»Hilfe«, schrie der Reporter. »Hilfe!«

Groß erschienen wirbelnde Reifen vor der Linse. Das Dröhnen des 500 PS starken Motors übertönte alle anderen Geräusche. Der Fahrer des Wolf II AFV hatte die Auspuffrohre des Schützenpanzers nach unten gestellt, die mehrere hundert Grad heiße Abgase nach unten bliesen.

Der Nachrichtensender schaltete ab, bevor das alles zermalmende Hartgummi Matsch aus der Kamera und dem Reporter machte, und brachte stattdessen eine schön inszenierte Talkshow zum Thema ›Gewaltbereite Demonstranten‹.

»Das nenne ich eine Ablenkung«, griente Jeromin.

»Ablenkung?« Der Barmann sah sichtlich schockiert aus. »Das war verdammte Sauerei, was Cyberdynamix mit Leute hat gemacht. Und das sage ich nicht nur, weil ich habe verloren.«

»Oleg, Briderchen«, imitierte der Deutsche das rollende ›R‹ und den Akzent seines Gesprächspartners. »Wenn zu dir Gäste kommen würden, die du nicht eingeladen hast und die dir die ganze Inneneinrichtung zusammenschießen, was würdest du denn tun?«

Der Russe überlegte. »Eigentlich hätte ich verschissene Demonstranten viel früher platt gemacht.« Energisch polierte er das Glas weiter. »Das nächste Mal ändere ich Quoten früher.«

»Siehst du, ich wusste es.« Jeromin deutete auf den Whiskey. »Gib mir einen, und dann mach mir die Rechnung. Ich habe heute Abend noch was vor.«

ADL, Kreis Ingolstadt, Cyberdynamix-Labors,
01. 10. 2057 AD, 22.20 Uhr

»Ihr könnt nachkommen, die Luft ist rein«, gab Ultra über Com durch.

»Ist das auch wirklich sicher?«, fragte Poolitzer zurückhaltend. »Ich mache mir nur Sorgen um das Allgemeinwohl. Immerhin möchte ich, dass alle lebend hier rauskommen. Was wäre das ansonsten für ein Ende für meine Doku?«

Die Schattenläufer ignorierten den Mann, huschten kampfbereit einer nach dem anderen auf die andere Seite und sahen voller Verwunderung, dass der Troll auf einen Menschen in orangefarbenem Overall angelegt hatte.

Der Mann war Mitte zwanzig und trug die langen, schwarzen Haare in einem Zopf auf dem Rücken, die Seiten waren bis auf millimeterkurze Stummel abrasiert und silbern gefärbt. Die drei Piercings über der rechten Augenbraue fielen sofort auf, die grünbraunen Augen drückten eine gewisse Verwunderung über die seltsamen Gäste in der Zelle aus. Das Gesicht war schmal, die Wangenknochen standen hervor.

Richtig abgedreht sahen die doppelt ausrasierten Koteletten aus, die sich bis zum Unterkiefer zogen. Unter der Lippe wuchs ein fingerbreiter Bart bis zur Kinnspitze.

»Wer ist das? Wo kommt er so plötzlich her?«, fragte Hustle leise und sicherte die Tür, während Twing nach kurzem Blick auf den Unbekannten das Schloss der Zelle in die Mangel nahm.

»Er war schon drin, als ich rein bin«, verteidigte sich Ultra. »Du hättest'n doch sehen müssen, Cauldron.«

Das ist mehr als seltsam. Die Magierin war mindestens so verblüfft wie das restliche Team. »Ich versteh das nicht. Ich hätte ihn wirklich sehen müssen.«

Der Mann sagte etwas in einer Sprache, die entfernt nach Deutsch klang, aber keiner der Schattenläufer verstand.

»Der geheimnisvolle Gefangene«, verkündete der Reporter mit tiefer Stimme. »Der Graf von Monte Christo? Der Mann ohne eiserne Maske? Ein Versuchskaninchen?«

»Die Tür ist auf«, meldete die Mechanikerin. »Magschlösser sind gar nicht so schwer, wie ich gedacht habe, wenn man sich in die Technik hineinversetzt. Eigentlich ist eine Einspritzautomatik schwerer zu durchschauen.«

»Was machen wir mit dem?« Ultra bewegte den Lauf seiner Waffe keinen Zentimeter zur Seite. »Er könnte uns verraten.«

»Das würde ich bestimmt nicht«, widersprach der Mann in holprigem Englisch. »Ich würde gerne einfach durch das Loch verschwinden und keine Scherereien machen, wenn es geht.«

»Ah, er versteht uns.« Der Ork spähte auf den Gang. »Du hast nicht zufällig einen Rigger gesehen, der hier unten gefangen gehalten wird?«

Der Mann nickte. »Sparkplug ist normalerweise irgendwo hier unten, aber die Cyberdynamix-Freaks haben ihn vor einer Stunde abgeholt und nach oben gebracht, vermutlich ins Kontrollzentrum. Sollt ihr ihn rausholen?«

»Wie geht es ihm? Wurde an ihm herumexperimentiert?«, wollte Twing aufgeregt wissen. *Danke, große Riggermaschine, dass er am Leben ist.*

»O nein. Sie behandeln ihn wirklich sehr gut, den Herrn Elf.« Sein Mund verzog sich verächtlich. »Ich denke, dass ihr ihn kaum freiwillig mitnehmen könnt.«

»Doch«, warf Ultra ein. »Wir sind nämlich seine Chummers aus Amerika.«

»Das dachte ich mir, dass ihr nicht von hier seid. Ihr redet irgendwie seltsam.«

»Was sollte das eben mit der Behandlung?«, hakte Cauldron nach.

»Er arbeitet für Cyberdynamix, damit hat die ganze Scheiße doch angefangen«, erklärte der Unbekannte knapp. »Meine Leute und ich dachten, er würde hier festgehalten, aber als wir es geschafft haben, zu ihm zu kommen, hat er die Sicherheit gerufen und uns festsetzen lassen. War schon 'ne tolle Aktion.«

»Das ist ja interessant.« Poolitzer machte ein paar Großaufnahmen von dem Unbekannten. »Sollte der Rigger zum Überläufer geworden sein, liebe Zuschauer?«

»Nie im Leben«, protestierte die Mechanikerin. »Wenn er die Möglichkeit gehabt hätte zu flüchten, wäre er schon längst abgehauen.«

»Würde ich dann in dem Loch sitzen und euch die Geschichte eines verpfuschten Laufs erzählen?« Die Augen des fremden Läufers blitzten wütend auf. »Märchen denke ich mir bestimmt nicht aus.«

»Das werden wir sehen«, unterbrach ihn Cauldron. »Wenn du dich schon so gut auskennst, kannst du uns führen? Es würde schneller gehen, und wir nehmen dich anschließend mit raus. Mit uns sind deine Chancen größer.«

Sie versuchte, einen astralen Blick auf ihn zu werfen, aber magisch war der Unbekannte seltsamerweise nicht wahrnehmbar, was die junge Frau zutiefst verwirrte. *Wie, bei allen freien Elementaren, macht er das?*

Der Mann überlegte einen Augenblick. »Besser als hier herumzuhängen und zu warten ist es auf alle Fälle. Hat jemand eine Knarre für mich?«

Cauldron reichte ihm eine ihrer Securas.

Zufällig berührten sich ihre Fingerspitzen, und die Magierin glaubte, sie hätte in ein Vakuum gegriffen. Etwas zerrte und sog mit aller Gewalt an ihrer magischen Kraft.

Heftiger Schwindel breitete sich aus. Ihre Hand fühlte sich taub an. Keuchend stützte sie sich an der Wand ab.

»Was hast du?« Hustle schaute sie besorgt an. »Alles in Ordnung, oder kriegen wir Besuch von Kon-Magiern?«

»Nein, es geht schon wieder.« Sie holte tief Luft und warf dem Mann, der gleichgültig die Waffe überprüfte, einen verstörten Blick zu. Was immer sie auch erlebt hatte, dem Unbekannten schien nicht das Gleiche passiert zu sein.

»Wie heißt'n und was wolltst'n du hier, hm?« Ultra hatte den Schwächeanfall Cauldrons nicht bemerkt.

»Ich heiße Keimag und bin Läufer wie ihr. Ich sollte für einen Konkurrenz-Kon etwas überprüfen und bin leider in eine Falle geraten.« Hustle gab das Zeichen, das der Gang frei wäre, und der Mann trat hinaus. »Wir müssen dort lang. Gleich nach der Biegung kommen zwei Sicherheitskameras, die aber einen toten Winkel haben, wenn man sich geschickt anstellt.«

»Du wolltest demnächst ausbrechen, oder?«, bemerkte der Ork grinsend.

Keimag nickte. »Wenn man sich seine Umgebung einprägt, stehen die Chancen besser. Ich konnte mir leider keinen so schönen Tunnel graben wie ihr.« Er pirschte sich vor und winkte die anderen herbei. »Die Lifts werden normalerweise von einem Hausdecker überprüft, aber irgendwas ist heute anders als sonst.«

»Stimmt. Unsere Auftraggeber haben ein Ablenkungsmanöver gestartet«, verriet Twing. »Wir werden hoffentlich wenig Sicherheitsleute zu Gesicht bekommen.«

»Wollen wir den Lift nehmen oder lieber die Treppe? Beide werden von Kameras überwacht, aber wenn wir Glück haben, kümmert sich derzeit niemand um das untere Stockwerk.« Keimag schaute in die Runde.

»Lift«, entschied der Ork.

Nacheinander passierten sie die beiden Sicherheitskameras und verschwanden in der Fahrstuhlkabine, die gerade unten wartete.

Die Fahrt nach oben verlief reibungslos. Nach einiger Zeit blieb der Lift stehen. Die Türen öffneten sich und gaben den Weg in einen schwach beleuchteten Gang frei.

Keimag huschte aus dem Fahrstuhl, schaute sich kurz um und winkte die Gruppe zu sich. »Das ist die Gefechtsebene, wie sie von den Weißkitteln genannt wird. Hier befinden sich die Monitore, die das Außenterrain und die Innenräume des Labors überwachen.« Er zeigte auf eine Tür am Ende des Ganges. »So viel ich weiß, ist die Steuerung für die Verteidigungsanlagen da drin. Dort ist er bestimmt.«

»Versuchen wir unser Glück.« Hustle rückte vor.

»Moment, Moment. Ich überprüfe noch schnell die

Kamera«, kam es von Poolitzer, der mit der Teilrüstung schwer ins Schwitzen geraten war. Die Kopfhalterung für die Fuchi saß verrutscht auf dem Schädel. »Ich will gute Shots machen. Ohne gute Aufnahmen keine Kohle, kein neues Studio.«

»Mann, du kannst nerven.« Der Ork pirschte weiter.

»Ihr seid schon eine seltsame Truppe«, meinte der deutsche Läufer und musterte den Reporter. »Bekomme ich eine Beteiligung? Es gibt so etwas wie das Recht am eigenen Bild.«

Poolitzer machte eine obszöne Geste.

Ultra gab ihm Rückendeckung, bis er an der Tür angekommen war, um dann selbst folgen. Twing war die Nächste.

Keimag musterte Cauldron. »Du bist eine Magische, nicht wahr? Es gibt nur wenige Läufer, die ihre Knarren hergeben, und meistens haben sie einen guten Grund dafür. Du kannst eigentlich nur die Magierin sein.«

»Ich denke, jetzt ist der falsche Zeitpunkt für Unterhaltungen«, wehrte die junge Frau ab. »Wir können nachher reden.«

Sie schloss zu den anderen auf, während sie ihre magischen Fertigkeiten auf einen Einsatz vorbereitete. Sicherlich beherrschte sie ihre Sprüche im Schlaf, aber dennoch reagierte ein vorbereiteter Geist immer noch schneller als ein zerstreuter.

Hinter sich hörte sie die leisen Schritte des Deutschen, der ihr unheimlich war. Noch nie hatte sie ein so lähmendes Gefühl wie vorhin verspürt. *Oder habe ich mir das nur eingebildet?*

Die Mechanikerin hantierte bereits am elektronischen Schloss.

»Halb so wild«, murmelte sie, während ihre Finger Kabel anschlossen und seltsame Geräte zum Leben erweckten, an denen bunte Lämpchen zu flackern begannen. Sekunden vergingen, die sich nach dem Gefühl der Schattenläufer wie Stunden hinzogen. »Der Abendkurs in Sachen Schlossknacken hat sich anscheinend gelohnt.«

Endlich glühte die Lampe am Schloss grün auf. Etwas klickte innerhalb der Tür.

»Bitte sehr.« Twing trat zurück.

Cauldron ging in Gedanken die Namen ihrer Elementargeister durch, die sie im Notfall aus dem Astralraum zu holen gedachte, und atmete tief durch.

Der Orksamurai zählte leise von drei an rückwärts, dann stürmten sie in den Raum.

Das Zimmer war beinahe dunkel.

Als einzige Lichtquelle dienten die zahlreichen Monitore, die in der Wand vor einem großen Kontrollpult eingelassen worden waren.

Auf den Bildschirmen waren die unterschiedlichsten Bilder zu sehen, aber alle Aufnahmen schienen sich auf das Tor zu konzentrieren. Drei halbwegs intakte und ein zerstörter Lkw lagen umgestürzt neben der Zufahrt, ein brennender MAN stand neben der Einfahrt; mehrere Kon-Gardisten rückten aus allen Rohren feuernd im Schutz der Ruhrmetall Schützenpanzer vor.

Die Gegenwehr erfolgte nur noch sporadisch. Die Angreifer schienen weitgehend dezimiert zu sein. Der Ton war abgestellt. Lautlos flimmerten die Bilder über die Mattscheiben.

Mit dem Rücken zu den Läufern saß in einem bequemen Liegesessel eine dünne Gestalt, zu deren Kopf schräg hinter dem rechten Ohr zwei Kabel verliefen.

Flankiert wurde der Sessel von zwei Dobermann Wachdrohnen, die ihre Minitürme mit den leichten Maschinengewehren in Richtung der Läufer drehten.

»Drek. Was mach'n wir jetzt?«, flüsterte Ultra und wagte nicht, sich auch nur einen Millimeter zu bewegen.

Im gleichen Moment schwenkte der Sessel herum. Das Gesicht der Gestalt lag im Dunkeln. »Besuch? So unerwartet?«

»Sparkplug!«, jubelte Twing. »Du bescheuerter Elf, wir haben dich gefunden!« Sie wollte zu ihrem Geliebten laufen, aber die Hand des Orks auf ihrer Schulter hielt sie zurück.

»Warte«, raunte er.

Die Wachdrohnen rollten langsam nach vorne, die MGs ruckten hektisch hin und her.

»Ja, ihr habt mich gefunden. Und jetzt legt die Waffen hin und ergebt euch, oder meine Freunde werden eure Gehirne im Raum verteilen.«

»Das bedeutet wohl Komplikationen, oder?«, murmelte Poolitzer leise. »Ich hätte es mir denken können. Es lief viel zu glatt.«

»Sach ma, bist du verrückt geword'n?« Der Troll schaute ungläubig. »Hoy, Chummer, wir sind's. Deine Freunde aus Seattle sind gekomm'n, um ...«

»Um mir das auszubauen, was mir lieb und teuer ist, ich weiß«, vollendete der Rigger den Satz mit kalter Stimme. »Aber das werde ich nicht zulassen. Die Sicherheit ist bereits alarmiert. Ich weiß nicht, wie ihr hier hereingekommen seid, aber ihr werdet jedenfalls nicht mehr hinausgelangen.«

»Hatte ich Recht?«, sagte Keimag, der keine Anstalten machte seine Secura zu senken. Mit einem einzigen Schuss könnte er diesem größenwahnsinnigen Arschloch das Hirn und die Drähte rausblasen, aber er wusste nicht, ob das im Sinne seiner Freunde war. Also ließ er es lieber.

»Schatz, was haben sie mit dir gemacht?«, stammelte Twing fassungslos, schüttelte die Hand des Orks ab und machte einen Schritt nach vorne.

Die linke Dobermanndrohne zuckte herum und feuerte den Taser auf sie ab.

Zwar reichte der elektrische Schock nicht aus, um die Mechanikerin vollständig zu lähmen. Dennoch sackte sie in die Knie und hockte leicht benommen am Boden.

»Oh, oh«, kommentierte der Reporter und bewegte sich vorsichtig hinter Ultra. *Ob ich es schaffe, rechtzeitig zum Tunnel zu kommen?* Er schielte an der Hüfte des Trolls vorbei, um die Szene weiterhin zu filmen. *Aber dann verpasse ich das Ende der Story.*

»Ich habe dich gewarnt.« Sparkplug zeigte nicht die Spur von Bedauern. »Du hast Glück, dass wir einmal ein Paar waren, sonst hätte ich dich getötet.«

»Ein Paar WAREN?« Twing starrte ihn aus großen Augen an, eine Träne lief ihr die Wange hinab. »Was haben sie dir angetan?«

»Sie haben mir nichts angetan, sondern einen Weg gezeigt, wie ich als Rigger der Größte sein kann. Alles, was ich bin, verdanke ich Cyberdynamix.«

»Ohne Zweifel. Wir müssen verschwinden, wenn er die Sicherheit alarmiert hat«, mahnte Keimag.

»Nich ohne Sparkplug«, knurrte Ultra.

»Und nicht ohne Lugstetter«, fügte Cauldron hinzu.

»Und vor allem nicht ohne gute Aufnahmen«, setzte Poolitzer eins obendrauf.

»Dann sollten wir etwas unternehmen«, schlug Hustle vor und eröffnete ohne Vorwarnung das Feuer auf die rechte Drohne.

Die Garben der automatischen Waffe rissen die Panzerung des Fahrzeugs auseinander, und bevor der Autopilot reagieren konnte, gab der Dobermann mit einem Kurzschluss den elektronischen Geist auf.

Ultras Reflexbooster legten los. Er zog das Ruhrmetall MG mit einer fließenden, blitzartigen Bewegung aus dem Rückenhalfter und schlug es der Drohne vor ihm einfach über.

Auch dieser Autopilot war einen Tick zu langsam.

Der Kolben der 14 Kilogramm schweren Waffe krachte genau in das Mittelteil der Drohne und knackte die Panzerung wie ein Vorschlaghammer eine Haselnuss.

Funken zischten am Schulterstück entlang, und der Troll kicherte kurz.

»'tschuldigung. War der Strom. Der hat in den Fingern gekitzelt.«

»Na, das war doch gar nicht so schwer.« Der Ork ging zum Sessel und zuckte zusammen, als er das Gesicht seines Freundes erkannte. Hatte er insgeheim damit gerechnet, wieder die leeren Augenhöhlen zu sehen, traf ihn dieser Anblick noch mehr.

Anstelle der Augen saßen zwei kalt schimmernde Kameralinsen im Schädel, die ihn leblos anstarrten. Sparkplugs Gesicht war eingefallen und hager, die Haut spannte sich wie dreckiges Papier über die Knochen.

Die vertrockneten Lippen zeigten Risse und Sprünge, die nur schlecht verheilt waren, und für einen Moment dachte der Metamensch, er würde auf eine Mumie schauen. Er bemerkte nun den seltsam stickigen Geruch, der von dem Elf ausging.

»Zombiemäßig«, flüsterte der Reporter, der froh war, dass er die Kamera am Kopf befestigt hatte. *Bei dem Bild hätte ich sie mit Sicherheit vor Schreck sinken lassen.*

»Überrascht?« Sparkplug grinste. Die Zunge schnellte schlangenhaft aus dem Mund und leckte einen dünnen Blutfaden von der Unterlippe, die mit einem leisen Knirschen gesprungen war. »Ich lege keinen Wert mehr auf mein Äußeres. Der Körper ist eine vernachlässigbare Hülle und transportiert meinen Geist an den Ort, wo er hinmöchte. Mein Zuhause sind Satelliten. Ich bin überall, wenn ich möchte.«

»Chummer, du siehst beschissen aus.« Ultra schulterte das G9 und griff nach den Kabeln, die aus dem Kopf des Riggers ragten. »Wir ziehen jetzt die Stecker.

Du kommst mit nach Seattle. Fuchi wird dir den Drek ausbauen, und dann machen wir einen ganz normalen Läufer aus dir.«

»Ich werde hier bleiben«, antwortete Sparkplug ruhig und schloss die Augen.

Twing hatte sich einigermaßen gefasst und verstand, was der Rigger vorhatte. »Schnell, zieh das Kabel raus!«, schrie sie. »Er riggt sich irgendwo ein.«

Jetzt habe ich aber allmählich genug. Cauldron machte eine kleine Geste. Sparkplug sank im Sessel zusammen. »Keine Angst, ich habe ihn nur schlafen gelegt. Den Zirkus habe ich mir lange genug angesehen. Und jetzt raus hier.«

Ultra entfernte vorsichtig die Kabel aus den Buchsen und legte sich den Elf über die Schulter. *Wie leicht er ist.*

Keimag warf einen Blick durch die Tür. »Scheint so, als ob die Sicherheit nicht allzu schnell ist.«

»Die werden am Tor genug zu tun haben.« Hustle wechselte das Magazin und jagte alle Patronen in die Sicherheitsanlage. »Und jetzt gehen wir besser.«

»Ist in Ordnung. Ich habe alles im Kasten«, verkündete Poolitzer und setzte sich in Bewegung. »Das sieht sehr nach einem Happy End aus, wenn ihr mich fragt. Mein Drehbuch sieht es zumindest so vor.«

Als alle den Raum verlassen hatten, schob der Ork die Stahltür bis auf einen kleinen Spalt zu, durch den er den Lauf mit dem Granatwerfer schob, und feuerte eine Granate hindurch. Dann schloss er die Tür.

Das Läuferteam rannte den Gang entlang zum Aufzug und fuhr nach unten. Dumpf spürten sie die Detonation der Granate im Sicherheitsraum. Alarmsirenen gellten los, und der Aufzug blieb stehen.

»Ich mach das schon«, verkündete Twing und riss die Schalttafelabdeckung ab. Nachdem sie ein paar Kabel getrennt und neu verbunden hatte, setzte die Kabine ihren Weg fort.

»Alle aufs Dach«, kommandierte Hustle, der die Notausstiegsklappe geöffnet hatte. »Und du machst dich ganz klein, Ultra.« Der Troll nickte, auch wenn er nicht überzeugt aussah.

Als der Lift anhielt, hörten die Schattenläufer ein leises Knattern. Projektile schlugen durch die Türen und bohrten sich in die Kabinenwand.

Ultra erhielt einen Streifschuss ins Bein und grunzte böse.

Der wütende Troll antwortete dem Beschuss in seiner Spezies typischen Art. Er lud das schwere Maschinengewehr und leerte den halben Gurt durch die geschlossenen Lifttüren, die sich nach 50 Schuss Stahlgeschossen in ihre Bestandteile auflösten.

»Wenn ihr ein Duell möchtet, bitte sehr.« Der Troll lachte kurz und rückte wild ballernd weiter vor.

»Schauen wir nach, was unser Kleiner stehen gelassen hat«, sagte der Ork augenzwinkernd und sprang nach unten. Die anderen folgten.

Wieder berührten sich Keimag und Cauldron unbeabsichtigt, als sich beide gleichzeitig für den Sprung bereitmachen wollten und sich nach vorne lehnten.

Der Kontakt war diesmal großflächiger als beim ersten Mal und traf die junge Magierin wie eine Keule. *So muss sich ein Milchshake fühlen, wenn man es mit dem Strohhalm aufsaugt, oder Wasser, wenn es durch den Abfluss nach unten gezogen wird.*

Alle magische Konzentration war schlagartig wie weggewischt. Nicht nur, dass ihre Sicht verschwamm, sie rutschte ab, fiel nach unten und schlug hart auf dem Boden des Fahrstuhls auf. Keuchend entwich ihr die Luft aus den Lungen. *Dieses Mal habe ich es mir nicht eingebildet.*

Twing hatte den Sturz ihrer Freundin mitbekommen, die versuchte, auf die Beine zu kommen, und half ihr auf.

»Alles in Ordnung?« Keimag glitt nach unten. Die Mechanikerin nickte.

Der Deutsche rannte an den Frauen vorbei, um Hustle und Ultra beizustehen. Die beiden Läufer waren bereits um die Biegung verschwunden und lieferten sich ein Feuergefecht mit den Überlebenden, die Ultras Raserei entkommen waren. Auch Poolitzer befand sich irgendwo dort, wo es knallte.

»Mann, was ist denn mit dir los?« Die Mechanikerin stützte die Freundin. »Ist dir schlecht? Bist du schwanger?«

»Sehr witzig. Es liegt an Keimag«, sagte Cauldron leise und bemerkte voller Entsetzen, dass der Rubin, ihr Zauberfokus, der an einer Kette um ihren Hals gehangen hatte, gesprungen war. Der Spruch, mit dem sie Stunden verbracht hatte, um ihn auf den Edelstein zu binden, war zerstört. »Wie ist das möglich?«

»Darüber machen wir uns später Gedanken.« Twing zerrte sie vorwärts. »Jetzt nichts wie weg hier. Lugstetter schnappen wir uns ein andermal.«

Als ob sie gegen eine Mauer gelaufen wäre, blieb die Magierin stehen. »Verdammt, den hätte ich beinahe vergessen.«

»Und den wirst du auch ganz schnell vergessen, weil wir keine Zeit für solche Spielchen haben«, herrschte Twing sie an, die in Gedanken ihre Bemerkung verfluchte. *Das habe ich sauber hinbekommen.*

»Schnapp dir die anderen und verschwindet.« Cauldron bewegte ihre Hände, sagte etwas und war verschwunden.

Twing sah sich um, konnte aber keine Spur von ihrer Freundin entdecken. »Drek, komm zurück. Du wirst es alleine nicht schaffen.«

Leise schloss sich die durchlöcherte Fahrstuhltür.

XIV.

Unsichtbar huschte die Magierin durch die Gänge, fest entschlossen, nicht eher aus dem Forschungskomplex zu verschwinden, bis entweder sie oder Lugstetter tot war.

Ich werde Bullet rächen, egal, was mit mir geschieht. Die Trauer über den Verlust hatte sich in rücksichtslosen, leidenschaftlichen Hass gewandelt und lieferte ihr den Antrieb für ihr Vorhaben.

Die Gruppe würde es auch ohne ihre Hilfe schaffen, aus dem Forschungskomplex zu gelangen.

Bisher verlief alles reibungslos, aber trotzdem musste sie sich beeilen. Die Demonstration vor dem Tor war von den Kon-Gardisten und Magiern aufgelöst worden. Die Sicherheitskräfte hatten damit wieder Zeit, sich um die Eindringlinge zu kümmern.

Sie befand sich auf dem Weg nach oben, wo sie sich einen Hinweis auf den langhaarigen, deutschen Samurai erhoffte.

Einem Trupp Schwerbewaffneter war sie erfolgreich ausgewichen, indem sie sich einfach an die Wand gedrückt hatte.

Cauldron machte sich keine Illusionen. Es war nur eine Frage der Zeit, bis sie ein Elementar, ein Watcher oder ein Magier entdeckte. Sie beschloss, alles zu riskieren.

Als sie an einer Abstellkammer vorbeikam, hielt sie an, betrat den dunklen Raum und wechselte in die Astralebene, um nach Lugstetter zu suchen.

War sie vorher noch ziemlich alleine in der Etage gewesen, liefen inzwischen zahlreiche Menschen in den Korridoren entlang, überwiegend Wissenschaftler und hektische Wachleute, die die Fahrstühle sicherten und Stockwerk für Stockwerk durchsuchten.

Astral schoss sie durch das Gebäude, vorbei an kleineren Grünpflanzen und mitten durch Decken, Wände und Möbelstücke.

Nach endlosen Minuten fand sie den deutschen Samurai, der in der Kantine saß und sich in aller Ruhe die Videoaufnahmen der Demonstration ansah, als ob ihn das Durcheinander ringsumher nichts angehen würde. Lugstetter leuchtete inzwischen magisch.

Cauldron konnte einen aktivierten Fokus erkennen, der um seinen Hals baumelte.

Umso besser, dachte sie grimmig und machte sich für einen Zauberspruch bereit. *Das erleichtert mir vieles und erspart die Lauferei.*

Sie konnte Lugstetter zwar aus dem Astralraum nichts anhaben, aber sie wollte den Fokus als magischen Blitzableiter für einen Manaball benutzen, und der würde dem zweiten Mörder von Bullet endgültig das Lebenslicht ausblasen.

Doch zuerst wollte sie sich noch einen kleinen Spaß mit dem Mann erlauben.

Flimmernd manifestierte sich ihr Abbild vor Lugstetter.

Erschrocken zuckte der Mann herum, zog trotzdem geistesgegenwärtig seine Altmayr und feuerte dem magischen Hologramm zweimal mitten ins Gesicht.

Die Schrotladungen der Waffe fuhren durch die täuschend echte Illusion und zerfetzten den Colaautomat. Blubbernd ergoss sich die braune Zuckerbrühe in den Raum.

»Verdammt«, fluchte der Samurai. »Ein verdammter Trick, nichts weiter.«

»Genau.« Cauldron lächelte und warf einen Blick über die Schulter. »Guter Schuss. Das wird die Putzfrau aber nicht gerne sehen.«

Lugstetter senkte die wirkungslose Waffe. »Glückwunsch. Sie haben mehr zustande gebracht als Ihre zahlreichen Schattenläuferkollegen zuvor. Aber keine Angst. Selbst wenn Sie mit Sparkplug entkommen, werden Sie keine große Freude an dem Rigger haben, das verspreche ich Ihnen.«

Das Abbild machte einen drohenden Schritt vorwärts. »Sie schulden mir noch was, Lugstetter. Sie haben meinen Freund auf dem Gewissen, und deshalb werden Sie ins Gras beißen. Dafür sorge ich.«

»Wie schade, dass Sie mir nichts anhaben können, nicht wahr?« Der Mann grinste und trat zur Seite, um einem kleinen Colabach auszuweichen. »Abgesehen davon war es nicht ich, sondern Gercke, der diesen Läufer zu Hackfleisch verarbeitet hat. Aber ich will mich nicht rausreden. Ich hätte es genauso getan. Wo stecken Sie eigentlich? Sie können unmöglich bei Ihren Freunden sein, oder? Ich kann meine Männer losschicken, die Sie abholen, und dann dürfen Sie es gerne persönlich versuchen. Die Genugtuung wäre bestimmt größer für Sie.«

»Geben Sie sich keine Mühe. Ich weiß, dass Sie einen Fokus tragen, Lugstetter. Fühlen Sie sich bloß nicht zu sicher.« Die Magierin sah sich im Raum um. »Wo sind denn Ihre Freunde?«

»Die anderen sind vermutlich mit den letzten Überlebenden der Demonstration beschäftigt.« Der Samurai zuckte mit den Schultern. »Die Ablenkung war sehr gut geplant. Fuchi steckt dahinter, oder?«

»Sie glauben doch nicht allen Ernstes, dass ich den Auftraggeber verrate?«

»Da ich ohnehin gleich sterben werde, könnten Sie es mir verraten.«

»Kein Interesse.« Die Magierin machte ein gelangweiltes Gesicht. »Und nun entschuldigen Sie mich bitte. Ich muss Ihren Tod vorbereiten.«

Die junge Frau wechselte zurück auf die astrale Ebene und richtete einen Manaball auf den Fokus aus.

Eine Sekunde lang beobachtete sie Lugstetter, der sichtlich nervös wirkte und sich ständig in der Kantine umsah, ob sie noch einmal auftauchen würde. Schließlich setzte er sein Comgerät in Gang und sprach hinein.

In dem Moment, als die Magierin den Spruch loslassen wollte, der das Hirn des Samurais in alle Ecken des Zimmers spritzen lassen sollte, bekam sie einen gewaltigen Schwall heißer Luft in den Rücken.

Überrascht taumelte sie nach vorne, der Zauber ging verloren.

Triumphierend brüllte der Angreifer auf und kam näher.

Voller Entsetzen blickte Cauldron auf den gewaltigsten Feuerelementar, den sie in ihrer Karriere als Magiekundige gesehen hatte.

Um das humanoide Wesen spielte eine rot glühende Flammenaura. Kleine Feuereruptionen schossen aus dem Körper hervor und jagten der jungen Frau eine unerträgliche Hitzewelle entgegen. Der Elementar krümmte sich leicht zusammen und schob den Kopf vor.

Panisch zog Cauldron eine Magiebarriere hoch. Sekundenbruchteile darauf schoss aus dem riesigen Mund des Angreifers ein baumdicker Strahl grell orangenes Feuer, der sie mit Sicherheit in ein armseliges Häufchen Asche verbrannt hätte.

Zwar hielt der hastig beschworene Schutz das Gröbste ab, dennoch verschlug ihr die Hitze den Atem.

Hungrig zuckten die Flammen an der Barriere entlang und umschlossen die Magierin, die wie aus einer gläsernen Kugel auf den faszinierenden und zugleich tödlichen Angriff starrte. Dann erlosch das Feuer. Der Elementar richtete sich enttäuscht auf.

Drei kleinere, glühende Wesen zischten heran und stürzten sich kopfüber auf die Barriere, die jetzt bedrohlich flackerte. Aus den Augenwinkeln bemerkte Cauldron, wie ein Watcher herbeieilte und die Spur zu ihrem Körper aufnahm.

»Sparky, Fünkchen, Match«, rief sie ihre eigenen Elementare herbei, von denen sie wusste, dass sie dem größeren Kollegen weit unterlegen waren, aber es ging nicht anders.

Gehorsam erschienen die magischen Wesen und stellten sich dem Kampf mit dem übermächtigen Gegner.

In der Zwischenzeit bannte die junge Frau die anderen Feuerelementare, die nur zur Schwächung der Barriere eingesetzt wurden.

Dann entdeckte sie den Lohnmagier.

Eindrucksvoll schwebte er heran. Seine lange, schwarze und aufwendig verzierte Robe wirkte mittelalterlich, und für einen Moment glaubte Cauldron einen Inquisitor vor sich zu haben.

Forschend bohrten sich die dunklen Pupillen in ihren Kopf. Trotzig hob sie das Kinn und starrte feindselig zurück. Mehrere Sekunden sahen sie sich einfach nur an. Keiner senkte den Blick.

Langsam bewegte der Mann den Arm und deutete auf Match. Ein opalisierender Schimmer legte sich um den Elementar, der kreischend zerbarst.

Das sanfte Leuchten sprang auf Sparky über, der dem Bannspruch qualvolle Sekunden länger standhielt, bevor auch seine Energien vollständig absorbiert waren.

Die Magierin schickte dem Gegner einen Manablitz entgegen, aber der Strahl glitt wirkungslos an einer Barriere ab. »Geh, Fünkchen, du bist entlassen«, sagte sie halblaut. Der Elementar verschwand ohne Zögern.

»Mephisto«, flüsterte der Mann und nickte Cauldron zu. »Vernichte die junge Hexe.«

Brüllend kam der Feuergigant auf die Magierin zu, die Arme wie zur Begrüßung eines alten Freundes geöffnet.

»Sie hat sich abgesetzt? Jetzt? Mitten im Lauf?« Hustle warf das leere Magazin achtlos zu Boden und lud die H&K nach. Er mochte die Waffe, auch wenn ihm der Hexenhammer lieber gewesen wäre, aber den konnte Jeromin nicht besorgen.

Ultra sicherte den Gang, während Keimag und der Reporter schon in der Zelle mit dem Durchbruch in der Wand verschwunden waren.

»Sie will sich Lugstetter schnappen«, versuchte Twing zu erklären. »Und wir sollen ohne sie abhauen.«

»Und wer macht das von uns? Ihr ist doch klar, dass wir sie rausholen werden, egal, ob wir mit draufgehen oder nicht.« Der Ork schüttelte den Kopf. *Was hat sich Cauldron dabei gedacht?*

»Eigentlich ist es meine Schuld«, gestand die Mechanikerin. »Ich habe sie daran erinnert.«

»Toll«, grunzte Ultra. »Also zurück.«

»Drek, der Lauf wäre so schön über die Bühne gegangen«, fluchte Hustle. »Keimag, Poolitzer, klemmt euch Sparkplug unter den Arm und verschwindet durch den Tunnel, damit wenigstens ihr rauskommt.«

»Vergiss es«, kam es aus der Zelle. »Ihr könnt mich verdammt gut gebrauchen.« Der Deutsche tauchte auf. »Ich kenne mich hier aus, ihr hingegen nicht.«

Poolitzer, der sich inzwischen vorkam wie ein Kriegsberichterstatter, erschien an seiner Seite. »Ich lege rasch eine neue CD in die Kamera. Dann will ich auch den Rest des Laufs mitfilmen. Was wäre diese Story ohne einen grandiosen Abschluss?«

»Na schön«, stimmte der Ork grollend zu. »Suchen wir unsere Hexe, und dann kann die Kleine was erleben. Den Rigger legen wir in die Nachbarzelle unter die Pritsche. Dort werden sie am wenigsten suchen.«

Vorsichtig legten sie den Elf in sein Versteck, tasteten sich zum Aufzug zurück und standen vor dem ersten Problem.

»Wo soll'n wir sie denn such'n?«, murmelte der Troll ratlos und traf es genau auf den Punkt.

»Cauldron will Lugstetter, und der ist wohl ein bisschen höher in der Hierarchie als ein normaler Wissenschaftler«, überlegte Twing. »Eine Mischung aus Samurai und Möchtegern-Exec.«

»Dann fangen wir am besten in den oberen Etagen an, dort hängen die Execs meistens rum«, erinnerte sich Keimag. »Ich vermute mal, die haben sich einen guten Aussichtspunkt für die Demo gesucht und schlürfen Sekt, während ihre Streitkräfte die Menschen zerlegen. Ähnlich wie damals in Rom mit der Ehrentribüne für die Mächtigen.«

»Rome? Ich hab immer gedacht, das is in den UCAS«, meinte Ultra. »Ich hab's mal in einer Fernsehsendung gesehn, als der Präsident ...«

»Vergiss es, Chummer«, winkte der deutsche Läufer ab. »Bei euch sagt man doch Chummer?«

»Also gibt's mehrere Roms?« Tatsächlich machte der Troll Anstalten, nach seinem Palmtop zu langen, um den neuen Suchbegriff einzugeben, ließ es dann aber bleiben. *Das mache ich besser hinterher.*

Keimag drückte auf der Schalttafel eine Tastenfolge in den Ziffernblock ein und betätigte den Knopf mit der Aufschrift ›Bellevue‹. »Wie gesagt, ich wollte demnächst ausbrechen. Da merkt man sich so was«, erklärte er den staunenden Läufern.

Ultra hielt den Lauf des schweren MGs auf die Kabinentüren gerichtet. Wer auch immer sich in den Weg stellen wollte, angesichts einer solchen Argumentationshilfe würde jeder das Feld räumen.

Die Kon-Gardisten, die vor dem Aufzug gewartet hatten, starrten auf die Mündung und ließen sich sofort überreden. Sie warfen ihre Waffen auf den Boden, als ob das Metall glühend heiß wäre.

Ein paar gezielte Kinnhaken später befanden sich die Wachen im Traumland. Den langen Aufenthalt garantierten die aufgedrückten Traumapflaster.

Hustle zerrte einen der Männer vor die Lichtschranke des Aufzugs, um die Türen zu blockieren.

»Los geht's«, befahl er. Die Läufertruppe rückte vor, den FNS-Reporter im Schlepptau.

Das Team durchsuchte Raum für Raum, aber sie fanden nur überraschte Wissenschaftler und Execs, die sie der Reihe nach niederschlugen.

Insgeheim klopfte sich der Metamensch dafür auf die Schulter, das interne Sicherheitssystem zerstört zu haben. *Wenn der Hauptkontrollraum noch besetzt gewesen wäre, säßen wir schon längst in der Falle. Glücklicherweise scheinen die Cyberdynamix-Leute immer noch genügend Schwierigkeiten zu haben.*

Poolitzer wurde immer vergnügter, je mehr Räume sie durchsuchten. »Das wird die Dokumentation des Jahrhunderts, wenn ich hier lebend rauskomme«, freute er sich. »So tief war noch kein Reporter bei irgendeinem Kon drin.«

»Nächstes Stockwerk.« Die Laune des Orksamurai war im Keller. Vermutlich wartete irgendwann eine ganze Abteilung von Kon-Messerklauen in Vollrüstung. *Und das alles nur, weil Miss Zauberin ihre Rache unbedingt in die Tat umsetzen will.*

»Die Zeit läuft uns davon«, mahnte Keimag. »Was wir bräuchten, wäre ein kleines Wunder.«

In diesem Moment schwang die Toilettentür auf.

Die vertraute Gestalt von Lugstetter trat auf den Gang, genau mitten zwischen Hustle und Ultra, ohne die beiden wahrzunehmen.

»Die Handtücher sind alle. Scheiß Service«, beschwerte er sich, ohne aufzusehen, während er die nassen Hände schüttelte. »Da gibt der Kon Milliarden für die Forschung aus, aber …«

Der Exec bemerkte die Silhouetten, die um ihn herum standen, und hielt inne. Als Nächstes wanderte sein Blick langsam nach rechts, dann nach links.

Bevor er nur eine einzige Bewegung machen konnte, hielt ihm der Troll die Mündung des MGs an das rechte Nasenloch.

»Chummer, nur 'nen falsch'n Furz, und dein Riechkolben fliegt zusamm'n mit dein'm Gehirn nach Nirgendwo«, versprach der Troll.

»Da hast du dein Wunder, Keimag.« Der Ork untersuchte den Deutschen auf Waffen und steckte dessen Altmayr und zwei kleinere Holdout Pistolen ein. »Und jetzt zu dir. Wo ist Cauldron?«

»Wer soll das sein, Gentleman?«

Hart rammte Hustle den Deutschen gegen die Wand. Ein dünner Blutfaden sickerte aus der Nase und lief über die Lippen in den Kinnbart. »Ich frage nicht noch mal.«

»Sie sind die Schattenläufer aus Seattle, habe ich Recht?«, meinte der Mann ruhig. »Das ist aber eine sehr unangenehme Überraschung.«

»Hör bloß auf zu sülzen.« Hustle stieß ihm die H&K in die Rippen. »Beantworte einfach die Frage.«

»Das letzte Mal habe ich ihre astrale Projektion in der Kantine gesehen. Wo sie ihren Körper gelassen hat, kann ich Ihnen leider nicht sagen. Es würde mich aber sehr interessieren.«

Das Comgerät des Mannes piepte.

»Geh dran.« Ultra drückte ihm wieder das MG an die Nase. »Aber kein Wort zu viel!«

»Hier Lugstetter.«

»Hier Lescher«, meldete sich der unbekannte Gesprächspartner. »Der Watcher von Herrn Kerlinger hat den Körper der feindlichen Magierin ausgemacht. Wir sind auf dem Weg dorthin, dritte Etage, im ersten Korridor in der Besenkammer. Sollen wir sie sofort liquidieren?«

Lugstetters Nasenknorpel bog sich bedenklich zur Seite. »Nein! Nein, Lescher, ich komme zu Ihnen. Unternehmen Sie nichts, bevor ich da bin. Und pfeifen Sie den Magier zurück. Ich brauche die Frau lebend.«

Es entstand eine unangenehme Pause. »Dafür könnte es vielleicht zu spät sein. Ende.«

Lugstetters Nasenbein brach mit einem lauten Krachen, und der Mann heulte auf.

»Ich habe eine Idee«, rief Keimag. »Ich weiß, wie wir Cauldron helfen können.«

Cauldron fabrizierte einen Bannspruch nach dem anderen, aber das gegnerische Elementar trotzte den magischen Formeln mit Leichtigkeit.

Der Lohnhexer verfolgte das Duell mit zufriedenem Lächeln. Früher oder später würde die Abwehr der Magierin erlahmen, und dann hätte sein Mephisto einfaches Spiel mit der jungen Frau.

Versuchen wir mal einen anderen Trick. Sie konzentrierte sich stärker als zuvor.

Plötzlich stockte der Feuerelementar und ließ die Hände sinken. Unschlüssig drehte sich das Wesen hin und her.

Der Mann stieß einen Fluch aus. Offensichtlich versuchte die Frau gerade, seine Kreatur zu übernehmen.

»Ich habe dich unterschätzt, Hexe«, murmelte er und schickte einen knisternden Blitz reiner, magischer Energie auf die Reise.

Cauldron musste ihre Bemühungen abbrechen und sicherheitshalber eine Verteidigung hochziehen, um den Angriff abzublocken. Sie spürte, dass ihr Gegner nicht seine ganze Macht genutzt hatte, aber die Attacke erfüllte ihren Zweck. Die Übernahme war gescheitert.

Mephisto schüttelte den mächtigen, flammenumkrönten Kopf, als wolle er einen Schwarm Fliegen verscheuchen, und wandte sich der Magierin zu. Der Elementar war wütend. Tiefrot glühte seine Gestalt.

Für einen Moment überlegte die junge Frau, ob sie in die andere Ebene wechseln sollte, aber sie wusste, dass es ihr Problem nur kurzfristig beheben würde. Per Ferndienst wäre der Elementar in der Lage, ihr weiter zuzusetzen, und der Magier könnte ihre aktivierten Fokusse als Zündschnur für Sprüche verwenden. Wenn es mit ihr zu Ende gehen sollte, dann lieber stilecht im Astralraum.

Ihre Magiebarriere fiel zusammen wie ein leerer Ballon. Mephisto dagegen pumpte sich auf und bereitete einen weiteren Strahl aus magischem Feuer vor.

Cauldron wollte das Unvermeidliche nicht länger hinauszögern, ließ alle aufrechterhaltenen Sprüche fallen und schloss in Erwartung alles verglühender Hitze die Augen. *Wenigstens bin ich im Jenseits wieder mit dir zusammen, Bullet, auch wenn Lugstetter mit dem Leben davonkam. Ich hoffe, du verzeihst mir.*

Der Lohnmagier betrachtete die Frau, die sich tapfer zur Wehr gesetzt hatte und mit bleichem Gesicht auf den Tod wartete. Eine fast würdige Gegnerin, aber letztendlich zu schwach für seine Künste.

Ein heftiger Schmerz brannte unvermittelt in seiner Schulter. Als Nächstes fühlte er einen Stich im linken Auge. In Sekundenschnelle verstand er: Jemand machte sich rabiat an seinem Körper zu schaffen.

»Mephisto, komm mit.« Der Mann flog durch den Astralraum dorthin, wo er seine sterbliche Hülle zurückgelassen hatte. Um die Hexe würde er sich später kümmern.

Lugstetter, ein Taschentuch an die blutende Nase gedrückt, kam um die Ecke und winkte den gepanzerten

Spezialeinheiten zu, die sich sturmbereit vor der Besenkammer versammelt hatten.

»Meine Herren, Sie können abrücken. Die Sache hat sich erledigt, vielen Dank.« Unschlüssig sahen sich die Männer an. »Danke«, wiederholte der Samurai gedehnt und winkte. »Die anderen sind im Forschungsblock Beta, 3. Etage, lokalisiert worden. Los, los, los. Bewegung!«

Die Kon-Gardisten rückten ab.

»Das hat der Junge aber brav gemacht«, lobte Hustle, der für die Wachen unsichtbar im Gang gestanden hatte, und senkte seine H&K. »Und jetzt holen wir Cauldron ab.«

»Ich krieg keine Luft mehr«, beschwerte sich der Deutsche. »Die Nase schwillt völlig zu.«

»Chummer, damit kommste bei mir nich weit.« Ultra lachte und kniff ein Auge zu. »Fische saug'n ja auch Luft durch'n Mund, ich hab das genau überprüft. Also streng dich'n bisschen an.«

»Die saugen doch keine Luft«, meinte Poolitzer feixend. »Die ziehen sich Wasser durch die Kiemen und filtern den Sauerstoff raus.«

»Quatsch. Wenn das ein Mensch versucht, ertrinkt er«, meinte der Troll.

»Könnte es daran liegen, dass wir Lungen und keine Kiemen haben?«, schlug der FNS-Mitarbeiter vor. »Wale haben auch Lungen, weil sie Säugetiere sind.«

»Wale sind doch …«

»Bitte, nicht schon wieder die Säugetierdiskussion!«, verlangte Twing ärgerlich. »Wie lange werden die Gardisten brauchen, bis sie merken, dass sie verarscht wurden?«

»Wenn das Sicherheitsteam per Funk eine Bestätigung einholt, dann sind sie sogar wieder auf dem Weg hierher«, schätzte Lugstetter, dessen Stimme zunehmend nasal klang. »Wie lange soll ich Sie eigentlich auf Ihrer aussichtslosen Flucht begleiten?«

Hustle schob den langhaarigen Exec vor sich her, bis sie vor der Tür angekommen waren. »Es wird keine aussichtslose Flucht werden. Wir haben ja Sie als Geisel dabei.«

»Glauben Sie mir, dem Kon ist es scheißegal, wer Sie begleitet. Cyberdynamix will den Rigger zurück, ganz gleich, wer dafür aus dem Weg geräumt werden muss.«

»Klasse, dann könn'n wir den Sack gleich hier abputzen«, freute sich Ultra und hob das MG an das rechte Ohr Lugstetters.

»Moment, ich zoome näher ran«, sagte Poolitzer gespannt. »Der passionierte Zuschauer erkennt den Unterschied zwischen Spezialeffekt und echtem Gemetzel.«

»Halt, halt! Andererseits«, beeilte sich der Samurai, »weiß man nie, wie viel ich dem Kon wert bin.«

Die Schattenläufer lachten hämisch.

Twing öffnete die Tür und sah auf Cauldron, die benommen zwischen Mopps, Putzeimern und Reinigungsmaschinen saß. Zwar hatte sie die Augen geöffnet, aber ihr Geist hatte sich noch nicht vollständig an die neue Umgebung gewöhnt.

»Hier Keimag«, kam es über Funk. »Den Magier habe ich außer Gefecht gesetzt, aber hier sind so ein paar schießgeile ...«, er benutzte ein Wort, das keiner der UCAS-Läufer verstand, »aufgetaucht und haben mich eingekeilt. Ich brauche euch.«

»Drek.« Hustle packte Lugstetter im Genick und zog ihn mit. *Egal, wo man ist, man befindet sich immer am falschen Ort.* »Das ist die letzte Aktion für heute. Wenn wir unseren neuen Freund aus seiner misslichen Lage befreit haben, verschwinden wir, was auch passiert.«

Gott, ich lebe noch. Cauldron kam schwankend auf

die Beine. »Der Magier ist weg. Er und sein Elementar hätten mich beinahe erwischt, aber …«

»Das war Keimag«, sagte Twing. »Er hat sich nicht von seinem Plan abbringen lassen. Ich hätte nicht gedacht, dass er es schafft.«

»Auf alle Fälle müssen wir ihn rausholen, und zwar sofort«, verkündete der Ork.

Zügig arbeiteten sich die Läufer zu dem Raum vor, den Lugstetter ihnen beschrieben hatte. Schon von weitem hörten sie das Gewehrfeuer der H&Ks, mit dem die Sicherheitsgardisten den Läufer eindeckten.

Ultra schaute kurz um die Ecke, griente breit und entsicherte das schwere MG. »Die stehen da wie die Pins. Jetzt wird's 'n bisschen laut«, warnte er die anderen und schwang sich in den Korridor. »Lasst uns bowlen!«

Dröhnend ratterte das Ruhrmetall SF20 los. Nach kurzer Zeit herrschte Ruhe auf dem Gang.

»Feuer einstellen«, rief eine unbekannte Stimme. »Ich habe Ihren Freund bei mir.«

»Und jetzt?« Twing klammerte sich an ihre Maschinenpistole. *Hoffentlich haben sie Sparkplug nicht gefunden.*

»Sie könnten mich gegen Ihren Freund eintauschen«, meldete sich Lugstetter. »Sie wären mich los und könnten in aller Ruhe verschwinden.«

»Ich schlage vor, wir ziehen uns zurück und lassen den deutschen Samurai hier.« Cauldron funkelte den Cyberdynamixmann an. »Der da ist mir zu wichtig.«

Die anderen waren fassungslos.

Wow, das nenne ich eiskalt. Poolitzer schaute vorsichtig in die Runde und wartete auf eine Reaktion. *Bester Soap-Stoff.*

»Bist du verrückt? Keimag hat sein Leben riskiert, um deinen Grufti-Arsch zu retten, und du willst ihn

Cyberdynamix als Geschenk überlassen?« Die Mechanikerin war kurz davor, ihrer Freundin einen Kinnhaken zu verpassen. »Bist du so scharf auf deine Rache, dass du einen Kumpel dafür opfern würdest?«

»Miss Cauldron, haben Sie sich schon mal überlegt, für einen Konzern zu arbeiten?«, fragte Lugstetter amüsiert. »Ihre Einstellung gefällt mir.«

»Schnauze, sons' gibt's eins auf die Fressluke«, drohte Ultra.

»Was soll das?«, begehrte die Magierin auf. »Na schön, er hat uns geholfen, aber wir kennen ihn nicht richtig. Was würden wir also verlieren?«

»Die Achtung vor mir selbst«, murmelte Hustle, der den Vorschlag der Magierin ebenfalls nicht gutzuheißen schien. »Wir haben versprochen, ihn mitzunehmen. Deshalb werde ich da nicht mitziehen.« Er wandte sich Lugstetter zu. »Los, mach was.«

»Sind sich die Herrschaften einig?« Der Deutsche schaute abwartend von einem zum anderen.

Cauldron versuchte, ihn mit Blicken zu töten. Auch die übrigen Schattenläufer waren nicht begeistert, aber es regte sich kein Widerspruch.

»Dann will ich sie von meiner Anwesenheit erlösen.« Er räusperte sich. »Hier spricht Lugstetter. Die Eindringlinge schlagen einen Tausch vor. Mich gegen den Schattenläufer.«

»Ich weiß nicht, ob ich das darf«, kam die Antwort.

Cauldrons Lippen umspielte ein Lächeln. *Ich bekomme deinen Tod.*

Der Deutsche verdrehte die Augen. »Das kann doch wohl nicht wahr sein! Mann, wie heißen Sie?«

»Radtke.«

»Passen Sie mal auf, Radtke. Ich trete jetzt auf den Gang, damit Sie mich sehen können. Sie werden den Läufer in dem Moment losschicken, in dem ich meinen ersten Schritt gemacht habe, verstanden?«

»Ich werde erst in der Zentrale nachfragen«, widersprach Radtke unsicher.

»Wenn er das macht, verlierst du dein linkes Ei, Chummer.« Hustle hielt ihm das MG in den Schritt.

»Radtke! Radtke, die Leute wollen mich verstümmeln!« Lugstetter stellte sich mit erhobenen Armen in den Korridor. »Wenn Frau Berger von Ihrem Zögern hört, wird sie Sie als neues Versuchskaninchen benutzen.«

»Ich dachte, Cyberdynamix macht keine Tierversuche«, flüsterte Twing Ultra zu, der daraufhin kicherte.

»Na, schön.« Der Kon-Gardist schien angesichts der Drohung seine Standhaftigkeit verloren zu haben. »Der Schattenläufer geht gleich los.«

Hustle und Ultra traten hinter Lugstetter.

Auf der anderen Seite des Gangs tauchten Keimag und vier Gardisten auf. Die ersten beiden knieten nieder und visierten die Metamenschen an, während die anderen zwei auf ihre Geisel anlegten.

»Eine falsche Bewegung, und wir pusten euren Kon-Mann weg«, versprach Hustle. »Ich zähle bis drei, dann gehen Sie gleichzeitig vorwärts. Eins, zwei, drei.«

Der Gardist mit dem Namensschild Radtke auf der Vollrüstung versetzte Keimag einen Stoß. Der Ork trat Lugstetter in den Hintern.

Die Männer schritten langsam den Korridor hinunter. Die Zeit schien langsamer als sonst zu verstreichen.

Nervös leckte sich Ultra über die Lippen. *Ich wette gleich passiert eine Schweinerei.*

Lugstetter und Keimag kamen auf gleiche Höhe.

Der Schattenläufer taxierte den lächelnden Kon-Mann. Seiner Meinung nach machte der Samurai einen zu sicheren Eindruck, und mit einer versteckten Geste signalisierte er seinen neuen Freunden erhöhte Vorsicht.

»Macht sie fertig«, brüllte Lugstetter plötzlich und

warf sich nach rechts gegen eine der Bürotüren, die krachend zerbarst. Die Schusslinie auf die drei Schattenläufer war frei.

Einen Tick zu spät setzte das Ruhrmetall SF20 ein, um für eine schnelle Entscheidung zu sorgen. Die Kon-Sicherheitsleute eröffneten das Feuer zuerst und jagten Dutzende von Projektilen aus ihren Waffen.

Einige Kugeln schwirrten an den Köpfen von Hustle und Ultra vorbei. Dafür erhielten sie genügend Treffer in den restlichen Körper, um bei einem Metallsuchgerät für ein hektisches Dauerpiepen zu sorgen.

Keimag hatte sich geistesgegenwärtig fallen lassen und robbte in einer wahnsinnigen Geschwindigkeit um die Ecke, um aus dem Gefahrenbereich zu kommen. Ohne Panzerung konnte jeder Treffer tödlich für ihn sein.

Es gab mehrere kleine Schläge gegen den Oberkörper des Orks, als die 9-Millimeter-Munition auftraf, doch die Teilrüstung hielt stand. *Gute Ware.*

Auch bei dem Troll hatten die H&Ks keine gravierenden Auswirkungen. Nur aus seinem linken Arm quoll ein kleines Blutrinnsal. Dann röhrte das schwere MG mit seiner verheerenden Wirkung los.

Ganze Fetzen der Vollrüstungen flogen durch die Luft. Das Kevlarmaterial hatte dem tödlichen Hagel aus Vollmetallgeschossen nichts entgegenzusetzen. Nach der Salve stand kein einziger der Gardisten mehr.

»Weg hier«, befahl Hustle. »Geht's?«, wollte er von Ultra wissen, aber der grinste nur.

»Das is nur'n kleiner Kratzer, der wird schon wieder …«

Lugstetter tauchte unvermittelt aus dem Büro auf, schnappte sich eine der Waffen der Sicherheitsleute und schoss eine Salve in Richtung der Schattenläufer, bevor er in einem anderen Zimmer verschwand.

Ultra zuckte zusammen und hielt sich das linke

Knie. »Drek, der hat mich erwischt«, fluchte er ungläubig. »Da rotzen vier Mann auf dich los und nix passiert, nur bei dem natürlich.« Vorsichtig trat er auf. »Die Kniescheibe tut tierisch weh. Is bestimmt'n Loch drin.« Diesmal schoss mehr Blut aus der Wunde. Eine Ader im Oberschenkel musste getroffen worden sein.

»Lass mich mal.« Cauldron kniete sich nieder und murmelte ein paar Worte, während sie eine Hand aufs Knie legte. *Bitte, lass es mich dieses Mal schaffen.*

Nach Sekunden ließ die Blutung nach. Die Magierin schwankte ein wenig. »Ziemlich anstrengend bei so wenig Essenz. Ich glaub, ich muss mich unbedingt hinlegen.«

»Ich auch«, stöhnte Poolitzer mit grünem Gesicht. »So langsam wird mir das Blut echt zu viel, Leute. Ich reagiere allmählich empfindlich. Könnten wir …«

»Später.« Hustle sicherte den Gang zum Fahrstuhl. »Noch ist alles ruhig. Wir können abziehen, wenn wir uns beeilen.«

Die Schattenläufer verschwanden in der Kabine, die sich kurz darauf in Gang setzte und sie nach unten brachte.

Ein blasser Poolitzer wechselte für alle Fälle die CD, auch wenn noch genügend Platz für Daten war. *Sollte ich die Kamera verlieren, will ich wenigstens die bisher geschossenen Bilder mit nach Hause bringen.*

»Keimag, Ultra und ich gehen vor und beseitigen mögliche Gegner«, erläuterte der Ork seinen Plan. »So wie es aussieht, wissen sie immer noch nicht, wie wir überhaupt reingekommen sind. Das ist unser großer Vorteil. Wir rufen euch, wenn alles klar ist, und dann nichts wie raus hier, einverstanden?« Die Frauen nickten.

Cauldron vermied es, den deutschen Läufer anzusehen. Sie kam sich jetzt ziemlich schäbig wegen ihres

Vorschlages von vorhin vor. *Ich werde ihn später um Entschuldigung bitten.*

»Ich komme auch mit.« Der Reporter grinste schon wieder. »Ich will dort sein, wo die Musik spielt. Aber haut nicht zu sehr auf die Kacke, sonst muss ich wegen zu großer Brutalität schneiden. Und kotzen.«

Die Männer rückten vor und waren bald um die Ecke verschwunden.

»Macht euch bereit«, meinte Twing. Die Maschinenpistole baumelte am Gurt an ihrer Hüfte. »Mann, ich will nur noch nach Hause.«

»Was soll ich da sagen? Ich fühle mich ziemlich am Ende.« Die Magierin lockerte die Schultern. »Noch eine Schießerei mehr, und ich lege mich an Ort und Stelle aufs Ohr.«

»O nein«, flüsterte die Mechanikerin und drehte sich um, weil sie ein Geräusch gehört hatte. »Ich dachte, ich hätte ihn unbrauchbar gemacht.«

»Was denn?« Cauldron schaute sich um und erstarrte.

Der andere Fahrstuhl kam gerade unten an. Die Türen öffneten sich.

Na, prima. Geistesgegenwärtig murmelte Cauldron einen Spruch, während sie losrannten. Die sechs Kon-Gardisten, die aus der Kabine stürmten, eröffneten das Feuer.

Doch die Kugeln wurden immer langsamer, je näher sie den beiden Frauen kamen, bis sie sich wie in Zeitlupe bewegten und einen Meter von ihnen entfernt wirkungslos zu Boden fielen.

Die Luft flimmerte. Dann brach die Barriere der Magierin zusammen.

»Oh, verdammt«, schimpfte Cauldron, »sie haben einen Magier dabei.«

Etwas Glühendheißes schoss den Gang entlang und hüllte die Läuferinnen in ein Flammeninferno.

Twing schrie auf, als sie die sengende Hitze spürte, und schloss mit dem Leben ab.

Aber das Feuer erstarb urplötzlich.

Cauldron war weiß im Gesicht. Ihr Atem ging keuchend, und dicke Schweißperlen liefen ihr die Stirn hinab. Die Mechanikerin begriff, dass ihre Freundin ihnen gerade das Schlimmste erspart hatte.

»Das reicht. Fünkchen!« Lodernd erschien der Feuerelementar im Gang. Die Magierin zeigte um die Ecke in Richtung der Gardisten. »Mach sie fertig.« Innerlich gratulierte sie sich zu dem Entschluss, den Elementar nicht gegen diesen Mephisto verbraten zu haben.

Die beiden Frauen hörten nur, wie das magische Wesen unter den Wachmännern wütete, aber schon bald erstarben die Schreie.

Keimag, Ultra und Hustle kamen angelaufen, ihre Waffen im Anschlag.

Poolitzer folgte mit Verzögerung, um nicht mitten in eine gegnerische Kugel zu laufen. »Habe ich was verpasst?«

»Der Weg vor uns ist frei«, meinte der Deutsche und schaute besorgt auf die Magierin, die sich an Twing festklammerte.

»Der Weg hinter uns auch.« Cauldron grinste böse.

»Da muss ich widersprechen«, sagte eine fremde Stimme.

Hustle und Ultra wirbelten herum und feuerten, aber die Projektile kamen nicht bis zu dem Mann in Vollrüstung durch. Genau wie zuvor bei Cauldron bremsten die Geschosse ab und kullerten auf den Fußboden.

»Zwecklos«, kommentierte der Mann mit dem Halbmond auf dem Helm. Seine Hände formten ein abstruses Zeichen.

Twing griff sich an den Kopf und fiel der Länge nach

hin. Auch Hustle brach zusammen, bevor Cauldron einen Gegenzauber sprechen konnte.

Der FNS-Reporter sank auf die Knie, ohne das Bewusstsein zu verlieren. »Ich werde filmen, ich werde filmen«, grummelte er immer wieder und mobilisierte alle Kräfte. »Du versaust mir meinen Quotenhit nicht.«

Ultra ergriff die Initiative. Er machte einen Satz nach vorne, schwang den Lauf des MG wie ein Schwert und wollte zuschlagen, als er abrupt stehen blieb und sich hilflos gegen ein übermächtiges Hindernis stemmte.

»Ebenfalls zwecklos«, lachte der Lohnmagier.

Dann bin ich wohl an der Reihe. Keimag setzte sich in Bewegung und schritt geradewegs auf den Mann zu.

»Was hat er vor?«, wollte Poolitzer wissen, aber niemand konnte ihm eine Antwort geben.

Wieder machte der Gegner eine Geste, doch schien die Wirkung auf den deutschen Schattenläufer auszubleiben. Es gab ein leichtes Zischen, als er die Manabarriere passierte, die den Troll am Angriff gehindert hatte.

Der Mann runzelte die Stirn und zog sich einen Schritt zurück, während seine Hände ein anderes Zeichen formten.

Ein gleißender Energiestrahl schoss aus der rechten Hand und traf Keimag mitten auf die Brust.

Cauldron war sicher, dass der Manablitz jeden gewöhnlichen Menschen aus den Socken gehoben hätte, aber dem Deutschen schien es überhaupt nichts auszumachen.

»Cerberus«, schrie der Magier, und ein Feuerelementar erschien an seiner Seite. »Vernichte den Mann mit den langen Haaren!«

Der Elementar sah sich um. Die Blicke gingen durch Keimag hindurch. »Ich sehe keinen Mann mit langen Haaren. Nur einen Menschen mit kurzen Haaren, einen Troll, einen Elf, einen Ork und zwei Frauen.«

Der Magier streckte den Finger aus und deutete auf Keimag. »Den da! Den sollst du umbringen!« Seine Stimme überschlug sich vor Aufregung.

»Ich sehe keinen Mann mit langen Haaren«, wiederholte das magische Wesen stur. »Ich brauche ein anderes Ziel.«

Der Schattenläufer schnappte sich den ausgestreckten Finger, und der Magier zuckte zusammen, als wäre ihm die Hand abgehackt worden.

Der nächste verzweifelte und letzte Versuch folgte, den Angreifer außer Gefecht zu setzen. Ein bläuliches Funkenbündel schlug knisternd aus den Fingerspitzen des Lohnmagiers.

Die magischen Stromschläge leckten über den Körper Keimags, ohne etwas auszurichten, obwohl sie ihn wie ein tödlicher Käfig umgaben. Die Deckenlampen platzten, und ein Scherbenregen ging auf die beiden Kontrahenten nieder.

»Das kann nicht sein«, rief der Magier ungläubig, »das kann nicht sein!«

Groß erschien die Mündung der Secura vor seinem Visier.

»Tschüssi!«, grüßte Keimag und löste in schneller Folge hintereinander aus.

Nach dem vierten Schuss zersplitterte das Plexiglas. Blut spritzte aus dem Loch, und der Magier fiel zuckend hintenüber. Der Feuerelementar verschwand.

»Das war die abgefahrenste Sache, die ich jemals gesehen habe«, erklärte Poolitzer und wuchtete sich in die Höhe. »Wenn ich die CDs verkaufe, habe ich Nuyen für drei Studios. Ach was, für ein ganzes Studiogebäude.«

Ultra stand im Gang wie ein überraschter Ochse. »Was war'n das für'ne Show?«

»Erklär ich dir später.« Der Deutsche überprüfte den Puls der bewusstlosen Läufer und lächelte. »Okay, sie leben noch. Ultra, schnapp dir Hustle und Sparkplug, ich nehme Twing«, ordnete Keimag an. »Cauldron, glaubst du, du schaffst es? Poolitzer hilft dir.«

Die junge Frau nickte geistesabwesend und stemmte sich mechanisch in die Höhe.

Der Reporter umfasste ihre Hüfte und stützte sie. »Hey, jetzt kommen wir uns endlich mal näher, was?« Ihre Fingernägel krallten sich warnend in seinen Arm. »Okay, bleib locker. War nur ein Scherz.«

Sie mussten über ein paar tote Wachmänner steigen, die die anderen drei vorher erledigt hatten, dann liefen sie zurück in die Zelle und schoben sich durch das Loch in der Wand in den alten Gang.

Keimag keuchte schon bald unter seiner Last, Ultra hingegen schleppte die beiden Freunde und die Ausrüstung, als würde er das jeden Tag vor dem Mittagessen machen.

»Ich lasse mir auch Kunstmuskeln einbauen«, versprach der Deutsche leise, während er die Mechanikerin auf seiner Schulter zurechtrückte.

Cauldron und Poolitzer liefen zwischen den beiden. Der Reporter warf hin und wieder einen Blick zurück, um nach Verfolgern Ausschau zu halten.

Bislang blieb alles still.

Nach fünf Minuten kamen sie an der Felsnische vorbei.

»Wie lange noch?«, fragte Keimag und hielt kurz an, um zu Atem zu kommen. »Ich weiß nicht, ob ich den Dauerlauf noch lange durchhalte.«

»Dann geht es dir genauso wie mir«, stöhnte Poolitzer. »Scheiß Rüstung, die ist verdammt schwer.« Röchelnd rang er nach Luft.

»Noch vier Kilometer«, erklärte Ultra. »Das müsst ihr aber schaffen, Chummers.«

»Ich bin kein Leichtathlet«, protestierte der Reporter pfeifend.

»Dann wirst du jetzt zu einem werden«, sagte die Magierin müde. »Und nun lauf dicht an der Wand entlang. Ich will nicht, dass du unsere Überraschung auslöst.«

»Welche Überraschung?«, erkundigte sich Keimag.

»Das wirst du gleich sehen.« Die Mechanikerin deutete auf den Boden. »Pass auf deine Füße auf. Hier musst du einen großen Schritt machen.«

Gehorsam hob Keimag die Füße und stieg über die dünnen Drähte, die Twing auf dem Hinweg gespannt hatte. Als er das alte Flakgeschütz sah, pfiff er durch die Zähne. »Funktioniert das Ding noch?«

»Wir hoffen es einfach mal«, antwortete Poolitzer. »Wenn nicht, ist es auch nicht besonders schlimm.«

»Weiter«, drängte der Troll. »Sonst hauen unsere Leute am Tunnelende noch ab.«

Mit zusammengebissenen Zähnen stolperte Keimag durch die Dunkelheit, doch er konnte das Tempo von Cauldron, dem Reporter und Ultra halten.

Nach ein paar Minuten donnerte das Flakgeschütz hinter ihnen los. So musste eine Gewitterwolke klingen, die sich in die Kanalisation verirrt hatte.

»He, es hat doch funktioniert.« Der Deutsche lachte atemlos. »Das soll einer mal sagen, die deutsche Wertarbeit hätte erst nach 1945 eingesetzt.«

»Was?«, erkundigte sich Ultra.

»Vergiss es«, rief Keimag und wäre um ein Haar gestürzt. Erst im letzten Moment fing er sich ab.

Nach einer scheinbar endlos langen Zeit kamen sie an den Tunnelausgang.

Die Sterne schimmerten und tauchten die Umgebung in mildes, kühles Licht. Frische Luft blies ihnen um die Nase und brachte ein bisschen Leben zurück. Sie mobilisierten die letzten Kraftreserven.

Ein wenig abseits stand ein gewaltiger Ruhrmetall Behemoth C2 MBT und startete die Turbinen, als die Läufer hinaustraten.

Die Einstiegsluke wurde geöffnet. Ein Mann mit Helm und in Teilrüstung winkte das Team heran. Unentwegt zielte die 80mm Gauss-Kanone auf den Tunnelausgang, um im Falle einer Bedrohung ihre tödlichen Geschosse auf die Reise zu schicken.

»Glücklicherweise ist auf Fuchi Verlass«, freute sich Cauldron schwach.

»Kunststück«, murmelte der Troll. »Wir ham ja auch die Fracht.«

»Und was für eine.« Poolitzer atmete erleichtert auf. »Das war's. Wir haben es geschafft. Happy End, Kollegen. Wie ich gesagt habe.«

Kaum befand sich der Letzte der Gruppe im Inneren des Stahlungeheuers, schoss der Behemoth davon.

Der Pilot flog dicht über dem Boden, um einer Radarerfassung zu entgehen, und lenkte den Schweber seinem Ziel entgegen.

ADL, Kreis Ingolstadt, Tunnelsystem,
01. 10. 2057 AD, 23.09 Uhr

Lugstetter, die gebrochene Nase geschient, stand im Tunnel und konnte es nicht fassen. Das unrühmlichste Kapitel in der Geschichte Deutschlands und den ADL hatte nach mehr als 100 Jahren immer noch Auswirkungen auf die Gegenwart – und diesmal schon wieder mit verheerenden Folgen.

Schlimmer hätte es überhaupt nicht sein können, aber wenigstens war er nicht schuld an dem totalen Versagen der Sicherheit. Welcher Feindkonzern auch immer sich das Ganze ausgedacht hatte, es war ein genialer Schachzug gewesen.

»Welches Arschloch hat das Labor geplant?«, schrie er einen Wachmann an, der erschrocken Habtachtstellung annahm. »Wie konnte man so einen Gang vergessen? Wie?«

»Tut mir Leid, aber das weiß ich nicht«, antwortete der Mann aufrichtig.

»Das war eine rhetorische Frage.« Lugstetter fuhr sich durch die Haare und überlegte, wie er einen Bericht abfassen konnte, der ihn positiv dastehen ließ.

An seiner Seite tauchte Professor Haake auf, der staunend den breiten Gang betrat. »Aha. Interessant.«

»›Interessant‹ ist nicht das richtige Wort, mit dem unsere verehrte und gefürchtete Geschäftsführerin Annegret Berger diesen Vorfall bezeichnen wird, Professor.« Der Kon-Mann konnte sich eine solche Bemerkung einfach nicht verkneifen. »Ich denke, sie wird etwas Ordinäres, Vulgäres, Hässliches sagen. Und als Nächstes Ihr Entlassungsschreiben unterzeichnen.«

»Dafür bin ich zu wertvoll, Herr Lugstetter«, winkte Haake müde ab. »Aber im Grunde haben Sie Recht. Die Sache ist mehr als ärgerlich, weil wir nicht nur den Prototypen, sondern auch noch den besten Rigger verloren haben, den ich mir für den Test des TA.K.C. 3000 wünschen konnte.«

»Nicht zu vergessen die Kleinigkeit der zerstörten Sicherheitsanlage«, ergänzte Lugstetter freundlich. »Alleine den Schaden zu reparieren wird mindestens ein paar Wochen in Anspruch nehmen, ganz zu schweigen von den Kosten, nicht wahr? Und dann war da noch der Idiot mit der Kamera, der durch die Korridore spazierte.«

»Mein Gott, sind Sie gehässig.« Haake betrachtete den Mann voller Abscheu. »Sie sind sehr destruktiv, wissen Sie das?«

»Das liegt an meinem Job, Professor«, antwortete er grinsend.

Sie gingen an der zerstörten Flugabwehrkanone vorbei, vor der sich ein kleiner Blutsee gebildet hatte, und betraten den Lagerraum.

»Na, sehen Sie.« Der Wissenschaftler deutete auf

die langen Kisten. »Hier wurde früher schon Forschung betrieben: V1 und V2. Mit der Wunderrakete wollte dieser Größenwahnsinnige England mürbe schießen. Für die damalige Zeit eine sehr innovative Erfindung.«

»Wenn es um Größenwahn geht, entdecke ich manchmal Parallelen zwischen einigen Execs und dem durchgeknallten … war er nicht Österreicher?«, meinte Lugstetter und schob einen Deckel zur Seite, der merkwürdigerweise ein Stück offen stand.

»Professor, gab es 1944 schon elektronische Digitalanzeigen?«

Haake runzelte die Stirn. »Was für eine dämliche Frage. Natürlich nicht. Wieso?«

»Scheiße, verdammte!« Er klappte sein Comgerät auf. »Ich brauche sofort einen Sprengstoffexperten hier unten. Und räumt das Labor.«

»Das geht nicht«, widersprach der Wissenschaftler. »Wissen Sie, wie viel Arbeiten und Experimente in den Stockwerken lagern?«

»Keine mehr, wenn das Zeug hier hochgeht.« Lugstetter zeigte auf den C4-Klotz, die Munitionskisten und die Raketenköpfe.

»Mein Gott. Die ganzen Aufzeichnungen und Testergebnisse des TA.K.C. 3000 sind hier.« Haake klang verzweifelt. »Ich werde sofort Alarm geben.«

ADL, Kreis Ingolstadt, Nähe Hofgut Werrle,
01. 10. 2057 AD, 23.13 Uhr

Der Behemoth rauschte durch die Nacht und gewann an Höhe. Sie hatten den Radarbereich des Labors verlassen.

Twing, Hustle und Sparkplug waren auf Liegen festgezurrt, während die anderen vier im Transportraum saßen, sich einen Schluck echten Kaffees gönnten und auf Fuchi anstießen. Die Sturmhauben lagen auf dem Boden verstreut.

»Was bist'n du für einer?«, fragte Ultra und schob sich eine Hand voll Kekse in den Mund.

Seine Verletzungen waren vom mitgekommenen Mediziner verarztet worden, der lediglich ein paar Streifschüsse feststellen konnte. Die Oberschenkelwunden waren dank der magischen Schnellheilung nicht schlimmer geworden. Der Blutverlust hätte ihn innerhalb weniger Minuten umgebracht.

Keimag lächelte müde. »Ich weiß nicht, wie man es nennt. An mir wirkt keinerlei Magie. Keine Illusionssprüche, keine Angriffssprüche. Und leider keine Heilzauber. Ich bin immun gegen solche Sachen. Dabei hatte ich vorhin ziemliches Glück.« Er tippte auf seine Kleider. »Wenn er einen Feuerball auf mich geschleudert hätte, dann hätten meine Klamotten bestimmt Feuer gefangen.«

»Ein Nega-Magier«, rief Cauldron und schlug sich an die Stirn. »Natürlich. Ich hätte nie geglaubt, dass es sie wirklich gibt.«

»Endlich gibt's für euch Magiefuzzis das richtige Gegenmittel«, griente der Troll und legte ein paar Kekse nach. »Das is mehr als gerecht. Chummer, ich kann dich echt gut leiden.«

»Ich weiß nicht, warum es ausgerechnet bei mir so ist, aber es war doch ganz hilfreich.« Er nahm einen Schluck Kaffee und wandte sich der Magierin zu. »Es tut mir Leid, wenn ich dir vorhin wehgetan habe, aber ich kann meine Veranlagung nicht ausschalten. Sie ist immer da.«

Die junge Frau schauderte. »Es war furchtbar. Ich habe etwas Derartiges noch nie erlebt. Es ist, als würde einem alle Kraft mit einer riesigen Unterdruckpumpe rausgerissen.« Sie nahm den zerstörten Rubin ab. »Und mein Fokus ist auch kaputt.«

»Scheiße«, meinte Keimag schuldbewusst. »Wie teuer war er? Ich bezahle ihn natürlich.«

Sie winkte ab. »Du hast es nicht mit Absicht getan. Aber eine kleine Warnung wäre hilfreich gewesen.« Cauldron zögerte. Sie rang mit sich. »Außerdem habe ich es verdient. Ich war vorhin ein ziemlich egoistisches Arschloch. Tut mir Leid, dass ich dich sitzen lassen wollte.«

»Ihr habt mich rausgeholt, das zählt für mich.« Der Nega-Magier machte deutlich, dass das Thema für ihn erledigt war. Er streckte die Hand aus. »Freundschaft?«

Cauldron schaute ein wenig skeptisch auf. »Äh, gut. Aber die Hand werde ich dir nicht geben. Ist mir zu gefährlich.«

»Wie blöd von mir.« Keimag schüttelte den Kopf.

Poolitzer kniff den Mund zusammen. »Könnt ihr das bitte noch mal sagen? Ich hatte die Kamera gerade nicht zur Hand. Es würde sich als Schlussbild sehr gut machen.«

»Du kannst mich mal, Snoop.« Die Magierin lächelte hinreißend.

Einer der Piloten kam nach hinten. »Wir fliegen nicht zum Hofgut zurück, sondern direkt zum Kon-Krankenhaus. Es ist besser für die drei. Anordnung vom Mediziner.«

»Einverstanden«, sagte Ultra und schenkte sich Kaffee nach. »Mann, hoffentlich sind sie bald wieder auf'n Beinen.«

»Um Twing und Hustle würde ich mir keine Sorgen machen. Die sind zäh, schätze ich. Aber der Elf sieht echt hyperultrascheiße aus«, tat Keimag seine Meinung kund. »Kann der ohne seine Riggerei überhaupt noch leben?«

»Ich verstehe es nur zum Teil«, gab Cauldron zu. »Sie haben ihn magisch beeinflusst. Soweit ich astral sehen konnte, haben sie ihm einen Fokus angehängt. Jedenfalls leuchtet das Ding astral ganz ordentlich, etwa auf Brusthöhe.«

»Nichts leichter als das.« Keimag stand auf und wollte zur Liege des Elfs gehen, als er auf eine Sturmhaube trat, ausrutschte und genau auf Twings Koffer fiel. Etwas knirschte gewaltig. »Hab ich was kaputtgemacht?«

»'s klang so«, stimmte Ultra ironisch zu. »Gut gemacht.«

Der Deutsche hob den Behälter auf und kramte herum, bis er eine zerbrochene Fernzündervorrichtung hervorholte.

»Ups.« Der FNS-Reporter hielt die Fuchi auf das Gerät und zoomte die Kabel heran. »Was hat das zu bedeuten?«

»Die hatte ich glatt vergessen.« Cauldron wischte sich eine Strähne aus dem Blickfeld. »Dann wird wohl nichts aus unserem Abschlussfeuerwerk.«

»Du hast's echt drauf, Keimag«, lobte der Troll. »Zuerst den Funkelstein, dann das Ding. Du solltest dir 'n neuen Namen geben wie Destroyer oder so.«

»Ach, Scheiße.« Ärgerlich warf Keimag den Fernzünder weg.

Wild wirbelte das Gerät durch die Luft, prallte auf eine Ecke, hüpfte noch einmal in die Höhe und landete genau auf dem Druckknopf.

Während der Nega-Magier Sparkplugs Körper abtastete, bis er den Fokus gefunden und durch die Berührung zerstört hatte, flackerte unbemerkt von allen das grüne Lämpchen am Fernzünder schwach auf.

ADL, Kreis Ingolstadt, Tunnelsystem,
01. 10. 2057 AD, 23.14 Uhr

Lugstetter stand vor dem Spiegel in der Herrentoilette, ordnete seinen Pferdeschwanz und achtete wie immer darauf, dass die drei Strähnen symmetrisch angeordnet lagen. Als ärgerlich empfand er die weiße Schiene, die seine Nase verdeckte und den Blick des Betrachters auf sich zog. *Vermutlich wird Berger beim anstehenden Gespräch nur darauf starren und schadenfroh lächeln.*

Der Kon-Samurai überprüfte den Sitz seines Anzugs und trat in den Gang, in dem aufgeregte Wissenschaftler mit Unterlagen und tragbaren Computern, ausgebauten Festplatten und anderen Datenträgern hin und her rannten. Die Evakuierung lief auf Hochtouren.

Zeit, mich ebenfalls in Sicherheit zu bringen, dachte er und steuerte zum Fahrstuhl, der ihn zum Ausgang bringen sollte. Zusammen mit acht anderen Cyberdynamix-Mitarbeitern stand er in der Kabine, als sie sich in Bewegung setzte.

Irgendwo tief unter ihnen grollte es.

Der Fahrstuhl begann zu rütteln, rutschte ein Stück nach unten und hielt an.

Alles schien in Bewegung zu sein. Die Wände, die Decke, sogar seine Mitfahrer zitterten.

Lugstetter schloss für eine Sekunde die Augen, weil er genau wusste, was das zu bedeuten hatte. Der Sprengstoff, den die Läufer hinterlassen hatten, war detoniert. *Es ist einfach nicht mein Tag.*

Die Männer in den weißen Kitteln versuchten, sich an irgendetwas festzuhalten. Unbezahlbare Dokumente und wertvolle Chips verteilten sich am Boden und wurden ohne Rücksicht zertrampelt.

Der Samurai zog seine Pistole und zerschoss die Verriegelung der Wartungsklappe.

Ein kurzer Klimmzug, und er stand auf dem Dach des Fahrstuhls, während unter ihm die Wissenschaftler versuchten, ebenfalls aus der Falle zu entkommen.

Noch immer schwankten und wackelten die Wände. Die metallenen Schachtwände knirschten und knacksten bedrohlich.

Zum Glück ist meine Fitness einwandfrei. Ohne zu zögern packte Lugstetter eines der Kabel, an dem die Kabine hing, und hangelte sich nach oben, um im darüber liegenden Stockwerk die Röhre verlassen zu können.

Doch dazu kam es nicht.

Knallend zerrissen die Stahlseile und schnellten in die Höhe, mit ihnen der Samurai, der wie eine Puppe herumgeschleudert wurde.

Festhalten, konzentrierte er sich mit zusammengebissenen Zähnen, obwohl er meinte, die Gelenke würden ihm durch den Ruck aus den Schultern gerissen.

Pfeifend verschwand die Kabine in der Dunkelheit unter ihm. Die entsetzten Schreie der Wissenschaftler gellten immer leiser werdend durch den Schacht.

Eisenhart schlossen sich Lugstetters Hände um das Kabel, während er rechts und links an die Wände prallte. *Wenn ich das gewusst hätte, hätte ich mir die Mühe mit den Haaren sparen können.*

Seine Fahrt nach oben endete. Das Pendeln ließ nach, und Lugstetter schwang sich zu einer Tür, die er nach mehreren Versuchen mit einer Hand aufstemmen konnte.

Wieder grollte es.

Am Ende des Schachts wurde es taghell. Funkensprühend tauchten die Überreste des Fahrstuhls wie ein böser Dämon auf, umgeben von hellrot leuchtenden Flammen.

Seine Flucht gelang nicht mehr. Die scharfen Metallkanten der zerfetzten rechten Kabinenwand bohrten sich in seine Beine und spießten ihn auf wie einen Torero, der von einem wütenden Stier auf die Hörner genommen wird.

Samt den Fahrstuhlüberresten und in loderndes Feuer gehüllt, katapultierte der Druck der Explosion ihn Etage um Etage der Spitze des Gebäudes entgegen. Hätte ihn ein abergläubischer Mensch bei seinem mörderischen Ritt beobachtet, hätte er wohl angenommen, der leibhaftige Teufel steige im Eiltempo aus seinem Reich, um Cyberdynamix in die Hölle zu schicken.

Lugstetter krachte gegen Kabelrollen und krallte sich instinktiv fest. Mit letzter Kraft gelang es ihm, die Wartungsluke zu öffnen und sich auf das Dach des Gebäudes zu schleppen, wo er liegen blieb und ohnmächtig wurde.

Unter ihm herrschte das Chaos.

Die Explosion der Naziraketen kombiniert mit den Labors von Cyberdynamix hatte den Großteil des Berges weggerissen.

Überall brannte es, die Flammen loderten in den nächtlichen Himmel. Immer wieder erschütterten Detonationen das Gelände und brachten Gebäudeteile zum Einsturz.

Wie ein Monolith erhob sich über der Weltkriegsszenerie das verglaste Hochhaus, auf dessen Dach Lugstetter lag und im Sekundentakt verblutete.

Dann, ganz langsam, neigte sich das letzte Gebäude zur Seite.

XV.

ADL, Kreis Düsseldorf, Kon-Krankenhaus,
02. 10. 2057 AD, 01.56 Uhr

Jeromin sah auf das Flugfeld und beobachtete, wie der gepanzerte Behemoth elegant aufsetzte.

In Windeseile wurden die Läufer in Autos verfrachtet und ins Innere des Gebäudes gefahren.

Auf den Elf wartete bereits die Intensivstation. Die beiden anderen Verletzten erhielten magisch-schulmedizinische Betreuung vom Feinsten, um die Wunden und Schäden so schnell wie möglich zu kurieren.

»Bringen Sie die Übrigen in den Aufenthaltsraum. Versorgen Sie sie«, befahl er über sein Com. »Ich werde in wenigen Minuten dort sein.«

Pfeifend legte er den Weg zum Treffpunkt zurück und gratulierte sich zu dem Entschluss, die UCAS-Läufer eingesetzt zu haben. Alles war blendend gelaufen.

Mit Elan betrat er den Aufenthaltsraum und erstarrte.

Neben der Magierin, dem Reporter und dem Troll saß eine ihm allzu vertraute Gestalt. *Eigentlich dachte ich, er sei tot.* Seine gute Laune war zum Teufel.

»Scheiße, Jeromin«, entfuhr es dem anderen. »Was machen Sie denn hier? Haben Sie den Kon gewechselt?«

Ein eisiger Schauer rann dem Mann über den Rücken, doch er hatte sich sofort wieder im Griff. *Nur die Ruhe bewahren.* Für Außenstehende war die kurze Gefühlsentgleisung nicht zu bemerken gewesen. »Nein, warum sollte ich? Renraku bezahlt immer noch Spitzenpreise«, erwiderte er locker.

Cauldron fiel die Tasse zu Boden. »Renraku?«

»Natürlich Renraku.« Keimag zeigte auf Jeromin. »Der hat mich und meine Jungs angeheuert, um Sparkplug rauszuholen. Aber du hast doch vorhin im Schweber gesagt, ihr würdet für Fuchi arbeiten, oder nicht?«

»Tun wir auch«, flüsterte sie entgeistert. *Eigentlich.*

»Na, super.« Poolitzer erwachte aus seiner Fassungslosigkeit. »Nicht nur, dass mir Ihre Sicherheitsgorillas die Kamera inklusive der Aufnahmen abgenommen haben, nein, jetzt sind wir auch noch verarscht worden. Und das mir!«

»Herrschaften«, sagte Jeromin beschwichtigend und breitete die Arme aus. »Dürfte ich es Ihnen erklären?«

»Du hast uns reingelegt, du Arsch.« Ultra suchte verzweifelt nach einem Gegenstand, mit dem er auf den Mann losgehen konnte, fand aber nichts. Die Waffen hatten sie beim Eintreten in das Krankenhaus abgeben müssen.

»Beruhigen Sie sich bitte.« Jeromin jagte einen Schwall Pheromone aus den Drüsen. »Ich sagte doch, ich werde Ihnen alles erklären.«

»Ich werd dich auch gleich beruhigen«, grollte der Troll und machte einen drohenden Schritt vorwärts. »Und das nur mit einer Hand, Chummer.«

»Das war's«, seufzte die Magierin und sank in sich zusammen. »Wir sind tot, sobald wir nur einen Fuß auf den Boden von Seattle setzen. Fuchi wird uns die Haut abziehen und sie als Fähnchen benutzen.«

»Sie sind ein ganz schön raffinierter Hund.« Keimag schüttelte den Kopf. »Wie haben Sie das nur geschafft?«

»Das mit dem ›raffiniert‹ habe ich schon mal gehört, danke. Ich hatte ein bisschen Hilfe von einem Ihrer Freunde«, erklärte der Renraku-Mann und setzte sich vorsichtig. Noch immer rechnete er mit einem

Angriff von Ultra. »Ein gewisser Hotwire hat uns kontaktiert …«

»Die Sau mach ich platt«, brüllte der Troll und schlug auf den Tisch. »Dieser stinkige Zwerg!«

»… und uns mitgeteilt, dass er noch eine Rechnung mit Fuchi wegen seiner gegrillten Freunde offen hätte, was auch immer das bedeutete. Er sagte uns, wo und wann Sie ankommen würden. In einer Überraschungsaktion haben wir den Mann von Fuchi in Frankfurt ausgeschaltet«, fuhr Jeromin ungerührt fort. »Seien Sie froh, dass Sie unseren Plan hatten. Ich schätze, von Fuchi wären sie verheizt worden.«

»Wie meine Kumpels und ich, was?«, warf Keimag verbittert ein.

»Tut mir Leid, aber zu dem Zeitpunkt waren wir noch nicht im Besitz des Bunkerplans.« Der Mann zuckte mit den Schultern und zeigte damit offensichtlich, dass es ihm herzlich egal war.

»Wann kriege ich meine Kamera und die Aufnahmen zurück?«, meldete sich der Reporter zu Wort. »Und das Gespräch eben hätte ich auch gerne aufgezeichnet. Das ist alles sehr aufschlussreich.«

»Bald, Herr Poolitzer, bald. Das Material wird gerade gesichtet, die Qualität überprüft und die ein oder andere Schlussszene, insbesondere Details vom Anflug auf die Klinik, überarbeitet.« Jeromin versuchte ein gewinnendes Lächeln.

»Was passiert mit Sparkplug?« Cauldron hatte resigniert.

»Ihr Freund liegt auf unserer Intensivstation. In einer Woche kommt er unters Messer und bekommt den TA.K.C. 3000 entfernt. Herr Hotwire war so frei, uns die ganzen Informationen zu überspielen, die er über das Projekt gesammelt hatte. Wir haben uns ein paar Sachen zusammengereimt und hoffen, dass alles glatt geht. An die Originaldaten in Ingolstadt heranzukommen war uns leider nicht möglich.«

»Sehr tröstlich.« Die Magierin gab einer Scherbe einen Tritt. »Und wie geht es anschließend weiter?«

»Oh, das ist einfach.« Jeromin analysierte die Reaktionen der Läufer, wusste, dass er gewonnen hatte, und wagte ein noch breiteres Lächeln. »Sie erhalten jeder 50 000 Nuyen für Ihre Mühe und die Freude, die Sie uns mit der Zerstörung eines Großteils des Cyberdynamix-Labors gemacht haben. Es gab ein mächtiges Feuerwerk. Was haben die in den alten Gängen gelagert? Nitro?« Er machte eine kleine Pause. »Na ja, vielleicht zahlt Ihnen Fuchi dafür auch noch etwas.« Cauldron stieß ein ungläubiges Lachen aus. »Sobald alle wieder auf dem Damm sind, bringen wir Sie zurück nach Seattle, wo Sie hingehören. Das kann ich Ihnen nur empfehlen. Ihr Freund erhält außerdem eine 2er-FSE und neue Augen. Ende der Geschichte.«

»Wenigstens etwas.« Ultra klatschte kurz.

»Das hat aber in meinem Drehbuch ganz anders gestanden«, ärgerte sich der Reporter.

»Ich gehe auch mit«, sagte Keimag. »Ich habe keine Lust, auf die Todesliste von Cyberdynamix gesetzt zu werden.« Er warf Cauldron einen schnellen Blick zu. »Vielleicht könnt ihr mich in eurem Team brauchen?«

»Das müssen alle entscheiden, aber ich bin dafür«, versicherte sie ihm. Ultra stimmte auch zu.

»Dann ist ja alles in bester Ordnung«, schloss der Renraku-Mann strahlend und erhob sich. »Ich zeige Ihnen dann, wo Sie die nächsten Wochen unterkommen, bis der Rigger vollständig genesen ist. Sie haben Renraku einen großen Dienst erwiesen.«

»Erinnern Sie mich bloß nicht daran«, stöhnte die Magierin. »Könnten Sie uns vielleicht so etwas wie eine Entschuldigung für Fuchi ausstellen, damit die wissen, dass wir sie nicht absichtlich gelinkt haben?«

»Das machen wir grundsätzlich nicht«, lehnte Jeromin ab. »Wir haben offiziell mit den ganzen Vorkommnissen nichts zu tun, verstehen Sie?« Er ging zur Tür. »Kommen Sie, bitte? Es sind sehr schöne Zimmer, und Sie sehen aus, als ob sie Ruhe bräuchten.«

»So lange es nicht die ewige Ruhe ist, habe ich nichts dagegen«, bestätigte Poolitzer. »Und wehe, das Material ist hinterher nicht mehr brauchbar.«

ADL, Kreis Düsseldorf, Kon-Krankenhaus,
07. 11. 2057 AD, 10.00 Uhr

»Heute wird das künstliche Koma aufgehoben«, erinnerte Hustle die anderen, die mit ihm im Aufenthaltsraum saßen. »Hoffen wir, dass alles so gelaufen ist, wie sich es das Ärzteteam vorgestellt hat.«

»Ich wäre dir dankbar, wenn du die taktvollen Kommentare für dich behältst, sobald Twing hier ist.« Cauldrons Stimme klang ätzend.

»Sagt wer? Miss Gute-Laune mit der spitzen Zunge«, konterte der Ork.

Ultra spielte einmal mehr den Schlichter. »Latscht auf die Bremse, ihr beid'n. Kriegt euch wieder ein und freut euch lieber, dass unser Chummer wieder gesund is.«

»Hoffentlich haben sie auch seinen Verstand wieder hinbekommen.« Hustle ging zum Fernseher und schaltete den Musikkanal aus. »Cyberdynamix hat wirklich alles an ihm ausprobiert, um ihn auf die eigene Seite zu ziehen. Hat einer der Ärzte nicht etwas von Hirnschäden gesagt?«

»Er hat gesagt: im schlimmsten Fall«, korrigierte die Magierin und sah auf die Uhr. »Wir sollten losgehen. In einer halben Stunde ist es so weit. Ich suche Keimag und komme nach.«

Hustle und Ultra warfen sich einen schnellen Blick zu und verließen das Zimmer.

Sie schritten den langen, sterilen Gang entlang und standen vor Sparkplugs Zimmer. Nach einem kurzen Klopfen traten die Läufer vorsichtig ein.

Der Elf lag im Bett, angeschlossen an die unterschiedlichsten Maschinen. Seine Brust hob und senkte sich ruhig und regelmäßig.

Mehrere Ärzte standen um den Rigger und checkten medizinische Anzeigen auf den Monitoren, während sie sich leise berieten. An Sparkplugs Seite saß Twing und hielt seine Hand.

Poolitzer trat leise ein. Die Kamera hatte er diesmal nicht dabei. Anscheinend besaß der FNS-Reporter hin und wieder doch ein Gespür für Anstand oder Takt.

Hustle war erstaunt, welche Künste die Mediziner und die Magier an dem Metamenschen vollbracht hatten.

An sich sah der Rigger wieder so gesund aus wie vor zwei Monaten, bevor alles angefangen hatte. Selbst die mechanischen Kameralinsen waren entfernt worden. *Ich bin gespannt, welche Augenfarbe er nun hat.*

Die Weißkittel machten sich für den großen Augenblick bereit. Oberarzt Kettner beugte sich zu Twing hinunter.

»Wir wollen in wenigen Minuten beginnen. Wir wissen, dass er auf alle Fälle leben wird. Sein Gehirn wurde durch die Entfernung des TA.K.C. 3000 nicht verletzt. Die neue FSE arbeitet, gemessen an den Werten, innerhalb der normalen Parameter.« Der Mann legte ihr die Hand auf die Schulter. »Aber wir wissen nicht, ob wir die Auswirkungen der Gehirnwäsche rückgängig machen konnten. Cyberdynamix hat kombinierte Präparate zusammen mit Hypnose und Magie angewandt, sodass es mit dem vollständigen Blutaustausch nicht getan war. Wir hoffen, dass es keine Wirkstoffe waren, die sich langfristig abgelagert haben. Wie auch immer, Sie werden Geduld mit ihm haben müssen.«

Die Mechanikerin nickte stumm.

Keimag und Cauldron kamen herein und blieben an der Tür stehen. Poolitzer machte Platz für die beiden.

Kettner nickte seinen Assistenten zu. Das Mittel zur Aufhebung des Heilschlafs wurde injiziert.

Puls und Herzfrequenz des Riggers erhöhten sich. Seine Lider flatterten. Langsam öffnete er die Augen. Sein Blick fiel auf Twing, und er lächelte schwach.

»Hoy, Schönheit. Lange nicht mehr gesehen«, flüsterte er und streckte die Hand nach ihrem Gesicht aus. Sie umfasste sie und drückte sie an die Wange. Eine Träne rann aus dem Augenwinkel und fiel auf den Arm des Riggers.

»Wie kommt es, dass du jedes Mal, wenn ich aufwache, zu weinen anfängst?«, fragte er schwach. »Du solltest froh sein, dass ich noch lebe.« Twing schluchzte und umarmte Sparkplug.

Ultra riss freudig den überraschten Hustle an sich und quetschte ihm die Luft aus den Lungen. »Mein Chummer is wie früher, mein Chummer is wie früher«, jubelte er und hüpfte mit dem bewegungslosen Straßensamurai durch das Krankenzimmer. Keimag und Cauldron sahen sich an und lächelten.

»Drek, ich hätte die Kamera doch mitnehmen sollen«, bemerkte Poolitzer grinsend. »Lauter einwandfreie Happy Ends, die mir durch die Lappen gehen.«

Twing gab ihm einen zärtlichen Kuss auf die Stirn. »Du hast deine schönen Augen wieder.«

»Und ich sehe so verfraggt gut wie immer.« Er schloss die Lider, seine Züge wurden härter. »Was haben die Ärzte gemacht? Es hat sich etwas verändert.«

»Wir haben die medizinischen Präparate aus Ihrem

Organismus entfernt. Das könnte das Gefühl auslösen«, half Kettner. »Und das Blut wurde komplett ausgetauscht.«

»Nein, das ist es nicht.« Sparkplug tastete nach den Buchsen hinter dem Ohr. *Es ist nur noch eine Buchse.* Der Herzschlag stieg an. »Verfraggter Drek! Ihr habt mir den TA.K.C. 3000 ausgebaut!« Er packte den Oberarzt am Kragen. »Ihr habt mir mein Ein und Alles genommen!«

»Es war das Beste für dich«, versuchte die Mechanikerin zu beruhigen und löste seine Hände behutsam vom Kittel. »Cyberdynamix hätte dich damit umgebracht, versteh doch.«

»Ihr habt alle keine Ahnung«, tobte der Rigger. »Sie hätten mich nicht umgebracht. Der Kon war immer gut zu mir.«

Kettner beförderte mit einem gezielten Stich die Nadel der eilig aufgezogenen Spritze in den Oberarm.

»Frag, da seht ihr's!« Sparkplug schlug nach dem Arzt, der rechtzeitig ausweichen konnte. »Ich will sofort zurück zu Cyberdynamix, hört ihr! Sofort!« Er sank nach hinten und schloss die Augen. Die Monitore zeigten einen gesenkten Puls.

»Ich habe ihm ein Beruhigungsmittel gegeben«, erklärte Kettner. »Eine Überlastung des Kreislaufs ist nicht ratsam. Vor allem sein Kopf muss geschont werden.« Er sah zuerst die Gruppe, dann Twing an. »Die Einzigen, die etwas für ihn tun können, sind Sie. Vom medizinischen Standpunkt aus haben wir alles getan. Wir behalten ihn noch eine Woche zur Beobachtung hier, danach wird er mit Ihnen nach Seattle gebracht. Es tut mir Leid, dass nicht mehr in unserer Macht stand.« Er verließ den Raum.

Twing weinte hemmungslos. Cauldron nahm sie tröstend in den Arm.

»Wir kriegen das schon wieder hin«, meinte Hustle mit aufmunterndem Gesicht.

»Wir werden einen Hypnotiseur aufsuchen. Vielleicht kann der was machen«, schlug Keimag vor. »Eine andere Möglichkeit fällt mir nicht ein. Die Magie um ihn herum wurde zerstört. Höchstens ein paar Chemikalien könnten sich noch im Gewebe befinden.«

»Ich kenne da ein paar Typen, über die ich mal ein Feature gemacht habe«, steuerte Poolitzer zuversichtlich bei. »Die biegen das wieder hin.«

»Wir werden es schaffen«, betonte die Magierin und sah ihrer Freundin fest in die Augen. »Es reicht, dass wir Bullet verloren haben. Er wird wieder normal werden, versprochen.«

Twing nickte und kramte ein Taschentuch heraus. »Ich bin froh, dass er wenigstens lebt. Ich habe Motoren wieder hingekriegt, die in einem schlimmeren Zustand waren als sein Verstand. Da werde ich doch nicht kapitulieren.«

»So isses richtig.« Ultra fuhr ihr über den Kopf und sah aus wie der große Bär, der sein Junges streichelt. »Wenn wir erst wieder in Seattle sind, geht das von ganz alleine, wirst sehn. Wir besuch'n seine Kumpels.«

»Das erinnert mich an was«, unterbrach Cauldron und ihre Augen blitzten wütend auf. »Kommt mit auf den Gang.«

Sie verließen das Krankenzimmer und schlenderten zum Aufenthaltsraum.

»Ich schlage vor, wir erteilen Hotwire eine ordentliche Abreibung. Immerhin haben wir dem Zwerg zu verdanken, dass wir im Drek sitzen«, begann die Magierin. »Normalerweise hätten wir den Lauf für Fuchi durchgezogen, und alles wäre wunderbar abgelaufen. Und jetzt? Was glaubt ihr, was passiert, wenn wir in Seattle landen?«

Die anderen schwiegen.

»Die Antwort möchte, glaube ich, keiner gerne hören«, meinte Poolitzer. »Sind Kons wirklich so nachtragend?« In Gedanken gab er sich die nahe liegende Antwort selbst.

»Unsere Chance ist Ehrlichkeit«, sagte der Ork nach einer Weile. »Wir erklären Hellmann, dass uns Renraku gelinkt hat und es uns sehr Leid tut.«

»Das kannst du bei der Heilsarmee versuchen«, warf Cauldron ein. »Da bekommst du noch den Segen dafür, dass du die Wahrheit gesagt hast. Aber wir sprechen hier von einem milliardenschweren Kon, der den Verlust eines solchen Prototyps überhaupt nicht lustig findet, zumal sie selbst einen Spitzenwissenschaftler verloren haben.«

»Aber Cyberdynamix ist auch alles los«, gab Hustle zu bedenken.

»Toll. Dafür freut sich Renraku über den TA.K.C. 3000. Das ist für Fuchi wahrscheinlich noch schlimmer.« Die junge Frau nestelte an ihren Haaren. »Kommt schon, Leute. Werdet wach. Wir sind lange genug im Geschäft und wissen doch, dass Kons nicht für ihre Großherzigkeit bekannt sind.«

»Das ist die Antwort, die keiner hören wollte.« Der Reporter schüttelte den Kopf und machte ein schmerzverzerrtes Gesicht. »Das wird euch bestimmt sehr wehtun.«

»Mitgefangen, mitgehangen, Poolitzer. Du bist genauso fällig wie wir auch.« Hustle sah die Magierin an. »Was willst du tun? Auf eine Insel ziehen?«

»Nein. Ich will auch zurück, aber ich möchte, dass wir das sorgfältig planen.« Sie klang versöhnlich. »Sobald wir ankommen, sollten wir abtauchen, am besten getrennt und ohne dass die anderen wissen, wohin jeder von uns verschwunden ist. Wenn wir das ein paar Wochen lang überstanden haben, ist das Schlimmste vermutlich vorüber. Und von mir aus kannst du dich bei Hellmann im Namen der Gruppe entschuldigen, Hustle. Ich befürchte aber eher, dass du damit Öl ins Feuer gießt.«

»Wieso?« Der Orksamurai ging nicht von seiner Meinung ab. »Ich denke, wir sind es ihr schuldig.«

Ultra nickte eifrig, und auch Keimag schien überzeugt zu sein.

»Zusammen mit meinem Bericht und den ganzen Aufnahmen wirkt es vielleicht auch glaubwürdig, obwohl sie mein Material ganz schön zusammengeschnitten haben. Aber ich habe noch einen Joker in der Hinterhand«, murmelte Poolitzer geheimnisvoll.

»Von mir aus«, seufzte Cauldron. »Aber beschwer dich nicht, wenn ein Team vor deiner Tür steht.«

»Und was mach'n wir mit Hotwire?«, wollte der Troll wissen.

Die Magierin lächelte böse.

Seattle, Redmond-Barrens, 17. 01. 2058 AD, 12.00 Uhr

Hotwire streckte die Füße aus und sah auf den leeren Teller, auf dem nicht der kleinste Rest Sushipizza zu sehen war.

Der Decker nahm einen Schluck Bier, rülpste und wartete auf den Kellner, der inzwischen begriffen hatte, was dieser Laut zu bedeuten hatte.

Nach wenigen Sekunden erschien Choa Li, ein immer höflich lächelnder Chinese, der im *Hioto* des Ambientes wegen immer Japanisch sprach. »Hat geschmeckt?«

»Es war in Ordnung«, der Zwerg nickte huldvoll. »Hättet ihr irgendwo in der Küche noch ein Dessert? Vielleicht ein Glas heißen Pflaumenwein? Natürlich, wie immer, auf Kosten von Ultra.« Der Mann verbeugte sich und verschwand mit dem leeren Teller.

Die Idee mit dem kostenlosen Essen im *Hioto* als zusätzliche Bezahlung war einmalig gewesen, auch wenn Ultra bestimmt nur an eine Mahlzeit gedacht hatte.

Seit der Troll und seine Chummer in Europa waren, ging Hotwire jeden Tag hierher und schaufelte Pasta, Pizza und andere italienisch-japanische Köstlichkeiten in sich hinein, ohne einen müden Nuyen zu bezahlen.

Und die Idee, die Aufmerksamkeit Renrakus auf das Schattenläuferteam zu lenken, war ebenfalls genial gewesen. So hatte er jede Menge Kohle vom Kon erhalten und gleichzeitig Fuchi ordentlich eins zwischen die Beine gegeben.

Ob Ultra und die anderen jetzt für Renraku oder Fuchi arbeiteten, war nach Ansicht des Deckers ziemlich egal. Ihm war Renraku derzeit sympathischer.

Choa Li brachte das Glas mit der dampfenden Flüssigkeit und stellte es vor dem Zwerg ab. Dann hielt er ihm einen Zettel hin.

»Was ist das denn?« Hotwire schnappte den Wisch. Seine Augen wurden groß. »1800 Nuyen? Das wird Ultra aber nicht glücklich machen. Und was soll ich damit?«

Der Kellner schüttelte den Kopf. »Nix Ultla.« Der Zeigefinger schoss nach vorne. »Du!«

»Nie im Leben. Ich habe mit dem Troll ausgemacht, dass ich freies Essen habe«, protestierte der Decker.

»Iye«, sagte der Mann freundlich. »Haben nul ein Essen, Hotwile-san, nicht viele und viele und viele. Bezahlen.« Er hob die Stimme. »Ima!«

Der Zwerg wunderte sich, wie der Japaner dabei immer noch freundlich bleiben konnte. Verzweifelt suchte er nach einer Ausrede.

»Das ist ein Missverständnis, wirklich.« Er stand auf und langte nach seinem Deck. Notfalls würde er die Flucht durch die Vordertür antreten, denn so viel Geld für Essen wollte er nicht ausgeben.

»Gomen nasai, Hotwile-san.« Choa Li verbeugte sich. »Müssen elst zahlen. Matsu am Ende.«

Er rief etwas auf Japanisch nach hinten, und drei Männer in Geschäftsanzügen kamen in das Restaurant. Alle waren Asiaten, und Hotwire glaubte, am Hals des einen den Ansatz einer Tätowierung zu erkennen.

Drek. Yaks. Allmählich wurde es ernst. *Wer konnte auch ahnen, dass das beschauliche* Hioto *eine Hochburg der Japsmafia ist?*

Die Schläger kreisten ihn ein und zogen fernöstliche Kampfsportgeräte, die der Decker aus Trids kannte. Wenn diese Dinger auch in der Realität solche verheerenden Wirkungen erzielten, dann musste er etwas tun. *Auf die Knie fallen und wimmern?*

»Wollen jetzt zahlen?«, fragte Choa Li höflich. »Odel liebel leden mit Fleunden hiel?«

Hotwire beschloss, das Ganze diplomatisch zu regeln. »Oh, Mann. Tut mir echt Leid, aber ich habe das Geld nicht dabei. Wie wär's, ich komme morgen wieder vorbei und gebe dir die Nuyen plus zehn Prozent, einverstanden?«

Der Kellner legte den Kopf schief. »Iye.« Wieder schoss der Zeigefinger vor. »Aber wenn du geben mil Deck als Sichelheit, dann hai.«

Der Metamensch dachte, ein Truck hätte ihn angefahren. »Wohl bescheuert? Das Deck kostet mindestens 300 000 Nuyen.« Er tippte sich an die Stirn. »Rad ab, oder was?«

»Umso besser, Hotwile-san. Ich mil sichel, dass du Geld blingen.« Der Japaner streckte die Hand aus. »Helgeben. Ima!«

»Nix.« Hotwire presste den Hartschalenkoffer an sich, als ob es etwas Lebendiges wäre.

»Ima!«

Die Schläger rückten näher und begannen mit dem üblichen Waffenposing. Wirbelnde Klingen, Ketten und seltsame Schlagwerkzeuge sausten dem Decker um die Locken und verfehlten wichtige Körperteile nur um Millimeter.

»Schon gut, schon gut«, schrie der Zwerg und reichte dem Kellner widerwillig den Koffer. »Und jetzt hört auf, mir eure Spielsachen um die Ohren zu wedeln.«

Schlagartig wurde ihm einmal mehr klar, dass er nur in der Matrix ein kleiner König war. Sobald er in der Realität vor Auseinandersetzungen stand, versagte er vollkommen. Warum konnte er das Angriffsprogramm nicht in sein Memory als Talentsoft einspielen? Dann würde er die ganzen Stinker hier locker an die Wand klatschen.

»Du blingen Geld in dlei Stunden, odel Deck gehölen mil«, verkündete Choa Li, während er auf das Glas mit dem Pflaumenwein deutete. »Gehen auf Kosten von Haus.«

»Drei Stunden?« Hotwire kippte den Alkohol hinunter. »Dann beeile ich mich besser.«

»Hai«, verbeugte sich der Kellner. »Sajonara.« Die Schläger traten zur Seite.

Fluchtartig verließ der Zwerg das *Hioto*.

Nach zweieinhalb Stunden war sich der Metamensch sicher, das Opfer eines Fluchs geworden zu sein.

Irgendein Arsch hatte sich in sein System eingedeckt und sein Bankguthaben abgebucht.

Ohne das modifizierte Fuchi Cyber-8 war er nicht in der Lage, etwas gegen den Eindringling zu unternehmen, der über eine verdammt gute Software verfügen musste.

Zwar hatte Hotwire noch ein Ersatzdeck, aber das richtete nichts gegen den Unbekannten aus, der mit unglaublicher Schnelligkeit seine sauer ersparten 81.796 Nuyen als Spende an die Seattler Krankenhäuser überwiesen hatte.

Seine Barschaft belief sich somit auf unglaubliche 500 Mücken, und alle seine Chummer, die er verzweifelt anrief, waren entweder nicht zu Hause oder selbst knapp bei Kasse. Mit hängenden Schultern ging er ins *Hioto* zurück.

Der Koffer stand auf einem Tisch. Um ihn herum hatten sich die Schläger postiert und wachten mit Argusaugen über das gute Stück.

Choa Li kam lächelnd um die Theke herum, und der Zwerg hätte ihm am liebsten in die Fresse geschlagen.

»Haben Geld, Hotwile-san? Nach Geld wiedel alles in Oldnung und wil wiedel Fleunde, hai?«

»Drek, Choa Li, hör zu.« Wie ein Häufchen Elend stand der Decker vor dem Japaner. »Ich weiß nicht, was los ist, aber alles hat sich gegen mich verschworen. Ich komme nicht an mein Geld.« Er hielt ihm den Credstab rüber. »Das sind 500 Nuyen als Anzahlung. Den Rest bekommst du später, ehrlich.«

»Das nicht gut.« Der Mann klopfte auf den Deckel. »Ist stabil? Wollen hoffen fül Deck.«

Einer der Schläger zuckte herum und hämmerte seinen Klickstock auf den Behälter. Mit einem leisen Knirschen bildete sich ein zentimeterlanger Riss auf der Plastikoberfläche.

Hotwire kreischte auf und warf sich schützend über den Koffer. »Das könnt ihr meinem Baby nicht antun. Das war teuer!«

»Du holen Geld, du bekommen Säugling zulück«, meinte Choa Li lakonisch und vergaß nicht zu lächeln.

»Aber ich habe das Geld nicht«, jammerte der Zwerg.

Der Kellner nickte den beiden anderen Muskeln zu, die den Metamenschen vom Koffer trennten und festhielten.

»Ich nicht Unmensch«, sagte Choa Li und öffnete den Behälter. Sorgsam nahm er das Cyber-8 heraus.

»Du haben 500 dabei, ich schneiden lestlichen 1300 einfach hielvon ab.«

Hotwire begann zu toben. Er trat und spuckte nach den Schlägern. Die schwarzen Locken flogen hin und her, aber die Männer hielten ihn mit eisernem Griff fest.

Der Kellner zog ein Küchenbeil aus dem Gürtel und zielte. »Müssten ungefähl 1300 welt sein. Wenn zu viel weg, ich gebe laus.«

Mit Wucht sauste die Klinge herab und trennte ein zigarettenschachtelgroßes Stück aus dem Plastikgehäuse.

Mikrochipteile flogen durch die Gegend, Tastaturtrümmer zerstreuten sich auf dem Boden. Ein Anschluss baumelte herunter wie ein totes Auge aus dem Schädel.

»Habe velgessen zehn Plozent fül Tlinkgeld.« Wieder trennte das Beil einen Teil des Decks ab. Noch mehr Bruchstücke segelten durch die Luft. »Sein jetzt in Oldnung.«

Die Japaner ließen den lethargischen Hotwire los.

Choa Li warf ihm das zerstörte Deck hin. »Schulden nun bezahlt, Hotwile-san. Können kommen essen immel wiedel. Müssen abel gleich bezahlen. Sajonara.«

Der Decker starrte auf das, was einmal sein Fuchi Cyber-8 gewesen war.

»Du verfraggter, drekiger, chinesischer Hundefresser!«, schrie er, und schon hatte er eine starke Hand im Nacken, die ihn durchschüttelte und unsanft zur Tür zerrte.

Schwungvoll flog er auf die Straße, rollte ein paarmal um die eigene Achse und rappelte sich mühsam auf.

Das Deck lag einen Meter weiter.

Vielleicht kann man noch was flicken. Er bückte sich gerade danach, als das Dröhnen einer Drucklufthupe ihn erschrocken zusammenzucken ließ. Mit großen Augen glotzte er wie ein Reh in die hellen Scheinwerfer, die immer näher kamen.

Jemand zerrte ihn von der Fahrbahn, dann schoss der Transporter knapp an ihm vorbei.

Die schweren Räder rollten über das Cyber-8 und machten gepressten Elektronikschrott aus dem 300 000 Nuyen teuren Deck.

»Das hätte ins Auge gehen können, Chummer«, sagte Ultra gutmütig zu Hotwire, der sich erst jetzt vom grauenvollen Anblick der Einzelteile losreißen konnte. »Was machst'n hier, mitten auf der Straße?«

»Hoy, Chummer. Wieder zurück?« Der Zwerg blickte den Troll wie in Trance an. Die Stimme war tonlos. »Ich geh nach Hause, mich zusaufen.« Hotwire drehte sich um und stakste den Bürgersteig entlang.

Verräterisch zuckte es um Ultras Mundwinkel. Dann lief er ins *Hioto,* wo er seinem röhrenden Lachanfall freien Lauf ließ.

Aus dem Hinterzimmer kamen Cauldron, Keimag, Twing, Hustle und Sparkplug, die ebenfalls Lachtränen in den Augen hatten.

»Deine Vorstellung war oberfraggig gut, Choa Li«, sagte der Troll und klopfte dem Japaner auf die Schulter.

»Domo«, verbeugte sich der Kellner mehrmals und grinste breit. Auch die vermeintlichen Schläger konnten sich ein Lachen nicht länger verbeißen. »Domo arigato. Meine Cousins auch haben viel Spaß als Kobun. Wasselfalbentätowielung gut. Haben Wulf nach dlaußen nul bisschen übeltlieben.«

»Das macht nichts«, schwächte die Magierin ab. »Das hat er verdient, und er steht in unserer Schuld, weil Ultra ihm das Leben gerettet hat.«

Sie setzten sich an einen Tisch und studierten die Speisekarte.

»Er hat mir zum Schluss beinahe Leid getan.« Twing blätterte um.

»Einer musste das ja sagen«, kommentierte Hustle. »Es war Pech, dass der Lkw über sein Deck gefahren ist. Dafür konnten wir nichts. Ansonsten hätte er es vielleicht noch reparieren können.«

Keimag nickte bestätigend. »Es war sein Schicksal. Karma. Verrat zahlt sich nicht aus.«

Sie bestellten der Reihe nach bei dem grinsenden Choa Li, dem seine Rolle als böser Restaurantbesitzer großen Spaß gemacht hatte.

»Es scheint so, als ob wir den Sturm überstanden hätten«, meinte die Magierin und schaute in die Runde der Schattenläufer, die sich nach langer Zeit endlich wiedersahen. »Fuchi hat sich still verhalten.«

»Ich habe mit Hellmann telefoniert«, verriet der Ork, »und ihr die ganze Sache erklärt. Sie wusste allerdings schon einen Teil, den anderen hat sie sich dank des Filmmaterials von Poolitzer zusammengereimt. Fuchi ist zwar mächtig sauer, aber glücklicherweise nicht auf uns. Die Fehler wurden woanders gemacht.«

»Das musste aber erklär'n«, verlangte Ultra und schabte an seiner goldenen Mickymaus-Zahnveredlung.

»Na ja, die Pannenserie begann für den Kon, als wir in den ADL ankamen. Renraku wusste dank Hotwire Bescheid und hat alle Kontakte von Fuchi in Frankfurt ausgeschlachtet, damit Jeromin uns in aller Ruhe abfangen konnte. Und nachdem wir von Renraku einkassiert wurden, waren wir für Fuchi wie vom Erdboden verschluckt.«

»Schlauerweise haben wir ja Kontaktverbot erhalten«, warf Twing ein. »Ein einziger Anruf hätte genügt, und wir hätten gewusst, was läuft.«

»Trotzdem war es gut, dass wir die Köpfe unten gehalten haben«, erzählte Hustle weiter. »Nicht alle in der Konetage dachten so wie die Elfin. Gut angekommen ist jedoch die Zerstörung des Cyberdynamix-Labors. Zwei Drittel der Anlage sind in die Luft geflogen, inklusive Lugstetter.«

Cauldrons Blick verfinsterte sich. »Ich hätte mir einen qualvolleren Tod für den Dreksack gewünscht.«

»Wir können froh sein, dass es ihn überhaupt erwischt hat«, bemerkte der Troll. »Besser so als gar nich.«

»Das stimmt auch wieder«, meinte die Magierin und stieß mit den anderen an. »Auf die Vergeltung. Und auf Bullet.« Schweigend warteten sie anschließend auf das Essen.

Verstohlen musterte Keimag den Rigger, den er vor rund zwei Monaten das letzte Mal gesehen hatte.

Er wirkte äußerlich in Topform, es blieb nur die Frage, ob er geistig wieder gesund war. Wenn der Rigger während eines Laufs die Fronten wechselte oder plötzlich ausrastete, war die Gruppe verloren.

Mit Schaudern dachte der Nega-Magier an die vielen Drohnen und Fahrzeuge, die sich unter Umständen gegen sie wenden könnten. *Was kann man gegen MG-Salven schon ausrichten?*

Seine Bedenken hatte er auch Cauldron mitgeteilt, die die Sache ähnlich sah. Keiner konnte für die vollkommene geistige Gesundung des Elfs garantierten.

Als ob Sparkplug seine Gedanken erraten hätte, sah er zu dem neuen Gruppenmitglied hinüber. »Du machst dir Sorgen wegen mir, richtig?«

»Wir alle machen uns Sorgen«, sprang die Magierin ein. »Zunächst aber um dich und dann um uns.«

»Ich kann es verstehen.« Der Rigger senkte den Kopf. »Ich verstehe mich manchmal selbst nicht. Dieses Sympathiegefühl, diese Loyalität für Cyberdynamix sitzt immer noch in mir, aber es ist schwächer geworden. Das Einzige, was mir wirklich fehlt, ist das Riggen mit dem TA.K.C.« Er blickte aus dem Fenster in den grauen Himmel. »Ich war überall, ich habe alles gesehen. Die Muster auf der Kuppel des Kreml, die Pyramiden, alles habe ich bestaunt.« Eine tiefe Traurigkeit spiegelte sich auf seinem Gesicht. »Ich habe sogar den Weltraum gespürt und die Erde von dort betrachtet. Sie sieht aus wie eine blaue, wunderschöne Murmel. Das Bild werde ich nie wieder vergessen.« Twing legte die Hand auf seine und drückte sie. »Aber es ist vorbei. Ich bin wieder ein ganz normaler Rigger, aber mit den besten Chummers, die man haben kann. Ich habe mich noch gar nicht für eure Hilfe bedankt und weiß auch ehrlich gesagt nicht, wie ich es gutmachen soll.«

»Das musst du nicht«, sagte Hustle. »Sei einfach da, wenn wir dich brauchen.« Der Ork gab ihm einen Klaps auf den Rücken. »Schön, den alten Sparkplug wiederzuhaben.«

Choa Li karrte das Essen an. »Haben hoffentlich gloßen Appetit. Viel gekocht, zul Feiel von Tag.« Der Chinese wuchtete Ultras Teller auf den Tisch. »*Hioto* haben jetzt sogal Pizzaofen fül Tlollhungel.« Die Schattenläufer machten sich über ihr Essen her.

Der Rigger hielt plötzlich inne. »Sag mal, Twing, habe ich das vorhin falsch gespürt, oder hat Cynthia noch immer keine neuen Fahrstabilisatoren?«

Die Mechanikerin schüttelte den Kopf. »Keine Zeit.«

»Keine Zeit?«, rief Sparkplug entrüstet. Die Portion auf seiner Gabel geriet ins Wanken. »Und wenn die Kiste in eine schwierige Situation gerät, was dann?«

»Jetzt bin ich wirklich überzeugt, dass es der alte Nörgler ist, wie ich ihn kenne«, erwiderte Cauldron lachend. Die anderen stimmten mit ein, während der Rigger sich über das Gelächter empörte und einen Vortrag über die Empfindsamkeit von Autopiloten und Fahrzeugen hielt.

»Bevor ich es vergesse.« Keimag schaute in die

Runde. »Poolitzer meinte, wir sollten uns heute seinen ›Barrens-Talk‹ ansehen. Es wäre interessant.« Er nickte dem Restaurantbesitzer zu.

Choa Li schaltete den Fernseher an und stellte FNS ein.

Das Gesicht des Reporters erschien, der wieder seine alte schwarz-weiße Frisur trug.

»... und habe das große Vergnügen, exklusive Aufnahmen aus den Tiefen der ADL erstmals zu präsentieren. Seid dabei, wenn Cyberdynamix in Schutt und Asche versinkt.«

Nach einem kurzen Intro begann der dokumentarisch aufgemachte Beitrag Poolitzers.

Auch wenn die Läufer die Aufnahmen schon gesehen hatten, etwas war an den Szenen anders als sonst.

Plötzlich war Jeromin wieder im Bild, obwohl Renraku die Sequenz herausgeschnitten hatte. Sogar das Geständnis des Kon-Mannes, Fuchi an der Nase herumgeführt zu haben, klang aus den Boxen des TV-Geräts.

Keimag schlug sich an die Stirn und begann zu lachen, ohne sich wieder zu beruhigen. Nach und nach stimmten die anderen ein.

Es war ein befreiendes Gelächter, denn in aller Öffentlichkeit flimmerte der Beweis ihrer Unschuld über den Bildschirm. Ihre Reputation war wiederhergestellt.

»Er hatte eine Kamera eingebaut.« Erschöpft vom Lachen holte der Nega-Magier Luft. »Er hat die ganze Zeit über doppelt gefilmt, und keiner hat Verdacht geschöpft!«

»Warum auch? Wenn einer eine Kamera mit sich herumschleppt, muss man ihn nicht unbedingt auf Cyberware untersuchen«, sagte Hustle. »Ich werd verrückt. Der alte Poolitzer hat es den Kons richtig gezeigt.«

»Auf die Journalisten und ihre allsehenden Linsen«,

hob Twing ihr Glas. »Und dass mir keiner ein böses Wort mehr über unseren Freund bei FNS verliert.«

»Wenn wir schon am Feiern sind«, gluckste der Troll und zog einen Wisch aus der Tasche, den er umständlich auf den Tisch legte. »Das ist eine Einladung für euch.«

»Das sind Eintrittskarten«, staunte Keimag und betrachtete die bedruckten Zettel. »Was ist ›Quizz It‹?«

»Ich wird verrückt«, brach es aus dem Ork heraus. »Du bist bei dieser Quizshow wirklich dabei?«

»Genau. Ich bin bei der Kandidatenhotline durchgekommen«, sagte Ultra und nickte stolz. »Und der Sender hat mir die Karten für euch mitgeschickt. Ihr müsst mich nach Kräften anfeuern, ja?«

»Aber sicher machen wir das«, versprach die Magierin sofort. »Ich mache alles, wenn du endlich aufhörst, ständig Sachen nachzuschlagen.« *Dann hat diese Nerverei endlich ein Ende.*

Nach und nach verließen die Läufer das *Hioto,* bis nur noch der Deutsche und die Magierin übrig geblieben waren.

»Meinst du, die anderen haben etwas bemerkt?« Keimag zog sich Handschuhe über und legte seine Hand vorsichtig auf Cauldrons. »Ich werde unsere langen Unterhaltungen und Spaziergänge bestimmt vermissen«, sagte er leise und schluckte.

Die junge Frau lächelte zurückhaltend. »Wir sind uns schon näher gekommen, was?« Sie holte tief Luft. »Keimag, ich ...«

»Keine Angst, ich weiß, du hängst noch zu sehr an Bullet«, fiel er ihr ins Wort. »Außerdem hätte unsere Beziehung keine gute Ausgangslage. Ich würde dich mit meinen Berührungen umbringen, wenn ich nicht aufpasse.«

»Und nun?«

»Ich werde bald wieder in die ADL zurückkehren«,

verkündete er seinen Entschluss. »Die Lage hat sich inzwischen entspannt, und Seattle gefällt mir nicht wirklich, auch wenn ihr ein netter Haufen seid. Ich werde mir den Auftritt von Ultra noch ansehen, und dann fliege ich über den Teich zurück.«

Cauldron konnte nichts sagen. Diese Eröffnung erfolgte zu unerwartet.

»Du wirst mir sehr fehlen«, meinte sie nach einer Weile. »Um ehrlich zu sein, unter anderen Umständen hätte ich dich nicht mehr gehen lassen«, gestand sie, etwas erschrocken über ihre Kühnheit. »Wenn mir jemand gesagt hätte, dass ich nach Bullets Tod Gefühle für einen anderen entwickeln könnte, ich hätte ihn ausgelacht. Aber bei dir wäre es vielleicht möglich gewesen.«

»Ich fühle mich mehr als geschmeichelt«, entgegnete der Deutsche ohne jeden ironischen Unterton in der Stimme. »Die Trennung tut uns beiden gut. Ich hasse es, Unmöglichem nachzujagen.« Er zog seine Hand zurück. »Aber für den Fall, dass ihr mal dringend einen wie mich braucht, lasse ich dir meine Telefonnummer da.« Die Mundwinkel wanderten in die Höhe. »Ich warne dich, ich bin nicht billig. Es würde euch eine Stange Nuyen kosten.«

»Du bist es wert«, gab sie ein wenig traurig zurück. *Das Glück scheint mich zu meiden.*

»Wolltest du mir nicht deinen Club zeigen?«, versuchte er die Magierin abzulenken.

»Einverstanden«, willigte sie ein und erhob sich. »Ich mache dich mit den hübschesten Gruftis der Stadt bekannt.« Sie wandte sich abrupt um. »Aber fass um Himmels willen nichts und niemanden an, bevor ich dir das Zeichen dazu gebe. Nicht, dass du mir die magische Elite ausrottest oder die wertvollsten Foki in Staub verwandelst.«

Demonstrativ steckte Keimag die Hände in die Hosentaschen. »Die Gefahr ist schon gebannt.«

XVI.

Seattle, Redmond-Barrens, 19. 01. 2058 AD, 01. 31 Uhr

Ich hab's geschafft. Poolitzer verschränkte die Arme hinter dem Kopf und lehnte sich zurück. Der Chefsessel fing den Schwung federnd ab, verlagerte sich ein wenig nach hinten und sorgte für eine leicht schräge Position, aus der heraus der Reporter sein neues Studio betrachtete. Technik vom Feinsten, kostenlos bereitgestellt vom Sender, blinkte ihn an. *Ich bin der FNS-Held.*

Am meisten freute ihn, dass er den Beitrag ungekürzt gesendet hatte, was auch für das Broadcasting-Unternehmen eine Überraschung gewesen sein dürfte.

Aber die Leute haben ein Recht auf die Wahrheit. Er rollte durch den Raum und drehte sich dabei immer wieder übermütig auf dem Stuhl um die eigene Achse, bis ihm schlecht wurde. *Alles meins.*

Poolitzer stand auf und schob taumelnd den Stuhl zurück an seinen Tisch, goss sich immer noch leicht schwindelig Soykaf ein. Danach blätterte er seine Notizen durch. Einer Story wollte er sich nun mit aller Kraft widmen. Die verschwundenen Magier wären der nächste Renner, der nächste ›Big hit‹ bei FNS.

Und das Feature über Piers und Jeroquee nicht zu vergessen. Da werde ich noch ein paar Szenen benötigen.

Er wählte Piers' Nummer und ließ verwundert den Hörer sinken. Das Signal für einen nicht mehr existenten Anschluss ertönte.

Verflucht, es wird ihm doch nichts passiert sein? Hastig durchforstete er seine Zettelstapel nach der Nummer der jungen Frau, bis er sie endlich in dem Durcheinander gefunden hatte.

»Ja?«, fragte eine männliche Stimme.

»Oh, hoy, Chummer, ich möchte Jeroquee sprechen.«

»Die ist unten – im Kanal.«

»Mit Piers?«

Es entstand eine kurze Pause. »Wer ist denn da?«

»Ich bin Poolitzer. Sie werden mich schon im Fernsehen gesehen haben«, antwortete der Reporter ein wenig eitel.

»Nee, ich schau kein Fernsehen mehr. Alles nur gefälschte Berichte und Lügen.« Der Mann musste husten. »Piers ist tot, hat sie gesagt.«

Oh, shit. »Wie ist das passiert?«

»Ich bin nicht die Auskunft, okay?«, meinte der andere ungehalten. »Lass es dir von Jeroquee erklären, und nerv mich nicht weiter.«

»Wo finde ich sie?«, wollte Poolitzer schnell wissen, bevor der Gesprächspartner einhängen konnte.

»Nach der Arbeit ist sie meistens im *Slum's* und trinkt noch einen.« Die Verbindung wurde unterbrochen.

Nettes Kerlchen. Muss der BTL-Junkee gewesen sein, vermutete der Reporter, schnappte sich seine nagelneue Fuchi VX 2200C Cybercam und machte sich auf den Weg in die Tiefgarage von FNS, wo sein neuer Americar stand. Der Sender war äußerst spendabel gewesen. *Ich hoffe, die Kleine ist nicht zu deprimiert.*

Er stieg in sein Auto, aktivierte den Autopilot und wies Gonzales telefonisch an, Infos über den Tod von Piers und das Verschwinden der Magier zu besorgen.

Seine anderen Kontakte, die er während der Fahrt zum *Slum's* über Com nervte, hatten nur Gerüchte gehört.

Grübelnd stieg er vor der mittelschäbigen Kneipe am Rand der Puyallab-Barrens aus und schaltete die Diebstahlsicherung ein. Ein kurzes elektrisches Knistern ertönte.

Noch mal bekommt keiner meine Karre. Grinsend rückte er die kugelsichere Weste zurecht und marschierte in das Gebäude.

Es hatte den Effekt, den er aus den Western kannte. *Der Neue betritt die Bar,* durchzuckte es ihn.

Alle Gesichter wandten sich ihm zu. Er sah Orks, eine Hand voll Menschen und eine gestylte Schabracke hinter dem Tresen, die vielleicht hübsch gewesen wäre, wenn sie das Kilo Schminke aus dem Gesicht gelassen hätte.

Jeroquee entdeckte er nirgends, dafür aber ein Bild des Ghuljägers, über dem ein schwarzer Schleier hing. *Mist, dann stimmt es also tatsächlich.*

»Was darf's sein, Fremder?«, fragte ihn die Frau prompt.

»Das Übliche«, konterte Poolitzer die wenig einfallsreiche Anrede. Mit einem unschuldigen Engelsgesicht stützte er beide Hände auf den Tresen und beobachtete die Keeperin. *Jetzt bin ich gespannt, was sie macht.* »On the rocks, natürlich.«

Sie langte nach einer unbeschrifteten Flasche, stutzte, zog die Nase hoch. Dann bleckte sie die Zähne und wischte sich das Spülwasser vom Dekolleté.

»Du bist ein ganz Schlauer, was?« Sie knallte ihm ein Gläschen hin. »Ich bin Mona, und der erste Drink geht für die Antwort aufs Haus.« Eine pinkfarbene Flüssigkeit aus einer anderen Flasche ergoss sich blubbernd in das kleine Glas.

»Wohlsein!«, prostete Poolitzer zu Mona. Danach wandte er sich zu dem Foto des toten Ghuljägers. »Auf dich, Piers.«

Die Barkeeperin musterte ihn mit zusammengekniffenen Augen. »Du kanntest Piers?«

»Ich hab mal ein Feature über ihn und seine Schülerin gemacht«, erklärte er knapp. »Für FNS. Eigentlich wollte ich noch ein paar Szenen mit den beiden drehen, aber wie es scheint, ist es dafür zu spät. Schade, er war ein netter Kerl. Bisschen rau, aber nett.«

Ohne Erklärung goss Mona nach und füllte sich

selbst ein. Zusammen stießen sie auf Piers an. »Er war einer meiner besten Stammgäste, kam immer hierher …«

»Moment, schöne Frau«, bremste der Reporter und machte die Fuchi aufnahmebereit. *Improvisation ist eben nach wie vor alles.* »Aktion.« Die Kamera zeichnete auf. »Noch mal, Mona.«

Die Keeperin runzelte die Stirn, und Poolitzer fürchtete beinahe, dass die Schminke ins Spülbecken bröckeln würde. Aber die Kosmetik blieb, wo sie war. *Muss gute Spachtelmasse sein,* dachte er.

Mona fuhr sich durch die Haare und redete sichtlich aufgeregt weiter. »Piers war mein bester Stammgast, kam immer hierher, wenn er mit der Jagd fertig war. Wir können es alle noch nicht fassen, dass es ihn nicht mehr geben soll.« Sie kramte eine Serviette heraus und tupfte sich soaptauglich die Tränen aus den Augenwinkeln. »Und nun macht das Mädchen alleine Jagd auf seine Mörder.«

»Es war vermutlich so etwas wie ein Arbeitsunfall?«, erkundigte sich Poolitzer mit sanfter Stimme. »Die Ghule haben ihn erwischt?« Mona schüttelte den Kopf, schnäuzte sich und nahm einen Schluck aus der Flasche. *Mann, ich hoffe, sie hat das vorher nicht auch schon gemacht.*

»Die Kleine hat gesagt, es war irgendso ein anderer Arsch, Dämon oder so ähnlich …«, erzählte die Frau weiter.

»Demus«, erklang es im Rücken des Reporters. Jeroquee war unbemerkt ins *Slum's* gekommen und stapfte auf die Theke zu.

Sie trug eine Synthlederkombi mit passenden schweren Armystiefeln, unter der linken Achsel und an der rechten Hüfte baumelten Holster mit Browning Max-Powers.

Die junge Ghuljägerin sah müde aus. Ihr Gesicht

wirkte gealtert und blasser als beim letzten Mal. Selbst ihre Lockenpracht hing ohne Spannung herab.

»Sag jetzt bloß nicht, dass ich scheiße aussehe, Snoop. Ich bin bewaffnet«, begrüßte sie ihn unwirsch. »Und ich weiß es selbst.« Sie schwang sich auf einen Hocker und stützte sich mit den Ellbogen auf den Tresen, als wöge ihr Körper Tonnen. Der Geruch der Kanalisation lag in der Luft.

»Tut mir Leid, was mit Piers passiert ist«, sprach er sein Beileid aus. »Äh, was ist eigentlich genau geschehen?«

»Immer auf der Suche nach etwas, das Zuschauer bringt?« Jeroquee wandte sich langsam zu dem FNS-Mitarbeiter um. »Ich mach dir einen Vorschlag, Snoop. Ich gebe dir die Story exklusiv, dafür hilfst du mir, seinen Mörder zur Strecke zu bringen. Ich habe nämlich nicht die Nuyen, um mir Leute anheuern zu können.«

Sie hielt ihm ihre Hand hin, und ohne zu zögern schlug der Mann ein. Seine Nase juckte ununterbrochen.

Dann begann die Ghuljägerin, die Geschehnisse genau wiederzugeben, schilderte jede Einzelheit, wie sie den Gegner erlebt hatte. Und sie erzählte von der Vergangenheit ihres Mentors.

Poolitzer benötigte nicht eine Sekunde, um die Zusammenhänge herzustellen. Er war auf Umwegen bei der Story mit den verschwundenen Magiern gelandet, und diese Verknüpfung gefiel ihm sogar noch besser als jedes Skript, das er sich hätte ausdenken können. Nichtsdestotrotz blieb die Sache gefährlich.

»Ich habe mich zwei Tage nicht in die Kanalisation getraut«, endete sie. »Aber ich musste erfahren, was mit Piers geschehen war. Also bin ich noch einmal runter, aber die Luke zu diesem Raum war nicht mehr zu öffnen. Seitdem versuche ich, über andere Wege an den Ort zu gelangen. Ich will wenigstens seine Leiche beerdigen und sie nicht einfach verfaulen oder den Ghulen lassen.«

Sie langte nach ihrem Bier, das Moona vor sie stellte. Ihre Hand zitterte, der synthetisierte Gerstensaft lief über ihre Finger. Mit einem Fluch setzte sie das Glas ab und bedeckte mit der anderen Hand die Augen.

»Ich werde meine Quellen anzapfen. Mal sehen, was sie über Nicodemus Seg herausfinden«, sagte er nach einer Pause, in der sich Jeroquee sammelte, um den seelischen Schmerz zurückzudrängen. »Wenn er wirklich so schwer im Geschäft war, hat er irgendwo Spuren hinterlassen. LoneStar wird ihn sicherlich registriert haben. Aber irgendwie hege ich da meine Zweifel, dass es ein alter Knacker immer noch so bringt.« *Soll ich oder soll ich nicht?* Zögernd legte er ihr die Hand auf die Schulter. »Hey, wir kriegen den irren Ninja, Partner.«

Jeroquee lächelte schwach. »Ein Snoop mit Heldenmut.«

»Das gehört zu meinem Job«, winkte er ab. »Wenn du meinen Bericht über die ADL gesehen hast, weißt du, was ich mitgemacht habe. Und mit etwas Glück bekomme ich ein paar Leute, die uns kostenlos dabei zur Hand gehen, Demus zu erledigen.«

»Ach?«

»Jep«, bestätigte Poolitzer. »Ich kenne da einen Club, in dem alle nur darauf warten, dass man ihnen sagt, wo man den Magierkiller aufstöbern kann.« Er stand auf. »Ich bringe morgen eine Bekannte mit, und dann sehen wir uns die Sache näher an.« Der Reporter verließ das *Slum's*.

Die junge Ghuljägerin richtete ihre Blicke zu dem Foto ihres Lehrmeisters. *Du bekommst deine Rache, Piers.*

Seattle, Redmond-Barrens, 19. 01. 2058 AD, 15.30 Uhr

»Mein Watcher sagt, dass der Schacht hinter der Luke mit einer harten Substanz ausgegossen wurde.« Cauldron schaute zu Poolitzer, der sich wieder in seine Anglerhose geworfen hatte. Auf dem Rücken trug er eine Mossberg-Schrotflinte mit Vollmantelpatronen, die ihm Gonzales mit den Worten »Was einen Motorblock durchschlägt, macht auch ein Loch in den dicksten Mensch« empfohlen hatte.

»War's das?« Laut hallte ihre Frage in dem leeren Überlaufbecken nach.

Jeroquee, gekleidet in den üblichen Jägerdress, hob die Augenbrauen und blickte den Reporter ebenfalls an. »Dafür hätte ich keine Magierin gebraucht.«

»Hey, Löckchen, nur nicht so voreilig, ja?« entgegnete die hermetische Magierin schnippisch. »Ich habe Poolitzer versprochen, dass ich ihm ein wenig zur Hand gehe.«

»Hast du einen Elementargeist beschworen, nur für alle Fälle?«, wollte der Reporter wissen.

»Habe ich, Poolitzer, nun reg dich wieder ab. Die Ghule werden schon nicht an uns knabbern.« Cauldron sah abschätzend zu der Luke. »Nun möchtest du wohl, dass ich euch den Weg frei mache?«

»Wenn du dazu in der Lage bist, mache ich sogar eine Großaufnahme von dir und lobe deine Selbstlosigkeit in den Himmel«, bot Poolitzer gestenreich an. »Das bringt dir die ein oder andere verlorene Sympathie bei den Zuschauern zurück, wenn sie sehen, wie du die gute Sache unterstützt.«

»Ich stelle dir die Kosten für die Materialien, die ich gebraucht habe, in Rechnung«, erwiderte die Frau mit den Flammenhaaren sein Angebot. »Aber weil wir uns so gut kennen, lasse ich den Stundenlohn einfach weg.« Sie nickte nach oben. »Jetzt filme lieber.«

Die Metallplatte wurde von unsichtbaren Kräften aus der Verankerung gerissen und knallte krachend auf den Boden des Bassins.

Die graue Substanz dahinter, die schwer nach Duplex Granitbauschaum aussah, löste sich Stück für Stück auf. Brocken prasselten herunter, und eine riesige Staubwolke entstand. Das Material widerstand den Energien des Elementargeists nicht lange, der sich wie eine Fräse durch die Blockade arbeitete. Das Zeug schmorte und verflüssigte sich, brennende Tropfen klatschten herunter.

»Kannst du ihm nicht befehlen, sich zu zeigen?«, wollte der Reporter wissen. »Ich meine, es sieht schon beeindruckend aus, aber die Zuschauer hätten gern etwas fürs Auge, wenn du verstehst, was ich meine.«

»Sie zeigen sich nicht gerne auf dieser Ebene«, schmetterte die Magierin sein Anliegen ab. »Ich will ihn nicht unnötig verärgern. Die Beschwörung gestaltete sich schon schwierig genug.«

Als die Arbeit beendet war, schickte Cauldron den nächsten Watcher auf die Reise, um herauszufinden, ob die Kammer mit den Foki und Fetischen noch existierte.

»Nur eine lange Kammer«, gab sie die Meldung ihres Wesens weiter. »Und eine Leiche.«

»Piers«, entschlüpfte es Jeroquee, die sich das mitgebrachte Tau von der Schulter nahm und das Ende mit der Spitze des Kletterhakengewehrs verband. Sie trabte unter die Luke, visierte kurz und feuerte.

Mit einem metallischen Geräusch bohrten sich die Dornen des Aufsatzes irgendwo über ihnen fest.

Die junge Frau überprüfte den Halt und begann sich hinaufzuhangeln.

»Wenn du nichts dagegen hast, warte ich im Club, bis ihr zurück seid«, verabschiedete sich Cauldron mit einem schnellen Blick auf die Uhr. »Hier unten stinkt's mir zu sehr. Wenn ihr Hinweise auf den Irren entdeckt, bringt sie mit. Ein Haar würde schon ausreichen, um ihn zu finden. Wir Magischen haben da ein paar Tricks auf Lager.«

»Ist recht«, meinte der Reporter ein wenig unglücklich. »Könntest du nicht doch mitkommen?«

»Nein, ich muss mit den anderen noch ein paar Dinge klären. Uns steht demnächst ein großer Lauf ins Haus.«

»Ich dachte, du wolltest aufhören?«, wunderte sich Poolitzer.

Die Magierin zuckte mit den Achseln. »Wieso? Ich habe keinen Grund mehr, mich nicht in Gefahr zu begeben.« Sie verzog angeekelt das Gesicht. »Es sei denn, es stinkt so sehr, dass ich gleich kotze. Wir sehen uns später.«

»Wenn keiner von uns beiden blind wird«, rief er ihr hinterher. *Oder das Opfer eines Methusalem-Ninjas wird.*

Dann folgte er Jeroquee, deren Beine in diesem Moment im Schacht verschwanden.

Die Mossberg baumelte ihm auf dem Rücken hin und her. Zweimal schlug ihm der Griff gegen den Helm, und als er sich durch den Schacht zwängte, verhakte sich die Waffe sogar.

Jeroquee grinste. »Das ist der Grund, warum ich nur noch Pistolen benutze. Ich bin beinahe mal wegen einer Schrotflinte in einem Abwasserrohr ersoffen.«

»Das sind ja bezaubernde Aussichten«, fluchte der Reporter und klappte die Schulterstütze um. *Darauf hätte ich auch früher kommen können.*

Was in den letzten Jahren selten vorgekommen war, geschah. Poolitzer empfand Skrupel, einen Moment tiefster menschlicher Emotion einzufangen.

Sie fanden die Leiche von Piers.

Die Explosion einer Granate hatte ihn getötet, die

Splitter steckten stellenweise noch im Schutzanzug. Unterleib und Schenkel waren gespickt mit den Metallresten. Wie durch ein Wunder war das Gesicht des Ghuljägers von den Schrapnellen verschont geblieben. Piers schien beinahe zu lächeln.

Der Reporter hatte den Aufnahmebefehl bereits gegeben, als Jeroquee neben ihrem Mentor weinend zusammenbrach. *Scheiß auf die Quote.* Ohne nachzudenken, schaltete er die VX 2200C aus und löschte das bisherige Material.

Danach half er ihr, die sterblichen Überreste in einen Plastiksack zu verpacken. Der Blick, den ihm die Ghuljägerin dabei zuwarf, drückte alles an Dankbarkeit aus, was Worte nicht zu fassen vermocht hätten.

»Wir sollten die Kammer näher untersuchen«, schlug er nach einer kurzen Pause vor. Jeroquee nickte.

Im Schein der riesigen Handstrahler, die mit Batterien aus ihren Rucksäcken gespeist wurden, durchforsteten sie das Überlaufbecken, bis die junge Frau getrocknetes Blut entdeckte, das zur Sprossenleiter führte. Ein Blick auf die Stiegen verriet, dass Demus sich verletzt nach oben zurückgezogen hatte. *Hoffentlich ist er daran verreckt.*

Poolitzer kratzte mit seinem Taschenmesser etwas von der Substanz in ein mitgebrachtes Plastikbeutelchen, auf dem ›Beweisstück‹ und das Zeichen von LoneStar aufgedruckt waren.

»Ich bin sehr gespannt, ob diese Magier etwas damit anfangen können.« Er betrachtete das dunkle Pulver im Schein der Lampe. »Es ist schon beunruhigend, was die Hermetischen so alles können, wenn sie wollen.« Der Reporter wandte sich zum Ausgang. »Ich schlage vor, wir nehmen ihn mit und überlassen alles andere meinen Freunden.«

Jeroquee stand bereits auf dem eisernen Umlauf, der zu der Tür führte, durch die Demus gekommen war.

»Für mich ist es noch nicht zu Ende«, verkündete sie und schritt auf das massive Schott zu.

»Einen Augenblick«, versuchte der Reporter zu protestieren. »Abgemacht war, dass wir seine Leiche suchen und mit Hilfe der Magier …«

Die junge Frau hatte die Finger um das Handrad geschlossen und begann, es unter Aufbietung all ihrer Kräfte zu drehen. Millimeter für Millimeter gab der Schließmechanismus nach. »Hilf mir oder geh«, sagte sie angestrengt.

Drek. Poolitzer aktivierte die Kamera, bevor er sich die Leiter hinaufarbeitete und den Umlauf erklomm.

Zu zweit gelang es ihnen, die Kurbel schneller zu drehen, bis irgendwo in der Wand etwas summte.

Hastig nahm er die Mossberg aus der Rückenhalterung und lud sie durch. *Bitte, lass es nur eine Kanalratte sein!*

Klackend rasteten die Bolzen aus. Die ölgelagerte, runde Tür schwang ihnen entgegen.

Voller Anspannung spähten die beiden in den dahinterliegenden Raum.

»Verehrte Zuschauer, FNS ist in die Tiefen der Seattler Kanalisation vorgedrungen, um dem Rätsel der verschwundenen Magier auf den Grund zu gehen«, flüsterte Poolitzer heiser. »Ich werde nun mit meiner Partnerin …«

Jeroquee trat ihm in den Hintern und bedeutete ihm, den Mund zu halten. »Vorwärts, Heldensnoop«, sagte sie und huschte hinein.

Die Luft im Schacht roch frisch, keineswegs muffig oder nach Kloake. Ihr Weg endete nach ein paar Metern vor einem weiteren Schott, das sich ebenfalls mit viel Mühe öffnen ließ.

»Ich werd verrückt, eine alte Kontrollstation«, murmelte der Reporter und ließ den grellen Kegel seines Handscheinwerfers über die alten Apparaturen zucken. »Von hier aus haben sie früher die Einleitungen überprüft, bevor die Schaltzentralen eingerichtet wurden.« Er blies etwas Staub zur Seite und deutete auf den Aufkleber. »Jedenfalls war das so bei ›Zed's Sewage Systems‹. Die haben vor vier Jahren Pleite gemacht.«

Über dem Fahrstuhlschacht an der linken Wand leuchtete der nach unten zeigende Pfeil auf.

Jeroquee bemerkte das Signal aus den Augenwinkeln und bedeutete dem Reporter, sich eine Deckung zu suchen.

Aufgeregt tauchte er hinter einem Pult ab und entsicherte die Mossberg. *Shit. Ich habe etwas vergessen.*

Mit hektischen Bewegungen klopfte er alle Taschen ab, zog eine kleine Schachtel mit Chips hervor und versenkte einen Zylinder in einer seiner Chipbuchsen. Die Aktionssoft ›Handfeuerwaffen, Gewehre‹, die er sich eigens für diese Unternehmung zugelegt hatte, aktivierte er pünktlich zum Öffnen der Kabinentüren.

Kaum ertönten ein leises akustisches Signal und das charakteristische leise Rumpeln, das Fahrstuhltüren von sich geben, bellten die beiden Browning Max-Power der Ghuljägerin in schnellem Dauerfeuer abwechselnd auf.

Ich bin unbesiegbar, ich bin unverwundbar, alle TV-Engel stehen mir bei.

Mit einem Aufschrei schnellte Poolitzer hoch und legte mit seiner Schrotflinte los, die Mündung auf die Gestalt im schwarzen, eng anliegenden Dress gerichtet.

Bereits der Rückschlag des ersten Schusses brachte ihn aus dem Gleichgewicht. Die Kugel zerfetzte die Signalpfeile über der Kabine und hinterließ ein dickes Loch in der Wand.

Im Reflex der Aktionssoftware lud er nach und drückte ein weiteres Mal ab, ohne sich bewusst zu sein, was er tat.

Die Wucht des zurückschnellenden Kolbens warf ihn gegen ein Kontrollpult. Die Kopfhalterung der Fuchi, die er am Helm befestigt hatte, gab den Geist auf. *Nicht schon wieder Kameraschrott.* Er ließ die Mossberg fallen und fing die wertvolle VX auf, mit der er zu Boden ging.

Dann herrschte Stille in der alten Kontrollzentrale.

»Poolitzer?«, fragte Jeroquee alarmiert.

»Alles in Ordnung«, versicherte der Reporter ächzend und stemmte sich in die Höhe, um ein paar gute Aufnahmen zu machen.

Der Unterleib des Schattenkriegers lag im Raum, der durchlöcherte Oberkörper in der Kabine. Die Fahrstuhltür prallte unablässig gegen die Hüfte des Regungslosen und versuchte zu schließen. Doch das Hindernis machte es unmöglich.

Vorsichtig zoomte Poolitzer heran und betrachtete die Einschüsse. »Lebt er noch?«

»Ich hoffe nicht«, erwiderte die Ghuljägerin gleichgültig und wechselte die Magazine ihrer Max-Powers, bevor sie sich näher an den Maskierten heranwagte.

Die Mündungen der halbautomatischen Pistolen zielten unentwegt auf den Kopf des Gegners, dem bei dem Feuerüberfall nicht einmal die Gelegenheit geblieben war, eine Waffe zu zücken. Die Ares Predator steckte unangetastet im Holster am Oberschenkel.

»Hui«, meinte Poolitzer beeindruckt. »15 Einschläge, wenn ich mich nicht verzählt habe.«

»20 wären möglich gewesen.« Die junge Frau trat gegen Demus' Fuß. *Das war viel zu leicht.* »Gib mir Deckung.«

Der Reporter klemmte sich die Kamera an den Helm und legte die Mossberg auf den Liegenden an. *Lass sie bloß nicht bemerken, dass er keine Treffer von mir abbekommen hat.*

Jeroquee verstaute eine Browning im Achselhalfter,

die andere drückte sie an den verhüllten Kopf, während sie nach dem Puls tastete. »Nichts«, sagte sie erleichtert. »Der ist hin.«

Mit einem Ruck entfernte sie die Maske von Demus' Gesicht.

»Der ist nicht nur gut im Training, er hat auch noch einen ausgezeichneten Schönheitschirurgen«, kommentierte der Reporter den Anblick. »So will ich auch mal mit 50 Jahren aussehen.«

Sie blickten in das völlig erstaunte Gesicht eines jungen Mannes mit halbasiatischen Zügen, der kaum älter als die Ghuljägerin gewesen war. Blut sickerte unvermittelt aus dem Mundwinkel.

»Ich hatte Recht«, sagte sie und betrachtete den Gegner teilnahmslos. »Ich habe Piers gesagt, dass es sich um einen Nachahmer handelt. Aber er wollte mir nicht glauben.« Die Frau stand auf und trat den Toten. »Piers wurde von einem verdammten Demus-Fan gekillt. Drek, das ist bitter.«

»Macht sich trotzdem gut für die Story. Der Kampf der Todfeinde, verlagert in die nächste Generation der Schüler.« Poolitzer filmte sie und wurde sich seiner Taktlosigkeit bewusst. »Vergiss es, ich habe nur laut gedacht. Was machen wir mit ihm?«

»Liegen lassen.« Jeroquee steckte die zweite Pistole ein und marschierte in Richtung Ausgang. »Sollen ihn die Ghule fressen.«

Der Reporter schaute in den Lift, in dem sich ein See aus Blut gebildet hatte. »Sollten wir nicht nachschauen, wohin der Aufzug fährt?«

»Wozu?«, kam es aus dem anderen Raum. »Was soll ich in einer alten Lagerhalle? Piers ist gerächt.«

»Moment.« In aller Eile durchsuchte Poolitzer den Toten, wobei er sich trotz aller Sorgsamkeit mit Blut versaute, fand jedoch nur eine Schlüsselkarte für eine Wohnung. *Na, immerhin. Damit lässt sich herausfinden, wo der Irre gewohnt hat.* Schnell rannte er der Ghuljägerin hinterher. »Lass mich bloß nicht alleine.«

Der Rückweg gestaltete sich schwierig, weil sie die Überreste von Piers mit sich trugen. Allzu pietätlos wollten sie damit nicht umgehen, was den Transport nicht eben erleichterte.

Schließlich machten sie ein Seil an einer Öse des Sacks fest und zogen den Toten hinter sich her oder ließen ihn vorsichtig aus Schächten herab.

Nach drei Stunden wateten sie durch eine der letzten Röhren, die sie noch passieren mussten, ehe sie an die frische Luft kamen. Jeroquee trug den Körper ihres Mentors selbst.

»Du bist kein guter Schütze?«, erkundigte sich die junge Jägerin.

Poolitzer wurde knallrot. »Mein Schieber hat mir Datasofts anstelle von Aktionssofts verscheuert, der Idiot«, versuchte er sich für die miserable Leistung herauszureden. »Aber der dritte Schuss hätte gesessen, ehrlich.« Er filmte sie im Gehen. »Was hast du nun vor, Jeroquee?«

»Ich mache weiter«, sagte sie entschlossen. »Seine Ausbildung muss sich doch gelohnt haben. Und wenn sonst keiner Kammerjäger spielen will, mache ich es eben.« Sie blickte den Reporter ernst an. »Ich bin es ihm einfach schuldig.«

»Suchst du dir einen Partner?«

Sie schüttelte ihren Lockenkopf. »Nein, ich bleibe vorerst alleine.«

Gleichzeitig hörten sie mehrere Personen auf sie zukommen. Die Lichtkegel ihrer Lampen wanderten über die Wände. Die Unterhaltung der Unbekannten war überlaut.

Poolitzer fluchte und fischte bereits nach seiner Waffe, aber Jeroquee beruhigte ihn.

»Keine Gefahr, Heldensnoop. Das sind die Putzfrauen.«

»Putzfrauen?«

»Wart's ab.«

Barkley und sein Kanalteam von ›South Seattle Drains‹ schlossen zu ihnen auf. Kurz entschlossen begleiteten sie die beiden Erschöpften ein Stück und wollten natürlich wissen, was aus der Sache von damals geworden war.

Jeroquee wechselte kein Wort mit den Männern, weil sie sich noch sehr genau an die Ablehnung ihres Hilfegesuchs erinnern konnte. *Andererseits, was hätten sie gegen Demus ausrichten können? Ohne das Überraschungsmoment nichts.*

Poolitzer dagegen nutzte die Gelegenheit, um schon mal vorab Werbung für seinen Bericht zu machen. Er zeigte dem Team exklusiv ein paar Szenen des Materials, als sie an ihrem Einstieg angelangt waren.

Als würde der Vorarbeiter ihre Gedanken lesen können, kam er an ihre Seite, während die anderen der Truppe den Reporter umlagerten, um vor seinem Aufstieg noch ein paar Sequenzen sehen zu dürfen.

»Okay, Lady, ich verstehe, wenn Sie sauer sind, dass wir Ihnen damals nicht geholfen haben, aber Sie werden einsehen müssen, dass wir keine Experten mit den Schießeisen sind«, versuchte er sich nachträglich zu entschuldigen. »Wir sind Kanalreiniger, die gelegentlich auf Ghuls schießen.« Er betrachtete den Leichensack. »Vermutlich wären wir alle in so einem Ding abtransportiert worden.«

»Vermutlich.« Jeroquee schnaubte. »Was mich gestört hat, war die Formulierung.«

»Was meinen Sie damit?«

»Sie sagten, es wäre nicht Ihr Problem. Das klang einfach scheiße.«

Mitten in der Vorführung klingelte Poolitzers Comgerät. »Hoy, Gonzales, altes Streifenhörnchen«, rief er laut in das Mikrofon. »Die Verbindung ist ganz schlecht. Bin in den Kanälen. Warte mal.« Er drückte einem der Arbeiter die Fuchi in die Hand, erklomm ein paar Stiegen, um für einen besseren Empfang zu sorgen, und lauschte. »Ja, deshalb hast du mich vorher nicht erreicht. Du hast was über wen? Nicodemus Seg?« Poolitzer lachte. »Kannste streichen, Gonzo. Den gibt es nicht ...« Er stockte, sein Gesicht wurde aufmerksamer. Mit dem Arm umklammerte er die Leiter, einen Finger steckte er in das andere Ohr, um den Cop besser verstehen zu können. »Wie, nichts? Aber einen Sakagi Seg? 25 Jahre?« Er wechselte einen schnellen Blick mit der Ghuljägerin und hob den Daumen. »Vorbestraft wegen Körperverletzung, aha. Psychiatrische Betreuung, so, so.«

»Wird das heute noch was?«, meinte die Frau. »Klettere endlich rauf.«

Poolitzer bekam einen abwesenden Blick, weil er sich auf die Worte des Polizisten konzentrierte, und betrachtete gedankenverloren einen Strömungswirbel, der sich den Beinen des hintersten Orks näherte.

Und irgendetwas störte ihn daran.

Was verursacht denn ... Der junge Mann wollte den Kanalarbeiter gerade darauf aufmerksam machen, als die Wasseroberfläche zu explodieren schien.

Schwungvoll schoss die schwarz gekleidete Gestalt aus der trüben Flüssigkeit, landete im Rücken des überraschten Orks und trennte mit einem beidhändig geführten, gewaltigen Hieb seines Ninjatos den Kopf vom Rumpf des Kanalarbeiters.

Der leblose Torso kippte nach vorne, zuckte ein wenig und blieb still liegen.

»Jetzt dürfte es doch Ihr Problem sein, Barkley!«, rief Jeroquee, ließ Piers Leiche zu Boden gleiten und legte die Halbautomatik auf den Schattenkrieger an.

Die Orks mochten vielleicht Chancen gegen die Ghuls haben, doch einem Gegner von diesem Format war keiner des Kanalteams gewachsen.

Der hochgradig vercyberte Mann arbeitete sich durch ihre Reihen, als wäre es ein Kinderspiel. Er machte nicht einmal von der Predator Gebrauch, die an seiner Seite hing, sondern tötete die Metamenschen allein mit der Klinge seines Ninjatos.

Die Schläge des Kurzschwerts kamen derart schnell und präzise, dass den Orks nicht die Spur einer Chance blieb. Sie starben, wo sie standen.

Nacheinander erloschen ihre Lampen. Die Lichtkegel zeigten sinnlos gegen die Decke. Mit einem dumpfen Geräusch fiel die Kamera in die braunen Fluten und versank.

»Nein!«, rief Poolitzer von der Leiter aus und hielt sich schnell den Mund zu, um den übermächtigen Feind nicht auf sich aufmerksam zu machen. *Drek, Hilfe!* Beim Versuch, die Mossberg aus dem Rückenhalfter zu zerren, verlor er den Halt auf den rutschigen Sprossen und stürzte in die Tiefe, um im Abwasser einzuschlagen.

Barkley zog seine Uzi III mit einer fließenden Bewegung aus dem Hüfthalfter, erfasste den Brustkorb des Gegners mit der integrierten Laserzielhilfe der MP und schickte eine Garbe in dessen Richtung.

Der muskulöse Schattenkrieger machte einen Schritt rückwärts und knickte durch den Aufprall der Kugeln ein, doch die Dermalpanzerung fing die Projektile auf.

Kraftvoll stieß er sich ab, machte einen Salto vorwärts, der ihn genau vor die Füße des verblüfften Barkley brachte, und rammte dem Mann die Schneide bis zum Heft in den Unterleib.

Mit diabolischem Lächeln zog er die Klinge ruckartig bis zum Halsansatz hoch, riss sie heraus und spaltete dem Vorarbeiter den Kopf samt Stahlhelm.

Er hat keine Einschüsse, bemerkte die Ghuljägerin. *Es müssen zwei sein.* Ehe sie zum Schuss kam, blitzte es grell in dem düsteren Tunnel auf.

Geblendet feuerte sie ihre Max-Powers in die Richtung, in der sie den Angreifer eben noch gesehen hatte. Dann hagelte eine gewaltige Faustschlagkombination auf ihr Gesicht und ihren Oberkörper nieder.

Die Waffen wurden ihr aus den Händen geschlagen. Benommen taumelte sie zurück, stolperte über Piers' Leiche und fiel gegen die Wand. Noch immer sah sie nur funkelnde Sternchen. Die Blendgranate hatte ganze Arbeit geleistet.

Zufrieden wandte er sich Jeroquee zu. Die Augen hinter der schwarzen Maske glitzerten hasserfüllt.

»Wie konntet ihr es wagen, meinen Sohn zu töten? Er war noch nicht so weit.« Er umfasste den Griff des Ninjatos mit beiden Händen und hob die Waffe in senkrechter Haltung bis auf die Höhe der linken Schulter. »Aber du wirst dein Leben wie die anderen verlieren. Black Sting hat dir nicht genug beigebracht. Ihr werdet euch gut verstehen, Sunrain und du.«

Allmählich ließ die Blendwirkung nach. Jeroquee erkannte wenigstens Umrisse des Gegners. Hektisch tastete sie nach einer Waffe.

»Ich hab sie!« Poolitzer tauchte prustend aus dem Abwasserlauf und hielt seine VX in die Höhe. Von seinem Kopf hing ein Stück langes Toilettenpapier herunter.

Demus zuckte herum, um sich dem neuen Angreifer zu stellen.

»Bin schon wieder weg.« Wie der Blitz tauchte der Reporter unter.

Jeroquees Hand schloss sich um den Griff der Browning und zielte auf den Rücken des Schattenkriegers. *Fahr zur Hölle.*

Demus schaute über die Schulter und täuschte einen Sprung an.

Die immer noch geblendete Ghuljägerin fiel auf sein Manöver herein und schoss nach oben in die Kanaldecke.

Der Mann stieß ihr mit der Fußspitze in den Bauch und ließ einen knallharten Seitentritt gegen ihren Lockenkopf folgen, der Jeroquee gegen die Wand beförderte.

Sie sah nun alles doppelt und dreifach. Zudem lief ihr Blut aus einer Platzwunde von der Stirn in die Augen und trübte die Sicht noch mehr.

Kraftlos hob sie Waffe, die ihr daraufhin lachend aus den Händen geschlagen wurde.

»Es hat keinen Sinn mehr. Bereite dich auf deinen Tod vor.«

»Leck mich, du wahnsinniger Pseudojapse.« Jeroquee wischte sich das Blut von den Cyberaugen. Den Moment wollte der Angreifer nutzen und hieb zu.

Die Ghuljägerin erahnte die kommende Klinge mehr, als dass sie sie erkennen konnte.

Geistesgegenwärtig ließ sie sich fallen, erhielt einen tiefen Schnitt in die Schulter und hechtete an Demus vorbei.

Der Ninja drehte sich mit einem wütenden Schrei um die eigene Achse und schlug aus der Drehung zu.

Obwohl er schlecht gezielt hatte, bohrte sich die Spitze des Schwerts tief in ihren Oberschenkel und durchtrennte äußerst schmerzhaft einige Muskeln.

Der Lauf einer Schrotflinte bewegte sich plötzlich Zentimeter für Zentimeter aus der trüben Kloake. »Ich hab die Mossberg und meinen Heldenmut wiedergefunden«, sagte der triefende Reporter und versuchte, einschüchternd auszusehen.

»Gib her, du triffst sowieso nichts.« Jeroquee schnappte die Waffe im Liegen aus den Händen des überraschten Poolitzers und wälzte sich auf den Rücken. *Für Piers, Sunrain und all die anderen.*

Schuss um Schuss traf den erneut ausholenden Gegner.

Demus ging erst beim dritten Treffer der Vollgeschosse in die Knie, fiel klatschend in den Abwasserkanal und wurde weggespült.

»Gott, wir haben ihn!«, jubelte Poolitzer und filmte dem abtreibenden Kadaver hinterher. »Mist, ich hätte so gerne sein Gesicht gesehen.«

»Wie schön«, sagte Jeroquee gepresst und aktivierte das DocWagon-Armband.

»Shit.« Der Reporter senkte die Kamera und stieg aus dem Kanal, um neben der verletzten Jägerin niederzuknien. »Mach bloß nicht schlapp, okay? Ich will ein gottverdammtes Happy End. Die Zuschauer verlangen so etwas.«

»Ich bemühe mich«, keuchte die junge Frau und lächelte schwach.

»Gib mir das Armband. Ich gehe nach oben und stelle mich auf die Straße, dort ist der Empfang besser.« Schon nestelte er an ihrem Handgelenk, um den Signalgeber zu entfernen. »Die sind gleich da.« Anerkennend verzog er den Mund. »Hm, Goldservice. Da musst du dir keine Sorgen machen. Eine Wiederbelebung ist inklusive«, zwinkert er ihr zu, bevor er die Leiter erklomm.

Sie zeigte ihm den Mittelfinger. Nachdenklich betrachtete sie das blutverschmierte Ninjato, das am Rand des Steinsimses lag, und beförderte es mit dem letzten Schuss des Gewehrs in das Schmutzwasser.

Piers, du hättest mich sehen sollen. Ich habe eine Menge bei dir gelernt. Die Sirenen des DocWagon-Transporters drangen an ihr Ohr, und sie entspannte sich. *Morgen gebe ich diesen Scheißjob auf und werde was Einfaches machen. Banküberfälle oder Spaziergänger im Park ausrauben,* dachte Jeroquee grimmig lächelnd und gab sich den Schmerzen in ihrem Körper hin.

Noch bevor der erste Mediziner einen Fuß auf die Eisensprosse gesetzt hatte, war die junge Ghuljägerin ohnmächtig.

XVII.

Seattle, Redmond-Barrens, 20. 01. 2058 AD, 20.00 Uhr

Pauken und Trompeten ertönten. Scheinwerfer tauchten die unzähligen Kandidaten in grelles Licht, die dicht gedrängt auf ihren Plätzen saßen und hofften, dass der Spot auf ihnen zum Stillstand kam.

Die Beleuchtung erlosch. Ein einsamer, heller Strahl richtete sich auf einen eindrucksvollen Troll mit knallgelben langen Haaren. Den Finger in der Nase und anscheinend schwer mit Popeln beschäftigt, bemerkte er zuerst nicht, dass die Wahl des Zufallscomputers auf ihn gefallen war.

»Meine Güte«, stöhnte Twing auf und presste die Finger des Riggers zusammen.

»Keine Panik«, beruhigte sie der Elf, während er selbst sein Herz bis zum Hals schlagen hörte. »Er wird mindestens ein paar hundert Nuyen abräumen und eine ordentliche Party schmeißen.«

»Für all die nervige Fragerei wäre es jedenfalls eine nette Entschädigung«, meinte Cauldron. Unwillkürlich drückte sie dem Troll die Daumen. »Mach sie fertig, Superhirn!«, rief sie.

Ultra grinste, und die goldene Mickymaus auf seinem linken Stoßzahn blinkte auf. Er winkte zu den Zuschauertribünen und bahnte sich einen Weg in die ›Quizz It‹-Arena, wo der Moderator Max Millionmaker bereits wartete.

»Ich setze 20 auf Ultra«, sagte Hustle zu Keimag. Der Deutsche schlug ein.

Techniker liefen herbei, befestigten ein kleines Mikrofon an dem Jackettaufschlag und stoben wie die Ameisen nach allen Seiten davon, als hätten sie Angst, unter die mächtigen Sohlen des Metamenschen zu kommen.

»Sie sind Ultra«, begrüßte ihn Max mit einem schmierigen Grinsen. »Hatten wir nicht schon mal das Vergnügen? Der Name kommt mir irgendwie bekannt vor.«

»Nö, Chummer«, beeilte sich der Troll zu versichern. Wenn auch nur einer in den Archiven die peinliche Antwort ›Mathilda‹ herausfinden sollte, wäre er vor Scham gestorben. »Ich bin zum ersten Mal dabei.« Er wuchtete sich in den Spezialstuhl, der unter seinem Gewicht ächzte. »Schieß los, Max.« Die Ringe in den Ohren schlugen klingelnd aneinander.

»Sieh dir unseren Dicken an.« Die Mechanikerin rempelte Sparkplug an. »Dem geht das tierisch ab.«

»Okay, Ultra. Ich darf doch du sagen?«

»Klar, Max. Und jetzt fang an.«

»Du bist ein ganz schneller. Es geht los. Du weißt, wir haben ein bisschen was geändert. Zehn Fragen, drei Runden. Du selbst bestimmst die Geschwindigkeit. Je schneller du antwortest, umso mehr Geld bekommst du. Der Gewinn am Ende der ersten und zweiten Runde wandert in dein Depot. Eine falsche Antwort, und du bist raus. Du kannst aber jederzeit aufhören, wenn du eine Ausstiegsfrage richtig beantwortest. Dann nimmst du das Depot mit nach Hause.«

»Max, fang endlich an.« Demonstrativ legte er seinen Finger auf den Antwort-Knopf.

Die Zuschauer lachten leise angesichts der beinahe schon unverschämten Art, wie der Troll mit dem Moderator umsprang.

Theatralische Musik setzte ein. Auf dem großen Bildschirm wurde die erste Frage eingeblendet. Sofort brummte der Antwort-Summer. »Die Geschwindigkeit des Lichts im Vakuum beträgt 300 000 Kilometer pro Sekunde.«

Die grüne Lampe leuchtete auf. Die Studiobesucher klatschten.

Max Millionmaker lächelte gequält. »Normalerweise lese ich die Frage noch vor, Ultra.«

»Warum?«, wollte der Troll unschuldig wissen. »Ich will Geld verdienen, also drücke ich, wenn ich die Antwort weiß.«

Die nächste Frage erschien. Einen Sekundenbruchteil darauf ertönte ein Signal, und Ultra gab richtig zur Antwort, dass Mollusken wirbellose Weichtiere seien.

»Äh«, sagte der Moderator ein wenig unglücklich.

Der Regisseur machte sich einen Spaß daraus, die Fragen schnell hintereinander einzublenden, und genauso schnell schossen die Lösungen aus dem Mund des Trolls.

Max Millionmaker schaute immer nur abwechselnd zur Monitorwand und zu seinem Kandidaten, bis die erste Runde innerhalb von 15 Sekunden vorüber war. Auf dem Depotanzeiger leuchtete die Summe von 20000 Nuyen und ›Rekord‹.

Die Zuschauer klatschten wie wild, johlten und feuerten Ultra an, während der Sender in die Werbepause ging.

»Chummer!«, brüllte Sparkplug und sprang von seinem Sitz auf, die Daumen in die Höhe gereckt. »Mach sie arm!«

»Setz dich wieder hin.« Twing zerrte den begeisterten Rigger an seinem zu weiten Sakko wieder zurück. »Sonst fliegst du noch raus.«

Die Magierin feixte. »Na, bis jetzt hat sich das Lernen gelohnt. Er sollte besser aussteigen.«

»Verrückt geworden?«, protestierte der Elf.

»Sie werden ihn fertig machen und eine Frage stellen, die nicht einmal ein Professor mit eingebauter Riesenfestplatte beantworten kann«, schätzte Cauldron.

»Ruhe«, leuchtete auf dem Bildschirm auf. Ein

Countdown verkündete, dass man gleich wieder auf Sendung sei.

Der Troll, das Gesicht eine Maske der Konzentration, legte bereits seinen Finger auf den Antwortschalter. »Max, fang an.«

Nach 14 Sekunden hatte sich Ultra 200 000 Nuyen erspielt. Die Lippen des Moderators bebten.

Das Aufnahmestudio verwandelte sich in einen brodelnden Hexenkessel. Die Menge skandierte den Namen des Trolls, der sich entspannt zurücklehnte und in der Nase bohrte.

»Ich weiß zwar nicht, wie du das machst, aber ich denke, du betrügst«, sagte Max Millionmaker leise.

»Nee, so nicht, Max. Damit kommst du bei mir nicht durch.« Ultra hob die Stimme. »Hoy, Regie. Ich will auf der Stelle gecheckt werden. Max denkt, ich bescheiße.«

»Pfui, Max!«, brüllte Cauldron und warf ihren Schokoriegel nach dem Moderator. Schon hagelte es Snacks auf den Mann nieder, der hinter seinem Sessel in Deckung ging. »Ich hoffe sehr, sie feuern diesen Idioten«, sagte die Magierin und blickte in die verblüfften Gesichter ihrer Freunde. »Was? Ich will nur, dass Ultra gewinnt. Sonst übt er bis zum Ende aller Tage diesen Quiz-Müll, und ich werde meines Lebens nicht mehr froh«, erklärte sie und beobachtete zufrieden, wie der Aufnahmeleiter erschien, um die Gemüter zu beruhigen.

Der Sender machte eine riesige Schau aus dem Check.

Mit einem tragbaren Cyberware-Scanner durchleuchtete man Ultra, fand aber nichts, was auf einen Betrug hindeutete. Der hauseigene Magier entdeckte ebenfalls keine unerlaubten Hilfsmittel an dem Metamenschen, der gut gelaunt alle Prüfungen über sich ergehen ließ.

Zähneknirschend musste sich der Moderator vor

laufenden Kameras bei dem Kandidaten entschuldigen. Dann folgte ein Werbeblock, in dem Max in der Garderobe verschwand, um seine beschmutzte Kleidung gegen frische auszutauschen.

»Okay, Leute«, verkündete Ultra den Leuten im Saal. »Wenn ich alles gewinne, gehen wir später ins *Hioto* und fressen denen auf meine Kosten die Bude leer.«

Der Aufnahmeleiter wechselte ein paar Worte mit dem Troll, bevor er sich dem vor Begeisterung tobenden Publikum zuwandte.

»Hört kurz zu. Wir machen das so, dass die dritte Runde ohne Zeitlimit läuft, um mehr Spannung aufzubauen. Millionmaker wird die Fragen vorlesen und Ultra hat jeweils 15 Sekunden, um zu antworten. Ansonsten bleibt alles beim Alten.«

Max kehrte zehn Sekunden vor Beginn der Finalrunde zurück. Er roch nach Alkohol. »Gut, Ultra. Bereit?«

»Fang an, Max!«, riefen die Zuschauer anstelle des Trolls.

Die Lippen des Moderators formten einen lautlosen Fluch, ehe er sich im Griff hatte. »Was sind Omnivoren?«

»Allesfresser.«

»Nenne drei amerikanische Schriftsteller.«

»Poe, Hemingway, Steinbeck.«

»Wie heißt der Erfinder der Luftpumpe?«

»Hä?«, machte Ultra verunsichert.

»Na bitte.« Millionmaker strahlte plötzlich. »Ich meine, das ist doch ganz einfach. Der Erfinder der Luftpumpe war wer?

»O nein, o nein«, jammerte Twing und hielt sich die Augen zu.

»Gib dir ein bisschen Mühe«, grummelte Hustle und öffnete eine Bierflasche. »Los, Ultra.«

Ultra sah verzweifelt aus. Dann veränderte sich sein

Gesichtsausdruck, und er schlug sich lachend auf die Schenkel. »Nee, war nur ein Witz, Max. Der Erfinder der Luftpumpe hieß Otto von Guericke. Ich wollt's nur ein bisschen spannend machen, Alter.«

»Danke«, fauchte der Moderator beleidigt. »Welches Sternbild ist nach dem Jäger der griechischen Sage benannt?«

»Orion«, gluckste der Troll. »Wie so'n Verlag, der in den ADL Schweinskram vercheckt.«

»Welche Flagge hat ein weißes Schwert auf grünem Grund?«

»Saudi-Arabien.«

»Wie viele Sätze hat eine Sinfonie normalerweise?«

»Vier.«

»Welches ist das lauteste Insekt?«

»Die männliche Zikade, vernehmbar auf 1,6 Kilometer Entfernung.« Beiläufig schaute Ultra auf den Stand seines Depots. »Hey, Max. Gleich haben wir's.«

»Was ist ein Sabre?«

»Hm.« Der Troll nahm ein Schluck Wasser. »Ich glaube, da muss ich überlegen, Max.« Dieses Mal sah es ernst aus. Ultra begann zu schwitzen.

»Was soll das denn sein?«, raunte Keimag. »Meint der Säbel?«

»Ich habe doch gesagt, sie werden unseren Dicken kicken«, gab Cauldron ihren Senf dazu. »Aber die Leute werden dem Sender wenigstens die Bude nach Strich und Faden zerlegen.«

»Ich hab's! Ein in Israel geborenes Kind jüdischer Einwanderer.«

Die grüne Lampe leuchtete auf.

»Ich bekomme gleich einen Herzinfarkt«, raunte Twing dem Elf zu.

»Baby, schone deinen Motor. Das Beste steht dir noch bevor«, meinte der Rigger und deutete nach unten.

»Wie hoch sind die Appalachen an ihrer höchsten Stelle?«

»Zweitausend ganze Meter«, antwortete Ultra und fügte nach einer kurzen Pause hinzu, »nicht zu vergessen kleinere 37 Meter obendrauf.«

Das Publikum klatschte sich die Hände wund. Die Menschen erhoben sich von ihren Plätzen. Nur noch eine einzige Frage trennte den neuen Liebling der Massen von zwei Millionen Nuyen.

»Jetzt weiß ich es wieder«, entfuhr es Millionmaker freudig. Sein Gesicht wurde boshaft. »Du bist das Super-Hirn, das hier angerufen hat und allen Ernstes meinte, die Göttin der Liebe hieß bei den Griechen … Na, wie hast du sie damals genannt, Ultra?«

Der Troll wurde immer kleiner und schmollte. Der Schweiß brach ihm aus allen Poren. »Ich weiß es nicht mehr«, stammelte er peinlich berührt.

»Mathilda«, half Max voller Schadenfreude. »Unser Blitzmerker war der Meinung, dass die griechische Göttin der Liebe Mathilda heißt.«

Vereinzelte Zuschauer lachten, was den Metamenschen vollends aus seiner errungenen Sicherheit warf.

»Wir schnappen uns den Quatscher nach der Sendung«, sagte Hustle düster, und alle anderen nickten. »Wir schieben ihm sein Mikrofon in den Arsch. Und drei Scheinwerfer dazu.«

»Wie bist du eigentlich auf diese hirnverbrannte Idee gekommen?«, bohrte Max immer weiter in der Wunde.

»Das war die Alte vom Zaziki-Macher, von Aristoteles, der Typ, der den Griechengrill hat, 15., Ecke Main«, versuchte er das damalige Versagen zu erklären. »Und den hatte ich angerufen, um nachzufragen, und …« Hilfe suchend huschten seine Augen über das schweigende Publikum, das spürte, dass der Troll einen Panikanfall bekam. Niemand wagte, etwas zu sagen.

»Halte durch, Chummer!«, rief Hustle in die Totenstille. »Lass dich nicht fertig machen von dem Scheißer.«

»Na, der Scheißer stellt gleich die alles entscheidende Frage«, höhnte der Moderator. »Denken wir einfach nicht mehr an Mathilda, die Göttin der Liebe.«

»So ein Dreksack!«, ärgerte sich Keimag. »Hat einer eine Knarre dabei?«

»Die letzte Frage, die Hustle einen Gewinn von zwei Millionen Nuyen einbringt und die er dann mit Mathilda teilen kann«, prustete Max, »lautet: Sind Walhaie Säugetiere?«

»Oh, Scheiße.« Cauldron wurde blass. »Hattet ihr das damals irgendwie geklärt?«

Den Troll traf diese Frage wie eine Abrissbirne.

Dunkel erinnerte er sich an den Streit in der Seitengasse, als sie vergeblich auf den Doc und den Elf warteten. Er wusste sogar, dass sein Palmtop die Frage nach dem Walhai gestellt hatte.

Doch die Mathilda-Affäre, das überlegene Grinsen des fiesen Moderators und die vielen Scheinwerfer lähmten seine Gedanken.

Die zwei Millionen Nuyen waren zum Greifen nahe, aber der Countdown zählte ohne Gnade rückwärts, war inzwischen bei zehn Sekunden angelangt, die er durch die mentale Sperre bereits verloren hatte.

Er schüttelte das massige Haupt. Sein Kopf schien zu qualmen.

Delfine waren Fische. Nein, Säugetiere, und gehörten zur Familie der Wale. Also muss der Walhai ein Säugetier sein.

Er drückte den Antwortknopf, der Timer stand auf ›07‹.

Ultra öffnete den Mund. Das Wort ›Säugetier‹ lag ihm auf der Zunge, als ihm die richtige Lösung einfiel. *Drek, das war doch ein Hai.*

Geistesgegenwärtig hustete er, was nach ›Säugetier‹ klang, und verschluckte sich.

3 Sekunden.
»Bitte?«, hakte Max nach.
2 Sekunden.
Der Troll krächzte etwas und musste sich erst umständlich räuspern.
1 Sekunde.
»Knorpelfisch«, rettete er sich mit belegter Stimme hastig vor dem Zeitlimit über die virtuelle Siegerlinie.
Die grüne Lampe glühte auf und zersprang. Unter dem Klang der Gewinnerfanfare regneten Silberplättchen von der Decke. Ein kleines Feuerwerk zündete, Luftballons schwebten durch den Raum, die Scheinwerfer ruckten hin und her.
Im Studio brach die Hölle los. Die Zuschauer feierten den Troll mit stehenden Ovationen. Max Millionmaker verzog das Gesicht und wischte sich übellaunig das schimmernde Konfetti vom Anzug.
Währenddessen schoben und drückten sich die anderen zu ihrem Freund und fielen ihm um den Hals. Selbst Cauldron war aus dem Häuschen.
Ultra hob die Arme. »Wartet mal, muss noch was Wichtiges sagen«, brüllte er gegen das Klatschen an. Es wurde schlagartig still. »Hey, ihr macht ja tatsächlich, was ich sage. Cool.« Er deutete auf seine Freunde. »Eigentlich will ein Chummer von mir was sagen.«
Sparkplug trat mit einem geheimnisvollen Gesicht einen Schritt nach vorne und kniete sich vor Twing nieder. Behutsam nahm er ihre Hand.
»Ich wollte Mylady vor aller Augen und Ohren der Welt um ihre immerwährende Gunst bitten«, sagte er feierlich.
Die Mechanikerin schluckte, warf einen schnellen Blick zur Magierin und nahm die Kette vom Hals, an dem sie den Ring, Cauldrons Geschenk, aufbewahrte. *Jetzt ist er mir tatsächlich zuvorgekommen.* Aufgeregt streifte sie ihm den Ring über und drückte sanft ihre

Lippen auf seine Stirn. »Ich nehme Euer Angebot mit unendlicher Freude an, Sir.«

Wieder brandete tosender Applaus auf. Twing zog Sparkplug hoch. Das Paar küsste sich innig.

»Du verrückter Elf«, wisperte sie glücklich in sein Ohr und drückte ihn an sich. Sie schaute zur Magierin, deren Antlitz Freude und Bedrücktheit zugleich widerspiegelte, und schenkte ihr ein dankbares Lächeln.

Cauldron nickte und winkte ab. *Pass auf ihn auf,* formte sie mit den Lippen und verschwand in der jubelnden Menge, die die Arena stürmte, um dem Gewinner und dem Paar zu gratulieren.

»Los, zoome ran. Mach 'ne Makroaufnahme.« Der Aufnahmeleiter schlug dem Kameramann auf die Schulter. »Das wird die höchste Quote in der Geschichte des Senders.«

Seattle, Redmond-Barrens, 20. 01. 2058 AD, 22.00 Uhr

»So, Chef. Das ist ein Eins-A-Feature über die Ghuljäger, inklusive der Sache mit den verschwundenen Magiern.« Poolitzer reichte das Band, das er geschnitten hatte, dem Chef vom Dienst, Marsh Kallahan, über den Tisch. »Alles drin, außer Sex. Ich hab keinen gefunden, der mit Ghulen poppen wollte.« Er grinste dreckig. »Ich kann aber noch was reinschneiden, wenn es sein muss. Ich möchte, dass wir den Streifen mit dem Hinweis ›Im Gedenken an Jeff Piers‹ beginnen. Er ist bei dem Job draufgegangen. Das Mädel hat es überstanden und liegt im Krankenhaus. Toughes Lockenköpfchen.« Der junge Reporter fuhr sich durch die schwarzweiß gefärbten Haare und musterte das Gesicht seines Vorgesetzten. »Ist irgendetwas? Sie müssten mich eigentlich küssen vor Freude. Bei den steigenden Zuschauerzahlen, können Sie die Werbesekunden im Preis um 1000 Nuyen hochtakten.«

»Setzen Sie sich, Gospini.« Er betrachtete die Kassette und legte sie vor sich auf die Unterlage.

»Mach ich glatt. Es geht um eine Gehaltserhöhung?«, freute sich Poolitzer und langte nach der Tasse, die eigentlich seinem Chef gebracht worden war. »Ich meine, einen Story-Schnüffler wie mich bekommen Sie nicht alle Tage. Und wenn andere Sender eines Tages mehr bieten sollten als FNS, tja …« Er betrachtete grinsend sein Fingernägel. »Nee, war nur ein Scherz.«

»Ich glaube nicht, dass Sie in Seattle einen Sender finden werden, der Ihnen Arbeit gibt, Gospini«, begann Kallahan.

»Einen Moment mal. Wenn es um den ungekürzten ADL-Bericht geht, das ist …«

»… der Grund, weshalb ich Sie feuern muss«, vollendete der Chef vom Dienst etwas ungehalten. Man konnte sehen, dass es ihm nicht schmeckte, was er sagen musste.

Dem Reporter fiel das Kinn herunter. »Ich habe mich wohl eben verhört?«

»Nein.« Kallahan stützte die Ellbogen auf die Tischplatte. »Sie sind draußen, Gospini. Die Herren in den drei Etagen über mir haben einen Anruf erhalten.« Er breitete die Arme aus. »Fragen Sie mich nicht, wer es war. Ich habe es auch nur von der Sekretärin. Auf Ihren Bericht reagierte der Anrufer sehr ungehalten, mit dem für Sie unerfreulichen Ergebnis, dass Sie in ganz Seattle keine einzige Sendung mehr machen werden. Nicht einmal die Wetteransage.«

»Das nenne ich Pressefreiheit«, stieß Poolitzer hervor. *Drek, die Hellmann versteht keinen Spaß.* »Lassen Sie mich raten – Fuchi?«

»Keine Ahnung«, meinte Kallahan und spielte mit dem Tape. »Welche Gründe soll ich angeben, weshalb Sie bei uns aufgehört haben? Die Zuschauer werden nachfragen.«

»Sagen Sie, der Kapitalismus hat einen Journalisten mehr auf dem Gewissen«, schlug der Reporter entmutigt vor. »Machen Sie aus dem Feature meinen Abschiedsbericht.«

Nachdenklich betrachtete der Chef vom Dienst den Datenträger. »Eigentlich gilt der Rausschmiss bereits. Ich dürfte das hier nicht mehr ins Programm nehmen.«

»Tun Sie mir den Gefallen«, bat Poolitzer. »Ich will auch kein Geld. Es geht mir nur um die großartige Geschichte – und um das arme Schwein Piers.« Er stand auf und reichte Kallahan die Hand. »War nett mit Ihnen.«

»Scheiße, Gospini, Sie waren der beste Mann für die Barrens«, machte der Vorgesetzte seinem Ärger Luft. »Aber was will man gegen die Kon-Ärsche ausrichten?«

»Lassen Sie nur, ich organisiere den Widerstand. Ich mache einen Piratensender auf. Das Equipment habe ich bereits.« Er stapfte zum Ausgang. *Schöner Mist.*

»Ich wünsche Ihnen mächtig viele Schutzengel.« Kallahan winkte ihm nach.

Poolitzer schlenderte durch die Gänge des Senders, trat ein letztes Mal nach dem Wasserspender, wie er es so oft getan hatte, und fuhr mit dem Aufzug in die Garage.

Die Ankündigung, dass er einen Piratensender aufziehen würde, entstand aus einer Laune heraus. Aber der Gedanke gefiel ihm immer mehr. *Ich mache euch Fuchis fertig.* Vielleicht würde er die Bude des verrückten und glücklicherweise toten Sakagi Seg als neuen Standort benutzen, sobald er herausgefunden hatte, wo der Mann gelebt hatte. *Tapetenwechsel täte gut.*

Summend suchte er die Keykarte für seinen Americar und bog um die Ecke, als er die jugendliche Gestalt bemerkte, die sich an dem Wagen zu schaffen machte. *Endlich sehe ich meine Diebstahlsicherung mal in Aktion.*

Grinsend lehnte er sich an einen Stützpfeiler, um das

Schauspiel zu genießen. Mehrere tausend Volt müssten gleich durch den Körper des Autoknackers jagen, der wohl auf der Suche nach Musikanlagen war.

Die Gestalt bückte sich und zog eine Keykarte aus ihrer Tasche, an der ein Kabel befestigt war. Das Plastikstück wurde in den Schlitz eingeführt. Die Karosserie blitzte für einen Moment auf, als die ins Karbon eingeflochtenen Metalldrähte unter Strom gesetzt wurden.

Der Dieb zuckte krampfartig und stieß gurgelnde Laute aus.

Poolitzer lachte laut auf. »He, Junge, schon mal einen Zitteraal geknutscht? Wird das Breakdance?« Er löste sich von der Säule. »Warte, ich stelle …«

Die Konturen des Autoknackers verschwanden in einem grellen Feuerball. Der Ford Americar wurde durch die Wucht der Explosion an die Decke der Tiefgarage befördert. Wrackteile flogen durch die Gegend, beschädigten weitere Fahrzeuge und lösten jaulende Alarmsirenen aus.

Fassungslos starrte der Reporter in das Inferno. *Was für eine Diebstahlsicherung hat mir das Arschloch da eingebaut? Die Pearl-Harbor-Version?*

Das Feuer breitete sich rasch aus. Dicke Qualmwolken wälzten sich durch die Tiefgarage. Endlich setzte sich die Sprinkleranlage in Gang.

Die Feuchtigkeit riss Poolitzer aus seiner Benommenheit, der fluchend im nächsten Treppenhaus vor dem Nass in Deckung ging.

Sein Comgerät klingelte. »Ja?«, bellte er unfreundlich ins Mikrofon. »Mir ist gerade mein Auto um die Ohren geflogen, also sagen Sie bitte was Nettes.«

»Schade, Sie haben die Explosion überlebt«, sagte eine unbekannte männliche Stimme etwas enttäuscht.

Poolitzer schloss die Augen. *Das kann alles nicht wahr sein.* »Das war aber nichts Nettes.«

»Ich rate Ihnen, verschwinden Sie aus Seattle, so lange Sie die Gelegenheit dazu haben. Einen Wagen und ein Haus samt Studio besitzen Sie jedenfalls nicht mehr.«

Die Verbindung wurde unterbrochen.

Fieberhaft wählte er die Nummer von Gonzales, der ihm bestätigte, dass sein Studio in Everett aus noch ungeklärten Gründen abgebrannt sei.

Tapetenwechsel, dachte er und lehnte sich an die Wand. *Genug Heldenmut bewiesen. Es wird Zeit für einen raschen Umzug.*

XVIII.

ADL, Ingolstadt, Cyberdynamix-Plex,
20. 01. 2058 AD, 20.02 Uhr

»Ein kleines Wunder«, murmelte Annegret Berger, Geschäftsführerin von Cyberdynamix, während sie durch die Glasscheibe sah. »Wer hätte das gedacht?«

Harthaus, ihr hochgradig verdrahteter Leibwächter mit der Statur eines Zehnkämpfers und dem Gesicht eines Modells, warf nur einen kurzen Blick auf die andere Seite und polierte seinen dicken Siegelring am Jackett.

»Ich, Frau Berger«, sagte der elfische Arzt an ihrer Seite selbstbewusst. »Die Schulmedizin ist heute in der Lage, die erstaunlichsten Dinge zu vollbringen. Wenn man das Klonen der Ersatzgliedmaßen mit einem kleinen Schuss Magie kombiniert, ist das Resultat weder ein kleines Wunder noch erstaunlich, wenn ich Ihre Worte wiederholen darf.«

Die Exec wandte sich zu dem Arzt um. »Ich mag es nicht, wenn man so mit mir spricht. Ihre Belehrungen sind irrelevant. Ich weiß selbst, was unsere Wissenschaftler zu leisten vermögen, Doktor Matras.« Der Elf schluckte und schaute vorsichtig zu Harthaus. »Was mussten Sie verändern?«

»Wir konnten von Glück sagen, dass wir in den Trümmern genug von ihm gefunden haben, um ihn einigermaßen zusammenzubauen. Abgesehen von einem großen Stück Rumpf und Kopf war so ziemlich alles abgerissen, was der menschliche Körper zu bieten hat. Die Verbrennungen dritten Grades fielen da nicht weiter ins Gewicht.« Er deutete den Gang hinunter. »Im Büro habe ich die Aufnahme, die ich Ihnen zur Verdeutlichung zeigen kann.«

Berger hob die Hand. »Nicht notwendig. Erklären Sie bitte weiter.«

»Der Patient verträgt die Cyberimplantate sehr gut. Die Haut, Gewebekulturen und Organe, die wir ersetzen mussten, haben wir aus den eigenen Zellen nachgezüchtet, um die Gefahr der Abstoßung zu umgehen. Die kritische Phase hat er inzwischen überstanden.« Matras schaute durch die Scheibe auf den Körper, aus dem mehr als ein Dutzend Schläuche ragten. »Wir beginnen demnächst mit der Entfernung der Drainagen und werden den Heilungsprozess mit Magie unterstützen, soweit es für uns möglich ist. Da die Essenz des Patienten durch die ganze Cyberware weit gesunken ist, wird es für den Magier nicht einfach sein, einen Erfolg zu erzielen.«

»Wie lange wird es dauern, bis er wieder einsatzbereit ist?« Berger blickte mit einer Mischung aus Faszination und Abscheu auf das Wesen in dem anderen Raum. »Ich brauche ihn bald.«

Der Arzt legte die Stirn in Falten. »Meiner Meinung nach knapp zwei Monate. Die Medikamente sind sehr effektiv.«

»Sie hören von mir, Doktor.« Die Exec und ihr Leibwächter gingen in Richtung Fahrstuhl und ließen Matras stehen, der nicht genau wusste, ob der letzte Satz eine Drohung gewesen war oder nicht.

Nach einer kurzen Fahrt betrat die mächtigste Frau von Cyberdynamix ihr Büro im obersten Stockwerk des Kon-Turms. Harthaus wartete draußen.

Still und dunkel lag der Raum vor ihr.

»Hector Berlioz, ›Symphonie fantastique‹. ›Dies irae‹ aus dem Hexensabbat, volle Lautstärke«, befahl sie und schritt vorbei an den schemenhaft erkennbaren Möbeln zum Fenster.

Die Musik brach wie eine Sturmwelle herein. Stifte,

Ablagen und kleinere Gegenstände begannen zu beben. Ein Glas fiel zu Boden und zerschellte.

Die Vorgänge um sie herum schienen die Frau nicht zu interessieren. *Dies irae. Tag des Zorns, genauso fühle ich mich.*

Ingolstadt breitete sich unter ihren Füßen aus, aber in den letzten Wochen genoss sie das Panorama nicht besonders. Zu tief saß die Wut über die Aktion der unbekannten Schattenläufer, die aus dem modernsten Cyberdynamix-Labor einen rauchenden Trümmerhaufen gemacht hatten.

Aber nicht nur das.

Alle Unterlagen und fast alle Forschungsergebnisse zum TA.K.C. 3000 waren vernichtet. Die Sicherheitskopien hatte Haake schlauerweise bei sich getragen, als die ganzen ›V1‹-Reste in die Luft gegangen waren. Alle anderen Datenträger waren dank der Explosion und des Feuers verbrannt oder unbrauchbar.

Die Geschäftsleitung bei DrakenSys tobte, und die meisten Aufsichtsratsmitglieder hatten ihren Kopf gefordert. Der Schuldige, der vor langer Zeit das Labor ohne genaue Untersuchung in die alte Nazibunkeranlage eingepasst hatte, war nicht mehr ausfindig zu machen, und so musste sie als Sündenbock herhalten.

Meine potentiellen Nachfolger stehen heimlich Schlange, um an meine Position zu gelangen.

Der Laptop auf ihrem Schreibtisch erwachte zum Leben. »Incoming Message from Turin. Mr. Norman F. Kauz!«, blinkte es auf dem Bildschirm.

Die Frau überlegte kurz, bevor sie zum tragbaren Computer ging und die Entertaste drückte.

»Reduzierung der Lautstärke auf Stufe 3.« Die klassische Musik wurde leiser.

Das Gesicht von Norman F. Kauz, Präsident von Eurotronics – Europäische Computer & Cybertechnologie – erschien.

»Annegret, schön, Sie zu sehen. Ich hoffe, ich störe Sie nicht?«

»Nein, Mr. Kauz.«

»Ich wollte mich nur schnell erkundigen, was die Nachforschungen in Bezug auf die dumme Geschichte machen, die vor kurzem in Ingolstadt passiert ist.« Ein lauernder Unterton lag in der scheinbar gleichgültig gestellten Frage. »Haben Sie und Ihr Team schon etwas in Erfahrung bringen können?«

Durchhalten. Berger setzte eine teilnahmslose Miene auf, für die sie in Pokerkreisen eine hohe Auszeichnung erhalten hätte. »Welcher Konzern für die Aktion in Frage kam, ist noch nicht ganz geklärt, auch wenn bisher alles auf Fuchi hindeutet. Renraku ist neuerdings ebenfalls im Gespräch. Entsprechende Nachforschungen sind im Gange. Die ersten Hinweise bestätigen den auf der Hand liegenden Verdacht gegen Fuchi. Es geistern derzeit vage Anhaltspunkte über eine Gruppe aus Mexiko durch die Matrix, die aber aus Seattle gestartet war. Und in der Stadt kommen vor allem die Läufer in Frage, die Gercke getötet haben.« Berger lächelte in die Kamera. »Wir bekommen sie, Mr. Kauz.«

»Ich erwarte auch nichts anderes von Ihnen, Annegret.« Die Augen des Mannes waren eiskalt. »Es gibt viele Leute, nicht nur bei DrakenSys, die Sie tot sehen möchten. Ich meine das nicht nur geschäftlich. Bisher habe ich Sie in Schutz genommen, weil ich Ihnen und Ihren Fähigkeiten vertraue. Sagen Sie mir, dass es so bleiben kann.«

»Seien Sie versichert, Mr. Kauz, es kann so bleiben. Die ersten Maßnahmen gegen Fuchi sind geplant und, mit Ihrer Erlaubnis, kurz vor der Ausführung. Wenn der japanische Konzern Krieg in Europa haben will, soll er ihn bekommen, mit allem, was dazugehört.« Die Frau schaute kühl und entschlossen. *Durchhalten.*

Kauz lachte amüsiert. »Sie sind einfach unbeschreiblich, Annegret. Eines noch. Wir sind zwar groß im Geschäft und ein nicht gerade kleiner Konzern, aber trotzdem schmerzt uns der Verlust des Labors sehr. Fast 200 Millionen sind zum Teufel, eine Schadenssumme, die ich Fuchi in der, wie sagt man so schön, ›Alten Welt‹ ebenfalls zuzufügen gedenke. In den ADL lasse ich Ihnen die Auswahl der Ziele.«

»Sehr freundlich, Mr. Kauz.«

»Bis dann, Annegret. Sie haben mich in meinem Vertrauen zu Ihnen wieder einmal voll bestärkt. Wenn ich das nächste Mal nach Ingolstadt komme, müssen wir unbedingt essen gehen.«

Die Verbindung brach ab, der Monitor erlosch automatisch.

»Vielen Dank, Sir«, sagte sie zu dem dunklen Bildschirm. »Es war mir eine Ehre.«

Sie ging zurück zum Fenster. »Paul Dukas ›Der Zauberlehrling‹, volle Lautstärke. Danach Modest Mussorgskí ›Eine Nacht auf dem kahlen Berge‹.«

Wieder brandete die Musik auf und brachte die Einrichtung zum Zittern.

Ihre Gedanken kehrten zurück zu den weiteren Plänen.

Was sie heute im Krankenhaus gesehen hatte, passte hervorragend in ihren persönlichen Feldzug. Sobald der Mann aus der Intensivstation kam und das Läuferteam lokalisiert worden war, würde ihr künstlicher Rachedämon aus Fleisch, Chrom und Cyberware, den sie mit ihrem Geld zusammenflicken ließ, nach Seattle reisen.

Auch wenn die Zerstörung des Labors vermutlich nur das Werk kleiner Läufer ist, eine solche Aktion kann und will ich niemandem durchgehen lassen.

Sie schloss die Augen und lauschte den Tönen, die die Boxen an den Rand des Möglichen brachten.

Genau in drei Stunden würde die Einrichtung von ›Neue Bavaria-Fuchi SimSinn-Studios‹, ein Ableger Fuchis in München, in den Himmel gepustet. Nur ein schwacher Anfang, aber der Beginn einer Vergeltungsreihe, die Fuchi am Ende 200 Millionen kosten sollte.

Die letzten Töne von Mussorgskís Stück verklangen im Raum. Die Stille kehrte in das Büro zurück.

Lächelnd öffnete Berger die Augen und atmete tief ein. Das Gespräch mit Kauz hatte ihr neuen Mut gemacht.

Und wenn in München die SimSinn-Studios in einem grellen Feuerball verschwinden würden, hatte sie vor, zur gleichen Zeit im Highsociety-Treffpunkt *Maison* einen White Russian zu trinken.

Sie aktivierte ihr Comgerät. »Harthaus, wir gehen heute Abend in den Club. Ich möchte ein bisschen feiern.«

ZWEITES BUCH

GOTTES ENGEL

ADL, Bexbach (Sox), 08. 03. 2058, 15:34 MEZ

Ennis Atem ging schnell.

Die Läuferin rannte über die freie Fläche, hastete an Häuserruinen vorbei und warf sich hinter einem umgestürzten Betonpfeiler in Deckung. Die Plexiglasscheibe ihres Chemo-Schutzanzugs war beschlagen und erschwerte ihr die Sicht wie in einem Nebelfeld.

Die Unterarmausführung des Geigerzählers piepste warnend, die radioaktive Verseuchung in ihrer Umgebung stieg an.

Na, wunderbar. »Soll ich weiterrennen?«, keuchte die junge Frau. Das Kehlkopfmikro übertrug ihre Frage an den unsichtbaren Partner, der im Gegensatz zu ihr in einer sicheren Umgebung saß.

Unwillkürlich hob sie den rechten Arm, um sich den Schweiß von der Stirn zu wischen. Mit einem gedämpften Geräusch prallte der Handrücken gegen das Kopfteil des Schutzanzuges. *Shit. Das war wirklich dämlich, Enni.*

»Ja, bitte, Frau Gerlach«, kam die Anweisung über Funk. Der Sprecher mit dem schwedischen Akzent wirkte etwas abwesend, als sei er mit anderen Dingen beschäftigt.

»Und wie lange?«

»Sie werden merken, wenn Sie am Ziel sind, Frau Gerlach. Ich kann Sie beruhigen, Ihre Vitalwerte sind einwandfrei.«

»Die Strahlung macht mir ein wenig Sorgen«, beschwerte sie sich indirekt.

»Sie sind sicher, Frau Gerlach«, beschwichtigte der Mann am Gegensprechgerät. »Solange Sie kein Loch in den Anzug bekommen, kann Ihnen der Fallout nichts anhaben.«

Fluchend spurtete sie die Straße hinauf und näherte sich der Ruine des Bexbacher Rathauses. Mehrere große Einschusslöcher wiesen darauf hin, dass sich Panzer an den Mauern versucht hatten.

»Sieht nicht sehr gut aus«, kommentierte sie.

»Sie befinden sich in der Sox, da sieht nichts gut aus«, merkte der Funkpartner an. »Soll ich Ihnen einen Joke erzählen?«

»Nicht schon wieder Witze über Elche, Dr. Gud«, stöhnte Ensuela auf und stolperte über ein Hindernis am Boden.

Sie machte einen Ausfallschritt, um nicht zu stürzen, als rechts neben ihr ein Mensch mit Gasmaske und einer Faustfeuerwaffe aus einem Hauseingang sprang.

»Kontakt, Dr. Gud.« Die Läuferin kniete blitzartig nieder und zückte die Walther Secura. Hinter den Angreifer quollen noch fünf weitere aus der Tür und verteilten sich.

Der implantierte Gefechtscomputer in Ennis Kopf stellte Berechnungen an. Die schwere Halbautomatik bellte in rascher Folge hintereinander auf.

Überrascht knurrte Enni. Trotz der hohen Präzision der Walther blieb eines der Ziele stehen.

Wie eingefroren verharrte es mitten in der Bewegung. Aus dem durch die Maske unkenntlich gewordenen Gesicht formte sich plötzlich ein neues Antlitz. Die Augen des jungen Mannes blickten sie geradewegs an. Sein Umriss schillerte in allen Farben des Spektrums, oszillierte und verschwand schlagartig. Gleichzeitig verspürte sie ein unangenehmes Ziehen an der linken Schläfe.

»Fuck, Dr. Gud! Ich habe schon wieder eine Rückkopplung«, meldete die Läuferin nervös. Sie ignorierte die irritierenden Impulse des Kampfcomputers und spähte nach dem Gegner umher.

Der Mann schnellte hinter einem Blumenkübel hoch und feuerte eine Garbe aus einer Uzi III in ihre Richtung.

Zwei Kugeln trafen sie in die Brust und durchschlugen den Chemo-Schutzanzug, wurden aber durch ihre Weste darunter abgefangen. Die elektronischen Systeme meldete »Error«.

Wenn man sich auf die Technik verlässt, ist man verlassen, ärgerte sie sich. Sie erwiderte das Feuer und zwang den Angreifer in Deckung. Gleichzeitig lief sie auf den Blumenkübel zu und schlug dem Mann den Lauf der Pistole wuchtig gegen die Maske. Stöhnend brach er zusammen und blieb benommen liegen. Schwer atmend setzte sie sich auf den Rand des Behälters. Das Ziehen in ihrem Kopf verebbte allmählich.

»Auch wenn Sie die Schießerei überlebt hätten, Sie wären jetzt verstrahlt, Frau Gerlach«, meldete sich die Stimme von Dr. Gud über Funk. »Sie müssen besser zielen.«

»Nein, so nicht! Die Löcher verdanke ich nur Ihrer verdammten Technik«, gab Ensuela wütend zurück.

»Keine Aufregung, bitte. Wir analysieren die Daten und justieren Sie nach. Denken Sie immer daran, Sie sind die Erste, die das gute Stück im Freien ausprobiert.«

»Sind wir jetzt durch?«

»Der Testlauf ist beendet«, bestätigte der Funkpartner. »Die Kontaminationsanzeige können Sie ignorieren. Wir wollten nur verhindern, dass Sie den Anzug ablegen.«

Schwedischer Arsch. Eilig löste sie die Verschlüsse, zerrte sich die Haube vom Kopf und atmete befreit auf. Das Oberteil des Gummioveralls hing an ihr wie ein Stück abgestreifte Haut herunter.

Ensuela nahm ihre Umgebung nun ohne künstliche Filter wahr. Die kalte Nachtluft roch nach Erde. Nichts war zu hören, kein Lärm von Fahrzeugen, keine Unterhaltungen, keine Musik. Die unnatürliche Stille in Bexbach konnte ängstliche Gemüter in Panik versetzen.

Dann hörte sie mehrere Schritte, die sich ihr näherten.

Die junge Frau blickte über die Schulter und sah die Angreifer auf sich zukommen. Sie hatten die Gelprojektile der Secura unbeschadet überstanden.

»Guter Schuss, Enni.« Lupp, der in der Mini-Arkologie die Funktion eines medizinischen Assistenten versah, grinste sie an. Über Mund, Nase und Augen trug er wie die anderen eine durchsichtige Atemschutzmaske. Er verrenkte sich beinahe den Hals, um auf seine kugelsichere Weste zu schauen. »Da, genau ins Herz.«

Der Geigerzähler knarrte lautstark und erstarb abrupt, als sie ihn mit einem gezielten Schlag abschaltete. »Ich treffe die Männer immer ins Herz, Schätzchen.« Sie lächelte ihn an und hielt eine Schachtel Zigaretten in die Runde. Ihre Kombattanten nahmen die Glimmstängel und zogen die Masken ab, bald darauf glomm es rot in der Dunkelheit.

»Mich nicht«, kam es hinter dem Blumenkübel hervor. »Dabei wäre ich Ihnen echt dankbar gewesen.« Charly Ostfolk, der stellvertretende Leiter der Kon-Gardisten des Forschungsplexes, stemmte sich in die Höhe und betastete seinen Unterkiefer. Ein dunkelroter Bluterguss bildete sich an seinem Wangenknochen, obwohl die Maske einen Großteil des Schlags abgefangen hatte. »Was sollte denn das? Dachten Sie etwa, die Knarre wäre auch aus Gel?«

Enni klemmte sich die Kippe in den Mundwinkel und deutete wortlos auf die Einschusslöcher in ihrem Chemo-Schutzanzug.

Ostfolk wurde blass, nahm das Magazin aus seiner Uzi und fluchte, als er die Köpfe der massiven Geschosse aufblinken sah. »Sorry.«

Sie zuckte mit den Achseln. »Ich wollte Sie schnell ausschalten, bevor Sie auf ungeschützte Stellen zielen.«

Enni nickte in Richtung seiner Blessur. »Nichts für ungut. Tut's sehr weh?«

»Für die Nachlässigkeit sollten Sie mir noch eine verpassen.« Während er auf die Gruppe zuschlenderte, betrachtete er die 23-Jährige, die angesichts der Tatsache, dass er sie beinahe perforiert hätte, völlig ruhig blieb.

Ihr kahler Schädel war durch die zahlreichen OPs eine einzige Narbenlandschaft, die ihn unwillkürlich an die Trids über Frankensteins Monster denken ließ. Er wusste, dass ihr Körper weitere Narben aufwies.

Die ungewöhnlich muskulöse Statur der Läuferin war das Resultat knallharten Trainings. Dennoch hatte die Natur dafür gesorgt, dass Enni, wie sie von den meisten genannt wurde, genügend weibliche Reize vorweisen konnte.

Sie hielt ihm die Zigaretten hin. »Hier, nehmen Sie eine. Bis der Transporter uns holt, wird es noch ein wenig dauern.«

Ostfolk zog den Atemschutz herunter und langte zu. Sein Blick schweifte über die zerschossenen Häuser. Für Kon-Gardisten und Kontrollrattruppen bildete die Sox ein einziges Abenteuerland, in dem man sich mit Waffen aller Art austoben durfte. »Es ist gut zu wissen, dass hier nichts Gefährliches mehr vorhanden ist. Mal abgesehen vom Staub. Also haltet die Füße still.«

»Die Natur dekontaminiert sich selbst«, meinte einer der anderen Männer philosophisch.

»Sicher«, stimmte Enni todernst bei. »Gib ihr ein paar Milliarden Jahre Zeit, und niemand wird mehr merken, dass in Cattenom überhaupt etwas geschehen ist. Den Krater werden sie dann für die Überbleibsel eines Vulkans halten.«

»Es gibt keinen Krater«, stellte Lupp richtig. Tief sog er den Rauch der Kippe ein und gab sich Mühe, einen Rauchkringel zu formen. »Nur zerstörte Gebäude, ähnlich wie in Tschernobyl. Beim ersten GAU in der …« Er bemerkte die verständnislosen Gesichter. »Vergessen Sie's. Kein Krater.«

Zwei Scheinwerfer beleuchteten den rissigen Asphalt, in dem die Ketten schwerer Panzer ihre Abdrücke hinterlassen hatten. Der schallgedämpfte Motor des Ruhrmetall Wolf II war kaum zu hören.

»Das Taxi.« Enni zog noch mal an der Zigarette und schnippte den Stummel weg. »Ich freue mich auf eine heiße Dusche.«

»Mit mir?«, meinte Lupp anzüglich. »Ich würde Ihnen jeden Wunsch erfüllen.«

Enni schaute ihn nachdenklich an, schien sich das Angebot zu überlegen. »Nein, danke«, lehnte sie schließlich ab. »Sie würden die Dusche nicht lebend verlassen. Ich werde zum hemmungslosen Sexmonster, wenn ich in Fahrt komme.«

Die Männer johlten und rauchten ebenfalls zu Ende. Anschließend setzten sie die Masken auf, um sich vor dem wirbelnden Staub zu schützen.

Der Mannschaftstransporter mit der angekoppelten Schleuse im Heck hielt an und ließ die Truppe einer nach dem anderen einsteigen. Die automatische Hochdruckschleuse blies Staub aus Kleidern und Haaren, sog die Luft an und stieß sie nach außen ab. Das grüne Licht blinkte auf. Kaum hatten die Männer und die Läuferin Platz genommen, setzte sich das Fahrzeug in Bewegung.

»Okay, die Herrschaften strahlen nicht. Alles klar da hinten?«, erkundigte sich der Rigger, der in der Zentrale saß, wahrscheinlich die Füße auf dem Tisch hatte und sich einen Kaffee eingoss, während er die Fahrt des Autopiloten überwachte, über die Lautsprecher. »Ostfolk sieht ein bisschen ramponiert aus.« Der Wachmann winkte nur ab. »Ankunft im Komplex Barbara I in T minus 10 Minuten.«.

»So einen Job will auch«, nörgelte Lupp. »Der sitzt von morgens bis abends im Sessel und verdient auch noch Geld durchs Zusehen. Und was mache ich? Ich bin medizinischer Assistent und muss herumballern.«

»Die Talentleitungen sind der Untergang des gelernten Handwerkers«, kommentierte Enni grinsend. »Was denken Sie, warum ich das Kellnern aufgegeben habe?«

Die junge Frau schaute durch die kugelsichere Scheibe hinaus in die Dämmerung.

Als der Wolf II die Anhöhe überwunden hatte, konnte sie das ehemalige Kohlekraftwerk Barbara I sehen, in dem sie den Medizinern und Kybernetikern für deren Experimente zur Verfügung stand. Ging alles gut, wären die Versuche bald beendet und sie wäre endlich eine Läuferin mit einem neuartigen Kampfcomputer. Cyberware vom Feinsten.

Die Entscheidung, sich dem Forschungsdrang von Wissenschaftlern zur Verfügung zu stellen, resultierte aus der Not. Ziemlich abgebrannt, ohne Aussichten auf einen Lauf und mit nur geringer Verdrahtung sanken die Chancen der gebürtigen Karlsruherin auf null.

Als sie in der badisch-pfälzischen Hauptstadt Pirmasens in einem Hinterhofcafé einen Werbespot von ECC sah, in dem Freiwillige gesucht wurden, nahm sie die Gelegenheit wahr.

Enni absolvierte zusammen mit rund drei Dutzend Kandidaten ein Auswahlverfahren, das sie an ein Kleinkriegsszenario erinnerte und aus dem sie als Beste hervorging. Der Zweitbeste erhielt einen Vertrag bei den Mainzer »Black Barons«, eine der toughesten Stadtkrieg-Mannschaften in der ersten Liga der ADL. Für einen Moment hätte sie gern mit dem Glückspilz getauscht, doch die Aussicht, als erste Person ein neu entwickeltes Cybermodul in sich zu tragen, ließ sie Abstand davon nehmen.

Ihre damalige Fahrt in die Sox verlief unspektakulär. Sie hörte die Kontrolleure, ohne die Wachmannschaften des Kontrollrates, der die Geschicke der Sonderrechtszone lenkte, zu Gesicht zu bekommen. Nach nicht allzu langer Reise stand sie in der ECC Miniatur-Arkologie.

Aber nicht Eurotronics forschte hier, sondern die Tochterfirma namens DrakenSys, die ihren ursprünglichen Sitz in Schweden hatte und aus Sicherheitsgründen komplett in die Zone verlegt wurde. Dazu kamen Mitarbeiter von Cyberdynamix. Sie hatte gestaunt über den technischen Fortschritt, der im Inneren herrschte und in krassem Gegensatz zu ihrem vorherigen Lebensstandard stand. Das war vor knapp neun Monaten gewesen.

Zu ihrer Linken flammten drei gelbe Feuerblumen in der Dunkelheit auf und rissen sie aus ihren Gedanken.

Etwas schlug gegen die Seitenwand und die Scheibe des Transporters, und unwillkürlich zuckte ihr Kopf nach hinten. Das Glas hielt. *Ghule*.

Surrend fuhr der Miniturm auf dem Dach des Fahrzeugs herum und deckte die Angreifer mit einer Salve aus dem schweren Maschinengewehr ein. Das grelle, abgehackte Mündungsfeuer der Vollautomatik beleuchtete flackernd die Szenerie.

Wie in Zeitlupe sprangen die goblinisierten Menschen hinter Steinwänden in Deckung. Einer erhielt mehrere Treffer in den Unterschenkel, der komplett abgetrennt wurde.

Der gepanzerte Transporter erhöhte die Geschwindigkeit, sodass die Passagiere auf den Sitzbänken auf und nieder hüpften.

Die Räder surrten über die alte Zufahrt des Kraftwerks, rollten an den Überresten des Kühlturms vorbei und steuerten den Bereich an, der früher das Herz des Stromproduzenten gewesen war.

Die Mauern waren dick genug, um die Folgen von Cattenom mit Leichtigkeit zu überstehen, zumal sich die Anlage am östlichsten Ende der Verseuchten Zone befand. Der Konzern hatte die antiken Kohlemühlen, Energieblöcke und anderen Einrichtungen ausgemustert und durch neue Technik ersetzt.

Das Leben spielte sich in »Barbara I« unter Tage ab, wie in vielen Sox-Arks der Konzerne. Das gewährleistete Sicherheit vor Strahlung, den Ghulen und den restlichen Bewohnern der Zone sowie vor dem Eindringen von Spionen oder feindlichen Kon-Teams. Rund hundert Personen arbeiteten unterirdisch, der Wert der Anlage belief sich auf hundert Millionen EC.

Das schwere Stahlschott der vorgelagerten Schleuse glitt in die Höhe, der Ruhrmetall-Transporter rollte hinein und wurde gereinigt. Erst danach setzte sich der Fahrstuhl in Bewegung, der Enni und ihre Begleiter abwärts brachte. Sie stiegen aus und passierten eine weitere Dekontaminationsvorrichtung, dann durften sie schließlich in den Aufenthaltsbereich.

»Bis demnächst.« Enni nickte den Männern zu und steuerte in ihre luxuriös eingerichtete Unterkunft, um zu duschen.

Die Läuferin entkleidete sich, betrachtete ihren narbengeschmückten Körper im Spiegel und huschte unter den warmen Wasserstrahl.

Fünfzehn Minuten stand sie unter dem warmen, künstlichen Regen, wusch sich mit duftendem Balsam den Schweiß ab und genoss das Gefühl der Sauberkeit, ehe sie in den Jogginganzug schlüpfte, ihre dunkelblaue Baseballkappe aufsetzte und zu Dr. Gud ging.

Enni schlenderte zum Aufzug und drückte ihre Zugangsnummer für den Lift. Zwei Männer und eine Frau stiegen zu, die ebenfalls an Experimenten teilnahmen. Man grüßte sich und schwieg. Ein Dutzend Probanden beteiligten sich an den Forschungen, alle mit nur mäßigem Erfolg. Wie es aussah, war sie die aussichtsreichste Kandidatin, was die Kompatibilität mit der Cyberware anging.

Sie rückte die Kappe zurecht und stieg aus. Zielstrebig lief sie an den verschiedenen Labors vorbei, hinter deren Türen Wissenschaftler wie Dr. Gud versuchten, Mensch und Technik in perfekte Synchronisation zu bringen. Endlich stand sie vor dem Eingang ins Reich des Schweden, klingelte gehorsam und wartete, bis die Tür aus Hartplast aufschwang.

Enni schaute in die graublauen Augen des Mannes, der ein bisschen kleiner als sie war. Im ernsten Gesicht prangte ein Musterexemplar von Schnauzbart, der schon erste Anzeichen von Grau aufwies.

Gud zählte dreiundfünfzig Jahre, trug die kurzen, dunkelblonden Haare streng nach hinten gekämmt und gab sich Mühe, außerhalb des Labors wenig modisch zu erscheinen. Seine schlichte Erscheinung hüllte er stets in schwarze Hosen, ein weißes Hemd und ein schwarzes Sakko. Im rechten Ohrloch befand sich ein Stecker, auf dem ein Kreuz eingraviert war.

Seit zwanzig Jahren arbeitete er für den Konzern und galt als umgänglicher, wenn auch etwas zurückhaltender Kollege. Wegen seiner Religiosität betrachteten ihn manche als Sonderling.

Die Läuferin hatte mit dem Schweden keinerlei Probleme. *Solange er mich nicht erleuchten will.* »Guten Tag, Herr Doktor«, grüßte sie ihn freundlich. »Wo lag denn das Problem?«

Gud schaute nach rechts und nach links, ehe er die Tür freigab. »Ich dachte es mir beinahe schon. Es liegt an der Feinjustierung. Mittelgravierend, würde ich sagen«, raunte er.

Der Wissenschaftler ließ sie in das akribisch aufgeräumte Labor.

Computer befassten sich mit der Auswertung der gesammelten Daten, Zahlen und Analysen standen auf den Monitoren, Drucker summten leise und spuckten Blätter mit Informationen aus. Über dem Schreibtisch hing ein einfaches Kreuz, ein Palmwedel klemmte dahinter. Das sichtbare Indiz für seinen Glauben.

»Ich erkläre es Ihnen.« Er geleitete sie zu dem Sessel und legte ihr die Arm- und Beinhalterungen an, bevor er den Anschluss in die versteckte Buchse hinter ihrem rechten Ohr versenkte.

Enni hatte ihre Abneigung gegen die Prozedur, die unkontrolliertes Gliederzucken unterbanden, mittlerweile überwunden. Beim ersten Mal dachte sie an einen elektrischen Stuhl, und als das Sitzmöbel nach hinten schwang und sie in die Horizontale bewegte, erinnerte sie sich an Sitzungen beim Zahnarzt.

Gud loggte sich durch die Steckverbindung in den Gefechtscomputer. »Wir haben Ihre Werte per Funk abgerufen und eine Voranalyse durchgeführt. Ich gleiche die Daten vorsichtshalber mit dem Memory des Computers ab, um eine Verzerrung durch Übertragungsstörungen auszuschließen«, erläuterte er routiniert seine Handlung. Ein Blick auf die Zahlenreihen und Symbole genügte ihm. Alles stimmte.

Vorsichtig drehte die Läuferin den Kopf, um das Kabel nicht abzureißen. »Wenn alles in Ordnung ist, warum hat der Rechner Ostfolks Bewegung nicht zu Ende geführt?«

Der Schwede wirbelte auf seinem Drehstuhl herum, der Ohrring blinkte im Licht der Neonlampen auf. »Ich wollte sehen, wie die Thermalsicht in Verbindung mit der beschlagenen Scheibe des Chemoschutzanzugs und der Wärme im Inneren zurechtkommt.« Er deutete auf Tabellen und Diagramme mit unterschiedlichen Kurvenverläufen. »Was aussieht wie die Fieberkurve eines brünstigen Elchs, zeigt mir, dass wir diese Abstimmung auf die Umgebung noch verbessern müssen. Der Gefechtscomputer hat versucht, die optimale Berechnung für die wahrscheinlichste Bewegung des Ziels durchzuführen und geriet wegen des schwankenden Feedbacks durcheinander. Das führte zum Absturz.«

»Und zu meinem Tod«, fügte Enni vorwurfsvoll hinzu.

»Theoretisch«, korrigierte er sie. »Sie haben es doch überstanden. Gott hat seine Hand schützend über Sie gehalten«, sagte er gutmütig in seinem schwedischen Akzent.

»Hoffen wir mal, dass mir der Herr auch im Notfall den Arsch rettet«, meinte sie leise.

Guds graublaue Augen hefteten sich auf sie, sein Gesicht wurde ernst. »Gott hilft denen, die es verdienen, Frau Gerlach. Immer und überall. Diejenigen, die seiner Gnade nicht würdig sind, holt sich früher oder später der Teufel. So einfach ist das. Der Herr scheint Ihnen aber gewogen zu sein, denn er errettete Sie vor den Kugeln.« Der Mann bekreuzigte sich. »Und mir ist er auch gewogen. Wo wäre ich denn mit meinem Projekt, wenn ich Sie verlöre?«

»Wie ich schon sagte, am Arsch«, feixte Enni. »Was machen wir nun, Dr. Gud? Und wie stehen die Aktien Ihrer Kollegen?«

»Das Feedback-Problem wirft uns natürlich zurück.« Er fuhr den Sessel in die Senkrechte und schnallte die Läuferin ab. »Geben Sie mir ein paar Wochen, und Sie sind perfekt, Frau Gerlach.«

»Was sind schon ein paar Wochen?« *Im Vergleich zu den Schmerzen nach den Eingriffen nichts.* Sie betrachtete den Monitor, auf dem die Röntgenaufnahmen ihres Schädels, in dem sich zahlreiche Drähte, schwarze Boxen und Platinen von geringer Größe befanden, prangten. Das sieht scheiße aus. »Bekommen Sie eigentlich eine Prämie, wenn Sie als Erster den Erfolg in die Kon-Etage melden?«, fragte sie beiläufig.

Der Wissenschaftler lachte auf. »Sie möchten wissen, ob ich Ihnen etwas davon abgebe, sollte das der Fall sein«, übersetzte Gud grinsend. »Ja, ich bekomme natürlich einen Bonus. Schließlich sollte das Produkt schon letztes Jahr auf den Markt und wird dem Konzern eine saftige Gewinnsteigerung einbringen. Welcher Läufer wünschte sich nicht einen erschwinglichen Gefechtscomputer, der im Vergleich zu den existierenden Modellen nur die Hälfte der Essenz verschlingt?«

Die Finger der Läuferin wanderten unter der Kappe über die Narben auf ihrem Kopf. »Ich kann es kaum mehr erwarten, bis die endlich verschwunden sind.«

»Eile mit Weile, Frau Gerlach. Es scheint so, als wären keinerlei OPs mehr notwendig. Funktioniert das Modul so perfekt, wie es sich die schlauen Hirne in der Entwicklungsabteilung vorstellten, gebe ich Sie in die Hände des besten plastischen Chirurgen. Man wird an Ihrem Körper keine einzige Narbe mehr erkennen, wenn alles vorbei ist.« Behutsam entfernte er den Anschluss. »Gedulden Sie sich noch ein wenig. Bald dürfen Sie zurück in die Schatten.«

Enni rutschte aus dem Sessel und ging zur Tür. »Um ehrlich zu sein, ich freue mich drauf. Die Sox sind auf Dauer ziemlich trist. Da hilft auch die feudale Nobelausstattung nichts. Gefangen ist gefangen.«

»Da sagen Sie was«, stimmte ihr Gud resigniert zu, während er an seinen Schreibtisch zurückkehrte. »Die schwedischen Fjorde sind mir auch lieber als diese postapokalyptische Horrorvision, in der wir uns befinden. Was machen Sie denn heute Abend?«

»Wieso? Wollen Sie ein Date?«

Der Schwede errötete. »Die außereheliche Fleischeslust ist nicht das, wonach mir der Sinn steht.«

»Wir könnten vorher heiraten, Doktor«, schlug die junge Frau im Scherz vor. »Und uns gleich wieder scheiden lassen, wenn der Sex nicht gut war.«

»Das wäre eine Möglichkeit«, gab Gud zögerlich zurück, noch immer dunkelrot im Gesicht. »Aber Ihr Lebensstil, nun ja … korrespondiert nicht ganz mit dem meinigen.«

Die Läuferin hob die Hand. »Ich gehe ein paar Runden schwimmen, danach sehe ich mir einen Film an. Oder ich gehe nach Zweibrücken, ins ›Trollige Theater‹, wenn es möglich ist?«

»Raus aus der Zone?« Erstaunt hob der Arzt die Brauen. »Das geht nicht. Es wurde eine strikte Ausgangssperre verhängt. Die Ghule in Bexbach sind ein wenig nervös, und bevor die Truppen des Kontrollrats sie nicht verjagt haben, dürfen wir nicht raus. So lautete zumindest die Mitteilung, die eben an alle per Mail ging. Wenn Sie mich fragen, hat es was mit den Spannungen der Kons untereinander zu tun.«

»Dann eben doch Trid«, klagte die Probandin und wandte sich zur Tür. »Eine weitere Nacht mit Karl Kombatmage.«

»Versuchen Sie's mal mit Beten«, schlug ihr der Schwede vor. »Ich leihe Ihnen gerne meinen Bibelchip mit den passenden Erläuterungen.«

Enni bleckte die Zähne. »Das überlasse ich Ihnen, Doktor. Auf mich hört Gott sowieso nicht.« Sie winkte zum Gruß und verließ das Labor.

Gud lehnte sich zurück und betrachtete das Kreuz. *Gott ist dir näher als du denkst.* Ein Ruck lief durch seinen Körper, er riss sich zusammen und zwang seinen Blick auf den Monitor.

Die Finger flogen über die Tastatur, hackten Passwörter ein und gaben geschützte Dateien frei, die nicht einmal Johannes Fethal, der Leiter der Arkologie, oder die Kon-Etage kannten.

ADL, Badisch-Pfalz, Zweibrücken (Zugangsbereich Ost Sox), 13. 03. 2058, 21:46 MEZ

Dicht wie ein Vorhang fiel der Regen aus dem schwarzen Himmel und durchnässte innerhalb von Sekunden alles, was ohne Schutz im Freien stand. Dem durchaus nicht seltenen Naturereignis stand ein nicht natürliches gegenüber.

Besser gesagt, es stand Ordog gegenüber.

Stählerner Hagel prasselte gegen Metall und erzeugte ein dröhnendes Stakkato, das die Ohren des Straßensamurai auf ihre Schmerzgrenzen testete.

Der junge Mann saß in der Hocke, den Kopf geduckt, den Rücken gegen die geschlossene Beifahrertür seines Volvo gelehnt, und wechselte fluchend das Magazin seines AK-98. Der Lauf der Automatik zischte unheilvoll bei jedem Regentropfen, der auf den Stahl klatschte – ein untrügliches Zeichen dafür, dass er die Knarre gnadenlos überhitzte hatte.

Es war auch ganz anders geplant gewesen.

Ein kleines Treffen mit den »Poser Killers«, eine Möchtegern-Hardcore-Bikergang, um ein bisschen Stoff zu verchecken, danach ein Besuch im *Capital*, um die Kohle zu versaufen und seine überfälligen Schulden bei Kreditguru Overlord zu bezahlen. So sah er den Verlauf des Abends vor.

Den Besuch in der Kneipe konnte er sich jetzt ebenso in seine nassen Haare schmieren wie das Geld. Von was er die Schulden zurückzahlen sollte, darüber machte er sich hinterher Gedanken. Wenn er lebend von hier weg kam. Jeder einzelne Gedanke galt dem Gegner.

Klickend rastete das Magazin ein. Ordog lud durch, das erste Geschoss wartete darauf, in sein Ziel gejagt zu werden.

Doch die Ziele auf der anderen Seite der Straße wussten noch nichts davon. Oder sie wussten es und wehrten sich deshalb so vehement dagegen, dass der Läufer aus seiner Deckung auftauchen konnte, um einen guten Schuss abzugeben.

»Warum tue ich das alles immer wieder?«, murmelte der Straßensamurai und lehnte den Hinterkopf an die Autotür.

Wer die Angreifer waren, hatte er noch nicht feststellen können, aber ihr Timing war hundsmiserabel.

Vor drei Minuten lief die Welt noch in geordneten Bahnen. Die Oberniete der »Poser Killers« hatte die Nase voller Probestoff, als dessen Hirn sich plötzlich in alle Richtungen der Gasse verteilte.

Zuerst dachte Ordog, das gestreckte Kokain wäre schuld gewesen. Aber der rote Ziellaser auf seiner Jacke hatte ihm innerhalb von Sekunden klar gemacht, woher der wahre Grund für den explosiven Brainstorm gekommen war.

Hatten sich die lahmen »Poser Killers« schnell tot auf dem Boden verteilt, verdankte es der Gelegenheitsdealer nur seinen Reflexbeschleunigern, dass er noch lebte. Ein gewaltiger Sprung hinter seinen Volvo, der ihm jetzt als Deckung diente, rettete ihm sein Leben. Vorerst.

Ich schwöre, ich gehe zur Heilsarmee, wenn ich hier lebend rauskomme, dachte Ordog. *Oder zu irgendeiner anderen Organisation. Wenn du mir hilfst, glaub ich an dich, Gott.*

Der Hagel hörte unvermittelt auf.

Darauf hatte er gewartet. *Wer hätte das gedacht? Es gibt einen Gott.*

Der Samurai zuckte hinter seiner Deckung hoch, das AK im Anschlag, und visierte die andere Straßenseite an. Seine Zeiss-Cyberaugen schaltete er auf Infrarotsicht um, damit er seine Gegner in der Dunkelheit erkannte.

Vier rote Silhouetten standen zehn Meter entfernt und luden gerade ihre Waffen nach, als sich Ordog zu seinem Gegenangriff entschloss.

»Badaboom, Freunde.« Der Mann betätigte grinsend

den Abzug des Granatwerfers und tauchte sofort hinter den gepanzerten Volvo ab, um keine Splitter abzubekommen.

Als er in die Hocke ging, fiel ihm auf, dass das charakteristische *Plopp* ausgeblieben war.

Drei Sekunden lang starrte er ausdruckslos auf den dicken Zusatzlauf, der zum ersten Mal nicht so funktionierte, wie er sollte.

»Hey, willst du mich verarschen, du Scheißding?«, fragte Ordog halblaut und schnippte mit dem Zeigefinger dagegen. »Was soll das?«

»Plopp«, antwortete der Granatwerfer freundlich und feuerte seine Granate senkrecht in die Höhe.

Der Samurai verfolgte den Flug des Sprengkörpers mit Fassung. Immer höher stieg die Granate, erreichte ihren höchsten Punkt und kehrte in gerader Linie zurück. Es wurde Zeit zu handeln.

»Fuck, fuck, FUCK«, schrie er, rollte sich über die Schulter ab und kroch von seiner ursprünglichen Position weg. *Es ist ja auch ein scheiß Montag. Da musste das passieren! Aber warum mir?*

Das Nachladen der Angreifer hatte ein Ende, denn der Hagel setzte wieder ein. An den näher kommenden Stimmen und dem Getrappel von Sohlen erkannte er, dass die Unbekannten zum Sturmangriff übergegangen waren. Ein leichter Schlag in den Rücken und ein unangenehmes Ziepen über dem Rückgrat signalisierten ihm, dass er eben gestorben wäre, wenn er seinen Sicherheitsmantel nicht angehabt hätte.

Glück braucht man.

Dann trat er auf einen Balken, der nach oben ruckte und ihm in die Visage knallte. Er taumelte und legte sich der Länge nach auf den nassen Asphalt, mit dem Gesicht zielsicher in die einzige Pfütze, die sich gebildet hatte.

Touchdown, zuckte es ihm durch den Kopf.

Eine Detonation ereignete sich hinter ihm, gefolgt von einer gewaltigeren zweiten, als der Volvo explodierte. *So viel zu meinen Ersatzgranaten im Kofferraum.*

Eine Feuerwolke stob über ihn hinweg und verbreitete eine mörderische Hitze.

Vielleicht bleibe ich einfach so liegen und ersticke, dachte Ordog, bevor er sich entgegen seiner Überlegung auf den Rücken wälzte und in den Regen blinzelte.

Eine Zeit lang lag er so und lauschte den Geräuschen der Tropfen. Es war still geworden. Hektischer Feuerschein tanzte über die Wände.

Tief atmete er ein und aus und überlegte einen Moment, ob er vielleicht trotz des Regens eine Kippe anbekäme.

Der Volvo brannte in einem munteren Feuer aus. Vier kokelnde Gestalten lagen in grotesken Haltungen wie Comicfiguren nicht weit davon entfernt, als ob sie jemand an die Wand geworfen hätte, von der sie heruntergerutscht waren. Zu allem Überfluss hatte sich das Radio des sterbenden Autos eingeschaltet und dudelte immer langsamer werdend »Stranger in the night«.

»Kacke, blöde.« Ordog stemmte sich umständlich in die Höhe und versetzte dem AK-98 einen lustlosen Tritt, bevor er es aufhob, nachdenklich begutachtete und ohne Vorwarnung gegen die Wand schlug, dass die Splitter der Schulterstütze flogen. *Du verarschst mich nicht noch mal.* Achtlos warf er die demolierte Waffe über die Schulter.

Ihm stand ein Vergnügen der besonderen Art bevor. Er ging ins *Capital* und erklärte Overlord, weshalb er ihm seine 20 000 EC nicht geben konnte. Danach starb er vermutlich.

Der Samurai schaute auf die Leichen. »Geht jemand von euch mit?« Es kam keine Antwort. »Nein? Das dachte ich mir, Jungs.«

Schleppend und müde schritt Ordog die Straße hinunter. *Immer ich. Nie die anderen. Das ist unfair.*

An einem durch die Wucht der Explosion beschädigten Schaufenster blieb Ordog stehen und betrachtete sich in den verbliebenen Splittern des Glases. Die dünnen, schwarzen Haare hingen ihm wie verkochte Spaghetti ins Gesicht. »Rasier mich endlich«, schienen die Bartstoppeln zu schreien, und auf der Stirn entwickelte sich irgendeine nervige Hautunreinheit zu einem bösartigen Pickel.

Die braunen Cyberaugen wirkten seelenlos. Dank seiner auffälligen Blässe hätte man Ordog für einen Vampir halten können. Schuld war aber ein genetischer Defekt, der ihn aller Pigmente beraubte und ihn weiß wie eine getünchte Wand machte. Das dunkelrote Tribetattoo auf seiner rechten Schläfe setzte einen markanten Punkt in der Fahlheit.

Irgendwann erwischt dich ein dummes Arschloch, dachte er, während er sein schmales Gesicht näher an die reflektierende Fläche brachte, *nur weil es dich für einen Blutsauger hält.*

Mit seinem Profil war er an sich zufrieden, wenn ihn diese kranke Blässe nicht wie einen Untoten aussehen ließ. Und der Kampfanzug in Stadttarnfarbe mit dem langen, schwarzen Synthledermantel darüber machte den Anblick keineswegs vorteilhafter.

»Bäh«, machte er und streckte sich die Zunge heraus. *Notschlachtung*, huschte es durch seine Gedanken. Im Hintergrund hörte er das Jaulen von Polizeisirenen, die sich dem Ort des Schusswechsels näherten.

Zeit zu gehen, bevor ich den Jägermeistern in die Finger laufe. In Gedanken war er bereits im *Capital* und sah den riesigen Zinshai vor sich stehen, der andere schon wegen tausend Mäusen tilten ließ. Wenn Overlord gut drauf war, käme er mit ein paar gebrochenen Rippen davon. Wenn.

Er hatte genug von sich gesehen.

Mit der Faust zerschlug er die letzten Glasscherben, zog sich dabei eine kleine Schnittwunde zu und setzte seinen Weg grübelnd fort.

ADL, Bexbach (Sox), ECC-Arkologie, 13. 03. 2058, 21:49 MEZ

»Ich finde, die Menschen von heute, bei aller Liebe zur Technologie und dem Vertrauen in die Wissenschaft, vernachlässigen den Glauben zu sehr«, gab Dr. Ole Leander seine Ansicht zum Besten. Gespannt blickte er ins Gesicht des Schweden. »Deshalb bewundere ich Sie so, Herr Kollege«, fügte er hinzu, nachdem sein Gegenüber nicht antwortete. Er legte ein kleines Kästchen auf die Tischplatte. »Ach, ja. Hier, mit Dank zurück. Die Interpretationen des Neuen Testaments waren sehr aufschlussreich.«

Gud schob sich eine Gabel mit Bartkartoffeln in den Mund. »Freut mich, dass es Ihnen gefallen hat, Dr. Leander«, entgegnete er und steckte den Chip ein. Er kannte den untersetzten Wissenschaftler mit den halblangen, dunkelbraunen Haaren gut. Es machte ihn ein wenig glücklich, nicht der Einzige in der Ark zu sein, der sich einen Funken Glauben bewahrt hatte. Zu viele vergaßen, dass ohne die Liebe Gottes nichts bestünde. Auch keine Technik, wie sein Gesprächspartner gerade so schön bemerkt hatte. »Wollen Sie die Beck'sche Interpretation des Neuen Testaments auch einmal lesen?«

Leander hob das Besteck. »Nein, ich identifiziere mich mehr mit den Idealen der Alten Schrift.«

»Bei Gelegenheit muss ich mich bei Ihnen mit einem guten Essen bedanken.« Gud nickte ihm zu. »Sie haben mir bei den Forschungen sehr geholfen. Schade, dass Sie sich in Ihre Theoriewelt zurückgezogen haben. Wir könnten wieder kooperieren …«

Der Kybernetiker aus dem deutschen Team von DrakenSys schüttelte den Kopf und stand auf. »Nein, danke, Doktor. Ich habe mir geschworen, dass ich bei der Aufstellung von Hypothesen bleibe. Ich will nicht noch einmal die Schuld am Ableben eines Probanden auf mich laden. Außerdem haben Sie mir durch den Glauben einen Weg gezeigt, der Trost und Hoffnung beinhaltet. Das brauchte ich nach dem Tod eines Menschen sehr.« Leander deutete auf den Ausgang. »Dann gehe ich jetzt. Ein paar Berechnungen weigern sich hartnäckig, von mir aufgelöst zu werden.«

Der Schwede hob die Hand und widmete sich wieder seinem Essen. Er bedauerte den Rückzug des jungen, deutschen DrakenSys-Kollegen sehr.

Nachdem dessen Proband an einem Nervenschock zugrunde gegangen war, verbrachte der Forscher jede Minute mit den Berechnungen der Auswirkungen von Technik auf die Solidität des Nervensystems und mit welchen Maßnahmen man eine größere Sicherheit für die Nutzer von Cyberware erreichen könnte. Gud entsann sich, wie er dem am Boden zerstörten Mann in unendlich vielen Nächten das Wort Gottes näher gebracht hatte und so Trost spendete.

Ich werde ihn zu einem Austausch von Ergebnissen einladen. Es wäre gut, wenn ich eine Zusammenarbeit erreiche. Das käme Frau Gerlach sicher entgegen.

Ein beladenes Tablett knallte neben ihm auf den Tisch, das Besteck hüpfte klirrend.

Ein Blick auf das Essen reichte dem erschreckten Gud aus, um zu erkennen, wer sich so lautstark gegenübersetzte: Zwei Kartoffelscheiben, ein kleines Sojasteak und kurz gegartes Gemüse. Selbstverständlich stammte alles aus Zuchtlabors. Elke »die lebende Sünde« Usner-Gassert würde niemals etwas Natürliches essen.

Die große Wissenschaftlerin, die ihr makelloses Äußeres mehreren Operationen, Silikonimplantaten, zwei entfernten Rippen und diversen Fettabsaugungen verdankte, schwang sich auf den Stuhl, stützte die Ellbogen auf die Metalloberfläche und faltete die Hände zum Gebet. Ihre Show begann.

»Komm Herr Jesu, sei unser Gast und segne, was die Technik gab und nicht du uns bescheret hast«, sagte sie laut. Ihre blauen Augen schielten zu dem Schweden hinüber. »War das gut so?«

Gud kaute in aller Ruhe sein Sojaschnitzel zu Ende. »Beinahe, Professorin Usner-Gassert.« Er war sich bewusst, dass die Mitarbeiter die Ohren spitzten, um dem Duell von Mann und Frau zuzuhören. »Die Sünde« liebte es, ihn zu provozieren.

Das tat die Deutsche alleine schon durch ihr Äußeres.

Nicht, dass er etwas gegen ihre langen, grünen Haare mit den goldenen Strähnen hatte. Auch die drei Piercings entlang der Nasenwurzel störten ihn nicht. Doch ihre Vorliebe für mehr als offenherzige Kleidung, die viel braune Haut und Tätowierungen zeigte, erweckte seine Abscheu.

Usner-Gassert gehörte zu jenen Menschen, die sich seiner Ansicht nach wie Bestien benahmen. Ohne Sinn für Anstand und Moral. Sie trieb sich gelegentlich und unter schärfster Bewachung in Zweibrücken herum, gönnte sich ausschweifende Abende mit einem oder mehreren Männern und lebte nicht nach einem einzigen Gebot Gottes. Gud vermutete, dass selbst der Teufel noch etwas von ihr lernen konnte. In diesem Moment bedauerte er, dass eine Ausgangssperre verhängt worden war. Während sie sich wie eine läufige Hündin mit anderen paarte, ließ sie ihn wenigstens in Ruhe.

Die Frau begann zu essen. »Was machen die Forschungen, Doktor?«

»Was machen Ihre Forschungen?« Schaudernd bemerkte er aus den Augenwinkeln, dass sie ein fast durchsichtiges, eng anliegendes Kleid trug. Nur wenige, dafür umso pikantere Stellen waren unkenntlich. *Führe mich nicht in Versuchung, sondern erlöse mich von dem Bösen,* richtete er ein Stoßgebet an seinen Gott.

»Sie hinken den Ihrigen genauso hinterher wie die der anderen Kollegen«, gab sie gut gelaunt zu. »Wie schaffen Sie das nur, alter Schwede? Sind Sie der Auserwählte des Herrn? Wenn Gott einem beim Lösen wissenschaftlicher Probleme hilft, finge ich sofort mit dem Beten an.« Sie leckte sich über die Lippen. »Dummerweise habe ich meine Seele schon dem Höllenfürsten verkauft.«

»Warum überrascht mich das nicht?«, konnte er sich eine Spitze nicht verkneifen. »Sie haben Glück. Meine Probandin leidet unter Fehlberechnungen. Dadurch bietet sich Ihnen die Gelegenheit, mich zu überholen. Allgemein gesprochen, konzentriere ich mich auf meine Arbeit und lebe nicht derart ausschweifend wie Sie. Vielleicht liegt es daran, dass ich Ihnen voraus bin.«

»Oha! Wissen Sie, vom Geschlechtsverkehr wird man nicht schwachsinnig. Es hängt auch nicht von der Anzahl der Partner und der Häufigkeit ab.« Ihre Gabel stieß auf seinen Teller herab und piekste eine Makkaroni auf.

Er hob nun doch den Kopf und wollte gegen den Raub protestieren.

Darauf hatte sie gewartet. Ihre Lippen schlossen sich um die dicke, runde Nudel und spielten mit ihr.

Die erotische Assoziation war in Guds Fantasie entstanden, ohne dass er es wollte. Das Blut schoss ihm in die Wangen, aus den Augenwinkeln sah er, wie die anderen Mitarbeiter zu ihrem Tisch schauten.

Usner-Gassert biss die Makkaroni durch. »Wie ist das, wenn man so völlig ohne Sex auskommen muss?«, wollte sie wissen und aß ungerührt weiter.

»Es …«, Gud musste sich räuspern, »es lebt sich ganz normal. Weniger vom Trieb geleitet.«

Die hübsche, boshafte Frau schlug sich mit der flachen Hand gegen die Stirn. »Richtig, ich vergaß. Heißt es nicht: Den Seinen macht's der Herr im Schlaf?«

Gud sprang bebend auf, schnappte sich sein Tablett und verließ die Kantine. So viel Frechheit und Lästerung konnte er nicht ertragen. Zudem fehlte ihm die nötige Schlagfertigkeit, die verbalen Attacken angemessen zu parieren.

Das wusste »die Sünde« ganz genau. Seit seiner Ankunft in der ADL hatte ihn die verführerische Frau auf dem Kieker.

So muss sich Jesus in der Wüste gefühlt haben, als Satan ihn versuchte, seufzte der Wissenschaftler und betrat sein privates Quartier, wo er gegenüber des großen Kruzifix sein Mahl fortsetzte. *Oder soll ich wie Hiob geprüft werden?*

Er ließ die Reste seines Essens stehen und kniete sich vor das Kreuz, vor dem er seine Betbank aufgestellt hatte. Vor seinem inneren Auge entstand das Gesicht der Kollegin, ihr nackter Körper. Seine Hände krampften sich zusammen. Gud bat Gott um Kraft, die täglichen Anfeindungen zu überstehen und sich nicht durch »die Sünde« herausfordern zu lassen.

»Was machst du, wenn die Experimente abgeschlossen sind?« Charly küsste ihren Bauchnabel, seine Hände glitten liebkosend über die flache Bauchdecke der Läuferin.

Enni packte ihn an den Ohren und zog ihn zu sich. »Was soll das? Ich habe dir schon hundertmal erklärt, dass danach das Leben für mich erst beginnt. Mit der Cyberausrüstung und der Bezahlung des Kons kann ich mir endlich eine ordentliche Waffensammlung zulegen und groß ins Schattengeschäft einsteigen.« Vorsichtig berührte sie den dunkelblau schillernden Bluterguss im

Gesicht. »Tut's noch weh?« Er schnappte nach ihrer Hand, sie lachte und zog sie zurück.

»Ich bin ein Idiot. Auf das Mädel, das ich unwahrscheinlich gern habe, zu schießen. Das macht mir keiner so schnell nach.«

Die Läuferin grinste. »Es ist eine ganz besondere Art, seine Zuneigung zu zeigen. Aber in Zukunft belassen wir es lieber bei abendlichen Treffen im Kerzenschein, Sekt, leckeren Fun-Sticks. Und Sex.«

Der hochrangige Gardist und Enni waren ein Paar, ohne dass es jemand bemerkte. Sie gefielen sich seit dem ersten Zusammentreffen in der Gymnastikhalle, doch wissen durfte es niemand. Charly wäre seinen Job im Handumdrehen los, denn dem Personal war der nähere Kontakt mit den Probanden verboten, was die beiden Verliebten aber nicht sonderlich störte. Sie genossen den »Kontakt«.

»Wie wäre es, wenn du in die Schutztruppe des Plex eintrittst? Wir suchen Leute«, schlug er halbherzig vor, da er ihre Antwort ohnehin kannte. »Wir könnten uns sehen, wären in einem Team und müssten uns nicht mehr verstecken.«

Enni setzte sich auf. »Junge, dich hat es böse erwischt, was?« Sie nahm ihn in die Arme und drückte ihn an sich. »Das ist gar nicht gut, Charly. Sieh mich als netten Zeitvertreib an, der dir einmalig geboten wird. Und in ein paar Wochen bin ich verschwunden.«

Innerlich gefiel ihr die Vorstellung, auf ihn verzichten zu müssen, genauso wenig. Die lockere Art täuschte sie vor, um ihnen den immer näher rückenden Abschied zu erleichtern.

Schweigend saßen sie umschlungen auf dem Bett.

»Wenn ich mich nun entschließen würde, mit dir zu kommen«, überlegte er laut die andere Variante, »das müsste doch möglich sein. Ich schmeiß den Laden hin und werde ein Schattenläufer.« Charly ließ sie los, nahm eine Bodybuilderpose ein und blickte heroisch ins Nirgendwo. »Ich nenne mich ... Mighty Man. Ihr Schattenläufer habt doch immer so komische Namen.«

»Ich finde Enni nicht sonderlich komisch«, meinte sie achselzuckend. Sie musste lachen. »Aber du hast Recht, ich kenne einige, die sich furchtbare Bezeichnungen verpassen.« Die Läuferin streichelte seine schwarzen Haare. »Lass gut sein, Charly. Lieber weiß ich dich hier in Sicherheit, als dass ich mir die ganze Zeit Sorgen machen müsste, wo du gerade steckst, ob du deine Weste angelegt hast, ob du die richtigen Patronen im Magazin ...«

Das Kissen traf sie seitlich, platzte auf und setzte die Füllung aus Synthfedern frei. »Das hast du davon!«

Kichernd warf sie sich auf den Wachmann und rang mit ihm. Es kostete sie wegen der Kunstmuskulatur nur mäßige Anstrengung, ihn zu besiegen, während Charly unter ihr keuchte und schwitzte.

»Ich sollte doch mitkommen. So sicher bin ich bei ECC auch nicht mehr«, sagte er angestrengt.

»Ach?« Sie drückte seine forschen Hände nach hinten und hielt sie fest. »Wieso?«

Charly hielt inne, um wieder zu Atem zu kommen. »Die Ausgangssperre wurde nicht wegen den Ghulen verhängt«, verriet er. »Die Stimmung im Kontrollrat ist ziemlich mies, die großen Bosse sind sich untereinander nicht mehr besonders gewogen. Alle rüsten ihre Gardisten auf. Die Jungs von AG Chemie und Eastern Star Pharmaceuticals haben letztens aus einem Manöver blutigen Ernst werden lassen. Ich habe das Gefühl, dass es bald zu einem Krieg kommen wird.«

»Unsinn, du bist ein Schwarzseher und willst nur mit mir kommen.« Enni lockerte den Griff. Sofort begehrte Charly auf und drückte sie nach hinten. Das Balgen ging schnell in ein heftiges Liebesspiel über.

Enni musste plötzlich glucksen.

»Was?«, fragte Charly irritiert. »Mache ich was falsch?«

Sie presste ihre Lippen auf seine. »Nein. Mir ist nur eben eingefallen, was Dr. Gud sagen würde, wenn er uns sehen könnte. So vertieft in die … ›Sünde des Fleisches‹.«

»Wie wäre es mit ›viel Spaß‹?«, schlug der Kon-Gardist vor und streichelte über ihre Narben am Oberschenkel.

»Er würde uns eher trauen, damit alles rechtens ist.«

»Dann sei heute Nacht meine Frau. Und morgen Nacht. Betrachte dich als verheiratet.«

»Okay.« Enni warf sich mit einem leisen Lachen auf ihn, und sie versanken im Strudel der Leidenschaft. So musste keiner der beiden mehr darüber nachdenken, wie es in wenigen Wochen mit ihnen weitergehen sollte.

ADL, Badisch-Pfalz, Zweibrücken, Festhalle, 13.03. 2058, 22:12 MEZ

»Höre Er, Schorke. Gebe Er mir sofort das meinige zoröck.«

Der Ork mit der zu kleinen deutschen Hauptmannsmütze auf dem Kopf wedelte mit dem Schwert durch die Luft, zerteilte imaginäre Gegner und machte ein wirklich böses Gesicht. Jedes einzelne Wort wurde betont und äußerst langsam vorgetragen. »Oder mein scharfes Schwört und mein Dolch wörden Ihn zerschlötzen, Hamlöt.«

Vielstimmiges »Buh! Buh!« tönte aus dem Dunkel, begleitet von Rülpsen und dem Zischen von Bierdosen.

»Hoho! Tapfer gesprochen, Herr Hitler. So lasst Euren mutigen Worten noch mutigere Taten folgen. Ich glaube, Ihr seid ein Schwätzer, der nichts taugt!« Sein Gegenspieler, ein Troll mit einem zerschlissenen Dreispitz auf der Stirn und angeklebtem Spitzbärtchen, stützte sich mehr oder weniger elegant auf ein Rapier, das sich unter der Last des Arms gefährlich weit durchbog. »Und Eure Unterhose ist so braun wie Eure schäbige Uniform.«

»Yeah, zeig's dem Scheißer!«, »Bravo!« und »Go, go, go!« setzten lautstark ein.

Der Ork starrte den anderen Metamenschen an. Er wirkte gelähmt, erste Schweißperlen glitzerten, und die Augen wurden immer größer.

Die unsichtbare Menge wurde unruhiger. Leises Gemurmel setzte ein, Kichern und verhaltenes Lachen ging durch die Reihen.

»Scheiße, ich hänge«, wisperte er. »Genius, mach was.«

Das hat mir noch gefehlt. Ausgerechnet, wenn Overlord in der Loge sitzt. Der Troll kratzte sich am Kinn und löste unbeabsichtigt das Bärtchen ab, ohne es zu merken. Wie ein schwarzer Bindfaden hingen die falschen Haare am Zeigefinger.

»Sooooooo. Ihr habt es also nicht verstanden, was?«, versuchte er sich zu retten und blinzelte zu dem kleinen Kasten hinüber, der sich unauffällig aus dem Bretterboden erhob. »Dann sage ich es Euch noch einmal, Herr Hitler: IHR SEID EIN SCHWÄTZER, DER NICHTS TAUGT!«

Die erwartete Hilfe vom Souffleur blieb aus.

Der Kopf des Orks wurde knallgrün und wechselte durch alle Farben des Spektrums.

»Ha! Ich wusste, es macht Euch sprachlos.« Hamlet hob das Rapier, zielte auf den Ork und umkreiste ihn, wobei er sich immer näher zu dem Kasten bewegte. Leise Schnarchgeräusche drangen heraus. »Ich werde Euch, Herr Hitler, meinen Fuß auf die Brust stellen, und zwar so einfach, wie ich es bei diesem Stein hier tue.« Mit Wucht trat er gegen das Holz.

Der im Inneren verborgene Souffleur schreckte hoch

und knallte deutlich hörbar mit dem Kopf gegen die Decke. Dann rumpelte es lautstark. Stille.

Hitler hatte den Vorfall mitbekommen und schaute weinerlich in die Runde.

»Dann werdet Ihr wohl früher als vorgesehen sterben müssen«, seufzte Hamlet. *Und ich auch, wenn der Rest des Stücks nicht funktioniert.* »Und niemand, nicht einmal EVA kann Euch retten.« Inständig hoffte der Troll, dass sein Ruf gehört worden war.

Eine Dame in einem weiten Rokokokleid rauschte heran, an ihrer Seite ein Plüschschäferhund, der ein Schleifchen um den Hals trug.

»Mein Föhrer, nein, Ihr dörft nicht stärben«, rief sie gellend – und an der Stimme erkannte auch der Taubste und Blindeste, dass es sich um einen Mann handelte. Einen stark geschminkten Mann. Mit unrasierten Beinen und dichten Haaren auf der Brust, die aus dem Ausschnitt quollen.

»Eva! Dein Auftritt kommt doch erst viel später«, stammelte Hitler, der nun völlig aus dem Tritt gekommen war.

»Die …äh …Not hat mäch zu Euch gerofen. Ich will mäch Hamlöt anböten, um Euch zu rötten. Auch Euer Hond Blondie …«

»Ahaaaa, grauenvolle Bestie!« Hamlet stürzte vor und durchbohrte das Plüschtier, spießte es auf und schleuderte es durch die Luft. »Stirb! Stirb, wie dein Herr gleich sterben wird.«

»Mein Föhrer, lauft!« Eva warf sich dem Troll in den Weg und umklammerte dessen Beine, während Hitler endlich zurück in sein Konzept gefunden hatte und die Flucht ergriff, wie es vorgesehen war.

Eine dünne Gestalt segelte herbei, ganz in Weiß, mit langen Haaren und Sandalen, eingehüllt in einen hellen Glanz. Dünne Stahlseile verschwanden unter ihrem Kostüm – die Flughilfe für die Lichtgestalt.

»Ich werde dem Bösen Einhalt gebieten und die Welt von dir erlösen, Adolf. Du hast gesündigt und bist ein schlechter Mensch.«

»O Jesos!«, entfuhr es Hitler, der stehen blieb und sich zu Boden warf.

»Nein, ich bin Maria, aber in Verkleidung«, antwortete Jesus. »Sieh her.« Die Frau, die sich unter dem Kostüm verbarg, lupfte ein wenig das Gewand und zeigte dunkelgrüne Strapse und durchtrainierte Beine.

Die Menge tobte und raste. Popcorn flog durch die Luft, das Klatschen und Johlen war ohrenbetäubend.

Hamlet aka Genius, Schreiber, Intendant und Regisseur in einem, grinste. Die Aufführung war ein voller Erfolg, trotz des Patzers von Adolf.

Vorsichtig schielte er zur Loge, in der Overlord, Zweibrückens mächtigster Kreditgeber, sich das absurde Spektakel »Hamlet gegen Hitler« in der Inszenierung des »Trolligen Theaters« ansah. Ohne seine Knete würde der Spielbetrieb innerhalb von Minuten zusammenbrechen. Solange die Menge zufrieden war, war auch Overlord zufrieden.

»Zur Strafe werde ich meinen Lover, den GOTT …«, setzte Maria an.

»JA, MEINE TOCHTER?«, dröhnte es aus den Lautsprechern.

»Nicht jetzt, Himmlischer Liebhaber. Also, ich werde meinen Stecher, den HERRN, dazu bringen, dass er dich …«

»Nein, werte Dame Maria. Das darf ich nicht zulassen. Ich muss die Gefahr für immer bannen!« Mit einem gewaltigen Satz war Hamlet bei Hitler und piekste in schneller Reihenfolge auf ihn ein.

Adolf kicherte, wälzte sich dann in gespielter Agonie am Boden und starb mit einem hörbaren Furz, der immer leiser wurde.

»Ausgeschissen«, rief Hamlet triumphierend und riss die Arme hoch.

Das Licht auf der Bühne erlosch, und der marode Zuschauersaal wurde erhellt.

Das Publikum tobte, klatschte, pfiff und schrie. Die Lautstärke steigerte sich noch, als die ganzen Akteure auf der Bühne aufmarschierten und sich der Reihe nach verbeugten. Über allen sauste Maria hin und her und legte schwebend einen Strip hin.

»Danke, danke, danke, liebe Freunde der seichten Unterhaltung«, rief Genius strahlend und breitete die Arme aus. »Ich bedanke mich auch im Namen meiner Schauspielkollegen, die sich alle Mühe gegeben haben.« Er zog seinen Dreispitz und wedelte damit durch die Luft, bevor er auf die Loge Overlords zeigte. »Und natürlich meine größte Hochachtung dem Maître de monnaie, ohne dessen Kohle das ›Trollige Theater‹ keine einzige Aufführung bestreiten könnte.« Dröhnender Beifall würdigte den Einsatz des bekannten Kreditgurus. »Ihre Meinung liegt uns am Herzen, Overlord. Hat es Ihnen gefallen, Sire?«

Aus der abgedunkelten Loge leuchtete ein rotes Licht auf und zauberte einen bleistiftdicken Punkt auf Adolfs Stirn. Ein leises *Zwipp*, und der Ork fiel wie vom Blitz getroffen zu Boden.

Genius schaute teilnahmslos auf den ehemaligen Darsteller, um dessen Hinterkopf sich eine Blutlache bildete.

Sag was, sag was. Um Himmels Willen, sag was, dachte er. Er entschloss sich dazu, es von der lockeren Seite zu sehen. Ein paar Zentimeter weiter links und weiter oben, dann hätte sich sein Gehirn samt Encephalon und allen anderen technischen Spielereien auf den Brettern verteilt.

»So ist's recht! Ein schlechter Schauspieler weniger!«, rief er betont heiter, während er den Hut schwenkte.

Die Zuschauer lachten. Ein letzter Applaus, und die Menschen verließen in kleinen Gruppen den Saal.

»Mann, das war knapp«, bemerkte Maria, die eigentlich Gee Gee hieß und sich inzwischen einen Bademantel übergeworfen hatte. Die kurzen blonden Haare steckten noch unter dem Haarnetz, das sie wegen der Jesus-Perücke trug. Mit verkniffenen Mundwinkeln schaute sie auf den Toten.

»Ziemlich«, bestätigte der Troll und legte einen Arm um ihre Schultern. »Overlord hätte mich genauso abservieren können.«

»Hat er aber nicht«, sagte eine Stimme seitlich von ihnen.

Langsam wandte sich Genius um und achtete darauf, dass seine Lieblingsschauspielerin hinter ihm stand. Bei Overlord wusste man nie, was kam.

Es war einer der Muskeln, die der Kreditguru für unangenehme Aufträge angeheuert hatte. Breite Statur, langer Mantel, unter dem vermutlich ein Arsenal von Feuerwaffen versteckt war, und offensichtliche Cybermodifikationen. Aus den Kunstmuskeln und den chromfarbenen Kunstaugen machte der Mann jedenfalls keinen Hehl. Die Hände hielt er in Höhe der Gürtelschnalle verschränkt, im Gesicht ein breites Grinsen. Mit Sicherheit stand der Mörder Hitlers vor ihm.

»Tolle Vorstellung. Dem Boss hat es gefallen«, sagte er emotionslos. »Bis auf den Schauspieler.« Sein Kopf ruckte hektisch zur Seite. »Hey, Maria, geile Titten. Sind die echt?«

Gee Gee verdrehte die blauen Augen und hielt es nicht für nötig, dem Samurai zu antworten.

»Sind Sie deshalb hergekommen? Um der Dame dieses formvollendete Kompliment zu machen?«, fragte Genius ironisch.

»Nee.« Der Mann fixierte die Pupillen des Trolls. »Der

Boss will dich im Club sehen, um über die Besetzung zu reden. Er will etwas daran ändern. Alles klar?«

»Sagen Sie ihm, ich werde in wenigen Minuten dort sein, sobald ich mich ein wenig erfrischt und andere Sachen anzogen habe.« Genius lächelte.

Die Augen des Gegenübers verengten sich misstrauisch. »Heißt das ›ja‹?«

Der Chef des »Trolligen Theaters« seufzte und nickte gleichzeitig.

Der Mann entspannte sich. »Gut. Und bring Maria mit. Der Boss will sie auch sehen.« Grußlos drehte sich der Samurai um und ging hinaus.

Gee Gee zog den Bademantel enger. »Prima. Ich habe es geschafft, die Aufmerksamkeit des unberechenbarsten Verbrechers in achtzig Kilometer Umkreis auf mich zu ziehen.«

»Der Strip war deine Idee«, wehrte Genius ab. »Du wolltest es machen.«

»Ja, klar. Nachdem Adolf seine Nummer versaut hatte, wollte ich dem Publikum was bieten.«

Der Troll tätschelte sanft ihre Wange. »Herzlichen Glückwunsch, Teuerste. Bei Overlord hat es geklappt.«

»Ja, herzlichen Glückwunsch, Gee Gee«, murmelte sie und verschwand in Richtung Garderobe. *Ich werde mit dem Idioten nicht in die Koje steigen, das kann er sich abschminken.*

Genius setzte sich auf den Souffleurkasten und schaute sich in dem Festsaal um, den die Besucher wie immer in einem Chaos zurückgelassen hatten. Es roch nach Schweiß, Bohnerwachs und Parfüm – eine seltsame Mischung, wie er fand.

Seit zwei Jahren war der Troll Chef des Theaters, das dank Overlords Unterstützung eigene Stücke aufführte, um die Menschen in und um Zweibrücken vom Alltag in einer strahlenden Umgebung abzulenken. Die Stadt selbst galt als dekontaminiert, doch die Dörfer waren überwiegend verlassen aus Furcht vor Radioaktivität. Die Menschen in Zweibrücken arbeiteten meist in großen Gewächshäusern, in denen Kartoffeln und Gemüse in strahlungsfreier Umwelt gedieh. Kein leichter und abwechslungsreicher Job. Ein paar andere hatten das Glück, Handlangerdienste in der Kontrollrat-Kaserne verrichten zu dürfen. Hier waren tausend Gardisten, Drohnen und schweres Gerät zur Sicherung des Eingangs in die Verseuchte Zone untergebracht.

Trotz Trideo und Matrix war die absurde »Hamlet gegen«-Saga aus der Feder des Trolls der Renner. Der Däne hatte auf der Bühne schon gegen Batman, Alois Trenker, Artus und viele andere gekämpft, um Unrecht in der Welt zu vernichten.

Ab und zu verirrte sich ein Konmann in die Festhalle, wenn ihm eines der Forschungslabors in der am Stadtrand von Zweibrücken beginnenden Sox Sonderurlaub gegeben hatte.

Die Sox war die bestgesicherte Zone, die Genius je gesehen hatte. Die fünf Meter hohe Mauer mit Monofilamentdrahtdekoration, der fünfzig Meter breite Sicherheitsstreifen, die Minen und Selbstschussanlagen, Patrouillen und Drohnen machten es Fremden unmöglich, unbemerkt auch nur in die Nähe der unterirdischen Labors zu gelangen, die etliche große und kleinere Kons in der verseuchten Zone unterhielten.

Dafür herrschte an den richtigen Plätzen in Zweibrücken, wie in der Festhalle, eine gewisse Freiheit. Übertreiben sollte man es dennoch nicht. Zwar interessierte es die hochgerüsteten Gardisten des Kontrollrats weniger, wenn es in der Stadt eine kleine Schießerei gab. Aber die Polizei war in Windeseile vor Ort, um für Ruhe zu sorgen.

Welche Rolle Overlord dabei spielte, wusste keiner so

genau. Manche sagten, er hätte durch einen Kon seine Macht gewonnen und sich mit dem Kontrollrat arrangiert, andere rechneten ihn dem organisierten Verbrechen zu. Dem richtig gut organisierten Verbrechen, was immer das bedeutete.

Dem Intendanten war das egal. Er wollte nur Theater machen. Seine langjährige Karriere als Schattenläufer in Berlin hatte er an den Nagel gehängt, um sich etwas zu suchen, was ihn mehr erfüllte. Er hätte nicht gedacht, dass eine Künstlerseele in ihm schlummerte. Das Encephalon beflügelte seine Kreativität.

Was will Overlord mit mir bereden? In die Besetzungen hat er sich noch nie eingemischt. Der Metamensch fürchtete, dass es der zwielichtige Geschäftsmann auf Gee Gee abgesehen hatte. Seine Muse mit den üppigen Reizen. Wenn der Kredithai sie für die eigenen Geschäfte haben wollte, könnte es zu Komplikationen kommen.

Gee Gee hatte zuvor in einer Go-Go-Bar gearbeitet, in der sie auch andere Kundenwünsche befriedigen musste, und keinesfalls wollte sie dorthin zurückkehren.

Oder will er sie vielleicht für ganz andere Einrichtungen? Das kam schon gar nicht in Frage. *Dafür mag ich sie zu sehr.* Genius wollte auf seine fleischliche Inspiration nicht mehr verzichten. Notfalls kämpfte er darum. So lange sperrte er die »Künstlerseele« in einen Schrank und würde den Instinkt des Schattenläufers zum Leben erwecken.

»Oh, Scheiße, tut das weh«, kam es stöhnend aus dem Kasten.

Der Troll grinste. Der Souffleur war wieder zu sich gekommen.

ADL, Völklingen (Sox), Ares Makrotechnology-Arkologie, 13. 03. 2058, 22:30 MEZ

Bernard de la Chance rannte in sein Büro, nahm an seinem Schreibtisch Platz und rückte die Krawatte zurecht. Schon wollte er auf den Knopf des Monitors drücken, als sein Finger innehielt.

Er musterte in der reflektierenden Oberfläche des dunklen Bildschirms die Zähne und überprüfte die Zwischenräume auf Rückstände des in aller Eile verzehrten Krapfens.

Verwünschter Mohn.

Mit einem Schluck Soykaf spülte er die schwarzen Körnchen weg, kontrollierte neuerlich und kratzte bei der Gelegenheit noch an einer Kruste herum, die sich nach der Rasur am Kinn gebildet hatte.

»Wenn Sie mit der Körperhygiene fertig sind«, drang eine belustigte Stimme aus den Lautsprechern, »schalten Sie Ihren Monitor an. Damit Sie uns auch sehen können, Herr de la Chance. Vom Zustand Ihrer tadellosen Zähne haben wir uns inzwischen überzeugt.«

Der Bevollmächtigte von Ares für den Kontrollrat der Sox zwang sich, nicht die Fassung zu verlieren. Erst jetzt bemerkte er, dass die Leuchte unterhalb des kleinen Lochs im Gehäuse, in dem die Videokamera installiert war, grün brannte.

Merde. Er lächelte einstudiert und kam der Aufforderung des Mannes nach, den er an der Stimme als Major Frederik Langner erkannt hatte, der die Truppen im atomschlagsicheren Kommandobunker der MET2000 befehligte.

Der flache Schirm erwachte zum Leben, mit der anderen Hand setzte er die Monitorwand in Gang, auf der die mehr oder weniger amüsierten Gesichter der anderen Konzern-Bevollmächtigten erschienen.

»Bon nuit allerseits«, grüßte er in die Runde. Die Männer und Frauen von Saeder-Krupp, Renraku, AG Chemie, Ruhrmetall, Eastern Star Pharmaceuticals, IFMU und ECC sowie Major Langner nickten zurück. Ein Monitor blieb schwarz. »Da ich als Letzter ins Meeting stieß, habe ich wohl den Grund verpasst, warum wir uns so spät und vor allem über Videokonferenz treffen ...«

»Es gab einen Zwischenfall«, informierte Lesla Brittner von AGC den Ares-Mann und machte dabei seltsamerweise keinen sonderlich betroffenen Eindruck.

»Ich würde das kaum einen Zwischenfall nennen«, begehrte Karst Herold von ESP auf. »Das war ein Anschlag.«

»Ein Anschlag wäre es gewesen, wenn sich die Täter aufs Zerstören beschränkt hätten«, kommentierte Muriel Schwartzkopf von Ruhrmetall.

De la Chance hob hilflos die Arme. »Ich verstehe Sie nicht, messieurs dames.«

»Sie wissen es noch nicht?« Herold blickte in die Kamera. »Die Nova Cooperative Research Initiative bei Merzig wurde vor wenigen Stunden von unbekannten Tätern überfallen. Aufklärungsdrohnen fanden den größten Teil der Wissenschaftler getötet vor, die Forschungsergebnisse wurden den Angaben der Überlebenden zufolge gestohlen. Der Angriff hat die Anlage schwer beschädigt. Noch sind die Feuer nicht unter Kontrolle.«

Die Augen von De la Chance wanderten hinüber zum schwarzen Bildschirm. Damit hatte er die Erklärung geliefert bekommen. »Gibt es Hinweise auf die Terroristen?«

»Terroristen?«, schnaubte der ESP-Bevollmächtigte. »Ich würde sagen, dass sich jemand auf die Schnelle ein paar brillante Ergebnisse besorgen wollte und die Konkurrenz ausschaltete.«

»Wissen Sie denn, woran das Labor forschte?«, fragte De la Chance verblüfft.

Etwas irritiert schaute Herold zur Seite. »Nein. Woher denn?«

»Aber sicher, Herold.« In das Gesicht von Brittner stahl sich ein breites Grinsen.

Dem Bevollmächtigten von Ares fiel in diesem Augenblick ein, dass man sich erzählte, die Research Initiative wäre von den ESP gesponsert. Was die Erregung von Herold plausibel machte. »Spuren?«

»Nein«, sagte Schwartzkopf bitter. »Die Untersuchungseinheiten sind dabei, sich genauer umzusehen. Aber es scheint, als seien die Angreifer wie vom Erdboden verschluckt.«

»Und ich kann mir denken, in welchem Loch sie sich verkrochen haben«, grummelte der ESP-Bevollmächtigte. Wieder lächelte die Frau von AGC wissend.

Dem Major sah man an, dass er das Verhalten der Bevollmächtigten als reichlich kindisch betrachtete. Die übrigen Männer und Frauen hüllten sich in Schweigen.

»Ich will«, begann Herold betont langsam, »dass diese Sache restlos aufgeklärt wird, ganz gleich, welche Erkenntnisse dabei zutage treten. Und wir werden unsere Sicherheitsvorkehrungen verstärken. Von nun an wird es keinerlei Vorwarnungen mehr bei nichtidentifizierten Personen geben. Die Wachmannschaften erhalten Anweisung, hart durchzugreifen.« Er schaute entschlossen in die Kamera.

»In Anbetracht dessen, dass die Täter offensichtlich in die Zone eindrangen, um Forschungsergebnisse zu stehlen, verkünde ich ebenfalls die Verschärfung der Sicherheitsmaßnahmen«, erklärte Brittner süffisant. »Nicht dass wir auch Opfer der Unbekannten werden.«

De la Chance seufzte. »Messieurs dames, je vous en prie. Ist das wirklich notwendig?«

»Ha!«, machte der ESP-Mann aufgebracht. »Sie haben es nötig. Wer hat denn in den letzten Monaten aufgerüstet, als rechne er mit einem Krieg in der Sox? Oder wusste Ares mehr als wir, was die Gefahr von Überfällen angeht? Wenn ja, wäre es nett gewesen, ein Wort davon im Kontrollrat anzudeuten, Herr De la Chance.«

»Ich weiß nicht, was Sie meinen«, log der Ares-Vertreter.

»Kommen Sie, De la Chance. Wir sind alle Profis«, bekam Herold unerwartete Schützenhilfe von Schwartzkopf. »Ich zumindest weiß, dass Ihre Arkologie vier neue Leopard III-Panzer geliefert bekam und das Sicherheitsteam aufgestockt wurde.«

Major Langner schaute einen Moment lang zu einem anderen Gesprächspartner, der sich irgendwo hinter der Kamera befand, und las etwas.

»Sie alle haben in den vergangenen Monaten aufgestockt, meine Damen und Herren«, rieb er allen Vertretern unter die Nase, dass die Datensammler im Kommandobunker keineswegs schliefen, sondern ihre Arbeit hervorragend verrichteten. »Die Schießerei zwischen AGC und ESP vor einer knappen Woche war genauso unnötig. Nur weil sich die Konzerne in anderen Ländern nicht ausstehen können und ihre Intrigen spinnen, ist das für mich kein Grund, dass die Herren in den Chefsesseln wie die kleinen Jungs in der Sox Krieg spielen wollen.«

»Darf ich Sie darauf hinweisen, dass die MET2000 bei diesem Meeting und anderen Konferenzen nur ein geschätzter Gast ist, Major Langner«, fühlte sich Sascha Foster von Saeder-Krupp berufen, den Söldner zurechtzuweisen. »Friedensstifter benötigt der Kontrollrat wirklich nicht. Zumal Ihre Einheiten die Letzten sind, die man im Allgemeinen mit Frieden in Verbindung bringt.«

Langner atmete tief ein, die Nasenflügel des Militärs blähten sich. »Ich weiß das sehr wohl, Herr Foster. Alles, was ich wollte, ist, dass Sie alle darüber nachdenken, was Sie vorhaben und was sie damit anrichten könnten.« Das kantige Gesicht des Soldaten kam etwas dichter an die Linse heran. »Sollte die Vernunft sich nicht bald einstellen, dann wird MET2000 alles unternehmen, damit unser Kommandobunker sicher ist. Das hier ist kein Sandkasten, in dem sich die Sesselfurzer austoben können. Sagen Sie das Ihren Vorgesetzten.« Sein Bildschirm erlosch.

Nach und nach verabschiedeten sich auch die anderen Männer und Frauen. De la Chance stieß die Luft aus und klinkte sich ebenfalls aus.

Er zog die Beine an und wirbelte auf dem Stuhl im Kreis herum, während er sich die Meldungen über die Übergriffe in Erinnerung rief, die sich in den Ruinen der Städte zwischen den Sicherheitsteams der Kons abspielten.

Die weltweiten Übernahmekämpfe der Megakons wirkten sich in der Sox noch gravierender aus. Und es hatte ganz den Anschein, als würde es noch schlimmer werden. Die Konzernleitung hatte neue Panzer bestellt, weil man einen Anschlag von Saeder-Krupp fürchtete.

Nirgends saßen einflussreiche Unternehmen so eng aufeinander wie in der Verseuchten Zone, nirgends gab es so viele gleichermaßen geheime wie illegale Forschungsprojekte. Und nirgends existierten so wenige Instanzen, die einen offenen Konflikt unterbinden könnten.

Außer dem Kontrollrat.

Einigkeit stellte sich im Gremium in letzter Zeit nur ein, wenn es um eine Erhöhung der Mieten für die Sonderdeponien ging, die der Kontrollrat in der Zone unterhielt, um Geld für die Dekontamination der Sox einzunehmen. Es wurde immer schwieriger, einstimmige Beschlüsse zu fassen oder den eigentlichen Aufgaben nachzukommen.

Nach der heutigen Kriegserklärung von AGC an die ESP wird es vermutlich nicht mehr möglich sein, vernünftige

Entscheidungen zu treffen. Der Ares-Bevollmächtigte warf einen Blick auf die Liste mit den Namen der Gehaltsempfänger der Wachmannschaft. Er würde der Geschäftsleitung vorschlagen, aufgrund der Lage in der Sox noch ein paar Leute von Knight Errant in die Arkologie abzustellen. Auch wenn er wusste, dass das Aufrüsten zu einer Verschärfung der Situation führte, Sicherheit ging angesichts des Werts der Forschungsanlage vor.

Er tippte die Meldung an die Kon-Spitze und bat um weitere hundert Leute. Ehe er die Nachricht abschickte, überflog er sie noch mal. Nach kurzem Zögern erweiterte er die Bitte um ein paar Jagddrohnen und Sicherheitsrigger.

Für alle Fälle.

ADL, Badisch-Pfalz, Zweibrücken,
13.03. 2058, 23.13 MEZ

Herr, du hast mich am Leben erhalten, aber sie mussten in die Grube fahren. Lobsinget dem Herrn, ihr seine Heiligen, und preiset seinen heiligen Namen.

Langsam ließ das androgyne Wesen im weißen Mantel und mit den langen, platinblonden Haaren die automatische Waffe sinken. Eine eng anliegende Maske aus goldenem, plastikähnlichem Material machte sein Gesicht unkenntlich. Nur die Wangenknochen und Konturen zeichneten sich ab. Aussparungen für die Augen existierten nicht. Der Stoff der Larve musste von innen durchsichtig sein. Vielleicht brauchte das Wesen keine optische Orientierung.

Zehn Leichen lagen zu seinen Füßen. Boden, Wände, Plüschsessel, Tresen und der kleine Tisch des Raums waren rot vor Blut.

Herr, mein Gott, ich will dir danken in Ewigkeit.

Es drehte einen der Toten mit dem Stiefelabsatz auf den Rücken und ging in die Hocke, um sich die Pupillen anzusehen.

Es war ein junger Mann, um die achtzehn Jahre alt, dem eine Kugel aus dem schallgedämpften Schnellfeuergewehr das Ende bereitet hatte. Ein Hauch von Überraschung lag in seinem Gesicht. Die unbenutzte Pistole hielt er noch in der verkrampften Hand. Zu schnell ereilte ihn sein Schicksal.

»Wie gar nichts sind doch alle Menschen«, sagte das Wesen lächelnd. Es umfasste das große, silberne Kreuz, das über seiner kugelsicheren Weste baumelte, führte es zum Mund und küsste es dreimal. »Der Feind ist vernichtet, zertrümmert für immer.«

Es erhob sich, lud ein neues Magazin in den Schacht und schulterte die automatische Waffe. Zufrieden mit seiner Arbeit, nickte es kaum merklich und schritt über die Leichen hinaus.

Auf der Straße war es totenstill.

Normalerweise herrschte um diese Uhrzeit reges Leben in der Fußgängerzone. Aber heute wagten sich die Menschen nicht vor die Tür. Hinter dem ein oder anderen Fenster erkannte es neugierige Gesichter, die sofort verschwanden, wenn es in deren Richtung sah.

Gemächlich drehte sich das Wesen um und sah auf die Fassade des Gebäudes, aus dem es gekommen war. *Pleasuredom* verkündete die Neonleuchtschrift leise summend. Ein kurzer Feuerstoß ließ die Glaskörper in einem Funkenregen zerbersten.

Er wird regnen lassen über die Gottlosen Feuer und Schwefel. Es nahm eine Phosphorgranate von seiner Kampfkombi und entsicherte sie. Mit einem schwungvollen Wurf beförderte es den Sprengkörper durch die offene Tür ins Haus. *Und Glutwind ihnen zum Lohne geben.*

Die dumpfe Explosion ließ Putz von der Außenwand bröckeln, dann schossen grellgelbe Flammenwolken aus den Fenstern. Die heiße Chemikalie verwandelte die Leichen und die Einrichtung des Bordells rasend schnell zu Asche.

»Sela.« Die langen, platinblonden Haare des Wesens wehten im heißen, stinkenden Wind, und auf seiner goldenen Maske spiegelte sich das Feuer.

Gerne würde er bleiben und zusehen, wie das Gebäude einstürzte. Doch die Zeit hatte er nicht. Denn er, Cherub, Gottes Engel, musste in dieser Nacht noch einen anderen Ort aufsuchen.

»Okay, Mr. Overlord, dann erzählen Sie mal, wie lange Sie schon im Geschäft sind.« Poolitzer sah den massigen Kreditguru freundlich an und aktivierte sein Aufnahmegerät. Intern schaltete er seine Cybercam ein. *Das wird die Reportage der Woche.*

Der Mann, dessen Straßenname in der badisch-pfälzischen Unterwelt Schrecken verbreitete, lächelte. Betont langsam legte er die breiten Hände zusammen, dann fixierte er den Reporter.

»Du hast ganz schön Nerven, Füllfederhalter. Du erzählst meinen Männern, du hättest eine wichtige Nachricht für mich, schmuggelst das Aufnahmegerät an ihnen vorbei und verlangst ein Interview?« Overlord, ein Mann Mitte fünfzig und mit der Statur eines übergewichtigen Bodybuilders, langte in die Schublade und zog eine schallgedämpfte halbautomatische Pistole hervor, die er vor sich auf den Schreibtisch legte. Kein gutes Signal für den Verlauf des Gesprächs. »Ich komme gerade aus dem Theater und ich bin schlecht gelaunt. Verdammt schlecht gelaunt, Junge.«

»Ist das eine Drohung?«, erkundigte sich Poolitzer, dessen Name eigentlich Severin T. Gospini lautete, höflich und deutete auf die klobige Waffe. »Das könnte man nämlich als Drohung verstehen, Mr. Overlord. Das macht sich im Artikel nicht gut.« Er zog die schräg rasierten Augenbrauen zusammen und machte ein nachdenkliches Gesicht. »Und Ihr Ruf ist ohnehin nicht der beste. Damit Sie 's wissen.«

Der Kreditguru legte die Füße auf den Tisch, lehnte sich im Sessel zurück und faltete die Hände über dem Bauch.

»Du bist wahrscheinlich der abgebrühteste Füllfederhalter, der jemals ins *Capital* gestiefelt ist. Du bist eigentlich der einzige Füllfederhalter, der jemals hier reingestiefelt ist, wenn ich es mir richtig überlege. Oder du bist einfach nur dämlich. Warum sollte ich dir ein Interview geben?«

»Nun, weil ich ein aufstrebendes junges Talent bei InfoNetworks bin, das auf der Karriereleiter nach oben fallen wird. Und wenn ich ein großes Tier im Mediendschungel bin, ist es nie verkehrt, Kontakte zu haben, oder?« Der 26-Jährige zwinkerte mit den Augen, die in einem seltsamen Grünton glitzerten. Es war sein Markenzeichen, ständig irgendwelche Kontaktlinsen zu tragen. Seine ursprüngliche Augenfarbe wusste er schon gar nicht mehr. »Und natürlich, weil ich Ihnen sympathisch bin.«

Overlord neigte den Kopf zur Seite und deutete auf die kurzen Haare, die auf der linken Seite schwarz, auf der rechten weiß gefärbt waren. Das Kinnbärtchen sah genauso aus. »Du siehst eher psychopathisch aus, Füllfederhalter. Das erklärt auch, wie du bis zu mir gekommen bist.«

»Frechheit siegt«, sagte Poolitzer grinsend. *Ich kriege mein Interview, darauf kannst du einen lassen.*

Der Kreditguru, dem fast ganz Zweibrücken gehörte, schüttelte langsam den Kopf. »Nicht immer, Füllfederhalter. Nicht immer.«

Mit einer raschen Bewegung schnappte Overlord die

Waffe und richtete sie auf den Reporter. Ein roter Punkt leuchtete zwischen den Augen Poolitzers.

»He, Moment mal!« Der junge Mann hob die Arme. »Das ist ein Angriff auf die Pressefreiheit.« Langsam krümmte sich der Finger um den Abzug der großkalibrigen Pistole. »Hey, wie wäre es mit einem Feature über ›Overlord, der Menschenfreund‹? Den Mäzen? Die gute Seele von Zweibrücken, hm? Ein bisschen positive PR tut doch jedem mal gut, oder?«

»Wenn man sich in Gefahr begibt, kommt man darin um, Junge. Das hättest du wissen müssen.«

»Oh, Mann. Das wusste ich nicht. Ich bin aus Seattle, da ist alles ein wenig anders. Glauben Sie mir, Sir. Ich wollte gerade gehen.« Er fummelte am Aufnahmegerät herum, das immer noch eingeschaltet war. »Oh, sehen Sie sich das an. Ich habe die Batterien vergessen.« Poolitzer schlug sich an die Stirn. »Wissen Sie was? Ich werde schnell loslaufen und neue Akkus besorgen.« Er stand auf. Die Mündung der Waffe folgte ihm. Overlord beobachtete jede seiner Bewegungen. Im Gesicht des Unsympathen stand ein breites Grinsen. »Sie warten einfach hier, und ich bin gleich wieder hier, einverstanden?«

Es klopfte an der Tür, und Poolitzer zuckte zusammen.

»Herein!«, brüllte Overlord und legte die Waffe seelenruhig zurück in die Schublade.

Der Reporter jubelte innerlich. »Bekomme ich jetzt mein Interview, Mister?«

Der Kredithai verzog die Mundwinkel, sagte aber nichts.

Die Tür öffnete sich. Zwei Muskeln begleiteten einen aschfahlen Mann in Stadttarnklamotten und einem langen, schwarzen Ledermantel ins Zimmer und stellten sich rechts und links neben den Eingang.

»Drek, ein Vampir!«, entfuhr es Poolitzer. Er legte die

Unterarme kreuzförmig übereinander. »Weiche, Kreatur der Nacht!«

»Ich bin keine weiche Kreatur der Nacht«, antwortete der Mann locker.

»Sie sehen aber verdammt danach aus, Chummer.« Vorsichtshalber brachte Poolitzer wenigstens den Stuhl zwischen sich und den suspekten Typen. »Ein Zombie vielleicht? Also, wenn Sie etwas Unnatürliches sind, würden Sie mir die Freude machen, mir ein Interview zu geben? Es gibt da einen uralten Film, ›Interview mit einem Vampir‹, von Anne …«

»Merk es dir, Arschloch. Ich bin kein Vampir, klar?«

»Fresse! Alle beide. Das hier ist mein Büro«, meldete sich Overlord und klopfte auf den Schreibtisch. »Was gibt's, Ordog? Hast du die Kohle?«

Das wird ein klasse Real-Life-Doku, zuckte es dem Reporter durch den Kopf. Hoffentlich wurden die Aufnahmen auch was. Das Licht war nicht das beste.

Der Mann, der von dem Kreditguru als »Ordog« angeredet worden war und in dem Poolitzer einen Samurai vermutete, setzte sich und stützte die Ellbogen auf die Knie.

»Ich hatte die Kohle schon, als ein paar Idioten meine Geschäftspartner zerlegten und mit dem Schotter abgehauen sind.« Er deutete auf die Einschusslöcher auf seinem Rücken. »Das war verdammt knapp, wie du siehst.«

»Pass gut auf, Füllfederhalter. Jetzt kannst du was lernen«, sagte Overlord zu Poolitzer gewandt. Dann drehte er sich zu dem anderen um. »Du weißt, ich schätze dich und deine Dienste sehr, Ordog. Aber du schuldest mir Geld. Und jemand wie ich, der mit Geld Geld verdient, kann sich das nicht leisten.« Er sah dem Samurai in die toten Augen. »20 000 Mücken sind ziemlich viel. Und deine Zinsen stehen bei siebzehn Prozent. Bis wann wirst du die Summe zusammenhaben?«

Ordog atmete tief ein.

Er braucht Luft. Also doch kein Vampir, dachte der Reporter enttäuscht. Aber ansonsten war er mit der Entwicklung der Dinge recht zufrieden. Overlord hatte jemand anderen gefunden, an dem er sich abreagieren konnte. Insgeheim dachte der junge Mann über einen Fluchtplan nach, falls das bleiche Ding ausflippen sollte. *Ob ich im Notfall an den beiden Muskeln vorbeikomme?* Sicher war er sich nicht, aber es würde ihm keine andere Möglichkeit bleiben. Fenster hatte der Raum nicht, aber eine Belüftungsanlage. Die müsste in einer Zwangslage herhalten.

»Ich kann es dir nicht versprechen, Overlord, aber bis in zwei Wochen schaffe ich es.« Der fahle Mann zeigte die offenen Handflächen. »Ich habe nichts, was ich dir derzeit geben könnte, um meine Schulden zu bezahlen. Nicht mal ein Gewehr. Sorry.«

»Leid tut es mir auch«, nickte der zwielichtige Geschäftsmann. »Aber ich kann es mir nicht leisten, auf der Straße als weichherziger Mensch zu gelten, der Aufschub duldet.« Die Augen verengten sich. »Was hast du an Cyberware eingebaut, Junge?«

Ordog machte ein entgeistertes Gesicht. Dann schüttelte er langsam den Kopf. »Das kannst du nicht von mir verlangen. Ich brauche das Zeug, um Aufträge zu erledigen. Wie soll ich Kohle verdienen, wenn die wichtigsten Sachen ausgebaut sind?«

Overlord hob abwehrend die Arme. »Du hattest deine Chance, du hast sie nicht genutzt.«

Der Samurai senkte langsam den Kopf, ohne den Blick von seinem Kreditgeber zu wenden. Es sah sehr bedrohlich aus.

Das hatten sowohl die Muskeln als auch Overlord bemerkt, der eine Hand in die Schublade mit der Pistole legte.

Wenn die Freaks jetzt losballern, bist du tot, Gospini, arbeitete es in Poolitzers Hirn. Die Angst brachte ihn auf eine einfache, wenn auch kostspielige Lösung. »Ich mische mich einfach mal ein, ohne dass mich jemand gefragt hat«, begann er jovial. »Kommt es mir nur so vor, oder herrschen in diesem Raum Spannungen, die unter Umständen in eine klitzekleine Schießerei ausarten könnten? Das wäre doch für alle schlecht, überlegt doch mal.« Er begann, an den Fingern aufzuzählen. »Kaputte Cyberware, die nichts mehr wert ist, beschädigte Inneneinrichtung, Durcheinander, überall Blut, das keine Putzfrau der Welt mehr aus dem Teppich bekommt, und die ein oder andere Verletzung. Muss das sein?«

Keiner der vier Männer antwortete.

Overlords Leibwächter hatten die Hände unter der Jacke, und der Geschäftsmann lauerte auf jede Bewegung des Samurais, der in eine totenähnliche Starre verfallen zu sein schien.

»Also schön, wir machen Folgendes.« Der Reporter deutete mit beiden Zeigefingern auf Ordog. »Bevor irgendjemand von euch der Finger vom Abzug rutscht und mir dabei aus Versehen der Kopf wegfliegt, gehen wir beide jetzt an den nächsten Automat, ich ziehe Geld und leihe dir zwanzig Riesen. Mit dem Schotter wirst du ihm«, er schwenkte mit den Fingern auf Overlord, »den Kredit zurückzahlen.«

»Es fehlen noch dreitausendvierhundert«, sagte der Samurai dumpf. »Du hast die Zinsen vergessen.«

»Hey, auch kein Problem«, gab sich Poolitzer betont großzügig. »Damit kommen wir alle glücklich aus der Sache raus.« Vor allem gelangte er lebend aus dem Zimmer. »Haben Sie damit ein Problem, Mr. Overlord?«

Der Kredithai entspannte sich ein wenig. »Nein, keineswegs. Mir ist es egal, woher mein Geld kommt.«

Poolitzer strahlte und klatschte in die Hände. »Wunderbar! Und nun lass uns einen heben gehen, Blassnase.

Ich gebe dir einen aus, dann holen wir die Kohle, und der Tag ist gerettet.«

»Mein Name ist Ordog«, sagte der Samurai tonlos und irgendwie müde, »nicht Blassnase, klar?«

»Ich will mein Geld sofort«, unterbrach ihn Overlord. »Du wirst lostraben, Füllfederhalter, und den Zaster besorgen. So lange bleibt er hier. Ich gebe dir Zillis mit, damit du den Weg zurückfindest und dir niemand das Geld abnimmt. Es sind schlechte Zeiten, da raubt jeder jeden aus.« Overlord lächelte kühl.

»Dann bekomme ich ein Interview, ja?«, handelte der Reporter, während er zur Tür ging.

Ohne Kommentar winkte der Kreditgeber. Einer der Muskeln setzte sich roboterhaft in Bewegung. Ordog, das sah Poolitzer aus den Augenwinkeln, saß teilnahmslos auf einem Stuhl und betrachtete ein Bild an der Wand.

Sie verließen das *Capital* über einen Hinterausgang. Zillis, ein Schrank von Mann mit kantigem Gesicht und einer mechanischen Hand, lotste den Reporter in einen Mercedes ER 350 und fuhr los.

»Wohin?«

Poolitzer fuhr mit der Hand über das Armaturenbrett und die Ablage. »Mann, ist das echtes Holz? Verdammt teuer, oder?«

Der Lohnsamurai ging nicht auf die Frage ein. »Welche Bank?«

»Hey, wir könnten das Auto verkaufen, sagen, es wäre geklaut worden, und bezahlen Overlord mit seiner eigenen Kohle. Du bekommst natürlich einen Anteil, Kumpel.« Der Reporter griente. »Ich wette, für diesen Schlitten würden sie auf dem Schwarzmarkt mindestens ...«

Zillis hielt an. »Wohin? Sofort!«

»Ja, ja, schon gut. Nur die Ruhe. Da vorne um die Ecke und dann gerade aus zur Skonto-Bank«, beeilte sich Poolitzer zu sagen, nachdem er einen kurzen Blick in das Gesicht des Mannes geworfen hatte. »Habt ihr alle so wenig Humor? Ist das der Job oder die miese Bezahlung? In Seattle waren die Jungs irgendwie lockerer.«

Der Leibwächter ging nicht näher darauf ein und steuerte den Mercedes über die menschenleeren Straßen.

»Okay, ich gebe dir noch eine Chance, sympathisch zu wirken. Wie nennt man einen Türsteher noch?«, fragte der Reporter unvermittelt. »Schließmuskel!«

Zillis setzte den Blinker und bog ab in Richtung der Bank.

»Hast du den verstanden, ja? Würdest du bitte ein bisschen lachen, damit ich weiß, dass ich mit einem lebenden Typen durch die Gegend gondele?« Poolitzer warf die Hände in die Luft und schaute aus dem Fenster. »Habe ich ein Glück.«

Sein berufliches Interesse wurde durch den Schein lodernder Flammen in einer Querstraße geweckt. »Halt mal an! Da drüben brennt's!«

Zillis schaltete einen Gang hoch und fuhr ungerührt weiter.

»Mann, wegen dir verpasse ich eine Story!« Er griff dem Samurai ins Lenkrad, doch der stahlharte Griff des Leibwächters verhinderte, dass das Auto eine plötzliche Wendung vollführte.

Zillis beförderte den Kopf Poolitzers mit Wucht gegen die Frontscheibe, dass er benommen zurücksank. »Mach das nie wieder.«

»Das Gleiche wollte ich eben auch sagen«, stöhnte er und rieb sich die Stirn. »Das wird eine Beule, du Depp.«

»Selbst schuld.« Der Leibwächter knallte ihn ohne Vorwarnung gegen den Türrahmen. »Das war für den Depp. Wir holen das Geld und fahren zurück. Keine Extratouren, keine Ausflüge und keine Storys, du hast

Overlord gehört. Also, setz dich hin und genieß die Fahrt.«

Poolitzer trat fluchend gegen das teppichverkleidete Bodenblech. »Super. Die Konkurrenz wird sich freuen.« Sein Schädel brummte. »Ich hasse deinen Chef«, sagte der junge Mann kapitulierend und hielt sich mit einer Hand die schmerzende Stirn. *Drek, das wäre die Geschichte des Tages geworden.*

Der ER 350 hielt an. »Aussteigen. Geld holen.«

»Schon klar. Nur nicht so freundlich.« Poolitzer schwang sich aus dem Wagen und stapfte zur Bank hinüber, öffnete mit seinem Ebbi die Tür ging zum Geldautomaten.

Der ganze Lohn für die letzten drei Reportagen weg. Nur wegen eines Scheinvampirs. Genervt steckte er den Ebbi in den Schlitz, drückte mit Elan seine Nummer ein und ließ den Daumenabdruckscan über sich ergehen. Dafür bekäme er von dieser Gestalt ein Interview. Er hob 23 400 EC ab und betätigte nach leichtem Zögern die Bestätigungstaste. *Ich werde ihm einfach folgen bei allem, was er tut. Könnte ein gutes Feature werden.*

Er schaute auf die Chips. Einen Moment huschte ihm der Gedanke durch den Kopf, sich einfach aus dem Staub zu machen.

Nach einem kurzen Blick durch die Panzerglasscheibe auf den Leibwächter, der symbolisch für die nachfolgenden Schwierigkeiten stand, steckte er die Plastikscheiben ein und verwarf die Idee. *Dann könnte ich mich gleich selbst erschießen. Kacke, immer ich.*

Vor der Tür stand Zillis in einer Haltung, die einem versteckten Beobachter unmissverständlich klar machte, dass er von ihm eine Tracht Prügel oder Schlimmeres erwarten konnte, sollte er sich nähern.

Immer noch schlecht gelaunt, trat der junge Mann ins Freie und schaute nach Westen, wo die Flammen des Brandes einen tieforangefarbenen Schein an den Nachthimmel warfen. Vereinzelt stoben Funken in die Höhe, Feuerzungen leckten nach oben.

Und dann sah er die Gestalt.

Eine Silhouette erhob sich auf einem der angrenzenden Balkone, ein weißer Mantel und lange, weiße Haare flatterten im Wind. Das Gesicht bestand aus einer goldenen Fläche, die das Licht überirdisch reflektierte. In der rechten Hand hielt sie eine langläufige, vermutlich automatische Waffe.

»Was …«, machte Poolitzer überrascht und fasziniert zugleich.

Zillis zuckte herum und hielt in der nächsten Sekunde seine Pistole in der Hand. Ein Ziel sah er allerdings nicht mehr. Das Wesen war verschwunden.

Unruhig sah sich Overlords Handlanger um, ohne etwas entdecken zu können. »Was?«

Der Reporter zwinkerte mit den Augen. *Hoffentlich hat die Kamera das aufgenommen. Bitte, bitte, lass es sie aufgenommen haben.* »Ich dachte, da wäre was gewesen.«

»Wo?«

»Na, da oben. Auf dem Balkon.« Er deutete auf das hundert Meter entfernte Haus.

Der Samurai schaute in die angegebene Richtung, schüttelte dann aber den Kopf. »Da ist nichts. Trotzdem ist es besser, wenn wir fahren.« Ohne den Blick abzuwenden, öffnete er Poolitzer die Tür, die Waffe weiterhin in der Hand. »Einsteigen.«

Ohne Widerworte setzte sich der Reporter in den Mercedes, die Chips fest in der Hand haltend.

Vorsichtig kletterte Zillis ins Wageninnere und fuhr los. Schweigend erreichten sie das *Capital* und betraten es durch den Hintereingang. Wenige Minuten später standen sie vor dem Büro, aus dem eine heftige Diskussion zu hören war.

»Wir machen jetzt eine Überraschungsparty«, kündigte er an. Ohne zu klopfen trat Poolitzer ein und machte »Tata!«, bevor der Leibwächter eingreifen konnte.

Die Reaktion war verblüffend.

Overlord hatte wie aus dem Nichts wieder seine Pistole in der Hand, der andere Muskel flog mit ausgefahrenem Sporn auf den Reporter zu, während sich ein unbekannter Troll schützend vor eine gut aussehende Frau in einem Engelskostüm stellte. Ordog ließ sich samt des Sessels nach hinten kippen und verschwand aus Poolitzers Blickfeld.

Gute Idee, Gospini, dachte er, seine Gesichtszüge waren völlig entgleist. Dann prallte der Lohnsamurai gegen ihn und riss ihn von den Beinen.

Schreiend ging er zu Boden, schloss die Augen und hob die Arme schützend vor sich. »Nicht! Ich bin's, Poolitzer! Tut das nicht, das tut bestimmt weh!«

Unsanft wurde er am Kragen gepackt und auf die Füße gestellt.

»Verdammter Idiot!«, fluchte der Kredithai und steckte die Waffe weg.

Poolitzer blinzelte und sah den Leibwächter vor sich stehen. Den Sporn hatte er rechtzeitig einfahren können, aber am Ausdruck seiner Augen war ablesbar, dass er ihn gerne nachträglich eingesetzt hätte.

»Sie sind bestimmt sauer, was?«, erkundigte sich der Reporter vorsichtig und machte einen Schritt zurück.

»Mein Gott, was ist das denn für ein Schwachsinniger?«, wollte der Troll wissen, der erstaunlich gut artikulierte. »Kommt in Rächermanier auf die Bühne, als wolle er die Welt erobern.« Er drehte sich um. »Gee Gee, du kannst rauskommen. Es ist nichts passiert.«

Die Frau mit kurzen, blonden Haaren, atemberaubender Figur und ansprechendem Gesicht kam hinter dem Rücken des Metamenschen zum Vorschein. In der Hand hielt sie einen kleinen Derringer. Die Plastikflügel wippten leicht.

»Das ist Poolitzer, ein Geier von InfoNetworks, der mich tatsächlich interviewen wollte und zum Wohltäter mutierte«, stellte Overlord den jungen Mann vor. Im Hintergrund positionierte Ordog wieder den Stuhl, als wäre nichts geschehen, und ließ sich nieder.

»Hallo.« Poolitzer hob den Arm und winkte lächelnd in die Runde. »Und Sie sind ein Intellektueller, was? Wie alle Trolle?«

Der Metamensch musste grinsen. »In der Tat, das bin ich. Ein schöngeistiges Wesen in einem Hort voller Kretins. Doch sie eines Besseren zu belehren ist meine Aufgabe.« Er nahm eine Visitenkarte aus der Tasche und reichte sie ihm. »Genius Taralot, Schriftsteller, Regisseur und Leiter des ›Trolligen Theaters‹ in der Festhalle.«

Beeindruckt zog Poolitzer die Augenbrauen nach oben. »Wow, das ist eine Reportage wert. Wir zwei setzen uns später mal zusammen und reden über Ihre Show. Sind Sie das mit dieser Hamlet-Serie?«

Genius deutete eine Verbeugung an. »Ganz recht. Und hier an meiner Seite ist mein weiblicher Star, meine Inspiration, meine Sonne. Darf ich vorstellen: Gee Gee Delorian, die hübscheste Frau auf dem Erdenrund.«

Sie schüttelte nur den Kopf und versetzte dem Troll einen Knuff, dann steckte sie den Derringer zurück in das Holster, das geschickt in ihrem Dekolleté verborgen war.

»Raffiniertes Stück«, nickte der Reporter anerkennend, wobei nicht ganz klar war, ob er sie oder das Versteck meinte. Dann machte er ein angestrengtes Gesicht. »Habe ich Sie nicht mal in einem Nachtclub gesehen? Das war in …«

»Durften Sie da überhaupt schon alleine rein?«, lächelte sie kühl.

»Ich hatte meine Mami dabei«, gab er zurück und sah in ihre blauen Augen. »Ich glaube, Sie haben diese Fächernummer abgezogen, richtig? Und warum jetzt die

Engel-Masche? Gefallener Engel, hm? Der sündige Bote Gottes? Die Nummer würde ich gerne mal sehen.«

Gee Gee steckte sich eine Zigarette an, verschränkte die Arme und blies den Rauch genervt an die Decke.

»Wir wollten später proben. Jetzt ist sie Schauspielerin«, kam Genius zu Hilfe und umfasste ihre Schulter. Eine Geste, in die man sowohl Schutz als auch Anspruch interpretieren konnte. »Das ist ihre wahre Bestimmung.«

»Darüber reden wir später«, sagte Overlord, der sich einmal mehr in seinem eigenen Büro übergangen fühlte. »Ich mache dir ein tolles Angebot, Mädchen, von dem das ›Trollige Theater‹ und du etwas haben werden.«

»Ich werde nicht mehr auf die Stripbühne steigen, wenn ich es nicht selbst will.« Die Frau schnippte die Asche auf den Boden. »Eher bringe ich mich um. Oder andere.«

»Die Lady ist bestimmt gefährlich. Immerhin hat sie einen Derringer zwischen den ...« Poolitzer formte Brüste mit seinen Händen. »Also, wenn Sie noch mehr Oberweite hätten, könnten Sie eine dicke Kanone dort unterbringen, ohne dass es einer seiner Muskeln da bemerken würde.«

»Das Geld«, kam es knapp vom Kredithai. »Du hast es doch hoffentlich bekommen, oder, Füllfederhalter?«

»Eigentlich sollte ich Sie auf Schadenersatz verklagen, Mr. Overlord, wissen Sie das? Wegen Ihrer bescheuerten Anweisung habe ich eine gute Story verpasst.« Er betastete seinen Kopf. »Und Ihr hochintelligenter Muskel hier hat versucht, meinen Kopf durch die Frontscheibe zu schieben.«

»Sie haben doch hoffentlich nicht auf mein Armaturenbrett geblutet?«, erkundigte sich der Geschäftsmann. »Dann müssten wir noch die Reinigung berechnen.«

Poolitzer seufzte. »Schon klar.« Er warf die Chips auf den Tisch.

Overlord nickte. »In Ordnung, Ordog. Du bist bei mir

schuldenfrei. Wenn du einen Job oder sonst etwas brauchst, melde dich bei mir.«

Der bleiche Samurai stand auf und schritt durch die Tür.

»Hey, einen Augenblick«, protestierte Poolitzer und folgte dem Mann, der zielstrebig an die Bar steuerte und einen Whiskey bestellte.

»Wie geht es jetzt weiter?« Der Reporter tauchte strahlend an seiner Seite auf. »Ich meine, Sie schulden mir eine Menge Kohle. Aber keine Angst, Kumpel, ich werde keine Zinsen verlangen. Duzen wir uns? Ordog ist dein Name, richtig?«

Ordog drehte sich um und sah in das Gesicht seines Gegenübers.

Zwei, drei Minuten vergingen, ohne dass er etwas sagte, und auch Poolitzer verspürte plötzlich keinen Drang mehr, einen Ton von sich zu geben.

Die toten Augen bannten ihn, machten ihn bewegungsunfähig. So musste sich ein Kaninchen fühlen, wenn es von der Schlange angestarrt wurde. Auch wenn im *Capital* das Leben tobte, er hatte den Eindruck, dass alle Geräusche in dieser Ecke leiser waren.

»Na schön. Duzen wir uns.« Die blassen Lippen des Samurai hatten sich kaum bewegt. »Du kannst wählen. Entweder ich erledige einen Job für dich, oder ich bezahle dir im Laufe eines Jahres den Zaster zurück.«

»Was heißt das, einen Job erledigen?«, erkundigte sich der Reporter. »Was machst du?«

Ordogs Mundwinkel zuckten kurz. »Alles.« Er nahm einen Bierdeckel und schrieb eine Nummer drauf. »Ruf mich an, wenn du dich entschlossen hast.«

Der Samurai rutschte vom Hocker und durchquerte das *Capital*. Als habe er eine ansteckende Krankheit, wich jeder zur Seite aus. An der Garderobe bekam er vom Türsteher seine Waffensammlung zurück, dann verließ er das Gebäude.

Das ist vielleicht ein Herzchen, dachte Poolitzer und bestellte sich ein Mineralwasser. *Kein Dankeschön, keine Fragen, woher ich die Kohle habe oder weshalb ich so ein guter Mensch bin.* Er nippte an seinem Glas. *Schade, dass er kein Vampir ist. Ein Randgruppenfeature wäre natürlich der Renner gewesen.* Er prostete irgendeinem Mädchen zu, das daraufhin irritiert in seine Richtung schaute und aus dem Takt der Musik geriet. »Was steht als Nächstes auf dem Plan?«, überlegte er halblaut.

Die Liste entstand schnell in seinem Kopf: Das Cybercam-Material auswerten und das aufgezeichnete Gespräch mit Overlord editieren, ein bisschen digital aufmöbeln und archivieren. Vor allem die Szene mit der Pistole könnte später von Nutzen sein, denn eine solche Bedrohung würde Overlord vor Gericht zu schaffen machen, käme es zur Anzeige. *Und die kann er verhindern, wenn er mit Infos rausrückt. Es ist zwar ein gefährliches Spiel, aber nur so geht es.*

Danach wollte er mehr über diesen Ordog herausfinden. Und den Brand. Und diese seltsame Gestalt auf dem Dach. *Volles Programm, Gospini.*

Er kramte umständlich in der Tasche und stellte voller Entsetzen fest, dass das Aufnahmegerät weg war. In diesem Moment fiel ihm ein, wo es sich befand. Es stand noch bei Overlord auf dem Schreibtisch.

Insgeheim beglückwünschte er sich, dass er den Recorder manipuliert hatte. Nur mit einer bestimmten Tastenkombination schaltete man das Gerät aus, ansonsten zeichnete es weiterhin auf, ließ aber den Beobachter in dem Glauben, es sei abgeschaltet. Der Datenträger speicherte bis zu sechs Stunden Unterhaltung.

Poolitzer stand nun vor einem Problem.

Wenn er den Recorder einfach mit hinausnahm, würde Overlord mit Sicherheit die Disk kontrollieren lassen – wenn er das im ungünstigsten Fall nicht schon getan hatte. Also brauchte er eine Ablenkung.

Ich werde einfach wieder hineinstürmen, über den Tisch fallen und alles abräumen. Dabei wird sich eine Gelegenheit ergeben. Er trank sein Mineralwasser aus und bewegte sich in Richtung des Büros. Kurz darauf stand er vor der Tür.

Drinnen war alles ruhig.

Tief atmete er ein. »Also los, Gospini. Shakka. Du schaffst es. Shakka, Shakka und noch mal Shakka!«

Mit Schwung drückte er die Klinke herunter und machte zwei schnelle Schritte in den Raum. »Ich bin's wieder, Mr. Overlord, und ich ...« Sein linker Fuß rutschte weg. Er geriet ins Schleudern, bevor er einen Blick ins Zimmer werfen konnte. *Phänomenal!*

Frontal kam die Schreibtischplatte auf ihn zu. Nach der schmerzhaften Kollision schlitterte er über die polierte Chromoberfläche und knallte zusammen mit Stiften, Blättern und einem martialischen Briefbeschwerer auf der anderen Seite zu Boden. Die Luft schoss aus den Lungen. Ihm wurde schwarz vor Augen.

»Ein kleines Versehen«, keuchte er die Stiefel des Kredithais vor seiner Nasenspitze an. Wenige Zentimeter neben seiner Hand lag das Aufnahmegerät, das er schnell in die Jackentasche schob. Etwas Feuchtes auf dem Boden drang durch den Stoff und durchnässte seine Kleidung.

»Das wollte ich nicht.« Mühsam stemmte er sich in die Höhe. »Verdammt, bin ich auf Ihren Rotstift gefallen? Sehen Sie sich mal die Sauerei an. Hey, ich putze Ihr Büro kostenlos, einverstanden?« Er hob den Kopf und schaute Overlord unverbindlich lächelnd an.

Zumindest sah er in die Richtung, wo der Mann vorher gesessen hatte.

Jetzt thronte dort ein Rumpf. Die Arme lagen sauber abgetrennt rechts und links neben dem Sessel, der Kopf befand sich mit dem erstaunten Gesicht nach oben im Schritt.

Riesige Blutlachen breiteten sich aus. In einer davon war der Reporter bei seinem Eintreten ausgerutscht und hatte bei seinem Flug über den Tisch das klebrige Rot an sich verteilt. Das Büro glich einem Schlachthaus und er einem wahnsinnigen Metzger.

»Ich glaube, mir wird kotz …« Poolitzer erbrach sich knapp neben die nächste Leiche.

Zillis lag neben dem Schreibtisch. Ihm quollen die Eingeweide aus der Bauchhöhle, der Schädel fehlte zur Hälfte, und die beiden Hände, die jeweils noch eine Pistole hielten, lagen neben den Blumentöpfen.

Der Reporter machte große Augen und würgte, wobei er den zweiten Leibwächter entdeckte, den ein Hieb mit einem scharfen Gegenstand in zwei Teile zerlegt hatte. Keuchend wandte er sich ab.

Das kann nicht sein. Ich bin in einem Splatter-Film!

Dann fiel sein Blick auf die gewaltige Gestalt des Trolls, die wie eine hingeworfene Puppe in einer Ecke lag. Anhand der unnatürlichen Kopfhaltung vermutete er, dass ihm etwas das Genick gebrochen hatte. Dieses Etwas musste über titanische Kräfte verfügen.

Mitten im Raum stand Gee Gee.

Sie war von oben bis unten voller Blut, selbst von den Plastikflügeln troff es herab. Die Schauspielerin umklammerte zitternd den Derringer und drückte immer wieder ab. Klickend schlug der Hahn auf die Zündnadel. Es tat sich nichts. Eine bizarrere Szenerie konnte sich kein Regisseur der Welt ausdenken. Leider befand sich der Reporter nicht in einem Trid, sondern in der Realität. Das Schicksal schien ihn zur Hauptfigur machen zu wollen.

»Gee Gee, mein Gott, ich wusste nicht, dass Sie das vorhin so ernst meinten.« Poolitzer näherte sich vorsichtig der Schauspielerin, die ins Nirgendwo starrte und unablässig den Abzug betätigte, bis ihr der Reporter die Waffe aus der Hand zerrte.

»Geben Sie schon her.« *Schock*, diagnostizierte er. Der Geruch des allgegenwärtigen Bluts stieg ihm unangenehm in die Nase. Er musste sich beherrschen, nicht über die Frau zu kotzen. Poolitzer versetzte ihr eine leichte Ohrfeige und wartete auf die Reaktion.

Nichts tat sich.

»Das mache ich nicht gerne, das können Sie mir glauben.« Er holte aus und schlug erneut zu. Ihr abwesender Blick wich nicht.

Also gut, noch mal mit Gefühl.

Noch während der Bewegung erkannte er, dass er sich mit der Dynamik wesentlich verschätzt hatte, doch zum Abbremsen war es zu spät.

Krachend landete der Handballen an ihrem Kinn. Gee Gee verdrehte die Augen und stürzte zu Boden.

»Shit!«, brüllte Poolitzer und schaute fassungslos auf die ohnmächtige Frau. »Shit, shit, shit! Warum immer ich?«

Er warf die Pflanze aus dem Kübel und goss der Schauspielerin das restliche Blumenwasser über. Prustend kam sie zu sich und schreckte hoch.

»Na? Sind wir wieder die Alte, ja?« Zufällig entdeckte er das Geld, das er dem Kredithai überbracht hatte und nun herrenlos am Boden lag. Er bückte sich und hob die triefenden EC-Chips auf. Overlord würde sie nicht mehr brauchen. »Können Sie mir sagen, was hier los war?«

Gee Gee schrie gellend los. Sie rutschte quer durch den Raum, weg vom Reporter, und verursachte einen Höllenlärm. Dabei malte sie mit ihren Fingern wirre Muster ins gerinnende Blut.

Die Tür des Büros flog auf. Im Rahmen standen zwei Angestellte, die in ihrer Bewegung erstarrten, als sie die Blutorgie sahen.

»He, halt, ich weiß jetzt genau, was ihr denkt«, lachte Poolitzer nervös und hob beschwichtigend die Hände.

Inklusive des Derringers und der blutigen Chips. Das machte keinen Vertrauen erweckenden Eindruck. Wie die Blitze verschwanden die beiden Männer aus dem Eingang.

»Nicht doch!«, rief der Reporter verzweifelt hinterher. »Ich war das nicht. Das war sie. Ehrlich.« Er deutete auf Gee Gee, die sich neben dem Troll zusammengekauert und aufgehört hatte zu schreien. »Kommt zurück!« Er lief ein paar Schritte hinterher. »Sie sieht zwar nicht gefährlich aus, aber sie war es! Wirklich!«

In dem Moment löste sich ein Schuss aus dem Derringer und schickte den Angestellten eine Kugel hinterher. Von vorne ertönte ein Schmerzenslaut.

»Das darf ja wohl nicht wahr sein!« Er warf die kleine Pistole weg. Klappernd hüpfte sie den Gang entlang und entlud sich ein weiteres Mal, gefolgt von einem neuerlichen Schrei. Wäre jetzt eine Kamera in der Nähe gewesen, der Reporter hätte genau hineingesehen und geseufzt.

Ich bin verwünscht. Anders kann es nicht sein. Seine Fingerabdrücke zierten eine Waffe, er hatte jemanden damit verletzt, er hatte die Kohle in der Hand, die Overlord gehörte. Und die Bullen würden sich nicht viel Arbeit machen wollen. *Weg hier!*, analysierte Poolitzer panisch.

Angewidert stieg er über die Leichen, schnappte sich zuerst die Keykarte des Mercedes und dann das Handgelenk Gee Gees. Unsanft zog er sie auf die Beine.

»Du kommst mit, Schneckchen. Du wirst mir erzählen, was passiert ist.«

Er zerrte die willenlose Frau hinter sich her. Eine rote Spur hinter sich lassend, hasteten sie die Treppe zum Hinterausgang hinunter. Niemand hielt sie auf. Sie erreichten den teuren ER350 ohne Schwierigkeiten. Poolitzer warf die Schauspielerin auf den Beifahrersitz, hüpfte auf die Fahrerseite und steckte die Karte in den Schlitz.

Beim ersten Startversuch soff die Luxuskarosse ab. Wütend schlug er aufs Lenkrad. »Ja, schon klar. Verdammte Kacke! Immer, immer, immer ich!«

Erst im vierten Anlauf schaffte es der nervöse Reporter, den Mercedes anzulassen. Ohne Licht fuhr er aus der Garage, rammte drei Mülltonnen und steuerte den ER350 über Umwege aus der Stadt.

Was er genau tun sollte, wusste er noch nicht. Vielleicht fiel ihm unterwegs etwas ein. Gee Gee saß apathisch neben ihm und schaute auf die Straße, ohne etwas zu sagen.

»Hey, rotes Engelchen. Aufwachen!«

Sie blieb stumm.

Gospini, du hast dem Schicksal irgendwann mal kräftig in die Eier getreten. Anders kann ich es mir nicht erklären, dachte Poolitzer und kratzte sich an der Nase. Sie juckte wieder. Das Zeichen für eine große Story.

Doch in diesem Fall hätte er gern darauf verzichtet.

ADL, Badisch-Pfalz, Zweibrücken, 14.03. 2058,
***Capital*, 00.30 MEZ**

Kriminalhauptkommissar Vigo Spengler band den zweiten der blauen Plastikbeutel mit einem Stück Schnur in Höhe der Kniekehle zusammen und betrachtete zufrieden seine improvisierten Gamaschen. Die Kollegen der Spurensicherung waren bereits zu Gange. Die Beamten kamen in dieser Nacht ebenso wenig zur Ruhe wie er.

Im *Capital* standen seine Leute herum und verhörten Angestellte und Gäste über das, was sie zur Lösung des Falls beitragen konnten. Er würde seine Pension verwetten, wenn auch nur einer von denen zur Lösung des Falls beitrug. Alleine der Name »Overlord« verschlug den meisten die Sprache.

Spengler setzte sich in Bewegung. Die Tüten raschelten bei jedem Schritt laut, sodass sich einige der Leute zu ihm herumdrehten.

Er formte eine Blase mit einem Kaugummi, die knallend zerplatzte. »Mein Gehalt reicht nicht aus für ordentliche Gummistiefel«, erklärte er und steckte die Hände in die Taschen des orangefarbenen Synth-Lackledermantels.

Darunter konnte man das T-Shirt sehen, auf dem der Name einer längst vergessenen Heavy-Metal-Band in bunten Lettern stand. Die kurzen, schwarzen Haare standen in alle Richtungen, das durchschnittliche Gesicht wurde von langen Koteletten eingerahmt, ein Schnauzbart zierte die Oberlippe.

Sein Bäuchlein ragte ein wenig über den Hosenbund heraus und wippte, wenn er ging. Seit er Dienst beim LKA Badisch-Pfalz tat, verlotterte sein einst athletischer Körper langsam, aber beständig. Die Schreibtischarbeit und sein Lebensstil forderten Opfer. Das war anders, als er noch zur Bereitschaftspolizei gehörte und sich Schlägereien mit Friedensdemonstranten lieferte. Er kratzte sich am Bauch, den einige spöttisch-liebevoll »Pilsgeschwür« nannten. *Lang ist's her.*

Kauend stand er im Türrahmen zu Overlords Büro und betrachtete alles, bevor er eintrat.

»Das letzte Mal, dass ich so etwas sah, war bei einem Straßendoc«, meinte Ric Hensler, der das Team der Spurensicherung leitete. Er und seine beiden Mitarbeiter steckten in weißen Schutzanzügen. Dick und fett prangte »POLIZEI« auf dem Rückenteil. »Dem tauten die eingefrorenen Blutkonserven auf einen Schlag auf. Die Soße lief aus. Mann, das stank vielleicht.«

Ich sollte mir auch so einen Anzug besorgen. Der Ermittler spuckte seinen Kaugummi auf den Gang und trat vorsichtig ein. *Blut lässt sich schwer auswaschen.*

Das Plastik unter seinen Füßen machte das Gehen zu

einer rutschigen Sache. Spengler achtete darauf, dass sich immer etwas in der Nähe befand, das ihm notfalls als Stütze diente.

»Ich habe so etwas noch nie gesehen«, gestand er. »Sieht aus, als hätte jemand versucht, den Raum mit einem Kubikmeter roter Farbe und einem Stückchen C4 auf einen Schlag zu streichen.« Er schaute auf die Wunden. »Monofilamentdraht?«

Hensler nickte. »Offensichtlich.« Der Mann der Spurensicherung zeigte auf den Luftschacht. »Da wird der Angreifer hergekommen sein.« Er deutete auf zwei helle Flecken mitten im Raum, die die Form von Schuhsohlen hatten. »Eine Frau, gehen wir von der Art der Abdrücke aus, muss hier gestanden und zugesehen haben, während der Angreifer um sie herum das Blut nur spritzen ließ.«

Spenglers Funkgerät erwachte. »Laut den Zeugenaussagen befanden sich ein Reporter namens Poolitzer, mit echtem Namen Severin Timur Gospini, und eine Dame namens Gee Gee Delorian, in Wirklichkeit Selina Orlova, im Raum, als die Angestellten nach dem Rechten sehen wollten. Die Zeugen waren durch Schreie aufmerksam geworden«, meldete sich ein Kollege, der mit der Befragung beschäftigt war. »Der Wagen von Karl Immenhof fehlt. Die Blutspuren enden dort, wo der Mercedes stand. Die Leute sagten aus, dass der Reporter Geldchips in der Hand hielt und auf sie schoss. Wir haben die Waffe gefunden.«

»Und?«

»Ein Derringer, Herr Kriminalhauptkommissar.«

Für Vigo war ziemlich klar, dass der Reporter keine Schuld am Tod des Kredithais trug. Es ergab auch keinen Sinn. Die Möglichkeit, dass seine derzeitige Begleiterin etwas mit der Tat zu tun hatte, schloss er anhand der Fußabdrücke ebenso aus. Vielleicht hatten die beiden den Mörder bei der Arbeit gesehen und flüchteten.

Vorsichtshalber, um nicht selbst Opfer einer Monofilamentkur zu werden.

Was für eine Nacht. Spengler schälte einen neuen Kaugummi aus der Packung. Nachdenklich betrachtete er den Kautschukstreifen. »Wisst ihr, was mich immer wieder ärgert? Sie schaffen es, die unmöglichste Cyberscheiße zu bauen. Aber einen Kaugummi, der seinen Geschmack behält, bekommen sie nicht auf die Reihe.« Er geriet ins Rutschen und musste einen wilden Schlittertanz vollführen, um nicht zu stürzen.

Einer der Spurensicherer schwenkte mit der Kamera auf ihn, das Blitzlicht flammte mehrmals hintereinander auf. Als er endlich ruhig stand, die Arme waagrecht vom Körper abgespreizt, applaudierten die Beamten der Spurensicherung. »Nicht schlecht für einen Mann, der die vierzig überschritten hat«, lachte Hensler.

»Leckt mich doch, Jungs.« Der Gummistreifen wanderte in seinen Mund.

»In Ordnung, Superspürnase. Glaubst du, dass die ganzen Massaker irgendwie zusammenhängen oder dass die Leute bei Vollmond einfach nur durchdrehen?«

Genau auf diese Frage hätte der LKAler auch gerne eine verbindliche Antwort gehabt. Auf den ersten Blick schienen die Vorfälle in Zweibrücken nichts miteinander zu tun zu haben.

Er hatte fünf tote Ganger namens »Poser Killers«, ein Päckchen Kokain, vier Tote einer Gang namens »Snuffs«, die er noch nicht einordnen konnte, und einen völlig ausgebrannten, gestohlenen Volvo, in dem mindestens drei Granaten in die Luft geflogen waren. Das AK-98 in unmittelbarer Nähe des Tatorts war natürlich nirgends registriert und wies keinerlei verwertbare Spuren auf.

Dann gab es noch das vernichtete *Pleasuredom,* in dem jemand mit einer stattlichen Knatter zehn Menschen hingerichtet hatte, um den Puff anschließend in einen kokelnden Schutthaufen zu verwandeln.

Blieben der tote Immenhof aka Overlord, von dem Spengler wusste, dass er zu den gefährlichsten Männern der Westpfalz gehört hatte, und die übrigen Kadaver, die alle mit der modernen Variante eines menschentauglichen Eierschneiders bearbeitet worden waren. Ob es sich um zufällige Opfer handelte, würde sich herausstellen.

»Wo ist die Schnittstelle?«, grübelte er vor sich hin.

Hensler deutete auf die zerteilten Leichen um sich herum. »Machst du Witze? Such dir eine aus.«

»In dir steckt ein Schalk, Hänsel. Tu uns den Gefallen und lass ihn, wo er ist«, empfahl Vigo bissig und schlitterte wie ein Schlittschuhläufer durch den Raum. Dabei zog er sich Einweghandschuhe über und begann die Gegenstände näher zu betrachten. Gleichzeitig gab er über Funk den Befehl, eine Fahndung nach den beiden Personen und dem Mercedes in die Wege zu leiten.

»Sagt den Streifen, sie sollen sie nicht gleich über den Haufen ballern«, fügte er hinzu. »InfoNetworks soll uns alle bekannten Schlupflöcher des Reporters geben. Ich will alles über seine Vergangenheit wissen. Und die von Orlova, soweit das möglich ist.«

Es klopfte. Ein LKA-Beamter trat ein und brachte Spengler ein verschrammtes Aufnahmegerät, auf dem sich ein Reifenabdruck befand. Vigo registrierte verärgert, dass der Mann ebenfalls einen weißen Ganzkörperanzug trug. Offenbar hatte jeder so einen Overall im Kofferraum. Nur er nicht. »Das lag in der Garage. Es verfügt über eine Inventarnummer und gehört InfoNetworks.«

»Na, wer sagt's denn. Das hat uns Herr Gospini wohl unfreiwillig dagelassen.« Er fand die Abspieltaste. Er und die Umstehenden hörten die Unterhaltung zwischen verschiedenen Leuten, darunter auch die Stimme des Reporters.

»Mann, das ist ja ein ganzes Hörspiel«, sagte Hensler.

Vigo fummelte ein wenig an den Funktionstasten und erreichte laut Zeitanzeige fast das Ende der Aufzeichnung.

Overlord verlangte gerade von einem Genius, dass er Gee Gee an ihn abtreten solle, wenn das Theater weiterhin Creds haben wollte, als ein leises Quietschen ertönte.

Der wütende Dialog verstummte abrupt. Man hörte Schreien und Fluchen, das rasch in ersticktes Gurgeln überging.

Hensler verzog angewidert das Gesicht. Seine Fantasie und die verstümmelten Leichen im Raum ermöglichten es ihm, die Vorgänge zu rekonstruieren.

»Der Herr ist gut und gerecht. Darum weist er den Sündern den Weg«, sagte eine unbekannte Stimme völlig ruhig, deren Klang durch einen Modulator verzerrt wurde. »Die Gottlosen sollen zu den Toten fahren.« Die Laute im Hintergrund waren nun verstummt. Lediglich ein leises, beständiges Klicken durchbrach die Stille.

»Was bist du?«, hörten sie Overlord entsetzt schreien.

»Ich verkündige Gerechtigkeit in der großen Gemeinde«, antwortete die Stimme. Ein Geräusch ertönte, als reiße man Stoff in der Mitte durch. »Alle Welt fürchte den Herrn.«

»Geld? Willst du Geld? Ich gebe dir das Dreifache von dem, was man dir gezahlt hat. Sag Boriz …«

»Dem Herrn sind ein Gräuel die Blutgierigen und die Falschen. Kommet her, ihr Kinder. Ich will euch die Furcht des Herrn lehren.«

»Oh, Scheiße«, wisperte Overlord. »Ich schwöre …«

Etwas durchschnitt zischend die Luft. Der Kredithai röchelte und stöhnte ein letztes Mal auf.

»Nun ist mein Herz fröhlich. Deinen Willen, mein Gott, tue ich gerne.«

Lange Zeit folgte nichts mehr, dann öffnete sich die Tür, und die Stimme des Reporters ertönte. Es rumpelte, Gospini stöhnte auf, das Gerät wurde abgeschaltet.

»Puh«, stöhnte Spengler und wog das Beweisstück in der Hand, ehe er es in der Gesäßtasche verstaute. »Damit wissen wir, dass Gospini nicht im Raum war, als jemand mit einem religiösen Tick ordentlich gewütet hat.« Er zückte sein Funkgerät. »Ich will alle Unterlagen von Profikillern und Psychopathen haben, die sich für die Abgesandten Gottes halten. Findet heraus, wer der neue Platzhirsch in der Westpfalz sein wollte. Ein Boris wurde genannt.«

»Hier hat sich jemand für auserwählt gehalten, den Platz von Overlord einzunehmen, was?«, schätzte der Leiter des Spurensicherungsteams. »Dann müsst ihr doch nur warten, bis sich der Nachfolger eingefunden hat, und könnt ihn festnehmen.«

»Yep«, meinte Vigo lakonisch und rutschte vorsichtig in Richtung Ausgang. »Und inzwischen liefern sich die vielen kleinen Prinzen eine Schießerei nach der nächsten.«

»Sieht nach einem Gang-Krieg aus«, gab Hensler seine Vermutung kund.

»Es sieht danach aus«, stimmte der LKA-Mann zu. Nicht nur, dass die Kons durchdrehten. Nun waren sogar die Verbrecher scharf drauf, sich gegenseitig umzubringen. Toter Abschaum in der Seitengasse, ein brennendes Bordell, Stoff, ein toter Kredithai. »Es sieht danach aus«, wiederholte er nachdenklich. Vielleicht trog der erste Schein.

In Gedanken versunken, achtete er nicht mehr auf den schmierigen Untergrund.

Auf dem letzten Meter glitt sein rechter, in Plastikfolie verpackter Fuß aus. Spengler hob ab und landete rücklings im geronnenen Blut.

Ein weiteres Mal flackerte das Blitzlicht auf.

»Du liegst in Beweismaterial, Spürnase.« Der grinsende Hensler schob sich in sein Blickfeld, die Kamera im Anschlag. »Lächeln.«

Etwas piekste unangenehm am Hintern des Kriminalbeamten. Vorsichtig richtete er sich auf und zog die geborstenen Überreste des Rekorders aus der Hose.

»Du solltest abnehmen«, empfahl ihm der Chef der Spurensicherung und zwinkerte. »Ich sehe schon die Schlagzeile: Fetter Polizistenarsch vernichtet wichtiges Indiz.«

Warum immer ich?, dachte Vigo deprimiert.

ADL, Bexbach (Sox), ECC-Arkologie, 15. 03. 2058, 08:00 MEZ

»Wach auf, Enni! Hörst du mich? Los, werde endlich wach!«

Die Läuferin hörte die Stimme, die gedämpft an ihr Ohr drang. Ihr Blick klarte sich auf. Allmählich nahm sie die Umgebung um sich herum wahr.

Die Probandin saß im Bett, die rechte Hand starr nach vorne ausgestreckt. Ihr Zeigefinger zog den imaginären Abzug einer Waffe in rasender Folge nach hinten.

Selbst als sie sich auf das Körperteil konzentrierte, wich die Spannung nur allmählich. Fast widerwillig hörte ihr Finger auf, sich zu bewegen.

»Enni?«

Das Licht ging an. Sie spürte, wie sich eine Hand auf ihren nackten Rücken legte.

Die Läuferin sah sich selbst erstaunt dabei zu, wie ihr Oberkörper in Eigenregie herumwirbelte. Ihre Finger griffen den Arm Charlys und verbogen ihn mit einem Selbstverteidigungsgriff derart, dass der Wachmann durch die Hebelwirkung mit dem Gesicht nach unten ins Kissen gedrückt wurde. Sein Schrei wurde erstickt.

Erschrocken fuhr sie zurück und gab ihren Liebhaber frei.

Stöhnend wälzte er sich herum und starrte sie entgeistert an. »Ich glaube, diese Albträume sind nicht gut«, meinte er nach einer Weile und massierte vorsichtig die Schulter. »Weder für dich noch für mich.«

Enni begann unkontrolliert zu zittern. Charly legte ihr die Decke um und nahm sie in die Arme. »Beruhige dich. Mir ist nichts passiert.«

Die Läuferin musterte ihn verständnislos. »Warum … habe ich das gemacht?«

Der Kon-Gardist atmete tief ein. »Ich weiß nur, dass es nun schon der vierte Anfall ist. Jedenfalls, wenn ich dabei bin.«

»Meinst du, es hängt mit der Cyberware zusammen?« Angst schwang in ihrer Frage mit.

»Du solltest nicht vergessen, dass es sich um Experimente handelt«, erinnerte sie Charly besorgt. »Was immer sie testen, es ist offensichtlich noch nicht ausgereift.«

Die junge Frau spürte die hämmernden Kopfschmerzen, die von einer Minute auf die andere einsetzten. Eine unsichtbare Metallklammer legte sich um ihren Schädel. »Dr. Gud erwähnte, dass etwas nicht so arbeitete, wie es sollte. Vielleicht ist es das.« Sie massierte sich die Schläfen. Ohne Erfolg. Die Schmerzen blieben.

»Weißt du, wovor ich Angst habe?« Der Mann streichelte ihr beruhigend über die vernarbte Kopfhaut. »Wenn du einen solchen … Traum hast, und irgendwo liegt eine Waffe herum. Du könntest dir etwas antun.«

Sie schwiegen eine Weile. Ennis Zittern verebbte. Charlys Bemerkung hatte sie in Panik versetzt. Die Sorge galt jedoch nicht ihrem eigenen Leben. »Du solltest nachts nicht mehr bei mir bleiben«, eröffnete sie. »Wenn einer in Gefahr kommt, bist du es.«

»Aber …«

»Keine Widerrede«, befahl sie sanft. »Ich sage Dr. Gud, dass ich schlecht schlafe, und schildere ihm die Schwierigkeiten. Er wird mir sagen, was zu tun ist.« Die Läuferin trat wütend gegen das Bettende. »Verdammt, hoffentlich muss er mir den Computer nicht ausbauen. Wenn es eine Unverträglichkeit ist, wären die ganzen Monate, die Schmerzen ... wäre alles umsonst gewesen.«

»Ist dir die Verdrahtung mehr Wert als ein normales Leben?«, erkundigte sich der Gardist vorsichtig.

»Ein normales Leben?«, wiederholte sie ungläubig. »Hey, Charly, ich bin eine Läuferin! Ich werde sowieso kein normales Leben führen. Der Schwede soll mir ein paar Pillen gegen die Nebenwirkungen geben. Das Ding bleibt in meinem Kopf.«

Der Wachmann sah nicht sonderlich überzeugt aus. Gerade öffnete er den Mund und wollte etwas sagen, als sein Kom fiepte. »Verdammt, ich muss zum Dienst.« Er drückte ihr einen Kuss auf die Lippen, schlüpfte in die Kleider und huschte hinaus.

Enni seufzte und schleppte sich unter die Dusche. Unter dem heißen Wasserstrahl versuchte sie, sich an ihren Traum zu erinnern. Es gelang ihr nicht.

Verwundert stellte sie fest, dass sie sich an keinen Traum besinnen konnte, seit sie sich in der Ark von DrakenSys befand. Oder was sie in den Nächten machte, an denen sie nicht mit Charly zusammen war.

Sie probierte, die Bewegungsabfolge des Verteidigungsgriffs zu repetieren, mit der sie ihren Liebhaber vorhin schachmatt setzte. Sie bemühte sich, fuchtelte mit den Händen, ohne zu einem zufriedenstellenden Ergebnis zu gelangen.

Wozu man aus einem Reflex heraus fähig ist, dachte sie kopfschüttelnd und verließ die Kabine, um sich abzutrocknen. Dabei bemerkte sie einen blauen Fleck an ihrem linken Oberarm, der wohl von einer Prellung stammte. *Super. Jetzt verpasse ich mir im Schlaf schon selbst Hiebe.*

Keineswegs gut gelaunt schlüpfte sie in bequeme Joggingsachen, setzte die Baseballkappe auf und schlenderte zum Frühstück.

Nach der Stärkung und vier Tassen Kaffee ließ das Kopfweh nach. Enni beschloss, nicht zu Gud zu gehen. Sie wollte nicht wie ein Jammerlappen wirken. Außerdem fürchtete sie, der Wissenschaftler könnte beschließen, der Gefechtscomputer sei bei ihr fehl am Platz.

Der Schwede betrachtete die Kurvenverläufe, Impulsmessungen und Ausdrucke. Das Antlitz verhieß nichts Gutes.

»Ich fürchte, Frau Gerlach, der Gefechtscomputer ist bei Ihnen fehl am Platz.« Er schaute sie über den Rand eines Blattes an. »Er scheint Sie nicht zu mögen, obwohl ich es nicht verstehe. Diese Error-Meldungen sind einfach nicht wegzukriegen.«

Genau das sollte er nicht sagen. Die junge Frau unterdrückte den Anflug von Verzweiflung. »Aber es hat alles so gut angefangen.«

»Die meisten Beziehungen fangen auch sehr gut an, bevor man sich scheiden lässt oder es in einem Mord endet«, merkte Gud sarkastisch an.

Enni suchte verzweifelt nach einem Einwand »Und wie soll das später laufen, wenn DrakenSys den Computer auf den Markt bringt? Wird die Kundschaft ausgesucht? Welche Kriterien muss jemand mitbringen, dem ein solches Stück implantiert wird?«, versuchte sie ihren Betreuer umzustimmen.

Der Schwede wanderte im Büro auf und ab. Die Richtigkeit ihrer Bemerkungen waren nicht von der Hand zu weisen.

»Verstehen Sie mich bitte. Ich mache mir Sorgen um Ihre Gesundheit«, erklärte der Schwede ihr nach einer

Weile. »Sie wissen, dass der menschliche Körper nur bis zu einem bestimmten Grad Vercyberung verträgt, ohne Gefahr zu laufen, sich gravierende Persönlichkeitsstörungen einzufangen.«

Die Läuferin machte ein verwundertes Gesicht. »Soweit ich weiß, dürften die paar Einbauten kaum etwas ausmachen.« Sie grinste. »Oder haben Sie mir etwas anderes eingebaut, während ich auf dem OP-Tisch lag?«, fragte sie im Scherz.

Ruckartig zog Gud die Unterlagen vors Gesicht. »Bestimmt nicht, Frau Gerlach. Nur das, was Sie sich wünschten, gemixt mit Bodyware: leichte Kunstmuskulatur, verbesserte Zielerfassung und einen synaptischen Beschleuniger. Mehr nicht.« Zum Beweis hielt er ihr die Röntgenbilder ihres Schädels unter die Nase.

»Bitte, Doktor, geben Sie mir und dem neuen Takcom noch eine Chance«, bat sie ihn inständig. »Justieren Sie nach, verändern Sie irgendwelche Parameter, oder machen Sie sonst was.« *Hauptsache, der Computer bleibt, wo er ist.* »Stellen Sie sich vor, DrakenSys bringt das Ding auf den Markt, und keiner kann es benutzen, weil es zu Unverträglichkeiten kommt. Weil Sie bei mir nicht nachforschten.« Sie erkannte, dass sie Gud beinahe überzeugt hatte. »Und das könnte Tausende von Klagen nach sich ziehen«, setzte sie eins drauf. Der Abschluss ihrer Argumentationskette saß.

»Na schön«, gab der Mann nach und deutete auf den massiven Stahlstuhl. »Justieren wir. Vielleicht bringt es was.«

ADL, Bayern, Ingolstadt, 15. 03. 2058, 14:20 MEZ

Annegret Berger tauchte aus den azurblauen Fluten des Swimmingpools auf, erklomm die Sprossen und wurde sofort von einem Bediensteten in einen weißen, flauschigen Bademantel gehüllt. Die Chefin von Cyberdynamix nickte dem Mann knapp zu und begab sich auf die Sonnenliege.

Die Lampen an der Decke erwachten zum Leben und verbreiteten wohlige Wärme, gepaart mit sanft bräunenden Strahlen, während die Vorsitzende ihre Blicke über die Stadt gleiten ließ. Sie nahm die ihr gereichten Unterlagen entgegen und schaute die Geschäftsberichte durch.

Der Konzern erholte sich nach dem Fiasko mit dem TAKC 3000 erstaunlich gut. Nicht zuletzt, weil ein neuer Hoffnungsschimmer am Horizont aufglänzte.

Ausgerechnet dort, wo niemand ernsthaft zu leben gedachte, entstand im hastig verlagerten Labor von DrakenSys der neue Verkaufsschlager. Mit ihm konnte sich Cyberdynamix innerhalb eines Jahres sanieren, wenn die Wissenschaftler in der Zone endlich grünes Licht gaben. Die Notiz, die sie als E-Mail erhalten hatte, sollte sie erneut vertrösten. Damit gab sich die Geschäftsfrau nicht zufrieden. Sie benötigte Erfolgsmeldungen.

Annegret Berger ließ sich eine sichere Verbindung zum Vorstandsvorsitzenden des schwedischen Tochterkonzerns von ECC geben. Thor Lundgreens ungehaltenes Gesicht erschien auf dem Bildschirm.

»Hallo, Thor. Was machen die Forschungen in der Sox?«

Der Schwede runzelte die Stirn. Die drängende Anruferin strapazierte seine Geduld. »Sie haben meine Nachricht nicht erhalten?«

Berger nickte. »Sicher. Aber sie ist mir zu nichtssagend.« Sie nahm ein Badetuch und tupfte sich Wassertropfen von der Stirn, die aus den Haaren rannen und in die Augen zu laufen drohten. »Also?«

»Ich glaube nicht, dass ich Ihnen tiefer gehende Auskünfte schuldig bin, Annegret«, kanzelte der Schwede sie kühl ab. »Ich habe Besseres …«

»Sie sitzen mit Ihren Leuten in meiner Arkologie, Thor«, erinnerte sie ihn genüsslich. »Sie sind mir durchaus Auskunft schuldig. Die Lage in der Sox wird immer angespannter, die großen Kons rüsten auf. Ich mache mir Sorgen, dass unsere Anlage in Bexbach zwischen die Fronten gerät und so endet wie Research Initiative.« Die Geschäftsführerin schlug einen versöhnlicheren Ton an und stellte die anderen als gemeinsame Feinde dar. »Deshalb sollten wir mit dem neuen Projekt so schnell wie möglich aus der Zone raus, ehe Saeder-Krupp oder Ruhrmetall Wind von der Sache bekommen. Ich will den Gefechtscomputer in Sicherheit wissen.«

»Damit uns nicht noch einmal so etwas passiert wie bei Ihnen vor der Haustür, Annegret?«, vollendete Thor liebenswürdig. Diesen Tiefschlag gönnte er sich. »Außerdem gehört die Ark unserem Mutterkonzern ECC. Entspannen Sie sich. Die Herren bei DrakenSys, die Ihren Kopf nach dem Malheur forderten, haben sich beruhigt. Dank unseres Wissenschaftlers Dr. Gud konnten wir wenigstens das Abfallprodukt vom TAKC 3000 bewahren und ausbauen.« Thor würgte einen eingehenden Anruf mit einem Tastendruck ab. »Die Bauteile, die Cyberdynamix lieferte, sind exzellent, Annegret. Alles fügt sich zusammen.«

»Weshalb bekomme ich dann keine endgültige Erfolgsmeldung?«, hakte sie unerbittlich nach. Ihre Laune verschlechterte sich. Sie ahnte, dass sie wiederum nichts Konkretes erfahren würde.

Der Schwede machte ein wichtiges Gesicht. »Einige der Probanden klagen über Nachwirkungen und Rückkopplungen im Feldtest. Das möchten wir noch beheben. Wir können es uns im Moment nicht erlauben, mit einem fehlerhaften Produkt auf den Markt zu gehen. Die Kurseinbrüche gäben uns den Rest, und unsere

Konzerne wären Konkurrenten ausgeliefert. Saeder-Krupp soll sich verstärkt für ECC-Anteile interessieren.«

»Es sieht alles danach aus, als liefe es auf einen echten Krieg in der Sox hinaus, Thor. Wir müssen uns beeilen«, schärfte Berger dem schwedischen Kollegen ein. Wenigstens schien es in der Ark voranzugehen. »Das Produkt gibt uns einen enormen Vorsprung gegenüber den anderen Mitbewerbern. Der Computer kann uns mit einem simplen Knopfdruck schon bald eine Armee zur Verfügung stellen, ohne dass wir einen einzigen Cred bezahlen müssen. Er sollte nicht in falsche Hände geraten.«

»Ich richte dem Leiter der Anlage Ihre Hinweise aus, Annegret«, bestätigte Thor sachlich. »In den nächsten drei Wochen sind wir so weit. Das verspreche ich Ihnen. Einen schönen Tag.« Er unterbrach die Leitung, sein Lächeln erstarb.

Diese Frau geht mir vielleicht auf den Sack. Erst ruiniert sie die Forschungsarbeit von Jahren, dann markiert sie den großen Boss, nur weil sie im Amt geblieben ist.

Der Anrufer, den er vorhin in die Warteschleife schickte, ließ sich nicht abwimmeln. Als er die Nummer las, zuckte er zusammen. Es war Hermann Tröschke, Assistent von Franz Öfele, dem Geschäftsführer der Carl Walther GmbH.

Das passt ja alles hervorragend heute zusammen. Er trank einen Schluck Wasser und holte sich das Gespräch auf den Monitor. Nun waren schauspielerische Talente gefragt. »Herr Tröschke, wie schön! Was kann ich für Sie tun?«

»Für mich nichts«, erwiderte die rechte Hand des Geschäftsführers barsch. »Aber Herr Öfele hat festgestellt, dass etwas in Badisch-Pfalz nicht so läuft, wie es sollte. Hallo im Übrigen.«

Wo bei allen Fjordungeheuern ist denn Badisch-Pfalz? »Sie müssen ein wenig deutlicher werden, Herr Tröschke«, bat der Schwede mit einem unangenehmen Gefühl, als würde er gleich mit etwas konfrontiert, das ihm nicht passte.

»Das tue ich gerne. Um genauer zu sein, es ist etwas in Zweibrücken passiert. Das ist die östliche Zufahrt in die Sox. Klingeln die Alarmglocken?«

»Ich vermute, Sie meinen den sich zuspitzenden Konflikt der Kons in der Zone?« *Wie gut, dass ich eben mit Berger telefonierte.* Er breitete die Arme aus und gönnte sich ein beschwichtigendes Lächeln. »Das bereitet uns alle Kopfzerbrechen. Aber wir sitzen ja glücklicherweise abseits von alledem. Ach ja, Ihre Lieferung ist sicher bei uns in Schweden angelangt und wird demnächst getestet.« Er log absichtlich. Es musste Tröschke nichts angehen, dass die Gewehre an die ECC-Ark in Bexbach gingen.

»Sie haben sie noch nicht ausgepackt? Nun, das verwundert mich ein wenig.«

Nun verstand der DrakenSys-Geschäftsführer gar nichts mehr.

Was ihm Tröschke ansah. »Wir haben Ihnen wie besprochen nagelneue Kampfgewehre der Fabrikation Mauser geliefert, das neue MALW 01. Mit den gewünschten Spezifikationen, was die Verbindungsstelle der Smartverbindung und den Lauf angeht«, begann er.

»Das ist sehr löblich, aber …«

»Lassen Sie mich ausreden«, unterbrach ihn Tröschke brüsk. »In Zweibrücken wurde in einem Bordell ein Massaker veranstaltet. Was mich nicht weiter stören würde, wenn die Spurensicherung nicht zufällig Hülsen und Geschosse eines ungewöhnlichen Kalibers gefunden hätte. Uns wurde von einem unserer Leute die Information zugespielt, dass das badisch-pfälzische LKA vor einem Rätsel steht. Sie können weder die Projektile noch die Spuren an den Geschossen noch die Stanzmerkmale auf den Patronen einer bekannten Waffe zuordnen.« Er legte einen Koffer auf den Tisch, klappte ihn auf und hob ein langläufiges Automatikgewehr hoch. Er stellte das passende Magazin daneben. »Wir können. Die Patronen ...«, er tippte auf die schimmernden Metallstücke mit den fast rasiermesserscharfen Dreikantköpfen, »stammen aus der Lieferung, die Sie beziehungsweise Draken-Sys zusammen mit dem MALW erhielten, Herr Lundgreen.« Der Assistent des Geschäftsführers legte eine Hand auf das Gewehr. »Wissen Sie, was das bedeutet?«

»Wenn Sie es von Ihren Leuten aus dem LKA erfahren haben, werden es auch andere zu hören bekommen«, schloss der Schwede wenig glücklich.

»Im günstigsten Fall bleibt unsere Zusammenarbeit unentdeckt. Im schlechtesten dagegen erfährt Ares oder ein anderer Waffenproduzent von der Geschichte. Und dann ist dort die Hölle los, Herr Lundgreen. Jeder wird wissen wollen, was es mit der Waffe auf sich hat. Wie, zum Teufel, kam die Waffe aus der Lieferung abhanden? Oder liegt die Pfalz neuerdings im Knäckebrotland?«

Der schwedische Boss von DrakenSys wusste nicht so recht, was er entgegnen sollte. »Ich lasse die Vorfälle überprüfen«, meinte er ein wenig hilflos.

»Darum bittet Herr Öfele sehr. Er erwartet Ihren Bericht innerhalb der nächsten vierundzwanzig Stunden«, verlangte Tröschke kühl. »Sollten Sie zu keiner Lösung kommen, sieht sich Herr Öfele gezwungen, Ruhrmetall einzuschalten und Frau Gehrke in Kenntnis zu setzen. Sie wird weitere Schritte einleiten. Es wäre bedauerlich, wenn unsere Geschäftsvereinbarung wegen eines kleinen Verräters zunichte gemacht wird.«

»Ich verspreche Ihnen eine umfassende Aufklärung des Falles«, beteuerte Lundgreen neuerlich. Er nickte dem verkniffenen Gesicht auf dem Bildschirm zu und schaltete ab.

Sofort tippte er die Nummer, die ihn per Satellitenverbindung mit Prof. Fethal, dem Leiter der ECC-Niederlassung in der Verseuchten Zone, verband.

ADL, Bexbach (Sox), 15. 03. 2058, 18:00 MEZ

Die Professorin hielt sich eine Hand vor den geöffneten Mund, ihre Kinnlade war vor Überraschung nach unten gesunken. Mit der anderen bewegte sie die Maus und damit Cursor über den Monitor und scrollte über die frisch gewonnenen Informationen, die ihr soeben ein Decker geliefert hatte.

Mit ungefähr zwanzigtausend EC half sie ihrem eigenen Genie auf die Sprünge, indem sie sich die Erkenntnisse des schwedischen Rivalen verschaffte.

Das Geld waren die Einblicke und Erkenntnisse allemal wert. Zwar waren die Dateien gut als Banales getarnt und umso besser verschlüsselt gewesen. Doch dem vercyberten Hirn eines Profis und einem formidabel bestückten Deck leisteten die Passwörter nur kärglichen Widerstand.

Sie sah auf den ersten Blick, wo ihr Fehler bei der Programmierung des Gefechtscomputers gelegen hatte.

Du schwedischer Bastard, dachte sie und ihr Gesicht hellte sich auf. *Du hast uns alle angelogen. Und das schon seit drei Wochen.*

Usner-Gassert lehnte sich in ihrem Sessel zurück und bedeckte die nackten Oberschenkel mit dem Bademantel. Frisch der Wanne entstiegen, wollte sie nicht, dass Zugluft für eine unnötige Erkältung sorgte.

Die Professorin nahm den Laptop auf den Schoß. Sie berichtigte ihre Formeln und Vorgehensweisen nach dem Vorbild des schwedischen Konkurrenten. Nach dem Drücken der Entertaste geriet sie ins Stocken. Sie fand beim besten Willen keine Erklärung, weshalb ihr

Mitbewerber seinen Erfolg mit dem neuen Modul nicht bekannt gab. Die saftige Kon-Erfolgsprämie müsste Anreiz genug sein.

Welchen Grund könnest du haben, es geheim zu halten? Vor mir, dem Leiter der Ark und der Konzernspitze?

Nachdenklich wanderte sie durch das verschwenderisch eingerichtete, unterirdische Appartement und betrat den schwach beleuchteten Fitnessbereich, wo sie den Mantel zu Boden gleiten ließ und sich auf einen Massagetisch legte. »Patrizian, Schatz, wärst du so freundlich und würdest mir den Nacken lockern?«

Aus dem Halbdunkel trat die Gestalt eines fast zwei Meter großen Mannes, der sich beinahe schon untotenhaft starr auf die Frau zubewegte. Das Übungsschwert in seiner Rechten wurde unterwegs achtlos zu Boden geworfen.

Er trug eine lange, schwarze Stoffhose, und um die Hüfte war ein dunkelrotes Tuch gewickelt. Die Schweißtropfen auf seinem breiten, entblößten Oberkörper, deutlich mit immenser Muskulatur bepackt, glitzerten im Schein des gedämpften Lichts.

Patrizian war ihr Proband für die Experimente mit dem Gefechtscomputer. Aufgrund der extremen Anzahl von Einbauten musste sich sein Essenzniveau knapp oberhalb von Null befinden. Sie hatte seine Akten gefälscht, damit sie ihn überhaupt in den Plex bringen konnte. Eine Person mit dieser Ausstattung und einer »Kamikaze«-Abhängigkeit bedeutete ein Risiko und wäre niemals von Fethal genehmigt worden.

Usner-Gassert hatte ihn damals gesehen und wollte ihn augenblicklich haben. Als Proband und Mann. Nachdem er sich im Bett als echter Glücksgriff erwies, brauchte sie keinerlei weitere Überzeugung mehr.

Das Gesicht mit den roten Augen und den geschlitzten, gelben Pupillen betrachtete teilnahmslos den Nacken der Wissenschaftlerin, die sich ohne Bedenken in die Gewalt Patrizians begab. Es wäre dem Schwarzhaarigen ein Leichtes, ihre Wirbel zu brechen. Wenn er es wollte.

Wie in Trance nahm er das Massageöl und goss es in die Hände, um es anzuwärmen. Bald darauf glitten seine kräftigen Finger mit einer Zärtlichkeit über die Haut der Professorin, die man bei dem Mann niemals vermutet hätte. Sie beherrschte ihn vollkommen.

Während sie massiert wurde, griff sie nach dem Laptop und sandte dem Decker, der Guds Codierung geknackt hatte, eine Nachricht.

Ich finde schon heraus, welche Spielchen du treibst, Dr. Gud, versprach sie sich und ihm.

Eine Viertelstunde später erhielt sie die Antwort.

Usner-Gassert klappte lächelnd den Monitor des Geräts herab und drehte sich auf der Liege um. Sie zog den Mann, der sie immer noch teilnahmslos betrachtete, obwohl sie sich ihm in unbedeckter Schönheit zeigte, zu sich. »Wir machen einen kleinen Hausbesuch, Patrizian.«

Ihre Lippen trafen sich.

Richard Lehmann zog die Nase hoch, wischte sich den dünnen Milchfilm ab, der sich nach dem überstürzten Genuss des Getränks unter seiner Nase gebildet hatte, und griff nach der Fernbedienung. Das hauseigene Trid der Ark brachte nur Soap-Schrott. Die Nachrichten wollte er sich nicht anschauen. Sie deprimierten ihn zu sehr.

Stöhnend stemmte er sich von der Couch hoch, stellte die Milchtüte ab und ging zur Tür, um in der kleinen Bar auf ein Feierabendbier vorbeizuschauen. *Vielleicht sind ein paar Typen da, die sich nicht im Gelehrtenkauderwelsch mit mir unterhalten möchten,* hoffte er und wusste schon, dass seine Hoffnungen aller Wahrscheinlichkeit nach enttäuscht werden würden.

Am schlimmsten fand er die Versuche der Wissenschaftler, in halb angetrunkenem Zustand einen Witz erzählen zu wollen. Erstens verstanden den auch nur »Brainys«, wie er die Forscher nannte, und zweitens schien keiner davon besonders gut zu sein. Auf lautes Gelächter wartete er bis heute vergebens.

Warum tue ich mir das an? Ich laufe wider besseres Wissen los. Was soll sich auch Großartiges ereignen? Ruckartig öffnete er die Tür und schaute auf die breite Brust eines Mannes. Neben ihm stand »die Sünde« und strahlte ihn an.

»Na, Herr Lehmann? Lust auf einen Dreier?«, wollte sie wissen und zog den Reißverschluss ihres Topps ein wenig nach unten.

»Ich?«, entschlüpfte es dem DrakenSys-Angestellten ungläubig. Es gab wohl keinen Mann, der nicht einmal in der Ark davon geträumt hatte, eine Nacht mit ihr zu verbringen. Er bildete keine Ausnahme. *Idiot!*

»Ja. Warum nicht? Ich bevorzuge Abwechslung, und Sie gefallen mir ganz gut. Dürfen wir hereinkommen?«

»Äh«, machte Lehmann verblüfft und trat tatsächlich beiseite, um den Weg freizugeben.

Die Aussicht, mit der schärfsten Frau in der Ark, in der Sox, vermutlich in der ganzen Welt, eine Nacht zu verbringen, ein paar geheime Fotos zu schießen und am nächsten Morgen bei den Kollegen zu protzen, gestaltete sich zu überwältigend für ihn. Der Verstand wurde vom Trieb zur Seite geschoben.

»Ich habe aber nicht aufgeräumt«, entschuldigte er die Unordnung. Wieselflink beseitigte er die Spuren des Essens, federte in die Höhe und schaute abwartend zwischen Patrizian und Usner-Gassert hin und her. »Wo wollen wir denn …?«

Der Reißverschluss ruckte nach oben und verhüllte die künstlichen, perfekten Reize der Professorin. »Ich hab's mir anders überlegt«, sagte die Wissenschaftlerin plötzlich ziemlich abweisend.

»Aber … hey, so geht das nicht. Zuerst reinkommen …«, wollte Lehmann aufbegehren, weil er sich schon im heftigen Austausch von Körperflüssigkeiten mit der Frau gesehen hatte. Da traf ihn der emotionslose Blick des Probanden. »Tja«, würgte er, das Lächeln misslang völlig. »Da kann man wohl nichts machen. Kaffee?«

Sie setzte sich und deutete auf den Platz ihr gegenüber. »Herr Lehmann, wir sind in Wirklichkeit hier, um einen Fall von Kon-Verrat aufzuklären. In aller Heimlichkeit, damit es erst gar nicht bis zum Leiter der Arkologie dringt und wir es ohne Schaden für weitere Personen beenden können.«

Der Mann wechselte die Farbe und hockte sich hin. Patrizian stellte sich in seinen Rücken. »Und?«

»Ich dachte mir, Sie könnten uns ein wenig bei der Aufklärung helfen. Und Sie könnten verhindern, dass Ihr Name später im Zusammenhang mit dem Verrat auftaucht.«

»Mein Name?« Lehmann lachte ein wenig zu laut und zu schrill.

»Sie sind Sicherheitsrigger, Herr Lehmann?«

Er nickte.

Die Frau nahm sich einen Schluck Milch, nachdem sie sich mit einem Blick auf die Verpackung vergewissert hatte, dass das Produkt unter Laborbedingungen hergestellt worden war. »Und Sie haben nicht zufällig Dr. Gud einen Gefallen getan?«

Nun wurde der Mann bleich.

»Ich beobachte den Schweden bereits seit seiner Ankunft genau und stellte fest, dass da einige Dinge laufen, die mir seltsam erscheinen. Sie könnten uns dabei helfen, die Sache aufzuhellen.«

»Wie kommen Sie denn auf mich?«, blieb Lehmann beharrlich bei seiner Lüge. »Was sollte das Theater mit dem Dreier?«

»Sie haben des Öfteren Mailkontakt mit Herrn Gud.

Welche Gefälligkeit taten Sie ihm? Was unternimmt er in seiner Freizeit?« Usner-Gassert warf ihm einen tiefen Blick zu. »Und wer sagt, dass das mit dem Dreier nicht doch noch läuft? Wenn auch nicht heute.«

Der Widerstand des Riggers schmolz. Die Kombination aus Angst vor dem Verlust des Jobs, einer Anklage, die Aussicht auf Sex mit der »lebenden Sünde«, einem schnellen Verdienst und der gefährliche Mann in seinem Rücken wirkte auf ihn. So vielen Argumenten widerstand er nicht länger.

»Also schön«, gab er nach. Die Professorin verzog anerkennend den Mund und reichte ihm die Milchtüte. »Gud bezahlt mich, damit ich den Notausgang entriegele und es ihm ermögliche, dass sein Kaninchen zum Üben in aller Heimlichkeit raus kann.«

»Üben?«

»Ja. Er meinte, sein Projekt müsste unbedingt öfter getestet werden, abseits der offiziellen Schießstände oder Einrichtungen und ohne Zuschauer und Neider. Das sah ich ein und machte es möglich. Dazu gehört das Paket des Overwrite der Sicherheitsaufzeichnung, eine Endlosschleife für die Überwachungskameras sowie die Unterdrückung des Bodenradars für ein paar Minuten.«

»Für Geld?«

»Ja, klar.« Lehmann lachte und schaute sie an, als wäre sie bescheuert. »Sex mit dem kommt nicht in Frage.«

»Schön, dass Sie sich allmählich entspannen, Herr Lehmann«, freute sich die Wissenschaftlerin. »Sie notieren mir jetzt die Termine. Ich möchte wissen, wann Sie ihr den Ausgang ermöglichten und wann die nächsten Ausflüge der Dame anstehen. Anschließend tun Sie das Gleiche für mich. Zum Wohl des Kons.«

»Für Geld«, verbesserte der Rigger, der immer mehr Oberwasser bekam. Inzwischen war es ihm auch gleichgültig, ob »die Sünde« wirklich etwas mit dem Schutz der Ark zu tun hatte. »Mein Preis ist für Sie der gleiche wie für Gud.« Er blinzelte und leckte sich über die Lippen. »Fünftausend EC pro Öffnung.«

Vorwurfsvoll hob die verführerische Frau ihren Zeigefinger. »Nicht gierig werden, Herr Lehmann. Ich kann Sie auch verpfeifen.«

»Nein, das glaube ich nicht.« Der Sicherheitsrigger kreuzte die Arme vor der Brust. »Wenn Sie wirklich etwas mit der Ark-Leitung zu tun hätten, säße ich in einem Verhörraum und nicht mit Ihnen hier in meiner Bude. Daraus schließe ich mal, Sie wollen dem Schweden die Tour vermasseln, weil er Ihnen bei der Sache voraus ist.« Er zuckte mit den Achseln. »Mir kann es scheißegal sein. Geben Sie mir das Geld, sagen Sie mir rechtzeitig Bescheid, und Sie bekommen den gleichen Service wie der Jünger.«

»Seien Sie sich bloß nicht zu sicher, Herr Lehmann«, warnte Usner-Gassert ihn. »Einverstanden, Sie erhalten Ihre geforderte Bezahlung. Sollte ich aber weniger für mein Geld erhalten als mein Kollege, bekommen Sie Besuch von Patrizian.« Usner-Gassert stand auf. »Denken Sie an die Notizen. Wenn Sie besser sind, als Sie es andeuten, wird eine Prämie fällig, Herr Lehmann. Geht etwas schief und Sie tragen nachweislich die Schuld, werde ich Sie zur Kasse bitten.«

Die Frau setzte die Tüte an die Lippen und goss sich genüsslich die Milch in den Mund. Selbst das wirkte irgendwie unanständig, faszinierend verdorben, dass der Rigger nicht anders konnte, als gebannt ihren Bewegungen zu folgen. Sie schenkte ihm ein Lächeln und verschwand zur Tür. Patrizian folgte ihr, ohne nach rechts und links zu schauen.

Der Mann sank in den Sessel. Langsam entstand ein zufriedenes Grinsen in seinem Antlitz. *Da habe ich tatsächlich richtig gut geblufft. Vom alten Gud kommen dreitausend, von der Sünde fünf Riesen. Das rentiert sich richtig.*

»Ach ja.« Der Kopf der Professorin erschien im Rahmen. Lehmann, der sich alleine glaubte, erschrak. Sie winkte ihm. »Träumen Sie schön von mir, Herr Lehmann. Sie wissen ja, Träume können wahr werden.«

Der Rigger wartete, bis das Einschnappen der Tür erklang. Danach zappte er sich durch die Kanäle, bis er einen Home-Order-Sender fand. In Gedanken bereits bei den fließenden Einnahmen, begann er, sich Bestellnummern aufzuschreiben.

UCAS, Seattle, Redmond-Barrens, 15. 03. 2058, 15.30 PSZ

Die Frau mit den kurzen, blauen Haaren trat einen Schritt von der geöffneten Motorhaube des GMC Bulldog zurück und betrachtete ihr Werk. Ein Mechaniker hätte beim Anblick des völlig modifizierten Motors die Hände über dem Kopf zusammengeschlagen.

Außer dem Hauptgetriebe befand sich kein einziges Originalteil mehr im Antrieb. Es herrschte ein Durcheinander von Kabeln, kleinen und großen Schaltmodulen und Behältern, die den Transporter zu einem Energiebündel mit inzwischen 530 Pferdestärken werden ließ. Eine Endgeschwindigkeit von 220 Stundenkilometern war trotz der Panzerung somit möglich, wenn auch selten zu erreichen.

Die Mechanikerin, die für ihren Ehemann Sparkplug das Kühlsystem von Cynthia auf Vordermann brachte, klopfte sich selbst auf die Schulter.

»Operation gelungen«, murmelte sie. Noch ein paar kleine Schönheitskorrekturen, und der Transporter stünde für den elfischen Rigger und ihre gemeinsamen Freunde, die Magierin Cauldron, den orkischen Straßensamurai Hustle und den Troll Ultra, zur Verfügung.

Die neue Power unter der Haube kam gerade recht. Die Saison begann.

Nach dem letzten Lauf hatten sich alle ein wenig Ruhe gegönnt, doch die Schatten wollten sie nicht loslassen. Nicht nur, dass sie auf diese Weise Geld verdienten, es bereitete allen Spaß. Selbst Ultra, der in einer Quizshow mörderisch viel Kohle eingesackt hatte, blieb seiner Profession treu und stürzte sich zusammen mit seinen Chummern in Runs. Der Troll investierte einen nicht geringen Teil seines Vermögens in die Ausstaffierung der gesamten Gruppe und erfüllte seinen Freunden kleine und teilweise recht große Wünsche.

Twings blaue Augen strahlten, als sie ihre Arbeit betrachtete. Dank der fabrikneuen Werkstatteinrichtung und dem Bündel Wissenssoftchips konnte sie beinahe alles an den Drohnen und Fahrzeugen vornehmen, die man im täglichen Läufergeschäft benötigte.

Sie wischte sich übers Gesicht, beförderte auf diese Weise einen schwarzen Ölfleck unbemerkt über die Ausläufer der blauen Tätowierungen an der Stirn und tauchte mit dem Oberkörper erneut in die Motorinnereien von Cynthia ein. Es war eine sehr intime Arbeit, wie sie fand. Der GMC, normalerweise eine kleine fahrende Festung, ließ sie an die empfindlichen Weichteile. Twing verglich ihre Tätigkeit gerne mit der eines Frauenarztes. Ebenso behutsam ging sie mit dem Fahrzeug um. Es ging ihr um Sorgfalt, weniger um Vermenschlichung, wie es bei ihrem Riggergatten der Fall war.

Nun stand etwas Leichtes auf dem Programm. Der Schmutz sollte von den verchromten Teilen entfernt werden, danach würde sie eine rote Schleife an einem der Kabel befestigen. Das erhöhte den Geschenkcharakter der Einbauten ungemein. Sie hörte den Elfen gleichzeitig schimpfen, dass auf eine solche Idee nur eine Frau kommen könnte.

Wenn er sich beschwert, soll er in Zukunft das Zeug selbst reinpacken. Twing rückte den etwas zu groß geratenen Blaumann, in dem sie steckte, zurecht und pfiff das Lied im Radio mit, während sie mit einem Tuch ihre Fingerabdrücke von der silbern glänzenden Oberfläche der Ventilabdeckung polierte.

Die Mechanikerin ging vollständig in ihrer Tätigkeit auf, sodass sie den Besucher in der Werkstatt erst bemerkte, als er seitlich von Cynthia stand.

Der Mann trug einen teuren Designeranzug. Die Gesichtszüge kamen ihr seltsam bekannt vor. Wie lange er sie schon beobachtete, wusste sie nicht. Liebenswürdig lächelte er sie an.

Unsicher erwiderte Twing sein Lächeln und hielt inne, um zu fragen, wie er hereingekommen war und was er wollte.

Die Linke des Unbekannten ruckte nach vorne, packte den oberen Rand der Motorhaube und katapultierte sie herab. Der Metallstab, der als Sperre diente, verbog sich mit solcher Selbstverständlichkeit, als bestünde er aus Wachs.

Die Abdeckung zuckte aufgrund der Reflexbeschleuniger des Mannes zu schnell auf sie herunter. Ihr blieb nicht einmal die Zeit, eine Abwehrhaltung einzunehmen. Schädel und Metall krachten zusammen.

Der Mann hielt die Haube gepackt und klemmte den Oberkörper der benommenen Frau im Motorraum fest. Es wirkte, als wollte der Bulldog die Mechanikerin aus Rache für alle erduldeten Eingriffe fressen.

Drek, war das Einzige, was sie zunächst mit ihrem dröhnenden Kopf denken konnte. Ihr Gesicht wurde halb in die Lachgaseinspritzung gedrückt, ein Auge befand sich gefährlich nahe am Ölmessstab. Der Angreifer hatte sie bewegungsunfähig gemacht.

Die Haube klappte ein wenig nach oben und hämmerte sofort wieder herab.

Twing, gefangen zwischen den Motorteilen des Transporters, konnte nicht sprechen. Doch gerade das würde ihre einzige Chance sein, sich aus der Lage zu befreien. Sie spürte Blut an ihrer Wange entlanglaufen, ihr Brustkorb schmerzte. Jetzt hätte sie gerne laut geflucht. Unglückseligerweise verhinderte das die Lachgaseinspritzung in ihrem Gesicht schmerzhaft.

Die Abdeckung traf sie erneut, dieses Mal noch härter. Twing hörte ein Knirschen auf Höhe ihrer Rippen, und ein stechender Schmerz durchfuhr sie.

Als die Haube nach oben ruckte, konzentrierte sich die junge Frau auf einen einzigen, verzweifelten Schrei.

»Eindringling«, wollte sie brüllen. Doch der alarmierende Ruf kam nur schwach aus ihrem mit Blut gefüllten Mund. Das Luftholen tat ihr weh.

Dennoch reichte es aus.

Cynthia piepte zweimal hintereinander auf.

Die installierten Maschinengewehre ruckten, gesteuert vom Autopiloten, herum und visierten den Angreifer an. Mit einem raschen Sprung brachte er sich in Deckung, während die beiden Läufe der Ingram Valiants losfeuerten.

Der Mann hechtete blitzartig in eine offene Werkstattgrube, die Garben prasselten gegen den Betonboden, Querschläger surrten durch die Gegend. Einige Scheiben und zerbrechliche Gegenstände gingen zu Bruch.

Stöhnend rutschte Twing unter der Motorabdeckung hervor, schleppte sich auf die vom Angreifer abgewandte Seite Cynthias und sackte gegen den Kotflügel. Ihre Sicht war verschwommen, gedämpft wie im Nebel hörte sie die MGs über sich dröhnen.

Der Gegner schien jedoch viel zu schnell für die künstliche Intelligenz des Bulldog zu sein. Er tauchte aus seinem Schutz auf, eine große Handfeuerwaffe im Anschlag, und nahm die Maschinengewehre unter Beschuss. Tatsächlich gelang es ihm, ein Geschütz zum Schweigen zu bringen.

Die Mechanikerin verstand, dass sie unter allen Umständen flüchten musste, wollte sie lebend davonkommen. *Ich muss die anderen warnen.*

Mühsam öffnete sie die Tür und kletterte auf die Beifahrerseite des GMC. Ihr kam es vor, als benötigte sie Stunden dafür.

Twing streckte sich und aktivierte mit zitternden Fingern zwei Mikroskimmer, die aus der Drohnenhalterung am Heck glitten und dem Unbekannten kurz darauf als bessere Tontauben dienten. Immerhin reichte die Ablenkung aus, dass sich die junge Frau komplett ins Innere des Transporters ziehen konnte.

Als sie keuchend die Tür ins Schloss zog, erschien das Gesicht des Angreifers groß an der Seitenscheibe. Die Mündung des Revolvers richtete sich auf das Glas, die Detonationen der Schüsse drangen dumpf an ihr Ohr. Auch wenn es sich um spezielles Material handelte, die Wucht und Vielzahl der großkalibrigen Geschosse reichten aus, um die erste Lage zum Splittern zu bringen.

Twing musste husten, ihre Brust schmerzte. »Cynthia, fahr los. Bring mich ins Lagerhaus«, ächzte sie und klemmte sich hinters Steuer. »Ruf die anderen …«

In einem Scherbenregen durchbrach die Faust des unbekannten Gegners die Scheibe und packte Twings Oberarm. Die Finger schlossen sich stahlhart, während die Räder des GMC rückwärts rollten.

Der Fremde ließ nicht los.

Der ohnehin schon grob misshandelte Kopf der Mechanikerin krachte gegen eine Seitenstrebe, knallte gegen die Frontscheibe und hinterließ überall rote Flecken.

Da rissen Hemd und Blaumann, sogar etwas Haut musste sie lassen. Ohnmächtig hing sie über dem Lenkrad. Cynthia setzte zurück, nachdem die Automatik das Garagentor geöffnet hatte, und der Autopilot erfasste den Mann erneut als Ziel. Der Hagel von Geschossen zwang den Angreifer, sich abzuducken und von einer Verfolgung seines Opfers abzusehen.

Der GMC raste rückwärts aus der Werkstatt und jagte mit quietschenden Reifen die Straße hinab. Gleichzeitig erhielten Hustle, Cauldron und Sparkplug die Nachricht, sich dringend im Lagerhaus einzufinden.

Eine Stunde später erwachte Twing.

Sie lag auf einem Feldbett und sah, dass mehrere Kabel mit ihrem Körper verbunden waren. Im Hintergrund hörte sie die typischen elektronischen Geräusche von medizinischen Maschinen und Gerätschaften. Der klassische Sound einer Schattenklinik.

Ruckartig richtete sie sich auf, nur um nach der ersten Bewegung stöhnend in die Kissen zu sinken. Ihr gesamter Oberkörper war in ein Korsett gehüllt, ihren rechten Arm zierte ein Verband, und die Stelle schmerzte ebenso höllisch wie ihr geschwollenes Gesicht. Bis auf den Slip war sie entkleidet.

Eine Orkfrau erschien und nickte ihr freundlich zu. »Bleiben Sie ruhig liegen, Kindchen. Ihre Freunde sind gleich bei Ihnen.«

Schon hörte sie die Tür auffliegen. Cauldron, Hustle und Sparkplug stürmten in das Krankenzimmer und drängten sich um ihr Bett.

Der elfische Rigger küsste sie behutsam auf die Stirn, sorgenvoll betrachtete er sie. »Drek, verdammter. Du machst vielleicht Sachen. Warum hast du denn den Abdruck von Cynthias Motorblock auf der Wange?«

»Sehr taktvoll«, merkte die hermetische Magierin spitz an. Sie trug ihre langen, feuerroten Haare mit den orangefarbenen Streifen offen, das weiße Gesicht mit den schwarzen, gezupften Augenbrauen wurde dadurch noch betont. Gefärbte Kontaktlinsen sorgten dafür, dass man den Eindruck hatte, Flammen loderten in ihren Pupillen.

Hustle, der orkische Straßensamurai, trug Stadttarnklamotten inklusive Käppi. Regen perlte von der imprägnierten Jacke ab und troff zu Boden.

Sparkplug hüllte seinen dünnen Körper wie immer in einen abgewetzten, viel zu großen Anzug und einen Sicherheitsmantel, die Finger steckten in Handschuhen.

»Ich kenne ihn nicht anders«, nuschelte Twing. Die Schwellung des Gesichts machte es ihr unmöglich, deutlich zu sprechen. Zudem vibrierte ihre Stimme unangenehm in ihrem Schädel.

»Bitte sehr«, sagte der Elf triumphierend über die Schulter. »Alles andere würde sie mir sowieso nicht abnehmen.« Er setzte sich neben sie auf die Matratze und nahm ihre Hand. Sparkplug schaute zutiefst besorgt. »Du hast drei gebrochene Rippen, aus deinem Arm wurde ein Stück Fleisch rausgerissen, und um ein Haar hätte dein Schädel auch noch einen Knacks bekommen. Der Doc meinte, dass deine Prügelei außer einer üblen Gehirnerschütterung glimpflich verlaufen sei.« Er schluckte.

»Was er eigentlich wissen wollte«, schaltete sich der Ork ungeduldig ein, »wer war das? Und wie ist er überhaupt in die Werkstatt gekommen?«

»Er hat sich nicht vorgestellt«, erinnerte sich die Mechanikerin vage an die Vorgänge. »Er stand neben mir und lächelte mich an wie ein Mr. Johnson und knallte mir Cynthias Motorhaube dreimal über, ehe ich ihren Autopiloten einschalten konnte.« Ein Schauer lief ihr über den Rücken. »Die Kameras …«

» …haben nichts aufgezeichnet.« Der Elf schüttelte den Kopf. »Er hatte wohl einen verfraggten Störsender dabei. Das erklärt auch, weshalb Cynthia ihn nicht erwischt hat. Ihre Zielerfassung war schwer beeinträchtigt. Alles, was man erkennen konnte, war ein verdrekter Mann in dunklen Klamotten.«

Twing ließ sich ein Glas Wasser reichen. »Er trug einen

Anzug«, verbesserte sie geschwächt. »So viel weiß ich noch.« Mühsam schluckte sie das Wasser, um den Mund zu befeuchten und den klinischen Geschmack herunterzuspülen. Dann beschrieb sie das Gesicht des Angreifers, das keinem ihrer Freunde bekannt vorkam.

»Schöner Mist«, sagte Cauldron enttäuscht. »Und jetzt?« Die Hermetikerin betrachtete ihre Freundin. »Meinst du, dass es etwas Persönliches war?«

»Glaube ich nicht«, murmelte sie nach einer Weile. »So exklusive Feinde mache ich mir nicht. Die Rechnungen bei den Händlern sind alle bezahlt.«

Hustle lehnte sich gegen die Wand und schob die Mütze ein wenig zurück. »Feinde hat unser Team sich genügend gemacht. Jetzt kommt es nur darauf an, dass wir herausfinden, wem wir den Besuch zu verdanken haben. Und ob es bei einer einmaligen Angelegenheit bleibt.«

»Es kommen aber nur Leute in Frage, die wissen, wer unsere Mechanikerin ist«, präzisierte Cauldron und entfernte einen weißen Bindfaden von ihrem schwarzen Gothikkleid. »Sie hat normalerweise nichts mit unseren Einsätzen zu tun.«

»Oder aber jemand wollte sich gezielt am schwächsten Glied unserer Gruppe rächen«, warf der Ork ein, »weil er vor uns anderen zu viel Schiss hatte.«

Die vier versanken in Schweigen. Jeder hing seinen Gedanken nach, wem sie in letzter Zeit auf den Füßen gestanden hatten. Dabei formierte sich eine Liste, die nicht unbedingt lang, aber umso gefährlicher war.

»Wir haben es uns mit Fuchi versaut«, zählte Sparkplug langsam auf und hob passend die Finger dazu. »Wir haben ein verfraggtes Forschungsgebäude von Cyberdynamix in der ADL in die Luft gejagt. Erst kürzlich zerlegten wir der drek Fast-Food-Kette *Russian Ragout* drei Buden und führten eine ... aktive Abwerbung eines Mitarbeiters von Renraku durch.«

»Herrlich«, stöhnte die Hermetikerin auf. »Drei Kons und die Russenmafia.«

»Ich tippe auf die Russen«, meinte Twing leise. »Die sind am nachtragendsten.«

»Mehr als ein Kon?« Der orkische Straßensamurai wirkte nachdenklich. »Mich irritiert, dass nur einer vorbeikam. Er musste also gewusst haben, dass du alleine bist. Das wiederum bedeutet, er hat unseren Laden beobachtet. Er wollte sich einen nach dem anderen von uns schnappen.«

»Er ist außerdem entweder Sadist oder unprofessionell«, steuerte die Magierin zu den Gedankenspielen bei. »Entschuldige, Twing, wenn das ein bisschen brutal klingt, aber warum hat er dich nicht einfach mit seiner riesigen Wumme über den Haufen geschossen?«

»Na, es gibt genug Psychopathen in den Schatten, denen so etwas Spaß macht«, hakte der Rigger ein. »Was Wahres ist trotzdem dran.«

»Am sichersten von uns ist derzeit wohl Ultra«, meinte der Ork. »Der lümmelt sich auf irgendwelchen Trollwuchten herum, lässt sich einen Cocktail nach dem anderen bringen und furzt die hawaiianischen Hotelbetten voll.«

»Wir lassen ihm vorsichtshalber eine Warnung zukommen.« Die Hermetikerin betrachtete die regennassen Scheiben. »Wenn ein Kon unseren Tod will, haben sie auch Geld genug, unserem großen Baby einen eigenen Killer auf den Hals zu hetzen.«

»Standesgemäß wäre es schon.« Sparkplug grinste zu allem Überfluss. »Seine Lordschaft mit der fetten Börse wird von seinem ganz persönlichen …«

Cauldron versetzte ihm einen Klaps auf den Rücken. »Das ist nicht witzig, Chiphead«, wies sie ihn zurecht.

»Genau«, stimmte Twing leise zu und versetzte dem verblüfften Rigger einen leichten Knuff gegen die Rippen. »Kümmere dich lieber darum, dass er die Augen offen hält.«

Der Elf breitete die Arme aus. »Drek, verflixter. Okay, ich mache keine Scherze mehr.« Er erhob sich schmollend. »Ihr habt alle keine Ahnung von Humor.«

»Humor ist, wenn man bei deinen Witzen trotzdem lacht«, kommentierte die Hermetikerin und warf die bunten Haare nach hinten. »Ich schlage vor, wir packen unsere Sachen, verkriechen uns an einen sicheren Ort und checken, ob jemand den Typen auf uns angesetzt hat. Ist er wirklich alleine, bezwingt er uns gewiss nicht.« Ein böses Lächeln stahl sich in ihr Gesicht. »Und wenn es ein paar sind, werden sie eine böse Überraschung erleben.« Hustle und Sparkplug nickten zustimmend, und die Mechanikerin hob einen Daumen. »Treffpunkt hier? In einer Stunde?«

»Ist es geschickt, sich zu trennen?«, wollte Twing wissen und gähnte. Die Anti-Schmerzmittel machten sie schläfrig. »Wäre es nicht besser, ihr würdet zusammenbleiben?«

»Sie hat Recht«, stimmte der Ork zu und überprüfte den Zustand seiner Handfeuerwaffen. Er löste die Fanghebel, und die Schlitten der beiden Halbautomatiken rasteten klickend ein. »Bleiben wir ein Team. Wenn er kommt, reißen wir ihm den Arsch auf.«

Hustle und die Magierin verließen das Zimmer, und der Elf verabschiedete sich von seiner Gattin. Für einen Moment zeigte sich in seinen Zügen die große Angst, die er um Twing gehabt hatte. »Du bist hier in Sicherheit. Niemand weiß, dass du hier bist. Ich parke alle Drohnen der Welt vor deiner Tür.«

Sie berührte ihn sanft und schob ihn von sich. »Denkt einer von euch daran, Keimag und Poolitzer zu informieren? Vorsichtshalber?«

»Natürlich.« Der Rigger küsste ihre Hand. »Bis später.«

ADL, Pirmasens, Regierungssitz der Badisch-Pfalz, 15. 03. 2058, 17:33 MEZ

Der Mercedes ER350 rollte in die Seitengasse. Die Scheinwerfer verloschen, der Motor erstarb. Regen prasselte auf den Lack. Die Tropfen klatschten laut auf die dunkle Schutzschicht über dem Metall.

Eine Gestalt mit Sonnenbrille und Regenjacke stieg aus und sicherte die Limousine gegen neugierige Blicke, indem sie in aller Eile eine Plastikgarage darüber ausbreitete. Fluchend hob sie die Plane auf der Beifahrerseite wieder hoch, fischte eine braune Packtüte heraus und schloss die Tür.

Mit eingezogenem Kopf lief der Mann durch den Regen, steuerte auf die Hintertür eines heruntergekommenen Hauses zu und fummelte die Keykarte in das Lesegerät. Mehrfach vergewisserte er sich, dass ihn niemand beobachtete.

Als das grüne Lämpchen aufleuchtete, warf er sich gegen das Holzimitat und betrat das Innere.

»Futter!«, rief Poolitzer laut durch den Raum und streifte die Kapuze des Regencapes ab. »Ich habe uns etwas mitgebracht. Fast-Food vom Feinsten.«

Er lauschte in die Stille. Es war zu ruhig. Vorsichtig positionierte er das Essen neben sich und langte unter den Plastikmantel, wo er die Pistole aufbewahrte.

»Miss Delorian?« Der Reporter pirschte sich tastend vorwärts.

»Ja?«, machte es plötzlich neben ihm. Die Schauspielerin hatte von ihm unbemerkt auf der Couch gelegen und war durch seinen Ruf aus dem Schlaf gerissen worden.

Nicht weniger erschrocken reagierte Poolitzer. Er wollte die Waffe aus dem Holster reißen, blieb mit der Kimme im Cape hängen und riss ein breites Loch in den Regenschutz. Fluchend steckte er die Pistole zurück. »Na, großartig.«

Er stapfte zur Tüte zurück, reichte der Frau einen Cheeseburger, eine Portion Pommes und eine Cola. Sein Essen roch verdächtig nach Kebab. »Bitte sehr. Hauen Sie rein.«

Sie zurrte die abgewetzte Decke, die als Schutz gegen die Kälte um die Schultern lag, zurecht und begann die Sachen zu kosten.

Der Mann und die Frau befanden sich seit gestern in dem kleinen Raum, der den betrügerischen Namen »Honey Moon Suite« führte. Glaubhaft machte der Reporter dem Hotelier weis, er sei mit seiner Frau auf Hochzeitsreise.

Im winzigen Zimmer angekommen, befreite er die immer noch apathisch wirkende Delorian von ihren Klamotten, stellte sie unter die Dusche und gab ihr neue Kleider. Sie schlief sofort nach der Dusche neben ihm ein, ohne ein Wort zu sagen.

Am Morgen hatte Poolitzer versucht, Kontakt zu seinem Sender aufzunehmen. Sein Kollege gab ihm allerdings zu verstehen, dass die Polizisten, die »Bullen«, wie sie in der ADL sagten, bereits nach ihm suchten.

Die Panik, die sich gerade wieder gelegt hatte, keimte daraufhin auf. Die Gesetzeshüter bauten sich die Indizien und die Aussagen der Angestellten so zusammen, dass sie sich nicht viel Arbeit zu machen brauchten.

Noch immer sprach die Schauspielerin zu dem Zeitpunkt kein Wort. Sie beschränkte sich darauf, an die Wand zu starren. Scheinbar beschäftigte sich ihr Verstand mit der Verarbeitung des Gesehenen. Umso mehr freute es ihn, dass sie offensichtlich nun bereit schien zu sprechen.

»Wissen Sie, dass es das erste Wort war, das wir beide

wechselten, seit wir auf der Flucht sind?«, sagte er und wartete gespannt auf eine Reaktion.

Ihre Kaubewegungen wurden langsamer. »Sie haben Recht.« Plötzlich streckte sie ihm die Hand hin. »Holen wir die Vorstellung nach. Ich bin Gee Gee Delorian. Danke, dass Sie sich um mich gekümmert haben.« Sie tippte auf das Hemd. »Von Kleidergrößen haben Sie keine Ahnung.«

Der Reporter grinste frech. »Wenn ich so darüber nachdenke, habe ich Sie einfach gegrabscht, weil ich dachte, Sie könnten mir weiterhelfen. Dass ich mich um Sie kümmere, ist da selbstverständlich.« Er stellte eine Dose mit Tabletten auf den Tisch. »Die in der Apotheke meinten, die würden gegen Depressionen und Schockzustände helfen. Wenn Sie möchten, bedienen Sie sich.«

Die Frau biss von ihrem Cheeseburger ab. »Nein, danke. Mir geht es wieder halbwegs gut. Auch wenn ich mich nicht an alles erinnern kann, was gestern passiert ist. Ich habe keine Ahnung, wie ich mir den blauen Fleck am Kinn geholt habe.« Gee Gee wischte sich Ketchup von den Lippen. Unsicher richteten sich ihre blauen Augen auf ihn. »Sie wollen wissen, was in Overlords Büro passiert ist?«

»Ich bin auf Ihre Aussage angewiesen, Miss Delorian«, gab Poolitzer zu, öffnete eine Dose Malzbier und nahm einen Schluck. Er hatte wegen des Kinnhakens ein schlechtes Gewissen. »Die Polizei sucht mich anscheinend wegen mehrfachen Mordes. Sie werden denken, ich hätte den Kredithai wegen des Geldes überfallen.«

Gee Gee legte den Rest des Cheeseburgers auf das Packpapier, nahm einen Zug von der Cola und zog die Beine an. »Ich erinnere mich, dass wir durch die Gegend gefahren sind und dass ich duschte.« Sie schaute dem Reporter fragend ins Gesicht. »Haben Sie mich ausgezogen?«

Abwehrend hob er die Hände. »Was hätte ich denn

tun sollen? Sie in der blutigen Wäsche lassen? Die Fliegen würden sich freuen. Nicht nur, dass es seltsam aussah, kein Deo der Welt würde den Gestank übertünchen, den Sie heute mit sich herumtragen würden.«

»Ich habe Ihnen keinen Vorwurf gemacht.« Die Frau fuhr sich mit einer Hand über die kurzen, blonden Haare. Eine Geste der Verzweiflung. Klein und verloren hockte sie auf der Couch. »Könnte ich etwas Warmes haben?«

»Ich mache uns Kaffee«, bot Poolitzer an.

Gee Gee folgte ihm in die Küche. Die Jogginghose musste sie festhalten, sonst wäre sie von den Hüften gerutscht. Auch das schwarzweiß karierte Hemd schlotterte um ihren Körper. Sie wirkte wie ein Kind, das in die Sachen ihres Vaters gestiegen war. Die Schauspielerin setzte sich neben ihn auf die Spüle und schaute ihm zu.

»Sie haben schon viel Kaffee in Ihrem Leben gekocht, nicht wahr?«, schloss sie aus den routinierten Handbewegungen.

»Reporter leben von Kaffee«, meinte er und zwinkerte ihr zu.

Sie sahen schweigend zu, wie die Maschine nach wenigen Minuten einen Schwall brauner Brühe in die Glaskanne spuckte. Der Duft des Getränks füllte die kleine Küche.

»Wissen Sie, dass ich vor kaum einem Jahr schon mal so etwas erlebt habe?«, plauderte er, um die Stille zu brechen. »Ich war an einem Fall, bei dem ein Rigger namens Sparkplug für einen Mörder gehalten wurde. Da steckte im Endeffekt eine ganz große Sache dahinter. Kon-Intrigen und einige Sauereien mehr. Man hat ihn schließlich entführt. Zusammen mit seinen Chummern haben wir ihn rausgeholt.«

»Das klingt spannend.«

»War es auch. Zum Schluss haben wir einen Forschungskomplex bei Ingolstadt in die Luft gejagt. Der Kon hieß Cyberdynamix. Aber verpetzen Sie mich nicht.«

»Ach?«, machte Gee Gee erstaunt. »Sie waren das? In den Nachrichten spekulierten sie drüber, was die Ursache für die Explosion war.«

»Sie steht vor ihnen«, feixte der Reporter. »Jedenfalls zu einem gewissen Teil. Ich will ja nicht übertreiben. Deswegen musste ich aus Seattle raus. Die Schweine sprengten meinen Wagen in die Luft. Eigentlich wollten sie mich zu Konfetti verarbeiten, es ist ihnen aber nicht gelungen. Hier ist es ungefährlicher. Dachte ich zumindest.« Jetzt war er in der gleichen Lage wie Sparkplug. Ein blödes Gefühl, musste er zugeben. Das Aufnahmegerät hatte er verloren. An die anderen Beweise seiner Unschuld kam er momentan nicht ran. Also brauchte er das Wissen der Schauspielerin.

Poolitzer drückte ihr eine Tasse mit der dampfenden Flüssigkeit in die Hand. »Ich habe genug von mir erzählt. Sie sind dran.«

»Okay.« Gee Gee schluckte. »Genius und Overlord stritten sich«, berichtete sie stockend. »Der Idiot wollte, dass ich für ihn anschaffen gehe. Die Kasernen der Sox-Truppen bräuchten unbedingt Frischfleisch, und mit meinem Bekanntheitsgrad wollte er Höchstpreise bei den Freiern erzielen. Auch der ein oder andere Ark-Mensch würde sicherlich einige hundert Euro hinlegen, um an mir herumspielen zu dürfen. Ich sagte ihm, er soll sich selbst flachlegen lassen. Er drohte Genius damit, dem Theater den Geldhahn zuzudrehen. Wenn ich jedoch mitmachte, sollten riesige Summen an Genius fließen.«

»Und?«

»Was denken Sie denn?« Sie starrte ihn fassungslos an. »Ich habe lange genug …« Gee Gee biss sich auf die Lippen. Ihre Linke richtete das verrutschte Hemd und schob es über die nackte Schulter. »Ich sagte, ich sei Schauspielerin. Overlord hat nur gelacht und gemeint, es würde schon in Ordnung gehen. Genius sagte ihm, dass er lieber in irgendeinem Hinterzimmer auftritt, als dass er mich auf den Strich schickt.«

Poolitzer betrachtete sie über den Rand der Tasse hinweg. »Kann es sein, dass Sie Taralot gerne gemocht haben?«

Die junge Frau nickte abwesend. »Er hat mir eine Chance auf ein besseres Leben gegeben. Und das alles geriet in Gefahr, weil dieser Möchtegern-Mogul den Schlund nicht voll bekam.« Sie schlürfte am Kaffee. »Mitten im Streit flog die Lüftungsklappe auf. Dieses Wesen sprang heraus und schlug mit einem Draht um sich. Es surrte hell, als es zudrosch. Die Typen um mich herum fielen zu Boden.« Sie begann zu frösteln. »Als Genius sich vor mich stellte, um mich zu schützen, packte es ihn und warf ihn mit dem Kopf gegen die Wand.« Sie schloss die Augen, ihr Kehlkopf hüpfte auf und nieder. »Seine Wirbel knackten. Ich schaute in seine toten Augen. Alles, was danach kam, weiß ich nicht mehr. Ich glaube, ich holte meinen Derringer raus und wollte das Ding erschießen.« Die Tasse löste sich aus ihren zitternden Fingern, prallte zu Boden und zerschellte. Kaffee und Splitter verteilten sich in der Küche.

»Können Sie sich erinnern, wie das Wesen aussah?«, erkundigte sich der Reporter zaghaft. Einerseits wollte er ihr die Erinnerungen ersparen, andererseits wollte er wissen, wem er es verdankte, als Mörder verfolgt zu werden. Ihn befiel eine plötzliche Ahnung, dass er wusste, um wen es sich handelte.

»Es hatte kein … Gesicht.« Gee Gee schüttelte sich. »Nur eine goldene Fläche und lange weiße Haare. Es trug einen hellen Mantel und ein Gewehr auf dem Rücken. Überall an der kugelsicheren Weste hingen Granaten, und unter seinen Armen steckten zwei Pistolen.«

Ihre Augen weiteten sich. In Gedanken kehrte sie zu jenem schrecklichen Moment zurück. »Ich erinnere mich wieder. Es hat mich angesehen«, raunte sie voller Angst. Ihre Stimme wurde dünn. »Es berührte meine Plastikflügel, küsste das silberne Kreuz auf meiner Brust. Die Deckenlampe blendete ... ich ...« Ihre Schultern bebten. Abrupt verstummte sie und ließ ihren Tränen freien Lauf.

Der Reporter nahm sie in den Arm und strich ihr über den Kopf. »Schon gut, Miss Delorian. Ganz ruhig.« Poolitzer wusste, dass er den Mörder an dem Abend gesehen hatte, als er mit Zillis das Geld abhob. Er fühlte ihre Wärme, als er sie umfasste. Ihr Hemd verrutschte wieder und gab den Blick auf die sanft gebräunte Haut frei. Das lenkte seine Gedanken in eine durch und durch unkeusche Richtung. Er atmete ihren Körpergeruch ein, der sich mit dem Aroma des Duschgels verband.

In die Stille hinein klingelte das Handgelenk-Kom. Beide zuckten zusammen, Poolitzer ertappt, Gee Gee erschrocken.

»Ja?«, meldete er sich. »Wenn dort die Polizei ist ...«

»Was? Unsinn«, sagte eine weibliche Stimme hart zu ihm. »Hier ist Cauldron, Poolitzer. Wir wollten dich warnen.«

Der Reporter lachte bitter auf. »Da seid ihr ein bisschen zu spät dran.«

»Wieso?«, erkundigte sich die hermetische Magierin alarmiert. »Liegst du im Krankenhaus? Haben sie dich schon erwischt?«

»Nein, es sollte nur ein Scherz sein«, schwächte Poolitzer ab. Doch der Hinweis Cauldrons gefiel ihm gar nicht. »Und wovor wolltest du mich warnen? Hat sich unser Rätsel-Genie für eine deutsche Quizshow beworben?«

»Nein«, antwortete Cauldron ernst. »Jemand hätte Twing beinahe gegeekt. Wir wissen noch nicht genau, was dahinter steckt. Ist es ein gemeinsamer Freund von uns, wie Fuchi oder Renraku, sollest du dich vorsehen. Vielleicht haben sie dir und Keimag auch jemanden auf den Hals gehetzt. Man hat schon mal versucht, dich in die Luft zu jagen.«

Fuck, immer ich. »Danke für die Warnung, Grufti«, sagte er freudlos. »Richte den anderen meine besten Grüße aus. Sobald ich nicht mehr wegen Mordes gesucht werde, fange ich sofort an, mir wegen der Sache Gedanken zu machen, versprochen.«

»Wegen Mordes?«, echote die Magierin überrascht. »Du lässt nichts aus. Und, warst du es?«

»Nein«, begehrte er auf. »Das ist ein Missverständnis.«

Er hörte Cauldrons beinahe boshaftes, ein bisschen schadenfrohes Lachen aus mehreren Tausend Kilometern Entfernung. »Das sagen alle. Ich drücke dir die Daumen. Wenn dir keiner glaubt und wir dich rausholen sollen, ruf uns an. Was die andere Geschichte um den gemeinsamen Freund angeht, du weißt Bescheid. Pass auf dich auf.«

»So viel Sorge um mich? Das ist ja rührend«, meinte Poolitzer aufgeräumt.

Die Leitung wurde unterbrochen. Die hermetische Magierin hatte aufgelegt.

Gee Gee schnäuzte sich lautstark und war in gebückter Haltung damit beschäftigt, die Scherben einzusammeln. »Tut mir Leid.« Sie schaute zu ihm auf. »Gute Nachrichten?«

Einen Moment lang dachte er darüber nach, ob er lachen oder weinen sollte. »Nein«, antwortete er langsam. »Nicht wirklich. Wenn ich Pech habe, wurde ich soeben von alten Gegnern zum Staatsfeind Nummer eins erklärt.« Das würde noch fehlen, um ihn zu einem Selbstmordkandidaten werden zu lassen. Sein Stimmungstief wandelte sich in eine akute Depression.

Die Schauspielerin schüttete die Scherben in den Mülleimer, warf eine Lage Küchentücher auf die Kaffeepfütze und betrachtete, wie sich das braune Recyclingmaterial dunkelbraun färbte.

»Wir sollten uns der Polizei stellen«, sagte sie bedächtig. »Sie werden uns früher oder später finden. Und da wir unschuldig sind, sollten Sie ohne Anklage davonkommen. Je länger wir uns verstecken, desto schlechter wird es für uns ausgehen.«

Poolitzer gelangte zur gleichen Ansicht. »Ich habe keine Lust, ständig vor den Bullen auf der Flucht zu sein.«

Die junge Frau legte schützend die Arme um die Körpermitte. Sie schaute ihn fragend an. »Was wollen Sie hinterher machen?«

»Ich?« Er nahm eine neue Tasse und füllte sie. »Tja, ich bin höllisch neugierig und würde gerne wissen, welcher durchgeknallte Freak Overlord und alle anderen im Büro niedergemetzelt hat.« *Du Trottel!*, schimpfte er mit sich selbst, als er sah, wie Gee Gee um Fassung rang. »Da ich immer für eine Geschichte zu haben bin, mache ich mich auf die Socken und forsche in eigenem Interesse. Und für InfoNetworks.« Es könnte sein, dass sich ein Unterweltkrieg anbahnte und man es mit einem Killer der Konkurrenz zu tun hatte, der zur Exzentrik neigte. Optimal für eine hohe Einschaltquote. Das erzählte er ihr besser nicht.

Die Schauspielerin nickte. »Das dachte ich mir, dass Sie das vorhaben. Hätten Sie was dagegen, wenn ich mich Ihnen anschließe?« Die Entschlossenheit stand in ihrem hübschen, dennoch sehr ernsten Gesicht.

»Äh ...« Er brauchte schnell eine gute Ausrede. *Keine Weiber. Die sind nur im Weg.*

»Bitte!« Flehend schaute sie ihm in die Augen. »Ich will dabei helfen, Genius' Mörder zu suchen. Das bin ich ihm schuldig. Außerdem kenne ich die richtigen Leute, die uns weiterhelfen könnten.«

Keine Weiber! Keine Weiber! Der Reporter reichte ihr die Tasse und stieß mit ihr an. Er konnte die Worte, die aus seinem Mund kamen, selbst kaum fassen. »Von mir aus, Miss Delorian. Sie sind mit an Bord.« Seine Nase juckte. »Und seien Sie versichert, wir beide werden berühmt werden.« *Ich bin ein Trottel einzuwilligen.*

»Sie müssen mir nur versprechen, dass wir uns keinen Konzern zum Feind machen«, bat sie ihn scherzhaft. »Das wäre meiner Karriere sicher nicht förderlich.«

»Garantieren kann ich nichts«, griente Poolitzer und tupfte ihr behutsam die letzte Träne von der Wange. »Aber es ist unwahrscheinlich. Normalerweise gebe ich meinen alten Feinden die Chance, sich an mir zu rächen, ehe ich mir neue mache. Sonst wird das Ganze unübersichtlich. Es ist immer beruhigend zu wissen, wer gerade auf einen schießt. Wie soll man sonst wissen, wen man verklagen kann?«

»Sie nehmen die Warnung vor einem Killer nicht sonderlich ernst«, vermutete Gee Gee. Sie nahm ihm das Küchentuch aus der Hand und übernahm das Tränenwischen selbst.

»Wenn Sie wüssten. Aber mit Humor lebt es sich besser.« Der junge Mann seufzte. »Solche Sachen passieren immer nur mir, nie den anderen.«

»Was soll ich dazu sagen?«, machte Gee Gee ihn darauf aufmerksam, dass auch sie in eine Sache gezogen worden war, ohne dass sie den geringsten Anteil daran hatte. Ihre Hände knüllten das feuchte Papier.

»Na gut. Solche Sachen passieren nur uns«, korrigierte er. Sie stießen erneut an und schauten sich in die Augen. »Wir sollten uns duzen.« Je länger Poolitzer sich das Blau der Schauspielerin besah, desto besser gefiel es ihm.

ADL, Pirmasens, Regierungssitz der Badisch-Pfalz, 15. 03. 2058, 20:33 MEZ

Spengler schaffte es irgendwie, sich und sein Bäuchlein aus dem EMC Intracity E zu zwängen und glotzte auf den dunklen Mercedes ER350, der auf seinem LKA-Parkplatz stand.

Da soll doch … Der Blick auf das Kennzeichen bestätigte ihm, dass es sich um das Fahrzeug des toten Immenhof handelte.

Witzig, Freunde. Er lief sich die Füße ab, um die Karre zu finden, und dann stand sie auf seinem Platz. Es war ja nicht so, dass der halbe Parkplatz zur Verfügung stand.

Der Kriminalhauptkommissar umrundete die Luxuskarosse und steckte sich einen Kaugummi in den Mund. Probehalber rüttelte er an den Griffen, die Türen waren verschlossen. Er steuerte auf den Eingang seiner Arbeitsstätte zu.

Nach den üblichen Sicherheitsprozeduren befand er sich im Lift, der ihn seinem Büro entgegentrug. Sein Komgerät vibrierte.

»Ja?«, fragte er zuckersüß, weil er ahnte, was man ihm melden würde. »Ach? Die beiden Verdächtigen haben sich gestellt?« Der Fahrstuhl bremste ab. Die Türen öffneten sich, und der LKAler schlenderte telefonierend zu seinem Büro am Ende des Ganges, direkt neben dem Raum, in dem die Putzkolonne ihre Utensilien verstaute. »Und sie warten auf mich?« Ohne anzuklopfen trat er in sein Amtszimmer. »Dann wollen wir mal mit ihnen reden«, sagte er in den Hörer und zu den beiden Menschen, die mit dem Rücken zu ihm saßen. Langsam drehten sie sich zu ihm um. »Tag zusammen.«

Sein Kollege, der die Betreuung der Verdächtigen bis zu seinem Eintreffen übernommen hatte, legte auf. »Das war schnell. Okay, Vigo. Viel Spaß mit den beiden.« Er verließ den Raum.

Der Mann von der Mordkommission fläzte sich in den Sessel und schenkte sich einen Becher Wasser ein, ohne sich zunächst um Gee Gee und Poolitzer zu kümmern.

»Fangen wir mit dem Wichtigsten an«, begann er behäbig und zog ein Dosiergerät für Pillen aus der Schublade. Eine Ration reichte aus, um seinen Handteller zu bedecken. Derart gerüstet konnte es beginnen. »Sie stehen auf meinem Parkplatz. Haben Sie keinen anderen gefunden?«

»Ist das alles legal, was Sie da in sich reinschütten?« Der Reporter blinzelte. »Sie sind der Beamte, der mit der Untersuchung betraut ist, nehme ich an.«

»Nein. Ich bin die Putzfrau, Herr Gospini.«

»Das erklärt, warum es hier so dreckig ist.« Poolitzer grinste. Gee Gee rempelte ihm in die Rippen. »Er hat angefangen«, verteidigte er sich.

»Ist das amerikanischer Humor, Herr Gospini?« Spengler schälte sich gelassen aus dem Mantel und warf ihn achtlos über den Schreibtisch. Er war zu lange bei der Truppe, als dass ihn ein rotznasiger Bengel provozierte. Andere Kollegen hätten dem jungen Mann alleine für seine absonderliche Haarfarbe eine Tracht Prügel verabreicht. »Sie können an meinem besonnenen Verhalten erkennen, dass ich Sie beide nicht für die Schuldigen halte. Das wäre mir zu einfach. Außerdem ergab die Auswertung der Spuren, dass keiner von Ihnen aktiv an der Tat beteiligt war.« Der LKAler blickte den Reporter an. »Ihr Aufnahmegerät war uns eine große Hilfe.«

»Sie haben es gefunden?«, freute sich Poolitzer erleichtert. »Kann ich es wiederhaben? Ich will eine Story für InfoNetworks basteln.«

»Sicher.« Spengler zog die Schublade auf und schob

den zerstörten Apparat über die Platte. »Es gab einen kleinen Unfall«, meinte er entschuldigend, als er den vorwurfsvollen Gesichtsausdruck Gospinis sah.

»Unfall?«, wiederholte der Amerikaner ungläubig. »Mann, da kann man mit einem Panzer drüber fahren, ohne dass die Dinger so aussehen.«

Ich muss unbedingt abnehmen. »Tut dem LKA Leid.« Der Polizist schaute zu der jungen Frau. »Wir wissen, dass Sie zugegen waren, als der Angreifer Immenhof und die anderen attackierte. Frau Orlova, ich darf Sie bitten, mir die ganze Sache noch einmal zu erzählen, während Herr Gospini meinem Kollegen seine Version der Geschichte zum Besten gibt.«

Spengler entfernte die Abdeckung des im Tisch eingebauten Mikrofons und bedeutete dem Reporter, durch die zweite Tür zu verschwinden. Widerwillig kam er der Aufforderung nach.

Nach zwei Stunden getrennter Befragung trafen sich Poolitzer und Gee Gee wieder im Büro Spenglers. Die Prozedur war anstrengend gewesen. Immer wieder mussten sie ihre Storys herunterbeten, jede noch so kleine Ungenauigkeit wurde hinterfragt. Wärmebildkameras zeichneten alles auf und verrieten den Ermittlern, ob die Zeugen die Wahrheit sagten oder nicht. Keiner der beiden log.

»Nachdem wir so kooperativ waren, Herr Spengler«, sagte der Reporter und nahm die Tasse mit der heißen Fertigsuppe dankbar an, die ihm der LKAler offerierte, »habe ich ein paar Fragen.«

»Dachte ich mir schon.« Vigo lehnte sich zurück und schob sich einen Kaugummi zwischen die Zähne. Cappuccinogeschmack. »Was wollen Sie wissen?«

»Kann ich was zu schreiben haben?«, fragte Poolitzer und hielt den defekten Rekorder in die Höhe. Spengler schob ihm Stift und Papier hin. »Haben Sie schon eine Theorie, wer hinter den Morden steckt?«

Vigo blickte sinnierend zur Decke und legte die Hände auf das Bäuchlein. »Sicher.«

Der Stift kritzelte über das Blatt und verharrte, weil nach dem schlichten Wort keine weiteren Aussagen erfolgten. »Oh, kommen Sie, Spengler«, meinte Poolitzer fordernd. »Wir haben uns freiwillig gestellt.«

»Was blieb Ihnen anderes übrig?« Der Polizeibeamte zog das T-Shirt glatt, sodass es sich über den Schriftzug »Aces High« spannte. Die Leibesfülle ließ eine Reliefschrift daraus werden. »Ich sage Ihnen was. Immenhof …«

»Angeblich kontrollierte er die Unterwelt rund um Pirmasens«, warf Poolitzer ein. »Können Sie das bestätigen?«

»Sagen wir, Immenhof verfügte über einen nicht unwesentlichen Einfluss auf Menschen, die sich krimineller Delikte schuldig machten. Aber direkt nachweisen konnten wir ihm nichts. Niemand war bereit, gegen ihn auszusagen.«

Gee Gee musste an die brutale Hinrichtung des Schauspielerkollegen in der Zweibrücker Festhalle denken. Zeugen gab es genug. Doch es war, wie Spengler sagte. Keiner machte den Mund auf. Jemand anderes hatte die Angelegenheit auf die gleiche Weise geregelt, wie es Immenhofs Art gewesen war. Töten anstelle von Schweigen.

»Ist Ihnen bekannt, dass jemand Immenhof ans Leder wollten?«, hakte der Amerikaner nach.

Vigo zuckte mit den Achseln. Das Bäuchlein wabbelte ein bisschen. »Ein Mann wie er hat mit Sicherheit Feinde. Um einer weiteren Frage vorzubeugen, nein, wir wissen nichts davon, ob es bereits einen Anwärter auf die Nachfolge gibt.«

»Umgekehrt bedeutet das, dass ein Vakuum entsteht, in das viele strömen werden, um die Lücke zu schließen«, drehte Poolitzer die Schlussfolgerung um. »Müssen sich die Bewohner von Pirmasens und anderen größeren Städten auf einen Bandenkrieg vorbereiten? Sind bestimmte Nachtlokale und Kneipen zu meiden?«

»Wir haben alles im Griff«, gab sich der Ermittler ruhig. Eine Wärmebildkamera hätte seine Lüge sofort verkündet. Glücklicherweise kam sie bei ihm nicht zum Einsatz.

»Hinweise auf den Killer? Seine Vorgehensweise?«

»Nein.«

Der Reporter kratzte sich am Kinn. »Sie sind nicht unbedingt ein Quell der Informationen«, rief er ärgerlich. »Rufen Sie später bloß nicht bei mir an und beschweren Sie sich, dass der Bericht zu spekulativ gewesen sei.«

»Ach was«, meinte Spengler großzügig. »Da fällt mir gerade ein: Wollen Sie den Mercedes behalten?«

»Geht das denn?«, wunderte sich Gee Gee.

»Sie sollten sich eine andere Nummer besorgen«, empfahl der LKA-Mann. »Nicht dass jemand denkt, Immenhof fährt munter durch die Gegend. Ich kann das bei der Zulassung für Sie regeln, wenn Sie mich über Ihre Erkenntnisse informieren. Ist das ein Deal?«

»Wenn ich die Exklusivrechte an der Sache bekomme«, erweiterte Poolitzer die Handelsbedingungen.

»Einverstanden.« Mit den Suppentassen stießen die beiden Männer an.

Die Schauspielerin betrachtete die Szene angewidert. Dass Genius, den sie für alles, was er für sie getan hatte, mehr als einen Bruder liebte, ums Leben gekommen war, interessierte weder den Polizisten noch den Reporter. Das Leben schien ihnen wenig zu bedeuten. *Das muss an ihrem Beruf liegen,* dachte sie betrübt. *Hoffentlich werde ich niemals so abgebrüht.*

»Was werden Sie als Nächstes unternehmen?«, erkundigte sich Spengler neugierig.

»Tja, um ehrlich zu sein, fehlt mir momentan der Ansatz«, gestand Poolitzer. »Ich schätze, ich kehre nach Zweibrücken zurück und höre mich dort um. Miss Delorian wird mich dabei unterstützen. Sie kennt die Leute vor Ort besser als ich.«

»Viel Glück«, wünschte ihnen der Ermittler. »Und vergessen Sie nicht, mich anzurufen, wenn Sie etwas erfahren haben.«

Vigo brachte sie hinaus und betrachtete die schweigende Schauspielerin aus den Augenwinkeln. Sie wirkte verschlossen. Er bezweifelte, dass sie dem Amerikaner eine echte Hilfe sein würde.

Die Spurensicherung hatte den Mercedes auf den Kopf gestellt und außer einem halben Pfund Rauschgift nichts gefunden. Nach einem kurzen Anruf in der Zulassungsstelle wurde der Wagen zunächst der Polizei überschrieben und gegen den symbolischen Wert von einem EC an Orlova verkauft. Die Schauspielerin nahm die frisch gedruckten Zulassungspapiere entgegen.

Spengler schaute zu, wie die beiden in den ER350 einstiegen. Er winkte ihnen knapp und verschwand im Gebäude.

Unterwegs zu seinem Büro tauschte er die Kaugummis aus, holte sich einen Cappuccino aus dem Automaten und trottete durch die Flure, bis er endlich an seinem Schreibtisch saß. Dort stapelten sich neue Akten.

Interessiert durchforstete er die Unterlagen, die sich mit Auftragsmördern beschäftigten, die in ihrer Wetwork-Vergangenheit ihre Taten aus religiöser Überzeugung begingen.

Nach vier Stunden intensiver Lektüre wanderten die Ausdrucke in den Papierkorb. Keiner der Kandidaten kam aufgrund der Arbeitsweise in Frage. Besser gesagt, keiner hätte die Möglichkeit gehabt, in Zweibrücken zu sein oder den Weg zu wählen, den der Mörder im *Capital* nahm.

Der Ermittler schaute aus dem Fenster und betrachtete die lichterfüllte, nächtliche Stadt. Er könnte noch einen trinken gehen. *Scheißtag*. Nichts lief, wie es sollte.

Als hätte eine unbekannte Macht den gedanklichen Fluch vernommen, blinkte der Posteingang seines elektronischen Briefkastens auf. Der Absender verriet, dass es sich um die Abschlussberichte der Ballistiker handelte.

Vigo zögerte. *Ob ich mir das auch noch antun soll?*

Er tat es. Seufzend öffnete er die Mail. Aufs Schlimmste vorbereitet, überflog er die Zeilen. Ein Standard AK-98 bei den Poser Killers, mehrere Uzis, ein paar Pistolen, die von anderen Überfällen schon bekannt waren. Monofilamentdraht im *Capital*. Nicht bekannte Patronenhülsen sowie Projektile aus einer Langwaffe fremder Herkunft im *Pleasuredom*. Und ein Kerl mit einem goldenen Gesicht.

Er klickte die Nachricht weg und stand auf. Sein Gehirn verarbeitete die Informationen wegen der Übermüdung langsamer als sonst. Als er begriff, was er eben gelesen hatte, rannte er von der Tür zurück und holte sich die Ausarbeitungen der Ballistik hastig zurück auf den Schirm.

»Scheiße«, murmelte er beim zweiten Mal. *Das gibt mächtig Ärger.*

Ein neuer Aspekt im geballten Zweibrücker Durcheinander glitzerte wie ein schwacher Stern an seinem Theoriehimmel auf. Jetzt würde er garantiert einen trinken gehen.

UCAS, Seattle, Stadtteil Everett, 16. 03. 2058, 9.31 PSZ

Jeroquee schleppte ihre Sachen humpelnd die Stufen zu ihrer kleinen Zweizimmerwohnung hinauf, die sie sich mit ihrem Freund Barry teilte. Ihr rechter Arm und ihr Bein schmerzten noch ein wenig, auch wenn die Wunde äußerlich schon lange verheilt war. Vermutlich spielten ihre Nerven ihr einen Streich.

Die Ärzte hatten ihr gesagt, dass ihre Verletzungen vom Kampf in der Kanalisation durch die Abwässer beinahe tödlich gewesen wären. Offene Wunden und Dreck führten zu Infektionen, die viele nicht überlebten.

Die junge Frau hatte Glück gehabt, wenn sich auch ihr Aufenthalt bei den Weißkitteln so sehr verlängerte, dass die Kostenrabatte des DocWagon-Goldvertrags nicht mehr ausreichten.

Zusätzlich führte irgendeine Ausgabe zu einem Tiefststand auf ihrem Konto, die sie sich nicht erklären konnte und für die Barry besser eine gute Erklärung auf Lager haben sollte. Das kleine Finanzpolster, mühsam durch die Kopfprämien der Ghuljagd angespart, existierte nicht mehr. Um nicht endgültig in Schulden zu versinken, verließ sie die Obhut der Mediziner.

Ich bin gespannt, was er mit meiner Kohle gemacht hat. Sie stellte ihre Koffer geräuschvoll vor der Tür ab, warf die langen, lockigen Haare nach hinten und suchte ihren Stick. *Wenn er es für seinen BTL-Müll ausgegeben hat, werfe ich ihn aus dem Fenster.*

Als sie den elektronischen Ausweis in den Schlitz schob, blinkte die rote Lampe am Kästchen auf. *Hervorragend.* Die junge Ghuljägerin klingelte mehrfach. Nichts tat sich.

Jeroquee schnalzte mit der Zunge und öffnete das kleinere der Gepäckstücke. Mit sicherem Griff zog sie die zwei Browning MaxPower hervor, falls sie jemanden einschüchtern müsste, der ihre Behausung widerrechtlich okkupierte. Dann klopfte sie mit dem Kolben gegen die Tür.

Es dauerte eine Weile. Dann öffnete eine dümmlich grinsende Brünette im verrutschten Negligé.

»Ja?«, fragte sie verzückt. Ihre Augen nahmen Jeroquee nicht wirklich wahr. Selbst die riesigen Waffen machten keinerlei Eindruck.

»Wohnt Barry hier?« Die Unbekannte zeigte mit dem Daumen über die Schulter. Jeroquee verstaute die beiden Waffen in den Achselholstern und stellte das Gepäck in den Flur. »Okay.«

»Halt! So geht das aber nicht«, beschwerte sich die Brünette weinerlich. »Ich kenne Sie nicht. Ich rufe die Stars!«

Unbeeindruckt marschierte die Ghuljägerin durch die Wohnung. Im Schlafzimmer fand sie ihren halbnackten Freund auf dem Bett liegen. An dessen Miene erkannte sie von weitem, dass er den BTL-Chips endgültig zum Opfer gefallen war. Und vermutlich der Brünetten. Sie wusste nun, wo ihre Creds geblieben waren.

Jeroquee fühlte unendliche Enttäuschung in sich aufsteigen. Sie hatte zu ihm gestanden, trotz aller SimSinn-Geschichten, ihm Mut gemacht, damit er sich von den unseligen Abenteuern in virtuellen Welten lossagte. Doch die illegalen Chips ergriffen völlig Besitz von ihm. Sie hatte sich etwas vorgemacht, als sie dachte, sie könnte ihn davon befreien. »Jetzt weiß ich auch, warum du mich nicht aus dem Krankenhaus abgeholt hast«, begrüßte sie ihn vorwurfsvoll.

Als die junge Frau den Stapel mit den kleinen BTL-Bauteilen auf der Ablage über dem Kopfende sah, wusste sie, warum ihre Bank sie höflich darum bat, bald wieder etwas einzuzahlen. Wut packte sie.

Mit einem Satz war sie neben Barry, nahm die Chips und sprang zum Fenster. Weil es sich nicht öffnen ließ, schlug sie mit dem Lauf der MaxPower ein Loch ins Glas und schleuderte die Datenträger hinaus. Die hysterische Brünette versuchte kreischend, sie daran zu hindern, aber gegen die kampferprobte Ghuljägerin vermochte sie nichts auszurichten.

Barry erwachte aus seiner Lethargie und betrachtete die ringenden Frauen. Schwerfällig drehte er sich um.

»Oh … Hallo, meine kleine Jägerin.« Er erhob sich schwankend. »Du bist wieder gesund? Cool. Das ist so cool.« Er deutete auf die Unbekannte. »Das ist …«, krampfhaft überlegte er, »… eine Freundin. Wir tauschen die BTLs aus.«

»Hallo, Freundin«, sagte Jeroquee eisig.

»Sie hat die Chips aus dem Fenster geworfen«, jammerte die Brünette. »Barry-Baby, sag der Schlampe, sie soll sie wieder holen.«

Barry merkte auf. »Aus dem Fenster?«

»Es ist meine Wohnung, auch wenn du das Schloss ausgewechselt hast«, stellte sie fest. »Ich kann Scheiben einschlagen und Sachen auf die Straße werfen, wie es mir passt.«

»Ach, Jeroquee«, seufzte Barry schwer. »Es hat sich einiges geändert, während du im Krankenhaus warst.«

»Das sehe ich.«

»Hol die Chips«, keifte die Unbekannte die Ghuljägerin an. »Oder ich hau dir in die Fresse!«

»Bitte, Lizzy …«, versuchte der Mann sie zu beruhigen. Ein glückliches Strahlen legte sich auf sein Gesicht. »Hey, mir ist ihr Name wieder eingefallen.«

»Auf Wiedersehen, Lizzy.« Jeroquee schnappte die Brünette im Genick und beförderte sie mit dem Kopf voran durch die beschädigte Scheibe.

Schreiend verschwand sie über das Sims, um nach nur anderthalb Metern auf der Straße aufzuschlagen. Wimmernd richtete sie sich auf. Die Platzwunde am Knie beachtete sie nicht. Sofort sammelte sie die Datenträger ein und raffte die Chips wie eine Verhungernde an sich.

»Und auf Wiedersehen, Barry.«

Ihr ehemaliger Freund landete ebenso auf dem

Asphalt wie die Brünette. Die Unterhose zerriss dabei und hing als Lendenschurz von seinen Hüften.

Nacheinander flogen seine Besitztümer hinterher, bis sich ein Sammelsurium an Kleidung und technischen Apparaten auf der Straße verteilte. Danach schloss die Ghuljägerin die Jalousie und hockte sich ins Wohnzimmer.

Was mache ich jetzt? Sie raufte sich die Locken, ihre Gedanken drehten sich nur im Kreis. Auch wenn sie »aufgeräumt« hatte, bleiben konnte sie in den Wänden nicht. Zu viele Erinnerungen würden sie heimsuchen. Nach Barrys Rauswurf musste sie etwas völlig Neues anfangen. *Vielleicht nicht das Schlechteste,* überlegte sie.

Sie streifte durch die Räume, packte ein paar Sachen ein und verstaute ihre restlichen Klamotten in einem Rucksack. Die Möbel gehörten dem Vermieter. Mit Umzugsstress musste sie sich nicht belasten.

Mit einem knappem Kom-Anruf und einer Mail kündigte sie den Mietvertrag. Die Ghuljägerin nahm ihre Taschen und humpelte die Stufen hinunter. Sie kauerte sich auf die unterste Stiege und betrachtete den dunkelgrauen Himmel. *Was jetzt?*

Als sie die Hände in die Taschen der Lederjacke steckte, die Poolitzer gehört hatte, ertastete sie eine Schlüsselkarte. Die Ghuljägerin wusste, dass der junge Mann, der ein Feature über sie und ihren toten Mentor Piers gemacht hatte, momentan in Europa war, nachdem der Boden in Seattle zu heiß geworden war. Seine Jacke musste er völlig vergessen haben.

Die junge Frau erhob sich von der Stufe. Damit hatte sich wenigstens ihre Wohnungssuche erledigt.

Sie hielt das nächste Taxi an und nannte die Adresse eines Bekannten, der herausfinden würde, zu welcher Wohnung die Karte passte.

Der Fahrer bog um die Ecke und musste bremsen.

Barry und Lizzy krochen auf der Straße herum und stritten sich wegen BTL-Chips.

»Sehen Sie sich das an«, meinte der Chauffeur kopfschüttelnd. »Die Gegend verkommt immer mehr.« Er wich aus und rollte langsam an dem Paar vorbei. Per Funk informierte er die Zentrale, damit LoneStar sich um die beiden kümmerte.

»Das ist der Grund, warum ich weggezogen bin«, sagte Jeroquee traurig und verfolgte durch das Heckfenster, wie ihr ehemaliger Gefährte und seine neue Freundin kleiner und kleiner wurden. *Es ist alles verkommen.*

Jeroquee stand vier Stunden später auf dem Bürgersteig und starrte hinauf zur Spitze des Wolkenkratzers. Von diesem Standpunkt aus war sie jedoch nicht zu sehen. Das obere Drittel verschwand in einer hellgrauen Wolkendecke.

Allmählich kamen ihr Zweifel, dass die Karte Poolitzer gehörte. Dass der Reporter in Downtown ein Appartment im »Uptown« unterhielt, obwohl er einst als der beste Schatten-Snoop schlechthin galt, erschien ihr mehr als merkwürdig. Es hätte seine Glaubwürdigkeit in den Barrens zu Staub pulverisiert, wenn jemand von diesem Luxus erführe.

»Hast du alles dabei?«, sagte sie leise zu Geoffrey. Der Decker klopfte wortlos auf den Hartschalenkoffer. »Dann kann es losgehen.«

Mit dem Gepäck liefen die zwei durch die Drehtür des Hochhauses. Ein Livrierter musterte sie pikiert, als sie durch die Lobby gingen und in den Lift einstiegen.

»Stockwerk siebenundsechzig«, befahl die Ghuljägerin. Die Aufregung ergriff sie allmählich.

Geoffrey lehnte sich gegen die Kabinenwand und fummelte fahrig am Griff seines Koffers, in dem er seine Utensilien für eine Türöffnung aufbewahrte. Er fühlte sich ebenso unwohl. Schließlich verstand LoneStar im sauberen Teil Seattles keinen Spaß, wenn es um Gesetzesübertretungen ging.

Weder die dahinplätschernde, nichtssagende Liftmusik noch der angenehme Geruch nach Sauberkeit wirkte beruhigend. Die Läufer bewegten sich auf ungewohntem Terrain, in der Welt der Reichen Seattles.

Es grenzte nach Jeroquees Empfinden an ein Wunder, dass sie überhaupt so weit gekommen waren. Vermutlich beobachteten sie tausend unsichtbare elektronische Augen, tausend elektronische Ohren belauschten sie. Daher zogen sie es vor zu schweigen.

Die Kabine hielt an. Jeroquee und der Decker stiegen aus, traten in ein kleines Foyer und standen vor einer einzigen Tür. Leise schloss sich der Fahrstuhl. Ihre einzige Fluchtmöglichkeit setzte ihren Weg fort.

Zuerst klingelten sie. Zu ihrer Erleichterung öffnete niemand. Sichtbare Kameras fehlten. Diskretion wurde entweder groß geschrieben oder ein findiger Sicherheitsingenieur hatte die Linse perfekt getarnt.

Die Ghuljägerin zog die Zugangskarte durch den Schlitz unterhalb des Tastenfeldes. Das Plastikstück wurde akzeptiert, die Nummern leuchteten von innen und forderten zur Eingabe des Zahlencodes auf.

Geoffrey schluckte schwer. »Wünsch mir Glück – und dass sie keine Kameras haben.«

Er montierte die Blende ab, entfernte das flache Tastenpaneel und verkabelte Anschlüsse aus seinem Koffer mit denen der Sicherheitsanlage der Tür. Er stöpselte sich in sein Deck ein und begann die Attacke gegen die Abfrageprogramme.

Der Lift kehrte zurück und näherte sich dem Stockwerk 67.

Jeroquee hielt die Luft an und betete, dass niemand hier hereinwollte. Was sie gerade unternahmen, war sehr riskant. Der Kick, den sie dabei empfand, ließ sich nicht verleugnen.

Geoff hing mit abwesendem Blick am Deck und bediente Tasten und Knöpfe. Nach knapp fünfzehn Minuten kehrte er aus der Matrix zurück. »Slot noch mal! Meine Fresse, das kostet dich mehr als nur einen kleinen Gefallen«, stöhnte er auf. »Ganz schöne Hämmer, die sie zur Sicherung eingebaut haben.«

»Noch ist die Tür nicht offen«, machte ihn die junge Frau aufmerksam.

Grinsend drückte der Decker die Escape-Taste. Zischend schwang der Zugang auf.

»Ich habe mein Bestes gegeben. Und das war auch nötig.« Er klemmte die Drähte wieder richtig an. »Ich musste nicht nur die Zahlen herausfinden, sondern auch noch den Retina-Scan unterdrücken. Wenn ich mich gestärkt habe, programmiere ich dir den Scan auf deine Netzhaut um. Hoffentlich ist der Kühlschrank gefüllt, wer immer hier auch wohnt.« Er deutete auf die offene Tür. »Ladys first.«

Jeroquee trat vorsichtig ein.

Es roch angenehm nach Minzessenz. Ein Zimmerbrunnen plätscherte leise. Ansonsten herrschte um sie herum Dunkelheit.

»Hallo?«, rief sie vorsichtig. »Zimmerservice!« Keine Antwort. Erleichtert stellte sie ihre Taschen ab. »Geoff, du bist ein Held.« Sie lächelte ihren Begleiter an, der sich vornehm im Hintergrund hielt. Sollte Gefahr auftauchen, wollte er in unmittelbarer Nähe der Tür sein. Anscheinend hatten die Gelegenheitseinbrecher einen Glücksstern.

»Genau«, stimmte er zu und folgte ihr. »Wie wäre es mit Licht?« Augenblicklich flammte eine indirekte Beleuchtung auf. »Aha. Spracherkennung«, folgerte er. »Ich suche die Küche.«

Aufmerksam und stets bereit, einem eventuellen Angriff zu begegnen, stöberte sie durch die insgesamt zehn Zimmer, inklusive eines verschwenderisch eingerichteten Bads, fand jede Menge elegante Herrenkleidung, teure Einrichtungsgegenstände, exklusive Surround-Musikanlagen und viel japanisches Dekor. Bilder, Gobelins und Teppiche, Möbel und Antiquitäten. Alles erinnerte an einen Trid über einen japanischen Geschäftsmann. Allerdings suchte sie persönliche Gegenstände vergebens. Nichts deutete auf die Identität des Besitzers hin. Poolitzer war mit Sicherheit nicht der Auserwählte.

Als der Decker schmatzend in der Tür des Schlafzimmers stand und sich ein Sushi-Röllchen nach dem anderen in den Mund schob, ruckte ihre Hand zum Holster ihrer MaxPower. »Drek. Beinahe, Geoff.«

»He, ruhig, Jeroquee«, schwächte er ab. Sein Blick glitt anerkennend über die Möbel. Echtholz. Handarbeit. Die Bude ist erste Sahne. Muss irgendeinem Sararimann gehören.«

»Oder einem Oyabun, dem du gerade das Mittagessen wegfrisst«, sagte sie scherzhaft. Die junge Frau fühlte sich großartig. Der Plan war gelungen.

Geoff wurde bleich. »Slot! Die nehmen doch immer alles gleich so persönlich.«

»Gib ihm einen deiner Finger, Deckhead. Da stehen die Yaks drauf.«

Die Ghuljägerin ahnte inzwischen, wem die feudale Wohnung gehörte. Wenn sie mit ihrer Vermutung richtig lag, würde sie hier bei intensiver Suche mehr als nur Anzüge finden.

»Programmiere bitte den Retina-Scanner um«, sagte sie. »Ruf mich, wenn du so weit bist.«

Er schluckte seinen Bissen hinunter und verschwand. Jeroquee begann währenddessen, die Räume nach verborgenen Klappen und Hohlräumen zu durchsuchen. Noch bewahrte das Appartement seine Geheimnisse. Falls es überhaupt welche besaß.

»Ich bin so weit«, meldete Geoffrey nach einer Stunde

aus der Küche. »Komm her und stell dich vor die Kamera.«

Sie trabte zum Decker und schaute in das Okular. Die Optik erfasste ihre Netzhautmuster, und Geoff übertrug sie mit Hilfe seines Decks in die Kontrollroutine des Türöffners.

»Dadurch, dass wir ins Uptown reingekommen sind, haben wir uns jede Menge Arbeit gespart«, erklärte er. »Wenn man innerhalb eines Systems ohne umständliche Infiltration hackt, gewinnt man wertvolle Zeit.« Das Gerät piepste. »Okay, hiermit sind deine bezaubernden Augen von nun an die einzigen, die das Schlaraffenland öffnen. Die Nummer lautet 906090BH80C. Übrigens, der vorherige Inhaber hieß Atades Moloki. Sagt dir der Name was?« Die junge Frau schüttelte den Kopf. »Egal. Ich habe mir eine Kopie seiner Retina-Muster gemacht, falls wir noch andere Sachen finden, wo man die Abfrage benötigt.«

Eine leise Melodie ertönte. Die Klingel meldete Besuch. Jeroquee und Geoffrey schauten sich starr vor Schreck an. Da ertönte die sanfte Abfolge von Gongtönen ein weiteres Mal.

»Slot«, fluchte der Decker und raffte seine Gerätschaften zusammen. Seiner Ansicht nach stand ein schneller Aufbruch an. Doch ein Entkommen war im Grunde unmöglich. »Wie kommen wir raus?«

»Keine Panik. Ich mach das schon.« Die Ghuljägerin rannte ins Schlafzimmer und zog die Hosen und die Bluse aus, um sich einen Bademantel überzuwerfen. Die lockigen Haare verschwanden unter einem Handtuch. So ausstaffiert ging sie zur Tür.

»Du musst das hinbiegen«, verlangte Geoffrey inständig. »Ich habe keine Ahnung, wie man einen Sprung aus dem Fenster überlebt.«

Der Monitor neben der Tür zeigte ihr einen Elfen und zwei Trolle, die geduldig darauf warteten, dass sich etwas tat. Sie betätigte die Sprechtaste. »Sie wünschen?«

Der Kopf des Elfs schnappte herum. »Oh, bitte entschuldigen Sie die Störung, Miss. Aber wir möchten gerne mit Ihnen reden. Mein Name ist Al Doreel von der Haussicherheit.« Er hielt eine Plastikkarte vor die Linse. »Sie können meine Nummer an der Rezeption checken lassen.«

»Muss das unbedingt jetzt sein? Ich bin tropfnass von der Dusche«, beschwerte sie sich genervt. Sie hoffte, das Trio mit Unhöflichkeit und Unverfrorenheit in die Flucht zu schlagen. Nachdem sie das kleine Paradies erobert hatte, war sie nicht gewillt, es freiwillig herauszurücken. Nicht sofort.

Der Elf warf den anderen beiden Metamenschen einen vielsagenden Blick zu, ehe er antwortete. »Ja, es muss sein, Miss. Es geht um die Nutzungsberechtigung des Appartements.«

Jeroquee wartete noch eine kurze Weile, dann öffnete sie die Tür. Mit missmutigem Gesicht, das aus ihrer Verärgerung wegen der Störung keinen Hehl machte, trat sie hinaus. »Hier bin ich, Mr. Doreel. Was kann ich für Sie tun?«

Der Sicherheitsbeauftragte lächelte sie freundlich an. »Zuerst sagen Sie mir bitte Ihren Namen, damit ich ihn mit der Besuchsliste abgleichen kann, die der Besitzer für dieses diskrete Refugium erstellen ließ.«

»Bitte? Ich glaube nicht, dass Atades mich schon eintragen ließ. Wir kennen uns erst seit wenigen Wochen.«

»Sie sind aber nicht mit Herrn Moloki zusammen hier, der mir das bestätigen könnte?«, erkundigte sich Doreel höflich drängend.

»Mein Name geht Sie nichts an.« Sie zog die Tür hinter sich halb zu. »Es würde Atades durchaus nicht gefallen, wenn Sie wüssten, wie ich heiße. Wenn Sie aber unbedingt einen Namen hören möchten … Tragen Sie mich als Sarah Sixtynine ein.« Jeroquee schenkte ihm ein Lächeln, das anzüglich sein sollte. »Niemand, vor allem eine andere Dame, darf von meiner Existenz wissen. Atades darf unter keinen Umständen in Verlegenheit gebracht werden. Sie sprachen die Diskretion bereits an.«

Der Elf nickte. »Ich verstehe. Delikate Angelegenheiten sind die Spezialität unseres Hauses. Dennoch, Ihr Begleiter machte sich widerrechtlich an der Eingangskontrolle zu schaffen.«

Ihr wurde eiskalt. Rechtzeitig fiel ihr eine Notlüge ein. »Nein, Mister Doreel. Das war mein Schlüsseldienst. Ich hatte die dämliche Nummer vergessen, die mir Atades sagte. Und ohne die wird der Scanner nicht aktiviert, wie Sie wissen.« Ihre Wimpern klimperten auf und nieder. »Dabei sind es doch meine Maße, die er eingegeben hat.«

»Darf ich mal, Miss Sixtynine?« Doreel lehnte sich nach vorne und zog die Tür zu. »Jetzt sollten Sie beweisen, dass Sie wirklich eine Berechtigung haben. Oder meine Mitarbeiter zeigen Ihnen, wie man unser Haus auf schnellstem Wege verlässt, um von LoneStar abgeholt zu werden.« Er steckte seine Overwritekarte ein, und der Ziffernblock leuchtete auf. Aufmerksam betrachtete er ihr Antlitz und deutete auf die Tasten. »Bitte sehr, Miss Sixtynine.«

Lass dir bloß nichts anmerken. Die junge Frau gab 906090BH80C ein. Sofort öffnete sich die Blende mit der eingebauten Kamera. Jetzt würde sie sehen, ob Geoff gute Arbeit geleistet hatte. Jeroquee schaute in das helle Licht. Ein Laserstrahl huschte von rechts nach links sowie von oben nach unten über ihre Augen und vermaß ihre Retina.

»Willkommen, Ms. Sixtynine«, sagte eine weibliche Stimme. Die Tür öffnete sich.

Hochnäsig betrachtete die Ghuljägerin den Elfen. »Was sagen Sie nun, Mr. Doreel?«

»Entschuldigung.« Der Sicherheitsbeauftragte deutete eine Verbeugung an. »Verzeihen Sie vielmals. Als Abbitte werde ich Ihnen umgehend eine Aufmerksamkeit des Hauses zukommen lassen«, versprach er und machte einen Schritt rückwärts. Die Trolle drehten sich um und stapften zurück zum Fahrstuhl. Für sie war die Angelegenheit erledigt. »Uns liegt das Wohl unserer Gäste sehr am Herzen.«

»Sie haben nur Ihre Pflicht getan, Mr. Doreel.« Die junge Frau winkte großzügig ab. »Atades wird begeistert sein, wenn ich ihm erzähle, wie gewissenhaft man im Uptown ist.«

»Sie sind sehr großzügig«, verabschiedete sich der Elf aus der Kabine heraus. Die Türen glitten zu, der Lift fuhr wieder nach unten.

Ich bin eine echte Sonnenkönigin. Die Ghuljägerin kehrte mit wackeligen Knien ins Appartement zurück und ging zu ihrem Bekannten, der sich wieder eingestöpselt hatte.

»Slot hoch drei! Das war in letzter Sekunde, was?« Er grinste sie an. Zwei Kabel hingen aus seiner Schläfe, und verschwanden in seinem Deck.

»Was denn?«

Empört schob er sich ein Sushi-Röllchen in den Mund. »Hast du nicht gemerkt, dass du mit ›Ms. Sixtynine‹ von der Stimme begrüßt wurdest?« Geoff feixte und tätschelte seinen Computer. »Das war ich.«

»Hervorragend«, lobte sie ihn und warf sich in den Sessel. Jetzt brauchte sie eine Dusche. »Vor lauter Angst bin ich ins Schwitzen gekommen.«

»Ich sah uns schon alle Stufen hinuntersegeln«, gestand der Decker. »Die Typen sahen nicht besonders kulant aus. Die hätten kurzen Prozess mit uns gemacht.« Er bemerkte das nachdenkliche Gesicht der Frau. »Was ist?«

»Der Elf hat eine Besuchsliste erwähnt«, erklärte

sie. »Kommst du an die persönliche Datenbank von Moloki?«

»Das artet allmählich in einen echten Lauf aus, Jeroquee«, jammerte Geoffrey. »Kostenlos ist da nichts mehr zu machen.«

Sie verstand den Hinweis. Voller Schrecken fiel ihr ein, dass ihr Konto dem Sushi-Päckchen vor dem Decker glich: Es war leer. »Ich bin pleite. Aber von mir aus such dir was aus von dem Zeug hier«, schlug sie ihm vor. »Die Stereoanlage mit den Quad-Lautsprechern ist bestimmt einen Eimer voll Creds wert. Oder nimm dir was von dem alten Plunder.«

»Das ist ein Wort«, freute sich Geoffrey, setzte sich ans im Tridtisch eingelassene Telekom und begann mit der Verkabelung seines Decks. Es würde nicht allzu lange dauern. Aber er musste vorsichtig sein, damit die hauseigenen Decker nicht nervös wurden. Einfacher ginge es mit dem Zugangswort von Moloki. Damit stünden ihnen sämtliche Türen offen.

Jeroquee schenkte ihm ein Lächeln. »Ich schaue mir den Kühlschrank an, danach findest du mich unter der Dusche.« Sofort schnellte sein Kopf in die Höhe. »Wehe, du spannst, Chummer. Die MaxPower funktioniert auch, wenn sie nass ist.« Murrend zog er den Schädel wieder ein.

Sie genehmigte sich eine Portion Reis mit Sauce, die in Windeseile vom Auto-Chef zubereitet wurde, zog sich ins Bad zurück und entschied sich nach kurzem Überlegen für einen Sprung in die Wanne.

Die Duftöle, die sie im Schrank fand und kurzerhand ins Wasser schüttete, verbreiteten einen angenehmen Geruch.

Jeroquee entspannte sich. Umgeben vom dampfenden Nass döste sie ein wenig ein. Die Schmerzen im Bein und in der Schulter verschwanden im wohltuenden Schlummer.

Die Tür wurde abrupt aufgerissen. »Slot, Jeroquee! Sieh dir das an!«, brüllte Geoffrey aufgeregt. Er starrte einen Moment auf ihren hüllenlosen Körper.

Sie öffnete erschrocken die Augen. »Momentan siehst du mich an«, machte sie ihn schlaftrunken aufmerksam.

»Shit, sorry.« Er wandte sich ruckartig ab und hielt die Hand vor die Pupillen. »Aber es ist wichtig.«

Jeroquee stieg aus der Wanne, schwang sich in den Bademantel und folgte dem Decker. Ihre nackten, nassen Füße hinterließen Abdrücke auf den Teppichen. Sie setzte sich neben den plötzlich kribbelig gewordenen Bekannten.

Er deutete auf den flachen Bildschirm. »Das ist die Liste mit den Personen, die Atades Moloki besuchen durften.« Nur ein Männer- und ein Frauenname blinkten auf. »Das ist das aktuelle Fahrzeug, das er in der Tiefgarage geparkt hat.« Auf dem Bildschirm erschien die Aufnahme eines Lamborghini Millelegue. »Und das hier ist die Summe, die sich gegenwärtig im Schließfach des Hauses befindet.« 300 000 Nuyen. Geoffrey atmete tief durch.

»Mach dir lieber Gedanken über Estefan Zozoria und Violanda Khodokarami. Ich möchte nur ungern von ihnen überrascht werden. Vielleicht kennen sie einen speziellen Code, der sie am Retina-Scan vorbeilässt. Finde heraus, wer sie sind und warum sich ein Mann unter dem Namen Moloki ein ganzes Appartement leistet.«

Geoffrey grübelte. »Macht auf mich den Eindruck, als hätte sich jemand ein zweites Nobelnest gebaut, in das er bei Bedarf abtauchen kann. Vielleicht ist Moloki irgendein Kon-Mann, der gefährliche Sachen machte? Oder ein Undercover-Cop? Wieso bist du dir eigentlich so sicher, dass er nicht auftaucht und uns reinreißt?«

Jeroquee rubbelte sich die Haare trocken. »Vermute ich richtig, sitzen wir in der Wohnung von Sakagi Seg.

Das war der Sohn eines Verrückten, den ich in der Kanalisation erschossen habe.«

»Wen? Den Sohn oder den Verrückten?«

»Beide«, antwortete die Ghuljägerin trocken. »Das ist der Grund, warum wir ungestört sein dürften.«

Sie kehrte ins Bad zurück, trocknete sich ab und schlüpfte in frische Kleidung. Weite Stoffhosen, ein enges, kugelsicheres schwarzes T-Shirt mit Kunstdiamanten, darüber die Holster mit den MaxPower. Die Waffen verdeckte sie mit einem Blazer.

Die junge Frau warf sich aufs Bett, verschränkte die Arme im Nacken und betrachtete die Decke. Innerhalb von wenigen Stunden hatte sich ihr Leben völlig verändert. Von der Ghuljägerin zur Appartementbesitzerin in Downtown. Schneller konnte ein sozialer Aufstieg kaum verlaufen. Noch konnte sie nicht sagen, wie die Entwicklung weiterging. Aber das war das Spannende daran.

Sie entdeckte eine Stelle unter der vorgezogenen Ablage am Kopfende, an der das perfekte Holzimitat eine falsche Maserung aufwies. Was bei dieser Preiskategorie nicht passieren durfte.

Stirnrunzelnd tastete sie herum. Bald darauf klappte eine Abdeckung zur Seite und gab einen Knopf frei.

Bis jetzt ist alles so gut gelaufen, dass ich es darauf ankommen lasse. Jeroquee atmete tief durch und betätigte den Schalter. Klackend rastete er ein.

Die Kristalle in den riesigen Spiegelflächen des monströsen Kleiderschranks veränderten ihre Eigenschaften. Das Glas wurde durchsichtig.

Hinter der ersten Scheibe befand sich ein repräsentativer Querschnitt durch die Fabrikate bewährter Faustfeuerwaffen und Gewehre, hinter der zweiten diverse Messer, Ninjatos, Wurfgegenstände und Granaten. Hinter der dritten erkannte Jeroquee mehrere schwarze Ninjadresse. Der Anblick bestätigte ihre Vermutung, dass die beiden Segs sich hier ein Ausweichquartier geschaffen hatten.

»Wow«, staunte Geoffrey, der in der Tür stand und entgeistert auf die Sammlung blickte. Natürlich hielt er einen Snack in der Hand.

Die Ghuljägerin lief zum Schrank und versuchte, die Glasabdeckung von der Stelle zu bewegen. Der Trick bestand darin, dass man die Griffe des Schranks nach vorne ziehen und anschließend gegen den Uhrzeigersinn drehen musste. Die Scheiben schwangen auf.

Sie überprüfte die Waffen und Ausrüstungsgegenstände, die sich in tadellosem Zustand befanden. Der Decker schnitt sich prompt an einem Wurfstern, mit dem er ein wenig lax hantierte. Bestes Material, das ein Heidengeld gekostet haben musste. Damit erledigten sich ihre Sorgen um adäquate Bewaffnung für die Ghuljagd von selbst. »Das wird den Leichenfressern nicht gefallen.«

»Was? Du willst immer noch stinkende Ghule jagen? Jeroquee, wir sind reich!«

»Einer muss es ja tun. Außerdem müssen wir erst einmal an die dreihundert Riesen kommen«, erinnerte sie ihn. »In einer Wohnung unterzukommen ist eines. Aber warum sollte Doreel mir Molokis Notgroschen aushändigen?«

Geoff grinste verschlagen. »Gib mir die Hälfte und lass es meine Sorge sein.«

»Weißt du was? Du kannst alles bis auf fünfzigtausend haben, wenn du mir ein paar Sachen überprüfst. Du bist nämlich mitten in meinem Run, Chummer.« Die junge Frau sah, dass ihr Bekannter nicht nur durch das Geld, sondern auch durch die unbekannte Situation zum Mitmachen gereizt wurde.

»Das kann ich fast nicht annehmen«, zierte sich der Decker.

»Wir wissen beide, dass du es annehmen wirst.« Sie

bestand nur auf einem Anteil, um die Verbindlichkeiten bei DocWagon zu begleichen. Jeroquee klappte die Türen zu. »Das wird mein neuer Wohnsitz, Geoff.« Sie küsste ihn auf die Wange. »Danke. Ohne dich hätte ich es nicht geschafft. Ich vertraue auf deine Verschwiegenheit.«

»Ich überprüfe die beiden Unbekannten. Nicht, dass uns jemand die Bude abluchst.« Er verschwand wieder hinaus, um sich mit seinem Deck zu beschäftigen.

Die Ghuljägerin drückte den Knopf an der Kopfseite des Bettes. Aus dem Glas wurde erneut ein Spiegel, der die tödlichen Gegenstände und schwarzen Kleidungsstücke verbarg. Jeroquee sah sich selbst auf der reflektierenden Oberfläche.

Ein breites Lächeln stahl sich auf ihre Züge.

Bat-Girl.

Sie warf die Locken nach hinten und formte mit den Händen eine improvisierte Gesichtsmaske, die nur die Augen aussparte.

Seattle hat eine neue Superheldin. Sie kicherte und stellte sich in eine heroische Pose. »Seid gewarnt, Schurken! Keiner entkommt Bat-Girl und ihrem Mitstreiter Super-Geoff«, verkündete sie und machte ein grimmiges Gesicht wie die schlechten Schauspieler in den Low-Budget-Abendserien.

»Super-Geoff?«, rief der Decker protestierend aus der Küche. »Slot, das klingt wie ›Super-Doof‹. So will ich nicht heißen.«

»Keine Bange, wackerer Helfer! Wir finden einen Namen für dich.« Immer noch glucksend verließ sie das Schlafzimmer und löschte mit einem Schnippen das Licht. Sie würde in aller Ruhe darüber nachdenken, wie sie die neuen Möglichkeiten nutzte.

ADL, München, Neue Bavaria Fuchi SimSinn-Studios, 17. 03. 2058, 00:48 MEZ

Als der Wächter sich nach vorne beugte, um die Kippe anzuzünden, löste sich eine schwarze Gestalt vom Dach des benachbarten Studios 13 und sprang dem Ork mit den Füßen voran ins Kreuz.

Klappernd hüpfte das Feuerzeug über den Asphalt. Hart schlug der Metamensch auf die Erde und blieb liegen.

Der Angreifer rollte sich über die Schulter ab und kam auf die Füße.

Er steckte in schwarzen Klamotten, der Kopf wurde von einem schwarzen Helm geschützt, eine Sturmhaube machte sein Gesicht unkenntlich. Die kugelsichere Weste gewährte Schutz vor den gängigen Kalibern.

Nach der gelungenen Aktion schleppte er den regungslosen Wachmann in den Schatten, nahm ihm die Zugangskarte ab und zerrte ihn vor ein Terminal.

Die Karte wurde in den Schlitz geführt. Grob zog er die Lider des Bewusstlosen auseinander und hielt das Auge vor den Scanner. Die Tür, durch die normalerweise die Ablösung kam, öffnete sich summend.

Die schwarz gekleidete Gestalt klebte dem Ork ein Tranqpatch auf die Stirn und stopfte ihn in eine Tonne, während fünf weitere Personen durch den Einlass huschten und sofort Deckung suchten. Sie waren genauso mit Westen und Uzis ausstaffiert wie ihr Anführer.

»Willkommen, verehrte Gäste auf dem Boden der Neuen Bavaria Fuchi SimSinn-Studios«, meinte einer der Eindringlinge leise und imitierte den Tonfall eines Führers, der Touristen durch die Anlage schleuste. »Zu meiner Rechten sehen Sie …«

»Halt die Schnauze«, zischte der Anführer. Sein Team hatte genau zehn Minuten, um bis zur Fabrikationshalle zu gelangen. Dann öffnete der Decker für sie die Verriegelungen. Kamen sie zu spät, war alles vergebens.

Er wandte sich an das Mitglied der Läufergruppe, das den Witz gemacht hatte. »Keine weiteren Faxen.«

Sie setzten sich in Bewegung, immer achtsam und darauf vorbereitet, auf unliebsame Überraschungen zu reagieren.

Sie hatten den Auftrag ein weiteres Mal angenommen, nachdem sie ihre erste Chance vergeigten. Durch die Unachtsamkeit eines Mitglieds gelangten sie nicht einmal in die Nähe der Chip-Produktionshallen, die ihr Auftraggeber in die Luft gejagt haben wollte.

Da nur sie so wahnsinnig waren, sich auf das Territorium der Fuchis zu wagen, durften sie ihren Versuch wiederholen. Zur Strafe für weniger Gage.

Seit dem Zuzug von Renraku nach München waren die Kons nervös geworden. Die Baustelle an der Isar, wo auf den Ruinen des Tierparks die neue Europa-Zentrale entstand, wurde zum zweiten Mal Opfer eines Sabotageanschlags von »GreenWar«, und keiner der anderen Konzerne wollte glauben, dass sich diese Angriffe ausschließlich gegen Renraku richteten.

Fuchi hatte auf die unsichere Lage mit der Verstärkung seiner Truppen in den Studios reagiert, was wiederum mehr Umsicht von den Läufern verlangte.

Sie folgten der Route, die sie anhand des Lageplans ausgearbeitet hatten. Der Decker schaltete von außen die Kameras in eine Sendeschleife. Das Team befand sich schon in beinahe greifbarer Nähe der Produktionshalle und hatte zwei Patrouillen erfolgreich umgangen, als der Hacker sich mit einer Hiobsbotschaft meldete.

»Sie haben die Passwörter geändert! Ich bekomme die Schlösser der Halle auf die Schnelle nicht auf«, kam es über Funk.

Der Anführer überlegte. Die Sprengstoffpakete außerhalb zu deponieren würde zwar Verwüstung anrichten, aber nicht zur vollständigen Vernichtung der Anlage und damit zum Ende der SimSinn-Studios führen, wie es vom Auftraggeber gewünscht wurde.

»Hast du Zugang zu anderen Stellen?«, erkundigte er sich.

Ein ungläubiges Lachen erklang. »Nein, machst du Witze? Glaubst du, Fuchi wartet nur ...« Der Matrixjockey stockte. »Hey, Moment! Ich habe was gefunden.« Es dauerte eine Weile. »Okay, Tripolis. Ich kann euch in die Verwaltung bringen. Aus irgendeinem Grund haben sie dort ein dickes Leck in der Datendichtung. Dort müsstet ihr jemanden finden, der euch die aktuellen Passwörter nennen kann.«

Er wog die Lage ab. Vermutlich würden sich die Gefahren duplizieren. Doch den Ruf in den Schatten zu verlieren, weil sie schon wieder einen Lauf vermasselt hatten, konnten sie sich nicht leisten. Sank die Reputation, sanken die Aufträge. Ihnen blieb keine andere Wahl. »Einverstanden.«

»Ich sende dir den Lageplan des Hauses.« Die Notepads der Läufer piepten und bestätigten den Erhalt der Skizzen. »Meldet euch, wenn ihr den Code kennt.«

Um sie herum erhoben sich Kulissen, die sie aus den Vorabend-Serien kannten. Die Staffagen eigneten sich hervorragend zum Abtauchen, wenn sie Wachpersonal oder einer Drohne begegneten.

Bald gelangten sie zum Verwaltungskomplex der Studios. Nach einer kurzen Absprache mit dem Decker begannen sie die Infiltration des Gebäudes und suchten ohne Umschweife die Sicherheitszentrale auf. Nicht ein einziger Angestellter begegnete ihnen auf den langen Fluren.

»Hier stimmt was nicht«, wagte einer der Läufer laut auszusprechen, was inzwischen alle dachten.

Tripolis fasste den Griff seiner Uzi fester. »Weiter«, befahl er. »Wir plätten die Sicherheitszentrale wie besprochen. Wenn etwas stinkt, sollten wir das ausnutzen.«

Als sie mit lauem Gefühl die Zentrale stürmten, schauten sie auf die zusammengebrochenen Sicherheitsrigger, die mit dem Gesicht nach unten auf den Konsolen lagen. Gelegentlich zuckte eines ihrer Körperglieder, einer der beiden qualmte leicht aus einer Anschlussbuchse.

»Ganze Arbeit«, lobte Tripolis via Funk. »Musste es gleich so hart sein?«

»Keine Ahnung, was du meinst, Messerklaue«, gab der Decker irritiert zurück. »Wie seid ihr eigentlich reingekommen? Mein Programm läuft noch.«

»Die Tür war offen«, meldete der Anführer und begriff im gleichen Augenblick, dass noch jemand in dem Gebäude unterwegs war.

»Scheiße!«, rief jemand und deutete auf eines der Radare.

Mehrere Punkte, adrett in einer V-Formation angeordnet, näherten sich den Studios. Die automatische Erkennung lieferte die Daten der Flugobjekte, die definitiv gesehen werden wollten, sonst hätten sie ihre ECM-Systeme eingeschaltet.

»Dreizehn verdammte Atztech Aguilar Ex«, las eines der Mitglieder leise vor. »20-Millimeter-Kanone, ein Schnellfeuer-Granatwerfer und fünf Raketenhalterungen pro Hubschrauber.«

»Was geht hier vor?«, entfuhr es einem anderen. »Kommen die zur Unterstützung? Fliegen die einen Angriff?«

Tripolis hatte die Visionen eines ungeheuren Infernos vor Augen. »Escape«, rief er den Decker, »was ist los? Kannst du uns sagen, was die Helikopter wollen?«

Das Funkgerät rauschte nur noch. Das eben noch klare Radarbild verwandelte sich in Schneegestöber. Damit hatte sich geklärt, was sie wollten. Der Anführer der Läufer verzog den Mund unter der Maske.

Die Kameras lieferten nur noch schlechte Bildqualität. Es reichte allerdings aus, um die Truppentransporter, die am Haupttor vorrollten, zu erkennen.

Gepanzerte Fußsoldaten stiegen aus, unterhielten sich kurz mit den verdutzten Wachleuten, verteilten sich in aller Eile auf dem Gelände und sicherten den Eingang.

Dann rauschten mehrere Ruhrmetall »Wolf II« hinein, weitere Leopard III-Panzer folgten. Die montierten Waffentürme, bestückt mit Gefechtslasern und Railguns, schwenkten herum und schienen sich auf die Ankunft der Helikopter vorzubereiten. Eine beträchtliche Anzahl von Soldaten lief auf das Verwaltungsgebäude zu.

»Verdammt! MET2000«, erkannte einer der Läufer das Abzeichen. »Scheiße, die stürmen die Neue Bavaria!«

»Sie benutzen aber keine Aguilar-Helikopter, höchstens Tiger-Modelle«, warf einer ein. »Wir sind mitten in einen Kon-Krieg geraten!«, schlussfolgerte er panisch.

Tripolis befand sich auf dem Weg zur Tür. »Los, mir nach! Wir suchen einen Raum, in dem viele Execs sitzen. Dann können wir über einen Abzug verhandeln.«

»Wieso verhandeln wir nicht von hier aus?«, wollte der Scherzbold kleinlaut wissen, dem der Humor gründlich vergangen war.

»Sie sehen nicht so aus, als würden sie lange fragen. Aber Anzugträger dürften ihnen heilig sein.«

Die Gruppe hetzte durch die Gänge, stürmte die Treppen hinauf und folgte dem Plan, den ihnen der Decker übermittelt hatte, bevor der Kontakt abbrach.

Nun erhielten sie die Bestätigung, dass jemand vor ihnen in den SimSinn-Studios angekommen war. Die Tür zur Chef-Etage war mit einer C4-Ladung aufgesprengt worden, ein Wachmann lag blutend auf dem Boden.

Tripolis klappte die Schulterstütze der Schnellfeuerwaffe aus. »Planänderung«, raunte er über die Schulter zu seinen Leuten. »Wir werden zu Helden, indem wir die Chefs befreien. Behaltet die Nerven und feuert auf keinen Anzugträger. Wenn wir das schaffen, kommen wir lebend raus und bekommen einen Haufen Geld.«

Die Gruppe rückte vor und steuerte die halb geöffnete Tür an, aus der vielfaches Stimmengewirr zu hören war.

Tripolis zählte leise auf drei, und seine bewaffneten Freunde fegten mit ihm in den großen Besprechungsraum.

An dem ovalen Tisch saßen ein Dutzend Männer und Frauen, die Hände gut sichtbar auf die Tischplatte gelegt. Um sie herum standen fünf Schwergerüstete mit G9A4z.

Die Läufe ruckten herum. Tripolis nahm aus dem Augenwinkel wahr, dass ein Gewehrlauf das Licht der Deckenlampen zurückwarf und kleine, helle Punkte an die Wand abbildete. Seine Sinne wurden durch ein bekanntes Geräusch in Beschlag genommen. Beinahe gleichzeitig eröffneten die Gruppen das Feuer.

Die geistesgegenwärtigeren Kon-Leute rutschten unter den Tisch, andere wurden von Querschlägern oder schlecht gezielten Schüssen verletzt.

Tripolis sah zwei seiner Freunde zu Boden gehen, während die Gegner noch standen. Die anfängliche Überlegenheit entwickelte sich zur Unterzahl.

Der Anführer der Schattenläufer wuchs über sich selbst hinaus, bis er und zwei seiner Teamgefährten den Sieg errungen hatten. Verlierer des Schusswechsels waren nicht nur die fünf Gegner, sondern auch die Büroeinrichtung.

Erleichtert wechselte er das Magazin. Im Clip befand sich nur noch ein halbes Dutzend Patronen. Knapper hätte es nicht sein dürfen. »Wir sind hier, um Sie im Auftrag von Fuchi aus der Hand der Terroristen zu befreien, Herrschaften«, bluffte er laut.

»Sie haben es gerade so geschafft.« Ein Mann hob den Kopf, kroch unter dem Tisch hervor und schauderte, als er einer toten Frau ins Gesicht sah. Er fing sich rasch wieder. Kon-Seelen waren hart. »Ich bin der Geschäftsführer, Gerhard Kiesmayr«, stellte er sich mit fester Stimme vor. »Nehmen Sie meinen vorläufigen Dank entgegen. Zuerst Renraku, jetzt wir. Verdammte GreenWar-Spinner.« Er trat nach einem der toten Besetzer. »Aber warum schickt man uns Läufer?«

Das Geräusch von Hubschraubern erklang. Die Helikopter donnerten im Tiefflug über das Gelände und zogen dicht am Flachdach des Gebäudes vorbei. Unwillkürlich duckte sich Kiesmayr. »Sehr gut!«, freute er sich, als er die Modelle erkannte. »Mit denen hatte ich viel früher gerechnet.«

»Wir sind … die schnelle Eingreiftruppe, Herr Kiesmayr. Es gab Befürchtungen, dass die regulären Einheiten zu viel Zeit benötigten. Na, wir kamen rechtzeitig.« Er schaute zu seinen verletzten Freunden. »Ich bräuchte Ihr Wort bei den anrückenden MET2000-Truppen, damit wir nicht für die Bösen gehalten werden. Wir verschwinden auch gleich wieder.« Bisher gelang die Täuschung. Alles, was Tripolis erreichen wollte, war eine Gelegenheit zum Verdrücken. Lange würde sein Spiel nicht mehr gut gehen.

»MET?« Kiesmayr lief zur großen Fensterfront und schaute hinaus. »Verdammt, wer hat die denn bestellt?«

»Ich«, sagte ein zweiter Anzugträger. Auf seinem Namensschild stand »Huber«. »Es tut mir Leid, ich wusste nicht, dass Sie die Zentrale benachrichtigten. Die MET lag nahe, und da dachte ich …«

»Dachten Sie?« Die Augen des Geschäftsführers verengten sich. »Wir müssen die Lage schnellstens klären, ehe einer der Soldaten die Nerven verliert.« Seine regungslose Haltung verdeutlichte, dass er das Huber überlassen würde. Tripolis erkundigte sich, was vor ihrem Eintreffen geschehen war. »Seit einer knappen Stunde werden wir gefangen gehalten. Wenn ich das richtig verstanden habe, warteten sie auf einen Anruf.«

»Bisschen merkwürdig für Terroristen, oder?«

Kiesmayr zuckte mit den Achseln. »Keine Ahnung, wie solche Elemente denken.« Das Telekom klingelte. Er nickte seinem Vorstandskollegen Huber zu, der den Anruf entgegennahm.

Dessen Antlitz entgleiste. Mit entsetztem Gesicht lauschte er und wandte sich Kiesmayr zu. »Wir sollen übernommen werden?«, wiederholte er laut. »Von wem? Das glaube ich nicht.« Es entstand eine kurze Pause. »Villiers? Nein, das muss ein Irrtum sein. Was sollte ...«

Der Hörer explodierte förmlich in der Hand des Mannes, als das Projektil durch das Plastik fuhr und seinen Weg ins Ohr fortsetzte. Tripolis wirbelte herum, riss die Uzi hoch und suchte nach dem unerwarteten Gegner.

Zu dritt standen sie einem frisch aufgetauchten Angreifer in Vollrüstung gegenüber, der ein mittelschweres Maschinengewehr in der Hand hielt. Ein Gyrostabilisator erleichterte das Bewegen der Zimmerflak. Vor der Mündung blitzte es auf. Das vollautomatische Gewehr legte los und bestreute die Läufer mit Geschossen.

Tripolis verlor einen weiteren Chummer, ehe es der Magierin gelang, den Gegner mit einem Manageschoss ins Jenseits zu befördern. Auch der Anführer hatte mehrere Treffer erhalten, die aber nicht sonderlich gefährlich aussahen. Fleischwunden taten weh, das war auch schon alles. Solange keine Arterie verletzt wurde, bestand wenig Gefahr.

Von unten erklangen mehrere Schüsse. Die MET-Söldner mussten auf Gegner gestoßen sein, die Tripolis und seine Freunde unbemerkt passiert hatten.

»Was machen wir jetzt?«, erkundigte sich die Magierin. Sie zog den Helm und die Sturmhaube vom Kopf und lehnte sich erschöpft gegen den Tisch. Das dunkelblonde Haar hing ihr wirr ins Gesicht. Ihre Weste wies auf Höhe des Schlüsselbeins ein dickes Loch auf, am unteren Rand der Schutzkleidung quoll ein rotes Rinnsal hervor. Das dritte Teammitglied sicherte die Tür.

»Herrschaften, Sie sind sicher«, forderte ihr Anführer die verbliebenen Vorstandsmitglieder auf, ein zweites Mal aus ihrer Deckung zu kommen. »Bitte, stehen Sie auf und bereiten Sie sich auf die Ankunft der MET-Truppen vor.«

Kiesmayr, der die Schießerei vom Boden aus verfolgt hatte, erhob sich. Blut besudelte seinen Zweireiher, sein Gehabe wirkte nach wie vor recht professionell. »Huber, dieser Idiot.« Er bedachte den Leichnam mit einem Kopfschütteln. »Wenigstens muss ich ihn nicht mehr feuern.«

Wieder donnerten die »Aguilars« über das Gelände. Der Einsatzleiter schien sich seiner Sache nicht sicher zu sein, sonst hätten sich die Raketen der Kampfhubschrauber schon lange ihre Ziele gesucht. Umgekehrt verzichteten die Söldner-Einheiten, das Feuer zu eröffnen und eine Kettenreaktion heraufzubeschwören.

Tripolis betrachtete die Szene, die genauso gut aus einem Action-Film stammen konnte. Der Überfall durch GreenWar passte erst recht nicht ins Bild. Sprengen und Sabotage, ja. Geiselnahme und Kon-Dinge, nein. Anscheinend stolperten er und seine Leute in ein kleines, aber schmutziges Kapitel Kon-Krieg. Per Zufall? »Was sollte der Anruf?«, wollte er wissen. »Huber sagte irgendetwas von einer Übernahme.«

Kiesmayr öffnete gerade den Mund, als der Schattenläufer an der Tür die Uzi nach oben riss und einen Feuerstoß abgab. Ziel war der ohnehin schon verletzte Wachmann. Er hatte sich wohl bis zum Eingang geschleppt, um seinen Chefs pflichtbewusst zur Hilfe zu kommen. Sterbend fiel er auf die Knie und hielt sich schwankend aufrecht. Die Pistole rutschte aus der Hand.

»Scheiße, musste das sein?«, herrschte Tripolis seinen Begleiter an. »Der war sowieso fertig.«

»Ist mir scheißegal«, gab der Samurai gereizt zurück. »Ich lasse mich nicht erschießen!«

Der Wächter kippte nach vorne. Dabei zog er einen Taser aus dem Gürtel und löste im Fallen aus. Die elektrisch geladene Nadel surrte durch die Luft.

Die Messerklaue drehte sich geistesgegenwärtig zur Seite, um den unter Strom stehenden Metallstiften auszuweichen. Sie bohrten sich anstatt in seinen Oberarm nur in den Rucksack.

Unter normalen Umständen wäre das gut gewesen, wenn sich darin nicht der Plastiksprengstoff befunden hätte, mit dem sie die Chip-Produktionshallen zu Asche machen sollten.

Tripolis verstand, welche Konsequenz sich anbahnte. Seine Augen weiteten sich. Die Magierin schrie voller Todesangst auf und zog geistesgegenwärtig eine Barriere hoch.

ADL, Bayern, Ingolstadt, 17. 03. 2058, 01:24 MEZ

Annegret Berger stieg leise lachend in den Fond des L800 Präsident Pullman. Ihr Designerkostüm saß korrekt, nur die Jacke wirkte ein wenig zu hastig übergeworfen. Etwas hatte die Frisur in Mitleidenschaft gezogen.

Der Türsteher des *Maison* wünschte ihr einen angenehmen Heimweg und schloss die Tür. Harthaus, ihr Leibwächter, nahm gegenüber von ihr Platz.

Der L800 rollte los und brachte die Geschäftsführerin von Cyberdynamix in Richtung ihres luxuriösen Zuhauses. Umgeben von Luxus von einem Luxus in den nächsten. Das *Maison* war ein schicker Szeneclub für Execs ab 250 000 EC Nettojahresgehalt. Und ihre Wohnung konnte sich nur jemand leisten, der ein ebensolches Salär erhielt. Alles passte perfekt zusammen.

Mit einem wohligen Seufzen lehnte sich Berger in die Polster der Limousine. Sie senkte ihre Lider und rief die sehr unterhaltsamen drei Stunden, die sie eben mit einem der exzellenten Callboys des Hauses verbracht hatte, in Erinnerung. So gut fühlte sie sich schon lange nicht mehr. Da machte es ihr nichts aus, dass ihre Garderobe, ihr Make-up und ihre Frisur nicht perfekt waren. Sie würde sich den Namen des Jungen notieren, um ihn öfter in Anspruch zu nehmen. Dass heißes Wachs auf nackter Haut stimulierend wirkte, hätte sie nicht gedacht. Sie schwelgte in sexuellen Fantasien.

»Ein Gespräch für Sie, Frau Berger«, meldete der Chauffeur über die Gegensprechanlage. »Soll ich durchstellen?«

Berger schaute auf die Uhr und grinste. *Das wird die Erfolgsmeldung sein.* Sie schaltete zuerst den Trid ein, dann nahm sie den Hörer ab. Beim Zappen durch die Nachrichtenkanäle blieb sie an der Berichterstattung über die SimSinn-Studios hängen.

»Einen Moment, Hercule«, sagte sie und freute sich mit einer gewissen Bösartigkeit über die Bilder, die auf der Mattscheibe flimmerten.

Die Kamera des Reporterteams zoomte offenbar aus weiter Entfernung auf das Gelände, man erkannte Feuerschein im obersten Stock eines großen Gebäudes. Mehrere gepanzerte Fahrzeuge und sogar Panzer rollten aus dem Haupttor und zogen sich zurück.

Das machte die Geschäftsführerin stutzig. *Haben die Läufer einen Krieg in München angefangen?* Anscheinend waren sie ihr Geld doch wert. Nach dem ersten Fiasko hatte sie Zweifel an ihren Fähigkeiten gehabt. Jetzt war es dem Team offenbar gelungen, sogar das Verwaltungsgebäude anzugreifen und Schäden anzurichten. Aber deswegen gleich Panzer anrollen lassen? *Was, zum Teufel, bedeutet das?* Gespannt beugte sie sich nach vorne.

Jetzt wurde ein Interview mit Richard Villiers gesendet, der eine Verbindung zu den Vorkommnissen als Gerüchte abtat und jedem mit einer saftigen Klage drohte, der seinen Namen weiterhin im Zusammenhang mit den Münchner Ereignissen nannte.

Nach und nach rekonstruierte der Bericht die Ereignisse. Die MET2000-Einheiten waren auf Geheiß des zweiten Vorstandsvorsitzenden angerückt, um für den Schutz der Studios zu sorgen. Huber dachte, es handelte sich um eine groß angelegte Attacke von »GreenWar«-Terroristen und wollte mit Feuerkraft auf den Angriff reagieren. Die Erfahrungen, die Renraku mit den Ökokämpfern machte, legitimierten diese Entscheidung. Der Mutterkonzern Fuchi sandte aufgrund des Anrufs Kiesmayrs Kampfhubschrauber auf den Weg. In letzter Minute verhinderten besonnene Konzernköpfe, dass die »Aguilars« ihr Arsenal an Vernichtung zum Einsatz brachten.

Annegret Berger fluchte. Ihr Sprengstoffteam, das ihren ganz persönlichen Rachegruß an Fuchi ausrichten sollte, war Opfer von schlechtem Timing geworden. Ausgerechnet dann, wenn man Terroristen nicht brauchte, erschienen sie. Verärgert klappte sie die Minibar auf und goss sich einen Whiskey ein, den sie mit einer hastigen Bewegung hinunterkippte. Immerhin blieb ihr der Trost, dass Fuchi etliche Köpfe der Neuen Bavaria so oder so verloren hatte.

»Der Anruf, Frau Berger«, erinnerte sie Harthaus sanft.

»Ja doch«, meinte sie missgestimmt und ließ sich das Gespräch durchstellen. Sie schaltete den Monitor des

Telekoms an. Die nächste Überraschung folgte auf dem Fuß. »Berger, Cyberdynamix.«

»Haver, kommissarischer Leiter von ECC Eurotronics«, meldete sich eine fremde Stimme, ein unbekanntes Männergesicht erschien auf dem Schirm. »Es wird Sie sicherlich beunruhigen, was ich Ihnen zu sagen habe.«

»Kommissarischer Leiter?«, wiederholte sie verdutzt. »Was ist mit Herrn Kautz? Hatte er einen Unfall?«

»Das ist der Grund meines Anrufs.« Havers Miene verriet den Ernst der Situation. »Herr Kautz ist vor sechs Stunden mit seinem privaten Lear-Jet aufgebrochen, um nach einem Kom-Anruf nach Ingolstadt zu fliegen. Allerdings kam er dort nicht an. Alle Versuche, Kontakt herzustellen, scheiterten bislang. Eben erreichte uns die Meldung, dass man das Wrack des Flugzeugs in den Alpen fand, Frau Berger. Wir gehen davon aus, dass Herr Kautz tot ist.«

Der Kon-Krieg durfte sich ein weiteres Opfer auf die Liste setzen. Dennoch wollte sie es genauer wissen. »Technisches Versagen oder ein Attentat?«

Haver zuckte mit den Schultern. »Derzeit ist alles möglich. Die ECC-Geschäftsführung wollte, dass Sie Bescheid wissen. Kautz erwähnte, dass er Ihnen bei der Vergeltung gegen Fuchi freie Hand lassen wollte. Wenn Sie irgendwelche Aktionen in nächster Zeit geplant haben, die sich mit anderen Konzernen beschäftigen, legen Sie sie auf Eis, bis wir die Lage von Turin aus genauer beurteilen können. Und achten Sie auf sich. Die Bandagen werden nicht nur härter, wie man in München sehen konnte. Man spickt sie jetzt mit Nägeln und Glas.« Er grüßte mit einer knappen Handbewegung und beendete das Gespräch.

»Tja«, entfuhr es ihr. Das war der Abend der bahnbrechenden Ereignisse. Berger goss sich erneut ein und hob das Glas. *Auf Kautz.* Der Whisky schoss ihre Kehle hinab und verbreitete Wärme in ihrem Magen. *Vielleicht sollte ich mich für seinen Job bewerben?* Das Klima wäre in Italien auf alle Fälle besser als in den ADL. Politisch und atmosphärisch.

Anderseits bräuchte sie nach der peinlichen Sache mit dem satellitengestützten Riggersystem in Ingolstadt nicht einmal den Kopf durch die Tür der ECC-Chefetage zu strecken.

Das erinnerte sie daran, dass sie unbedingt noch einmal in der Sox nachhören musste. Das neue deutsch-schwedische Produkt musste so schnell wie möglich fertig sein, damit die Bexbacher Arkologie in ihrer Gesamtheit von den eigenen Cyberdynamix-Ingenieuren genutzt werden konnte.

Der L800 fuhr leise durch die Nacht, während Berger zu den Klängen von Smetanas »Die Moldau« eindöste, das Gesicht des jungen Callboys vor dem inneren Auge.

ADL, Bexbach (Sox), ECC-Arkologie,
17. 03. 2058, 09:32 MEZ

Der Schwede senkte das elektronische Notizbuch und schaute auf den Trid, auf dem die Aufzeichnungen der Ereignisse in München zu sehen waren. Die Beiträge machten den Ernst der Lage nachträglich deutlich. Nur ein einziger Schuss hätte ausgereicht, vielleicht sogar ein zu lautes Geräusch, eine Fehlzündung, eine Feuerwerksrakete, ein Vogel, der gegen die Scheibe eines Helikopters prallte, und die Neue Bavaria wäre zu einer ein paar Quadratkilometer großen, brennenden Fläche geworden.

Herr, du gabst ihnen Einsicht, dankte Dr. Gud in stummem Gebet, dass es nicht zu einer Eskalation gekommen war. *So bewahre auch uns vor der Engstirnigkeit der Menschen.*

Die Bitte des schwedischen Wissenschaftlers kam nicht von ungefähr. Gerüchteweise verfolgte der gesamte Kontrollrat der Sox die Geschehnisse in der Nacht live. Groß angelegte Manöver von Saeder-Krupp in der Nähe der Ares-Einrichtung wurden als militärisches Säbelrasseln aufgefasst.

In der Verseuchten Zone würde es keine staatlichen Sicherheitsorgane geben, die sich in den Konflikt schlichtend einmischten. Was in der Sox geschah, ging niemanden etwas an.

Darüber machte sich Dr. Gud große Sorgen. Er als Außenstehender hatte keinerlei Überblick, über welches Vernichtungspotential die einzelnen Arks verfügten. Seine Ahnungen fielen schrecklich genug aus.

»Mensch, dein zweiter Name ist Einfalt«, seufzte der Schwede und schaltete den Trid ab, auf dem gerade zu sehen war, wie maskierte Polizeibeamte mehrere Terroristen, die teilweise verwundet waren, von MET-Soldaten übernahmen und in Transportfahrzeuge warfen. Die angekündigten Analysen über die Auswirkungen auf die Finanzmärkte interessierten ihn nicht.

Dr. Gud kämpfte gegen etwas an, das er sich wissenschaftlich nicht erklären konnte. Die Testwerte von Gerlach sowie die ständigen Schwierigkeiten mit dem implantierten Gefechtscomputer passten nicht zur objektiven Analyse der Daten aus den bisherigen Versuchsreihen.

Körperlich befand sie sich in bester Verfassung. Sie nahm weder Drogen, noch lebte sie in irgendeiner Weise ausschweifend, als dass es als Erklärungsversuch in Frage käme. Vermutlich litt seine Probandin an mentalen Problemen, die sich auf ihre Leistungsfähigkeit auswirkten. Vielleicht beschäftigte sich die junge Frau in ihrem Unterbewusstsein mit etwas, das ihr zu schaffen machte. Deshalb erwartete er sie innerhalb der nächsten Stunde im Labor, um mit ihr zu sprechen. Würde sie ihn in seiner Annahme bestätigen, wäre das immerhin der Beweis, dass mit dem neuen Computermodul alles in Ordnung war.

Noch wollte der Schwede den Psychologen der Ark nicht hinzuziehen. Er setzte auf ein offenes Gespräch anstelle verworrener Fragen, die einen Menschen nur verstörten.

Als sein Blick auf das Kreuz neben dem Eingang fiel, senkte er den Blick. Ein gläubiger Wissenschaftler zu sein bedeutete nicht unbedingt einen Vorteil. Es brachte etwas ins Spiel, was manche seiner Kollegen schon lange abgeschafft hatten: das Gewissen und die Moral.

Einen Apparat zu bauen, der Menschen half, andere Menschen effizienter zu töten, stellte eine enorme Belastungsprobe dar. Sein Verstand fand glücklicherweise Ausreden, die sein Herz mehr schlecht als recht akzeptierte. Es war ein Produkt für solche Menschen, die sich sowieso töten würden, egal mit welcher Technologie. Der Gefechtscomputer schaffte es wenigstens, die Kollateralschäden zu minimieren. Somit schützte man Unschuldige vor Querschlägern, redete er sich ein.

Die andere Sache, die um einiges schlimmer war, bescherte ihm bereits ungezählte schlaflose Nächte. Der Schwede befand sich in einem argen Dilemma.

Aussteigen konnte er nicht. Dafür wusste er zu viel über das »Defense«-Projekt von DrakenSys. Aber im gleichen Stil weitermachen und zusehen, wie sich Tausende von Käufern einer Gefahr aussetzten, würde er auf Dauer nicht ertragen.

Auch wenn es nur zum Schutz von DrakenSys, Cyberdynamix und ECC diente, wie man ihm immer wieder von höchster Stelle aus beteuerte, die Gefahr des Missbrauchs ließ sich nicht leugnen. Eines wusste Gud: Gab es die theoretische Möglichkeit, fanden sich stets Zeitgenossen, die sie praktisch nutzen wollten. Aus diesem Grund tat er Ungeheuerliches und verzögerte seine

Erfolgsmeldung. Er suchte verzweifelt nach einer Sicherheit für die späteren hundertfachen Nutzer des Gefechtscomputers.

Dr. Gud goss sich einen Tee ein, gab Milch hinzu und beobachtete, wie das Weiß der Flüssigkeit das Braun allmählich heller färbte. Die Eingebung ließ auf sich warten.

Das ist der letzte Auftrag dieser Art, beschloss er für sich. *Der Herr ist mein Zeuge.*

Senkrecht saß Enni im Bett, Schweiß perlte von ihrer Stirn. Ihre Arme hielt sie zum Schlag erhoben. *Nicht schon wieder.* Sie konzentrierte sich mit aller Macht auf die Gliedmaßen. Langsam senkten sie sich. Ächzend kippte sie zur Seite.

Charly schreckte neben ihr auf. »Was?«, murmelte er verschlafen und verstand gleich, was vorgefallen war. Er rutschte näher und nahm sie vorsichtig in den Arm. »Ein Albtraum?«

»Wie so oft«, meinte sie resigniert.

Der Wachmann brachte ihr etwas zu trinken und tupfte ihr mit einem Handtuchzipfel den Schweiß von der Stirn.

»Ein Engel«, raunte sie unvermittelt.

»Danke«, grinste er sie an. »Aber das ist nicht der Rede wert.«

Hart stellte sie den Becher ab und packte ihn bei den Oberarmen. »Nein, Charly. Ein Engel! Ich erinnere mich wieder an meinen Traum! Ich sehe ihn ganz deutlich vor mir. Zierlich und rot von Kopf bis Fuß, wie mit Farbe beschmiert.« Sie zitterte vor Aufregung. Es war das erste Mal, dass sie sich an den Traum erinnerte. »Der Engel schaut mich an. Er zieht eine Waffe … eine kleine Pistole … und richtet sie gegen mich.«

»Ein netter Engel ist das«, kommentierte Charly. »Welche Trid-Spiele spielst du gerade?«

»Aber die Waffe ... ein Derringer ... er funktioniert nicht.« Die Schattenläuferin rutschte im Bett nach oben und lehnte sich an die Wand. Ein Kissen im Kreuz machte ihre Haltung bequemer. »Ich betrachte sie, streichle ihr Gesicht.« Enni lauschte in sich hinein, wartete auf mehr Traumbilder. Kurz darauf stiegen weitere Szenen aus den Tiefen ihrer Erinnerung hervor. Sie gefielen ihr gar nicht.

Enni sah erschossene Menschen vor sich liegen. Sie blickte einem jungen Mann in die gebrochenen Augen. Stockend gab sie die Eindrücke wieder, während Charly gebannt lauschte.

Er nahm sie in die Arme, um sie zu beruhigen. »Das ist nur Einbildung. Du hast die Berichterstattung aus Zweibrücken gesehen und in deine Träume eingebaut.«

Die Schattenläuferin wandte ihm ihr Gesicht zu. »Keine Ahnung, wovon du sprichst.«

»Nein? Vor kurzem erzählte einer der Jungs, er habe gehört, dass es in der Stadt ganz schön zur Sache gegangen wäre.«

Enni wollte gerade nochmals erklären, dass sie von den Ereignissen nichts gehört hatte, als sich eine Bilderflut über ihren Verstand ergoss.

Sie beschrieb Charly, wie sie sich einen Weg ins Innere eines großen Gebäudes suchte, durch einen Luftschacht kletterte und in einen Raum voller Menschen sprang, die sie mit einer peitschenartigen Waffe der Reihe nach tötete. Lediglich dem Engel krümmte sie kein Haar.

»O mein Gott«, flüsterte sie erschüttert. »Das war keine rote Farbe. Das war Blut! Der Engel war mit dem Blut der anderen getränkt!«

Der Wachmann runzelte die Stirn. »Warte einen Augenblick.« Er stand auf, rief im Computer die aktuellen Tageszeitungen aus dem Netz ab und druckte sie aus. Die Seiten flogen aufs Bett.

Enni warf einen Blick auf die Bilder des Tatorts im *Capital*. Sofort riss sie die Lider weit auseinander. »Das ist es«, flüsterte sie und tippte auf ein Foto. »Das ist der Raum, in dem ich war.« In dem sie gewütet hatte.

»Ich wusste es«, meinte der Wachmann und strich ihr über die Wange. Er sah seine Annahme bestätigt. Sie hatte die Nachrichten in der Kantine irgendwo herumliegen sehen und sich die Szenerie unbewusst gemerkt. Einbildung in Verbindung mit Stress. »Du warst nicht dort.«

»Woher weiß ich dann aber so genau, welchen Weg man nehmen muss, um unbemerkt einzusteigen?«, gab sie nervös zu bedenken. »Und die Sache im *Pleasuredom* …«

Charly durchforstete die Ausdrucke. »Was soll denn das sein?«

»Dort lag der Junge«, erinnerte sie sich. »Es war ein Bordell, glaube ich.«

»Von einem Hurenhaus ist zwar die Rede, aber …«

»Aber?«

Ihr Geliebter senkte die Seiten und betrachtete sie sorgfältig. »Enni, hier wird mit keinem Wort erwähnt, wie der Puff hieß.«

Sie schluckte. »Es hing eine Leuchtschrift über der Wand. Ich habe sie mit einem Gewehr zerstört und eine Granate ins Haus geworfen.« Sie sah den Explosivkörper genau vor sich. »Eine Phosphorgranate. Die Registrierungsnummer lautetet … 23G-Pg-004.«

»Das ist mit Abstand der realistischste Traum, den man mir jemals erzählt hat«, gestand Charly, kratzte sich am Kopf und holte sich ebenfalls etwas zu trinken. Es wurde ihm *zu* realistisch. Eigentlich musste er die Sache melden. »Meinst du, dass dir Dr. Gud aus Versehen eine Live-Übertragung eingespielt oder irgendeinen schlechten B-Movie auf den Gefechtscomputer übertragen hat?«

Enni blickte auf die Uhr und sprang auf. »Ich muss zum Schweden. Er wird mir einiges erklären müssen. Wenn ich auch nur den Verdacht habe, dass er mich verarschen will, gehe ich zum Leiter der Ark.« Rasch schlüpfte sie in ihre Kleider, zog die Baseballkappe auf und rückte sie gerade. *Mit mir nicht. Scheiße, immer muss mir so etwas passieren.*

»Es gibt sicher eine einfache Lösung«, hoffte Charly. »Mach keinen Unsinn, okay?«

Sie warf ihm ein freudloses Lächeln zu und trat auf den Gang. Klackend schloss sich die Tür hinter ihr.

Der Wachmann leerte die Getränkedose und versuchte, aus dem Gehörten schlau zu werden. *Sie hat es bestimmt in der Zeitung gelesen,* kam er zu seiner einzig plausiblen Erklärung zurück.

Dr. Guds Augen wanderten hinüber zu den Daten, die er mit der Frau besprechen wollte. Etwas sagte ihm, dass es momentan keine gute Idee wäre, mit der aufgebrachten Probandin zu diskutieren, ob man den Computer entfernen solle oder nicht.

Gerlachs Aussagen bestätigten ihn darin, dass die Schattenläuferin mit den Nebenwirkungen ihres Jobs rang. Offensichtlich übertrugen sich Schuldgefühle auf die Gegenwart, vermischten sich mit aufgeschnappten Informationen und mengten sich zu etwas Neuem, um dabei nur Altes zu sein. Schuldgefühle.

Dass psychologische Schwierigkeiten Auswirkungen auf die Funktionalität eines seelenlosen, elektronischen Apparats hatten, gestaltete sich für den Schweden jedoch als einzigartig. Von Emotionsinterferenzen bei Cyberware hatte er noch nie gehört.

»Ich habe keinerlei Erklärung für Ihre grausamen Albträume«, begann er nach einer langen Pause. »Aber ich soll das Modul besser entfernen, ehe Sie oder Ihr Umfeld von den ständigen nächtlichen Einblendungen Ihrer

Fantasie Schaden nehmen. Sie sollten mit einem Psychotherapeuten sprechen. Ich möchte nicht riskieren, dass Sie sich aus Verzweiflung irgendwann das Leben nehmen.«

»Doktor, das glauben Sie doch selbst nicht«, machte sich Enni ihrer Empörung Luft. Sie schlüpfte aus den Halterungen der Untersuchungsliege und stand auf. »Wenn Sie nicht auf der Stelle mit der Wahrheit herausrücken, werde ich Fethal informieren. Und dann werden wir sehen, was dabei herauskommt.«

Nun wurde es dem Schweden allmählich zu bunt.

»Von mir aus«, herrschte er sie an, »können Sie nach Stockholm fliegen und Lundgreen auf die Nerven gehen, Frau Gerlach. Ich mache nur meine Arbeit! Wenn Ihr Gewissen mit dem Tod Ihrer Opfer nicht klarkommt, habe ich nichts damit zu tun. Aber es zeigt, dass Sie eine labile Person sind, die unbedingt ein Treffen mit unserem Therapeuten ins Auge fassen sollte.« Er schlug mit der flachen Hand auf das Pult. »Es wird das Beste sein, wenn Ihnen die Spezialisten den Gefechtscomputer entnehmen.«

Überrascht verfolgte sie den Ausbruch des Schweden. *Hat er Recht?*, fragte sie sich insgeheim.

Eigentlich hielt sie sich für so stark, dass sie mit dem Tod der wenigen Menschen, die sie bei ihren Läufen bislang hinter sich ließ, umzugehen wusste. Andererseits waren die Bilder aus dem *Capital* und dem *Pleasuredom* zu real. So viel Einbildungskraft besaß sie nicht.

»Ihre Entscheidung werde ich nicht akzeptieren«, verkündete sie. »Ich bezweifle, dass Sie so viel Ahnung von der menschlichen Psyche haben, Doktor.« Sie wandte sich um und schritt zur Tür. »Ich werde das Modul freiwillig nicht mehr hergeben. Es ist der Lohn für die lange Zeit in dieser gottverlassenen Gegend.«

»Was wollen Sie tun? Heimlich abhauen?« Dr. Gud sah sie gehen, schielte zum Kreuz und senkte das

Haupt. *Herr, verzeih mir meinen Ausbruch, aber sie reizte mich zu sehr.*

Wahrscheinlich bliebe ihm tatsächlich nichts anderes übrig, als Fethal Bericht zu erstatten und zu empfehlen, Frau Gerlach trotz des greifbaren Erfolgs aus dem Programm zu nehmen.

Er kehrte an seinen Computer zurück und rief seine geheimen Aufzeichnungen ab. Per Tastendruck sortierte er die Auswertungen der eben eingespielten Daten der Probandin. Ein letztes Mal.

Währenddessen brühte er sich einen Tee auf und betrachtete wehmütig den Raum, der ihm als Forschungszimmer gedient hatte.

Für ihn war das Projekt »Defense« nun ebenso gestorben wie manch andere in der Arkologie. Damit würde Usner-Gassert mit ihrem empfindungslosen Patrizian triumphierend den Sieg davontragen. Und das alles wegen der unglückseligen Kopplung zwischen rebellierendem Gewissen und Modul.

Der PC meldete piepsend das Ende der Auswertung.

Der Schwede schlenderte hinüber, las die Ergebnisse und blieb bereits in der ersten Zeile hängen. Datum und Uhrzeit stimmten nicht. Außerdem befanden sich neben den Reflexwerten und Angaben der Zielgenauigkeit der abgegebenen Schüsse präzise Standortangaben durch Längen- und Breitengrade.

»Was soll das?«, fragte er den Rechner und versetzte dem Monitor einen strafenden Klaps. Er löschte die Daten und initiierte eine neuerliche, dieses Mal ausführlichere und genauere Berechnung. Danach verließ er den Raum und suchte die Kantine auf, um sich ein wenig zu stärken.

Wie erkläre ich dem Abteilungsleiter das Aus? grübelte Dr. Gud.

Am liebsten hätte er eine Mail geschickt und wäre in aller Stille abgereist, um Usner-Gassert nicht begegnen zu müssen. Der schwedischer Forscher war sich absolut sicher, dass die »lebende Sünde« die Stunde des Sieges voll auskostete.

Herr, gib mir Stärke und lasse mich nicht wankelmütig werden, bat er. *Stehe mir bei in dieser schweren Stunde der Niederlage.*

UCAS, Seattle, Flughafen Seattle-Tacoma, 17. 03. 2058, 10.43 PSZ

Das Blitzlichtgewitter, das einsetzte, als sich der riesige Troll durch die Türen des letzten Kontrollabschnitts quetschte, fiel weniger stark aus, als es sich der Metamensch gewünscht hatte. Bekanntheit machte verwöhnt.

»Was denn? Nur vier Snoops?« Ultra stellte die beiden Koffer ab und schaute sich um. »Hey, ich dachte, ich wäre berühmt geworden.«

Er hatte seinen eindrucksvollen Körper in ein enges Hawaiihemd gezwängt, das wegen den Kunstmuskeln an allen Stellen gleichzeitig zu reißen drohte.

Die Journalisten lachten und schossen noch ein paar Fotos, während der Troll artig posierte. »Wie war es in Hawaii, Mr. Ultra?«, erkundigte sich ein Reporter, der die Klatschkolumnen der Seattler Online-Zeitungen füllte. Seine Kollegen bannten die Antwort direkt auf die Speicherchips ihrer Cyber-Cams, um sie ins Kabel oder das Satellitenprogramm einzuspeisen.

»Toll«, schwärmte er in die Runde. Er verscheuchte die Neugierigen um sich herum mit einem lässigen Winken. »Nun lasst mich durch, Chummers. Kommt doch alle morgen zu mir zum Kaffeetrinken. Dann reden wir in Ruhe darüber.«

Die Reporter verzogen sich, nur um einer kleinen

Schar Schaulustiger Platz zu machen, die unbedingt ein Autogramm von dem Troll haben wollten, der in der Rate-Show »Quizz It« das ungeheure Preisgeld von Millionen Creds eingesackt hatte. Geduldig kritzelte Ultra seinen Namen auf die Pads und Blätter, wobei er darauf achtete, weder die elektronischen Teile kaputtzumachen noch das Papier zu durchlöchern.

Endlich verteilte sich die Menge. Der eindrucksvolle Metamensch erhielt die Gelegenheit, sich ungehindert zum kleinen Flughafencafé zu bewegen, wo er sich einen Espresso in der VIP-Lounge gönnte.

Ultra stellte die Koffer ab, setzte sich in einen für Metamenschen seines Kalibers angepassten Sessel und erklärte dem Kellner, wie er den Espresso haben wollte. Anschließend versuchte er mit seinem Handgelenk-Kom, einen seiner Freunde zu erreichen, um von seiner glücklichen Landung im guten alten Seattle zu berichten.

»Doofes Ding«, beschimpfte er das Miniatur-Telekom und nahm ab. Das elektronische Gerät hatte schon auf der wunderbaren Insel nicht funktioniert. Er vermutete, dass eines der hochempfindlichen Teile den Geist aufgegeben hatte, als er bei seinen Surfversuchen vom Brett gefallen war.

Dabei steht extra drauf, es sei wasserdicht und stoßfest, ärgerte er sich und legte das Kom auf den Tisch. *Na, wenigstens hatte ich im Urlaub meine Ruhe.*

Er freute sich schon darauf, seine ganzen Chummer wiederzusehen und seine Rückkehr zu feiern.

Ultra bezahlte, gab dem Kellner ein Autogramm und trottete zum Ausgang. Er wollte gerade ein Taxi heranwinken, als er die freie Kom-Zelle entdeckte. *Schnell noch einen Anruf, damit sich die Chummers bei mir treffen,* entschied er spontan.

Er steckte seinen goldenen Credstick ein und nannte dem Computer die Nummer von Twings Werkstatt. Die

Wahrscheinlichkeit, sie zu erreichen, war dort am größten.

Zu seiner Enttäuschung meldete sich nur der Anrufbeantworter. Er versuchte nach kurzem Zögern, Cauldron zu erreichen. Auch hier Fehlanzeige. Das machte ihn allmählich misstrauisch. Zu guter Letzt versuchte er es bei Hustle und kam tatsächlich durch. Das Gesicht des Orks erschien auf dem Display.

»Hoi, Chummer!«, rief er begeistert und schwenkte die Hula-Kränze vor der Linse der Kamera hin und her. »Schau mal, wer wieder in Seattle ist!«

»Ultra!«, rief Hustle freudig, wenn auch eine Spur von Sorge auf seinem grünen Gesicht lag. »Okay, Chummer, hör zu. Wir haben ein Problem und wissen noch nicht genau, wer dahinter steckt. Jemand hätte sich um ein Haar Twing geschnappt.«

Der Troll schwieg. So hatte er sich seine Rückkehr nicht vorgestellt. »Geht es ihr gut?«

»Sie ist außer Gefahr«, erwiderte der andere Straßensamurai. »Wir schnüffeln derzeit herum, wer uns diesen Sack auf den Hals gehetzt haben könnte. Sieh dich vor. Wo bist du?«

»Am Flughafen. Sicherer Boden«, beruhigte er seinen Freund. »Außerdem bin ich nicht so leicht wegzupusten.« Wieder spielte er mit dem Blumenkranz. »Können wir uns treffen?«

Hustle dachte nach. »Du kennst unseren alten Spielplatz noch?« Der Troll nickte. »Fahr dorthin. Jemand wird dich abholen. Wir checken unterwegs, ob du verfolgt wirst.«

»Okay«, bestätigte Ultra. Er wollte das Gespräch beenden. Die Nachrichten hatten ihm die gute Laune verdorben.

»Nimm dir ein Taxi. Lass deine Karre stehen.«

»Geht klar.« Der Metamensch zwinkerte seinem Kollegen zu und trabte mit den Koffern unterm Arm an den

Taxistand. Doch ausgerechnet heute hatten sich alle Motordroschken verzogen.

Ultra begann allmählich in seinem Südsee-Outfit zu frieren. Nieselregen setzte ein, zu allem Überfluss schnappte ihm eine schnippische Elfin das gerade anrollende Taxi vor der Nase weg.

Da er keine Lust mehr hatte, länger zu warten, trottete er zur flughafeneigenen Abstellfläche für Privatautos. Das Areal war mit Kameras, einem Zaun und Patrouillendrohnen gegen Diebstahl gesichert. Und was gegen Diebe schützt, sollte auch gegen Saboteure helfen, befand der Troll.

Er zeigte seinen Stick mit seiner SIN und präsentierte den Wisch zum Abholen des Nissan-Holden Brumby. Ultra nahm den elektronischen Schlüssel entgegen und steuerte auf den Jeep zu, den Twing für ihn maßgerecht umgearbeitet hatte.

Unterwegs wurde er immer langsamer. Er erinnerte sich daran, was ihrem Freund Poolitzer zugestoßen war. Unbekannte hatten eine Bombe in seinem Auto deponiert. Glücklicherweise ging nicht der Snoop drauf, sondern der Autoknacker, der sich am Schloss des Fahrzeugs zu schaffen machte.

Als der Metamensch vor dem Brumby stand und den Öffner aktivieren wollte, überkam ihn ein ungutes Gefühl. Vorsichtshalber machte er zwei Schritte rückwärts, kniff die Augen ein wenig zusammen und betätigte den Schalter.

Sein Misstrauen wurde nicht bestätigt. Friedlich stand der Brumby vor ihm und wartete darauf, dass sein Besitzer einstieg.

Einen Mercurial-Hit summend, umrundete der Troll das Fahrzeug und betätigte die Heckklappe, um seine Koffer zu verstauen. Sie klemmte.

Nanu? Was soll das denn werden? Er versuchte es mit ein wenig Gewalt.

Die Detonation ereignete sich ohne Vorwarnung.

Allerdings drei Reihen weiter. Schnell warf sich Ultra auf den Boden. Autoteile zischten umher, beschädigten Fahrzeuge, andere Wagen fingen Feuer.

Der Parkplatzwächter kam aus dem Häuschen gerannt und schrie etwas in sein Funkgerät, während sich der Straßensamurai vom nassen Pflaster in die Höhe stemmte und den Geländewagen vor sich genauer betrachtete.

Es war gar nicht sein Brumby, wie er anhand der Sitze nun feststellte. Die Verwechslung hatte ihm das Leben gerettet.

Ultras Sinne waren vollends geweckt. Er schaltete seine Instinkte in den Straßenläufer-Modus. Aufmerksam beobachtete er die Umgebung, ohne etwas Verdächtiges erkennen zu können.

Aus dem Flughafengebäude kamen die ersten Sicherheitsleute angerannt und lieferten sich ein Wettrennen mit den Reportern, die ihre Kameras bereits zurechtrückten, um die Story brandaktuell einzufangen. Fluggäste verschwanden blitzartig in der Halle, um Schutz zu suchen. LoneStar-Einheiten rauschten heran und riegelten den Parkplatz ab.

Ultra wurde von Reportern umringt, die ihn alle gleichzeitig mit Fragen beharkten.

Das blendende Scheinwerferlicht, die sich gegenseitig schubsende Reportermeute, die Schaulustigen am Zaun verunsicherten ihn. Der Straßensamurai verlor den Überblick. Gerade darauf kam es jetzt besonders an. Ultra war gewarnt.

Ich muss hier weg. Er hob seine riesigen Hände, um die Snoops zu beschwichtigen. »He, nur die Ruhe, Chummers. Lasst mich durch. Wir setzen uns später zusammen.«

Ultra drängelte sich durch die Menge und hielt auf ein Taxi zu, das just an den Stand rollte und ihm eine

Fluchtmöglichkeit eröffnete. Auf den Protest eines Stars achtete er nicht. Seine Aussage konnte er immer noch zu Protokoll geben, wenn sich der Trubel gelegt hatte.

Aufatmend warf er sich auf die Rückbank des Taxis. Ein Bediensteter des Flughafens lud seine Koffer ein. *Geschafft.*

»Wo soll's hingegen?«, erkundigte sich der Fahrer.

Die Tür auf der anderen Seite wurde aufgerissen. Ein gut gekleideter Mann mit einem Aktenkoffer setzte sich in den Fond. Erst da bemerkte er, dass sich bereits ein Gast im Fahrzeug befand.

»Sorry, Mister, aber die Berühmtheit saß zuerst drin«, sagte der Fahrer und schaute auf die Tür. »Ich reserviere Ihnen das nächste Taxi, einverstanden?«

Der Mann betrachtete den Troll intensiver. Dann hellte sich sein Gesicht auf. »Ja, klar! Sie sind Mr. Ultra! Der Troll, der die Millionen abräumte!« Er lächelte gewinnend. »Sie haben Glück. Ich bin Anlageberater, Ferris Franklin. Was dagegen, wenn ich die Gelegenheit nutze?« Er öffnete ein Fach des Koffers und reichte dem verdutzten Straßensamurai einen Prospekt.

»Mann, Sie haben vielleicht Nerven,Chummer.«

Der Berater lächelte kalt. »Ich bin eben Profi.«

Als Ultra danach griff, schoss die andere Hand des Mannes mit einem Hochdruckinjektor vor. Ein kaum spürbares Ziehen signalisierte dem Samurai, dass ihm der vermeintliche Anlageberater eben etwas gespritzt hatte. »Hey!«

Viel zu schnell für einen normalen Menschen sprang der angebliche Mr. Franklin aus dem Taxi. »Genieß es.«

Schwindelgefühle befielen Ultra. Dennoch wollte er den Mann stellen. Mühsam stieg er aus. Die Beine, die normalerweise sein Gewicht und das seiner Ausrüstung mit Leichtigkeit trugen, gaben sofort nach.

Er knickte zur Seite und stürzte wie ein gefällter Baum

der Länge nach auf seinen Kofferberg, den er mit seinem stattlichen Körpergewicht zusammendrückte.

Einer der Behälter öffnete sich, die Hülle der Blütenkränze platzte auf. Zarte Blätter wehten umher und bildeten bunte Farbtupfer auf dem grauen Asphalt.

Das Gesicht des Taxifahrers erschien vor ihm, Blitzlichter flammten auf. Er bildete sich ein, das Klicken der Kameras doppelt so laut zu hören. Dann drängten Cops die Meute zurück.

»Sir? Hören Sie mich, Sir?«, erkundigte sich ein Polizist, der ein rotes Kreuz auf dem Helm trug. Er kniete sich neben ihn nieder. »Was fehlt Ihnen, Sir?«

Ultras Zunge war gelähmt. Während er unverständlich lallte und den Duft der hawaiianischen Blumen in der Nase hatte, schwand sein Bewusstsein vollständig.

Das Läuferteam hatte sich eine Unterkunft im Keller eines baufälligen Gebäudes in den Redmond Barrens eingerichtet. Jedenfalls warnten Schilder vor Einsturzgefahr.

In zwei trollgroßen Safes lagerten Notfallausrüstung und Vorräte. Strom gab es per Knopfdruck, ein schallgedämpfter Generator produzierte die notwendigen Voltmengen für Licht, Computer und elektrische Geräte. Hustle bezahlte ein Rudel Squatter dafür, das Gelände im Auge zu behalten.

Sollte sich dennoch jemand bis in den Keller wagen, fiel er den Sicherheitsvorkehrungen zum Opfer. Claymore-Minen galten als nicht mehr brandneu, aber effektiv. Twing hatte den Auslöser mit Trittleisten gekoppelt. Sobald sich ein Individuum mit mehr als fünfzig Kilogramm in den Keller verlief, aktivierte sich der erste Sprengkörper. Fünf weitere lauerten im Verborgenen.

Der Trick mit dem Warnschild reichte bislang aus. Häuser wurden in den Barrens zwar rasch okkupiert, doch keiner wollte von morschen Wänden erschlagen werden.

Hustle hatte Kaffee aufgebrüht und Dauerkekse ausgeteilt. Nervennahrung.

Cauldron und Sparkplug saßen stumm am Tisch. Sie hatten die Bilder vom Flughafen, die sie eben im Trid sahen, deutlich vor Augen. Kurz darauf vermeldete das Krankenhaus, der prominente Patient habe das Bewusstsein noch nicht wiedererlangt. Es gehe ihm den Umständen entsprechend gut, die Ärzte seien dem Grund des Zusammenbruchs auf die Spur gekommen. Danach drängte sich der Taxifahrer vor die Kamera und beschrieb auf Bitten des Reporters, wie der Unbekannte ausgesehen hatte. Die vagen Angaben passten auf zwei Drittel der Sararileute.

»Verdammter Drek! Was jetzt?«, fluchte Sparkplug. Der Rigger schaute abwechselnd von der Magierin zum orkischen Straßensamurai.

»Was soll sein?«, zischte ihn die Frau an. »Es ist ziemlich klar, dass jemand Jagd auf uns macht. Niemand meiner Kontakte hat etwas gehört. Es gibt nicht einmal ein Kopfgeld.«

»Mir ging's genauso. Also ist es eine persönliche Geschichte«, bestätigte Hustle nachdenklich. Die Kanne mit der dampfenden Flüssigkeit in der Rechten und der passenden Anzahl Bechern in der Linken, kehrte er an den Tisch zurück. Er würde liebend gerne den Spieß umdrehen, aber dazu müsste man wissen, wen sie suchen sollten. Der Gegner befand sich ihnen gegenüber eindeutig im Vorteil.

»Vielleicht kann uns Ultra mehr sagen?«, schlug Sparkplug vor. Er kostete den Keks und warf den Rest achtlos auf den Tisch. »Er hat den Scheißkerl aus der Nähe gesehen.«

»Es könnte natürlich eine Falle sein«, gab Cauldron argwöhnisch zu bedenken. »Wir schauen nach unserem

Riesenbaby, während der Killer uns in aller Seelenruhe ins Fadenkreuz nimmt.«

»Möglich. Ich würde an seiner Stelle zuschlagen. Wenn die Stars nicht für seinen Schutz sorgen, sollten wir das übernehmen«, sagte Hustle. Er streckte die Beine aus und balancierte den Becher auf seinem Bauch aus. Twings Aufenthaltsort kannte niemand, sie befand sich in Sicherheit. Aber bei ihrem Freund lag die Sache anders. »Wer ist dafür, dass wir nachsehen?«

»Ich nicht. Wir geben uns wie leere Bierbüchsen zum Abschuss frei«, murmelte die Hermetikerin.

Die Augen des orkischen Samurais blitzten böse auf. »Darf ich dich daran erinnern, dass wir für dich genau das Gleiche tun würden, Cauldron? Er ist unser Chummer! Und wenn dir das nicht reicht, dann denk an die Kohle, die er dir geschenkt hat.« Er bedachte sie mit einem geringschätzigen Blick.

Die Frau sackte zusammen und spielte mit einem ihrer Ringe. »So meinte ich das doch gar nicht«, widersprach sie trotzig.

»Dann sag es in Zukunft anders.« Es war immer das Gleiche mit ihr. Diejenige, die sich mit ihrer Magie am besten schützen konnte, zierte sich am meisten.

»Fahren wir hin«, beschloss Sparkplug. Der Elf griff nach dem Fernsteuerpult. Seit dem Vorfall am Flughafen stöpselte er sich gar nicht mehr aus. Zwei Mikroskimmer schwirrten in der Nähe herum und übernahmen die Funktion von Leibwächtern. »Wir nehmen Cynthia. Da braucht es schon eine Langstreckenrakete, um sie zu knacken. Und du«, er schaute zu der Hermetikerin, »wirst ja wohl mit allem anderen fertig.«

Cauldron schnalzte mit der Zunge.

Das Trio parkte in der Tiefgarage des Krankenhauses, in das man Ultra als Platin-Kunde von DocWagon verfrachtet hatte.

»Shit, Chummer«, fluchte der Rigger und pfiff durch die Zähne, als sie das Zimmer betraten und sich umschauten, »ich weiß, warum du das gemacht hast. Das ist ja feudaler als im besten Hotel Seattles.«

Ultra grinste schwach. Die Schattenläufer gaben ihm nacheinander die Hand und überreichten kleine Geschenke. Wissenschips für sein Datapad, Kekse und ein Sixpack, das sie in einem Karton an der Schwester vorbeigeschmuggelt hatten.

»Geht's Twing gut?«, wollte er wissen.

Sparkplug nickte. »Ich soll dir Grüße ausrichten. Was war los, Ultra?«

Der Metamensch schaute unglücklich in die Runde. »Die Schweine haben meine Geländekarre gesprengt. Dann wollte ich mit dem Taxi nach Hause fahren, als sich so ein Anzugträger zu mir setzt und einen auf Zufall macht.« Er begann die Präsente auszupacken und beschrieb dabei den Mann. Hustle notierte sich alles.

»Das war der gleiche Typ, der auch Twing umbringen wollte. Er hat schon zweimal versagt«, lächelte Cauldron aufmunternd. »Er ist ein echter Verlierer. Beim nächsten Mal ist er fällig.«

»Was ist bei den Untersuchungen rausgekommen, Chummer?«, erkundigte sich der Elf vorsichtig. »Was hat dich umgehauen?«

»Das war nur ein Betäubungsmittel. Er wollte sicher sein, dass ich ihm nicht folge«, beruhigte Ultra seine Freunde und zeigte das Goldplättchen auf seinem Zahn. »Die Ärztin meinte, den Doom-Wirkstoff bekäme sie mit einer Gen-Therapie rasch in den Griff.« Seine Beiläufigkeit brachte die anderen dazu, entsetzte Blicke zu wechseln. »Oh, ein Wissenschip!«, strahlte der Troll. »Danke.«

»Doom?«, echote die Magierin. »Ist das nicht gefährlich?«

»Ich hab's vorhin nachgelesen.« Er räusperte sich.

»Doom besteht aus einem künstlich hergestellten Antikörper, der ein radioaktives Isotop, Bismuth-212, angekoppelt hat«, dozierte Ultra. »Die Strahlung beim Zerfall ist groß genug, jede Zelle zu vernichten, die der Antikörper passiert. Doom ist speziell entwickelt worden, um die oberste Lage der Muskelschichten zu zerstören. Sobald die Entsorgungssysteme des Körpers die zerstörte Schicht als defekt erkannt und entfernt haben, attackiert Doom die nächste Lage und so weiter …«

»Bis keine Muskeln mehr da sind?«, entschlüpfte es Cauldron erschüttert.

Der Troll nickte. »Du hast's kapiert. Meistens sterben die Opfer schon vorher, weil der Körper …«

»Schon gut«, unterbrach Hustle. Der Typ, der sie umbringen wollte, musste ein Sadist sein. »Und mit einer Gen-Therapie bekommen die Weißkittel das in den Griff?«

»Ich denke schon«, meinte eine weibliche Stimme von der Tür. Eine Ärztin hatte den Raum betreten und musterte die Versammlung. »Dr. med. Ranfield« stand auf dem Ausweis an ihrem Kittel. »Unser Labor hat Doom sofort identifiziert. Die Heilungschancen sind dadurch recht gut. Je schneller wir beginnen, umso mehr Muskelsubstanz können wir unserem Patienten erhalten.«

»Drek, verfraggter«, fluchte Sparkplug und stieß geräuschvoll die Luft aus. »Sie kriegen das hin?«, vergewisserte er sich noch einmal bei der Medizinerin.

Sie schenkte ihm ein routiniertes Lächeln. »Es wird nicht einfach. Doom ist ein höllisches Zeug und ohne Gen-Therapie absolut tödlich. Blutfilter unterstützen zwar den Kampf, aber therapieren kann man Doom nur mit Hilfe der Genetik.« Ranfield kam zu Ultra und las die Werte der Geräte ab. »Da unser Patient zu seinem Glück über genügend Geld verfügt, können wir etwas für ihn machen.«

»Geld«, meinte Hustle abfällig.

Die Ärztin wandte sich erstaunt um. »Wir sind ein Wirtschaftsunternehmen, Mister, nicht die Wohlfahrt. Die würde Ihnen beim Doom-Befund eine Pistole geben, damit Sie Ihr Leiden verkürzen.«

»Dann geben Sie ihm die verfraggte Gen-Spritze, damit wir ihn mit nach Hause nehmen können«, verlangte der Rigger ungeduldig.

Ranfield lachte hell auf. »Wir versetzen Mister Ultra in einen komatösen Zustand und verfrachten ihn in einen Tank mit Nährflüssigkeit. Während unser Patient in der Lösung schwebt, werden die Naniten ihre Arbeit aufnehmen und die Doom-Antikörper hoffentlich rasch zerstören.«

»Wie lange?«, erkundigte sich Hustle knapp.

»Mindestens eine Woche.« Sie drückte einen Knopf. »Und nun entschuldigen Sie bitte, wir müssen unseren Kunden behandeln.«

»Können wir den Tank mitnehmen?« Sparkplug stand auf. »Ich habe einen Lastwagen, da könnte er hineinpassen.«

Zwei Pfleger erschienen und begannen, die Vorbereitungen für das Bad. Sonden wurden am Körper befestigt. Die Ärztin deutete zur Tür. »Wenn Sie eine Kom-Nummer hinterlassen, rufe ich Sie an, sobald Ihr Freund wieder genesen ist.«

»Ja, macht das«, rief Ultra von seinem Bett aus, der sich bei dem Gedanken, in einem Tank voller Schleim zu dümpeln, nicht wohl fühlte.

Der Ork nahm die Medizinerin zur Seite. »Sie können sich sicher denken, Miss, dass unser Freund in großer Gefahr schwebt. Ich bitte Sie, dass Ihr Sicherheitsdienst strengstens darauf achtet, wer hier ein und ausgeht.«

»Seien Sie unbesorgt«, erwiderte Ranfield freundlich. »Gehen Sie nach Hause und warten Sie auf unseren Anruf. Die Naniten und ich tun, was wir können. Das ist in der Preisklasse knapp unterhalb von göttlichem Wunder.«

Das Bett mit dem Troll wurde in den Fahrstuhl gefahren, der zur Abteilung mit den Tanks führte. Der Lift schloss sich langsam. Ultra hob die Hand zum Gruß und reckte den Daumen empor. Dann verdeckten ihn die schottähnlichen Türen.

»Jemand hat seine helle Freude daran, uns nicht nur umzubringen, sondern es noch möglichst qualvoll zu gestalten«, sagte Cauldron schließlich.

»Mir geht der Sprit aus, um es bildlich auszudrücken«, gestand der Elf zerstreut, »und da ich echt nicht weiß, was wir machen können, bin ich dafür, dass wir ein paar Leute einschalten, die sich gegen gutes Geld darum kümmern.«

»Wir sollen Schattenläufer anheuern?«, entgegnete der Ork ungläubig. »Wird sich prima auf unsere Reputation auswirken.«

»Vergiss die Reputation. Tot bringt sie dir gar nichts.«, unterstützte Cauldron den ratlosen Rigger. Man könnte abtauchen und hinter den Kulissen nachforschen, während andere Jungs auf die Pirsch gingen. Sie schaute Sparkplug an. »Hast du ein paar Kollegen ins Auge gefasst, die gut genug sind, sich mit so einem Typen anzulegen?«

Der Rigger zog den Anzug glatt, was ein vergebliches Unterfangen darstelle, und grinste bösartig. »Nicht unbedingt Kollegen. Aber sie sind, wenn ich mich richtig erinnere, verfraggt gut in dem, was sie machen.« Und wenn einer von denen draufginge, würde es ihn nicht besonders stören.

UCAS, Seattle, Downtown, 17. 03. 2058, 20.01 PSZ

Jeroquee betrat das Appartement und stolperte über Geoffreys unordentlich hingeworfene Schuhe. »Hey, Deckhead! Kannst du nicht aufpassen, wo du deine Treter hinschmeißt?«, ermahnte die junge Ghuljägerin den Decker.

»Na und?«, kam es aus der Küche. »Lass doch die Putzfrau kommen, wenn es dir nicht passt. Kohle genug haben wir ja.«

»Sehr witzig.« Sie gesellte sich zu dem Decker, der im Kimono vor dem Auto-Chef kauerte und gebannt beobachtete, wie sein Essen zubereitet wurde. »Spargelspitzen in Sauce béarnaise mit handgeerntetem Reis«, las Jeroquee die Aufschrift der Packung. »Geoff, du wirst allmählich dekadent. Die Wohnung tut dir gar nicht gut.«

»Ach, das lass mal meine Sorge sein«, winkte er ab, ohne die Augen von der Timeranzeige zu nehmen. »Ein wenig Luxus entspannt.« Er langte unter sich und hielt ihr eine Flasche entgegen. »Ein Aperitif?«

»Was ist das?«

»Sake. Japanischer Reiswein. Schmeckt aber widerlich.« *Ping.* Begeistert nahm der Decker die Schüssel aus dem Auto-Chef und machte sich über die Spargelspitzen her. »Guter Geschmack, der Typ, wenn's ums Essen geht.«

»Frisst du den ganzen Tag oder kümmerst du dich nebenbei auch noch um die Nuyen im Tresor?«

»Eile mit Weile«, kaute der Matrixexperte.

Die Ghuljägerin belegte sich ein Brot. »Ich habe einfach Angst, dass einer der beiden Leute auftaucht und uns rausschmeißen lässt.«

»Warum? Wir sind offiziell von unserem unbekannten Gönner eingetragen worden.« Geoffrey zuckte mit den

Achseln. Er aß geräuschvoll und schaute zur Decke. »Aber um dich zu besänftigen: Ich war erfolgreich.«

»Ehrlich? Los, erzähl.«

»Du hattest Recht. Atades Moloki ist wirklich Sakagi Seg. Der Junge hat für Mitte zwanzig eine ordentliche Latte von Vorstrafen. Körperverletzung in mehreren Fällen und die Auflage, eine psychiatrische Betreuung zu akzeptieren, um seine Gewalttätigkeit in den Griff zu bekommen.« Er fischte nach seinem Deck, stöpselte es an einen Monitor und machte die Informationen sichtbar. Mit einer Hand aß er weiter und benutzte die Gabel immer dann, wenn sie gerade nicht bis oben hin beladen war, als Zeigestock. »Das hat mich einen ganz schönen Ritt in der Matrix gekostet.«

»Die zweihundertfünfzig Riesen werden deine Unkosten gedeckt haben, oder?«

»Gerade so«, erwiderte er frech grinsend und lutschte die Gabel ab. »Womit erzielen sie nur so einen abgefahrenen Geschmack?«

»Geoff!«

»Ja, ja, nur die Ruhe. Sakagi Seg hat eine Ausbildung als Broker gemacht, Wertpapiere verscheuert und den nicht unbeträchtlichen Reichtum seines Vaters noch aufgestockt. Nebenbei schlug er in hippen Zappelschuppen gelegentlich dem ein oder anderen Gast auf die Fresse und misshandelte Squatter. Mehr war nicht zu erfahren. Außer, dass er alles an Kunst sammelte, was mit Japan zu tun hatte. Er sprach fließend Japanisch sowie mehrere Dialekte und galt zudem als Kampfsportspezialist. Sein derzeitiger Aufenthaltsort ist unbekannt.«

»Unbekannt?« Jeroquee horchte auf. »Ich habe ihn erschossen.«

Geoff steckte sich die Finger in die Ohren und sang ganz laut. »Das habe ich nicht gehört. Wenn mich einer fragt, ich werde nichts wissen.«

Die Ghuljägerin zog ihm lachend die improvisierten Stöpsel aus dem Gehörgang. »Das interessiert sowieso niemanden.«

Der Decker schwang sich vom Hocker, machte sich im Kühlschrank auf die Suche nach dem nächsten Fertiggericht und beförderte es mit Schwung in den AutoChef. »Hören würde ich die Story schon ganz gerne«, gestand er. »Ist sie spannend?«

Jeroquees Blick schweifte in die Ferne. Das Gesicht ihres Mentors tauchte aus der Vergangenheit auf. »Sie ist traurig, Geoff.« Sie nahm die Sake-Flasche und goss sich ein. »Mein Lehrer Piers und Sakagis Vater gerieten aneinander. Demus hat ihn und seine Gruppe bei einem Lauf beschissen und sich die Prämie eingesackt. Mit zunehmender Vercyberung drehte er durch, wollte ewige Jugend durch die ›Herzen der Magier‹ erlangen, ein Präparat auf pflanzlicher Basis.«

»Aha. Leonisation war ihm unbekannt, was?«

»Demus nahm das in seinem kranken Hirn wörtlich und machte Jagd auf die Magischen. Piers Freundin Sunrain fiel ihm zum Opfer. Daraufhin machte Piers Jagd auf ihn und dachte, er hätte ihn erschossen.« Sie leerte ihr Glas.

»Lass mich raten, er hat es doch nicht geschafft?«, vermutete der Decker, der gebannt an ihren Lippen hing.

»Genau. Wir entdeckten in der Kanalisation einen toten Schamanen, der auf die gleiche Weise umgebracht wurde. Wir fanden Demus in einem Raum voller Fetische. Ich glaube, er nahm sich von jedem seiner Opfer ein Andenken mit als Zeichen seiner Überlegenheit.« Jeroquee setzte die Flasche kurzerhand an und trank. Sie wusste noch genau, wie ergriffen Piers schaute, als sie Sunrains Fokus fanden. Sie hustete. Tränen stiegen ihr durch den scharfen Geschmack in die Augen. »Der japanische Mistkerl hat ihn umgebracht. Ich musste flüchten, weil Piers es so wollte.« Er opferte sich, damit sie abhauen konnte. Schniefend zog sie die Nase hoch.

Geoff schniefte mit und griff nach dem Sake. »Mann, ist das traurig.«

»Ich habe mich später mit Poolitzer auf die Jagd gemacht. Wir haben Piers' Leiche aus der Kanalisation geholt und das Versteck der beiden Idioten gefunden. Zuerst erschossen wir Sakagi.« Sie musste wider Willen lachen und eroberte die Flasche zurück. »Der Snoop ist ein miserabler Schütze. Später hat Demus einen ganzen Kanalarbeitertrupp fertig gemacht und mich um ein Haar gegeekt. Letztlich hat er doch den Geist aufgegeben.« Eine Schrotflinte hatte ihre Vorteile.

»Und deshalb trägst du so viele Schrammen mit dir herum?«, vermutete ihr Bekannter richtig. »Muss ein harter Kampf gewesen sein.«

»Ja.« Das nächste Glas wurde gefüllt. »Poolitzer hat mir seine Jacke dagelassen, während wir auf DocWagon warteten. Er muss die Gelegenheit genutzt haben, Sakagi zu filzen, ehe wir gingen. Er steckte den Schlüssel ein, ich habe ihn gefunden, und jetzt sitzen wir im Paradies.«

»Auf Poolitzer!«, befand der Decker. Mit angewidertem Gesicht stürzten sie den Alkohol hinunter. »Slot, was für ein Zeug. Und wie ging's weiter?«, wollte er krächzend wissen.

»Vom Krankenhaus aus habe ich geregelt, dass sie mir Piers' Leiche in eine Tiefkühlkammer legen. Ich werde ihn demnächst einäschern lassen und in seiner Stammkneipe eine ordentliche Begräbnisfeier ausrichten.« Er verdiente es nicht, vergessen zu werden. Die Ghuljägerin schnäuzte sich die Nase. Ohne ihn wäre sie bestimmt genauso ein BTL-Junky geworden wie Barry, dieser dämliche Idiot.

»Auf Piers!«, rief Geoffrey und prostete der jungen

Frau zu. »Und all die anderen Kumpel, die auf der Straße gestorben sind.«

Sie kippten ein Glas nach dem anderen und versanken in Gedanken.

»Ich habe auch schon ein paar Kollegen verloren«, meinte der Decker nach einer Weile. »Sah nach einem harmlosen Lauf aus. Rein in die Matrix, ein paar Passwörter knacken, ein bisschen Ice beschäftigen, damit andere sich Paydatas besorgen konnten, und wieder raus.«

»Es soll angeblich immer harmlos aussehen.« Jeroquee stützte den seltsam schwer gewordenen Kopf auf den Handballen und betrachtete den Mann. »Und weiter?«

»Es sagte uns keiner, dass die Sicherheitsprogramme aggressiv eingestellt waren. Ich wollte zwei Anfängern vorsichtig beibringen, auf was man alles achten muss, wenn man eine Attacke reitet.« Geoff sah sie aus traurigen Augen an. »Du kannst dir vorstellen, wie es für sie ausging …« Seine Schultern bebten.

Das löste den mütterlichen Reflex bei der Ghuljägerin aus. Sie nahm den Decker in die Arme und tröstete ihn.

Als er den Kopf hob und vorsichtig ihren Hals streichelte, war sie zu überrascht, um den zärtlichen Fingern Einhalt zu gebieten. Zu ihrem eigenen Erstaunen beugte sie sich auch noch vor und küsste ihn zögerlich.

Was tust du da?, schrie ihr Verstand in heller Aufregung.

Ich hole mir ein bisschen Wärme, antwortete ihr Herz seufzend.

Und Sex, fügte ihre Weiblichkeit anzüglich hinzu.

Die Annäherung endete, wie es musste. Das breite Bett eignete sich hervorragend für die wichtigste Nebensache der Welt, der in aller Ausgiebigkeit von den beiden nachgegangen wurde.

»War ich gut?«, wollte Geoff wissen und betrachtete den Rücken der Ghuljägerin.

»Sicher, Tiger.«

Argwöhnisch tippte er ihr auf die Schulter, seine Augen verengten sich. »Ehrlich?«

»Autsch!« Dass Männer immer eine Bestätigung haben wollten. Jerqouee wirbelte herum. »Pass doch auf. Die Stelle ist noch nicht ganz verheilt.«

Sie machte sich Vorwürfe, es mit dem Mann getan zu haben, obwohl sie es gar nicht wirklich gewollt hatte. Deshalb war sie sauer auf sich und ließ es zudem noch an Geoff aus. Das ärgerte sie noch mehr.

Sie zwang sich zu einem Lächeln und klopfte dem Decker auf den Oberarm. »Es war guter Sex, Geoff, und es war einmaliger Sex. So eine Art vergnüglicher Ausrutscher, würde ich sagen.« Jeroquee sprang aus dem Bett und ging zur Dusche. »Das soll nicht heißen, dass ich dich nicht leiden kann. Aber es war wohl ...«

»Situationsbedingt?«, half der Decker erleichtert. »Mann, da bin ich aber beruhigt. Ich dachte schon, du würdest mehr darin sehen. Weißt du, meistens kommt die Frage, wie es weitergeht?«

Sie stockte. »Nein«, wehrte sie ab. »Nein, bestimmt nicht.« Dennoch wurde sie unsicher.

»Wenn du mal wieder Trost brauchst, ich bin immer für dich da.«

Wie angewurzelt blieb sie stehen. »Ich? Trost? Wer hat denn von uns beiden geheult wie ein Schlosshund?«

»Taktik, Baby.« Geoffrey verschränkte die Arme im Nacken und grinste dreckig. »Ich sah, dass es dir schlecht ging. Da habe ich ein bisschen improvisiert.«

»Sehr aufopfernd«, bemerkte sie frostig und setzte ihren Weg ins Bad fort.

»Was denn?«, begehrte der Decker auf. »Hat es dir nicht gefallen?« Die Tür fiel ins Schloss, und bald darauf hörte er das Rauschen des Wassers. *Slot! War wohl doch keine so gute Idee.* »Warum hab ich nicht einfach die Klappe gehalten?«, murmelte er und stand ebenfalls auf. Aus Bequemlichkeit warf er sich nur den Kimono über. Ein Blick auf den Wecker sagte ihm, dass es kurz vor Mitternacht war.

Er kehrte zurück zu seinem Deck und überprüfte, ob es neue Nachrichten gab, was die beiden Personen anging, die er wegen der Zugangsberechtigung für das Appartement checkte. Und tatsächlich hatten seine mit Creds motivierten Kontakte etwas herausgefunden.

»Jeroquee! Ich hab was«, brüllte er. Im gleichen Augenblick ertönte die Türglocke. *Slot!* Geoff eilte zum Eingangsbereich und schaute auf den Monitor.

Auf der anderen Seite stand eine dunkelhäutige Frau mit langen schwarzen Haaren, die sie als Zopf trug. Ihr Körper steckte in einem nachtblauen Ledermantel, die Füße in Boots. Die Züge wirkten leicht asiatisch. Ihr sehniger Zeigefinger näherte sich ein weiteres Mal der Klingeltaste. Wieder schlugen die Gongs an.

Geh weg, Tussi, wünschte sich der Decker. *Der Typ ist nicht da.*

Die Frau wartete noch einen Moment, dann betätigte sie den Ziffernblock, um an den Retina-Scan zu gelangen.

»Khodokarami«, verstand Geoffrey. Siedend heiß überlief es ihn. Panik machte sich breit.

»Ist das ein neues Schimpfwort?« Lautlos war die Ghuljägerin neben ihm aufgetaucht, die sich inzwischen angezogen hatte. »Wer ist denn das?« Da erinnerte sie sich ebenfalls wieder an den Namen. Der »Worst-Case« trat ein.

Der Computer verweigerte den Zutritt, nachdem die Netzhautabfrage negativ verlaufen war.

Khodokarami verzog den Mund, hob den Arm und bediente ihr Handgelenk-Kom. Sekunden darauf klingelte es hinter den beiden. Der Anrufbeantworter sprang an, Jeroquee schaltete auf externen Lautsprecher um.

»Sakagi, ich stehe vor deiner Tür und komme an dem Scanner nicht vorbei«, erklärte sie ungehalten. »Was soll das? Willst du dir das entgehen lassen?« Sie schaute nach oben und öffnete den Mantel.

Außer ein paar spärlichen weißen Dessous, die durch ihre braune Haut aufreizend betont wurden, trug sie nichts darunter. Um den Hals lag ein Schmuckstück. Ihr Körper präsentierte sich gefährlich athletisch.

Die Kinnlade des Deckers klappte nach unten.

»Wenn du die Hand auf die Klinke legst, bist du ein toter Mann«, warnte ihn die Ghuljägerin und deutete vielsagend auf ihr Schulterhalfter.

»Ich bin ja nicht wahnsinnig«, beschwichtigte Geoffrey. »Schau sie dir an. Die Tussi bringt mich mit dem kleinen Finger um, wenn sie will.« Er sah Jeroquees verständnisloses Gesicht. »Sie ist mehrfache internationale Meisterin in Ninjitsu und angeblich eine der besten Kampfsportlerinnen der Welt. Die News kamen vorhin rein.«

Die junge Frau mit den prachtvollen Locken musterte Khodokarami. »Sie muss gut sein. Ihr Nasenbein ist nicht gebrochen.«

»Oder der letzte Eingriff ist schon eine Weile her«, lachte der Decker.

»Dann gibt es heute eben keine Übungsstunde, Sakagi«, dröhnte es aus den Boxen. »Wenn du dich nicht morgen bei mir meldest, gehe ich davon aus, dass Schluss zwischen uns beiden ist.« Sie drehte sich um und kehrte in den Fahrstuhl zurück.

Davon kannst du ausgehen, dachte Jeroquee grimmig. *Die Ghule haben ihn bestimmt schon gefressen.* »Das war knapp. Gut, dass du den Scanner umprogrammiert hast.«

Erleichtert stieß der Decker die Luft aus. »Das Schmusekätzchen hätte uns beide zerrissen.«

»Was weißt du noch über sie?«

»Sie ist Inderin und siebenundzwanzig Jahre alt. Nach ihrer Kumite-Karriere hat sie ein exklusives Dojo errichtet, in dem sie nur die Besten ausbildet«, fasste er die Informationen zusammen. »Das ist die offizielle Version. Gerüchte besagen, sie wäre eine Berufskillerin, die ihre Jobs handverlesen macht. Das ist ihre Art, im Training zu bleiben.«

Die Ghuljägerin und der Decker ließen sich im Wohnzimmer nieder. Khodokarami passte hervorragend zu Sakagi und dessen Vater, schätzte sie. Alles Psychopathen. Aber um diese Leute sorgte sie sich weniger. »Was ist mit dieser Sozaria?«

»Yakub Estefan Zozoria«, stellte Geoffrey den Namen richtig. »Das passt nicht wirklich zu den Japan-Fetischisten.« Die Informationen flimmerten über den Monitor. Er war 46 Jahre alt, geboren in Andorra la Vella und hatte Wohnsitze in Seattle, London, München, Osaka, Andorra la Vella und St. Petersburg. Offiziell geführt wurde er als Antiquitätenhändler. Sein Unternehmen hieß »Antique Enterprises«.

Aber in den Schatten wusste man noch mehr über ihn. Das Porträt eines sympathischen Mannes in den mittleren Jahren erschien auf dem Display. Auf der Nase trug er einen altertümlichen Zwicker.

Der Andorraner besorgte die ältesten magischen Gegenstände, die man sich für Geld leisten konnte, hieß es, aus allen Regionen der Welt. Angeblich gingen verschiedene Diebstähle sowie Überfälle auf das Konto seiner Handlanger.

Geoffrey scrollte die Nachrichten durch. »Angeblich hat er sogar schon einen Drachen erledigen lassen, weil er diverse Abnehmer für die Bestandteile des Critterwesens hatte.«

»Einen Drachen?« Die junge Frau las die Notizsammlung durch und zeigte sich sichtlich beeindruckt. Da war sie mit ihrer Ghuljagd ein armseliges Licht dagegen.

Die Kampfsportlerin hielten sich die Segs also, um sich in Form zu halten, resümierte Jeroquee. Als Geliebte des jüngeren Seg erlangte sie freien Zugang. Sie schaltete den Trideo ein, um einen Musiksender zu suchen und die Clips im Hintergrund laufen zu lassen.

»Ich hab's! Sie haben von Zozoria ihre Einrichtung gekauft«, schloss Geoffrey aus den Kunstgegenständen um sich herum. »Von irgendwo her muss der alte Trödel stammen. Und Zugang bekam er deshalb, weil er die Sachen direkt anlieferte.«

Die Ghuljägerin grübelte. Zwar klang es stimmig, was Geoff vorschlug. Aber es störte sie etwas daran. Wie der Blitz traf sie die Erleuchtung, die in eine ganz andere Richtung wies. »Fetische!«, sagte sie begeistert.

»Ach, der Cyber-Ersatz für die Zauberstabschwinger?«

Jeroquee knetete ihre Unterlippe. »Genau diese Dinger. In dem Raum, in dem wir Demus zum ersten Mal begegneten, hingen eine Unzahl von Foki und dergleichen, die sich der Psychopath von seinen Opfern als Andenken aufbewahrte. Vielleicht wollten sie die Gegenstände zu Geld machen. Später waren sie verschwunden. Demus muss sie an einen anderen Ort gebracht haben.«

»Du meinst, Zozoria wollte das Zeug kaufen?«, dämmerte es dem Decker allmählich. »Ich habe keine Ahnung, was so ein Fokus kostet. Lohnt sich das denn?«

»Vermutlich«, schätzte sie. Ihr ging es um etwas anderes. Sie wusste noch ganz genau, wie der Fetisch von Sunrain ausgesehen hatte. Jeroquee hielt es für eine schöne Geste, dieses Andenken zusammen mit Piers' sterblichen Überresten zu bestatten. Auf keinen Fall sollte das magische Artekfakt in die Hände eines Dealers kommen.

Geoffrey hackte bereits auf seinem Deck herum und zog Informationen über den Wert von Foki und Fetischen ein. »Slot«, entfuhr es ihm leise. »Wie viele hast du gesagt, wären da unten gewesen?«

»Mindestens vier Dutzend.«

»Millionen Creds«, schwärmte Geoff mit glasigen Augen. »Heilige CPU, da liegt ein Vermögen im Untergrund von Seattle, Jeroquee!«

Sie drehte den Monitor so, dass sie auch etwas lesen konnte. »Es kommt darauf an, um was für ein Artefakt es sich dabei handelt«, dämpfte sie die Erwartungen des Matrixjockeys. »Es können auch nur ein paar lausige hundert Nuyen sein.«

»Nein, das glaube ich nicht.« Geoffrey sah sich schon in Geld schwimmen. »Was ich damit alles machen kann …«

Süffisant lächelnd wandte sie ihm ihr Gesicht zu, nahm eine ihrer Pistolen aus dem Holster und drückte sie ihm in die Finger. »Viel Erfolg, Chummer. Mit den paar Ghulen wirst du schon fertig.«

»Ich?« Hastig gab er die Waffe zurück. »Nein, ich bleibe in diesem Appartement und sorge für ….« Fieberhaft suchte er nach einem Betätigungsfeld, das ihn vor dem Abstieg in die stinkende Unterwelt bewahrte. »Die Pläne. Und Ablenkung.«

Jeroquee stand auf und humpelte zur Tür. »Ich werde mich bei ein paar Leuten umhören, ob sie mich in die Kanalisation begleiten wollen. Du hältst die Stellung.«

Sie schloss die Lederjacke und verschwand hinaus.

Der Decker machte sich daran, in das System der Stadtverwaltung einzuhacken, um herauszufinden, welche Firma für welchen Abschnitt des weit verzweigten Abwassersystems von Seattle zuständig war. Danach müsste er in jedes einzelne Unternehmen einsteigen, um sich die Pläne runterzuladen.

Er klinkte sich in die Matrix und begann seine Arbeit.

ADL, Bexbach (Sox), ECC-Arkologie, 17. 03. 2058, 23:52 MEZ

Professorin Usner-Gassert betätigte die Enter-Taste und startete den Simulationslauf des Programms, das sie soeben nach ihren Vorstellungen beendet hatte. Nach ihren Vorstellungen und den brillanten Ergänzungen des Schweden, der seine Erkenntnisse noch immer niemandem mitteilte. Zufrieden atmete sie durch, als die Zahlenkolonnen genau das machten, was sie sollten.

Perfekt. Sie blickte auf die Ziffern ihrer Uhr. Kollege Gud würde ein höllisches Wunder erleben. Bald wäre sie die Einzige, die neben dem theoretischen Erfolg auch den passenden Probanden dazu lieferte. Damit näherte sie sich ihrem Ziel, eines baldigen Tages einen Forschungskomplex zu führen, mit raschen Schritten.

»Die Sünde« erhob sich aus dem ergonomisch geformten Stuhl, speicherte die neuesten Daten auf einen Chip und schaute nach dem Decker, der sich im Nebenraum eingestöpselt hatte.

Der Mann stieg aus der Scheinwelt der Datenströme aus, und ruckartig öffnete er die Augen. »Ich bin so weit.« Er nahm das Speichermedium entgegen, um den Inhalt zu übertragen.

»Sehr schön, Herr Reiser«, lobte sie ihn. »Sie sind Ihr Geld wert.«

»Sehe ich auch so.«

Sie merkte ihm an, dass er noch etwas sagen wollte. »Nur Mut, junger Mann«, forderte sie ihn auf. »Haben Sie eine Anregung anzubringen?«

»Ich weiß nicht, was Sie damit vorhaben, Frau Professorin«, begann er, »aber ich finde, dass es verdammt gefährlich ist. Wenn das Signal abreißt oder die Sicherheitsschleife nicht greift, falls die Routinen unterbrochen werden, möchte ich nicht in der Nähe stehen. Haben Sie ein gesperrtes Territorium für den Test zur Verfügung? Hier drinnen werden Sie es wohl kaum ausprobieren wollen, oder?« Usner-Gassert lächelte vielsagend. »Okay, Sie werden es hier drinnen ausprobieren«, folgerte der Decker beunruhigt. »Warten Sie aber damit, bis ich das Labor verlassen habe.«

»Aber natürlich. Ich werde der Konzernleitung von Ihrem Engagement berichten. Sie werden schon bald eine andere Verwendung bei Cyberdynamix erhalten«, prophezeite sie ihm. »Es ist ein Wunder, dass Ihre Qualitäten nicht viel früher entdeckt wurden.«

»Sie reden wie meine Mutter.« Reiser deutete auf das Deck und wurde wieder starr. Sein mit der Technik verschmolzener Verstand befand sich im Cyberspace, um das zu vollenden, was er vor wenigen Tagen unter strengster Geheimhaltung begonnen hatte.

Eine Stunde später klinkte er sich wieder aus. Der Mann nahm einen unscheinbaren Chip aus einem extern angehängten Gerät seines Decks und reichte ihn ihr wortlos. Ohne weitere Erklärung verließ er das Labor.

Die Wissenschaftlerin betrachtete das Stück aus Plastik und Drähten. Dann schweifte ihr Blick hinüber zum grünen Stoff. Darunter zeichneten sich eine Liege und eine zwei Meter große menschliche Silhouette ab. Mehrere bunte Kabel verliefen unter dem Tisch und verschwanden in Kopfhöhe unter dem Tuch.

In einer Stunde, drei Minuten und zwanzig Sekunden verlöre der Schwede seine Probandin. Ruhig aktivierte sie mehrere Computer, steckte den Chip in ein Lesegerät und überspielte das Resultat.

Dr. Gud kehrte gähnend aus seiner Unterkunft noch einmal in sein Labor zurück. Beinahe hätte er die Auswertung vergessen. Er bekreuzigte sich, als er vor dem Kruzifix stand, benetzte die Stirn mit etwas Weihwasser, das in einer Schale neben dem Eingang hing, und steuerte auf seinen Schreibtisch zu. Ein neuerlicher Gähnanfall suchte ihn heim. Höchste Zeit für den erholsamen Schlaf.

Der Monitor erhellte sich. Die neuerliche Analyse der Werte seiner Probandin präsentierte sich weiterhin rätselhaft und sinnlos. Falsche Anzeigen und eine unzutreffende Ausgangsbasis für die Endergebnisse von hinten bis vorne.

Seltsamerweise meldete der Systemcheck des Gefechtscomputers nicht ein einiges Mal einen Aussetzer. Verdutzt musste sich Dr. Gud setzen. Mit einem Mal funktionierte das implantierte Cybergerät einwandfrei.

Woher, bei allen Heiligen, stammen die Grundlagen für die Berechnungen?

Ihm war neu, dass Computer aus Angst, sie könnten ihrem Träger entnommen werden, Fakten erfanden, um die Wissenschaftler zu täuschen. Es bliebe lediglich die andere Möglichkeit, dass sich Frau Gerlach tatsächlich an diesen Orten aufgehalten hatte.

Das kann nicht sein, verwarf Dr. Gud die Theorie. Niemals käme sie an den Sperren vorbei. Drohnen, Todesstreifen und Kontrollen verhinderten einen solchen Ausflug und machten ihn zum Ding der Unmöglichkeit. Oder?

Er wollte es wissen. Der Schwede tippte die angegebenen Längen- und Breitengrade in den Rechner ein und verlangte eine Übertragung auf eine Detailkarte. Die Auswertung benannte Zweibrücken.

Gud ließ die Standorte auf einen Stadtplan projizieren, um sich einen exakten Eindruck zu verschaffen. Mit Hilfe der virtuellen Auskunft wurde es ihm möglich, selbst die Häuser, in denen sich seine Probandin aufgehalten hatte, zu lokalisieren.

»*Capital* und *Pleasuredom*? Herr im Himmel, hilf!«, wunderte er sich laut.

Die Suchmaschine, die er mit den beiden Namen fütterte, spuckte zunächst höchst unsittliche Werbung aus. Danach folgten Verweise auf lokale Nachrichten und Polizeiberichte, zumindest, was das *Capital* anging. Unbekannte Täter hatten ein Massaker angerichtet. Mit ein paar Umwegen fand er im Netz heraus, dass im Bordell Ähnliches vorgefallen war.

»Vater unser!«, entfuhr es ihm perplex. *Sollte sie es gewesen sein?*

Die spekulative Vorgehensweise würde ihn nicht weiterbringen. Es gab nur einen Weg. *Ich werde mit ihr reden und sie mit meinem Wissen konfrontieren.* Er wählte ihre Nummer. Es dauerte lange, bis seine Probandin abnahm. »Frau Gerlach, ich muss unbedingt mit Ihnen sprechen.«

»Das geht jetzt nicht«, gab sie steif und fremd zur Antwort.

»Es muss«, beharrte er. »Wenn Sie nicht zu mir kommen, suche ich Sie eben auf.« Dr. Gud unterbrach das Gespräch. Er speicherte alle Erkenntnisse auf einen Chip ab und steckte den Datenträger in seinen Kittel. Danach druckte er sich alles aus, inklusive der Zeitungsartikel.

Dr. Gud verharrte vor dem Kruzifix, von dem die stilisierte Jesus-Figur leidend auf ihn herabblickte. *Gib mir die Kraft, Herr.* Nach einem Vaterunser schritt er zum Ausgang und betätigte den Öffnungsknopf.

Als die Tür aufschwang, fiel ein riesiger Schatten über ihn.

»Wer …?« Erschrocken blickte der Schwede auf. »Sie? Was haben Sie vor?« Er wich zurück und tastete nach dem Panikschalter. »Herr, mein Gott, du bist der Hirte, der mich weidet auf grüner Aue …«

Der Besucher folgte dem Wissenschaftler unbeschreiblich schnell ins Innere. Er packte den Arm, an dessen Handgelenk der Hilfesender saß, auf der Höhe des Ellbogens und riss ruckartig daran.

Die schalldichte Tür schloss sich hinter den beiden.

»Ostfolk hier. Abschnitt drei alles ruhig. Kommen.«

»Zentrale verstanden. Ende.«

Der Wachmann befand sich auf den Resten eines Kühlturms des Kraftwerks und schaltete die verschiedenen Kanäle durch, um zu hören, ob vielleicht irgendwo interessante Gespräche liefen. Anhand der Stimme erkannte er, dass Lehmann Dienst im Kontrollzentrum tat.

»Hast du das Spiel zwischen den ›St. Louis Slaughters‹ und den ›Mainzer Black Barons‹ gesehen?«, fragte gerade einer.

Das große, schadenfrohe Gelächter im Äther sprach dafür, dass die Mehrzahl der Wachmannschaft die Hinrichtung der amerikanischen Stadtkrieger verfolgt hatte.

Ennis Liebhaber musste hinter dem Visier seines Helms grinsen. »Denen haben sie so in den Arsch getreten, dass sich keiner mehr über den Teich traut«, steuerte er der klassischen Spätschichtdebatte bei. »Und das bei einem Freundschaftsspiel.«

»Das kann man so nicht sagen«, warf ein anderer ein. »Die Amis haben unser Team mit einem groben Foul provoziert.«

»Hat jemand gewettet?«, wollte Charly wissen, während er die Nachtsicht seines Displays aktivierte und die Umgebung betrachtete. Mit der Vergrößerungsfunktion seiner Zeiss-Cyberaugen zoomte er auf gut Glück und spähte in die Nacht.

»Ostfolk, hier Zentrale.«

»Ich höre. Kommen.«

»Gehen Sie zu Quadrant 42. Ich hatte da eben etwas

auf dem Bodenradar«, meldete der Sicherheitsrigger per Funk. »Kann sein, dass ein Ghul sein Nest hier bauen will.«

»Verstanden, Zentrale. Ende.« Der Gardist nahm das MG4/46, rückte den Patronengurt zurecht und entsicherte das leichte Maschinengewehr. Dann ging er zum Baustellenfahrstuhl, dessen offene Konstruktion als Notbehelf diente, um den Wachen den mühsam Aufstieg über eine wacklige Leiter zu ersparen.

Die käfigartige Kabine surrte nach unten.

Charly schaltete den Helm auf Infrarotsicht um, überprüfte die internen Lebenserhaltungssysteme der Vollrüstung, die ihn hermetisch vor der Außenwelt abschirmte, und wartete darauf, dass die Fahrt endete.

Ghuli, Ghuli, lockte er das goblinisierte Wesen gedanklich und legte den Finger an den Abzug des Maschinengewehrs. *Komm schon her. Ich geb dir was Totes. Zwischen deine Lichter.*

Er umrundete den Fuß des Kühlturms und machte sich gleichzeitig Gedanken darüber, warum der Rigger keine Drohnen losgeschickt hatte, um einen simplen Radarverdacht auf Kontakt überprüfen zu lassen. *Scheiß Schikane.*

Meter für Meter pirschte er sich vorwärts. Die Ghule gingen ihm sowieso auf den Sack. Die Leichenfresser und die Glow-Punks konnten sich seinetwegen gegenseitig fertig machen. Dann müssten er und seine Jungs nur auf die anderen Kon-Teams achten.

Er suchte zehn Minuten vergebens, dann kehrte er zum Fahrstuhl zurück, nahm aber den Weg, der ihn an einem der verborgenen Notausgänge vorbeiführen würde. Sollte der Ghul ein warmes Plätzchen für die Nacht suchen, würde er eine böse Überraschung erleben. »Zentrale, Ergebnis der Untersuchung im Zielgebiet negativ«, meldete er knapp.

»Bestätigt«, antwortete Lehmann. »Kehren Sie auf dem gleichen Weg auf Ihren Posten zurück. Kommen.«

»Wieso? Ich bin gerade auf dem Weg zum Notausgang 4. Kommen.«

Mehrere Sekunden lang herrschte Stille.

Was ist denn das für ein Dreck? »Zentrale, kommen!« Ostfolk ärgerte sich über die seltsame Anweisung, den gleichen Rückweg zu wählen.

»Ich habe gerade eine der Drohnen aus der Fernsteuerungskontrolle verloren. Könnte sein, dass Steel Lynx VI durchdreht und Sie irrtümlich aufs Korn nimmt«, lautete die hastige Erklärung. »Kehren Sie augenblicklich um, Ostfolk! Bestätigen.«

Der Wachmann schaltete auf Nachtsichtmodus und schaute sich genauestens um. »Negativ, Zentrale. Hier ist alles ruhig. Es könnte aber ein Ghul in der Nähe von Notausgang 4 sein. Ich wollte …«

»Ich habe das Signal noch einmal gecheckt«, unterbrach ihn der Sicherheitsrigger. »Es war nur ein Echo. Kehren Sie sofort um, Ostfolk, oder ich garantiere Ihnen wegen der Steel Lynx für nichts. Kommen.«

Charly erschien Lehmanns Verhalten immer seltsamer.

»In Ordnung, Zentrale. Ich kehre um. Ende.«

Doch er dachte gar nicht daran, auf den Kühlturm zurückzukehren. Notausgang 4 war viel interessanter geworden. Aufgrund der Konkurrenz in der Sox musste man wegen jeder Nichtigkeit argwöhnisch sein. Sollte der Rigger heimlich die Türchen für ein Spionageteam öffnen, wäre er, Charly Ostfolk, der richtige Mann am richtigen Ort. Hatte er das erledigt, würde er den Rigger zwingen, den Kolben des MG4 zu küssen, und eine satte Gehaltserhöhung einstreichen.

Er schaltete wieder auf Infrarotsicht und tastete sich wachsam vor.

»Ostfolk, hier Zentrale«, meldete sich der unsichtbare

Gesprächspartner erneut, Aufregung lag in seiner Stimme. »Ich habe Ihnen doch gesagt, Sie sollen das Gebiet meiden, bis ich die Drohne wieder im Griff habe. Kommen.«

»Ich sehe nach ihr«, bot der Gardist an, »wenn ich sie treffe. Nerven Sie mich nicht weiter. Ende.«

Charly lehnte sich mit dem Rücken an eine Betonwand und spähte um die Ecke, wo sich gut getarnt der Evakuierungsausstieg für eventuelle Katastrophen in der Ark befand.

Seine Infrarotoptik schlug sofort an. Die Elektronik färbte einen menschengroßen Körper rot ein, der neben dem Einstieg kniete und sich daran zu schaffen machte. Von wegen Irrtum.

»Zentrale, hier Ostfolk«, erstattete er Meldung. »Ich habe einen Unbekannten an Notausgang 4. Er scheint alleine zu sein. Jedenfalls orte ich derzeit keine anderen Eindringlinge.«

»Bestätigt«, antwortete Lehmann sofort. »Ich sehe ihn auch. Stellen Sie ihn, ich schicke Ihnen Verstärkung. Kommen.«

»Das geht in Ordnung, Zentrale«, wehrte Charly ab. »Bereitet schon mal den Verhörraum vor. Ende.« Tief atmete er durch, nahm das leichte Maschinengewehr in Anschlag und presste den Kolben fest an die Schulter. Die Smartverbindung wurde aktiviert. Er nahm den Rücken als Trefferzone. Mit dem Rückstoßdämpfer saßen die ersten fünf Schuss mit Sicherheit genau im anvisierten Ziel. Das sollte ausreichen, einen Gegner auszuschalten.

»ECC-Security! Keine hektische Bewegung, Freundchen!«, sagte er laut. Das Außenmikrofon übertrug seine Stimme verzerrt und unmenschlich, um die psychologische Komponente ins Spiel zu bringen. »Leg dich flach auf den Boden, Arme nach rechts und links ausgestreckt. Solltest du etwas anderes tun, fängst du eine

MG-Salve.« Um den überraschten Gegner besser zu sehen, schaltete er auf Restlichtverstärker.

Der Unbekannte trug einen langen weißen Mantel. Platinblonde lange Haare wehten im Nachtwind. Es war schwer einzuschätzen, ob es sich um einen Mann oder eine Frau handelte. Als der Eindringling über die Schulter blickte, um nach dem Gardisten zu sehen, schaute Ostfolk auf eine goldene, glatte Fläche mit menschlichen Konturen. Augen, Lippen, Nase und andere Details, die ein Gesicht definierten, fehlten gänzlich.

»Scheiße, was bist du denn für einer?«

Ansatzlos wirbelte das unbekannte Wesen herum, zog mit einer fließenden Bewegung eine Pistole und feuerte derart schnell hintereinander, dass Ostfolk nicht der Hauch einer Chance blieb.

Dafür sah er zum ersten Mal in seinem Leben Projektile zeitlupengleich auf sich zufliegen.

Die Metallstücke hielten direkt auf sein Gesicht zu, knallten in rascher Folge gegen die schusssichere Augenprotektion und brachten seinen Kopf durch den Aufschlag dazu, nach hinten zu rucken.

Der Gardist löste zwar noch das Maschinengewehr aus, doch da befand er sich bereits im unkontrollierten Sturz. Wie einen plumpen Maikäfer warf es ihn auf den Rücken. Am Boden aufgeschlagen, betrachtete er entgeistert das Visier. Zahlreiche Risse durchzogen das Material. Eine Kugel steckte sogar im Spezialplastik und befand sich nur wenige Zentimeter von seiner Nasenwurzel entfernt.

Fluchend rollte er sich zur Seite und suchte sich Deckung. »Zentrale, hier Ostfolk! Ich brauche dringend Unterstützung! Ich habe Kontakt und sehe fast nichts mehr!«

»Bestätigt, Ostfolk. Hilfe ist auf dem Weg.«

Scheiß auf den Helm. Ich lass mich nachher dekontaminieren. Er löste die Verschlüsse und streifte ihn ab. Die Umgebung roch nach feuchter Erde, Gras und Staub. *Schon besser.* Er lugte über das Betonstück, hinter dem er lag.

Die Gestalt musste sich zurückgezogen haben. Siedend heiß überlief es ihn. *Oder sie hat es geschafft, in die Ark zu kommen!*

Charly raffte all seinen Mut zusammen und verließ den Schutz, um nach dem Zustand von Notausgang 4 zu schauen.

Er legte die verborgene Klappe frei und inspizierte das Magschloss darunter. Der eingelassene Drehgriff blockierte ordnungsgemäß. Nichts deutete darauf hin, dass der Unbekannte ins Innere gelangt war.

Ostfolk hörte hinter sich etwas anrollen.

Das wurde ja auch Zeit. Er drehte sich um und erstarrte. Eine Steel Lynx fuhr gemächlich heran, der eingebaute Turm mit der Ares Vengeance Minigun drehte sich unaufhörlich und suchte nach Zielen. Gut sichtbar prangte die Zahl »VI« auf der Seite.

Er duckte sich sofort ab. »Zentrale, hier Ostfolk. Ich habe die verdammte Drohne gefunden«, raunte er. »Schaltet sie aus.«

»Verstanden, Ostfolk.« Es dauerte eine Weile. »Okay, Gefahr gebannt«, verkündete der Sicherheitsrigger gelöst. »Haben Sie etwas entdeckt?«

Aufatmend erhob sich der Gardist. »Nein, der Eindringling hat seinen Standort gewechselt …«

Die Servomotoren der militärischen Kampfdrohne sirrten leise, als der Turm so lange kreiste, bis die Mündungen auf Charly wiesen. Die Läufe begannen zu rotieren. Von nun an blieben ihm wenige Sekunden.

Oh, Kacke.

Dröhnend donnerte das automatische Gewehr los und sandte eine ganze Salve Stahlmantelgeschosse gegen den zur Seite hechtenden Ostfolk, den die Einschläge gegen Brust, Unterleib und an den Beinen hart durchschüttelten.

Sofort hielt er die Luft an, um kein radioaktives Material einzuatmen, während er sich in die nächste Deckung robbte und lauschte, was die Steel Lynx unternahm.

Er fühlte sich, als habe man ihn nackt ausgezogen und ihn von oben bis unten mit Tennisbällen beschossen. An einigen Stellen der Panzerung waren die Projektile bis zur Haut durchgedrungen. Er fühlte, dass etwas Warmes an ihm hinablief. Blut. Sein Blut.

Ausgeschaltet, fluchte er, *von wegen! Ich reiße Lehmann den Arsch auf, wenn ich das überlebe.*

Die militärische Kampfdrohne rauschte heran und schwenkte die Minigun in seine Richtung.

Er sprang in Deckung. Schon prasselten die nächsten Kugeln gegen den Beton, der sich langsam, aber sicher unter dem Beschuss auflöste.

Ostfolk hielt sein MG4 über den Rand und feuerte zurück. Vielleicht würde ein Glückstreffer etwas ausrichten.

Der Autopilot der Steel Lynx feuerte die nächste Salve. Zwei Kugeln durchschlugen das dünnere obere Stück seiner Deckung und verletzten seine Hand. Laut gellte sein Schrei durch die Nacht. Seine Waffe fiel auf der anderen Seite herunter.

Der Beschuss endete zunächst.

Die außer Kontrolle geratene Drohne rollte heran, umrundete das Hindernis und begab sich in eine bessere Feuerposition. Verbissen starrte der Gardist die Maschine an. *Der verdammte Sicherheitsrigger sollte gefeuert werden,* dachte er.

Die Minigun kam wieder auf Touren.

Wie aus dem Nichts sprang der Unbekannte von schräg hinten auf die Steel Lynx. Etwas Schmales, Silbernes zischte durch die Luft und umwickelte die rotierenden Läufe. Ein metallischer Laut ertönte, dann fielen die Enden sauber abgetrennt zu Boden.

Die Drohne reagierte wie ein bockiges Rodeopferd. Der Turm ruckte nach rechts und nach links, ohne den Angreifer abschütteln zu können.

Gebannt verfolgte Charly das Schauspiel. Die Gestalt begnügte sich nicht damit, der Drohne die Effizienz ihrer Waffe zu rauben. Sie langte unter ihren Mantel, packte zwei Granaten und stopfte die entsicherten Sprengkörper in die Reste der Minigun. Anschließend schnellte sie zurück auf den Boden, packte den Wachmann an der Schulterpanzerung und rannte mit ihm los.

Die Steel Lynx nahm die Verfolgung auf und näherte sich rasch. Die abgegebenen Schüsse schwirrten, ohne große Erfolge zu erzielen, an ihnen vorbei.

Der fremde Retter ging mit dem Gardisten hinter einem Betonstück in Deckung, das vom zweiten, vor langer Zeit eingestürzten Kühlturm stammte. Eng kauerten sie sich an die Trümmer.

Kurz hintereinander detonierten die Phosphorgranaten und überschütteten die Umgebung mit brennender Flüssigkeit. Kaum war das Knallen verstummt, hetzte der Unbekannte weiter, sorgsam darauf achtend, nicht in Feuerpfützen zu treten.

Die Militärdrohne blieb zurück. Die Hitze der Chemikalie schmolz die Reifen der Steel Lynx und hinderte sie auf einfache wie geniale Weise daran, die beiden Menschen zu jagen.

»Hey!« Humpelnd folgte ihm Ostfolk und nestelte an seinem Pistolenhalfter, um die Walther Secura in die Finger der unverletzten Hand zu bekommen. Endlich hatte Ostfolk die Waffe ausgepackt, blieb stehen und feuerte einmal in die Luft. Der Eindringling lief unbeirrt weiter.

Okay, das hast du dir verdient. Er leerte die Secura aufs Geratewohl in den Himmel und beobachtete amüsiert, wie der Unbekannte blitzartig hinter dem nächsten Objekt verschwand. »Aber versuch nie wieder, bei uns einzusteigen!«, brüllte er hinterher.

Gardisten näherten sich. Er schickte sie nur grob in die richtige Richtung, um seinem Lebensretter einen Vorsprung zu geben. Das Bodenradar würde ihn früh genug aufstöbern.

Die Drohne explodierte in einem gigantischen Feuerball. Offenbar war das flüssige Phosphorgemisch durch kleine Risse bis zum reichlich vorhandenen Munitionsreservoir gelangt.

»Zentrale, ich komme jetzt rein«, meldete er knapp. Er war verletzt, schlecht gelaunt und kontaminiert. Lehmann konnte sich schon mal warm anziehen. Charly kehrte zu der Stelle zurück, wo er seinen Helm zurückgelassen hatte.

Grübelnd betrachtete er das Projektil, das ihn beim ersten Kontakt mit dem Unbekannten beinahe das Gehirn zerstäubt hätte. *Zuerst beschießt er mich, dann rettet er mich. Ich muss ja nicht alles verstehen.*

Die Tür zur Sicherheitszentrale flog auf. Eine breite Gestalt schob sich hinein und kam geradewegs auf Lehmann zu.

»Hey, was soll das?«, protestierte er und wirbelte auf dem Drehstuhl herum, wobei sich die Verbindungskabel, die aus seinem Kopf in das Pult vor ihm führten, gefährlich strafften.

Seine Reaktion reichte aus, um den Helm auf sich zukommen zu sehen, dann prallten Knorpel und Kevlar zusammen. Der Sicherheitsrigger fluchte.

»Scheiße, Ostfolk!« Er hielt sich die Nase, die sofort zu bluten begann. »Was …«

»Wenn Sie das nächste Mal Entwarnung geben, vergewissern Sie sich, dass Sie auch wirklich alles unter Kontrolle haben«, grollte der Gardist. Groß baute er sich vor Lehmann auf, der in seinem Sessel kauerte. »Die Schmerzen, die Sie jetzt haben, werden Sie daran erinnern, in Zukunft besser Acht zu geben.«

»Das bringt Ihnen eine Meldung ein«, nuschelte der Rigger und vermied es, den aufgebrachten Wachmann anzuschauen. »Sie können hier nicht einfach reinschneien und mich misshandeln, nur weil ein Autopilot versagte.«

»Sie haben versagt, Lehmann. Nicht die Maschine.« Ostfolk wandte sich dem Ausgang zu. »Ich verlange Einsicht in die Datenprotokolle der Steel Lynx. Wehe, ich finde etwas, was mich noch mehr in Rage bringt.«

Charly fühlte sich besser, nachdem er seinem Ärger Luft gemacht hatte. Vor einer Meldung bei Fethal, dem Leiter der Arkologie, fürchtete er sich nicht. Dafür machte er seinen Job als zweiter Befehlshaber zu gut.

Er befand sich halb in der Tür, als ein rotes Alarmsignal auf dem Gebäudeplan aufleuchtete.

Der Sicherheitsrigger sagte nichts, sondern unterbrach die Meldung hektisch. Anschließend widmete er sich seinen Routinechecks.

Ostfolk fand das schon wieder merkwürdig. Lehmann musste unbedingt überprüft werden. Von Dienstpflicht hielt er nicht viel.

Er hatte sich die Angaben eingeprägt und schritt durch die Korridore der Forschungseinrichtung, um nach dem Rechten zu sehen. Die Stiche und das schmerzhafte Ziepen am ganzen Leib versuchte er so gut wie möglich zu ignorieren.

Zu seinem Erstaunen stand er vor dem Eingang zu Dr. Guds Labor. Der Öffnungsmechanismus blockierte.

»Zentrale, ich brauche einen Overwrite für Tür 347«, gab er per Funk durch.

Stille.

»Lehmann, machen Sie die verdammte Tür auf, sonst klatsche ich Ihnen den Helm noch einmal in die Fresse«, drohte er. Das Verhalten des Riggers erschien ihm endgültig obskur.

Mit einem leisen Klicken entriegelte der Mechanismus, und die Bolzen schnappten zurück.

Ostfolk ließ die schottähnliche Konstruktion, die Feuer und Überdruck standhielt, zur Seite gleiten.

»Dr. Gud? Ist alles in Ordnung bei Ihnen?«, fragte er laut in den dunklen Raum hinein. »Wir hatten eine Alarmmeldung in der Zentrale.« Er zog seine Secura und entsicherte sie. Hinter einem Möbelstück ging er in Deckung und betätigte den Lichtschalter. Noch einmal wollte er am heutigen Tag nicht beschossen werden.

Summend erwachten die Neonlampen zum Leben. Die Einrichtung und Computerteile lagen zerstört auf dem Boden, der Stuhl, in dem Enni normalerweise die Kontrollen ihrer Cybereinbauten über sich ergehen ließ, hing aus seiner Verankerung gerissen zur Seite.

»Zentrale, schicken Sie sofort ein Sicherheitsteam in das Labor von Dr. Gud und benachrichtigen Sie Fethal«, gab er durch. »Geben Sie Großalarm.«

Ostfolk drehte sich auf der Stelle, um das Panorama der Verwüstung vollständig zu erfassen. Ein Gedanke befiel ihn. Er hatte den Unbekannten nicht beim Einstieg in die Ark überrumpelt, sondern beim Verlassen des Komplexes. *Verdammt, und ich habe ihn auch noch laufen lassen. Immer passiert mir so etwas.*

Als sein Blick auf die Stelle fiel, an dem sonst das Kruzifix hing, keuchte er vor Entsetzen auf und machte unwillkürlich einen Schritt zurück.

An der Wand hing der Schwede.

Der Unbekannte hatte ihn entkleidet, aus seinem Kittel einen Lendenschurz gewickelt und den Unterleib damit verhüllt. Die Arme waren im rechten Winkel abgespreizt. Lange Eisenstangen, die aus einem Metallregal stammten, fixierten die Hände und die überkreuzten Füße in der Wand. Ein Unterarm war wieder mit Draht am Oberarm befestigt worden. Die Krone aus Stacheldraht vervollständigte das Bild. Darüber hatte der Eindringling mit dem Blut des Doktors, das an der Wand entlangrann, »Gott ist tot« an die Mauer geschrieben.

Wenn Charlys rudimentäre Bibelkenntnisse nicht ganz versagten, handelte es sich hierbei um eine nachgestellte Kreuzigung. Sogar die seitliche Wunde befand sich an der richtigen Stelle.

»Oh, Mann«, raunte er entgeistert und trat näher heran, um nach dem Puls des Wissenschaftlers zu fühlen. Hilfe kam auf alle Fälle zu spät. Die Haut war noch warm, doch das Lauschen auf der nackten Brust des Mannes bestätigte, dass die Herztöne verstummt waren.

Als er von der Leiche zurücktrat, streifte der Lauf der Secura den Unterleibswickel. Ein kleiner Gegenstand rutschte aus dem blutigen Fetzen und fiel klappernd zu Boden.

Der Gardist erkannte einen Chip. Vorsichtig hob er ihn auf. Noch bevor das angeforderte Sicherheitsteam das Labor betrat, glitt der Datenträger in seine Tasche.

Aus einem unbestimmten Gefühl heraus wollte er sich das Material selbst anschauen, ehe es Lehmann in die Finger bekamen.

Irgendetwas stimmte ganz und gar nicht in der ECC-Arkologie. Und er wollte herausfinden, was es war.

Als er Ennis Nummer wählte, meldete sie sich nicht.

**ADL, Badisch-Pfalz, Zweibrücken,
18. 03. 2058, 09:32 MEZ**

Gee Gee streifte den Mittelgang der Festhalle entlang, ihre Fingerspitzen glitten über die Lehnen der abgewetzten Stühle. Die blauen Augen wanderten hinauf zur Empore, die so leer war, wie sie sich fühlte. Ein Teil ihres Lebens fehlte unwiederbringlich.

Die junge Schauspielerin schlenderte zur Bühne, erklomm die Stufen und setzte sich auf den Rand. Sie lehnte den Oberkörper nach hinten und stützte sich mit den Armen ab.

In diesem Gebäude hatte sie gehofft, eine neue Karriere zu beginnen, vielleicht den Sprung in irgendeine Fernsehproduktion zu schaffen, bei der man mehr Geld und Ansehen verdienen konnte als vor den Augen der Gardisten des Kontrollrats, zwielichtiger Gestalten und abgefuckter Typen.

Sie seufzte, Tränen der Verzweiflung stiegen auf. Kein Genius kam, um sie zu trösten. Ohne den liebenswürdigen Troll würde nichts mehr so sein wie früher. Poolitzer gab sich zwar alle Mühe, sie abzulenken, und sie fand ihn durchaus nett und sogar attraktiv. Aber der Schmerz über den Verlust von Genius und den Zusammenbruch ihrer bekannten Welt machte alles andere zunichte. Gee Gee wurde beherrscht von dem Willen, den Mörder zur Rechenschaft zu ziehen. Die Rückkehr an den Ort, an dem sie so viele schöne Stunden verbracht hatte, bestärkten ihr Vorhaben und ihre Verlassenheit gleichermaßen.

Sie stand auf. Ein Ruck ging durch ihren Körper, sie räusperte sich. »Mein ganzes Herz ist auch im Tode dein, und alle Glut, die liebend ich dir zolle, flammt noch in meiner Augen letzter Strahl.« Laut schallte ihre Stimme durch das leere Theater, ehe sie brach. Gee Gee verstummte und senkte den blonden Schopf.

»Ist das nicht ein wenig düster, so früh am Morgen?« Der Reporter betrat den Saal, eine Plastiktüte in der Rechten. »Was war das denn? Shakespeare?«

Gee Gee holte tief Luft und lächelte schwach. »Nein. Nicht alles, was man auf der Bühne spielt, ist aus England.«

Poolitzer schwenkte den Beutel. »Ich habe uns Frühstück mitgebracht.« Er ging zur Bühne und packte den Inhalt aus. Bald lag Kaffeegeruch in der Luft.

Die Schauspielerin knabberte lustlos an einem Brötchen herum. Appetit wurde für sie zu einem Fremdwort. »Cyrano de Bergerac«, erklärte sie ihr Zitat, »geschrieben von Edmond Rostand. Genius mochte das Stück sehr.«

Der Mann aus Seattle grinste. »Ich kenne jemanden, der hätte mir das auch sagen können.«

Die Nachforschungen gestalteten sich als schwierig. Alle, die etwas mit Verbrechen in Zweibrücken und der pfälzischen Umgebung zu tun hatten, suchten sich Schlupflöcher und warteten ab, wer sich als Overlords Nachfolger präsentierte.

Manche, die sich früher großspurig »Freunde« von Immenhof nannten, verschwanden vorsichtshalber, um nicht selbst Opfer des Killers zu werden. Dabei fand Poolitzer heraus, dass sein Bekannter Ordog in Schwierigkeiten steckte.

Er musste sich durch ein Feuergefecht mit einer Gang einen Haufen Feinde gemacht haben. Die »Poser Killers« existierten nicht mehr, und ihre selbst ernannten Nachfolger, die »Snuffs«, verloren vier Mann gegen den blassen Straßensamurai und schworen Rache. Solche Bandenscharmützel zählten im Vergleich zum Einfluss und dem Machtgebiet, bei dem es sich in der Nachfolge von Overlord drehte, zu ganz kleinen Fischen.

Bei allen Nebensächlichkeiten, die Poolitzer und Gee Gee minutiös zusammentrugen, fehlte der ganz dicke Hinweis auf den mächtigen Gegenspieler von Immenhof. Es gab scheinbar keinen Thronanwärter.

»Wenn es die Cops waren?«, überlegte er kauend und nahm einen Schluck Kaffee.

Gee Gee runzelte die Stirn. »Wieso sollten sie ihn beseitigen?«

Der Reporter setzte eine Verschwörermiene auf. »Aufrechte Gesetzeshüter, die das Recht auf ihre Weise umsetzen, weil die Beweise gegen Immenhof nicht ausreichten?«

»Du schaust zu viele von deinen eigenen Berichten«, meinte die Schauspielerin. »Du hast Spengler doch gehört. Er sucht wie verrückt. Würde er das tun, wenn es sich dabei um seine eigenen Kollegen handelte?«

»Wenn er es nicht weiß?«, hielt er dagegen.

»Ich glaube nicht an diese Theorie«, entgegnete sie. »Die Bullen hätten nicht so ein Massaker mit unschuldigen Opfern angerichtet, um Overlord zum Teufel zu schicken.«

Poolitzer gab auf. »Nein«, seufzte er. »Du hast Recht.« Wenn ihm nicht bald etwas Brauchbares in die Hände fiel, würde aus seiner Story nichts mehr. »Wir sollten uns die Tatorte noch einmal anschauen.«

Kurz darauf fuhren sie mit dem Mercedes zu den Ruinen des *Pleasuredom* und entdeckten, dass sie nicht die Einzigen waren, die sich für die Reste des Bordells interessierten.

Ein schwarzer Mercedesbus stand quer vor den Trümmern. Mehrere Personen in Straßenkleidung bewegten sich vorsichtig im Innern.

»Was wollen die denn?«, wunderte sich die Schauspielerin. »Noch einmal LKA?«

Poolitzer lenkte den ER350 weiter und hoffte, dass das Nobelfahrzeug nicht zu viel Aufmerksamkeit bei den Typen weckte.

»Wir warten, bis sie weg sind«, verkündete er und fuhr in eine Seitengasse. Er notierte sich das Kennzeichen des Transporters. Kurz entschlossen wählte er die Nummer von Spengler, um ganz unschuldig nachzufragen, ob er seine Leute von der Spurensicherung noch einmal nach Zweibrücken geschickt hatte.

»Spengler«, meldete sich der LKA-Mann unwirsch.

»Hier ist Gospini. Ich stehe vor dem abgebrannten Puff.«

»Dann werden Sie gemerkt haben, dass es dort keine

Pferdchen mehr gibt, die Sie reiten könnten«, meinte der Pfälzer mit breitem Dialekt.

»Gott, sind Sie witzig, Herr Kommissar.«

»Kriminalhauptkommissar«, verbesserte Spengler. »Sagen Sie, was Sie wollen.«

»Ganz schön gereizt, was?«

»Gehen Sie mir nicht auf den Geist mir ihren Sprüchen.«

Der Reporter beendete den verbalen Austausch von Nettigkeiten vorerst. Da vorne parkt ein schwarzer Mercedesbus, Typen stiefeln im Schutt herum und wühlen sich durch den Staub. Sind das Ihre Leute?«

Spengler schwieg. »Geben Sie mir das Kennzeichen, Gospini«, verlangte er nach einer Pause.

»Also sind es nicht Ihre Leute«, schloss Poolitzer zufrieden. Seine Nase juckte also nicht grundlos. »Haben Sie was Neues herausgefunden? Sie werden mir doch nichts verschweigen? Wir haben eine Abmachung.«

»Spielen Sie keine Spielchen mit mir, und geben Sie mir die Nummer«, warnte ihn der LKA-Ermittler. »Beschreiben Sie mir den Bus.«

Dieser Aufforderung kam der Reporter nach. »Und? Welchen Grund könnten die haben, sich die Finger schmutzig zu machen?«, beharrte er.

»Das Kennzeichen«, grollte Spengler.

»Den Grund«, säuselte der junge Mann und lächelte Gee Gee an, die aufgeregt gestikulierte. »Sie zuerst. Dann ich.« Er hörte, wie die Zähne des Ermittlers knirschten.

»Okay, wir haben Patronenhülsen eines Gewehrs gefunden, die wir im Moment nicht zuordnen können«, verriet Spengler.

»Woher weiß ich, dass Sie mich nicht verarschen?«

»Wegen meinen treuen Augen?«

»Die sind garantiert nicht echt. Ist das was Neues,

dass man Patronenhülsen nicht einordnen kann? Ich schätze mal, es dauert, bis man die Waffe ermittelt hat.«

»Ja, genau«, meinte Spengler erleichtert. »Die Nummer.«

Gehorsam gab Poolitzer das Kennzeichen durch. »Und?«

»Moment, ja?« Es dauerte. »Nichts Auffälliges. Das Auto gehört einem Karl Meyer aus Karlsruhe.« Spengler klang enttäuscht. »Wenn Sie überschüssigen Mut haben, Gospini, gehen Sie mal hin und fragen die Typen, was sie da machen.«

Der Reporter lachte auf. »Das ist ja wohl Ihr Job. Kommen Sie vorbei und machen Sie das selbst.«

»Das dauert aber mindestens eine halbe Stunde, bis ich in Zweibrücken bin. Denken Sie an die Infos«, lockte er den jungen Mann, »die Sie mir aus den Rippen leiern können.«

Das Argument gab den Ausschlag. »Einverstanden. Bis später.«

»Stopp, das sollte nur ein Witz ...«

Poolitzer beendete das Gespräch. Er langte auf die Rückbank, nahm die nagelneue Fuchi VX2200C Cybercam und montierte sie an die Portacam-Kopfhalterung. Mit der Cambrille steuerte er die Kamera, damit blieben die Hände frei. Da die Cambrille ihm nur das zeigte, was das Objektiv sah, schraubte er den größten Weitwinkelaufsatz drauf, den er hatte.

»Schick«, kommentierte Gee Gee.

»Und als was gehe ich mit? Einen Toningenieur wirst du wohl kaum brauchen, oder?«

»Du bist der Azubi«, schlug der Reporter vor und legte eine neue Minidisk in das Gerät ein, auf die die Aufnahmen sofort gebrannt wurden.

Sie verließen den ER350. Poolitzer klemmte sich eine »Ladyline« unter die schusssichere Jacke, führte den passenden Aktionssoft-Zylinder »Feuerwaffen« in die Fassung und klappte den Kragen hoch. »Action.«

Die VX2200C sprang auf das Signalwort hin an und zeichnete gehorsam alles auf, was im Folgenden geschah.

»Witzke! Ein Geier!«

Poolitzer und Gee Gee hörten vernehmlich die Warnung des Mannes, der in dem Moment aus der Seitentür des Mercedesbusses sprang und sie rasch schloss. Der Reporter erhaschte einen flüchtigen Blick auf Monitore.

Ein Mann in Straßenkleidung hob den Kopf. Er kam über die Trümmer ins Freie geklettert. »Wir stören Ihre Aufnahmen, wie?«, erkundigte er sich freundlich und nahm den Schutzhelm ab. »Wir sind sofort fertig.«

Poolitzer öffnete den Mund, als ihm die Schauspielerin zuvorkam. Das Mikrofon schnellte vor. »Womit denn, wenn ich fragen darf, Herr Witzke?«

»Mit dem, was wir tun«, erwiderte der Mann höflich. »Woher glauben Sie, meinen Namen zu kennen? Für welchen Sender arbeiten Sie?«

Gee Gee nickte zu dem Mann, der neben dem Transporter stand. »Er hat Sie doch vor uns Geiern gewarnt.« Sie grinste dümmlich. »Wir arbeiten für Stella News, einen kleinen Privatsender. Ich bin Bella Maria, und das ist Fokusauge.« Poolitzer winkte kurz und beherrschte sich, um nicht laut loszulachen. »Sie sind von der Spurensicherung des LKA?«

Witzke lachte. »O nein, ich muss Sie enttäuschen. Wir sind von der Gebäudeversicherung Home&Safe. Und ehe wir an die Geschädigten auszahlen, möchten wir uns überzeugen, dass das Haus nicht schon vor diesem Überfall unter Baumängeln litt. In dem Fall wäre die Baufirma haftbar.« Er zwinkerte ihr zu. »So üppig«, dabei fiel sein Blick auf Gee Gees Oberweite, »haben wir es auch nun wieder nicht, dass wir Prämien verschleudern.«

Alle lächelten sich an und ahnten, dass keine der Parteien die Wahrheit sagte.

»Wurden Sie fündig?«, erkundigte sich die Schauspielerin naiv und machte dem Mann schöne Augen.

»Nein. Es sieht so aus, als gingen die Schäden einzig auf die Detonationen und das Feuer zurück.« Der Versicherungsgutachter schaute über die Schulter zum Erdgeschoss, wo seine Männer arbeiteten. »Geben Sie uns noch fünf Minuten. Danach können Sie Innenaufnahmen machen. Die Statik ist so weit stabil, dass man sich ungefährdet darin bewegen kann. Aber im zweiten Stock würde ich an Ihrer Stelle nicht herumspringen.«

»Danke für die Warnung, Herr Witzke.«

»Ich kann unmöglich zulassen, dass Ihnen etwas zustößt«, sagte er galant.

Gee Gee winkte ab. »Sie Charmeur. Wollen Sie uns zeigen, wie man bei so einer Überprüfung vorgeht? Welche Geräte Sie benutzen? Wie Sie Ihre Erkenntnisse gewinnen?«, überrumpelte sie den Mann, hakte sich unter und zerrte ihn über den Schutt zum Eingang.

Abrupt blieb Witzke stehen. »Nein, das wäre keine gute Idee.«

Poolitzer schweifte von dem Paar weg und filmte die anderen Männer. Kaum tat er das, wurde es schwarz vor seiner Linse. Witzke stand vor ihm.

»Ich müsste Sie um einen Gefallen bitten, Herr Fokusauge. Geben Sie mir die CD. Ich möchte zum Schutz meiner Mitarbeiter nicht, dass jemand erfährt, wie wir aussehen. Wir haben noch andere Aufgaben bei der Versicherung, wie beispielsweise Betrug am Bau.« Er streckte seine Hand aus. »Die Stimmaufzeichnungen können Sie gerne behalten.«

Das war mir klar. »Shit«, sagte er nach einem Blick zu Gee Gee. Umständlich nahm er die kleine Scheibe heraus. »Bitte sehr.« Der Mann wusste nichts von seiner eingebauten Kamera. An die Aufnahmen würde er nicht gelangen.

»Vielen Dank.« Witzke steckte die CD ein und beorderte seine Kollegen mit einem Pfiff zurück zum Auto. »Seien Sie vorsichtig.« Die Männer stiegen in den Bus und fuhren davon.

»Was die wohl wollten?« Die Schauspielerin sah dem Mercedes nach. »Vielleicht entdecken wir was.«

»Darauf kannst du Gift nehmen. Action.«

Zusammen betraten sie die Ruine und teilten sich auf, um schneller mit ihrer Suche voranzukommen. Poolitzer wurde dort, wo er eben einen der Typen stehen sah, für das Wühlen im Dreck und der Asche entlohnt. Er hielt eine lange, verkohlte Patronenhülse in der Hand. Mit seinem Daumennagel kratzte er das hintere Ende frei, um die eingestanzte Kalibergröße abzulesen.

»Ein ungewöhnliches Kaliber«, analysierte er fachmännisch und wog sie in der Hand. »Die Hülse ist sehr leicht. Alles andere muss ich von einem Fachmann klären lassen.«

»Woher nehmen wir den?«

»InfoNetworks kennt einen Experten, der die Sache unter die Lupe nehmen wird.«

»Und heraus kommt, dass er ebenso wenig weiß wie das LKA«, vermutete Gee Gee und betrachtete die Hülse. »Das bringt uns nicht weiter, oder?«

Poolitzers gute Laune sank. Die junge Frau hatte leider Recht. »Besser als gar nichts«, grummelte er und steckte die geschwärzte Hülse ein. Er beschloss, Ordog anzurufen und den Gefallen einzufordern, den er ihm schuldete.

»Gehen wir in den nächsten Stock«, schlug Gee Gee vor und stieg die Treppe hinauf. Wenig begeistert folgte ihr der Reporter.

Sie sahen sich mit aller Behutsamkeit in der ersten Etage um, ohne fündig zu werden. Außer Kleidung, Arbeitsutensilien der Prostituierten, geschmolzenem Plastik und verbrannten Betten entdeckten sie keinerlei Hinweise.

Feixend hob Poolitzer eine Peitsche auf. »Los, auf die Knie!«, sagte er, einen Domina-Tonfall imitierend. »Leck mir die Stiefel sauber, du unwürdiger Knilch!«

»Kindskopf«, meinte die Schauspielerin tadelnd. »Das muss viel härter klingen.« Sie nahm ihm die Peitsche ab und ließ die Schnur aufknallen. »Runter mit dir!«, herrschte sie. Ihre blauen Augen blitzten hart auf.

»Ja, Herrin«, wimmerte der junge Mann und duckte sich unter der Peitsche wie ein Prügelknabe zusammen.

»Störe ich?«, fragte eine bekannte Stimme ein wenig atemlos. Spengler stand in der Tür, den orangefarbenen Synthledermantel offen. Darunter trug er ein enges T-Shirt mit dem Aufdruck »Powerslave«.

»Sie kommen mit dem Spruch auf dem Bauch gerade recht«, begrüßte ihn Poolitzer. »Wie viel Peitschung darf's denn sein?«

»Keine, Sie Spaßvogel. Ich wollte …« Er machte einen Schritt in den Raum.

Der Boden unter ihnen knirschte verdächtig.

»Shit, Spengler, Sie Walross!«, fluchte der Reporter und hob die Arme. »Gehen Sie sofort zurück, ehe wir wegen Ihnen durchbrechen.«

Der Ermittler verharrte wie eine Statue. »Was machen wir jetzt?«, flüsterte er.

»Mann, so fett ist Ihre Stimme auch nicht, dass Sie nuscheln müssen.«

»Schon mal was von Schallwellen gehört, Gospini?«

»Ich kann jemanden in Seattle anrufen, der mir eine perfekte Erklärung liefert. Übernehmen Sie die Kosten?«

»Schluss jetzt«, schaltete sich die junge Frau ein. »Gehen Sie langsam rückwärts, Spengler.«

Der Beamte setzte einen Fuß nach hinten.

Ein neuerliches Knarren ertönte.

»Nein, lassen Sie das«, beeilte sich Poolitzer, das Schlimmste zu verhindern. Sein Blick fiel auf eine mehrarmige, massiv aussehende Deckenlampe. »Wartet. Ich sorge für eine Entlastung des Bodens, danach kann einer nach dem anderen hinausgehen.«

Er stellte sich auf die Zehenspitzen und streckte die Arme aus, um an die Lichtquelle zu gelangen. Er schaffte es tatsächlich, sich daran festzuhalten. Die Beine hoben sich an. »Okay, nun raus mit …«

Die Lampe riss mit einem hässlichen Geräusch aus der Decke, die Leitung teilte sich in zwei Hälften. Poolitzer knallte auf den Boden. Putz rieselte herab.

»Deutsche Wertarbeit, ja?« Er spuckte die Kalkkrümel aus. »Haben die mit Zahnpasta gebaut?«

Spengler und Gee Gee starrten ihn an, wagten nicht zu atmen.

Dann gab der morsche Untergrund nach. Sie rauschten in einer grauen Staubwolke nach unten.

Immer muss mir so etwas passieren. Hustend tauchte der LKA-Beamte aus dem Gipsnebel auf. Der Staub hatte alles mit einer weißen Schicht überzogen. »Gospini? Haben Sie's überlebt?«

Er entdeckte die Schauspielerin neben sich liegend und befreite sie von den wenigen Steinen, die sie unter sich begruben. Sie atmete noch. Eine kleine Schramme zierte ihr Schulterblatt. Ein dunkelroter Blutstropfen sickerte aus der Wunde.

Fangen wir bei der Kleinen an. Keuchend trug er sie aus der Ruine und legte sie in seinen Wagen. Danach kehrte er zurück, um nach dem Reporter zu suchen.

Spengler fand ihn unter einem umgestürzten Bett. Die Matratze hatte den Aufschlag des Mobiliars gedämpft, sodass der junge Amerikaner ohne große Verletzungen davongekommen war. Er barg ihn aus dem Schutt und schleppte ihn zu seinem Fahrzeug.

Die Zeit der Ohnmacht nutzte er, um die Taschen der beiden zu durchsuchen. Als er die Patronenhülse fand, beförderte er das Beweisstück in hohem Bogen zurück in die Ruine, die in diesem Moment wie auf Bestellung endgültig zusammenbrach. Er musste unbedingt was gegen sein Übergewicht tun oder sich einen Zweitjob als Abrissbirne suchen.

Der Reporter schlug die Augen auf. »Oh, Mann.« Vorsichtig tastete er sich ab. »Scheint noch alles dran zu sein.« Er blickte hinüber zu Gee Gee.

»Sie ist okay«, beruhigte ihn der Kommissar. »Ich konnte nichts feststellen.«

Eifersucht schlich sich bei ihm ein. »Das haben Sie sicher genossen, was?«, unterstellte ihm Poolitzer.

Der Beamte schenkte ihm einen mitleidigen Blick. »Ich gebe Ihnen den guten Rat, einen Gang runterzuschalten. Ich könnte der Vater der Dame neben Ihnen sein, und ich vergreife mich nicht an wehrlosen Frauen.«

»Dann ist es ja gut.« Der junge Mann kletterte aus dem Auto und griff in seine Tasche. »Sie ist weg!«, fluchte er.

»Was denn?«, erkundigte sich der Deutsche unschuldig.

»Die Patronenhülse. Ich hab sie beim Sturz verloren.«

»Schlechte Karten.« Spengler nickte zu dem Trümmerhaufen.

Misstrauisch inspizierte er das Gesicht des Ermittlers. »Haben Sie die Hülse genommen?«

»Ich? Wozu? Wir haben schon eine.« Er packte einen Kaugummi aus und schob ihn sich in den Mund. »Inzwischen haben wir herausgefunden, worum es sich handelt. Ein G9. Nichts Besonderes.«

»Aha. G9.« Poolitzer schüttelte sich den Staub aus den Haaren, sein Gesicht war ebenso weiß gefärbt wie das von Spengler und Gee Gee. »Rufen Sie das Labor an.« Der Kommissar hob die Augenbrauen. »Sagen Sie denen einen schönen Gruß, sie hätten keine Ahnung.« Er hockte sich auf die Motorhaube des Fahrzeugs. »Wenn Sie mich schon reinlegen wollen, müssen Sie sich was Besseres einfallen lassen.«

Spengler seufzte. »Okay, ich geb's zu, Klugscheißer. Ich wollte Sie beide zu Ihrer eigenen Sicherheit linken.«

»Wie wär's? Sie gondeln in die Festhalle, wir duschen der Reihe nach, und anschließend hören wir mit der Geheimniskrämerei auf und legen die Karten auf den Tisch«, schlug der Reporter vor.

Der LKA-Beamte dachte nach. Es würde ihm schon was einfallen, an Informationen zu gelangen, ohne eigenes Wissen preiszugeben. Er ging um das Auto und klemmte sich hinters Steuer. »Einverstanden. Schauen wir in Ruhe nach Frau Orlova.«

Der ER350 und der EMC Intracity E des Kommissars fuhren los und erreichten das marode Gebäude. Unterwegs erwachte die Schauspielerin aus ihrer Bewusstlosigkeit und klagte über zahlreiche schmerzende Stellen, die sich schon blau färbten. Blieb es bei Blutergüssen, konnte sie sich nicht über ihr Glück beschweren.

Nach einer kurzen Dusche trafen sie sich in der kleinen Cafeteria.

»Kommen wir zur Sache. Sie fangen an, Spengler«, sagte Poolitzer.

»Keine Kameras?«

»Keine Kameras«, schwor Poolitzer. Hinter dem Rücken kreuzte er die Finger.

Spengler spuckte den Kaugummi in den Aschenbecher und schob einen frischen nach. Er beschloss, es halbwegs mit Ehrlichkeit zu versuchen. »Es sieht nach Kon-Scheiße aus«, eröffnete er und überraschte die beiden. »Wir haben Hülsen aus Kohlefaser gefunden, die unsere Spezialisten keinem bekannten Gewehr zuordnen können. Die Projektile haben genug Power, um zwei Lagen Kevlar zu durchdringen. Neue Wumme, neue

Kugeln. Da hat sich jemand was gebaut, um Vollrüstungen zu knacken.«

»Neben der Verseuchten Zone sitzen die Konzerne dicht an dicht. Stimmt, Spengler, das sieht wirklich nach Kon-Scheiße aus.« Der Reporter wirkte begeistert. »Wer macht sich denn alles in der Sox breit?«

»Saeder-Krupp, Renraku, Ares, AG Chemie, Eastern Star Pharmaceuticals, Ruhrmetall AG, IFMU, ECC, und irgendwo verkrochen hocken die Jungs von MET2000 in einem Kommandobunker«, zählte Spengler wie aus der Pistole geschossen auf. »In Frage kommen in erster Linie Ares und Ruhrmetall. Die IFMU bastelt weniger an neuer Waffentechnik herum, auch die MET2000 schätze ich weniger so ein, dass sie über den Zaun springen, um ihre neueste Ausrüstung zu testen.«

»Warum beginnen Sie Ihre Nachforschungen nicht dort?«, warf Gee Gee ein.

»Weil ich mit dem Ding hier«, er hielt seinen Ausweis in die Luft, »genau bis ans Tor der Zone komme. Auf der anderen Seite regiert der Kontrollrat, und da habe ich leider nichts zu sagen.«

»Ein rechtsfreier Raum, die exklusive Spielwiese für Kons«, fasste Poolitzer zusammen. »Umso erstaunlicher, dass sich jemand die Mühe macht, eine unbekannte Waffe aus einer Testserie durch die Kontrollen zu schmuggeln, um hier vor den Toren ein Bordell platt zu machen. Der Schießprügel müsste doch unbezahlbar sein.«

»Richtig. Man sollte annehmen, dass ein so geschickter Dieb die Knarre für viel Geld an einen anderen Kon verkauft«, vermutete die Schauspielerin.

Poolitzer häufte Zucker in seinen Tee. »Also handelte es sich bei den Jungs vorhin um Repo-Men.«

»Was für Gestalten?« Der Beamte verstand den Ausdruck nicht.

»Repo-Men. So nennen wir in Seattle Personen, die im

Auftrag von Dritten Gegenstände zurückbringen. Meistens sind das Versicherungen oder Banken, die Autos, Boote oder anderen teueren Krempel beschaffen lassen, wenn der Kunde nicht zahlen kann. In unserem Fall machen sie das für ein Unternehmen.«

»Stimmt. Das ist sehr wahrscheinlich. Jetzt verrate ich Ihnen aber mal was Seltsames. Es gab beim *Pleasuredom* einen anonymen Zeugen, der mir die Geschichte von einem Typen mit goldenem Gesicht verklickerte.« Spengler betrachtete Gee Gee. »Seine Beschreibung deckte sich haargenau mit dem, was Sie mir zu Protokoll gaben.«

»Das Bordell geht auch auf dessen Konto?«, wunderte sich der Reporter. »Macht das einen Sinn?«

»So allmählich wird es wieder verzwickt«, schimpfte die junge Frau.

»Ganz im Gegenteil. Es wird einfacher.« Spengler schenkte ihr ein väterliches Lächeln. »Unsere Recherchen über einen Killer, der einen Konkurrenten ausschaltete, können wir uns sparen. Wir suchen jemanden, der sich die Unterwelt als Ganzes vornimmt. Zuerst das Bordell. Anschließend macht er noch einen Abstecher ins *Capital* und befördert Immenhof ins Jenseits. Und zwar ohne viel Krach zu machen, damit er sich ohne Schwierigkeiten absetzen kann.«

»Warum ging er so nicht auch in der Fußgängerzone vor?«

»Mehr Platz, mehr Gegner auf mehreren Stockwerken, mehr Fluchtmöglichkeiten«, zählte der Beamte die Gründe auf. »Vielleicht rechnete unser Moralapostel nicht mit anderen Menschen in Immenhofs Büro, wollte aber den Plan nicht mehr ändern und verließ sich auf seine ausgezeichneten Killertalente.« Freundlich schaute er auf Gee Gee. »Nur Sie, Frau Orlova, haben das Gemetzel überlebt. Seien Sie dankbar, dass unser Killer einen Dachschaden hat.«

»Einen religiösen Tick«, grübelte Poolitzer, dann

klopfte er auf den Tisch. »Natürlich!« Er fasste die Hände der Schauspielerin. »Du hattest doch Engelsflügel auf dem Rücken, erinnerst du dich?«

Spengler verstand sofort. »Sie meinen allen Ernstes, er hat sie für einen Engel gehalten?«

Der Reporter nickte, überzeugt von seiner Annahme. »Ganz genau.«

»Meine Theorie ist, dass irgendjemand Zweibrücken unsicher macht, der eigentlich in die Sox gehört«, meldete sich der Ermittler. »Wir haben nur eine Chance, den Mörder zu schnappen und die Hintergründe aufzudecken, wenn er sich noch in der Stadt befindet.«

»Warum tötet er?«, raunte Gee Gee abwesend. »Was macht er hier draußen? Warum behalten ihn die beschissenen Kons nicht in ihrem Areal?«

»Kaum ein Kon setzt eine so wertvolle Neuentwicklung der Gefahr aus, dass ihr Benutzer zufällig von einer Kugel erwischt wird und die Knarre womöglich ein Konkurrent in die Finger bekommt.« Spengler hatte sich offensichtlich in den letzten Tagen Gedanken gemacht. »Dafür, dass ihnen etwas unfreiwillig abhanden kam, spricht die Tatsache der ... Repo-Men?«

»Repo-Men«, bestätigte Poolitzer. »Was ist eigentlich aus Karl Meyer geworden?«

»Die Überprüfung der Adresse ergab, dass es ihn als Person nicht gibt. Das Nummernschild führte uns zu einem Hochhaus und einem Briefkasten. Mehr nicht. Wir lassen den Briefkasten überwachen, aber es dürfte wohl vergebliche Liebesmühe sein. Das Fahrzeug ist übrigens ein Mercedes PE Kommando, notfalls zu einer fahrbaren Flak umzurüsten. Genau das Richtige für Kons.«

»Warten Sie einen Moment hier.« Der Reporter verschwand, um ein Abspielgerät und einen kleinen Monitor zu besorgen. Dem erstaunten Ermittler präsentierte er kurz darauf die Aufnahmen von der Gestalt, die er beim Abheben des Geldes gemacht hatte, und die Bilder

der Repo-Men. Witzkes Gesicht erschien riesig auf dem kleinen Bildschirm.

»Ich brauche Abzüge von diesem Kaspergesicht«, sagte Spengler. »Auch wenn wir noch nichts gegen ihn in der Hand haben, es ist gut zu wissen, mit wem wir uns anlegen.«

»Darf ich fragen, wie Sie diesen Killer stellen wollen?« Gee Gees Stimme war frei von Häme oder Spott.

»Wenn ich den Wahnsinnigen richtig einschätze, hat er mit uns wenig am Hut. Er wird uns bei einem Zusammentreffen erst als Gefahr einstufen, wenn wir ihn bedrohen. Das ist unsere Chance. Wir müssen nur einen guten Schuss anwenden.« Er deutete nach draußen. »Ich habe eine Betäubungspistole dabei, deren Serum für Trolle gedacht ist. Ein Kratzer genügt, und unser Mörder liegt flach.«

»Klingt plausibel.« Der Reporter befand sich in Gedanken schon einen Schritt weiter. »Die Schwierigkeiten werden für Sie dann erst beginnen, schätze ich.«

»Weil ein Kon sein Spielzeug wieder zurückhaben will? Was ich eingesackt habe, gehört mir.« Spengler machte nicht den Eindruck, als zweifelte er an seinen Worten.

Poolitzer pfiff durch die Zähne. »Da haben Sie sich aber was vorgenommen.«

»Kons regieren nicht über alles.« Das unrasierte Gesicht des Polizisten versteinerte, woraus der junge Amerikaner schloss, dass der Ermittler bereits seine Lektionen mit den mächtigen Unternehmen gelernt hatte.

»Reden Sie sich's von der Seele, Spengler.« Freundlich nickte er dem älteren Mann zu.

»Da gibt's nicht viel zu erzählen. Ein verdeckter Einsatz, drei Tote, zwei Krüppel. Angeblich sollen es Ganger gewesen sein. Aber keine Gang hat zwei erfahrene Kampfmagier dabei, die Elementare aus dem Hut zaubern, wie andere Leute Kondome an Fasching aus der

Tasche ziehen.« Er spuckte den Kaugummi aus. Der Kautschukball landete zielsicher im Aschenbecher. »Ich zog die Konsequenz daraus und ließ mich aus dem aktiven Dienst ins LKA versetzen. Da hat meine Spürnase dann herausgefunden, dass es sich um Kon-Messerklauen gehandelt hat. Vermutlich Ares. Beweisen kann ich es leider nicht. Seitdem kann ich die großen Firmen nicht leiden.«

»Dann wäre das die Gelegenheit, einem der Kons einen schönen Streich zu spielen«, meinte Poolitzer aufmunternd. »Ich schwöre Ihnen, dass wir einen netten Bericht aus der Sache machen.«

»Wenn Ihr Brötchengeber nicht kneift«, dämpfte Spengler die Ankündigung ab.

Nun wurde Poolitzers Miene finster. Das kannte er nur zu gut. Er wechselte das Thema. »Da die Repo-Men noch unterwegs sind, befindet sich unser Objekt weiterhin auf der Flucht, richtig?« Gee Gee und der Kommissar nickten zustimmend. »Kennt jemand Orte, die der Typ mit dem goldenen Gesicht demnächst aufsuchen könnte?« Er schaute zu Gee Gee. »Fällt dir dazu was ein?«

»Es gibt das Clubmotel. Angeblich kann man dort besondere Dienste in Anspruch nehmen«, antwortete sie. Der Reporter und der Ermittler blickten sie fragend an. »Mäh«, imitierte Gee Gee das Blöken eines Schafs.

»Ich werd' verrückt«, prustete Poolitzer los. »Das machen die doch nicht wirklich?«

Unbeeindruckt stand Spengler auf. »Was erwarten Sie? Das ist das flache Land.«

»Wer hätte gedacht, dass Pfälzer und Schotten verwandt sind?« Der Reporter lachte immer noch, als er dem Kommissar zu den Autos folgte.

UCAS, Seattle, Downtown, 18. 03. 2058, 11.21 PSZ

»Sie haben Post«, begrüßte das Mailprogramm Geoffrey, als er von seinem Ritt durch die Matrix-Landschaften der Kanalisationsdienste zurückkehrte.

Nun war der Decker im Besitz der offiziellen Karten des Seattler Untergrunds. Nach einer kleinen Pause würde er sich ins virtuelle Hinterzimmer der Firmen decken und ein wenig nach Besonderheiten in den Röhrensystemen suchen.

Schau mal einer an. Geoffs Neugier erwachte, obwohl sein hungriger Magen nach einem Imbiss verlangte. *Da hat unser Hobbyninja tatsächlich ein Briefchen von Zozoria erhalten.*

Die Adresse lautete auf die japanische Niederlassung von »Antique Enterprises«, ein Standardschreiben erinnerte an ein Geschäftsessen im *Pantry* am kommenden Abend. Jeroquees Vermutung, dass Zozoria Interesse an den Foki und Fetischen der toten Magier hatte, erhärtete sich.

»Sie haben Post«, sagte die Computerstimme wieder. Mehrere Mails von Khodokarami gingen ein und versprachen Moloki die wildeste Folter, wenn er sich nicht unverzüglich meldete.

Die geht mir auf die Eier, stöhnte er gedanklich auf und formulierte einen Abschiedsbrief im Namen des Toten, in dem er sie wüst beschimpfte und sie als Schnalle bezeichnete, deren Untreue er erkannt habe. Das verstünde die Inderin hoffentlich.

Durch einen Tastendruck abgesandt, rauschte die elektronische Botschaft los und verschwand unwiederbringlich in den Tiefen der Matrix.

Grinsend stand Geoffrey auf und unternahm einmal mehr den Gang zum Kühlschrank, der sich dank seiner kleinen Fressorgien bereits gefährlich leerte, um sich die nächste Gourmet-Tiefkühlkost in den Auto-Chef zu schieben.

Jeroquee meldete sich von unterwegs und erklärte, dass sie sich immer noch auf der Suche nach den richtigen Leuten befand. Diejenigen, die sie unbedingt für den Ausflug in die Kanalisation anheuern wollte, waren wie vom Erdboden verschluckt.

»Der Japse hat eine Einladung von Zozoria bekommen«, erstattete der Decker Bericht und barg sein dampfendes Mittagessen aus dem Auto-Chef. »Im *Pantry*. Das ist ein mickriger Nobelfutterladen, der auch kleine Gerichte serviert. Was machen wir jetzt?«

»Wir können uns die Sache aus der Ferne betrachten.« Die Ghuljägerin klang kaum begeistert. »Ich hoffe, er kommt nicht auf die Idee, unbedingt bei seinem Freund vorbeischauen zu wollen?«

»Angemeldet hat er sich nicht. Es kam nur die Einladung.«

»Okay, dann buchen wir auch einen Tisch«, entschied die junge Frau. »Wir schauen uns den Herrn mal an und improvisieren. Sonst noch was?«

»Nein.« Geoffrey schob sich eine Gabel Essen in den Mund und schmatzte genießend. »Mann, ist das Zeugs gut! Wir brauchen unbedingt Nachschub.« Er lachte. »Ich habe mit Khodokarami Schluss gemacht, ist mir eben eingefallen. Sie hat Mails geschickt, und ich antwortete als Atades. Die sind wir los.«

»Hast du es wenigstens so formuliert, dass sie es schlucken wird?«

»Aber klar. Sehr gefühlvoll.«

Jeroquee glaubte ihm kein Wort. »Taucht sie auf, tauchst du ab, verstanden?«, wies sie ihn an. »Du wirst dich nicht mehr bei ihr melden. Keine Mails an irgendjemanden. Wir reden später.«

Sie hat einfach kein Vertrauen. Der Decker beendete seine Mahlzeit, rülpste ordentlich und nutzte die luxuriöse Badewanne, um sich ein wenig zu entspannen. Dabei fiel sein Blick auf den Bademantel, den die Ghuljägerin getragen hatte. Unwillkürlich schweiften seine Erinnerungen zurück zu der Nacht, in der sie sich gegenseitig trösteten.

Um sich abzulenken, suchte er nach neuen Aufgaben. Und zwar an einem Ort, an dem er sich bestens auskannte und an dem Emotionen keinesfalls existierten. Jedenfalls keine echten.

Geoffrey warf sich in den Kimono und setzte sich auf die Couch. Rasch war die Verbindung hergestellt.

Eben beabsichtigte er noch, die Kanalisationsunternehmen heimzusuchen, als ein plötzlicher Einfall ihn zu einem ganz anderen künstlich geschaffenen Raum führte.

Seine Persona wandelte sich.

Aus dem flammenden Auge mit der doppelt geschwungenen Augenbraue wurde ein durchschnittlicher Mann mit Aktenköfferchen und Homburger auf dem Kopf. Er schritt die Straße entlang und betrat ein altertümlich wirkendes Haus. Im Verkaufsraum stapelten sich Antiquitäten.

Eine Schelle ertönte. Sofort erschien ein Angestellter hinter dem Tresen. »Willkommen bei Antique Enterprises«, redete ihn der Bedienstete beflissen an. »Was kann ich für Sie tun, Sir? Eine Erfrischung gefällig?«

Aufmerksam studierte Geoffs Matrix-Ich das Äußere des Gegenübers. »Ich interessiere mich für … einen alten Stuhl. Was haben Sie denn da?«

»Einen alten Stuhl. Aha. Welches Jahrhundert, Sir?«

Slot, was weiß ich denn über Jahrhunderte? »Sagen wir, aus dem 19. Jahrhundert?«, schlug er vor. »Es soll ein Geschenk für einen Freund sein, und ich kenne mich nicht sonderlich aus. Wie wäre es mit einem Thron oder etwas in der Art? Aus England?«

»Ich sehe, Sir, Sie haben einen erlesenen Geschmack.

Das wird nicht einfach. Die meisten sind noch in Gebrauch, Sir. Aber ich schicke jemanden auf die Suche, der in unserem Lager nachsehen wird. Nehmen Sie doch so lange nebenan Platz und wählen Sie sich einen Film nach Ihren Wünschen aus, Sir.«

Der Angestellte deutete auf eine Tür, die aufschwang und den Zugang zu einem Kinosaal freigab. Geoffreys Persona nickte und betrat den Raum, nur um sich augenblicklich die Gestalt des Bedienungsprogramms anzueignen. Er hinterließ eine Botschaft, dass er in einer halben Stunde wiederkommen wolle.

So getarnt, huschte er wieder hinaus und ging durch die Tür, durch die der Angestellte gekommen war.

Er stand auf einem Korridor, an dessen Wand das riesige Bild einer Kriegerstatue mit rot glühenden Augen hing. Weißes Ice.

Könnte seine Persona den Atem anhalten, sie hätte es vermutlich getan, als sie das Wachprogramm passierte. Das Ice verfolgte ihn aufmerksam, ohne allerdings etwas zu unternehmen.

Die schimmernden Lichttüren trugen verschiedene Aufschriften, die offenbar zu den verschiedenen Warensortimenten führten. Hier würde er sich nicht lange aufhalten.

Die Bezeichnung »Spezielles« erweckte seine Neugier. Ein großer Löwenkopf, ein weiteres weißes Ice, hing davor, dessen Maul weit geöffnet war. Geoff ahnte, was er tun musste. *Schön programmiert haben sie es hier.*

So heimlich wie möglich packte er eine Brechstange unter seiner Jacke hervor und schob sie zwischen die Kiefer, während er seinen Kopf in das Innere streckte und nach dem Öffnungsmechanismus suchte. Es kam darauf an, das richtige Fressen für den Löwen zu finden. Und zwar schnell.

Der Löwe begann zu knurren, Speichel troff von den Lefzen.

»Ruhig, ich bin's«, redete die maskierte Persona beschwichtigend.

Geoff aktivierte die Utility. Das Täuschungsprogramm nahm seine Arbeit auf. In raschem Wechsel hielt er Würstchen, Steaks, Käse und Blumenkohl in den Händen. Die Suche nach dem richtigen Passwort dauerte.

Das Grollen aus der Kehle des Raubtiers verstärkte sich. Als er zwischen den Zahnreihen nach draußen blickte, bekam er mit, wie sich das Haupt der gemalten Steinstatue aus dem Bild herauslehnte und nach dem Bediensteten schaute, der so ungewöhnlich lange an der Tür benötigte.

Beim Materialisieren einer Gnukeule endete das bedrohliche Geräusch abrupt. Hastig warf er sie in den Schlund und zog den Kopf aus dem Maul. Der Löwe grinste freundlich und rülpste. Dann gab die Lichtwand den Durchgang frei.

Geoffrey betrat den Gang, auf dem das gleiche Bild wie im Korridor hing. Zwei schwach glimmende Türen aus alphanumerischen Zahlen standen dem Decker zur Auswahl. Die eine gewährte Zugang zur Geschäftsleitung, die andere zum Speziallager. An beiden Eingängen befanden sich Köpfe von Fabelwesen. Dieses Mal fiel die Gestaltung allerdings noch martialischer und Furcht einflößender aus. Allmählich wurde es gefährlich.

Der Durchgang schloss sich hinter ihm. Während Geoffs Persona zielstrebig zum Eingang mit der Aufschrift »Zozoria« ging, verfolgten ihn die Augen bei jedem Schritt, den er machte. Wieder packte er die Brechstange aus, um sich vor dem Zuschnappen der Chimärenkiefer zu schützen, und warf ein weiteres Gnustück in den Rachen.

Das Fabelwesen schluckte und brüllte laut auf. Das Eisenstück bog sich Millimeter um Millimeter zusammen.

Der Decker initiierte das Täuschungsprogramm, bis er

es schließlich schaffte, das weiße Ice mit einem Truthahn zu besänftigen. *Gerade noch rechtzeitig*. Der echte Geoffrey im Appartement atmete durch.

Schnell betrat er das Vorzimmer zur Firmenleitung. An einem Schreibtisch saß eine Sekretärin, hinter ihr leuchtete ein weiterer Durchgang. Um sie herum standen drei Männer in schwarzen Nadelstreifenanzügen. Alle hoben den Kopf, als die maskierte Persona eintrat. Das Schleicherprogramm konnte er sich somit abschminken.

Die Sekretärin musterte ihn von Kopf bis Fuß. »Kann ich Ihren Firmenausweis sehen?«, verlangte sie, ohne überhaupt zu fragen, was er beabsichtigte.

»Sicher, Madame«, antwortete er und kramte in seiner Hose nach dem Ausweis.

Die Frau nahm ihn entgegen, tippte die Zahlenkombination ein und verwahrte den Chip in ihrer Schublade. »Sie wünschen?«

»Ich habe eine Kundenanfrage bezüglich exklusiver Fetische«, log er dem weißen Ice vor. »Der Kunde möchte jedoch keine alte, sondern durchaus noch nutzbare Ware.«

»Schicken Sie ihn zu einem Fetischtrödler«, antwortete die Sekretärin hart.

»Er meinte, er wüsste, dass Mr. Zozoria so etwas besorgen könne«, blieb Geoffs Persona beharrlich. »Ich hatte mir schon einmal Notizen gemacht.« Er wagte es, sich an ihren Schreibtisch zu begeben und ein paar Schubladen zu öffnen. »Gestatten? Ich schaue selbst nach.« Das gestartete Schmökerprogramm forstete frech nach Foki und Fetischen. »Er hätte mit einem Mr. Seg bereits verhandelt, wurde aber an ›Antique Enterprises‹ verwiesen. Was soll ich dem Kunden nun sagen?« Er packte einige markierte Zettel in die Tasche und trat zurück.

Das weiße Ice telefonierte. »Warten Sie einen Moment.« Sie schaute auf den Monitor und lächelte. »Ah, ich sehe. Sie sind nicht zufällig selbst der Kunde? Weisen Sie sich bitte ein zweites Mal aus, Sir. Ihre Unternehmenszugehörigkeit wurde von unserem zentralen Sicherheitscomputer leider nicht bestätigt. Geben Sie mir die Unterlagen zurück.«

Die Männer in den Nadelstreifenanzügen änderten ihre Position und verteilten sich rund um die ungebetene Persona.

Geoff entschloss sich zum strategischen Rückzug. Abrupt wandte er sich auf dem Absatz um und wollte durch die Tür treten. Er stand vor einer geschlossenen Wand. Die Verteidigungsmechanismen waren bereits aktiviert. Wenn das Täuschungsprogramm nichts taugte, war er in großen Schwierigkeiten.

»Schnappt ihn!«

Die Männer in Schwarz zückten Stilette mit Klingen aus hellgrünem Licht und attackierten ihn.

Geoffs Persona warf eine Rauchbombe und schaffte es tatsächlich, die Wahrnehmung der Angreifer zu stören. Währenddessen suchte er nach dem Ausgang und initiierte das Analyseprogramm, um den Fluchtweg zu finden.

Tatsächlich machte er den Durchgang sichtbar und setzte sofort sein Täuschungsprogramm ein. Der Durchgang fiel darauf herein.

Geoff rannte hinaus und durch die Korridore. Dieses Mal brüllten die Chimären und Löwen auf und machten das Ice auf den Weg des Eindringlings aufmerksam.

Eine Maus tauchte auf, schnupperte an seinem Fuß und spurtete ihm voraus. Der gegnerische Rechner musste eine Ortungsutility eingesetzt haben, die gegen sein Verlegungsprogramm hoffentlich den Kürzeren ziehen würde.

Neue Schwierigkeiten. Er bemerkte es an der Geschwindigkeit, mit der die Wände an ihm vorbeihuschten: Er wurde langsamer und langsamer. Jemand hatte ihm eine Bremse angehängt, dargestellt durch eine Fußschelle mit einer schweren Eisenkugel am rechten Knöchel.

Eines der Ice im Nadelstreifenanzug flog heran. Die hastig geworfene Rauchbombe irritierte den Angreifer in diesem Fall nicht genug. Das Lichtstilett kappte den rechten Arm der virtuellen Persona ab, und auch Geoff schrie im Appartement vor Schmerz laut auf.

Slot! Schwarzes Ice!

Voller Panik löste er das Schildprogramm aus, um sich eine neuerliche Verletzung zu ersparen. Das Abwehrprogramm von »Antique Enterprises« zeigte sich nicht sonderlich von der dicken Kevlarweste beeindruckt. Wieder traf die Klinge, wieder kreischten Mensch und sein Computerabbild auf.

Der Decker entschied sich für den Ausstieg. Das Ausstöpseln gelang, als das Stilett sich seinem Gesicht näherte.

Schlagartig befand sich der Läufer in der greifbaren Realität des Appartements in Downtown.

Beinahe. Er schnaufte, als habe er soeben einen Marathonlauf hinter sich gebracht. Blut sickerte aus seiner Nase, und sein Schädel dröhnte. Gerade noch rechtzeitig schaffte er es, ins Bad zu taumeln und in die Wanne zu kotzen, anstatt die Reste des feinen Essens auf den Seidenteppich zu reihern.

Nachdem er Schmerztabletten gefunden und einen Tampon quer unter den Nasenlöchern festgebunden hatte, legte er sich ins Bett, um sich etwas Erholung von dem Matrixritt zu gönnen.

Zu seinem Verlegungsprogramm hatte er vollstes Vertrauen. Würde es die Aufspürmaus nicht in die Irre geführt haben, bekäme er innerhalb der nächsten Minuten vermutlich Besuch.

Vorsichtshalber wählte er die Rezeption an. »Ich will

niemanden empfangen«, gab er Anweisung. *Soll sich Doreel um die Gestalten kümmern.* Geoffrey schluckte ein paar Kopfschmerztabletten und döste weg.

Nach einer halben Stunde erwachte er. Er brauchte unbedingt etwas zu trinken. Routinemäßig checkte er den Posteingang.

»Sie haben Post«, sprach er gemeinsam mit dem Computer und öffnete die Mail, die von »Antique Enterprises« stammte.

Das Unternehmen machte Moloki darauf aufmerksam, dass ein Unbekannter in innere Datenbereiche vordringen konnte, das Aufspürprogramm allerdings keine Resultate brachte. Es deute alles darauf hin, dass eine dritte Partei an den Foki und Fetischen interessiert sei. Zozoria fragte, ob unter diesen Umständen das Essen dennoch stattfinden sollte. Um eine Rückmeldung wurde umgehend gebeten.

Zuerst versuchte der Decker, die Ghuljägerin zu erreichen, doch sie meldete sich nicht. Grübelnd hockte Geoffrey vor seinem PC. Er starrte auf den Flachbildschirm und den Hinweis, dass eine Antwort schnell erfolgen sollte.

»Slot, was mache ich denn jetzt?«, sagte er laut.

Geoffrey entschied sich für eine Bestätigung. Und dafür, vorerst nichts von seinem Ausflug in die Matrix-Abgründe von »Antique Enterprises« gegenüber der Ghuljägerin zu erwähnen.

Er erinnerte sich, dass er sich ein paar Daten auf gut Glück aus dem Verwaltungsrechner des Unternehmens geholt hatte, und unterzog sie einem Entschlüsselungsprogramm.

Nach einer weiteren halben Stunde konnte er tatsächlich etwas damit anfangen, auch wenn ihn die Kopfschmerzen beinahe umbrachten. Das Denken tat weh. An den Nachwehen der Attacke des schwarzen Ice würde er noch eine Zeit lang knabbern müssen.

Treffer. Es handelte sich um die komplette Aufstellung von 122 Foki und Fetischen, samt Bildern und peniblen Materialangaben. Geoff grinste. Jeroquee konnte nachsehen, welches von diesen Dingern Sunrain gehörte. Wenn es dabei war, wussten sie, dass es höchstwahrscheinlich die Liste von Sakagi Seg war.

Jetzt mussten sie nur noch herausfinden, wo die Gegenstände versteckt waren, von denen glücklicherweise niemand wusste, dass sie irgendwo in der Kanalisation lagerten und ihrem Finder haufenweise Creds brachten.

Die schlummernde Gier erwachte im Decker.

Er starrte auf die Abbildungen, schätzte zum unendlichsten Mal den Wert der magischen Utensilien und fragte sich, wozu er die Ghuljägerin noch brauchte.

Die Pläne und die ungefähre Lage der Kammer kannte er. Vor seinem geistigen Auge entstand ein »Fairlight Excalibur«, das er sich gewiss von der Kohle leisten könnte, wenn er nichts abgeben müsste.

Sei kein Idiot, warnte ihn sein Gewissen. *Eines Tages wirst du ihre Hilfe vielleicht brauchen.*

Ja, entgegnete er gedankenversunken. Das mochte sein. Oder auch nicht.

UCAS, Seattle, Stadtteil Everett, 18. 03. 2058, 18.38 PSZ

Jeroquee betrachtete die Speisekarte.

Sie wagte es nicht, den Finger zu heben und etwas zu bestellen. Ihr wurde schon schlecht, bevor ein Teller vor ihr stand, was an den Preisen, nicht an der Qualität der Küche lag.

Sie hatte sich ein gemütliches Eckchen gesucht, von dem sie das Delikatessengeschäft überblickte. Anschließend setzte sie sich und bestellte einen echten Kaffee, der sich bereits durch den Duft vom herkömmlichem Soykaf unterschied.

Als sie an dem schwarzen Getränk nippte, überschlugen sich ihre Geschmacksnerven vor Freude. Und auch das Blätterteiggebäck, das dazu »auf Kosten des Hauses« kredenzt wurde, zerging auf der Zunge.

Ständig fanden sich Kunden ein, die Karossen vor dem Schaufenster gehörten in die Kategorie Luxusschlitten. Dennoch hatten alle, die ins *Pantry* kamen, die Zeit, in Ruhe Delikatessen auszusuchen und anschließend einen Kaffee oder etwas anderes Edles zu trinken. Selbst die Armband-Koms schwiegen, was sie für ein kleines Wunder hielt.

»Haben Madame noch einen Wunsch?«, erkundigte sich der Ober höflich. Unauffällig legte er ihr den Katalog des Ladens auf den Tisch, in dem sich alle Köstlichkeiten auf Hochglanzpapier präsentierten.

»Ein paar von den geil... superben Keksen wären sehr aufmerksam«, sagte Jeroquee und bemühte sich, nicht in den verräterischen Stadtslang zu verfallen.

»Sehr wohl, Madame.« Der Ober neigte sich leicht nach vorne und verschwand elegant hinter die Mahagonitheke, um den Wunsch der Kundin zu erfüllen.

Bei jedem Wagen, der vor der Glasfront anhielt, hob sie den Kopf, um nachzuschauen, ob Yakub Estefan Zozoria aus dem Fond steigen würde. Doch bisher tat ihr der Antiquitätenhändler nicht den Gefallen.

Ruhig bleiben. Der Tisch ist erst für sieben Uhr reserviert. Jeroquee schmökerte den Katalog durch und spürte, wie ihr das Wasser im Mund zusammenlief. Allerdings sorgten die Preise dafür, dass der Hunger rasch erstarb.

Die junge Frau konzentrierte sich so sehr auf den Katalog, dass sie beinahe das Eintreffen des Mannes nicht mitbekommen hätte, den sie erwartete. Der vorübereilende Ober machte sie aufmerksam. Er schwebte hinter die Kaffeebar und bereitete einen Mokka vor.

Eine Limousine war vorgefahren und zwei gut gekleidete Leibwächter, eine afrikanisch anmutende Frau und ein Elf, stiegen aus und sondierten die Umgebung. Danach öffnete der Metamensch die hintere Tür.

Der Mann aus Andorra verließ das Fahrzeug, das entweder ein Oldtimer oder ein sehr neues Modell im Retrolook darstellte.

Jeroquee erkannte ihn auf Anhieb, weil er genauso aussah wie sein Konterfei, das ihr Geoffrey aus der Schattendatenbank geladen hatte: ein unauffälliger, älterer Mann mit Zwickelbrille und einem exquisiten Geschmack, wenn es um sein Erscheinungsbild ging. Er stützte sich auf einen Stock aus Ebenholz. Der Knauf bestand aus einem stilisierten Totenkopf.

Das Trio betrat das *Pantry*. Sofort stolzierte Jones herbei und servierte dem Besucher zur Begrüßung den Mokka. Sie wechselten ein paar leise Worte und lachten verhalten.

Der Ober dirigierte Zozoria an den kleinen Tisch neben dem Schaufenster, von wo man einen herrlichen Blick auf den kleinen Park hatte, den die Bürgergemeinschaft von Everett in monatelanger Arbeit errichtet hatte.

Die perfekte Plastikidylle, lächelte die Ghuljägerin, da sie dem Blick des Antiquitätenhändlers folgte. Als er sich mit der Speisekarte beschäftigen wollte und sie ihn verstohlen betrachtete, trafen sich ihre Augen.

Ein derartig grausames, eiskaltes Grün hatte sie noch nie gesehen. Die meisten Hersteller von Cyberaugen würden ein solches Modell sofort wieder einstampfen, weil es zu viel Tod ausströmte, dem gläsernen Typus einer Puppe nicht unähnlich. Die junge Frau schaute sofort weg.

Den Mann störte der Blickkontakt nicht weiter. Er

schenkte ihr sogar ein knappes Lächeln, ehe er sich mit der Auswahl des Menüs beschäftigte. Die Dunkelhäutige blieb an der Theke stehen und erhielt soeben einen Kaffee. Der Elf ließ sich neben seinem Arbeitgeber nieder und betrachtete die Menschen, die die Scheibe passierten.

Die Zeit verging.

Jeroquee wusste nicht, was sie tun sollte. Da sie ihr Kom-Gerät nicht einschaltete, sondern den Nachrichtenservice nutzte, war sie vor Störungen durch Geoff sicher. Der Decker informierte sie schriftlich darüber, dass er eine Liste mit den gesuchten Gegenständen bei dem »gemeinsamen Freund« aufgetrieben habe.

Sie beobachtete den Antiquitätenhändler so dezent wie möglich. Er machte nicht den Eindruck, als befände er sich in großer Eile oder wäre beunruhigt, weil sein Essenspartner nicht erschien. Stattdessen besprach er sich kurz mit Jones und gab eine Bestellung auf.

Um kurz nach halb acht erhob sich der Elf und steuerte auf ihren Tisch zu. Ihre erste Reaktion befahl ihr, aufzuspringen und davonzurennen. Doch das kam ihr kindisch vor. Niemand kannte sie, niemand wusste ihren Namen.

»Würden Sie Señor Zozoria die Freude machen, sich an seinen Tisch zu setzen, Señora Jeroquee?«, bat sie der Leibwächter höflich und deutete eine Verbeugung an.

Der Ghuljägerin blieb beinahe das Herz stehen. »Ich? Sie müssen mich mit jemandem verwechseln«, versuchte sie, sich aus der Affäre zu ziehen. »Mein Name ist … Smith.«

Der Metamensch setzte eine liebenswürdige Miene auf. »Tun Sie sich selbst einen Gefallen und kommen Sie mit, Miss Jeroquee. Sie essen etwas Deliziöses, plaudern ein wenig mit meinem Chef, und danach gehen Sie, wohin sie möchten.«

Die junge Frau ergab sich in ihr Schicksal und folgte

dem Elf, der ihr in perfekter Gentlemanmanier den Stuhl zurechtschob und sich diskret zwei Schritte entfernte.

Der Mann aus Andorra reichte ihr die Hand. »Sie entschuldigen, dass ich mich nicht erhoben habe, doch ein altes Leiden sorgt dafür, dass ich froh bin, wenn ich sitze. Es freut mich, die Person kennen zu lernen, die im Untergrund von Seattle dafür sorgt, dass sich das Ungeziefer nicht wie eine Plage ausbreitet.«

»Jemand muss es ja tun«, meinte Jeroquee, argwöhnisch die Leibwächterin und den Elf im Auge behaltend. »Woher wissen Sie, wer ich bin, Mr. Zozoria?«

»Ein Bekannter von mir rief mich an und sandte mir eine Aufzeichnung eines Beitrags, der vor kurzem bei Free Network Seattle gesendet wurde. Ein gewisser Severin Gospini drehte den Bericht, ehe er entlassen wurde. Ich hätte ihm gerne ein paar Fragen zu den Lokalitäten gestellt. Schade, dass er das Land verlassen hat.« Er stützte die Ellbogen auf und faltete die Hände. »Und als ich eben daran dachte, Sie ausfindig machen zu lassen, sitzen Sie mir ausgerechnet jetzt gegenüber, Miss Jeroquee. Der Star des Berichts. Glauben Sie an Zufälle, Miss Jeroquee? Ich nicht.«

Sie hatte die Reportage vergessen oder zumindest angenommen, dass man die CD niemals ausstrahlen würde. Der Zeitpunkt der Sendung konnte ungünstiger nicht sein.

Der Ober erschien und servierte warme Köstlichkeiten, die selbst von den betuchten Kunden neidisch betrachtet wurden.

»Sie haben, wenn man Mr. Gospini Glauben schenken darf, eine Art Rache verübt, verstand ich das richtig?«, erkundigte sich Zozoria und breitete eine Serviette über den Schoß. »Ich gestehe, alles in allem mochte ich den etwas theatralisch aufgemachten Beitrag nicht sonderlich«, er legte der Ghuljägerin etwas Braten vor, »doch eine Sache erweckte mein Interesse. Haben Sie beide Männer erledigt oder nur den jüngeren, wie man deutlich erkennen konnte? Der zweite Kampf ist ein wenig hektisch geschnitten.« Er bediente sich selbst und schnitt sich ein Stück ab.

Mechanisch bewegte sie Messer und Gabel. Verzweifelt suchte sich nach Ausflüchten, Erwiderungen, schlagfertigen Antworten. Aber die Nähe des Mannes wirkte paralysierend. Ihr Verstand drehte sich scheinbar um sich selbst.

»Wenn Sie nichts sagen möchten, lassen Sie mich eine Vermutung äußern«, half er ihr. »Sie haben das Kunststück fertig gebracht, sowohl Demus als auch Sakagi außer Gefecht zu setzen und sich dazu noch in seinem Appartement in Downtown niederzulassen. Es ist einer von Sakagis geheimen Zufluchtsorten. Ich weiß nicht, was er dort machte, und im Grunde ist es mir auch gleichgültig.« Er setzte die Schneide erneut an. Roter Bratensaft rann aus dem medium zubereiteten Stück. »Ich mag es aber keineswegs, wenn man sich in meine Geschäfte einmischt.« Zozoria schob sich das Fleisch in den Mund und kaute langsam.

Der Ober brachte eine Karaffe mit rubinfarbenem Rotwein und goss ein. Der Antiquitätenhändler kostete und nickte. Nachdem sich der Ober entfernte, redete er weiter.

»Ich hatte vor einigen Wochen einen Vertrag mit Sakagi abgeschlossen. Er verkaufte mir die Fetische und Foki, die sein Vater in den letzten Jahren zusammengetragen hatte.« Das Messer wirbelte in seiner Hand einmal um die eigene Achse. »Egal, ob er tot ist oder nicht, ich will meine Ware, Miss Jeroquee«, sagte er in einem gutmütigen Ton, der im krassen Widerspruch zu den kalten Augen des Andorraners stand. »Ich bin Geschäftsmann, nicht mehr und nicht weniger.«

»Es sind geraubte Besitztümer, die den Angehörigen

der Opfer überbracht werden müssten.« Die Ghuljägerin wunderte sich über ihre Courage, ihrem Gegenüber offen zu widersprechen. »Andernfalls wären Sie ein Hehler, wenn auch in einer anderen Liga.«

Zozoria lachte leise. »Da haben Sie Recht, wenn Sie Hehler auf diese Weise definieren. Ich bevorzuge das Wort Kaufmann. Was aber nichts daran ändert, dass ich das Material haben möchte.« Er betrachtete sie. »Sie wissen, wo er es lagert, vermute ich?« Das Besteck verharrte. Nur dadurch verriet der Mann seine Anspannung.

Wenn ich jetzt nein sage, war das hier meine letzte warme Mahlzeit, huschte es ihr durch den Kopf. Gab sie zu, dass sie keinen blassen Schimmer hatte, würde der Antiquitätenhändler dafür sorgen, dass sie ihm bei der Suche nach den Foki nicht in die Quere kam.

»Ich kenne den Aufenthaltsort«, kam es über ihre Lippen.

»Sehr schön. Dann sollten wir ins Geschäft kommen, Miss Jeroquee.« Zozoria schaute sie über den Rand des Zwickers an. »Ich werde Ihnen aber nicht noch einmal die gleiche Anzahlung zukommen lassen wie Sakagi. Können wir uns darauf verständigen, dass ich Ihnen die Zugangsdaten seines Kontos übermittle und sie sein flüssiges Kapital einfach für sich einziehen? Es dürfte eine nicht unbeträchtliche Summe sein, die auf Sie wartet.«

»Nachdem Sie Ihren Vorschuss zurückgeholt und die Foki erhalten haben?«, nahm ihm die Ghuljägerin den unvermeidlichen Zusatz vorweg.

»Exakt, Miss Jeroquee.« Zozoria strahlte sie an. Ihm fiel noch etwas ein. »Sagen Sie Ihrem Freund, dass mein Ice ihn das nächste Mal von seinem bisschen Verstand befreien wird, den er als Decker ohne Zweifel haben sollte. Da es sich inzwischen herumgesprochen haben dürfte, dass die Segs tot sind, sollte er auch keine Mails mehr als ›Sakagi‹ verschicken. Es weckt unnötige Aufmerksamkeit.«

Geoff, du verdammter Deckhead. Ihr fiel Sunrains Andenken ein. »Ich möchte einen Fokus behalten. Es handelt sich dabei um ein Erinnerungsstück, das ich gerne haben würde.«

Der Andorraner nickte. »Sehen Sie es als Geschenk. Doch gehen Sie davon aus, dass ich die Liste genau überprüfen werde. Es darf nur ein Stück aus der Sammlung fehlen, Miss Jeroquee, sonst betrachte ich unseren Deal als ungültig.«

Zutiefst vom Essen befriedigt schob er den Teller von sich. Jeroquee war es wider Erwarten gelungen, während der Unterhaltung die Speise zu genießen. Der Ober brachte das Dessert.

»Wann möchten Sie die Foki liefern?«

»Es wird keinen speziellen Termin geben«, wich die Ghuljägerin aus. »Sagen Sie mir nur, wohin ich die Ware bringen soll.«

Zozoria schaufelte sich Eis auf den Löffel. »Sie haben die Sachen auch wirklich, Miss Jeroquee?«, meinte er beiläufig. »Treiben Sie besser kein doppeltes Spiel mit mir. Sollte ich feststellen, dass die Gegenstände jemand anderes bekommt, denke ich mir wegen Vertragsbruch etwas für Sie aus.«

»Drohungen bringen bei mir nicht viel.« Die junge Frau gab sich gelassen. »Sie haben die magischen Utensilien spätestens in drei Tagen. Sie sind an einem schwer zugänglichen Ort.«

»Es ist Ihre Zeit, die abläuft«, entgegnete er nicht minder ruhig. »Spricht es sich bis zu den Banken herum, dass Sakagi Seg tot ist, werden Sie nicht mehr an das Konto kommen. Andere werden Anspruch erheben, beispielsweise Miss Khodokarami, Sakagis Verlobte. Je schneller ich die Foki habe, umso rascher sind Sie reich, Miss Jeroquee.«

»Wie sieht es denn mit Ihren Sicherheiten aus, Mr. Zozoria?« Jeroquee schüttelte das Lähmungsgefühl allmählich ab. »Woher weiß ich, dass es der richtige Code ist und Sie mir anschließend keine Läufer oder Banken-Samurai auf den Hals hetzen?«

Er langte nach seiner Serviette. »Sie werden sich auf mein Wort verlassen müssen.«

»Das ist das Letzte, was ich tun würde«, sagte sie schneller, als sie die halbe Beleidigung aufzuhalten vermochte.

»Sehr gut. Sie sind also doch ein wenig Geschäftsfrau.« Der Mann aus Andorra lächelte. Er schien ihr die Bemerkung nicht übel zu nehmen. »Sie verstehen, dass ich keinen Vertrag unterzeichnen werde?«

»Sagen wir, ich liefere Ihnen die erste Hälfte der Foki, und Sie geben mir die Zugangsdaten für das Konto?«, schlug sie vor.

Zozoria atmete langsam aus. »Damit Sie sehen, dass ich Sie gut leiden kann, akzeptiere ich diese Bedingungen«, antwortete er nach einer Weile. »Sie erhalten heute Abend die genaue Anschrift eines Lagerhauses, wo Sie die Ware abliefern.« Er machte Anstalten, sich zu erheben. Augenblicklich stand der Elf an seiner Seite und half ihm dabei. »Machen Sie sich noch einen angenehmen Abend im *Pantry.* Ich sage dem Ober, dass es auf meine Rechnung geht«, verabschiedete er sich zuvorkommend und reichte ihr die Hand. »Es war mir eine Freude.«

Der Mann verließ das Geschäft mit seinen Leibwächtern. Wenig später setzte sich sein Auto in Bewegung.

Wenn das mal nicht der Pakt mit dem Teufel war, dachte sie und schüttelte sich, als sie sich an die grünen Augen Zozorias erinnerte. Ihre Finger berührten das Schaufenster. Kalt, leblos wie Glas. Ein unheimlicher Mensch.

Die Ghuljägerin bestellte einen Liter Cappuccino zum Mitnehmen und machte sich auf zur nächsten Monorail-

Station. Dabei malte sie sich aus, wie sie den Decker dafür leiden lassen könnte, dass er gegen ihre Anweisung gehandelt hatte. Sie würde Geoffs Databuchse mit Wasser füllen und einen schwachen Stromstoß reinjagen. *Man hat einfach nur Ärger mit Männern.*

Die Monorail-Bahn schnurrte die Schächte entlang. Der typische Geruch von Elektrizität und Desinfektionsmittel vermischte sich mit dem seltenen Duft echten Kaffees.

ADL, Badisch-Pfalz, Zweibrücken, 18. 03. 2058, 19:32 MEZ

Das *Clubmotel* stand in einem kleinen Gewerbegebiet neben der Autobahn in Höhe der Abfahrt Ernstweiler. Das Haus der besonderen Wünsche unterschied sich äußerlich durch nichts von einem herkömmlichen Motel. Auch die Rezeption wirkte konventionell, ebenso der Typ dahinter. Nur dass er sich die Fingernägel mit einer Hingabe lackierte, die nur Gee Gee nachvollziehen konnte. Er schaute erst auf, als Spengler sich räusperte.

»Ja?« Sein gepflegtes Gesicht hellte sich auf. »Ah, ich sehe schon, eine Menage à trois.« Ohne eine Antwort abzuwarten, drehte er sich zum Fach mit den Schlüsselkarten. »Vibrationsbett, ihr Sklaven der Lust?«

Spengler verdrehte die Augen und schritt nach vorne. »Einmal Spezialservice nach Art des Hauses.«

Für seinen harschen Ton musste der Kommissar einen missbilligenden Blick über sich ergehen lassen. »Ein Rüpel? Wie schade. Außen hui, innen pfui. Ich glaube nicht, dass wir solchen Kunden unseren Spezialservice angedeihen lassen. Zu grob ist schlecht fürs Geschäft.«

Spengler seufzte und zückte seinen Dienstausweis. »So, Zuckerpuppe. Das ist unsere Eintrittskarte zum

Nebenzimmer. Zeig uns, wo's lang geht, und hol den Geschäftsführer.«

Der Mann tauschte seine Uniformjacke gegen ein Sakko.

»Sie verlangten nach dem Geschäftsführer, Herr Kommissar?«, erkundigte er sich geflissentlich und hielt dem Polizisten eine Hand in einer Weise hin, die man durchaus als Aufforderung für einen Handkuss deuten konnte.

»Genau. Wo ist er?«

Der Mann streckte die Hand aus. »Hier, direkt vor Ihren Adleraugen. Ich bin Big Coil.«

Spengler war für einen kurzen Moment sprachlos. »Äh, Herr Coil … wir haben Grund zur Annahme, dass Ihr Etablissement demnächst von einem sehr unangenehmen Gast Besuch erhalten könnte. Sie haben gehört, was in der Stadt los ist?«

Coil wurde blass. »Sie meinen, der Killer käme zu uns?«

Spengler zuckte die Schultern. »Deshalb sind wir ja hier, um Ihnen zur Seite zu stehen.«

Der Geschäftsführer schaute auf Poolitzer und Gee Gee. »Sind Sie dafür nicht ein paar zu wenige?«

»Wir haben alles dabei, was wir brauchen«, beruhigte ihn der Kommissar und zeigte die Pistole, die er unter der Jacke trug.

Etwas zuversichtlicher wandte sich Big Coil um. »Sie erzählen auch der Sitte nichts davon, was Sie gleich sehen werden?«

»Nein. Es sei denn, es ist strafbar.«

Der Geschäftsführer stolzierte zum Eingang und betätigte das Magschloss.

»Voilà«, deutete er ins Innere, als würde er den Hauptgewinn in einer Gameshow präsentieren. »Treten Sie in meine kleine Hölle der Lust«, zwinkerte er Spengler zu.

»Noch so ein Spruch, und ich verhafte Sie wegen sexueller Belästigung, Herr Coil.«

Coil setzte sich an die Spitze, um das nächste Schloss zu öffnen. »Falls Sie doch noch Unterstützung anfordern«, meinte er dabei, »könnten Sie Ihren Kollegen ausrichten, sie sollen bitte Lack-Tangas und echte Uniformen tragen. Darauf stehen wir im *Clubmotel*.«

»Soll ich dir was sagen?«, flüsterte Gee Gee zum Reporter. »Der denkt, Spengler würde hier eine Fetischnummer abziehen.«

Der besondere Teil des Hauses tat sich auf. Big Coil führte die drei in eine bizarre Welt aus Lack, Gasmasken, Reizwäsche und Nieten.

An der Bar saßen drei Männer in Taucheranzügen, nuckelten Cocktails aus Strohhalmen und unterhielten sich rege über die letzten Kursverläufe der Börse. Im hinteren Teil des Raums standen mehrere Sofas, auf denen sich leicht bekleidete Menschen und Metamenschen räkelten.

»Bevor Sie mich wegen Unterstützung der Prostitution verhaften«, schnarrte Coil den Kommissar an, »lassen Sie mich das Prinzip erklären. Alle hier in diesem Raum außer Ihnen und Ihren Freunden sind Clubmitglieder. Wir treffen uns, wann wir möchten, und tun, was wir möchten.«

»Und ausgewählte Personen zahlen gelegentlich eine Spende, richtig?«, vermutete Poolitzer.

Der Geschäftsführer lehnte sich an die Theke und betrachtete den Reporter. »Genau. Wollen Sie Mitglied werden?«

»Gehen Sie Ihre Fingernägel lackieren«, versuchte Spengler den Mann. »Kommen Sie in einer Stunde wieder.«

Coil zog beleidigt ab und stellte sich hinter die Bar, um dem Keeper zur Hand zu gehen.

Endlich. Der Polizist schaute sich um und stellte fest,

dass das Etablissement ein perfektes Ziel für den Wahnsinnigen darstellte. So viel Verdorbenheit an einem Fleck schrie danach, vernichtet zu werden. In New York, London oder Hamburg würde man über die Ansammlung von Paradiesvögeln kein Wort verlieren, sondern die richtig harten Orte aufsuchen. Irgendwo blökte tatsächlich ein Schaf.

Spengler sprach in sein Armband-Kom und informierte die in Alarmbereitschaft versetzte Zweibrücker Polizeiwache darüber, dass er über jede Schießerei in zwielichtigen Einrichtungen benachrichtigt werden wollte. Leidlich zufrieden beendete er das Gespräch.

»So, nun warten wir.« Er orderte ein Bier, fischte Schirmchen und Strohhalm heraus und nahm einen Schluck. Angewidert verzog er das Gesicht. »Das ist Diätbier!«

»Natürlich«, rief der Mann hinterm Zapfhahn belehrend. »Schau dich mal an.«

Hart wurde das Glas auf die Tischplatte gestellt und bekam dabei einen Sprung. Gee Gee und der Reporter lachten.

»Ich finde es ganz nett«, meinte der Amerikaner und schwang sich auf einen Hocker. »Erinnert mich ein wenig an die Barrens.«

Spenglers zweites Dienst-Kom piepte. Fluchend kramte er herum, bis er es endlich fand. »Was? Wo?« Er lauschte, nahm sich eine Serviette und notierte eine Straße. »Gehen Sie nicht zu nahe ran. Ich bin unterwegs.«

»Wir sind unterwegs«, verbesserte Poolitzer.

Spengler schenkte ihm ein diabolisches Lächeln. Sein Arm ruckte nach vorne, etwas Kaltes legte sich um das Handgelenk des Reporters. Dann klickte es. »Nein. *Ich* bin unterwegs.« Der Kommissar grüßte und lief zum Ausgang. »Es ist besser so. Sie bekommen die Story exklusiv, versprochen.« Er wandte sich an Gee Gee, die mit ihm gehen wollte. »Sie bleiben, wo Sie sind. Strapazieren Sie Ihr Glück nicht zu sehr, Frau Orlova.«

»Aber …«, begehrte sie auf.

»Keine Widerrede. Andernfalls behindern Sie eine Polizeiaktion, und das ist strafbar, verstanden? Es ist nur zu Ihrem Schutz.« Er winkte von der Tür aus, dann war er verschwunden.

»Sie können mich mal!«, schrie ihm Poolitzer nach. Die Köpfe der Umstehenden ruckten interessiert zu ihm. »Nein, das war kein Angebot, Freunde«, seufzte er und rüttelte an der Handschelle, die ihn mit dem Handlauf verband. »Kannst du so etwas aufmachen?«

Gee Gee betrachtete den Verschluss der elektronischen Fessel. »Das sind die neuen Dinger. Dazu braucht man einen hydraulischen Bolzenschneider«, meldete sie nach einer Weile. Die blauen Augen suchten den Blick des jungen Mannes. »Und jetzt? Soll ich mit deiner Kamera hinterherfahren?«

»Kommt nicht in Frage. Das ist zu gefährlich.«

Freudig überrascht schaute sie ihn an. »Du machst dir Sorgen um mich?«

»Natürlich, Gee Gee.« Er überprüfte den Handlauf. Die Schrauben, die das Metall mit dem Holzimitat verbanden, sahen massiv aus.

»Tja, dann werden wir wohl die Zweiten im Ziel sein.« Er bedeutete dem Barkeeper, dass er etwas Starkes zu trinken haben wollte. Das Klatschen einer Reitgerte erklang im Hintergrund, der Gefolterte stöhnte schwelgend auf. »Genießen wir das Ambiente.«

Spengler zwängte sich aus dem EMC Intracity E und rannte zum ersten Einsatzfahrzeug, hinter dem ein gepanzerter Beamter mit gezogener Waffe kauerte und auf den Eingang des *Route 666* zielte. Von drinnen hörte man gelegentliches Gewehrfeuer. Uzis, dem Klang nach zu urteilen.

»Spengler, LKA. Wer ballert herum?«, erkundigte er sich bei dem Polizisten und hielt ihm den Dienstausweis unter die Nase.

»So genau wissen wir das nicht«, meldete der Polizist. »Wir erhielten einen Anruf vom Wirt, dass jemand Ärger machen würde. Dann endete das Gespräch. Seitdem stehen wir hier draußen und warten darauf, dass sich etwas tut. Niemand hat das Gebäude verlassen.«

»Sehr gut.« Der Killer saß demnach wie eine Ratte in der Falle. Bald würde er den Typen verhören, und egal, welcher Kon dahinter steckte, er würde dessen Namen durch alle Medien jagen. Er hielt dem Kollegen ein Päckchen Kaugummi unter die Nase. »Wollen Sie einen?«

»Hey, Sie!«, brüllte ihn ein Polizist durch ein Megafon an. »Weg da vom Einsatzort!«

Der Ermittler nahm die Flüstertüte aus dem Wagen und hielt sie an den Mund. »Hey, Sie! Kommen Sie mal hierher, damit ich Ihnen was Schönes zeigen kann.«

»Was glauben Sie, wer Sie sind?«, dröhnte es.

»Ich weiß, wer ich bin. Sie auch?«, entgegnete der Ermittler und erntete verhaltenes Gelächter.

Der Einsatzleiter kam mit hochrotem Kopf angelaufen, während Spengler seinen Dienstausweis ein weiteres Mal auspackte. »Lesen!«, befahl er durchs Megafon, ehe er das Gerät auf dem Autodach abstellte. »Schreien Sie das nächste Mal nicht durch die Gegend, Herr Kommissar.«

»Entschuldigen Sie, Herr Kriminalhauptkommissar. Ich hielt Sie für einen Gaffer.« Der Beamte grüßte. »Wie geht es weiter, Kollege?«

»Wen haben Sie informiert?«, wollte Spengler wissen.

»Wir haben ein SEK aus Pirmasens angefordert, das müsste in knapp zehn Minuten da sein.«

Von innen hörte man nun wildes Geballere und Schreie. Es folgte eine dumpfe Explosion, die einen Teil der Fenster und zwei Personen auf der linken Seite nach draußen beförderte.

»Schätze, unser Mann ist bald fertig«, bemerkte der Ermittler trocken und holte sich eine Ersatzweste aus dem Kofferraum des Polizeifahrzeugs. Er nahm die Spezialwaffe aus dem Holster. Er konnte nicht zulassen, dass der Gesuchte ihm entwischte.

»Sie wollen da rein?«, staunte der Einsatzleiter.

»Gehen Sie für mich?«, hielt Spengler dagegen. »Nein? Sehen Sie. Keine Sorge, ich übernehme die Verantwortung.« In geduckter Haltung rannte er auf die Haustür des *Route 666* zu. Seine fehlende Kondition brachte ihn zum lauten Atmen.

Er betrat die Kneipe, um sich sofort hinter einen Billardtisch in Deckung zu werfen.

Er schaute unter dem Billardtisch hervor und entdeckte zahlreiche Hülsen, senkrecht nach oben stehende Fußsohlen von Toten oder Verwundeten sowie umherlaufende Schuhe, neben denen weitere Hülsen zu Boden regneten.

Spengler schloss die Augen und konzentrierte sich auf den Klang der benutzten Waffen. Er identifizierte mehrere Uzis, zwei schwere Pistolen, eine Schrotflinte und ein AK, vermutlich das 98er Modell. Wegen der Granate, schätzte er.

Dennoch konnte er jeden Knall einer bekannten Knarre zuordnen. Das Wundergewehr fehlte im Chor des modernen Todes. Entweder der Killer kniete irgendwo seelenruhig in Deckung und wartete, bis die nervösen Gäste ihre Magazine leerten, oder Spengler war mitten in einem Bandenkrieg und somit am falschen Ort. Die »Snuffs« interessierten ihn derzeit nicht die Bohne.

Vorsichtig hob er einen kleinen Zahnarztspiegel über die Einfassung des Billardtischs und drehte die reflektierende Fläche wie ein Periskop hin und her.

Die Kontrahenten hatten sich zurückgezogen. Der

Kampf tobte nun zwischen der Theke und einer Sitzgruppe. Wegen anderer Möbel und der begrenzten Optik des kleinen Spiegels gelang es dem Kommissar nicht, Näheres zu erkennen. Er musste es irgendwie schaffen, beide Seiten aus ihrer Deckung zu bekommen, damit er einen Schuss auf den Killer abgeben konnte. Falls der sich überhaupt darunter befand.

Als er den Kopf ein wenig reckte, fiel sein Blick auf die Billardkugeln, die hinter einer Plexiglasscheibe darauf warteten, dass ein Gast sie aus ihrem Gefängnis befreite und sie über den grünen Filz rollen durften. Sie kamen ihm gerade richtig.

Spenglers hektische Suche nach einer Münze begann. Dummerweise trug er keine Brieftasche mit sich. Kurzerhand riss er einen Knopf ab und warf ihn in den Schlitz. Die Abdeckung schnellte wider Erwarten in die Höhe und gab die Bälle frei.

Geht doch. Spengler kramte ein paar davon hervor. »Granaten!«, schrie er und warf zuerst zwei in die Sitzgruppe, danach zwei hinter die Bar. Polternd schlugen die Bälle auf und hopsten gut hörbar über den Boden.

Beide Parteien verließen fluchtartig ihre Deckung, um sich in der Mitte der Kneipe verdutzt gegenüberzustehen. Die Überraschung war so groß, dass keiner losballerte. Mit einem raschen Blick erfasste der Ermittler die Lage.

Auf der einen Seite standen drei Typen mit Uzis, die in breiten Lettern »Snuffs« auf den billigen Sicherheitsjacken stehen hatten. Auf der anderen kniete ein Mann in Stadttarnklamotten und mit blasser Haut, der ein AK trug. Ein AK-98, wie er mit Genugtuung registrierte.

Ausnahmsweise ärgerte es ihn, dass er Recht hatte. Der Killer befand sich nicht darunter. *Scheiße. Nicht unser Mann.* Er erhob sich, grüßte die vier Männer und ging hinaus. Kaum schloss er die Tür, röhrten die automatischen Gewehre und Maschinenpistolen los.

»Überlassen Sie das den Kollegen vom SEK. Sorgen Sie nur dafür, dass keiner der Kriminellen ausbüxt. Sie haben da drinnen vermutlich die Verantwortlichen für die Bandenschießerei«, empfahl er dem Einsatzleiter im Vorübergehen. Er öffnete die Tür des EMC Intracity E und klemmte sich hinters Steuer.

»Und wohin fahren Sie?«, fragte der Kommissar fassungslos.

»Ich habe meine Handschellen im *Clubmotel* vergessen.« Spengler schaltete in den Rückwärtsgang und verließ den Parkplatz des *Route 666*.

»Da reißt man sich den Hintern auf, um eine gute Story über Kons zu machen, und was ist der Dank?« Poolitzer schaute dem Barkeeper tief in die Augen. »Man wird gefeuert. Und das Auto haben sie mir auch noch in die Luft gejagt.«

»Darauf trinken wir noch einen«, meinte Gee Gee angeheitert und deutete auf die leeren Gläser. Gehorsam kam der Barkeeper dem Befehl nach.

»Ich hoffe nur, dass Spengler bald auftaucht«, nuschelte der Reporter und kicherte. »Oh, shit, ich werde keinen vernünftigen Bericht zusammenbekommen, so besoffen bin ich.« Dabei hatte er früher viel mehr vertragen.

Die Schauspielerin grinste. »Dann mache ich die Interviews.« Sie räusperte sich, nahm die Reitgerte wie ein Mikrofon in die Hand und schaffte es, ein ernstes Gesicht zu bewahren.

Der junge Mann richtete sich auf und lauschte aufmerksam.

»Was?«, wollte Gee Gee wissen.

»Ich dachte, ich hätte mehrere Schüsse gehört.« Er stand auf und vergaß dabei völlig, dass er noch mit dem Handlauf verbunden war. Beinahe hätte ihn der abrupte Stopp von den Beinen gerissen.

Der Barkeeper schaute auf mehrere kleine Monitore, die hinter einer Blende verborgen hingen. Sie zeigten nichts Ungewöhnliches, weder um das Gebäude noch in der Rezeption.

»Da ist jemand im Gang«, teilte der Barkeeper mit. »Das zweite Schloss wird gerade betätigt.« Er pochte gegen den Rahmen des Monitors. »Nanu? Die Kamera ist ausgefallen.«

Überstürzt zerrte Poolitzer die Ladyline aus dem Gürtel und behielt die Tür im Auge. *Besoffen und angekettet.* Zwei nicht zu verachtende Handicaps, wenn man gegen einen Psychopathen antreten sollte. Vielleicht glich die Wirkung des Alkohols seine miserablen Schießkünste aus.

»Was hast du denn?«, erkundigte sich Gee Gee beunruhigt. »Der Killer ist ganz woanders.«

Da war er sich nicht mehr sicher. Einige Gäste schauten zu dem jungen Mann, der die Waffe auf den Eingang gerichtet hielt.

Ein lautes Rumpeln ertönte. Jemand trat von der anderen Seite gegen das Holzimitat.

»Siehst du?«, flüsterte der Reporter angespannt. »Ich habe es doch gesagt.«

»Steck die Waffe weg«, befahl ihm die Schauspielerin. »Vielleicht sieht er dich nicht als Bedrohung.«

»Wenn nicht, will ich wenigstens vorbereitet sein.«

Nun wurden auch die anderen Gäste aufmerksam und warteten, was sich tat. Keiner hatte eine Vorstellung von der Gefahr, in der sie schwebten.

»Haben Sie eine Waffe unterm Tresen?«, fragte Poolitzer den Barkeeper, der nickte und eine abgesägte Schrotflinte zutage förderte. »Halten Sie sie bereit.« Sein Herz schlug schneller. Die bluttriefenden Bilder aus dem *Capital* drängten an die Oberfläche, mischten sich mit der Gegenwart. Gelang es ihm nicht, den Killer zu stoppen, würde das *Clubmotel* in wenigen Sekunden genauso aussehen. Sein Mund wurde trocken.

Die Tür brach nach dem dritten Rumpeln aus den Angeln. Eine Gestalt flog in den Raum und krachte auf den ersten Tisch. Der Kommissar erhob sich fluchend. Die Reste der Cocktails, die sich über seinen grellfarbenen, verstaubten Synthledermantel ergossen hatten, perlten ab und troffen zu Boden.

»Spengler! Sind Sie lebensmüde?«, rief der Seattler erleichtert.

»Die Rezeption war nicht besetzt, und die zweite Kombination konnte ich mir nicht merken«, erklärte er seinen filmreifen Auftritt. »Ich bin aber versichert, Herr Coil«, wandte er sich an den erschrockenen Geschäftsführer. »Lassen Sie sich eine bessere Tür einbauen, und schicken Sie mir die Rechnung.« Sein Blick fiel auf die Waffen des Reporters und des Barkeepers. »Ich hoffe, Sie haben einen Waffenschein dafür? Sonst müsste ich Sie anzeigen.«

Der Barkeeper schaute auf die Schrotflinte, als wundere er sich selbst darüber, wie sie in seine Hände gelangt war.

Unmittelbar hinter dem Mann zerplatzten mehrere Gläser. Die Spiegelwand barst und regnete zu Boden. Der Barkeeper drehte sich unsicher um und schaute auf den Scherbenhaufen, den er sich nicht erklären konnte.

Die Augen von Poolitzer, Gee Gee und dem LKA-Ermittler wurden riesig, als sie den Rücken des Mannes sahen. Aus drei fingerdicken Löchern lief Blut. Ehe jemand etwas sagen konnte, brach der Barkeeper zusammen. Im Gegensatz zu den restlichen Besuchern wusste das Trio, was das bedeutete. Der Killer befand sich im Club.

Gee Gee schlug dem Reporter die Waffe aus der Hand und duckte sich. Poolitzer folgte ihr, so gut es ging. Die Handschellen machten es ihm unmöglich, sich irgendwo in Sicherheit zubringen. »Spengler, machen Sie mich auf der Stelle los!«

»Dienet dem Herrn mit Furcht und küsset seine Füße mit Zittern, dass er nicht zürne und ihr umkommt auf dem Wege. Denn sein Zorn wird bald entbrennen. Wohl allen, die auf ihn trauen«, schallte eine verfremdete Stimme deutlich durchs Zimmer.

Die Tür zur Toilette stand offen. Im Gegenlicht war eine Gestalt zu erkennen, die ein eindrucksvolles Gewehr in der Hand hielt. Der dicke Lauf ruckte herum. »Aber ihr werdet sterben wie Menschen.«

Die schallgedämpfte Waffe beförderte Coil mit einem einzigen Schuss durchs Herz ins Jenseits. Das Projektil durchschlug zudem das Holz der Theke und zerstörte eine Flasche Rum.

»Ich bin Cherub, der Engel des Herrn. Die Gottlosen sollen zu den Toten fahren.«

Eine Sekunde herrschte atemlose Stille, dann brach Panik im *Clubmotel* los. Der Kriminalbeamte warf sich über die Theke, nahm dabei ein paar Gläser mit, schlug auf der Spüle auf und fiel höchst unelegant auf den toten Barkeeper, der seinen Sturz abdämpfte. Sein erster Griff ging zum Holster, in dem er die Spezialwaffe verstaute. Sie war verschwunden.

Immer passiert mir das. In aller Eile begann er, die nähere Umgebung zu abzusuchen, während der Unbekannte mit seinem Massaker fortfuhr.

Gelegentliche Schüsse zeigten, dass zumindest ein Gast nicht ganz unbewaffnet ins *Clubmotel* kam. Der Mutige lenkte den Killer mit seiner Aktion ab.

Alle anderen rannten zu den Ausgängen oder versuchten, sich irgendwo in Sicherheit zu bringen. Boten umgestürzte Tische gegen normale Kugeln kaum Schutz, richteten sie gegen die beschichteten Stahlprojektile erst recht nichts aus. Genauso gut hätten sie ein Blatt Papier vor sich halten können.

Spengler wurde fündig. Seine Pistole lag auf dem Grund des Spülbeckens, von wo er sie hektisch barg.

Vorsichtig schaute er über die Theke nach dem rätselhaften Killer mit dem goldenen Gesicht. *Nur eine einzige Gelegenheit*, bat er das Schicksal. *Lass mich nur eine einzige Gelegenheit bekommen.*

Und Fortuna erhörte ihn.

Nachdem ihm drei Flüchtende in Latexanzügen die Schusslinie versperrt hatten, schaffte es der Ermittler, den Wahnsinnigen ins Visier zu bekommen. Die goldene Maske schimmerte im Licht der Lampen auf. Die Smartverbindung zeigte ihm den ungepanzerten rechten Unterarm des Amokläufers als Ziel an.

»Spengler, machen Sie mich los!« Groß erschien das Gesicht des Reporters vor ihm. Eine Alkoholfahne schlug ihm entgegen. »Ich will nicht der Lockvogel sein. Der Typ macht mich kalt!«

Irgendwie schaffte es der Kriminalbeamte, den Lauf der Waffe nach oben zu ziehen. »Weg, Sie Depp!« Grob drückte er den Reporter nach unten, doch seine Chance war vertan.

Fluchend warf er Poolitzer den elektronischen Schlüssel zu und machte sich an die Verfolgung des Verrückten mit der unbekannten Waffe, deren Zielsicherheit und Effizienz sich ihm im ganzen Ausmaß präsentierte. Ein einziges Geschoss reichte aus, um gleich mehrere Menschen schwer zu verletzen, wenn nicht gar zu töten. Die rasiermesserscharfen Dreikantspitzen schnitten sich unbarmherzig ihren Weg durch Fleisch, Knochen und Innereien.

Die Besucher, die es bis in den Gang geschafft hatten, kehrten in großer Furcht zurück, schoben und drückten sich gegenseitig zur Seite, nur um wieder in den Hauptraum zu gelangen. Die Überlebenden wollten die Toiletten und damit den rettenden Notausgang erreichen.

Durch den Eingang schob sich eine zweite Gestalt wie aus einem Albtraum.

Ein fast zwei Meter großes Wesen betrat in aller Ruhe

das *Clubmotel.* Seine schwarzen Haare waren auf Stirnhöhe zu Hörnchen aufgestellt worden. Die Augen leuchteten rot, die geschlitzten Pupillen glommen gelb im schummrigen Licht. Spengler bemerkte angespitzte Ohren und Reißzähne. Der nackte Oberkörper präsentierte sich ölig glänzend und mit rot gefärbter Haut. Er meinte sogar, Schwefel riechen zu können. Unter dem Maschinengewehr, das der »Teufel« in den Händen hielt, waren Bajonette so befestigt worden, dass die Waffe den Eindruck eines Dreizacks erweckte.

Cherub war vom Auftauchen des neuen Gegenspielers verblüfft. Das nutzte der Mann aus, um das Maschinengewehr auf die Gestalt mit dem goldenen Gesicht abzufeuern.

Die schreienden Gäste um sie herum wurden zu Statisten degradiert, was den letzten Überlebenden vermutlich das Leben rettete, während sich das personifizierte Gute und Böse gegenüberstanden und ihr Duell austrugen.

Ich glaube, ich liege noch im Bett und schlafe. Spengler kniete nieder und schoss auf den Spinner im Teufelskostüm. Nichts geschah. Das Wesen schien nicht einmal bemerkt zu haben, dass es getroffen worden war. Der Kommissar beschloss, eine Cyborg-Spezialeinheit zu ordern, die sich mit den beiden Verrückten herumschlagen sollte.

Cherub und Satan sprangen durchs *Clubmotel* und feuerten aufeinander, ohne jedoch den Gegenspieler effektiv auszuschalten. Anscheinend waren sie sich ebenbürtig, was die technische Ausstattung anging. Dafür wurde die Einrichtung Stück für Stück zerstört.

»Mann, was ist denn hier los?«, fragte ihn der befreite Poolitzer plötzlich. »Das ist der helle Wahnsinn!«

»Bleiben Sie bloß mit dem Kopf unten«, riet ihm der Kriminalbeamte. »Ich habe Verstärkung angefordert.« Er schaute sich immer wieder um und wartete, dass er einen weiteren Schuss anbringen konnte. Die beiden Gestalten bewegten sich so schnell, dass er nicht zum Abdrücken kam. Es hatte den Anschein, als würde der selbst ernannte »Engel des Herrn« auf Dauer der Unterlegene sein.

»Der Typ mit den weißen Haaren ist verletzt«, bemerkte der Reporter.

Cherub wechselte gerade das Magazin der unbekannten langläufigen Waffe, als eine Salve die Deckung zerfetzte, hinter der er kauerte. Mit einem unmenschlichen Schrei sprang das Wesen in die Höhe und erwiderte das Feuer. Blutend zog es sich in Richtung Notausgang zurück. Was blutete, war menschlich.

Satan brüllte auf und machte sich an die Verfolgung. Spenglers Chance, sich einen der Amokläufer zu greifen und Licht ins Dunkel zu bringen, schwanden. Die Cyborg-Einheit wäre niemals rechtzeitig vor Ort, um einen der beiden auszuschalten. Es bliebe ihm nur der Alleingang und die Hoffnung, seinen Heldenmut zu überleben. Er verließ seine Deckung für eine bessere Schussposition. Es half alles nichts. Er brauchte jemanden zum Verhören.

Entsetzt beobachtete Poolitzer, dass sich Gee Gee die Schrotflinte des toten Barkeepers schnappte und sich anschickte, dem verletzten Engel zu folgen.

Sie will den Tod von Genius rächen, erkannte er die Absicht der Schauspielerin. Sie huschte kurz nach Cherub den Notausgang hinaus. *Sie hat doch keine Chance gegen diesen Kerl.* Der Reporter rannte hinter der Bar entlang und arbeitete sich bis zu den Toiletten vor.

Spengler half ihnen, ohne dass er es wusste. Der Teufel wurde auf den neuen Angreifer aufmerksam. Mit einem Schnauben fuhr er herum und richtete die Mündung des Maschinengewehrs auf Spengler. Gleichzeitig lösten sie aus.

Die Spezialwaffe des Kriminalbeamten spie die Geschosse aus, die in den Brustkorb des Höllenfürsten einschlugen. Die Automatik des anderen dagegen verweigerte den Dienst. Satan brüllte wütend auf und schleuderte das Maschinengewehr wie einen Speer nach dem Mann.

Er traf ihn in die linke Schulter. Die Wucht des Einschlags beförderte Spengler mehrere Meter nach hinten und anschließend gegen die Wand. Die drei Bajonette bohrten sich tief durch sein Fleisch ins Holz. Er glaubte zu hören, wie Knochen brachen. Vermutlich gab das Schlüsselbein gerade nach. Stöhnend hing der Kommissar an der Vertäfelung und wartete darauf, dass ihm der Angreifer ein Ende bereitete.

Doch sein Schatten fiel nicht über ihn. Ächzend hob Spengler den Kopf und sah gerade noch, wie die Silhouette des Teufels durch den Notausgang verschwand.

Er sank ein wenig nach unten und betrachtete die stoffverkleidete Decke des zerstörten Raums. Ausgerechnet der Arm, an dem er sein Armband-Kom trug, wurde durch den Dreizack bewegungsunfähig gemacht. Damit starb die Hoffnung, Hilfe herbeizufunken. Nicht mal einen Kaugummi konnte er sich in den Mund schieben.

In nicht allzu weiter Ferne hörte er Sirenen, die sich rasend schnell näherten.

Vorsichtig drehte er sein Gesicht, um nach dem Maschinengewehr zu schauen, das aus seiner Schulter ragte und ihn durch die langen Klingen in die Wand pinnte. Die Schmerzen steigerten sich mit jeder Sekunde, ihm wurde eiskalt. Sein Kreislauf verabschiedete sich. *Ich hoffe, das LKA hat mich bei BuMoNa gut krankenversichert.*

ADL, Bexbach (Sox), ECC-Arkologie, 18. 03. 2058, 23:02 MEZ

Johannes Fethal schwang unruhig mit seinem Sessel von rechts nach links. Zusammen mit dem Leiter der Ark saßen sämtliche Projektleiter von »Defense« im Besprechungszimmer, dazu der etwas angeschlagene Ostfolk als stellvertretender Leiter des Sicherheitsteams. Unter seiner neuen Vollrüstung befanden sich zahlreiche Verbände, die jene Stellen schützten, an denen das an sich schussfeste Material der Rüstungen den Projektilen der Minigun nicht hatte standhalten können.

Charly war der Einzige, der nicht angestrengt zu Boden schaute, sondern die Gesichter der Wissenschaftler eingehend musterte.

Die letzten Stunden verbrachte er zuerst beim Ark-Medizinier, anschließend vor dem Hauptrechner und checkte einige Sachverhalte, die ihm eigenartig erschienen. Noch fand er es zu früh für ein Resümee, aber allmählich lüftete sich der große dunkle Vorhang, den Dr. Gud über sein Projekt gelegt hatte. Bevor er dazu etwas sagte, wollte er sich die Diskussion anhören.

Ein Meinungsaustausch kam nicht recht in Gang. Die Stimmung des Teams befand sich auf dem Tiefpunkt.

»Wie erklären wir Berger, was hier vorgefallen ist?«, wollte Fethal zum wiederholten Mal von den Versammelten wissen, die ebenfalls keinerlei guten Ratschläge vorwiesen. Man schwieg und hoffte, dass man um eine peinliche Situation herumkam.

Beinahe flehend richtete der Ark-Chef die Augen auf Ostfolk. »Haben Sie wenigstens etwas in Erfahrung bringen können?«

Charly nickte langsam. »Dr. Gud hatte regen Mailkontakt mit Lehmann, einem unserer Sicherheitsrigger. Allem Anschein nach ermöglichte er es, dass Dr. Gud seine Probandin unbemerkt aus der Ark zu geheimen

Tests schleusen konnte. Ich habe Lehmann unter Arrest stellen lassen, bis die Sache geklärt ist. Dr. Gud ließ seine Probandin über ihre inoffiziellen Testläufe im Unklaren. Es hat den Anschein, als wäre ihr nicht bewusst, dass sie den Komplex verließ und diese Taten vollbrachte.« Das war gelogen, doch keiner der Wissenschaftler würde das wissen. Er folgerte diesen Umstand aus den nächtlichen Albträumen, die seine Freundin heimsuchten. Seine Absicht war es, Enni als Opfer hinzustellen.

»Ihre Theorie?«, wollte der Ark-Leiter wissen.

»Sie ist ein wenig abenteuerlich«, räumte Charly ein. »Ich schätze, dass es dem Verstand von Frau Gerlach irgendwie gelungen ist, die Löschung der Erinnerung wenigstens teilweise zu durchbrechen und sich an die Testläufe, die gegen ihren Willen stattfanden, zu entsinnen. Sie rächte sich an Gud und flüchtete zu dem Zeitpunkt, als ein weiterer Testlauf angesetzt war.«

»In der Tat. Es ist abenteuerlich, aber es ergibt einen gewissen Sinn. Doch wieso hat sie sich nicht mit mir in Verbindung gesetzt, um sich zu beschweren?« Fethal schien nicht ganz überzeugt.

»Weil sie angenommen hat, dass alle Forscher von DrakenSys und Cyberdynamix an dieser Sache beteiligt sind?«, schlug der Gardist vor. »Da sie niemandem vertrauen konnte, sah in der Flucht die einzige Lösung.«

Der Ark-Leiter schabte sich über die Bartstoppeln. Niemand wollte ihm den Gefallen tun und einen weiteren Vorschlag präsentieren. So griff er auf die Variante des Wachmanns zurück. »Verhören Sie Lehmann. Ich will jede Kleinigkeit erfahren, die der Verräter ausspuckt«, befahl Fethal schließlich. »Benutzen Sie alle Substanzen, die Sie zur Wahrheitsfindung benötigen, Ostfolk. Anschließend erwarte ich Ihren Bericht.«

Charly zögerte. »Was sollen wir wegen der Flüchtigen unternehmen? Sollen wir Zweibrücken absuchen?«

»Um Himmels willen!«, wehrte Fethal ab. »Ein Großaufgebot an Gardisten sorgt nur für unnötiges Aufsehen. Kümmern Sie sich um das Verhör.«

Der stellvertretende Befehlshaber der Wachleute salutierte und verließ den Raum.

Der Ark-Leiter seufzte vernehmlich und stützte die Stirn auf die Fäuste. »Professorin Usner-Gassert, wollen Sie etwas zu den Ergebnissen des schwedischen Kollegen sagen? Sie haben doch bereits erste Analysen gemacht, wie ich es Ihnen auftrug?«

Die »lebende Sünde« machte ein finsteres Gesicht und kostete den Triumph voll aus. »Gud hat uns schon längere Zeit schon an der Nase herumgeführt, was die Effizienz seines ›Defense‹-Modells angeht. Im Modus eins, bei dem der Träger des Gefechtscomputers eine andere Rolle einnimmt, übertreffen die Kampfwerte und -berechnungen all unsere Erwartungen. Lediglich im Modus zwei, im Normalzustand des Trägers, traten kleinere Schwierigkeiten in Gefechtssituationen auf, die er noch beseitigen wollte. Die Erinnerungen von Person eins und Person zwei überlappten sich, führten zu einer Feedbackschleife und beeinflussten die Berechnungen des Moduls.« Sie gönnte sich ein überragendes Lächeln. »Übrigens ist es mir nur knapp vor der Flucht von Gerlach gelungen, diese Schwierigkeit bei meinem Probanden zu überwinden. Wir haben einen einwandfreien Prototyp.«

»Was sollte Gerlach außerhalb der Ark?«

»Die Aufzeichnungen sind größtenteils lückenhaft, als würde ein sehr wichtiger Teil der Daten fehlen«, entschuldigte sie sich vorab. »Dazu müsste man Gerlachs Modul näher inspizieren und die Memory-Einheit abrufen. Ich habe nur die Reste von Koordinaten gefunden, die nach Zweibrücken deuten. Präzisiert man die Angaben, befand sich Gerlach an einem Ort namens *Pleasuredom*.«

»Gud schickte sein Kaninchen ins Bordell?«, meinte einer der Wissenschaftler. »Bei seinem religiösen Eifer halte ich das für sehr unwahrscheinlich, Frau Kollegin. Überprüfen Sie die Angaben.«

Wortlos aktivierte die hübsche Forscherin den Beamer und projizierte mehrere Meldungen von Nachrichtenagenturen über die Hinrichtung im Bordell an die Wand.

»Was sagen Sie dazu? Besteht die Möglichkeit, dass Gud in seinem religiösen Wahn die Fertigkeiten seiner Probandin nutzte, um die seiner Ansicht nach sündigsten Orte zu vernichten? Gibt es eine bessere Verschmelzung von Experiment und der Erfüllung von göttlichem Willen?«

»Und der Spruch über Gud? Was soll das Geschreibsel ›Gott ist tot‹ bedeuten?«, erkundigte sich ein Kollege.

»Gerlach scheint einen Sinn für schwarzen Humor zu haben. Ich entdeckte das Makabere auch erst im zweiten Anlauf.« Die Frau bediente den Computer, und eine Übersetzung wurde auf die Wand geworfen. »›Gud‹ ist schwedisch und bedeutet nichts anderes als ›Gott‹. Somit hat sich Gottes Engel gegen seinen Schöpfer gewandt.«

»Gütiger Himmel«, meinte Fethal leise. Jetzt fügte sich alles zu einem schrecklichen Sinn. Er blickte starr auf die Projektion. »Wir haben ein zweites Problem, meine Damen und Herren. Es geht nun nicht mehr alleine um eine entlaufene Probandin mit einem Millionen Euro wertvollen Kampfcomputer in ihrem Besitz.« Der Ark-Leiter schluckte. »Diese besondere Waffe, die Gerlach mit sich führt … gehört nicht uns.«

Die Riege der Wissenschaftler stöhnte auf. Auch Usner-Gassert überraschte diese Eröffnung.

»Wir hatten eine Kooperation mit der Walther GmbH vereinbart. DrakenSys und Cyberdynamix liefern ein Smartverbindungssystem, das perfekt mit unserem Gefechtscomputer synchronisiert. Walther erhielt die Datenmuster exklusiv für neue Waffenbaureihen und beteiligt uns dafür in großer Zahl am Umsatz. Erst vor kurzem erreichte uns die erste Lieferung. Gerlach hat sich eines dieser Gewehre genommen und genügend Munition, um sich mit einer kleinen Kon-Armee anzulegen.« Fethal erhob sich und stellte sich hinter seinen Sessel, die Hände umfassten die Rückenlehne. »Natürlich ist das LKA auf die ungewöhnliche Munition aufmerksam geworden, wie uns zu Ohren kam.« Niedergeschlagen senkte er das Haupt. »Mit dem Abtauchen der Probandin muss ich Frau Berger und das Unternehmen Walther informieren, dass uns die Situation entglitten ist.«

Die Professorin setzte ihren Joker ein. »Wenn es uns aber gelänge, Gerlach zurückzuholen?«, meldete sich Usner-Gassert zu Wort. Die Gesichter ihrer Kollegen fuhren herum. »Wenn ich meinen Probanden Nelke auf sie ansetze, der cybertechnologisch weitaus besser ausgestattet ist und nicht mehr unter den Störungen des Gefechtscomputers leidet, könnte er sie zurückbringen. Schaffen wir das, ehe ein anderes Unternehmen oder die Polizei sie aufgreifen, sind wir aus dem Schneider.«

Die Forscher tuschelten miteinander. Man sah Fethal an, dass er neue Hoffnung schöpfte, wenn auch das Risiko bestand, eine weitere Versuchsperson zu verlieren. »Er ist mental stabiler? Er unterliegt in Modus eins Ihrer völligen Kontrolle?«

Usner-Gassert nickte. »Ich habe für eine Absicherung gesorgt, Professor Fethal, die in jedem Fall greift. Kein anderer Kon wird ›Defense‹ aus dem Hirn meines Probanden entnehmen können.«

Der Leiter der Arkologie schaute jede einzelne Person im Raum an. »Sie alle sind soeben Zeugen und Schuldige geworden. Wir versuchen es zuerst mit Proband Nelke. Kein Wort zu Ihren Assistenten. Die Versuche laufen weiter wie bisher. Wenn Nelke nicht innerhalb einer Woche zu einem Ergebnis kommt, muss ich die Konzernleitung über jedes noch so kleine Detail informieren. Kehren Sie zurück an Ihre Arbeit, Kolleginnen und Kollegen.«

Die Frauen und Männer standen unsicher auf und verließen den Raum. Er bedeutete Usner-Gassert, noch einen Moment zu warten.

»Herzlichen Glückwunsch zu deinem Forschungserfolg. Aber er wird nicht viel nützen, wenn jemand anders Gerlach in die Hände bekommt. Du bist unsere letzte Chance, Elke«, sagte er eindringlich, als sie alleine waren. Fethal nahm ihre Hand und küsste sie. »Lass mich nicht im Stich. Ich unterrichte Ostfolk, dass Nelke die Ark verlassen darf.«

Die Forscherin berührte seine Schulter. »Mach dir keine unnötige Sorgen, Johannes. Ich rette die Situation.« *Und bekomme dafür deinen Job, mein Lieber.* Sie zwinkerte ihm aufmunternd zu und ging hinaus. Ihre Beförderung würde nicht mehr lange auf sich warten lassen.

Der Leiter der Einrichtung setzte sich wieder. Ausdruckslos starrte er auf den in den Tisch eingelassenen Monitor. *Warum passierte ihm so etwas?*

»Lehmann, hören Sie mit dem Unsinn auf. Sie haben Mist gebaut, seien Sie wenigstens ein Mann und holen Sie sich die Quittung dafür ab.«

Ostfolk stand vor der Eingangstür, die zur Wohnung des Sicherheitsriggers führte, und war nicht in der Lage, das Schott zum Öffnen zu bewegen.

Zwar hatte er angeordnet, dass der Rigger nicht ein einziges Kabel zur Hand haben durfte, damit er sich nicht in die Ark-Systeme einloggte und eine ähnlich abenteuerliche Flucht unternahm wie Enni. Doch Lehmann schien gewiefter zu sein, als er angenommen hatte. Die Overwritefunktion der Zentrale griff nicht.

Wieder drückte er den Sprechknopf. »Ich komme so

oder so zu Ihnen in die Unterkunft. Harte Tour oder sanfte Tour?«, ließ er dem Verdächtigen die Wahl.

Fluchend orderte er zwei Techniker an, die sich durch den Stahl schweißen mussten. Sie brannten eine halbhohe Öffnung in das stabile Material.

Ostfolk wartete, bis die rot glühenden Ränder sich abkühlten und er hindurch konnte. Noch eine Wunde hätte ihm gefehlt. Er zückte seine Pistole.

»Lehmann, wo haben Sie sich versteckt?«, rief er in die dunkle Wohnung.

Sofort erwachte die Erinnerung an Guds Labor. Er aktivierte die Taschenlampe unter dem Lauf der Halbautomatik und leuchtete den Eingangsbereich ab. Nachdem er sich vergewissert hatte, dass der Rigger nicht in einem Anfall von Verzweiflung mit einem Küchenmesser oder einem Stuhl neben dem Einlass stand, stieg er durch das Loch.

Charly lauschte. Er vernahm ein leises Knirschen, das sich in rhythmischen Abständen wiederholte. Behutsam suchte sich der Gardist einen Weg durch die finstere Unterkunft. Der sich ständig bewegende, weiße Lichtkegel der Lampe riss Einrichtungsgegenstände aus der Dunkelheit, um sie gleich darauf wieder in Schwärze zurücksinken zu lassen. Dann verharrte der Lichtfinger auf der Geräuschquelle.

Das dumpfe Knirschen stammte von einem Kabel, das unter starker Belastung stand und sich um die eigene Achse drehte. Am Ende des improvisierten Plastikstricks hing der Sicherheitsrigger. Das Gesicht war rotblau angelaufen, die Zunge hing aus dem Mund. Ostfolk sparte sich die Mühe, den Puls zu fühlen.

Er schaute sich um. Neben dem halb zu Ende gegessenen Abendbrot lag ein Pad mit einem Abschiedsbrief. Charly las ihn. Lehmann gestand darin seine Schuld und schrieb, dass er lieber den Freitod vorzöge, als für immer in einer Kon-Zelle zu schmoren oder bei lebendigem Leib für Versuchszwecke ausgeweidet zu werden.

»Hier Ostfolk«, funkte er die Zentrale an. »Ich brauche einen Arzt in Lehmanns Quartier.«

Er setzte sich neben den leicht pendelnden Toten und kostete vom Essen, das sich der Rigger zubereitet hatte. Es schmeckte ordentlich. Neben dem Trid lag ein Stapel Pornofilme, seitlich der Couch stand eine Tube Handcreme und eine Rolle Papiertücher, ein Sixpack Bier sowie eine Tüte Chips. Anscheinend hatte Lehmann einen netten, entspannenden Singleabend geplant.

Abschätzend schaute er zu dem Erhängten. Sicher, er schätzte Lehmann als Feigling ein, aber eine nette Zelle würde er den Schmerzen beim Freitod gewiss vorziehen.

Das bedeutete, dass sich jemand anders sehr viel Mühe gegeben hatte, Lehmanns Abgang als freie Entscheidung zu tarnen. Demnach hätte der Rigger noch mehr auszuplaudern gewusst. Enni war geflüchtet, Gud im Jenseits, alle bekannten Verdächtigen konnten nicht in der Nähe gewesen sein.

Enni. Seine Enni. Die Erkenntnis, dass der Angreifer mit dem Gesicht aus Gold die Frau gewesen sein sollte, mit der er viele Nächte in Zärtlichkeit verbracht hatte, traf ihn wie ein harter Schlag.

Dafür, dass sie ihn beinahe beim Rundgang erschoss, fand er eine einleuchtende Erklärung: Sie hatte ihn erst erkannt, als er den Helm wegen des zerstörten Visiers abnehmen musste. Lehmann, da war er sich ziemlich sicher, wollte ihn in jener Nacht beschäftigen, vielleicht sogar umbringen, um Ennis Ausstieg zu decken.

Er betrachtete den Toten. *Wer hätte noch ein Interesse, dich armes Schwein ins endgültige Exil zu befördern? Für wen hast du noch gearbeitet?*

Auch wenn die Erklärung, dass Enni den schwedischen Wissenschaftler ermordet hatte, sehr einfach und einleuchtend war, der Gardist geriet immer mehr ins Wanken. Sein Herz war allemal bereit zum Zweifel. Er kannte die Läuferin besser als alle Wissenschaftler.

Lehmanns Tod bestärkte ihn in dem Verdacht, dass ein Unbekannter in der Arkologie mordete. Der Täter zog aus dem Ableben der beiden Personen Vorteile oder versuchte, sich und seine Machenschaften zu decken. Vielleicht stieg die Zahl der Toten noch an. Das musste verhindert werden.

»Na, wo ist der Patient?«, erkundigte sich der Arzt, als er das Zimmer betrat und seinen Notfallkoffer abstellte. »Was hat denn Lehmann gemacht?«

»Selbstmord«, meinte Charly bündig. Das würde die offizielle Variante sein. Doch seine Nachforschungen endeten nicht. Das war er Enni schuldig.

UCAS, Seattle, Downtown, 19. 03. 2058, 09.21 PSZ

Der knapp dreißigjährige Mann stand am Geländer der achten Etage des Buyworld-Centers, eines von Seattles größten Kaufhäusern, eine Mall der Superlative.

Einige Menschen kannten nichts anderes als dieses gigantische Einkaufsparadies. Es war ihre kleine, heile Welt, ihre ganz eigene Ark zwischen Spülmittel, Feinkost und Imbissstand, berieselt von Lautsprecherdurchsagen und Commercials. Das stellte auch eine Art dar, mit dem Leben in Seattle und der Erwachten Welt fertig zu werden. Das Aufregendste, was diese Individuen erlebten, war eine Schlange an der Kasse, ein leeres Regal oder ein Taschendieb.

Der Mann gehörte nicht zu den »Malltools«, wie er sie nannte. Für ihn war das Buyworld ein Mittel zum Zweck. Sein gedrillter Körper steckte in einem modischen, dunkelgrauen Zweireiher unter einem hellgrauen

Mantel. Auf dem dunkelblonden Schopf saß ein hellgraues Barett. Wegen seiner Unbeweglichkeit konnte man ihn aus weiter Entfernung für eine Schaufensterpuppe halten.

Die grüngrauen Augen schweiften hinter dem Glas der Sonnenbrille umher, alles und dennoch nichts lange betrachtend. Im glatt rasierten, gepflegten Gesicht regte sich kein Muskel.

Er erkannte den Elf im leicht gebraucht wirkenden, etwas zu großen Anzug und dem Sicherheitsmantel sofort wieder, als der den Nordeingang des riesigen Konsumtempels betrat und sich umschaute. Aufmerksam beobachtete der Mann, wie der Rigger in den gläsernen Lift stieg und auf seine Etage fuhr.

Seine rechte Hand bewegte sich nach oben und tippte gegen den Bügel. Die Innenmonitore der Brille lieferten ihm dank der heimlich installierten Minikameras eine Großaufnahme des Metamenschen, der geradewegs zum vereinbarten Treffpunkt marschierte. Der Mann hatte die fast schon mikroskopisch kleinen Linsen an strategisch wichtigen Punkten aufgestellt, mal in einer leeren Dose, mal in einer Schirmattrappe verborgen.

Nacheinander fragte er weitere Bilder ab, um sich zu vergewissern, dass der Rigger alleine erschienen war. Anscheinend hatte sich der Elf an die Anweisungen gehalten.

Vorsichtshalber wartete er noch fünf Minuten. Dann nahm er seinen metallbeschlagenen Aktenkoffer und schritt zum Schaufenster von »Futile«, einem der so genannten Avantgarde-Schmuckdesigner. Da der Hersteller dem Geschmack des durchschnittlichen Seattlers weit voraus war, wie es sich für einen Vorreiter gehörte, stand meist niemand vor der Auslage. Das erlaubte ein ungestörtes Sondierungsgespräch, ehe er sich dazu entschied, sich mit dem Rigger zusammenzusetzen.

Der Metamensch zuckte ein wenig, als er von hinten an ihn herantrat und im letzten Moment abbog, um sich neben ihn zu stellen. »Drek, verfraggter!«, fluchte der Elf gegen die Scheibe. »Müssen Sie sich so leise anschleichen?«

Der Mann grinste. »Jetzt bin ich sicher, dass ich den Richtigen vor mir habe, Mr. Sparkplug. Keiner flucht so schön wie Sie.«

»Und endlich sehe ich Sie mal von Angesicht zu Angesicht, Jennings. Das letzte Mal fehlten mir dazu zwei wichtige Dinger.« Der Rigger zog die unteren Augenlider ein wenig herab. »Aber meine Glubscher sind wieder drinnen.« Er musterte den Straßenläufer auf der schwach reflektierenden Glasfläche. So sah also der Typ aus, der es geschafft hatte, ihn im Namen von Cyberdynamix einzusacken und ins Flugzeug in die ADL zu setzen. »Sie haben ganz schön Porzellan zerschlagen, um mich zu bekommen.«

»Es war ein gut bezahlter Job«, erwiderte Jeremiah Jennings locker und steckte die Hände in die Manteltaschen. »Also, was wollen Sie von mir?«

Sparkplug tat so, als würde er einen Ring betrachten. »Hellmann hat Ihnen ganz schön Feuer unterm Arsch gemacht, wie ich gehört habe.« Er verhehlte seine Schadenfreude nicht. »Die Bundespolizei fand es gar nicht witzig, dass Sie und Ihre Leute sich als Agenten ausgaben. Und die Cops sind wegen der zwei Officers, die Sie verbrannten, auch nicht sehr glücklich.«

»Wir haben schon was Neues, danke für den Hinweis«, lächelte Jennings. »Möchten Sie, dass ich mich bei Ihnen und allen anderen Betroffenen dafür entschuldige, dass ich meinen Auftrag erledigt habe? Ich könnte einen Fonds einrichten und eine Entschädigung auszahlen.«

»Das meinen Sie doch nicht ernst?«

»Erfasst. Ich bin Straßenläufer. Andere Leute vernichten Existenzen, indem sie Stellen streichen. Jedenfalls gebe ich mir immer Mühe, die Kollateralschäden in Grenzen zu halten. In jedem Beruf existieren Risiken, das wissen die Cops auch. Interessanterweise erscheinen keine Statistiken darüber, wie viele Unbeteiligte bei LoneStar-Einsätzen zu Schaden kommen.« Routiniert schaltete er die Kameras durch, um sich den Rücken freizuhalten. Er nahm dem Elf seine Bemerkung nicht krumm. Für ihn war die Sache erledigt. »Ich frage Sie nochmals, was Sie von mir wollen.«

»Weil Sie so eine astreine Einstellung zu Ihrem Beruf haben, würde ich Sie und Ihr Team gerne anheuern«, eröffnete der Rigger. »Sie müssten …«

»Nicht weitersprechen.« Jennings deutete auf ein benachbartes Café. »Demnach ist es ein Kundengespräch. Würden Sie mir bitte folgen, Mr. Sparkplug? Sie sind herzlich eingeladen.«

Sparkplug trottete neben dem Straßenläufer her und setzte sich mit ihm in die hinterste Ecke des Cafés. Der Reihe nach bestellten sie ein Getränk, umgeben von sich unterhaltenden Kundinnen und Kunden, quengelnden Kindern und unglücklichen Kellnern. Hier würde man sein eigenes Wort kaum verstehen. Und genau das schien der vercyberte Mann zu wollen.

Er betätigte die Zahlenschlösser an seinem Koffer, legte den Mantel sowie die Brille ab und wartete, bis die Getränke gebracht wurden. »Wo habe ich Sie unterbrochen? Und halten Sie das nicht für Unhöflichkeit. Ich habe nur dafür gesorgt, dass wir uns in Ruhe unterhalten können.«

»… ein Problem aus der Welt schaffen«, vollendete der Elf seinen begonnenen Satz, nachdem der Kellner verschwunden war.

»An wen haben Sie dabei gedacht?«

Sparkplug machte ein sorgenvolles Gesicht. »Das ist der verfraggte Haken an der Sache. Wir wissen es nicht.

Es ist jemand, der sich einen nach dem anderen von uns vornimmt.«

Nun musste Jennings grinsen. »Scheint so, als mache Ihnen auch jemand Feuer unterm Arsch?«

»Werden Sie bloß nicht verdrekt zynisch«, beschwerte sich der Rigger. »Das kommt bei potentieller Kundschaft verdammt schlecht an.«

»Sie haben Recht.« Der Straßenläufer beugte sich vor und zückte ein Pad. »Sie wollen also, dass ich herausfinde, wer Sie geeken möchte und soll ihn vorher aus dem Verkehr ziehen, richtig?«

Sparkplug kostete von seiner Cola und riss die Packung Chips auf, die er sich hatte kommen lassen. »Verdammt richtig, Chummer. Und sagen Sie nicht, dass es teuer wird. Sie schulden mir noch was«, versuchte er den Preis zu drücken. »Wenn Sie mich damals nicht erwischt hätten, würden wir nicht hier sitzen.«

»Erdrückende Logik«, kommentierte der Mann. »Teuer wird es trotzdem. Wie viele hat er bereits erwischt? Welche Methode benutzt er?«

Der Metamensch berichtete zwischen Cola und fettigen Kartoffelscheiben von den beiden Anschlägen und gab die vage Beschreibung des Trolls wieder.

»Jemand, der mit Doom arbeitet?«, wunderte sich Jennings. »Muss wirklich ein Genießer sein. Er hätte in beiden Fällen die Opfer einfach wegschießen können. Ich hätte es zumindest getan.«

»Wie beruhigend, dass Sie den verdrekten Job nicht bekamen«, sagte Sparkplug ätzend und meinte es trotzdem ernst. »Was ist? Nehmen Sie an?«

»Es klingt nach einer spannenden Sache«, deutete der Mann an, dass er durchaus interessiert war. »Kommen wir zum Preis.« Er drückte eine Zahlenfolge auf sein Pad und reichte es über den Tisch. »Einverstanden?«

»Was?«, entfuhr es dem Rigger. »Sind Sie noch ganz bei Trost, Chummer?«

Jennings setzte die Brille auf und checkte die Gänge und den Lift im Schnelldurchlauf. Keine Falle. Niemand näherte sich in verdächtiger Weise seiner Position. »Dann geben Sie den Auftrag einem anderen. Aber ich kann Ihnen sagen, wenn die Gefahr besteht, dass jemand mit Doom vergiftet wird, werden alle den Schwanz einziehen.« Ruhig schaute er ins schmale Gesicht des Elfen. »Außer mir.«

»Drek! So viel kostet eine verfraggte Zehnerkarte Gen-Therapie!«

»Ich habe ja auch zehn Leute«, konterte der Läufer elegant. »Dazu kommt das übliche Prozedere, das Ihnen als Kollege bekannt sein dürfte. Ja oder nein, Mr. Sparkplug? Es ist Ihr Leben.«

»Shit, verfraggter«, gab der Metamensch mit einem Fluch das Feilschen auf. Der Hinweis hatte ausgereicht. »Die Hälfte jetzt, die andere Hälfte bei erfolgreicher Ausführung.« Er reichte ihm eine Karte mit einer Kom-Nummer. »Rufen Sie uns an, sobald Sie etwas wissen. Uns würde schon interessieren, wer uns umbringen will.«

»Selbstverständlich«, nickte Jennings und gab dem Rigger eine Karte zurück. »Meine Kontonummer. Ich werde keinen Finger krümmen, ehe ein gewisser Betrag eingegangen ist.« Der Mann entspannte sich ein wenig. »Sie werden vermutlich an einen Ort abtauchen, wo Sie sicherer nicht sein könnten, nehme ich an?«

»Verfraggt genau richtig«, bestätigte Sparkplug ein wenig erleichtert, dass sie nun Verstärkung hatten. Er traute Jennings zu, dass er die Sache schaukelte. Er und seine Freunde vergruben sich derweil so tief im Untergrund, dass sie nicht einmal ein abstürzender Komet erwischte. »Sollten wir was erfahren, informieren wir Sie und Ihr Team.«

Der Straßenläufer hörte aufmerksam zu. »Gut. Halten Sie die Köpfe unten und überlassen Sie alles weitere mir. Ich garantiere, dass wir uns beeilen.« Er erhob sich und warf seinen Mantel über. »Wünschen Sie mir Glück, Mr. Sparkplug.« Jennings leerte seine Tasse, beglich die Rechnung und verließ das Café.

Der Rigger wählte seine Freunde an und erstattete Bericht, während er den breiten Rücken des Samurais im Fahrstuhl verschwinden sah.

Hoffentlich erwischt es dich, wünschte er Jennings, *nachdem du deinen Auftrag erledigt hast.* Nicht, dass er nachtragend wäre.

Jeremiah Jennings kehrte in sein Appartement zurück und hörte den Anrufbeantworter ab, während er seinen Mantel an die Garderobe hängte.

Sein »Mr. Johnson« meldete sich und bat ihn dringend, gegen elf Uhr ins Buyworld zu kommen, um mit einem neuen Kunden namens Fred Finshley zu verhandeln. Café, achte Etage.

Das war klar. Seufzend nahm der Straßenläufer den Mantel vom Bügel, legte die Ares Predator II an und ging zum Fahrstuhl, um in die Tiefgarage und von dort in die Mall zurückzukehren. Unterwegs startete er einen Rundruf an sein Team. Zur Mittagszeit wollte er im Kaufhaus bei einem gemeinsamen Essens bei »Don Corelione« die neuen Aufträge besprechen. Auf die Sahnegnocchi freute er sich seit Tagen.

Jennings wartete geduldig im Café auf den angekündigten Mann, der mit einer Verspätung von einer Dreiviertelstunde erschien. Das machte ihn unsympathisch und trieb den Preis um zweitausend Creds in die Höhe.

Finshley, in Konfektionskleidung und von durchschnittlichem Äußeren, war ihm gänzlich unbekannt, begrüßte den Samurai jedoch mit einer Herzlichkeit, als kennten sie sich schon lange.

»Bevor wir uns setzen«, fing Jennings den Kunden ab, »macht es Ihnen etwas aus, wenn wir das Lokal wechseln? Ich habe mit Ihrem Erscheinen etwas früher gerechnet und einen Tisch im Restaurant in der ersten Kelleretage gebucht. Don macht eine hervorragende Pasta.«

»Wenn Sie es sagen«, willigte Finshley ein.

Sie fuhren schweigend mit dem Lift nach unten und betraten das kleine italienische Restaurant. Mit einem Wink bedeutete Jennings seinen Leuten, noch im Vorraum zu warten, und leitete den Mann ins Nebenzimmer. Don brachte den Aperitif und betete die Speisekarte herab, bis sie sich für die Empfehlung des Hauses entschieden: die berühmten Sahnegnocchi mit Lachs und Dill.

»Verzeihen Sie meine Unkenntnis«, begann Jennings freundlich, »mein Vermittler machte mich nur darauf aufmerksam, dass ich einen Kunden treffen sollte. Haben Sie ihm keine weiteren Informationen gegeben, oder wird er schlampig?«

Der Mann lächelte. »Nein, er wusste es nicht. Ich bat nur um ein Gespräch mit Ihnen, Mr. Jennings. Die Modalitäten verhandele ich immer persönlich.« Finshley beobachtete ihn genau und schien sich zu amüsieren. »Wissen Sie, dass Sie schwer zu erreichen sind? Ihre alte Nummer und die Kontaktadressen haben sich ohne Hinweise auf eine neue geändert.«

»Es gab da eine dumme Geschichte, die mich zu einem raschen Wechsel zwang«, wich er aus. Er wollte einem Fremden nicht alles auf die Nase binden. Sonst würde er es sich noch anders überlegen und womöglich zur Konkurrenz gehen. »Das geschieht gelegentlich in diesem Metier.«

»Wem sagen Sie das?«, lachte Finshley auf. »Manchmal muss man sich radikal verändern, um zu überleben. Wie ich.« Der Mann sank nach hinten und legte den Kopf ein wenig schief. »Sie haben mich auch nicht erkannt.«

Im Verstand des Samurais schrillten die Alarmglocken. »Müsste ich Sie kennen?«

Finshley grinste. »Sie haben schon mehrere Aufträge von mir erhalten, Mr. Jennings.« Da er das Unverständnis in den Augen seines Gegenübers erkannte, gab er ihm einen Tipp. »Cyberdynamix.«

Jennings' Stirn runzelte sich. »Es tut mir Leid, Mr. Finshley. Ich schloss meine Vereinbarungen stets mit jemand anderem ab. Es wäre gut, wenn Sie sich erklären würden.«

»Sie haben immer mit einem Mann namens Lugstetter gesprochen«, sagte ihm Finshley auf den Kopf zu. »Sie saßen im Café des Buyworld. Sie sagten, dass die Selbstzerstörungsfunktion Ihres Wunderkoffers die 666 ist.« Es folgten weitere Details über Geschäftsbesprechungen, die nur jemand kennen konnte, der dabei war.

»Lugstetter?«, Jennings war perplex. »Sie sind Lugstetter?« Forschend betrachtete er den Mann. »Nein, ich hätte Sie nicht erkannt, ganz ehrlich.« Sie reichten sich noch einmal die Hände. »Was führte denn dazu, dass Sie sich ein völlig anderes Aussehen geben ließen? Haben Sie einmal zu oft spioniert? Oder arbeiten Sie nun für einen anderen Kon?«

Der Bekannte mit dem neuen Äußeren lachte. »Das würde zu lange dauern. Ich hatte einen Unfall, der mich dazu zwang, ein wenig Kosmetik zu betreiben.« Er leerte den Wermut. »Aber das soll uns nicht weiter kümmern. Ich bin geschäftlich in Seattle.«

»Was auch sonst.« Der Straßenläufer wunderte sich immer noch. »Wie kann ich Ihnen behilflich sein, Herr Lugstetter?« Er nahm seinen Organizer hervor und überprüfte den Stand seines Geschäftskontos. Noch waren keinerlei Überweisungen eingegangen.

»Ich möchte ein paar Leute besuchen. Aber sie haben sich zurückgezogen«, meinte der Deutsche leichthin und bedankte sich bei Don, der die Sahnegnocchi brachte. »Ihre Aufgabe wäre es, sie ausfindig zu machen.«

»Um wen handelt es sich?«, erkundigte sich Jennings und nahm das Besteck auf. »Guten Appetit übrigens.«

»Danke.« Lugstetter kostete und verzog anerkennend den Mund. »Sehr gut, die italienische Küche. Ich bin immer wieder begeistert.«

»Sagen Sie es doch Don«, schlug der Straßenläufer vor. »Er freut sich über Komplimente.«

Der Deutsche nickte. »Das mache ich glatt.« Er aß weiter.

»Die Namen Ihrer Freunde?«, erinnerte ihn Jennings höflich.

»Richtig.« Lugstetter legte die Gabel beiseite. »Sie sind auch Bekannte von Ihnen. Wissen Sie noch, wie Sie diesen Sparkplug für mich gefangen haben? Um ihn und seine Kumpane geht es.«

»Ich habe gehört, dass sie Ihrem Kon entwischt sind. Und jetzt wollen Sie sie nicht entführen, sondern umbringen?«, riet Jennings voller Heiterkeit und legte sein Besteck ab. Die Besprechung nahm eine erstaunliche Wendung.

»Haben Sie's nicht im Trid gesehen? Der Troggy erhielt von mir eine Ladung Doom. Ihn schnappe ich mir endgültig, sobald er aus dem Krankenhaus draußen ist«, plauderte Lugstetter und lachte ebenfalls. »Sie hätten sein Gesicht sehen sollen, als ich ihm den Injektor auf die Hand setzte.« Er karikierte den Ausdruck Ultras. Jennings musste lachen.

Das elektronische Gerät des freischaffenden Samurais meldete sich und übermittelte die Nachricht seiner Bank, dass die verlangte Anzahlung geleistet worden war.

»Halt, warten Sie.« Abwehrend und nach Atem ringend hob der Straßenläufer die Hände. »Die Story müssen Sie meinen Leuten erzählen.« Er stand auf und ging kichernd nach draußen. Kaum schloss er die Tür, erstarb seine gute Laune.

»Es wartet Arbeit«, sagte er knapp und wandte sich auf dem Absatz um. »Ihr müsst schnell sein.« Seine Männer folgten ihm.

»Uno momento, Freunde, so geht das nicht«, protestierte Don und ging zum Eingang. Er sperrte ab. »Jetzt.«

Jennings und seine Leute betraten das Nebenzimmer. »So, Herr Lugstetter, da bin ich wieder.« Freundlich lächelnd nahm Jennings auf seinem Stuhl Platz, während sich die zehn Männer grinsend um den Deutschen verteilten. »Darf ich Sie noch etwas fragen? Ich hatte vor kurzem eine Grundsatzdebatte über Vertragsbrüche.«

»Wie meinen Sie das?« Lugstetter schenkte sich etwas Wein nach. Er schmeckte hervorragend. Wenn die Italiener in der ADL ebenso kochen könnten, wöge er mindestens zehn Kilogramm mehr.

»Angenommen, Sie stünden vor der Entscheidung, dass Sie einen guten Kunden durch einen Auftraggeber, mit dem Sie bereits einen Deal haben, verlören. Was würden Sie tun?«

»Schwierig, schwierig.« Lugstetter dachte nach. »Geschäft ist Geschäft, fürchte ich.«

»Ich sehe das genauso«, stimmte ihm Jennings erleichtert zu. »Und jetzt erzählen Sie die Sache mit dem Troll noch einmal.«

»Gerne«, antwortete der Kon-Samurai. Er schob den Teller mit den Gnocchi zur Seite und holte Luft, um bereitwillig von seinem kleinen Triumph zu erzählen.

Schneller, als er es überhaupt mitbekam, richteten sich zehn Mündungen auf ihn.

ADL, Badisch-Pfalz, Zweibrücken, 19. 03. 2058, 00:32 MEZ

Gee Gee folgte der Spur Cherubs wie ein Bluthund, die abgesägte Schrotflinte unter dem Regencape haltend. Nur wenige Passanten kamen ihr um diese Uhrzeit entgegen. Nach deren Verhalten zu urteilen, gelang es dem Pseudoengel, unbemerkt vorwärts zu kommen. Niemand rannte schreiend auf der Straße herum, nirgends lagen Tote umher.

Dafür hinterließ der Engel etwas anderes. Der Angreifer im Teufelskostüm musste Genius' Mörder verletzt haben. Die roten Spritzer, die sie gelegentlich auf dem Asphalt entdeckte, sprachen eine deutliche Sprache.

Zuerst dachte sie, der Mörder wollte sich in die Sox zurückziehen. Dann änderte sich der Verlauf abrupt und führte Gee Gee in die Innenstadt. Sie gelangte zu der Erkenntnis, dass die Flucht recht planlos erfolgte. Weder rettete sich der Verletzte zu einem Fahrzeug, noch deutete die Spur darauf hin, dass es in der Nähe einen Unterschlupf gab.

Ein Platzregen setzte ein und verwischte das Rot auf dem Kopfsteinpflaster zusehends. Die Elemente schienen Cherub zu Hilfe zu kommen. Oder Gott wollte, dass man seinen Engel nicht fand, dachte sie bitter.

Aus dem lockeren Trab wurde ein schneller Dauerlauf, um die Fährte nicht zu verlieren. Doch die Schlieren wandelten sich zu einem verwaschenen Rosa, kaum mehr mit bloßem Auge zu erkennen. Durchnässt, atemlos und wütend stand sie auf dem Alexanderplatz und fluchte.

Wohin würde sich ein Engel in höchster Not zurückziehen?, grübelte sie und drehte sich auf der Stelle. Sofort fielen ihr die Kirche und das halb geöffnete Portal auf.

Getrieben von der immer näher rückenden Gelegenheit, den Tod des Trolls zu rächen, betrat sie das Gotteshaus in aller Stille. Der ausgedehnte Innenraum wurde nur durch einige Opferkerzen beleuchtet. Das Prasseln des Regens erfüllte das Kirchenschiff mit einem anhaltenden Rauschen, das sich verstärkte. Die Heftigkeit des Niederschlags nahm zu.

Gee Gee spähte in der Dunkelheit umher, um die Gestalt in dem auffälligen weißen Mantel zu entdecken. Ihre Augen gewöhnten sich an das schummrige Licht. Sie entdeckte einen Menschen, der vor dem Altar kauerte.

Die Schauspielerin nahm die Schrotflinte mit beiden Händen, richtete die Mündung auf den Mann und rückte behutsam vor. Sollte der Killer auch nur den kleinen Finger rühren, würde sie feuern. Gee Gee wollte näher heran, um sicher zu sein, dass die Ladung Kugeln eine tödliche Wirkung haben würden.

»Heile mich, Herr, denn meine Gebeine sind erschrocken, und meine Seele ist sehr erschrocken«, hörte sie Cherub leise, aber inbrünstig beten. Die elektronisch verzerrte Stimme vibrierte leicht. »Herr, höre und sei mir gnädig. Herr, sei mein Helfer.«

Vertieft in die Bitte um Rettung, bemerkte die Gestalt die Schauspielerin nicht. Beseelt von dem grausamen Bild des getöteten Trolls, verlor Gee Gee alle Vorsicht. Sie vergaß die Überlegenheit des Mannes und fühlte sich dadurch, dass das langläufige Gewehr neben dem Killer lag, einigermaßen sicher.

»Herr, wie lange willst du zusehen? Gott, schweige doch nicht! Was nützt dir mein Blut, wenn ich zur Grube fahre?«

Zwei Meter hinter seinem Rücken hielt sie inne. Die Läufe der Flinte zielten auf den Hinterkopf mit den langen, platinblonden Haaren. Gleich würde sie Genius' Tod rächen.

Das Portal wurde aufgestoßen. Ein kräftiger Windstoß brachte die Kerzen zum Flackern, einige erloschen ganz.

»Gee Gee, nein!«, schrie Poolitzer, nach Atem ringend.

Der Mörder drückte sich sofort vom Boden ab und katapultierte sich aus dem Stand nach oben. Er verschmolz mit der Dunkelheit des Kirchenschiffs, während die Dutzende kleiner Projektile, die aus den Mündungen flogen, den Teppich zerfetzten.

Damit war ihre Chance vertan. Ersatzpatronen hatte sie nicht mitgenommen. Die Wut auf den Reporter, der sie durch seine dämliche Aktion um ihre Rache brachte, stieg sekündlich an. Ihr Blick fiel auf die Waffe des Mörders. Das Schicksal gab ihr eine neue Gelegenheit. Sie ging auf das Gewehr zu.

Etwas Weißes flog aus der Finsternis heran. Die Umrisse des heransegelnden Cherubs hoben sich gegen das bunte Kirchenfenster für den Bruchteil einer Sekunde in aller Deutlichkeit ab. Die Mantelschöße flatterten in die Höhe und erweckten den Anschein von Schwingen. Engelsflügel.

Das Wesen senkte sich auf die Schauspielerin herab, die wie gelähmt dastand und Cherub anstarrte.

Der Engel verfehlte sie knapp. Die im Kampf erlittenen Verletzungen waren nicht ohne Folgen geblieben. Blutverlust und Schmerzen, geschädigte Muskeln und Sehnen wirkten sich auf die Koordinationsfähigkeit aus.

Mit voller Wucht und den Füßen voran krachte er neben ihr in die hölzernen Sitzbänke und durchbrach mehrere von ihnen. Regungslos lag er zwischen den Bruchstücken.

Gee Gee schrie auf, schnappte sich die automatische Waffe und richtete sie auf das goldene Gesicht. »Dein Gott hat dich verlassen, du Bastard!«, sagte sie düster. Er gab ihr die Möglichkeit, ihn zu vernichten.

»Gee Gee, warte!«, verlangte der Reporter, der sich die VX2200C umgeschnallt hatte, und schloss zu ihr auf. »Wir müssen herausfinden …«

»Bleib, wo du bist«, warnte sie ihn. »Das ist meine Sache. Ich werde diesen Irren dafür umlegen, dass er Genius getötet hat.«

»Bitte, bleib ruhig«, beschwichtigte Poolitzer sie. »Lass uns herausfinden, was gespielt wird. Wenn du jetzt abdrückst, werden wir niemals herausbekommen, wer diesen Typen auf die verrückte Idee gebracht hat, er sei ein Engel und müsste die Sünde ausrotten.«

»Das ist mir egal«, blieb die Schauspielerin stur. »Er hat Genius umgebracht, der mir sehr viel bedeutete.«

Der letzte Satz brannte wie ein glühendes Eisen in seiner Seele. Dennoch, der Reporter musste sie irgendwie dazu bringen, das Gewehr auf die Seite zu legen. »Das verstehe ich ja. Aber wenn er gar nicht anders konnte? Vielleicht sitzen die wahren Schuldigen an einer ganz anderen Stelle.«

»Na und?« Gee Gee wirkte entschlossen, dem Wehrlosen eine Kugel zu verpassen. Der Reporter machte einen Schritt nach vorne. Die junge Frau zielte augenblicklich auf seinen Bauch. »Halt! Von mir aus kannst du die Hinrichtung filmen, aber verhindern wirst du sie nicht!« Die Schauspielerin schien völlig durcheinander. Rachegelüste und Gewissen rangen miteinander.

Wenn ich das zulasse, ist die Story den Bach hinunter. Poolitzer bewegte sich seitlich und positionierte sich unmittelbar vor dem Lauf des Gewehrs.

»Gee Gee«, sagte er eindringlich und versuchte, sie von ihrem Vorhaben abzubringen. »Nur ein kleines Verhör, damit wir wissen, wer dahinter steckt. Danach kannst du ihn von mir aus erschießen oder Spengler übergeben.«

Er ignorierte das Gewehr und wagte es, ihr den Rücken zuzudrehen. Der Reporter ging in die Hocke und untersuchte die goldene Maske. Behutsam löste er die Verschlüsse und entfernte die Sichtblende. Zusammen mit der Vermummung hielt er eine Perücke und den Verzerrer in der Hand.

»Na so was! Der Kerl ist eine Frau«, entfuhr es ihm. Er zoomte näher, machte eine Porträtaufnahme der Unbekannten und verharrte auf den Narben ihres Schädels. Ihr Antlitz zuckte ein wenig, als würde sie bald aufwachen oder träumen.

Hastig tastete er sie ab und entfernte alles von ihrer Kampfkombination, womit sie Schaden anrichten konnte. Auf dem kleinen Haufen hinter sich lagerten mehrere Granaten, Messer, Magazine, zwei Pistolen und eine Monofilamentpeitsche. Dabei entdeckte er zwei tiefe Schusswunden. Maschinengewehrprojektile hatten den harten Oberkörperpanzer durchschlagen. Hinweise auf ihre Herkunft fand er nicht.

»Und nun?«, wollte Gee Gee eisig wissen. »Darf ich sie jetzt erschießen, nachdem wir wissen, dass es eine Frau ist?«

»Krieg dich wieder ein«, brach es aus ihm heraus. Er fühlte Cherubs Puls, der stabil schlug. Sie schien trainiert und zäh zu sein. Kein Wunder bei dem, was sie tat.

»Sie ist nur ein Cyberzombie. Nichts weiter.«

Ruckartig öffnete die Frau ihre hellblauen Augen, fasste Poolitzers Kragen und zog ihn an ihren Mund. Ihre Kraft war so gewaltig, dass er sich nicht dagegen wehren konnte.

»Helfen Sie mir«, verlangte sie schwach. »Bringen Sie mich zu einem Arzt. Aber kein Krankenhaus, sonst wird Cyberdynamix oder DrakenSys mich finden und umbringen.« Eine siedend heiße Welle rollte durch Poolitzer, als er den Namen des Konzerns hörte, mit dem er sich schon einmal angelegt hatte. Ihr Griff lockerte sich. »Bitte! Ich bin keine Mörderin. Bauen Sie es mir aus, wenn Sie neue Tote verhindern wollen. Ich …« Sie schloss die Lider. Die Finger gaben den Stoff frei.

»Okay, das haben wir im Kasten«, murmelte er und schaute zu Gee Gee, die kurz davor stand, das Gewehr zu benutzen. »Du hast es gehört. Jemand anderes hat sie

Zweibrücken auf den Hals gehetzt.« Seine Nase juckte. Dieses Mal brachte er Cyberdynamix endgültig zur Strecke.

»Und wenn schon.«

Wütend sprang der Reporter auf die Beine. »Du willst diese arme Frau erschießen, weil sie das machte, was irgendein Arsch ihr befohlen hat?« Er riss ihr die Waffe aus der Hand. »Shit, Gee Gee, dann wärst du genauso ein Arsch.« Ganz dicht brachte er sein Gesicht vor das ihre, sein Ton wurde beschwörend. »Willst du die Verantwortlichen des Massakers oder nicht? Die Leute im Hintergrund, nicht die Handlanger?«

Ihr Blick, der eben noch einen Schimmer von blinder Entschlossenheit barg, änderte sich. Sie betrachtete die Kahlköpfige, unter der ein dünnes, rotes Rinnsal hervorlief. Es floss über geborstene Holzstücke und tropfte zu Boden. Engelsblut auf heiligem Boden.

»Ich kenne einen Arzt, der uns weiterhilft«, meinte sie leise und schluckte schwer. »Tut mir Leid. Ich hätte nicht auf dich geschossen.«

»Ich weiß«, erwiderte er locker, ohne sich sicher zu sein.

»Lass uns gehen«, sagte sie. »Gegen den Teufel haben wir keine Chance, wenn er noch einmal auftaucht.«

»Der Satan meidet Kirchen«, belehrte er sie schwach lächelnd. »Und wenn doch«, er nahm das Gewehr in den Anschlag, »geben wir ihm den Zorn des Herrn. Auf ihre Story bin ich sehr gespannt. Sie weiß mit Sicherheit, wer diese Höllenfürst-Imitation war.« Gemeinsam richteten sie die Frau auf.

»Was ist mit Spengler? Sagen wir ihm Bescheid?«

»Nein«, entschied der Reporter. »Erst reden wir mit ihr. Wer weiß, welche Leute sich an seine Fersen geheftet haben. Er wollte uns im *Clubmotel* linken, jetzt linken wir ihn.«

Poolitzer übernahm das Schleppen. Die Schauspielerin ging mit der Waffe voraus, um sie auf Schleichwegen zum Arzt zu lotsen.

»Wie groß ist deine Güte, Herr«, wisperte die Unbekannte ins Ohr des schwer schnaufenden Reporters. »Gelobt sei der Herr. Denn er hat die Stimme meines Flehens erhört.«

»Und ich dachte immer, Engel seien ätherisch«, keuchte er unter der Last.

UCAS, Seattle, Redmond Barrens, 19. 03. 2058, 09:30 PSZ

Da die Zeit drängte, war Jeroquee allein in die Kanalisation eingestiegen. Ihre Gefühle waren durchaus gemischt. Sie hoffte, dass die Ghule sich nach den vernichtenden Erfahrungen aus diesem Bereich des Untergrunds zurückgezogen hatten. Erschien eine größere Horde, müsste sie sofort aussteigen. Eine Hilfstruppe würde es nicht geben.

In dem gepanzerten Neoprenanzug, der bei längerem Marsch durchs Wasser vor Auskühlung schützte, eine zusätzliche Kevlarweste darüber, die Mossberg mit dem verkürzten Lauf und den Granatwerfer in der Linken, balancierte sie neben der Abwasserrinne auf dem Steg und folgte der Karte.

Die Ghuljägerin trug einen Helm, in dessen Visier die Röhrenverläufe schematisch eingeblendet wurden. So hatte sie die Hände frei, um auf Bedrohungen zu reagieren. Der Chip mit den Daten wurde in einen schmalen Schlitz seitlich eingeführt.

Zuerst wollte sie den Helm nicht, weil sie die Tauglichkeit der Elektronik in dem feucht-warmen Klima anzweifelte. Aber die Beteuerungen des Händlers zusammen mit der Rücknahmegarantie überzeugten sie.

Vorsichtshalber trug sie einen Ausdruck der Karte in einer Plastikhülle mit sich.

Der Nachtsichtmodus des Visiers war aktiviert. Sie erkannte die Umgebung mit den Rohren, Schotts, Gitterrosten und Sprossenleitern in abgestuften Grüntönen.

Die junge Frau wählte den Weg, den sie damals zusammen mit Piers gegangen war und der sie genau zu dem Raum führen würde, in dem sie Sakagi Seg erledigt hatten. Wenn sie ihr Gefühl nicht sehr trog, standen die Aussichten gut, dort weitere Erkenntnisse zu erhalten.

Jeroquee betrat das große Sammelbassin, erklomm mit Hilfe des Kletterhakens den Einstiegsschacht und zwängte sich durch die Röhre, bis sie in dem viereckigen Betonraum stand. Hier war ihr Mentor gestorben. Die Trauer um den freundlichen Jäger erhielt neue Nahrung. *Mann, du fehlst mir ganz schön.* Sie betrat den eisernen Umlauf, der zu einem massiven Schott führte.

Die junge Frau legte die Finger um das Handrad und kurbelte. Die runde Tür schwang auf. Nach einem kurzen Weg durch eine Zwischenröhre erreichte sie eine ehemalige Kontrollstation. An der linken Wand befand sich eine halb geöffnete Fahrstuhltür. Sakagi war aus diesem Lift getreten und sofort von ihr und Poolitzer erschossen worden.

Jeroquee durchquerte den Raum und betrachtete die Einschläge in der Wand. Rostfarbene Blutflecken erinnerten an die Ereignisse. Die Leiche des Mannes, in dessen Appartement sie und Geoffrey sich ausbreiteten, fehlte. Vermutlich waren die Ghule dankbare Abnehmer gewesen.

Ein Blick in den Schacht hinter den Türen zeigte ihr, dass die Kabine zerstört am Boden lag, zertrümmert durch einen Sturz aus großer Höhe. Kabel und Seile hingen wie leblose Fangarme einer Qualle herab. Die Ghuljägerin kontrollierte die Festigkeit der gewickelten Stahldrähte und kletterte im Schacht nach oben.

Nach einer Weile krachte ihr Kopfhörer. »Ich hab dich wieder auf der Peilanlage«, funkte sie der Decker an. »Du scheinst dich senkrecht nach oben zu bewegen, stimmt das?«

»Genau«, keuchte Jeroquee und hangelte sich zur Tür, die halb geöffnet war. Über ihr befand sich eine große Trommel, um die das Seil gewickelt war. Endstation. Sie nahm die Mossberg vom Rücken, zwängte sich durch den Spalt in den dahinter liegenden Raum und sicherte nach allen Seiten.

»Sieht gut aus. Niemand hier«, gab sie durch.

»Wenn mein Plan stimmt, müsstest du in der Umkleide der verlassenen Station stehen«, berichtete Geoffrey. »Hinter der Tür folgt ein kurzer Gang und ein weiterer Fahrstuhl, der dich nach oben bringt.«

Die Ghuljägerin krempelte das Zimmer regelrecht um. Sie entdeckte eine dunkelblaue Feder sowie ein Stückchen graue Lederschnur, die Bestandteile eines Fokus' gewesen sein mochten. Oder die Reste einer Rattenmahlzeit. Sie steckte die Fundstücke in einen wasserdichten Beutel und öffnete die nächste Luke.

Eine Seitenwand des kurzen Ganges, der als Schleuse diente, war herausgebrochen. Warme Luft strömte hervor, den Geruch von Verwesung mit sich tragend.

Herrlich. Ghule. Sie setzte die Atemmaske auf und überprüfte den elektronischen Kanarienvogel, der die Zusammensetzung der Umgebungsluft anzeigte. Danach stieg sie in das Loch. Sie befand sich in einer zweiten Abwasserleitung.

Die goblinisierten Menschen hatten die parallel verlaufende Röhre dazu genutzt, sich an die Schleuse anzunähern und an der dünnsten Stelle durch das Material zu graben. Die Wände des Umkleideraums mussten sich als zu widerstandsfähig erwiesen haben, wie sie ein paar Meter weiter anhand der Spuren an der Wand erkannte.

Haben die Ghule die Amulette genommen? … staunte sie. Was sollten sie damit anfangen?

Behutsam setzte sie ihre Sohlen auf, um nicht unversehens durchzubrechen. Schließlich stand sie vor einer Leiter, die nach oben aus der Röhre führte. Das Loch war mit einem Schneidbrenner ins Plastik gebrannt worden.

Mit größter Umsicht entstieg sie dem engen Abwasserrohr und fand sich in einem künstlich geschaffenen Hohlraum wieder. Neben einem niedrigen Ausgang lag ein Ghul zusammengekauert und schlief. Er trug halbwegs normale Kleider, die durch das Leben in Schmutz und Wasser arg in Mitleidenschaft gezogen worden waren. Der kahle Schädel mit der grauen Haut ruhte auf einem Kissen, eine dreckige Decke sorgte für zusätzliche Wärme. Neben ihm lag ein AK-98. Die Waffe, die Piers wegen ihrer Unverwüstlichkeit geschätzt hatte.

Die Ghuljägerin nahm an, dass es sich bei dem Leichenfresser um einen Wachposten handelte, der den Durchgang sichern und seine Sippe, die gewiss in der Nähe hauste, vor Angreifern warnen sollte. Er würde ihr sagen können, ob sie die Foki besaßen. Falls er sie mit seinem niedrigen Intellekt verstand.

Mit zwei schnellen Schritten stand sie neben dem Schlafenden, stellte ihm den rechten Stiefel auf die Brust und presste ihm den Lauf des Schrotgewehrs gegen die Stirn. Das goblinisierte Wesen erwachte und verhielt sich intuitiv still.

»Wo sind die Amulette?«, formulierte Jeroquee langsam und deutlich. »Wohin habt ihr sie gebracht, ihr Stinker? Sie gehören mir!«

Der Ghul starrte sie aus großen, dunklen Augen an, bleckte die spitzen Reißzähne und fauchte leise. Mehr Widerstand zu leisten wagte er nicht.

Das dachte ich mir. Zu blöd, das Vieh. Der Lauf der Mossberg schlug kräftig gegen die Schläfe des Liegenden und betäubte ihn. Das reichte aus. Sie zog das unterarmlange, schwere Messer aus der Unterschenkelhalterung, um ihm den Kopf von den Schultern zu trennen. Einen Schuss vermied sie absichtlich. Die Sippe des Postens konnte gleich um die nächste Ecke sitzen. Die Frau wälzte ihn auf den Rücken, um zwischen die Wirbel des Rückgrats zu fahren. Diese Art der Tötung ging am Schnellsten.

»Wenn du das zu Ende führst, stirbst du, Mensch«, sagte eine Stimme hinter ihr gefasst.

Jeroquee drehte sich ein wenig zur Seite, um nach dem Neuankömmling zu schauen. Sie ärgerte sich, nicht besser aufgepasst zu haben. Ein elfischer Ghul in schwarzer Kleidung hatte es tatsächlich fertig gebracht, sich unhörbar zu nähern. Dafür, dass er keine Waffe trug, verhielt er sich ziemlich frech. Die junge Frau überlegte, ob sie das Messer schleuderte oder lieber das Gewehr zum Einsatz brachte.

»Geh. Verlass uns«, befahl ihr der Leichenfresser und deutete auf den Einstieg.

Er macht einen erfreulich hellen, wenn auch etwas naiven Eindruck, schätzte sie ihn ein und entschloss sich, ihn nicht sofort aus dem Verkehr zu ziehen. »Ich suche die kleinen Schmuckstücke. Sie gehören mir. Habt ihr sie genommen?«, fragte sie ihn, ohne die Waffen zu senken.

»Wir haben sie gefunden. Sie gehören uns«, gab der Ghul zu. »Sie gefielen uns sehr gut.« Die Ablehnung jedweder Ansprüche stand dem elfischen Leichenfresser deutlich in sein abstoßendes Gesicht geschrieben.

»Falsch, sie sind mein Eigentum. Jemand hat sie mir gestohlen und versteckt.« Ein neuer Plan entstand in ihrem Kopf. Sie musste mit ihrer Beute notgedrungen handeln. »Wir können aber tauschen. Ihr gebt mir alle Amulette, und ich bringe euch dafür Gegenstände, die ihr besser gebrauchen könnt. Decken, Ausrüstung, Medikamente – alles, was ihr möchtet. Was wollt ihr mit Dingern, die nichts bringen?«

»Sie machen ein besonders schönes Feuer, wenn man sie ansteckt«, schwärmte der Goblinisierte. »Das Licht blendet nicht.«

»Was?«, entfuhr es Jeroquee entsetzt. Wie sollte sie Zozoria erklären, dass ein paar schwachsinnige Viecher seine Foki zu Asche verbrannt hatten? »Wie viele habt ihr noch?«, erkundigte sie sich und betete, dass nicht alle Foki ein Opfer der Flammen geworden waren.

»Zweiundfünfzig«, antwortete der Ghul sofort. »Sollen wir dir eine Liste machen, was wir möchten?«

Sie nickte. Es war besser als nichts. Hoffentlich dachte Zozoria nicht, sie wollte ihn hintergehen. »Macht das gleich.«

Der Leichenfresser nahm einen Fokus unter dem T-Shirt hervor. »Den kannst du gleich haben.«

»Für ein Multifunktionswerkzeug?« Jeroquee nahm ein Taschenmesser aus dem Gürtel.

»Für einen Eurocar Westwind«, verlangte der goblinisierte Elf.

»Bitte? Das ist ein verdammter Sportwagen!«

»Es gibt sehr große Röhren und Bassins, in denen man prima Rennen fahren kann«, hielt der Ghul gut gelaunt dagegen. »Wenn dir die Amulette so wichtig sind, wirst du das machen können. Mein Cousin würde sich über eine kleine Motoryacht sicher freuen. Manche der Becken sind so groß wie ein See. Einige von uns würden gerne mal wieder Wasserski laufen.«

Die junge Frau hatte genug. Verarschen ließ sie sich nicht. Der Lauf der Mossberg schwenkte auf ihr Gegenüber. »Okay, du Komiker. Du bringst mich jetzt zu dem Typen in eurer Sippe, der das Sagen hat. Nur mit dem werde ich verhandeln.«

»Glaubst du allen Ernstes, dass er mit einer Jägerin sprechen würde?«, lachte das Wesen, die Reißzähne schimmerten ein wenig auf. »Nicht alle von uns sind so eingestellt wie ich. Zu viele haben wir an Piers, dich und andere deiner Art verloren. Wenn dir jemand die Foki besorgen kann, bin ich das.«

Sie blinzelte. »Wer hat etwas von Foki gesagt?«

»Ich. Es sind magische Utensilien, und einige davon sind benutzbar. Deshalb würde ich mich nur ungern davon trennen. Es sei denn, dein Angebot stimmt.«

Allmählich dämmerte es der Ghuljägerin, weshalb der Leichenfresser unbewaffnet war. *Ein Magier!* Gerüchteweise sollten einige von ihnen in der Lage sein, die Elemente zu beschwören. Sie hatte es bislang für ein Märchen gehalten. *Shit!*

»Es sind übrigens noch alle da. Ich machte vorhin nur einen Scherz.« Er grinste. »Mein Name ist Adar. Ich habe das Gefühl, das wird der Beginn einer wunderbaren Freundschaft.«

»Was?«, sagte sie irritiert.

Der goblinisierte Elf winkte ab. »Schon gut. Nur ein kleines Zitat aus einem uralten Film.« Adar deutete auf seinen Artgenossen, der sich unter Jeroquees Stiefel wand. »Lass ihn gehen, und wir reden weiter.«

Sie hob den Fuß. Der Ghul rutschte zurück und schnappte das AK, um es zeternd auf die Frau zu richten. Adar sah ihn missbilligend an. Das Wesen verstummte augenblicklich und senkte die Waffe.

»Warum sind dir die Fetische und Foki so wichtig?«, verlangte er zu wissen.

»Sie gehören mir.«

»Aber ein anderer hortete sie jahrelang an diesem Ort«, machte er sie aufmerksam. »Vor kurzem trieb er tot durch den Kanal. Deshalb haben wir sie uns genommen. Wie lautet deine nächste Erklärung?«

Sie beschloss, es mit der Wahrheit zu versuchen. »Mein Geschäftspartner möchte sie haben, und ich bin ihm das schuldig. Deal ist Deal.«

»Aha. Geld also.« Adar lächelte hintergründig. »Wir kommen der Sache näher. Ich bleibe bei deinem Vorschlag. Du besorgst uns Gegenstände, die wir dringend benötigen. Medikamente, keine Sportwagen. Ich gebe dir dafür die Foki. Bis auf einen, den ich behalten möchte. Einverstanden?«

Jeroquee seufzte. »Ich würde sofort zustimmen, aber mein Auftraggeber verlangt alle«, erklärte sie ihre Situation. Verrückt. Sie feilschte mit etwas, das ihr normalerweise eine Kopfprämie einbrachte. »Wie wäre es, wenn ich dir einen anderen Fokus besorge? Mein Klient wird sicherlich mit sich reden lassen.«

Der elfische Ghulmagier dachte nach. »Von mir aus. Komme in einer Stunde wieder, du wirst dann die Liste erhalten. Wenn du Tricks versuchst, bereust du es bitter. Meine Fertigkeiten brachten denjenigen einst Tod und Verderben, die mich verrieten. Daran wird sich nichts ändern, nur weil sich mein Äußeres wandelte.«

Die ganze Zeit überlegte sie, ob das Wesen bluffte oder nicht. Dummerweise war es zu gefährlich, es auf einen Versuch ankommen zu lassen.

»Du kannst natürlich auch hier warten«, schlug Adar vor. »Es würde vermutlich zu lange dauern, den gleichen Weg zurückzugehen.«

»Es gibt noch den zweiten Fahrstuhl.«

Der Ghul schüttelte den Kopf. »Nein. Wir haben den Schacht zum Einsturz gebracht, damit sich niemand unserem Versteck nähert. An die andere Variante haben wir ehrlich gesagt nicht mehr gedacht. Nachdem unser Tausch vollzogen ist, werden wir das nachholen. Keiner soll uns finden.« Er grüßte und verschwand.

Sie ging hinüber zur Röhre. »Hast du alles mitbekommen?«, fragte sie den Decker über Funk. »Check mal den Namen Adar.«

»Das meiste«, gab er zurück. »Jedenfalls das, was du sagtest.« Er schwieg einen Moment. »Kein Eintrag über einen gewissen Adar. Ich lasse das mal durch andere prüfen. Und jetzt?«

»Machen wir es uns bequem und warten auf die Liste. Ich gebe sie dir per Funk durch. Du besorgst das Zeug so schnell wie möglich. Ich stoße dann zu dir.« Sie nahm auf der Röhre Platz, nahm den Helm ab und dachte nach. Ihre Weltanschauung, was diese Spezies anging, geriet ins Wanken.

Der andere Ghul mit der automatischen Waffe ließ sie nicht aus den Augen, brabbelte vor sich hin, schnupperte gelegentlich in ihre Richtung und fischte sich ein Stück vergammeltes Fleisch aus seinem Rucksack. Seine Zähne versenkten sich in die faulende Muskelmasse, knirschend brach der morsche Knochen.

Genau ein solches Bild passte in ihre Ansicht über die Leichenfresser. Instinktgeleitet, kaum intelligent, eine Plage für eine Stadt und immer auf der Suche nach etwas zu fressen, vorzugsweise Menschenfleisch. Wenn sie dabei Gräber schändeten, störte sie das nicht weiter.

Doch der magisch begabte Adar brachte ihre Meinung ins Wanken. Nicht nur, dass er sich gewählt ausdrückte. Der goblinisierte Elf rückte den Zauberkrempel für einen Preis heraus, was sehr wahrscheinlich weit unter dem Marktwert lag. Anstelle sich selbst zu bereichern, hatte er nichts Besseres zu tun, als Medikamente für die anderen zu verlangen. Einen solchen Ghul zu erschießen würde ihr schwer fallen. *Er hat noch eine Seele.* Sie betrachtete den anderen Leichenfresser, der sich weiterhin kreatürlich benahm. *Warum sollte der keine Seele haben?*, hauchte ihr Gewissen.

Zum ersten Mal, seit sie diesen Job machte, meldeten sich Zweifel an ihrer Tätigkeit. Piers hatte ihr niemals berichtet, dass es Ghule gab, die nach ihrer Umwandlung nur in Frieden leben wollten. Keine Bestien. Nur arme Teufel.

Während sie grübelte, verging die Zeit wie im Flug. Daher wunderte sie sich, als der Magier erschien und ihr einen Datenchip überreichte.

»Damit kannst du deinem Chummer die Liste direkt übermitteln«, erklärte er ihr. »Es sind Dinge, die er in jedem Supermarkt kaufen kann. Die Ausgabe von knapp zehntausend Nuyen sollte dir der Besitz der Sammlung wert sein.«

Sie nahm den Datenträger entgegen, zückte ihr Pad und schickte es an die Adresse des Deckers, der den Eingang umgehend bestätigte. »Wie machen wir das mit dem Fokus, den du haben wolltest?«, erkundigte sie sich.

Adar nahm das Amulett ab und reichte es ihr. »Zeige es Ingwer, einem Talismankrämer, und lass eine Kopie anfertigen.« Er nannte ihr eine Adresse. »Danach bringst du mir die Reproduktion vorbei. Es macht nichts, wenn der Fokus nicht sofort fertig wird. Ich weiß, wie viel er zu tun hat.«

Fassungslos betrachtete sie das magische Utensil, das er ihr anvertraute. »Gut.« So naiv konnte er nicht sein. Er tat das als Beweis, dass er sich an seinen Teil der Abmachung halten würde. »Wohin soll ich die Gegenstände bringen?«

»Lagere sie in dem Bassin, in dem sich die Luke zum Schacht befindet«, erläuterte der grausam veränderte Elf ihr. »Du musst die Pakete nicht durch die enge Röhre schleppen.«

»Jeroquee, ich habe zwei Extras auf der Liste, die ich seltsam finde«, quäkte der Decker.

Die Ghuljägerin fürchtete sofort, dass es sich um verbotene Substanzen handelte, die nur mit einem gewaltigen Aufwand zu beschaffen sein würden. »Was ist es?« Sie lauschte auf die Antwort. »Eine Miniatur-Yacht mit batteriegetriebenem Motor und ein Eurocar Westwind Spielzeugauto?«, wiederholte sie und schaute den Magier an.

Adar lächelte nur.

»Ja, das stimmt.« Sie musste gegen ihren Willen lachen. »Beschaff es einfach. Ich mache mich auf den Rückweg.« Sie schwang sich in die Röhre und begann die Wanderung nach Hause.

ADL, Badisch-Pfalz, Regierungssitz Pirmasens, 19. 03. 2058, 10:30 MEZ

»Von mir aus entlassen Sie mich auf eigene Verantwortung«, meinte Vigo Spengler und versuchte, die bandagierte Schulter in den Ärmel seines schreiend bunten Mantels zu bekommen. Eine riesige Kaugummiblase entstand vor seinem Mund.

Durch den Knall schreckte sein Bettnachbar hoch. Das Überwachungsgerät fiepte warnend, da sein Puls in die Höhe schoss. Er schien anfällig für laute Geräusche zu sein.

»Herr Kriminalkommissar, ich kann das nicht entscheiden«, flehte die Krankenschwester und stellte sich vor die Tür. »Sie müssen hier bleiben, bis der Chefarzt kommt.«

Eine neuerliche Blase, ein neuer Knall. Und wieder beschleunigte der Klang das Herz des Patienten.

»Sehen Sie lieber mal nach dem nervösen Kollegen. Er hat ein bisschen Angst.« Er setzte sich aufs Bett und fügte sich.

Aber nur so lange, bis die Schwester nicht mehr vor dem Ausgang stand. Die Handschelle legte sich um das Gelenk der Frau und verband sie mit dem Bett. »Machen Sie sich doch ein paar nette Stunden mit dem Mann. Als Kassenpatient freut er sich bestimmt, dass das Personal nicht von seiner Seite weicht.« Spengler spazierte zur Tür hinaus, ohne auf den Protest der Pflegerin zu achten.

Er marschierte schnurstracks zum Fahrstuhl, verließ

das Krankenhaus und stieg in ein Taxi. Es bedurfte mehrmaligen Probierens, weil der verletzte Arm sich kaum bewegen ließ. Endlich rollte der Wagen los.

Vigo musste zurück ins Präsidium. Das würde ihm noch fehlen, dass ein unerfahrener Beamter den Fall erhielt, nur weil seine Schulter ein wenig lädiert war. Außerdem betrachtete er es inzwischen als persönliche Sache.

Der Konzern, auf dessen Kappe dieses Massaker ging, würde einen solchen Sturz an der Börse erleben, dass die Aktien nur noch als Toilettenpapier genommen werden würden.

Spengler stürmte in sein Büro und wechselte den verbrauchten Zimtkaugummi gegen einen mit Kaffeegeschmack und echtem Koffein, um seinen Verstand vom letzten Rest der Schmerzmittel zu befreien. Gleichzeitig startete er seinen Computer. Der Kriminalhauptkommissar griff auf die Ermittlungsergebnisse der Spurensicherung der vergangenen Nacht zurück.

Die Forensiker hatten ganze Arbeit geleistet. Aus den penibel durchnummerierten Blutlachen im *Clubmotel* sammelten sie Proben und analysierten nicht nur die Blutgruppen, sondern führten Gen-Checks durch. Auf diese Weise erschienen mehrere Namen von Personen auf seinem Monitor, die sich in der Vergangenheit mit dem Gesetz angelegt hatten.

Auf den ersten Blick brachte ihn das nicht weiter. Aber in Verbindung mit etwas anderem taten sich neue Möglichkeiten auf.

Der Ermittler holte sich die Tatortbilder auf den Schirm und versuchte sich daran zu erinnern, wo der selbst ernannte Cherub und der Teufel gestanden hatten. Er suchte nach Blutspuren und verglich sie mit den Nummerierungen der analysierten Proben.

»Ensuela Gerlach«, las er laut vor. »Geboren am 12. März 2035 in Karlsruhe, 1,78 Meter groß, hellblaue

Augen. Vorbestraft wegen Körperverletzung und Einbruch.« Spengler folgte dem Verweis auf den damaligen Fall und stieß auf einen typischen Läuferjob, der schief gelaufen war. Weil sie zu jung gewesen war, wurde die Strafe zur Bewährung ausgesetzt. *Tja, nach der Show werden wir dich einbuchten müssen, Fräulein. Dann kommt noch Mord dazu.*

Nach dem, was alles geschehen war, stand für Spengler fest, dass ein Kon sie sich so hingebogen hatte. Mit was auch immer. Drogen, Cyberware, Magie. Die Arsenale der Unternehmen dürften unerschöpflich sein.

Zufrieden lehnte er sich in einen Sessel und zog die Luft durch die Zähne ein, als er seine Schulter unachtsam bewegte. Die Verletzung machte sich unangenehm bemerkbar.

Nach wie vor war es jedoch ein Rätsel, wer dieser Höllenfürst gewesen war und warum er es auf die Frau abgesehen hatte. Er benutzte ein handelsübliches Maschinengewehr, um das *Clubmotel* wie einen Käse zu durchlöchern. Keine Fingerabdrücke, keine verwertbaren anderweitigen Spuren.

Die Rechtsprechung würde Gerlach aufgrund der Beweislage verurteilen. Nur Gerlach. Da konnte er sich seiner Sache noch so sicher sein, ohne handfesten Nachweis für die Beteiligung eines Kons würde die Staatsanwaltschaft nichts gegen eine der Sox-Firmen unternehmen. Also erwischte es einmal mehr die Kleinen.

Er gab eine Fahndung nach Gospini und Orlova aus, die nach dem Auftauchen Satans verschwunden blieben. Zeugenaussagen zufolge machte sich erst die Schauspielerin, dann der Reporter an die Verfolgung von Gerlach. Was anschließend geschehen war, würde er entweder bald auf InfoNetworks sehen, oder man fand die Leichen der beiden. Der Teufel schien zurück in die Hölle gefahren zu sein.

Vigo malte unanständige Bilder auf seine Schreibunterlage. Nach dem anfänglichen Hochgefühl glitt er in ein Stimmungstief.

Eine elektronische Meldung ging bei ihm ein, mit der er nicht mehr gerechnet hatte. Einer seiner inoffiziellen Kontakte hatte etwas herausgefunden.

Das Gesicht des Mannes erschien auf dem Monitor, das Gospini in den Trümmern des *Pleasuredom* aufgenommen hatte. Der Mann hieß Holgar Witzke und war Leutnant bei der in Kaiserslautern stationierten MET2000-Einheit, einer Cyborg-Spezialeinheit.

Spengler schloss einen Moment die Augen und bedeckte die Lider mit Daumen und Zeigefinger. Er wünschte sich allmählich, er hätte den Fall nicht übernommen. Wenn die MET-Jungs von einem Kon angeheuert wurden, um Cherub zurückzubringen, welches Unternehmen in der Sox käme in Frage? Er ging im Geist die Namen der Kons durch.

Spontan fiel ihm Ruhrmetall ein, die als größten Aktieneigner der Söldnertruppe auf recht unkomplizierte Weise eine solche Sondermission ins Rollen bringen konnten. Eine knappe Anfrage im Netz erinnerte ihn daran, dass Ruhrmetall den Konzern »Walther« als Tochterunternehmen führte. Und da es um eine neue Waffe ging, lag der Zusammenhang gar nicht weit entfernt. Morgenstimmung breitete sich bei dem Kriminalhauptkommissar aus.

Ruhrmetall also. Es läuft doch, freute er sich und stand auf, um das »Trollige Theater« zu besuchen. Wenn jemand wusste, wo sich der Reporter und die Schauspielerin verkrochen hatten, waren es die übrigen Darsteller.

Er speicherte die Ergebnisse auf einen Chip und löschte alle anderen Informationen von seinem Computer. Niemand sollte vorerst etwas von seinen Erkenntnissen wissen. Vigo traute niemandem mehr.

ADL, Bexbach (Sox), ECC-Arkologie, 19. 03. 2058, 11:07 MEZ

Charly stierte auf den Monitor. Der Rechner spie Zahlenkolonnen, wirre Zeichen und andere unlesbare Formeln aus.

Das Durcheinander stammte von dem Chip, den er in der Unterkunft von Dr. Gud einsteckte, ohne dass jemand das Verschwinden bemerkt hatte. In der verschlüsselten Form konnte er jedoch nichts mit den Informationen anfangen.

Der Gardist geriet in das Dilemma, gerne etwas zu erfahren, ohne dabei andere hineinzuziehen. Schaltete er einen hauseigenen Decker ein, könnte der Spezialist Meldung machen. Entweder an Fethal oder sogar an denjenigen, der Lehmanns Tod als Selbstmord tarnte.

Die oberflächlich durchgeführte Obduktion ergab keine Hinweise auf Fremdverschulden, dennoch blieb Charly bei seiner Meinung, dass jemand den Rigger ins Jenseits befördert hatte. Vermutlich folgte er auf der Stelle, würde die Person herausfinden, dass er diesen Chip besaß.

Die Sammlungen über die Verbrechen im *Pleasuredom* und *Capital* sowie die genauen Koordinaten von Ennis Aufenthaltsorten waren unverschlüsselt. Leider fand sich nichts darüber, wie es ihr gelungen war, sich durch den Todesstreifen zu bewegen und bei keiner einzigen Kontrolle aufzutauchen. Eine Anfrage bei der Grenzstation in Zweibrücken ergab nichts Ungewöhnliches. Niemand mit ihrem Äußeren hatte zu den fraglichen Zeiten den Ausgang passiert oder die Magnetschwebebahn genutzt.

Als hätten die internen Probleme nicht ausgereicht, gesellte sich die global angespannte Lage hinzu, die man in der Sonderrechtszone deutlich spürte.

Ares zeigte seine Krallen, dessen Kon-Gardisten ein

Manöver ganz in der Nähe abhielten. Dröhnende Panzergeschütze und Einschläge der Granaten scheuchten einige Rad- und Glow-Punks sowie Ghule aus ihren Behausungen inmitten der Geisterstädte auf und trieben sie umher. Das bedeutete erhöhte Wachsamkeit seiner Leute. Das Eindringen solcher Elemente erstickten sie im Keim, ehe sie sich in leer stehenden Baracken niederließen und zur Plage wurden. Mutierte Tiere, wie Teufelsratten und andere Missgeburten der Fauna, genügten vollkommen.

»Ostfolk, hier Zentrale«, meldete sich Jens Bruchler, der Lehmanns Schicht übernahm, mit einem hektischen Unterton. »Wir haben eine Meldung über einen Einbruch am Nordzugang, die ich nicht überprüfen kann. Hier fallen die Kameras nacheinander aus.«

Charly langte nach seinem Helm und dem leichten Maschinengewehr. Auf der Ark musste ein Fluch lasten. »Ich komme. Sagen Sie Toussaint Bescheid, dass wir unter Umständen einen Tiger-Hubschrauber benötigen.« Wenn er die Eindringlinge nicht drinnen schnappte, wollte er, dass der Helikopter sie im Freien abfing.

Er trabte den Gang hinunter und verriegelte den Helm, um sich in seiner Vollpanzerung hermetisch von der Außenwelt abzuschließen. Er nahm ein halbes Dutzend Männer mit, um die Luke des Nordzugangs zu kontrollieren. Zwei Dobermann-Drohnen rollten vor ihnen her und gewährleisteten zusätzliche Unterstützung.

»Ostfolk, hier Zentrale.« Ein reichlich panischer Bruchler funkte ihn erneut an. »Mir bricht die komplette Überwachung zusammen. Zuerst die Kameras, jetzt sind Luft- und Bodenradar weg. Der Computer hat mir eine Viruswarnung ausgespuckt und … Scheiße, jetzt ist er abgestürzt! Ich bin blind!«

»Lösen Sie Alarm aus«, befahl Ostfolk und ließ sich allmählich von der Angstattacke des Sicherheitsriggers anstecken. Es sah nach der perfekten Vorbereitung für einen Angriff aus. Sollte Ares das Manöver als Vorwand genutzt haben, um sich unauffälliger in Position zu bringen?

Mit seinen Leuten hastete er gerade durch einen weiteren Gangabschnitt, als die Drucktüren an den Enden der Röhre zuschwangen.

»Bruchler, machen Sie sofort die Türen wieder auf«, bellte der Gardist unfreundlich in sein Sprechgerät. Schlechtes Timing für Scherze.

»Es geht nicht! Alle Türen schließen sich. Ich habe keinen Zugriff mehr auf die Haussicherheit«, jammerte er. »Und Reiser ist nicht zu erreichen.«

»Reiser? Der Decker?«, fragte Charly argwöhnisch, während er und seine Truppe ungeduldig vor dem unüberwindbaren Schott standen und nicht weiterkamen. *Reiser.* Der Computerspezialist wäre in der Lage, ein solches Chaos durch einen Virus auszulösen. *Aber warum sollte er das tun?*

»Der Hubschrauber kann nicht starten«, meldete der Sicherheitsrigger nach einer Weile. »Der Hangar ist blockiert. Außerdem hat es Breitfeld erwischt. Ein Schott hat ihn in der Mitte zerquetscht, meldet sein Team.«

Damit war Charly der Anführer der in der Ark stationierten Kon-Gardisten. Nicht unbedingt die Beförderungsvariante, die er sich erträumte. »Die Männer, die draußen Wache haben, sollen sich in gesicherte Stellungen zurückziehen und warten, bis sich die Konfusion hier gelegt hat«, ordnete er an und hockte sich auf den Boden. Sein Team tat es ihm gleich. »Sehen Sie zu, dass Sie den Laden unter Kontrolle bekommen.«

Eine volle Stunde saßen die Menschen in der Arkologie an dem Ort fest, an dem sie sich zum Zeitpunkt des Virusausbruchs befanden. Breitfeld schien das einzige Todesopfer zu sein. Daneben gab es reichlich Verletzte mit Quetschungen. Die Ark-Elektronik funktionierte wieder.

Als sich der Gardist in die entgegengesetzte Richtung zur Notluke bewegte, fragte niemand seiner Begleiter, warum sie zurückrannten. In Gefechtsformation stürmten sie die Behausung des verschollenen Deckers und fanden Spuren eines überstürzten Aufbruchs.

Reiser hatte in aller Eile einige Sachen gepackt, wie man an den geöffneten Schränken und verstreuten Klamotten sehen konnte, und anschließend das Virusprogramm gestartet. Einer der Chemo-Schutzanzüge fehlte ebenso wie genügend Trockennahrung für eine Woche und Medikamente gegen die Auswirkungen radioaktiver Verstrahlung. Die Kon-Gardisten an den Ausgängen der Sox wurden in Kenntnis gesetzt, ohne dass jemand allen Ernstes daran glaubte, Reiser aufhalten zu können.

In Charlys Gehirn entstand auf dem Marsch zu Fethals Büro eine Theorie über den aktuellen Aufenthaltsort des Deckers. Vermutlich befand er sich bereits in der Obhut der Ares-Einheiten, die den Überläufer vor Cyberdynamix schützten. Das erklärte, warum der Kon ausgerechnet jetzt Geländeübungen vor der Haustür der Ark ansetzte.

Raffinierte Schweine. Das muss man ihnen lassen. Gut eingefädelt. Der Gardist bog unterwegs zu seiner Unterkunft ab, deren Eingang weit offen stand. Genauso wie alle Türen in der Forschungseinrichtung. Der Zentralrechner arbeitete noch immer fehlerhaft.

Zuerst dachte er beim Anblick des Wirrwarrs, er stünde erneut in der Wohnung Bruchlers. Doch die vertrauten Unterhosen, die jemand auf den Boden geworfen hatte, gehörten ihm. Er musste Besuch gehabt haben.

Mit einem Satz stand er neben seinem Computer. Natürlich war der Datenträger verschwunden. *Nein, nicht das auch noch. Wie konnte Reiser das wissen?*

»Hören Sie mich, Ostfolk?«, erklang die vor Wut zitternde Stimme von Fethal in seinem Ohr.

»Ja, Herr Direktor«, bestätigte Charly mürrisch.

»Nehmen Sie alle Männer und Geräte, die wir haben, und bringen Sie mir Reiser zurück. Vermutlich sitzt er zwischen den ganzen Ares-Truppen und freut sich, dass er uns überlistet hat.«

Offenbar war der Leiter der Anlage zur gleichen Ansicht gekommen wie er. Aber die Konsequenz, die Fethal daraus zog, fand keineswegs seinen Beifall. Sie war selbstmörderisch. »Mit den Ares-Truppen anlegen?«, wiederholte er ungläubig. »Professor, das sind Knight Errant-Einheiten. Nicht nur, dass sie besser ausgerüstet sind, sie sind auch in der Überzahl«, machte er dem Wissenschaftler klar. »Das kann zu einem Krieg ausarten ...«

»Diskutieren Sie nicht mit mir«, unterbrach ihn Fethal barsch, »rücken Sie aus. Benutzen Sie von mir aus die Gewehrprototypen von Walther.«

»Verstanden.« Bedächtig stülpte er sich den Helm über und schloss innerlich ein wenig mit dem Leben ab. *Das wird blutiger als jedes Stadtkrieg-Spiel, das ich jemals gesehen habe. Warum passiert mir so etwas?*

Minuten später verließ die kleine Cyberdynamix-Einheit ihre Hangars und Garagen und hielt geradewegs auf die Knight Errant-Truppen zu. Die Ansammlung von Helikoptern, Truppentransportern und Spähpanzern wirkte armselig. David gegen Goliath.

Dieses Mal verfügte Goliath jedoch über eine bessere Zielvorrichtung, schnellere Reflexe und noch bessere Waffen. David dagegen war angeschissen.

UCAS, Seattle, Redmond Barrens, 19. 03. 2058, 15:07 PSZ

Mit einem letzten Handgriff vervollständigte die Ghuljägerin die Pyramide aus wasserdicht eingeschweißten

Paketen, in denen sich die geforderten Gegenstände befanden.

Jeroquee ging davon aus, dass ein Spion der Ghule sie bei ihrem Tun beobachtete und Adar Meldung erstattete, sobald sie fertig war. Sie stand auf und schaute zu den Wänden des Bassins. Es würde sich zeigen, wie ihr ungewöhnlicher Geschäftspartner seinen Teil der Abmachung einhielt. Sie musste es auf den Versuch ankommen lassen. »Das ist alles!«, rief sie laut. »Ihr könnt es jetzt abholen.«

Die nackten Wände warfen ihre Stimme zurück. Außer dem Echo hörte sie nichts. Die bis an die Zähne bewaffnete Frau hatte nicht vor, die Ware unbeaufsichtigt zu lassen. Dafür besaß sie einen zu hohen Wert. Umherstreunende Orksippen freuten sich über die Care-Pakete sicherlich ebenso wie die Leichenfresser, würden ihr im Gegenzug jedoch höchstens ein paar Kugeln und keine Foki geben. Jeroquee setzte sich auf die Spitze des Stapels, das Gewehr griffbereit auf ihren Knien. Sie wartete.

Nach zwei Stunden hatte sie das Ausharren satt. Die Ghuljägerin rannte durch das Rohr, erklomm die Sprossen nach oben und sah sich um. Sie bemerkte den beißenden Gestank von Verbranntem in der Luft. Die Ränder des Durchgangs zur Katakombe waren schwarz verkohlt, als habe es auf der anderen Seite gebrannt.

Direkt neben ihr lag der kreatürliche Ghul, umgeben von seinem eigenen Blut und leeren Patronenhülsen. Da er den Kopf noch auf seinen Schultern trug, schloss sie daraus, dass es sich nicht um einen Angriff ihrer Berufskollegen handelte. Das war schlecht. Noch jemand hatte es auf die Artefakte abgesehen.

Dankbar für die zusätzliche Feuerkraft, entwand sie den steifen Ghulfingern das AK, wechselte das Magazin und pirschte vorwärts.

Im Gang lagen zwei tote Männer, aus deren Ohrmuscheln Blut lief. Da Einschusslöcher fehlten, unterstellte sie magische Einwirkung. Adar bewies den Eindringlingen sein todbringendes Können.

Jeroquees Schritte beschleunigten sich. Unterwegs fand sie einige erschossene Leichenfresser sowie einen Zwerg und einen Ork, die anhand ihrer Ausrüstung unschwer als Schattenläufer zu identifizieren waren. Sie tauschte das sperrige AK gegen eine handlichere Uzi, ehe sie weiterlief.

In einem kleineren Vorfluter stapelten sich die Leichen der Ghule übereinander. Zwei weitere menschliche Angreifer hatten im Gegenzug ihr Leben gelassen und lagen in merkwürdigen Todeshaltungen auf dem Gitterrost.

Jeroquee zog die Leichenfresser auseinander. Sie versuchte, in diesem Haufen den goblinisierten Elfen ausfindig zu machen und einen Hinweis auf den Verbleib der Foki aufzustöbern.

Eine Hand ruckte unvermittelt aus dem Stapel verschlungener Leiber in die Höhe und packte ihren Gürtel. Schon hielt sie dem Ghul die Mündung der Uzi ins Gesicht, als sie die geschundenen Züge Adars erkannte. Ein Stiefelabdruck verlief quer über seine verformte Stirn.

»Läufer«, stöhnte der Elf, richtete sich ein wenig auf und lehnte sich an einen Pfosten, der den Steg aus überkreuzten Stahlmatten trug. Das Blut lief aus einem Dutzend Einschüssen aus seinem Oberkörper, rann über die Kleidung bis auf den Steg und floss in die Kloake. Jeroquee gab dem Verletzten keine Überlebenschance. »Sie griffen an, nachdem du gegangen warst. Sie wollten die Foki.«

»Ich habe nichts damit zu tun. Haben sie die Foki bekommen?«, erkundigte sich Jeroquee und kam sich angesichts des Leids, das sie im Antlitz des Magiers wahrnahm, augenblicklich schäbig vor.

Er schien sich an ihrer Frage nicht zu stören. »Ich dachte mir, dass sie nicht von dir kamen. Deine Gedanken sind ohne Schuld. Hast du die Sachen besorgt?«, wollte er leise wissen.

Sie nickte und fasste in ihre Tasche. »Alle.« Sie drückte dem Schwerverletzten die Miniatur des Eurocar-Westwind in die dürren Finger. Das aufkommende Mitleid unterdrückte sie. Ein Manesphagus war eine Plage, redete sie sich ein. Ein Critter. Die menschlichen Augen machten es schwer, an dieser Einstellung festzuhalten.

Adar musste lachen. »Wie schön. Ich sehe schon, es ist vollständig. Dann werde ich mich auch an meinen Teil der Abmachung halten.«

Die Ghuljägerin betrachtete die toten Artgenossen des Leichenfressers. Es gab Zeiten, in denen sie sich darüber gefreut hätte, wenn ihr jemand solche Geschenke machte. Dieses Mal nicht. »Wer soll das Material jetzt noch gebrauchen können?«

»Bedürftige gibt es in der Kanalisation genug. Und wenn es die Orks sind«, entgegnete er angestrengt. »Es wird sich herumsprechen. Den Talisman kannst du bei Ingwer abbestellen. Ich werde … es nicht schaffen.« Seine klauenförmigen Hände klammerten sich um den Eurocar. »Merke dir O-21-217. Dort …« Mitten im Satz brach er ab und sackte zusammen. Der Elf war tot.

Langsam atmete die junge Frau aus. Alles, was sie hatte, waren ein paar Zahlen und ein Buchstabe. Nicht viel, um auf Schatzsuche zu gehen. Geoffrey würde sich damit beschäftigen müssen. Sie vermutete, dass die Gegenstände in einem längst vergessenen Abschnitt des Röhrensystems lagerten, in dem die Gegenstände lagerten. Ihre moderne elektronische Karte verstand die Eingabe jedenfalls nicht.

Ihr Misstrauen erwachte, nachdem sich die erste Aufregung gelegt hatte. Nur zwei Menschen wussten, dass sie Jagd auf die Foki machte. Zozoria und der Decker.

Nur einer von beiden konnte den Leichenfressern die Schattenläufer auf den Hals gehetzt haben. Allerdings verfügte ausschließlich Geoff über das Wissen, wo sie mit den Ghulen zusammentraf. Die Chance, dass der Überfall auf sein Konto ging, stand sehr hoch.

Ich werde es sehen, wenn ich nach Hause komme, dachte sie grimmig, warf die Maschinenpistole ins Vorfluterbecken und erklomm die Stufen.

Die junge Frau rechnete insgeheim damit, dass der Retina-Scanner ihr Netzhautmuster ablehnen würde. Doch zu ihrem Erstaunen gewährte ihr der Computer Zugang zum Appartement.

Kaum trat Jeroquee ein, hörte sie ein scharfes *Popp* von vorne, gefolgt von einem dumpfen Geräusch hinter ihr.

Schalldämpfer. Ihre Hand, die den Griff der Max Power unter dem Mantel umschlossen hielt, riss die Waffe hervor und richtete sie auf die Stirn des Deckers, der in diesem Moment um die Ecke kam.

Sekt lief aus der Flasche, die der soeben versteinerte Geoff anschleppte, und sprudelte auf den teueren Teppich.

»Was habe ich denn gemacht?«, flüsterte er entgeistert und schielte auf den Lauf. »Ich will nur Sekt trinken.« Der Decker schluckte. »Auf unseren Erfolg.« Zögerlich hob er die andere Hand mit den Gläsern.

Sie hatte das Korkenknallen für einen Schuss gehalten. »Entschuldige«, meinte die Ghuljägerin. »Ich bin ein wenig nervös.« Sie nahm einen langen Schluck und reichte ihm die Flasche zurück. »Besauf dich, Chummer. Es gibt nichts zu feiern.«

Geoffrey zwinkerte. »Was heißt das? Haben uns die Ghule beschissen?«

»Jemand hat die Ghule getiltet.«

»Oh, Slot.« Der Decker plumpste wie ein nasser Sack auf die Couch und setzte zum Trinken an. »Wenn man deine Kollegen nicht braucht, sind sie auf Tour. Ganz hervorragend.«

Sie beobachtete den Matrixexperten genau, entdeckte jedoch keinerlei Anzeichen, dass er ein doppeltes Spiel mit ihr trieb. »Nein«, begann sie langsam mit der Wahrheit. »Es waren Schattenläufer. Jemand anderes sucht ebenfalls nach den Foki.«

»Ach? Und da hast du eben angenommen, ich hätte die Jungs losgeschickt, um die Kohle alleine abzukassieren, ja?« Aufgebracht sprang er in die Höhe. »Riesenaffenscheiße, Jeroquee! Wie konntest du nur?«

»Tut mir Leid«, entschuldigte sie sich. »Sonst hat keiner gewusst, wo ich bin.«

»Anscheinend doch«, grummelte Geoff und ging in die Küche, um die nächste Flasche zu holen. Der Korken schoss gegen ein filigranes Kunstwerk aus Porzellan, das in tausend Scherben zersprang.

»Hoffen wir mal, dass es Glück bringt«, kommentierte die Ghuljägerin. »Es kann mir niemand gefolgt sein. Ich hätte es in der Kanalisation gehört.« Auf ihre Ohren verließ sie sich ohne Bedenken.

»Wenn Zozoria dich verwanzt hat?«, mutmaßte der Decker.

»Ich hatte doch ganz andere Kleider an. Und so dicht ist er nicht an mich rangekommen, dass er sie mir hätte einpflanzen können«, schloss sie diese Variante aus.

»Kann ein Magier dir vielleicht unsichtbar folgen?«

Jeroquee klopfte ihm auf die Schulter. »Das wäre eine Erklärung.«

»Slot, jetzt bekommen wir keinen müden Nuyen für den ganzen Aufwand«, ärgerte Geoff sich.

Die Ghuljägerin schüttelte ihre Lockenpracht. »So einfach haben es die Leichenfresser den Messerklauen nicht gemacht. Adar hat durchgehalten, um mir Koordinaten zu sagen. Du wirst herausfinden müssen, was sie bedeuten.«

Der Netzjockey strahlte und umarmte sie spontan. »Sauber! Dann bekommen wir doch noch das Geld und lassen den Trödelsammler doppelt so viel zahlen.«

»Was ist, wenn er uns in diesem Moment wieder bespitzeln lässt?«, warnte ihn Jeroquee. Ausschließen konnte sie nichts. Ehe sie etwas unternahmen, wollte sie endlich Rückendeckung haben. Aber ihre Runner-Favoriten waren unauffindbar. Ihr Handgelenk-Kom meldete sich.

»Cauldron? Hey, wie auf Bestellung! Ich bräuchte dich für einen Lauf. Morgen. Ist das machbar?« Sie verhandelte knapp über den Preis und beorderte die hermetische Magierin und einen Chummer für den nächsten Tag ins Appartement.

Beinahe euphorisch umarmte sie den Decker. »Doch nicht alles verloren.« Die Frau bemerkte, dass sich der Ausdruck auf dem Gesicht ihres Gegenübers änderte. »Was ist?«

Der Decker nahm sich einen Mutschluck und schaute sie unter Aufbringung aller Courage an. »Ich würde gerne noch einmal mit dir Sex haben wollen. Bitte?«

Die Ghuljägerin entspannte sich, lachte erleichtert auf und gab ihm einen Kuss auf die Stirn. »Träum weiter, Geoff.« Die Erinnerung an die letzte Liebesnacht stieg in ihr auf, die gar nicht mal so schlecht gewesen war. Und der Sekt tat seine Wirkung. »Andererseits,« sie legte einen Arm um ihn und ließ sich umsinken, »ist einmal ja keinmal.« Ruckartig zog sie ihn zu sich herunter.

Geoff schob ihr T-Shirt in die Höhe und küsste die Stelle, an der die unterste Rippe ansetzte. »Welche Koordinaten hat er eigentlich genannt?«, säuselte er ihr ins Ohr.

Die Frau grinste boshaft und zerwuschelte seine Haare. »A-12-217.«

UCAS, Seattle, Downtown, 19. 03. 2058, 18.21 PSZ

Sparkplug betrat das Buyworld-Center. Er nahm sich Zeit und schlenderte durch das riesige Erdgeschoss, um nach den Auslagen zu schauen. Er genoss das Gefühl, ohne Verfolgungsangst unterwegs zu sein.

Als er das *Don Corelione* passierte, bemerkte er im Vorbeigehen das »Geschlossen«-Schild am Restaurant. Ein Handwerker und ein Gespann Drohnen machten sich daran, den Innenraum mit Planen auszulegen und Farbeimer aufzustellen. Der Rigger hätte schwören können, dass es heute Morgen noch geöffnet war.

Eben verließ ein Mann, der ihn wegen seiner Montur an einen Gipser erinnerte, den Raum.

»In zwei Stunden können Sie die ausgebesserten Löcher im Nebenzimmer übermalen«, rief er einem seiner Handwerkerkollegen zum Abschied zu. »Das Zeug bindet und trocknet sehr schnell.« Er grüßte den Elfen im Vorbeigehen.

Ohne sich weitere Gedanken zu machen, begab sich Sparkplug zum nächsten Lift. Den Anruf von Jennings, dass der Auftrag erledigt sei, hielt er zunächst für einen Scherz. Doch der Samurai wirkte am Kom nicht sonderlich heiter, sondern vereinbarte ein Abschlussgespräch mit ihm, um ein paar Details zu klären.

Die Spannung stieg von Schritt zu Schritt. Auf alle Fälle war Jennings brandgefährlich, wenn man bedachte, wie schnell er zum Erfolg kam. Mit diesem Typen wollte er in Zukunft keinen Streit, nicht mal eine Meinungsverschiedenheit haben. Im Café entdeckte er die breite Gestalt des Straßenläufers.

»Ich kann es nicht glauben, dass Sie schon alles geregelt haben«, machte der Rigger seinem Erstaunen anstelle einer Begrüßung Luft. »Mann, Sie müssen verdrekt gute Kontakte haben, Jennings.« Der Elf setzte sich und bestellte sich Wasser. Sein Blick fiel auf den Metallkoffer. »Das Loch ist neu. Heute ist der Tag des Lochs, was? Unten im *Don Corelione* haben sie auch gerade Öffnungen in der Wand verstopft.«

»Und welchen Schluss ziehen Sie daraus, Mr. Sparkplug?« Der Schattenläufer rührte seinen Kaffee um. Die Linke war bandagiert.

»Ist nicht wahr?« Er lachte auf. »Sie hatten eine verfraggte Schießerei im Restaurant, und der Koffer rettete Ihnen das Leben?«

»Haargenau.« Er fand es kein bisschen amüsant. »Nachdem Sie mir den Auftrag gaben, erschien Ihre Heimsuchung bei mir und wollte, dass ich Sie ausfindig mache. Zufälle gibt es.«

Shit, was hatten wir für ein riesiges Schwein, dass wir zuerst bei ihm auftauchten. »Dann war es sehr schwierig?«, erkundigte sich der Rigger vorsichtig.

»Sagen wir, es war nicht einfach«, bevorzugte Jennings eine andere Umschreibung. »Meine Smartverbindung ist hin, drei meiner Leute sind tot, sechs sind verletzt.«

Sparkplug rechnete mit. »Dann hätte es der Typ beinahe geschafft, lebend aus dem Restaurant zu kommen?«

»Beinahe«, bestätigte der Straßenläufer ruhig. »Sie können froh sein, dass Sie ihm nicht begegnet sind.« Er konnte sich nicht erinnern, je einen derart vercyberten Gegner ausgeschaltet zu haben. »Ein Schaltschrank ist an Drähten ein Dreck dagegen.«

»Das gab doch einen Mordslärm.«

»Ein Unfall in der Küche«, lächelte Jennings schief. »Das reichte als Erklärung aus.« Er empfand keine Gewissensbisse, dass er einen langjährigen Geschäftspartner ausgeschaltet hatte. Er war ein Söldner.

»Wer war es eigentlich?« Der Elf saugte am Strohhalm. »Das würde uns schon interessieren.«

»Es war ein gemeinsamer Bekannter. Lugstetter.«

»Lugstetter.« Sparkplug musste eine Weile nachdenken. »Heiliger Shit, ich dachte, den hätten die anderen in die Luft gesprengt! Samt der verfraggten Cyberdynamix-Laboreinrichtung.«

»So täuscht man sich. Ich kann Ihnen sagen, dass er sehr lebendig war.« Jennings kostete seinen Kaffee. »Wir haben ihn verhört, ehe er an seinen Verletzungen und den Präparaten starb. Demnach schickte ihn Annegret Berger, Geschäftsführerin von Cyberdynamix, auf eine private Rachetour, um sich für die millionenschweren Verluste zu rächen.«

Der Rigger stieß die Luft aus. »Ts, wie simpel.« Insgeheim hatte er gehofft, dass es ein bisschen mysteriöser würde. So blieb es Straßenläuferalltag.

Jennings schaute über den Rand seiner Tasse hinweg. »Was haben Sie denn erwartet, Mr. Sparkplug? Dass Sie Opfer einer geheimnisvollen Sekte wurden? Im Zentrum einer Weltverschwörung stehen? Oder glauben Sie an Ufos, die Jagd auf spezielle Lebensformen machen, zu denen Sie und Ihre Freunde zufällig gehören?«

Der Elf grinste breit. »Es hätte auf alle Fälle mehr hergemacht.« Er benutzte sein Handgelenk-Kom, um die anderen zu informieren und die zweite Rate der Bezahlung anzuweisen. Twing fiel noch etwas ein. »Ich soll Sie fragen, ob sie uns nur einen Rachegott auf den Hals hetzte«, gab er die Worte seiner Gesprächsteilnehmerin weiter.

Jennings zuckte mit den Achseln. »Er hat nichts dergleichen gesagt. Sie dürften ein wenig sicherer sein. Ich glaube nicht, dass es sich der deutsche Konzern leisten kann, noch weitere Hunderttausende von Nuyen zu verlieren.«

»Ich lasse sie gerne bluten, wenn sie zu viel Geld haben.« Sparkplug lehnte sich in seinem Stuhl zurück, legte die Hände hinterm Kopf zusammen und schien sich zu sonnen. Beinahe kam es ihm so vor, als habe er Lugstetter ins Jenseits befördert. »Ah, herrlich! Mir geht es schon viel besser. Es ist ein gutes Gefühl zu wissen, dass man den verfraggten Killer nicht zu fürchten braucht.«

»Killer gibt es überall. Die wenigsten sind allerdings gut.« Der Samurai sah ihn ausdruckslos an. »Stellen Sie sich vor, Berger hätte mich in der Zwischenzeit engagiert«, erlaubte er sich die Bemerkung. »Stellen Sie sich vor, Lugstetter wäre vor Ihnen bei mir aufgekreuzt.« Der Straßensamurai klang völlig neutral. Er zählte lediglich die weiteren Möglichkeiten auf. »Stellen Sie sich vor, man nimmt meine Dienstleistung noch in Anspruch. Sicher können Sie sich nie sein.«

Unbehaglich richtete sich der Metamensch auf. »Drek, hören Sie bloß auf, mir Angst zu machen.«

»Mr. Sparkplug, Sie sind doch wie ich ein echter Runner. Wir leben in Seattle täglich mit der Gefahr.« Jennings erhob sich und setzte seine Sonnenbrille auf. »Und wenn es nur das Überqueren einer viel befahrenen Straße ist.« Das konnte tödlicher sein als jede Schießerei.

»Sollte ich mit meiner Cynthia unterwegs sein, mache ich einen Bogen um Sie«, versprach der Rigger gelöst. Noch überwog die Hochstimmung. »Vielleicht werde ich Sie in Zukunft brauchen.« Er hielt ihm die Hand entgegen.

Der Samurai betrachtete sie regungslos. »Es ist keine gute Idee, so etwas wie Freundschaft mit jemandem zu schließen, den man morgen als Gegner haben könnte«, erinnerte er bedächtig. »Nehmen Sie mir's nicht übel, wenn ich nicht einschlage.«

»Okay.«

Die Fronten waren geklärt. Wenn er ehrlich war, fürchtete er sich davor, eines Tages auf der Abschussliste des Mannes zu stehen, dessen Loyalität sich jeder mit Geld kaufen konnte. Sparkplug verlor den Straßenläufer im Gewühl der Mall rasch aus den Augen.

Bexbach (Sox), ECC-Arkologie, 19. 03. 2058, 18:33 MEZ

Johannes Fethal rieb sich die geröteten Augen, die vor Übermüdung brannten. Alles hatte sich gegen ihn verschworen. »Ein Doktor wurde von seiner flüchtigen Probandin ermordet, ein Rigger erhängt sich, und ein Decker setzt sich ab, ohne dass wir herausfinden, wo er jetzt ist?«

Charly nickte. »Gut zusammengefasst.«

»Was erlauben Sie sich?«, schnauzte der wissenschaftliche Leiter ihn an. Klugscheißende Gardisten fehlten ihm noch.

»Ich habe Sie nur in Ihren Schlussfolgerungen bestätigt«, entgegnete der Gardist trocken. Sein Vorgesetzter besaß keinerlei Kredit mehr bei ihm.

Nach dem befohlenen Selbstmordkommando dachte Charly die ganze Zeit darüber nach, wie er Fethal von seinem Posten stoßen könnte. Aber eine Spielart berechtigter Meuterei gab es in den Statuten des Konzerns leider nicht.

»Sie sind sicher, dass Ares ihn nicht hatte?«

Der Sicherheitsmann hob die Schultern. »Was heißt sicher? Wenn sie ihn unmittelbar nach seinem Eintreffen in einem Hubschrauber ausgeflogen haben, haben wir es zumindest nicht gesehen. Er hatte mindestens eine halbe Stunde Zeit, das sollte man nicht vergessen.«

Die Tür öffnete sich ohne ein Klopfen, die Köpfe der beiden Männer ruckten herum.

»Entschuldigen Sie die Störung.« Professorin Usner-Gassert stand schön wie der neue Morgen im Eingang und schenkte ihnen ein Lächeln. Elegant durchschritt sie den Besprechungsraum und betätigte am Schaltpult die Taste, die eine abhörsichere Kom-Verbindung nach außen aktivierte. »Aber jemand möchte sich mit Prof. Fethal unterhalten.«

Auf dem Bildschirm erschien das Gesicht von Annegret Berger. »Guten Morgen, meine Herren«, grüßte sie unfreundlich. »Ich habe gehört, dass es in meiner Arkologie zu Vorfällen kommt, die ich in dieser Art nicht tolerieren kann.«

»Aber …«, versuchte der Leiter der Einrichtung zu protestieren. Seine ganze Körperhaltung wirkte wie die eines entkräfteten Greises.

Die Geschäftsführerin von Cyberdynamix schnitt ihm mit einer knappen Geste das Wort ab. »Sie, Professor Fethal, werden gar nichts mehr zu tun. Hiermit sind Sie Ihres Amtes enthoben und unter Hausarrest gestellt, bis die Untersuchungskommission, die ich und ECC auf den Weg nach Bexbach geschickt haben, mit den Nachforschungen fertig ist.«

»Nein!« Fethal brach vollständig zusammen. »Frau Berger, ich schwöre, dass ich mein Bestes …«

»Kein einziges Wort mehr, Professor Fethal«, unterbrach sie ihn zum zweiten Mal. »Wissen Sie, was im Kontrollrat los war, nachdem Ares den Vorfall zwischen den Knight Errant-Truppen und unseren Gardisten meldete? Ohne das besonnene Vorgehen von Herrn Ostfolk, der Blutvergießen in größerem Ausmaß verhinderte, wären wir aus der Sox geflogen.« Ihr wütendes Gesicht näherte sich der Kamera. »Haben Sie eine Ahnung, wie sich das auf unsere Aktienkurse auswirken würde? Nach dem Desaster in Ingolstadt würden die letzten treuen Investoren ihre Anteile abstoßen, und wir wären ein Blatt in der Geschichte von ECC!« Berger lehnte sich zurück. »Also schweigen Sie, Fethal, um Himmels willen, schweigen Sie, ehe ich mich vergesse!«

»Wie geht es nun weiter?«, wagte Charly sich bei seiner obersten Chefin zu erkundigen.

»Zuerst möchte ich Ihnen für Ihr besonnenes Handeln danken«, sagte die mächtigste Frau des Konzerns.

»Nicht der Rede wert, Frau Berger. Ein paar Funksprüche, beschwichtigende Worte und Entschuldigungen«, fasste er die Gründe zusammen, warum er noch lebte. Seine Leute hatten Glück, dass die Ares-Einheit mit sich reden ließ und nicht genügend scharfe Munition mit sich führte. Sonst wäre es vermutlich anders ausgegangen.

»Sehr gut. Und jetzt bringen Sie Fethal in sein Quartier.« Als der Gardist und der entmachtete Ark-Leiter gegangen waren, richteten sich die Augen Bergers auf Usner-Gassert. »Ich bin zuversichtlich, dass nicht alles verloren ist. Ihr Proband trägt die einwandfrei funktionierende Version des Gefechtscomputers in sich?«

Die Professorin nickte bestätigend. »Das Modell weist keinerlei Fehlfunktionen mehr auf, und es ist uns gelungen, die flüchtige Gerlach so schwer zu verletzten, dass sie vermutlich an den Wunden sterben wird. Zwar entkam sie dem Zugriff, doch wird es ihr nicht mehr viel nützen. Wir haben eine neue Fährte.«

»Sehr gut. Damit bleiben wir im Geschäft. Denken Sie daran, dass wir das defekte Modell benötigen«, schärfte ihr die Geschäftsführerin ein, »oder vollständig unbrauchbar machen. Um das Gewehr soll sich Walther kümmern, falls es Gerlach nicht mehr besitzen sollte. Mir wurde gesagt, dass sich ein Spezialistenteam im Auftrag von Ruhrmetall eingeschaltet habe.«

»Ich rechne bald mit einem Erfolg«, versicherte die Forscherin zuversichtlich. »Ihren Anweisungen entnehme ich, dass Sie mich als neue Leiterin der Arkologie vorgesehen haben?«, wollte sie mit klopfendem Herzen wissen.

»Sagte ich das noch nicht?«, entgegnete Berger erstaunt. »Entschuldigen Sie, natürlich sind Sie die neue Chefin.« Sie lächelte zum ersten Mal. »Wer so gute Ergebnisse vorweist, muss doch belohnt werden, nicht wahr? Ich übermittle Ihnen die relevanten Passwörter.

In ein paar Stunden wird die Untersuchungskommission in Bexbach eintreffen und ihre Arbeit aufnehmen. Unterstützen Sie die Leute.« Die Geschäftsführerin blickte auf ihre Uhr. »Halten Sie sich wacker. Ich versuche derzeit, die Wogen im Kontrollrat zu glätten. Viel Erfolg, Professorin Usner-Gassert.« Der Monitor wurde schwarz.

Die neue Direktorin jauchzte laut auf und schnippte das Namensschild Fethals vom großen Tisch. Genüsslich nahm sie auf einem Stuhl Platz und betrachtete den Raum. Triumph ohnegleichen. *Ich habe es dir prophezeit, Johannes. Und was ist geschehen? Ich hatte Recht.* Sie räkelte sich.

Allerdings blieb ihr nur wenig Zeit um Ausruhen. Sie würde die nächsten Stunden damit verbringen, alle Spuren zu beseitigen, die ihr in irgendeiner Weise gefährlich werden konnten.

Zwei Dinge bereiteten ihr Sorgen. Vor dem Mord an ihrem ehemaligen Liebhaber Johannes schreckte sie zurück. Nicht wegen Skrupel. Die hatte sie in frühester Kindheit abgelegt. Sondern wegen der Aufregung, die entstehen würde. Dennoch blieb er ein Unsicherheitsfaktor.

Außerdem beschlich sie der Verdacht, dass Ostfolk mehr schnüffelte, als es dem Leiter der Gardisteneinheiten zustand. Keinesfalls sollte er die Verbindung zwischen ihr sowie den Morden an Gud und Lehmann entdecken.

Erst wird das Offensichtliche weggewischt, danach sehen wir weiter. Schwungvoll stemmte sie sich aus dem Stuhl, um sich an die Arbeit zu machen.

Badisch-Pfalz, Zweibrücken (Eingangstor zur Sox), 20. 03. 2058, 20:42 MEZ

»Action.« Poolitzer filmte das schlafende Gesicht der Unbekannten, das vor lauter Schläuchen und Kabeln, beinahe nicht mehr zu sehen war. »Hier sehen wir das wahre Gesicht der Frau, die im Alleingang mehrere Verbrecher und einige Unschuldige vernichtet hat. Im Auftrag eines Konzerns, der schon einmal im Mittelpunkt meiner Berichterstattung stand. Cyberdynamix und DrakenSys, die unheilvolle Konstellation, die meinen treuen Zuschauern sicher noch gut in Erinnerung ist. Die Unternehmen sind nach meinen Ermittlungen verantwortlich für den Tod der Menschen im *Capital* und im *Pleasuredom*. Seit neuestem kommen mehr als ein Dutzend Tote in einem Zweibrücker Gebäude hinzu. Dort lieferten sich diese junge, harmlos aussehende Frau und ein vom Konzern ausgesandter Samurai ein wildes Duell …«

»Schnitt«, sagte Gee Gee neben ihm böse, packte ihn an der Schulter und schleifte ihn aus dem Zimmer. »Du bist ein widerlicher Sack!«, setzte sie heißblütig zu einer Standpauke an. »Lass sie doch erst einmal wieder zu Kräften kommen. Vielleicht will sie gar nicht gefilmt werden.«

»Diese Sequenzen machen sich in der Dokumentation sehr gut«, widersprach er. Job war Job. Er hatte einen Ruf zu verlieren, wenn er nicht schnell lieferte. »Und die Betonung liegt auf Dokumentation.« Der Reporter schälte sich aus dem OP-Kittel, warf ihn der Schauspielerin über und ging nach draußen. »Nicht mehr und nicht weniger.«

»Dass ich nicht lache. Ein Reißerstreifen wird das.«

Er enthielt sich jeder Erwiderung. Sie setzten sich in den Aufenthaltsraum der kleinen Klinik, in der die Schauspieler ihre Gebrechen richten ließen.

Der Arzt kannte glücklicherweise einen Kollegen aus Pirmasens, der den Weg auf sich genommen hatte, um mehr an der Verletzten vorzunehmen, als nur die oberflächlichen Verletzungen zu flicken. Natürlich gegen gutes Geld, das ihm Poolitzer gab. Er hoffte nur, dass sie ihm ihre Schulden zahlte, falls die Story nicht viel abwarf. »Wie lange wird es dauern, hat der Doc gemeint?«

»Ungefähr eine Woche«, wiederholte sie die Worte des Spezialisten, »dann ist sie in der Lage, sich mit uns zu unterhalten.«

Poolitzer koppelte die Kamera an einen kleinen Monitor und sah sich die Aufnahmen an, die er eben gemacht hatte. Das Material gefiel ihm.

»Wie kommt es, dass du sie plötzlich vor mir beschützt, nachdem du sie in der Kirche am liebsten durchlöchert hättest?«, fragte er beiläufig, ohne die Augen vom Bildschirm zu nehmen. Die Elektronik der Kamera lieferte gestochen scharfe Aufnahmen, und zufrieden stöpselte er sie wieder aus.

Gee Gee wand sich. Sie wurde an ihren Ausraster nicht gerne erinnert. »Ich sah Genius vor mir, wie er so hingeworfen im Zimmer lag.«

Aufmunternd berührte er ihre Schulter. »Sie wird uns verraten, wer dahinter steckt.« Der Reporter kümmerte sich um den Akku des Aufnahmegeräts. »Wir müssen noch ein wenig Geduld haben. Im Schlaf hat sie ›Cyberdynamix‹ und ›Charly‹ gemurmelt.«

»Ich danke dir dafür, dass du mir hilfst«, sagte sie.

»Was hältst du davon, wenn wir mit den Vorbereitungen für den Lauf beginnen?«, schlug er vor. »Wir sollten herausfinden, wo sich die Cyberdynamix-Anlage befindet und wie wir hineinkommen.« Er legte die Stirn in Falten. Dazu brauchte man Schattenläufer. Zwei bis drei Samurai, mindestens einen Decker, dazu einen Rigger mit Unterstützungsdrohnen und einen Magier. Und sie beide.

Die Schauspielerin hüstelte. »Du hast doch schon von der Sonderrechtszone gehört, oder?«

»Eine fünf Meter hohe Mauer mit Monofilamentdrahtzaun, ein fünfzig Meter breiter Sicherheitsstreifen, Minen und Selbstschussanlagen, Patrouillen, Drohnen, Kontrollratgardisten«, zählte er ungerührt auf. »Wie sollen wir da hineinkommen?«

»Bin ich Straßenläuferin?« Die Schauspielerin zeigte deutlich, dass sie keinerlei Ahnung von der Materie hatte.

Poolitzer begann über das ganze Gesicht zu leuchten. »Aber klar! Ordog!« Er durchsuchte fieberhaft seine Taschen. Die Nummer stand auf einem Bierdeckel. Bald türmten sich Papierchen, Stofffussel, Bonbons, Ersatzakkus, Mini-CDs und Behälter für Kontaktlinsen auf dem Tisch. »Hoffentlich habe ich sie nicht verloren.« Endlich fand er das Pappstück. »Na also. Da ist es. Ich sage ihm, er soll herkommen.«

Gee Gee wirkte nicht begeistert. »Trefft euch lieber in einer Seitenstraße. Ich glaube nicht, dass der Doktor es gerne hat, wenn zu viele seltsame Gestalten in seiner Praxis auftauchen.«

»Von mir aus.« Der Reporter stellte die Verbindung her. »Hallo, Ordog. Gospini hier! Sie erinnern sich an mich? Ich benötige Ihre Hilfe. Wir treffen uns in fünfzehn Minuten in …«, er sah aus dem Fenster, »der Lammstraße. Da gibt es eine mehrstöckige Kneipe … Sie kennen sie? Dritter Stock. Bis gleich.« Rasch legte Poolitzer auf, damit der Straßenläufer keine Gelegenheit erhielt, Widerspruch einzulegen. »Wie habe ich das gemacht?«

»Unbeschreiblich gut«, gab die Schauspielerin grinsend zurück. »Was machen wir mit Spengler?«

»Guter Hinweis.« Der Reporter zog seine Jacke an und stiefelte zum Ausgang. Der Kommissar würde sich bereits die Hacken nach ihnen blutig laufen. Und wenn er die Nase voll hatte, hetzte er ihnen alle Streifen auf den Hals, die er besorgen konnte. Das Risiko mussten sie eingehen. »Er wird sich noch ein bisschen gedulden müssen. Wir sollten Cherub entscheiden lassen. Vielleicht will sich unser Engel gar nicht stellen?« Erst brauchte er seine Informationen. Gegen Kons konnte Spengler sowieso nichts ausrichten. »Ich wette, dass er die Ermittlungen einstellen muss, weil irgendein Vorgesetzter ihm das befehlen wird.« So war es immer. Er hängte sich die kleine Tragetasche um, in der er seine Kameraausrüstung trug. »Bis nachher.«

Gee Gee winkte zurück und schaute wieder durch das Glas auf die Straße. Zweibrücken hatte schon einmal bessere Zeiten gesehen. Sie betrachtete die Fassade des mehrere hundert Meter entfernten Barockschlosses. Auf dem großen Platz davor spielten sie im Sommer Freilufttheater. Sie legte die Arme um den Oberkörper. »Hatten«, raunte sie melancholisch. »Hatten wir Theater gespielt, muss es heißen.«

Aus und vorbei. Es blieben die Erinnerung an die schönen Zeiten und die Hoffnung auf bessere.

Ein gewaltiger Schatten verdunkelte urplötzlich das Fenster.

Ordog hatte sich in den letzten Tagen kein bisschen verändert. »Hey! Sie sehen so schlecht aus wie das letzte Mal«, sagte Poolitzer, als er den deutschen Samurai die Treppe hoch auf sich zukommen sah.

Die Kneipe war im dritten Stock nur für einen Tisch ausgelegt, und den okkupierte er bereits seit einigen Minuten gegenüber anderen Gästen äußerst erfolgreich. Die Bude hätte ebenso gut in den Barrens stehen können: versifftes Interieur, eine Barschlampe von verblüffender Langsamkeit sowie Dumpingpreise beim starken Alkohol, um die Berufstrinker zu locken. Bezeichnenderweise stand »Kon-freie Zone« über der Tür, was den Seattler nicht wunderte. Keiner, der sich vor ansteckenden Krankheiten fürchtete, setzte einen Fuß über die dreckige Schwelle.

Poolitzer kam gleich zur Sache. »Wie ich schon am Kom sagte, ich muss in die Verseuchte Zone, um in einer Ark ein paar Dinge nachzuprüfen.«

»Aha.« Ordog sah ihn ausdruckslos an.

Poolitzer verzog den Mund. »Denken Sie, ich verarsche Sie?«

»Ja.«

»Ich brauche Sie, einen Magier, einen Decker, eine genaue Karte, die mich zur Cyberdynamix-Ark führt, und noch ein paar Muskeln zusätzlich, falls wir an eine Patrouille geraten«, zählte der Reporter auf. »Die Leute müssen gut, aber bezahlbar sein.« Jetzt, da er alles aufzählte, kam es ihm ein wenig viel vor.

Ordog beugte sich vor. »Angenommen, Sie meinen das wirklich ernst, bedarf das Unternehmen einiger Vorbereitung. Und den Magier können Sie sich abschminken. Falls Sie es nicht wissen sollten, in der Sox bewegen sich Wolken mit Antimagie. Genau verstehe ich das auch nicht. Jedenfalls macht kein Magischer freiwillig einen Schritt in die Zone. Einen Decker kann ich besorgen, ebenso einen Rigger. Das wird aber dauern. Wir müssen sie erst aus Karlsruhe oder von weiter weg hierher bekommen. Was Sie hier kriegen, taugt nicht viel.«

Der Reporter rieb sich die Hände. »So gefallen Sie mir.«

»Die Mauer bleibt ein Problem. Ich kann versuchen, Kontakt mit den Geisterratten aufzunehmen. Das sind Schmuggler, die mit umgebauten T-Birds über die Mauer springen und ihre Ware quer durch die Sox von Frankreich nach Deutschland bringen. Von denen erhalten wir die notwendige Ausrüstung, um ohne größere Verstrahlung bis zur Ark zu kommen.« Der Straßenläufer befand sich bereits mitten in einer solch konkreten Planung, dass Poolitzer nur zu staunen vermochte. »Wie kommen wir rein? Haben Sie einen Kontakt in der Ark?«

Der Reporter wog den Kopf hin und her. »Wahrscheinlich. Die Person wird gerade zusammengeflickt. Von ihr werden wir hoffentlich alles erfahren.«

»Geben Sie mir drei Wochen«, verlangte Ordog. »Eher ist nichts zu machen.«

»Drei Wochen?« *Hoffentlich leben wir bis dahin alle noch.* Er rieb sich das Bärtchen. »Warum so lange?«

»Leute finden, Termine absprechen, Pläne machen«, zählte der Deutsche auf. Es kam nicht alle Tage vor, dass ein irrer Ami in die Sox und vor allem wieder raus wollte. Wie man so hörte, verhielten sich die Kons ein wenig nervös. Die Luft konnte bleihaltig werden. Der Läufer zückte ein Pad. »Geben Sie mir Ihre Nummer. Ich rufe Sie an, wenn ich so weit bin.« Er notierte sich die genannte Zahlenfolge. »Gut. Meine Dienste bekommen Sie kostenlos, die anderen werden eine hübsche Summe haben wollen. Immerhin marschieren wir durch verstrahltes Gebiet und müssen uns unter Umständen mit Punks und Ghulen herumschlagen oder gegen Drohnen antreten.« Er fixierte die Augen des Reporters, die einen abwesenden Ausdruck angenommen hatten. »Was sehen Sie mich so an? Sie wollen in die Sox, nicht ich.«

»Es ist schön, einen Profi an der Hand zu haben.« Poolitzer bestellte sich etwas Härteres als Malzbier. Gefahren lauerten in der Sox auf Schritt und Tritt. Zum Beweis dafür, dass es sich lohnen würde, juckte seine Nase.

Poolitzer machte sich auf den Rückweg zur Privatpraxis des Arztes und schlenderte an der Wand des mehrstöckigen Gebäudes entlang. Glas knirschte unter seinen Sohlen.

Überrascht schaute er nach unten und entdeckte, dass

er in einem riesigen Scherbenhaufen stand. Poolitzer blickte nach oben und bemerkte das riesige Loch, das einmal ein Fenster gewesen war. Und wenn er sich nicht sehr täuschte, hing ihr Arzt zur Hälfte heraus.

Fuck! Er rannte um die Hausecke, um wie angewurzelt stehen zu bleiben. Gegenüber dem Eingang parkte der schwarze Mercedesbus PE-Kommando. Die Fahrertür stand offen. Von den Insassen fehlte jede Spur. Poolitzer schaute in das Fahrzeug und klappte das Handschuhfach auf. Tatsächlich befand sich eine ihm unbekannte Pistole drin, die er an sich nahm und durchlud. Seine Waffe hatte er in der Praxis liegen lassen. Zügig ging er ins Haus. Der Reporter montierte die Kamerakopfhalterung, während er die Treppen hinaufhechelte, und aktivierte die Cybercam.

Die Tür zur Praxis war sauber aus dem Rahmen gesprengt, ohne mehr als die Fassung zu beschädigen. Das Werk einer Spezialeinheit, perfekt wie aus einem Trainingsvideo von LoneStar.

Im Inneren herrschte diffuses Licht, ein Neonlicht flackerte surrend. Vorsichtig tastete er sich vorwärts. Bereits nach einigen Metern musste Poolitzer über den ersten Leichnam steigen.

Ein Mann in einer Schussweste lag mitten im Gang, neben ihm befand sich ein geöffneter Koffer mit seltsamen elektronischen Geräten, die durch eine Salve zerstört worden waren. Für Detailaufnahmen blieb später Zeit. Erst wollte er nach Gee Gee und der Unbekannten sehen.

In den angrenzenden Räumen stieß er auf weitere Leichen, die alle die gleiche Kleidung trugen wie der erste Mann. In Cherubs Zimmer fand er drei Tote. Einen von ihnen erkannte er als den Mann, den er als Witzke in Erinnerung hatte.

Wie die anderen Opfer waren sie unter schweren Beschuss geraten, das schätzte er zumindest anhand der

Wunden und der zerfledderten Kevlarwesten, die der Gewalt der Projektile nicht standgehalten hatten. Geschosse aus dem Wundergewehr konnten es nicht gewesen sein. Sie hätten das Gewebe glatt durchschnitten.

Poolitzer entdeckte das neuartige Gewehr in der Hand eines Toten und entwand es seinen Fingern. Er steckte sich einige Schachteln Munition ein, die verstreut auf dem Boden lagen.

Das Krankenbett starrte vor Blut, Drähte und Kabel hingen sauber durchtrennt zu Boden. Die Überwachungsgeräte meldeten »Error« in allen Farben und heulten ihre sinnlosen Warnungen. Es gab niemanden, der etwas unternehmen konnte.

Übelkeit stieg in dem Reporter auf, ein saurer Geschmack breitete sich in seinem Mund aus. Dennoch ging er näher, um Bilder einzufangen.

Im Bett lag der durchaus irdische Leib Cherubs, wie man an den Unmengen von Blut erkannte. Der Kopf war sauber vom Rumpf getrennt und vermutlich vom Angreifer mitgenommen worden.

Er ersparte sich eine Nahaufnahme von den Wundrändern. »Gee Gee?«, rief er voller Sorge. »Gee Gee, wo bist du?«

Poolitzer betrat den Aufenthaltsraum und sah gerade noch, wie der Körper des Doktors vollends aus dem zerstörten Fenster rutschte. Dumpf erklang der Aufschlag, fast augenblicklich schrie jemand auf der Straße auf. Damit blieb keine Zeit, sich lange in der Praxis aufzuhalten.

Die Schauspielerin befand sich mit den Füßen nach oben auf dem Boden. Ihr Schädel war den Spuren nach zu urteilen gegen die Tischkante geknallt. Aber sie lebte noch und öffnete sogar die Augen, als er sie sachte anstieß.

»Er war da«, stammelte sie. »Satan! Er war wieder da.« Mit der Hilfe des Reporters erhob sie sich, schüttelte die Scherben aus ihren Kleidern und betastete die

Wunde an ihrem Hinterkopf. »Er kam durch die Scheibe gesprungen und stieß mich um. Ich fiel gegen den Tisch. Das Letzte, was ich hörte, war eine gedämpfte Explosion im Flur und Gewehrfeuer.«

Es sah so aus, als hätte sie verdammtes Glück gehabt. Dieser Spinner und die Jungs aus der *Pleasuredom*-Ruine waren aneinander geraten. Er servierte sie alle der Reihe nach ab und köpfte ihren Engel. So lautete Poolitzers erste Theorie.

Sirenen heulten ganz in der Nähe auf.

»Wir müssen weg von hier. Kannst du laufen?«, erkundigte er sich. Sie nickte schwach. Hand in Hand kletterten sie über die Leichen, als sich die Schauspielerin losriss und in ein Zimmer rannte, um mit einer Transportbox zurückzukommen.

Auf dem Weg nach unten telefonierte Poolitzer mit Ordog, um sich Rückendeckung zu verschaffen. Er war zu müde und am Ende seiner Nerven angelangt. Er brauchte einen einheimischen Fachmann, der ihm in der brenzligen Situation rasch aus der Patsche half.

Das Duo schaffte es, den anrückenden Polizeieinheiten um Haaresbreite zu entkommen und sich von dem deutschen Straßenläufer aufgabeln zu lassen.

Ordog stellte keine Fragen. Er bugsierte die beiden auf die Rückbank des VW Kombis, legte eine Decke über sie und fuhr gemächlich an den entgegenkommenden Streifen vorbei, um auf die Autobahn in Richtung Pirmasens zu steuern.

UCAS, Seattle, Downtown, 20. 03. 2058, 07:03 PSZ

Die Ghuljägerin erwachte und wälzte sich noch etwas verschlafen auf die rechte Seite, um den Decker nach der Uhrzeit zu fragen. Die Stelle neben ihr im Bett war leer.

Jeroquee lächelte wissend. *Dachte ich es mir doch. Der kleine verräterische Sack.*

In aller Ruhe stand sie auf, gönnte sich eine Dusche und bereitete ein ausgiebiges Frühstück vor, weil sie mit dem Eintreffen von Cauldron und ihren Freunden rechnete.

Obwohl sie geahnt hatte, dass ihr Bekannter sich abseilte, war sie ein wenig enttäuscht über die Unzuverlässigkeit des Mannes. Mit dem sie zu allem Überfluss keinen schlechten Sex gehabt hatte. Wütend schlug sie ein Ei in die Pfanne. *Ich falle immer auf die gleichen Idioten rein. Was mache ich nur immer falsch?*

Als sie den Trid einschaltete, um sich über das Geschehen in der Welt zu informieren, zeigte der riesige Flachbildmonitor das Gesicht Geoffreys.

»Hey, Jeroquee. Es wird keine echte Überraschung für dich gewesen sein, oder? Ich steige aus und mache mein eigenes Ding. Dafür habe ich dir das Geld aus Sakagis Tresor auf dein Konto gebucht und die restlichen Codes geknackt, die dir noch im Weg sein könnten. Eine Kopie von seinen Daten findest du in deinem Palmtop. Der tote Jap wird sie nicht mehr brauchen.« Der Mann schaute direkt in die Linse. »Tut mir Leid, dass ich mir die Foki vor dir besorgen werde. Aber ich brauche das Geld dringender. Ich schicke dir den Fetisch von Sunrain zu. Spar dir den Anruf bei Zozoria, er weiß Bescheid. Es war ihm herzlich egal, wer die Sachen liefert. Wenn alles vorbei ist, können wir einen trinken gehen.« Er pochte gegen das Objektiv. »Hey, in einem Jahr lachen wir drüber.« Die Aufzeichnung endete.

Wenn alles vorbei ist, bist du tot. Die Ghuljägerin bedauerte es sehr, dass sie nicht sehen konnte, wie die Messerklauen unter seiner Leitung durch die Röhren stapften, um dann irgendwo zu stehen, wo sie im besten Fall ein paar Ghule, Ratten oder Alligatoren fanden.

Aber keine magischen Artefakte. Sie spürte bereits jetzt Genugtuung.

Dabei hatte sie ihm durchaus vertraut. Beinahe zumindest. Jeroquee griff zum Hörer. »Ich hätte gerne Mr. Al Doreel gesprochen«, verlangte sie den Sicherheitschef an der Rezeption.

Sie erklärte dem aufmerksam zuhörenden Elf, dass sich ihr Bekannter zusammen mit einem wertvollen Kunstobjekt abgesetzt hätte und ihm in Zukunft jeglicher Zutritt ins Hochhaus untersagt werden sollte. »Und schicken Sie mir bitte einen Ihrer Sicherheitsdecker. Ich fürchte, der Mann hat ein wenig Unordnung hinterlassen. Wären Sie so freundlich, die Passwörter nach meinen Angaben zu ändern? Ich erkläre es Atades.«

»Aber sicher, Miss Sixtynine«, bestätigte Doreel ihre Wünsche. »Alles Notwendige wird veranlasst. Wollen Sie eine Anzeige gegen den Mann erstatten?« Sie lehnte ab. So weit wollte sie nicht gehen. Geoff würde spätestens dann mächtigen Ärger bekommen, wenn er Zozoria nichts lieferte. »Dann schicke ich den Decker sofort ins Hausnetz.«

Zufrieden legte sie auf und kümmerte sich um die Zubereitung des Frühstücks. Gegen acht Uhr klingelte es. Cauldron, wie immer in exklusiven schwarzen Gewändern und behängt mit Silberschmuck, erschien in Begleitung eines nervös wirkenden Orks, der einen geliehenen Smoking trug, wie man an der Inventarkarte am Kragen erkannte, und eines Elfen in einem viel zu weiten, abgetragenen Anzug. Die Verstärkung war angekommen.

Jeroquee öffnete. »Kommt herein, das Frühstück wartet.«

»Danke, sehr freundlich«, sagte der Ork und drückte sich rasch in die Wohnung.

»Das ist Hustle, die Messerklaue im Team«, stellte die

Hermetische die Begleiter vor, »und das ist Sparkplug, seines Zeichens Rigger. Mich kennen Sie ja.«

»Die Haussicherheit ist ganz schön auf Zack«, meinte der Straßensamurai, suchte sich einen Platz an der thekenähnlichen Anrichte und betrachtete das Essen. »Die haben wirklich die kleinste Knarre gefunden, die man einstecken kann.«

»Das will ich doch schwer hoffen, ich habe eine entsprechende Anweisung gegeben. Kostet ordentlich Geld.« Glücklicherweise nicht ihres. Die Ghuljägerin schenkte heißen Tee aus. »Möchte jemand etwas anderes?« Sie öffnete den Kühlschrank. »Auswahl hätten wir. Der Vorbesitzer hat einiges stehen lassen.«

»Bringen wir erst das Geschäftliche hinter uns«, bat die Magierin freundlich. »Worum geht es denn?«

In aller Kürze schilderte Jeroquee den Sachverhalt, verschwieg aber nicht, dass man im Kanal unter Umständen auf Widersacher stoßen könnte.

Die anderen hörten kauend zu, wobei sich der Elf über das Essen hermachte, als gäbe es am nächsten Tag nichts mehr für ihn. Der Ork benahm sich fast noch gesitteter, auch wenn es ihm wegen seiner Hauer etwas schwerer fiel. Cauldron beschränkte sich auf Toast.

»Alles in allem ist es eine nicht ganz so leichte Sache. Deshalb habe ich an Sie gedacht. Poolitzer hat nur Gutes über Sie und Ihre Freunde berichtet«, schloss sie. »Was macht er eigentlich? Wissen Sie das?«

»Sehr schmeichelhaft, Ihre Meinung über uns«, meinte Hustle erfreut, während er sein Brot mit Soy-Wurstimitatscheiben belegte. »Dem Snoop geht es den Umständen entsprechend gut. Offenbar hat man ihm keinen Killer auf den Hals gehetzt. Er sitzt in den ADL und ist schon wieder an einer neuen Story.«

»Ein Killer?«, entgegnete die junge Frau besorgt. »Wie ...«

»Wir sind den Killer inzwischen losgeworden«, beruhigte die Hermetische sie. »Aber wir werden nur in kleiner Besetzung spielen können, wie man so schön sagt. Mit der entsprechenden Vorbereitung sollte das kein Problem werden. Ihre Erfahrungen in der Kanalisation sind von unschätzbarem Vorteil.«

»Zuerst brauchen wir das verdammte Ziel«, machte sie der Rigger aufmerksam.

»Wenn Sie keinerlei Anhaltspunkte haben, könnten wir es auf astrale Weise versuchen«, schlug die magisch begabte Frau vor.

Jeroquees Miene hellte sich auf. »Geht das so einfach?«

»Wir benötigen etwas, das mit den Fetischen in Beziehung steht.«

»Ich habe die Fetische nur kurz gesehen …« Sie stockte und ging zu ihrer Ausrüstung. Dort kramte und wühlte sie, bis sie den Plastiksack gefunden hatte. Sie brachte Cauldron die dunkelblaue Feder sowie das graue Stückchen Lederschnur. »Es kann sein, dass es Stücke von einem Fokus waren.«

Cauldron nahm die Fundstücke entgegen. »Wir können es versuchen. Es wird aber eine gewisse Zeit dauern, bis ich die Verbindung hergestellt habe.« Sie stand auf und durchmaß das Wohnzimmer. »Würden Sie die Haussicherheit fragen, ob ich von hier aus ein Ritual durchführen darf oder ob das nicht gerne gesehen wird? Ich habe keine Lust, dass ein Wachelementar mich grillt.«

Wenige Minuten darauf erhielt sie die Absage vom Elfen und den Hinweis, dass der hauseigene Decker alle Eingabecodes auf neutrale Einstellungen zurückgesetzt habe.

Sie einigten sich darauf, dass die hermetische Magierin sich für ihre Suche an einen anderen Ort begab, und anschließend zum Bericht zurückkehrte. Sie verabschiedeten sich voneinander.

Den Rest des Vormittags verbrachte die Ghuljägerin damit, die Codes am Appartement auf ihre eigenen Passwörter einzustellen, auch wenn sie am ganz großen Mastercode, der nach wie vor Seg unterstellt war, nicht vorbeikam. Dabei fiel ihr Geoffs Bemerkung wieder ein.

Als sie ihren Palmtop durchsuchte, fand sie tatsächlich die wichtigste Sache überhaupt: Die Kopie von Segs Retina und alle fraglichen Passwörter. Jetzt musste sie nur noch die virtuelle Netzhaut an die Sicherheitsabfrage klemmen.

Als Cauldron, Sparkplug und Hustle am späten Nachmittag zurückkehrten, stellte sich der Rigger bereitwillig zur Verfügung, die Verkabelungsaktion und die elektronische Überbrückung vorzunehmen. Die Ghuljägerin setzte ihre eigene Retina als allein gültige in die Abfrage ein und fühlte sich nun wesentlich sicherer. Unterdessen fiel es der Magierin sichtlich schwer, ihre gewonnenen Erkenntnisse nicht auszuplaudern.

Endlich hatte die Ghuljägerin ein offenes Ohr. »Entschuldigen Sie die Verzögerung. Doch anders hätte ich mich nicht sicher gefühlt«, erklärte sie die Priorität der Passwörter.

»Sie sind der Boss. Was Sie mit der Wohnung machen, geht uns nichts an«, sagte Hustle.

»Aber die Fetische schon«, warf die Frau im schwarzen Kleid ein. »Ich habe herausgefunden, wo sich die magischen Artefakte befinden. Und wir sollten uns beeilen. Sie leuchten wie ein Feuerwerk, wenn man sich ihnen nähert. Es scheinen ein paar ganz besondere Stücke darunter zu sein.«

»Ich habe in der Zwischenzeit die Lage anhand Cauldrons Beschreibung eingezeichnet, auch wenn sie etwas ungenau ist. Ich musste mich auf Meterangaben, rechts, links, hoch, runter verlassen«, setzte der orkische Samurai die Ausführungen an ihrer Stelle fort. Er hielt ihr einen Chip hin. »Da müsste es sein.«

Jeroquee steckte den Datenträger ins Terminal und betrachtete die dreidimensionale Angabe nachdenklich, die wie ein ständig rechtwinklig abknickender Bindfaden im schwarzen Raum aussah. *Machen wir das Ganze ein wenig konkreter.*

Sie nahm den Einstiegspunkt der Magierin und verglich den Verlauf des Weges mit den Plänen, die Geoffrey aus den Archiven der Kanalisationsunternehmen besorgt hatte.

»Drek, da ist es ja«, kommentierte Sparkplug zufrieden.

»Dann kann es sofort losgehen«, verkündete Jeroquee und machte sich daran, ihr Arbeitszeug in den großen Seesack zu stopfen. »Es wird nicht lange dauern, höchstens ein Fußmarsch von einer Viertelstunde. Die Leitern werden uns ein wenig aufhalten.«

»Wird es nicht bald Nacht?«, gab Cauldron zu bedenken.

»Hat ein Grufti Angst im Dunkeln?«, griente der Ork. »In den Röhren ist es immer pechschwarz, egal, welche Tageszeit wir haben.«

»Der Wetterbericht sagte Regen voraus«, warf Jeroquee ein. »Wenn die Angaben stimmen, wird der Teil des Kanals schnell überflutet.« Das Zeichen im Plan verwies auf einen Durchgangsfluter. Und wohin es die Foki dann trieb, wüssten nur die Ratten.

Seufzend schaute die Magierin an sich herab. »Haben Sie noch eine zweite Montur für mich? Ich fürchte, ich bin nicht passend angezogen.«

Die Ghuljägerin warf ihr die Ersatzkombination zu.

»Ein Rigger zu sein hat schon seine Vorteile.« Hustle warf dem Elfen einen neidischen Blick zu. »Du musst dir die Füße nicht dreckig machen.«

Schweigend studierte Sparkplug den Plan. »Falsch, Chummer.« Die Reichweite seiner Fernsteuerung war zwar nicht das Problem. Aber die verfraggt dicken Wände. Keine Chance für die Steuerimpulse. »Sieht so aus, als müsste ich dich am Händchen nehmen. Irgendwo habe ich noch einen Chemoschutzanzug. Der wird reichen müssen.«

Hustle angelte sich eine Wurstscheibe und schob sie in den Mund. »Weichei.«

Ehe sie in einer Seitenstraße der Puyallab-Barrens in die Kanalisation abstiegen, vergewisserte sich Cauldron mit einem schnellen astralen Rundumblick, dass ihnen niemand folgte.

»Schnell. Der Regen hat eingesetzt.« Jeroquee verschwand in dem Schacht, um nach dem Zustand der Leiter zu sehen. Die Sprossen wirkten tadellos und sollten das Gewicht des Orks tragen.

»Oh, shit«, stöhnte Sparkplug, als er den Schacht hinunterstieg. Die Magierin grinste und folgte dem Rigger, Hustle bildete den Schluss. Alle hatten Sauerstoffmasken dabei, sollte die Konzentration an Gasen zu hoch werden. Dabei verließen sie sich auf die Erfahrung der Ghuljägerin.

Im ersten Quergang holte Sparkplug seine vier Mikroskimmer nach. Zwei schickte er als Aufklärer nach vorne, die anderen deckten das Ende der kleinen Kolonne, die sich mehrere Meter tief unter Seattle bewegte.

Die Drohnen verjagten ein paar umherstromernde Wesen, die aus der Entfernung an Orks erinnerten. Als sie sich durch enge Röhren quetschen mussten, blieb Sparkplug zurück, der wegen des Schutzanzugs nicht hindurchpasste. Die Mikroskimmer surrten beinahe lautlos vor, einer blieb als Schutz beim Elfen zurück.

Cauldron lehnte sich an die Wand und wechselte auf die astrale Ebene, um sich zu vergewissern, dass sie sich den Foki näherten. Es dauerte nur wenige Augenblicke, und die Magierin kehrte von ihrer Astralreise zurück. »Sie sind weiter vorne. Es ist nicht mehr weit.«

Sie kämpften sich robbend weiter und mussten zuerst Hustle, dann die Skimmer zurücklassen. Die Röhre verengte sich dermaßen, dass zum Schluss nur die beiden Frauen hindurchpassten.

Cauldron schaute ein letztes Mal nach, um sicher zu gehen, dass sich niemand in der Kammer aufhielt. Dann wagte es die Ghuljägerin, die Luke zu öffnen und sich in den Raum zu schieben.

Sie aktivierte die Infrarotsicht ihres Helms und sicherte die Umgebung. »Die Luft ist rein«, meldete sie.

»Sehr witzig«, erwiderte die Magierin.

Ihre Taschenlampe flammte auf und beleuchtete die vielen Foki und Fetische, welche die Ghule hier in Sicherheit gebracht hatten.

Sie schaute zu ihrer Begleiterin. *Wahnsinn. Hier liegen Werte herum, die sie nicht einmal erahnen kann.* Sie ärgerte sich, dass ein schnöder Antiquitätensammler die wertvollen Artefakte erhalten sollte. Aber so war das Leben als Schattenläufer. Man holte anderen die goldenen Kastanien aus dem Feuer.

»Fangen wir an«, gab Jeroquee den Einsatzbefehl und öffnete den wasserdichten Rucksack. »Wir dürfen nicht ein einziges Stück liegen lassen …«

Die Kontrollanzeige der Luke über ihren Köpfen blinkte auf.

Mit einem Satz war sie neben dem Verschluss und beendete den Öffnungsvorgang, der eben von der automatischen Steuerung initiiert worden war. Das löste zwar eine Alarmmeldung in irgendeiner Zentrale aus, sie konnten es sich aber nicht leisten, vom Abwasser überrascht zu werden. Erst die Foki.

Hastig packten sie die Utensilien ein. Bei einer groben Zählung kamen sie auf mehr als hundert Stück. Sorgsam durchforsteten sie die kleine Kammer, um sicher zu gehen, auch die letzte Feder und den kleinsten Ring eingepackt zu haben. Zuerst stieg Cauldron zurück in den Abfluss, danach folgte die Ghuljägerin.

»Sehen Sie, es läuft hervorragend«, freute sich die Magierin. In einer Viertelstunde wären sie draußen. Und sie schwor, sie würde sich nie wieder über den Smog in Seattle beschweren.

Hinter ihnen erklang ein gurgelndes Geräusch.

Jeroquee wusste, was das bedeutete. *Sie haben die Klappe doch aufbekommen.* »Los!«, rief sie in den Abwassertunnel. Momentan sah sie lediglich die Fußsohlen der magisch Begabten vor sich. »Schneller! Sonst schwemmt uns die Strömung davon!«

Unter ihr schwoll das mickrige Rinnsal zu einem Bach an. Geistesgegenwärtig zog sie die Sauerstoffmaske über, damit die Brühe nicht in ihren Mund gelangte.

Als sie zu der Stelle kam, an der die Skimmer warteten, überfiel sie die Eingebung. »Sparkplug, schalten Sie eine der Drohnen aus.«

»Wieso? Ich …«

»Tu es einfach«, herrschte ihn die Magierin per Funk an.

Der Motor eines der Hovergeräte setzte schlagartig aus, und der Skimmer rumpelte zu Boden.

Jeroquee schob der Magierin den Rucksack zu. »Nehmen Sie den und kriechen Sie los. Ich komme nach.«

Die Jägerin packte die Drohne, stellte sie senkrecht auf und schob sie mit den Füßen so weit in die Röhre, dass sie den Durchmesser vollständig abschloss. Bald wuchs der Druck durch die sich stauende Flüssigkeit dermaßen an, dass sie sich mit aller Gewalt rechts und links gegen die Wand stemmen musste. Lange hielt sie nicht mehr durch.

»Wir sind draußen«, meldete der Ork erleichtert. »Kommen Sie! Wo bleiben Sie denn?«

Eigentlich hatte sie vorgesehen, die Drohne mit Kletterhaken zu verkeilen, um einen künstlichen Pfropf zu schaffen und sich ebenfalls schnell zurückzuziehen. Unangenehme Erinnerungen an den Tag, an dem sie schon einmal wie ein Hamster in einer zu engen Röhre steckte, weil sich die Schrotflinte verklemmt hatte, stiegen auf. Damals wäre sie beinahe abgesoffen.

Der Druck des Wassers wurde zu groß. Quietschend rutschten ihre Handflächen ab. Jeroquee verlor den Halt und wurde auf dem Mikroskimmer wie ein Korken auf einer geschüttelten Sektflasche durch den engen Abfluss katapultiert. Das bisschen Wasser unter ihr und die Weste verhinderten, dass sie sich durch die Reibung die Haut von den Knochen scheuerte.

Schreiend schoss sie aus der Ableitung und ruderte wild mit den Händen, um etwas zu erhaschen, das ihren Sturz bremsen könnte. Sie griff ins Leere und sah sich bereits in die Tiefe des Sammelbeckens stürzen.

Eine kräftige Hand schloss sich um ihr Handgelenk und zog sie mit übermenschlicher Kraft aus dem Strom. Hart schlug sie auf dem Boden auf, dann wurde sie von dem Ork, der sie erwischt hatte, auf die Füße gestellt.

»Alles in Ordnung?«, erkundigte er sich und schaute ihr in die Augen.

»Nur ein paar Schürfwunden«, wehrte sie ab. »Ich habe doch gesagt, dass ich nachkomme.« Das dreckige Wasser umspülte ihre Füße. »Raus hier.«

Sie trabten den Weg zurück, den sie gekommen waren. Cauldron checkte vor dem Ausstieg die Umgebung, und kurz darauf fuhren sie mit dem Ares Master durch die Barrens zurück zu ihrer Unterkunft.

Erleichtert drückte die Ghuljägerin den Rucksack an sich. *Gewonnen, Geoffrey. Pech für dich.* Die Magierin machte sich an das Heilen ihrer Wunden, damit sie sich keine Entzündung zuzog. Sie riet zu einer Entgiftung.

»Wir fahren zuerst in unser Quartier«, entschied

Hustle. »Wenn wir geduscht haben, bringe ich Sie in Ihr Appartement zurück.«

»Haben Sie noch einen Tag mehr Zeit?«, wollte Jeroquee plötzlich wissen. »Ich bräuchte bei der Übergabe der Foki Rückendeckung.«

»Einwände?«, fragte Cauldron. Die Männer signalisierten ihr Zustimmung. Die Magierin konzentrierte sich, eine weitere Schürfwunde Jeroquees schloss sich, geheilt von der Macht der Magie. Fasziniert schaute die Jägerin auf die rosafarbene Haut. »Das wär's. Wir sind dabei.« Sie schob eine ihrer feuerroten Haarsträhnen nach hinten und lächelte.

Cauldron stand frisch geduscht und in ein schwarzes Kleid gehüllt in der Tür, die Hände an die Taille gelegt, und betrachtete beeindruckt die auf dem Boden ausgebreiteten Artefakte.

Jeroquee bewegte sich auf Zehenspitzen zwischen den Artefakten hin und her und hakte sie anhand der Liste, die Geoffrey aus Zozorias System gezogen hatte, der Reihe nach ab. Es war bereits weit nach Mitternacht.

»Ich habe einen Wachelementar aufgestellt«, sagte die Hermetische in die Stille. Sie kam ein wenig näher, ging in die Hocke und strich über ein besonders schön gearbeitetes Amulett in einem satten Gelborange. *Orichalkum.*

Cauldron erhob sich. Es war, als würde man einen Tresor voller Gold haben, der nicht richtig schließt. Wenn nur ein Schurke etwas davon erführe, hätten sie die Bude schneller voll, als sie bis drei zählen konnten. »Wann wird die Übergabe stattfinden?«

»Morgen läuft die Frist für Geoff ab. Dann wird er zu Zozoria kriechen und eingestehen, dass er nicht liefern kann. Einen Tag danach melde ich mich und präsentiere die Ware, bekomme das Geld und bin fein raus.« Die Ghuljägerin hatte sich ihren Plan genau zurechtgelegt.

Eine bessere Rache an dem verräterischen Decker konnte es nicht geben.

Sparkplug erschien und stutzte, als er die Artefakte sah. »Wow. Stell dir mal vor, wenn Keimag hier wäre«, sagte er zu Cauldron. »Innerhalb von Sekunden hätte er durch bloße Berührung die ganzen Dinger zerfetzt.« Er nahm einen Ring auf. »Das ist ein Chummer von uns, so etwas wie ein Antimagier. Ein Finger von ihm an einer Barriere genügt, und schon bricht das stärkste Magiefeld zusammen«, erklärte er der Ghuljägerin.

Cauldron war das Thema unangenehm. Sie vermisste den Deutschen mehr, als sie eingestehen wollte. »Los, hilf mir beim Sichern, anstatt großartige Reden zu schwingen.« Sie gingen hinaus.

Ein Anti-Magier? Interessant. Was es nicht alles gibt. Jeroquee widmete sich der Überprüfung der Artefakte. Nach einer Stunde war sie fertig und um eine vernichtende Erkenntnis reicher. Ausgerechnet Sunrains Fetisch fehlte.

Niedergeschlagen packte sie die Foki und Fetische in Einzeltüten und versah sie mit dem entsprechenden Bild der Liste.

ADL, Badisch-Pfalz, Zweibrücken, 21. 03. 2058, 00:39 MEZ

»Damit ist der Fall wohl erledigt«, schätzte einer der Beamten, während er auf das blutgetränkte Bett leuchtete. »Da liegt Ihr Cherub, Herr Kriminalhauptkommissar. Der DNA-Test hat es bestätigt.«

»Genau. Erledigt.« Vigo Spengler schob sich an dem Polizisten vorbei in den Raum, in dem die Spurensucher eben fertig geworden waren. »Weil Gerlach keine Lust mehr hatte, als Todesengel durch die Gegend zu flattern, hat sie sich selbst enthauptet.« Er warf dem Uniformierten einen vielsagenden Blick zu. »Es geht erst richtig los, Kollege.«

Er bückte sich und hob eine Patrone auf, von denen sich Unmengen neben den Hülsen am Boden verteilten. 7,92x57 Millimeter. »Und wo ist das Gewehr dazu?«

Der Polizist hob nur die Achseln.

Ensuela Gerlachs Torso wurde in einen Plastiksack verfrachtet und abtransportiert. Ebenso erging es den Toten, die am Boden der Privatklinik lagen. Spengler erkannte Witzke wieder.

Mit seinem Armband-Kom nahm er Kontakt zur Vermittlung der MET2000-Truppen in Kaiserslautern auf. Den eingetüteten Ausweis Witzkes hielt er vor sich. Spengler ließ sich zu einem Verbindungsoffizier durchstellen, dem er die Personaldaten des Leutnants durchgab. Das Entsetzen auf der anderen Seite der Leitung war groß.

»Er liegt bei uns auf Eis. Wenn Sie ihn und seine Leute haben möchten, bringen Sie uns eine gute Erklärung mit, was er und seine Jungs wollten. Sonst fallen mir tausend noch bessere Gründe ein, die Übergabe unnötig in die Länge zu ziehen, verstanden?«, beendet er die Unterredung. So musste man mit den Söldnern sprechen. Militärisch, kurz, bündig.

Wer auch immer hinter dem »Teufel« steckte, er hatte sich offenbar das Wichtigste zurückgeholt. Das Gewehr und den Kopf der Frau. Wahrscheinlich saß er jenseits der Mauer, tief in der Ruhrmetall-Ark verschanzt, und legte irgendwelchen Wissenschaftlern seine Beute auf den Tisch.

Anderseits gab es eine Unstimmigkeit: Hätte Ruhrmetall eine MET-Truppe und einen eigenen Cyber-Satan tatsächlich gleichzeitig auf die Jagd nach Gerlach und dem Gewehr geschickt?

Was beim Zusammentreffen in der Arztpraxis geschah, brachte die Vermutung ins Schwanken. Sie hätten kooperieren müssen, anstatt sich gegenseitig anzugreifen. Oder der Teufel war für die Konkurrenz unterwegs, möglicherweise für Ares, um an die Waffe zu kommen.

Wie auch immer, es würde für seine weiteren Ermittlungen äußerst schwer werden, neue Anhaltspunkte zu bekommen.

Spengler schaute dem Sarg nach, der eben hinausgetragen wurde. Er stand faktisch vor dem Aus des Falles, auch wenn er es sich nicht eingestehen wollte.

Der Beamte an der Tür griff sich überrascht an den Ohrstecker seines Funkgeräts. »Für Sie, Herr Kriminalhauptkommissar. Es ist Kriminaloberrat Hennes.«

»Und wieso ruft er mich über Ihr Funkgerät?«

Gehorsam fragte der Uniformierte nach. »Er sagte, er habe Ihre Kom-Nummer nicht.« Unsicher nahm er sich den Stöpsel aus dem Gehörgang und hielt ihn zusammen mit dem Mundstück seinem Vorgesetzten hin.

Spengler hielt den Stecker ans Ohr.

»Hallo, Herr Kriminaloberrat. Sie sind ein bisschen früh dran für den Bericht. Ich befinde mich noch am Tatort.«

»Sehr schön. Gute Arbeit, Spengler«, hörte er Hennes gleichgültig loben und ahnte voraus, was er als Nächstes sagte. »Nehmen Sie den Hergang auf, und schließen Sie die Akte Gerlach.«

»Herr Kriminaloberrat, wir suchen jetzt einen anderen Mörder, der zuerst im *Clubmotel* und nun hier Menschen umbrachte. Und einen Beamten angriff, wenn ich Sie daran erinnern darf«, konnte er sich die Spitze nicht verkneifen.

»Das ist mir bewusst, Kollege Spengler«, entgegnete Hennes, sichtlich bemüht, den Ermittler nicht in Rage zu versetzen. »Doch vorhin gelang es einem Spezialkommando, einen Verdächtigen, der auf Ihre Beschreibung passte, aufzuhalten.«

»Sehr gut!«, freute sich der Kommissar. »Wohin haben sie ihn gebracht?«

»Die Reste lagern im Leichenschauhaus. Es war nicht mehr viel übrig von ihm. Eine Explosion im Fluchtauto. Die genaue Ursache lesen Sie im Bericht, den ich Ihnen zukommen lassen werde.«

»Was ist mit den Hintergründen?«, wollte Spengler wissen. Er wurde gelinkt. Seine Vorgesetzten verarschten ihn. Kon-Marionetten. »Es sieht aus, als steckte Ruhrmetall dahinter. Das interessiert wieder einmal niemanden mehr, was?«

»Was würde es bringen?«, hielt der Kriminaloberrat dagegen. »Die Verdächtigen würden alles abstreiten und Beweise haben wir nicht. Im schlimmsten Fall geben sich die Anwälte des beschuldigten Unternehmens die Klinke in die Hand, weil sie eine Chance haben, die Badisch-Pfalz wegen Verleumdung zu verklagen.« Eine Sekunde lang herrschte Stille am anderen Ende. »Oder haben Sie einen sicheren Beleg?«

»Nein«, musste Spengler knirschend eingestehen. »Aber wir hätten welche, wenn die Kollegen des SEK nicht gnadenlos rumgeballert hätten. Satan wäre …«

»Wie ich schon sagte, die Akte wird geschlossen. Kümmern Sie sich um die zivilen Mordfälle, da pfuscht Ihnen niemand ins Handwerk. Dennoch danke ich Ihnen für Ihre große Mühe. Es wird sich in Ihrer Personalakte sehr gut lesen.« Hennes beendete das Gespräch.

»Scheiße!«, schrie Spengler seinen Frust raus und trat immer wieder gegen einen Schreibtisch. »Scheiß Kons! Scheiß Geld! Scheiß Politik!« Sein Fuß beförderte eine Schublade auf der anderen Seite hinaus. Die Sohle verkeilte sich im Schlitz.

»Scheiß Job?«, fügte der Uniformierte hinter ihm leise an.

»Danke.« Vigo kämpfte den Schuh frei. Er drückte

ihm das Headset-Funkgerät in die Hand. »Das hat mir bei der Aufzählung noch gefehlt.«

Schnaubend verließ er die demolierte Praxis und verfluchte innerlich seinen Vorgesetzten, alle Konzerne, die ihm in den Sinn kamen, und alle Bekannten, obwohl sie nichts dafür konnten.

Dass ein einfaches SEK diesen Teufelsspinner aufhielt, bezweifelte er doch sehr. Es sei denn, ein bis zwei Kampfmagier und ein Raketenwerfer wären ihnen zu Hilfe gekommen.

Vor seinem Auto blieb er stehen. *Wo sind eigentlich Gospini und Orlova abgeblieben?* Diese Praxis wurde bevorzugt von Schauspielern aufgesucht, wenn die Gesundheit nachließ oder ein Wehwehchen plagte. Er schüttelte den Kopf. Wären sie zum Zeitpunkt des Angriffs da gewesen, würden sie genauso tot auf dem Flur liegen wie MET2000-Söldner.

Du hast dir wieder den falschen Fall ausgesucht, Vigo, gratulierte er sich selbst. *Damit steht es dann 3:0 für die Kons.*

Da er keine Lust verspürte, gegen Windmühlen anzukämpfen, setzte er sich in seinen EMC Intracity E und fuhr auf die Autobahn in Richtung Pirmasens. Die Routine von Beziehungsmorden, brutalen Raubdelikten und Schutzgelderpressungen wartete auf ihn. Sie hatte bis morgen Zeit, beschloss er.

Der Wunsch, Ruhrmetall eins auszuwischen, wandelte sich zur fixen Idee.

ADL, Badisch-Pfalz, Regierungssitz Pirmasens, 21. 03. 2058, 14:39 MEZ

Ordog und Poolitzer standen an Gee Gees Liege. Die Kopfverletzung, so stellte der Schattenarzt fest, erwies sich als nicht ganz ungefährlich. Er verordnete ihr wegen der Gehirnerschütterung absolute Ruhe.

»Wie geht es weiter?«, wollte sie wissen.

»Cherub ist tot. Damit fehlt Ihnen die Möglichkeit, in die Ark zu gelangen.« Der deutsche Schattenläufer schaute in die kleine Runde. »Also machen wir uns auf den Weg«, sagte er zum Reporter, »und hören uns in Karlsruhe um. Ein paar Freunde von mir könnten sich etwas ausdenken.« Er bemerkte, dass der Amerikaner Blicke mit Gee Gee wechselte. »Wir sind in ein paar Tagen wieder zurück, Frau Delorian. Sie sind in guten Händen.«

Poolitzer drückte aufmunternd ihre Hand und folgte dem unheimlich fahlen Mann hinaus.

Gee Gee nahm eine weitere Tablette gegen die pochenden Kopfschmerzen. Die Medikamente verursachten ungeheuren Durst. Da aber niemand auf ihre Rufe reagierte, stand sie auf und taumelte zu dem Wasserspender auf dem Gang.

»Ah, da sind Sie ja. Wieso stehen Sie denn auf?«, erkundigte sich der Arzt, der sich Dr. Allwissend nannte, vorwurfsvoll.

»Weil Sie mir nichts zu trinken bringen.« Sie prostete ihm zu.

»Oh, Entschuldigung. Ich bin hier, um die Ankunft des Spezialisten zu melden. Können wir uns das Teil einmal ansehen?«

»Das Teil?«, blinzelte Gee Gee und verstand erst langsam, was der Mediziner meinte. »Ach, das. Von mir aus.« Sie kehrten ins Zimmer zurück. Die Schauspielerin überreichte ihm die Box aus der Praxis des Zweibrücker Arztes. »Ich werde aber dabei bleiben.«

»Das ist Ihr gutes Recht. Wenn Sie jedoch Schwindelanfälle bekommen, legen wir Sie sofort zurück in Ihr Bett.«

Gemeinsam betraten sie einen steril eingerichteten

Raum. Der Kollege von Dr. Allwissend stellte sich als Prof. Neuronico vor, der sich durch Ordogs Vermittlung in Pirmasens einfand und normalerweise die Cybereinbauten an ihm vornahm.

Zu dritt betrachteten sie das Modul, das sich vor kurzem noch in Cherubs Zerebrum befunden hatte.

»Ein Gefechtscomputer, keine Frage«, urteilte Prof. Neuronico beinahe sofort nach dem ersten Augenschein. »Das Äußere folgt dem Standard. Es ist nur etwas größer.« Er wendete es vorsichtig. »Hm, eine Beschriftung fehlt. Ein Billignachbau, wie es aussieht. Die meisten Kopierer bekommen es nicht so gut hin wie das Original und brauchen mehr Platz, um die ganzen Chips, Drähte und Kabel unterzubringen.« Gee Gee schwieg vorsichtshalber, da sie nicht wusste, wie viel Poolitzer Ordog und diesem Neuronico erzählt hatte. »Machen wir ein paar Tests, um zu sehen, mit welchem Typus wir es zu tun haben.« Er verband mehrere Kabel mit dem Modul und aktivierte die Prüfprogramme, die er für solche Zwecke einsetzte. »Das geht sehr schnell. Sie werden ...«

Eine Warnung, dass einige Dateien ein ungültiges Format hätten und nicht lesbar seien, erschien auf dem Bildschirm.

»Memory? Was denn für ein Memory?«, wunderte sich Neuronico. »Das ist ja was ganz Neues.«

Ein paar Tricks und Computerhinterhältigkeiten später ließen sich die Informationen wenigstens runterladen, blieben aber weiterhin ein Rätsel. Die Schauspielerin bekam einen Migräneanfall. Ihre Konzentration schwand.

Die Arme vor der Brust verschränkt, betrachtete der Cyberwarespezialist die lesbaren Testwerte. »Wie ich es angenommen habe, ein Gefechtscomputer mit angeschlossenem Navigationssystem. Sieht nach einem soliden Typ aus. Nicht das Exquisiteste, aber vermutlich für den normalen Straßenläufer erschwinglich. Der Hersteller ist … Hoppla! DrakenSys. Die hatten erst vor kurzem den Reinfall mit dieser anderen Sache in Ingolstadt, auf dem Gelände von Cyberdynamix.« Neuronico unterbrach die Kontakte. »Zu dem Ding kann man sie allerdings beglückwünschen. Ich muss sofort meinen Dealer anrufen, warum er mir nicht gesagt hat, dass es etwas Neues auf dem Markt gibt.«

»Was ist mit den verschlüsselten Daten?«, wollte Gee Gee wissen.

»Keine Ahnung. Es sieht aus wie ein Unterprogramm, wahrscheinlich zur Unterstützung des Navigationsgeräts.« Der Chirurg kratzte sich am Kinn. Dazu bräuchte man einen Decker.

Gee Gee hatte zwar keine Ahnung von dem Cyberkrempel, doch sie teilte die Ansicht des Mannes nicht. Cherub hatte gewollt, dass man ihr dieses Ding unbedingt entfernte. *Wenn ich den Grund erfahren möchte, muss ich das Risiko eingehen. Es könnten sich Informationen darin befinden, die wir dringend benötigen.* Damit kam sie ihrer ersehnten Rache näher. Beflügelt von der auflodernden Hoffnung, fasste sie einen Entschluss. »Bauen Sie es mir ein, Professor.«

»Was?« Dr. Allwissend war entsetzt. »Sie haben Ihre Gehirnerschütterung noch nicht richtig verkraftet.«

»Es wäre der beste Zeitpunkt«, beharrte sie. »Angeschlagen bin ich sowieso schon. Professor Neuronico kennt sich mit solchen Eingriffen sehr gut aus. Also, machen wir's? Ich bezahle das Doppelte, wenn es nicht anders geht.« Sie hob lockend ihren Ebbi.

Die Ärzte tauschten sich kurz aus. »Einverstanden«, willigte der Cyberspezialist ein. Er ließ sich ihre vorhandenen Einbauten nennen und sah keinerlei Gefahr für die Solidität ihres Nervensystems. »Es geht schnell. Ziehen Sie sich aus und legen Sie sich hin.«

Dr. Allwissend rief sein OP-Team zusammen. Die Vorbereitungen für den Eingriff begannen. Die letzten Gedanken kurz vor der betäubenden Wirkung der Narkose drehten sich um Genius und Poolitzer.

UCAS, Seattle, Everett, 22. 03. 2058, 11.48 PSZ

»Einen wunderschönen Tag, Madame«, wurde sie von dem Ober begrüßt. »Möchten Sie wieder den kleinen Tisch, an dem Sie das letzte Mal saßen?« Er half ihr aus dem Mantel und hängte ihn auf den Kleiderbügel. »Oder gehe ich recht in der Annahme, dass Sie eine Verabredung mit Mr. Zozoria haben?«

Jeroquee grinste und zog das Kleid glatt. »So ist es.«

»Dann bitte hier entlang.« Der Ober lächelte, deutete eine Verbeugung an und geleitete sie an einen anderen Tisch.

Das *Pantry* war gut besucht. Ein paar Gourmets kauften an der Theke kulinarische Spezialitäten, andere genossen Kleinigkeiten in der gemütlichen Enge des Feinkostgeschäfts.

Die junge Frau gönnte sich einen Milchkaffee und lehnte sich zurück. Sie schaute wie zufällig aus dem Fenster.

Draußen, versteckt in einem netten, kleinen Transporter, der nicht weiter in der Gegend auffiel, lagen Hustle und Sparkplug auf der Lauer. Sie würden auf ihr Hilfesignal zum Einsatz kommen. Eine Wanze sorgte dafür, dass sie das Gespräch mitverfolgten, und ein Mikrohörer ermöglichte es, dass Jeroquee Kommandos ihrer Rückendeckung hörte. Cauldron würde in genau zwei Minuten das *Pantry* betreten und sich einen Tisch suchen, sollte der Mann aus Andorra eine magische Gemeinheit geplant haben.

Wie vereinbart betrat die Hermetische das Delikatessengeschäft, suchte sich einen Platz aus und verriet durch nichts, dass sie die Ghuljägerin kannte.

Eigens für diesen Anlass hatte sich die Magierin eines von Jeroquees Abendkleidern ausgeliehen. Ihren schwarzen Mantel legte sie nicht ab. Ein Kompromiss. Sie wirkte im Kleid elegant und auf eine gewisse Weise gefährlich. Beinahe zu gefährlich für das beschauliche *Pantry*.

Kurz vor zwölf Uhr erschien Zozorias Bentley. Das ritualähnliche Vorgehen beim Betreten des Hauses mit der Begrüßung durch den Ober und die Aufteilung der Begleiter des Antiquitätenhändlers wiederholte sich. Die Ghuljägerin blieb sitzen, als der ältere Mann an ihren Tisch trat und ihr die Hand reichte.

»Was für eine angenehme Überraschung, nachdem Ihr Bekannter mich so herb enttäuschte«, sagte er zum Auftakt. Er klang keineswegs verärgert. »Wie geht es Ihnen, Miss Jeroquee? Sie haben eine Schwäche für das *Pantry* entwickelt, nicht wahr?« Beide Hände legten sich um den kleinen, schwarzen Totenkopf am Ende seines Gehstocks. »Kein Wunder. Wer einmal diese Delikatessen kostete, kann sich schwer davon losreißen.«

»Guten Tag, Mr. Zozoria«, entgegnete sie freundlich. »Mein Gaumen hat sich tatsächlich an die Köstlichkeiten gewöhnt.« Der Ober brachte einen Aperitif und entfernte sich sofort wieder. »Sie haben auf das falsche Pferd gesetzt.«

Er nahm seine Brille ab und reinigte sie mit seiner Serviette. »Es war nicht unbedingt das falsche Pferd. Es sah nur so aus, als sei es das schnellere Pferd. Um bei dem Vergleich zu bleiben, es muss sich auf der Rennbahn verlaufen haben.«

»Also doch das falsche.« Es bereitete Jeroquee einen riesigen Spaß, den Antiquitätenhändler für das Geschäft mit dem Verräter leiden zu lassen. »Ich habe Ihre heiß begehrte Ware.«

»Deren Preis natürlich nun in die Höhe gegangen ist?«, vermutete der Andorraner süffisant, ohne mit der Wimper zu zucken.

Die Ghuljägerin beugte sich nach vorn. Der Elf beobachtete jede ihrer Bewegungen mit wachsamem Blick. »Haben Sie den Ghulen die Schattenläufer auf den Hals gehetzt, Mr. Zozoria?«, verlangte sie zu wissen. »Sagen Sie mir die Wahrheit. Ich erkenne eine Lüge.«

Gemächlich nippte ihr Gegenüber am Aperitif. »Ich höre das erste Mal von dieser Geschichte. Schade, dass wir den Decker nicht mehr fragen können. Ich bin sicher, er wüsste uns davon zu berichten.« Seine Augen fixierten ihre. »Sie haben irgendwo einen Magier in der Nähe. Wenn er noch einmal versuchen sollte, meine Gedanken zu beeinflussen, war es das Letzte, was er getan hat.«

Jeroquees Inneres wurde von einer Hitzewelle überrollt. *Hoffentlich sagen die anderen Cauldron Bescheid.* Die Afrikanerin, die am Tresen stand und einen Kaffee trank, drehte ihren Kopf und betrachtete die Hermetische. »Was haben Sie mit Geoff gemacht?«

»Die Verzögerung brachte mir einiges an Verlusten. Ich hielt mich an ihm schadhaft.«

Sie lachte. Genauso hatte sie es sich vorgestellt. Geoff manövrierte sich ordentlich ins Schlamassel. »Und? Hat sein Konto ausgereicht?« Die Jägerin freute sich diebisch.

Zozoria stimmte in die Heiterkeit ein. »Sie missverstehen mich, liebe Miss Jeroquee. Ich sagte, dass ich mich an *ihm* schadhaft hielt. Nehmen Sie's wörtlich. Es ist bemerkenswert, welche Heilkraft man bestimmten menschlichen Körperteilen zurechnet und welche Summen bezahlt werden.« Der Ober stellte die Lachshäppchen ab und reichte dazu Toast. »Vergessen Sie ihn einfach. Sie haben etwas, was ich möchte. Bestimmen Sie den Preis.«

Jeroquee verging schlagartig der Appetit. Der nette alte Mann hatte den Decker eiskalt umbringen und ausweiden lassen! »An den Konditionen hat sich nichts geändert, Mr. Zozoria«, würgte sie hervor.

»Ich wollte Sie keinesfalls mit meinem Geplauder erschrecken. Stellen Sie Ihre Forderungen.« Da sie schwieg, machte er ihr einen Vorschlag. »Wie wäre es, wenn Sie rechtmäßige Eigentümerin des Appartements werden, in dem sie sowieso schon leben? Mit allem Interieur. Ich kann das zusätzlich zum Bankkonto von Sakagi in die Wege leiten.«

»Okay«, stimmte sie überrumpelt zu.

»Sehr schön. Wie möchten Sie die Übergabe gestalten?«

Sie langte behutsam unter den Tisch, damit der Elf sie nicht gleich über den Haufen schoss, und holte ihre prall gefüllte Tasche herauf. Die Ghuljägerin stellte sie mitten auf den Tisch.

»So einfach wie möglich. Man hat mir gesagt, dass die Dinger im Astralraum leuchten wie Flakscheinwerfer.« Sie tippte auf den Lederbeutel. »Bitte sehr. Viel Spaß damit. Ich will sie einfach nur loswerden, ehe mich irgendwelche Elementare oder Schattenläufer quer durch Seattle jagen.«

Zozoria machte ein überraschtes Gesicht, wischte sich den Mund mit seiner Serviette ab und schüttelte den Kopf. »Sie sind herrlich erfrischend, wissen Sie das, Miss Jeroquee?« Auf seinen Wink hin untersuchte der Elf die Ware. Er nickte seine Bestätigung. »Somit ist unser Deal perfekt. Es freut mich, dass Sie im Gegensatz zu diesem Decker eine Person mit Ehre sind. So wie ich. Der Kaufvertrag über das Appartement geht Ihnen in wenigen Tagen zu.« Er bat den Butler um die Rechnung. »Entschuldigen Sie meine Eile, aber wie Sie schon sagten, diese Artefakte wirken auf manche Elemente äußerst anziehend. Sie wollen in Sicherheit gebracht werden.«

»Kein Problem, Mr. Zozoria«, gewährte sie ihm den Aufbruch.

»Sie sind sehr liebenswürdig.« Er stand auf und deutete einen Handkuss an. »Suchen Sie sich doch einen anderen Beruf. Als Kammerjägerin sind Sie viel zu schade. Sollten Sie darüber nachdenken, lassen Sie mir eine Nachricht zukommen. Vielleicht lässt sich etwas arrangieren. Mein Unternehmen sucht immer zuverlässige Mitarbeiter.«

Er nahm ein kleines Päckchen von dem Ober entgegen, schlüpfte mit dessen Unterstützung in den Mantel und verließ das *Pantry*.

Jeroquee fasste es kaum. Geschafft. Und sie lebte noch. Sie grinste sich selbst im Schaufenster zu.

»Glückwunsch«, meldete sich Hustle über Sprechfunk. »Das hat sich wohl gelohnt. Und die Foki sind Sie auch endlich los.«

»Notfalls hätte ich sie verschenkt«, meinte die Jägerin und winkte Cauldron zu sich. Der Butler brachte ein neues Gedeck. Neugierig testete die Magierin den Lachs, den ihre Auftraggeberin verschmähte.

»Bei allen kosmischen Energien!«, schwärmte sie in Richtung der Wanze. »Echter Fisch schmeckt umwerfend, Jungs!«

»Fuck, ich will auch was davon«, verlangte Sparkplug nörgelnd. »Bring mir bloß was mit.«

»Ich lade Sie alle später in mein Appartement ein«, beruhigte Jeroquee die anderen beiden Schattenläufer und orderte ein Gourmetpaket zum Mitnehmen. Extra groß.

Der Tisch im Wohnzimmer bog sich unter der Last. Das »Pantry Gourmand's Gourmet Paket« bot Hochgenüsse selbst für die anspruchsvollsten Feinschmecker.

Sparkplug und Hustle testeten ausgiebig, tunkten hier, dippten dort, bis sie bis obenhin voll gefressen waren. Dennoch stopften sie sich tapfer die »Mousse au

Chocolat« rein, was dazu führte, dass der Ork den Knopf seiner Hose öffnete, der Rigger sich stöhnend auf den Futon legte und in einen Verdauungsschlaf verfiel.

Cauldron kratzte sehr elegant die letzten Reste des Desserts aus der Schüssel.

»Falls es Sie interessiert«, erklärte sie unterdessen, »Ihr Mr. Zozoria verfügte ebenso wie die schwarze Dame an der Theke und der Elf über beachtliches magisches Potential. Der Mann führte zwei magische Gegenstände mit sich. Der eine war der Stock, der andere befand sich unter seiner Kleidung.«

»Was macht man mit so vielen Artefakten?«, wunderte sich die Ghuljägerin.

Die Magierin leckte den Löffel sauber. »Tja, verkaufen. Oder selbst benutzen. Was ich bei dem Typen nicht glaube.« Er könnte eine Armee von Zauberern aufrüsten. Möglich war vieles.

Jeroquee bedauerte trotz des Erfolgs, dass sie Sunrains Fetisch nicht in ihren Besitz gebracht hatte. Dabei hätte sie den symbolischen Beisetzungsakt zu gerne vollzogen, weil sie unterschwellig daran glaubte, dass die Seelen der Schamanin und ihres Lehrers damit endgültig ihre Ruhe finden würden.

Auch über das Angebot des Andorraners dachte sie nach. Es war durchaus verlockend, bei einem so mächtigen Mann zu arbeiten, selbst wenn sie sich noch nicht vorstellen konnte, was sie für ihn tun sollte. Über gute Leibwächter verfügte er bereits. Vermutlich würde sie zu der Truppe gehören, die in seinem Auftrag Artefakte stahl. Letztlich kehrten ihre Gedanken über Umwege zu dem Ghul in der Kanalisation zurück. »Kennen Sie einen Elfen namens Adar?«, fragte sie Cauldron.

Die Hermetische kniff die Augen zusammen. »Der Name kommt mir nicht unbekannt vor. Ist es wichtig?«

»Nicht sonderlich. Ich traf ihn in der Kanalisation. Er scheint ein Magier gewesen zu sein, der der Goblinisierung zum Opfer fiel und zum Ghul wurde. Schattenläufer haben ihm das Licht ausgeknipst.« Sie nahm sich eine Traube und steckte sie in den Mund. »Er benahm sich so völlig anders als die Leichenfresser, die ich bisher erledigte.« Sie zerbiss die Haut, der Saft verbreitete sich süß in ihrem Rachen. »So … menschlich.«

»Sie sind verunsichert, ob Sie das nächste Mal einen zur Strecke bringen sollten«, erriet Cauldron. »Das stelle ich mir unangenehm vor – und tödlich.«

»Eben.« Die Ghuljägerin verfiel in dumpfes Brüten. Anscheinend bot ihr die Schicksalsgöttin die Gelegenheit, ein neues Leben zu beginnen. In einer luxuriösen Wohnung in Downtown. Mit einem neuen Job. Sie würde zuerst noch weitere Erkundigungen über Zozoria einholen und sich danach entscheiden. Ein Teil von ihr war sich bereits sicher.

Mitten in ihren Überlegungen erklangen die Gongs, die einen Besucher ankündigten.

Sparkplug schnellte in die Höhe und langte wie gewohnt nach einer Fernsteuerung, die er dieses Mal aber nicht dabei hatte. An der Haussicherheit hätte er die Drohnen kaum vorbeigeschmuggelt. Stattdessen nahm er sich wie Hustle eine der Feuerwaffen, die der Wohnungsinhaberin gehörten. Die Magierin schaute Jeroquee fragend an.

»Ich erwarte niemanden«, antwortete sie auf die stumme Frage. Sie aktivierte den eingelassenen Monitor und schaltete die Aufnahme der Kamera ins Wohnzimmer. Khodokarami.

»Wer ist das?« Hustle wusste nicht, wie er reagieren sollte.

»Freund oder Feind?«, hakte der Rigger nach.

Die Ghuljägerin zoomte die Verlobte des toten Sakagi Seg näher. »Ich weiß es nicht. Aber Geoff meinte, sie sei sehr gefährlich. Angeblich eine Killerin.«

Der Ork erhob sich. »Okay. Haben Sie irgendetwas im

Appartement, das größere Löcher reißt als das hier?« Er hielt die Pistole hoch.

»Langsam, Leute.« Die Magierin sorgte ein wenig für Ruhe. »Sie sind doch die neue Besitzerin. Sagen Sie einfach, der Vormieter habe seine Unterkunft aufgegeben. Mal sehen, was sie tut.«

Das ergab Sinn. Per Computerbefehl stellte Jeroquee die Sprechverbindung her. »Sie wünschen bitte?«

Die gebürtige Inderin war von der Frauenstimme irritiert. Vorsichtshalber blickte sie auf die Stockwerkangabe über dem Fahrstuhl. »Ich suche … Atades. Ich bin seine Verlobte. Und für Sie bete ich, dass Sie die Putzfrau sind.«

»Feind«, befand Sparkplug und entsicherte seine Waffe. Ein scharfer Feind, zugegeben.

»Mr. Moloki hat die Wohnung gekündigt. Ich bin die neue Mieterin und baldige Eigentümerin des Appartements, Ms. Khodokarami«, erwiderte die Jägerin. Hustle schlug sich gegen die Stirn, Cauldron sog laut die Luft ein.

»Woher wissen Sie, wer ich bin?«, kam es sofort misstrauisch über die Gegensprechanlage.

Jeroquee wurde nervös. »Hier sind ein paar ungelöschte Mails von Ihnen«, suchte sie eine passable Ausrede. »Wenn Sie die Verlobte sind, können Sie als Verfasserin in Frage kommen.«

»Aha.« Khodokarami wandte sich nun genau in die Kameralinse, ihr Gesicht verzog sich. »Entschuldigen Sie die Störung.«

»Keine Ursache«, meinte Jeroquee leichthin.

Hustle grunzte beeindruckt. »Hübsches Ding.« Sein Finger nutzte die manuelle Vergrößerungstaste und lenkte die Einstellung auf das Dekolleté.

Sparkplug grinste dreckig. »Seit wann stehst du auf dürre Stecken?«

»Spanner«, maßregelte ihn die Magierin klopfte ihm auf die Finger. »Hör auf damit.«

Jeroquee entdeckte etwas, das ihre Aufmerksamkeit erregte. Hastig beförderte sie die Einstellung auf die Ansätze der Brüste zurück. »Das sieht aus wie Sunrains Fetisch!« Ohne lange nachzudenken, drückte sie wieder auf die Sprechtaste. »Miss Khodokarami, einen Moment«, rief sie, weil sich die Inderin schon auf den Lift zubewegte. »Ihr Verlobter wollte noch einmal vorbeikommen. Wenn Sie einige Minuten warten möchten, sehen Sie ihn.« Sie öffnete die Tür.

»Sind Sie wahnsinnig?«, zischte Sparkplug. »Die Braut ist gefährlich?«

»Sie sind doch Profis«, hielt Jeroquee dagegen.

»Wenn ich meine Drohnen habe, bin ich ein Profi«, maulte der Rigger.

»Verstecken wir uns und warten, was sich ergibt«, empfahl Hustle und sprang von der Couch, um mit ihren Freunden in die Küche zu verschwinden. Nur einen Lidschlag später fiel die Tür ins Schloss, Khodokarami betrat das Appartement.

»Hallo«, grüßte die Ghuljägerin. »Nehmen Sie Platz.«

»Danke.« Die mutmaßliche Killerin und internationale Kampfsportmeisterin schlenderte durch den Raum. »Er hat seine Sachen noch gar nicht abgeholt?«

Sie wich ihrem Blick aus. »Ich sagte doch, er wollte zurückkehren. Ein paar auserlesene Stücke wird er mitnehmen, den Rest kaufe ich ihm ab.«

»Interessant.« Khodokarami setzte sich endlich. »Dabei hat er Monate gebraucht, bis er alles beisammen hatte.«

Jeroquee starrte auf das Amulett um ihren Hals. *Shit, es ist tatsächlich Sunrains Fetisch. Was mache ich jetzt?* »Möchten Sie etwas trinken?«

»Sehr freundlich. Ein Mineralwasser mit ein wenig Koffein drin wäre gut.«

Die Ghuljägerin ging in die Küche, wo das Trio sie erwartete. Hustle drückte ihr das Glas Wasser in die

Hand. »Ich brauche das Amulett«, verkündete sie aufgeregt.

»Kaufen Sie es Ihr doch ab«, schlug Cauldron vor.

»Es war das Verlobungsgeschenk, wetten?«, griente Sparkplug. »Eher lässt sie sich umbringen, als das Ding freiwillig rauszurücken.«

»Können Sie sie nicht einfach schlafen schicken, Cauldron?« Sie raufte sich die braunen Locken. »Ich möchte kein Risiko eingehen.«

»Und was machen wir anschließend mit ihr?«, warf der Ork ein.

Jeroquee atmete tief durch. »Ich rede mit ihr und bringe die Sprache auf den Schmuck. Wenn es mir gelingt, ihr ihren Verlobten madig zu machen, rückt sie ihn vielleicht freiwillig raus.«

Sie lud ihre Pistole durch. Ein Projektil bildete die richtige Antwort gegen eine Nahkampfattacke. »Wenn Sie Lärm hören, seien Sie so nett und kommen Sie mir zu Hilfe.« Die junge Frau nahm das Glas und kehrte ins Wohnzimmer zurück.

Es reichte aus, um etwas zu sehen, was ihre ganze Strategie über den Haufen warf. Die Inderin saß stocksteif auf der Couch, die Fernbedienung in der Hand, während auf dem Trid-Bildschirm Geoffs Kopf redete und redete.

» …dafür habe ich das Geld aus Sakagis Tresor auf dein Konto gebucht und die restlichen Codes geknackt, die dir noch im Weg sein könnten. Eine Kopie von seinen Daten findest du in deinem Palmtop. Der tote Jap wird sie nicht mehr brauchen …«

Langsam drehte sich Khodokarami um. »Die neue Mieterin, ja?« Mit einem akrobatischen Satz sprang sie über die Couch und stand eine Armlänge von Jeroquee entfernt. Die braunen Augen blitzten wütend auf. »Was haben Sie mit ihm gemacht?«

»Aufzeichnung anhalten«, befahl die Ghuljägerin. Behutsam stellte sie das Glas auf das Sideboard. »Sie würden es mir sowieso nicht glauben. Also prügeln wir uns lieber gleich.«

Die Kampfsportmeisterin schnaubte verächtlich. »Sie sind doch keine Herausforderung für mich.« Jeroquee stellte sich in Position. »Sie wollen es tatsächlich wissen?« Khodokarami spannte ihre Muskeln. »Na schön.«

Ansatzlos zuckte ihr Knie nach oben und traf ihr Gegenüber mittig in den Leib. Wie ein Taschenmesser klappte die Jägerin zusammen. Der Tritt mit der Fußkante schleuderte sie rückwärts in ein Regal. Jeroquee verschwand zwischen geborstenen Brettern und japanischen Sammeltassen. Unsanft ging sie zu Boden. Sie bekam keine Luft mehr, Sterne tanzten vor ihren Augen.

Der Lärm wurde in der Küche gehört.

Es klingelte ein weiteres Mal an der Haustür des schicken Appartements. Ächzend stemmte sich Jeroquee aus dem Sessel in die Höhe und öffnete dem erwarteten Besucher. Drei Männer standen vor ihrer Unterkunft, die artig ihre Ausweise zeigten und Reisekoffer mit sich führten.

»Danke, dass Sie gleich kommen konnten.« Die Stimme der Ghuljägerin klang angestrengt. Zwar hatte Cauldron die ärgsten Brüche geheilt, dennoch schmerzten die blauen Flecke, Prellungen und Quetschungen sehr. »Es war ein Unfall. Wir haben alles so gelassen, wie es war. Wenn Sie etwas benötigen …«

Einer der Männer hob die Hand. »Nur keine Umstände, Miss. Wir finden uns zurecht.« Sie gingen zielstrebig an ihr vorbei ins Wohnzimmer, in dem es aussah, als habe eine Bombe eingeschlagen.

Der Anführer des kleinen Trupps kniete sich neben der auf dem Boden liegenden Inderin nieder. In ihrem

Rücken steckte ein bunt bemalter Speer, aus ihrer Brust standen zwei Messer hervor. Blut sickerte auf den Teppich. »Ein Unfall?«, sagte er ungläubig und fühlte den Puls.

»Sie ist ... gestürzt«, improvisierte Hustle. »Erst nach hinten in den Speer, dann nach vorne in die Messer ... äh ... «

»Tot.« Der Mann stand auf und gab den anderen ein Zeichen. »Sehr schön.« Die beiden packten die Frau an den Handgelenken und schleiften sie ins Bad.

»Wenn Sie dafür sorgten, dass wir innerhalb der nächsten Stunde nicht gestört würden?«, bat er höflich und folgte seinen Mitarbeitern.

Sparkplug, der einen Eisbeutel gegen das rechte Auge presste, schaute ihnen hinterher. »Drek, wer sind die denn? Sind das Bullen? Oder Nekrophile?«

Der Ork begriff das Geschehen schneller als der Elf. »Sie haben Zozoria angerufen, stimmt's?«

Jeroquee grinste. »Das war die einfachste Methode.« Aus dem Bad erklang das Geräusch von einer anlaufenden Kreissäge. »Wir sind sie los, und mein zukünftiger Boss macht noch Kohle damit.«

Cauldron versuchte, das zerfetzte Kleid zu richten. »So eine Furie habe ich noch nie gesehen. Mit einem Feuerball wäre das kein Problem gewesen.« Sie betastete ihr Gesicht, das auf der rechten Seite anschwoll. Ihre letzte Schlägerei lag schon einige Zeit zurück.

»Du solltest öfter gegen mich in den Ring steigen«, bemerkte Hustle, der neben ein paar Platzwunden noch zwei Schnittwunden erlitten hatte. Die Inderin hatte im Kampf gegen die Übermacht die Zierwaffen in der Wohnung eingesetzt.

»Dann mache ich mich mal ans Aufräumen«, seufzte Jeroquee. Sie beförderte die ganzen Bruchstücke durch den Müllschlucker nach unten. Hustle ging ihr zur Hand.

Nach einer Stunde kehrten die drei Männer mit ihren Koffern aus dem Bad zurück, grüßten die Hausherrin und verließen die Wohnung. Natürlich rannten alle ins Bad, um nachzuschauen, was von der Killerin übrig geblieben war. Es roch ein wenig nach Pfirsisch-Putzmittel. Doch die Inneneinrichtung glänzte wie eh und je.

Zu viert räumten sie bis in den späten Abend die Trümmer weg. Die Blutlachen entfernte die Ghuljägerin mit eimerweise Putzwasser. Den Rest mussten die Reinemachefrauen des »Uptown« auf die Reihe bekommen.

Gegen Mitternacht verabschiedeten sich Cauldron, Sparkplug und Hustle von ihr und heimsten die Reste des »Pantry Gourmand's Gourmet«-Pakets ein, um Twing ebenfalls mit den Köstlichkeiten zu verwöhnen.

Vorsichtig nahm die junge Frau mit den lockigen Haaren auf der Couch Platz. Ihr Brustkorb war ein einziger blauer Fleck. Vermutlich stand die Größe von Khodokaramis Schuhen auf ihrem Brustbein eingestanzt. Ein Tritt wie ein Troll.

Geschafft. Andächtig betrachtete sie Sunrains Fokus. In ein paar Tagen würde sie ihn mit Piers' Leiche einäschern und in seiner Lieblingskneipe eine Abschiedsparty für den Ghuljäger steigen lassen. Danach wollte sie die sterblichen Reste ins Hafenbecken kippen. *Dann seid ihr endlich zusammen.*

Nun musste sie noch ihre eigene Zukunft regeln, nachdem sie mit der Vergangenheit abgeschlossen hatte. Jeroquee legte die Füße hoch, langte aufstöhnend nach dem Kom und wählte eine Nummer.

»Hallo, Antique Enterprises? Sagen Sie Mr. Zozoria, eine Miss Jeroquee aus Seattle würde sich sehr freuen, für ihn arbeiten zu dürfen.«

ADL, Bexbach (Sox), ECC-Arkologie, 23. 03. 2058, 18:33 MEZ

Professorin Usner-Gassert arbeitete konzentriert mit und ließ sich sogar dazu herab, den OP-Springer für die Chirurgen zu spielen. Ihre eigenen Kenntnisse reichten nicht aus, um diffizile Eingriffe am menschlichen Körper vorzunehmen, die benötigten Gerätschaften dagegen kannte sie sehr gut. Derzeit hielt sie einen Hautlappen zur Seite, damit der Chirurg den Wundkanal besser sah. Eine Schwester entfernte seinen Schweiß mit einem Tupfer.

Um sie herum waren die anderen Helfer damit beschäftigt, das Vitalsystem des Patienten aufrechtzuerhalten. Die dreiundachtzigste Blutkonserve wurde soeben verbraucht. Das Beatmungsgerät sorgte dafür, dass die angeschossene Lunge des Patienten nicht zusammenfiel und er erstickte.

Der Chirurg tastete sich durch das Gewebe, bis er die Kugel aus dem Leib zog und sie in die Schale fallen ließ.

»Zumachen«, wies er knapp an und trat vom Tisch zurück, auf dem der eindrucksvolle Körper lag. »Da hat er noch einmal Glück gehabt, Frau Professorin«, meinte er zu Usner-Gassert, während sie beide nach draußen schritten und den Assistenzärzten das Feld überließen. »Das Geschoss blieb nur deshalb relativ harmlos, weil es in seiner Wucht gebremst worden war. Ein wenig mehr Schwung, und ihr Proband hätte sich von seinem Rückgrat verabschieden dürfen.«

»Danke, Doktor.« Usner-Gassert schenkte ihm ein versprechendes Lächeln und einen tiefen Blick in ihr üppiges Dekolleté. Die schwarze Unterwäsche schimmerte verheißend durch. »Sie haben die Arbeit fast eines ganzen Jahres gerettet.«

»Wir tun doch alles für den Kon«, schwächte er ab.

»Wie geht es mit ihm weiter?«

»Wir sollten ihn vorsichtshalber in einen Tank legen. Ich schätze, dass seine Cyberware einiges abbekommen haben dürfte.«

»Die Sünde« schaute unglücklich. Dabei wollte sie der Untersuchungskommission so gerne ihre phänomenalen Ergebnisse präsentieren. Alleine schaffte sie es wohl nicht, Nelkes Systeme zu checken.

Der Operateur überlegte. »Fragen Sie doch mal Dr. Leander. Er wird Ihnen gerne helfen.«

»Ja.« Ihr hübsches Gesicht hellte sich auf. »Ein vorzüglicher Vorschlag!« Sie drückte seinen Oberarm. »Sie sind ein Schatz.«

Die Professorin kehrte in ihr Appartement zurück. Sie ärgerte sich noch immer darüber, dass es Patrizian nicht gelungen war, den Kopf Gerlachs von seinem Ausflug mitzubringen. Das abgetrennte Haupt wurde beim Gefecht mit den Söldnern in der Klinik zerstört. Die verdammte MET2000-Einheit hätte es um ein Haar geschafft, ihren »Luzifer« in Einzelteile zu zerlegen. Die Feuerkraft, mit der sie ihren Probanden beharkten, reichte normalerweise aus, um einen Drachen in Hundefutter zu verwandeln. Der Gefechtscomputer sorgte dafür, dass sich Patrizian gegen die Übermacht erfolgreich, aber sehr knapp durchsetzte. Nur die Sache mit Gerlachs Kopf blieb ärgerlich.

Sie trank einen Schluck Kaffee. *Was soll's. Ich habe das einwandfreie Modell.* Sie schickte eine E-Mail an Leander, dass sie seine kollegiale Hilfe benötigte. Treffpunkt sei Med-Raum 03, in dem ihr Proband im Tank trieb.

Als Usner-Gassert eintraf, befand sich der Forscher bereits im Zimmer und stand vor dem Tank, in dem Patrizian schwebte und von der dunkelgrünen, trüben Nährflüssigkeit Stückchen für Stückchen in der Heilung unterstützt wurde.

»Hallo, Dr. Leander«, grüßte sie ihn und kam an seine

Seite. »Sie haben sich unseren Patienten schon angesehen?«

»Ja, eine hübsche Sammlung von Verletzungen«, meinte der Mann. »Sie wollten, dass ich mich um die Cybersysteme kümmere?«

»Genau. Bei so einer wichtigen Überprüfung sollten keine Fehler geschehen.«

»Ich verstehe.« Dr. Leander pochte gegen die Plexischeibe. »Geben Sie mir alle notwendigen Dateien, und ich erledige das für Sie. Warum sieht er eigentlich aus wie Satan persönlich?«

»Ist es nicht eine Ironie, einen Engel von Luzifer jagen zu lassen? Und einmal mehr siegte das Böse, wie in der realen Welt.«

»Das Böse erringt Zwischensiege. Aber der Kampf dauert an«, entgegnete er abwesend. »Manche Engel kehrten geläutert in den Schoß Gottes zurück, um fortan Gutes zu tun.«

»Ein Optimist? Wie schön.« Sie schaute ihn liebenswürdig an. »Wenn Sie an etwas arbeiten, das Vorrang hat, sagen Sie es. Ich hätte dafür Verständnis. Und der Konzern bestimmt auch.«

Leander erwiderte die vorgetäuschte Freundlichkeit. »Sie müssen mir nicht durch die Hintertür drohen, Frau Direktorin. Ich helfe Ihnen gerne.«

Usner-Gassert berührte ihn an der Schulter. »Ich will aufrichtig zu Ihnen sein, Dr. Leander. Berger meinte, das sei unsere letzte Chance. Wenn wir die Kommission nicht überzeugen können, wird das Projekt eingestellt.« Ihr Mund näherte sich seinem Ohr, die Lippen waren nur Millimeter entfernt. »Ich kann sehr, sehr dankbar sein. Eine Ark benötigt einen Stellvertreter. Sie stünden in ständigem Kontakt mit mir.«

Der Wissenschaftler schloss die Augen. Seine Lippen bebten. »Tun Sie das nicht, Frau Direktorin.« Er flüchtete zur Seite und aktivierte das Terminal, das ihm Zugang zu Patrizians Cybersystemen gewährte. Die Helfer hatten den Probanden über dessen Datajack verbunden.

Die Mundwinkel der verführerischen Frau wanderten in die Höhe. »Ich spiele nicht mit Ihnen, Dr. Leander. Bringen Sie die beste Leistung, und Sie werden sehen, dass ich es ernst meine.« Sie nahm einen kleinen Kasten mit Datenträgern aus ihrer Tasche. »Das sind die Dateien, die Sie benötigen werden.« Bei der Übergabe streiften ihre Finger seinen Handrücken. »Ich lasse Sie nun alleine.« Sie ging. Zischend schloss sich das Schott hinter ihr.

Der Wissenschaftler stützte sich mit beiden Händen an der Konsole ab und versuchte, seine Gedanken zu ordnen. Die Versuchung machte ihm schwer zu schaffen. Leander hob langsam den Kopf und betrachtete den in der Flüssigkeit schwebenden Probanden. Das schwache grüne Licht im Behälter verfremdete dessen Gesicht.

Lucifuge rofocale schwimmt in meinem Tank.

Leander nahm die Speichermedien aus der schlagfesten Verpackung, führte die Datenträger ins Terminal und lud die Informationen in den Speicher. Anschließend initiierte er einen Vergleich mit den Informationen aus dem Modul.

Weil Luzifer es nicht ertragen konnte, dass Gott sich mehr den Menschen widmete und weil er höher als Gott sein wollte, kam es zu einem Kampf zwischen den Engeln, rief er sich die biblische Geschichte des Engels in Erinnerung. *Luzifer wurde von den Erzengeln in die Verdammnis gestoßen, und es entstand die Hölle.* Leander musterte die Züge Patrizians. *Luzifer veränderte sich und bekam seine Stärke und Macht. Sein Gesicht wurde kalt und abweisend, faszinierend aufgrund seiner kalten Boshaftigkeit.* Das passte hervorragend auf Usner-Gasserts Kandidaten.

Der Wissenschaftler las die aufgeführten Abweichungen, die der Rechner aufgrund des ersten Abgleichs ermittelt hatte. Seine Linke glitt gemächlich in die Brusttasche des Arbeitskittels und zog einen weiteren Chip heraus. Sein persönlicher Beitrag. Leise klickend senkte er sich in die Anschlussstelle des Rechners.

Mit Luzifers Verdammnis entstand Gut und Böse, seit Anbeginn der Zeit kämpfen Gut und Böse gegeneinander. Ein Sieger steht nicht fest. Die Fingerkuppen zuckten auf und nieder, drückten die Knöpfe der Tastatur in rascher Reihenfolge. Vielleicht schaffte er es mit seinem Werk, dem Guten zum Erfolg zu verhelfen. Leander hielt inne, um Patrizian zu betrachten. *Soll Gott dich aus deiner Verdammnis holen und zurück zum Licht führen, mein schöner Engel?*

Sekundenlang schwebte sein Zeigefinger über der Eingabetaste. Endlich presste er sie herab. Die Kontakte schlossen sich und übermittelten die Eingabe an den Rechner weiter.

Der Proband riss die Lider auf. Die geschlitzten Pupillen richteten sich auf den Wissenschaftler.

Charly saß im Bereitschaftsraum, trank ein alkoholfreies Bier und schaute zusammen mit seinen Gardisten das Stadtkrieg-Ligaspiel der Mainzer »Black Barons« gegen »Maschine Chemnitz«.

Allerdings war er nur halb bei der Sache. Während die anderen um ihn herum tobten, drehten sich seine Überlegungen nach wie vor um die Geschehnisse in der Arkologie. Alle anderen hatten sie abgehakt beziehungsweise in die Hand der Untersuchungskommission gelegt, die aus Ingolstadt eingetroffen war.

Bergers persönliche Datenbluthunde machten sich sofort an die Arbeit, verhörten Mitarbeiter, hackten sich in die Tiefen der hausinternen Matrix ein und stöberten nach den letzten verborgenen Geheimnissen, die der schwedische DrakenSys-Forscher Gud abgelegt haben könnte. Seltsamerweise ohne auf Neues zu stoßen, wie er von Kollegen hörte. Der Schwede musste all seine Spuren verwischt haben.

Ostfolk nahm seinen Helm und das Gewehr und machte sich ein weiteres Mal auf, um Guds Unterkunft zu inspizieren. Nach wenigen Minuten stand er im Appartement des Schweden und betrachtete die Einrichtung, die Erinnerungsstücke aus der Heimat, die religiösen Gegenstände, die CD-Sammlung mit den verschiedenen Spielfilmen, die Chip-Bibliothek mit den umfangreichen Exegesen zum Neuen Testament.

Bei allem, was er überflog, fand er eine Gemeinsamkeit: Jede Art von Härte, von Brutalität, von blindem Eifer, der den Forscher zu einer solchen Nutzung seiner Probandin hätte veranlassen können, fehlte. Er kannte den Schweden als freundlichen Menschen, der sich an die Grundregel des Christentums, soweit sie ihm noch geläufig war, hielt: Nächstenliebe.

Zum generellen Zweifel an der Täterschaft des Schweden kam ein weiterer Faktor hinzu, der allerdings aus einem weltlicheren Grund resultierte. Charly wäre bereit gewesen, sich den Gefechtscomputer einbauen zu lassen. Natürlich zum verbilligten Mitarbeitertarif.

Da es aber offensichtlich möglich war, mit diesem Modul einem Menschen einen fremden Willen aufzuzwingen, gewann er zu dem Vorhaben immer mehr Abstand. Stattdessen drängte sich die Frage auf, was DrakenSys und Cyberdynamix in Wirklichkeit mit dem massentauglichen Cyberartikel beabsichtigten.

Ihn beschäftigte die Frage, wie man es schaffte, Enni glauben zu lassen, sie sei Cherub. Der Chip, den man ihm stahl, hätte mit Sicherheit Aufschlüsse gegeben. Seine Ansicht, dass der Unbekannte und nicht Enni Dr. Gud umgebracht hatte, war kaum mehr ins Wanken zu bringen.

Alles Mist. Er müsste an den Zentralrechner mit den Backups und Aufzeichnungen aller Daten. Der Chef der

Kon-Garde verließ die Räumlichkeiten kurz vor dem Eintreffen der »Bluthunde«, die sich noch einmal um die Wohnung kümmerten. Ihren Gesichtern entnahm er, dass sie genauso ratlos durch die Gegend tappten und auf Zufallstreffer hofften wie er.

Ostfolk lenkte seine Schritte zum Hauptcomputerraum und fand dort weitere Mitarbeiter der Untersuchungskommission, die das Eintreffen des Gardisten mit einem knappen Nicken zur Kenntnis nahmen und sich der Auswertung der Daten widmeten. Das war die Gelegenheit. Neugierig trat er näher und schaute den beiden Deckern über die Schulter.

»Würden Sie bitte ein wenig Abstand halten?«, wies ihn der Mann, dem er im Nacken stand, keineswegs harsch, dennoch bestimmt an.

»Klar.« Charly machte einen Schritt zurück. »Wollte nur mal sehen, wie Sie so vorgehen. Schon was gefunden?«

Er erhielt ein Seufzen zur Antwort. »Erst müssten wir wissen, wonach wir suchen sollen. Es ist ja nicht so, dass in diesem Kasten Millionen von Dateien lagern.«

Ostfolk lachte. »Ja, so ähnlich geht es uns, wenn wir draußen unsere Runden drehen. Jede Menge Quadratmeter, und alles will kontrolliert sein.« Er hatte sich für die Taktik »Leidensgenosse« entschieden. »Ihr seht ein wenig müde aus. Braucht ihr eine Pause? Ich passe so lange auf eure Sachen auf.«

Die Männer wechselten einen raschen Blick. »Wir sind in einer Viertelstunde zurück«, verabschiedeten sie sich und verschwanden aus dem Computerraum.

Los geht's, Charly. Der Gardist schnappte sich ein Deck und schickte ein Suchprogramm mit diversen Schlagworten auf die Reise.

Seine leise Hoffnung erfüllte sich Sekunden darauf. Da die beiden Matrixexperten alle Passwörter aufgehoben hatten, beförderten seine Nachforschungen Unmengen an Informationen über den Gefechtscomputer »Defense« an die Oberfläche. Hektisch lud er die Daten auf Chips und löschte seine Anfrage anschließend wieder. Kaum beendete er seine Arbeiten, kehrten die Mitglieder der Untersuchungskommission zurück.

Ostfolk plauderte noch ein wenig über das Stadtkrieg-Spiel, ehe er sich zurück in den Bereitschaftsraum begab und den Sieg der »Black Barons« miterlebte. Anschließend ging er auf Streife.

Die geraubten Datenträger behielt er unter seiner Rüstung. So schnell würde er sich von Informationen nicht mehr trennen. Er lernte aus seinen Fehlern.

ADL, Badisch-Pfalz, Regierungssitz Pirmasens, 07. 04. 2058, 17:22 MEZ

Gee Gee schlug die Augen auf. Die Decke über ihr sah nach der Schattenklinik von Dr. Allwissend aus.

Sie drehte den Kopf und bemerkte die zusammengesunkene Gestalt, die neben ihrem Bett ruhte. Der schwarzweißen Frisur nach handelte es sich um Poolitzer. Sie berührte ihn behutsam am Oberarm.

Der Reporter schreckte auf und rieb sich die Augen. Dann hellte sich sein Gesicht auf. »Gee Gee!« Er umarmte sie vorsichtig. »Endlich.«

»Wie lange habe ich denn …«

»Rund zwei Wochen«, antwortete er. »Neuronico meinte, es sei besser, dich in einen längeren Heilschlaf zu versetzen.« Sein Gesicht verdunkelte sich. »Eigentlich sollte ich dir eine Standpauke halten. Wir wissen immer noch nicht, was es mit diesem Ding auf sich hat, und du hast nichts Besseres zu tun, als es dir einbauen zu lassen.«

Damit biss er bei der Schauspielerin auf Granit. »Keiner der Spezialisten weiß es. Und weil Neuronico etwas von Memory sagte, fand ich die Idee vernünftig.«

Der Reporter umschloss ihre Rechte. »Und? Bist du immer noch der Meinung?« Sie nickte trotzig. »Wie fühlst du dich?«

Sie lauschte in sich hinein. »Normal«, meinte sie. »Ich könnte dir jetzt nicht sagen, dass sich etwas geändert hat.« Gee Gee richtete sich wenige Zentimeter auf, wurde aber sofort von stabilen Bändern aufgehalten. »Was soll das denn?«

»Ich bestand darauf«, sagte Dr. Allwissend von der Tür her. »Hallo, Frau Delorian. Es freut mich, dass Sie wohlauf sind.« Er ging an dem Reporter vorbei und kontrollierte ihre Werte. »Sehr gut. Alles im grünen Bereich. Sie könnten aufstehen, wenn Sie das Verlangen danach haben.« Er entfernte den Stecker aus dem kleinen Anschluss, der zum Gefechtscomputer führte, die Sonden und ganz zum Schluss die Halterungen. »Da wir nicht wussten, wie Sie auf dieses Modul reagieren, erlaubte ich mir, eine Sicherheitsvorkehrung zu treffen«, erläuterte er.

Behutsam strich sie sich über den beinahe kahlen Schädel, auf dem die ersten Stoppeln nachwuchsen. »Oh, toll.«

»Das kommt davon«, sagte der Reporter schadenfroh.

Sie schlug spielerisch nach ihm, er wich aus. Der Gefechtscomputer trat in Aktion, berechnete die wahrscheinlichste Ausweichbewegung und half Gee Gee, dass sie den jungen Amerikaner mitten auf die Nase traf. Erschrocken zog sie die Hand zurück. Poolitzer fluchte.

»Der Gefechtscomputer funktioniert also«, kommentierte Dr. Allwissend sachlich.

»Und wie«, nuschelte der Reporter. »Wenn du damit meinen guten Riecher für Storys beschädigt hast, bin ich echt sauer.«

Gee Gee bedeutete den Männern, sich umzudrehen. Behutsam stand sie auf und wechselte das dünne OP-Hemd gegen ihre Sachen. Sie bückte sich, um die Klettverschlüsse ihrer Stiefel zu schließen, da tauchte ihr Bewusstsein in eine andere Welt.

Sie sah sich selbst im Engelskostüm, von oben bis unten voller Blut. Mit den Mündungen des Derringers zielte sie genau auf sich selbst, der Finger zog den Abzug immer wieder nach hinten. Gee Gee hörte das scharfe Klicken der Zündnadel, die wirkungslos auf die Patronen schlug. Dann war die Rückblende vorüber.

Sie hatte jetzt mehrere Möglichkeiten. Panik, Ohnmacht oder Ruhe bewahren. *Ruhig bleiben,* ermahnte sie sich und beendete die angefangene Bewegung. Ließ sie sich etwas anmerken, würde Poolitzer darauf bestehen, dass man ihr das Modul wieder entfernte. »Können wir was essen? Ich habe riesigen Hunger.«

»Das machen wir. Die anderen wollen dich auch kennen lernen«, eröffnete Poolitzer.

»Und wer erwartet mich?«

»Tja, während Madame auf der faulen Haut lag, suchten der Vampir und ich ein Team zusammen, um in die Sox einzusteigen«, verriet er ihr. »Wer sind sie wohl, die geheimnisvollen Fremden, die mit den Rittern der Gerechtigkeit ...«

Ich verkünde Gerechtigkeit in der großen Gemeinde, wisperte eine verzerrte Stimme unvermittelt in ihrem Kopf. Die Schauspielerin ließ sich nichts anmerken.

» ... aufbrechen und durch ihre Unbestechlichkeit die mächtigsten Konzerne zum Zittern bringen?« Er ging voraus und öffnete die Tür zum Aufenthaltsraum, in dem eine kleine Versammlung stattfand. »Tata!«, kündigte er das Erscheinen des regionalen Theaterstars an. »Poolitzer-Entertainment präsentiert Ihnen die unglaubliche Miss Gee Gee Delorian!«

Außer Ordog saßen vier weitere Typen, ein Ork, ein

Zwerg und zwei Menschen, in dem winzigen Raum und schauten sie erwartungsvoll an. Ihre Kleidung bestand aus handelsüblicher Stangenware. Typen wie sie liefen zu Tausenden durch die Straßen der ADL.

»Hallo, Frau Delorian«, grüßte der blasse Straßenläufer. »So wie es aussieht, können wir bald loslegen.« Sie nickte in die Runde. »Das sind Bremer«, der Ork hob die Hand, »Michels«, der Zwerg wackelte mit dem Kopf, »Brainman«, der Mann mit dem Hartschalendeck klopfte gegen seinen Kasten, »und nicht zuletzt Ali Rezza Abolhassan ibn Mustafa ibn Jasul.« Ordog sah zu dem dunkelhäutigen Mann in den weiten Gewändern. »Habe ich einen Namen vergessen?«

»Ja. Aber das macht nichts, mein gedächtnisschwacher Freund.« Er legte eine Hand auf die Brust. »Meine Freunde nennen mich ...«

»Schut?«, platzte die Schauspielerin heraus. Unwillkürlich musste sie bei der Reihung von arabischen Namen an die alten Trids mit Karl-May-Filmen denken.

»Sheik«, verbesserte er mit starkem Akzent. »Wegen meiner Herkunft. Als ältester Sohn wurde ich aus den Emiraten verstoßen und von meinem Bruder meines Titels und Erbes beraubt. So gelangte ich in die Allianz Deutscher Länder und stelle meine Künste allen zur Verfügung, die mich bezahlen können.« Er verneigte sich vor Gee Gee und berührte grüßend Stirn, Mund und Brust.

»In Wirklichkeit kommt er aus einem Gastarbeiterviertel von Karlsruhe«, ergänzte der Zwerg gut gelaunt. »Seit er beim Spielen vom Balkon fiel, besteht er auf der Geschichte.«

Die Miene des Sheiks wurde herablassend. »Nichts als Verleumdungen meines Bruders. Er ist ein geschickter Feind, der meine Rückkehr fürchtet und Gerüchte streut.«

»Sicher«, bestätigte Michels. »Wenn du gekifft hast, redest du im breitesten Platt, alter Kameltreiber.«

»Es war ein verhextes Kraut, das mir mein Bruder unterschob, damit die Kleingläubigen an meinem Schicksal zweifeln«, konterte der Araber souverän.

»Welche Kunst beherrscht er denn?«, raunte sie Ordog zu.

»Magier.«

»Oh!«, machte der Sheik sofort und hob mahnend den Finger. »Fakir, Mirakelbewirker und natürlich Gelehrter.«

»Geistesgestörter, Hirnverbrannter«, setzte der Zwerg die Reihung frech fort. »Es gibt reichlich Bezeichnungen für dich.«

»Wie viel hat dir mein Bruder bezahlt, dass du mich vor aller Augen und Ohren in den Schmutz ziehst?«, giftete Sheik. »Soll ich einen Dschinn beschwören, der dich in Stück reißt?« Brainman und Bremer beschwichtigten den Magiekundigen, während Michels sich ausschüttete vor Lachen.

»Wir gehen mit einem Magier in die Sox? Haben Sie nicht gesagt, es ginge nicht?«, fragte Gee Gee neugierig.

Augenblicklich endete Sheiks Gezeter. »Es geht schon. Es ist nur sehr gefährlich. Aber als Gelehrter, der die Magie in ihrer Substanz, in ihrer Natur, erforschen möchte, muss man sich diesen Gefahren aussetzen«, erklärte er erhaben. »Diese Zone betreten zu dürfen bedeutet eine Erfahrung, die mich in meinen Forschungen ein großes Stück vorwärts bringen wird.«

»Glaub dem Zwerg«, wisperte Poolitzer ihr zu. »Der Araber ist wahnsinnig.« Aber sie brauchten ihn. Das Letzte, womit ein Kon in der Sox rechnete, war ein Magier.

Ordog klatschte mehrmals in die Hände. »Herhören!« Er breitete verschiedene Ausdrucke auf dem Tisch aus. »Das sind Detailkarten von Zweibrücken und der angrenzenden Sox. Brainman hat sie uns von einem netten kleinen Satelliten gezogen.« Ein altertümlicher Straßenatlas flog auf die Ansichten. »Das ist ein uraltes Autobahnverzeichnis von 20023. Ich gehe mal davon aus, dass sich die Straßen nicht verändert haben, wir gleichen es aber trotzdem mit dem Plan ab.« Er umkreiste einen großen Komplex unmittelbar neben Bexbach. »Das ist das ehemalige Kohlekraftwerk, in dem sich Cyberdynamix eingenistet hat.« Sein Stift schraffierte die dünne Linie rot. »Und das ist die Mauer. Ich habe die Geisterratten kontaktiert. Sie sind bereit, uns mit ihren T-Birds rüberzubringen und rauszuholen. Kostet Sie zwar mehr Geld, Frau Delorian, erspart uns aber aufwendige Observation.« Seine Stirn runzelte sich. »Frau Delorian?«

Abwesend schaute Gee Gee auf die rote Linie. »Die Mauer geht an Zweibrücken vorbei, kommt hier durch ein Tal und kappt auf der Anhöhe bei Homburg die alte B423 mitten durch. In einem Vorort gibt es ein Höhlensystem, die Schlangenhöhlen.«

»Schlangen. Klingt aber nicht gut«, sagte Brainman verzagt. Er hasste den Gedanken, sich abseits der Zivilisation zu bewegen.

»Von dort führt ein unterirdischer Gang in die Schlossberghöhlen in Homburg«, erklärte sie mit fremder Stimme weiter. »Damit kommen wir an Mauer und Todesstreifen vorbei und sind kaum fünfzehn Kilometer von Barbara I entfernt.«

»Woher wissen Sie das?«, erkundigte sich Ordog ungehalten. »Und warum haben Sie das nicht vorher gesagt?«

»Ich …«, sie schüttelte sich, »ich wusste es vorher nicht.« Sie fühlte sich, als würde sie Erfahrungen abrufen, die sie nicht gemacht hatte. Etwas wie ein Geist spukte in ihrem Kopf.

»Wissen Sie zufällig irgendwelche Codes, die uns

beim Eingang der Ark weiterbringen?« Sie verneinte verschüchtert. Der blasse Samurai zeigte auf den Decker. »Okay, damit wirst du dafür sorgen müssen, dass wir es durch einen Hintereingang schaffen.«

»Sie wissen, wo so einer ist?«, wunderte sich Poolitzer.

»Nein«, meinte Ordog gelassen. »Aber wir werden einen finden.« Länger als eine Woche sollten sie sich nicht in der Sox aufhalten, selbst wenn die eigentliche Strahlung keine Probleme bereitete. »Lasst die Atemmasken wegen des Staubs lieber an, wenn wir unterwegs sind.« Er stand auf. »Dr. Allwissend wird noch ein paar Tests mit Ihnen machen, Frau Delorian. Sagt er uns, dass mit Ihnen alles in Ordnung ist, geht es los.«

Gee Gee kam der Aufforderung nach und griff nach der blauen Baseballmütze, die sich auf der Ablage befand. Sie setzte die Mütze auf und rückte den Schirm mit einer knappen Bewegung zurecht.

»Entschuldigung, aber das ist meine«, beschwerte sich Brainman.

Doch die Schauspielerin hörte nicht, sondern folgte dem Arzt in den Untersuchungsraum. Der Decker schaute ihr fassungslos hinterher.

Die Checks brachten sie schnell hinter sich. Die junge Frau hatte die OP dank des Heilschlafs und den unterstützenden Substanzen gut verkraftet.

»Ich mache mir Sorgen um Ihre Gesundheit«, hörte sie eine männliche Stimme, die mit einem eigentümlichen Akzent sprach. *»Sie wissen, dass der menschliche Körper nur bis zu einem bestimmten Grad Vercyberung verträgt, ohne Gefahr zu laufen, sich gravierende Persönlichkeitsstörungen einzufangen.«*

»Das ist mir bewusst«, antwortete sie genervt. Dass sie auch jeder belehren wollte.

Dr. Allwissend drehte sich halb um. »Was ist Ihnen bewusst?«

»Das mit den Persönlichkeitsstörungen«, wiederholte Gee Gee, nahm ihre Kleider und zog sich wieder an.

»Haben Sie denn welche?«

»Nein, wie kommen Sie denn darauf?« Sie platzierte die Mütze auf dem Kopf. Sie wunderte sich nicht einmal darüber.

»Ich?« Der Schattenarzt musterte sie intensiv. »Sie haben doch damit angefangen.«

Sie beschloss, das Gespräch nicht weiter zu vertiefen. Sie hörte an seiner akzentfreien Aussprache, dass er den besorgten Hinweis nicht gegeben hatte. Gee Gee bekam eine vage Vorstellung davon, worum es sich bei der »Memory«-Anzeige handelte. Die Erinnerungen von Cherub stiegen wie Blasen aus diesem elektronischen Gedächtnis empor und drangen in ihre Wahrnehmung ein.

Hoffentlich habe ich es im Griff. Das Schicksal der Vorbesitzerin des Moduls verhieß nichts Gutes.

Gee Gee suchte den Lagerraum auf, in dem Ordog ihre Ausrüstung für den Lauf gegen Cyberdynamix aufbewahrte. In einer Ecke sah sie das tödliche Gewehr Cherubs stehen. Sie nahm es mit gemischten Gefühlen in die Hand. Zuerst entfernte sie das Magazin aus dem Schacht, ehe sie eine der Smart-Brillen nahm und nach einigem Herumprobieren den Aufsatz montierte sowie die Verbindung zum Gewehr herstellte. Etwas stimmte nicht. Entweder die Zielhilfe wies einen Defekt auf oder das Gewehr hatte bei der Jagd einen Schlag abbekommen. Jedenfalls korrespondierten Waffe und Smartsystem nicht miteinander.

Ihre Finger lagen fest um den Griff. Sie fühlte eine gewisse Vertrautheit mit der schweren Waffe, die sie nicht lange waagrecht halten konnte. Die echte Cherub musste ordentlich trainiert haben.

Sie stellte das Gewehr zurück. Der unpräzise Smartadapter würde sie nicht aufhalten und die Verantwortlichen in der ECC-Ark nicht vor ihrer Rache schützen. *Sela*.

ADL, Badisch-Pfalz, Einöd (Grenze zur Sox), 08. 04. 2058, 05:42 MEZ

Bremer setzte sich auf eine marode Schaukel und begann durch sanftes Pendeln Schwung zu holen. »Sehr idyllisch hier draußen.«

»Stimmt«, meinte Poolitzer und schwenkte mit der Kamera durch die bewaldete Gegend. Nicht weit von ihnen stand eine Wanderhütte.

Brainman zog die Bändel seines Tarnanoraks enger, um den Kragen zu schließen. Ihm war so viel Natur sichtlich unangenehm.

»Habt ihr gelesen, wie das Kaff hieß, durch das wir vorhin gerobbt sind?«, erkundigte sich Michels heiter. »Einöd.«

»Das waren sehr vorausschauende Menschen.« Der Sheik ließ sich auf einer Brunneneinfassung nieder. »Sie wussten anscheinend schon vorher, was mit dem Landstrich passieren würde.« Der Name des Ortes passte genau. Die Sox war eine moderne Form der Einöde. Er schloss für eine knappe Minute die Augen. »Wir sind alleine, Freunde. Weit und breit kein Mensch, kein Geist und keine Drohne.« Alles andere hätte ihn gewundert.

»Dann vorwärts«, scheuchte Gee Gee die Männer auf. »Der Eingang ist dort drüben.« Sie marschierte am verwahrlosten Gebäude vorbei und bahnte sich einen Weg durchs Unterholz. Wachsam folgten ihre Begleiter.

Poolitzer hatte es für eine gute Idee gehalten, das neue Gewehr Ordog zu überlassen. Er selbst war kein guter Schütze. Für die Schauspielerin war es zu schwer, und der deutsche Schattenläufer verfügte wenigstens über so viel Erfahrung, dass er notfalls ohne Smartverbindung etwas traf.

Gee Gee blieb stehen und starrte auf eine leichte Vertiefung im Boden. Hier musste es gewesen sein. Sie bückte sich, suchte im Laub und hielt mit einem Mal den Zipfel eines Tarnnetzes in der Hand. Cherubs Erinnerungen trogen nicht. Sie legte einen Einstieg frei, aus dem ein erdig-feuchter Geruch drang.

Die Mundwinkel des Deckers fielen herab. Nach der Natur nun in ein stickiges, muffiges Erdloch zu rutschen bedeutete seiner Ansicht nach keine Verbesserung. »Wir steigen ein«, verkündete Ordog nach einem Blick auf den Geigerzähler und glitt in die Dunkelheit. »Alles klar«, rief er von unten hinauf. »Nachrücken.«

»Ich bilde den Schluss.« Der junge Amerikaner spürte das Reporter-Fieber in sich aufsteigen. Die Jagd nach den besten Bildern begann.

Gee Gee schwang sich gerade durch in die Öffnung, als es hinter dem Reporter knackte. Ein Ast war leise, aber deutlich in der Stille des Einöder Waldes gebrochen. Laub raschelte, ein weiterer Zweig ging ganz in seiner Nähe zu Bruch.

Ein Tier?

Das Geräusch von reißendem Stoff, dann ein unterdrückter Fluch. Der Angstschweiß brach ihm aus. *Shit, kein Tier!* Poolitzers Hand langte nach der Maschinenpistole. Filmreif fiel er auf die Erde, drehte sich dabei zur Seite und zog im Sturz die Waffe nach oben.

Der rote Ziellaser trudelte zunächst ziellos durch die Gegend, bevor der Reporter auf einen Menschen visierte, der verzweifelt versuchte, seine Körpermasse hinter einem dünnen Baum zu verbergen.

»Scheiße, nehmen Sie die Waffe runter, Gospini!«, befahl der Mann. »Auf Polizistenmord steht lebenslänglich.«

Verdutzt senkte Poolitzer die MP. »Spengler?«

Der Ermittler lugte vorsichtig hinter seiner Deckung hervor. »Sieht so aus.« Eine riesige Kaugummiblase entstand und platzte. »Beinahe hätte ich es geschafft, Ihnen unbemerkt zu folgen, was?«

»Die Natur ist Ihr Feind«, grinste Poolitzer und stand auf. »Sie trampeln wie ein Elefant durch die Pampa, und dann gewährt Ihnen der Baum nicht mal Deckung.«

Spengler näherte sich. Auch er hatte einen Rucksack und trug grüne Tarnuniform. »Fragen Sie mich nicht, was ich hier mache.«

Es klickte scharf. »Was macht er hier?«, fragte Ordog, der auf den Kommissar mit dem erbeuteten MALW-Kampfgewehr anlegte.

»Urlaub. Oder Sie wegen mehrfachen Mordes festnehmen, Herr Stauffer. Suchen Sie sich aus, was Ihnen lieber ist.« Spengler klemmte die Finger hinter die Koppelschnalle und wartete auf die Entscheidung. Die auf ihn gerichtete Mündung imponierte ihm nicht.

»Stauffer?« Poolitzer schaute auf den Schattenläufer.

»Nikolas Stauffer«, vervollständigte der Beamte. »Die richtigen Namen Ihrer Mitstreiter habe ich ebenfalls in Erfahrung gebracht, falls Sie die für Ihren Bericht brauchen.« Er spuckte den Kaugummi aus. »Ich will mit Ihnen kommen.«

Der Reporter lachte auf. »Sie machen das auf eigene Faust, habe ich Recht? Sie sagten mir, dass Ihr Ausweis in der Sox gar nichts zählt.«

»Deshalb habe ich Urlaub genommen. Als ich durch ein paar Informanten herausbekam, dass sich jemand für die Verseuchte Zone Ausrüstung besorgt, dachte ich mir, dass Sie so etwas beabsichtigen. Die Überwachung des Dealers führte mich dann zu Herrn Stauffer, der wiederum zeigte mir den Weg zu Ihnen beiden.« So einfach konnte Polizeiarbeit sein.

»Und was macht der Fall Cherub?«, erkundigte sich Poolitzer neugierig. »Was haben Sie herausgefunden?«

Er studierte das Gesicht des älteren Mannes. »Sie wurden zurückgepfiffen!«

Spengler wirkte, als habe er in eine saure Zitrone gebissen. »Genau, Schlaumeier. Und weil ich es auf den Tod nicht ausstehen kann, wenn die Konzerne mit ihren Touren durchkommen, wollte ich mir den Laden aus der Nähe ansehen.«

Der deutsche Straßenläufer senkte das MALW keinen Millimeter. »Angenommen, wir beide kehren zurück, Spengler, muss ich Sie dann niederschlagen?«

»Hey, Jungspund, schauen Sie mich an. Ich bin ein fetter, alter Mann. Ich gebe Ihnen einen Vorsprung von einem Tag. Dann sollten Sie sich entweder in einem anderen Bundesland befinden oder die Füße sehr lange still halten, bis Gras über die Sache gewachsen ist.« Er kramte in seinen Taschen, bis er ein Kaugummipäckchen fand, und hielt es zuerst Poolitzer, dann Ordog hin.

»Einverstanden«, bestätigte der fahle Mann die Vereinbarung.

»Willkommen bei der Allianz gegen Cyberdynamix«, begrüßte ihn der Amerikaner.

»Wieso Cyberdynamix? Ich dachte, Ruhrmetall steckt dahinter.« Er kam näher, um den Durchlass zu begutachten. Der Durchmesser gefiel ihm nicht. Und dass seine Theorie nicht stimmte, gefiel ihm ebenfalls nicht.

»Ich erkläre es Ihnen unterwegs«, schlug der Reporter vor.

Nach mehreren Kilometern Fußmarsch in dem unterirdischen Stollen erreichte das Team ein größeres Höhlensystem. Der Buntsandstein war teils auf natürlichem Wege ausgewaschen, teils von Menschen in den Jahrhunderten zuvor bearbeitet worden. Die geräumigen Felskammern verteilten sich über mehrere Stockwerke. Manche nahmen gigantische Dimensionen an.

Michels näherte sich einem Schild. »Sie waren in den

Schlossberg-Höhlen, Europas größten Buntsandsteinhöhlen. Vielen Dank für Ihren Besuch. Ausgang«, las er vor und deutete in die Richtung, in die der Pfeil wies. Wenn der ganze Lauf so einfach blieb, wäre er zufrieden.

Ordog schaute auf das Display des Geigerzählers. »Keine Kontamination. Der ideale Lebensraum für Rad- und Glow-Punks oder mutierte Critters.«

Oder Ghule. Staunend legte Poolitzer den Kopf in den Nacken und blickte zu der Sandsteinkuppel hinauf. *Kann ich gerne darauf verzichten.*

Bremer ging in die Hocke und tastete in dem feinen Sand herum. »Jedenfalls hat sie außer uns noch jemand entdeckt. Sieht aus wie Brennholz.« Er suchte in der Feuerstelle, um einen Stock unter der feinkörnigen Schicht zu fassen zu bekommen. Der Straßensamurai hob einen sauber abgenagten Oberschenkelknochen in die Höhe, damit ihn alle sehen konnten. »Da habe ich mich wohl getäuscht. Ich tippe auf Leichenfresser.«

»Sollten wir nicht weiter?«, schlug Brainman rastlos vor und bewegte sich weg von der Fundstelle. »Ich finde es sehr unbehaglich.« Unter seinen Füßen gab der Boden nach. Einen unterdrückten Schrei ausstoßend, fiel Brainman in die Tiefe. Klappernd stürzte sein Hartschalenkasten mit dem Deck in den Sand.

»So etwas passiert immer, wenn Spengler dabei ist«, gab Poolitzer seine Gedanken laut wieder. »Wie damals, in der Ruine des *Pleasuredom*.«

Der Ermittler knallte mit dem Kaugummi, bleckte die Zähne und hob seinen Mittelfinger.

Die Nennung des Freudenhauses aktivierte die Memoryeinheit des taktischen Computers. Vor Gee Gees innerem Auge entstand das zerstörte Bordell. *»Herr, du hast mich am Leben erhalten, aber sie mussten in die Grube fahren. Lobsinget dem Herrn, ihr seine Heiligen, und preiset seinen heiligen Namen«*, rutschte es Gee Gee heraus. Zu ihren Füßen lagen wie aus dem Nichts zehn Leichen, die

Wände des unbekannten Raums glänzten feucht vom Blut. *»Herr, mein Gott, ich will dir danken in Ewigkeit.«* Sie drehte einen der Toten mit dem Stiefelabsatz auf den Rücken und ging in die Hocke, um sich die gebrochenen Augen anzusehen. Es war ein junger Mann, um die achtzehn Jahre alt. Ein Hauch von Überraschung lag in seinem Gesicht. Die gesicherte Pistole hielt er noch in der verkrampften Hand.

»Wie gar nichts sind doch alle Menschen«, hörte sie sich selbst sagen und sah dabei zu, wie sie ein großes silbernes Kreuz an den Mund führte und es dreimal küsste. *»Der Feind ist vernichtet, zertrümmert für immer.«*

In einem Anflug von Panik hielt sie sich die Finger vor den Mund, ehe sie jemand hörte. *Nicht jetzt, mitten im Lauf.* Sie schüttelte den Kopf und konzentrierte sich auf ihre Umgebung. Die eingeblendeten Bilder verschwanden.

Ordog legte sich flach auf den Boden und robbte zu der abrupt entstandenen Öffnung. Die Taschenlampe leuchtete auf. »Ich kann ihn nirgends sehen«, meldete er nach hinten. »Ich sehe nicht mal den Boden. Das Licht kommt nicht so weit.« Er nahm eine Magnesiumfackel, drückte den Zünder und warf sie hinab in den Schlund.

Rauchend verschwand die Fackel und beleuchtete die vorbeihuschenden Wände mit ihrem rötlichen Schein. Sie flog und flog, bis sie schlagartig erlosch. Ordog glaubte, aus der Schwärze ein dumpfes Grollen zu hören, einem Erdbeben nicht unähnlich. »Sheik, sieh mal nach, wo der Decker steckt.«

Der Magier hockte sich auf den Boden und schloss die Lider, um sie sofort wieder aufzureißen. »Bei allen Propheten! Eine Störung im Astralraum, genau wie ich sie erwartet habe«, brach es verzückt aus ihm heraus. »Sie ist schwach, aber sehr hinderlich. So werde ich ihn nicht entdecken können.«

Der Anführer der Schattenläufer rutschte rückwärts.

Er schrieb den Decker ab. Verlief die übrige Aktion ohne weitere Misserfolge, war er zu diesem Opfer bereit. Normalerweise ließ er einen Kollegen nur zurück, wenn es nicht anders ging. »Okay, vergessen wir Brainman.« Er ging davon aus, dass Brainman zerschmettert unter ihm in der Dunkelheit lag. Ordog nahm das Deck an sich. Notfalls stöpselte er sich ein und hackte so lange darauf herum, bis sich eine Tür öffnete. »Wenn wir an der Ark sind, müssen wir improvisieren. Vielleicht haben Sie dann eine weitere Eingebung, Frau Delorian.«

Bremer tastete sich zu der Öffnung vor, wischte behutsam winzige Körner von einem handgroßen, flachen Gegenstand, hob ihn auf und betrachtete ihn ehrfürchtig. »Leck mich am Arsch«, flüsterte er. »Ist das eine Drachenschuppe oder ein antiker Dachziegel?«

Der Magier riss ihm den Fund aus der Hand. »Eine Drachenschuppe, Sohn der Einfalt.« Und zwar von einem Großen Drachen.

»Bin ich der Einzige, oder kommt noch jemand anders auf die Idee, dass die Schlossberghöhlen ein Ort sind, an dem man besser nicht verweilen sollte?«, wollte Michels wissen. »Ich erinnere mich, mal gehört zu haben, dass über der Sox angeblich ein Drache abgestürzt ist, nachdem ihn ein paar Abfangjäger mit Raketen spickten.«

»Sein Name war Feuerschwinge«, bemerkte der Sheik und packte die Hornplatte in seinen Rucksack. Sie würde sein neuer Glücksbringer sein.

Ordog dachte an das Grollen, das plötzlich eine höchst unerfreuliche Bedeutung bekam. »Wir sollten uns nicht weiter um die Märchen kümmern. Auf zur Ark.«

Die Gruppe gelangte ohne Zwischenfälle zum Ausgang. Ordog behielt den Geigerzähler im Blick, dann gingen sie ins Freie. Der Ausblick war fantastisch und erschütternd zugleich.

Das menschenleere Homburg, in dem einst zehntausende Menschen lebten, breitete sich unter ihnen aus. Zur Linken sahen sie den steilen Hügel, auf dem die Mauer entlang lief. Fünfzig Meter davor wuchs nichts. Ein grauer Streifen, in dem der sichere Tod in Form von Minen, Drohnenpatrouillen und Selbstschussanlagen wartete. Diese mörderische Schwierigkeit hatten sie umgangen und dennoch ihren ersten Mann verloren.

Wenn wir Pech haben, den wichtigsten, dachte Ordog, während er mit seinem Feldstecher die Umgebung absuchte. Falls Menschen in den Gebäuden wohnten, machten sie jedenfalls kein Licht an. Hinweise auf Fahrzeuge fand er ebenfalls keine.

Er schwenkte nach oben, zoomte den Kühlturm des Kraftwerks näher und betrachtete den ganzen Komplex.

Zäune, Schranken, Scheinwerfer, Infrarotmelder. Er senkte den Feldstecher. *Das wird ein echter Spaß.* Der Schattenläufer deutete auf den schmalen Fußweg, der zu Stufen abwärts führte. Die Route war klar. Sie gingen quer durch die Stadt, folgten der B423, vorbei an Kleinottweiler bis nach Bexbach. Dort orientierten sie sich neu.

Ordog lief gefechtsbereit los, das neuartige Kampfgewehr locker im Anschlag. Das Team folgte schweigend, Gee Gee und Spengler schritten am Ende des Trosses. Sie marschierten zügig durch die geisterhaften Straßen, vorbei an Geschäften, mehr oder weniger stark beschädigten Häusern und zerstörten Fahrzeugwracks.

Gelegentlich traten die Marschierenden auf Munitionshülsen, entdeckten Spuren von Panzern oder verschossene Granaten. Aufgesprühte Zielmarkierungen und Löcher in den Wänden ließen erahnen, was die Kon-Gardisten in der Zone anstellten.

»So sieht es also aus, wenn der Kontrollrat die Dekontamination anpackt.« Der Zwerg konnte sich nicht länger zurückhalten. Die Besitzer oder die Erben freuten sich sehr, wenn sie eines Tages zurückkehrten und das

Haus neu aufbauen durften, das sie in intaktem Zustand verlassen hatten.

»Ein Truppenübungsplatz mit 'ner Mauer drum herum, mehr ist das hier nicht«, stimmte ihm der Ork zu. Er deutete zu einer beinahe zu Staub zermahlenen Leiche, über die die Ketten eines Tanks führten. »Da hat sich ein Panzerkommandant einen Spaß mit einem Ghul gemacht.«

Ordog hob die geballte Faust als Zeichen anzuhalten. »Fahrzeuge. Mehrere.«

»Verbrennungsmotoren«, kommentierte Michels. »Ich wette, dass es Glow-Punks sind.«

Der blasse Schattenläufer deutete auf ein heruntergekommenes Einkaufszentrum. »Runter von der Straße. Wir lassen sie vorbeiziehen. Je weniger Menschen uns sehen, desto besser.«

Das Team hastete in das Gelände, während das Geknatter immer näher kam.

»Hey, schaut mal«, machte sie Bremer auf die rennende Gestalt aufmerksam. »Übt der für die nächste Olympiade?«

Ein Mann in einem Schutzanzug lief die Straße entlang. Er versuchte in eines der Häuser zu flüchten, scheiterte aber an der stabilen Scheibe der Tür, die er nicht einschlagen konnte.

»Er hat sich eine Bank ausgesucht«, gluckste der Zwerg. »Glückspilz.«

Die Motorräder näherten sich. Johlend schlossen die Punks zu dem Unbekannten auf. Der Verfolgte nahm sein Schnellfeuergewehr hoch und schoss eine Garbe in Richtung der Angreifer.

Die Maschinen stoben auseinander, die Fahrer gingen in Deckung und nahmen ihre Waffen hervor. Der Beschuss von allen Seiten zwang den Mann im Chemoschutzanzug, sich hinter eine Säule zurückzuziehen.

Ordogs Zeiss-Cyberaugen holten sich den Mann per

Vergrößerungsoption nahe heran. »Macht euch bereit«, entschied er nach wenigen Sekunden. Etwas machte den lebensmüden Idioten auf der Straße für den Run interessant. »Wir holen ihn da raus. Michels, Sheik, ihr geht in den zweiten Stock und nehmt die Punks von oben unter Beschuss, Bremer und ich gehen raus. Poolitzer, der Bulle und Frau Delorian halten die Stellung.«

»Hat er dir Geld geboten oder warum mischen wir uns in die Hasenjagd ein?«, erkundigte sich Michels überrascht. »Ich habe keinen Scheckstick gesehen.«

»Betrachte den Anzug. Er trägt auf dem linken Arm die Aufschrift ›Cyberdynamix‹.« Der Anführer bereitete sich auf den Ausfall vor. Konnte sein, dass der Typ das Ding von einem Versorgungskonvoi geklaut hatte. Oder er gehörte zu dem ECC-Forschungsverein und ging den Punks beim Wandern ins Netz. »Wir schnappen ihn uns und befragen ihn.« Der Lauf des MALW zeigte auf die stillgelegte Rolltreppe. »Abmarsch, Michels, ehe der Knabe tot ist.«

Dreißig Sekunden später legten Ordog und seine Jungs los, dass die Fetzen flogen. Hegte Poolitzer zu irgendeinem Moment des Unternehmens Zweifel an der Fähigkeit der Straßenläufer, die Leistung, die sie erbrachten, ließen jeden Hauch von Bedenken ersterben. Genauso tot wie seine leisen Vorbehalte waren nach der Attacke die fünf Glow-Punks. Sie wurden von dem Angriff derart überrascht, dass sie keinerlei Gelegenheit bekamen, sich zur Wehr zu setzen. Dem hellen Schein nach zu urteilen, den er von seiner Position aus einmal kurz aufflackern sah, bewirkte Sheik sogar einen Zauber.

Gee Gee verfolgte das Geschehen aus einer für sie ungewohnten Perspektive. Der Gefechtscomputer trat in Aktion. Das Modul berechnete die wahrscheinlichste Bewegung der Menschen, die sich in ihrem Gesichtsfeld befanden voraus und deutete die Vorhaltepunkte für einen tödlichen Schuss in ihrer Smartbrille an. Die Verbindung funktionierte nun einwandfrei. Offenbar lag der Grund für die Störung am fehlerhaften Interface des neuartigen Gewehrs.

Der Schauspielerin war es nicht vertraut, für echten Tod zu sorgen. Sie konnte sich mit dem Gedanken, einen Menschen zu erschießen, nicht anfreunden. Die einzigen, die wirklich ihr Leben lassen sollten, saßen in der Ark. Diese Menschen hatten es verdient. Das schaltete jede Art von Skrupel bei ihr aus.

Plötzlich blendete der TakCom oszillierende Schemen in das Gefecht, das das Memory aus den Erinnerungen des toten Engels zog. Es erweckte den Eindruck, Geisterwesen trügen zwischen den echten Menschen ihre eigenen Scharmützel aus. Aufstöhnend schloss Gee Gee die Augen. Ein pochender Kopfschmerz breitete sich von ihrer Schläfe aus.

Ordog rannte geduckt über die Straße. Aus der Deckung eines Blumenkübels heraus erledigte er den letzten flüchtenden Punk mit einem Schuss in den Rücken. Die Gefahr war gebannt. Er kümmerte sich um den Mann im Chemoanzug. »Bleiben Sie ruhig. Wir sind Freunde«, sagte er wegen der Maske undeutlich und hob zum Beweis seiner Friedfertigkeit das Gewehr in die Luft. »Sind Sie unverletzt?«

Die Waffe des Mannes senkte sich. »Wer sind Sie?«

»Leute, die es gut mit Ihnen meinen.« Er streckte die Hand aus, um ihm aufzuhelfen. »Kommen Sie. Die Punks werden bald vermisst werden. Wenn der Suchtrupp auftaucht, sollten wir nicht mehr hier sein.«

Zusammen kehrten sie ins Einkaufszentrum zurück, wo sie bereits von den anderen erwartet wurden.

»Schaut euch das an.« Spengler deutete nach draußen. »Es gibt eine Putzkolonne.«

Alle drehten sich um und beobachteten, dass Ghule nach einer kurzen Prüfung der Umgebung sich an die

Toten heranwagten. Sie schleiften die Leichen über den Asphalt davon und verschwanden mit ihnen um die Hausecken. Weitere Manesphagen kümmerten sich um die Motorräder und verlorene Gegenstände.

Ordog nickte zufrieden. Besser konnte es nicht kommen. Trotzdem sollten sie verschwinden. Unter seiner Führung marschierten sie ein paar Straßen weiter, stiegen in eine ehemalige Bäckerei ein und suchten sich einen Raum aus, wo sie die Masken ablegten. So redete es sich besser.

»Danke sehr«, meinte der Gerettete, dem die Angst ums eigene Leben ins Gesicht geschrieben stand. Nervös tastete er an sich herum, bis er die Zigaretten fand. Er steckte sich eine an und hielt die Packung den Schattenläufern hin. »Sie sind professionelle Plünderer, nehme ich an?«

»Genau«, nickte Ordog. Er ließ den Mann in seinem Glauben. »Ist einiges zu holen in den Städten. Verlassene Häuser, Banken, Villen. Wenn man ein bisschen Risiko nicht scheut, kann man absahnen. Und Sie?«

Bremer und Michels wechselten geschäftstüchtige Blicke, die deutlich zeigten, dass sie auf die Idee mit dem Plündern der Gebäude früher hätten kommen können.

Der Mann blies den Rauch gegen die Decke. »Mein Name ist Kaiser.« Ordog gab Sheik ein kaum merkliches Zeichen. Der Magier trat heran und legte dem Mann eine Hand auf die Schulter. »Ich gehöre zur … Liga für die Rechte der Ghule und wurde von meiner Gruppe getrennt. Wir machten ein paar Untersuchungen und drangen illegal in die Zone ein.« Kaiser lächelte. »Sie wissen doch sicher, wie man ungesehen von hier verschwindet?«

»Er heißt Reiser und war Decker bei Cyberdynamix«, meldete sich der Araber und langte sich an die Nasenwurzel. »Er ist abgehauen, weil er denkt, dass man ihm ans Leder will.« Mehr konnte er nicht erfahren, es war zu anstrengend. Sein Hirn fühlte sich an, als liefe es jeden Moment aus.

Der Matrixspezialist aus der Ark erbleichte, die alte Panik kehrte zurück. »Okay, ich habe gelogen. Ja, und?«

»Na, so ein Glück.« Der Reporter zeichnete ununterbrochen auf. »Da haben wir unseren Ersatzspieler.«

»Ersatzspieler?«, meinte Reiser unsicher. Er verstand nicht, wozu die Leute einen Decker in einer Stadt ohne Strom gebrauchen konnten.

Der Anführer langte in seinen Rucksack und reichte den Hartschalenkoffer an Reiser weiter. »Das gehörte unserem Netzjockey. Wir steigen bei Cyberdynamix ein, und Sie sind dabei. Es dürfte ein Kinderspiel werden, mit dem Wissen, das Sie haben.«

»Bin ich bescheuert?« Reiser zeigte Ordog einen Vogel. »Ich haue doch von dort nicht ab, um ein paar Tage später wieder einzusteigen.«

»Sie werden müssen«, machte ihn Bremer mürrisch auf seine Lage aufmerksam. »Entweder Sie kommen mit uns und verlassen anschließend die Sox oder Sie dienen den Punks als Zielscheibe.« Der orkische Samurai grinste. »Es ist nicht so, dass Sie wirklich eine Wahl hätten, Kumpel.«

»Ich fände es viel interessanter, wenn Sie uns erzählten, wer Ihnen ans Leder möchte«, schaltete sich Poolitzer ein und ging auf die Knie, um den konzernabtrünnigen Decker von schräg unten aufzunehmen. »Wir wollen nämlich einigen Menschen in der Ark in den Arsch treten. Was wissen Sie über das Projekt Cherub?«

Reiser fluchte. »Deswegen bin ich ja abgehauen. In der Ark geht ein Mörder um, der alle kaltmacht, die etwas mit der Sache von Gud und Usner-Gassert zu tun haben.« Er blickte in verständnislose Gesichter. »Das sind Wissenschaftler, die für DrakenSys und Cyberdynamix an dem Gefechtscomputer forschen. Muss aber was schief gelaufen sein. Gerlach, Guds Probandin, hat ihn umgebracht und sich abgesetzt. Danach ging's mit dem Sterben im Komplex los.« Nervös nuckelte er am Filter der Kippe. »Nach dem Schweden erwischte es den Rigger, der für ihn krumme Touren machte. Und weil ich ein bisschen was für Usner-Gassert manipulierte, habe ich es vorgezogen, mich abzusetzen, bevor ich auch draufgehe.« Der Frau traute er alles zu.

»Es hat aber nicht so ganz geklappt, was?«, schätzte Spengler. Genießerisch kaute er auf dem Kaugummi herum. Eine Blase entstand zwischen seinen Lippen und barst leise knallend. Unter der Maske konnte er das nicht.

»Nein. Scheiße, nein! Ausgerechnet an dem Tag turnten die Knight Errant-Truppen bei uns vor der Haustür rum, und ich musste einen anderen Weg suchen. Anstelle der Geisterratten fand ich auch noch die verdammten Glow-Punks.« Reiser entzündete die nächste Zigarette an der verlöschenden.

Ordog hörte zu. »Gut. Sie bringen uns rein und raus, dafür schleppen wir Sie auf dem Rückweg mit«, unterbreitete er ihm seinen Vorschlag. »Sie kennen alle Passwörter?«

»Die werden sie zwar geändert haben, aber ich habe ein paar Hintertürchen installiert, die der Neue erst finden muss«, äußerte der Matrixexperte. Er klappte den Koffer auf und begutachtete das Cyberdeck. »Wer benutzt denn solchen Schrott?« Damit konnte er kaum etwas anfangen.

»Sie schaffen das«, meinte der Zwerg aufmunternd. »Mit der richtigen Einstellung ist vieles möglich.«

Reisers Worte lösten eine Bilderflut in Gee Gees Gehirn aus.

Szenen aus dem Alltag von Cherub, die mit richtigem Namen wohl Gerlach hieß, breiteten sich vor ihr aus. Allerdings verschmolzen sie zu einem überlappenden, hektischen Gemisch, das einen zur Epilepsie neigenden

Menschen in den Wahnsinn getrieben hätte. Ein Gesicht entstand dabei öfter. Sie spürte Gerlachs sexuelle Erregung.

»Charly«, sagte sie abwesend. »Es gibt einen Wachmann in der Ark namens Charly. Ist er noch dort?«

»Ostfolk?« Der Decker verschloss den Transportbehälter wieder. »Er ist Chef der Garde. Woher kennen Sie den denn? Der dürfte unbestechlich sein.«

»Ich kenne ihn flüchtig«, wich die Schauspielerin aus und korrigierte den Sitz der Baseball-Mütze. Die virtuellen Bilder verebbten und überließen sie gänzlich der Realität. »Wenn es mir gelingt, mit ihm Kontakt aufzunehmen, wird die Sache leichter.«

»Nebeneingänge?«, erkundigte sich der fahle Schattenläufer lakonisch.

»Sicher. Der Komplex hat mehrere Notausgänge. Die zu knacken dürfte in der Zwischenzeit unmöglich geworden sein. Paranoid ist kein Ausdruck für das, was gerade abgeht.«

Sheik hatte sich von seiner mentalen Ermüdung erholt und beschäftigte sich mit den Eintragungen in sein Palmtop. Die Sox war ein einziger magischer Albtraum. So etwas hatte er noch nie erlebt. »Hier drinnen zu manifestieren ist eines, aber direkte Sprüche kann man nur mit der Hilfe aller Propheten bewirken«, erstattete er entzückt Bericht.

»Und? Sind die Propheten mit dir, Kameltreiber?«, frotzelte Michels. »Vorhin hattest du eine kleine geistige Ladehemmung.«

»Unwissender«, schnaubte der arabische Mann nur. »Du verstehst nichts von der Handhabung der Magie.«

Ordog nahm die Karte heraus. »Sie erklären uns in aller Kürze, wie die Sicherheitsanlagen rund um den Plex angeordnet sind, Reiser.«

Der Decker steckte sich den dritten Sargnagel an, klemmte ihn sich in den Mundwinkel und begann den

Plan mit seinen Notizen zu versehen. Er hatte sich in sein Schicksal ergeben.

Sox, einige Kilometer vor der ECC-Arkologie, 09. 04. 2058, 02:43 MEZ

Gee Gee justierte die Frequenz ihres Sprechfunkgeräts nach und überprüfte mit vorsichtigen Morsesignalen, ob Charly sie empfing. Wenn er sich auf Patrouille befand, musste er die Knackgeräusche in seinem Helm hören. Sie hoffte, dass er aus den rhythmischen Folgen den Namen »Enni« zusammensetzte. Die Frequenz hatten der Cherub und Ostfolk genutzt, um Privatgespräche zu führen, während er seinen Dienst versah.

»Na?«, erkundigte sich Poolitzer gespannt. »Wann hat denn der Typ endlich mal Dienst?« Die Fuchi blieb auf die Schauspielerin gerichtet. Er nahm das Gerät nur noch ab, wenn er die Akkus oder die CD wechselte.

Die blonde Frau drückte ihn und die Kamera etwas zurück. »Als Chef der Garde sitzt er vielleicht nur noch am Schreibtisch.«

Reiser schüttelte den Kopf. »Nee, so einer ist Ostfolk nicht. Er ist ein echter Soldat, lieber im Dreck als in der Stube.«

Ordog und seine Leute lagen dicht nebeneinander und betrachteten das Kraftwerk von oben. Die Truppe war durch Bexbach gezogen und auf einen nahen Berg gestiegen, um sich eine bessere Übersicht zu verschaffen.

»Ich bin gespannt, ob wir eine Nullzone finden.« Sheik richtete sein Fernglas in die weitere Umgebung. Angeblich experimentierte ESP mit Anti-Orichalkum und hielt Geister gefangen, um sie den Wolken von Antimagie auszusetzen.

Bremer starrte weiterhin auf das Kraftwerk. »Das ist doch alles Schattenscheiße. Genauso ist es Unsinn, dass es eine Delta-Klinik gibt, die kleine Mutantenkrieger im Genlabor zusammenrührt.«

Spengler saß etwas abseits. Er wechselte die Aktivkohlefilter seiner Maske und betrachtete die Läufergruppe, die wie die Spanner hinunter ins dunkle Tal schauten.

Der Ausflug vom Ermittlungsalltag brachte ihm eine Abwechslung, die er aufregend und anstrengend zugleich fand, da er wegen seiner schlechten Kondition das Handicap der Gruppe darstellte. Doch das Vorhaben lag ihm zu sehr am Herzen. Der Kommissar besaß den Ehrgeiz, die Hintergründe der Massaker in Zweibrücken aufzudecken. Ein Zurück gab es nicht mehr. »Kann es bald weitergehen?«

Ordog verließ seinen Beobachtungsposten und gesellte sich zu ihm. »Um die Ark herum ist es ruhig. Was aber nicht heißt, dass es einfach ist, hineinzugelangen, Bulle. Schaffen Sie das?«

»Wir haben doch einen Dietrich.« Spengler nickte hinüber zu Reiser.

»Trotzdem brauchen wir erst ein Schloss, um ihn einzusetzen.« Dazu müssten sie an den Wachen vorbei bis zu einer der Notluken. Das würde das Schwierigste.

Der Ork machte winkend auf sich aufmerksam. Der Anführer huschte gebückt zu seinem Kollegen. »Es sind keine Wachen draußen«, verkündete er und deutete in die Landschaft. »Das Patrouillenfahrzeug bewegte sich in der letzten Stunde keinen Millimeter, der Motor ist aus. Nur die Drohnen schwirren im Plex herum.«

Gee Gee schaltete enttäuscht das Funkgerät aus. »Ostfolk meldet sich nicht«, meinte sie betrübt. »Er muss sich im Inneren aufhalten.«

Ordog dachte nach, was das alles bedeuten könnte. Schließlich gab er das Zeichen zum Aufbruch.

Reiser setzte sich an die Spitze und führte die Truppe über Umwege bis an die Stelle, an der sich der verborgene Ausstieg aus der Ark befand. Gelegentlich mussten sie abwarten, bis eine Drohne an ihnen vorüberschwebte. Den ECM-Generator wollten sie noch nicht einsetzen, weil es unter Umständen zu früh für Aufsehen sorgte, wenn eine Drohne plötzlich kein klares Bild mehr an die Basis lieferte.

Der Decker legte die Klappe frei. Er entfernte die Verkleidung mit seinem Taschenmesser und verkabelte das Deck mit den anderen Drähten. Reiser brauchte fast eine halbe Stunde, um den Code zu knacken. Klackend entriegelte sich der Notausstieg. »Ich habe die Alarmmeldung unterdrückt. Es müsste funktionieren«, sagte er erleichtert.

Ordog öffnete die Luke. Michels und Bremer spähten in die Öffnung, um eventuell lauernde Gardisten mit einem Kugelhagel zu empfangen. Das Komitee überraschte sie.

»Da sitzt ein Weißkittel«, rief der Zwerg nach hinten.

»Ich gehe rein.« Der fahle Straßenläufer ließ den Griff der Luke los und rutschte die steile Treppe hinab. Neben dem Wissenschaftler traf er auf den Betonboden und hob den Kolben des Kampfgewehrs, um ihn dem Fremden notfalls überzuziehen. Er erstarrte in der Bewegung. »Entwarnung. Der ist hinüber.«

»Entwarnung?«, wiederholte Poolitzer ungläubig und machte sich als Nächster an den Abstieg. Er hätte »Alarm« gerufen. Nacheinander folgten die Übrigen. Der Reporter bannte das Bild des toten Wissenschaftlers, dem eine Kugelgarbe in den Rücken das Aus bereitet hatte, auf die Mini-CD. Wachsam tasteten sie sich vorwärts. Reiser musste die Alarmschaltung der verschlossenen Drucktüren in mühevoller Arbeit umgehen. Schließlich befand sich das Team im Untergeschoss der Ark.

Stille. Beängstigende Stille.

»Hat Cyberdynamix die Anlage aufgegeben?«, erkundigte sich Spengler in die Geräuschlosigkeit hinein. »Scheiße, wir sind zu spät dran.«

»Jemand wird sie gewarnt haben, dass ein Team mit einem Bullen anrückt, und da sind hundert Gardisten vor Ihrer Überlegenheit abgehauen«, meinte der Zwerg todernst.

Reiser lief ein paar Schritte vor, betrat die erstbeste Unterkunft und stöpselte sich in das Intranet ein. »Ein Notprogramm wurde gestartet«, erklärte er, was er in der hausinternen Matrix entdeckte. »Es hat sämtliche Schotts der Anlage verriegelt.«

Ordog befahl Sheik, sich astral in der Ark umzuschauen, was dem Magier zwar gelang. Doch wegen zunehmender Übelkeit und einem schlechten Gefühl beim Wechseln in den Astralraum kehrte er bald zurück. Er berichtete von einigen noch lebenden Personen, die teils in der Sicherheitswarte, teils in der Forschungsabteilung saßen und sich verbarrikadiert hatten. Unterwegs entdeckte er zudem etliche Leichen. Gardisten, Wissenschaftler, Techniker waren wahllos getötet worden.

»Scheint, als sei ein bisschen was schief gelaufen«, kommentierte Bremer bissig die Neuigkeiten.

»Wir gehen zur Forschungsabteilung. Zuerst schießen, dann fragen«, gab ihr Anführer die neue Order durch.

Nun begann ein quälend langsames Vorwärtskommen, da sich der Decker mit jeder verschlossenen Überdruckstahltür herumschlagen musste. Das Notprogramm hatte für jeden wichtigen Durchgang einen eigenen Code generiert. Offenbar war es dazu gedacht, das Eindringen so gut wie unmöglich zu machen. Da sich Reiser so gut auskannte, griffen die Vorkehrungen nicht mit der Effizienz, wie es sich die Programmierer erhofft hatten.

Die Gruppe schlich einen Korridor entlang, in dem zahlreiche Unterkünfte lagen. Vor einem Eingang blieb Gee Gee stehen und schaute auf das Schild. Ostfolk.

»Wartet.« Sie schlüpfte durch den Spalt ins Innere und fand sich in einem Chaos wieder. Die Wohnung kam ihr vertraut vor. Sie bewegte sich mit traumwandlerischer Sicherheit hindurch und gelangte ins Schlafzimmer.

Auf dem Bett lag ein Toter in Vollrüstung, der Helm fehlte. Zahlreiche Einschusslöcher zeigten sich in seiner Panzerung, um ihn herum verteilten sich Memorychips, ein Laptop und Blut. Literweise Blut.

Gee Gee näherte sich. Der Anblick weckte ihre zweite, künstlich geschaffene Persönlichkeit. Grell blitzten Gerlachs Erinnerungen in die reale Welt und reduzierten ihr Reaktionsvermögen um ein gefährliches Maß. Daher gelang es dem vermeintlich Leblosen um ein Haar, sie mit einem Feuerstoß aus seinem G9 zu treffen.

Die Schaltkreise des Gefechtscomputers sprangen jedoch bei der ersten Bewegung des Gardisten an und berechneten die Einschlagswinkel der Kugeln voraus. Gee Gee gelang es, unter den Projektilen wegzutauchen. »Charly, nein! Ich bin's! Enni!«

Ostfolk hörte nicht, sondern rollte sich stöhnend auf der anderen Seite vom Bett und feuerte darunter hindurch. Das anhaltende Mündungsfeuer brachte die Bettwäsche zum Glimmen.

Gee Gee hechtete kopfüber durch die Tür ins Bad. Die Kugeln schwirrten ihr hinterher und ließen Fliesen und die Toilettenschüssel bersten.

»Bringt ihn nicht um! Wir brauchen ihn lebend!«, brüllte sie nach draußen, weil sie wusste, dass Ordog und sein Team gleich eingriffen. Sie rutschte über den Rand der Wanne, um sich vor Querschlägern zu schützen. Hoffentlich hielten sie sich an ihre Anweisung. Aus dem benachbarten Zimmer hörte sie ein lautes Krachen, dann mehrere wütende Rufe.

»Wir haben ihn«, rief Ordog.

Gee Gee lief hinaus und sah, wie sie den Gardisten kurzerhand unter dem Bett eingeklemmt hatten. Bewegungsunfähig musste er abwarten, was sie mit ihm machten. Poolitzer filmte vom Türrahmen aus, Spengler stand vor ihm, um notfalls einzugreifen.

Sie kniete sich neben ihn. »Auch wenn ich nicht so aussehe, wir kennen uns sehr gut«, redete sie den Gardisten an. Ihre Stimme veränderte sich in der Betonung, klang selbst für sie fremd. Gerlach übernahm sie zu einem kleinen Teil. Sie rückte die Baseball-Mütze zurecht.

Diese charakteristische Bewegung kannte Ostfolk nur von Enni. Er hatte sie zu oft gesehen, als dass er sich darin täuschte. Aber der Körper dazu passte nicht. »Scheiße, was hat das zu bedeuten?«, ächzte Charly gepresst. Ein Blutfaden hing aus seinem Mund.

Auf ihren Wink hin hoben Bremer und Michels das Bett hoch, und sie drehte den Mann auf den Rücken. »Was war los?« Ihre Gefühle waren in Aufruhr. Sie fühlte eine Verbindung zu dem Mann, dem sie heute zum ersten Mal in ihrem Leben begegnete.

Ostfolk deutete kraftlos auf die Chips. »Da steht alles drauf. DrakenSys hat … Pefix …« Er brach ab, das Sprechen strengte ihn zu sehr an. Er spie Blut aus und sammelte sich. »Ich weiß nicht, wer ihr seid und ob du Enni kanntest. Ihr müsst schleunigst raus, bevor er euch kriegt oder die Verstärkung da ist. Sonst …« Der Gardist wurde ohnmächtig.

»Sheik«, sagte Ordog nur. Der Magier machte sich bereit, Charly auf seine Weise zu helfen.

Nach einigen Minuten richtete er sich auf. »Nein. Seine Seele ist gegangen.« Der Araber taumelte und musste von Michels gestützt werden.

Gee Gee beugte sich vor, küsste die Stirn des fremden

Mannes und drückte seine Lider über die gebrochenen Pupillen. Die Traurigkeit, die sie in sich spürte, stammte nicht von ihr, dennoch konnte sie die Empfindung nicht ignorieren.

Der Reporter sammelte die Speichermedien sowie den Laptop ein, nachdem er die Szene aufgezeichnet hatte. *Was hat er mit Pefix gemeint?* Er machte Anstalten, die Chips zu sichten, doch der Anführer der Truppe wollte weiter.

»Und jetzt? Gehen wir raus?«, erkundigte sich der Ork. »Wir haben doch die Infos, die wir haben wollten.«

»Es ist nicht sicher«, widersprachen Spengler und Poolitzer gleichzeitig. Sie tauschten rasche Blicke. »Jedenfalls sollten wir uns einen Wissenschaftler vorknöpfen, ehe wir uns zurückziehen«, redete der Ermittler weiter. »Ich möchte ein Geständnis von einem Schuldigen«, er betrachtete den toten Gardisten, »nicht von einem Opfer.«

»Das sehe ich genauso«, stimmte die Schauspielerin zu, während sie sich erhob. »Der Leiter der Ark ist Professor Fethal. Wenn einer etwas weiß, dann er.«

Stetig näherten sie sich dem Forschungsbereich, in dem Sheik Überlebende ausgemacht hatte. Die Nervosität stieg mit jedem Toten, den sie unterwegs in den Korridoren entdeckten. Die meisten hatten vor ihrem Ableben heftige Gegenwehr geleistet, wie die leeren Magazine und verschossenen Patronen am Boden verrieten. Einige Gardisten und Mitarbeiter waren von präzisen Stichen niedergestreckt worden, anderen bereiteten Schüsse das Ende.

Dem Team war bewusst, dass der Gegner, auf den sie treffen könnten, all ihre Fähigkeiten fordern würde. Sogar der Zwerg stellte das Sprücheklopfen ein.

Reiser entwickelte eine gewisse Routine, was das Knacken der Schottprogrammierung anging. Inzwischen brauchte er kaum länger als fünf Minuten für das Öffnen der mächtigen Stahltüren.

Ein weiteres Mal war es so weit. Die Gruppe richtete die Läufe auf die Öffnung, die Finger lediglich einen Hauch vom Druckpunkt ihrer Waffen entfernt. Ein weiteres Mal blieb es ruhig.

Reiser, der sich flach neben der Konsole an die Wand drückte, atmete durch. Er lebte immer noch. Das machte ihn trotz aller Umstände zuversichtlich. Seine Nerven dagegen litten Qualen. »Ehrlich, das schafft mich.«

Ein Mann sprang unvermittelt in den Korridor, drosch dem Decker mit einer Eisenstange ins Gesicht und holte ein weiteres Mal aus, als die Gewehre der Schattenläufer feuerten. Zu ihrem Entsetzen wich der Gegner den Projektilen von Bremer und Michels aus.

Ordog bewahrte die Nerven und zog den Abzug erst nach hinten, als sich der Mann in einer Seitwärtsbewegung befand, die er unmöglich abbremsen konnte. Die Treffer brachten ihn zum Sturz. Beinahe gleichzeitig sanken Reiser und der Angreifer um.

Die Wucht des Hiebs hatte den Anschlussstecker des Cyberdecks vollständig im Schädel versinken lassen. Nur noch das Kabel schaute aus der Fassung. Der Matrixexperte hielt sich die Schläfe und starrte auf das Rot, das rund um die Buchse hervorsickerte. »Mein Datajack«, stammelte er fassungslos. »Der war verdammt teuer.«

Der Zwerg näherte sich dem erledigten Angreifer. Seine MP7 zielte unentwegt auf den Körper. »Kunstturner gewesen, was?« Er trat dem Regungslosen an die Fußsohle. Vorsichtshalber setzte er noch eine Salve nach, ehe er sich traute, die Mündung zu senken.

Spengler sah nach der Verletzung des Deckers. Die Plastikumschließung hatte die Wucht abgefangen, schätzte er nach einer Begutachtung. »Haben Sie noch Kontakt zum Deck?«

Reiser bekam einen abwesenden Ausdruck. »Mit Störungen«, berichtete er. »Und wie kriege ich den Stecker da wieder raus?«

»Nach dem Lauf«, wies ihn Ordog an. »Die nächste Tür wartet.«

Sie gelangten in ein Forschungslabor. Die Stimmung lockerte sich ein wenig auf, nachdem der Angreifer, auf dessen Konto die Toten gingen, selbst im Jenseits weilte. Der Decker beklagte sich unentwegt wegen des Datajacks. Die Truppe stürmte den nächsten Raum und entdeckte an einem Terminal einen Wissenschaftler, der sich bei ihrem Eintreten sofort auf den Boden warf.

»Nicht schießen!«, jammerte er los. »Es war die Hölle! Ich war bei der Arbeit, als das Schott …« Er hob den Kopf und stockte. »Sie … Sie sind nicht von ECC?«

»Wie hat er das nur erraten?« Poolitzer schwenkte die Fuchi nach rechts und links.

»Machen Sie die Kamera aus! Das sind geheime Projekte«, begehrte der Mann auf.

Bremer bedeutete ihm aufzustehen, Michels und Spengler sicherten den Eingang. »Ruhig, Kumpel. Sie erklären uns jetzt im Zeitraffer, was passiert ist«, sagte der Kommissar. Staatsautorität war gefragt. Endlich bekam er Gelegenheit, etwas zu tun und sich nicht länger als fünftes Rad am Kettenpanzer zu fühlen.

Der Forscher richtete sich auf. Das Namensschild wies ihn als Dr. Leander aus. »Warum sollte ich? Sie sind nicht berechtigt, sich in der Arkologie aufzuhalten. Wer hat Sie geschickt? Ares? SK?«

»Viel besser. LKA.« Spengler hielt seinen Ausweis hoch. »Landeskriminalamt Badisch-Pfalz. Wir sind ein Spezialkommando des Innenministeriums und untersuchen eine Mordserie, in die Cyberdynamix verwickelt ist.«

»LKA? Sie haben keinerlei Befugnisse in der Zone, das wissen Sie sehr wohl!« Mit fahrigen Bewegungen richtete er seine Haare. Dann wurde er mit einem Schlag weiß im Gesicht. »Wie sind Sie hereingekommen?« Sein Blick schweifte über die Gesichter, und natürlich fiel ihm die einzige Gestalt, die nicht in einer Tarnuniform steckte, sofort auf. »Reiser! Sie sind ein LKA-Spitzel?« Er hatte angenommen, der Mann wäre zu Ares geflüchtet. Das war eine sehr unangenehme Wendung.

»Ja«, bestätigte der Ermittler rasch, ehe der Matrixjockey durch eine falsche Bemerkung das dürftige Theater vollends zusammenbrechen ließ. Spengler log frech weiter. »Wir haben ihn bereits vor Jahren ausgebildet, um zu erfahren, was in der Sox widerrechtlich geschieht.«

»Das geht Sie nichts an.« Leander verfiel in Trotz. In dieser Situation konnten ihn die einflusslosen Vertreter einer Regionalregierung nicht beeindrucken. Wichtigeres stand auf dem Spiel.

Drei schnelle Schritte später stand der Kriminalbeamte vor dem Wissenschaftler. »Wenn Ihre Monster ausbrechen und in einer Stadt Tod und Verderben anrichten, geht mich das sehr wohl etwas an, Leander«, erteilte er dem Forscher einen Anschiss. »Alles weitere will ich mit dem Leiter der Ark besprechen.«

Leander hielt seinem Blick stand. »Ich fürchte, dass sie bis zu Direktorin Usner-Gassert derzeit nicht vordringen können«, sagte er kalt. »Sie hat sich in der Sicherheitszentrale eingeschlossen und wartet auf Hilfe von außen.«

Michels wechselte sein Magazin. »Seien Sie beruhigt, Kumpel, wir haben das Problem beseitigt. Es liegt tot im Gang.«

»Ach? Alle übrig gebliebenen sieben Probanden sind tot?« Er applaudierte. »Meine Hochachtung vor dem LKA. Ich hätte es Ihnen nicht zugetraut.«

Sieben. Poolitzers Herzschlag setzte für eine Sekunde

aus. »Sind es alles Menschen, die Sie im Rahmen des neuartigen Gefechtscomputers behandelten?«, wollte er wissen und machte eine Großaufnahme von Leanders Gesicht.

»Schalten Sie endlich das Gerät ab! Ich kenne meine Rechte als Privatperson und möchte nicht von Ihnen gefilmt werden, verstanden?« Bremer hielt den Mann zurück, als er sich dem Reporter nähern wollte.

»Sie sind keine Privatperson, sondern ein potentieller Schuldiger«, legte Spengler seine Sichtweise dar. »Bringen Sie uns zur Leiterin der Anlage. Und immer schön aufpassen. Es sind leider noch ein paar von Ihren Versuchskaninchen unterwegs.«

Leander schwieg eine Weile. »Einverstanden. Ich zeige Ihnen den kürzesten Weg.« Auch wenn er sie für reichlich wahnsinnig hielt, sich durch die Korridore zu bewegen. Andererseits erschlossen ihm die Gesetzeshüter neue Optionen bei seinem Vorhaben. Er suchte ein paar Datenträger zusammen, die ihm wertvoll erschienen, und begab sich zu den Läufern.

Das Glück war ihnen hold. Sie trafen auf keine der gefährlichen vercyberten Versuchspersonen mehr, die sich offenbar in anderen Sektionen der Ark aufhielten. Reiser fluchte gelegentlich, wackelte an dem Kabel und drehte es hin und her, damit die beschädigte Verbindung Kontakt fand. Die dünnen Drähte drohten im Innern der Buchse abzureißen. Alle beteten, dass es der Decker noch schaffte, die Tür zur Sicherheitszentrale aufzubekommen.

Er enttäuschte sie nicht.

Die schwere Stahltür öffnete sich einen winzigen Spalt. Die Eingeschlossenen reagierten umgehend. Es knatterte auf der anderen Seite gedämpft, Projektile flogen durch den Schlitz. Reiser brachte sich in Sicherheit.

»Feuer einstellen! Wir sind die Verstärkung«, rief Spengler und beförderte seinen Ausweis mit Schwung durch die Fuge. »LKA Badisch-Pfalz. Wir kommen jetzt rein, damit wir uns unterhalten können.« Er nickte Reiser zu. Das Schott öffnete sich ganz, bewegt durch den Willen des Matrixexperten.

Ihnen standen sechs Wachleute, vier Wissenschaftler, drei Assistenten, ein Zivilist in einem Businessanzug sowie die Leiterin der Ark gegenüber. Jeder trug eine Waffe, von einem automatischen Gewehr bis zur Pistole. Selbstverteidigung, die angesichts der überlegenen Probanden den Tod nur verzögerte.

»Dr. Leander!«, rief Usner-Gassert erleichtert. »Kommen Sie rein, und machen Sie die Tür schnell wieder zu. Und dann hätte ich gerne gewusst, was die Kriminalpolizei hier möchte.« Sie reichte dem Kommissar seinen Ausweis zurück. »Aber noch dringender interessiert mich, was geschehen ist. Wer hat diese Katastrophe angerichtet?« Die Direktorin schaute den Forscher an.

Das Team betrat die Zentrale. Der verbliebene ECC-Sicherheitsrigger schloss den Durchgang vom Terminal aus.

Usner-Gassert bemerkte Reiser, der sich hinter dem breiten Rücken von Bremer zu verbergen suchte. »Sie? Ich dachte, Sie wären zu Ares übergelaufen?«

»Einen Scheißdreck bin ich!«, brach es aus dem Decker heraus. »Abgehauen bin ich, weil alle sterben, die was mit Ihnen oder Gud zu tun haben.«

Spengler betastete seinen bandagierten Arm und schob sich einen Kaugummi in den Mund. Wohltuender Zimt-Pfeffergeschmack breitete sich auf seiner Zunge aus. »Nun mal der Reihe nach. Vergessen wir für einen Moment, wer welche Kompetenzen hat. Was ist hier passiert?«

Leander ließ sich neben den Sicherheitsrigger auf einen Hocker fallen. »Die Labors nahmen die von Direktorin Usner-Gassert angeordneten Überprüfungen des Moduls vor, um alle Probanden auf den Stand ihrer Testpersonen zu bringen. Ich überprüfte ihren Probanden gerade, als im Nachbarlabor die Sirene losging. Ich schaute auf den Gang und sah, wie einer der Probanden das gesamte Personal von Dr. Timinus innerhalb weniger Sekunden mit bloßen Händen tötete.« Leander holte tief Luft. »Als ich hinter mir ein Geräusch hörte, drehte ich mich erst gar nicht um, sondern rannte hinaus, um mich in Sicherheit zu bringen. Als die ersten Schotts zufielen, sprang ich in ein Labor. Die Herrschaften befreiten mich und nahmen mich mit.«

Usner-Gassert lauschte aufmerksam. »Ich habe die Sperren aktiviert. Nach zehn Minuten erkannte ich, dass wir keine Chance haben, und aktivierte das Notprogramm, um einen weiteren Ausbruch zu verhindern. Seitdem sitzen wir fest und warten darauf, dass Cyberdynamix uns Hilfe schickt«, erklärte sie die Lage aus ihrer Sicht. »Was hat die Probanden dazu gebracht, Amok zu laufen?«

»Die zufällige Aktivierung von ›Defense‹ kann nicht der Grund gewesen sein«, warf ein Wissenschaftler ein. »Das Muster hätte die Personen dazu gebracht, untätig zu werden, nicht aggressiv.«

»Welche Rolle spielt dabei eigentlich das LKA?«, erkundigte sich der Anzugträger höflich. Er hob ebenfalls einen Ausweis hoch. »Schneider, Cyberdynamix. Ich bin so etwas wie die Dienstaufsicht. Ihre Angaben würden mir sehr helfen, Herr Spengler. Auch wir sind daran interessiert, die Vorgänge lückenlos aufzuklären.«

»So? Würde es das?« Der Ermittler lehnte sich gegen den Schreibtisch. »Kurz gesagt, einer der Probanden, Ensuela Gerlach, hat in Zweibrücken gezielt Lokale und Personen ausgeschaltet, die mit der Moral nicht konform gingen. Unsere Nachforschungen brachten uns auf die Spur von … Cyberdynamix.« Er fasste Wissen und Annahme zusammen. Es klang einfach besser. »Inzwischen verfolgten wir die Fährte der toten Gerlach, die von einem Ihrer Probanden in Zweibrücken getötet wurde, und wollten uns dadurch Beweise für die Verstrickung des Konzerns verschaffen.«

Die Belege würden vor Gericht niemals anerkannt, weil sich die Polizisten ohne Genehmigung in der Sonderrechtszone aufhielten, befand Schneider ohne einen Anflug von Häme. Selbst wenn er persönlich die Schuld des Unternehmens eingestünde, brächte dem Kommissar dieser Umstand gar nichts.

Poolitzer filmte das armselige Häuflein Überlebender. »Womit müssen wir rechnen, falls diese Zombies die Tür aufbekommen?«

»Erhöhte Reflexe, Gefechtscomputer, ein gnadenloser Willen und solche Gewehre, wie Sie der Mann dort hinten aus Ihrem Team auf dem Rücken trägt«, zählte die Direktorin auf. »Eine Neuentwicklung von Walther, wie das LKA ja schon weiß.«

Spengler grunzte zufrieden. Also lag er mit seiner Ruhrmetall-Theorie doch nicht ganz daneben. Sie deutete auf Ordog. »Ihr Team hat sich auch welche besorgt?«

Der Kommissar wandte sich um und schaute auf das MALW, über dessen fremdartiges Aussehen er sich schon gewundert hatte. Doch vor lauter Aufregung war er nicht auf den Gedanken gekommen, dass der Samurai die gesuchte Neuentwicklung in Händen hielt. Sehr ärgerlich. »Ja«, antwortete er mit Verspätung, um sich keine Blöße zu geben.

»Bis wann rechnen Sie mit Verstärkung?«, schaltete sich Ordog dazwischen. Er mochte dann nicht mehr hier sein. Wer wusste schon, wie der Kon auf ihre Anwesenheit reagierte. »Wir rücken ab. Unsere Beweise haben wir.«

»Und es wird genügend Menschen geben, die unseren Ausführungen Glauben schenken werden, selbst wenn es nicht ein Gericht ist, Frau Direktorin. Aktionäre sind empfindsam«, fügte der Reporter schadenfroh hinzu. Dieses Mal hatte er ECC am Arsch.

Sie musterte ihn. »Dann sollten Sie hinzufügen, dass alles mit diesem Schweden anfing, den uns DrakenSys schickte«, schob sie die Schuld auf den Toten. Schadensbegrenzung lautete das Motto. »Er war der religiöse Irre, der Gerlach nachts als Cherub losschickte. Cyberdynamix trägt an dem Fiasko keinerlei Schuld. Und was die Frage des anderen Herren angeht: Das Anti-Cyborgteam sollte bald auftauchen.«

»Da hat sich schon einmal jemand die Zähne ausgebissen«, warnte Spengler vor dem sicheren Erfolg. »Ein Trupp MET2000-Soldaten starb im Kampf gegen Ihren Teufel.«

Gee Gee fühlte sich zunehmend verwirrter. Enttäuschung breitete sich aus. Sie konnte niemanden für den Tod von Genius zur Rechenschaft ziehen. »Habe ich das richtig verstanden, dass der Mann, der Enni für seine Zwecke einsetzte, bereits gestorben ist?« Die Schauspielerin hielt die MP locker in die Hüfte gestützt.

Die Direktorin nickte. »Gerlach hat ihn gekreuzigt, bevor sie sich aus der Arkologie absetzte. Grausam, nicht wahr?«

Gee Gee versuchte zum ersten Mal, bewusst die Erinnerungen der Toten aus dem Modul abzurufen, doch so sehr sie sich anstrengte, eine Kreuzigungsszene fehlte gänzlich. Dafür sah sie das Gesicht eines Mannes undeutlich vor ihrem, der ihr ein Kabel in ihren Datajack einführte. Entweder die Direktorin log sie an, oder jemand anders hatte den Schweden umgebracht.

Aus Schneiders Koffer erklang ein leises Piepsen. Er öffnete ihn und schaute nach seinem Computer. Der Akku war leer und meldete, dass er dringend neuen Strom benötigte. Er wechselte die Kraftspeicher. Dabei bemerkte er, dass ihm eine Mail geschickt worden war, und überflog die Zeilen.

»Professorin Usner-Gassert, ich glaube, Sie haben dem schwedischen Kollegen Unrecht getan.« Alle Köpfe ruckten zu Schneider herum. »Ostfolk sandte mir vor Stunden über das Funknetzwerk eine Nachricht. Er macht mich auf Ungereimtheiten im Mailverkehr zwischen Gud und seinem Komplizen Lehmann aufmerksam. Jemand wollte, dass es so aussah, als schickte Gud die Botschaften. Absender war jemand ganz anderes.« Er schaute die Direktorin an. »Können Sie mir sagen, wo der Gardist ist?«

»Ostfolk ist tot«, sagte Michels knapp. »Einer der Zombies hat ihn erschossen. Aber vielleicht hilft Ihnen das Material weiter, das Poolitzer gesammelt hat.«

Die unbedachte Bemerkung führte dazu, dass die Anwesenden zum Reporter schauten. »Das ist Beweismaterial des LKA«, verteidigte er sich sofort. »Da lasse ich keinen ran, nicht wahr, Spengler?«

Die Türen des Schotts fuhren zischend auseinander und gaben den Eingang frei. Alles sprang in Deckung. Die Mündungen der Waffen wurden in die Höhe gerissen. Die roten Punkte der Ziellaser tanzten an der Wand des Korridors.

»Zu!«, verlangte Ordog vom erstarrten Sicherheitsrigger. Noch griff man sie nicht an. Lange dauerte es sicher nicht mehr.

Der bleiche Samurai lief zum Kontrollpult und erkannte mit einem Blick, warum der Mann seiner Aufforderung nicht nachkam. Einer der Umstehenden hatte ihm in einem unbeobachteten Augenblick eine Spritze in den Oberschenkel gerammt und etwas injiziert, was keinesfalls bekömmlich aussah. Es konnte auch nicht besonders gesund sein. Der Puls war weg.

Auf dem Monitor blinkte das Wort »Override. Passwort erfolgreich geändert.« Nacheinander spie der Computer die »Vollzogen«-Meldung für das Öffnen der bislang verschlossenen Drucktüren aus. Damit gewährte der Verräter den Probanden ungehinderten Zutritt zu allen Räumen. *Der Decker ist unsere letzte Chance.* »Reiser, schließen Sie die Tür«, befahl Ordog. »Los!«

Mittlerweile bemerkten auch die anderen, was vorging.

Von draußen hörte man das Tappen von nackten Füßen und Stiefeln. Die Angreifer gaben sich keine Mühe, leise zu sein.

Der Decker schien nicht gewillt, in die Nähe des Eingangs zu gehen. »Wie denn? Da ist keine Buchse an der Bedientafel.«

»Reiser, wenn Sie nicht gleich was unternehmen, sind wir alle tot!« Spengler schubste den Matrixexperten zur Konsole. »Ich komme mit Ihnen.« Er zerschlug die Abdeckung und zerrte eine Hand voll Kabel aus dem Loch. »Legen Sie los, Champion.«

Reiser wühlte in den Drähten und wischte sich Blut von der Schläfe. »Scheiße, ich bin doch kein Elektriker!«, fluchte er, während er die Leitungen durchforstete. Er kramte weiter herum, bis er den richtigen Anschluss fand. »Damit könnte es ...«

Ein lauter Knall ertönte. Reiser brach tödlich getroffen zusammen. Kein Schrei, kein Zucken.

Gee Gee riss ihre Maschinenpistole hoch. Das Fadenkreuz in der Smartbrille zeigte ihr an, wohin sie schießen musste, um den hinter einer Konsole abtauchenden Verräter zu erwischen. Eine Salve Geschosse fand präzise ihr Ziel. *Sela.*

Mehrfach in Schulter und Brust getroffen, stolperte Dr. Leander rückwärts, prallte gegen die Wand, wo er einen roten Fleck hinterließ, und rutschte wie ein nasser Sack zur Seite. Sein Todeskampf begann.

»Die Welt vom Laster ... befreien«, stöhnte der Forscher. Seine Finger streckten sich nach der verlorenen Pistole. »Meine Armee aus Engeln ... hätte die Welt von der Unmoral befreit. So reinige ich wenigstens die Arkologie …«, er schaute zur Direktorin, »von der Sünde. Herr, nimm deinen Diener gnädig bei dir auf.« Die Hand erreichte die Waffe.

Langsam entstand ein Lächeln in Gee Gees Antlitz. Sie hatte den Schuldigen erwischt und ihre Rache erhalten. Sie schoss noch einmal und erlöste Leander. *Der war für dich, Genius.* Sie glaubte nicht, dass Gott solche Menschen neben sich duldete. Hoffentlich schmorte Leanders Seele im Nirgendwo.

Poolitzer starrte auf den toten Wissenschaftler. »Der war das? Dann hat er die Mails und die ganzen Testpersonen manipuliert?«

»Keine Zeit für Theorien.« Der Anführer des Schattenläuferteams schaute zur Tür hinaus. Die Probanden hatten sich vorerst zurückgezogen. Würden die kybernetischen Untoten zusammenarbeiten, hätten sie gar keine Chance mehr. »Wer lebend raus möchte, sollte mir folgen.«

Zurückbleiben wollte niemand. Selbst Schneider packte seinen Laptop in die wasserdichte Hülle zurück und rannte hinterher. Sein Vertrauen in die längst überfällige Unterstützung war zu gering, als dass er es darauf ankommen lassen wollte.

Drei der Probanden stöberten sie auf und verfolgten sie hartnäckig. Zuerst schossen sie auf alles, was einen weißen Kittel trug, und eliminierten auf diese Weise einige DrakenSys- und Cyberdynamix-Mitarbeiter. Die Gardisten fielen ebenfalls. Um die Runner kümmerten sie sich nicht. Sie waren keine primären Ziele.

Das änderte sich, als Ordogs Leute ebenfalls die Waffen hoben und zurückschossen. Dem massiven Einsatz von Granaten und dem MALW war zu verdanken, dass sich die Zahl der Verfolger ebenfalls reduzierte. Einer blieb ihnen auf den Fersen. Die Aussicht auf ein Entkommen schwand.

Poolitzer hatte die Fuchi mit der Linse nach hinten montiert. So fing er wenigstens ein paar Bilder der Testpersonen ein, während er sich ganz aufs Rennen konzentrierte.

Spengler keuchte schwer. Die überflüssigen Pfunde bremsten ihn. Zu allem Überfluss hatte er seinen Kaugummi verschluckt. Es passte hervorragend zusammen. Vor ihm lief die Direktorin. Usner-Gassert wusste es zwar noch nicht, aber er würde sie später verhaften. Sie wäre die Kronzeugin gegen ECC. Endlich zeichnete sich ein Erfolg gegen einen Kon ab. Er legte sich seine Atemmaske an.

Als die Angreifer kurz vor dem Ausstieg aus der rettenden Notluke zu dicht aufrückten, gab Sheik noch einmal alles.

Der Magier zog Energien aus dem veränderten Astralraum ab, um einen Feuerball zu erzeugen, der den Korridor in ein tosendes Flammenmeer verwandelte. Währenddessen bugsierten die Schattenläufer die restlichen Wissenschaftler die schmale Leiter hinauf.

Michels, der zuerst an die Oberfläche geklettert war, meldete, dass er zwei Dobermann- und eine Mikroskimmer-Drohne erledigt hatte. Der ECM-Generator sollte verhindern, dass weitere Drohnen in ihre Nähe fanden. Schließlich standen nur noch Bremer, Sheik und die Direktorin im Gang.

»Gehen Sie hoch«, befahl ihr der Ork angespannt, »wir geben Ihnen Schutz.«

Sie setzte gerade einen Fuß auf die Sprosse, als sich ein gewaltiger Körper durch die Flammen schob und sich brennend auf die drei Personen stürzte.

Schon der erste Schlag mit dem Gewehrkolben schickte den Magier zu Boden. Der Araber blieb liegen. Obwohl Bremer sein ganzes Magazin in den rasenden Probanden leerte, schaffte der Cyberzombie es, ihm sein Maschinengewehr mit den Bajonetten in den Unterleib zu stoßen. Die langen Klingen glitten durch das Kevlar. Aufstöhnend sank der Ork um.

Usner-Gassert schaute nicht zurück, sondern erklomm die Leiter. Sollten sich die Läufer darum kümmern.

Das Feuer umspielte den nackten Oberkörper des Mannes, verbrannte die Haut und die Haare, zerfraß Hose und Schuhe. Doch er schien absolut schmerzunempfindlich zu sein. Er hob den Kopf und schaute der flüchtenden Frau hinterher. »Ich will meinen Feinden nachjagen und sie ergreifen und nicht eher umkehren, bis ich sie umgebracht habe.« Mit einem dumpfen Grollen machte er sich an die Verfolgung der Leiterin der Ark.

Sie erkannte ihn an der Stimme. »Patrizian, nein! Zurück!«, schrie Usner-Gassert entsetzt. In ihrer Hast griff sie an der rechten Leiterseite vorbei. Gerade noch konnte sie sich festhalten und vor einem Absturz bewahren. Sie schaute nach unten und sah Nelke, »ihren« Luzifer. Nur wenige Zentimeter trennten sie voneinander. »Lass mich!«, kreischte sie.

»Die Befehle des Herrn sind richtig und erfreuen das Herz«, erwiderte er. Der verstoßene Engel gehörte durch Gottes Gnade wieder in die Riege der Engel. Er musste seinen Auftrag erfüllen und zeigen, dass er es wert war.

Ordog und Spengler legten sich neben den Notausgang auf den Bauch und reckten die Arme nach unten. »Greifen Sie zu! Wir ziehen Sie rauf!«

Poolitzer hielt drauf und erschauderte gleichzeitig. Für ihn sah es aus, als kämpfte die Leiterin der Ark darum, sich aus der Hölle zu befreien. Unter ihr züngelten die Flammen den schmalen Schacht empor. Patrizian wirkte wie Satan persönlich, der nicht eher von der armen Sünderseele ablassen würde, bis er sie zurück in die Verdammnis gezogen hätte.

Seine brennende Hand schloss sich um ihr Fußgelenk, die Wissenschaftlerin kreischte vor Schreck und Schmerz auf. Ihre Finger klammerten sich mit aller Kraft um die Trittstangen, die Knöchel wurden weiß vor Anstrengung. Mit dem freien Fuß trat sie nach ihrem einstigen Probanden.

»Feuer wird sie fressen!«, lachte er laut und stieß sich rückwärts von der Leiter ab. Allein sein Gewicht reichte aus, um sie mit in die Tiefe zu reißen. Schreiend, die Augen weit geöffnet, verschwand die hübsche Frau. Flammen schlugen über ihr zusammen.

Eine Reihe von Detonationen erfolgte. Eine Feuerlohe schoss aus der Röhre, welcher Ordog und Spengler nur knapp entgingen. Offenbar zündete Bremer als letzte Aktion seines Lebens die ihm verbliebenen Granaten, um Patrizian zum echten Höllenfürsten zu schicken.

Was für ein Ende, dachte der Reporter aufgewühlt. Für einen Moment versagte seine Professionalität. *Shit, dass es die anderen beiden nicht geschafft haben.* Er meinte, ein bösartiges Lachen aus dem Schacht gehört zu haben. *Der Bastard wird das Inferno doch nicht überlebt haben?*

Gee Gee lief gemächlich an ihm vorbei. Sie positionierte sich breitbeinig über der Luke und entsicherte die MP. Gefasst schaute sie in den tobenden Brand in der Röhre.

»Komm zurück!«, rief er besorgt. Er machte einen Schritt auf sie zu. »Weg da! Wer weiß, was da noch in die Luft geht?«

Ihre blauen Augen ruhten sanft auf ihm. »Der Herr ist mein Heil, mein Licht. Vor wem sollte ich mich fürchten?« Sie lächelte ihn zum Abschied an. Dann beugte sie sich vor. »Ich will euch die Furcht des Herrn lehren!«, rief sie laut in die Öffnung hinunter und glitt in den Schacht.

Nein! Das Cherub-Programm wurde initiiert! »Gee Gee!« Poolitzers Gedanken überschlugen sich. Die Frau, die er liebte, stürzte sich wegen eines Computerimpulses in den Tod. »Gee Gee!« Er hastete zur Luke. Ordog und Spengler mussten ihn zurückhalten, sonst wäre er aus Verzweiflung hinterhergesprungen.

Das Donnern von Rotoren erklang. Vier große Transporthubschrauber setzten vor dem Eingang der Arkologie zur Landung an.

Sie zerrten den Reporter vom Schacht weg. Den eingetroffenen Kon-Gardisten hatten sie nichts entgegenzusetzen.

Das Schattenteam ließ die Wissenschaftler und den Mann der Internen Angelegenheiten mitten im Feld sitzen und erklomm auf Umwegen den Spähposten. Von dort aus beobachteten sie die weiteren Ereignisse schweigend.

Gardisten verteilten sich in der Umgebung. Einige kümmerten sich um die erleichterten Forscher. Der Großteil der Gepanzerten rückte durch den Haupteingang in die Arkologie, begleitet von Drohnenschwärmen. Bald hörte man das gedämpfte Rattern von Gewehren.

ADL, Bayern, Ingolstadt, 12.04. 2058, 13:32 MEZ

Annegret Berger saß in ihrem Büro und tippte zu den Klängen von Vivaldis »Winter« die letzten Sätze ihres Berichts zu Bexbach ein, in dem es ihr gelungen war, alle Schuld auf den schwedischen ECC-Tochterkonzern DrakenSys zu schieben.

Ein weiteres Desaster. Dieses Mal würden die Schweden bluten, nicht sie. Dummerweise kannte sie den Bericht der Untersuchungskommission nicht, von deren Mitgliedern ein Mann namens Schneider überlebt hatte.

Die Probanden hatten ein Massaker in der Arkologie angerichtet, verschonten keinen einzigen Mitarbeiter und löschten jegliches Leben unter der Erde aus. Den Gardisten, die sie nach dem Hilferuf losschickte, gelang es unter großen Verlusten, die außer Kontrolle geratenen Testpersonen zu terminieren.

Desaster, Katastrophen, Fehlschläge. Sie hasste diese Worte, die sie ständig zu hören bekam, abgrundtief. Ihre Gegensprechanlage erwachte zum Leben. »Herr Haver hat die Konferenz eröffnet, Frau Berger«, teilte ihre Sekretärin mit.

»Danke, Frau Nessele.« Berger speicherte den Bericht ab und sandte ihn nach Turin. Anschließend schaltete sie ihren Flachbildschirm ein und aktivierte die Konferenzschaltung über die sichere Leitung. Der Monitor teilte sich auf. Rechts erschien das Gesicht des neuen Leiters von ECC Eurotronics, links das angespannte von Thor Lundgreen, Geschäftsführer von DrakenSys. Sie grüßten sich knapp und nicht sonderlich euphorisch.

»Keine schöne Sache, die da passiert ist«, begann Haver im Tonfall eines Vaters, der seinen uneinsichtigen Sprössling zum unendlichsten Mal rügen musste. »Ich habe den Bericht Schneiders aufmerksam gelesen und sehe, dass es gewisse Übereinstimmungen mit Ihren Schilderungen gibt, Annegret. Der Aufsichtsrat und der Vorstand sind ebenfalls der Ansicht, dass DrakenSys die alleinige Schuld trifft.«

Die Geschäftsführerin von Cyberdynamix jubelte innerlich.

»Verzeihung, Hans, das kann ich so nicht im Raum stehen lassen«, wagte der Schwede einen Widerspruch. »Wenn Sie meine Stellungnahme ebenso aufmerksam lasen, haben Sie sicher festgestellt, dass das Fehlverhalten von Dr. Leander nur unbemerkt blieb, weil die Sicherheitsvorkehrungen von Cyberdynamix genauso mangelhaft waren wie das Sicherheitspersonal. Lehman hätte die Pflicht gehabt, sofort Meldung zu machen, anstatt sich korrumpieren zu lassen.«

Haver lächelte. Seine Gesprächspartner erkannten an der gelösten Haltung, dass ECC schon längst eine Entscheidung über das weitere Vorgehen in der Schublade aufbewahrte.

»Das mag sein, ist nun aber Schnee von gestern, Thor. Die Wirtschaftsexperten haben einen Vergleich der Bilanzen von Cyberdynamix und DrakenSys vorgenommen. Wir lösen DrakenSys nach diesem Vorfall auf. Ein Teil des Kapitals fließt in Cyberdynamix. Annegret kümmert sich in Zukunft nur noch um die Produktion von Software und Cyberdecks.« Keine Ausflüge mehr in Regionen, in denen der Kon nicht zu Hause war. »Beschränken wir uns wieder auf das bessere Kopieren unserer japanischen Konkurrenz. Der Rest des Geldes wird an die Walther GmbH als Ausgleich für die nicht zustande gekommene Kooperation ausgezahlt.« Das war schmerzhaft, aber es ging nicht anders.

»Wie …« Lundgreen fehlten die Worte, Fassungslosigkeit traf seinen Zustand nicht einmal im Mindesten.

»Bleiben Sie locker. Sie erhalten zehn Millionen Nuyen Schweigegeld, Thor. Und die paar Forscher, die Ihnen in Schweden geblieben sind, werden nach Ingolstadt verfrachtet. Andernfalls stehen die brillanten Köpfe auf der Straße, sagen Sie ihnen das.« Der Chef von ECC meinte es tatsächlich ernst. »Wir haben eine Presseerklärung vorbereitet, in der DrakenSys einräumt, ein aufwändiges Forschungsprojekt in den Sand gesetzt zu haben. Feierabend. Alles Weitere wird Ihnen in den nächsten Stunden übermittelt, Thor.«

Der DrakenSys-Geschäftsführer wollte nicht aufgeben. »Aber die Erfolge! Sie lassen sich doch nicht so einfach …«

»Thor, es reicht!«, brachte ihn Haver zum Schweigen. »Kaufen Sie sich eine schöne Villa und vergessen Sie alles.« Er kickte den Schweden aus der Konferenzschaltung, Bergers Monitor zeigte nur noch sein Gesicht. Und das wurde nicht wesentlich freundlicher. »Sie, Annegret, haben den allerletzten Warnschuss sehr wohl verstanden. Ich rate Ihnen, Ihr Engagement zukünftig auf Software zu verlagern. Sind Sie darin erfolgreich, bleiben Sie auf Ihrem Stuhl sitzen. Andernfalls habe ich eine ganze Liste von Nachfolgern.«

»Danke sehr, Hans«, zwang sie sich zu sagen.

Ihr Vorgesetzter schüttelte entnervt den Kopf. »Nein, danken Sie mir nicht. Vermutlich hätte Sie diese äußerst kostspielige Panne den Job gekostet, wenn ECC nicht schon genug mit dem Verlust von Kautz zu kämpfen hätte.« Noch mehr Umstrukturierung konnte sich ECC nicht leisten. In diesen Zeiten musste man konsolidieren und die Sektoren ausbauen, die dem Kon Gewinn brachten. Seine Hand bewegte sich außerhalb des Kamerabereichs und kehrte mit einem Glas Wasser zurück. »Leiten Sie die Aufräumarbeiten in der Arkologie in die Wege, danach haben Sie mit Bexbach nichts mehr zu schaffen. ECC wird dort eine Kooperation mit IFMU anstreben und sich um Robotik kümmern. Ihr Reich wird ausschließlich Ingolstadt sein.« Haver blickte auf ihren Bericht. »Warum dauerte es eigentlich so lange, bis die Verstärkung in der Arkologie eintraf?«

»Der Kontrollrat wollte zuerst keine Freigabe für den Einflug von vier großen Transporthubschraubern erteilen, weil manche Kons fürchteten, wir planten einen Angriff. Das Manöver, das ich als Grund angab, wollte keiner glauben«, erläuterte sie mit süßsaurem Ausdruck. »Paranoia, Hans.«

»Paranoia stünde uns in Zukunft auch gut zu Gesicht.« Der Mann an der Spitze von ECC überflog die Zeilen. »Nun, Sie wissen Bescheid. Ich wünsche Ihnen viel Erfolg bei Ihren neuen alten Aufgaben. Einen schönen Gruß aus Turin.« Er lächelte kalt in die Kamera und beendete das Gespräch.

Haver las den Abschnitt des Kommissionsreports

zum vierten Mal, in dem Schneider das LKA-Team detailliert beschrieb, inklusive der Ausweisnummer des Kriminalhauptkommissars Vigo Spengler. Offiziell, so fanden seine Leute heraus, hatte sich der Ermittler im Urlaub befunden. Er klappte den Monitor zu. Der Computer schaltete sich ab. Stille senkte sich auf das Büro. Angenehme Stille, wie geschaffen zum Nachdenken oder Selbstmord begehen.

Spengler. Entweder war er auf eigene Faust in die Ark eingedrungen, was aus Havers Sicht keinen Sinn ergab, oder er arbeitete nicht nur für das LKA, sondern für eine übergeordnete Bundesbehörde, die sich den Sonderrechtsbeschränkungen, was die Sox anging, nicht beugen wollte. Irgendeine Geheimdienstscheiße. Das fehlte noch.

Sorgen bereitete dem Chef von ECC die Tatsache, dass der Beamte und sein Team Unterlagen entwendet hatten. Normale Schattenläufer konnte man liquidieren lassen. Bei einem Rudel mutmaßlicher Bundespolizisten lag die Sache anders.

Seufzend stand Haver auf. *Lassen wir es eben darauf ankommen. Sollte etwas auftauchen, schieben wir es DrakenSys in die Schuhe.*

Sein Blick schweifte durch das Büro, in dem vor kurzem noch Kautz gesessen hatte. Einige persönliche Gegenstände von ihm standen noch herum.

Kaum im Amt, und schon muss ich die Scherben wegkehren, die andere fabrizierten. Er löschte das Licht und ging hinaus zur Garderobe. So etwas passierte nur ihm. Haver diktierte rasch die Anweisungen an De la Chance, um im Kontrollrat den Zuzug von »Cross Applied Technology« abzulehnen. Die Sox war schon dicht besiedelt genug.

ADL, Badisch-Pfalz, Regierungssitz Pirmasens, 14. 04. 2058, 17:56 MEZ

Poolitzer kehrte von einem Spaziergang in sein Hotel zurück und checkte aus. Mit Rucksack, Metallkoffer und Reisetasche beladen, ging er los.

Die Arbeit hatte ihn ein wenig abgelenkt. Eben nur ein wenig. Die Züge Selinas kamen zu oft darin vor. Ein erster Rohschnitt des Beitrags über die Arkologie befand sich in seinem Koffer. Den Rest wollte er in den Studios von InfoNetworks machen. Eine Kopie führte er immer an seinem Körper mit sich, die Originale lagerten in einem Bankschließfach.

Sobald er sich ein letztes Mal mit dem Ermittler abgesprochen hatte, würde er nach Hamburg reisen, was ihm derzeit als angenehmster Aufenthaltsort in den ADL erschien. Er betrat die Kneipe, in der sie sich verabredet hatten.

Spengler saß am Tresen. Auf dem T-Shirt stand »Two minutes to midnight«. »Direkt gefunden?«, fragte er grüßend. Poolitzer nickte und setzte sich auf den Lederhocker. »Sie haben den Bericht und eine Kopie der Daten?«

Der Reporter langte unter seinen Mantel und reichte ihm eine schussfeste Box. »Ich weiß nicht, ob ich Ihnen damit einen Gefallen tue, Spengler.« Er blickte zur Tür und die Uhr darüber. »Können wir gleich los? Mein Zug geht bald.«

Der Kommissar leerte sein Glas und streute Kleingeld auf die Theke. »Kommen Sie, ich bringe Sie zum Bahnhof.« Sie traten hinaus auf die Straße und schlenderten die Fußgängerzone entlang. Der Kripo-Beamte kaufte sich an einem Kiosk ein Zehnerpäckchen Kaugummis, gemischt in Farbe und Geschmack. »Sie haben gehört, dass ECC DrakenSys dichtgemacht hat?«

»Die neue Geschäftsführung von Haver ist ziemlich

konsequent«, bestätigte der Seattler müde. Der Kon versuchte, sich gegen alle Eventualitäten abzusichern. »Schätze, ECC hatte die Schnauze endgültig vom Militärischen voll.«

»Fassen Sie mal kurz zusammen, was Sie den Daten entnommen haben, dann wird meine Vorfreude auf den Hauptbericht größer«, forderte Spengler ihn auf, während er ihm einen Streifen anbot.

Poolitzer nahm das Angebot an. »Himbeere. Nicht schlecht.« Er kaute angestrengt. »Sie hatten eine riesige Sauerei mit Personafixen vor«, meinte er.

»Persona … was?«

»BTL, Herr Kommissar. Die Wissenschaftler haben einen weiter entwickelten BTL-Chip implementiert, der normalerweise über einen Datajack in den Benutzer eingeführt wird. Mikroprozessor und Speicher sind eingebaut. Die Modelle, die man auf der Straße bekommt, sind für den einmaligen Gebrauch gedacht und zerstören sich nach einer gewissen Zeit von selbst, um dem Anwender ein Trauma zu ersparen. Mit elektronischem Equipment kann man sie aber in eine Endlosschleife umbauen. In Seattle nennt man die Dinger Dreamgate.«

»Leander hat Gerlach so ein Ding verpasst?«

Poolitzer zuckte die Achseln. »Es ging schon lange das Gerücht um, dass es angeblich BTLs gibt, die SimSinn mit Skillsoft verschmelzen und sich auf die Persönlichkeit des Nutzers auswirken. Besser gesagt, eine zweite künstliche Person in seinem Bewusstsein schaffen. DrakenSys lieferte den Beweis.«

»Heißt das, dass diese Chips die Willenskontrolle der Probanden übernahmen?«, fragte Spengler erstaunt.

»Genau. Wenn sie aktiviert wurden, machten sie dem Träger des TakCom klar, dass er eine andere Person ist. In Gee Gees und Gerlachs Fall hielten sie sich für Engel, weil Leander ein entsprechendes Muster programmierte. Der Chip wurde durch ein Funksignal oder ein Codewort und eine Zahlenkombination aktiviert.« Der Reporter schaute zum Himmel hinauf. »Beabsichtigt war wohl, dass DrakenSys und Cyberdynamix jeweils eigene Routinen erhielten, um ihre Einrichtungen vor Schattenläufern zu schützen. Ein Sender setzt in regelmäßigen Abständen Impulse frei und deckt eine gewisse Umgebung ab. Wenn ich die Notizen richtig verstanden habe, sollte der betroffene Läufer automatisch die Persona eines konloyalen Mitarbeiters annehmen, Alarm geben und seine Begleiter festhalten. Das dachte zumindest Dr. Gud. Der arme Kerl wurde hinters Licht geführt.

»Und wie war es wirklich?«

»Ostfolk war der Wahrheit auf der Spur. Seiner Ansicht nach hatte Leander die Sauereien mit Gerlach arrangiert und Gud sowie Lehmann umbringen lassen. Am Ende erwischte es den Gardisten selbst. Er war zu nah dran.«

Poolitzer schlenderte zu den Stufen des Bahnhofs. Er hievte seine Koffer die Treppen hinauf. »Übrigens, vorgesehen war ein kombiniertes Vertragssystem, das Nachjustierungen des Gefechtscomputers alleine durch Spezialisten von DrakenSys genehmigte. In allen anderen Fällen sollte mit der Zerstörung des Moduls gedroht werden. So hätte niemand die Sauerei entdeckt.«

Mit kreischenden Bremsen fuhr der Zug in den Bahnhof ein. Ein halbes Dutzend Reisende stieg ein und aus. Spengler half dem Reporter beim Einladen.

Der Schaffner wollte gerade das Signal zur Abfahrt geben, da zückte der Beamte seinen Ausweis und verhinderte die Abfahrt. Seine Augen suchten die des Reporters, in denen ausnahmsweise keine Kontaktlinsen hafteten.

»Wenn Sie es nicht schaffen, einem Sender diese Story zu verkaufen, sagen Sie mir Bescheid. Das muss an die

Öffentlichkeit. Das sind wir denen schuldig, die bei dem Lauf draufgegangen sind.« Er hielt Poolitzer seine Rechte hin. »Gospini, passen Sie auf sich auf, Junge.«

Poolitzer grinste schwach und schlug ein. »Das gilt auch für Sie, fetter alter Mann.«

Gespielt wütend bedeutete Spengler dem Uniformierten, das Signal zu geben. »Hauen Sie bloß ab, Klugscheißer«, verabschiedete er ihn lachend und hob die Hand.

Der junge Mann grüßte zurück, ließ die Türen zuschnappen und suchte sich ein Abteil, in dem er sich ausbreiten konnte.

UCAS, Seattle, Redmond-Barrens, 17. 04. 2058, 20.00 PSZ

»Wo sind denn alle?«, grummelte Ultra, immer noch etwas enttäuscht darüber, dass sich niemand eingefunden hatte, um ihn aus dem Krankenhaus abzuholen. Es war auch keiner ans Kom-Gerät gegangen. Und in der alten Garage, in der sie sich stets zusammenfanden, suchte er vergebens nach seinen Chummern. Anscheinend hatten sie sich in Luft aufgelöst.

Er legte den Lichtschalter um, Neonlampen flackerten auf. Die Werkstatt lag ausgestorben vor ihm. Cynthia, der aufgemotzte GMC-Bulldog von Sparkplug, stand über der Grube, die Werkzeuge hingen ordentlich an der Wand. Schmiermittel, Ölflaschen, Putzlappen befanden sich in ihren Regalen. Lediglich der blaue Overall Twings fehlte, einige der Drohnen vermisste er ebenfalls.

Die mach'n schon wieder einen Lauf ohne mich. Er stellte den Koffer ab und nahm auf einem Metallbock Platz. *Warte ich eben. Irgendwer wird schon irgendwann vorbei-*

kommen. Der Troll tippte auf dem Goldplättchen in Form von Mickeymaus herum.

Da sich nach zehn Minuten nichts tat, beschloss er, sich wenigstens etwas zu trinken zu holen. Er ging an den großen Kühlschrank, der neben dem Eingang stand, und öffnete ihn.

»Überraschung!«, schrie ihn Twing lachend an und reckte ihm einen Kuchen entgegen.

Vor Schreck schlug Ultra die Tür zu. Dann riss er sie wieder auf, über das ganze Gesicht strahlend. »Das ist aber lieb!« Die Torte klebte zum einen Teil an der Tür, zum anderen auf ihrem Overall. Der Troll tunkte seinen Finger in die klebrige Masse und kostete davon. »Lecker. Schade, dass sie kaputtging.«

Cynthias Heckklappe flog auf. Zwei Mikroskimmer schnurrten heraus, zwischen ihnen war ein Transparent mit der Aufschrift »Willkommen zu Hause!« gespannt worden. Sie umkreisten den Metamenschen und luden Konfetti über ihm ab. Sparkplug, Cauldron und Hustle folgten und begrüßten ihren Freund überschwänglich.

Ultra schloss sie der Reihe nach in die Arme. »Das ist besser, als bei ›Quizz it‹ zu gewinnen«, rief er glücklich. »Ein echter zweiter Geburtstag!«

Der Rigger küsste Twing etwas Butterglasur von den Lippen und wischte Biskuitteig von der Nase. »Wie süß«, meinte er. »Eine echte Cremeschnitte, meine Frau.«

»'tschuldigung«, murmelte der Troll verlegen. »Ich hab's nicht mit Absicht gemacht.«

Die Mechanikerin drückte ihn an sich, um ihn ebenfalls mit Sahne einzusauen. »Komm her, Großer! Du sollst auch was davon haben.«

Hustle verteilte Bierbüchsen an seine Chummer, zischend sprudelte der Gersten-Soy-Saft aus der Öffnung. Der Ork hatte die Dosen vorher geschüttelt, um das Chaos perfekt zu machen. Es schäumte gewaltig.

»Ich trinke auf unser Wohl, falls noch etwas Bier drin sein sollte, und die Genesung unseres Riesenbabys«, lachte er und setzte die Büchse an. Die anderen taten es ihm nach. Sie knüllten das Weißblech zusammen, rülpsten und warfen die leeren Dosen hinter sich. Selbst die zurückhaltende Magierin beteiligte sich mit Feuereifer an dem Ritual.

»Ich hab auch was für euch.« Mit geheimnisvoller Miene öffnete Ultra den Koffer und nahm Blütenkränze hervor. Der Metamensch riss die Plastikverpackung auf und legte ihnen der Reihe nach die Andenken an seine Hawaiireise um. »Ich hab die neu einfliegen lassen, weil die ersten auf dem Flughafen kaputtgingen«, erklärte er.

Bald duftete die Garage intensiv nach Blumen. Genießend hielt sich Cauldron das Gebinde vor die Nase und sog den Geruch ein. »Das ist eine tolle Überraschung, Ultra.«

Hustle verschwand, um das vorbereitete Büffet hereinzuschieben. »Das wirst du alles artig aufessen, damit du wieder richtig was auf die Rippen bekommst.«

Die Augen des Trolls schweiften über das viele Essen. »Sagt mal, habt ihr da nicht übertrieben?«

Hustle nickte Sparkplug zu, der daraufhin das große Tor öffnete. Seine Chummer hatten alle Bekannten eingeladen, die sich mit Ultra über seine Entlassung freuten. Natürlich durften ein bis zwei Kamerateams nicht fehlen, die Interviews mit ihm machten. Die ins Leben zurückgekehrte Berühmtheit, eine bessere Story gab es kaum. Außer einer toten Berühmtheit.

»Ich freue mich so für ihn«, sagte Twing fröhlich zu Sparkplug. Sie hakte sich bei ihm ein. »Auch wenn er mir die Tür ins Gesicht geschlagen hat.«

»Samt Torte.« Der Elf nickte. »Ein verdammt gutes Gefühl, wieder komplett zu sein. Jetzt können die nächsten Abenteuer kommen.«

Er entdeckte die Ghuljägerin, die sich unsicher zwischen den Leuten umschaute und nach ihren Bekannten suchte. Sparkplug erinnerte sich nicht, sie eingeladen zu haben. »Vielleicht kommen die Abenteuer schneller, als wir denken, Mylady«, meinte er zu seiner Frau. »Mal schauen, was sie möchte.«

ADL, Freistaat Thüringen, Jena, 15. 04. 2058, 00:22 MEZ

Das Telekom summte in die Stille des schlicht eingerichteten, dunklen Büros. Automatisch schaltete sich der Anrufbeantworter ein und spulte sein gespeichertes Programm ab.

»Hier ist der Anschluss von Xavier Rodin. Wenn Sie eine Nachricht für mich haben, so tragen Sie diese innerhalb der nächsten zwanzig Sekunden vor.«

Ein Piepton signalisierte die Aufnahmebereitschaft.

»Oh, habe ich mich verwählt? Eigentlich wollte ich einen gewissen Keimag sprechen. Ich ... ach so, ja, ich bin bescheuert.« Die Anruferin, die zuerst in Stadtsprache, dann in Englisch geredet hatte, drückte eine Tastenkombination. Der Anrufbeantworter hielt an und verband das Gespräch an eine andere Nummer weiter.

Nach ein paar Sekunden läutete ein zweites Telekom im Büro. Die Frau wurde von einer elektronischen Ansage in Empfang genommen, die diesmal etwas anders klang: »Sprechen Sie.«

»Hallo. Sie kennen mich nicht, aber eine gemeinsame Freundin, Cauldron, hat mir die Nummer freundlicherweise gegeben und den Geheimtrick erklärt. Ich habe einen Auftrag für Sie, der nach Ihren speziellen Talenten verlangt. Wenn Sie mehr wissen möchten, rufen Sie mich unter der Nummer, die Sie auf dem Display sehen, zurück. Ach ja, die Bezahlung ist garantiert fünfstellig. Bei Erfolg sollte noch mehr drin sein. Einen Tipp gebe ich Ihnen noch: Es hat etwas mit dem Diebstahl eines magischen Artefaktes in …«

Der Anrufbeantworter schaltete ab, die zwanzig Sekunden waren abgelaufen.

Wieder senkte sich absolute Geräuschlosigkeit auf das Zimmer herab.

ADL, Württemberg, Stuttgart-Möhringen, 29. 04. 2058, 22:22 MEZ

Die Gestalt mit den langen, platinblonden Haaren und dem weißen Staubmantel duckte sich vor dem Kugelhagel ab und täuschte vor, von einem der Geschosse getroffen worden zu sein. Sie wollte die Angreifer in Siegessicherheit wähnen, sie anlocken und zur Unvorsichtigkeit verleiten.

Das Gesicht des Wesens verbarg sich hinter einer goldenen Maske, die nicht einmal Schlitze für die Augen aufwies. Das schimmernde Material musste entweder von innen durchsichtig sein, oder aber der Träger der Larve nahm die Umgebung auf andere Weise wahr.

Während die geschlechtslose Gestalt wartete, nahm sie das große silberne Kreuz in die Hand. »Ich fürchte mich nicht vor vielen Tausenden, die sich ringsum wider mich wenden. Auf, Herr, und hilf mir, mein Gott«, betete sie halblaut.

Schritte näherten sich.

Ihre Finger schlossen sich um die Griffe der beiden MP7. An den erschrockenen Rufen der Männer erkannte sie, dass die Wachleute soeben auf die Leichen der drei Konzernbosse, die sie vor wenigen Minuten exekutiert hatte, stießen.

Urplötzlich explodierte das Wesen. Es sprang in die Höhe und stand im grellen Licht eines Suchscheinwerfers. Sie wollte gesehen werden. »Die Gottlosen sollen zu den Toten fahren!«

Die Maschinenpistolen spieen Tod und Verderben gegen die überraschten Verfolger. Jede einzelne Kugel fand ihr Ziel mit solcher Genauigkeit, dass man beinahe von einem göttlichen Wunder sprechen konnte. Innerhalb von wenigen Sekunden fielen der gleißend weißen Gestalt acht gepanzerte Kon-Gardisten zum Opfer. Ihr Blut tränkte den Boden.

Die Maschinenpistolen fielen auf die Erde, das Wesen sank inmitten des Lichtkegels auf die Knie. »Der Feind ist vernichtet, zertrümmert für immer. Wie groß ist deine Güte, Herr.« Sie erhob sich und wandte sich zur Seite. »So seid nun verständig, ihr Könige, und lasset euch warnen, ihr Richter auf Erden. Hofft auf den Herrn und tut Gutes. Wer unschuldige Hände hat und reinen Herzens ist, der nicht bedacht ist auf Lug und Trug und nicht falsche Eide schwört, der wird den Segen vom Herrn empfangen. Sela.«

Ihr Kopf zuckte herum, die platinblonden Haare flogen durch die Luft. Dann rannte sie weiter, um den Ort zu verlassen, an dem sie, Cherub, der Engel Gottes, Gerechtigkeit verkündet hatte.

Der Scheinwerfer erlosch.

Dröhnende Musik setzte ein, und die Menschen im Zuschauerraum applaudierten. Zuerst zaghaft, dann immer lauter, fordernder, bis sich Pfiffe und Rufe darunter mengten.

Der Engel kehrte bedächtig auf die Bühne zurück und verbeugte sich tief, sodass die Haare der Perücke die Kulisse berührten. Er richtete den Oberkörper auf und zog sich dabei die goldene Maske vom Gesicht. Gleichzeitig wurde er von drei Spots angestrahlt.

Der neue Star des Musik Erlebnis Centers, Angelina

Heavenwards, breitete die Arme aus und präsentierte sich dem Publikum. Selbst ohne die Verkleidung wirkte die Schauspielerin überirdisch.

Sie verbeugte sich ein weiteres Mal, schickte Kusshände in den Saal und winkte ausgelassen. Die junge Frau mit den kurzen blonden Haaren freute sich mit einer kindlichen Art, dass sie dem Publikum noch sympathischer wurde. Keine Arroganz, keine Unnahbarkeit. Nur Freude. Der Beifallssturm ebbte nicht ab.

Nach und nach kamen die anderen Darsteller hinzu, die zum Stück »Cherub & Luzifer« gehörten. Heavenwards deutete nach rechts und links und gönnte ihren Kollegen ihren Anteil des Erfolgs.

Herbert Vögele, der das Theater »Unüblich« leitete, hörte auf zu klatschten und beugte sich zu seinem Geschäftspartner Fred Geiger, Manager des MEC, hinüber, damit seine Worte trotz des tosenden Lärms verstanden wurden. »Wenn ich daran denke, dass Sie die Kleine zuerst ausgelacht haben, als sie mit der Idee zu dem Stück kam.«

»Vergessen Sie's.« Geiger deutete auf die Schauspielerin. »Die hat noch viel vor sich, wenn sie es geschickt anstellt.« Etwas Überzeugenderes als Heavenwards hatte er noch nie gesehen.

»Man könnte eine Serie aus der Story machen«, brüllte Vögele. »Natürlich erst in einem Jahr, wenn wir das Stück abgesetzt haben.«

Geiger schien der Vorschlag auf Anhieb zu gefallen. »Perfekt. Ich rufe in den nächsten Tagen bei ein paar Produzenten an. Karl Kombatmage könnte durchaus Konkurrenz vertragen.«

Sie lachten sich gegenseitig an und richteten ihre Aufmerksamkeit nach vorne, um in den Applaus einzustimmen.

Angelina bekreuzigte sich und grüßte die Zuschauer noch einmal, ehe sich der Vorhang senkte. Am nächsten

Tag würde sie wieder auf der Bühne stehen, um den Leuten zu zeigen, dass die Gerechtigkeit eine Chance im Leben bekam.

Es gab durchaus verschiedene Wege, die Botschaft des Herrn zu verkünden.

DRITTES BUCH

AETERNITAS

PROLOG

ADL, Norddeutscher Bund, Göttingen,
Campus der Universität, 21. 04. 2058 AD, 01:02 Uhr

Heribert Lämmle-Strohnsdorf, Wachmann des Verbands Wach- und Schließgesellschaften, schaltete den seitlich an der Tür des Peugeot »Corindon« montierten Suchscheinwerfer ein und richtete den hellen Strahl auf die Hintertür des Gebäudes, das auf seiner Campus-Route lag. Dann nahm er das Fernglas vom Beifahrersitz und betrachtete die Sicherung. Die Anzeige des Magschlosses blinkte warnend und bestätigte den Alarm, der vor wenigen Minuten in der Zentrale eingegangen war.

Er aktivierte das Kehlkopfmikrofon. »Karl, ruf die Bullen an. Wir haben einen Einbruch.«

»Hast du dir die Sache angeschaut? Ich habe keine Lust, schlecht gelaunten Grünträgern zu erklären, dass es wieder ein Fehlalarm war.«

Die Zentrale wollte, dass er aus dem warmen Auto stieg. »Schon gut, ich sehe nach«, meinte Lämmle-Strohnsdorf gereizt. Er stapfte zum Eingang, tippte den Überbrückungscode für das Magschloss ein und checkte, wann sich jemand daran zu schaffen gemacht hatte. Die Einbrecher waren demnach knappe fünf Minuten am Werk. Vorsichtig drückte er die Klinke mit den Fingerspitzen herab. Die Tür schwang auf.

»Karl, es ist wirklich ein Einbruch«, wiederholte er inständig seine Meldung. »Ruf die Polizei. Ich passe so lange auf meinen Arsch auf und versuche, sie nicht zu verscheuchen.« Von drinnen erklang ein gedämpftes Bersten von Holz. *Scheiße! Sie sind noch drin!* »Die Bullen sollen sich beeilen!« Schritt für Schritt zog er sich zurück, die Rechte lag am Griff seiner Fichetti Security 500a.

»Wenn du nicht willst, dass die Grünen dich die nächsten zehn Jahre verarschen, gehst du besser rein und vertrimmst die Studis«, empfahl ihm die Einsatzzentrale. »Der Uni-Präsident wird echt sauer, wenn da etwas wegkommt.«

»Wenn es aber mehrere sind?« Der Wachmann konnte sich für den Gedanken, einer Übermacht gegenüberzustehen, nicht erwärmen.

»Du hast eine schusssichere Weste, einen Elektroschlagstock und eine Pistole«, erinnerte ihn Karl unfreundlich. »Geh rein, Heribert, wenn du deinen Job behalten willst. Du weißt, dass unsere Unterhaltungen aufgezeichnet werden. Wir haben die Aufgabe, die Gebäude zu bewachen und Täter zu ...«

»Halt die Fresse.« Lämmle-Strohnsdorf zückte die Fichetti, entsicherte sie und lud durch. »Ich gehe rein.« Der rote Punkt des Ziellasers erwachte.

Vorsichtig setzte er einen Fuß vor den nächsten und schlich die wenigen Stufen hinauf, die ihn in den Korridor im Erdgeschoss der Magischen Fakultät führten. Nach kurzem Lauschen ging er in Richtung des Büros des Dekans, aus dem die Geräusche drangen.

Das Mondlicht sorgte für genügend Helligkeit, sodass er die Taschenlampe rasch ausknipste, um sich nicht zu verraten. Durch den Spalt spähte er ins Innere des Zimmers.

Auf dem Stuhl saß Professor Lutz Diederichs, gefesselt an Armen und Beinen, während zwei Maskierte, ein Mann und eine Frau, die Vitrinen und Schränke rücksichtslos durchstöberten. Ein Dritter stand vor dem Leiter der Fakultät und klebte ein weiteres Pflaster auf seinen nackten Oberkörper.

»An Ihrer Stelle würde ich reden, Professor. Das war schon die dritte falsche Antwort, und somit bekommen Sie das dritte Stimulanspflaster. Ich habe gehört, dass es für Magier wie Sie gewisse Nebenwirkungen haben kann.«

»Fahren Sie zur Hölle!«, sagte Diederichs, die Pupillen stark geweitet. Schweiß stand ihm auf der Stirn. »Es gehört mir. Ich habe es nicht verkauft, da werde ich es Ihnen schon gar nicht überlassen. Man hat mich gewarnt. Solch unverschämte Kreaturen, wie Sie es sind, werden es nicht schaffen, mir den Aufenthaltsort zu entlocken.«

Wortlos nahm der Maskierte ein weiteres Pflaster aus seiner seitlichen Beintasche, entfernte die Schutzfolie und klebte es dem Professor auf den Oberarm. »Vier.«

Diederichs schrie auf und versuchte, sich von den Fesseln zu befreien.

»Heribert, die Bullen sind unterwegs«, dröhnte es in Lämmle-Strohnsdorfs Kopfhörer, und der Wachmann erschrak so sehr, dass er zusammenzuckte und den Lauf der Fichetti gegen die Wand schlug.

Der Maskierte, der den Raum durchsuchte, wirbelte herum und schaute zum Türspalt. Augenblicklich sank der Wachmann zusammen und lag schlafend am Boden.

»Forbes, dear pal, du wirst schlampig«, sagte der Verhörer vorwurfsvoll scheinbar in den leeren Raum.

»Negativ, Sir. Ich hatte ihn die ganze Zeit über im Visier«, kam es beinahe beleidigt über Funk.

»Darüber reden wir später.« Der Mann mit dem rollenden Akzent wandte sich Diederichs zu. »Ich muss Sie um etwas Beeilung bitten, Professor.« Er hielt dem Dekan eine Hand voll Stimulanspflaster unter die Nase. »Das sind die stärksten Präparate, die es derzeit auf dem Markt gibt. Ich schlage vor, Sie denken rasch nach, wo es sich befindet, oder verabschieden sich für immer von Ihrer Magie. Mein Team hat keine Lust, seine Zeit noch länger mit Suchen zu vergeuden.«

Der Leiter der Fakultät begann am ganzen Leib zu zittern. Die Wahl, sein magisches Talent unwiederbringlich gegen ein Artefakt einzutauschen, fiel schwer. Diederichs rang mit sich selbst. Schließlich siegte die Selbsterhaltung.

»Es steht hinter dem Bücherregal in einem Geheimfach.« Hektisch beschrieb er, wie man den Alarm umging und an die verborgene Vertiefung gelangte.

Die Frau befolgte die Anweisungen, um wenige Sekunden später das in ein schwarzes Samttuch eingeschlagene rechteckige Objekt in Händen zu halten. Ihr Partner hockte sich für einen Moment hin, erstarrte und kehrte wieder ins Bewusstsein zurück. »Das ist sie. Die astrale Identifizierung verlief positiv, Sir.«

Die Frau wickelte den Gegenstand in ein weiteres Tuch und verstaute die Beute in ihrem Rucksack.

Der Dritte nickte zum Ausgang. »Abrücken, Team. Sehr gute Leistung. Forbes?«

»Constables im Anmarsch«, gab der Unsichtbare durch den Äther seine Beobachtung weiter. »Schneller Rückzug durch die Hintertür, Sir. Ich gebe Ihnen notfalls Deckung.«

»Affirmative.« Der Anführer winkte den Mann und die Frau hinaus.

Seine vorletzte Handlung bestand darin, die verbliebenen Stimulanspflaster der Reihe nach zum Aufkleben vorzubereiten.

»Sie hätten das Kaufangebot nicht abweisen sollen, Professor. Ich soll Ihnen die schlechtesten Wünsche vom Interessenten überbringen.« Die dünnen Abdeckungen waren alle entfernt. »Ich dagegen hoffe das Beste für Sie. Halten Sie sich wacker.«

Die Klebeflächen kamen in Kontakt mit der bloßen Haut und setzten ihre Wirkung frei. Der Ausdruck im Gesicht des Dekans wechselte, seine Wangenmuskulatur erschlaffte. Seine plötzlich stumpfen, riesigen Pupillen glotzten ins Nirgendwo.

I.

ADL, Freistaat Thüringen, Jena,
Friedrich-Schiller-Universität, 22.04.2058 AD, 09:32 Uhr

Als habe er einen elektrischen Schlag erhalten, fuhr Dr. mag. herm. Wenzislav Scutek zurück, fluchte laut auf Lateinisch und rieb sich die Kuppe des Zeigefingers, mit der er soeben beinahe den Unterarm des Mannes ihm gegenüber berührt hatte. Das aufgebaute Lasermessgerät gab einen Signalton von sich, die Berechnung war erfolgt.

»Und?«, fragte er gepresst, während er nach dem Headset griff und das Mikrofon zurechtbog.

Der Einunddreißigjährige grinste nur breit. »Wie immer.«

»Machen Sie sich nur lustig, Sie Phänomen«, kommentierte der Magieexperte und begann seinen Bericht zu diktieren. »Einmal mehr habe ich mich Xavier Rodin ohne Schutz genähert und musste erfahren, wie schmerzvoll es ist, mit seinem natürlichen Gegen-Magie-Feld in Kontakt zu treten. In Ermangelung eines passenden Ausdrucks nenne ich es weiterhin Gegen-Magie, bis ich einen besseren gefunden habe.« Er schaute auf den Monitor. »Die letzte Messung ist abgeschlossen, die kritische Grenze der Aura liegt ohne starke Beanspruchung des Probanden bei exakt vermessenen 0,979 Millimeter gleichmäßig um einen Körper.« Scutek hielt zögernd inne. »Für den Genitalbereich kann ich es nur vermuten«, fügte er dann hinzu.

»Dabei wird es auch bleiben.« Xavier lachte und stand auf, um sich seine Kleider wieder anzuziehen.

Siebenundachtzig Kilogramm fettfreie Muskelmasse verteilten sich auf 1,83 Meter. Die nackenlangen schwarzen Haare hatte er zu einem Zopf zusammengefasst, über der rechten Augenbraue befanden sich drei Piercings und akzentuierten das Gesicht mit den leicht vorstehenden Wangenknochen zusätzlich.

»Ich würde gerne noch einen Test mit einem Watcher machen«, meldete sich der Dozent, um den Aufbruch zu verhindern. »Bereiten Sie sich schon mal darauf vor, ich hole uns noch einen astralen Beobachter.«

Gehorsam setzte sich der ehemalige Runner, der sich ganz der Friedrich-Schiller-Universität, der renommierten Lehranstalt für Hellsicht und astrale Wahrnehmung, verschrieben hatte. »Sie sind der Boss. Und Sie sind sicher, dass die Watcher keine Schmerzen haben?«

»Hoffen wir es mal.« Scutek rief einen Assistenten zu sich, der das magische Experiment vom Astralraum aus verfolgen sollte.

Scutek befahl den Watcher aus dem Astralraum zu sich. »Igor, zeige dich. Bleib in der Mitte des Raums und pass auf, ob du jemanden siehst.«

Das magische Wesen erschien in der Form einer blauen Kugel mit Sonnenbrille und einem Schnurrbart. »Geht klar.«

Scutek wich einige Schritte zurück und betrachtete den niederen Geist, der in der Luft schwebte und sich dabei langsam um die eigene Achse drehte. Obwohl Xavier nur drei Meter neben Igor stand, nahm es ihn nicht wahr.

Langsam kam der Negamagier auf den Watcher zu. Behutsam hob er die Hände, umfasste den magischen Diener und hielt ihn fest.

Igor wechselte die Farbe, seine Kugelgestalt glomm vor Schreck grellrot auf. »Huch! Ich …« Von einer Sekunde auf die andere war er verschwunden.

»Geflüchtet?«, erkundigte sich der Doktor neugierig bei seinem Assistenten, der aus dem Astralraum zurückkehrte.

»Vernichtet«, korrigierte dieser seinen Vorgesetzten. »Seine Gestalt wurde instabil, seine Energie rapide verringert, bis sie vollständig … absorbiert … umgeleitet … weg war.« Ratlos breitete er die Arme aus.

Scutek diktierte die Aussagen des Assistenten. »Hatten Sie dieses Mal irgendeinen astralen Hinweis auf die Anwesenheit von Herrn Rodin?«, fragte er abschließend. An seiner Betonung hörte Xavier, dass der Doktor förmlich danach lechzte, auch nur das geringste Indiz aufzustöbern.

Wieder musste der Assistent nach Worten suchen. »Nein. Für mich war er ebenso wie für Igor unsichtbar. Ich sah nur den Watcher. Vielleicht so etwas wie … ein Hitzeflimmern? Ein leichtes Kräuseln?«

Die Augen des thaumaturgischen Experten ruhten nachdenklich auf seiner Testperson. »Wissen Sie, dass Sie ein unglaublich gefährlicher Mensch für die magische Welt sind, Herr Rodin? Sie sind wie ein glühendes Messer in einem Stück Eis: für uns unangreifbar, aber vernichtend.«

»Aber nicht doch, Herr Scutek«, wehrte Xavier beschwichtigend ab. »Ich tue keiner Fliege etwas zuleide. Es sei denn, sie setzt sich auf mein Essen.«

»Da habe ich aber Glück. Es ist sehr unwahrscheinlich, dass ich mich auf Ihrem Brot niederlasse«, scherzte der Magier. »Für heute lassen wir es gut sein. Morgen würde ich gerne zur nächsten Stufe übergehen. Mal schauen, was Sie gegen einen Feuerelementar ausrichten. Das interessiert mich brennend.«

»Das Wortspiel habe ich verstanden«, erwiderte der Negamagier und grinste. »Halten Sie schon mal den Feuerlöscher parat. Und ich möchte einen Asbestanzug.« Er nickte den beiden Männern zu und verließ, die schwarze Aktentasche unterm Arm, das Laboratorium, in dem er im Auftrag der Schiller-Universität schon ein Dutzend Versuche durchgeführt hatte.

»Xavier Rodin«, sagte er leise, während er sich in Richtung Ausgang bewegte. Diesen Namen führte er erst seit kurzem, und er klang noch fremd.

Jahrelang war er auf der Straße als »Keimag« unterwegs gewesen, ein Runner, der sich besonders gut gegen Magiebegabte einsetzen ließ. Doch nach einem Run gegen das Forschungslabor von Cyberdynamix in Ingolstadt musste er mit ein paar amerikanischen Leidensgenossen in die UCAS abtauchen.

Seattle, der Zufluchtsort vor der Rache des Kons, hielt ihn nicht. Die sich dort anbahnende Beziehung zu einer Magierin würde zudem niemals gut gehen. Seine Berührungen verursachten ihr körperliche Schmerzen. Feuer und Wasser passten eben nicht zusammen.

Um sich auf andere Gedanken zu bringen, kehrte Keimag in die ADL zurück, verschaffte sich eine gefälschte ID und beschloss, seine Fertigkeit näher zu erforschen.

Vielleicht, so hoffte er insgeheim, entdeckten die Thaumaturgiefachleute einen Weg, wie er seine Fertigkeit beherrschte. Oder los wurde. Die hermetische Magierin ging ihm nicht mehr aus dem Sinn.

Eine tragische Konstellation, dachte er bitter. Besser kann man es sich nicht aussuchen, um ein Leben lang unglücklich zu sein.

Xavier trat hinaus in den Sonnenschein und betrachtete den Campus der Uni, an der er unter strengster Geheimhaltung tätig war.

Nachdem er Scutek bewiesen hatte, dass eine Berührung von ihm ausreichte, einen Fokus zu zerstören, erhielt er einen Lageplan, der ihm zeigte, welche Bereiche er tunlichst zu meiden hatte. Sie verabredeten weitere Schutzmaßnahmen, wie das Anlegen von dicker Kleidung und Handschuhen, um magisch Begabte nicht zu verletzen.

Der Negamagier nutzte seine Freizeit, um sich fortzubilden und die wenigen theoretischen Abhandlungen einzusehen, die es über das Phänomen »Countermagic« beziehungsweise »Gegen-Magie« gab. Die Erscheinung kannte viele Bezeichnungen, von »Gegen-Magie« über »Anti-Magie« bis »Nega-Magie«, »Ars magica immunis« oder »Black magic hole«, je nachdem, wer sich damit beschäftigte und welche Theorie er dazu aufstellte.

Die Ausbeute seiner Forschung war gering. Wenigstens stieß er in den virtuellen Archiven der Weimarer Bibliothek auf einen interessanten Artikel aus dem Jahr 2047, verfasst von einem Professor Matthew Hawkins. Der Ansatz war nicht neu. Es gab Wissenschaftler, die davon ausgingen, dass es einen Gegenpol zur Magie gab. Licht und Dunkel, Leben und Tod, Sauerstoff und Vakuum, Magie und Gegenmagie. Wo eins war, konnte das andere nicht bestehen. Doch ihm gelang es zum ersten Mal, seine Theorie auch zu beweisen.

Xavier setzte sich auf eine Bank unter einer Trauerweide, nahm die ausgedruckten Blätter aus seiner Tasche und las den amerikanischen Aufsatz mit dem Titel »IGRIF – Intelligence-Generated Reality Inversion Field Theory«.

Auf den ersten Blick schien Hawkins ein Spinner zu sein. Er setzte voraus, dass die Legenden von Drachen und Drachentötern der Realität entsprachen und es sich bei den vermeintlichen Fabelwesen um zu früh oder damals schon Erwachte handelte.

»Wie konnte ein Mensch mit einem simplen Schwert einen mächtigen Geschuppten vernichten?«, lautete die durchaus berechtigte Frage. Denn der Drache hätte mehr als eine Gelegenheit gehabt, den angreifenden Sterblichen mit Feuer und Zaubersprüchen ins Jenseits zu befördern.

Hawkins schloss daraus, dass es damals schon Menschen gab, die gegen die Wirkung von Magie immun waren. Die Kollegen bezeichneten ihn als Spinner.

Zwei Jahre später präsentierte der Verspottete den ersten offiziellen »Gegenmagier« der Welt, Miles Freeman. Das »Chicago Thaumaturgical Research Institute« unternahm mehrere Versuche mit Freeman, wobei sich herausstellte, dass das Feld von Antimagie ständig aufrechterhalten wurde, egal ob Freeman schlief, wach war oder sich im künstlichen Koma befand.

Die Dimension dieser Aura variierte, dehnte sich aber niemals mehr als einen Zoll weit von der Hautoberfläche aus. Innerhalb dieses Feldes bestand keinerlei Form von Magie.

Dazu entstanden zwei Meinungen in der Forschung. Eine Minderheit nahm an, dass es sich bei der Nega-Magie um eine Form von magischer Begabung handele, die jegliche andere magische Kraft absorbiere, um sich selbst aufrechtzuerhalten. Anders ausgedrückt: thaumaturgischer Vampirismus.

Die andere Variante unterstellte, dass der Geist eines Negamagiers diese Aura aufrechterhielt. Hawkins Kollege Herasmussen behauptete sogar, dass innerhalb des Fluidums die physikalischen Gesetze des Kosmos so geändert wurden, dass Magie dort nicht existieren könne.

Letzteres belustigte Xavier am meisten. Als physikalische Anomalie könnte er also Mars oder Pluto aus der Bahn werfen, wenn man ihn nahe genug heranbrächte.

Bis 2058 wusste niemand so recht, wie die Antimagie funktionierte. Besser gesagt, ob sie überhaupt existierte. In Österreich stieß ein Forscher im Gebiet um Hall und Hallstein auf die Besonderheit, dass einige Menschen als eine Art Blitzableiter für magische Energien fungierten.

Die jenensischen Resultate aus den bisher unternommenen Versuchen deckten sich mit den Erkenntnissen aus Chicago. Er war für Magier, Elementare und magische Wesen astral nicht zu erkennen. Gleichzeitig wies er eine Immunität gegen Zaubersprüche aller Art auf. Die Magier kämpften dagegen mit Entzug und Erschöpfung, ohne etwas gegen ihn ausrichten zu können. Xavier war der Fleisch gewordene Albtraum für Magische.

Offiziell analysiert wurde das Phänomen kaum. Die Suche nach Probanden gestaltete sich schwierig. Die Negamagier hielten sich bedeckt, seit Freeman auf offener Straße erschossen worden war.

Angeblich, so stand es in einem kleinen Artikel, wollte der Negamagier einen Ausflug in einen Nachtclub unternehmen. Als er unterwegs an einem Geldautomaten Halt machte, lauerten ihm drei Angreifer auf, raubten ihn aus und nieteten ihn um. Auffällig fand Xavier, dass die Ganoven nicht warteten, bis er sich den Stick mit neuen Nuyen gefüllt hatte.

Stimmen wurden laut, die eine Verschwörung aus der magischen Welt annahmen. Erst nach einem Monat, so fand er anhand der Zeitungsartikel heraus, legte sich der Wirbel um Freemans Tod. Die Behörden ermittelten nicht weiter. Dafür fand sich kein Mensch oder Metamensch mehr, der öffentlich behauptete, ähnliche Fertigkeiten zu haben.

Scutek war Anhänger der »Verstand-Theorie«, denn die Vampirismus-Variante hätte konsequenterweise bedeutet, dass Negamagier beständig auf der Suche nach Magiern und magischen Gegenständen sein müssten, um sie zu vernichten und sich deren Magie anzueignen.

Vermutlich empfand Scutec diese Vorstellung als beängstigend. Damit wären die Negamagier das Raubtier und das Ende der Nahrungskette, welche die sonst so überlegenen Magier als Imbiss betrachteten. Noch ein Grund für Magische, ihn und Seinesgleichen zu hassen – und zu töten.

Xavier verschwieg dem Mann, dass er das »Absaugen« für sinnvoller hielt. Wenn er sich Zaubersprüchen in den Weg warf oder Magischen aller Gruppierungen physisch zu Leibe rückte, fühlte er sich dabei sehr gut und keinesfalls wie ein genötigter Blitzableiter.

Zwar empfand er in all den Jahren niemals so etwas wie Entzug, doch geriet er niemals wirklich in die Situation, lange ohne einen »Schuss« auskommen zu müssen.

Fokusse, gegnerische Magier, Elementare, sie gaben ihm genügend Energie und dazu noch freiwillig, wenn er an seine Abenteuer als Runner dachte. Wenn nichts dazwischen kam, würde er sich selbst eine Art Diät auferlegen und völlig ohne Magie auskommen. So versuchte er unter Aufsicht von Scutek herauszubekommen, ob er eine neue Form von magischem Vampir oder ein Gedankenkraftgenie war.

Xavier überkam ein mulmiges Gefühl, als er vom Unglück des amerikanischen Negamagiers las. Doch zu diesem Zeitpunkt befand er sich bereits an der Universität, deren Magier ihn mit offenen Armen empfangen hatten und sehr dankbar waren, ein Phänomen wie ihn zu erkunden. Das Geld stimmte ebenfalls, und so musste er sich nicht auf zwielichtige Dinge einlassen, um seinen Lebensunterhalt zu bestreiten.

Der ehemalige Runner erkundete Jena und seine Umgebung, lachte herzlich über den »draco«, eine um 1600 entstandene bizarre Skulptur mit sieben Köpfen, vier Beinen, zwei Armen und vier Schwänzen. Der Anlass für diese Schöpfung war unbekannt. Man vermutete einen Studentenulk. Xavier dachte dabei an Hawkins' Theorie über zu früh Erwachte und die Drachentöter.

Hin und wieder trieb er sich auf den Burgen der Umgebung herum, zum Beispiel auf Burg Kirchberg, die als Ausflugsgaststätte diente und einen sehenswerten Rittersaal beherbergte. Nach Ansicht des Negamagiers gewährte der Ort eine herrliche Aussicht auf die Stadt. Dazu baute das Touristikmanagement das »Weigelsche Haus« wieder auf, das seit 1898 nicht mehr stand und seinen Ruhm dem Basteltrieb eines Mathematikprofessors im 18. Jahrhundert verdankte. Der baute allerlei neumodischen Schnickschnack in sein Haus ein; sogar ein Fahrstuhl und eine Weinleitung vom Keller bis zur obersten Etage sollten darunter gewesen sein.

Im jetzigen Zustand war beides vorhanden, und die Weinsorte konnte man vorher mit einem Drehregler aussuchen. Auch die Heidecksburg und Leuchtenburg besichtigte er, genoss die fürstlichen Galerien, Porzellansammlungen, Waffenarsenale, Spaziergänge im Schlossgarten, Konzerte, literweise Bier in der Burgschänke oder auch mittelalterliche Burgspektakel.

Dabei war es ihm einmal passiert, dass er im angetrunkenen Zustand in einer Rothaarigen die hermetische Magierin aus Seattle zu erkennen glaubte. Das bewies ihm, dass er noch lange nicht über sie hinweg war. Er vermied es, seine Verflossene anzurufen, um das Vergessen zu erleichtern, was nicht recht funktionieren wollte. Ihre Kontaktversuche ließ er unbeantwortet.

Seine Gedanken schweiften schon lange vom Thema der Gegenmagie ab. Er starrte auf die Zeilen, ohne den Sinn wahrzunehmen. Xavier erwachte aus den unliebsamen Erinnerungen. *Nun ist es aber genug mit der Träumerei.* Er richtete sich auf, stopfte die Blätter in die Tasche und erhob sich von der Bank.

Er schlenderte den Braschenweg entlang zur Bushaltestelle. Den Rest des Vormittags würde er im Fitnesscenter verbringen, um sich beim Workout die Erinnerungen aus den Poren zu schwitzen.

Er beobachtete im Vorübergehen, wie ein paar Mitglieder des »Corps Astralia Jenense« in ihrem Burschenschaftshaus verschwanden, Rucksäcke und Beutel mit sich tragend. Vermutlich bereiteten sie irgendeinen Streich vor, um die Hexen in der bevorstehenden Walpurgisnacht zu ärgern. Oder eine Nettigkeit für die Neue Universität Erfurt auszuhecken.

Die Erfurter Thaumaturgieforschung richtete ihr Augenmerk im Gegensatz zur eher technisch orientierten, größtenteils von Zeiss unterhaltenen Schiller-Uni auf die Naturmagie und wurde von den Jenensern als »Medizinhütte« belächelt. Und wenn man schon so recht nahe beieinander lag, blieben kleinere und größere Gemeinheiten nicht aus, wie er erfuhr.

Legendär waren die Auseinandersetzungen im großen Lesesaal der Universalbibliothek zu Weimar oder die magischen Duelle der Burschenschaft. Da es sich um eine nicht schlagende Verbindung handelte, entstanden die Schmisse durch magische Attacken.

Einer der jungen Männer warf ihm einen misstrauischen Blick zu, ehe er im Gebäude verschwand.

Ich bin mal gespannt, was ich bald zu höre bekomme, dachte der Negamagier.

Da der Bus bereits an der Haltestelle wartete, verfiel er in einen leichten Trab. Dennoch schaffte er es nicht mehr rechtzeitig und musste sich die Rücklichter anschauen. Xavier nahm es locker und betrachtete den Dauerlauf zu seiner von der Uni bezahlten Wohnung in der Innenstadt als gutes Training.

ADL, Homburg (SOX), 22. 04. 2058 AD, 10:21 Uhr

Die drei Gestalten bewegten sich wie routinierte Soldaten durch die Straße. Der Zwerg am Ende der kleinen Gruppe lief rückwärts und achtete auf jede Regung um sich herum. Der blasse Mann an der Spitze hielt das G12a3z locker im Anschlag, während der Ork zusätzlich zu seiner Ausrüstung einen Seesack und einen Rucksack mit sich schleppte.

Alle trugen Schutzmasken, welche die Außenluft filterten, um das Eindringen von strahlenden Partikeln zu verhindern. Zwar war deren vorkommen im Randbereich der Verseuchten Zone eher gering, doch wollte keiner von ihnen das Risiko eingehen. Seit dem GAU in Cattenom zählte das ehemalige Saarland als Sperrgebiet, in dem die Kons die Verwaltung übernommen hatten.

Eine fünf Meter hohe Mauer, eine verminte Todeszone und zahlreiche Abwehrmaßnahmen sollten das Eindringen Fremder in die SOX, wie das Areal genannt wurde, verhindern. Eine Magnetbahn verband die unterirdisch angelegten Forschungseinrichtungen im komplett evakuierten Bundesland und im angrenzenden Frankreich.

Ganz in der Nähe, in Bexbach, befand sich die Anlage von ECC. Das ehemalige Kohlekraftwerk Barbara I war von dem Unternehmen umgebaut worden. Bei einem Run gegen diese Anlage entdeckten Ordog und Michels einen geheimen Höhlengang, der sich an den Schutzvorrichtungen unbemerkt vorbeischlängelte.

Der Einstieg lag an der Grenze der SOX in den Schlangenhöhlen. Heraus kam man in den Schlossberghöhlen, den größten Buntsandsteinhöhlen Europas, deren Geschosse über zwölf Ebenen verteilt waren. Sowohl dem Kontrollrat als auch dem Schmuggelring der Geisterratten blieben diese riesigen Gewölbe verschlossen.

Das verloren gegangene Wissen gedachten der Anführer Ordog, der Zwerg Michels und der Neue im Team, Schibulsky, der als Lastesel fungierte, auszunutzen. Sie unternahmen Raubzüge durch das verlassene Homburg und plünderten die verlassenen Häuser.

Sie mussten sich lediglich vor umherziehenden Glow-Punks, mutierten Critters und der Ghulpopulation hüten. Deshalb entschlossen sie sich, nur bei Tage durch die gespenstisch stille Stadt zu ziehen.

Ordog schaute auf den Stadtplan, den er aus einem Schaukasten gerissen hatte. »Lagerstraße.« Er hob den Kopf und ließ seine braunen Augen mit Kennerblick schweifen.

»Das sieht doch gut aus. Wenn ihr mich fragt, wohnten hier mal reiche Leute.« Die dünnen, schwarzen Haare steckten unter einem Bandana in Stadttarnfarben, das perfekt zur übrigen Kleidung passte. Ein dunkelrotes Tribetattoo auf der rechten Schläfe lugte unter der Kopfbedeckung hervor. Seine unnatürliche Blässe verdankte der Straßensamurai einer Laune der Natur, die ihn aller Pigmente beraubte. Er glich einem Vampir oder Ghul, was in der SOX verheerend war.

Michels hatte das klassische Äußere eines Zwergs, trug seinen Bart aber wegen der Schutzmaske kurz getrimmt.

Der muskulöse Ork Schibulsky kam aus Karlsruhe und gehörte erst seit ein paar Tagen zu den beiden Runnern. Im Saarland aufgewachsen, hörte sich die vom Aussterben bedrohte Mundart, die er pflegte, sehr abenteuerlich an. Weil sie ihn kaum verstanden, beharrten sie darauf, dass er wenigstens versuchte, Hochdeutsch zu sprechen. Ordog hatte ihn verpflichtet, weil er erstens stark war, zweitens über ein recht gutes medizinisches Wissen verfügte und drittens als verschwiegen galt. Niemand sollte von diesem Tunnel erfahren, der vor vielen Jahrhunderten angelegt wurde.

Michels nickte bestätigend, was die anderen nicht sehen konnten. »Ich würde mir gerne die Brauerei anschauen. Wenn wir Glück haben, finden wir noch ein paar Bierfässer, die okay sind.«

»Das war mir klar«, sagte der Ork grinsend.

»Sollte irgendein Bierfass noch in Ordnung sein, haben sie mit Sicherheit gegen das Reinheitsgebot verstoßen«, kommentierte der Anführer. Er wandte sich nach links und öffnete das Gartentürchen, um die Stufen dahinter zu erklimmen. »Und jetzt Obacht.«

Das Trio stürmte die verlassene Villa nach allen Regeln der Kunst. Anschließend durchforsteten sie das

Gebäude vom Keller bis zum Dachboden. Die mitgeführten Metalldetektoren entdeckten jeden noch so verborgenen Tresor.

Ordog fand einen Swimmingpool im Untergeschoss. An den gekachelten Wänden prangten seltsame Schriftzeichen, mit denen er nichts anfangen konnte. Abgebrannte Kerzen standen am Boden verteilt und bildeten ein wirres Muster.

Glow-Punks, vermutete der Runner, *die ein abstruses Ritual durchgeführt haben.* Während er am Rand des Bassins entlangging, ergab die Anordnung der Stumpen durch die Veränderung der Perspektive einen Sinn. Sie zeichneten die Konturen eines Drachen nach. *Seltsam, seltsam.*

Er erinnerte sich an den Wortwechsel zwischen seinem Kumpel Sheik, einem hermetischen Magier, der beim Run gegen ECC ums Leben gekommen war, und Michels über den Verbleib des Großen Drachen Feuerschwinge.

Alle Welt ging davon aus, dass er über dem Ärmelkanal nach ein paar Raketentreffern abgestürzt war. Andere behaupteten, er sei in der SOX, in Völklingen, runtergerasselt. Die Schlossberghöhlen wären das perfekte Versteck für einen verletzten Critter.

Was, wenn er hier gestrandet war und sich auf magische Weise ein paar Gefolgsleute unter den Glow-Punks schuf? Dann wäre der Weg durch die Höhlenanlagen gefährlicher, als Ordog jemals angenommen hatte. Vorsichtshalber schoss er ein Bild vom Swimmingpool und kehrte ins obere Stockwerk zurück. Er würde jemanden ausquetschen, der sich mit Magie auskannte.

Im Schlafzimmer wurde Michels fündig. Der Zwerg bewies ein beinahe unheimliches Gespür für versteckte Schätze. Schibulsky brachte den Handschweißbrenner zum Einsatz, zerstörte das Schloss und presste mit einem hydraulischen Wagenheber, den er in der Garage gefunden hatte, das letzte bisschen Widerstand aus den Scharnieren des Tresors.

Die Räuber schauten auf Metallschatullen, die einem harten Schlag des Wagenhebers nichts entgegensetzten. Zwei Ordner, eine Perlenkette, vier Brillantmanschettenknöpfe und eine Kollektion Damenringe breiteten sich vor ihnen aus.

»Gute Nase«, lobte Ordog den Zwerg und notierte sich akribisch die Beute, bevor er sie in eine Hartplastikbox steckte und dann im Seesack des Orks verstaute. »Das reicht für heute.«

»Schon? Es ist noch früh am Tag«, wandte Michels enttäuscht ein. »Komm schon, Chef. Wir knacken mindestens noch einen Nobelschuppen.« Er sah dem Gesicht des Anführers an, dass er nicht einwilligen würde. »Und wie wäre es mit dem Besuch der Brauerei?«, versuchte er, eine Alternative anzubieten. »Ein kurzer Blick ins Lager?«

Schibulsky schaute plötzlich sehr durstig.

Der fahle Runner musste grinsen. »Von mir aus, ihr Saufnasen. Aber zügig. Spätestens um vier will ich auf dem Rückweg sein.«

Sie nahmen ihre übliche Formation ein und erreichten unbehelligt den großen Komplex, wo sich die Metamenschen augenblicklich auf die Suche nach ein paar vollen Fässern machten. Ordog sicherte derweil.

Michels und Schibulsky fanden eine kleine Zapfanlage für Wasserkühlung, die sie ebenso mitnahmen wie drei Partyfässer. Offenbar planten sie einen feuchtfröhlichen Abend, vorausgesetzt, das Bier schmeckte noch. Derart schwer beladen, machten sie sich an den steilen Aufstieg den Schlossberg hinauf.

»Ist euch eigentlich uffgefall, dass es keine Hinweise auf die Höhlen gebt?«, keuchte der Ork unter seiner Last und blieb stehen, um sich eine Pause zu gönnen. »Ich war zwar nicht so oft in Homburg unnerwegs wie ihr, aber ich konnte nix sehen, das Werbung machen tut. Ihr?«

Der bleiche Anführer und der Zwerg wechselten grinsend einen Blick. Mundartalarm.

»Stimmt«, bestätigte Michels nachdenklich. »Die haben ihre Attraktion nicht gut verkauft.«

»Oder jemand hat alle Wegweiser abmontiert«, gab Ordog zu bedenken. Er pochte gegen ein Metallrohr. »So wie hier.«

»Wenn das so is«, hakte Schibulsky ein, »muss jo was wahnsinnig Wichtiges in irgendeinem Höhlenraum lagere, das nicht entdeckt werden soll. Welcher Kon würd sich so e Bud entgehen losse? E paar Stahlträjer rinn zur Stabilisierung, e Klimaanlach, e feschder Bode, und fertich wär e zwölfstöckisches Labor. Aber kenner nutzt das Ding.«

»Was?«, fragte Ordog irritiert, der kein Wort verstanden hatte.

Der Ork grinste. »Entschuldigung vielmals. Ich meinte, wenn man ein paar Stahlträger, eine Klimaanlage, einen festen Boden montierte, wäre ein zwölfstöckiges Labor bezugsfertig. Aber ich habe keine Anzeichen auf einen Kon gesehen.«

»Danke.« Ordog spielte den Gleichgültigen. »Uns kann's egal sein. Solange das Geheimnis dort bleibt, wo es ist, und uns in Ruhe lässt.«

Das Trio erklomm den Berg und begann den Rückweg durch den schmalen Gang, der sie in einem kleinen Ort namens Schwarzenacker ans Tageslicht brachte. Sie schleppten ihre Beute zum getarnten, aufgemotzten Geländewagen, kontrollierten sich per Geigerzähler auf den Grad einer möglichen Verstrahlung und verstauten die Ausrüstung sowie ihre Beute blickgeschützt.

Wenig später rauschte der Jeep, der über unzählige passive Abschirmungen gegen elektronische Aufspürung verfügte, davon.

ADL, Pirmasens, Regierungssitz Badisch-Pfalz, 22. 04. 2058 AD, 19:49 Uhr

Brummend erwachte der Durchlaufkühler zum Leben und brachte den Gerstensaft, der aus dem Fass floss, auf angenehme acht Grad. Michels dippte zuerst die Zunge in die goldfarbene, klare Flüssigkeit. Schibulsky betrachtete sein Gesicht ganz genau.

»Es sind keine Flocken drin und schmeckt nicht schlecht«, bemerkte der Zwerg und hielt das Glas so, dass das Licht hindurchschimmerte. »Ein antikes Bier, das nach so vielen Jahren immer noch gut schmeckt. Die Saarländer konnten brauen.«

Der Ork packte den Geigerzähler aus. Erst als die Warnung ausblieb, nickte er seinem Runnerkollegen zu. »Du kannst abpumpen. Nix verstrahlt.«

In einem Zug leerte Michels das Glas. Danach schloss er die Augen und rülpste. »Herb, aber gut«, sagte er, und schon beugte er sich nach vorne, um das Glas ein weiteres Mal zu füllen. Schibulsky protestierte und hielt seinen Humpen zuerst unter den Hahn.

Die drei saßen in der vorübergehenden Bleibe Ordogs, einem nüchtern eingerichteten Pensionszimmer, und feierten den inzwischen vierten Raubzug, der reibungslos über die Bühne gegangen war.

Der bleiche Straßensamurai kümmerte sich derweil um das Verchecken der Ware, die sie aus der SOX erbeutet hatten. Konnte er den Hehler noch etwas bearbeiten, würden für jeden von ihnen stattliche 50 000 abfallen. Keine EC allerdings, sondern Mark, die im Alltag immer noch kursierte. Machte 25 000 EC, was nicht zu verachten war. Noch ein paar dieser Ausflüge, und die Cybereinbauten, die er seit langem auf den Wunschzettel ans Straßenchristkind schrieb, würden Wirklichkeit werden.

Den Hörer am Ohr und in die Verhandlungen vertieft,

bereitete er mit der freien Hand den Transfer der Bilddatei vor, die er an einen Schamanen namens Kleiner Schattentänzer schicken wollte.

Ordog rechnete zwar nicht damit, dass er eine Antwort erhielt, dennoch interessierte es ihn, welche verrückten Rituale die Glow-Punks in der SOX durchzogen. Befand sich tatsächlich ein Magier unter den durchgeknallten Freaks, müssten sie noch vorsichtiger sein. Die Mailfunktion meldete ihm, dass sein elektronischer Brief verschickt worden war.

Michels stellte Ordog ein Glas Bier auf den Tisch. Der fahle Runner nickte und trank. An den bitteren Geschmack musste er sich erst noch gewöhnen, aber die Würzigkeit überraschte ihn.

Hartnäckig blieb er bei den geforderten 150 000 Mark, aber der Hehler setzte sein Angebot von 136 000 Mark am Ende durch.

»Woher habt ihr eigentlich das Zeug?«, wollte der Schieber wissen. »Nicht dass ich neugierig wäre.«

»Keine Angst. Es wird sich kaum jemand dafür interessieren. Alles andere kann dir egal sein.«

»Man wird doch noch mal fragen dürfen«, meinte der Hehler eingeschnappt.

Ordog wusste warum. Der Mann lauerte nur auf einen Hinweis, um seine eigenen Leute auf das leicht zu plündernde Revier anzusetzen.

»Sicher. Bring das Geld zum üblichen Schließfach.« Er legte auf und leerte sein Glas. Auf die Dauer wurde es ihm doch ein wenig zu herb. »Es wird etwas weniger pro Nase«, eröffnete er seinen Mitstreitern. »Er wollte einfach nicht mehr abdrücken.«

Schibulsky betrachtete die Reichtümer. »Gehen wir eben noch einmal«, meinte er. »Ich habe mein Geld auch schon schwiericha verdient.«

»Ich kann dir verraten, dass es auch schon mal *schwieriger* war«, sagte Michels und spielte damit auf den Run gegen ECC an, bei dem der Ork noch nicht dem Team angehört hatte. »Mit ein bisschen Glück wirst du auch mal gegen die Punks antreten dürfen.« Demonstrativ nahm er sich ein größeres Glas und goss sich erneut ein. »Ich lasse sie dir gerne ganz alleine. Wohlsein!«

Der Zwerg erzählte Schibulsky von den Abenteuern in der Arkologie von ECC und wie sie zwei Kumpel verloren hatten.

Der andere Metamensch füllte sich ständig nach, bis er und Michels völlig betrunken waren und kein deutliches Wort mehr herausbrachten. Als sich Ordog ein neues Bier zapfen wollte, sprühte ihn der Hahn nur an. Das Fass war leer.

»Feierabend, Jungs. Geht nach Hause. Wir treffen uns übermorgen wieder und machen unseren nächsten Ausflug.«

Er schaffte es irgendwie, die Betrunkenen auf die Beine zu hieven, ihnen die Jacken anzuziehen und sie aus der Tür zu befördern. Lallend schwankten sie die Straße hinunter und stürmten das erstbeste Taxi, um sich in ihre Unterkunft bringen zu lassen.

Ordog schaltete die Zapfanlage aus und bereitete sich auf den Schlaf vor. Die Trid-Wiederholungen der unsäglichen Soaps halfen ihm dabei, die notwendige Schwere der Lider zu erreichen, um ins Reich der Träume zu gleiten.

Da meldete sein Laptop die Ankunft einer Botschaft. Das Piepsen riss ihn aus dem Dösen.

Zu müde von der Anstrengung des Marsches und der elenden Tunnelrobberei, beschloss er, auf das Öffnen der Post zu verzichten und die Zeilen erst am kommenden Tag zu lesen. Selbst der Name des Absenders der Nachricht, Kleiner Schattentänzer, schaffte es nicht, den todmüden Mann umzustimmen.

Morgen. Er drehte sich im Sessel etwas zur Seite und schlief weiter.

ADL, Freistaat Thüringen, Suhl,
23. 04. 2058 AD, 08:36 Uhr

»Sie sind zu früh«, wurde Poolitzer von dem leicht ungehaltenen Elfen Forge begrüßt. »Vereinbart war neun Uhr.« Der Metamensch hatte wenig von dem typischen Äußeren eines *homo sapiens nobilis*, einmal abgesehen von den leicht angespitzten Ohren. Ansonsten wirkte er von der Statur her wie ein Norm mit einem etwas zu schmalen Gesicht.

»Ich weiß, Herr Forge. Ich dachte mir, wir können schon mal mit dem Dreh anfangen. Ich wollte noch nach Weimar in die Bibliothek.« Severin Timur Gospini wackelte mit den schräg ausrasierten Augenbrauen und lächelte gewinnend. Er trug die Haare kurz, auf der linken Seite schwarz, auf der rechten weiß gefärbt, das Kinnbärtchen wies dieselbe farbliche Trennung auf. An diesem Morgen trug er Sonnenkontaktlinsen.

Er brauchte die Auffälligkeit. Es war sein Markenzeichen, und die Quoten liebten ihn dafür. Nur wenn es ein Auftrag unbedingt erforderte, trat er mit einfarbigen Haaren auf Kopf und am Kinn auf. Die Kontaktlinsen nahm er in solchen Fällen ebenfalls raus. Dann erkannte ihn niemand mehr.

Der Reporter von InfoNetworks hatte sich in Jeans und T-Shirt gehüllt, eine leichte Lederjacke schützte ihn vor der frischen Morgenluft. Dank der Turnschuhe bewegte er sich beinahe lautlos. Eine Eigenschaft, die in seinem Beruf mehr als wichtig war.

»Kommen Sie rein«, entschied der Leiter von *Forge's Magiefokusse GmbH*. »Ich bringe Ihnen einen Kaffee und erkläre Ihnen anschließend, was Sie filmen dürfen und was nicht. Es gibt ein paar Geheimnisse, welche die Konkurrenz nicht zu wissen braucht. Der Wettbewerb ist ziemlich hart in Suhl. Aber das werden Sie als Profischnüffler schon herausgefunden haben.«

»Klaro.« Poolitzer folgte dem Elf in die Eingangshalle des Geschäfts, das als das beste in Thüringen, wenn nicht sogar in der ganzen Ost-ADL galt. Deshalb wollte er seinen Beitrag über die Herstellung von Waffenfokussen hier machen. Hinterhofwerkstätten existierten in Suhl genügend.

Forge führte ihn ins Wartezimmer und kehrte nach wenigen Minuten mit zwei Tassen Kaffee zurück.

Währenddessen machte Poolitzer seine Fuchi VX2200C Cybercam scharf. Der Ladezustand der Akkus war einwandfrei, eine CD lag im Minibrenner bereit, der die Bilder sofort auf die Scheibe bannte. Beim Durchlauf des Selbstdiagnoseprogramms meldeten Zoom, Infrarot, Restlichtverstärker, Bildstabilisatoren und Autofokus Betriebsbereitschaft.

Anschließend montierte er die VX an die Portacam-Kopfhalterung. Beim Rundgang durch die Werkstätten würde er das Aufzeichnungsgerät mithilfe einer Cambrille steuern. Er hatte dadurch die Hände frei. Der Reporter überlegte, dann schraubte er ein Objektiv der Brennweite 25 bis 300 Millimeter auf, Makrofähigkeit inklusive. Den Fischaugenadapter brauchte er nicht, er wollte ins Detail gehen. Vorsichtig legte er die Cam auf den Tisch.

»Wieso nennt man Sie eigentlich Poolitzer, Herr Gospini?«, erkundigte sich Forge und schob ihm eine Tasse und die Milch hinüber.

»Hat was mit meiner Vergangenheit in Seattle zu tun. Zuerst war ich Schreiber, weshalb mich alle Poolitzer nannten. Irgendwann drückte mir jemand eine Kamera in die Hand, aber den Namen bin ich nicht mehr los geworden.« Er roch am Kaffee. »Kein echter, was?«

Der Elf schüttelte den Kopf. »Soykaff ist viel bekömmlicher als das andere Zeug.«

Der junge Mann mit der auffälligen Frisur bleckte die Zähne. »Und billiger. Mann, dabei hätten Sie's doch gar nicht nötig zu sparen. Nach allem, was ich über Ihren Umsatz hörte.«

»Meine Bank erzählt mir ganz andere Dinge«, erwiderte Forge. »Glauben Sie nicht alles, was Sie hören. Die Gewinnmarge meines Unternehmens ist äußerst gering, bedingt durch die qualitativ hochwertigen Bestandteile unserer Produkte. Würden wir den vollen Preis knallhart berechnen, müssten unsere Kunden ein halbes Leben lang sparen, bis sie sich einen Waffenfokus leisten könnten.«

»Das Jammern ist das hohe Lied des Kaufmanns«, kommentierte Poolitzer spöttisch.

»Sie haben Recht. Wenn es sich nicht lohnte, würde ich meinen Beruf nicht ausüben«, sagte der Elf lächelnd. »Lassen Sie uns anfangen. Was haben Sie sich denn vorgestellt? Sie werden keine einzige Rezeptur abfilmen, verstanden?«

Poolitzer holte sein Notepad heraus. »Bei einem kleinen Rundgang erklären Sie mir, was magische Waffen ...«

»Falsch. Ich stelle Waffenfokusse her«, verbesserte der Elf und dirigierte den Gast in Richtung Ausstellungsraum. Nach einer Überprüfung durch einen Retinascanner und einen Stimmanalysator schwang die Stahltür zur Seite und gewährte Einlass.

Die beiden Männer betraten eine magische Schatzkammer. Hinter dicken Plexiglasscheiben lagerten ein Dutzend Messer, vier Schwerter im japanischen Stil, drei in der Art des europäischen Mittelalters, zwei Äxte und eine Hellebarde.

»Das ist unser Showroom«, erläuterte der Elf. »Die großen Waffen sind in erster Linie Sammlerstücke und werden vermutlich nie verkauft.« Er öffnete einen Kasten und nahm ein Breitschwert hervor. Er hielt es dem Reporter hin. »Versuchen Sie's.«

Vorsichtig umfasste dieser den Griff. Ein besonderes

Gefühl stellte sich jedoch nicht ein. Er zoomte auf die Intarsien am Griff. »Ich kann nichts spüren«, gestand er.

»Das hätte mich auch gewundert.« Forge stellte das Schwert zurück. »Der Legende nach soll die Klinge einmal Georg dem Drachentöter gehört haben. Die Aufgabe eines Waffenfokus ist es, die Kampffertigkeit seines Trägers zu verbessern, was aber nur gelingt, wenn der Benutzer magisch begabt ist. In Ihrem Fall macht es keinen Unterschied, ob Sie mit einem Waffenfokus oder einem gewöhnlichen Schwert kämpfen.«

»Sagenhaft«, gestand der Reporter seine Faszination ein und machte einen Schwenk durch den Raum.

»Jeder Waffenfokus ist außerdem in der Lage, ein erwachtes Wesen hier oder im Astralkampf zu verletzen, und zwar erheblich schwerer, als das eine Standardklinge vermag. Selbst Critters mit der gefürchteten Regenerationsfähigkeit gehen zu Boden.« Forge führte Poolitzer wieder hinaus.

»Heutzutage ist es nicht einfach, jemanden zu finden, der noch Schwerter kauft, um Drachen zu erlegen«, wandte der Reporter ein. »Warum nutzen Sie Ihr Können nicht, um Kugeln zu veredeln? Damit würden Sie ein Vermögen scheffeln.«

Der Elf bugsierte den Besucher in die erste Werkstatt, in der gerade ein Mann mit Laborkittel, Lederschürze und Schutzbrille bei der Arbeit war. Er achtete nicht auf die beiden Störenfriede, sondern konzentrierte sich voll und ganz auf seine Tätigkeit. Die Hitze im Raum war mörderisch.

»Glücklicherweise funktioniert das so nicht. Der Benutzer muss den persönlichen Kontakt zu seiner Waffe haben. Stellen Sie sich mal vor, jeder Kleinkriminelle verfügte über Patronen, die ihr Ziel niemals verfehlen oder die jeden Schutz durchschlagen. Das wünscht sich niemand, nicht einmal wir. Unsere Kunden sind entweder Magiebegabte oder Adepten. Daneben gibt es noch einige weltliche Sammler.«

»Was braucht man denn alles für einen Waffenfokus?«

»Bestandteil eines jeden Waffenfokus ist das Orichalkum. Mein Mitarbeiter stellt gerade eine neue Einheit her.« Der Elf deutete auf den Mann mit der Schutzbrille. »Dazu benötigt man zu gleichen Teilen radikales Kupfer, Gold, Silber und Quecksilber, die Bestandteile werden zusammengefügt und in einer komplizierten, ständig überwachten Prozedur miteinander verbunden, sodass wir die wertvolle goldorangefarbene Legierung gewinnen. Die Herstellung als alchemistischer Vorgang kann nur von magisch begabten sowie speziell ausgebildeten Mitarbeitern durchgeführt werden.«

Poolitzer filmte Forges Mitarbeiter, der sich durch nichts stören ließ. »Heißt es nicht, dass die Priesterkönige des alten Atlantis das Orichalkum entdeckten?«

Forge zuckte mit den Achseln. »Sie dürften das Patent inzwischen verloren haben. Und nun bitte Ruhe. Wir befinden uns im letzten Stadium des Herstellungsprozesses.«

Poolitzer richtete die Linse auf den Alchemisten, der den Schmelztiegel behutsam aus der Esse des Hochofens nahm. Durch dicke Handschuhe geschützt, goss der Mann die goldfarbig glühende, flüssige Legierung in bereitgestellte Formen. Der Inhalt reichte gerade einmal für zwei Miniaturbarren aus. Dennoch schien der Mann sehr zufrieden mit dem Ergebnis zu sein. Eiswasser kühlte das Material ab, stolz präsentierte er Forge und Poolitzer zwei schimmernde Metallstückchen.

»Pro Einheit wiegt es rund zehn Gramm«, erklärte der Elf mit glänzenden Augen. »Auf dem internationalen Markt würde Orichalkum von dieser Qualität mit rund 90 000 Nuyen je Einheit gehandelt, Herr Gospini.«

»Ich sehe schon, das ist sehr aufwendig«, meinte Poolitzer.

Forge drehte den Hochofen ab, und die Hitze ließ augenblicklich nach. »Wir müssen aus allen Metallen die radikale Form herstellen, was jeweils 28 Tage in Anspruch nimmt. Und nicht immer geht alles glatt.«

»Allmählich wird mir klar, dass es mit der Herstellung von Fokussen was Besonderes auf sich hat«, sagte der Reporter. »Okay, wir haben das Orichalkum. Und jetzt?«

»Wir haben die Erfahrung gemacht, dass man die Waffen am besten selbst schmiedet. Die Fachleute nennen den Träger der Fokuskraft Telesma. Darin arbeiten wir das Orichalkum mit ein, anschließend steht die Verzauberung der Waffe an, was wiederum einen Mondumlauf dauern kann. Glücklicherweise verfüge ich über die passende Fokusformel, natürlich ist sie rechtlich geschützt. Wie die Gewinnung von Orichalkum ist auch dieser Prozess exklusiv, das heißt, dass unser Mitarbeiter nichts anderes tun kann, als den Vorgang zu betreuen, astrale Energien in das Telesma zu projizieren, die richtige Formel dabei zu verwenden, den Stand der Gestirne im Auge zu behalten und auch die kleinste Kleinigkeit zu beachten. Die minimalste Abweichung führt zum Scheitern der Verzauberung, und damit ist die Waffe unbrauchbar. Sie könnten sie höchstens als Brotmesser benutzen.«

»Und wenn es geklappt hat?«

»Dann muss der Magier einen gewissen Teil seines Karmas einfließen lassen, um die Energien in der Waffe zu binden. Der Kunde muss ebenfalls einen gewissen Teil dazu beitragen. Es macht die Sache persönlicher.«

Forge lenkte Poolitzer in einen mehrfach gesicherten Bereich, der an einen Lagerraum erinnerte. »Und hier lagern wir unsere Rohstoffe für Fetische und Fokusse, sprich Kräuter, Minerale und Metalle aller Art und in allen Formen. Dazu gesellen sich Knochen, Rasseln, Trommeln, Federn und vieles andere mehr. Es kommt immer darauf an, ob wir es für die hermetische oder die schamanistische Schule herstellen. Unsere besten nichtmagischen Leute bekommen Fetische innerhalb von wenigen Stunden hin. Aber Alchemie und Fokusherstellung kann nur von Magiern fachgerecht betrieben werden.«

Safetüren mit Schlüsselkartenschlitz, Retinascannern und Tastenfeldern gewährleisteten, dass gewisse Materialien nur vom Chef persönlich hervorgeholt werden konnten.

»Sie müssen doch Vorbestellungszeiten von Jahren haben«, wunderte sich der Reporter.

»Ein halbes Jahr wäre bei einer Maßarbeit schon sinnvoll. Aber für weniger Exklusives geht es rascher.«

Poolitzer schaute auf die unzähligen Klappen, hinter denen sich säuberlich geordnet die Ingredienzien verbargen. »Können Sie mir mal was Außergewöhnliches zeigen?«

Der Elf öffnete eine der Stahltüren und holte eine Schale mit getrockneten Blüten hervor. »Das sind Tigerlilien, die nur an entlegenen Stellen in China und Japan zu finden sind, und natürlich werden diese Orte eifersüchtig gehütet. Es hilft aber alles nichts, wenn ein Fetisch eine solche Zutat benötigt.«

»Was machen Sie denn, wenn so etwas nicht vorrätig ist?«

Die Frage schien ein Thema zu berühren, das dem Metamenschen nicht recht passte. »Es gibt Spezialisten, die exotische Materialien sehr schnell besorgen können. Aber die meisten wollen nicht genannt werden«, wich Forge aus. »Sehen Sie, gelegentlich benötigt ein Fokus eine Zutat, die nicht leicht zu bekommen ist. Beispielsweise einen Liter Blut eines Erwachten Wesens, Drachenzähne oder kostbare Juwelen aus einer bestimmten Mine. Diese Spezialisten riskieren viel und gehen Wege, die nicht einmal Runner nehmen würden. Mehr will ich dazu nicht sagen.«

Die Nase des Reporters juckte unvermittelt.

Er hatte gelernt, dass dieses Zeichen eine große Story bedeutete, die sich in nächster Zeit anbahnte. Jetzt müsste er nur noch an die Adresse eines solchen Typen gelangen. Er verwettete seine VX2200C, dass Forge irgendwo eine Anschrift hatte. »Wie kommt man an diese Leute?«, erkundigte er sich betont beiläufig.

Der Metamensch schenkte ihm ein mitleidiges Lächeln. »Vergessen Sie's. Vergessen Sie, dass ich sie überhaupt erwähnte, und schneiden Sie die Passage aus dem Bericht.«

Poolitzer stellte sich stur. »Und was ist mit der Authentizität?«

»Ich will nicht, dass dieses Zitat von mir gesendet wird, verstanden?« Forge klang sehr verhandlungsunbereit. »Das würde mir mordsmäßige Schwierigkeiten bei meinem Lieferanten einbringen.«

»Schon gut«, gab sich der Reporter einsichtig. »Ich werde es löschen. Geben Sie mir wenigstens einen Tipp, wie ich an so einen Kontakt komme. Kennen Sie vielleicht jemanden, der seine Fokusgeschäfte aufgegeben hat und plaudern würde?«

»Niemand ist derart lebensmüde«, meinte der Elf und deutete auf die Tür. »Der Rundgang ist beendet. Ich muss wieder arbeiten. Haben Sie noch Fragen zur Waffenfokusherstellung, Herr Gospini?«

»Das ist wohl der Rausschmiss, was?«

»Sie haben's erfasst.«

Gemeinsam gingen sie zum Warteraum zurück.

Der Jagdtrieb des Reporters war geweckt, er wollte nicht eher aus dem Gebäude, bis er einen brauchbaren Hinweis auf den Lieferanten des Elfen fand.

Indem er ständig vorgab, Nahaufnahmen vom Hochofen, den Werkzeugen, halb fertigen Waffenfokussen und den Menschen zu machen, schindete er wertvolle Zeit, in der er darüber nachdachte, auf welche

Weise er Kontakt zu einem Spezialisten aufnehmen konnte.

Schließlich verabschiedete Forge sich entnervt und stellte ihm einen Assistenten zur Seite, der die Anweisung erhielt, den Gast nach exakt fünf Minuten an die frische Luft zu setzen.

Der Assistent hatte den Schnüfflertricks Poolitzers nichts entgegenzusetzen. Nachdem er sich mit Plaudereien in das Vertrauen des Mannes geschlichen hatte, gab er vor, auf die Toilette zu müssen. Anschließend, so versicherte er seinem Aufpasser, würde er schnurstracks hinausgehen. Gutgläubig verschwand der Assistent.

Der Reporter lenkte seine Schritte in entgegengesetzter Richtung zu den Werkstätten und suchte nach einem Büro. Er fand einen Raum, in dem die Post sortiert wurde. Da der Computer durch eine Passwortabfrage geschützt war, stöberte er hastig in einer Gitterbox herum, in der stapelweise zusammengefaltete Pakete lagen, die in diesem komprimierten Zustand darauf warteten, irgendwann noch einmal benutzt zu werden.

Die Adresse, über die er am meisten stolperte, lautete »Fitting Company«, die ihren Sitz in London hatte.

Wer sagt es denn? Poolitzer grinste, während er die Adresse notierte. *Poolitzer bekommt seine Informationen immer.*

Mitten in seiner Euphorie hörte er Schritte, die sich der Tür näherten. Fluchend sprang er zum Fenster, durch das die Pakete hereingereicht wurden, und kletterte hinaus, um sich auf dem matschigen Hinterhof von *Forge's Magiefokusse GmbH* wiederzufinden.

Schnell zog er den Kopf ein und pirschte sich an der Wand entlang, bis er an einer Tür anlangte.

Ohne zu zögern trat er ein, um nicht gesehen zu werden und sich damit unliebsamen Fragen auszusetzen. Der Schlamm an seinen Sohlen ließ ihn ins Schlingern kommen, und so trudelte er mehr hinein, als dass er ging.

Poolitzer kam vom Regen in die Traufe.

Zwei Männer hockten, tief in Konzentration versunken, an einem Tisch. Vor ihnen stand ein Dolch in einer filigranen Halterung. Auf die Oberfläche des Möbels waren zahlreiche Schriftzeichen gemalt worden, Halbedelsteine lagen in einer besonderen Anordnung in diesem gezeichneten Kreis.

Poolitzer war immer noch ein blutiger Laie in Sachen Fokusproduktion, aber für ihn sah es so aus, als führten sie gerade die Bindung des Fokus durch, die entscheidende Phase in der Herstellung.

Der Reporter wandte sich auf dem Absatz um. Dabei glitt er ein weiteres Mal aus und fing sich im letzten Moment an der Klinke ab. Verzweifelt versuchte er, mit seinen Füßen Halt zu finden. Dabei lösten sich Dreckklumpen von seiner Sohle.

Ein Brocken flog quer durchs Zimmer und klatschte dem rechten Mann schwungvoll ins Auge. Erschrocken sprang der Mann auf und stieß dabei an die Tischkante. Die Dolchhalterung neigte sich zur Seite und kippte um, die zu verzaubernde Waffe glitt heraus. Das lange Messer rutschte mit der glänzenden Spitze voraus und bohrte sich in den Schuh des Kunden. Der folgende Schrei war markerschütternd.

Ein beherzter Sprint über den Hof brachte Poolitzer an eine Einfahrt, durch die in diesem Moment ein Paketdienst tuckerte. Der Reporter presste sich an dem Lkw vorbei und hastete zu seinem Mietwagen.

Nichts wie weg, bevor sie mir einen Schuldeneintreiberelementar auf den Hals hetzen. Er wollte Forge zu einem späteren Zeitpunkt anrufen, wenn sich der Waffenfokushersteller wieder beruhigt hatte.

Nach einem Kavalierstart sauste der Isuzu Crazy los in Richtung der Weimarer Zauberbibliothek, die ebenfalls auf der Feature-Liste stand. Zwar glaubte er nicht daran, dass man ihn verfolgte, dennoch warf er gelegentlich einen Blick in den Rückspiegel, insgeheim damit rechnend, dass sich irgendeine magische Kreatur im Fond erhob und ihn mit ihren Klauenhänden erwürgte.

Shit, ist das peinlich, fluchte er innerlich. Hoffentlich wurde es nicht zu teuer. Sonst würde seine Haftpflichtversicherung den Beitrag erhöhen. Er wünschte sich, dass Forge ihn nicht zur Kasse bitten würde. Vielleicht hatte ihn keiner der beiden Männer erkannt.

Bis er vor dem Eingang der Weimarer Bibliothek stand, redete er sich tatsächlich ein, dass man ihn für den Vorfall nicht verantwortlich machen konnte. Hätte der Elf Wachgeister aufgestellt, wäre es überhaupt nicht so weit gekommen. Die Sache war abgehakt.

Poolitzer nahm die Kameratasche vom Beifahrersitz und warf die Tür ins Schloss. Schwungvoll erklomm er die Stufen der ehrwürdigen Bibliothek und lenkte die Schritte in Richtung Sekretariat, um sich beim Direktor anzumelden. Dabei fiel sein Blick auf einen Zeitungsausschnitt, der am Schwarzen Brett hing.

»Dekan der Magischen Fakultät Göttingen grausam misshandelt – geistiger Krüppel«, murmelte er die Überschrift vor sich hin und entfernte den Artikel mit einem schnellen Griff, um ihn zu kopieren. Er befand sich immer auf Themensuche.

Die Sekretärin tat ihm den Gefallen, verlangte aber, dass er das Original wieder zurückbrachte. Folgsam kam Poolitzer der Anweisung nach. Anschließend durfte er das Büro von Prof. mag. herm. Magna Vrenschel betreten. Auf ihrem Schild stand zudem der Zusatz »Bibliognostikerin«.

Der Raum war mindestens fünf Meter hoch und bis zur Decke mit Bücherregalen und Aktenschränken gefüllt. Auf dem antiken Eichenschreibtisch stand ein Laptop, dessen moderner Anblick im krassen Widerspruch zur anachronistisch wirkenden Einrichtung stand. Daneben lag ein kabelloses Erfassungsgerät für Balkenkodierungen.

Die Leiterin der Weimarer Bibliothek brütete über einem dicken Folianten. Sie trug einen Geschäftsanzug, und ihre Hände steckten in weißen Stoffhandschuhen. Vor Mund und Nase trug sie einen Atemschutz. Ihr brauner Haarschopf war einer modischen Kurzhaarfrisur unterworfen worden. Poolitzer schätzte sie auf Mitte vierzig.

»Bleiben Sie bitte da stehen, Herr Gospini«, wies sie ihn an, der Mundschutz dämpfte ihre Stimme. »Einen Moment noch.«

Sie tippte etwas in den tragbaren Computer, nahm das Buch vorsichtig in die Hand und legte es zurück in eine Glaskassette, an der ein weiteres Bauteil angeschlossen war. Nachdem sie den Deckel geschlossen hatte, aktivierte sie die Vorrichtung und bedeutete dem Reporter, näher zu kommen.

Vrenschel zog sich die Handschuhe aus und hielt ihm die Rechte hin, mit der Linken entfernte sie den Mundschutz.

»Ich wollte verhindern, dass Sie irgendwelche Bakterien zu nahe an das dreihundert Jahre alte Werk bringen.« Ihr Zeigefinger pochte gegen den durchsichtigen Behälter. »Die antiken Schriften sind sehr empfindlich. Das ist der Grund, warum wir die moderne Elektronik zum Einsatz bringen. Der Prozessor steuert die Miniaturklimaanlage, tötet Keime und hält die Temperatur konstant. Bei anderen wird der Sauerstoff abgesaugt, um den Verfall zu stoppen.« Die Frau deutete auf den Sessel ihr gegenüber. »Aber alles der Reihe nach. Bitte nehmen Sie Platz. Sie interessieren sich für unsere renommierte Weimarer Bibliothek?«

Poolitzer setzte sich. Ihn überkam das Gefühl, als passte sich der Sessel seiner Körperform an.

»Genau, Frau Professorin. Ein bisschen was zur Geschichte aus Ihrem Mund, einige alte Bücher in Nahaufnahme, danach wollte ich mir den Lesesaal anschauen.« Er bemerkte ihren wenig erbauten Gesichtsausdruck. »Natürlich in aller Stille. Die Erläuterungen füge ich im Studio hinzu. Könnten Sie mir ein paar Studenten besorgen, die Statements abgeben, warum sie Magie studieren?«

Die Frau schaute auf die Uhr. »Wir könnten für den Abend etwas arrangieren. Und alte Bücher«, sie betonte es sehr vorwurfsvoll, »wie Sie die Schätze nannten, über die wir wachen, haben wir genügend. Ich lasse drei optisch eindrucksvolle Grimoires herauslegen. Mehr als den Buchdeckel werden Sie aber nicht zu sehen bekommen.«

»Ich verstehe. Sie wollen die Formeln hüten.«

»Nein, ich will die Menschen schützen«, antwortete sie sachlich. »Um genau zu sein, möchte ich die Hobbyzauberer davor bewahren, eine böse Überraschung zu erleben, wenn sie es tatsächlich wagten, eine Dämonenbeschwörung durchzuführen.«

»Dämonen?«, echote der junge Reporter ungläubig. »Wirkliche Kreaturen der Hölle?«

»Für das Mittelalter oder die frühe Neuzeit waren es Dämonen. In Wirklichkeit handelt es sich um Beschwörungsriten für Elementare oder niedere Geister. Die Magier der damaligen Zeit wussten es nicht besser. Dämonen, wie man sie aus den schlechten Horrortrids kennt, habe ich noch keine gesehen.« Vrenschel grinste breit. »Im Übrigen hat mich ein Mann angerufen, der Sie sprechen wollte. Er klang nicht sehr begeistert. Sein Name war Forge. Und er hörte sich ein wenig nach Rachedämon an, um bei der Materie zu bleiben.«

Ein tiefes Seufzen kam aus Poolitzers Mund. »Das können Sie laut sagen.« Sein Magen knurrte lautstark. »Haben Sie was zu essen?«

Die Professorin erhob sich. »Kommen Sie, ich zeige Ihnen unsere Mensa. Unterwegs erzähle ich Ihnen von unserer Bibliothek.«

Während sie nebeneinander herschlenderten, berichtete sie von den Anfängen. Rechtzeitig zur Jahrtausendwende beschloss man, dass die beiden Nationalbibliotheken in Frankfurt und Leipzig zu einem einzigen Institut zusammengefasst werden sollten. Die Universalbibliothek entstand. Es bedeutete eine immense Aufgabe, die Millionen von Büchern neu zu katalogisieren, den Bestand zu aktualisieren und dabei nicht den Überblick zu verlieren, wie sich bald herausstellen sollte. Der Umzug war noch lange nicht abgeschlossen.

Vrenschel leitete das Chaos nun seit vier Jahren und schaffte es, das Erfassen durch die Einführung modernster Computer im Verbund mit Magie voranzutreiben. Und dennoch mussten immer wieder Fernleihen aus Frankfurt oder Leipzig durchgeführt werden, weil sich die Bücher nun auf drei anstatt auf zwei Bibliotheken verteilten. Seit ihrer Gründung war es Aufgabe der Bibliothek, alles zu sammeln und zu erwerben, was in deutscher Sprache publiziert wurde. Nicht zu vergessen das Zusammentragen aller okkulten und magischen Schriften oder wenigstens der Abschriften davon. Hieraus entstand eine umfassende Dokumentation esoterischen Wissens über die Jahrhunderte hinweg.

Poolitzer fand die Frau, welche die Schwierigkeiten bei der unvollständigen Zusammenlegung nicht verheimlichte, sehr ehrlich. »Wer erledigt denn das Suchen?«, hakte er nach. »Haben Sie spezielle Recherchemitarbeiter? Büchernarren, die das Sonnenlicht fürchten, weil sie von morgens bis abends durch Regale kriechen?«

»Wir sind einer der größten Sponsoren der Forschungsgruppe Alexandria. Bibliomanie wäre zwar in diesem Fall nicht schlecht, dennoch handelt es sich dabei um wissenschaftlich ausgebildete Personen«, erklärte sie ihm. »Diese Organisation ist verschollenen Bibliotheken und Büchern auf der Spur, um das uralte Wissen und die Traditionen der Völker zu bewahren.«

»Aha.« Innerlich machte er sich einen weiteren Vermerk für eine Folgestory. Diese Alexandriner würden sicherlich einen eigenen Beitrag wert sein. Der Besuch im Osten hatte sich jetzt schon gelohnt. »Haben Sie eine Adresse für mich?«

»Erinnern Sie mich nach den Dreharbeiten noch einmal daran«, bat Vrenschel den Reporter lächelnd. »Ich kann mir denken, dass Sie Interesse an den Leuten haben.«

Sie bogen in die Mensa ein. Die Professorin spendierte dem Reporter einen Fitnesssalat.

Poolitzer fiel sofort auf, dass zwei Fahnen in gegenüberliegenden Ecken des Speisesaals von der Decke hingen, dazu waren jeweils drei Tische mit besonderen Wimpeln gekennzeichnet.

Die Leiterin der Bibliothek bemerkte seine Blicke. »Sie vermuten richtig, Herr Gospini. Dort sitzen die Studenten aus Jena, da drüben die angehenden Magier aus Erfurt. Die Wimpel markieren die Tische der Burschen- und Schwesternschaft.«

»Sorry für meine Offenheit, aber ich finde das echt altmodisch«, bemerkte der Amerikaner, schnappte sich sein Tablett und folgte der Gastgeberin, die in einen abgetrennten Bereich für das Lehrpersonal schritt. Seine auffällige Haarpracht wurde von einigen jungen Leuten neugierig betrachtet.

»Wir nennen das traditionell«, hielt sie belustigt dagegen. »Die Hermetisch-Technischen aus Jena sind sehr … wie könnte man es taktvoll umschreiben …?«

»Versnobbt?«, half Poolitzer wenig diplomatisch und machte sich über seine Mahlzeit her.

»Standesbewusst«, fand sie das bessere Wort dafür.

»Damit kollidieren sie zwangsläufig mit den Vertretern der NUE, der Neuen Universität Erfurt.«

Poolitzer schwenkte die Gabel. »Das habe ich auch gehört. In Ihren Lesesälen soll es ordentlich zur Sache gehen?«

»Nicht mehr. Wir haben es durch Schutzgeister in den Griff bekommen. Die Bücher sind viel zu wertvoll, als dass sie durch kindische Auseinandersetzungen zu Schaden kommen dürften.« Vrenschel schob sich ein Salatblatt in den Mund.

Poolitzer prustete los. »Eine Biblioknospikerin nimmt nur Rücksicht auf Bücher, was?«

»Es heißt Bibliognostikerin, was ›Bücherkundige‹ bedeutet. Ich dachte mir, dass Sie mit dem Fremdwort nichts anfangen können. Ein Mensch der modernen Medien, die Sie vertreten, beschäftigt sich wohl kaum näher mit Antiquitäten. Dabei stammen diese Werke aus einer Zeit, in der Papier unglaublich viel Wert besaß.« Sie überlegte. »Meine vorherige Formulierung war nicht ganz glücklich«, gestand die Frau. »Natürlich sorge ich mich auch um das Wohl der jungen Menschen.«

»Jedenfalls, wenn sie sich in Ihren Lesesälen aufhalten.« Er zwinkerte ihr schelmisch zu. »Ich habe das schon verstanden. Gibt es für ›Lesesaal‹ auch so ein nettes Fremdwort mit ›biblio‹?«

»Sie wären erstaunt, wie viele Ausdrücke es mit ›biblio‹ gibt.« Vrenschel organisierte ein Dessert und erledigte einen Anruf, der das Bereitstellen der Grimoires zur Folge hatte. Der Reporter aß sein Tiramisu und erhielt auch noch das Dessert der Professorin.

Gemeinsam gingen sie in den Lesesaal, wo ein Mitarbeiter drei Glaskästen sorgsam auf mit schwarzem Samt ausgelegten Kathedern aufstellte. Poolitzer machte die VX2200C schussbereit, klemmte sich die Kopfhalterung auf den Schädel und legte die Cambrille an.

Vrenschel schlenderte die Reihe entlang und erlaubte dem Reporter, die Buchdeckel zu filmen. Die Zuschauer von InfoNetworks würden somit die Einbände von Francis Barretts 1801 entstandenem *The Magus*, der *Grande Grimoire* aus dem 17. Jahrhundert sowie das *Grimoire des Honorius* von Papst Honorius zu sehen bekommen. Die Bucheinbände variierten von schlicht bis pompös.

Vrenschel pochte gegen den Kasten mit der päpstlichen Schrift. »Sie entstand in Rom, wahrscheinlich im Jahr 1629, was ich ganz erstaunlich finde, wenn man bedenkt, dass der Dreißigjährige Krieg tobte, die Hexenverbrennungen einen weiteren Höhepunkt erlebten und die Gegenreformation in vollem Gange war. Ausgerechnet zu einem solchen Zeitpunkt setzt sich ein Papst hin und schreibt eine Grimoire. Finden Sie das nicht auch interessant?« Ihr Gesicht wurde plötzlich jugendlich und spiegelte ihre Begeisterung.

»Was immer Sie sagen, Professorin.« Der junge Amerikaner kannte sich in Geschichte nicht besonders gut aus, schon gar nicht in europäischer. Dieses Wissen rettete einem in den Barrens nicht den Arsch oder sorgte beim Türsteher für freien Eintritt. Weil die Schwarte aber offensichtlich wichtig zu sein schien, zoomte er nahe heran.

»Verzeihen Sie meinen Enthusiasmus, gelegentlich bricht es aus einer Bibliophagin wie mir einfach heraus. Am Rande bemerkt, der Vatikan will das gute Stück zurückhaben. Doch ich denke, hier ist es besser aufgehoben. Es wird von Experten studiert und verstaubt nicht unnütz in den Archiven der katholischen Kirche.«

»Dort müssten diese Alexandriner sicher fündig werden«, vermutete Poolitzer. »Ich schätze, dass die Kleriker einiges an verbotenen Schriften bunkern.«

»Salz in meine Wunden«, stöhnte Vrenschel. Ihre Enttäuschung war echt. »Die Protestanten sind nicht viel besser, was die Herausgabe okkulter Werke angeht. Damit Sie Bescheid wissen, in den evangelischen Landstrichen wurden mehr Hexen verbrannt als in den katholischen. Ich will nicht wissen, welche wertvollen Sammlungen dem Feuer bei dieser Gelegenheit mit übergeben wurden.«

Poolitzer aktivierte den Weißabgleich der Kamera, schaltete ein paar Extras zu und nahm sie ins Visier der Cambrille. »Erzählen Sie mal was über die anderen zwei Bücher.«

Vrenschel tat ihm den Gefallen und erklärte sehr verständlich die Hintergründe der Grimoires. Anschließend erledigte er die Interviews mit den vier Studierenden, zwei aus Jena und zwei aus Erfurt, um das Gleichgewicht zu wahren. Eine erste Sichtung des aufgenommenen Materials stellte ihn zufrieden.

Zu guter Letzt holte er sich die Genehmigung der Leiterin der Bibliothek, den Lesesaal in Betrieb zu dokumentieren.

Russland, Moskau, 23. 04. 2058 AD, 20:01 Uhr

Die Elfin neigte den Kopf zuerst nach rechts, dann nach links. Ihre Halswirbel knackten dabei leise und erzeugten einen unnatürlichen Klang. Sie ging mehrmals in die Hocke und sprang in die Höhe, zog dabei die Knie an. Danach dehnte und streckte sie sich ausgiebig, Rumpfbeugen folgten auf Liegestützen, bis sie schließlich auf der Stelle sprintete und sich ein dünner Schweißfilm auf ihrem Gesicht gebildet hatte.

Ein salziger Tropfen rann über die tätowierte glühende Sonne auf ihrer Stirn, deren Flammenkorona waagerecht bis zu den Schläfen reichte. Am Hals wanden sich schwarze Dornenranken bis an den Unterkiefer nach oben. Ihrem deutlich zur Schau getragenen Körperschmuck verdankte Tasmin Felhainir ihren Namen: Tattoo.

Die Elfin steckte ihre fingerlangen, schwarzen Haare mit den dunkelroten Strähnen unter ein Bandana, darüber kam der grau-hellgrün gemaserte Kevlarhelm. Sie überprüfte den Sitz ihrer kugelsicheren Weste und checkte die Ruger Super Warhawk und die Smartverbindung. Routiniert verzurrte sie ein Paar dikotebeschichtete Sai-Gabeln an ihren Oberschenkeln, ein weiteres auf dem Rücken. Dann legte sie die Unterarmschützer an.

Nachdem sie alle Vorbereitungen abgeschlossen hatte, folgte der letzte Teil des Rituals. Sie tauchte Zeige- und Mittelfinger in die Dose mit der schwarzen Farbe und zog sich zwei parallele Striche von der Nase bis zu den Wangen.

»Es geht in fünf Minuten los. Kommst du?«, erkundigte sich ihr Coach über Funk.

Tattoo hieb gegen die Spindtür. Blechern klappte sie zu, das Schloss schnappte ein. Der Laut hallte von den gekachelten Wänden wider.

Im kleinen, außen angebrachten Spiegel bleckte sie die metallenen Reißzähne, die sie sich hatte implantieren lassen. Ihre Hand berührte das Emblem auf ihrer Weste, den schwarzen, zur Faust geballten Panzerhandschuh. ›Keine Gnade!‹

Die Elfin, die wenig von der viel gerühmten betörenden Ausstrahlung ihrer Art vorwies und auch nicht sonderlich hübsch war, wie viele es von einem weiblichen Langohr erwarteten, stieß mehrmals gegen den Schrank, als suchte sie Streit mit dem Möbelstück.

Die leicht modifizierte Adrenalinpumpe erwachte, steigerte ihren Grundumsatz, den Blutzuckerspiegel, die Durchblutung der Bewegungsmuskulatur und der Herzkranzgefäße sowie die Leistung des Kunstherzens. Und ihre Aggressivität.

Aufgeladen wie ein frischer Akku trabte sie aus der Umkleidekabine, die sie als Letzte verließ, und folgte dem mit Plastikwänden gestalteten Gang, bis sie vor einem Tor stand. Mit einem Knurren trat sie die Flügel auf und lief hinaus.

Sofort stand sie inmitten von Scheinwerfern, zwei Mikroskimmer mit hoch sensiblen Kameras umschwirrten sie. Ihr psychopathisches Grinsen wurde rund um den Erdball gesendet, und in einigen deutschen Wohnungen, Kneipen sowie im Heimstadion in Mainz brandete nun mit Sicherheit ohrenbetäubender Jubel auf. Nur wer sich das Sport-Abo beim *Bloody Sports-Channel* leistete, kam in ihren Genuss.

Tattoo riss die Arme hoch, poste, wie man es von ihr erwartete, und reckte den Zeigefinger drohend in Richtung einer Linse. Dann ging sie hinüber zu ihrem Team, den »Black Barons«, eine der Topmannschaften der ADL-Stadtkrieg-Liga.

Insgesamt dreizehn Personen befanden sich in dem vier Meter im Radius umfassenden Kreis, den die Schiedsrichter mit Neongelb auf den Asphalt der Straße gesprüht hatten. Ihre Torzone, die sie mit allen Waffen, die sie zur Verfügung hatten, verteidigen würden. Gepunktet wurde, wenn es den Gegnern gelang, den Ball darin zu platzieren, tot oder lebendig. Lediglich ein Körperteil musste zusammen mit der »Kugel« aufschlagen.

Jeweils vier Scouts, zu denen die Elfin gehörte, und vier Jäger, zwei Brecher, ein Schütze, ein Stürmer und ein Sani ergaben eine Mannschaft.

Außer den lediglich leicht geschützten Scouts waren alle mittelschwer gepanzert. Alle trugen eine Pistole ihrer Wahl mit sich, die Brecher und der motorisierte Stürmer durften sich ein Schrotgewehr, ein Sturmgewehr oder eine Maschinenpistole aussuchen. Der Schütze erhielt ein MG samt Gyrogestell. Der Stürmer, der ebenso wie der

Sani den Ball nicht transportieren durfte, fuhr ein beliebiges Motorrad. Im Fall der Black Barons handelte es sich um eine aufgemotzte BMW 1250Ti.

Im Viertelfinalspiel der Mainzer gegen die russische Maschine Moskwa-Mannschaft um den European Champions-Pokal wählten die Vertreter des Internationalen Stadtkrieg-Sportvereins, kurz ISSV, einen Ghettoabschnitt der russischen Metropole als Spielfeld, in dem ohnehin bald einige Bauten der Abrissbirne oder den Sprengmeistern zum Opfer fallen sollten.

Tattoo und die Black Barons nahmen die Aufstellung für das obligatorische Mannschaftsfoto ein, die Drohne schoss mehrere Aufnahmen. Ein ISSV-Schiri näherte sich der Mannschaft. In seinen Händen trug er das »Ei« aus Hartplast, einen Ball mit einem Durchmesser von siebzig Zentimetern und sechshundert Gramm schwer. Die gelbe Leuchtfarbe sorgte dafür, dass man ihn noch aus fünfzig Metern Entfernung erkannte.

Der Mann in der glänzend weißen Vollrüstung reichte Tattoo den Ball. »Hände, Arme, nach Möglichkeit keine Füße«, wiederholte er die knappe Bewegungsregel, die einige im Team schon drei Dutzend Mal gehört hatten. »Sehe ich den Ballträger auf dem Motorrad, bekommt ihr eine Strafe. Alles klar?«

Wie ein Mann nickten die Black Barons.

Der Schiri sprach sich per Funk mit seinen Kollegen ab. Ihre unübersehbar hellen Panzerungen verfügten über zahlreiche Sensoren und Scanner, mit denen sie die Gegend überwachten. Gleichzeitig erhielten sie Informationen von den vielen Drohnen, die im Block umherschwirrten. Zu ihrem Schutz trugen sie Taser der übelsten Sorte mit sich. Einander zu attackieren zog den sofortigen Platzverweis nach sich. Dennoch passierte es dem ein oder anderen im Kampfrausch, dass er einen Schiri aufs Korn nahm. Die 30 000 Volt stellten ihn ruckzuck kalt.

»Erstes Viertel läuft«, ertönte es in den Kopfhörern aller. »Dreißig Minuten ab jetzt.« Die Russen würden ebenfalls mit ihrem Ball starten.

Die Stadtkriegspieler verteilten sich. Absprachen waren in dieser frühen Phase noch nicht notwendig, jeder wusste um seine Aufgabe. Die Taktik war schon lange vorher festgelegt worden. Coach Karajan hatte sie so ausgelegt, dass sie unabhängig von der Umgebung zum Erfolg führen musste.

Jeweils ein Jäger und ein Scout schwärmten als Duo aus, um sich auf die Suche nach dem gegnerischen Torblock zu machen. Die Brecher blieben bei dem Schützen, der den Ball mit sich trug und sich zusammen mit seinen Leibwächtern rasch von Deckung zu Deckung tastete. Man durfte mit dem Ball niemals länger als eine Minute im gleichen Block sein, außer man lag unter Feuer. Ansonsten verhängten die ISSV-Schiedsrichter sofort eine Strafe.

Tattoo war mit dem Jäger Fetch unterwegs und pirschte sich an einen Hauseingang heran, um ins Innere und von dort aufs Dach zu gelangen.

Sie waren sich bewusst, dass ihre Bewegungen und Funksprüche in unzähligen Haushalten rund um den Globus gesehen und kommentiert wurden. Alleine ihr Konterfei war als Poster 89453-mal im Fanshop verkauft worden. Sie stand bei den Anhängern ganz oben auf der Beliebtheitsskala, und das nicht nur, seit sie einem Erotikmagazin gestattet hatte, sie fast völlig nackt abzulichten. Fetch, so gut seine Erfolgsquote auch war, blieb in ihrem Schatten. Dabei glühte er so sehr darauf, sich zu beweisen.

Sie erklommen die Stufen und stiegen schließlich über eine Luke aufs leicht schräge Dach, nach allen Seiten Ausschau haltend, ob keiner der Russen die gleiche Idee vor ihnen gehabt hatte und die Waffe schussbereit hielt. Eine Nachlässigkeit könnte tödlich sein. Früher gab es kurze Diskussionen, ob man wegen der häufigen Todesfälle letale Munition nicht besser verbieten sollte. Da aber in den UCAS die harte Version gespielt wurde, wollte Europa in nichts nachstehen und verbannte die Gel-Muni schnell wieder.

Fetch tippte ihr auf die Schulter und deutete nach unten. Zwei Scouts von Maschine Moskwa schoben sich vorsichtig die Straße entlang.

Geben wir dem Publikum was zu lachen. Feixend umfasste Tattoo mehrere lockere Ziegel, zog sie heraus und hielt sie über den Rand des Dachs. Ihre Finger öffneten sich, die Geschosse machten sich auf den Weg und trafen den Aufklärer präzise auf den Helm. Das Material platzte auseinander, und der Russe ging zu Boden.

»Team, wir haben die Torzone entdeckt«, meldete sich Oneshot. Der Mannschaftskapitän nannte seinen Standort, somit waren Ball und die restlichen Barons unterwegs. Die Elfin und ihr Jäger befanden sich etwas abseits des Geschehens und würden erst später dazustoßen.

Mit ausladenden Schritten rannte das Duo die Treppen hinunter, um geradewegs dem zweiten Russen in die Arme zu laufen.

Der Gegner verzog vor Aufregung den ersten Schuss und setzte Fetch nur einen Streifschuss in die Schulter, der von der Panzerung abgehalten wurde.

Die modifizierte Adrenalinpumpe gab ihren Stoff frei. Voll gepumpt mit dem Stresshormon, ergriff das Kampffieber Besitz von Tattoo. Während der Jäger durch den Einsatz seiner Ares Predator den Russen hinter die Ecke der Hauswand zwang, sprintete sie an die Mauer und presste sich flach an den Stein.

Fetch stellte das Schießen ein, und der Scout von Maschine Moskwa erschien wieder wie erwartet. Der übermenschlich schnelle Angriff der Elfin überraschte den

Aufklärer, der sich auf einen Shoot-Out eingestellt hatte, derart, dass er ihre Kampfsportattacke nur ungenügend abwehrte. Seine Pistole büßte er bereits nach dem ersten Schlag ein, drei harte Gesichtstreffer und eine gebrochene Nase später lag er verkrümmt auf dem Asphalt. Die in die Rüstung eingewobenen Glühfäden leuchteten als Zeichen der Aufgabe auf.

»Weiter«, befahl sie dem Jäger zufrieden und trabte los. Innerlich stellte sie sich vor, was im Stadion von Mainz nach ihrer Einlage los war.

Fetch lud seine Halbautomatik nach und grinste. Vermutlich dachte er gerade daran, wie sehr er sie für eine Showmacherin hielt. Doch das gehörte zum Stadtkrieg-Business dazu.

Von weitem hörten sie das Dröhnen der Schüsse. Es klang, als sei die Mehrzahl der Teams bei der Torzone der Russen aufeinander getroffen. Ihr eigener Stürmer, ein Norm namens Schlagergott, schloss zu ihnen auf. Sie sprangen auf das Geländemotorrad und ließen sich an den Ort des Geschehens fahren.

Die Russen hatten einen Verteidigungswall um den leuchtenden Kreis gezogen. Die Sturmgewehre der Brecher und das MG des Schützen machten einen Vorstoß zu einer absolut tödlichen Sache. Selbst das so beliebte Passspiel der Scouts konnte erst stattfinden, wenn sie einen der Moskwa-Gewehrträger ausgeschaltet hatten.

Doch die Gegner waren äußerst wachsam.

Sobald ein Mainzer die Nase hervorstreckte, flogen die Projektile in seine Richtung. Zwei Black Barons-Jäger kauerten mit kleineren Verletzungen hinter improvisierten Deckungen und kämpften gegen den Wundschock an. Anubis, wie sich ihr Sani nannte, befand sich auf dem Weg zu den Verletzten, um sie mit drogenähnlichen Substanzen gegen den Schmerz, die Erschöpfung und die Angst voll zu pumpen.

»Zug 22«, kündigte Oneshot per Funk an. Er zählte

rückwärts von drei auf null, daraufhin sprangen alle Mainzer aus ihrer Deckung und leerten die Magazine in Richtung der Verteidiger. Mit diesem Brachialüberfall hatte keiner der Russen gerechnet. Einer der beiden Brecher ging nach einer Reihe von Einschlägen zu Boden.

Was nach unkoordinierter Ballerei seitens der Deutschen aussah, stellte in Wirklichkeit ein perfekt eingeübtes Manöver dar. Eine winzige Schneise wurde von dem Blei und den Vollmantelgeschossen ausgespart, durch die der Ballträger im Schutz des stählernen Hagels hetzen musste.

Einer der verletzten Jäger passte das Ei zu Tattoo, die in solchen Fällen für das Punkten zuständig war. Die flinke Elfin hob die Arme, um den Ball zu fangen.

Jemand rempelte sie in diesem Moment leicht zur Seite, und Fetch tauchte neben ihr auf. Seine Finger packten das Gebilde aus Hartplast an ihrer Stelle. »Wünsch mir Glück«, sendete er und spurtete los.

Dieser Idiot! Tattoo erkannte nach wenigen Schritten, dass der Jäger nicht weit kommen würde. Der gegnerische Schütze war auf ihn aufmerksam geworden und schaffte es, sich dem Sperrfeuer der Barons zu entziehen. Fetch dagegen bemerkte ihn nicht.

Ihre Ruger Super Warhawk visierte den russischen MG-Schützen an. Die Einschläge in die Panzerung ignorierte der Verteidiger. Sein Ziel war der heranstürmende Jäger, den die Aussicht auf einen lang ersehnten Punkt für die Gefahr blind machte. Der ehrgeizige junge Mann vertraute auf seine Geschwindigkeit.

Gegen die Projektile eines Maschinengewehrs richtete sie freilich nichts aus. Drei Meter vor dem Kreis streckte ihn die Garbe nieder und schickte ihn, aus Oberschenkel und Unterleib blutend, zu Boden.

Der Ball löste sich aus seiner Hand und rollte bis vor die Torzone. Nun blieben den Barons genau zehn Sekunden, sich das Ei zu holen, oder ihr Angriffszug endete.

Es bleibt doch wieder an mir hängen, dachte Tattoo grimmig. Ohne Deckung rannte sie los, feuerte dabei weiter auf den Russen mit dem MG und brachte ihn durch gezielte Schüsse auf die Kniegelenke zu Fall. Als der letzte feindliche Brecher auf die Elfin aufmerksam wurde, war es bereits zu spät. Elegant sprang sie durch sein Feuer, schnappte sich das Ei und errang den ersten Punkt für die Gäste.

»Reguläres Tor! Uhrenstopp«, verkündete ein ISSV-Offizieller augenblicklich. Somit blieben den Mannschaften fünf Minuten Zeit, sich in ihre Torzone zurückzuziehen und die Verletzten zu versorgen.

Die Rettungsmannschaft rückte an und nahm den bewusstlosen Fetch mit. Anubis hatte seine Verwundung als gravierend eingestuft, und Fetch musste im Krankenhaus weiterbehandelt werden. Damit durften die Barons seine Position neu besetzen. Die Gegenseite brachte einen neuen Schützen, die Knie des anderen waren hinüber. Auch er verschwand im Krankenhaus.

»Halt dich zurück«, warnte Oneshot die Aufklärerin, die sich einen Schluck Iso-Getränk nahm. »Die ISSV-Schiris haben überlegt, ob sie dir wegen der Knieschüsse eine Strafe verpassen.« Er legte ein neues Magazin in seine Druckluftarmbrust.

Tattoo zeigte ihm die schimmernden Stahlzähne. »Halb so wild. Die beiden liegen wahrscheinlich im gleichen Zimmer und feiern, während wir uns bekriegen.«

»Nimm einfach den Fuß vom Gas oder schalt die Scheiß-Adrenalinpumpe ab«, empfahl er ihr hart. »Ich will kein Massaker mit den Russen anfangen, verstanden?« Widerstrebend deutete sie ihre Zustimmung an. Der Kapitän klopfte ihr gegen den Helm. »Gute Aktion übrigens. Hat uns die Führung gebracht.«

»Wie immer«, pflichtete der orkische Brecher Andex

bei, während er an ihnen vorbeitrottete, das Schrotgewehr lässig geschultert.

Der Rundruf der ISSV machte sie darauf aufmerksam, dass das Spiel in dreißig Sekunden weiterlief.

»Defense«, rief Bart, der zwergische Schütze, gut gelaunt und schwenkte das gyrogelagerte Maschinengewehr. »Wir machen die Russkies platt! Für Fetch!«

Die Barons grölten ihre Zustimmung und posierten wieder für die Fans, dann ging das Spiel weiter.

Der Angriff von Maschine Moskwa wurde durch Oneshot beendet, als der gegnerische Ballträger durch einen gut gezielten Schuss des Kapitäns das Ei verlor und es den Russen nicht gelang, ihn vor Ablauf der zehn Sekunden aufzunehmen.

Der Ball wurde für »tot« erklärt. Damit hatten die Mainzer die Wahl – entweder sie begannen aus ihrer Torzone eine Angriffsphase, oder die Russen mussten aus ihrer Zone von vorne anfangen, während die Barons ihre Position beibehielten.

Oneshot entschied sich für eine eigene Angriffsphase, da man wusste, wo sich die Torzone des Gegners befand. Die Elfin wurde von Andex begleitet. Sie würde zusammen mit dem Brecher versuchen, von der Seite durch die russische Verteidigung zu stoßen und als Passfängerin zu dienen. Ein mehr als gefährliches Unterfangen, aber Tattoo brauchte diesen Kick. Sonst wäre sie niemals freiwillig auf die Idee gekommen, sich bei einer Stadtkriegmannschaft zu bewerben.

Die Aufklärerin deutete den Block hinab und rannte los. Der Ork und die Elfin bogen in ein baufälliges Haus ein, das nach den Berechnungen Tattoos in der Nähe der Torzone von Maschine Moskwa lag. Wenn es ein Fenster oder eine Hintertür hat, wird es einfach, dachte sie.

Andex setzte sich an die Spitze, das Schrotgewehr im Anschlag. Die Aufklärerin folgte ihm auf den Fuß. Sie huschten lautlos durch die Trümmer, lauschten auf die

Funksprüche und verfolgten das Geschehen wie in einem Hörspiel.

Der Ork betrat das nächste Zimmer, wirbelte herum, duckte sich zur Seite und gab einen Schuss ab. Ehe Tattoo ihm zu Hilfe kommen konnte, entwarnte er. »Mein Fehler. Ich war zu schnell.«

Die Elfin schaute auf die größtenteils verweste Leiche, die zusammengekauert in der Ecke des Zimmers hockte. In der skelettierten Hand hielt sie eine Maschinenpistole. Um sie herum lagen vier weitere, ebenfalls im Zerfall befindliche Tote. Nach dem Schuss von Andex wies eine von ihnen ein großes Loch im Brustkorb auf.

»Fand hier schon mal ein Stadtkriegspiel statt?«, wunderte sie sich.

»Sieht fast so aus, was?« Andex verschwendete keinerlei Zeit mit der Szenerie, sondern warf einen Blick aus dem Fenster. In knapp vier Meter Entfernung befand sich die Torzone der Russen. »Du hattest Recht. Wir sind verdammt nah dran. Und es hat uns auch keiner bemerkt.«

»Oneshot, wir sind in Position«, informierte Tattoo den Kapitän über Funk. »Der Starkbiertrinker und ich bahnen uns einen Weg und warten auf den Pass. Es muss aber schnell gehen. Ich habe keine Lust, vom MG zersägt zu werden.«

»Gib uns noch fünf Minuten«, bat der Kapitän. »Die Russen haben ihre Verteidigung umgestellt. Dice und Schlagergott haben eine Anschuss-Strafe kassiert und müssen bis zum Ende des Zugs unbeweglich stehen bleiben. Das macht uns etwas zu schaffen.«

Die Elfin fluchte. »Gut. Wir warten.«

Der Brecher nickte ihr zu, dass er die Anweisungen des Teamchefs präzise verstanden hatte. Sie stellten sich weiter weg von den Fenstern, damit ein Gegner, der Thermalsichtmodus benutzte, sie nicht durch ihre Körperwärme entdeckte. Andex sicherte.

Die Aufklärerin ging näher an die fünf Leichen heran und drehte den Leichnam zu ihren Füßen mit der Stiefelspitze um. »Was hier wohl los war?«

Der Tote hatte eine Kevlarweste getragen, die dem Verfall trotzte und im Vergleich zu ihm makaber neu aussah. Er trug eine Pistole russischer Fabrikation in der Rechten.

»Hey, das sind die Slums von Moskau. Was wird hier wohl los gewesen sein?«, meinte der Ork gleichgültig. »Er hatte Geld, die anderen wollten es. Er wehrte sich und verreckte zusammen mit den Typen. Das passiert doch jeden Tag irgendwo in einer Gasse. Wir haben ein Spiel …«

Am Fenster huschte ein Schatten vorbei. Der kurze Wechsel der Lichtverhältnisse reichte aus, um die beiden Stadtkriegspieler aufmerksam werden zu lassen. Andex hob das Schrotgewehr.

Der feindliche Scout, unschwer an der leichten Rüstung zu erkennen, stand mit dem Rücken zum Fenster und spähte in die andere Richtung.

Auf Tattoos Signal hin legte ihm der Ork das Gewehr um den Hals und zog ihn einfach durchs Fenster ins Gebäudeinnere. Das Metall um seinen Hals, das den Kehlkopf samt Mikrofon nach hinten drückte, verhinderte einen Schrei. Sofort war die Elfin bei ihnen und holte zu einem Schlag ins Gesicht des Russen aus, um ihn ruhig zu stellen.

Dessen Züge waren rot angelaufen, die Augen starrten voller Panik auf Tattoo. Er deutete immer wieder auf seine Kehle, dann leuchteten die Glühfäden in seiner Panzerung auf. Der Russe hatte aufgegeben.

Augenblicklich ließ ihn Andex los. An dem beinahe widerlichen Geräusch, das beim Versuch des Luftholens erklang, erkannte die Elfin, dass mit dem Gegenüber etwas nichts stimmte.

»Pass auf mich auf«, sagte sie zum Brecher. Sie entwaffnete den röchelnden Scout, zerrte ihn auf die vordere Straße und schaute auf die Funkfrequenzanzeige des gegnerischen Geräts. Zwei Mikroskimmer umschwirrten sie und sendeten ihre Aktion live. Eine kurze Umstellung an ihrem Sprechgerät, und sie sendete auf der Wellenlänge der Russen.

»Euer Mann braucht den Sani«, sagte sie in perfektem Russisch und fügte die ungefähre Lage des Verletzten hinzu. »Sein Kehlkopf ist vermutlich gebrochen.« Anschließend verschwand sie zurück ins Haus.

Andex machte ein böses Gesicht. »Musste das sein? Wir wollen nicht den Fairness-Pokal gewinnen. Die Russen werden sich denken können, was wir vorhaben, nachdem sie ungefähr wissen, wo wir stecken.« Er spähte aus dem Fenster zur Torzone. Niemand von der Maschine ließ sich blicken.

»Es ist mein Arsch«, meinte die Elfin unfreundlich. »Sorg du dafür, dass der Schütze zu beschäftigt mit Ausweichen ist.«

»Los«, kam die knappe Anweisung Oneshots.

Die Elfin und der Ork sprangen aus dem Fenster und stürmten auf den Neonkreis zu.

Tattoos künstlich verbessertes Herz verwandelte sich in eine Hochgeschwindigkeitspumpe, das Blut rauschte in ihren Ohren. Ihr ganzer Körper steuerte auf das erlösende Gefühl des Touchdowns zu. Nichts würde sie aufhalten, diesen Sinnenrausch zu erhalten, und wenn sie dafür töten müsste, wie es sich für einen der besten Stadtkrieger gehörte. Die PR-taugliche Portion Mitleid hatte sie erst vor wenigen Sekunden bewiesen.

Ein Jäger bemerkte das Duo, visierte sie mit der Pistole an und erhielt im nächsten Moment eine Schrotladung in den rechten Arm, der nicht geschützt war. Schreiend verschwand er in seiner Deckung.

Auf Tattoos Gesicht legte sich ein Leuchten, das Jagdfieber brach aus allen Poren. Sie sprang aus vollem Lauf

auf einen Metallcontainer, rannte auf ihm entlang und blieb vor der Kante abrupt stehen.

Ihre Vermutung bestätigte sich. Der russische Scout, der unter ihr in seinem Versteck lauerte, fiel auf den Kniff herein und schoss zu früh. Damit hatte er seinen Standort verraten.

Sie vergewisserte sich, dass eine Drohne in ihrer Nähe flog. Nun folgte eine Kür-Einlage. Die Elfin hechtete über den Scout, um sich von einem Laternenpfahl abzustoßen und wie ein abprallender Ball gegen den Russen zu springen. Ihre Fußkante traf ihn genau in die Körpermitte und katapultierte ihn rückwärts gegen die Metallwand.

Ehe sein Verstand wieder klar arbeitete, kassierte er zwei Parallelstiche ihrer Sai-Gabeln, die durch die Oberarme drangen und sogar das Blech dahinter durchbohrten. Der Russe hing mit dem Container verbunden fest.

In der Zwischenzeit sorgte der Brecher mit seinem Schrotgewehr dafür, dass sich keiner der Verteidiger in der Gasse blicken ließ. Nur wenige Meter trennten Tattoo von der Torzone. Zu leicht. Der Schütze und dessen MG würden hinter der Ecke auf sie lauern. Da half nur die gute alte Trickkiste. »Zug 26.« Sie nickte Andex zu.

Der Ork ging in die Hocke. Sie nahm Anlauf und hüpfte mit beiden Füßen auf die Schultern des grobschlächtigen Metamenschen. Kaum berührten ihn die Stiefelsohlen, stemmte er sich blitzartig in die Höhe und fungierte für die Aufklärerin der Barons als Sprungbrett.

Der Salto vorwärts brachte sie genau ins Zentrum der russischen Zone. Sie rollte sich ab und suchte mit den Augen nach dem Passwerfer ihres Teams, der ihr das Ei in die Finger werfen sollte. Um sie herum kauerten mehr als sieben Gegner, die nach dieser akrobatischen Einlage auf sie aufmerksam geworden waren.

Doch noch blieb Zeit. Würde sie den Ball nicht gleich

erhalten und punkten, müsste sie den Aufgabeschalter betätigen, oder die Moskwa-Jungs würden sie in Fetzen ballern.

»Pass?!«, brüllte sie aufgeregt über Funk, zog ihre Super Warhawk und schoss nach einem Jäger, der sich gerade um sie kümmern wollte. Er erwiderte das Feuer, die Projektile sirrten an ihr vorbei und wurden zu Querschlägern.

Wie aus dem Nichts flog das Ei heran, hoch über die Köpfe der russischen Verteidigung hinweg, ehe es vor Tattoo aufschlug und in Richtung des Kreismittelpunkts, einem Gullydeckel, rollte.

Es geht doch. Jetzt hatte sie zehn Sekunden, um den Ball zu berühren, was als Touchdown galt. Mit einem Triumphschrei hechtete sie vorwärts.

Plötzlich klappte die Abdeckung des Kanalschachtes in die Höhe, und das Ei verschwand wie ein überdimensionaler Golfball in dem Loch.

»Hey! Scheiße, was soll das?«, protestierte die Elfin erbost. »Time-Out! Schiri!« Sie stand auf und schaute zu einem der ISSV-Offiziellen, der auf einem benachbarten Dach stand. »Das ist ja wohl nicht erlaubt, oder?«

Andex machte sich seiner Wut über den Regelverstoß Luft, indem er sich den nächstbesten Russen am Schlafittchen schnappte, um ihn durchzuschütteln.

Russische und deutsche Stadtkrieger rannten herbei, schrien durcheinander, schubsten sich hin und her. Mehrere kleine Gegenstände flogen aus der Öffnung, kullerten über den Asphalt und zündeten mit einem gleißenden Blitz.

Geblendet taumelte Tattoo zur Seite, rempelte jemanden an und erhielt einen mörderischen Schlag gegen das Visier, der sie aus dem Gleichgewicht brachte und zu Boden schickte. Blind trat sie um sich und fischte ihre zweite Garnitur Sai-Gabeln aus der Rückenhalterung, um damit Angriffe abzublocken. In der nächsten Sekunde röhrte über ihr ein Maschinengewehr auf, heiße Patronenhülsen regneten auf sie herab.

»Sind die Russen völlig verrückt geworden?«, keuchte sie verwirrt. Vor ihren Augen tanzten glühende Kreise. Die Blendgranaten hatten ganze Arbeit geleistet.

Um sie herum ballerte jeder los. Die Elfin unterschied den Klang mehrerer Pistolen, Schnellfeuergewehre und das Dauertackern von MGs. Sie robbte, immer noch ihrer Sehkraft beraubt, hinter irgendetwas, von dem die Kugeln mit einem lauten Scheppern abprallten.

Funksprüche mischten sich zur chaotischen Schreierei, alles rief durcheinander. Als Tattoo auf die Frequenz der Gastgeber schaltete, um sich Klarheit zu verschaffen, hörte sie die gleiche Verständnislosigkeit aus den Kommentaren der Spieler heraus. Der »Kommandant«, wie die Russen ihren Kapitän nannten, gab Rückzugsorder, nachdem die »ADLski« scheinbar verrückt geworden waren.

Die Wirkung der Blendgranaten ließ nach. Es reichte aus, um zu sehen, wie der verletzte Baron-Jäger Frisbee seine Aufgabe durch das Aktivieren der Glühfäden signalisierte.

Seinen für sie unsichtbaren Gegner interessierte das wenig. Eine Salve Geschosse brachte ihr Teammitglied zum ungewollten Tanz auf den Zehenspitzen, dann brach er auf die Knie und kippte vornüber. Die Vollmantelprojektile hatten sich auf diese kurze Distanz kaum an der mittelschweren Panzerweste gestört.

Tattoo nahm ihren Revolver und lugte hinter ihrer Deckung hervor. Ein Mann in einer schwarzen Vollrüstung tauschte den Gurt seines MGs aus. Sie zielte auf die Granaten, die an seinem Gürtel baumelten, und drückte zweimal ab. Der Angreifer verschwand in einer roten Explosionswolke.

Ein zweiter Mann drehte sich zu ihr um, und schon hoben sie unsichtbare Kräfte in die Höhe. Sie flog meterweit durch die Luft, krachte gegen ein Hindernis und rutschte zu Boden.

Magie!, verstand sie trotz der Benommenheit. *Scheißverfluchte Magie.* Der Schmerzeditor trat in Aktion und hielt sie trotz ihrer Verletzungen einsatzbereit. *Ich hasse Magie!* Die Aufklärerin stemmte sich auf, kroch über einen Schutthügel und sah auf das Gewirr, das rund um die Torzone von Maschine Moskwa ausgebrochen war.

Spieler beider Mannschaften lagen am Boden. Drei Typen in Vollrüstungen teilten aus ihren Maschinengewehren in alle Richtungen aus, wo sich etwas bewegte. Drei andere schienen die magische Artillerie zu bilden. Ein heraneilender ISSV-Schiedsrichter verglühte in einem Feuerball.

Die Überlebenden der Stadtkrieg-Teams hatten inzwischen verstanden, dass eine dritte Partei mitmachen wollte. Sie organisierten den Widerstand, der gegen die Magie kaum etwas ausrichtete. Dennoch reichte die Gegenwehr aus, um die Angreifer zu verunsichern. Schließlich traten die Elementare der ISSV in Aktion, die normalerweise dazu da waren, während eines Matches Betrug zu verhindern. Die Unbekannten entschlossen sich zum Rückzug durch den Kanal, zwei von ihnen blieben tot oder verwundet zurück.

Einen kriege ich. Tattoo rutschte die Halde hinab und nahm den letzten der Vollrüstungsträger unter Beschuss. Sie zielte auf die Handgelenke und Finger, die wenig gepanzerten Stellen.

Als sie abdrückte, entstand unmittelbar vor ihr eine menschengroße Windhose, die sie packte und wie eine federleichte Puppe zu Boden schmetterte. Mehr bekam sie nicht mehr mit.

ADL, Freistaat Thüringen, Jena,
23. 04. 2058 AD, 09:32 Uhr

Der Negamagier betrat sein Büro und bemerkte das rot leuchtende Lämpchen des Anrufbeantworters. Das Gerät lag halb verborgen unter einem Stapel Prospekte und hatte sich bislang erfolgreich seiner Aufmerksamkeit entzogen.

Hoffentlich war es nichts Wichtiges. Er tippte seine Geheimkombination ein, um die Anrufe abspielen zu lassen.

»Hier ist der Anschluss von Xavier Rodin. Wenn Sie eine Nachricht für mich haben, so tragen Sie diese innerhalb der nächsten zwanzig Sekunden vor.« Ein Piepston signalisierte, dass die aufgezeichneten Gespräche abgespult wurden.

»Oh, habe ich mich verwählt? Eigentlich wollte ich einen gewissen Keimag sprechen. Ich … ach so, ja, ich bin bescheuert.« Die Anruferin, die zuerst in der ihm vertrauten Seattler Stadtsprache, dann in bemühtem Englisch geredet hatte, drückte eine neue Tastenfolge. Der Anrufbeantworter hielt an.

Die Überraschung gestaltete sich für Xavier perfekt. Die zweite Nummer, welche die Fremde eben eingab, kannten nur ganz wenige Menschen. Diese Dame sollte eigentlich nicht dazugehören. Jemand aus Seattle musste ihr die Zahlenkombination gegeben haben, ohne seine neue Identität zu verraten, denn sie redete ihn mit seinem früheren Runnernamen an. Grübelnd ging er zum zweiten Anrufbeantworter, gab einen Kode ein und rief die Nachricht der Frau ab.

»Hallo. Sie kennen mich nicht, aber eine gemeinsame Freundin, Cauldron, hat mir die Nummer freundlicherweise gegeben und den Trick erklärt. Ich habe einen Auftrag für Sie, der nach Ihren … speziellen Veranlagungen verlangt. Wenn Sie mehr wissen möchten, rufen

Sie mich unter der Nummer, die Sie auf dem Display sehen, zurück. Ach ja, die Bezahlung ist garantiert fünfstellig. Bei Erfolg sollte noch mehr drin sein. Einen Tipp gebe ich Ihnen noch: Es hat etwas mit dem Diebstahl eines magischen Artefakts in …«

Der Anrufbeantworter schaltete ab, die Zeit war abgelaufen.

Mit einem Schlag kehrte die Vergangenheit zurück, die ihm die Erinnerung an die amerikanische Magierin und die gescheiterte Beziehung brachte.

Er hockte sich an seinen Schreibtisch und schaute hinaus über die Dächer der Stadt.

War er ehrlich zu sich selbst, musste er es eher als »sich anbahnende Beziehung« bezeichnen. Zwar waren sie sich näher gekommen, doch eine ungeschützte Berührung zwischen ihnen reichte aus, um der Hermetischen große Schmerzen zu bereiten. Zudem trauerte sie damals noch um ihren erschossenen Lebensgefährten und fühlte sich keinesfalls auf ein Wagnis vorbereitet, was eine Zukunft mit ihm sicherlich bedeutet hätte.

Ein Negamagier und eine Magierin. Es wäre so, als umspiele Feuer eine Wassersäule, ständig bedroht von dem gefährlichen Nass. Das Wasser konnte nichts dafür, dass es den Flammen den Tod brachte, wollte es nicht einmal. Eine aussichtslose Sache, die verheerend geendet hätte. So war es besser.

Dennoch tat er sich schwer, sie vollständig aufzugeben. Die vage Hoffnung, die Universität Jena würde seine Befähigung erklären können, lebte fort. Was man erklären konnte, war unter Umständen auch beherrschbar.

Cauldron musste zu der Unbekannten Vertrauen gefasst haben. Und zwar so sehr, dass sie die vertrauliche Nummer in der ADL herausrückte. Offenbar dachte sie immer noch, dass er zur Liga der Runner gehörte. Was ihn jedoch verwunderte, war die Tatsache, dass man ihn für einen einfachen Diebstahl anheuern wollte.

In den virtuellen Archiven der Medien ließ er Suchmaschinen auf gut Glück nach Diebstählen von magischen Artefakten suchen. Die Programme landeten mehrere Treffer, die sich jedoch mit länger zurückliegenden Entwendungen beschäftigten. In letzter Zeit schien sich niemand an Artefakten vergriffen zu haben.

Xavier beschloss, die Sache vorerst auf sich beruhen zu lassen und stattdessen einen Abstecher in die Weimarer Bibliothek zu machen.

In der Fernabfrage entdeckte er einen Verweis auf einen interessanten Artikel über Nullzonen in der SOX. Der Aufsatz befand sich jedoch in einer Sammlung, die zur Präsenzbibliothek gehörte. Bis die angeforderte Kopie ihn erreichte, würden bei der tagtäglichen Flut von Anfragen einige Wochen ins Land ziehen.

Kam der Berg nicht zum Prophet, würde der Prophet eben zum Berg gehen, auch wenn ihm Scutek das untersagt hatte.

Nicht zu Unrecht. Die Gefahr, dass seine Antimagie einen Studierenden verletzen oder ein Buch vernichten könnte, bestand durchaus. Genaue Tests über die Auswirkung auf die Gesundheit von Magischen standen noch aus, aber er erinnerte sich sehr gut an das verzerrte Antlitz von Cauldron, als sie sich unbeabsichtigt berührten.

Es würde schon funktionieren. Der Negamagier musste aus seinem Büro, um sich auf andere Gedanken zu bringen, weg von der Erinnerung an die Seattlerin.

Xavier zog sich dicke Kleidung an, streifte die Handschuhe über und machte sich auf den Weg zum Bahnhof, um nach Weimar zu fahren. Den Anruf der Unbekannten mit dem sagenhaften Angebot hatte er bereits vergessen.

Die Fahrt nach Weimar dauerte nicht lange. Bald passierte er den Eingang des Instituts und zeigte seine Zugangsberechtigung für den Lesesaal. Er gab sehr darauf Acht, nicht mit jemandem zusammenzustoßen, lief große Bogen um Menschen und wartete geduldig, bis er allein am Regal war, in dem die gebundenen Ausdrucke der Zeitschriftensammlung »Magia – Theorie und Praxis« aufbewahrt wurden. Sie gab es nur in Printform. Der Verlag verlangte für die Nutzung der Computerchips Unsummen von Geld, die sich Weimar nicht aus den Rippen schneiden konnte.

Dass Xavier keinen Online-Zugriff auf die Daten erhielt, störte ihn nicht weiter. Der Negamagier wollte in Ruhe stöbern, die Atmosphäre um sich herum aufnehmen und die Anwesenheit von Menschen spüren. Es stellte für ihn eine Art Ersatz für den fehlenden Freundeskreis dar.

Er erklomm die Leiter, arbeitete sich bis zum achten Regal hinauf und suchte den passenden Ordner heraus. Mit der Mappe unterm Arm ging er in einen wenig frequentierten Bereich des Saals und versank in den Ausführungen zu Nullzonen.

Schon bald merkte er selbst als Magielaie, dass der Verfasser wie so viele andere nichts anderes als Vermutungen anstellen konnte.

Die SOX war eine radioaktiv kontaminierte Sonderrechtszone und unterstand dem Kontrollrat, der keinerlei Unbefugte im gesperrten Land duldete. Somit war es den Wissenschaftlern, die nicht auf den Konzerngehaltslisten standen, unmöglich, persönliche Erfahrungen zu machen. Die astralen Projektionen schienen sie nicht zufrieden zu stellen.

Natürlich standen die Magischen vor einem zusätzlichen Problem. Wie sollten sie etwas erkunden, was sie nicht sahen? Astral war die SOX unsichtbar, daher ließen sich keinerlei unmittelbaren Resultate durch magische Experimente gewinnen. Nur die Auswirkungen wurden dokumentiert. Jeder Erkenntnis folgten ein Dutzend neue Fragen.

Als Xavier nichts mehr verstand, stellte er den Ordner mit dem Artikel, von dem er sich mehr erhofft hatte, zurück ins Regal. Zwei weitere Literaturhinweise wollte er noch verfolgen.

Am Terminal startete er eine neue Suchanfrage im Rechercheprogramm. Nach einer Stunde wurde er für seine Zähigkeit belohnt. Er bestellte sich den Beitrag auf einem Datenchip, ließ den Computer einen Ausdruck machen und schlenderte zur Ausgabestelle. Das System schützte vor Missbrauch und garantierte, dass der Nutzer keine unendliche Zahl von Blättern verschwendete. Zugleich musste er eine geringe Gebühr für den Datenträger und die Ausdrucke bezahlen.

Hinter dem langen Tresen gaben die Bediensteten die bestellten Artikel aus und prüften die Berechtigung des Auftraggebers anhand der Ausweisnummer. Er wurde aufgerufen und erhielt Chip und Blätter. Der Negamagier verzog sich, nachdem er sich mit einem Imbiss eingedeckt hatte, in seine Ecke und las die Ausführungen zu Inquisitoren.

Der Verfasser, Dr. mag. herm. Volker Berthold, führte in »Das Raubfisch-Prinzip« konsequent die Hawkinssche Theorie von den Drachentötern, den Erwachten Wesen und den Negamagiern in frühester Zeit fort.

Seiner Ansicht nach befanden sich unter den zahlreichen Inquisitoren zur Zeit der großen Hexenverbrennung etliche Gegen-Magier, die sich als immun gegen die magischen Kräfte der Erwachten herausstellten und somit die grausamen Befragungen durchführen konnten. Zahlreiche Zitate wurden aus Verhören angeführt, in denen Hexen den Inquisitor zu verzaubern suchten, an dem »Schutz Gottes« jedoch scheiterten. Der wahrscheinlich, jedenfalls nach Berthold, nichts anderes als Antimagie war. Als Atheist glaubte er nicht an Theurgie.

»Geht man von einem minimalen Wahrheitsgehalt der Aufzeichnungen aus, erlauben sie nach wie vor die Theorie, dass Negamagier und Magier schon früh aufeinander trafen, von Anfang an als Gegner von der Natur geschaffen wurden, um das Gleichgewicht aufrechtzuerhalten«, schrieb der deutsche Thaumaturge. »Ein Negamagier ist demnach ein Hai, ein Jäger, der instinktiv dafür sorgt, dass der Anteil der Magischen nicht überhand nimmt und damit ihre Dominanz über die restliche Menschheit, die sie ohne Zweifel erlangen würden, niemals in vollem Maße eintritt. Ohne die Negamagier und ihre Anstrengungen in der Historie, unter Umständen seit Menschengedenken, befände sich die gesamte Welt unter dem Joch der Magie.«

Xavier lehnte sich zurück und sinnierte über das Gelesene. So hatte er die Sache niemals betrachtet. Schätzungen gingen davon aus, dass von den mehr als sechs Milliarden Menschen ein Prozent über magisches Potenzial verfügte.

›Sechs Millionen Magier quer durch alle Zauber-, Schamanen- und Hexentraditionen‹, überschlug er die Zahl. Die These des Deutschen war nicht ganz von der Hand zu weisen. ›Wer sollte solch begabte Übermenschen aufhalten?‹ Umgekehrt wusste keiner, wie viele Negamagier lebten und wann die Jäger in Überzahl gerieten.

Was ihn persönlich sehr interessierte, war der Umstand, wie es sich mit seiner Negamagie und der Reaktion auf den Einbau von Cyberware verhielt.

Magie reagierte äußerst sensibel auf gravierende Eingriffe dieser Art am Körper. Da man seine Aura aber nicht erkennen konnte, würde er es erst erfahren, wenn ihn nach weiteren Cybermodifikationen ein Feuerball plötzlich in eine lodernde Fackel verwandelte, anstatt wirkungslos an ihm zu verpuffen. Mit den bisherigen Einbauten schien seine Befähigung keinerlei Schwierigkeiten zu haben.

Die beiden Artikel lieferten ihm weitere Puzzlestückchen zu dem rätselhaften Mosaik, das seine Kraft darstellte, ohne zu wissen, wie er sie einsetzen sollte. Die Ernüchterung wuchs mit jedem Artikel, den er las.

»Cyberdynamix-Sicherheit! Beweg dich keinen Millimeter, oder ich verteile deine Rübe im Umkreis von drei Metern«, sagte eine flüsternde Stimme unmittelbar hinter ihm. »Endlich haben wir dich!«

Xavier verkrampfte sich. Es kam zu überraschend für ihn, an diesem Ort mit dem Kopfgeldjäger eines Megakons konfrontiert zu werden, auf dessen Todesliste der Runner mit Sicherheit stand. Er konnte keinen klaren Gedanken fassen.

Der Unbekannte lachte leise. »Entspann dich, Chummer. Ich wollte nur sehen, was du machst«, gluckste er. Schritte wanderten um ihn herum, bis der Sprecher in sein Gesichtsfeld trat. Ein junger Mann mit schwarzweiß gefärbten Haaren grinste ihn frech an. »Ganz schön erschrocken, was? Mit heruntergelassenen Hosen erwischt zu werden ist ein dämliches Gefühl.«

»Poolitzer? Du hirnverbrannter Idiot!«, brach es aus dem Negamagier ärgerlich hervor.

Ein paar Studenten schauten vorwurfsvoll zu ihm hinüber, eine junge Magierin schüttelte den Kopf und schnalzte missbilligend mit der Zunge.

Xavier hob beschwichtigend die Hände, ehe er sich dem Amerikaner zuwandte. Die Hitzewelle, die in ihm hochgeschwappt war und das Adrenalin bis in den kleinen Zeh pumpte, verebbte. Zurück blieb der Ärger, den er auf den Reporter verspürte. »Sehr witzig. Ich hätte dich umbringen können.«

Poolitzer blieb gelassen. »Nö. Erstens hast du keine Wumme dabei, und zweitens gibt es hier genügend

Wachelementare …« Er stockte, weil ihm die Besonderheit des Mannes einfiel. »Vergiss das mit den Elementaren. Gut, dass du dich unter Kontrolle hattest.« Er reichte ihm die Hand, und der Negamagier schlug ein. »Schön, dich zu sehen.« Sein Blick huschte nach rechts und nach links. »Was macht denn ein Negamagier wie du mitten zwischen Zauberfuzzis?«

Wieder drehten sich zwei Studierende in ihre Richtung, die Blicke wurden ungehaltener.

»Nicht hier.« Der Deutsche stand auf, nahm Poolitzer am Ellbogen und führte ihn in Richtung des Korridors, der sie in ein kleines Café brachte. Sie nahmen sich einen Kaffee und hockten sich ans Fenster.

»Angst vor Cyberdynamix kannst du nicht haben«, kommentierte der Reporter und pochte zur Bekräftigung gegen das Glas, »sonst würden wir hier nicht sitzen.«

»Die Bibliothek ist gut gesichert. Außerdem hat der Konzern andere Probleme, wie ich deinem Bericht entnehmen konnte«, meinte Xavier abschwächend. »Du kannst es nicht lassen, dich mit den gleichen Leuten zweimal anzulegen?«

»Zuerst haben wir beide ihnen Ingolstadt zerlegt, und jetzt dachte ich mir, ich suche sie in der SOX heim. Es war mir ein großes Vergnügen, diesen Ärschen in selbige zu treten. Nachdem ich zusammen mit der Gruppe dort war, mussten sie den Forschungsplex neu einrichten lassen. Das nenne ich einen Erfolg.« Er prostete dem Negamagier vergnügt zu. »Du schaust also Schatten-TV?«

»Man muss auf dem Laufenden bleiben, auch wenn ich nicht aktiv bin. Immerhin weiß ich, dass die anderen in Seattle Besuch von einem Cyberdynamix-Killer hatten und dein Auto vor nicht allzu langer Zeit in die Luft flog.«

Poolitzer winkte ab. »Das ist vorbei. Vor Cyberdynamix sind alle Beteiligten sicher. Und um die Gefahr zu vermeiden, mich noch einmal mit einem Kon anzulegen, habe ich mir Storys rund um die Magie ausgesucht«, erklärte er seinen Besuch in Weimar. »Keine Sararileute, keine Messerklauen. Nur feinste Magie. Ich komme gerade aus Suhl, wo ich eine Story über einen Fokusfabrikanten gemacht habe. Hier entsteht eine Dokumentation über die Bibliothek. Anschließend wollte ich mich um einige Leute kümmern, die alten Büchern und Bibliotheken nachstöbern.« Prüfend betrachtete er Xaviers Züge. »Und du? Was tust du hier? Magier erschrecken? Bücher vernichten?«

»Weder noch. Ich lasse mich testen«, antwortete er vage.

Poolitzer hatte sofort verstanden, was er damit meinte. »Ein Versuchskarnickel für die Hokuspokuskasper? Du hast Nerven. Warum das denn?«

Unwohl wich er Poolitzers Blick aus und betrachtete die Studenten im Hof. »Ich will mehr über mich erfahren. Jeder magisch Begabte weiß um die … Funktionsweise von Magie. Oder zumindest ist einiges bekannt. Nur ich stehe reichlich dämlich da. Was mache ich, wenn ich meine Kraft im falschen Moment ausschalte?«

Der Reporter musste lachen. »Vermutlich nichts mehr, wenn der Elementar oder Magier auf Zack ist.« Er schaute sich im Café um. »Haben die eine Ahnung, was du bist? Die müssen doch eine höllische Angst vor dir haben. Da fällt mir noch was ein.« Er biss von seinem Croissant ab, wühlte in seiner Jacke herum und legte die Kopie eines Artikels auf den Tisch. »Hast du davon was gehört?«

Xavier las die Zeilen quer. Es war der Bericht über die Misshandlung, die Unbekannte mit Stimulanspflastern dem Magier Dr. Diederichs zugefügt hatten. Seitdem befand sich der Dozent im Schockzustand, seine Aura leuchtete kaum mehr wahrnehmbar magisch.

Der Hintergrund der Tat blieb für die Ermittler noch im Verborgenen. Die Untersuchung ergab wohl, dass die Täter im Büro etwas gesucht hatten, doch von der Einrichtung fehlte nichts. Somit ging das LKA vorerst von einem magiefeindlichen Beweggrund oder einer persönlichen Racheaktion gegen Diederichs aus. Die Studierenden wurden bereits verhört.

»Seltsam«, meinte der Negamagier und schob das Blatt zurück zu Poolitzer. Seine Gedanken kreisten aus einem unbestimmten Gefühl um den Kom-Anruf aus Seattle. »Wenn man etwas geklaut hätte, könnte ich dir einen Tipp geben. Aber so?«

Diese vage Andeutung reichte dem Journalisten schon aus, um den Story-Instinkt von null auf hundert zu jagen. »Kannst du das ein bisschen näher erläutern?« Seine Nase juckte. Das beinahe untrügliche Zeichen für eine gute Geschichte.

»Du wirst es für dich behalten, was ich dir jetzt sage. Eine unbekannte Frau aus Seattle rief mich an. Sie bot mir einen fünfstelligen Betrag, wenn ich mich am Diebstahl eines magischen Artefakts beteiligen würde. Zumindest glaube ich, dass man mir das anbot. Das fiel mir gerade ein, als ich den Artikel überflog. Kann auch sein, dass ich damit völlig falsch liege. Diederichs wurde ja nichts entwendet.«

Ein Plan wuchs bereits in Poolitzers Gedankenstübchen. Er würde persönlich nach Göttingen fahren und sich den Fall vorknöpfen. »Danach sieht es zumindest aus. Ich werde vor Ort recherchieren«, eröffnete er dem Runner. »Gibt es sonst noch was Neues? Unter Umständen in Sachen Negamagie?«

Xavier schüttelte den Kopf. »Nein. Wenn die Jungs so weit sind oder eine Bombensache entdeckt wird, rufe ich dich an. Das wird Zeiss als Hauptgeldgeber der Uni vermutlich nicht passen, aber wen interessieren schon die Megakons?« Er programmierte die Nummer des Reporters in sein Handgelenk-Kom. »Dafür schuldest du mir dann was.«

»Okay«, willigte Poolitzer ohne zu zögern ein. Das Grinsen und die gute Laune verflogen. »Kann ich dich was Persönliches fragen?«

Der Negamagier nickte vorsichtig und war gespannt, was nun kam.

»Wie hast du es geschafft, von Cauldron loszukommen?«

Nein, nicht schon wieder. Xavier atmete tief ein und aus. »Wer hat dir denn erzählt, dass wir eine Beziehung hatten?«

»Erstens spürte ich es schon damals, als ihr euch beim Run kennen lerntet. Zweitens habe ich so meine Quellen«, meinte Poolitzer verschmitzt. »Ich frage deshalb, weil ... ich mich gerade in einer ähnlichen Situation befinde und nicht damit klarkomme«, verriet er. »Die Frau, in die ich mich verknallt habe, ist entweder tot oder liegt in einem Versuchslabor von Cyberdynamix.«

»Oh, Scheiße«, flüsterte Xavier ehrlich betroffen. »Und ich dachte, ich hätte Pech.« Er legte dem Journalisten die Hand auf die Schulter. »Das tut mir Leid für dich. Du musst dich damit abfinden. Für Hoffnung ist da kaum Platz.«

»Ich weiß. Das heißt, mein Verstand weiß es.« Poolitzer schlug sich gegen die Brust. »Aber das verdammte Herz kommt nicht darüber hinweg.«

Schwach lächelnd lehnte sich der Deutsche zurück. »Es wird. Meines hat es auch geschafft.« *Hoffentlich erkennt er nicht, dass ich lüge.* »Stürz dich in die Arbeit, um dich abzulenken, aber verdränge es dabei nicht. Erinnere dich an sie, und sag dir immer wieder, dass sie für dich verloren ist. Alles andere wird dich fertigmachen.«

»Als Seelentröster taugst du nicht viel«, meinte Poolitzer gespielt vorwurfsvoll. »Ich weiß, dass du Recht hast. Es ist schwer einzugestehen, dass die Sache verloren ist.« Er erhob sich. »Na, dann werde ich deinen Rat befolgen und mich wieder ans Werk machen. Da warten ein paar Zauberazubis auf mich, die ich interviewen werde. Einer von denen ist eine große Nummer, Herry Töpfer oder so. Eine Nacht im Hotel, danach geht es ab nach Göttingen.«

Xavier stand ebenfalls auf. »Ich werde dich nicht aufhalten. Wenn ich etwas erfahre, rufe ich dich an.« Er nannte ihm seine Adresse.

Gemeinsam schlenderten sie zurück in den Lesesaal, wo man den Reporter bereits erwartete.

Die Männer verabschiedeten sich voneinander und gingen jeder seiner Wege.

II.

Russland, Moskau, 24. 04. 2058 AD, 07:31:01 Uhr

»Moskau. Das Viertelfinale um die European Champions Trophy des ISSV Europa zwischen den Mainzer Black Barons und dem Gastgeber Maschine Moskwa endete gestern in einem Massaker, nachdem unbekannte Angreifer die Torzone der Russen durch einen Abwasserkanal erreichten und beide Teams attackierten. Unter dem Einsatz von Maschinengewehren und Kampfmagiern eröffneten sie das Feuer auf die Spieler sowie ISSV-Vertreter, ehe sie die Flucht ergriffen. Zurück blieben zwei Tote aus den Reihen der Unbekannten sowie fünfzehn tote und acht verwundete Stadtkrieg-Spieler. Die noch nicht identifizierten Angreifer trugen Bekennerschreiben der ›Neuen Liga für Menschlichkeit‹ mit sich, in der sie die Abschaffung des beliebten, jedoch äußerst brutalen Sports aus humanitären Gründen forderten. Die russische Polizei …«

Der Bildschirm wurde schwarz. Scheißdreck. Tattoo saß in ihrem Krankenbett, ihr Unterschenkel steckte in einem Metallkorsett, das den mehrfach gebrochenen Knochen und die eingesetzte Titanplatte fixierte. Sie legte die Fernbedienung auf die Ablage, sank ins Kissen und starrte an die weiße Decke.

Das war der vierte Bericht, den sie an diesem Morgen sah. Jeder Sender, auch die auswärtigen, schien auf die gequirlte Kacke mit der Menschlichkeitsliga hereinzufallen.

Sie hatte noch nichts von einer solchen Organisation gehört. Und auch Andex, der früher aus Jux bei Green-War und den Anti-Imperialistischen Zellen mitgemacht hatte, bis er die Stadtkrieg-Liga für das Austoben seiner

Aggressionen entdeckte, hörte von der Gruppe zum ersten Mal.

Der Ork lag ein Zimmer weiter. Ihm hatte ein Magier eine Ladung verpasst, die zu schlimmen Kopfschmerzen und Nasenbluten führte. Wenigstens konnte er die Tasten des Koms an seinem Bett bedienen.

Zu den Glücklichen gehörten außerdem Schlagergott und Dice, die wegen ihrer Strafe zu spät am Ort des Geschehens eintrafen und keinen Kratzer davongetragen hatten. Auch ihr Sani Anubis und der Kapitän Oneshot waren wesentlich glimpflicher als die Aufklärerin davongekommen.

Der Rest der Besten des Black Barons-Teams war tot oder im Begriff zu sterben, wie es Coach Karajan vorhin bei einem Besuch aufgewühlt umschrieb. Maschine Moskwa hatte acht Leute verloren und verzeichnete vier Verletzte, von denen höchstens einer in der Lage sein würde, sich jemals wieder an einem Stadtkriegspiel zu beteiligen.

Der Trainer konnte es ebenso wenig fassen wie die Elfin, bei der die Wut und der Hass auf die Unbekannten die Trauer noch überlagerte. Verfolgt von Kamerateams und den Anrufen aus der Vorstandsetage der Barons, organisierte Karajan den Heimflug und den Transport der Verletzten, ohne genau mitzubekommen, was er alles tat. Jemanden aus der Mannschaft in einem Match zu verlieren, damit kamen die meisten Spieler und Betreuer klar. Verluste in dieser Höhe hatte es noch niemals in der Geschichte der Stadtkrieg-Liga gegeben. Da wirkte es wie ein Schlag ins Gesicht der Freunde und Verwandten, dass die Toten auf das Konto einer Liga für Menschlichkeit gingen.

Tattoo langte nach dem Kom und klingelte Andex an.

»Mir kam eben eine Idee«, begann sie aufgekratzt. »Könnte es sein, dass sich Moskaus Bürgermeister nicht mit der Russenmafia auf Schutzgelder für die Übertragung einigen konnte?«

Der Ork am anderen Ende der Leitung schwieg nachdenklich. »Du meinst, die wollten abkassieren? Vielleicht haben sie auch versucht, die ISSV um eine … Spende zu bitten.« Sie hörte, wie er den Trid abschaltete. »Sag mal, warum willst du das wissen? Ich habe mich vorhin schon gewundert, als du nach der Liga fragtest.«

»Es interessiert mich eben, welche Schweine sieben unserer Leute auf dem Gewissen haben.« Die Aufklärerin versuchte, ihre Zehen des bandagierten Fußes zu bewegen. Es tat sich nichts. Entweder war er von den Ärzten anästhesiert worden, oder die Bänder und Sehen waren zum Teufel. Hoffentlich musste der Unterschenkel nicht ausgetauscht werden. »Ich finde, wir sollten es herausfinden und den Typen stecken, was wir davon halten.«

Der Brecher lachte rau. »Sicher, Langohr. Mal eben gegen die Magier ausziehen, damit wir mit den toten Kollegen im Jenseits Stadtkrieg spielen. Nee, danke. Lass das die Bullen machen.«

»Du hast keinen Mumm, Andex. Sauf dein Bier, und bekomm 'ne Zirrhose!« Tattoo knallte den Hörer wütend auf die Gabel. Sie würde herausfinden, wem sie ihren Krankenhausaufenthalt verdankte.

Eine Schwester kam herein, ein Tablett mit Spritzen und eines mit dem Abendessen balancierend. Sie lächelte die Elfin an und wollte ihr vor dem Essen etwas Blut abnehmen.

Grinsend hielt ihr die Patientin den Arm hin und lachte schallend, als das Gesicht der Frau ratlos wurde. So sehr sie suchte, sie fand keine Adern. Schließlich traf die Nadel auf harten Widerstand. Erschrocken zog die Russin das Instrument heraus. Die Spitze war verbogen.

»Kleiner Scherz«, entschuldigte sich die Aufklärerin

der Black Barons kichernd. »Die Dinger sind falsch. Nehmen Sie lieber die Zehen. Da spüre ich momentan sowieso nichts.«

Unsicher erwiderte die Krankenschwester ihr Lächeln, starrte dabei auf die auffälligen Reißzähne des Metamenschen und verschwand ganz schnell aus dem Zimmer, nachdem ihre Arbeit erledigt war.

Tattoo würgte das Essen runter und orderte ein Aufzeichnungsgerät. Ihr Ehrgeiz, etwas über die Unbekannten zu erfahren, war erwacht. Sie verbrachte den restlichen Abend damit, sich durch die Infokanäle zu zappen und alles aufzunehmen, was über die Typen in den Vollrüstungen gebracht wurde. Inzwischen strahlten die Sender lizenziertes ISSV-Bildmaterial aus, das die Drohnen von dem Überfall aufgenommen hatten. Gegen Mitternacht übermannte sie die Anstrengung. Sie schlief bei laufendem Trid und der x-ten Wiederholung ein.

Nach dem Frühstück setzte sie ihre Recherchen fort, bis sie einräumen musste, dass die Unbekannten keinerlei Anhaltspunkte boten. Schwarze Vollrüstungen ohne Abzeichen, Standard-Maschinengewehre und ihre Bewegungen verrieten die Eingespieltheit von Profis. Als sie sich eine Szene anschaute, kamen der Scout Dice und der Stürmer Schlagergott zu Besuch.

Dice, ein Experte im waffenlosen Nahkampf, gehörte ebenfalls zur Elfenrasse, verhielt sich jedoch ähnlich unelfisch. Er war schon mehrfach wegen Glücksspiels verurteilt worden. An einem Würfeltisch kam er nicht vorbei, ohne eine Runde gespielt zu haben. Er wettete auf alles, und natürlich trug er immer Würfel bei sich. Für Unmengen von Geld rasierte ihm ein Coiffeur viele kleine Würfel in die kurzen Haare und färbte sie entsprechend.

Ihr Stürmer Schlagergott wartete mit einer weniger teuren Marotte auf. Er kannte alle deutschen Schlager auswendig und summte sie leise vor sich hin. Wenn der junge Mann mit der braunen Schmalztolle betrunken war, grölte er sie zum Leidwesen des Teams laut heraus. Seine Jacke mit dem Aufdruck »Roy Black lebt« errang Kult-Status bei den Barons-Fans. Ulkigerweise hatte ihn das Gericht bereits zweimal wegen Fahrens ohne gültige Fahrerlaubnis verknackt. Für die Spiele wurde ihm eine Sondergenehmigung ausgestellt.

Schlagergott war zweimal deutscher Meister im Stadt-Cross-Fahren gewesen und überquerte so ziemlich jedes Hindernis, das sich seinem Motorrad in den Weg stellte, wenn er es nicht umschießen konnte.

Beinahe wäre er aus der Mannschaft geflogen, als er wegen illegalen Waffenbesitzes ins Gefängnis wandern sollte. Die Bullen fanden den Raketenwerfer im Kofferraum gar nicht witzig, obwohl der Tollenträger dafür eine sehr gute Erklärung parat hatte. Die Beamten wollten ihm jedoch nicht glauben, dass er einen Drachen aus seinem Vorgarten verscheuchen musste. Irgendjemand musste beim Polizeipräsidenten angerufen und die Sache aus der Welt geschafft haben.

Die Körperverletzung, die in seiner Akte stand, fiel da nicht weiter ins Gewicht. Ein Stadtkriegspieler ohne diesen Eintrag galt in den Fachkreisen nicht sonderlich viel.

»He, Süße«, begrüßte Dice die Aufklärerin. Sie klatschten der Reihe nach ab. »Wie geht's?«

Tattoo deutete an sich hinab. »Bis auf die kaputten Knochen ganz gut. Nach dem Mittagessen bekomme ich eine Schiene, mit der ich laufen kann.«

»Cool.« Schlagergott schaute auf den Bildschirm, und sein Gesicht verfinsterte sich. »Ist das so eine Art sadistische Zusatzleistung für Kassenpatienten, damit sie schneller aus dem Krankenhaus rennen?«, erkundigte er sich und zeigte auf die Bilder. »Mir reicht das, was ich erlebt habe.«

Ihre Leidenschaft kehrte zurück. »Ich will herausfinden, wer dahintersteckt. Ich tippe auf die Russenmafia und nicht bezahlte Schutzgelder.« Sie schaute zu Dice und Schlagergott. »Andere Vorschläge, Jungs?«

Der Stürmer hob die Schultern, die Lederjacke knarrte. »Keine. Ich habe mich auch nicht sonderlich damit beschäftigt.« Er sah den entrüsteten Ausdruck auf dem Gesicht der Elfin. »Hey, ich will nicht, dass du denkst, es sei mir egal. Aber wir haben keine Möglichkeit, etwas herauszufinden.«

Dice verzog den Mund. »Ich wäre schon dabei. Aber wie sollen wir vorgehen? In Moskau kenne ich keine Sau. Da ich kein Russisch spreche, wird es schwierig, auf die Schnelle etwas zu erfahren.« Er steckte die Hände in den Bomberblouson. Seine Finger spielten mit dem Würfelpaar. »Der Coach will übermorgen abreisen, dann sind die Formalitäten erledigt.«

»Wir können uns die Aufzeichnungen zusammen anschauen«, meinte Schlagergott, zog sich einen Hocker heran und machte es sich bequem. »Sechs Augen sehen mehr als zwei, trotz aller Modifikationen.«

Der Elf nahm sich Blatt und Stift, um Auffälligkeiten zu notieren.

Bald standen einige Punkte auf dem Papier, die wenig Mut machten. Die Maschinengewehre, Fabrikate der Marke Goryunov, stammten aus den russischen Beständen zur Zeit der Eurokriege. Massenware, alt und tausendfach auf dem Markt. Die Vollrüstungen gaben ebenfalls nichts her, was sie mit bloßem Auge erkennen konnten.

Also verlegten sie sich auf das, was sie als Stadtkrieger am besten beherrschten. Sie analysierten das Vorgehen der Angreifer. Mehrfach nutzten sie die Funktion des Standbilds und Dice skizzierte die Bewegungen.

»Ehemalige Militärs«, sagte der elfische Scout nach einer halben Stunde überzeugt. Damit erntete er das Kopfnicken des Stürmers. »Außerdem haben sie das

Terrain gekannt.« Mit der Kulispitze deutete er auf die wie eingefroren wirkenden Menschen. »Seht ihr? Sie haben nicht eine Sekunde gezögert, um sich zu orientieren. Sie deckten sich gegenseitig und nahmen die wichtigsten Punkte rund um die Torzone sofort unter Beschuss. Gegen ihre Übermacht hatten wir keine Chance. Bleibt die Frage nach dem Warum.«

»Ein russisches Runner-Team, das sich im Ausgang geirrt hat, wird es wohl kaum sein«, kommentierte die Elfin bissig. Sie favorisierte die Schutzgeld-Variante nach wie vor.

»Und wenn es eine abgekartete Sache des ISSV war? Oder der Inhaber der Übertragungsrechte?«, eröffnete Dice eine neue Perspektive. »Ein Gemetzel, um die Einschaltquoten zu erhöhen, weil jeder auf einen neuen Anschlag der Liga wartet?« Seine Augen leuchteten. »Oder Buchmacher! Man müsste herausfinden, wer auf diesen unerwarteten Ausgang setzte. Da müssen gigantische Quoten zusammengekommen sein, überlegt mal!«

»Das ist das, was ich vorhin meinte. Es wird uns unmöglich sein, innerhalb von wenigen Tagen etwas ohne Connections herauszufinden.« Schlagergott runzelte die Stirn. »Einen Augenblick! Kann es sein, dass sie mehr wollten als nur tilten?« Er nahm sich den Stift des Elfs und spulte eine Szene in Standbildern vorwärts. Die Spitze des Stifts tippte gegen das Glas. »Es sieht so aus, als wollten zwei in die Gasse, aus der Andex und du kamen«, meinte er in Richtung von Tattoo. »Dann tauchten die ISSV-Elementare auf, und sie zogen sich zurück.«

Die Elfin grübelte, ob sie etwas in der schmalen Straße gesehen hatte, was für die Unbekannten interessant gewesen sein könnte. »Ich erinnere mich an nichts Besonderes«, meinte sie nachdenklich. »Häuser, Schutt ...«, sie zögerte, »und Leichen! Andex und ich fanden fünf vermoderte Leichen in einem Haus, auf das die Gasse frontal zulief.«

»Aber ob die von Interesse waren?«, meinte der Stürmer enttäuscht.

»Sie lagen so, als hätten sie sich gegenseitig umgenietet«, fuhr sie fort. »Einer gegen vier.«

»Vielleicht hatte einer von denen was dabei, was die Idioten wollten«, vermutete Dice. »Es wäre zumindest eine einfache Lösung, die wir gleich checken könnten, oder?« Er schaute zu Schlagergott. »Wir fahren vorbei und schauen nach.«

»Kinderspiel«, erwiderte der Stürmer zuversichtlich. »Meine Mühle steht vor dem Krankenhaus.«

Tattoo bremste ihre Teamkollegen mit einem schrillen Pfiff. »Das würde euch so passen, mich im Bett liegen zu lassen. Ihr werdet gefälligst warten, bis ich die Schiene ums Bein trage. Selbstverständlich begleite ich euch. Ihr würdet es alleine gar nicht finden.«

Der Elf und der Mensch wechselten einen schnellen Blick. »Okay«, meinte Dice widerstrebend. »Obwohl du dich besser ausruhen solltest.«

»Hättet ihr wohl gerne.« Sie griente, während sie die Schublade des Nachttischs aufzog und die Warhawk überprüfte. Sollten sie ein weiteres Mal auf die Unbekannten treffen, würde die Begegnung zu ihren Gunsten verlaufen. Die gebrochenen Rippen hinderten sie nicht daran.

Die drei Stadtkrieger standen vor der Absperrung. Ein grünweißes Plastikband bildete die sichtbare Barriere, einige Meter dahinter standen zwei gepanzerte Polizisten, rauchten Zigaretten und unterhielten sich leise. Für die drei Schaulustigen hatten sie kein Auge.

»Ganz prima«, ärgerte sich Stürmer, versenkte die Hände in die Hosentaschen und starrte zu den Wachen. Hinter ihm tickte das heiße Metall des Motorrads leise, ein Hauch von Benzin lag in der Luft. »Jetzt sind wir angeschmiert.«

»Abwarten.« Dice bückte sich und lief unter der Absperrung durch. Sofort nahmen die Polizisten ihre Maschinenpistolen von der Schulter. »Keine Aufregung!«, rief er von weitem. »Ich bin Stadtkriegspieler, Black Barons!« Der Scout hielt seinen Ausweis und seine Lizenz hin. »Wir würden uns gerne umsehen, weil wir bei der Ballerei ein paar persönliche Sachen verloren haben, verstehen Sie?«

Die Wachen blieben skeptisch.

Vorsichtig langte er in die Jacke und nahm zehn Scheine heraus, die ihm wie zufällig aus der Hand glitten und sich am Boden verteilten. »Dürfen wir suchen?«

Die Polizisten lachten wissend. Sie winkten ihn und die anderen beiden näher, überprüften die Ausweise und kümmerten sich darum, dass die Scheine nicht mit dem Wind davongetragen wurden.

Sie gingen die Gasse hinunter und taten so, als würden sie nach etwas Ausschau halten, bis sie vor der Ruine anlangten. Nacheinander verschwanden sie im Inneren und hielten ihre Waffen schussbereit.

Die fünf Leichen lagen noch genau so, wie die Aufklärerin und Andex sie verlassen hatten. Während Tattoo die Umgebung sicherte, zogen sich Dice und Schlagergott Einweghandschuhe über und filzten die Leichen. Der Zustand der sterblichen Überreste beeindruckte keinen der Fledderer.

Sie fanden etwas Geld, Rechnungsbelege, vier Ausweise und Kleinigkeiten. Diese Gegenstände hätten den Angriff mit Sicherheit nicht gerechtfertigt.

Erst als der Stürmer den Eingekesselten untersuchte und auf den Bauch drehte, machte er eine Entdeckung. Ein dünnes, mit Kunststoff ummanteltes Stahlseil verband sein Handgelenk mit dem Griff eines metallenen Aktenkoffers, der unter ihm gelegen hatte.

»Scheint so, als hätte unser Glücksspieler Recht«, meldete er seinen Begleitern und hob zur Bekräftigung den Koffer an. »Sieht wirklich so aus, als hätten die vier einen Kurier weggeballert.« Schlagergott versuchte, die Halterung am Gelenk zu lösen, und hielt kurz darauf die Leichenhand zwischen seinen Fingern. Angewidert warf er sie Boden. »Bäh. Wenigstens kriegen wir so den Koffer.«

Dice nickte zufrieden. »Damit ist die Sache geklärt. Die schweren Jungs sollten sich das Ding schnappen, ehe einer von uns darüber stolperte und es behielt.«

»Was jetzt geschehen ist«, vollendete Tattoo befriedigt. »Dabei hätten sie nur Nervenstärke beweisen und abwarten müssen, bis die Partie zu Ende ging.«

Schlagergott legte ein Ohr horchend an den Deckel. »Ich höre nichts.« Der Tollenträger wog den Koffer schätzend ab. »Rund zehn Kilogramm. Muss ja was irre Wichtiges drin sein, wenn jemand einen solchen Aufstand inszeniert.« Als sein Zeigefinger an dem Rad zur Einstellung des Kodes drehen wollte, schritt die Elfin ein.

»Nein!«, warnte sie ihn. »Lass alles, wie es ist. Wer weiß, welche Sicherungen eingebaut wurden.«

»Wie sollen wir herausfinden, was drin ist?«

Sie strich über das Metall. »Wir nehmen ihn einfach mit nach Mainz«, entschied sie kurzerhand.

Dice und Schlagergott schauten sie entgeistert an.

»Wieso nicht?«, erwiderte sie gereizt. »Mir fällt nichts Besseres ein. Oder ist einer von euch der Meinung, dass wir das Ding den Polizisten geben sollten?«

Ihre Teamkollegen schwiegen.

»Dann sind wir uns einig. Außerdem sollen die Spielverderber ruhig weitersuchen, bis sie schwarz werden.«

Wenn das mal kein Bumerang wird, dachte der Stürmer und beobachtete, wie Tattoo den Koffer in eine halb zerfetzte Plastiktüte stopfte. »Bist du sicher, dass keine Bombe drin ist?«

»Ausschließen kann ich es nicht.« Sie betrachtete den durchlöcherten Kurier. »Sie hätten aber wohl kaum auf ihn geschossen, nehme ich an.«

Da sie es vorzogen, nicht mit dem Koffer gesehen zu werden, machten sie einen Umweg zum Motorrad. Die beiden Stadtkrieger fuhren mit der Maschine zum Hotel, die Elfin nahm ein Taxi zum Krankenhaus.

Die Aufklärerin packte ihre Sachen zusammen, um in die Unterkunft der Black Barons, das Sporthotel Sputnik, umzusiedeln. Bei einem kurzen Abstecher zu Andex, der inzwischen aufrecht sitzen durfte, erzählte sie von den neuen Erkenntnissen. Der Ork brannte beinahe vor Neugier, dennoch blieb ihm keine andere Wahl, als vorerst das Bett zu hüten. Seine Entlassung war rechtzeitig für den Heimflug am morgigen Nachmittag vorgesehen.

Die Stunden bis zum Abflug wurden zu den längsten in Tattoos Leben. Sie hörte den Koffer förmlich schreien, man solle ihn öffnen, am Schloss herumspielen oder ihn mit einem Trennschneider bearbeiten, bis er sein Geheimnis preisgab. Stumm saßen sie, Dice und Schlagergott um den Spind, in dem sie ihre Beute aufbewahrten. Jeder malte sich die unterschiedlichsten Dinge aus, was wohl darin enthalten sein mochte.

Am nächsten Morgen ging es zum Flughafen. Die Stimmung im Mannschaftsbus befand sich auf dem Tiefpunkt. Als Sieger hatten die Barons aus Moskau zurückfliegen wollen – jetzt beschrieb das Wort »Desaster« ihre Lage nicht einmal annähernd.

Coach Karajan gab zudem bekannt, dass das Entscheidungsspiel der deutschen Stadtkrieg-Liga um Platz eins zwischen ihnen und den Centurios Essen in Gefahr geriet. Die Ausfälle rissen enorme Lücken. Die Besten der Mannschaft waren entweder tot oder schwer verletzt. Zwar standen Auswechselspieler zur Verfügung, doch sie würden dem Gegner im alles entscheidenden Ligaspiel wenig entgegenzusetzen haben.

Das Team aus Deutschland wurde an den wartenden Reportern vorbeigeschleust und auf Schleichwegen zur Zollabfertigung gebracht. Tattoo hatte auf dem Weg zum Abfertigungsbüro das Gefühl, der geheimnisvolle Koffer würde immer schwerer und schwerer. Gehorsam stellte sie sich in die Reihe und wartete, bis man ihr Gepäck durchleuchtete.

Als der Behälter auf das Rollband des Röntgengerätes gestellt wurde, schloss sie für einen Moment die Augen. Hoffentlich ist nichts Gefährliches drin, dachte sie. Dann strahlte sie den Beamten gewinnend an.

Der Mann nickte ihr zu und achtete auf den Monitor des Durchleuchtungsapparats. Seine Miene drückte Befremden aus. »Das ist eine Legierung, die unsere Strahlen abweist«, machte er sie ungehalten aufmerksam. »Würden Sie den Koffer bitte aufmachen?«

Sie spielte die Verlegene. »Tut mir Leid, ich habe die Nummer vergessen. Muss sie aus Versehen verstellt haben.«

»Dann machen wir es anders.« Der Zöllner winkte eine Uniformierte herbei. Sie setzte sich, und ihre Lider senkten sich.

Eine Scheiß-Magierin! Nun kam Panik in der Elfin auf. Schlagergotts Gerede von einer Bombe machte sie nervös. Sie schluckte aufgeregt.

Die Frau kehrte aus der astralen Ebene zurück und flüsterte dem Beamten etwas ins Ohr. »Sie hätten mir ruhig sagen können, dass ich mir die Mühe sparen kann«, wandte er sich schroff an die Stadtkriegerin. »Also, was ist da drin? Warum wollen Sie es auf jede mögliche Art verbergen?«

Sie hat es nicht erkennen können? »Es ist … mein Handwerkszeug«, log sie. »Meine Pistolen und Sai-Gabeln. Es sind … Spezialanfertigungen. Die Besonderheiten gehen niemanden etwas an, verstehen Sie?« *Glaub es einfach, bitte!* Tattoo bedachte die Magierin mit einem tödlichen Blick. »Berufsgeheimnis.«

»Würden Sie sich bitte beeilen?!«, rief jemand aus der Schlange, die sich weit zurückstaute. »Es kam schon der zweite Aufruf für den Flug.« Vielstimmiges Murren und einige russische Flüche flogen dem Zöllner an den Kopf.

Der Beamte gab dem Druck der Masse nach. Er legte eine Sperrvorrichtung aus Plastikdraht um den Koffer, damit er nicht geöffnet werden konnte, und winkte die Aufklärerin durch.

Um ein Haar wäre sie vor Erleichterung in Ohnmacht gefallen. Sie eilte zur Gangway. Dice, Andex und Schlagergott umringten sie.

»Das war knapp«, raunte der Stürmer, dem der Schweiß aus allen Poren rann. »Wieso hat Olga nichts erkannt?«

»Hieß sie Olga?«, wunderte sich der Ork.

»Russinnen heißen immer Olga«, erklärte Schlagergott gönnerhaft.

Tattoo blinzelte. »Du erwartest von mir, einer Magiehasserin, dass ich dir erkläre, warum sie mit ihrem Hokuspokus nicht in den Koffer sehen konnte?«

»Vergiss es«, winkte Andex ab. »Aber Respekt. Muss ja was unheimlich Wichtiges drin sein, wenn es so abgesichert ist.«

Dice grinste. »Du hast es doch gehört: vergoldete Sai-Gabeln, um stilvoll in der Nase zu bohren, und Ruger Super Warhawks aus Titan, mit der sie die Korken aus den Champagnerflaschen schießt.«

Sie gönnten sich einen harten Drink, bevor das Flugzeug zur Rollbahn steuerte. Die Blinklichter der Flughafenfahrzeuge warfen ihr gelbes Licht in die Kabine, und sie hörten das leise Dröhnen der Triebwerke des Airbus A640, die allmählich warm liefen.

Schlagergott summte eine Schnulze vor sich hin und betrachtete das rege Treiben vor dem kleinen Fenster.

Als er die Särge sah, die gerade eingeladen wurden, hörte er auf. Sein Mund wandelte sich zu einem dünnen Strich.

Andex schabte sich über die schwarzen Bartstoppeln, seine Pupillen hefteten sich auf den Behälter, den die Elfin auf dem Schoß trug.

Tattoo wusste, dass der Brecher den Koffer am liebsten sofort geöffnet hätte. »Du wirst dich noch gedulden müssen«, vertröstete sie ihn. »In ein paar Stunden sind wir zu Hause, dann machen wir uns auf die Socken und suchen einen Spezialisten, der uns das Baby öffnet ...« Ein leises elektronisches Fiepen ertönte. Irritiert schaute sie auf den Behälter. Woher kam das?

Die Stewardess, die in diesem Augenblick an ihrem Sitz entlanglief, blieb stehen. »Oh, entschuldigen Sie bitte. Sie müssen Ihr Kom-Gerät aus Sicherheitsgründen vor dem Start abschalten.«

»Ja, gleich«, versuchte die Elfin, die Flugbegleiterin durch unfreundliches Gehabe zu verscheuchen. Der Ansatz misslang. Das Geräusch endete nicht.

»Ach, das ist ja meins«, sprang Andex ablenkend ein. Er suchte umständlich in allen ihm zur Verfügung stehenden Taschen, bis er auf sein Handgelenk-Kom drückte. Das Fiepen erstarb wie bestellt, obwohl es mit seinem Kom nichts zu tun hatte. »'tschuldigung«, meinte er verlegen. Die Stewardess lief weiter.

Tattoo stöhnte auf und lehnte sich in das Polster. Der Ton erklang erneut. Die Elfin rollte mit den Augen, und wie aus dem Nichts stand die Flugbegleiterin neben ihr.

»Bitte«, sagte sie mit Nachdruck. »Wir werden nicht eher starten, bis alle elektronischen Sendegeräte abgeschaltet sind. Die Verzögerung und daraus entstehende Schadenersatzansprüche leitet die Fluggesellschaft an Sie weiter, wenn ...«

»Ja, verdammt! Ich mach's ja gleich!«, fauchte die Aufklärerin die Frau an, die Adrenalinpumpe aktivierte sich. Die Stewardess fuhr erschrocken zusammen. »Das Ding ist kaputt und lässt sich nicht abschalten, okay? Was soll ich Ihrer Meinung nach tun?«

Das Fiepen wurde lauter.

»Aussteigen?«, schlug die Flugbegleiterin unsicher vor. »Es tut mir Leid, aber ich bestehe darauf, dass Sie ...«

»Ja, ja, JA!« Tattoo sprang auf, packte den Behälter und drosch ihn so lange gegen die Kopfstütze, bis der Ton abriss.

»Ich wette zehn Mücken, dass das Ding nicht hochgeht«, raunte Dice dem Stürmer zu. »Bist du dabei?«

»Halt die Fresse!«, stieß der blasse Mann hervor.

Der Tobsuchtsanfall der Elfin ließ nach. Aus dem geschundenen Polsterstück hingen Schaumstoffbrocken heraus, die Fetzen verteilten sich in der ganzen Kabine. »Zufrieden?«, keuchte sie etwas außer Atem, während sie versuchte, die aufputschende Wirkung des Stresshormons in den Griff zu bekommen. Sie sank zurück in den Sessel und stellte den Koffer auf den Boden.

»Danke«, hauchte die Flugbegleiterin und trat den Rückzug an.

Schlagergott presste sich mit geschlossenen Augen in den Sitz.

»Schade. Du hast verloren.« Dice hielt ihm die geöffnete Hand unter die Nase, um seinen Gewinn zu kassieren.

»Tu das meinen Nerven nie wieder an.« Andex atmete hörbar aus und langte nach einem Sixpack Bierdosen.

Sie würde noch viel Spaß mit diesem Teil haben, sinnierte die Aufklärerin. Die Spannung wuchs beständig. *Fast wie an Weihnachten,* verglich sie das Gefühl. Nur wusste sie nicht, ob der Inhalt des Päckchens jemals auf ihrer Wunschliste gestanden hatte.

»Wisst ihr, auf was ich mich freue?«, meinte der Elfenscout amüsiert. Seine Freunde schauten ihn an. »Auf den Zollcheck in der ADL.«

Tattoo wurde eine Spur blasser.

ADL, Freistaat Thüringen, Jena,
Friedrich-Schiller-Universität, 23. 04. 2058 AD, 09:32 Uhr

Die graublauen Augen von Prof. Prof. mag. herm. Paulinus Beckert wanderten über die unzähligen Bücherrücken und Ordner, in denen zum einen seine Schriften, zum anderen die Arbeiten von Studierenden und Doktoranden aufbewahrt wurden. Unzählige Projekte zur Hellsicht und astralen Wahrnehmung mit mal mehr, mal weniger Sinn. Routinemäßig wurde von jedem Opus ein Ausdruck angefertigt, sollten die Computergedächtnisse und Speicherchips, die im Keller lagerten, aus irgendeinem Grund zu Schaden kommen.

Der Universitätspräsident, Mitglied der Doktor-Faustus-Verbindung, schlenderte zwischen den Hochregalen entlang, um in sein Büro zurückzukehren. Er warf sich in seinen Kunstledersessel, faltete die Hände und betrachtete die Unterlagenstapel in seiner Ablage.

Noch mehr Material aus den Forschungsgruppen, das er sichten und im Senat vorstellen musste. Anschließend würden die Abschriften an den Sponsor-Kon Zeiss gehen.

Bedächtig nahm er die Aufzeichnungen von Doktor Scutek zur Negamagie auf und blätterte darin, ehe er sie auf den Tisch zurückwarf.

Beckert war unzufrieden, mit sich und seiner Situation als Unipräsident. Er hatte sich einst mehr Handlungsspielraum, mehr Freiheiten erhofft. Doch Zeiss legte den Finger auf alle Entscheidungen, die er traf, und gab erst sein Einverständnis, wenn die Berater des Unternehmens ebenfalls zustimmten.

Das lähmte seiner Ansicht nach vieles. Seit anderthalb

Jahren versuchte er, eine andere Politik als sein Vorgänger an dem ehrwürdigen Institut zu betreiben, ohne messbaren Erfolg. Als ihm die Stelle angeboten worden war, hatte er die warnenden Stimmen aus seinem Bekanntenkreis überhört. Inzwischen wusste er, dass sie keinen Unsinn geredet hatten.

Immer das Gleiche. Frustrierend. Der knapp fünfzigjährige initiierte Magier schaltete seinen Computer ein und holte sich die Forschungsergebnisse der letzten zwei Monate auf den Schirm.

Sicher, die Universität lieferte Neues. Aber nicht zum Wohle aller, sondern zum monetären Wohl von Zeiss. Auch das störte ihn. Magische Erkenntnisse, die man im Austausch mit anderen Hochschulen verfeinern könnte, verschwanden in den Panzerschränken des Konzerns.

Beckert schwang mit dem Sessel herum und blickte aus dem Fenster hinaus auf den Campus.

Man müsste die Vorgänge rund um die Magie besser überwachen. Das war sein Lieblingsthema. Es ärgerte ihn, dass jeder kleine Hobbyzauberer seine Gabe anwenden konnte, wie er wollte, oder Erkenntnisse auf Nimmerwiedersehen hinter verschlossener Tür blieben.

Zudem war jeder magisch Begabte seiner Ansicht nach eine Waffe. Er hatte die jahrelange Diskussion über die ständige Meldepflicht für Magier und Schamanen mit großem Interesse verfolgt und war von der negativen Entscheidung des Bundesverfassungsgerichtes sehr enttäuscht. Er sah es genauso wie die Richter, dass die Magie eine persönliche Befähigung sei, die zu den unveräußerlichen Bestandteilen einer Persönlichkeit gehöre. Die von ihm daraus gezogene Konsequenz unterschied sich allerdings drastisch von derjenigen der Kadis. Die Anwendung dieser Befähigung konnte mehr Schaden als eine simple Handfeuerwaffe anrichten. Für eine Pistole, sei sie noch so mickrig, brauchte man bereits einen Waffenschein, und der Besitzer musste sich im Gegensatz zu einem Magier registrieren lassen. Da halfen die Strafverschärfungen bei Delikten im Zusammenhang mit Magie seiner Ansicht nach nichts. Eine echte Kontrollinstanz fehlte. Ein Geheimdienst oder etwas Ähnliches müsste her.

Für seine unverhohlen geäußerten Ansichten erhielt er von einigen Studierenden den wenig schmeichelhaften Spitznamen »Gestapo-Pauli«. Doch solche Schmähungen prallten an dem Universitätspräsidenten ab wie eine Wespe an einer Manabarriere. Die wenigsten verstanden seine Intentionen. Es ging ihm nicht um die totalitäre Überwachung von Schamanen, Hexen und Magiern, sondern um Ordnung und Recht.

Legte man ein entsprechendes Register an, könnte man ein Netzwerk von Spezialisten aufbauen, was für eine allgemeine Forschung unbezahlbar wäre. So jedoch blieben Tausende im Dunkeln, mit deren Hilfe unter Umständen bahnbrechende Erfolge errungen werden könnten. Wie viele Kinder mit dieser Gabe wären nicht in die Schatten des Verbrechens gerutscht, wenn man sie rechtzeitig erkannt und gezielt gefördert hätte? Die Kriminalitätsrate unter den Magiern würde sich im Promillebereich bewegen.

Beckert sah die letzten Ergebnisse des Kollegen Scutek durch, um sich abzulenken.

Eine Viertelstunde später, die Aufzeichnungen über Negamagie zierten unzählige Anmerkungen und Fragezeichen, steckte seine Sekretärin den Kopf herein und brachte die Post des Tages.

Das Bild, das sich ihr bei dieser Gelegenheit bot, war beinahe immer das gleiche. Der Professor saß kerzengerade an seinem schweren Schreibtisch, die graue Haarpracht wurden mit Pomade exakt in der Mitte geteilt und eng an den Schädel gelegt. Unter der dunkelgrauen Weste trug er ein weißes Hemd mit Stehkragen. Es war ein altmodischer und damit schon beinahe wieder zeitgemäßer Anzug, den der Universitätspräsident trug. An seiner rechten Hand befand sich der Siegelring seines Abschlussjahrgangs der Universität Heidelberg.

»Störe ich? Sie haben mein Klopfen nicht gehört, Herr Professor. Ich bräuchte eine Unterschrift.«

Beckert hob den Kopf und lächelte ihr zu. »Liebe Frau Schmitz, kommen Sie herein. Ein wenig Ablenkung, noch dazu eine solch charmante, ist mir jederzeit willkommen.« Er musterte die Mittvierzigerin, die stets Wert auf ihr Äußeres legte. »Was haben wir denn alles in der Post?« Verwundert stellte er fest, dass ihr ein junger Mann in einer Zustelleruniform folgte.

»Der Herr besteht darauf, dass Sie den Empfang persönlich quittieren«, entschuldigte sie dessen Anwesenheit.

»Guten Morgen, Herr Professor«, grüßte der Bote artig und riss sich die Mütze vom Kopf, was Beckert mit Wohlwollen registrierte. Es gab demnach doch noch Anstand unter den jungen Leuten. Der Mann reichte ihm den elektronischen Quittungsblock. »Würden Sie bitte unterschreiben und mir vorher Ihren Ausweis zeigen?«

Eine solches Vorgehen war neu. Misstrauisch blickte der Präsident den Mann an und sondierte oberflächlich seine Gedanken. Er entdeckte jedoch nichts, was auf eine Gemeinheit hindeutete. Der Bote machte seinen Job und war lediglich etwas aufgeregt, weil sein Gegenüber eine hoch angesehene Persönlichkeit war.

Langsam nahm er seine ID-Karte hervor. Der Zusteller führte sie in ein Prüfgerät ein, las die Daten ab und reichte sie ihm wieder. »Vielen Dank. Ihre Unterschrift bitte.«

Beckert kam der Aufforderung nach und erhielt im Gegenzug den Umschlag. Der Bote verneigte sich und verschwand. Schmitz zuckte mit den Achseln, legte den Stapel Briefe in den Eingangsordner und zog sich ebenfalls zurück.

Der hermetische Magier legte den Umschlag auf die Tischplatte und sondierte den Inhalt. Er schien nüchtern und frei von jeglicher Emotion zu sein. Demnach war es ein Behördenbrief.

Neugierig nahm er den Brieföffner zur Hand und schlitzte das Kuvert mit einer akkuraten Bewegung auf. Auf dem Schreiben prangte das Emblem der Bundesregierung der ADL, die Adresse auf dem Bogen nannte eine Straße in Hannover.

»Bei allen Kräften!« Beckert konnte nicht anders, als sich laut zu wundern. Er erinnerte sich, dass er vor einigen Wochen, als er einen besonderen Hass auf die Zustände verspürte, einen Brief an die allgemeine Beschwerdestelle nach Hannover geschrieben hatte, auch wenn ihm diese Überreaktion im Nachhinein eher peinlich war. Sollte das die Antwort sein?

Er überflog das Schreiben, und sein Staunen steigerte sich von Zeile zu Zeile. Man habe seine Beschwerde sowie seine Anregung in Hannover sehr wohl zur Kenntnis genommen. Um sich mit ihm näher zu unterhalten und Vorstellungen auszutauschen, lud man ihn zu einem von ihm frei wählbaren Zeitpunkt in die Bundeshauptstadt zu einem Arbeitstreffen.

Bevor er genau wusste, was er tat, langte er nach dem Kom und tippte die angegebene Nummer ein. Zehn Minuten später stand der Termin mit Herrn Staatssekretär Rüdiger Sandmann im Innenministerium fest. Hotelbuchung und Reisekosten übernahm die Regierung.

Wie in Trance hängte der Unipräsident ein. *Paulinus, das wird eine interessante Erfahrung.* Schnell ließ er seine Sekretärin alle Termine für den nächsten Tag absagen. In aller Frühe würde er in Hannover sein.

»Guten Tag, Professor Beckert. Sie haben das Innenministerium gleich gefunden, wie ich sehe«, sagte der Mann beim Eintreten in das kleine Büro jovial und reichte ihm die Hand. Er war um die vierzig Jahre alt, trug einen Geschäftsanzug, teure Schuhe und eine blau getönte Brille. Seine Züge wirkten sympathisch. »Wir haben miteinander telefoniert. Ich bin Staatssekretär Sandmann.«

»Sehr erfreut«, erwiderte der Universitätspräsident. »Danke, dass Sie sich meine ungeliebten Ideen anhören möchten, auch wenn ich gestehen muss, dass mich Ihre Einladung sehr überraschte.« Er setzte sich wieder, nachdem er beim Erscheinen des Mannes aufgestanden war.

»Aber, aber«, wiegelte Sandmann ab und nahm Platz. »Wir haben zu danken, dass Sie uns Ihre wertvolle Zeit opferten und ohne zu zögern nach Hannover reisten. Um es vorweg zu sagen: Sie haben in Ihrer Beschwerde Punkte angesprochen, mit denen Sie bei einigen Herren offene Türen einrannten.«

»Ach?« Beckert strahlte über das ganze Gesicht. Er nahm eine Liste aus seiner Reisetasche. »Ich habe unterwegs ein paar Notizen gemacht. Wenn Sie Verwendung für einige meiner Vorschläge haben, würde ich mich sehr glücklich schätzen.«

Der Staatssekretär nahm die Blätter wie ein lästiges Geschenk entgegen. »Vielen Dank.« Er fixierte den Professor. »Nun, wie Sie sich vielleicht denken, geht es der Bundesregierung nicht nur um Ihre Ideen. Es werden auch Menschen zur Umsetzung benötigt.«

»Wobei Ihre Absichten an den rechtlichen Grundlagen scheitern«, fügte der Magier verdrießlich an.

Sandmann lächelte verschmitzt. »Angenommen, wir würden gerade an diesen rechtlichen Grundlagen arbeiten, hätten Sie dann Interesse, einer von Ihnen vorgeschlagenen Kontrollinstanz für magische Vorgänge beizutreten? Oder sie sogar zu leiten? Immerhin verfügen Sie als Präsident einer sehr bedeutenden Universität, die sich mit der Materie beschäftigt, über herausragende

Befähigungen.« Der Staatssekretär zählte an seinen Fingern die Eigenschaften auf. »Organisationstalent, meisterhafte Kenntnisse in astraler Wahrnehmung und Hellsicht sowie Wissen und Verbindungen zu Personen, die ähnlich denken wie Sie.«

Der jahrelange Traum schien für Beckert innerhalb weniger Sekunden Wirklichkeit zu werden. Dennoch überrumpelte ihn Sandmanns Angebot.

»Die Besoldung des Behördenleiters entspricht Ihrer Vergütung als Universitätspräsident.« Sandmann legte einen Fuß aufs Knie und wippte in seinem Stuhl vor und zurück. »Bis zur Gründung des fraglichen Amts wird es jedoch noch einige Zeit dauern, sodass Sie sich in aller Ruhe aus dem Universitätsbetrieb zurückziehen könnten. Die Frage, die ich von Ihnen klar beantwortet haben möchte, Professor Beckert, lautet: Wollen Sie?«

Instinktiv nickte der Mann. Das war die Gelegenheit, auf die er immer gewartet hatte.

Der Staatssekretär lächelte noch breiter. »Hervorragend. Wären Sie bereit, sich einer Gedankensondierung zu unterziehen? Verstehen Sie das nicht falsch, Ihre Akte ist einwandfrei. Das Innenministerium will sich lediglich vergewissern, dass Ihre öffentlich geäußerte Meinung zu Ihrer inneren Einstellung passt. Das wäre eine Voraussetzung für den Posten.«

Wieder bewegte sich sein Kopf vor und zurück.

Sandmann rief einen Magier zu sich, der die Sondierung übernahm und nichts Auffälliges feststellen konnte.

Der Staatssekretär schien sichtlich zufrieden. »Ich hatte nicht angenommen, dass wir etwas finden könnten, was Ihrer Berufung als Chef des Bundesamts für Hermetik und Hexerei zuwiderläuft.« Er nahm eine Mappe aus seinem Schreibtisch und schob sie dem Unipräsidenten hinüber. »Darin finden Sie alles Wichtige. Von der Gesetzesvorlage bis zur Gründung und die

Aufgaben des Bundesamts. Machen Sie sich schon mal mit Ihrem neuen Bereich vertraut.« Er zwinkerte ihm aufmunternd zu. »Natürlich darf noch nicht nach draußen dringen, dass wir Sie einsetzen werden, sonst beschweren sich die demokratischen Gremien, wir hätten sie übergangen.«

Beckert gönnte sich einen Schluck Wasser. »Bis wann wird es so weit sein?«

»Anfang nächsten Jahres«, antwortete Sandmann wie aus der Pistole geschossen. »Es wird keine Schwierigkeiten bei den Abstimmungen geben. Wir werden einigen Bedenkenträgern vor Augen führen, was in den letzten Jahren alles durch Magie angerichtet wurde, weil eine Kontrollinstanz fehlte.«

»Ich müsste bereits zum Wintersemester mein Amt niederlegen«, dachte der Professor laut nach. »Welche Garantie erhalte ich von Ihnen, dass alles so kommt, wie Sie es mir eben versprachen?«

»Sie wollen wissen, ob unter Umständen ein anderer an Ihrer Stelle ernannt würde und Sie im Regen stünden? Das kann ich sehr gut verstehen.« Der Staatssekretär zog eine andere Schublade auf. »Aber denken Sie nicht, wir seien auf diese Frage nicht vorbereitet.« Ein Vertrag landete vor dem initiierten Magier. »Wir nehmen Sie ab dem Datum Ihrer Kündigung als Berater des Innenministeriums zu Fragen der Magie in unsere Dienste, womit Ihr Einkommen in dieser Übergangsphase gesichert ist. Sollte sich das Ganze zerschlagen, erhalten Sie eine ordentliche Abfindung.« Sandmann angelte einen Stift aus der Schale und reichte ihn seinem Gegenüber. »Sie bestimmen selbst, ab wann aus Ihnen ein Beamter des Innenministeriums wird.«

Etwas zittrig trug Beckert das Datum 1. Oktober 2058 in das vorgesehene Feld ein, unterzeichnete den Vertrag und schob ihn Sandmann zurück. »Ich freue mich auf meine neuen Aufgaben.« Der Professor packte die Mappe mit den Informationsmaterialien des Ministeriums in seine Tasche. Eine Euphorie machte sich in ihm breit, wie er sie sonst nur von seinen Initiierungen kannte.

Der Staatssekretär reichte dem Magier die Hand. »Und wir freuen uns, einen Mann wie Sie an der Spitze unserer neuen Behörde begrüßen zu dürfen. Behalten Sie das Gehörte für sich, bis wir das Bundesamt so weit haben, arbeiten Sie sich durch die Gesetzesvorschläge, damit Sie zum Jahreswechsel sofort einsteigen können. Der Bundeskanzler und das Innenministerium verlassen sich auf Ihr Können.« Sandmann erhob sich, schaute auf die Uhr und raffte die Verträge an sich, eine Durchschrift ging an den Universitätspräsidenten. »Natürlich lade ich Sie zum Mittagessen ein, wenn Sie uns schon keine Übernachtungskosten verursachen.«

Erfüllt von überschwänglicher Freude, folgte Beckert dem Staatssekretär durch die Flure zum Fahrstuhl. Dabei blätterte er rasch in den Entwürfen des Bundesamts.

»Kann ich Vorschläge machen, wen ich in meinem Stab haben möchte?«, erkundigte er sich in der Kabine des Lifts. Er bemerkte das Grinsen des Begleiters und wurde rot. »Entschuldigen Sie meinen Feuereifer, aber Sie haben mich mit etwas betraut, das die Erfüllung meiner Wünsche bedeutet. Sie verstehen?«

»Ich kann es mir vorstellen. Das bestätigt mir, dass die Wahl die richtige war.« Sie stiegen in der Tiefgarage aus, und Sandmann lenkte ihn zu einem VW Royale. »Machen Sie sich eine Liste, aber sprechen Sie mit niemandem, bis Sie in Amt und Würden sind. Wenn die Leute ihre Bereitschaft signalisieren, werden unsere Spezialisten die Personen genau überprüfen, einverstanden?«

»Sicher«, erwiderte der Professor selig und begab sich in den Fond.

Sandmann stieg ebenfalls ein. »Haben Sie einen speziellen Essenswunsch?«

»Japanisch, wenn es nicht zu teuer kommt?«, schlug er vorsichtig vor.

»Ach was«, winkte der Staatssekretär ab. »Die Steuerzahler sind spendabel.« Er nannte dem Fahrer eine Adresse. Der Royale rollte butterweich an und trug die beiden Männer ihrem Ziel entgegen.

III.

ADL, Norddeutscher Bund, Göttingen,
Campus der Universität, 24. 04. 2058 AD, 10:02 Uhr

Poolitzer zog die Handschuhe über und schlüpfte unter dem Absperrband hindurch, das nur noch dort hing, um die Putzfrauen an der Arbeit zu hindern.

Die Spurensicherung hatte ihre Untersuchungen bereits abgeschlossen, dennoch wollte man sich beim LKA den Tatort möglichst lange im ursprünglichen Zustand erhalten. Sollten Fragen entstehen, wäre es sehr ungünstig, wenn die Desinfektionsmittel die Fingerabdrücke, Hautschuppen oder anderen Indizien unbrauchbar gemacht hätten.

Der Reporter störte sich nicht weiter daran. Zielstrebig passierte er das Sekretariat und packte das elektrische Utensil aus, mit dem er in Kombination mit dem passenden Talentsoftchip für die meisten Schlösser unwiderstehlich wurde. So auch in diesem Fall. Über das Vorzimmer gelang ihm der Einstieg in den Raum, in dem die Verbrecher den Dekan misshandelt hatten.

Seine Anfrage beim Pressereferenten des LKA beantwortete man nur ungenau. Klar war nur, dass es sich nach den Aussagen des Wachmannes um mindestens zwei Täter gehandelt hatte. Überrascht zeigten sich die Ermittler von der Tatsache, dass sie den Magier quälten, den Mitarbeiter der Wach- und Schließgesellschaft dagegen nur betäubten.

Dieser Umstand und die Verwüstung des Büros deuteten für den leitenden Beamten der Sonderkommission auf einen persönlichen Rachefeldzug mit einem studentischen Hintergrund hin. Der Wachmann litt unter Amnesie und behauptete, sich an nichts mehr erinnern zu können.

Poolitzer drehte sich auf der Stelle und ließ das Zimmer auf sich wirken. Unordnung, zerschlagene Vitrinen, herausgerissene Schubladen, zerstörte Dekorationsgegenstände.

Vandalismus oder Suche?, fragte er sich.

Er setzte sich auf Diederichs' Stuhl und betrachtete die Handschellen und Reste des Klebebands, die vom Möbel herunterbaumelten. Um den Stuhl war ein Kreidekreis gezogen worden, die Fußabdrücke des Dekans existierten als Umrisse.

Behutsam stellte er seine Schuhe in die Konturen und schaute sich aus dieser Lage ein weiteres Mal um. Es sprang ihm nichts Auffälliges ins Auge. Dennoch juckte seine Nase. Er nahm die VX2200C aus dem Futteral und zeichnete das Durcheinander sorgfältig auf.

Vielleicht entdeckte er etwas bei der digitalen Auswertung. Die Vergrößerung und Nachbearbeitung des Materials förderten gelegentlich Schlummerndes zutage.

Die Linse verharrte auf dem Bücherbord. Die Wälzer waren von den Unbekannten nicht angetastet worden und befanden sich alphabetisch geordnet im Regal. Das ließ den Reporter argwöhnisch werden. Er zoomte näher heran.

Sein Unterbewusstsein reagierte schneller als sein Verstand. Der Fokus der Kamera richtete sich auf ein Buch, auf dessen Rücken ein Autor namens »Willbury« stand. Doch die restliche Reihe beinhaltete Autoren mit den Anfangsbuchstaben »F« bis »O«.

Poolitzer grinste. Wenn das keine Spur war. Vor laufender Cybercam ging er zum Holzgestell und zog den Band heraus. »Entweder die Polizei hat schlampig eingeräumt oder der Dekan oder die Verbrecher«, kommentierte er sein Tun. Er blätterte das Buch auf Hinweise durch, legte es zur Seite und räumte die anderen Exemplare aus, um einen besseren Überblick zu gewinnen.

Bei der Klopfprobe an der dahinter liegenden Wand hörte er einen kleinen, aber feinen Unterschied. »Hier befindet sich allem Anschein nach ein Fach. Schauen wir, ob wir es öffnen können.«

Mit Strichen markierte der Reporter die Abmessungen der Klappe und entdeckte eine Unebenheit unter der Tapete. Der versteckte Druckknopf gab eine Schalttafel mit einem vierstelligen Zahlenfeld frei. Die »2011« leuchtete.

Es könnte eine Falle sein. Entschlossen drückte er die Eingabetaste. Augenblicklich öffnete sich das Fach.

»Verehrte Zuschauer, wir sind eben einem süßen Geheimnis von Dekan Diederichs auf die Spur gekommen«, meinte er erfreut. Er fand eine Schatulle sowie einen Ordner mit persönlichen Unterlagen. Die beiden Gegenstände lagen so in dem Versteck angeordnet, dass man daraus schließen konnte, noch etwas anderes habe sich darin befunden.

Platz genug wäre vorhanden. Der Reporter tastete in dem Fach herum. An dem Latex seiner Handschuhe blieben zwei dünne, schwarze Fäden hängen. Er hielt sie prüfend gegen das Licht und machte die Reißprobe, um mehr über das Material zu erfahren.

»So wie es aussieht, befand sich ein weiteres Objekt in dem Versteck, das die Täter vermutlich mitgenommen haben«, spekulierte er, um seinen Beitrag weiterhin interessant zu halten. »Scheint so, als habe der Gegenstand etwas mit Samt zu tun. Der nächste Schritt im Fall Diederichs, bei dem das LKA eindeutig Hinweise übersah, wird das Interview mit Herrn Lämmle-Strohnsdorf sein, dem heldenhaften Wachmann des VWS, der sich der Übermacht entgegenstellte. Anschließend besuchen wir die Gattin des Dekans. Seien Sie dabei.«

Er schaltete die Kamera aus. Dank seiner jahrelangen Routine verschwand das Gerät mit einem Handgriff in der Tragetasche. Umsichtig trat er den Rückzug an, damit ihn niemand beim Verlassen des Büros entdeckte. Sein Weg führte ihn zuerst ins Hotel, von dort zur örtlichen Zentrale des Verbands Wach- und Schließgesellschaften.

Da ihm niemand eine Auskunft über Lämmle-Strohnsdorf gab, musste er es auf die gute alte Schnüffler-Art machen: abwarten, dranhängen und aufdrängen, notfalls ein paar Scheine zücken. Spätestens nach 500 EC würde sich herausstellen, ob die Amnesie echt war.

Nach drei Stunden im Isuzu Crazy war dem Reporter das Glück hold. Der fragliche Wachmann, den er anhand eines Fotos in der Zeitung identifizierte, kam aus dem Tor und fuhr los. Poolitzer schätzte, dass Lämmle-Strohnsdorf sich in einem Zustand der Übernervosität befand und vermutlich sehr genau auf seine Umgebung achtete. Daher fuhr er in weitem Abstand hinter dem einzigen Zeugen her, bis sie an einem Hochhaus anlangten. Die Karre des Wachmanns steuerte in die Tiefgarageneinfahrt.

Endstation. Gut gemacht, Gospini, lobte er sich in Gedanken selbst und nahm die Kameratasche. Wenig später stand er vor der riesigen Klingeltafel, wo die Knöpfe entsprechend den Stockwerken der Bewohner angeordnet waren. Demnach wohnte der Mann in der fünften Etage. Wahllos drückte Poolitzer auf der Tastatur herum, bis ihm jemand öffnete.

Der Lift und somit sein Informant befanden sich auf dem Weg nach oben. Poolitzer spurtete die Treppen hinauf, um vor Lämmle-Strohnsdorf oben zu sein und ihn abzufangen. Das sportliche Wunder gelang ihm.

Er schnaufte dem Wachmann freundlich ins Gesicht, als er aus der Kabine trat. Das normale Sprechen wurde zum Ding der Unmöglichkeit. »Hallo … Herr … Schäfle …«

»Sind Sie ein Perverser?« Die Hand des Mannes wanderte unter die Jacke, und Poolitzer erkannte den Griff eines Tasers.

»He … Stopp …«, bat er, um Atem ringend. Er musste sich gegen die Wand lehnen. »Ich … bin … Reporter …«

»Keine Interviews. Ich kann mich an nichts erinnern.« Lämmle-Strohnsdorf ging an ihm vorbei. Der Tonfall reichte Poolitzer, um zu erkennen, dass er belogen wurde.

Ächzend richtete er sich auf. »Warten Sie bitte. Mann, wenn ich weitergehe, kotze ich meine Lunge aus.« Poolitzer kramte in seinem Geldbeutel. »Hier! Ich wüsste ein Mittel gegen Ihre Amnesie. Was halten Sie davon, Herr Schäfle?«

Der Wachmann schloss seine Wohnungstür auf. »Mein Name ist Lämmle-Strohnsdorf. Nicht Schäfle.« Er spähte den Korridor entlang und musterte die drei Hunderter, die der Reporter zwischen den Fingern hielt. »Kommen Sie rein«, sagte er unfreundlich. »Ich hab Ihre Berichte schon mal gesehen. Sie werden doch keine Ruhe geben.«

»Das stimmt hundertprozentig«, gab er ihm grinsend Recht. »Notfalls hätte ich vor Ihrer Tür übernachtet, damit Sie es wissen.«

Zusammen mit dem Zeugen betrat er die kleine Zweizimmerwohnung. Lämmle-Strohnsdorf führte ihn ins Wohnzimmer. »Tausend EC, oder ich sage gar nichts«, verlangte er. »Und Sie werden niemandem verraten, dass Ihre Informationen von mir stammen.«

»Großes Journalistenehrenwort«, verkündete Poolitzer feierlich und zählte nicht weniger würdevoll die Scheine auf den Tisch. »Und nun, bei der Kraft der leuchtenden Farben und magischen Nullen, hinweg mit der Amnesie! Fort, Gedächtnisverlust!«

Rasch steckte der Wachmann sie ein. »Ich fühle so etwas wie einen lichten Moment«, schauspielerte er erbärmlich. »Mir fällt was ein. Sie haben den Dekan gefesselt und bis zu den Ohren mit Pflastern zugeklebt. Es waren drei, zwei Männer und eine Frau. Der Kleinere verhörte Diederichs, zwei durchsuchten den Raum. Diederichs sagte, es gehöre ihm. Er habe es nicht verkauft, da werde er es denen schon gar nicht überlassen. Solche Typen würden es nicht schaffen, ihm den Aufenthaltsort zu entlocken.«

Gebannt hing Poolitzer an den Lippen seines Informanten. »Und dann?«, drängelte er.

»Nix. Einer hat mich angeschaut, und schwupp gingen bei mir die Lichter aus.«

»Sie haben keine Ahnung, was der Dekan meinte? Und dafür gebe ich Ihnen tausend Mark? Für diese Büffelscheiße?«, regte er sich künstlich auf. Mit etwas Glück konnte er Lämmle-Strohnsdorf nachträglich Geld aus der Tasche ziehen.

»Aber sicher!«, gab der Wachmann ebenso aufgeregt zurück. »Die Typen sind hoch gefährlich. Wenn die rausbekommen, dass ich mit Ihnen geplaudert habe, machen die mich garantiert bei meiner nächsten Streife platt.«

»Und deshalb haben Sie den Bullen auch nichts gesagt?«, schloss der Seattler aus den Worten.

Sein Informant schaukelte vor und zurück. »Die haben mir kein Geld geboten. Und Sie werden schön für sich behalten, wer Ihnen den Tipp gab.«

»Der ist doch voll für den Arsch«, empörte er sich. »Das kann doch alles Mögliche bedeuten.« Poolitzer schritt zum Ausgang. »Ich werde Sie nicht verpfeifen, keine Sorge. Außerdem sind die Gestalten schon lange verschwunden. Wenn die Sie für gefährlich hielten, glauben Sie, Sie hockten vor mir auf der Couch? Sie wären ein Fleck an der Wand.« Damit verließ er die Wohnung.

Auf dem Gang besserte sich seine Laune schlagartig. Er sah sich darin bestätigt, dass die Besucher des Dekans vor einem ganz anderen Hintergrund zu sehen waren als vom LKA bislang angenommen. Die drei Maskierten hatten etwas aus dem Geheimfach des Institutsleiters gestohlen, von dessen Existenz dem Anschein nach nur wenige wissen sollten.

Jetzt wollte er zur Gemahlin fahren und ein wenig mit ihr plaudern. Er stand vor dem Lift und wartete auf die Kabine. Lämmle-Strohnsdorf erwies sich doch als ein Erfolg. Und sein letztes Falschgeld war er auch los geworden.

Am Ende des Korridors wurde eine Tür aufgerissen. Ein wutschnaubender Wachmann erschien, in der Hand hielt er den Taser. »He, stehen bleiben, Betrüger!« Blaue Blitze zuckten zwischen den Nadeln hin und her. Das Gerät war genauso geladen wie sein Besitzer.

Schon wieder die Treppe, huschte es Poolitzer durch den Kopf. Er wandte sich um und stürmte die Stufen hinab, dicht gefolgt von seinem geprellten Informanten.

In letzter Sekunde schaffte er es, sich in den Isuzu zu werfen und loszubrettern. Lämmle-Strohnsdorf warf ihm einen Stein nach und tobte wie ein Derwisch vor dem Hochhaus hin und her.

Genüsslich wählte Poolitzer die Nummer der Polizei. »Hören Sie, ich möchte einen Mann wegen Ruhestörung anzeigen. Er benimmt sie wie ein Geistesgestörter und wirft mit Geld um sich. Normal ist das nicht, oder?« Feixend gab er den Beamten die Adresse durch.

»Wir kümmern uns drum«, sagte die Zentrale ihre Unterstützung zu und legte auf.

Lachend bog Poolitzer ab und kutschierte zum Haus des Dekans.

»In meiner Lage bin ich für jede Hilfe dankbar, Herr Gospini, die zur Ergreifung der Täter führt«, gestand ihm Letitia Diederichs mit erstickter Stimme. Schnell stellte sie die Kaffeetasse auf den Tisch, weil das Zittern ihrer Hand zu stark geworden war.

Poolitzer nickte und reichte ihr ein Taschentuch. Sie prustete hinein und hielt es ihm hin. »Ich werde versuchen, mit meinem Bericht einen Beitrag zur Aufklärung des Verbrechens zu leisten.« Er nahm das feuchte Stück recycelten Zellstoffs wieder entgegen und legte es angewidert zu Boden. »Dafür muss ich aber alles wissen, Frau Diederichs.« Seine Augen verengten sich. Er gab sich alle Mühe, seriös und zugleich kompetent auszusehen. »Mehr als das, was Sie der Polizei erzählten, Sie verstehen? Keine Geheimnisse.«

Die etwa fünfzig Jahre alte Frau mit der bemerkenswert abenteuerlichen Frisur und den drei unterschiedlichen Haarfarben kämpfte mit sich. »Ich glaube«, ihre Stimme geriet ins Schwanken, »ich glaube, er hatte eine … Geliebte.« Sie heulte los und warf sich auf die Armlehne. »Verstehen Sie, was das für mich bedeutet, Herr Gospini? Nach siebenundzwanzig Jahren Ehe sucht er sich ein junges Ding, um …« Der Rest ihrer Äußerungen ging in einem Weinkrampf unter.

Poolitzer wartete ein wenig. »Glauben Sie, dass sie dahintersteckt?«, hakte er behutsam ein, suchte nach dem nächsten Taschentuch und reichte ihr schließlich die ganze Packung.

Die Gattin des Dekans schnäuzte sich. »Das müssen Sie die Dame fragen. Wenn Sie herausfinden, wer sie ist. Ich hatte sie zufällig am Kom-Gerät. Sie können sich gerne im Büro meines Mannes umschauen.« Als er aufstehen wollte, hielt sie ihn am Arm fest. »Bitte, Herr Gospini, behalten Sie die Affäre meines Mannes für sich, wenn die Dame nichts mit den Vorkommnissen zu tun hat. Ich will nicht, dass sein Name in den Schmutz gezogen wird. Immerhin ist er der Dekan der magischen Fakultät.« Letitia Diederichs fasste sich allmählich. »Entschuldigen Sie meinen Gefühlsausbruch. Kommen Sie, ich zeige Ihnen die Räumlichkeiten.«

Gemeinsam durchquerten sie das Haus, bis sie vor dem Arbeitszimmer des Doktors standen. Die Frau blieb im Türrahmen stehen. Der Reporter schaute sich vorsichtig um. Dabei verließ er sich auf seine Intuition, die ihn schon zum Wandversteck im Institut geführt hatte.

Die angebliche Geliebte eröffnete eine neue Fährte, mit der er nicht gerechnet hatte. »Besitzt Ihr Mann Gegenstände, die so wertvoll sind, dass man sie besonders schützen müsste?«, erkundigte er sich beiläufig, drehte ein paar Schmierblätter um, suchte nach Kom-Nummern oder anderen Vermerken. »Schmuck? Oder etwas anderes?« Dabei glitten seine Fingerkuppen über die Oberfläche, um Rillen zu ertasten. Nicht selten geschah es, dass sich Geschriebenes auf die Blätter darunter durchdrückte.

»Sie meinen, Anschauungsartefakte der Fakultät?«

»So etwas in der Art«, erwiderte er. »Oder nahm er vielleicht etwas Privates mit, um es den Studierenden zu demonstrieren?«

Letitia verschränkte die Arme unter der Brust. »Eine Sammlung magischer Kunstwerke besaß er nicht, wenn Sie das meinen. Das hätte er sich von seinem Gehalt auch nicht leisten können. Wissen wird einfach zu schlecht bezahlt.«

»Kommt drauf an, für wen man arbeitet.« Poolitzer stöberte im Nummernspeicher des Koms und schaute die gewählten und eingegangenen Ziffernfolgen durch. Alle waren der Frau des Dekans bekannt, somit befand sich die Nummer der vermeintlichen Geliebten nicht darunter. Das wäre auch viel zu einfach gewesen. Er aktivierte den Rechner des Doktors der Magie und fuhr das Mailprogramm hoch.

Im Posteingang fand er nichts, dafür unter der Ablage

»Gelöschtes«. Der Absender lautete »Alexandra«, die Botschaft war eine Bitte um ein Treffen, weil sich »die Sache« nach der »letzten Nacht anders entwickelt hat«.

Schaut gut aus. Poolitzer notierte sich die Adresse, schickte sich eine Kopie der Mail und löschte danach alles, um der Polizei keine Anhaltspunkte zu hinterlassen. Er achtete streng darauf, dass die Dekansgemahlin nicht sah, was er tat.

»Nichts«, meinte er bedauernd. »Tja, dann bedanke ich mich für Ihre Mühe.«

Mehr aus einer Eingebung heraus zog er die Schublade auf und entdeckte einen Hefter, auf den mit schwungvoller Handschrift »Zur Ansicht« geschrieben worden war. Jemand hatte darin Zeitungsartikel, sauber nach dem Datum geordnet, eingelegt. Der Zeitraum erstreckte sich über zehn Jahre.

»Waren Sie das?« Er hielt ihr die dünne Mappe hin. Letitia genügte ein einziger Blick, sie schüttelte den Kopf. »Dann nehme ich das auch mit.« Poolitzer schwang sich aus dem Stuhl. »Ich muss mich noch einmal für Ihre Unterstützung bedanken. Vertrauen Sie, was die Geliebte angeht, voll auf meine Diskretion, Frau Diederichs.« Er drückte ihre Hand und lief zum Ausgang. »Sollte die Polizei noch einmal bei Ihnen auftauchen, sagen Sie denen, ich hätte Ihnen nur die üblichen Fragen gestellt und Sie hätten mich dann rausgeworfen, weil ich nur an einer reißerischen Story interessiert gewesen sei.«

»Was Sie hoffentlich nicht sind, Herr Gospini?«, äußerte sie unsicher.

Poolitzer lächelte sie einnehmend an. »Sie können sich auf mich verlassen. Alles, was zur Aufklärung des Falls beiträgt, gebe ich sofort an die Polizei weiter. Wir bekommen die Typen, die Ihrem Mann das angetan haben.« Ein freundliches Nicken, dann ging er zu seinem Wagen.

Weil er großen Hunger verspürte, hielt er vor dem Imbissladen *Dr. Döner* an. Er setzte sich in eine hintere Ecke, um den Eingang im Blickfeld und den Notausgang neben sich zu haben. Dann bestellte er sich eine Portion Döner mit Reis und überbrückte die Wartezeit, indem er sich die Ausdrucke anschaute.

Eine Frau, so schloss er anhand der abgerundeten Schrift, hatte Dr. Diederichs eine nette Sammlung von Kriminalfällen überlassen. Aufgeführt waren unter anderem drei Einbrüche in Museen, geschehen in London, Kairo und Vichy, bei denen die Täter einige wertvolle magische Gegenstände erbeutet hatten. Zwei Ausschnitte beschäftigten sich mit Überfällen auf private Sammler von Kunstwerken in Kuala Lumpur und in Schanghai, das Atelier in der chinesischen Metropole brannte dabei völlig aus. Den Abschluss bildete die knappe Meldung über einen Leichenfund. Das Opfer eines Gewaltverbrechens konnte nicht identifiziert werden.

»Was wollte die Dame dem Dekan damit sagen?«, grübelte er halblaut.

Vermutlich handelte es sich dabei um die gleiche Frau, die Diederichs' Gattin für die Geliebte ihres Mannes hielt. Diese Theorie verwarf Poolitzer schon jetzt. Vielmehr verfestigte sich die Ansicht, dass die Unbekannte dringend mit dem Dekan über das sprechen wollte, das sich zweifelsfrei in dem Geheimtresor in seinem Büro befunden hatte. Leider fand er keine Hinweise auf die geraubten Gegenstände, sonst hätte er einen vagen Anhaltspunkt gehabt, was der Dekan so Wertvolles besaß.

Sein Essen wurde gebracht, und er schaufelte es hinein und las gleichzeitig. Wie es aussah, könnte er einer großen Sache auf der Spur sein, und die wollte er sich von anderen Pressekollegen keinesfalls vor der Nase wegschnappen lassen.

Mit vollem Mund rief er einen Decker an, der gelegentlich für InfoNetworks Recherchen unternahm, und setzte ihn auf die E-Mail-Adresse »Alexandra« an. Poolitzer selbst würde sich an eine genauere Untersuchung der Fälle machen, die sich im Schnellhefter befanden.

Er klappte den Deckel zu und schob sich die Mappe unter den Hintern. Diese Sammlung gab er so schnell nicht mehr her. Der Reporter hob die Augen, um das Geschehen auf der Mattscheibe, die neben der Tür an der Wand installiert war, zu verfolgen.

Zwei Männer betraten in diesem Moment den *Dr. Döner*, schauten sich um und grinsten sich an, als sie Poolitzer entdeckten. Der vordere des Duos winkte ihm zu, hob die Hand und deutete mit dem Zeigefinger auf ihn.

Da niemand hinter ihm saß, wusste Poolitzer, dass nur er gemeint sein konnte. Dummerweise erinnerte er sich nicht daran, den beiden Gestalten jemals begegnet zu sein.

Ärger im Anmarsch. Behutsam kaute er zu Ende und schluckte. In der gleich anstehenden Rennerei musste er nach Luft ringen, was mit einem Brocken Döner in der Speiseröhre schlecht funktionierte.

Tief atmete er ein und aus, dann sprang er auf, grabschte sich die Mappe und rannte zum Notausgang.

»Ciao, Kollegen!«, rief er übermütig. Poolitzer drückte die Klinke herab und trat vor, weil er annahm, gleich im Freien zu stehen. Stattdessen kollidierte er hart mit der Tür. Der Notausgang war verschlossen.

»Was ist das denn für eine Scheiße?«, brüllte er, taumelte zurück, prallte gegen einen Tisch und stürzte benommen zusammen mit Tellern und Döner zu Boden. »Ein Notausgang muss immer offen sein!«

Man packte ihn rechts und links unter den Achseln. Expressliftartig beförderten ihn die Helfer in die Höhe und stellten ihn auf die Beine. »Schau an, der Herr Gospini. Hab'n wir Sie endlich.« Einer seiner Verfolger schnarrte mit wienerischem Akzent.

Sein Absatz traf den Mann zu seiner Rechten voll auf den Spann, während sein linker Unterarm nach oben schnellte und dem zweiten Mann die Knöchel auf die Nasenwurzel schmetterte. Die Griffe lockerten sich, derbe Flüche flogen durch die Imbissbude.

Der Reporter riss sich endgültig los. Dieses Mal wählte er den regulären Eingang als Fluchtweg, klemmte dabei jedoch die Mappe mit Artikeln in der zufallenden Glastür ein. *Das darf nicht wahr sein!*

So sehr er zog, die Mappe hatte sich verkeilt und steckte fest. Als er einen der Typen unter die Jacke greifen sah, beschloss er, auf den Schnellhefter zu verzichten und zu seinem Wagen zu rennen.

Der Crazy röhrte los, Poolitzer schoss die Straße hinunter. Im Rückspiegel beobachtete er, wie die beiden Männer auf den Bürgersteig stürmten. Die Blätter wehten lose umher und verteilten sich in der Umgebung.

So schnell er Anhaltspunkte fand, so schnell verlor er sie wieder.

ADL, Pirmasens, Regierungssitz Badisch-Pfalz,
24. 04. 2058 AD, 07:49 Uhr

»Schamanenscheißdreck«, fluchte Michels, als er die Nachricht von Kleiner Schattentänzer las. Ordog drückte sie ihm in die Hand, kaum dass er die Wohnung betreten hatte. »In unserer Abräumzone führt ein Schamane seltsame Rituale in leeren Swimmingpools durch. Wird das gefährlich für uns?«

Der bleiche Runner tippte sich gegen das Tribetattoo an der Schläfe. »Wenn ich das wüsste. Es heißt, die Gestalten seien hochgradig verrückt und aggressiv.«

»Könnte der Beschreibung nach auch ein Runner

sein«, gluckste Schibulsky. »Oder ein Bulle. Hast du ihm gesagt, wo du das Bild uffgenomm hast?«

Ordog schenkte sich Kaffee ein. »Nein. Sonst hätten wir eine Abordnung von Kreuzrittern hier, die uns bei den nächsten Ausflügen in die SOX begleiten wollten, um den Toxischen alle zu machen. Kleiner Schattentänzer hat sogar gefragt, wo das Bild aufgenommen wurde.«

»Oha!« Michels schwang den Krug und zapfte sich einen Humpen Bier zum Frühstück. »Das muss nicht sein. Die Goldgrube gehört uns.«

»Ich kenn mich nicht besonnerst mit Magieknilchen aus, aber verstehen die das als persönliche Herausforderung, einen toxischer Schamanen zu bekämpfe?«, erkundigte sich der Ork.

»Scheint so. Ich weiß nur, dass sie sehr gefährlich sind. Kleiner Schattentänzer meinte, dass das erklärte Ziel des Typen die Ausweitung der Verseuchung wäre, um seine eigene Macht zu steigern.«

Der Zwerg prüfte den Inhalt des neuen Partyfasses auf Geschmackstauglichkeit. »Da hat er sich das falsche Terrain rausgesucht. Wenn er ins Visier des Kons gerät, kommen ein paar Schwebepanzer angesurrt und bomben ihn samt Swimmingpool bis zum Mond.«

»Warum übernehmen wir den Job nicht?«, schlug Schibulsky vor.

»Ey, Kollege, wir sind keine Samariter«, rügte ihn Michels. »Am Ende bekommt einer von uns was ab.«

Ordog dachte nach. »Schibulsky hat Recht«, stimmte er zwischen zwei Schlucken aus der Tasse zu. Die Augen des Zwergs wurden riesig. »Und bevor du was sagst, denk darüber nach, was abgeht, wenn er uns zuerst erwischt, Michels. Mit runtergelassenen Hosen, zwischen Regalen oder unter Betten, die Hände voller Klunker.«

»Er wird uns wegpusten«, grunzte der Ork.

»Yeah.« Der bleiche Straßensamurai stellte die Tasse auf den Tisch. »Das sehe ich genauso. Also knipsen wir den Psychopathen aus, ehe er und seine Jungs uns erledigen. Anschließend plündert es sich umso leichter.«

»Seine Jungs?«, wiederholte der Kleinere der Metamenschen. »Du meinst, die Glow-Punks arbeiten für ihn?«

»Möglich. Wir werden es herausfinden.«

»Na schön. Ihr habt mich überzeugt.« Der Zwerg rülpste und wischte sich den Schaum vom Bart. »Und wann?«

Ordog deutete lediglich auf die Tür.

ADL, Homburg (SOX), Lagerstraße,
24. 04. 2058 AD, 10:21 Uhr

Als sie das Haus in dem etwas besseren Viertel erreichten, machte das Trio eine neuerliche Entdeckung. Die Kerzen waren aus dem Swimmingpool verschwunden, die Malereien entfernt worden. Dafür stand ein halbes Dutzend großer Fässer neben dem Bassin, drei davon waren leer, weil jemand ihren Inhalt in das Becken gekippt hatte.

Die rostbraune Flüssigkeit, die den Boden des Beckens knöchelhoch bedeckte, hatte den darin liegenden Körper eines Bikers größtenteils samt der Kleidung zersetzt. Ein weiteres Fass befand sich im Bassin.

»Sieht nach einem Arbeitsunfall aus«, mutmaßte Michels. »Der ist garantiert beim Auskippen reingefallen.«

Schibulsky hielt wie seine beiden Begleiter die Waffe locker im Anschlag. »Ich frag mich, wer da drin plansche soll. Für die Haut ist das bestimmt nicht gut.«

»Toxische Schamanen beschwören ihre Geister bestimmt aus so einer Soße«, mutmaßte Ordog. Er näherte sich den Behältern, die dem Etikett nach aus einem Labor aus Homburg stammten. »Kleiner Schattentänzer hatte Recht. Er legt sich verschiedene Reservoirs an, aus denen er schöpfen kann, wenn eine Quelle versiegt ist.«

»Mh.« Michels überprüfte vorsichtshalber seine Atemmaske. »Fragt sich nur, was er vorhat. Und wo sein Hauptlager ist, aus dem die Fässer stammen.«

Sie hörten das entfernte Brummen von Motoren. Der bleiche Schattenläufer entsicherte das G12. »Fragen wir die Punks.«

Michels ging ins erste Stockwerk, der Ork und der Mann legten sich an den Fenstern im Erdgeschoss auf die Lauer. Sie schraubten die Schalldämpfer auf, um die Gegner über ihren Aufenthaltsort im Unklaren zu lassen.

Sieben Menschen kamen den Weg entlang, vier davon schoben einen kleinen Anhänger mit ebenso vielen Transportbehältern.

»Lasst die Frau ganz links leben, die anderen schalten wir aus«, gab der Samurai kurz Anweisung.

Zwei der Punks mussten mit der Brühe in Kontakt geraten sein. Die Kleidung wies Ätzspuren auf, auch die Haut litt unter der aggressiven Substanz. Chemoschutzanzüge schienen den fünf Männern und zwei Frauen unbekannt zu sein.

Die Zielsicherheit der Runner gab den Punks nicht den Hauch einer Chance. Wie Ordog es befohlen hatte, blieb von der Bande nur eine Person übrig. Die heruntergekommene Frau, die sie zum Verhör auserkoren, erhielt einen Schuss in den Oberschenkel und einen in die Schulter, damit sie weder weglaufen noch zur Waffe greifen konnte. Während Michels und Schibulsky ihn deckten, rannte der Anführer des Teams auf den Rasen, um die Gefangene zu entwaffnen und am Kragen ins Haus zu zerren.

Die Verletzungen hinderten sie nicht daran, die Gruppe wüst zu beschimpfen. »Ich habe keine Angst vor euch!«, schrie sie hysterisch und lachte schrill. »Er hat gesagt, dass ihr kommen werdet, um uns aufzuhalten. Doch ihr schafft es nicht mehr! Alles ist vorbereitet! Wir erringen den Sieg! Die SOX wird uns gehören! Alle werden weichen vor der Macht des Drachen und zu Asche verbrennen!«

Drachen. Der Anführer der Plünderer schaute der Glow-Punkerin in die Augen. Sofort wich sie seinem Blick aus. »Was geht hier ab?« Nachdem sie nicht gleich antwortete, trat er gegen ihr verletztes Bein. »Rede!«

Anstatt zu schreien, sprang sie mit einem enormen Kraftakt auf die Füße und attackierte Ordog mit bloßen Händen, als spürte sie ihre Verletzungen nicht. Unter ihren Fingernägeln schnellten kleine Klingen hervor.

Im letzten Moment riss der Mann sein Gewehr hoch, blockte den Angriff ab und schlug mit dem Kolben zu, sodass sie stürzte. Doch die Arme der Frau zuckten nach vorne, im Liegen hieb sie nach den Beinen ihrer Peiniger.

»Gar nichts sage ich euch! Der Drache wird euch vernichten!«, gellte ihr Geschrei durch das Gebäude.

»Da kommen noch mehr von den Gestalten«, meldete Michels von seiner erhöhten Position aus. »Mindestens zwölf.«

Nun wurde es brenzlig. Ordog schlug die Punkerin nieder und eilte zu Schibulsky, der sich am Fenster in Position begeben hatte.

»Nicht gut«, kommentierte der Ork angespannt. »Große Kaliber.«

Da die neu eingetroffenen Gegner unschlüssig vor den Toten standen und sich nicht einig wurden, woher die Schüsse abgefeuert worden waren, blieb dem Trio genügend Zeit, um die Zielabsprache zu halten.

Als sie das Feuer eröffneten, schafften es vier Gegner, sich in Deckung zu werfen. Aus dem Verborgenen heraus erwiderten sie den Beschuss. Ein Querschläger durchbohrte eines der Fässer, ein fingerdicker Strahl der

Flüssigkeit ergoss sich daraufhin in den Anhänger. Ätzende Qualmwolken stiegen auf und trieben auf das Versteck eines der Punks zu. Der Mann hustete los, röchelte und verstummte.

»Lasst bloß die Sauerstoffmasken auf«, warnte Michels sie über Funk. »Das Zeug schmurgelt euch die Lunge weg.«

Derweil ging die Schießerei weiter, bis der Zwerg plötzlich »Deckung!«, schrie.

Im nächsten Augenblick gab es eine gewaltige Explosion, gefolgt von einer weiteren. Die Brühe hatte eine Lache um einen Toten gebildet und die Granaten am Gürtel gezündet, was eine Kettenreaktion auslöste. Die Lösung musste ätzend und hochgradig explosiv sein.

Die Tonnen platzten auseinander und die Flüssigkeit ging als brennender Regen nieder. Sofort entstanden die gefährlichen Wolken.

»Rückzug«, entschied Ordog. »Hinten raus.«

Im Vorbeirennen packte sich der Ork die bewusstlose Punkerin und zerrte sie kurzerhand mit ins Freie. Sie kämpften sich durch das Unterholz den Steilhang des Schlossbergs hinauf, um sich einen besseren Überblick zu verschaffen.

Das Haus stand in Flammen. Dicke Qualmwolken verdunkelten den Himmel und schickten ein unübersehbares Signal an die anderen Punks, die ECC-Ark in Bexbach sowie die Beobachtungseinheiten des Kontrollrats. Keiner der drei Parteien würde froh darüber sein.

Eine dumpfe Detonation ertönte, als die ersten Ausläufer des Feuers den Swimmingpool und die anderen Behälter erreichten.

»Na, glücklicherweise haben wir die Bude schon ausgeräumt«, sagte Michels keuchend. »Kommt eigentlich eine Feuerwehr vorbei oder lassen die es brennen, bis nichts mehr steht?«

»Wahrscheinlich schicken die ein paar Drohne«, erwiderte Schibulsky. »Ich kann mir nicht vorstellen, dass sie eine Stadt vollständig abbrennen lassen.« Der Ork brachte die Frau mit Aufputschmitteln zu Bewusstsein, um das Verhör fortzusetzen. Aber die Gefangene lachte sie aus und verkündete die Ankunft des Drachen.

Ordog riss ihr einen Talisman vom Hals, der aus einem Stück Horn bestand. Sollte das ein Fragment einer Drachenschuppe sein? Hatten sie so etwas Ähnliches nicht in der Höhle gefunden?

Die Punkerin schaffte es, sich aus seinem Griff zu reißen und den Hang hinunterzurutschen. Sie überschlug sich ein paarmal, knallte mit dem Kopf gegen einen Baum und blieb liegen.

Der Ork sprang ihr hinterher, überprüfte ihren Puls und zuckte mit den Achseln. »Genick im Arsch!«, rief er seinen Runnerkollegen zu. »Das nenne ich Schicksal.«

Auch gut. Hatte er sich eine Kugel gespart. Der fahle Runner rieb das Stück Horn zwischen den Fingern und bemerkte eine Gravur. Es schien so, als müsste er den Kleinen Schattentänzer ein weiteres Mal um Rat fragen.

Gut verborgen beobachteten sie, wie einige ferngesteuerte Löscheinheiten anflogen und sich darauf beschränkten, das Haus kontrolliert abbrennen zu lassen und Wasser auf die angrenzenden Gebäude zu sprühen, um ein Übergreifen der Flammen zu verhindern. Um die Toten und Sterbenden kümmerten sich die Drohnen nicht.

Schibulsky machte die beiden auf einen Punk aufmerksam, der sich die Szenerie aus einiger Entfernung ansah, abrupt wendete und davonfuhr. Sie verfolgten dessen Route mit den Feldstechern, bis sie ihn zwischen den Häuserwänden verloren. Rasch sprangen sie auf und suchten sich eine bessere Position, um die geschliffenen Gläser vor die Augen zu heben und von neuem Ausschau zu halten.

»Da drüben! Auf 14 Uhr!« Michels hatte ihn entdeckt.

»Er fährt zu einem Schwimmbad. Einem Frei- und Hallenbad, wie es aussieht.«

»Vielleicht haben sie da ihre Soße her?« Der Ork spähte zu dem öffentlichen Bad. »Wie viel Liter passe in so ein Schwimmbecke?«

Eine düstere Vision entstand vor Ordogs innerem Auge. »Wir können froh sein, wenn sie nur ein Bassin haben.« Ein Blick auf seine Uhr sagte ihm, dass sie die Erkundung verschieben mussten, wenn sie nicht durch die Nacht laufen wollten. Bei Einbruch der Dunkelheit könnten die Ghule aktiv werden.

Die haben in der Lagerstraße genügend zu fressen, entschied er sich für einen Aufenthalt in Homburg, das keineswegs so menschenleer war, wie es auf den ersten Blick schien. »Wir sehen uns die Sache an und suchen uns ein gut zu verteidigendes Haus. Je eher wir diesen Schamanen tilten, desto schneller haben wir Ruhe. Notfalls werfen wir ein Streichholz in die Bude. Den Rest macht diese Brühe von selbst.«

Das Trio begann den Abstieg in die einstige Kreisstadt.

»Was machen wir eigentlich, wenn der Sack uns Geister auf den Hals hetzt?«, wollte der Größere der zwei Metamenschen wissen.

»So weit wird es nicht kommen«, entgegnete ihr Anführer lakonisch.

»Und wenn doch?«, schaltete sich Michels besorgt ein.

Ordog blieb ihm die Antwort schuldig.

Den Plünderern blieben wenig Auswahlmöglichkeiten, was die Häuser in der Umgebung des Schwimmbads anging. Nach einigen ertragreichen Einbrüchen bezogen sie das oberste Stockwerk eines großen Gebäudes an einem Platz im Stadtzentrum. Den Logos nach musste es sich früher um eine Bank gehandelt haben. Von hier aus überblickte man ganz Homburg.

Einer des Trios lag auf dem Flachdach und spähte zum Bad, zwei behielten die Umgebung im Auge. Ein weiterer Gebäudekomplex mit Turm stand in Richtung Stadtbad, der ebenfalls Deckung bot. Sie wollten die Lage zunächst von hier aus erkunden. Bevor sie nicht wussten, was im Schwimmbad lauerte, zogen sie die Distanz vor.

Mit Einbruch der Nacht wurden sie noch aufmerksamer. Die Stunde der Ghule brach an. Bei Dunkelheit wagten sie sich aus ihren Löchern, um sich Fleisch zu suchen. Nach einer geraumen Zeit sah Schibulsky, wie ein Rudel Leichenfresser durch die Straßen streunte, um sich umzuschauen.

Ordog richtete sein Fernglas mit integriertem Restlichtverstärker auf das Dach eines gegenüberliegenden Hauses. Er meinte, dort eine Silhouette gesehen zu haben. Und wirklich kauerte eine Figur auf dem Kies, richtete eine Kamera auf die Wesen und filmte sie.

Der Straßensamurai nahm das G12 zur Hand und nutzte seine Smartverbindung, um sich den Mann genauer anzusehen. Er trug eine Schutzmaske und eine Stadttarnuniform, neben ihm lag ein leichtes Sturmgewehr der Marke Steyr. Gute Ware. Kon-Abzeichen oder andere Merkmale fehlten. Er machte den Ork auf den Mann aufmerksam.

»Dafür, dass wir uns in 'ner gesperrte Zone befinden, ist verdammt viel los«, knurrte der größere der Metamenschen und grinste. »Ein Ghulspanner? Was es nicht alles gibt. Wahrscheinlich kann man sich im Gitter nackte Leichenfresser von seiner Homepage runterladen. Ganz schön krank.« Der Saarländer hielt inne. »Er hat uns gesehen! Er filmt uns!«

Der Unbekannte bemerkte, dass die beiden Männer nicht zu den Spezies der Goblinisierten gehörten. Durch das Zielfernrohr sah Ordog, wie sich die Augen des Unbekannten vor Schreck weiteten. Dann sprang der Mann auf, nahm das Steyr und rannte zur Dachluke hinter ihm, die offen stand.

»Fragen wir ihn, was er hier macht«, entschied der Anführer, nahm sein Gewehr und rannte zur Treppe. »Michels, du sicherst von oben.«

Schibulsky und Ordog eilten die Stufen hinunter und umrundeten das andere Gebäude. Gerade als sie sich am Hinterausgang trafen, meldete der Zwerg, dass der Mann quer über den Platz rannte.

Die beiden Schattenläufer spurteten um die Wette, wobei der Ork einen knappen Vorsprung erlangte. Vor ihnen hetzte ihr Ziel und huschte um die nächste Ecke. Wieder teilten sie sich auf, um ihn in der Gasse dahinter zu schnappen.

Der Typ versuchte, sich in ein Haus zu flüchten und von dort in die Querstraße zu kommen, wo er von dem dort lauernden Schibulsky bereits erwartet wurde.

Gegenwehr leistete er nicht, sofort hob er die Hände. »Ich kenne meine Rechte, meine Herrn. Sie werden mich sofort nach Eintreffen in der Arkologie Ihrem Vorgesetzten überstellen, damit ich meinen Anwalt einschalte.« Behutsam zückte er einen Ausweis, den sich Ordog näher ansah. »Ich möchte Ihre Namen und Ihre Dienstnummern haben.«

»Volker Trebker, Amtmann, Bundesamt für Umweltschutz?« Der Runner gab dem Mann die scheckkartengroße Identitätskarte zurück. Da der Beamte sie für Kon-Gardisten auf Streife hielt, wollte er diesen Eindruck vorerst nicht zerstören. »Cyberdynamix- Security. Sie haben hier nichts zu suchen, das wissen Sie doch hoffentlich? Sie halten sich illegal hier auf.«

Trebker rümpfte die Nase. »Wie gesagt, ich will mit Ihrem Vorgesetzten sprechen.«

»Da habe ich eine schlechte Neuigkeit für dich. Wir sind Freiberufler, keine Kon-Seelen«, lüftete Ordog kühl die Maskerade.

»Was willst du in der SOX?« Schibulsky nahm dem Mann die Waffe sowie die Kameratasche ab und fand außer dem Gerät zahlreiche CDs, einige bereits mit Datum und Drehorten beschriftet. »Warum filmst du Ghule?«

»Aha, so ist das also.« Man sah dem Beamten an, dass er zuerst dachte, seine Lage habe sich verbessert. Dann dämmerte ihm, dass es genau umgekehrt war. »Ähm, ich rate Ihnen, mich laufen zu lassen. Eine Tätlichkeit gegen ein Behördenmitglied hat sehr unangenehme Folgen für Sie.«

»Falls es jemals jemand erfahren sollte«, fügte der Ork düster an. »Wir sollten von der Straße runter«, empfahl er. »Plauschen können wir auch an einem sicheren Ort.«

Sie schleppten den lamentierenden Trebker zu ihrem HQ und schubsten ihn die Treppen hinauf, bis er zusammen mit ihnen oben angelangte. Dort wurde er ein weiteres Mal aufgefordert, seine Anwesenheit zu erklären. Schließlich ergab er sich in sein Schicksal und packte aus.

»Ich überprüfe den Zustand der Zone und die Einhaltung der im Übergabevertrag an die Konzerne vereinbarten Auflagen, was die Dekontaminierung angeht«, verriet er den Runnern. »Das muss natürlich geheim bleiben, sonst würden uns die Kons nur dorthin schicken, wo sie ein bisschen was unternehmen. Ich will aber die Realität. Deshalb schmuggelte ich mich mit den Geisterratten rein.«

»Das ist doch ein guter Job«, lobte der Ork. »Und was is mit den Leichenfressern?«

»Das Bundesamt ist gerade dabei, ein Ghulschutzprogramm in die Wege zu leiten«, erklärte Trebker und erntete fassungsloses Erstaunen.

»Äh ... reden wir von den Glatzköpfen mit den bleichen Fressen?«, meinte Schibulsky entgeistert. »Die

Menschenfleisch fressen? Seit wann ist denn so etwas schützenswert?«

»So einfach ist es nun auch wieder nicht. Es handelt sich dabei um unglückliche Lebewesen, die erst durch eine nachträgliche Goblinisierung zu dem wurden, was sie sind«, erklärte der Bundesbeamte geduldig. »Damit steht der Gesetzgeber vor der Problematik, wie er mit den Rechten solcher Opfer verfahren soll. Nicht alle verlieren während des Krankheitsverlaufs ihren Intellekt und ihre Menschlichkeit. Da man schlecht aus einer Masse selektieren kann, wird über ein generelles Schutzprogramm nachgedacht, um die amerikanischen Auswüchse mit Abschussprämien zu ersticken. Parallel dazu wird eine Aufklärungskampagne des Ministeriums gestartet, welche die Bevölkerung sensibilisieren soll. Es ist die alte Sache mit dem Wolf und den Schafen. Ist etwas böse, nur weil es so ist, wie es ist? Ich bin mir sicher, dass die Insekten, die versehentlich von den Schafen beim Weiden gefressen werden, die Schafe für die schlimmeren Tiere halten.«

Michels schnaubte. »Bin gespannt, wie Sie das den Hinterbliebenen schmackhaft machen wollen, deren Tote von den Ghulen verspeist wurden.«

»Und du dokumentierst hier die neue Menschlichkeit von den Glatzen?«, hakte der Ork ein.

»Genau«, bestätigte Trebker. »Es wird Teil des Aufklärungsvideos … sollte es zumindest.« Sein Gesicht wurde nachdenklicher. »Aber bevor ich noch weiterrede, möchte ich wissen, was Sie in der SOX treiben.«

Ordog und Schibulsky tauschten Blicke aus. »Wir jagen einen toxischen Schamanen«, antwortete der Mann knapp. »Haben Sie was bemerkt?«

Trebker klatschte begeistert in die Hände, als habe er von einem Lottogewinn erfahren. »Ich wusste es! Die Ghule verhalten sich nicht typisch.« Mit einem Mal wirkte er sehr erleichtert. »Gott sei Dank, sie stehen unter dessen Kontrolle! Ich dachte schon, ich müsste die Theorien über menschliche Ghule in Zweifel ziehen. Die Auffälligkeiten kann ich somit einer Beeinflussung durch einen Dritten zurechnen.«

»Machen wir einen Kinoabend«, schlug Ordog vor. »Vielleicht entdecken wir was bei den Aufnahmen, was uns weiterbringt.«

Während Schibulsky weiterhin die Umgebung sicherte, hockte der Rest um die Kamera des Beamten herum und sichtete im Schnelldurchlauf die CDs mit dem entstandenen Material. Plötzlich drückte Michels die Taste, um das Standbild einzuschalten. Sein kleiner Finger pochte gegen den Bildschirm und deutete auf eine Gestalt, deren Umrisse sich undeutlich gegen eine graue Wand abhoben. »Da! Wer ist das?«

Trebker näherte sich dem Monitor. »Keine Ahnung«, räumte er ein. »Ich habe das aus Versehen aufgenommen, bei einem Kameraschwenk, wie es aussieht.«

»Wen erkennst du darin?«, fragte der bleiche Anführer.

»Siehst du es nicht?« Vorwurfsvoll schaute ihn Michels an. »Das ist Sheik!« Hastig fummelte er an den Knöpfen herum, um die Gestalt zu vergrößern.

»Scheiße, ja«, entfuhr es Ordog freudig.

»Ein Scheich in der SOX?«, fragte der Amtmann irritiert.

»Kein Scheich. Sheik«, verbesserte ihn der Zwerg gedehnt. »Ein Kumpel, den wir bei einem Run verloren haben. Er scheint es aber geschafft zu haben, aus der Explosion lebend rauszukommen.«

Ordog kehrte in Gedanken zu dem Run gegen die Arkologie von Cyberdynamix in Bexbach zurück, als sie den Magier einbüßten. Sheik hatte zusammen mit dem Ork Bremer ihren Rückzug gedeckt und im Gang unter der Notausstiegsluke gestanden. Dem Gegner gelang trotz allem der Durchbruch. Der erste Schlag eines angreifenden Cyberzombies, das Resultat eines irren Experiments des Kons, reichte aus, um den Magier zu Boden zu schicken. Bremer zündete als letzte Aktion seine verbliebenen Granaten, um den Verfolger zum Teufel zu schicken und seinen Chummern den Rücken freizuhalten.

Der Anführer hörte die Reihe von Detonationen, sah die Feuerlohe aus der Röhre schießen, der er nur knapp entgangen war. Sie hatten angenommen, Sheik sei draufgegangen. Bis jetzt. Die magische Unterstützung kam gegen den Schamanen wie gerufen. Nun galt es, den Vermissten zu finden.

»Wo haben Sie das gefilmt?«

Trebker nahm die CD aus der Kamera. »Das war in Kleinottweiler, Richtung Bexbach«, las er die Beschriftung vor.

»Planänderung«, gab Ordog bekannt und pfiff Schibulsky vom Dach des Gebäudes zurück. Wenige Minuten später brachen sie in Richtung Bexbach auf. Der Bundesbeamte schloss sich ihnen an.

ADL, Kleinottweiler/Bexbach (SOX),
24. 04. 2058 AD, 22:23 Uhr

Zügig durchkämmten sie den kleinen Ort, bis sie den Sportplatz erreichten und in der angrenzenden Gaststätte Licht brennen sahen. Zwar hatte man die Scheiben mit Pappe abgedunkelt, doch an den Rändern drang ein schmutzig gelber Schimmer nach außen.

Das Trio bereitete den Sturm auf das Gebäude vor. Der Amtmann hielt sich vornehm zurück. Schibulsky spielte den Rammbock und trat die Tür ein, Ordog und Michels folgten ihm.

Ihr verschollener Freund saß im Schneidersitz auf einem Stapel abgewetzter Turnmatten und kritzelte im Schein mehrerer Kerzen etwas in ein Notizbuch. Er bemerkte die Anwesenheit der Männer gar nicht.

Der bleiche Straßensamurai machte einen Schritt nach vorne und prallte gegen eine schützende Barriere. Erst jetzt hob der hermetische Magier den Kopf und musterte die Ankömmlinge.

»Sheik!«, rief Michels. »Alter Wasserpfeifensauger! Mach die Wunderwand aus, und sag deinen Kumpels guten Tag!«

Sheik reagierte nicht, sein Blick flackerte auffällig. »Was hat das zu bedeuten? Wer wagt es, meine Konzentration zu stören?« Sein Körper spannte sich. Einem exzentrischen Schauspieler gleich, schleuderte er Stift und Papier zur Seite. »Euch werde ich es zeigen, ihr räudigen Bastarde!«

»Mach keinen Scheiß!«, meinte Ordog beschwörend. »Wir sind's, Sheik.«

Der Zwerg kniff die Augen zusammen. »Hast du gekifft, du alter Berber? Komm wieder runter, Herr des Haschisch. Ich spendier dir auch 'ne Sonnenbrille.«

Der Straßensamurai schätzte die Situation weitaus gefährlicher ein, als Michels das tat. Es schien, als habe der Magier vergessen, wen er vor sich hatte. Die Pupillen sahen nicht erweitert aus, vielmehr huschten sie unentwegt nach rechts und links ohne dabei ein bestimmtes Ziel zu fixieren.

Notfalls würde er ihn ausknipsen, wenn er meinte, er müsste herumzaubern. Seine Finger fassten das G12.

»Halloo!«, machte Michels gedehnt. »Welchen Balkon bist du jetzt runtergeknallt, dass es dir das Gehirn so zerschossen hat?«

Die Frechheit brachte Sheik ins Bewusstsein zurück. Sein Ausdruck wurde klar. »Michels? Ordog? Selam!« Er breitete die Arme aus und lief den Männern entgegen. »Allen Dschinns des Kosmos sei Dank, ihr habt es überstanden!« Er umarmte seine Freunde, Trebker und Schibulsky erhielten einen herzlichen Handschlag. »Was führt euch in dieses Dorf?« Er lud sie mit einer Handbewegung ein, sich auf die Matten zu setzen.

»Wir haben mitbekommen, dass es dich noch gibt, Turbanwickler«, meinte der Zwerg fröhlich. Er schaute sich in der Halle um. »Kannst du mir sagen, warum du noch immer in der SOX bist?«

Sheik hob das Büchlein in die Luft. »Deswegen.«

»Das kann man auch mitnehmen«, witzelte der Ork.

»Schon, mein Freund der Gewalt«, entgegnete der Araber freundlich und mit seinem unverwechselbaren Akzent, »nicht aber die Nullzonen, die ich bereits erkundet habe.« Sein Blick verklärte sich. »Ich stand inmitten einer solchen Wolke.« Die Stimme wurde höher, er redete wie in Trance. »Umgeben von absoluter Stille, nichts, keine Magie. Ich wechselte in den Astralraum ... kein Leben, kein Kontakt ... zu ...« Er brach ab und starrte an die Decke.

»Ist das normal?«, erkundigte sich Trebker vorsichtig.

»Nicht, wenn er nicht gekifft hat.« Michels näherte sich dem Magier. Der Ork suchte derweil in seinem Notfallkoffer nach einem Stimulans, das er ihm verabreichen konnte, ohne dass es gravierende Auswirkungen auf sein magisches Potential haben würde.

Sheik stieß einen spitzen Angstschrei aus, hob abwehrend die Arme vor den Kopf und fiel hintenüber. Wimmernd rutschte er über die Matten, bis er in einem Winkel landete und sich zusammenkauerte. »Tot«, flüsterte er unter Tränen, das Grauen raubte ihm die Stimme. »Keine Magie. Tot.«

Grummelnd verstaute Schibulsky das Stimulans und kramte ein Beruhigungsmittel hervor. Das Verabreichen gelang ohne Schwierigkeiten. Der Hermetische entkrampfte sich allmählich. Dennoch lag er wie ein eingeschüchtertes Kleinkind in der Ecke.

So viel zur magischen Unterstützung gegen den Toxischen, dachte Ordog mürrisch. Anscheinend hatte der Kontakt zu einem absoluten magischen Nullfeld mentale Spuren bei dem Araber hinterlassen. Seinen Geisteszustand würde ein Mediziner mit Sicherheit als labil bezeichnen.

Der Zwerg bückte sich und nahm das Notizbuch an sich. »Schau dir das an«, machte ihn Michels auf das Geschreibsel aufmerksam.

Die Seiten enthielten für sie unverständliche magische Theorien über Astralkraft und Nullzonen, Aufzeichnungen über askennte Phänomene in der SOX, Veränderungen des Astralraumes und Hintergrundgeräusche beim Askennen, was auch immer Sheik damit meinte.

Dann, gut erkennbar anhand des Datums, wurde die Schrift fahriger, die Notizen wurden abgehackter, beinahe wie bei einem Telegramm. Schließlich bestanden die Anmerkungen nur noch aus abstrusen Bildern und wirren Skizzen. Hauptsächlich zeigten sie schwarze Wolken, in die der Araber arkane Zeichen gemalt hatte. Klauen griffen aus ihnen heraus und streckten die Krallen nach dem Kopf eines Männchens aus, das einen Turban trug. Kreuz und quer standen Runen und arabische Buchstaben auf den Blättern, vermutlich magische Formeln.

»Der is fertig«, vermutete der Ork, der ihnen über die Schulter blickte. »Geistig im Eimer.«

Gleichzeitig schauten sie zu der zusammengekauerten Gestalt des Hermetischen, dessen Brust sich regelmäßig hob und senkte. Sheik war eingeschlafen.

»Und jetzt?«, wollte der Bundesbeamte wissen.

»Nicht diese Frage!«, herrschte ihn Michels gereizt an.

»Wir ziehen die Sache durch.« Ordog klappte das Büchlein zusammen und legte es auf den Bauch des Schlafenden. »Als wir eintraten, hat er eine Barriere hochgezogen. Also kann er noch was. Solange er damit den Toxischen beschäftigt und wir eine Chance erhalten, den Typen wegzuballern, reicht es uns aus. Er wird es schaffen.« Er schaute den Ork an. »Bist du fit genug, die erste Wache zu übernehmen?«

Schibulsky nickte und ging wortlos in den zweiten Stock. Ordog, Michels und Trebker suchten sich auf den Turnmatten einen Platz zum Schlafen.

Sheik schien zu träumen. Seine gestammelten Rufe rissen die anderen immer wieder aus dem Schlummer, bis ihn der Ork mit einem weiteren Beruhigungsmittel in Tiefschlaf versetzte.

Der Araber verhielt sich am nächsten Morgen völlig normal, als habe er den Panikanfall am Abend niemals erlitten. Die anderen vier zogen es vor, ihn nicht darauf anzusprechen. Ordog erzählte ihm, dass sie gegen einen toxischen Schamanen antreten wollten, und er erklärte sich sofort bereit, ihnen dabei zu helfen.

Nach einem Frühstück aus den Rationspackungen ihrer Rucksäcke brachen sie auf, um nach Homburg in ihr HQ zurückzukehren. Unterwegs erzählte Sheik, wie es ihm gelungen war, den Granaten und anschließend den Einheiten von Cyberdynamix zu entkommen, indem er nach der Warnung des tödlich verwundeten Bremer in letzter Sekunde eine Barriere hochzog. So entging er der Wirkung der Sprengkörper. Er tarnte sich später als Kon-Gardist; im allgemeinen Durcheinander war ihm die Täuschung gelungen, und zusammen mit einer Prise Magie wurde die Verwandlung perfekt.

»Danach setzte ich mich nach Bexbach ab und entdeckte durch Zufall ein Nullfeld. Das heißt, ich nahm an, dass es sich um ein Nullfeld handelte. Vorher sah ich noch keines«, erzählte er verzückt. »Ich machte Aufzeichnungen und begab mich mehrmals selbst hinein, um das Experiment perfekt zu machen.« Der Araber küsste das Büchlein. »Bei allen toten Oheimen, die Aufzeichnungen sind so unendlich viel wert, dass mich die Doktor-Faustus-Verbindung mit Handkuss aufnehmen wird.« Er packte es weg. »Doch ich muss noch ein paar Versuche durchführen, ehe ich zufrieden bin.«

»Was?«, rief der Zwerg entsetzt. »Du willst dich noch mal in so eine Wolke stellen? So kaputt, wie deine Birne schon ist, wird das zu deiner völligen Verblödung führen. Du wirst im Sand sitzen, kleine Kuchen formen und sie voller Genuss essen.«

Pikiert schaute Sheik auf den kleineren Metamenschen herab. »Hüte deine Zunge, geschätzter Wicht. Mein Verstand ist eine Festung, die sich dem Wahn niemals ergeben wird.«

»Lass dir sagen, dass deine Burg schon ordentlich Sprünge hat und an einigen Stellen eingerissen wurde«, griff Michels die bildhafte Sprache des Arabers auf und klopfte nachdrücklich gegen seinen Helm. »Aber mach, was du willst, Pot-Schmaucher. Jetzt treten wir deinem Arbeitskollegen auf die Finger, bis sie Brei sind.«

»Vergleich einen Schamanen niemals mit einem Hermetischen«, herrschte ihn der Mann an. »Und schon gar nicht mit einem toxischen, einer Pestbeule am makellosen Körper der astralen Kräfte. Rede nicht über Dinge, von denen du nichts weißt, kleiner Mann.«

»Er ist wieder ganz der alte Scheich«, seufzte der Zwerg.

Bald gelangten sie in die Innenstadt, erklommen das mehrgeschossige Haus und begann die Observation des Frei- und Hallenbads.

Gegen Nachmittag verließen sie ihren Beobachtungsposten, um ihr HQ an den östlichen Rand zu verlagern. Die Reste eines vierstöckigen Turms, der einmal zu einem größeren Komplex gehörte, erfüllten ihre Ansprüche ebenso gut. Sie stockten ihre Vorräte in dem kleinen Einkaufsladen mit Dosennahrung auf. Das Verfallsdatum der Konserven war zwar abgelaufen, aber ein wenig Aufkochen half, Keime in der Brühe aus Konservierungsstoffen abzutöten.

Sheik unternahm einen sorgfältigen astralen Rundflug und entdeckte dabei einen toxischen Geist, der seine Runden ums Bad drehte und eine Annäherung verhinderte. Aber auch so konnte er seinen Gefährten einiges berichten.

»Wenn ich die Hintergrundstrahlung richtig eingeordnet habe, dann ist das Gelände um das Bad extrem stark verschmutzt und mit hoch giftigen Stoffen belastet«, erklärte er das Gesehene. »Kein guter Ort für die Natur. Es ist die perfekte Umgebung für den Abschaum, den ihr den Toxischen nennt.«

»Okay, das erklärt, was die drei Pumpen sollen, die ich gesehen habe«, meinte Schibulsky befriedigt. »Damit fördern sie die Flüssigkeit aus dem Boden an die Oberfläche und fluten die Becken.«

»Ein ganz schöner Dreck, den sie da verbuddelt haben«, pflichtete Trebker fachmännisch bei. »Das wird das Bundesamt mächtig interessieren.«

»Hast du so etwas wie einen Drachen gesehen?«, warf Ordog ein, der sich beim Anblick von ein paar vorbeifahrenden Bikern an das Gespräch mit der Punkerin erinnerte.

Sheik schüttelte den Kopf. »Nein, mein blasser Freund. Eine solche Aura wäre mir sofort aufgefallen. Wie kommst du darauf?« Der Anführer erklärte ihm den Grund, dann warf er ihm das Amulett der Frau zu. »Ein Drache in der SOX? Oho!« Der Araber bekam schmale Augen, als er den Talisman betrachtete. »Haben wir so etwas Ähnliches nicht schon einmal gesehen? Es könnte in der Tat aus einer Drachenschuppe gefertigt sein.« Er fuhr über das Zeichen. »Es bedeutet ›Schutz‹. Allerdings ist es schlecht gemacht.«

Der Ork grinste und spuckte aus. »Deshalb hat sie sich das Genick gebrochen.«

»Pst«, sorgte Michels für Aufmerksamkeit und deutete nach vorne. »Da geht was, Leute.«

Motorräder und umgearbeitete Fahrzeuge donnerten heran, Glow-Punks sammelten sich vor dem Schwimmbad und schienen auf jemanden zu warten. Den Abzeichen nach handelte es sich um zwei verschiedene Gangs.

Die Dämmerung senkte sich herab, und auch andere Wesen gesellten sich dazu. Ghule kamen wie scheue Tiere aus dem Schutz der Häuser, um sich etwas abseits von den Punks aufzustellen. Ordog zählte rund dreißig.

Der Amtmann filmte das Szenario. »Das ist völlig untypisch«, flüsterte er immer wieder. »So etwas habe ich noch nie gesehen. Und ich erforsche den Manesphagus schon lange.«

Sheik wechselte auf die astrale Ebene und näherte sich vorsichtig der Versammlung. Einige von den Menschen und Leichenfressern leuchteten und trugen einen Fetisch oder einen anderen Gegenstand.

Die beiden getönten Glasflügeltüren des Gebäudes flogen auf. Ein Mann in einem Bademantel trat heraus und riss die Arme nach oben, als er die Menge sah. Sofort jubelte man ihm zu.

Er schlang den Gürtel auseinander, und seine Umhüllung rutschte zu Boden. Der magisch sehr starke Schamane, wie der Araber anhand der Aura erkannte, präsentierte seinen Anhängern einen über und über mit Narben verzierten, sehnigen Körper.

Die Wundmale stammten von Verätzungen, die seine Haut wie braunrosafarbenen, zerknautschten Kaugummi erscheinen ließen. Eine Behaarung fehlte gänzlich, er trug eine Gletscherbrille, und um die Hüften lag eine schwarze Lackunterhose. Die Füße steckten in hohen Lackstiefeln, die Finger und Unterarme waren ebenfalls von einer schwarzen Lackhülle umgeben. Was die Menschen nicht sahen war, dass er sich mit einem Geist und einer Barriere schützte.

»Ich grüße euch, meine Kinder!« Säuselnd und doch kratzend zugleich erschallte seine Stimme. Sheik erkannte, dass der Schamane einen Zauberspruch zur Beeinflussung der Massen initiierte. »Ihr seid gekommen, weil euch die Explosion in der Stadt erschreckte, nicht wahr?« Er jauchzte auf. »Keine Sorge, meine Kinder! Nichts wird den Drachen an seinem Erscheinen hindern. Keine Unfälle, keine Konzerne. Und wenn er zurückgekehrt ist, werden wir die Ungläubigen aus unserem Land werfen, um alleine darin zu herrschen. Ist es nicht so, meine Kinder?«

Die Punks und Ghule johlten.

»Da hast du deinen Grund, warum deine Leichenfresser sich so merkwürdig benehmen«, sagte Schibulsky zu Trebker. »Ich könnte ihn einfach so wegzappen«, wandte er sich zu Ordog. »Ein besseres Ziel hab ich selten gesehen.«

»Sheik?«, erkundigte sich der Anführer. Als der Magier nicht gleich reagierte, versetzte er dem Körper einen leichten Tritt, damit der Araber in seinem astralen Schwebezustand spürte, dass jemand etwas von ihm wollte. »Kann man ihn einfach wegschießen?«

»Nein.« Sheik schüttelte den Kopf, nachdem er in die weltliche Ebene zurückgekehrt war und der Anführer die Frage wiederholt hatte. »Er hat eine Barriere und einen Schutzgeist um sich. Das wird nicht einfach.«

Ordog entschied sich fürs Warten. Sie nutzten die Gelegenheit, um die Menge zu beobachten. Rund hundert Punks und Leichenfresser himmelten den Schamanen mittlerweile an. Zusammen mit dem durch die Giftstoffe veränderten Naturgeist und den magischen Kräften des Toxischen wurde daraus eine Übermacht, gegen die sie sich im offenen Kampf kaum behaupten konnten.

Der Verätzte hielt eine mitreißende Rede, in der er ständig wiederholte, was ihnen der Drache alles bringen würde, wenn er die Macht in der SOX übernahm. Mehrfach fiel nun der Name Feuerschwinge.

Sheik kritzelte mit und notierte sich Details. »Ich dachte, er sei in den Ärmelkanal gestürzt«, sagte er nachdenklich zu Trebker. »Welch Wunder, dass sich ein Großer Drache einen Ort aussucht, an dem die astralen Energien gestört werden. Ich glaube es nicht, bis ich es selbst sehe.« Er sinnierte insgeheim darüber, ob ein derart magischer Critter den Kontakt mit einer Wolke Antimagie überlebte oder ob er augenblicklich dem Wahnsinn anheimfallen würde.

»Und wenn das Vieh wegen der Strahlung in der SOX mutiert ist und inzwischen neun Köpfe bekommen hat?« Michels klang besorgt.

»Beruhige dich, Mann mit den kurzen Beinen«, entgegnete der Magier gönnerhaft. »Es gibt keinen Beweis für die Behauptungen des Toxischen. Kein Drache würde gemeinsame Sache mit einem solchen Schamanen machen.« Er klang wirklich von dem überzeugt, was er sagte.

»Und wenn er verletzt ist?«, warf der Ork zweifelnd ein. »Ich habe gehört, sie hätten ihm ein paar Raketen in den Leib gejagt. Vielleicht ist er in dem Zustand für jede Hilfe dankbar.«

Sie verfielen in Schweigen und beobachteten. Gleichzeitig hing jeder seinen eigenen Theorien nach, die mal mehr, mal weniger düster ausfielen. Aber ans Aufgeben dachte, abgesehen vom Bundesbeamten, keiner.

Die Kundgebung endete, nachdem der Schamane sie alle zu mehr Vorsicht im Umgang mit der Brühe, die er »göttliches Wasser« nannte, ermahnt hatte. Eine Woche sollten sie in ihren Verstecken bleiben, bis die Patrouillen der Kons weniger würden.

Die Ansammlung zerstreute sich. Der Toxische blieb vor den Türen stehen, bis auch der Letzte gegangen war. Dann hüllte er seinen entstellten Körper in den Bademantel, schwang sich auf ein Motorrad und donnerte die Straße hinunter. Der Geist, so verkündete Sheik, folgte ihm.

Als ihr Ziel in der Ferne verschwand, hängte sich der Araber ihm an und verfolgte es bis zum Fuß des Schlossbergs und zu einer Stelle, an der eine schwere Stahltür in den Hang eingelassen war. Eine Barriere hinderte Unbefugte am Eintreten. Der Mann schritt durch sie hindurch und verschwand im Inneren des Berges. Da er das natürliche Material auf astrale Weise nicht durchdringen konnte, kehrte Sheik in seinen Leib zurück und erstattete Bericht.

»Gewölbe und Drachen«, murmelte der Zwerg ausdruckslos. »Das passt.«

Ordog schaute auf die Uhr. »Wir werden uns hinlegen. Morgen nehmen wir uns Stockwerk für Stockwerk die Höhle vor, bis wir wissen, was da drinnen vorgeht.«

Schibulsky verzog das Gesicht. »Hört mal, ich glaub, wir sind an einem Punkt angelangt, wo wir uns überlegen sollten, ob es das wirklich wert ist.« Seine Begleiter schauten ihn verständnislos an. »Wir sollten dem Kon Bescheid geben, dass sich ein Schamane in seinem Gebiet tummelt. Die werden den Kontrollrat informieren, und der knöpft sich den Jungen vor.«

»Dabei entdecken sie den Geheimgang, und unser Feierabendeinkommen ist dahin«, vervollständigte Michels pessimistisch. »Nee, keine gute Idee. Lieber riskiere ich ein bisschen was und staube ab, als dass ich das Paradies aufgebe.«

»Nachdem wir das geklärt haben, könnten wir uns zur Nachtruhe legen«, schlug Sheik müde vor. Michels übernahm freiwillig die erste Schicht.

Ordog rollte sich in seinen Schlafsack ein, das Gewehr griffbereit neben sich. Zweifel über die Durchführung des Vorhabens befielen den Anführer nicht.

Sobald der Toxische tot war, würden die hirnlosen

Marionetten völlig planlos durch die Gegend laufen und sich ohne den Beeinflussungszauber des Schamanen wahrscheinlich bekriegen. Und während die beiden Gangs unter sich klärten, wer die bessere war, würden die Ghule sich die Gelegenheit auf so viel Frischfleisch für die Sippe kaum entgehen lassen und regulierend eingreifen.

Dabei konnte seine Truppe in aller Ruhe abwarten und sich mit den Überlebenden beschäftigen. *Ein guter Plan,* dachte er und schloss die Augen.

ADL, Freistaat Thüringen, Jena,
24. 04. 2058 AD, 08:22 Uhr

»Bereit?«, fragte Dr. Scutek seine Assistenten, die vor dem Versuchsraum standen. Beide hielten Feuerlöscher parat. »Bereit?«, wiederholte er in das Mikrofon, die Lautsprecher gaben seine Stimme im Innern der Kammer wieder. Xavier, der es sich dort auf einem Stuhl bequem gemacht hatte, hob den Daumen. Er trug einen silberfarbenen Asbestanzug, der seinen Körper vollständig umhüllte. Nur die Hände blieben ausgespart.

Drei Doktoranden begaben sich hinter Scutek auf Liegen und schlossen die Augen, um in den Astralraum zu wechseln und das Experiment von dort aus zu überwachen.

»Purgatorium, geh in das Zimmer, manifestiere und reagiere auf Angriffe aller Art«, befahl er dem mächtigen Elementar, den er zusammen mit einigen Kollegen beschworen hatte.

Ein rot glühendes Flimmern erschien im Versuchsraum. Die Hitze brachte die Luft um die magische Kreatur zum Flirren.

»Sie sind dran, Herr Rodin«, forderte der Thaumaturge ihn auf.

Zum ersten Mal, seit er für die Universität Versuche durchführte, empfand der Negamagier so etwas wie Angst. Natürlich vertraute er auf seine angeborenen Fähigkeiten. Da er jedoch wusste, dass Scutek sich etwas sehr, sehr Starkes für das Experiment aus den Tiefen der arkanen Ebenen holte, schwand seine unerschütterliche Zuversicht. Er war froh, dass er auf dem Asbestanzug bestanden hatte.

Xavier stemmte sich aus dem Sitz und umrundete den Elementar. Zögernd streckte er die Finger aus, um den Kontakt herzustellen. Von der Hitze, mit der Purgatorium sich umgab, spürte er nichts. Bevor seine Kuppe die Kreatur berührte, gab das Wesen ein knisterndes Geräusch von sich.

Die Aufregung sorgte dafür, dass sich das Feld aus Antimagie weiter als die gewöhnlichen 0,979 Millimeter um seinen Körper ausdehnte und seine Kleidung in den Schutz mit einbezog. Diese Kraft wurde vom Elementar bemerkt. Doch er lokalisierte niemanden, den er angreifen konnte.

Xavier ließ nicht locker, sondern versuchte nun, das Wesen zu umfassen. Es brüllte wütend auf, entzog sich seinem Zugriff und flutete den Raum mit Feuer.

Scutek hielt den Atem an. Die dunkelrote Lohe rollte gegen die hitzeresistente Scheibe und raubte ihm sekundenlang die Sicht. Das ganze Zimmer war mit den magischen Flammen ausgefüllt, ein Inferno, das ein ungeschützter Mensch nicht überleben würde.

Als die Heftigkeit der brennenden Wolke nachließ, fehlte von Purgatorium jede Spur. Dafür rang sein Proband nach Atem, weil die Einrichtungsgegenstände Feuer gefangen hatten und die Kammer mit dunklem Qualm füllten. An ein Sauerstoffgerät hatte Xavier nicht gedacht. Die Heftigkeit der magischen Reaktion des Elementars überraschte ihn. Geistesgegenwärtig hatte er sich die bloßen Hände unter die Achselhöhlen geschoben, um sie vor den Flammen zu schützen. Die Haut leuchtete rot wie bei einem Sonnenbrand und schmerzte. Hustend fiel der Mann auf die Knie. Wild gestikulierte er, das Sprechen gelang ihm nicht mehr.

Die beiden Assistenten wollten die Tür öffnen, doch der Thaumaturge hielt sie zurück. Dann betätigte er die Sprechtaste. »Wir sind gleich so weit. Berühren Sie bitte noch einen der brennenden Gegenstände, Herr Rodin. Danach holen wir Sie sofort raus.«

Gespannt schaute er ins Innere, wo sein Proband ungläubig auf die Scheibe starrte. Als Rodin einsah, dass er ohne die geforderte Handlung nicht aus dem verqualmten Gefängnis entlassen wurde, langte er auf die kokelnde Lehne des Stuhls und schrie auf.

»Danke sehr«, meinte Scutek zufrieden und nickte den Gehilfen zu, die den Negamagier in aller Eile aus der Kammer holten.

Hustend taumelte er an die frische Luft. »Was sollte das?«, röchelte er und warf sich entkräftet auf einen Sessel.

»Zeigen Sie Ihre Hand«, bat der Versuchsleiter seinen Probanden wenig mitleidig. Befriedigt registrierte er die Brandblasen und die Wunden auf der geröteten Innenseite. Somit war er für Feuer magischen Ursprungs anfällig. Ohne den Asbestanzug wäre der Mann zu einem Häufchen Asche verbrannt. Er lächelte erleichtert. »Unsere Krankenstation wird sich um die Lappalie kümmern.«

»Verdammte Kacke, was sollte das?« Anklagend hob er die verbrannten Hände in die Luft. »Hätte ich sie mir nicht unter die Achseln geklemmt, könnten Sie meine Fingerknochen sehen! Und da soll ich noch an den Scheißstuhl langen?«

»Es gehörte zum Experiment«, wich Scutek aus.

»Sie hätten mich da drinnen doch nicht ersticken lassen?«, verlangte Xavier zu wissen, während er allmählich wieder Luft bekam. »Sollte ich eine Rauchvergiftung wegen Ihnen kassiert haben, wird es teuer.«

Der Thaumaturge betrachtete den wütenden Mann hochnäsig. »Sie erhalten sehr viel Geld von unserer Universität, Herr Rodin. Da werden Sie die kleine Brandblase in Kauf nehmen müssen.«

Aufgebracht schoss der Negamagier in die Höhe. »Ich meinte damit nicht nur die Brandblase. Ich war länger in dem Raum, als es notwendig war. Sie hätten nicht einmal an den Asbestanzug gedacht! Hatten Sie ein BBQ mit mir vor und warteten auf die Soßen?« Dann begriff er, als er sich die Augenbewegung des Magieexperten in Erinnerung rief. »Es ging Ihnen darum zu sehen, ob ich magisch verletzbar bin?«

»Ja«, bestätigte Scutek teilnahmslos und wandte sich an die drei Magischen, um von ihnen mehr über den Vorgang zu erfahren.

Xavier gefror innerlich. »Wir müssen über die Vereinbarungen noch einmal reden. Ich glaube nicht, dass meine absichtliche Verletzung vorgesehen war.«

Der Thaumaturge wirkte beschäftigt. »Verstehen Sie es als kleinen Bonus Ihrerseits«, merkte er abwesend an. »Für die Wohnung in Jena.«

Blitzartig stand der Schattenläufer neben dem Doktor der hermetischen Magie und fasste seine Rechte. Das Ziehen seiner geschundenen Haut ignorierte er.

Scutek verfiel in spasmische Zuckungen, schleuderte sein Schreibbrett weg, prallte gegen die Konsole und verletzte sich dabei am Kopf. Fast schien es so, als ließe der Negamagier den anderen Mann mittels einer Fernsteuerung hüpfen und alberne Bewegungen machen.

Endlich ließ er Scutek los, der daraufhin in die Arme eines Assistenten taumelte.

»Nehmen Sie das auch als kleinen Bonus«, sagte Xavier düster und stapfte zum Ausgang, um die Krankenstation aufzusuchen.

Der Assistent schleppte den Doktor der Magie zum Stuhl und legte ihn darauf ab. Scutek erholte sich allmählich und nahm sich etwas zu trinken. Sein Gesicht leuchtete auf, während er am Wasserbecher nippte. Die Berührung des Probanden hatte ihm eine Eingebung beschert und eine sehr abenteuerliche Theorie entstehen lassen, die er jedoch in keiner Weise begründen konnte.

»Hat jemand astral beobachtet, was passierte, als er mich berührte?«, erkundigte er sich hoffnungsvoll. Die Helfer verneinten.

Sein Assistent bemerkte die positive Veränderung auf den Zügen seines Chefs und erkundigte sich nach dem Grund.

Scutek nahm sein Diktiergerät. »Wir wissen, dass die Magiefähigkeit weitestgehend vererbt wird, auch wenn die Forschung das verantwortliche Gen, den so genannten Magus-Faktor, noch nicht genau lokalisieren konnte.« Scutek dachte nach, um seine Gedanken zu ordnen. »Ich gehe davon aus, dass Proband Rodin eine Mutation und nichts anderes als ein Magier ist. Mutation gehört zur Evolution. Nur die Wirkungsweise unterscheidet sich wesentlich von dem uns Bekannten. Die Theorie, dass es sich um negative Magie handelt, wird nun von mir aufs Schärfste bestritten. Ebenso wenig gibt es negatives Leben.« Von seiner eigenen Idee ergriffen, sprang er begeistert auf und lief im Kreis herum. Dabei suchte er nach den richtigen Worten. »Er unterscheidet sich deutlich vom Hallstein-Phänomen, da keiner seiner Vorfahren aus Österreich stammt.«

Eine Stunde verging, bis Scutek die passenden Formulierungen fand, und aufgeregt machte er sich daran, weitere Versuche mit seiner Testperson vorzubereiten. Er stand kurz davor, sich in der magischen Forschung einen unsterblichen Namen zu machen.

Xavier verließ die Krankenstation und kehrte mit einer bandagierten Hand nach Hause zurück. Dort angekommen, widerrief er den mit der Hochschule abgeschlossenen Vertrag. Per Mail ging das Schreiben an den Präsidenten Beckert.

Die können mich mal. Die sind genauso bescheuert wie die Kons. Lieber verdiente er seinen Zaster beim Schattenlaufen. Ihm fiel der Anruf der Unbekannten ein, die ihm ein Angebot unterbreitet hatte. *Warum länger als notwendig warten?*, entschloss er sich spontan.

Xavier stand auf, notierte sich die Nummer und wählte sie über seinen Computer an.

IV.

ADL, Hansestadt Hamburg, 24. 04. 2058 AD, 16:22 Uhr

Der Negamagier konnte es nicht fassen, dass er am Terminal C des Flughafens der kleinen Weltmetropole stand und darauf wartete, abgeholt zu werden. Noch vor wenigen Stunden hielt er den Kom-Hörer in der Hand, jetzt war er kurz davor, seinen Auftraggeber kennen zu lernen.

Ein Mann, der weiß, was er will, schätzte er und trat vom Bordstein zurück, als eine Limousine über den regennassen Asphalt dicht an das Trottoir heranfuhr. Zu seinem Erstaunen hielt die Luxuskarosse vor ihm. Die getönte Scheibe sirrte nach unten, und eine Frau mit dunkelbraunem Lockenschopf schaute heraus.

»Sie sind Rodin?« Die Frau grinste frech. »Ich bin Jeroquee. Cauldron hat mir Ihr Bild gezeigt.«

»Hat sie Ihnen auch gesagt, wie meine Kontonummer lautet?«, seufzte er.

Die Tür öffnete sich. »Steigen Sie ein.«

Xavier kam der Aufforderung nach. Satt fiel die Tür ins Schloss, der Opel Saevio setzte sich in Bewegung.

Jeroquee reichte ihm die Hand. »Hallo, noch einmal ganz offiziell. Kurz zum weiteren Ablauf: Wir fahren zum Hotel Escardor und essen zu Abend. Dabei erklärt Ihnen der Boss, worum es geht.«

»Sind Sie Magierin?«

Sie verneinte, daraufhin schüttelte er ihre Rechte.

»Geben Sie mir mal einen Tipp: Sie erwähnten am Kom einen Diebstahl?«

»Ehrlich? Da muss ich mich falsch ausgedrückt haben.« Jeroquee wurde rot. »Vergessen Sie das. Es ist nichts Kriminelles, wofür man Sie benötigt. Aber bevor ich irgendetwas erzähle, was nicht stimmt, warten Sie lieber, bis der Boss ins Escardor kommt.« Sie musterte ihn neugierig. »So sieht also ein Negamagier aus.«

»Sagen Sie nichts: Sie dachten, ich sei größer?«, seufzte Xavier. »Hat Cauldron vielleicht noch mehr Details über mich erzählt?«

»Keine Angst«, beruhigte die junge Frau aus Seattle ihn. »Sie hat auch nicht direkt gesagt, dass Sie etwas Besonderes sind. Ich habe es aus den Bemerkungen Ihrer Kollegen geschlossen. Sie hat nichts gesagt.«

Außer ihr seine Geheimnummer zu nennen. »Und wie haben Sie sich einen Negamagier vorgestellt?«, hakte er nach.

Jeroquee überlegte, bis sie mit den Achseln zuckte. »Anders eben. Geheimnisvoller.«

Der Deutsche drehte den Spieß um. »Ihnen sieht man auch nicht an, dass Sie eine Frau Schmidt sind.«

»Frau Schmidt? Sie halten mich für eine Vermittlerin? Nein, ich bin ... war Ghuljägerin«, verbesserte sie freundlich. »Ich habe lange Zeit davon gelebt, dass ich die Leichenfresser platt machte und die Kopfprämien kassierte. Seit ich für den Chef arbeite, ist das vorbei. Ich bin sozusagen ein Runner mit festem Arbeitsvertrag«, feixte sie.

»Aha. Ich vermute, dass der Auftrag etwas mit meiner besonderen Begabung zu tun hat?«

Die Ghuljägerin nickte. »Aber ehe Sie weiterfragen, ich habe keine Ahnung. Ich sollte nur den Kontakt herstellen.« Wieder färbte sich ihr Gesicht rot, das sichere Indiz, dass sie mehr wusste, als sie sagen durfte. »Wie gesagt, warten Sie auf den Boss.«

»Und wie heißt der Geheimnisvolle?«

»Das wird er Ihnen selbst sagen.«

Xavier druckste bei der nächsten Frage ein wenig herum. »Wie geht es ihr?«

Die Frau verstand gleich, wen er meinte. »Cauldron?

Oh, sehr gut.« Jeroquee nahm eine kleine Saftflasche aus der Minibar und reichte sie ihm. »Sie zieht immer noch mit ihren Chummern um die Häuser. Neulich haben sie einen Typen zerlegt, Lugstetter, der ihnen von Cyberdynamix auf den Hals gehetzt worden war. Aber ansonsten gibt es nichts Neues, soweit ich das weiß. Ich bin aber schon ziemlich lange weg von Seattle.«

Enttäuschung machte sich bei dem Negamagier breit. Er hatte gehofft, dass sie Grüße ausrichtete oder vielleicht sogar einen altertümlichen, aber sehr romantischen Brief von der Magierin in der Tasche hatte. Aber außer der Kom-Nummer schien sie nichts weitergegeben zu haben. *Ich Idiot,* schimpfte er mit sich selbst, weil er sich Hoffnungen gemacht hatte.

Er schaute hinaus und betrachtete die Hamburger Häuserfronten, die vorüberhuschten. Seine Begleiterin verstand, dass er nicht in der Stimmung war, sich mit ihr zu unterhalten, und schwieg ebenfalls.

Die Limousine hielt vor dem Escardor, einem Hotel der gehobenen Oberklasse, wie Xavier anhand der Fassade und des ersten Eindrucks der Empfangshalle feststellte. Da er auf so viel Etikette nicht vorbereitet war und Jeans und Turnschuhe nicht passten, musste er sich im hauseigenen Shop eine Abendgarderobe ausleihen.

Jeroquee überließ ihn der Obhut eines »Maitre de Irgendwas«, dessen französischen Titel Xavier unaussprechlich fand, winkte ihm noch einmal knapp zu und fläzte sich auf eine Couch im Eingangsbereich. Ihr Job endete vor den Stufen der höheren Gesellschaftsklasse. Für den Negamagier begann es erst.

Der Maitre geleitete ihn in ein Nebenzimmer. Zwei Kellner wuselten um ihn herum, der eine schenkte ihm Wein, der andere Wasser ein. Ein dritter brachte die Speisekarte und legte sie vor ihn auf den Tisch, um sich sofort wieder zurückzuziehen.

Tja, und nun?, dachte er ratlos. Er wusste nur, dass es

sich beim Boss wahrscheinlich um einen Mann handelte, der seine zerstörerische Wirkung auf Magie benötigte. »Abwarten und Wein trinken«, murmelte er und nahm einen Schluck. Das Aroma, das sich auf seiner Zunge entfaltete, gewährte ihm neue Geschmackserlebnisse. Jedenfalls war das kein Fusel.

Nach zehn Minuten steuerte ein seltsames Trio auf seinen Tisch zu. Ein unauffälliger, älterer Mann mit einer Zwickelbrille und einem sehr guten und sehr teuren Geschmack, wenn es um die Wahl des Erscheinungsbilds ging, lief in der Mitte. Er stützte sich auf einen Stock aus schwarzem Holz, der Griff bestand aus einem stilisierten Totenkopf.

Rechts neben ihm lief eine Afrikanerin, die eine Chauffeuruniform trug. Für ihre Größe wirkte sie zu dünn, die Haut schimmerte tiefschwarz. Die stark hervortretenden Wangenknochen machten die Frau, die er auf Mitte zwanzig schätzte, zu einer herben Schönheit. Die gelblichen Augen schaute ihn schon von weitem beinahe feindselig an und spiegelten eine unbestimmte Wildheit wider.

Auf der anderen Seite ging ein Elf, der leise mit dem Mann redete. Er trug einen dunkelgrauen Businessanzug, hatte kurze blonde Haare, eine sehr hohe Stirn und ein Oberlippenbärtchen, wie es die so genannten Dandys meist ausrasierten. Sein linkes Auge stand leicht schief. Das nörgelnde Spitzohr war mit Sicherheit ein Magier, der ihn astral checken wollte und es nicht fasste, dass er unsichtbar blieb.

Anhand des Verhaltens des Maitre erkannte er, dass es sich um seinen Gastgeber und seine Bodyguards handelte. Als sie noch zwei Meter von ihm entfernt waren, erhob er sich. Die Arme ließ er herabhängen. Er hatte es sich abgewöhnt, Fremden die Hand zu geben. Wie schnell konnte die Begrüßung bei einem Magischen unangenehme Folgen haben.

Scheinbar erahnte der Ältere den Grund für die Unhöflichkeit und nickte nur. »Guten Abend, Herr Rodin. Schön, dass Sie Zeit hatten, nach Hamburg zu kommen und sich meinen Vorschlag anzuhören.«

»Sind Sie der Boss?«, erwiderte der Negamagier. »Haben Sie auch einen Namen?«

»Yakub Estefan Zozoria. Ich befasse mich mit Antiquitäten.« Der Mann lächelte. »So viel kann ich Ihnen schon einmal anvertrauen. Es steht für Sie eine nicht unwesentliche Summe bereit, wenn Sie den Auftrag annehmen, den ich Ihnen unterbreiten möchte. Aber das Ganze setzt Verschwiegenheit voraus. Mehr, als es im Runnergeschäft üblich ist. Dazu zähle ich bereits diese Unterredung.« Er wählte einen anderen Wein aus und schaute ihn aus beinahe toten, grünen Augen an. »Wir sollten uns besser kennen lernen. Lassen Sie uns ein bisschen plaudern. Beginnen wir mit einer einfachen Sache. Beispielsweise damit: Was ist der Tod für Sie?«

»Gibt es einen bestimmten Grund, warum Sie ausgerechnet darüber sprechen wollen?«

Der Mann nickte bedächtig. »Die Einstellung zum Tod verrät viel über einen Menschen. Sicherlich, wir könnten über die neuesten Entwicklungen auf dem Aktienmarkt oder den Wert einer Vase aus der Ming-Dynastie sprechen. Tun Sie mir einfach den Gefallen, Herr Rodin. Ich lade Sie zu einer kleinen Philosophiestunde ein.«

Meine Güte, der ist meschugge. Xavier dachte nach, wie er den Test bestehen könnte. »Na schön. Der Tod also … medizinisch betrachtet?«, versuchte er einen Ansatz zu finden. »Aussetzen der Atmung, Stillstand des Herzens, Ende der Gehirntätigkeit. Gut, die Reihenfolge kann variieren, wenn die Kugel direkt in den Schädel rauscht«, fügte er lächelnd hinzu.

Zozoria stimmte zu. »Eine nette, knappe Definition. Diese Erkenntnis bringt mich zur nächsten Frage.« Er massierte seinen Handrücken und legte dann die Finger entspannt auf die Sessellehnen. »Warum muss der Mensch sterben, Herr Rodin?«

»Ich würde sagen, dass letztendlich die Kräfte erschöpft sind. Der Abbau der Vitalität ist etwas ganz Natürliches.«

»Falsch!«, widersprach ihm der Antiquitätenhändler. »Gibt es Ihnen nicht zu denken, dass die seelisch-geistige Entwicklung des Menschen nicht unbedingt in demselben Ausmaß von diesem Abnutzungsvorgang betroffen ist? Es gibt körperlich kranke und alte Menschen, die innerlich sehr jung, wach und unverbraucht geblieben sind. Wir sind anders als Tiere und Pflanzen, bei denen Ihre Ansicht stimmt. Es geht nun darum, die körperliche und geistige Kraft aufrechtzuerhalten. Ewig.«

»Leonisation? Ich halte nicht viel davon, zu viel Gott zu spielen. Es ist ganz gut, dass der Mensch nur eine gewisse Zeit lebt.«

»Ein gutes Stichwort. Ich vermute, Sie gehören einer christlichen Konfession an?«

»Ich wurde getauft, wenn Sie das meinen. Protestantisch.«

»Dann wird es Sie überraschen zu hören, dass im Weltentwurf Gottes der Tod tatsächlich ein Eindringling ist. Der letzte Feind des Menschen ist der Tod, heißt es in der Bibel. Ich weiß nicht, wie es Ihnen geht, doch der Tod widerspricht zutiefst meinem ausgeprägten Verlangen nach dem Leben.« Er lehnte sich nach vorne. »Oder würden Sie gerne sterben?«

Der Negamagier verfolgte die Ausführungen seines zukünftigen Auftraggebers nun aufmerksamer. Das Philosophieren lag ihm zwar nicht besonders, doch er vermutete, dass der Mann in eine gewisse Richtung wollte. »Nein«, entgegnete er zögernd. »Nein, wenn ich es mir recht überlege, würde ich gerne noch lange auf der Erde bleiben.«

Zozoria lächelte triumphierend. »Bleiben wir doch ein wenig bei dem Thema. Mancher Zeitgenosse und manche Religion verstehen den Tod als das Tor zum Leben nach dem Tod. Sie sind Runner. Sie stehen mit einem Bein immer im Grab. Glauben Sie daran, dass es hinterher weitergeht?«

Der Negamagier zögerte. »Hinterher? Nach dem Sterben? Na ja, es gibt anschließend so etwas wie ein Jenseits, eine Art große Gemeinschaft.«

»Warum begehen dann nicht alle Menschen Selbstmord, die diesen Vorstellungen vom besseren Leben nach dem Tod anhängen?«

»Äh …?«

»Die Hoffnung auf ein Leben im Jenseits ist meiner Ansicht nach ein raffinierter Schwindel, um die Menschen zu trösten und von den herrschenden Missständen abzulenken. Es kam noch keiner zurück und erzählte uns, wie großartig es nach dem Sterben ist. Den Versprechungen quer durch alle Jenseitsvorstellungen folgte kein einziger Beweis, der mich überzeugte. Fazit: Mit dem Tod ist alles aus.« Zozoria deutete wahllos auf kostspielige Dinge im Raum. »Ich speise gerne gut, ich habe einen gewissen Luxus erreicht, ich kann mir vieles leisten. Und das soll lange so bleiben. Hier weiß ich, was mich erwartet. Am Geld wird es nicht scheitern. Stellen Sie es sich vor, ohne Verfallserscheinungen gesund und ewig zu leben, ewig Dinge zu lernen, Wissen und Können zu perfektionieren, was sonst niemandem vergönnt ist.«

»Dazu müssten Sie den letzten Feind, wie Sie ihn vorhin nannten, erst besiegen«, führte Xavier die seltsame Gedankenkette des Antiquitätenhändlers fort. »Tja, und da scheitern Sie.«

Zozoria atmete langsam aus. »Wir werden sehen«, beließ er es bei einer Andeutung. »Ich sehe, Sie sind mit Ihren Vorstellungen vom Tod ein Gefangener der allgemeinen Meinung, Herr Rodin. Was ich Ihnen nicht weiter nachtrage.«

»Heißt das, Sie wollen mir den Job immer noch anbieten?« Anscheinend hatte er den Test bestanden, obwohl er die beinahe besessene Art des Mannes, über das Ableben zu räsonieren, schon merkwürdig fand. Seiner Ansicht nach hatte Zozoria einfach zu viel Zeit zum Grübeln.

»Sicher. Den Grund, weshalb die Wahl auf Sie fiel, können Sie sich vielleicht denken. Nachdem ich von Ihrer besonderen Begabung hörte, musste ich Sie einfach kennen lernen.«

»Und? Worum geht es?«

Der Inhaber von Antique Enterprises betrachtete Xaviers Gesicht aufmerksam. »Wie ich schon sagte, Ihre Aufgabe setzt eine außergewöhnlich große Bereitschaft voraus, Stillschweigen zu bewahren. Da ich Sie derzeit nicht im vollen Umfang unterrichten möchte, lassen Sie mich einen Test machen.« Er nahm einen schlichten Goldring aus der Rocktasche und legte ihn auf die Mitte des Tisches. Matt schimmerte das Edelmetall auf. Anschließend nahm er ein kleines Samtsäckchen und deponierte das Kleinod darin. »Es ist ein sehr billiger Fokus, und ich möchte, dass Sie sein magisches Potential durch eine Berührung zerstören. Schaffen Sie das?«

Xavier steckte die flache Hand kurz in den Beutel, um den Ring zu berühren. Zozorias Begleiter schien den Vorgang astral überwacht zu haben. Er beugte sich vor und flüsterte dem Mann etwas ins Ohr.

»Kompliment. Sie haben das magische Artefakt in Sekundenbruchteilen vernichtet«, sagte er beglückt zu dem Runner. »Damit kommen wir zur nächsten Stufe unserer Unterredung. Ich möchte von Ihnen lediglich, dass Sie diese Tätigkeit an anderen Objekten wiederholen. Da es Sie nichts angehen soll, worum es sich dabei handelt, werden wir die Dinge in einen Beutel legen. Ich nahm nicht an, dass Sie sich von uns die Augen verbinden lassen wollen.« Xavier nickte ganz leicht. »Sie berühren die Gegenstände, und wir fliegen Sie wieder nach Hause.«

»Ich soll Fokusse zerstören«, fasste Xavier zusammen. Die Enttäuschung über die vermeintliche Leichtigkeit des Auftrags schwang in seinen Worten mit, was Zozoria genau registrierte. »Wie spannend.«

Der Antiquitätenhändler musste lachen. »Sie haben erwartet, dass ich Sie auf einen mysteriösen Run schicke? Sie scheinen sich bei Ihrer momentanen Tätigkeit sehr zu langweilen.«

»Ich mache derzeit im Grunde genau das Gleiche, was ich für Sie tun soll«, seufzte der Negamagier.

Ein Leuchten huschte über das Gesicht des Elfs. Er beugte sich ein weiteres Mal zu seinem Arbeitgeber und raunte ihm einige Sätze zu, die Zozoria knapp, aber unverständlich kommentierte. Schließlich wandte er sich wieder seinem Gast zu.

»Dann werde ich mich bemühen, Ihnen wenigstens mehr Geld zukommen zu lassen als Ihr derzeitiger Brötchengeber. Konkret formuliert: Sie werden magische Barrieren für mich zerstören, und Sie erhalten dafür pro erledigtem Auftrag zehntausend EC. Wie viele Gegenstände wir Ihnen vorlegen werden, wissen wir zurzeit noch nicht, aber gehen Sie davon aus, dass es mindestens fünf sind.«

»Und wo soll das Ganze stattfinden?«

»Ich werde Sie an einen Ort fliegen lassen, an dem es Ihnen nicht an Komfort mangelt«, wich der ältere Mann aus. »Die Gegenstände zu Ihnen zu bringen ist mir zu riskant. Seien Sie versichert, die Gegend ist wunderbar: tief eingeschnittene Täler, Bergquellen, sanfte Bäche, Ruhe und Abgeschiedenheit. Der Zeitpunkt richtet sich ganz nach Ihnen.« Xavier wurde eine Visitenkarte gereicht. »Rufen Sie uns an, und wir schicken Ihnen einen

Jet, wo immer Sie ihn auch haben möchten.« Er langte in eine kleine Tasche und zog eine Uhr mit einem Sprungdeckel heraus. »Sind wir uns einig geworden, Herr Rodin?«

Der Negamagier bestätigte den Deal mit einem Grinsen.

»Dann sehen Sie mir bitte nach, dass ich Sie allein lassen muss. Geschäfte«, deutete Zozoria an. »Ich schicke Ihnen Frau Jeroquee herein. Sie wird Ihnen beim Essen Gesellschaft leisten, wenn Sie möchten.«

»Nur zu«, meinte der Negamagier. Er spielte mit der Visitenkarte. »Es wird nicht lange dauern, bis Sie von mir hören, Herr Zozoria«, versprach er. »Sie haben mich mit der schönen Gegend gelockt, weniger mit dem Geld. Ferien habe ich dringend nötig.«

Der Antiquitätenhändler machte sich auf den Weg zum Ausgang. »Schön, dass Sie Ihre Aufgabe als so wenig belastend betrachten«, verabschiedete er sich. »Hoffen wir, dass Sie ebenso erfolgreich wie zuversichtlich sind.« Er winkte grüßend und ging zusammen mit der Afrikanerin und dem Elfen hinaus.

Es dauerte nicht lange, da erschien der Lockenschopf der ehemaligen Ghuljägerin im Türspalt. »Da bin ich wieder.« Unsicher trat sie herein und setzte sich. So, wie sie sich präsentierte, hatte man ihr in der hoteleigenen Ausleihe ein champagnerfarbenes Abendkleid empfohlen, in das sich ihr Körper perfekt schmiegte. »Der Boss meinte, ich könnte mit Ihnen einen draufmachen.«

»Solange er bezahlt.« Der Negamagier zwang sich, die Augen von ihr zu wenden. In diesem Dress war so ziemlich jedes Körperteil ein Hingucker.

»Er zahlt«, kam es vom Maitre stoisch, in dessen Gefolge sich mehrere Kellner mit abgedeckten Tellern befanden. »Bon appetit.«

Während sie sich über die Vorspeise hermachten, beschloss Xavier, mit Jeroquees Hilfe etwas mehr über seinen Auftraggeber herauszufinden. »Hat er mit Ihnen auch ein Gespräch über den Tod geführt?«

Die junge Frau wirkte nicht sonderlich verwundert. »Nicht bei unserem ersten Zusammentreffen. Aber später, nachdem klar war, dass ich einen Auftrag erledigen würde, saß ich in seinem Arbeitszimmer und musste ihm darlegen, was ich vom Jenseits erwarte. Das ist anscheinend eine fixe Idee von ihm.«

»Wie ist er sonst so?«

Jeroquee feixte. »Ein echter Menschenfreund. Er handelt mit Antiquitäten und hat einen Fonds gegründet, der mittellose Magiestudierende unterstützt.«

Das Wissen, das sie mit einem Bekannten über Zozoria in Erfahrung gebracht hatte, behielt sie für sich. Weder der Negamagier noch der Boss mussten merken, dass sie von dessen Verwicklungen in Geschäfte mit Artefakten Kenntnis hatte.

Der gebürtige Andorraner besorgte seiner Kundschaft die ältesten magischen Gegenstände und Ingredienzien, die man sich vorstellen konnte, hieß es im Schattennetz. Angeblich gingen verschiedene Diebstähle auf das Konto seiner Handlanger, zu denen sie gehörte. Davon hatte sie bislang noch nichts zu sehen bekommen, denn ihre Abteilung beschäftigte sich mit Harmloserem, wenn auch nicht Astreinem.

»Antiquitäten«, wiederholte der Negamagier nachdenklich. »Sind die mit magischen Schutzfeldern umgeben?«

Energisch legte Jeroquee ihr Besteck auf den Tellerrand. »Hören Sie mal, wenn Sie mehr über Ihren Job wissen wollen, Chummer, fragen Sie den Boss und nicht mich. Ich kenne Ihren Auftrag nicht und würde Ihnen auch nichts erzählen, selbst wenn ich etwas wüsste. War das deutlich?«

»Es war laut«, äußerte Xavier lakonisch. »Was machen Sie für ihn?«

Er erhielt einen vorwurfsvollen Blick. »Sie fragen ja schon wieder. Aber das ist wenigstens etwas, was ich Ihnen sagen kann.« Sie fuhr sich durch die dunkelbraunen Locken. »Ich begleite Kräuterteams.«

»Wie bitte?«

Jeroquee schenkte ihm ein Lächeln. »Angenommen, ein Kunde möchte die gelb-blau getupfte Rapunzelblüte, die unter dem ostöstlichen Wendekreis des Planetoiden Muckefuck wächst, dann recherchiert eine Crew, wo das seltene Pflänzlein gedeiht, und bricht dorthin auf.«

Der Negamagier begriff, was ihr Part dabei war. »Sie sorgen mit Ihren Ballermännern dafür, dass die Pflücker unbehelligt durchs Gemüse robben können.«

Sie zwinkerte ihm als Zustimmung zu.

»So etwas hätte ich auch gerne wieder gemacht«, gestand er unbefriedigt. »Ein bisschen Action.«

»Sie haben das gleiche Problem wie ich«, bemerkte die ehemalige Ghuljägerin wissend. »Wir sind Adrenalinjunkies. Wir brauchen den Kick. Ich wollte es mir anfangs auch nicht eingestehen, aber es ist einfach so.«

»Da stimme ich Ihnen zu.« Er erwiderte ihr Zwinkern. *Was tust du? Flirtest du da gerade?*, wunderte er sich insgeheim. Er fühlte, wie sein Kopf warm wurde. Woher die Verlegenheit stammte, wusste er nicht zu sagen. Vielleicht das schlechte Gewissen, weil er eigentlich dachte, er würde Cauldron in seinem Herzen tragen. Als Mann unterlag er offensichtlich ihren weiblichen Reizen.

Die junge Frau senkte den Blick. »Fragen Sie den Boss bei Gelegenheit, ob Sie mich begleiten dürfen. Nicht dass Sie vor Langeweile umkommen. So ein aufgebrachter Wildhüter in einem Naturschutzpark, der mit einer Wumme die gelb-blau getupfte Rapunzelblüte unter dem ostöstlichen Wendekreis des Planetoiden Muckefuck verteidigt, kann eine echte Herausforderung sein.«

Xavier kostete von dem Wein, den Zozoria bestellt hatte. »Die Idee ist nicht schlecht«, meinte er etwas munterer.

ADL, Groß-Frankfurt, Mainz-Wiesbaden,
24. 04. 2058 AD, 22:03 Uhr

Tattoo, Andex, Oneshot, Dice und Schlagergott saßen im *Vorspiel*, ihrem erklärten Stammlokal auf der Vergnügungsmeile von »Mawie«, wie der Bezirk Mainz-Wiesbaden auch genannt wurde.

Der Bezirk war der personifizierte Dorian Gray. Während in Wiesbaden die fetten Investmentgeschäfte abgewickelt wurden, hatte sich Mainz seit dem Wiederaufbau nach der Überflutung zu einem Industriestandort der untersten Kategorie mit Arbeitersiedlungen entwickelt. Vom Glanz der ehemaligen Landeshauptstadt von Badisch-Pfalz war nichts mehr geblieben.

Außer Andex waren sie dem Mainzer Morast des Verbrechens entsprungen, das an allen Ecken grassierte. Alle vier liebten das verlotterte Mainz, in dem die Sünde herrschte und man sich alles für Geld kaufen konnte, falls es einem vorher nicht geklaut wurde. Vielleicht bestand das Erfolgsrezept der Black Barons darin, den heimischen Kriminellen eine zweite Chance zu geben. Sie hatten auf der Straße gelernt zu überleben, und die Stadtkrieger brachten ihnen das taktische Vorgehen bei.

Das Geld für die Liga und den Unterhalt des heruntergekommenen Fußballstadions, in dem sie trainierten, brachten die Barons über Spenden auf. Woher die Kohle stammte, wussten die Spieler nicht. Es interessierte sie auch nicht. Dafür gab es das Management. Sie kümmerten sich darum, dass der Ball in die Torzone des Gegners kam.

Von draußen erklang das helle Rattern einer kleinen Maschinenpistole, gefolgt vom tiefen Dröhnen einer schweren Pistole. Ein Projektil knallte gegen die kugelsichere Scheibe.

»Hey, Jupp«, rief der orkische Brecher dem Inhaber zu und deutete auf das Fenster nach draußen, »hast du ein Problem mit den Yaks?«

Jupp stellte das letzte Bierglas auf das Tablett und balancierte es an den Tisch der Stadtkrieger. »Nö, das sind keine Yaks.« Er warf einen flüchtigen Blick hinaus. »Ging auch nicht gegen mich. Der Frosch-Manni zahlt den Russen nichts mehr, und die wollen ihn umstimmen. Das geht schon ein paar Tage so.« Er verteilte die Gläser. »Ein Trupp kommt vorbei, ballert sinnlos auf die Front, um die Kunden zu vergraulen, und rückt wieder ab. Frosch-Manni schießt zurück und trifft nichts.«

Die Elfin klopfte gegen das Glas. »Das war eine gute Investition, Jupp.«

»Verdammt teuer. Zusätzlich beschichtet. Aber alles andere bringt nichts.« Der Wirt zerriss die Rechnung. »Geht auf mich, Leute. Für die Scheiße in Moskau dürft ihr umsonst saufen.«

Sie hoben gleichzeitig die Gläser, prosteten dem Fan-Schal mit dem Aufdruck »The Black Baron reigns« über ihnen zu und leerten sie auf ex. Jupp karrte die nächste Fuhre Freibier an.

Schweigend saßen sie am Tisch, keiner wollte etwas sagen. Egal worüber sie redeten, nichts davon würde sonderlich erfreulich sein.

Schließlich machte Andex den Anfang. »Ist unser Ligaspiel verschoben worden?«, fragte er Mannschaftskapitän Oneshot.

Der elfische Scout schüttelte den Schopf. »Die Centurios haben es abgelehnt.«

»Die Dreckschweine«, fluchte Andex verbittert. »Klar, auf so eine Gelegenheit haben sie nur gewartet. Dann schaffen selbst solche Schwachstecker wie die es, endlich mal den ersten Platz zu belegen.«

Oneshot nahm einen Schluck. »Es kommt noch besser. Die ISSV hat die Begegnung zwischen uns und Maschine Moskwa als Sieg für uns gewertet.«

»Halbfinale? Kacke, wir sind weiter? Wie sollen wir denn gegen die Blood Royals spielen?«, wunderte sich Dice und rieb sich abwesend durch die kurzen Haare. »Nicht dass ich von unseren Ersatzleuten nicht viel halten würde, aber das hier wird richtige Arbeit. Die Engländer sind Asis wie wir.«

»Das schaffen wir in der Besetzung niemals«, meinte Schlagergott bedrückt. »Da stehen wir im Halbfinale der European Champions Trophy und dann so was.«

Das Schweigen kehrte an ihren Tisch zurück. Sie tranken niedergeschlagen, und der aufmerksame Kneipier brachte die dritte Runde.

»Wo ist der Koffer?«, wollte Dice unvermittelt wissen. »Und was machen wir damit?«

Andex schlug Tattoo auf die Schulter. »Dein Auftritt am Flughafen war erstklassig.«

»Scheiße, erinnere mich bloß nicht dran«, knurrte die Aufklärerin, während sie das Glas mit beiden Händen umfasste. Ihre Verletzungen spürte sie kaum mehr, dank Intensivmedizin und Painkillern. »Ich muss mit dem Typen noch essen gehen.«

»Bring ihn doch mit ins *Vorspiel*.« Der Ork feixte. »So etwas hat der Azubi-Zöllner bestimmt noch nicht gesehen.«

»Bist du verrückt? Am Ende denkt der Schnüffler, der Name sei ein Hinweis und will mit mir ins Bett«, begehrte die Elfin auf. »Den schleppe ich an die nächste Soyburgerbude, damit hat sich der Fall.«

»Wie undankbar«, stichelte Dice. »Zuerst machst du den Bubi an, und dann willst du nichts mehr von ihm wissen.«

»Der Koffer ging unkontrolliert durch. Das zählte.«

»Und wo ist er jetzt?«, fragte ihr Teamkollege mit den auffälligen Haaren.

Tattoo warf ihm einen kurzen Blick zu. »Versteckt. Bis uns was eingefallen ist.« Sie schaute in die Gesichter der anderen. »Oder möchte ihn einer von euch zur Aufbewahrung haben?« Abwehrende Gesten und Kopfschütteln waren die Folge. »Dachte ich mir. Hat einer was rausbekommen?«

Oneshot nahm die Rechnungsbelege und vier Ausweise aus einer Tasche, die sie bei den Leichen gefunden hatten. »Die Ausweise stammen von den Angreifern. Der Kurier hatte nichts dabei, was ihn identifizierbar gemacht hätte. Anscheinend verhält es sich mit den Rechnungen ebenso.« Die Quittungen zeugten von Übernachtungen in einem Mittelklassehotel in Moskau sowie einem Flug von Frankfurt in die Hauptstadt Russlands. »Die Ausweise habe ich auch checken lassen. Nichts.«

»Wie, nichts?«, hakte die Elfin ein.

»Nichts. Die Identität der Leute passt nicht zu dem, was sie in Moskau gemacht haben. Angeblich sind das alles unbescholtene Leute, die nicht im Polizeiregister auftauchen, wie ich von dem Decker erfahren habe.«

»Also gefälschte IDs.« Andex winkte nach Jupp, um für Nachschub zu sorgen. »Bleibt uns nur noch, den Koffer aufzumachen.«

Dice legte die Füße auf den Tisch. »Ist aber verdammt gefährlich, auch wenn man prima darauf wetten könnte, was alles passieren kann. Es ist nicht möglich, ihn zu durchleuchten, ein Magiefuzzi konnte seine Rübe auch nicht reinstecken. Jemand hat dafür gesorgt, dass unter keinen Umständen herauskommt, was er da mit sich herumschleppt.«

»Zu gefährlich, zu wertvoll«, zählte Tattoo die Möglichkeiten auf. Sie schaute zufällig auf die Straße und wurde aufmerksam. »Sag mal, Schlagergott, bist du mit deiner neuen Rennmaschine da? Eine blauschwarze BMW Victory?« Der Stürmer nickte. »Du solltest mal nach dem Rechten sehen. Ein Biker interessiert sich dafür.«

Der Mann sprang auf und rannte unter dem Gelächter seiner Mannschaftskollegen zum Ausgang.

»Wenn du uns brauchst, ruf einfach«, brüllte Andex hinterher.

»Wir sollten gleich rausgehen«, empfahl die Elfin, die bemerkte, dass zehn Motorräder anhielten, nachdem Schlagergott auf die Straße getreten war. »Der Ganger ist nicht alleine.«

»Die kommen mir gerade recht«, grummelte der Brecher, leerte sein Bierglas und erhob sich.

Die anderen folgten ihm und traten in dem Moment auf den Bürgersteig, als der Tollenträger den Ganger, der seinen Namen Hellbent sowie das Abzeichen »A666« auf der schweren Lederjacke trug, höflich bat, die »Scheißdreck-Fettgrabscher« von der Victory zu lassen.

Tattoo wusste, dass die Gang die A60 vom Rhein bis zum Mainz-Süd-Kreuz beanspruchte. Sie zählte zu den härtesten und berüchtigtsten Motorradclubs der Umgebung. Das würde ihren Stürmer allerdings nicht interessieren, wenn seine Victory in Gefahr geriet.

»Machen wir ein Rennen. Verlierst du, bekomme ich deine Schleuder«, schlug der Ganger vor.

»Verpiss dich«, erwiderte Schlagergott grinsend.

»Habt ihr eure Ausrüstung dabei?«, fragte Oneshot leise in die Runde. Sein Team bestätigte.

»Ich wette, dass sie abhauen«, schätzte Dice zuversichtlich. »Vier zu eins.«

Hellbents Augen verengten sich zu Schlitzen. »Ich kann es dir auch so wegnehmen, Depp. Wir sind ein paar mehr als ihr.«

»Mehr schon. Aber nicht besser.« Die Elfin legte ihre Hände an die Griffe ihrer Sai-Gabeln, die sie in Halterungen an den Oberschenkeln trug.

»Die kenn ich! Das ist doch das Langohr aus dem Trid«, sagte einer der »A666«-Leute etwas zu laut zu seinem Nachbarn. »Die sind in der Stadtkrieg-Liga.«

Unsicher wechselten die Mitglieder der Bande schnelle Blicke. Keiner von ihnen scheute vor einer Schießerei zurück. Sich mit diesen Profis anzulegen, deren Cyberware vom Allerfeinsten war, könnte jedoch schwer ins Auge gehen.

»Klasse. Jetzt hast du ihnen Angst gemacht«, maulte Andex Tattoo an. »Dabei wollte ich mich gerade abreagieren.«

Hellbent spürte, dass seine Kumpels kaum eingreifen würden, sollte er auf den Gedanken kommen, den wilden Mann zu spielen. Behutsam wich er zurück. »Wer will schon so eine Kacke fahren?«, versuchte er den Kopf aus der Schlinge zu ziehen, damit sein Rückzieher nicht zu offensichtlich wurde.

»Weißt du was?« Schlagergott zückte einen Eddingstift. »Ich gebe dir ein Autogramm, damit du siehst, dass ich dir nicht böse bin.« Die Spitze des Schreibgeräts senkte sich auf den verchromten Tank des Ganger-Motorrads, und nach ein paar ordentlichen Schwüngen stand »Für Hellbent, den Erste-Sahne-Schlagerfan« darauf zu lesen. Zur Krönung zeichnete der Roy-Black-Fan ein großes Herz darunter. Grinsend drückte er die Kappe auf den Stift. »Gern geschehen.«

Hellbent zitterte vor Wut am ganzen Körper, doch er traute sich nicht, sich zu einer Handlung hinreißen zu lassen, die in ein blutiges Gefecht ausartete. Er sprang auf den Sattel, warf den Motor mit einem brutalen Tritt an und schoss mit qualmenden Reifen die Straße hinunter. Seine Kumpel folgten ihm.

Die Stadtkrieger kehrten in ihre Stammkneipe zurück.

Jupp stand in einer kugelsicheren Weste und mit einem AK-97 bewaffnet in der Tür.

»Jupp. Was wird das denn?« Andex betrachtete ihn kritisch. »Stell die Bleispritze weg, und bring uns lieber noch eine Runde. Und komm nie mehr auf den Gedanken, eingreifen zu wollen. Das macht die Sache für uns nur gefährlicher.«

Der Wirt verschwand hinterm Tresen und begann zu zapfen, während sie Platz nahmen.

»Zurück zum Thema«, fuhr Dice fort. »Was machen wir damit?«

»Kennt einer von euch einen Magier, der sein Glück versuchen könnte?«, wollte der Mannschaftskapitän wissen. »Andernfalls schlage ich vor, dass wir uns einen Experten in Sachen Schlösserknacken suchen und ihn vorbereiten, dass der Koffer einige Überraschungen enthält.«

Tattoo blieb skeptisch. »Schätze, wir müssen das größer angehen. Ich will nicht, dass etwas schief geht.« Sie begann mit ihrer Aufzählung. »Wir brauchen einen Sprengstoffexperten, einen Schlossprofi und einen Magier. Wir sollten jedoch nicht allzu viele Außenstehende einbeziehen. Irgendwelchen Typen hat der Koffer schließlich mal gehört. Und wenn diejenigen die Leichen finden und die Moskauer Bullen denen stecken, wer sich im Haus rumgetrieben hat, bekommen wir bald Besuch.«

Andex wählte einen Snack von der Speisekarte und brüllte seinen Wunsch quer durchs *Vorspiel*, ehe er auf ihre Bemerkung antwortete. »Daran habe ich noch gar nicht gedacht. Ich glaube nicht, dass wir da Schwierigkeiten bekommen. Sie werden sich kaum außerhalb ihres Terrains gegen eine ganze Mannschaft stellen wollen.«

»Ich weiß nicht«, wog Oneshot ab. »Sie schreckten nicht davor zurück, sich zwischen die Fronten eines

Stadtkrieg-Spiels zu werfen. Und wir wissen nicht, ob sie aus Russland stammen. Es können genauso gut Söldner gewesen sein.«

Die Erinnerung an die Typen in Vollrüstung sorgte für Unbehagen. »Ist das Ding wirklich sicher?«, wollte Dice wissen.

»So sicher wie die BMW von Schlagergott«, betonte Tattoo. Als habe ein unbekannter Regisseur das Stichwort vernommen, hörten sie draußen eine dumpfe Explosion. Blauschwarze Metallteile, ein Sattel und ein breites Rad mit Zackenprofil prasselten gegen die resistente Scheibe. »Ich wollte sagen, sicherer als die BMW von Schlagergott«, fügte sie trocken hinzu.

»Tattoo und Andex, hinten raus. Der Rest geht mit mir«, befahl ihr Kapitän und zog seine Pistole. »Wir klären die Sache mit den A666-Gestalten jetzt richtig.«

Sechs Minuten später öffnete sich die Tür des *Vorspiel.*

Ein leicht schwitzender Andex winkte dem Wirt zu. »Jupp, zapf mal vier Bier an. Die anderen sind auch gleich so weit. Und mir gibst du gleich eins.« Schnaufend warf er sich auf den Stuhl und goss sich den Gerstensaft in die Kehle.

»Hart?«, erkundigte sich der Kneipier nach dem Verlauf der Streitigkeiten.

Der Ork hob die ausgestreckte Hand und wackelte damit hin und her. »So lala, würde ich sagen. Besseres Training. Die Ganger sind zäh, aber dämlich.«

Die Biere und die restlichen Stadtkrieger trafen gleichzeitig am Tisch ein. Keiner von den fünfen hatte schwere Verletzungen einzustecken, lediglich Dice blutete aus einer Schnittwunde an der rechten Wange. Jupp reichte ihm ein Handtuch.

»Mann, hoffentlich ist die Wunde nicht so tief, dass mir das Bier wieder rausläuft«, meinte er fröhlich und stieß mit seinen Freunden an.

Schlagergott zählte die Geldchips, die abgegriffenen Scheine und Kredit-Karten, die er von den Gangern kassiert hatte. Er lieh sich das Kartenlesegerät des Wirts und kontrollierte, ob sie ihm die richtigen Geheimnummern gegeben hatten. »Reicht genau für eine neue Maschine«, schloss er seine Tätigkeit ab.

»Glück für die Jungs, sonst wären wir noch mal rausgegangen und hätten ein paar Organe weggeschnippelt«, sagte der Brecher grimmig. »Jupp, wenn die vorbeikommen und dich wegen der Sache anstinken wollen, ruf uns an. Dann wird es bald keine A666 mehr geben.«

»Man hat es dir richtig angesehen, dass du froh warst, endlich mal Dampf abzulassen.« Dice stieß ihm in die Seite. »Der Meta mit dem stärksten Faustpunch in seiner Klasse hat wieder mit Hingabe ein paar Nasen gebrochen.«

Tattoo klopfte mehrmals auf die Tischplatte. »Genug gealbert. Wir müssen die Angelegenheit mit dem Koffer klären. Ich schlage vor, jeder von uns hört sich um, ob es vertrauenswürdige Experten gibt, die wir bezahlen können. Aber Eile mit Weile. Es rennt uns nichts davon, und wir müssen nebenbei noch zwei wichtige Spiele bestreiten.«

»Was machen wir, wenn die Typen aus Russland uns hier aufstöbern?«, wollte Andex wissen.

Die Elfin bleckte die schimmernden Reißzähne. »Dann schnappen wir sie uns und quetschen sie aus.« Sie hoffte zumindest, dass es ihnen gelingen würde.

Die Erwähnung der anstehenden Entscheidungsspiele ließ die Spieler in stilles Brüten verfallen. Noch immer meldete Coach Karajan keinen Erfolg, wenn es um das Anheuern von guten Nachwuchsspielern ging. Guten Nachwuchsspielern. Die viel versprechenden Youngsters hatten meist einen Vorvertrag mit einem anderen Verein in der Tasche, und mit unterem Durchschnitt konnte sich die angehende Meistermannschaft aus Mainz nicht zufrieden geben.

Dice hob zögerlich die Hand. »Ihr könnt mich gleich schlagen, aber was haltet ihr davon, wenn wir uns selbst nach Ersatz umschauen?« Sein Blick schweifte zum Fenster.

Der Kapitän machte große Augen. »Sag nicht, dass du die A666 fragen willst, ob sie den Black Barons beitreten möchten.«

»Nicht alle, Oneshot«, schwächte der Scout sofort ab. »Nur diejenigen, die sich am längsten gehalten haben. Ein paar waren gar nicht so schlecht. Dem einen habe ich dreimal auf die Fresslatte gehämmert, ehe er zusammenklappte.«

Die anderen Spieler schauten sich an.

»Ein paar liegen noch draußen rum«, stimmte Schlagergott indirekt zu.

Rumpelnd wurden die Stühle zurückgeschoben. Die Stadtkrieger verließen das *Vorspiel*, um die Ganger nach ihrer Meinung über ein Gastspiel bei den Black Barons zu fragen.

ADL, Freistaat Thüringen, Jena,
25. 04. 2058 AD, 09:14 Uhr

Ungeduldig trommelte Poolitzer gegen die Wand des Kom-Terminals und wartete vergebens, dass der angewählte Gesprächspartner abhob. Keimag, oder besser gesagt Xavier, wie er sich nannte, ging nicht dran. Fluchend würgte er weitere Versuche des Apparats ab. Es ärgerte ihn, dass die kaputte Batterie seines persönlichen Koms ihn zwang, eine Kom-Säule zu benutzen.

Da braucht man die Leute einmal, ärgerte er sich übergangslos über die Tatsache, dass der Runner sich nicht meldete. Dann fuhr er eben später zu ihm.

Der Reporter dachte daran, den Deutschen als Leibwächter anzuheuern. Die beiden Gestalten, die ihn im *Dr. Döner* entführen oder sonst was mit ihm machen wollten, würden es mit Sicherheit nicht bei einem Versuch belassen.

Vorsichtshalber schob er sich den Talentchip »Feuerwaffen« in die Buchse und prüfte mit einem verstohlenen Blick unter die Achsel, ob sich die Altmayer immer noch dort befand.

Okay, er war gut gerüstet. Dennoch hasste er Schießereien. Eine Art Technikfluch schaffte es, dass er selbst mit den Chips kaum jemals ins Ziel traf. Sein Doc hatte ihm versichert, dass die Leitungen und das Speichermedium einwandfrei waren.

Es muss an meinem Pech liegen. Er seufzte und wandte sich dem Eingang der Expressbahn zu, mit der er zur Universalbibliothek Weimar fahren wollte. Unterwegs notierte er sich alle Einzelheiten aus den Unterlagen des Göttinger Dozenten, an die er sich noch erinnern konnte.

Er wollte versuchen, mehr über die Museumsdiebstähle in London, Kairo und Vichy herauszufinden. Im besten Fall fand er noch etwas über die Einbrüche bei den Sammlern in Kuala Lumpur und in Schanghai. Eine Spur würde sich zweifellos finden, die ihm Aufschluss über den geraubten Gegenstand des Dekans erlaubte. So lautete seine bescheidene Hoffnung.

Nach einer kurzen Unterredung mit Professorin Vrenschel, der »bibliophilen Bibliognostikerin«, durfte er zusammen mit einer Aufsichtsperson die interne Recherche-Datenbank benutzen. Die Leiterin freute sich, bei einem seiner Fälle helfen zu können.

Seine Schlagwortsuche brachte nach kurzer Zeit Erstaunliches zutage. Die Privatsammler hatten Belohnungen ausgesetzt und eine Liste der gestohlenen Gegenstände veröffentlicht, in denen sich eine Übereinstimmung befand, die ebenso knapp wie geheimnisvoll war: »Schatulle/Kassette aus Teakholz, silberne und goldene Intarsien in Form von Sternen, dazu drei Granatsteine auf Vorderseite senkrecht eingearbeitet. Zirka 500 Jahre alt, vorderasiatischer Raum. Seitenkante 50 Zentimeter, 30 Zentimeter breit, 25 Zentimeter tief. Magisch.«

»Können Sie mir das ausdrucken?«, bat Poolitzer die Frau und sandte Mails an die Museen, die keine Listen mit den verschwundenen Objekten ins Gitter stellten. Dabei setzte er nicht seinen Namen, sondern die offizielle Adresse des ehrwürdigen Weimarer Bücherhorts ein. Das verbesserte die Aussichten, dass wenigstens ein Institut antworten würde.

Eine gewisse Ahnung beschlich ihn, dass auch die Museen in Kairo, London und Vichy solche Schatullen vermissten. Traf das zu, wäre die Vermutung legitim, dass Diederichs ebenfalls ein solches Kästchen gestohlen wurde. Nun musste er herausfinden, was es mit der Schatulle auf sich hatte.

»Sie können ruhig nach Hause gehen«, meinte seine Aufpasserin, die sich darauf beschränkte, hinter ihm zu stehen und zuzusehen. Sie hatte sich auch nicht beschwert, als er die Mails mit der Kennung der Bibliothek versah. »Wir rufen Sie in Ihrem Hotel an, sobald die Antworten eingegangen sind. Ich glaube nicht, dass die Museen so schnell sind.«

»Meinen Sie?« Poolitzer musterte die Assistentin, die er auf Mitte dreißig schätzte. Sie hatte mittellange, hellbraune Haare, deren Spitzen schwarz gefärbt waren, braune Augen und einen Leberfleck auf dem rechten Wangenknochen. Sie war in ein helles, luftiges Kleid gehüllt, das bis zu den Knien reichte, am Ansatz des Dekolletés baumelte ein Amulett. Ein Bergkristall, wenn sich der Reporter nicht täuschte, bildete das Zentrum des Schmuckstücks.

»Das ist sehr nett von Ihnen, Frau …?« Er notierte

seine Kom-Nummer auf ein Stück Papier und hielt es ihr hin.

»Otte«, stellte sie sich lächelnd vor. »Wiebke Otte. Ich bin eine Assistentin von Professorin Vrenschel, Herr Gospini.«

»Sie können mich jederzeit anrufen.« Er zwinkerte ihr zu. Scheißfrühling. Da gingen die Hormone mit einem durch. Aber was sollte es. »Kennen Sie sich gut in Weimar aus? Würden Sie einem kulturlosen Amerikaner Ihre Lieblingsplätze zeigen?«

Die Frau verlor weder ihre Fassung noch die Freundlichkeit. »Gerne, Herr Gospini. Wenn Sie es schaffen, innerhalb der nächsten Minuten um mindestens zehn Jahre zu altern«, erwiderte sie seine Anmache. Sie steckte die Ziffernfolge in ihre Handtasche. »Schönen Tag noch.«

»Danke, ich habe verstanden.« Poolitzer musste lachen, obwohl er einen Korb erhalten hatte. Da seine Absichten ohnehin nicht ernst gemeint waren, steckte er den Rückschlag locker weg. »Bis denn. Und vergessen Sie es bloß nicht. Es ist sehr wichtig.« Er nahm den Ausdruck an sich und verließ das Zimmer, um zum Bahnhaltepunkt zurückzukehren. In Jena wollte er Xavier treffen.

Wiebke Otte wartete ein wenig und erteilte dem Computer den Befehl zum Drucken ein weiteres Mal. Die Hilfe kam unerwartet, aber genau zur rechten Zeit.

Anschließend stellte sie die Mailfunktion des Rechners so ein, dass er automatisch die eingelaufenen Antworten aus London, Paris und Vichy an eine zweite Adresse sandte.

Ihre Finger tippten »Alexandra« als Empfängerin ein.

Poolitzer stand vor der Wohnung des Negamagiers und klingelte, bis ihm der Daumen wehtat.

Prima. Er ist echt nicht da. Missmutig schlenderte er

den Bürgersteig entlang und machte sich auf den Weg in Richtung Innenstadt, um in einem Café darauf zu warten, dass sich die Assistentin von Vrenschel bei ihm meldete.

Währenddessen telefonierte er über den großen Teich mit Cauldron, um sie nach der Schatulle zu befragen.

Die Hermetische aus seiner Heimatstadt konnte ihm aus dem Stegreif nicht weiterhelfen, versprach aber, sich nach dem Gegenstand umzuhören. »Hast du mit ihm gesprochen?«, erkundigte sie sich nach Xavier. »Geht es ihm gut?«

»Das letzte Mal ja«, meinte der Reporter und betrachtete die Menschen, die in der Fußgängerzone an ihm vorübereilten. »Momentan scheint er unterwegs zu sein. Ich soll dich grüßen«, log er, um zu sehen, wie die Magierin reagierte.

»Danke«, kam es durch den Hörer. »Ich melde mich.« Sie legte auf.

»Schade, schade«, murmelte Poolitzer. Sie wären ein so nettes Paar geworden. Mindestens so nett wie er und Gee Gee, die Schauspielerin, von der er nach dem Run in der SOX nichts mehr gehört hatte.

Erschrocken zuckte er zusammen, als ein Mann klirrend seine Kaffeetasse auf den Tisch stellte und sich neben ihn setzte. Voller Schrecken erkannte er einen der beiden Typen aus dem *Dr. Döner* wieder. Immer passierte ihm so etwas.

»Bleib'n S' ruhig, Herr Gospini«, meinte der Muskel, wienerisch schmähend. »Mach ma uns koa Stress.«

»Okay.« Poolitzer heuchelte Zustimmung und wollte im nächsten Moment aufspringen. Zwei Hände legten sich wie Eisenklammern um seine Schultern und drückten ihn in den Sitz. Logisch, es waren zwei.

»Jetzt sei'n S' holt nett so, Herr Gospini«, schnarrte der Österreicher. »Bleiben S' und spendier'n S' uns wos.« Der Mann winkte den Kellner herbei und orderte zwei Stück Kuchen. »Und jetzt hör'n S' uns zu. Sie hob'n unser'm Mandant'n gar arge Verluste b'schert und ein Leid angeton, für dos er Ausgleich hob'n möcht.«

»Suhl«, sagte der zweite Muskel hinter ihm. »Sie erinnern sich gewiss?«

»Nein, ich erinnere mich nicht«, blaffte der Reporter und sagte sogar die Wahrheit. »Was soll ich denn gemacht haben? Das ist Freiheitsberaubung, was Sie da tun, Chummer.«

»Sie haben die Bindung eines Fokus verhindert und durch Ihr Erscheinen einen Ablauf in Gang gebracht, der dazu führte, dass sich ein Dolch in den Mittelfuß unseres Mandanten bohrte«, erklärte die Stimme ruhig in seinem Rücken. »Das macht für Sie eine Rechnung über 320 000 EC.«

Siedendheiß überlief es Poolitzer. Jetzt erinnerte er sich wirklich daran. So wie es aussah, verlangte Forge Schadenersatz von ihm. Die unvorstellbare Summe besaß er natürlich nicht.

Denkt der, ich würde mir mit Geld den Hintern abwischen? »Sportsfreunde, ich bin mitten an einer interessanten Story. Kommt doch in zwei Wochen wieder. Bis dahin treibe ich die Kohle auf. Sagt dem Elf …«

»Wir sind nicht für Herrn Forge hier«, verbesserte ihn die Stimme. »Unser Mandant ist jemand anderes. Und wir sorgen dafür, dass er seine Entschädigung erhält. Wir haben die Ermächtigung, Schuldschreiben anzunehmen, wenn Sie nicht bar zahlen können.«

»Sehr witzig«, schnaubte der junge Mann. »320 000 Mücken. Woher denn, hä?«

»Schau'n S', Herr Gospini, andernfalls sind wir wie die Schatt'n und moch'n Ihnen große Unannehmlichkeit'n. Hob'n S' mich verstand'n?«, schnarrte der Österreicher. Er langte in seine Sakkoinnentasche und legte dem Reporter einen vorbereiteten Schuldschein vor.

»Habe ich eine Wahl?«, erkundigte dieser sich halbherzig und zückte einen Stift.

»Außer döm Dod? Naa«, meinte der Wiener herablassend. »Unterschreib'n S', bitte sehr.«

Da ihm kein anderer Ausweg einfallen wollte, setzte er seinen Namen unter den Schuldschein, der ihn in die Abhängigkeit trieb, ihn aber im Moment im Besitz seiner Organe, seiner Cyberware und seiner restlichen Besitztümer ließ.

Der Österreicher verstaute den Wisch und legte eine Karte vor den Reporter. »Ruf'n S' die Nummer an, wenn S' a bisserl Zeit hob'n. Unser Mandant würd' sich riesig freu'n.« Er erhob sich, nickte dem Reporter zu und verließ zusammen mit seinem Spießgesellen das Café, nicht ohne vorher sein Stück Kuchen mitgenommen zu haben.

»Küss die Hond«, imitierte Poolitzer den Tonfall des Wieners und hob den ausgestreckten Mittelfinger in die Luft.

Nun musste die Story erst recht ein lukrativer Erfolg werden. Wenigstens war er die beiden Armleuchter los, denen er den Verlust der wichtigen Unterlagen zu verdanken hatte.

Richtig erstaunt darüber, in was er schon wieder schlitterte, war er nicht. Schließlich passierte ihm so etwas ständig – was aber keinen rechten Trost bedeutete.

Andorra, Andorra la Vella, 25. 04. 2058 AD, 18:02 Uhr

Der Hubschrauber setzte sanft auf. Der Pilot schaltete den Motor aus, die Rotoren über ihnen drehten sich sirrend und erzeugten immer noch einen infernalischen Lärm.

»Okay, ich helfe Ihnen jetzt beim Aussteigen«, hörte Xavier Jeroquees Stimme im Kopfhörer. Mit verbundenen Augen hatte er den Flug vom Airport ins Nirgendwo hinter sich gebracht. Zozoria machte ein großes Geheimnis aus seiner Ferienwohnung oder wo auch immer er sich befand. Mit einem Griff entledigte er sich der Kopfhörer.

Er spürte, wie ihn die ehemalige Ghuljägerin am Arm fasste und ins Freie dirigierte. Unwillkürlich zog er den Kopf ein, obwohl er wusste, dass die langen Metallblätter ihn nicht berühren würden.

»Der Boss hat so von der Umgebung geschwärmt«, brüllte er, um den Krach der Rotoren zu übertönen. »Warum darf ich sie mir nicht anschauen?«

»Erst ins Haus«, wiederholte sie die Anweisung, die der Antiquitätenhändler ihr gegeben hatte. »Da gibt es einen Begrüßungscocktail.«

Mit ihrer Hilfe schaffte er es, die Treppe ohne Sturz zu bewältigen und ins Innere eines Gebäudes zu treten, wie er an dem veränderten Geruch, dem Fußboden und dem Wechsel von Hell zu Dunkel unter seiner Kapuze bemerkte. Eine Tür wurde geschlossen, der Lärm des Hubschraubers drang nun gedämpft herein.

»Sie dürfen Ihren Sichtschutz abnehmen«, erlaubte Zozoria.

Xavier kam der Aufforderung nach. Ein Bediensteter hielt ihm ein Tablett mit einem gefüllten Glas hin.

»Willkommen in meinem bescheidenen Gästehaus in den Bergen von Andorra.«

Der Negamagier drehte sich sofort um, blickte aber nur auf eine massive Wand und eine undurchsichtige Tür. »Davon sehe ich leider nicht viel«, bedauerte er.

»Wir gehen hinten raus«, lud ihn der Antiquitätenhändler zu einem kleinen Rundgang ein. »Für die Dauer Ihres Auftrags ist das Ihre Bleibe. Miss Jeroquee ist ebenfalls hier untergebracht und wird Ihnen gerne Gesellschaft leisten.« Der ältere Mann lief einen Flur entlang und führte ihn in ein Zimmer mit einer riesigen Glasfront.

Das Panorama raubte dem Runner beinahe den Atem. Berghänge, ein Tal mit saftig grünen Wiesen und Schatten spendenden Bäumen, kleine Gärten, ein Bach mit einer Brücke darüber breiteten sich vor ihm aus. Zwischen den Beeten arbeiteten ein paar Gärtner.

Ungefragt öffnete er die Tür ins Freie und trat auf den Balkon hinaus. Dass es so etwas noch gab, hätte er nicht gedacht. Tief inhalierte er die ungewohnt reine Luft.

Zozoria rief etwas in einer unverständlichen Sprache ins Tal. Einer der Männer schnappte sich einen Korb und trabte auf das Gästehaus zu. »Sie müssen unbedingt von dem Gemüse kosten. Es ist eine Neuzüchtung und wächst, sobald der erste Sonnenstrahl auf die Erde fällt.«

Der Arbeiter reichte ihm eine grob gereinigte Karotte. Vorsichtig knabberte Xavier daran. Der Geschmack von natürlich Gewachsenem war ungewohnt, aber nicht schlecht.

»Heute Abend werden Sie eine ganz vorzügliche Gemüsepfanne bekommen.« Sein Gastgeber blickte ihn freundlich an, doch das Grün seiner Augen verbreitete keinerlei Spur von Wärme. »Und Morgen bin ich gespannt, ob Sie Ihrer Aufgabe gerecht werden können.«

»Ich bin zuversichtlich.« Der Negamagier richtete seine Aufmerksamkeit auf die Landschaft. »Haben Sie das anlegen lassen oder sieht ganz Andorra aus wie etwas aus einem BTL-Chip?«

Der Antiquitätenhändler deutete auf das Grün. »Ich habe etwas nachgeholfen. Die Berge, das garantiere ich Ihnen, stammen aber nicht von meinen Gärtnern.« Er wich zurück. »Machen Sie es sich bequem, und genießen Sie den ersten Abend in Andorra. Ich muss noch einige Vorbereitungen treffen.«

Der Negamagier hob die Hand zum Gruß und biss ein Stück Karotte ab. Er hoffte, dass er lange brauchte. Das hier war das Paradies.

Da die Rotoren des Helikopters zum Stillstand gekommen waren, herrschte beängstigende Ruhe um ihn herum. Man hörte ein paar Vögel zwitschern, leise Unterhaltungen der Arbeiter in den Gärten und das Summen von Insekten. Fast schon zu ruhig, wie er fand. Zu natürlich.

Jeroquee stellte sich neben ihn und fischte sich eine Karotte aus dem Korb. Krachend barst die Wurzel zwischen ihren Zähnen. »Nicht übel, was? Für Stadtmenschen wie uns eine echte Erholung. Aber leben wollte ich hier nicht. Nix los.«

»Ich glaube, mir gefällt es hier.« Xavier wandte sich um und kehrte in die Halle zurück, wo er seinen Koffer fand.

»Gehen Sie den Gang runter und dann links«, rief die junge Frau. »Da ist Ihr Schlafzimmer.«

Er folgte ihrem Hinweis und befand sich gleich darauf in einem Raum, in dem in den Barrens eine ganze Orksippe Unterschlupf gefunden hätte.

Neben dem riesigen Bett befand sich eine in den Boden eingelassene Rundbadewanne, die mit kunstvollen Mosaiken verziert worden war. In zwei Nebenräumen fand er Badezimmer und Sauna. Sämtliche Einrichtungsgegenstände wirkten handgemacht und aus natürlichen Materialien hergestellt.

Wie reich muss ein Mensch sein, um sich so etwas leisten zu können?, fragte sich der Negamagier fassungslos.

Die Badewanne würde er sofort ausprobieren. Zehn verschiedene Essenzen standen ihm als Zusatz zur Verfügung. Er wählte eine dunkelblaue Flüssigkeit aus, die nach Meer roch. Ohne sich um seine Tasche zu kümmern, legte er die Kleidung ab, warf sie auf den Boden und genoss die entspannende Wirkung eines Bades. Die Anstrengungen der Reise, die Höhenluft, die Wärme ließen ihn eindösen.

Aus dem Dämmerzustand erwachte er schlagartig,

als er die Tür hörte. Seine Hand griff an die Stelle, wo er normalerweise seine Waffe aufbewahrte. Da er sich aber nicht in seinen eigenen vier Wänden befand, hielt er stattdessen eine Flasche Badezusatz in der Hand.

Jeroquee kam herein und entdeckte den Runner in der Wanne. Von Scham und Verlegenheit keine Spur.

»Das war auch das Erste, was ich nach meiner Ankunft gemacht habe«, gestand sie. »Es geht doch nichts über ein warmes Bad.« Sie deutete mit dem Daumen über den Rücken. »Das Essen ist fertig. Wenn Sie Hunger haben, sollten Sie bald aussteigen.« Ihr Blick fiel auf die Flasche. »Was haben Sie denn damit vor?«

»Nichts«, meinte er unwirsch. »Ich ... vergessen Sie's einfach.« Er machte Anstalten aufzustehen. Dass Jeroquee noch immer in der Tür stand, störte ihn nicht. Sie würde in ihrem Leben schon mehr als einen nackten Mann gesehen haben. »Ich bin gleich da.«

Die junge Frau nickte und verließ seine Unterkunft.

Den Abend beschlossen sie bei einer hervorragenden Gemüsepfanne und einer Flasche Wein. Richtig redselig wurden sie beide nicht davon, dafür sorgte die Müdigkeit. Sie gingen nach draußen, wickelten sich in Decken und legten sich auf die Liegestühle, um die Sterne zu betrachten. Die Dunkelheit in den Bergen hob die Schönheit der funkelnden Lichter am Himmel hervor.

Würde er sich auf die romantisch-melancholische Stimmung um ihn herum einlassen, kreisten seine Gedanken schneller als er wollte um seine unglückliche Liebe, die Magierin Cauldron. Also grübelte er lieber über seinen Arbeitgeber nach.

Er wandte seinen Kopf, um nach dem Haus zu schauen, in dem Zozoria und seine beiden Leibwächter mit einem Dutzend Dienstboten einen Steinwurf entfernt von ihnen nächtigten.

»Was wissen Sie noch von ihm?«, sagte er, ohne sich Jeroquee zuzuwenden. Als keine Antwort kam, schaute er auf die andere Seite und entdeckte, dass sie eingeschlafen war.

»Tja, dann eben nicht.« Er betrachtete das Haupthaus, hinter dessen Fenstern gelegentlich die Umrisse von Menschen erkennbar wurden. *Was er jetzt wohl gerade tut?*

Xavier bedauerte, dass ihm die Zeit gefehlt hatte, sich näher mit Zozoria zu beschäftigen. Das Schattenland förderte mit Garantie etwas über den Antiquitätenhändler zutage, das mehr verriet als das Offensichtliche. Selten existierten solch reiche Menschen wie er ohne kleine Geheimnisse, die lange welche blieben.

Da stahl sich der Gedanke bei ihm ein, sich im Haupthaus auf eigene Faust umzusehen. Die Tatsache, dass er die Verzauberung von etwas nehmen sollte, ohne zu wissen, worum es sich dabei handelte, bestärkte ihn nur darin.

Ein mächtiges Gähnen brachte ihn dazu, die Kiefer weit auseinander zu reißen. Er verschob den privaten Schattenlauf auf morgen.

Umständlich erhob er sich von der Liege und versuchte, seine Mitbewohnerin aufzuwecken. Als es ihm nicht gelang, trug er sie kurz entschlossen in ihr Zimmer und legte sie ins Bett. Im Halbschlaf legte sie ihm die Arme um den Nacken, und er musste sich mit sanfter Gewalt aus ihrer Umklammerung befreien.

»Da träumt aber jemand nicht ganz jugendfrei, was?«, sagte er leise zum Abschied, ehe er hinausging und die Tür zuzog.

Bevor der kleine Spalt sich schloss, betrachtete er die junge Frau länger, als es seine Absicht gewesen war. Die Sterne gaukelten ihm für einen winzigen Moment vor, es sei Cauldron, die dort lag.

Mit einer seltsam schlechten Laune erwachte der Negamagier am nächsten Morgen, verzichtete auf das Frühstück und stapfte zum Anwesen des Antiquitätenhändlers, damit er endlich etwas zu tun bekam. Dabei streifte er sich Handschuhe über.

Die Ruhe der Berge, die er gestern noch als angenehm empfunden hatte, störte ihn heute. Es gab nichts, was ihm Zerstreuung bieten konnte. Keine Geschäfte, keine Lokale, keine Überfälle. Zeit zum Nachdenken wollte er jedoch im Moment nicht.

Xavier öffnete die Tür und gelangte in die gänzlich in Marmor gehaltene Vorhalle, in der sich ein Angestellter Zozorias befand. »Holla! Sagen Sie, wo finde ich Herrn Zozoria?«

Der Mann schaute ihn fragend an und zuckte mit den Achseln. »En que puedo servirle?«

»Wir haben wohl ein kleines Verständigungsproblem, was?«

»Sind Sie schon wach?«, hörte der Deutsche den Elf sagen. Die Stimme hallte wider. »Buenos dias.«

Er blickte auf und entdeckte den Metamenschen an der Brüstung stehend. »Ja. Die Vögel waren lauter als der Bus, mit dem ich in Jena fahre. Können wir bald mit der Arbeit beginnen?«

Der persönliche Leibwächter oder Vertraute oder was auch immer lächelte. »Sie können es kaum erwarten, von hier wegzukommen? Einem Stadtmenschen wie Ihnen ist die Natur vermutlich unheimlich.« Er lief den schmalen Rundgang entlang und kam die Treppe hinunter. »Ich vermute, Señor Zozoria wird in einer halben Stunde zu uns stoßen. So lange möchten Sie sich noch gedulden.« Seinen Businessanzug hatte der Elf, der sich noch immer nicht mit Namen vorstellte, gegen exquisite Freizeitkleidung getauscht. Wie der Antiquitätenhändler achtete auch sein Gehilfe auf das Äußere.

»Sie sind sein persönlicher Sekretär?«, wagte der Negamagier einen Vorstoß.

»So könnte man es bezeichnen«, stimmte der Elf zu und nahm die letzten Stufen. »Ignazio Galoña«, holte er das Vorstellen nach, als hätte er die Gedanken des Runners gelesen. »Ich werde Ihnen nicht die Hand geben, woran Sie erkennen können, dass ich ebenfalls zur magischen Zunft gehöre.«

Xavier konnte auf den obligatorischen Händedruck verzichten, ohne sich beleidigt zu fühlen. »Und die Chauffeurin?«

Der Elf machte ein verdutztes Gesicht, dann lachte er auf. »Oh, Sie meinen Rose? Rose Abongi steht auf der gleichen Stufe wie ich, was unser Verhältnis zu Señor Zozoria angeht. Nur ist sie vielseitiger als ich.« Galoña geleitete ihn zu einem Durchgang, der mit einem Retinascanner gesichert war. »Wenn man einen Mann wie Zozoria überall hinbegleitet, muss man verschiedene Talente aufweisen können, um ihm nicht nur den Terminkalender zu verwalten, sondern auch notfalls das Leben zu retten.«

Der Negamagier grinste. »Wurden Sie schon oft gefordert?«

»Selten«, gestand der Metamensch. »Meistens erledigt Señor Zozoria solche Lappalien selbst.«

Sie durchquerten einen Korridor und standen in einem Raum mit einer weiteren Tür. Galoña ließ dem Runner den Vortritt. Außer dem Holztisch und vier Stühlen befand sich nichts in diesem Zimmer. Die Wände zierten magische Schriftzeichen und Symbole.

Ohne zu zögern trat Xavier ein. »Es ist vermutlich besser, wenn ich die Malereien nicht berühre?«, fragte er den Elfen, dessen Gesicht große Verwunderung zeigte. »Was ist? Sollte ich doch nicht reingehen?«

»Es ist nichts«, wiegelte Galoña ab und folgte ihm. »Hier werden Sie später die Objekte präsentiert bekommen. Setzen Sie sich doch bitte.« Wie zuvor hielt er einen Sicherheitsabstand zu dem Negamagier, um nicht versehentlich mit dessen Feld von Antimagie in Berührung zu kommen.

Zozoria erschien auf der Bildfläche, auf seinen Gehstock gestützt. Die grünen Augen glänzten tot wie Glasmurmeln im Licht der gedämpften Deckenfluter. *Wie ein ausgestopftes Tier,* dachte Xavier unwillkürlich.

»Sie sind hoffentlich in bester Verfassung, Herr Rodin?«, begrüßte ihn der Antiquitätenhändler freundlich und schenkte ihm ein Nicken, ehe er sich ihm gegenüber setzte, die Hände auf den Totenkopf legte und sich zurücklehnte. »Es wartet ein schweres Stück Arbeit auf Sie, wie ich Ihnen versprach. Ich bin neugierig, wie Sie Ihre Aufgabe bewältigen. Das Ganze werde ich mir auf einer anderen Ebene anschauen. Seien Sie bitte nicht verwundert, wenn ich gleich in Schweigen verfalle.«

Galoña verstand die Worte als Aufforderung, den ersten der Gegenstände zu bringen. Er verschwand im anderen Zimmer und kehrte mit einem rechteckigen Objekt, das sich in einem Beutel aus dunklem Stoff befand, zurück. Andächtig legte er es vor dem Negamagier ab und trat zurück.

Ungewohnte Nervosität befiel Xavier. Es war das erste Mal, dass er so etwas wie Lampenfieber hatte, stellte er befremdet fest, denn rational betrachtet gab es dafür keinerlei Gründe. Bisher hatte sein vernichtendes Potential noch niemals versagt. Warum sollte es dann ausgerechnet in Andorra damit anfangen?

Er zog sich langsam die Handschuhe aus, rieb die Handflächen aneinander, als müsse er sie besonders aufladen, und näherte die ausgestreckten Finger Zentimeter um Zentimeter der glatten Tuchoberfläche. Sein Puls beschleunigte sich, das verriet ihm das Pochen in den Schläfen. Seine Hände glitten in das Futteral.

Zum ersten Mal gestaltete sich das Zusammentreffen zwischen Magie und Antimagie anders als gewöhnlich.

Seine Fingerkuppen trafen weniger als einen Millimeter vor dem Objekt auf Widerstand.

Xavier runzelte die Stirn und verstärkte den Druck; er legte die flachen Hände auf die unsichtbare Barriere, die sich dehnbar und weich unter seiner Haut anfühlte, einem Silikonpolster nicht unähnlich.

Xavier stand auf und stemmte sein ganzes Körpergewicht gegen die durchsichtige Wand. Er wusste nicht, ob es etwas brachte oder seine Kräfte dadurch verstärkte, vielmehr folgte er einem Gefühl. Seine Handflächen erwärmten sich, und ein leises Knistern ertönte.

Eine Viertelstunde verging, eine weitere verflog, und ihm rann der Schweiß über den Körper. Die Muskeln begannen zu zittern, aber ans Aufgeben dachte er nicht.

Plötzlich verschwand der Widerstand schneller als erwartet, und seine Finger pressten sich auf das Objekt darunter. Das Gefühl, das dabei entstand, erinnerte ihn an Holz. Unter der Wucht begann es zu reißen. Hastig nahm er die Kraft weg.

Verdammt. Hoffentlich habe ich nichts kaputtgemacht. »Ich glaube, ich bin fertig«, sagte er beiläufig.

Zozoria kehrte aus dem Astralraum zurück. Die Blicke, die den Negamagier trafen, sprachen für sich. Sie vermittelten Ungläubigkeit, Erstaunen und sogar ein Spur von Angst, wenn man so etwas in dem kalten Grün genau erkennen konnte.

»Meine Hochachtung, Herr Rodin«, sagte der Antiquitätenhändler tief beeindruckt. »Sie haben soeben eine Schranke aus dem Weg geräumt, an der sich eine Gemeinschaft von Thaumaturgen vergeblich versuchte. Ich hätte niemals gedacht, dass Ihre … Fähigkeit eine solche Zerstörung anrichtet.« Galoña deutete seinem Arbeitgeber an, nicht weiterzusprechen. »Sind Sie in der Lage, eine weitere Barriere zu brechen?«, meinte er daraufhin schnell.

Der Runner lauschte in sich hinein. Nichts schien bei

dem Vorgang geschehen zu sein, das seine Kraft in irgendeiner Weise beeinträchtigte. Ganz im Gegenteil, ein Gefühl von Macht durchströmte ihn. Es schien, als habe er etwas lange Angestrebtes soeben glorreich vollendet. Vorsichtshalber betrachtete er seine Handflächen und entdeckte, dass sie knallrot leuchteten. Sie waren stärker durchblutet als gewöhnlich.

Unwillkürlich kam ihm die Vampir-Theorie in den Sinn, wonach sich die Negamagier an der zerstörten Kraft stärkten. Es schien die richtige Theorie zu sein. »Her damit«, forderte er beschwingt.

Galoña näherte sich ihm, streckte die Hand nach dem verhüllten Gegenstand aus und schrie erschrocken auf. Hastig wich er zurück und hielt sich die Rechte, spanische Flüche ausstoßend.

Xavier ahnte sofort, was geschehen war. Die Aura von Antimagie hatte sich nach der Aufladung ausgebreitet und nicht wieder zusammengezogen. Er schob das Objekt an, sodass es schwungvoll über den Tisch glitt und vor dem Antiquitätenhändler landete. »Hier. Damit es sich nicht wiederholt.« Kurz schilderte er seine Theorie von dem erweiterten Kraftfeld, was den Elfen dazu brachte, weiter in Richtung Wand zu gehen.

Zozoria sinnierte. »Dann ist es besser, wenn wir es heute bei dem ersten Versuch belassen. Die anderen Gegenstände werden mit einer Barriere der gleichen Intensität umgeben. Da ich nun weiß, dass Sie es schaffen, müssen wir uns nicht unnötig beeilen.« Er lachte zufrieden. »Ich komme meinem Ziel näher und näher, Herr Rodin«, gestand er freudig und erhob sich. »Ohne Sie wäre mir das nicht vergönnt gewesen. Schon alleine dadurch haben Sie sich das Recht erworben, von mir in nicht allzu ferner Zeit Näheres zu erfahren.«

Sei euphorischer Zustand machte ihn mitteilungsfreudiger, als es seinem persönlichen Sekretär lieb war. Umgehend verhinderte er aufschlussreichere Ausführungen, indem er den Gegenstand aufnahm und ihn seinem Arbeitgeber reichte. »Señor Zozoria, wir wollten uns zur weiteren Untersuchung zurückziehen und Señor Rodin eine Verschnaufpause gewähren. Er sieht etwas mitgenommen aus.«

Der Antiquitätenhändler fuhr zärtlich über das Tuch. »Natürlich. Sie finden hinaus?«, erkundigte er sich bei dem Negamagier und wandte sich zum Ausgang. Xavier nickte. »Entschuldigen Sie uns, aber Sie haben uns durch Ihre Tat nun ebenfalls Arbeit beschert. Schöne Arbeit. Erscheinen Sie morgen wieder zu gleichen Zeit.«

Das Duo verschwand im Korridor, mit etwas Abstand folgte ihnen der Runner, um die Halle zu durchqueren und ins Freie zu treten.

Sein Höhenflug der Gefühle neigte sich mit jedem Schritt mehr, den er auf das Gästehaus tat, einem Absturz zu. *Verdammt, das ist noch nie passiert. Was für eine Scheißmagie war das denn?* Er nahm das Zittern seiner Arme wahr, die Beine wurden gummiweich.

Xavier sackte auf den Stufen zusammen. Schwer atmend zwang er sich, innerlich zur Ruhe zu finden und die drohende Ohnmacht durch kontrolliertes Luftholen abzuwenden. Sein robuster Kreislauf überstand den Belastungstest.

Geschwächt betrat er das Esszimmer, und suchte im Kühlschrank nach den Resten des Abendessens, ohne fündig zu werden. Als ein Bediensteter das Mittagessen brachte, machte er sich gierig darüber her.

Jeroquee, die im T-Shirt auf der Veranda gesessen und die Sonnenstrahlen genossen hatte, betrachtete ihn neugierig. »Nass geschwitzt? Muss ganz schön anstrengend gewesen sein.«

»Und wie«, entgegnete er knapp und ging auf die versteckte Bitte, etwas über den erledigten Job zu erzählen, nicht weiter ein. Erst musste er sich stärken.

Die Finsternis in den Bergen Andorras erleichterte ihm sein Vorhaben. In der Dunkelheit der Nacht schlich sich der Negamagier zum Haupthaus, erklomm die Fassade über ein Fallrohr an der dem Mond abgewandten Seite des Gebäudes und balancierte auf dem schrägen Dach bis zu einer Luke entlang. Hinweise auf Alarmanlagen entdeckte er nicht, die Verriegelung zu öffnen war kinderleicht.

Lautlos glitt er in die Kammer und tastete sich im abgedämpften Schein seiner Taschenlampe zur Tür vor. Bald wandelte er durch die Korridore von Zozorias Stammsitz, vorbei an wehenden Gardinen, an Säulen und Bildern. Antike Waffen hingen an den Wänden, kostbare Gefäße lagerten in exakt temperierten Glasvitrinen, um die alte Bemalung vor Verfall zu schützen.

Die Schätze fanden in Xaviers Augen keinerlei Beachtung. Was er suchte, befand sich in einem Arbeitszimmer oder in einer Bibliothek. Zweimal musste er Bediensteten ausweichen, was keine besondere Herausforderung darstellte, da niemand mit einem Eindringling rechnete.

Nach einer halben Stunde fand er eine private Bibliothek. Mitten auf dem Tisch am Fenster befand sich ein Buch, davor ruhte eine geöffnete Schatulle, die in etwa den Abmessungen entsprach, die der verhüllte Gegenstand gehabt hatte. Da Buch und leeres Kästchen so nebeneinander lagen, nahm er an, dass der Behälter als Aufbewahrungsort diente. Um den Wälzer stapelten sich Notizblätter, drei verschiedenfarbige Stifte lagen umher, mit denen der Schreiber sich unterschiedliche Anmerkungen notiert hatte. Da es sich um eine Fremdsprache handelte, wie Xavier an den für ihn unlesbaren Zeichen erkannte, war es müßig, sich damit aufzuhalten.

Eines stand fest: Zozoria musste sich intensiv mit dem Inhalt beschäftigen. Der Runner beugte sich vor und klappte das Buch zu, um auf den Einband zu schauen.

Die spröden Blätter knirschten warnend ob der Beanspruchung. Eine alte Lederschwarte bildete den Schutzumschlag, wieder stand etwas auf der Vorderseite, das er nicht lesen konnte. Aus einer Eingebung heraus malte er die Zeichen ab.

Als er das Buch wieder öffnete und mit der freien Hand aufs Geratewohl den Berg Notizen durchwühlte, stieß er an eine halb ausgetrunkene Tasse Kaffee. Sie kippelte, entzog sich seinem eiligen Griff und neigte sich zur Seite. Braune Flüssigkeit ergoss sich über die Seite. Die jahrhundertealte Tinte löste sich auf und verwischte.

Oh, heilige Scheiße! Warum hatte der Typ die Tasse auch nicht woanders hingestellt. Xavier öffnete ein Fenster, damit es so aussah, als habe ein Luftstoß das Chaos angerichtet. Im Begriff, die Klinke loszulassen, hörte er Schritte, die auf den Eingang zukamen.

Der Negamagier huschte hinter eine Bücherwand und spähte über die Einbände zur Tür, die in diesem Moment aufschwang. Die Deckenlampen flammten auf und beleuchteten die Bibliothek.

Galoña kam aufgeregt herein, lief zielstrebig zum Tisch und erschrak, als er die Bescherung sah. Doch sein entsetzter Gesichtsausdruck veränderte sich allmählich. Beruhigt sank er auf den Stuhl, wischte auf dem Blatt hin und her, ehe er den Folianten zuklappte und schwungvoll in den Mülleimer warf. Spanisch brabbelnd wandte er sich dem Fenster zu, verriegelte es und verließ den Raum.

Musste er das verstehen? Xavier wagte sich hinter seinem Versteck hervor und nahm sich das dicke Buch heraus, das anscheinend von einer Sekunde auf die andere seinen Wert verloren hatte. Er wusste nur nicht, wieso. Der Kaffee musste der Auslöser gewesen sein. Er hatte das Geschriebene entweder vernichtet oder dem Elfen etwas offenbart, was das uralte Werk zu Abfall degradierte.

Xavier beschloss, den Rückweg anzutreten. Immerhin hatte er in Erfahrung gebracht, dass es um ein Kästchen und ein darin enthaltenes Buch ging. Jemand, und das waren weder Zozoria noch Galoña, versuchte, das Buch auf magische Weise vor dem Zugriff anderer zu schützen.

Wenn es sich um den Stein der Weisen handelte, wollte er an den Patentrechten beteiligt werden. Der Negamagier schlich sich hinaus. Er wollte sein Glück in dieser Nacht nicht weiter strapazieren.

Doch sein Orientierungssinn verließ ihn, sodass er tiefer in die Gänge des Hauses drang, anstatt sie zu verlassen.

Am Ambiente erkannte er, dass er sich im privaten Bereich seines Gastgebers befand und ins Allerheiligste vordrang. Gelegentlich passierte er kleine Nischen, in denen Kohlebecken standen und über denen die Luft vor Hitze flirrte. Schließlich stand er in einem Vorraum, von dem drei Türen abgingen. In der Mitte sprudelte ein beinahe orientalisch anmutender Zimmerbrunnen. Durch das Oberlicht fiel der Mondschein silbrig herein und tauchte die Einrichtung in kalte Helligkeit.

An der Tür zu seiner linken prangten mystische Schriftzeichen und Symbole, die er sich grob skizzierte. Von dem Raum dahinter nahm er an, dass es sich um ein Ritualzimmer handelte. Spannend wäre es zu erfahren, welche Rituale dort abgehalten wurden.

Beim nächsten Besuch, entschied er. Auch wenn er es sehr mühselig fand, seine Informationen über den Antiquitätenhändler auf diese Weise zusammenzutragen, machte es wenigstens Spaß und bereitete ihm ein wenig von dem schon so lange vermissten Nervenkitzel. Es würden noch einige Nächte dieser Art folgen.

Er schaute in die Höhe. Da Xavier keine Lust verspürte, weiterhin durch das Haus zu stolpern, würde er bequem durch das Fenster entkommen. Vom Dach aus besäße er den perfekten Überblick und fände zu seiner Unterkunft.

Eine Nische erlaubte es ihm, sich breitbeinig hinaufzustemmen. Minuten später lief er vorsichtig auf dem Dach entlang und setzte die Füße so leise wie möglich auf, um die Bewohner nicht durch seine Schritte aufmerksam zu machen. Die groben Ziegel boten seinen Sohlen sehr guten Halt, und er gelangte rasch vorwärts.

An einem großen Dachfenster warf er einen Blick hinein und sah Zozoria in einem geräumigen Bett liegen. Neben ihm kauerte eine kleinere Gestalt auf der Decke, viel zu klein für einen erwachsenen Menschen.

Xavier erlaubte sich ein näheres Hinschauen.

Neben dem Antiquitätenhändler befand sich eine schwarze Löwin. Der Mann legte einen Arm um die Großkatze, und das Tier schmiegte sich dicht an den Menschen. Wie um die perversen Spekulationen zu bestätigen, die dem Schattenläufer bei diesem Anblick durch den Kopf schossen, drehte sich Zozoria etwas zur Seite und küsste die Löwin auf die Schnauze.

Ein Laut des Abscheus rutschte Xavier heraus, und sofort ruckte der Kopf der Raubkatze hoch. Schnell rutschte er nach hinten und sah gerade noch, wie sich die gelben Augen des Tiers zum Fenster hoben.

Er ging weiter und hangelte sich die Regenrinne hinunter. Der Anblick der beiden unterschiedlichen Körper so dicht beieinander ließ ihn schwer los. Ein wenig seltsam fand er das Paarungsverhalten Zozorias schon. Unten angekommen, lief er zurück zum Gästehaus.

Ziemlich abartig. Na, besser so was als Minderjährige, entschied er nach längerem Grübeln.

Seitlich von ihm raschelte es im Unterholz.

Er hoffte, dass Löwinnen keine Türen öffnen konnten. Unruhe stieg in ihm auf. *Und wenn sie dressiert ist?*

Als er die nächste Bewegung machte, sprang ein Schatten aus dem Gebüsch und versperrte ihm in geduckter Haltung den Weg zur rettenden Unterkunft. Die Großkatze gab schnurrende Laute von sich.

Verdammt, Löwinnen können doch Türen öffnen! Xavier führte nichts, aber auch gar nichts mit sich, mit dem er sich verteidigen könnte. Die Augen des Tiers funkelten im Mondschein, und dem Runner kam eine Idee.

Langsam hob er die Taschenlampe, hielt sie ungefähr auf Augenhöhe des Raubtiers und schaltete sie ein.

Der helle Strahl blendete die empfindlichen, an die Dunkelheit gewöhnten Pupillen der Löwin. Zornig fauchend sprang sie dorthin, wo der Mensch eben noch stand. Die Pranken schlugen ins Leere. Xavier war ausgewichen und rannte los.

Er flog förmlich die Stiegen der Veranda hinauf und schlüpfte in letzter Sekunde ins Innere. Er zog die Schiebetür mit aller Kraft zu. Die Löwin erschien in der gleichen Sekunde, drosch zischend gegen das Glas und wich zurück. Die Beute befand sich in Sicherheit.

Mit klopfendem Herzen sank der Negamagier an der Scheibe herab und lehnte sich an das kühle Material.

Knapper ging es nicht mehr. Weil er dachte, vorhin eine Berührung gespürt zu haben, betrachtete er seine Schuhe. Am rechten Schuh entdeckte er lange Schrammen in der dicken Gummischicht an der Ferse. Etwas höher, und die Sehne wäre Geschichte.

»Meine Güte, machen Sie immer so viel Lärm, wenn Sie von Ihrem Nachtspaziergang zurückkommen?«, nörgelte Jeroquee verschlafen. Sie lag auf der Couch, weil sie vor dem Trid eingedöst war.

»Nur, wenn mich eine Löwin jagt«, gab er ehrlich zurück.

»Unsinn. Die gibt es in den Pyrenäen nicht. Nur in

der Savanne«, murmelte die Seattlerin. Sie wandte sich um und sank in den Schlaf zurück, aus dem sie der Deutsche gerissen hatte. »Es kann höchstens ein Wolf gewesen sein«, meinte sie noch schwach.

»Wolf«, schnaubte Xavier und schaute hinaus. Zozoria trieb es mit einer Löwin, die ihn zudem beinahe aufgefressen hätte. Rasch stemmte er sich in die Höhe. Sein Kreislauf bedankte sich dafür mit einem leichten Schwindelanfall, was für ihn ungewohnt war.

Hier gingen einige seltsame Dinge vor sich. Ob es mit der Aktion von heute Mittag zu tun hatte? Er wollte eine zweite Meinung einholen. »Sind Sie noch wach?«

Seufzend stieß sie die Luft aus. »Das ist die Frage, die Millionen von Menschen hassen und Amokläufer hervorbringt«, grummelte sie. »Lassen Sie mich raten: Sie haben Schlafstörungen und sind Sadist?«

Der Negamagier musste lachen. »Nein. Mir ist nur was eingefallen, das mich den ganzen Tag beschäftigt. Angenommen, ein Vampir saugt seinem Opfer das Blut aus, aber das Opfer hat eine Krankheit … bekommt der Vampir diese Krankheit auch?« Er versuchte, einen passenden Vergleich für seine Lage zu finden.

Jeroquee stützte das Kinn auf den Unterarm. »Ich kann mich nicht erinnern, ein Buch gelesen zu haben, in dem das passiert ist«, antwortete sie müde. »Aber der Gedanke gefällt mir. Damit wären Vampire Krankheitsüberträger, so ähnlich wie Ratten.« Ihr benebelter Verstand benötigte etwas Zeit, ehe sie den Hintergrund seiner Frage erfasste. Etwas aufmerksamer geworden, setzte sich auf. »Oh, Sie haben Angst, dass Sie sich was bei Ihrem Job einfangen? Funktioniert das bei Ihnen so? Können Sie nicht … verhüten?«

»Woher wissen Sie, was meine Aufgabe ist?«, hielt er dagegen. »Ich habe Ihnen nicht gesagt, was man von mir erwartet.«

Jeroquee wuschelte in ihren Haaren herum. »Ich

habe nur eins und eins zusammengezählt. Der Boss erzählt mir nichts, aber deshalb muss ich mein Gehirn nicht an der Garderobe abgeben, oder?« Sie schenkte sich etwas Mineralwasser ein. »Sie sind ein Negamagier, der magische Gegenstände entzaubert. Zufällig weiß ich, dass Galoña eine ganze Abordnung von Magiern empfing und sie nach drei Tagen alle wieder abrückten. Ich begleitete sie zum Hubschrauber und hörte zufällig …«

»Zufällig«, nickte Xavier.

»… zufällig«, wiederholte die junge Amerikanerin mit Nachdruck, »wie einer meinte, so eine Barriere habe er noch niemals gesehen. Sie sind so etwas wie eine unwiderstehliche Brechstange, schätze ich.« Sie blinzelte ihn frech an. »Stimmt's?«

»Was ist eigentlich Ihre Aufgabe?«, wollte er stattdessen wissen. »Sie verbringen Ihre Zeit entweder auf der Sonnenliege oder im Whirlpool. Aber einen echten Sinn hat Ihre Beschäftigung nicht. Sollen Sie mich beobachten?« Der Runner betrachtete sie eingehend.

»Wenn ich das tun sollte, wäre ich Ihnen wohl vorhin gefolgt, oder?«, konterte sie. »Ich mache ein paar Tage Urlaub, bevor ich ein Pflückerteam begleite, das ist alles. Der Boss wollte, dass Sie Gesellschaft haben.« Nachdem sie einen Schluck genommen hatte, legte sie den Kopf schief. »Um aufs Thema zurückzukommen, ich weiß nicht, ob ein Vampir krank wird. Funktioniert das so bei Ihnen? Sie entziehen anderen die Magie und nehmen sie auf?«

Xavier ließ sich in den Sessel ihr gegenüber fallen. »Nein, eigentlich nicht. Das heißt, ich weiß es nicht. Die Forschung steckt noch in den Kinderschuhen.«

»Und jetzt machen Sie sich Sorgen?« Die junge Frau nickte verständnisvoll. »Kann doch sein, dass es nur eine leichte Grippe ist oder die Umstellung auf die Höhenluft. Warten Sie's ab. Andernfalls wird Sie der

Boss bestimmt gehen lassen, wenn Sie ihm Ihre Zweifel darlegen.«

Bei diesem Punkt war sich der Negamagier leider nicht mehr so sicher. Zozoria würde auf ihn nicht mehr verzichten wollen. Die Begeisterung, die er in den kalten Augen des Antiquitätenhändlers bemerkt hatte, machten eine vorzeitige Abreise aller Wahrscheinlichkeit nach unmöglich.

»Gibt es eine andere Möglichkeit, das Tal zu verlassen?«, fragte er Jeroquee und fügte rasch hinzu, er wolle unter Umständen wandern.

»Wandern können Sie schon, aber weit kommen Sie nicht«, erklärte sie ihm. »Steilhänge und Schluchten ringsherum machen dieses Tal zu einer ungestörten Idylle.«

Oder einem perfekten Gefängnis. »Schade. Ich hätte gerne mehr von den Bergen gesehen. Also ist der Hubschrauber das einzige Mittel, von hier fortzukommen? Ganz schön gewagt.«

»Wie man's nimmt. Gämsen gelingt es gelegentlich, hierher zu kommen. Die Gärtner hassen sie dafür.« Sie stand auf und ging zu ihrem Schlafzimmer. »Nehmen Sie mir's nicht übel, aber ich bin hundemüde.« Sie winkte ihm schlapp zu und verschwand.

Xavier blieb in der Dunkelheit sitzen. Er war in etwas hineingeraten, was sich zu etwas sehr Unangenehmem entwickeln konnte, wenn er nicht Acht gab.

Morgen würde er sich nach einer Waffe umschauen, und wenn es nur ein Küchenmesser war.

V.

ADL, Homburg (SOX), 25. 04. 2058 AD, 08:21 Uhr

»Ich hab überall Sand«, maulte Schibulsky. Es knirschte zwischen seinen Zähnen und Hauern. »Und meine Wumme ist auch ganz verdreckt.«

Michels lachte schadenfroh. »Es hat keiner von dir verlangt, dass du gegen die Wand laufen und die Wumme fallen lassen sollst.«

»Mein Nachtsichtgerät ist krepiert«, verteidigte sich sein Mitstreiter. »Da kann ich nix für, dass ich nada sehen tue. Ich hab eben keine Wunderglubscher wie du.«

Ordog hielt an. »Okay, kurze Pause. Schibulsky macht sein G12 sauber, ich schaue nach seinem Nachtsichtgerät, der Rest hält in der Zwischenzeit die Augen offen. Das gilt auch für unsere Gäste«, sagte er in Richtung von Trebker.

Die Gruppe verteilte sich in der Höhle und sicherte die Zugänge, während der Ork im Licht der Taschenlampe sein Schnellfeuergewehr zerlegte und mit einem Lappen vom feinen Sand befreite. Ein Stockwerk hatten sie bereits durchforstet, ohne auf Spuren von Ghulen, Drachen oder dem toxischen Schamanen gestoßen zu sein. Auch im zweiten Bereich, in dem sie sich gerade befanden, blieb es ruhig. Es schien, als würden sich die Wesen in den unteren Regionen der Buntsandsteinhöhle aufhalten.

Der fahle Anführer des Trupps öffnete die Abdeckung des Nachtsichtgeräts und entdeckte sofort den Grund für die Funktionsstörung: eine ausgelaufene Batterie.

»Du wirst dich auf deine Augen verlassen müssen«, sagte der Runner zu Schibulsky. »Geht das?«

Der Zwerg pfiff kurz, dann warf er dem Ork sein Nachtsichtgerät zu. »Da. Ich brauche es sowieso nicht. Wir Zwerge sind perfekt an das Leben unter Tage angepasst.«

Schibulsky setzte das Sturmgewehr zusammen und lud das Magazin in den Schacht. Es konnte weitergehen.

Schweigend tastete sich die Gruppe vorwärts. Eine Etage tiefer trafen sie auf gemauerte Gänge und ausgebaute Räume, die wohl zur Zeit der Eurokriege als Unterschlupf für die Bevölkerung gedient hatten. Anhand der eingeritzten Jahresdaten erkannten sie, dass die Menschen des 20. Jahrhunderts hier vor den Bomben der Alliierten Schutz gesucht hatten.

»Echt antik«, bemerkte Michels, der gegen einen Stein pochte. »Gute Arbeit.«

»Wenn das ein Zwerg sagt, muss es wohl stimmen«, meinte der Ork, während er vergeblich an der Klinke der nächsten Stahltür rüttelte. Wortlos zückte er den Handschneidbrenner und beseitigte das Schloss fachmännisch, ehe er den Eingang öffnete. »Wahnsinn! Ein Kaufhaus für Terroristen?«

Vermutlich hatten die Ghule hier Ausrüstungsgegenstände zusammengetragen, welche die unterschiedlichsten Abzeichen von Konzernen trugen. Teilrüstungen, verschiedene Gewehre, schwere Waffen für Soldaten wie Mehrfachraketenwerfer, Maschinengewehre und Mörser. Damit konnte man eine stattliche Kleinarmee auf die Beine stellen. Die folgenden Räume beherbergten Munition, Granaten und Sprengstoff.

»Filmen Sie das, Trebker. Los!«, bestand Michels aufgeregt auf den Aufnahmen. »Damit die Typen im Bundesumweltministerium sehen, wie friedlich die Leichenfresser sind. Sie wollen ja nur eine Weltrevolution machen, mehr nicht.«

»Bewiesen ist gar nichts«, widersprach der Bundesbeamte verschnupft. »Das kann ebenso den Rockern gehören wie dieser Schmuggelbande, den Geisterratten. Der Manesphagus in diesem Gebiet steht eindeutig unter dem Einfluss des Mannes, den wir vor dem Schwimmbad sahen«, beharrte er. »Das ist nicht die normale Lebensweise eines Ghuls.«

»Die Revolution der Leichenfresser ist mir scheißegal. Mich würde es nicht stören, wenn sie die Arks der Kons in die Luft jagen«, beschied ihn Ordog kühl. »Aber sie stören mich beim Plündern. Also beeilen wir uns, diesen Schamanen wegzuputzen, bevor er den totalen Krieg in der SOX erklärt und unsere Einnahmequelle zuschaufelt.«

»Das Militärzeugs kann man prima auf der Straße verkloppen«, fügte der Zwerg zufrieden an. Damit lohnte es sich doppelt, die Ghulrevolution zu vereiteln.

Sheik wollte sich gerade zu einem astralen Rundflug bereit machen, als ihre Schritte einen Ghul aufschreckten, der hinter einem Berg von Munitionskisten hervortrat, eine Inventarliste in den Klauen haltend. Die Kreatur stieß einen schrillen Schrei aus und rannte los.

Der Ork legte sofort an, doch der bleiche Anführer drückte den Lauf nach unten. »Granaten, Schibulsky, können hochgehen, wenn eine Kugel darin einschlägt. Schon mal davon gehört?«

Der Hermetische wechselte auf die astrale Ebene, überholte den Leichenfresser, materialisierte vor dem Flüchtenden und schrie ihn an.

Der verängstigte Ghul bog kreischend in einen Mittelgang. Die Gruppe begann mit der Jagd, umgeben von hochexplosiven Stoffen. Letztlich kesselten sie das Wesen ein.

In seiner Not kroch es ein Regal hinauf und bewarf die Angreifer mit gesicherten Handgranaten, was Trebker an den Rand eines Herzinfarkts trieb.

»Du Rotzding!« Michels hob eine der Handgranaten auf und schleuderte sie dem Ghul an den Kopf, der daraufhin abstürzte und auf den betonierten Boden klatschte. Dunkles Blut breitete sich unter dem Regungslosen aus.

»Guter Wurf, Michels«, meinte Ordog emotionslos. »Nimm das nächste Mal aber was weniger Gefährliches. Einen Backstein.«

Der Zwerg brummte ungnädig und machte sich daran, den Manesphagus zu durchsuchen. Bei diesem Exemplar, das vom Amtmann genauestens vermessen und gefilmt wurde, fanden sie einen kleinen Anhänger, eine Hornplatte mit Gravur. Sheik identifizierte es als Schutz-Rune.

Der Hermetische übernahm von nun an jedes Mal die Aufklärung. Am späten Nachmittag kam er an den Rand seiner Leistungsfähigkeit.

»Ich mache noch eine letzte Tour, danach muss ich aufgeben, Söhne des Mutes«, bereitete er sie vor. »Die SOX ist für mich sehr anstrengend, gleich einem Gang in der Wüste bei starkem Sonnenschein.« Sein Geist löste sich von der stofflichen Hülle, der Körper entspannte sich. Sheiks magisches Bewusstsein streifte durch die letzten verbliebenen Räume des dritten Stockwerkes.

Michels vervollständigte die Kartographie des heutigen Tages und zeichnete mittels PC-Griffel penibel die Gänge und Räume auf seinem Palmtop ein. Sie beratschlagten, wie sie in den kommenden Tagen vorgehen wollten.

Ordog trat auf einen Gegenstand im Sand. Er nahm sein Messer und legte ihn vollständig frei. »Es sieht aus wie ein Krokodilzahn«, befand er und hob die Klinge, auf der er den Zahn balancierte, vor die Augen. *Oder ein Drachenzahn.* Er schwieg, um die anderen nicht zu beunruhigen.

Die Arbeit nahm ihm Michels ab. »Ein Drachenzahn«, rief der Zwerg. »Leck mich! Also stimmt die Geschichte mit Feuerschwinge!«

Schibulsky brummte. »Und der Drache hat vor Wut in die Felswand gebissen, damit er hier einen Zahn verliert? Macht keinen Sinn, Kurzer. Hier hätte er nicht mal sein Fuß reinbekommen.«

Der Schrei des Magiers ließ sie herumwirbeln.

Sheik hatte die Augen weit aufgerissen, zitterte am ganzen Leib und stammelte unverständliches Zeug, das vielleicht ein Zauberkundiger, aber gewiss kein normaler Schattenläufer verstand. Bis auf ein Wort: »Draco.«

Das hatte ihm noch gefehlt. Ordog rüttelte den Magier an der Schulter und schickte ihn mit einem harten Faustschlag ins Reich der Träume, als er nicht reagierte.

»Wir kehren an den Ausgangsort zurück«, entschied Ordog. Zwar glaubte er nicht, dass Sheik einen Drachen gesehen hatte, aber er wollte das Risiko vermeiden, mit einem nicht einsatzfähigen Magier an einen toxischen Schamanen zu geraten.

Schibulsky warf sich den Bewusstlosen über die Schulter und rannte los, obwohl es für eine derartige Eile keinerlei Gründe gab. Doch Sheiks panische Reaktion bei seiner Rückkehr aus dem Astralraum trieb sie zu flottem Tempo an. Trebker aktivierte all seine verbliebenen Kräfte, um den Anschluss nicht zu verlieren.

Die Gruppe der Plünderer verbrachte die Nacht in der obersten Etage der Höhle, um nicht bei Nacht durch Homburg laufen zu müssen. Zwar hatte der Schamane Ghule und Glow-Punks zur Ruhe gemahnt, so recht trauen wollte Ordog der Einhaltung aber nicht.

Der Ork hockte neben dem ruhig gestellten Sheik und kontrollierte dessen Körpertemperatur. »39,4 Grad«, meinte er in Richtung des Anführers. »Sie steigt. Trotz der Fieber senkenden Mittel, die ich ihm eingeworfen habe.«

»Und? Welche Gründe hat es?«

Der Ork suchte ein neues Medikament und zog eine

Spritze auf. »Er hat in der SOX lang ohne Schutzkleidung gelebt. Keine Ahnung, was er in der Zwischezeit alles gegessen hat und wie sauber es war. Entweder er hat sich was eingefangen, was ihm seine Eingeweide durcheinander bringt, oder es sind die Auswirkungen von seinen Experimenten in der Nullzone.« Hilflos hob er die Schultern. »Da bin ich überfragt. Keine Ahnung, wie ein Magier auf einen häufigeren Aufenthalt in solchen Feldern reagiert.«

Ordog setzte sich auf die andere Seite des Hermetischen. *Sheik, mach mir bloß keinen Kummer. Wir brauchen dich gegen den Schamanen.* »Wie groß ist die Wahrscheinlichkeit, dass das Gefasel von einem Drachen auf einen Fieberwahn zurückgeht?«

»Bei 39,4 Grad ist man meiner Erfahrung nach noch nicht so weit zu phantasieren«, gab Schibulsky seine Ansicht wieder. »Aber nach dem, was Sheik so alles mitgemacht hat, stehen die Chance für 'nen Dauerknall im Hirn bei ihm nicht schlecht. Wie gesagt, mental dürfte er im Arsch sein. Nimm eine Halluzination an, ausgelöst durch Stress und geistige Inkontinenz.«

Der bleiche Runner beschloss, nicht auf sein ungutes Gefühl zu hören und die Erwähnung eines Drachen als Spinnerei des Magiers abzutun. Er kramte den gesäuberten Zahn, den der Ork gefunden hatte, aus seiner Westentasche. Soll das wirklich von einem Geschuppten stammen? Wenn ja, wie gelangte es in die Höhle? Hat ihn ein Ghul dort als Trophäe versteckt? Nichts wies an dem elfenbeinartigen Stück darauf hin, dass es seinem Besitzer mit Gewalt aus dem Kiefer gebrochen worden wäre. Und schon tauchte das nächste Rätsel auf: »Wieso sollte ein Drache seine Zähne verlieren?«, fragte er gedämpft.

»Weshalb sollte er gemeinsame Sache mit einem Toxischen machen?«, hielt der größere Metamensch dagegen.

»Ich hab's doch schon mal gesagt: Er ist verletzt und wird in einer Umgebung gefangen gehalten, die ihm nicht bekommt«, knüpfte Michels an die schon einmal erwähnte Theorie an.

Augenblicklich packte Ordog den Geigerzähler aus und untersuchte den Zahn. Das Gerät knarrte warnend. Das Material musste hochgradig verstrahlt sein.

»Angenommen, sie haben Feuerschwinge tatsächlich abgeschossen, aber nicht über dem Ärmelkanal, sondern über Cattenom«, informierte er seine Begleiter über seine Gedankengänge. »Stellen wir uns vor, er schmierte ab und krachte mitten in die Kraftwerkruine – reichte die Dosis dann aus, um den Drachen zu kontaminieren und so schwer zu verletzen, dass sein Körper unter den Auswirkungen der Strahlen leidet?«

»Bin ich Drachendokter?« Der Ork kratzte sich am Ohr. »Einen normalen Menschen würde die Radioaktivität zu nix verbrennen. Aber die Viecher sind ein ganz anderes Kaliber.«

Trebker verfolgte das Gespräch sehr aufmerksam. »Sie wollen damit sagen, dass es im Bereich des Möglichen liegt, wir hätten es mit einem toxischen Schamanen *und* einer mittlerweile toxischen Dracoform zu tun?«

»Yeah«, machte Schibulsky. »Mach dich mal bereit, eine Anomalie zu filmen. Oder wir haben Glück, und Sheik ist einfach nur wahnsinnig. Ich halte seinen Ausbruch für eine Halluzination.«

»Pah! Ich kriege meinen neunköpfigen Drachen«, sagte der Zwerg, »ihr werdet schon sehen.«

Der Beamte des Umweltministeriums erschauerte und schwieg. So hatte er sich den Auftrag nicht vorgestellt. Gefährlich war die Sache schon vorher gewesen, doch mittlerweile entpuppte sich das Unternehmen als Projekt für Geistesgestörte. Er würde sich bei nächster Gelegenheit absetzen, beschloss Trebker und versuchte, ein völlig gleichgültiges Gesicht zu machen.

Lieber begab er sich in die Hand eines Kons oder versuchte, auf eigene Faust durch den Tunnel nach Zweibrücken zu gelangen, als weiter mit diesen Irren durch die Höhlen zu stolpern, die am Ende von toxischen Geistern zerfetzt, von Säure zerfressen oder von mutierten Critterwesen in Einzelteile zerlegt werden würden.

Ohne ihn. Er zog sich in eine Ecke der Grotte zurück und gab vor, sich zur Ruhe zu begeben. Das Material, das er über die Ghulpopulation gesammelt hatte, reichte ihm aus, um seine Vorgesetzten auf die Vorgänge aufmerksam zu machen.

Notfalls würde das Bundesumweltministerium den Kontrollrat über die Ereignisse am Rande der SOX in Kenntnis setzen. Das Gremium würde sich darum kümmern. Er erhielt definitiv zu wenig Gehalt, um den Helden zu spielen. Trotz Gefahrenzulage.

Und so kam es, dass sich Trebker aus dem Staub machte, als Michels bei seiner Wache eine Auszeit nahm, um seine Blase zu erleichtern. Sein Verschwinden wurde erst nach mehreren Stunden bemerkt.

Andorra, Andorra la Vella, 26. 04. 2058 AD, 09:23 Uhr

Xavier begann mit der bekannten Prozedur und bildete sich ein, die Barriere der zweiten ihm gebrachten Schatulle schneller als am Vortag zu knacken. Weder der Elf noch sein Auftraggeber ließen sich während des Vormittags blicken. Der Negamagier schob es auf die Angst der Zauberer, aus Versehen mit seiner Antimagie in Berührung zu kommen und einen Magieverlust zu riskieren.

Ein Bediensteter übernahm den Job, den in Stoff gehüllten Behälter ins Nebenzimmer zu tragen. Die Nachwirkungen, die ihm gestern im Anschluss an seinen antimagischen Einsatz noch schwer zu schaffen gemacht hatten, blieben aus.

»Wer sagt's denn? Pünktlich zur Mittagszeit fertig geworden«, äußerte Xavier gut gelaunt, nachdem er auf seine Uhr geschaut hatte. Mit einem Handtuch wischte er sich den Schweiß aus dem Gesicht, die salzige Flüssigkeit brannte in den Augen. »Wo ist denn der Boss? El Grande?«

»Perdone, por favor. Die Señores sind beschäftigt«, richtete der Mann mit starkem Akzent aus. »Ich soll Ihnen sagen, sie bedauerten, dass sie Ihren Anstrengungen nicht beiwohnen könnten.«

»Aha.« *Wer's glaubt. Schiss haben sie.* Er ging zur Tür. »Kann es sein, dass ich gestern Nacht eine Löwin gesehen habe?«, meinte er beiläufig. »Ich dachte, Zozoria sammelt nur Antiquitäten?«

Der Bedienstete schien nicht zu verstehen. »No se. Señor Zozoria hat keine Katze. Auch keine große.«

»Esta bien«, bedankte er sich verwundert für die Auskunft. So viel Spanisch hatte er schon gelernt.

Die Neugier wurde so groß, dass er auf eigene Faust Nachforschungen bei den Bediensteten anstellte. Xavier wollte wissen, was ihn in der Nacht am liebsten gefressen hätte.

Eine Löwin, noch dazu eine schwarze, gehörte in den Bergen von Andorra nicht unbedingt zur einheimischen Fauna. Dennoch schien keiner der Leute das Schoßtier des Antiquitätenhändlers gesehen zu haben. Der Deutsche prallte gegen eine Mauer von vorgetäuschtem Unwissen. Sollte ihm die Raubkatze noch einmal begegnen, würde er unter seiner Kleidung ein langes Küchenmesser mit sich führen. Den Rest des Nachmittages verbrachte er schlafend neben Jeroquee auf einer Sonnenliege.

Am späten Nachmittag wurde er ins Haupthaus gebeten, um sich mit dem Besitzer des Anwesens zu treffen. Zozoria und der Elf erwarteten ihn in der Bibliothek, in der er gestern das Malheur mit dem Buch angerichtet hatte. Die nächste, scheinbar identische Ausgabe befand sich vor dem Antiquitätenhändler, achtlos aufgeschlagen, umgeben von Notizblättern und Stiften. Die Gesichter der beiden Männer waren verschlossen. Sie warteten, bis er Platz genommen hatte.

»Herr Rodin, womit habe ich es verdient, dass Sie mein Vertrauen missbrauchen?«, begann Zozoria. Die toten grünen Augen lagen empfindungslos auf dem Antlitz des Negamagiers. »Sie schleichen nachts durch mein Haus und dringen in meine Privatsphäre ein. Sollte das Ihr übliches Geschäftsverhalten als Runner sein, werde ich dafür sorgen, dass Ihnen niemand mehr einen Auftrag erteilt.« Die Hände legten sich auf den Totenkopfknauf des Gehstocks. »Ich erwarte eine Erklärung, Herr Rodin. Und eine Entschuldigung.«

»Was soll ich sagen? Ich war neugierig«, gestand der Negamagier und ging in die Offensive. Der Messergriff, der gegen seinen Rücken drückte, gab ihm ein kleines Gefühl der Sicherheit. »Die Geheimnistuerei um die Kästchen spornte mich an, mehr herausfinden zu wollen. Da ich mir dachte, dass Sie freiwillig nichts sagen würden, schaute ich mich eben selbst um.«

»Und? Wurden Sie fündig?« Zozorias Stimme verriet nichts über seinen Gefühlszustand. »Sind Sie nun schlauer?«

Xavier schaute sich in der Bibliothek um. Bevor er sich selbst mit weiteren Geständnissen belastete, zog er es vor zu schweigen.

»Er war gestern hier«, meldete sich Galoña schneidend zu Wort. »Ich bin mir sicher. Das Fenster stand offen, und die Tasse war über einem Buch ausgekippt. Sie stand so, dass sie ohne fremde Einwirkung nicht umfallen konnte.«

»Vielleicht war es die Löwin?«, machte der Deutsche eine Anspielung auf das Erlebte.

Der Antiquitätenhändler bewegte sich nicht. Wie eine

Statue saß er in seinem Sessel, und gerne hätte der Schattenläufer gewusst, was hinter seiner Stirn vorging. Er hörte das Ticken einer Uhr, ein Nachtvogel sang sein Lied, Bedienstete unterhielten sich vor dem Fenster. Es dauerte lange, bis der Mann sich äußerte.

»Ich habe Ihre Wissbegier unterschätzt«, sagte er langsam. »Ich mache Ihnen nochmals das Angebot, dass ich Ihnen nach Abschluss Ihres Auftrags alles erkläre, wenn Sie auf weitere Erkundungen dieser Art verzichten. Verstehen Sie bitte diese Auflage. Sie könnten unwissentlich magische Gegenstände beschädigen oder vernichten, die einzigartig sind. So viel Geld besitzen Sie nicht, um derartige Verluste ausgleichen zu können. Ich vergebe Ihnen den Einbruch, wenn Sie neben Ihrer Tätigkeit hier einen weiteren Auftrag annehmen, den ich natürlich bezahle.«

»Blümchen pflücken mit Jeroquee?« Der Runner grinste und atmete innerlich auf. Die Dinge schienen sich zum Guten zu wenden.

»Das, was Sie offenbar gut beherrschen: einen Einbruch«, verbesserte Zozoria. »Ihre Eigenschaften machen Sie wie geschaffen für diesen Run. Sie haben es gestern nicht gemerkt, wie ich annehme, aber Sie passierten drei Wachelementare, ohne dass man Sie entdeckte. Auch andere magische Sicherungen, die diese Villa in eine Festung verwandeln, haben Sie überstanden. Daher sind Sie mehr wert als Gold. Sie sind ein Splitter des Steins der Weisen für mich. Da ich jetzt weiß, dass Ihre Neugier ausgeprägt ist, habe ich andere Maßnahmen treffen lassen, um meinen Besitz zu schützen. Halten Sie sich bitte an die Abmachung, Herr Rodin.«

»Ja«, willigte Xavier ein, froh, schlimmeren Konsequenzen entgangen zu sein. »Ich verspreche, dass ich mich gut führen werde. Außerdem will ich nicht von Ihrer schwarzen Hauskatze vernascht werden.« Zozoria zeigte keinerlei Reaktion. »Kann ich jetzt gehen?«

»Naturalmente«, sagte der Elf eisig. Xavier sah ihm an, dass er ihm am liebsten eine Lektion erteilt hätte.

Der Negamagier stand auf. »Dann sehen wir uns morgen wieder?«

Zozoria schüttelte den Kopf. »Ich muss arbeiten, ich bedauere. Aber Sie haben noch drei Barrieren vor sich, ehe wir Sie für Ihren Anschlussjob instruieren werden.«

»Wohin muss ich reisen?«

»Es bringt Sie zurück in Ihre Heimat, in die ADL. Mehr müssen Sie momentan nicht wissen«, sagte Galoña harsch. »Erledigen Sie erst Ihre aktuelle Aufgabe, Señor Rodin!«

Xavier verließ den Raum und wurde von einem Angestellten zur Tür der Villa geleitet. So schwer es ihm fiel, er musste sich an die Auflage halten, wollte er in absehbarer Zeit dem Luxusknast entkommen. Er ärgerte sich noch mehr als zuvor, dass er vor seiner Abreise nicht mehr über seinen Auftraggeber in Erfahrung gebracht hatte.

Ich könnte Jeroquee betrunken machen und sie aushorchen. Xavier erinnerte sich daran, dass sie damals etwas über den Diebstahl eines Artefakts auf den Anrufbeantworter gesprochen hatte. Vielleicht war das sein Anschlussjob.

Auf dem Weg zum Gästehaus spürte er die Blicke in seinem Rücken und wandte sich abrupt um. Rose Abongi, die afrikanische Vertraute des Andorraners, stand auf dem Balkon des Hauptgebäudes und starrte ihm hinterher.

Ihre schlanken Hände lagen auf der weißen Marmorbrüstung. Sie trug ein dunkelgrünes Top und passende Radlerhosen. Schweißperlen glänzten im Sonnenlicht. Die Körperhaltung der sportlichen Frau vermittelte Anspannung, gezügelte Kraft und Eleganz. Sie setzte sich eine Sonnenbrille auf und trat vom Geländer zurück.

Die kann mich auch nicht leiden. Er seufzte und setzte seinen Weg fort.

»Na? Anschiss für Ihren Ausflug kassiert?«, begrüßte ihn Jeroquee, die sich immer noch in den Strahlen der untergehenden Sonne räkelte und nach einer Decke griff, um sich gegen die aufkommende Kühle zu schützen.

»Wissen Sie was?« Xavier setzte zu einem verbalen Gegenschlag an, schaffte es aber, die Kurve zu bekommen. »Wir beide trinken einen zusammen und erzählen uns, was wir schon so alles erlebt haben.«

Er ging ins Innere und suchte im Kühlschrank nach einer Sektflasche. Triumphierend schwenkte er seinen Fund.

»Was halten Sie davon? Schließlich sind wir Hausgenossen.« *Du wirst mir alles erzählen, was du weißt, Lockenkopf.* Knallend flog der Korken aus der Flasche, schnell schenkte er den Alkohol in Wassergläser. »Stilvoll ist es zwar nicht, aber es kommt auf den Geschmack an«, erklärte er der Seattlerin.

Sie hob ihr Glas, das besser gefüllt als seines war, und stieß mit ihm an. »Das nenne ich mal eine gute Idee. Ich bin Jeroquee und möchte von heute an geduzt werden.«

Klirrend stießen die Gläser zusammen.

ADL, Freistaat Thüringen, Jena,
26. 04. 2058 AD, 09:01 Uhr

»Ha!«, rief Poolitzer begeistert, als er auf den kleinen Bildschirm seines Palmtops schaute, auf dem eben die Antworten aus London, Kairo und Vichy knapp hintereinander einliefen. Die anderen Gäste im Frühstücksraum des Hotels fuhren zusammen. »'tschuldigung«, rief er volltönend in die Runde. Er grinste, als er die irritierten Blicke sah, und wandte sich den Mails zu, die ihm die Bibliothek in Weimar übermittelt hatte.

Die Briten lehnten eine genaue Aufstellung der gestohlenen Gegenstände ab, weil ihre Versicherung ihnen davon abgeraten hätte, um die Ermittlungen nicht zu erschweren.

»Blöde Minzplätzchenlutscher«, verwünschte er das Londoner Museum.

Mitteilungsfreudiger zeigten sich die Ägypter und die Franzosen. So detailliert wie die bestohlenen Privatsammler drückten sie sich zwar nicht aus, dennoch fand er die Punkte »Schatulle, silberne und goldene Intarsien, Vorderasien, zirka 500 Jahre, magisch« auf beiden Listen. Andere Übereinstimmungen fehlten.

Damit hatte er die Bestätigung, dass die Täter sich in allen Fällen für diese Kassetten interessierten. Bei genauerer Betrachtung drängte sich der Gedanke auf, dass die restlichen Diebstähle nur begangen wurden, um von den eigentlichen Zielen abzulenken.

Was war so Besonderes dran? Der Verstand des Reporters arbeitete fieberhaft. Einen Ansatz hatte er zwar gefunden, aber das brachte ihn nicht weiter. Er entschied, dass Vrenschel ihm helfen könnte. Wenn jemand einen Plan von dem Zauberfirlefanz hatte, dann sie.

Poolitzer fuhr ein weiteres Mal nach Weimar, um die Leiterin der Bibliothek aufzusuchen, wurde aber enttäuscht. Die Professorin befand sich auf einer Dienstreise. Lediglich die persönliche Referentin Otte stand zur Verfügung, richtete man ihm aus. Der Vorzimmerdrache brachte ihn zu einem Raum neben Vrenschels Büro und meldete ihn an.

»Hallo, Herr Gospini«, begrüßte ihn die Frau freundlich, stand auf und reichte ihm die Hand. »Ich habe gesehen, dass die Antworten eingingen. Erstaunlich, wie schnell die Museen reagierten.« Sie trug das helle Kleid von gestern, am Ansatz des Dekolletés baumelte das Amulett mit dem Bergkristall.

»Ja, prima Service.« Poolitzer flegelte sich in einen Sessel. »Tja, weil Sie mir so nett geholfen haben, bin ich schon wieder da. Ich suche einen Gegenstand. Es ist aber kein Buch.«

Die Referentin klickte eine Mail vom Monitor. »Dann wird es schwieriger für uns. Aber vielleicht kann ich Ihnen ein paar gute Nachschlagewerke empfehlen.« Otte fasste die hellbraunen Haare mit den schwarz gefärbten Spitzen im Nacken zusammen und fixierte sie mit einem Haargummi. »Was ist es?«

»Ein Kästchen. Sie waren ja dabei, als ich gestern darauf stieß. Mich würde interessieren, ob immer das gleiche Kästchen gestohlen wurde oder ob es sich dabei um verschiedene Exemplare handelte.« Knapp schilderte er das Aussehen. »Und es ist magisch«, fügte er an.

»Mir sagt es nichts. Aber wir haben schließlich unseren allwissenden Computer.« Die Finger der Frau hackten auf die Tastatur ein. »Es gibt verschiedene Standardwerke, in denen Artefakte aufgelistet sind.« Der Drucker spuckte ein Blatt mit Titeln aus. »Schauen Sie sich nach denen um. Es gibt genügend Online-Anbieter, die auch eine Suche über Beschreibungen durchführen. Aber seien Sie gewarnt: Umsonst wird niemand Ihre Suchanfrage beantworten.« Ihre braune Augen schauten auf den Monitor, während sie den Bildschirm hoch und runter scrollte. »Kann ich sonst noch etwas für Sie tun, Herr Gospini?«

Fasziniert schaute er auf ihren Leberfleck auf der rechten Wange, ehe er sich davon losriss und die Dutzende von Buchtiteln überflog. *Das wird mich ziemlich viel Zeit kosten,* dachte er enttäuscht. »Könnten Sie nicht für mich forschen?«, bettelte er sie an.

»Das könnte ich schon. Aber ich bräuchte die Genehmigung von Professorin Vrenschel«, meinte Otte bedauernd. »Ich muss den Dienstweg einhalten.«

»Und wann kommt sie zurück?«

»In zwei Wochen, schätze ich«, lautete die niederschmetternde Antwort. »Sie ist auf einem Kongress ...«

Er schenkte ihr sein charmantestes Lächeln. »Gehen Sie gerne essen? So richtig teuer?«

Die Referentin lachte auf. »Wie nett. Sie versuchen es mit Bestechung und geben mir das Gefühl, unendlich wichtig zu sein. Sie werden Komplimente verteilen, mich in ein Restaurant meiner Wahl ausführen und erwarten, dass ich meine Vorschriften umgehe, richtig?«

Poolitzer wurde in seinem Sessel etwas kleiner. »Ja und? Die meisten Männer haben da ganz andere Hintergedanken. Ich wollte nur eine harmlose Auskunft«, nuschelte er, den Beleidigten spielend.

»Sobald Professorin Vrenschel zurück ist, werde ich sie fragen.« Sie reichte ihm ihre Visitenkarte. »Rufen Sie mich einfach zwischendurch mal an.«

Im Austausch gab er ihr seine Nummer und verließ die Bibliothek. Sie ließ ihn abblitzen. Seine Wirkung auf Frauen war schon mal besser gewesen. Kaum stand er auf den Stufen der Freitreppe, brummte sein Handgelenk-Kom.

InfoNetworks bedachte ihn mit einem aktuellen Feature. Er sollte sofort nach Mainz und einen Beitrag über die Black Barons produzieren. Die Stadtkrieg-Mannschaft, die nach dem Überfall der Liga für Menschlichkeit in Moskau ihre besten Leute eingebüßt hatte, war einen Deal mit einer bekannten Rockergang eingegangen, um sich in den letzten beiden Spielen der Liga über die Runden zu retten. Die deutsche Meisterschaft und die europäische Trophäe standen für die Mainzer auf dem Spiel. Ein Nein des Reporters wollte sein Chef nicht akzeptieren.

Die andere Sache wird mir nicht wegrennen, dachte Poolitzer, dem die Ablenkung willkommen war. Er scheute nach der letzten Spurensuche vor weiteren langweiligen Recherchen über das Kästchen zunächst noch zurück. Die Ballerei der Stadtkrieger verschaffte eine kurzweilige Abwechslung, bevor er sich erneut um die Schatulle kümmerte.

»Einverstanden. Ich bin auf dem Weg«, unterrichtete er die Redaktion und fuhr nach Jena, um seine Koffer zu packen.

ADL, Homburg (SOX), 26. 04. 2058 AD, 05:21 Uhr

Regentropfen prasselten gegen die grau-weiß-schwarz bemalten Stahlplatten und rannen zu Boden. Das Klirren der Ketten endete, der 500 PS starke Dieselmotor röhrte noch einmal auf und blubberte anschließend gemächlich vor sich hin. Schwarze Abgasschwaden waberten unter dem Rumpf des Lockheed-Chenowth »Defender« hervor. Das Abzeichen zeigte das Emblem von ECC.

Der Turm des leichten Panzers drehte sich, die 20-Millimeter-Kanone und der seitlich montierte Granatwerfer schwenkten auf ihr Ziel ein. Im Takt von zwei Sekunden detonierten die Granaten in achthundert Meter Entfernung, exakt im Zentrum der Hauswand, und verwandelten das Gebäude nach einer Minute in einen einzigen Trümmerhaufen.

Plötzlich sprangen Gestalten hustend aus den benachbarten Ruinen und rannten los, um dem Gefahrenbereich zu entkommen. Die Panzerbesatzung hatte bei ihren Zielübungen eine Ghulsippe aufgestöbert.

Der »Defender« setzte sich mit einem Blitzstart in Bewegung, um die Verfolgung aufzunehmen. Schwarze Bitumenbröckchen wirbelten hinter den Ketten auf, die ihre Abdrücke im Asphalt der Talstraße hinterließen und die Decke aufrissen.

»Hier Pascha eins an alle: Wir haben wieder bewegliche Freiziele. Ich wiederhole, wir haben bewegliche Freiziele«, gab der Kommandant, Friedrich Balent, über Funk weiter. »Wenn ihr mitmachen wollt, kommt vorbei. Das Pack flieht in Richtung Ausfahrt Bruchhof-Sanddorf.«

Umgehend liefen die Bestätigungsmeldungen ein. Immer schneller wurde der tonnenschwere Koloss, die Häuser flogen an ihm vorüber. Mit knapp siebzig Sachen hetzte er die Critter, deren Vorsprung zusammenschmolz.

»Kurs Stadtpark«, befahl der Anführer dem Fahrer. »Wenn die Leichenfresser denken, sie könnten uns entkommen, werden sie sich wundern.« Die Sensoren des leichten Panzers erfassten die Ghule, die kaum mehr eine Chance auf Flucht besaßen.

Die »Aktion Wipe Off« lief seit den Morgenstunden. Ziel war es, die weitere Umgebung rund um die ECC-Ark in Bexbach von den Ghulen und Punks jedweder Art zu säubern oder den Abschaum so sehr zu verschrecken, dass er das Areal von sich aus großräumig umging.

Die neue Leitung in Bexbach wollte reinen Tisch machen und hatte den Kontrollrat über die Truppenbewegungen im Vorfeld informiert. Da die Lage in der SOX angespannter denn je war, könnten umherfahrende Panzerverbände schnell zu einem nicht beabsichtigten Zwischenfall mit anderen Kons führen.

Im Gelände rund um die Bexbacher Ark waren die Ghule erfolgreich vertrieben worden. Nun machten sich die Panzer einen Spaß daraus, ein paar der Leichenfresser abzuschießen oder in den fünfzig Meter breiten Todesstreifen zu jagen.

Zwei weitere »Defender« näherten sich über die Richard-Wagner-Straße und beteiligten sich am Kesseltreiben. Der Schütze an der 20-Millimeter-Kanone eröffnete das Feuer, gedämpft hörte man das Knattern des Geschützes durch die Panzerung und die Kopfhörer. Der kleine Videomonitor zeigte, wie die Hälfte der Sippe unter dem Beschuss auseinander gerissen und niedergemäht wurde. Die anderen Ghule sprangen in den flachen See des Parks und tauchten ab.

Der Panzer hielt am Ufer an. *Dynamitfischen,* dachte Balent und grinste fies, während er dem Schützen befahl, mit dem Granatwerfer zu schießen. Fontänen aus Schlamm und brackiger Flüssigkeit spritzten in die Luft. Die Ghule blieben jedoch verschwunden.

»Vorwärts«, befahl der Kommandant im Jagdfieber, »scheuchen wir die Fische an Land.«

Klackend schlossen sich die Abdeckungen der unteren Abgasrohre. Die heißen, giftige Dämpfe wurden umgeleitet und aus einem anderen Schacht nach oben abgeblasen. Das amphibienfähige Fahrzeug rollte ins Wasser. Im Zickzackkurs pflügte es durch die Fluten. Die anderen »Defender« beteiligten sich an der Jagd.

Keine der Besatzungen hatte Skrupel, gegen die Wesen vorzugehen. In den Augen der Sicherheitstruppen waren die Ghule und Punks weniger als Tiere.

Die konzertierte Taktik zwang die Critter, sich aus der trügerischen Sicherheit zu flüchten und ihr Heil in einer aussichtslosen Flucht zu suchen. Auf einer kleinen Anhöhe mit einem Pavillon ereilte sie das stählerne Schicksal. Alle drei 20-Millimeter-Geschütze tackerten los.

Der kleine Unterstand löste sich in seine Bestandteile auf, die Vollmantelprojektile zerfurchten das Erdreich rings um die Ghule, die sich unter der Vielzahl der Einschläge in eine blutende Masse verwandelten.

Zwei der leichten Panzer drehten synchron auf der Stelle, um zurück nach Homburg zu rollen und weitere Nachtwesen zu suchen. Balent wünschte ihnen viel Glück bei der Jagd. Er wollte sich in dem Gelände noch genauer umsehen.

Der Fahrer steuerte den »Defender« näher an die zerfetzten Kadaver heran, pflügte mit Ach und Krach den durchweichten Hügel hinauf und stand vor einem Gebäude, das noch intakt aussah. Die Karte, mit welcher der Kommandant die Lage verglich, wies es als Stadtbad aus.

»Sir, der Leichenfresser hat ein militärisches Funkgerät«, machte ihn der Schütze aufmerksam, der sich über die Videokamera die Überreste betrachtete. »Soll ich es mir mal anschauen?«

»Wozu?« Der Kommandant ließ den »Defender« vorrücken. »Er wird es von einem Konvoi gestohlen oder einem toten Punk abgenommen haben.« Die Mauer verhinderte, dass sie auf die Wiese dahinter schauen konnten. Einen Durchbruch versuchte Balent nicht, die Ketten könnten dabei beschädigt werden.

Sein Überwachungsgerät meldete das Auftauchen von drei kleinen Objekten im Bereich der Sensoren, die sich rasch näherten. Ohne dass er etwas sagen musste, schwenkte der Schütze den Turm in die Richtung, aus der die Fahrzeuge herannahten.

»Motorrad-Punks, Sir«, meldete der Mann, eine Hand am Joystick zur Steuerung der Bordwaffen, und zoomte heran. »Sie halten an. Entfernung rund fünfhundert Meter.« Aufmerksam beobachtete er die Rocker. »Jetzt fahren sie wieder.«

Die Punks verteilten sich und näherten sich dem »Defender« aus verschiedenen Richtungen.

»Weg mit ihnen«, befahl der Kommandant, der sich Gedanken darüber machte, warum sich die Ganger auf einen ungleichen Kampf einließen.

Sein Schütze zerlegte den ersten Kradfahrer samt seiner Maschine in kleinste Teile. Die Explosion, die nach den Treffern der 20-Millimeter-Kanone erfolgte, fiel nach der Einschätzung Balents allerdings viel zu heftig aus. Demnach mussten die Gestalten Sprengkörper mit sich führen. Und die galten dem Panzer.

»Kontrollierter Rückzug«, hieß die nächste Anweisung an den Fahrer. »Aber rasch. Ich brauche einen passenden Feuerwinkel für den Schützen, um die Bastarde zu erwischen.«

Der leichte Panzer fuhr an und wählte seine Route so, dass es dem zweiten Angreifer nicht gelang, sich an den übermächtigen Feind anzupirschen. Ein einziger Volltreffer aus dem Granatwerfer verschmolz Mann und Maschine zu einem unansehnlichen Klumpen aus Chrom und Fleisch.

Vom Dritten fehlte jede Spur. »Auf den Hügel«, befahl Balent beunruhigt, der besseren Übersicht wegen.

Der Motor brüllte auf, der »Defender« wühlte sich das lockere, durchnässte Erdreich hinauf. Die Ketten, die üblicherweise ein probates Fortbewegungsmittel in jedem Terrain darstellten, schaufelten den Mutterboden ab und kamen mit dem schlammigen Untergrund nicht zurande. Die Glieder glitten über den lehmigen Belag, ohne Halt zu finden. Das Gefährt hatte sich eingegraben und saß in Schräglage fest. Der Fahrer hob entschuldigend die Arme.

»Scheiße«, fluchte der Kommandant und funkte die anderen beiden »Defender« an, um ihnen die Lage zu erklären. Dabei verteilte er die G12 an die beiden Männer und wies sie an auszusteigen, um den Punk mit Kugeln einzudecken. Seinen Panzer wollte er nicht verlieren. Das wäre die Krönung der Peinlichkeit.

Er ahnte, dass ihn das eine Kiste Bier für seine Kollegen kosten würde. Regentropfen fielen durch die geöffnete Luke, die Wolken hingen schwarz am Himmel. *Wenigstens hätte die Sonne scheinen können.* Er ärgerte sich darüber, dass er auch noch nass wurde.

Unmittelbar vor dem Ausstieg schaute er auf die Sensoranzeigen. Mitten in der Bewegung erstarrte er. Die Wärmefühler registrierten angeblich zwanzig Individuen, die in unmittelbarer Umgebung des Panzers standen.

Das konnte nicht sein. Vorsichtig hockte er sich an

den Videoschirm und bediente den Hebel der Kamera. Er sah seine Leute, die in diesem Moment den heranpreschenden Rocker von der Geländemaschine schossen. Kaum hatten sie den Punk erfolgreich bekämpft, feuerten sie auf neue Angreifer. Hektisch ruckten die Mündungen hin und her und suchten sich neue Ziele.

»Sir, da sind noch mehr Leichenfresser«, meldete der Bordschütze sorgenvoll.

»Kommen Sie zurück in den Panzer«, befahl Balent. »Wir warten, bis die anderen beiden ›Defender‹ eintreffen.«

Hastig sprangen die Männer einer nach dem anderen durch die Luke ins Innere, der Eingang wurde verriegelt. So gut es in der Schräglage ging, würden sie die Bordwaffen des leichten Panzers einsetzen. Doch keiner der Critter wollte ihnen vors Korn laufen.

»Schlaue Biester«, knurrte der Kommandant. Er sendete einen knappen Bericht an die Arkologie.

Ein leichter Schlag war zu hören. Nach und nach wurden es mehr, bis ihnen die Ohren gewaltig dröhnten. Die Ghule trommelten mit irgendwelchen massiven Gegenständen gegen den Stahl, um die Kon-Gardisten im Inneren zu verhöhnen. Der Bildschirm zeigte kreischende Gestalten, gefletschte Zähne und Eisenstangen, die geschwungen wurden.

Abrupt endete das Klopfen. Die Leichenfresser zogen sich zurück, die Wärmesignaturen entfernten sich schnell von dem uneinnehmbaren Gefährt.

Balent hoffte, dass die anderen Panzer heranrollten, lenkte die Kamera nach rechts und links. Ein kleiner Gegenstand rauschte unheimlich schnell heran, einen Abstrahlschweif hinter sich herziehend. Im nächsten Moment traf die Faust eines Giganten den »Defender«.

Wie Puppen flogen die Männer im Inneren durcheinander. Benommen stemmte sich der Kommandant auf. Die Stahlplatten des leichten Panzers zeigten sich resistenter als erwartet.

Scheiße, woher haben die schwere Waffen? Er richtete sein Mikrofon. »Hier Pascha eins, wir werden beschossen! Ich wiederhole, wir werden beschossen! Die Ghule verfügen über …«

Weiter kam er nicht mehr. Die nächste Rakete zischte heran und schlug präzise an der Schwachstelle zwischen Turm und Rumpf ein.

ADL, Völklingen (SOX), Ares Makrotechnology-Arkologie, 26. 04. 2058 AD, 06:29 Uhr

Schläfrig schaute Bernard de la Chance auf seinen Piepser, der ihn mit seinen brutalen Tönen aus dem Schlummer gerissen hatte. Seine Anwesenheit wurde dringend im Büro verlangt. »Kontrollratssitzung«, blinkte ihm das elektronische Gerät gehässig ins Gesicht. Das Mitglied des Gremiums sprang auf, warf sich in seinen Anzug und ordnete seine Garderobe mehr schlecht als recht.

Ich hoffe, die Idioten haben keinen Krieg in der SOX angezettelt, bat er den Gott der Konzerne inständig. Ein prüfender Blick in den Spiegel reichte ihm als Morgentoilette aus. *Die neuen Panzer sind nämlich noch nicht geliefert.*

Einem ungeschriebenen Gesetz folgend, traf er als Letzter bei der Videokonferenz ein und schaltete die Bildschirmwand ein, die ihm die Gesichter der anderen Unternehmensabgeordneten von Saeder-Krupp, Renraku, AG Chemie, Ruhrmetall, Eastern Star Pharmaceuticals, IFMU und ECC zeigte. Zufrieden bemerkte er, dass niemand so richtig frisch aussah, abgesehen von Major Langner von der MET2000-Truppe.

Der Kontrollrat regierte über die Verseuchte Zone, die offiziell den ADL angehörte, jedoch der direkten Verwaltung des Gremiums unterlag, das sich aus Vertretern der in der SOX ansässigen Unternehmen zusammensetzte. Die MET2000, die ihren Kommandobunker unterirdisch als subterrane Festung angelegt hatten, besaßen als Militärexperten beratende Funktion.

Über alles, was in der SOX geschah, wurde abgestimmt, selbst über den Einsatz der Kontrollratstruppen. Früher entsandte jeder Konzern einen Abgeordneten in die Besprechungen. Inzwischen waren Überlegungen im Gange, die Zahl aufzustocken, einer Art Parlament nicht unähnlich.

De la Chance hielt davon nichts. Es schuf nur künstliche Ungleichgewichte, auch wenn Ares als Big player dabei nicht schlecht abschneiden würde. Darum würde es aber heute Morgen nicht gehen.

»Bonjour«, gähnte er. »Ça va bien, messieurs dames?«

»Guten Morgen. Es gab einen Zwischenfall in Homburg«, erklärte der MET2000-Anführer sachlich. »Fahrzeuge der ECC-Arkologie wurden attackiert und ausgeschaltet.«

»Mon dieu, nicht schon wieder«, brach es aus de la Chance hervor. »Excusez-moi, aber hatten wir nicht vor kurzem erst mit der Arkologie mächtige Schwierigkeiten, nachdem irgendwelche Experimente außer Kontrolle geraten waren? Das trägt nicht unbedingt dazu bei, dass sich die Lage ein wenig entspannt, n'est-ce pas?«

Der Ares-Abgeordnete spielte damit auf die Vorkommnisse an, die sich vor wenigen Wochen in Bexbach ereignet hatten. Informationen über die tatsächlichen Vorkommnisse sickerten kaum bei ECC durch, aber man hörte so einiges. Allem Anschein nach verwüsteten ein Runner-Team und eine Horde wild gewordener Probanden den Plex. Wer die Runner angeheuert hatte und hinter dem Sabotageakt steckte, wusste niemand. Tatsächlich brauchte es vier Transporthubschrauber voller

Gardisten, Drohnen und gerüchteweise sogar Magiern, um die Lage in der Ark unter Kontrolle zu bekommen.

»Dieses Mal hat es nichts mit Eindringlingen oder internen Schwierigkeiten zu tun«, meinte der Major in nüchternem Ton, als befände er sich bei einer Manöverbesprechung. Da ihn niemand unterbrach, schien das aktuelle Ereignis voll und ganz in sein Ressort zu fallen. »Vermutlich handelt es sich um eine Glow-Punk-Gemeinschaft, die sich in der ehemaligen Kreisstadt eingenistet hat.«

De la Chance stieß entnervt die Luft aus. »Vielleicht ist am Ende ein verrückter Schamane dabei?«

Rund vier toxische Schamanen trieben ihr Unwesen in der SOX, die aber gar nicht so leicht zu fangen waren. Die kontaminierte Umgebung schien diese Wahnsinnigen anzuziehen. Somit stellte es eine gewisse Routine dar, die Schlupfwinkel zu bombardieren, wenn sie dem Gremium bekannt wurden.

»Das wissen wir noch nicht. Es ist ihnen jedenfalls gelungen, drei leichte Panzer zu knacken«, meldete sich Christina Siege, die neue Leiterin der ECC-Ark, zu Wort. »Die Spuren deuten auf einen Raketenwerferangriff hin. Die ersten Aufnahmen der Aufklärungsdrohnen fanden zudem Überreste von Leichenfressern.«

Kamerabilder wurden eingespielt, die Kettenspuren und verbrannte Erde zeigten.

»Wo ist denn der Panzer? Was hat die Crew gesagt?«, verlangte der Ares-Abgeordnete angesichts der seltsamen Einstellungen zu wissen.

Major Langners Gesicht veränderte sich kaum. »Wir haben sie nicht finden können. Die Punks müssen zwei Panzer mitgenommen haben. Wie unsere Drohnen inzwischen entdeckten, existieren einige Eingänge zu unterirdischen Parkhäusern.«

»Ich möchte, dass der Kontrollrat Homburg säubert«, schaltete sich Siege aufgebracht ein. »Diese Punks sind eine Gefahr für die Arks in der Umgebung. Stellen Sie sich vor, sie unternehmen einen Angriff gegen unsere Einrichtungen. Wer weiß, über welche Waffen dieser Abschaum noch verfügt?« Sie schaute finster drein. »Oder ist da etwas anderes im Spiel?«

De la Chance verstand die paranoide Anmerkung sofort und machte sich einen Vermerk. Die Idee, Punks aufzurüsten und gegen einen anderen Kon aufzustacheln, gefiel ihm. Damit könnte man beispielsweise gegen Saeder-Krupp Krieg führen, ohne in die Schusslinie zu geraten. Aber bei ECC lag der Sachverhalt anders. Niemand interessierte sich wirklich brennend für die Belange des kleinen Kons.

»Beruhigen Sie sich, Frau Siege. Unseren Einschätzungen nach verteidigten sie ihr Territorium«, sagte der MET2000-Befehlshaber. »Auch wir empfehlen, so rasch wie möglich gegen die Bande vorzugehen. Je länger man sie gewähren lässt, desto tiefer gräbt sie sich ein.«

»Alors, bomben wir die Stadt platt?«, schlug der gebürtige Franzose vor. Er wünschte sich einen starken Kaffee, damit sein Verstand erwachte. Und eine Zigarette.

Seine unbedachte Äußerung rief die stürmischen Proteste des Gremiums hervor. Flächenbombardements stünden nicht zur Debatte, die Kollateralschäden müssten so gering wie möglich ausfallen. Nach einer knappen halben Stunde wurde ein Beschluss gefasst. Drohnen sollten zunächst die Straßen durchkämmen, ein Spezialkommando von hundert Mann rückte noch in dieser Stunde mit schwerem Gerät und Hubschraubern von Zweibrücken her aus, um die Rocker aus den Löchern zu treiben und zu bekämpfen. Unter Umständen könnte man die Angelegenheit auf diese Weise regeln. Die Konferenz endete.

Für eine solche *merde* weckten sie ihn früh morgens auf, verwünschte de la Chance den Kontrollrat, rieb sich die Augen und stapfte in sein Sekretariat, um sich einen Kaffee zu kochen. So viel Aufhebens wegen ein paar verlauster Punks.

ADL, Schlossberghöhlen, Homburg (SOX), 26. 04. 2058 AD, 07:09 Uhr

Sheiks Zustand änderte sich erst in den Morgenstunden, das Fieber verharrte bei 39,6 Grad. Der hermetische Magier machte sich sofort auf die Suche nach Trebker, fand ihn aber nicht. Dafür entdeckte er sehr starke toxische Geister, die aufgeregt über dem Schwimmbad kreisten.

»Was ist nun mit dem Drachen?«, fragte Michels ungeduldig, nachdem Sheiks Bewusstsein zurückkehrte. »War das eine Hallu oder was?«

»Ich sah eine magische Kontur, tief unten im Bauch der Höhle, mein kleiner Freund«, antwortete er vorsichtig. »Sie könnte wirklich einer Dracoform gehören.« Er deutete nach draußen. »Doch es ist etwas anderes im Gange. Ich fühle es.«

»Was denn? Eine Erschütterung der Macht?«, frotzelte der Zwerg.

Ordog präsentierte seinen neuen Plan. »Wir bedienen uns im Waffenlager der Ghule, nehmen das Loch, durch das unser Decker beim ersten Ausflug abgestürzt ist, und kümmern uns um diese Kontur. Ich will den Rücken frei haben, wenn wir den Schamanen wegputzen.«

»Du bist größenwahnsinnig«, befand Schibulsky kopfschüttelnd. »Wir sollten es aufgeben.« Dennoch folgte er ihnen.

Zusammen kehrten sie in das Stockwerk zurück, wo die Knarren der Leichenfresser lagerten, und mussten feststellen, dass einige Regale leer waren. Auch bei den schweren Kalibern fehlten etliche Ausrüstungsgegenstände.

»Haben wir was verpasst?«, wunderte sich der Zwerg und packte Granaten in einen Rucksack. »Die haben mobil gemacht.«

»Dann sollten wir uns beeilen«, erwiderte der fahle Anführer. Noch gab er sein Vorhaben nicht auf. Der Ork hing sich einen Mehrfachraketenwerfer und Ersatzmunition um, Ordog deckte sich ebenfalls ein.

Bis zu den Zähnen bewaffnet, suchten sie die Stelle, an der sie bei ihrem Run gegen ECC ihren Decker Brainman verloren hatten, bevor sie nur einen Fuß in die Arkologie setzen konnten. Wie aus dem Nichts hatte sich der Boden unter dem Mann geöffnet und ihn in ein tiefes Loch fallen lassen.

Sie fanden den Schlund und brachten mehrere Seile an, damit sie alle gleichzeitig nach unten gelangten und ihre Feuerkraft gebündelt einsetzen konnten. Die Schattenläufer rutschten an den Stricken hinab und kamen auf hartem Sand sowie Knochen und weichen Gegenständen auf. Sofort sicherten sie in geduckter Haltung nach allen Seiten.

Michels schaute nach, worauf sie eigentlich standen. Er fand Tierknochen in Hülle und Fülle sowie den arg mitgenommenen Rucksack des Deckers. Dann sah er auch die Reste des Matrixexperten.

»Ey, Schibulsky, nimm sofort deinen Stiefel aus Brainmans Gesicht«, schnauzte er den Ork an. »Das hat er nicht verdient, dass ein Hauer wie du auf seiner Fresse rumtrampelt.«

Der große Samurai ging zur Seite. »Er spürt doch sowieso nix mehr.«

»Na und? Schon mal was von Pietät gehört?«

Ordog betrachtete teilnahmslos die sterblichen Reste des Deckers, der unter dem Gewicht des Orks gelitten hatte. Der hatte es hinter sich. »Sheik, sieh nach, wo wir deinen Drachen finden.«

Der Magier setzte sich auf den Boden und sandte sein

magisches Bewusstsein durch das unterste Stockwerk der Höhlen.

ADL, Homburg (SOX), 26. 04. 2058 AD, 07:32 Uhr

»Hierher! Um Gottes willen, hierher! Und nicht schießen, bitte!« Trebker ruderte wild mit den Armen und trat aus dem Hauseingang, in dessen Schatten er sich verborgen hatte. Niemals hätte er gedacht, dass er über den Anblick von Kontrollratstruppen so glücklich sein würde. Der Albtraum war zu Ende.

Die Abteilung, die sich ihm auf dem Marktplatz näherte, bestand aus zwanzig Soldaten und zwei ATT-»Wächter«-Drohnen, hinter ihnen rollten zwei Panzer.

Eine der unbemannten Vektorschubmaschinen näherte sich ihm, das Maschinengewehr richtete sich auf ihn. »Hinlegen«, quakte der Lautsprecher ihn an. »Arme ausstrecken.«

Der Bundesbeamte warf sich zu Boden, zwei Soldaten näherten sich und tasteten ihn ab, die Waffen war er schnell los. Sie stellten ihn auf die Beine und schleppten ihn zur Heckklappe des vorderen Panzers. Nachdem er und seine Ausrüstung in einer Schleuse die Dekontaminationsprozedur über sich hatten ergehen lassen, stand er einem Offizier gegenüber.

»Ich bin Mitarbeiter des Bundesministeriums für Umweltschutz«, stellte er sich vor, Erleichterung und Anspannung zugleich fühlend, »mein Name ist Trebker. Ich hätte gerne mit Ihrem Vorgesetzten gesprochen.«

»Mayer« stand auf dem Namensschild der Vollrüstung, das undurchsichtige Visier verriet nichts über den Menschen, der hinter der Panzerung steckte.

»Sie befinden sich außerhalb Ihres Befugnisbereichs, Herr Trebker. Wir behandeln Sie daher als illegalen Eindringling und setzen Sie vorerst fest, bis der Kontrollrat die Sache geklärt hat«, sagte eine verzerrte Stimme, die unmöglich einem Geschlecht zuzuordnen war. Was der Mann in der Verseuchten Zone wollte, interessierte ihn nicht. »Haben Sie Ghule oder Punks gesehen?«

»Ha!«, stieß der Amtmann erregt aus. »Ich bin denen entkommen! Sie sitzen in den Höhlen, die Ghule und die Rocker, bewaffnet bis an die Zähne. Ihr Anführer ist ein toxischer Schamane, und sie haben einen Drachen, und sie wollen die SOX erobern.«

Der Offizier sagte nichts. Offenbar verarbeitete er die Informationen.

»Höhlen?«, wiederholte er nach Sekunden ungläubig. »Einen Moment.« Er öffnete einen Rundkanal, bei dem alle Einsatzleiter mithören konnten, und bat den Gefangenen, detailliert zu berichten.

Trebker erzählte von seinen Erlebnissen mit den Plünderern, die durch einen geheimen Tunnel in die SOX kamen. Zur Untermauerung seiner Aussagen übergab er die CD mit den Aufnahmen.

Der ranghohe Kon-Gardist, der ihn bis dahin für geisteskrank eingeschätzt hatte, hielt Rücksprache mit der Einsatzleitung. Die Befehle, die sich an ihn und seine Truppe richteten, wunderten ihn nicht. »Können Sie uns den Eingang zu den Höhlen zeigen?«

»Ich soll da noch einmal rein?« Der Beamte war bestürzt.

»Sie sollen ihn uns nur zeigen, Herr Trebker. Den Rest machen wir.«

ADL, Schlossberghöhlen, Homburg (SOX),
26. 04. 2058 AD, 08:03 Uhr

Ordog hob die Faust, und die Gruppe hielt auf sein Zeichen hin an. Er stand an einem Knick in dem künstlich angelegten Gang und schaute vorsichtig um die Biegung. Sheiks astrale Erkundung brach an dieser Stelle ab, da sich die Hintergrundstrahlung dermaßen verstärkte, dass er keine klaren Bilder sah.

Der Magier stellte sich neben ihn und begriff, was die Hintergrundstrahlung so sehr erhöhte. Aus einem Rohr in der Wand sprudelte die ätzende Flüssigkeit in ein Bassin. Kleinere, in den Sand gezogene Kanäle leiteten die giftige Substanz in weitere Gänge.

Ein feiner Nebelschleier lag in der Höhle. Sie hatten den ätzenden Geruch wegen ihrer Sauerstoffmasken nicht bemerkt. Der Luftanalysator an Ordogs Unterarm blinkte warnend auf und informierte über geringen Sauerstoffgehalt und gefährliche Reizstoffe.

»Sie pumpen nichts in die Höhe, sie verteilen es unterirdisch weiter«, sagte er zu Sheik, der sich noch gut an die Vorrichtungen auf dem Gelände des Stadtbades erinnerte.

»Ich vermute, dass wir nur die Spitze der Düne sehen, meine tapferen Freunde. Der Schamane wird die ganze Stadt mit dem Zeug fluten wollen«, äußerte der Araber.

»Aber warum?«

»Macht.« Der Hermetische betrachtete die schwappende Flüssigkeit, die bald über die Ränder des Beckens zu treten drohte. »Er erweitert das verunreinigte Gebiet unbemerkt und dehnt sich immer weiter aus«, erklärte er. »Der toxische Schamane muss unter allen Umständen vernichtet werden. Je stärker der Grad der Verschmutzung, desto mächtigere Geister kann er heraufbeschwören. Nun wird mir klar, warum ich stark eingeschränkt bin. Ein durch die atomare Strahlung zerrissener Astralraum und eine solche Kloake ergeben eine enorme Hintergrundstrahlung.« Sie zogen sich zu den anderen zurück und beschlossen, die Chemoschutzanzüge anzulegen.

Man sah dem bleichen Runner an, dass ihn etwas beschäftigte. Schließlich rückte er mit der Sprache raus.

»Es hat sich in den letzten Stunden einiges geändert. Sollen wir es trotzdem versuchen, Leute?«, richtete er sich an seine Gruppe. »Das wird verdammt gefährlich. Vieles wird sich nicht planen lassen.« Er wandte sich an Sheik. »Sind die Geister gefährlich, die er beschworen hat?« Der Araber nickte. »Und, was sagt ihr?«

Michels machte den Anfang. »Ich halte nicht viel davon, aussichtslose Sachen anzufangen. Ich bin für einen Rückzug. Lasst uns den Leichenfressern die Bude leer räumen und abhauen. Schade um die verlassenen Häuser. Aber es ist mir zu heiß.«

Der Ork stimmte ihm zu, seine Argumente deckten sich mit denen des kleineren Metamenschen. Damit war die Sache gestorben. Sie wandten sich um, Sheik dagegen bewegte sich nicht.

Ich habe es geahnt, fluchte Ordog innerlich. »Was ist?«

»Ich werde mich dem Schamanen in den Weg stellen«, verkündete der Magier mit fester Stimme. »Ich habe das Herz eines Löwen. Im Gegensatz zu euch, Söhne der Feigheit.«

»Kapierst du nicht, Turbanwickler? Es ist für uns eine Nummer zu groß geworden. Lass es die Kons machen. Es ist ihre verdammte Zone.« Der Zwerg stemmte die Hände in die Seiten. »Meinetwegen rufe ich den Kontrollrat selbst an und stecke ihnen, was abgeht.«

»Genau. Wir tarnen unseren Zugangstunnel, und hinterher schauen wir vorbei und machen weiter«, meinte Schibulsky. »In aller Ruhe. Ist das ein Vorschlag?«

»Ich werde dich nicht aufhalten.« Ordog versuchte eine andere Taktik. »Stell dir vor, du gehst bei der Sache drauf, was wird dann aus deinen Erkenntnissen über die Nullzonen? Sie werden für immer verloren sein. Willst du das, bei aller Mühe und den Gefahren, die du eingegangen bist? Löwen wissen, wann sie umkehren sollten.«

Der Araber dachte nach. Der Einwand des Straßensamurais schien ihn zu überzeugen. »Du hast Recht, Meister der Schusswaffen. Meine Erkenntnisse haben Vorrang.« Er schloss zu ihnen auf. »Sollte sich der Kontrollrat aber nicht um diese Bedrohung kümmern, kehre ich zurück.«

»Sicher«, redete ihm Michels erleichtert zu. »Verschwinden wir, bevor sich die Dämpfe durch unsere Anzüge fressen.«

Die Plünderer gelangten an den Aufstiegspunkt. Schibulsky schaute die Röhre hinauf und stöhnte. »Das wird eine ganz schöne Plackerei. Gehen wir außen rum?« Beinahe flehend blickte er durch die Plexiglasscheibe auf den Anführer. »Ich bin nicht der beste Kletterer«, ergänzte er entschuldigend.

»Im Abseilen war er schon immer besser«, stichelte der Zwerg, nahm eines der Taue und hängte sich mit seinem Gewicht daran, um die Festigkeit zu prüfen. »Du hast keine Muckis.«

»Sheik, sieh nach, wie es oben ...«, wandte sich der Anführer an den Magier, da rieselte Sand herunter und prasselte leise auf den Gummianzug. Misstrauisch blickte er auf und sah einen menschengroßen, klobigen Schatten auf die Gruppe hinunterstoßen.

Hastig rempelte er den Zwerg zur Seite und hechtete zurück, während der Angreifer sie nur knapp verfehlte und auf den Boden krachte. Feiner Sandstaub wirbelte auf.

»Wo iss'n der hergekommen?« Der Ork trat vorsichtig gegen den Mann in der Vollrüstung. Der Sturz hatte ihn entweder umgebracht oder ihm die Besinnung geraubt. Schibulsky drehte ihn auf den Rücken. »Ein Gardist?«

»Kontrollrat«, korrigierte Ordog, stand auf und klopfte den Sand ab. *Scheint, als hätten sie die Höhlen entdeckt.* Der Mann war an der gleichen Stelle aufgeschlagen wie Brainman vor einigen Wochen. Schlecht, ganz schlecht. Wo einer war, waren mehr.

»Der ist bestimmt im Dunklen über das Seil gefallen, Kamerad«, sagte der größere der Metamenschen zum Zwerg.

Wieder schwebte etwas den Schacht hinunter, dieses Mal kontrolliert und langsam.

Michels erkannte das Ding zuerst. »Achtung!«, wies er die anderen an. »ATT-Wächter-Drohne!«

Bevor der Autopilot eine Zielerfassung vornehmen konnte, zerlegte das konzentrierte Gewehrfeuer der Plünderer einen Teil der Panzerung, ohne größeren Schaden anzurichten. Dennoch reichte es aus, das Flugobjekt zum Rückzug zu zwingen.

Die Gruppe zog sich in den Gang zurück, der sie ans Bassin mit der gefährlichen Brühe führte. Schibulsky nahm den Mehrfachraketenwerfer und schoss. Dieses Mal reichte die gehärtete Hülle der Drohne nicht aus. Stark qualmend stürzte sie in den Sand.

»Ich mache dicht!« Der Ork stellte sich genau in die Mitte des Schachts und jagte die verbliebenen drei Raketen kurz hintereinander die senkrechte Röhre hinauf. Die Flammen der Treibladungen beleuchteten den Schützen mit ihrem grellen Licht. Dann eilte er zu ihnen in den Gang.

Noch während er auf sie zurannte, spürten sie die Einschläge und Detonationen. Die Druckwelle setzte sich durch den Tunnel fort und holte Schibulsky von den Beinen, der weiche Sand dämpfte seinen Sturz.

Zusammen mit Felsbrocken fielen Rüstungsteile sowie eine beschädigte Drohne herab und bewiesen, dass der erste Gardist keineswegs alleine gewesen war. Vor diesen Verfolgern brauchten sie keine Angst mehr zu haben.

»Das hast du nur gemacht, damit du nicht klettern musst«, sagte der Zwerg grinsend.

»Jo, du Depp. Das mache ich immer so, wenn ich Lust dazu habe«, gab der Ork beleidigt zurück. »Rakwerfer raus und nix wie druff. Entschuldigung, dass ich uns gerettet habe. Es kommt auch nicht mehr vor.«

Ordog sparte sich eine Erwiderung. Sie konnten von Glück sagen, dass sich durch die Explosionen die Drecksbrühe hinter ihnen nicht entzündet hatte. »Gehen wir«, befahl er und setzte sich an die Spitze.

Sie mussten sich einen anderen Ausgang suchen. Der Wunsch Sheiks, die Konzerne sollten sich mit dem toxischen Schamanen beschäftigen, ging für seinen Geschmack viel zu früh in Erfüllung.

VI.

ADL, Groß-Frankfurt, Mainz-Wiesbaden,
26. 04. 2058 AD, 14:33 Uhr

Der Rocker tauchte unter ihrem absichtlich langsam ausgeführten Kehlstoß ab und drosch mit dem Schlagring in die Körpermitte. Die kugelsichere Weste verhinderte eine schwere Verletzung, die Kraft übertrug sich dennoch. Tattoo war mit dem Mann zufrieden.

»Sehr schön, Straight«, lobte die Elfin. »Genug Power hast du. Jetzt musst du noch schneller werden, wenn du lebend aus einem Zweikampf kommen willst. Oder hinterhältiger.«

Das Mitglied der A666-Rocker verzog das Gesicht. »Ich dachte, das reicht aus. Bis jetzt hat es keiner geschafft, mich umzuhauen. Und du warst auch zu langsam.«

Andex prustete los. »Habt ihr das gehört?«, rief er zu Schlagergott, Dice und Oneshot, die ihre Rekruten gerade in der Mangel hatten. Er gönnte sich eine Pause, um sich ein dunkles Starkbier zu genehmigen. »Der Kleine denkt, Tattoo bringt's nicht mehr.«

Straight gefiel die Rolle des Götterstürmers, zeigte seine Oberarmmuskeln und nahm eine Siegerpose sein. »Yeah, ich bin dein Albtraum, Baby«, neckte er die Aufklärerin.

»Gib mir eine zweite Chance, meinen Ruf zu verteidigen«, bat sie lächelnd und zeigte ihre Reißzähne.

»Einverstanden«, willigte der Rocker großspurig ein und nahm eine Kampfhaltung ein. Sein rechter Arm täuschte einen Schlag an, dabei zuckte die Linke mit kurzer Verzögerung nach vorne.

Die Elfin blockte die Finte und die Attacke gleichzeitig. Seine Unterarme schmerzten, als hätte er gegen zwei Stahlträger geschlagen.

»Noch mal«, forderte sie ihn auf. Die Adrenalinpumpe sprang an. »Gib dir Mühe, Straight. Ich geb dir hundert EC, wenn du meinen Oberkörper berührst.«

Mit einem Satz brachte er sich dicht an Tattoo heran und begann mit einer ganzen Serie von Hieben. So sehr er sich bemühte, kurz vor dem Ziel schlug die Elfin die Fäuste zur Seite oder fing den Schlagring ab.

»Ich verbringe eine Nacht mit dir, wenn du es schaffst«, toppte sie ihr Angebot.

Straight schonte seine Arme nicht eine Sekunde. Nun musste sie sich stark konzentrieren, um ein Durchkommen der Angriffe zu verhindern.

Dann legte sie los, zuerst langsam, damit er eine Gelegenheit erhielt, sich zu verteidigen. Als sie aber die Reflexverstärker zur ihrer vollen Entfaltung brachte und die Wirkung des künstlich freigesetzten Stresshormons einsetzte, hagelte es Prügel für Straight. Die Elfin musste sich sehr zusammennehmen, um nicht voll durchzuziehen. Der Brecher und ihre Teamkollegen feuerten sie mit rhythmischem Gegröle an.

»Hoi, zusammen! Sie sind doch Tattoo, oder?«, hörte sie eine fremde Stimme begeistert sagen. »Machen Sie ruhig weiter, ich filme Sie dabei. Sieht schwer nach Hong-Kong-Gefuchtel aus, was Sie da machen. Würden Sie bitte etwas weniger psychopathisch schauen? Das machen wir nur bei einem Match, okay? Sie sollen ja positiv rüberkommen.«

Die Aufklärerin schaute über die Schulter, um nach dem labernden Unbekannten zu sehen. Sie erinnerte sich nicht daran, dass ein Promotion-Shooting für einen Sponsor angesetzt worden war.

»Was wird das?«, verlangte sie von dem jungen Mann mit den schwarz-weiß gefärbten Haaren zu wissen. »Normalerweise fragt man, bevor man dreht.«

Sie fühlte eine feste Berührung durch die Weste hindurch an den Stellen, an denen ihre Brüste saßen, und sah, wie Andex so sehr in Gelächter ausbrach, dass er rücklings zu Boden fiel.

Ganz langsam drehte sie den Kopf nach vorne und blickte an sich herab. Die Hände von Straight lagen bombenfest auf der Schutzkleidung.

Das darf doch nicht wahr sein. Ihre Augen wanderten die Arme entlang, bis sie in das geschundene Gesicht des Rockers starrte, in dem ein triumphierendes Grinsen stand.

»Gewonnen«, meinte er nur, ohne die Finger zu bewegen. »War das hinterhältig genug?«

»Der Kampf war zu Ende«, protestierte sie.

»War er nicht«, rief der Ork keuchend.

Ihr ausgestreckter Zeigefinger reckte sich drohend in Richtung des Brechers. »Hör auf mit dem Scheiß.« Die Kuppe zielte auf Straight. »Und du nimmst deine Finger von meinen Paradiesäpfeln, oder du sammelst dir die Grabscher gleich einzeln vom Boden auf«, fauchte sie. Der Ausdruck im Antlitz des jungen Mannes wechselte zu Furcht. »Sofort.« Sporne fuhren aus ihren Unterarmen, der rechte schwebte Millimeter von seiner Nase entfernt. Als sei die Weste glühend heiß, riss er die Handflächen weg. »Und du bist …?«, erkundigte sie sich unfreundlich nach dem Namen des Reporters.

»Severin T. Gospini Poolitzer. Ich bin von InfoNetworks und mache ein Feature über die Black Barons«, stellte er sich jovial vor und hob kurz die Fuchi VX2000C an, als würde das alles entschuldigen. »Geniale Idee, die Rocker anzuheuern. Wie kam's denn dazu?« Die Linse richtete sich auf den Rocker. »Bekommst du das gleiche Gehalt wie Tattoo?«

»Das reicht.« Schlagergott schob sich vor die Kamera. Er unterbrach die Aufnahme, ehe der Mann die Ganger auf dumme Gedanken brachte. »Komm mal einen

Schritt auf die Seite und lass uns Sachen klären.« Hart schloss sich seine Hand um die Schulter des Reporters und zerrte ihn weg. Seine Teamkollegen folgten ihnen, während die Neuen aus den Reihen der »A666« auf Geheiß von Andex zum Schießstand gingen und ihre Treffsicherheit verbesserten.

Dice pflückte den Presseausweis von Poolitzers Jacke und funkte das Sicherheitsteam an der Pforte an, das dazu gedacht war, lästige Groupies abzuhalten. Oder aufdringliche Kamerageier, wie solche Journalisten auch genannt wurden.

»So, jetzt noch einmal von vorne«, bat der Stürmer den Journalisten. »Du willst einen Bericht über uns machen? Ohne Dreherlaubnis, wie ich die Sache sehe?«

Der Seattler machte ein unschuldiges Gesicht. »Braucht man die? Ihr seid doch so etwas wie Persönlichkeiten, und da dachte ich, da müsste man nicht fragen.«

Drei Mann des Wachdienstes erschienen.

»Hier, ihr Schnarchnasen«, begrüßte Dice die Aufpasser und warf ihnen die Ausweiskarte des Reporters zu. »Macht euren Job das nächste Mal besser, wenn ihr ihn behalten wollt. Wir haben zwei wichtige Spiele, da brauchen wir momentan keine Schnüffler. Stellt euch mal vor, die Royals hätten ihn geschickt.«

Oder die Typen aus Russland, dachte die Elfin, und ihr wurde ganz unwohl bei dem Gedanken.

Poolitzer begriff, dass man ihn als ungebetenen Gast betrachtete, der gleich in hohem Bogen auf die Straße fliegen würde. »InfoNetworks möchte euch doch nur weiter in der Zuschauergunst steigen lassen«, säuselte er mit honigsüßer Stimme. »Ihr seid die unerbittlichen Black Barons, die trotz aller Schicksalsschläge nicht aufgeben und mit allen Mittel versuchen, die deutsche Meisterschaft zu gewinnen und im internationalen Bereich gegen die Royals erfolgreich zu bleiben.« Die schon milder gestimmten Gesichter ließen ihn Mut fassen, doch zu seinem Feature zu kommen. Er legte noch einen nach. »Und das trotz der drohenden Niederlagen und der mehr als schlecht stehenden Karten.« Er merkte an den Reaktionen der Stadtkrieger sofort, dass es zu viel des Guten gewesen war.

»Raus mit ihm«, ordnete Oneshot knapp an und wandte sich um.

»Hallo? Nein, halt. Lasst es mich anders sagen.« Keiner schenkte ihm mehr Beachtung.

Das Kernteam widmete sich dem Training, während die angeheuerten Muskeln unter seine Achseln griffen und ihn in Richtung Ausgang trugen. Dabei zerknüllte einer seine Pressekarte. Eine Minute nach der überhasteten Bemerkung stand er vor dem Tor, das sich mit einem Knall schloss.

Probiere ich eben was anderes. Er hob die Kamera. »Info-Networks hat schwere Sicherheitsmängel bei der Kontrolle im Trainingskomplex der Black Barons entdeckt«, kommentierte er die Bilder, die er vom Eingang machte. »Schon im ersten Versuch gelang es mir, bis zu den Spielern vorzudringen, ehe mich die Sicherheitsmannschaft entdeckte und hinauswarf. Wäre ich ein Mitglied der Liga für Menschlichkeit, hätte ich soeben den Rest der Mainzer Stadtkrieger beseitigen können. Ich mache mich auf die Suche nach weiteren Mängeln.«

Poolitzer ließ die Aufnahmetaste los, senkte die Kamera und wechselte die Straßenseite, um das Gebäude in der Totalen einzufangen. Das Trainingscamp der vom Pech verfolgten Mannschaft lag in Mainz, umgeben von den unaufhörlich qualmenden Schwerindustrieanlagen von Saeder-Krupp, AG Chemie und Eurotronics, eingepfercht von erbärmlich instand gesetzten Arbeiterwohnungen.

Seufzend tippte Poolitzer die Nummer seines Chefredakteurs ein und versuchte ihm zu erklären, warum aus dem Feature nichts wurde. Doch das interessierte den

Medienmenschen nicht die Bohne. Der Beitrag wurde verlangt, und wenn er es nicht schaffe, so hörte er es aus dem Lautsprecher schallen, warteten andere freie Mitarbeiter darauf, den Job mit Bravour zu erledigen.

Beide wussten, dass es gelogen war, doch der unfaire Appell an die Schnüfflerehre des Amerikaners fruchtete. »Ja, ist ja gut. Ich bleibe dran.« *Idiot, dämlicher.*

Poolitzer beendete das Gespräch und legte sich eine neue Vorgehensweise zurecht. Er würde sich im Anschluss an das Training an ein Teammitglied der Black Barons hängen und so ein persönliches Tagebuch aus dem restlichen Zeitabschnitt machen. In Verbindung mit Originaltönen der Fans und der Boxerei der aggressiven Elfin würde das was Brauchbares ergeben.

Poolitzer schwang sich in seinen Isuzu, packte einen Cerealienriegel aus, der nach nichts schmeckte, und hielt Ausschau nach einer Dönerbude.

Wo war ein Türke, wenn man einen brauchte? Wären sie damals bei Wien durchgekommen, hätten die Deutschen Döner als Nationalgericht. Er nutzte die Minuten der Warterei, um seine Mails abzurufen.

Sein Decker hatte ihm die Nachricht geschickt, er habe etwas über die Mailadresse »Alexandra« herausgefunden. Es handelte sich dabei um einen anonymen Briefkasten bei einem Provider. Er hatte nichts darin entdeckt, bis auf einen elektronischen Brief, der vor kurzem aus der Weimarer Bibliothek abgeschickt wurde. Poolitzer wollte seinen Augen nicht trauen. *Das sind doch wortwörtlich meine verdammten Informationen!*, erkannte er die Antworten der Museen aus Kairo, London und Vichy wieder.

Damit kam für ihn nur eine Person infrage, die ihn angezapft hatte. Sofort hackte er eine Antwort an den Decker, er solle alles über Wiebke Otte herausfinden. Und zwar *subito*.

Der Kästchen-Fall erhielt damit einen sehr interessanten Aspekt. Ihm stellte sich nun die Frage, ob die Assistentin aus eigenem Antrieb spitzelte, für jemand anderes arbeitete oder ein Dritter sich Zugang zum Weimarer Rechner verschafft hatte. Der Decker würde hoffentlich Näheres in Erfahrung bringen.

Das Tor zum Stadiongelände öffnete sich. Schlagergott, unschwer an der »Roy Black lebt«-Jacke zu erkennen, rauschte auf seinem Motorrad hinaus und drehte das Gas bis zum Anschlag. Ohne Auspuff knatterte die Geländemaschine so laut, dass Poolitzer die Vibrationen durch die Karosserie spürte. An den Stürmer brauchte er sich gar nicht dranzuhängen. Ein Motorrad mit einem solchen Fahrer wäre unmöglich länger als einen Kilometer zu verfolgen.

Nacheinander verließen aufgemotzte Autos unterschiedlicher Fabrikate das Gelände. Die Scheiben waren alle verspiegelt, sodass er sich ein Opfer aufs Geratewohl aussuchen müsste.

Routiniert arretierte er die VX2200C auf dem Armaturenbrett und tarnte die Kamera mit einer Fast-Food-Tüte. Ein kleines Loch erlaubte das perfekte, aber von außen unauffällige Filmen. Er setzte sich die wie eine herkömmliche Sehhilfe gearbeitete Cambrille auf die Nase, mit der er die Fuchi über ein dünnes Kabel bediente, und folgte einem VW Sandstorm.

Es war ein Buggy, wie er ihn aus den Actionfilmen kannte. Damit flitzten Söldner oder Spezialeinheiten wild entschlossen über Dünen oder durch Endzeitszenarien. Im Gegensatz zu den offenen Modellen aus den Trids verfügte dieses Exemplar über eine bunte Hartverschalung. Die Dachluke und der Ringaufsatz für ein MG fehlten dagegen nicht.

Wer immer da drin saß, er hoffte, dass nichts im Wagen lag, das sich dort oben montieren ließ. Poolitzers Crazy setzte sich in Bewegung und folgte dem sehr auffälligen Fahrzeug.

»Wann willst du den Jungen ranlassen?«, fragte Andex, als erkundigte er sich nach der Uhrzeit oder nach den letzten Spielergebnissen.

Tattoo steuerte den Buggy durch die Mainzer Straßen. »Gar nicht«, erwiderte sie knapp.

»Aber du hast es mit Straight vereinbart«, erinnerte sie der Ork hämisch und nahm eine Dose Starkbier aus seiner Jacke. Der Verschluss klackte, dunkler Schaum quoll heraus, sodass der Brecher eilig trinken musste. »Macht keinen guten Eindruck, wenn die Neuen denken, du würdest einen von ihnen verarschen.« Ein kaum unterdrücktes Rülpsen schallte durch den VW. »Wir brauchen sie.«

»Geh du doch mit ihm ins Bett«, fauchte sie. »Du hast ihm beigestanden, Leberaustauschkandidat.« *Bleib ruhig.* Ihr Handgelenk-Kom machte sich bemerkbar. »Ja?«, sagte sie ärgerlich. »Ah, Straight, du bist es. Woher hast du meine Nummer?« Sie lauschte. »Von Andex, aha. Und? Was gibt's?« Der Ork schlug sich auf die Schenkel und schüttete sich aus vor stummem Lachen. »Nein, ich habe heute keine Zeit, um mit dir essen zu gehen.« Die Augen der Elfin traten beinahe aus den Höhlen. »Welche Blumen ich mag?« Sie imitierte Rauschen und schabte mit dem Finger über das Mikrofon. »Sorry, die Verbindung ist schlecht. Ruf mich später noch einmal an.« Sie schaltete das Kom-Gerät ab. Wütende Blicke trafen den Teamkollegen. »Du hast ihm meine Nummer gegeben?«

»Kann doch sein, dass er es wirklich bringt?«, pries er den jungen Rocker an. »Und wenn nicht, rufst du den Typen vom Zoll an, dem du auch noch ein Date schuldest. Stell dich nicht so an. Wettschulden sind …«

Tattoo lenkte den VW ruckartig auf den Bürgersteig und hielt an. »Viel Spaß beim Laufen, Andex«, wünschte sie dem verdutzten Ork. Als er nicht reagierte, schnappte sie ihm seine Bierbüchse aus der Hand und warf sie hinaus auf die Fahrbahn. Protestierend stieg er aus dem Buggy, um den restlichen Inhalt zu retten.

Die Räder des Sandstorm drehten durch und katapultierten das leichte Fahrzeug aus dem Stand zurück auf die Straße.

Andex zeigte ihr feixend den Mittelfinger und leerte seine Bierdose, nachdem er das Mundstück grob vom Straßenstaub gereinigt hatte. Gerade weil sich die Aufklärerin so herrlich darüber ärgerte, machte ihm das Provozieren noch mehr Spaß. Er schwor, dass ihre Adrenalinpumpe kaputt war.

Der Ork hörte hektisches Hupen hinter sich. Im nächsten Moment hatte er das Gefühl, von einem Stier auf die Hörner genommen zu werden. Abwechselnd sah er den Himmel und den Boden, bis er auf dem Asphalt aufschlug.

Scheiße, da hat mich einer überfahren. Der Schmerzeditor aktivierte sich und hielt ihm wenigstens die ersten Qualen vom Leib. Vorsichtig tastete er sich im Liegen ab. Es schien alles heil zu sein. Er grinste. Knochenverstärkung rentierte sich.

Andex rollte sich auf den Bauch und drückte sich ab. Federnd kam er auf die Beine, reckte sich und humpelte auf den Bürgersteig zurück.

»Hast du das Nummernschild von dem Idioten gesehen?«, fragte er einen Jugendlichen, der den Vorfall mit offenem Mund verfolgt hatte.

Dessen Zeigefinger deutete nach links.

Den warnenden Hinweis des Jungen begriff er zu spät.

Ich habe einen Black Baron überfahren! Eine Welle aus Angst und Kopflosigkeit rollte durch Poolitzer. Der Ork war so unvermittelt auf der Straße stehen geblieben, dass er nicht mehr hatte ausweichen können. *Ist er tot?*

Ein Blick in den Rückspiegel zeigte ihm, dass der Brecher sich eben erhob, als sei nichts gewesen. Erleichtert stieß der Reporter die Luft aus und betete, dass der Stadtkrieger sich nicht das Nummernschild merken konnte.

Da sah er, wie ein zweites Fahrzeug, ein Kleinlaster mit der Aufschrift »Mercurius – Wir kommen durch«, heranbretterte. Es erfasste Andex und fuhr ihn ein weiteres Mal über den Haufen. Dabei brach die kleine Kühlerfigur mit Flügelhelm und Heroldstab ab.

»Oh, shit!«, jammerte Poolitzer und schlug mit dem Kopf auf das Lenkrad. Anhalten wollte er nicht. Man könnte ihn als ersten Unfallfahrer identifizieren.

Wenigstens stoppte der Transporter umgehend. Sein Fahrer stieg aus, um zuerst nach dem Auto, dann nach dem verletzten Ork zu sehen, der scheinbar mit seinen letzten Kräften aus der Rinne auf den rettenden Bürgersteig kroch.

Glücklicherweise bog der Buggy ab. Poolitzer folgte dem VW und verlor das Geschehen hinter ihm aus den Augen.

»Shit, Shit, verfuckter Shit!«, brüllte der Reporter seinen Frust heraus. Wegen ihm war das Stadtkriegteam einen weiteren Mann los. Oder zumindest traf ihn eine gewisse Teilschuld. Nervös kaute er an seinen Fingernägeln. *Er hätte beim ersten Mal wenigstens auf den Bürgersteig fliegen können. Oh, hoffentlich hat mich niemand erkannt. Die bringen mich um! Die benutzen meinen Kopf als Ball!*

Der Sandstorm bog auf eine der breiten Zufahrtstraßen in Richtung Frankfurt-Innenstadt und beschleunigte. Zielsicher suchte sich das Geländefahrzeug den Weg durch das Blechgetümmel. Unweit des Hauptbahnhofs rollten die Fahrzeuge in großzügigem Abstand voneinander die Rampe eines Parkhauses hinauf.

Poolitzer hatte kein Glück mit der Parkplatzsuche und kreiste ziellos auf dem Deck, ohne fündig zu werden. Weil er die Faxen dicke hatte, stellte er den Isuzu einfach seitlich ab, hängte das Schild »Defekt« in die Scheibe, packte die VX in seinen Spezialrucksack mit der Minilinse im Brustriemen, verkabelte sie rasch und hetzte an die Stelle, wo er den Buggy gesehen hatte. Der VW war leer, vom Fahrer fehlte jede Spur.

Allmählich befreite sich sein Hirn von den Ereignissen der letzten Viertelstunde, der Verstand kehrte zurück und versuchte, analytisch zu arbeiten. Auf dem Bahnhofsgelände jemanden zu entdecken wäre ein Ding der Unmöglichkeit.

Poolitzer musste den Typen dazu bringen, noch einmal zum VW zu kommen. Er setzte sich eine Baseballkappe auf, fuhr mit dem Fahrstuhl nach unten und lief zum nächsten Infoschalter. Dort gab er einen Zettel mit dem Nummernschild und dem Hinweis ab, dass der Geländewagen eine Flüssigkeit verlor. Anschließend hetzte er hinauf und legte sich im Schutz eines Pfeilers auf die Lauer.

Es dauerte nicht lange, da scholl sein Hinweis aus den Lautsprechern. Minuten später lief Tattoo aus dem Lift, umrundete ihr Auto und inspizierte die Umgebung nach einer Lache. Weil sie aber nichts finden konnte, machte sie fluchend kehrt und ging in die Kabine zurück.

Also würden die Zuschauer einen Tag mit der Elfin verbringen. Poolitzer flog die Treppen hinunter und schaute bei jeder Etage, ob der Lift anhielt. Keuchend erreichte er das erste Untergeschoss, das sich die Aufklärerin als Ziel gewählt hatte, und blieb ihr auf den Fersen. Sie hielt auf die Eingangskontrollen zu, die jeder Besucher passieren musste, wollte er in den Bahnhof.

Allmählich wurde der Reporter stutzig. *Was in aller Welt will sie denn hier?*

Tattoo zückte ihren Sonderausweis, der ihre Cybereinbauten auflistete und legalisierte, wies die vier bewaffneten Kontrollbeamten auf die Pistole mit Gelmunition hin, die sie bei sich trug, und schritt nach einer Überprüfung ihrer Angaben und einem Retinascan unter der geöffneten Schranke durch.

Sie nahm die Rolltreppe nach unten, die sie vorbei an der Etage mit den U-Bahnen führte, und gelangte in den Teil der Anlage, wo sich das Zentrum des Schienenverkehrs der ganzen Zentral-ADL befand, vom Regionalverkehr bis hin zu Magnetbahnen aus Madrid, London oder Budapest.

Seit der City-Tunnel zu einem Großteil in Betrieb war, mussten die Züge in Richtung Osten nicht mehr um die Stadt herumfahren. Die Grundsanierung des Bahnhofsviertels lief auf Hochtouren und neigte sich dem Ende zu. Während die Züge in wenigen Monaten komplett unterirdisch fuhren, sollte auf dem ehemaligen Bahnhofsplatz ein großes achtstöckiges Bürozentrum mit Einkaufs- und Vergnügungsmeile entstehen, wie die Plakate an den Wänden verkündeten. Natürlich saubere Vergnügungen, nicht solche Sachen wie in MaWie.

Nach zwei weiteren Sicherheitsschleusen befand sie sich in der Zugzone. Es roch nach Elektrizität, Staub, Snacks, Desinfektionsmitteln und menschlichen Ausdünstungen. Auf quadratischen Wandtafeln blinkten die Verbindungen samt Uhrzeit und Gleis auf, Lautsprecherdurchsagen machten auf Ankunft und Abfahrt aufmerksam oder riefen Namen aus.

Die Aufklärerin lenkte ihre Schritte vorbei an der Kofferannahme, wo Fernreisende ihr Gepäck aufgaben, und steuerte auf die meterhohe Wand aus Schließfächern zu. In mehreren Reihen und drei Ebenen standen die schmalen Metallschränke hinter- und übereinander, Laufstege und Aufzüge ermöglichten den Zugang zu den oberen Spinden. Tattoo wollte sich vergewissern, dass mit ihrem Mitbringsel aus Moskau noch alles in Ordnung war. Absichtlich hatte sie sich einen gut einsehbaren Bereich auf der zweiten Ebene ausgesucht. Sie nahm die Treppen und öffnete nach dem Daumenabdruckvergleich das Fach, wo sie voller Erleichterung den Koffer vorfand, an dem immer noch die Handschelle und das Stahlseil baumelten. Sie würde sich nach den Spielen darum kümmern.

Die Elfin fühlte sich plötzlich beobachtet. Einen ähnlichen Eindruck hatte sie auf der Fahrt zum Bahnhof verspürt, hielt es aber für Einbildung. Sie wirbelte herum und schaute von ihrer erhöhten Position auf den Bahnhof hinunter.

Es wimmelte nur so von Reisenden, die zwischen den Schließfächern hin und her liefen, einräumten, ausräumten, Menschen rannten zum Zug oder fielen sich begrüßend in die Arme. Ihre Cyberaugen zoomten wahllos auf die Gesichter der Reisenden, um durch Zufall etwas zu bemerken.

Und sie landete einen Treffer. Ein Gesicht, halb unter dem Schirm einer Baseballkappe verborgen, erkannte sie gleich wieder. *Das Kameragesicht!* Der Sack bespitzelte sie.

Ohne hinzuschauen, drückte sie den Koffer ins Fach zurück, versetzte der Tür einen wütenden Stoß und flankte über das Eisengeländer. Nach einigen schnellen Sprüngen und unfreundlichen Remplern wuchs sie vor dem Reporter in die Höhe.

Der tat so, als würde er sich gerade einen Spind aussuchen, um seinen Rucksack zu verstauen. Sie tippte ihm auf die Schulter.

Mit gespielter Überraschung wandte er sich ihr zu. »Tattoo? Nein, Sie hier? Was machen Sie denn am Bahnhof? Wohin soll es denn so kurz vor den Spielen gehen?« Er deponierte das Gepäck und wollte den Metallschrank schließen. Die Elfin klemmte die Finger dazwischen und riss die Tür wieder auf.

Poolitzer versuchte, sie zuzudrücken, kam gegen die

Kraft ihrer künstlichen Arme aber nicht an. »Hey, das ist mein Privatbesitz«, protestierte er, doch die Stadtkriegerin durchwühlte ohne weitere Worte die Tasche und stieß sofort auf die Kamera sowie die Verkabelung. Anklagend hielt sie ihm die Beweise unter die Nase. »Ja und? Ist es einem Reporter verboten, seine Arbeitsutensilien mit sich zu führen?«

»Hast du mich verfolgt, Schnüffler?«, forschte sie gefährlich ruhig. »Überleg dir die Antwort gut.«

»Nein.«

Ihre Rechte knallte gegen den Spind. Die Abdrücke ihrer Knöchel zeichneten sich in dem Blech ab.

»Ich … ich wollte nach … Jena fahren«, log er sie stotternd an. Trotzig hielt er dem Blick ihrer grünen Augen stand.

Ihre Finger öffneten sich. Mit einem klappernden Geräusch prallte die VX2200C auf den Boden, ein paar Plastikteile und das Okular lösten sich durch den Aufprall und hüpften über die Kunstfliesen. Die Füße der Umherlaufenden kickten sie durch die Gegend.

Sofort riss Poolitzer die geschundene Kamera an sich und machte sich auf die Suche nach den verlorenen Teilen, um sie vor weiteren Beschädigungen zu retten. »Sehr nett«, rief er verstimmt aus der Menge. »Das merke ich mir. Das gibt einen ganz, ganz miesen Bericht über die Black Barons!«

Ruhig, sagte sie zu sich selbst. Sie schlug ihn nicht. Nicht in aller Öffentlichkeit. Das brachte nur Ärger. Tattoo atmete langsam ein und aus. Sie schaute noch einmal zu dem Schließfach, in dem sich der rätselhafte Koffer befand, und erstarrte. Das Fach stand offen, die Tür schwang sachte nach hinten.

Ein junger Mann entfernte sich sehr schnell, lief die Stufen hinunter und orientierte sich sofort nach links in Richtung des Nordausgangs. Den Koffer, den er trug, kannte sie nur zu gut.

»Hey! Du! Stehen bleiben!«, rief sie und zeigte mit dem Finger auf den Dieb. »Haltet ihn!«

Der Mann rannte los. Die Elfin nahm die Verfolgung auf. *Das Schloss ist vorhin nicht eingerastet.* Sie dachte darüber nach, wie der Dieb in dieser Geschwindigkeit an ihr Fundstück gelangen konnte. Er würde nicht lange im Besitz seiner Beute bleiben.

Die Adrenalinpumpe flutete ihren Körper mit dem Stresshormon, das künstlich verbesserte Herz schlug in ihrer Brust in einer 200er-Pulsfrequenz.

Die Aufklärerin genoss die unerwartete Jagd. Die zahlreichen Menschen bedeuteten eine ungewohnte, aber reizvolle Behinderung, mit der sie bei ihrer Verfolgung fertig werden musste. Sie sprang über Gepäckwagen und kleine Kinder hinweg, drehte und duckte sich, schlüpfte wie ein Aal zwischen den Reisenden hindurch und achtete darauf, niemanden zu berühren. Tattoo nahm es als Spiel, als Trainingsstunde. Die Elfin war sich sicher, den Dieb in wenigen Sekunden zu fassen und windelweich zu prügeln.

Er würde sich wünschen, den Koffer niemals gesehen zu haben. Der Rücken des Diebes kam näher.

Die Angst vor der Elfin verlieh dem Mann Flügel. Das blitzende Gebiss mit den Reißzähnen sorgte für zusätzlichen Ansporn, nicht in ihre Hände und schon gar nicht in ihre Fänge zu geraten. Als er merkte, dass er gegen diese Gegnerin auf diese Weise nicht den Hauch einer Chance hatte, änderte er seine Taktik.

»Heben Sie mal Ihre Quadratlatschen an, Bürger, ja?«, fuhr Poolitzer einen Ork an, der sich versehentlich auf ein Abdeckungsteil der Kamera gestellt hatte. Der Metamensch murmelte etwas von »ungehobelt« und tat dem Reporter den Gefallen. »Danke«, sagte dieser in einem beleidigenden Ton und erhob sich aus seiner gebückten

Position. Klackend rastete das Stück ein, die VX war wieder vollständig.

Schnell hielt er Ausschau nach der Elfin, von deren Drohungen er sich keinesfalls einschüchtern ließ. In einiger Entfernung spurtete sie wie eine Hürdenläuferin durch den Bahnhof. Etliche Meter vor ihr hetzte ein Mann im Vergleich zu ihr sehr unelegant durch die Masse.

»Und wir sind wieder auf Sendung, verehrte Zuschauer«, verkündete er gut gelaunt. Die Kamera hielt er in der Hand und rannte los. Die Bildstabilisatoren sorgten dafür, dass nichts verwackelte.

Dem Verfolgten gelang es, sich zwischen den Reisenden zu verbergen. Poolitzer benötigte einige Zeit, bis er ihn entdeckte. Auch die Stadtkriegerin hatte ihn vorübergehend aus den Augen verloren.

Plötzlich tauchte er auf, verriet sich durch eine schnelle Bewegung, weil er einen Satz machte und in den mittleren Wagen eines abfahrbereiten Zugs sprang. Wenn sich der Reporter nicht sehr täuschte, trug der Typ den Koffer von Tattoo unterm Arm.

»Geschätzte Zuschauer, Sie werden Zeuge, wie Tattoo, die beste Aufklärerin der Liga, einen Dieb stellt«, kommentierte er die Szenerie. »Wird sie es schaffen, ehe der Zug aus dem Bahnhof rollt?«

Von hinten nach vorne klappten die automatischen Türen rumpelnd zu, die automatische Durchsage warnte vor weiterem Zusteigen und gab die Abfahrt des Expresszugs nach Warschau bekannt.

»Nein, sie wird es anscheinend nicht. Aber InfoNetworks schnappt den Räuber«, entschied sich der Reporter vor laufender Kamera für die Mitfahrt. Er stürmte zu dem ersten Waggon und schaffte es gerade noch hineinzuspringen.

Klackend arretierte hinter ihm der Türflügel in der Halterung, mit letzter Anstrengung zog er den Fuß hoch, um sich die Ferse nicht einklemmen zu lassen. Der Boden unter ihm ruckte, Poolitzer taumelte nach vorne. Der Expresszug nach Polen setzte sich in Bewegung und beschleunigte sehr schnell.

Entschuldigungen murmelnd, schob er sich durch die Passagiere der ersten Klasse, die im Begriff waren, ihre Kabinen zu beziehen.

Er musste herausfinden, was sich im Gepäckstück befand, und das nicht nur, weil seine Spürnase einmal mehr juckte. Er wünschte es sich zwar nicht, doch könnte die Elfin in schmutzige Geschäfte verwickelt sein. Weshalb sollte sie sonst so eine Geheimnistuerei betreiben?

Möglichkeiten gab es viele. Von Schmiergeld, damit sie im entscheidenden Meisterschaftsspiel nicht so hart ranging wie sonst, bis hin zu Drogenkurierfahrten für irgendwelche Schmuggler. Schließlich kamen die Stadtkrieger viel herum.

In seiner Reporterfantasie blühten die absonderlichsten Szenarien auf, die alle für Schlagzeilen sorgen würden. Und er wäre der Glückliche, der es herausgefunden hätte. *Ich werde sagen, ich recherchiere schon länger an dem Fall,* überlegte er sich einen Trailer für die Anmoderation.

Den Dieb, der die Elfin bestohlen hatte, würde er nicht erkennen. Wohl aber den Koffer, den er vorhin in Nahaufnahme gefilmt und auf CD gebrannt hatte.

Tattoo wusste, dass es ihr nicht mehr gelingen würde, in den Zug einzusteigen, die Türen schlossen sich bereits. *Showtime.*

Sie sprintete neben dem anfahrenden Zug her, benutzte einen Gepäckwagen als Rampe und drückte sich kraftvoll ab.

Die Elfin segelte durch die Luft, flog schräg über die Köpfe der Reisenden hinweg und landete hart auf dem

Dach des letzten Wagens des Warschau-Express. Ihre künstlichen Finger klammerten sich sofort um einen kleinen Abluftkamin, aus dem Küchengerüche stiegen, während die Antriebslok stetig die Fahrt erhöhte. Der Zug schoss die Röhre entlang, das Licht wurde diffuser, was sie wegen ihrer Cyberaugen nicht weiter störte.

Der Fahrtwind zerrte und riss an ihr. Kleine Rußpartikel aus dem Auspuff des Dieselantriebs peitschten in ihr Gesicht. Die ersten Meter aus dem Bahnhof mussten die Züge mit Dieselantrieb fahren, weil die neuen Oberleitungen für den Strom noch nicht verlegt waren. Das brachte ihre Lunge zwar in den Genuss von krebserregenden Stoffen, verhinderte aber, dass ihr hochgradig verdrahteter Körper einen zufälligen Schlag von mehreren tausend Volt abbekam.

Die Stadtkriegerin wartete, bis die Beschleunigung nicht weiter zunahm, und rutschte langsam ans Ende des Dachs. Vorsichtig hangelte sie sich zur hinteren Durchgangstür hinab und hielt sich an vorstehenden Metallteilen fest, die zur Verbindung zwischen den Waggons gedacht waren. Ihre Füße balancierten auf den öligen Stoßfängern.

Als Tattoo durch das kleine Fenster spähte, entdeckte sie, dass sich an diesem Ende ein Aufenthaltsraum für die Zugbegleiter befand. Erst nach etlichen Schlägen mit dem Unterarmsporn barst das Sicherheitsglas, dann zog sie sich ins Innere. Sie nahm sich etwas Zeit, ihre Klamotten zu richten, ehe sie den Raum verließ und das Abteil betrat. Nur zwei Jungen schauten sie verblüfft an, weil sie keine Uniform trug.

Die Elfin ignorierte sie und suchte eine Kabine nach der anderen mit kritischen Blicken nach dem Dieb ab. Der Stress und das Adrenalin hatten ihre Wut auf den Typen nach dieser Aktion noch gesteigert.

Im zweiten Abteil des zweiten Waggons wurde sie fündig. Der junge Mann schien mit ihrem Auftauchen gerechnet zu haben und reagierte wie ein aufgescheuchtes Reh. Anstatt sich zu ergeben, schnellte er sich aus dem Sessel und rannte los.

»Bleiben Sie mir vom Hals!«, rief er ängstlich. »Der Koffer gehört mir.« Die Zwischentür verkeilte er mit einem entwendeten Schirm.

»Falsch.« Der armselige Versuch stoppte Tattoo nur zwei Sekunden. Weder der Schirm noch die Tür hielten den kybernetischen Armen stand. Der Dieb flitzte los, seine Beute an sich gepresst, um sich vor dem Zugriff zu retten.

Der Elfin war es recht, auch wenn sie das Spiel dieses Mal langweilig fand. Es würde unweigerlich zu ihrem Erfolg führen, denn weiter als bis in den ersten Wagen konnte er nicht rennen. Dennoch zollte sie der Zähigkeit des Räubers Respekt.

Als sie zu einem neuerlichen Sprint ansetzte, rutschte die Sohle ihres Stiefels weg. Die schmierigen Reste von Öl und Fett, die am Schuhwerk hafteten, taten ihre Wirkung. Tattoo stolperte vorwärts, einem Neuling auf Schlittschuhen nicht unähnlich, bis in den nächsten Wagen, legte dort eine Grätsche hin und krachte mit dem Schädel durch eine Abteilscheibe. Die Splitter regneten ins Innere und überschütteten die Insassen mit dem glitzernden Glasschauer.

»Scheiße!« Benommen rutschte die Scoutin nach hinten und plumpste zu Boden. Dafür würde sie ihn fertig machen! Der Schmerzeditor verhinderte, dass sie die Auswirkungen von Schnitten oder Verstauchungen spürte, aber sie hatte gegen die vorübergehende Benommenheit zu kämpfen, welche der Aufprall auslöste.

Ein heranwachsender Ork glotzte durch die Lücke. »Hey, das ist Tattoo!«, schrie er nach hinten. »Das hässliche Spitzohr der Black Barons!« Das lautstarke Aufkreischen aus vielen Kehlen verhieß nichts Gutes.

Während sie sich erhob und die Beule an ihrer Stirn

betastete, drängten sich unvermittelt vierzig Mädchen und Jungen einer Schulklasse vor ihr im Gang, um ein Autogramm zu ergattern. Jetzt gab es kein Entkommen vor den Fans, die offiziell noch gar kein Stadtkriegspiel sehen durften.

Poolitzer verhandelte mit dem Zugbegleiter darüber, warum er nicht die übliche Strafe wegen Schwarzfahrens bezahlen sollte, da er sich ohne gültiges Ticket im Express befand. Die Ausrede, der Automat am Bahnsteig sei defekt gewesen, akzeptierte der Mann nicht. Schließlich versuchte er es auf eine andere Tour.

»Was? Warschau? Ich dachte, das sei der Zug nach Paris!«, rief er mit gespieltem Entsetzen. »Dann will ich an der nächsten Station raus. Das ist die Schuld der Infodame, die hat mich zum falschen Bahnsteig geschickt, Herr Oberschaffner«, redete er auf den Uniformierten ein.

»Na schön. Sie befinden sich im Warschau-Express, Sie sind ein Passagier, Sie zahlen.« Das elektronische Gerät, auf dem er herumtippte, druckte einen Beleg aus. »234 EC. Der nächste Halt ist in Berlin. Da können Sie aussteigen, mein Herr. Dürfte ich um Geld oder Ihre Kreditkarte bitten?«

Mit Labern würde er niemals an dem Typen vorbeikommen, daher bezahlte der Seattler brummelnd. Kaum war per Funk die Deckung der Karte überprüft und die Zahlung erfolgt, erstarb das Interesse des Kontrolleurs an ihm.

Als sich Poolitzer leise schimpfend umdrehte, erkannte er einen erschöpft wirkenden, verschwitzten Mann mit einem sehr bekannten Koffer. Das Stahlseil mit der Handschelle schleifte über den Boden.

»He, Sie!«, rief der Reporter und hob die Kamera. »Poolitzer, InfoNetworks. Lächeln Sie, Sie sind auf Sendung.«

»Kann man denn nicht mal mehr in Ruhe klauen?!«, brach es verzweifelt aus dem Räuber hervor. »Verpiss dich, Schnüffler, oder du bekommst Kopfweh!« Drohend kam er auf den Journalisten zu, den Metallkoffer zum Schlag erhoben.

»Unerhört! Sie Rüpel!«, echauffierte sich eine ältere Dame. »Ich hole den Zugbegleiter!« Ihre Hand wanderte zum Griff für die Notbremse. Im gleichen Moment erschien Tattoos Silhouette in der Tür.

Einen Lidschlag später erhielten achthundert Fahrgäste und alle losen Gegenstände einen Eindruck davon, wie effektiv der Warschau-Express seine Reisegeschwindigkeit von knapp zweihundert Stundenkilometern auf null drosselte.

Das Kreischen der Bremsen und der Aufschrei der Reisenden mischten sich, überall polterte und rumpelte es. Poolitzer verlor das Gleichgewicht und stürzte, der Metallkoffer flog über ihn hinweg. Die Kamera löste sich aus seiner Hand und klapperte davon.

Der Dieb landete auf ihm, was ihm die Luft aus den Lungen trieb. Und weil sich der Druck noch erhöhte, nahm er am Rande der Ohnmacht an, dass die Elfin oben auf lag.

»Runter!«, hechelte er atemlos. »Ich ersticke!« Verzweifelt stemmte er seine Arme gegen die Schultern des Räubers. Gepäckstücke sausten rechts und links an ihm vorbei den Gang hinunter.

Jemand riss den Mann von Poolitzer runter. Keuchend sog der Reporter die Luft ein und trat dem Dieb zwischen die Beine. »Penner!«

Poolitzer schaute hinter sich, um nach dem ominösen Koffer zu sehen. Zu einem Drittel steckte er in der Kabinenwand.

Wow. Der muss ganz schön schwer sein. Während die Stadtkriegerin den Räuber trotz des Ruckelns, das durch den bremsenden Express lief, nach Strich und Faden vermöbelte, rutschte Poolitzer zu dem Objekt der Begierde. Doch er hatte die Rechnung ohne den Räuber und Tattoo gemacht.

Als sie sahen, dass ein Dritter sich das Fundstück aneignen wollte, warfen sie sich auf ihn. Ein letztes Rucken brachte weitere Koffer und Kleidungsstücke dazu, aus den Gepäcknetzen zu regnen und die Liegenden zu bedecken.

Poolitzer sah nur noch Dunkelheit. Gelegentlich traf ihn eine harte Faust, dann hörte er die verzweifelten Rufe des Diebs, die abrupt erstarben. Schließlich stand die Bahn.

Benommen wühlte er sich durch die Klamotten und kam zur gleichen Zeit wie die Elfin aus dem Berg zum Vorschein. Vom Räuber sah er nur die Schuhspitzen unter einem Seesack hervorschauen. Er grinste Tattoo an. »Wir haben ihn.«

Die Elfin sah eine Ecke ihres Koffers unter einer Windjacke hervorschimmern und schnappte sich ihn. Gleichzeitig dazu riss eine unsichtbare Macht Poolitzers Handgelenk nach vorne, und er fiel auf den weichen Kleiderberg. Ungläubig betrachtete er seine Rechte, um die bombenfest eine Handschelle lag.

Shit. »Mach sie ab«, verlangte er augenblicklich von der Stadtkriegerin.

Zu seinem Entsetzen schüttelte sie ihren schwarzen Schopf. »Nein.« Sie sprang auf die Beine. »Keine Zeit für Erklärungen – wir gehen.« Die Elfin lief zur nächsten Tür und schleifte den lamentierenden Reporter hinter sich her. Sie betätigte die Notentriegelung und sprang ins Freie.

»Nein, warte!«, schrie er entgeistert, doch da war es bereits zu spät. Ungewollt folgte ihr Poolitzer und schaffte es beim Sturz auf den Schotter, sich nichts zu brechen. Seine Kleidung und die Haut an exponierten Stellen litten dagegen sehr. »Du bescheuertes Spitzohr!«, fuhr er sie an. Dass sie ihm körperlich weit überlegen war, spielte derzeit keine Rolle. »Ich hätte mir alle Knochen brechen können!«

Er schaute nach rechts und links. Der Express hatte den Tunnel verlassen und befand sich im Nirgendwo. Um ihn herum gab es einen Wust aus Schienensträngen. Am Horizont sah er die Skyline des Bankenviertels von Frankfurt, die Umgebung erinnerte ihn an eine Trabantenstadt. Rund ein Dutzend weitere Personen standen außerhalb des Zuges. Reisende verlangten nach dem Zugbegleiter, andere nach dem Erste-Hilfe-Koffer.

»Es wäre einfacher, wenn du aufstehst, Schnüffler«, empfahl die Elfin und lief los. »Wir reden später.«

»Nein! Ich ...« Das Seil straffte sich unerbittlich. *Die reißt mir den Arm aus, wenn ich nicht mitkomme.*

Fluchend sprang er auf und stolperte hinter ihr her. Er spielte den Folgsamen bis zu einem Eisenpfosten, der aus der Erde ragte. Schnell schlang er das Kabel einmal herum, um den Druck wegzunehmen. »So. Wir reden jetzt darüber«, forderte er. »Was ist in dem ...«

Der Schlag gegen sein Kinn erfolgte so schnell, dass er keine Chance hatte, der Attacke auszuweichen. Er sah sie nicht einmal kommen.

Sein Kiefer wurde glühend heiß, vor seinen Augen explodierten Milliarden von Sternen, um ihn in absolute Finsternis versinken zu lassen. Poolitzer fiel wie ein nasser Sack zu Boden.

Das hatte gut getan. Tattoos Temperament und das sich nur langsam abbauende Adrenalin waren die Auslöser für den freundlichen Schubs an das Kinn des Seattlers. Ein Schubs, mehr war es nach ihrem Empfinden nicht gewesen. Sie löste den Metalldraht, warf sich den Reporter über die Schulter und setzte ihren Weg fort.

ADL, Schlossberghöhlen, Homburg (SOX),
26. 04. 2058 AD, 14:54 Uhr

Die Plünderer stießen auf weitere Abzweigungen in dem riesigen Labyrinth. Ohne die astralen Erkundungen des Magiers wäre die Gruppe tagelang durch die Tunnel geirrt.

Sie kamen außerdem an der Unterkunft des Schamanen vorbei, der sich in drei nebeneinander liegenden, aus Backsteinen gemauerten Räumen ein Zuhause eingerichtet hatte. Sie erkannten den Bademantel unter einer riesigen Auswahl wieder, den der Zauberkundige bei der Massenansprache vor den Leichenfressern und den Punks getragen hatte.

Das Mobiliar stammte aus den unterschiedlichsten Haushalten der Umgebung. Chrom war das vorherrschende Element, das im Schein von Neonlampen kalt aufblitzte. In einem in den Boden geschlagenen, improvisierten Bassin bewahrte der Schamane einige Liter der ätzenden rostbraunen Substanz zum persönlichen Gebrauch auf.

Sie setzten ihren Weg fort, bis sie vor einem schweren Stahlschott standen. Nach allen Seiten Ausschau haltend, verließen sie die Schlossberghöhlen, da ein Angriff von mehreren Parteien durchaus möglich war. Sie suchten sich einen geeigneten Platz, um die Chemoschutzanzüge abzulegen und sie gegen die herkömmlichen Atemmasken auszutauschen.

»Ich schlage vor, wir pirschen uns auf die Spitze zurück, steigen ein, suchen unseren Tunnel und verschwinden«, schlug der Zwerg dabei ungehalten vor. »Wenn die Gardisten den Durchgang finden, sprengen sie ihn sofort, und wir sind ordentlich angeschissen.«

»Solle mir nedd erschd noch emol in die Stadt unn unser Schmuck hole?«, regte Schibulsky an, während er sich bemühte, den Raketenwerfer so umzuhängen, dass er ihn schnell einsetzen konnte.

»Bitte? Du hast ihn nicht dabei?«, rief Michels aufgebracht. »Bist du von allen guten Geistern verlassen? Du kannst die Klunker nicht einfach im Haus liegen lassen!«

Der Ork verteidigte sich schmollend. »Jo und? Da isses besser aufgehoben als in deinem Sack, du Überzwerg. Ich hab halt gedenkt, wir kommen zurück, wenn wir den Drachen platt gemacht haben. Wo war dann der überhaupt? Ich hab keinen gesehen.«

Michels tobte. »Der Drache ist mir völlig egal! Wie kann man nur so saudumm sein?«

»Indem man weniger Hirn als du hat«, meinte Schibulsky schnippisch. »Kleiner Mann, wenig Grips.«

Ordog bedeutete beiden, die Klappe zu halten. Auch er wollte die letzten Tage nicht völlig umsonst in der SOX verbracht haben und beschloss, noch einmal in die Nähe des Schwimmbads zu gehen und die Wertgegenstände abzuholen.

Er war sich darüber im Klaren, dass es kein Spaziergang werden würde. Es tat ihm nicht Leid, dass sie bei ihrer ungewollten Erkundung des Erdgeschosses nicht auf die Dracoform gestoßen waren. Er hatte sich gleich gedacht, dass es sich um eine Halluzination des Arabers handelte.

»Wir holen uns die Beute«, befahl er. »Aufpassen, Leute. Es wird nur im Notfall geballert. Ansonsten sind wir lautlos und unsichtbar. Los geht's.«

Sie gingen los.

Sheik warnte sie rechtzeitig vor der Gruppe schwer bewaffneter Ghule, die am helllichten Tag durch die Straße marschierte. Ihre empfindlichen Augen schützten sie mit starken Sonnenbrillen, und die G12, die sie schleppten, sahen sehr neu aus.

Kurze Zeit später fuhren zwei leichte Kampfpanzer des Typs Defender vorüber. Doch anstatt das Feuer auf die Leichenfresser zu eröffnen, wichen die Fahrzeuge den Hindernissen mehr oder weniger elegant aus.

Der hermetische Magier verfolgte sie und betrachtete auf einem Marktplatz, wie die Ghule die Defender mit entkleideten Toten beluden, während mehrere Punks die von den Gardisten erbeuteten Vollrüstungen mit bizarren Runen oder Schriftzügen versahen. Sheik kehrte zurück und benötigte eine Pause.

»Es scheint, als würden sie sich auf einen großen Schlag vorbereiten«, meinte der Anführer der Plünderer. »Zeit, dass wir von hier verschwinden. Der Kontrollrat wird sich den Verlust seiner Truppen nicht bieten lassen.« Besorgt warf er einen Blick auf den Magier. »Was ist? Geht es?«

Sheik nickte müde. »Aber sicher, mein weißhäutiger Kampfgefährte. Es muss.«

Schibulsky half ihm auf die Beine und nutzte die Gelegenheit, um eine oberflächliche Untersuchung vorzunehmen. Die Temperatur war wieder gestiegen, die Pupillen flackerten. Er signalisierte Ordog, dass er mit dem Zustand des Arabers kein bisschen zufrieden war.

Er muss durchhalten, bat der Runner unsichtbare Mächte. *Er ist unser einziger magischer Rückhalt.* »Weiter«, erteilte er den Marschbefehl.

Geduckt pirschten sie von Haus zu Haus, robbten durch Ruinen oder überwanden offenes Gelände nacheinander mit Sprints, sich gegenseitig sichernd.

Aus der Entfernung drang gelegentlich das Knattern eines Maschinengewehrs, das von dem tiefen Röhren einer Schnellfeuerkanone und einer dumpfen Detonation beantwortet wurde.

Aus der SOX war unversehens ein Kriegsgebiet geworden, das man am besten unbemerkt durchquerte.

Sie erreichten den Turm, in dem sie ihr zweites Hauptquartier aufgeschlagen hatten, und rückten ein.

Schibulsky fand die Edelsteine und den restlichen Schmuck an der Stelle, an der er sie versteckt hatte, winkte dem Zwerg provozierend zu und packte die Sachen in Ordogs Rucksack. »Jetzt können wir gehen.«

Drei Messerschmitt-Kawasaki Sperber zogen plötzlich dreißig Meter links von ihnen entfernt im Konturflug über die Homburger Dächer und befanden sich etwa auf gleicher Höhe wie die Plünderer.

Sie hielten den Atem an. Schaute einer der Piloten in ihre Richtung, könnten sie ihm zuwinken und als Dank für die Freundlichkeit ein paar Bleikugeln aus den schweren MGs fangen. Zu allem Überfluss verfügte jeder Helikopter über zwei weitere leichte Maschinengewehre und acht Raketenhalterungen an den Stummelflügeln. Mit dieser Feuerkraft konnten sie eine kleine Armee ausrotten.

Die Kampfhubschrauberformation fächerte in einem weiten Halbkreis auseinander und stand still in der Luft. Unter den Stummelflügeln jagten Raketen hervor und schossen zischend auf ihre Ziele in den Straßenschluchten zu. Die Explosionen verrieten, dass die Sperber die von den Punks und Ghulen eroberten leichten Kampfpanzer innerhalb von Sekunden erledigt hatten. Dunkler Qualm stieg zwischen den Häusern empor.

Drei armselige Flugabwehrraketen sausten fauchend auf die Sperber zu. Die elektronische Zielerfassung kämpfte gegen die Störimpulse der ECM-Vorrichtungen der Helikopter.

Zwei der Treibgeschosse unterlagen den elektronischen Schutzmaßnahmen, das dritte ging den eilig abgeworfenen Magnesiumstreifen auf den Leim und bohrte sich außerhalb der Sicht der Runner in die Pflastersteine des Platzes.

»So viel zur Herrschaft über die SOX«, konnte sich

Michels eine zynische Anmerkung nicht verkneifen. »War doch klar, dass der Kontrollrat das nicht duldet.«

»Wir gehen«, befahl Ordog knapp. Er wollte sich nicht als nächste Schießscheibe für die MGs der Sperber anbieten, sobald die Besatzung ihre primären Ziele eliminiert hatte. Anderseits half ihnen das Durcheinander, sich unbemerkt aus der Verseuchten Zone zurückzuziehen.

Der Ork bildete den Schluss des Teams und warf noch einen raschen Blick auf die drei Kampfhubschrauber, deren Maschinengewehre unaufhörlich Garben gen Boden sandten. Seine künstlichen Pupillen wanderten bewundernd über den Rumpf des Helikopters.

Schönes Ding. Wär eine geile Sache, wenn wir auch so was hätten. Mit seinen Cyberaugen zoomte er nahe heran. Die Munitionshülsen rieselten zu Hunderten aus der Auswurfluke. Er vermeinte das leise Klingeln zu hören, wenn sie auf den Boden trafen.

Eine starke Windböe stieg von unten auf und drückte die Hülsen auf ihrem Flug zur Seite. Ein Teil der Metallstücke prasselte gegen die Raketenhalterungen, einige sprangen ab und hüpften hinauf bis zur Öffnung der Windkühlung des Antriebs, wo sie angesaugt wurden.

Ein hässliches Knirschen erklang, danach ein Reißen, und der Motor geriet ins Stottern. Immer langsamer drehten sich die Rotoren, der Sperber schmierte mit der Schnauze nach oben ab. Das erste Blatt berührte eine Wand und zersplitterte, aus dem kontrollierten Sinkflug wurde ein jäher Absturz.

Eine gewaltige Explosion ließ die Scheiben der Umgebung bersten. Ein Feuerball stieg in den Himmel, um den herum vier Raketen wirre Muster zogen. Schließlich zischten sie ziellos davon. Die Freund-Feind-Kennung des Leitsystems verhinderte, dass sie sich einen der beiden anderen Hubschrauber aussuchten.

Das war aber Pech, dachte der Metamensch enttäuscht.

Selbstverständlich hielt er zu den Truppen des Kontrollrats.

Beim zweiten Helikopter explodierte eines der leichten MGs und zerriss die Aufhängung. Der rechte Stummelflügel verging einen Lidschlag darauf in einem grellen Blitz, dem der Rumpf des Sperbers folgte. Ein Rohrkrepierer im MG musste die Kettenreaktion in der Raketenhalterung ausgelöst haben.

Der brennende Helikopter stürzte wie ein Stein auf die Straße. Die Patronen detonierten aufgrund der großen Hitze und erinnerten Schibulsky an Silvesterkracher. Dann tat sich die Erde unter dem Wrack auf. Der ausbrennende Rahmen stürzte zusammen mit einem großen Stück Asphalt in die Tiefe und rauschte in einen überwölbten Kanal.

Der Ork glaubte nicht mehr an einen Zufall. Der Schamane hetzte vermutlich seinen Naturgeist auf die Angreifer und brachte einen nach dem anderen zur Strecke.

»Ordog, ich glaube, da ist etwas nicht ganz sauber«, funkte der Ork den Anführer an. »Schau dir das mal an.«

Der Straßensamurai kehrte zusammen mit der restlichen Gruppe zurück. Der Araber betrachtete die Vorgänge unter Aufbietung der letzten Kräfte auf astralem Weg.

Der verbliebene Sperber stellte den Beschuss ein. Er zog hoch und überquerte die Absturzstelle, als eine Flammenlohe in die Höhe flackerte, die aufgrund ihrer Ausmaße unmöglich von Faulgasen stammen konnte. Das Feuer umhüllte den Helikopter. Die Hitze röstete die Panzerung sowie die Scheiben, das Material hielt jedoch stand.

Der Luftansaugstutzen des Motors sollte dem dritten Hubschrauber zum Verhängnis werden. Zusammen mit dem Sauerstoff atmete die Öffnung die Flamme förmlich ein. Gierig drängte das Feuer ins Innere des Sperbers und griff um sich. Schmierstoffe und Kerosin gerieten in Brand.

Der Pilot behielt zwar einen kühlen Kopf und lenkte den Helikopter aus dem Inferno, doch das rettete die Besatzung nicht vor dem Untergang. Nach fünfhundert Metern explodierte der Antrieb und riss den Rotor ab. Der letzte Angreifer zerschellte am ehemaligen Rathaus der Stadt.

»Was für eine Show«, entfuhr es dem Zwerg.

»Toxische Stadtgeister, meine Gefährten in schwerer Stunde«, erklärte Sheik gequält und verlangte vom Ork einen schwachen Wachmacher. »Das bedeutet, wir haben es mit zwei der Schamanenbrut zu tun.«

»Da bekommt der Kontrollrat einiges zu tun. Anstatt sich gegenseitig wegzuballern, können sie ihre Spielzeuge an einem gemeinsamen Feind testen.« Michels schaute aufmerksam aus dem Fenster. »Können die uns sehen?«

Der Hermetische wollte antworten, als ein dumpfes Grollen die Erde und den Turm, in dem sie sich befanden, erzittern ließ. Putz löste sich von der Wand, Verstrebungen gaben nach und knallten herab, Staub bröckelte aus sich auftuenden Rissen. Sie hörten deutlich ein allgegenwärtiges Pfeifen, als reibe ein forscher Wind um die Kanten eines Hauses. Kanaldeckel flogen wie Korken aus ihrem angestammten Platz und ritten auf einer Flammenzunge.

»Verdammt!«, rief der Ork, der sich wegen eines lauten Klirrens in seinem Rücken umgewandt hatte. »Das gibt's nicht!«

Hinter der gläsernen Front des Schwimmbads loderten meterhohe Flammen, heißer Brodem und Dampf brachte die Scheiben zum Platzen. Nacheinander zerrissen kleine Detonationen die Pumprohre auf dem Gelände, brennende Flüssigkeit quoll aus den Stummeln und lief in Windeseile aus.

Überall in der Stadt brachen nun Feuer aus. Ätzende, rostbraune Qualmwolken schoben sich vor die Sonne und tauchten die ehemalige Kreisstadt in schummriges Licht.

Ihre Theorie hatte sich somit bestätigt. Die Schamanen hatten das gesamte Kanalsystem mit der Brühe geflutet, um die Verseuchung des Areals effektiv voranzutreiben. Der abgestürzte Sperber hatte es geschafft, die Flüssigkeit in Brand zu setzen. Das hatten die Toxischen sicherlich nicht geplant, aber es schadete ihrem Vorhaben kaum. Allerdings würde der Kontrollrat nun über das ganze Ausmaß der Katastrophe auf sehr drastische Art informiert.

Wieder war es Schibulsky, der etwas Neues bemerkte und in einem Anfall von Panik sofort handelte. Er riss den Raketenwerfer von der Schulter und nahm das riesige Ziel ins Visier. Die anderen wurden erst darauf aufmerksam, als das Treibgeschoss kreischend aus dem Lauf jagte.

Die Rakete steuerte auf einen immensen Schatten zu, der sich im Inneren einer Giftwolke abzeichnete. Durch die Bewegungen seiner Schwingen brachte er die Schwaden zum Verwirbeln. Das missgestaltete, von Säure zerfressene und von Strahlung verbrannte Haupt eines Drachen schob sich aus der Wolke, die zahnbewehrten Kiefer weit zum gellenden Schrei auseinander gerissen.

VII.

*ADL, Groß-Frankfurt, Mainz-Wiesbaden,
26. 04. 2058 AD, 18:59 Uhr*

»Du hast ihn umgebracht.«

»Unsinn. Er atmet noch.«

»Das sind bestimmt die letzten Schnaufer.«

»Sein Puls ist stabil, also halt die Klappe. Anubis hat ihn gecheckt und nur gemeint, der Haken wäre ein bisschen zu heftig gewesen.«

»Du und deine scheißkaputte Adrenalinpumpe. Du hast ihm bestimmt den Kiefer gebrochen.«

»Na und? Er filmt ja mit den Fingern, nicht mit dem Kinn.«

»Und wie lange wird er da herumliegen?«

»Bis er wach wird?«

Es trat eine kurze Pause im Dialog zwischen dem Mann und der Frau ein.

»Du hast Recht. Das dauert mir zu lange.«

Eine Plastikhülle wurde aufgerissen, ein Glas zerbrach.

Stechender, intensiver Geruch raste durch Poolitzers Nase und piekste ohne Zwischenstation schmerzhaft wie eine Nadel in seinem Hirn in die Abteilung für stechende Aromen. Hatte er bis dahin die Unterhaltung wie durch eine dicke Wolkendecke gehört, hoben sich jetzt die letzten Schleier von seinem Verstand.

Unwillkürlich riss er die Augen auf, der Kopf zuckte zur Seite, knallte gegen etwas Weiches. Jemand fluchte lautstark.

Der Reporter schaute in das Grün rund um Tattoos Pupillen. Ihre Hand mit der kleinen Ampulle Riechsalz verfolgte ihn weiterhin und zwang ihn, noch mehr von dem unangenehmen Geruch einzuatmen. Sadistisch grinsend zeigte sie ihm dabei ihre Reißzähne. »Guckt mal, wie es sich windet, das Kameragesicht!«

»Ja, quält einen Wehrlosen nur weiter«, beschwerte er sich und stellte fest, dass man ihn auf einen blanken Kneipentisch gelegt hatte. »Sehr rücksichtsvoll, danke.« Behutsam richtete er sich auf. »Ich bin wach, du kannst aufhören.«

Er befand sich tatsächlich in einer Wirtschaft. In einer Ecke sah er einen Fanschal von den Black Barons, auf der Speisekarte stand der Schriftzug »Vorspiel«. Sein Kinn fühlte sich so dick wie ein Ballon an, und als er es vorsichtig betasten wollte, spürte er den Widerstand an seinem rechten Handgelenk.

Es fiel ihm wieder ein: Der Koffer und diese dämliche Fessel. Anklagend hob er den Arm. »Würden die Herrschaften mir das Ding bitte abnehmen? Ist ja nicht meins.«

Der Stürmer mit der »Roy Black lebt«-Jacke schob sich in sein Gesichtsfeld, eine Hand hielt die Nase. Da wusste Poolitzer, was er vorhin im Reflex getroffen hatte. »Unseres auch nicht«, nuschelte der andere. »Macht also keinen Unterschied.«

Der junge Seattler blinzelte verblüfft. »Moment mal. Würde mir jemand erklären, worum es hier geht?«

Die Elfin nickte. »Sicher. Sobald wir es selbst verstanden haben.«

Der Kapitän des Stadtkriegteams trat heran. »Sollen wir ihn einweihen oder gleich versuchen, ob wir das Kabel oder die Handschelle anders abbekommen?«

»Einem Schnüffler was zu erzählen ist schlecht«, gab Schlagergott seine Ablehnung durch die Blume zu verstehen. »Hey, Jupp! Bring uns mal einen Bolzenschneider!«

Der Kneipier kam angeschlurft und reichte dem Stürmer das Werkzeug. Misstrauisch beobachtete Poolitzer, wie der Mann die Schneiden ansetzte und sanft zudrückte. An den hervortretenden Muskelsträngen wurde deutlich, dass der Draht widerstandsfähiger war, als es auf den ersten Blick schien. Nur die Plastikummantelung litt unter der Attacke.

Dann ertönte ein warnendes Piepsen aus dem Koffer.

Tattoo bedeutete dem Stürmer aufzuhören. »Haben wir was ausgelöst?«

»Ausgelöst?«, echote der Reporter entsetzt. »Ist da eine Bombe drin?«

»Keine Ahnung«, entgegnete Oneshot knapp und betrachtete den Metallbehälter argwöhnisch. »Wie Schlagergott sagte, es ist ja nicht unserer.«

»Wäre es nicht einfacher, wir trennen ihm die Hand ab?«, schaltete sich der Stürmer ein. Die stählernen Kiefer des Bolzenschneiders schoben sich auseinander. »Ginge ganz schnell. Und Anubis baut sie ihm nachher wieder dran. Müsste ohne Komplikationen gehen.« Seine Worte erzielten jedoch nicht die beschwichtigende Wirkung, die sich der Stürmer erhoffte. »Natürlich machen wir das bei uns im Behandlungszimmer.«

»Wäre ja noch schöner, mir die Bude mit seinem Blut zu versauen«, brummte Jupp und brachte eine Runde Pils. »Nee, nee, verstümmelt den Typen mal schön bei euch.«

Jetzt reichte es ihm. Poolitzer schnappte sich den Griff des Koffers, um zu flüchten. Kaum machte er den Ansatz der hastigen Bewegung, schon drückten ihn sechs Hände zurück auf den Tisch. Ein Sporn schnappte aus dem Unterarm der Elfin und drückte gegen sein Brustbein.

»Versuch das nicht noch einmal«, warnte sie ihn knurrend. »Wir sind alle sehr angespannt. Da können solche Aktionen rasch in die Hose gehen.«

Überrumpelt lag der junge Mann auf dem Tisch und schaute in die wachsamen Gesichter der Stadtkrieger. Zögernd hob er die Arme. »Ich tue nichts mehr ohne eure Einwilligung. Dafür bleibt meine Hand vorerst da, wo sie ist.« Das Piepsen hörte auf. »Ist das gut oder schlecht?«

Der Elf warf einen Blick in die Runde. »Wir sollten ihn einweihen. Mit seinen Kontakten wird es leichter, mehr über das Ding herauszufinden.«

Seine Teamkollegen gaben ihr Einverständnis. In aller Eile berichtete Tattoo, wie sie in den Besitz des Koffers gekommen waren und dass er gelegentlich elektronische Geräusche von sich gab.

»Als Erstes brauchen wir einen Störsender«, ordnete Poolitzer an. »Ich wette, dass in dem Ding ein Peilsender installiert ist.« Die Stadtkrieger schauten sich vorwurfsvoll an, weil keiner von ihnen auf die Idee gekommen war. »Tja, ich hätte da ein paar gute Verbindungen. Ich bekomme die Exklusivrechte an der Story, und ich bleibe im Spiel, selbst wenn ich die Fessel nicht mehr trage?«, feilschte er.

Seine neuen Geschäftspartner willigten ein.

Sofort tippte er Ordogs Nummer, um ihn um Rat zu fragen. Doch der fahle Straßensamurai, den er bei seinem Run gegen Cyberdynamix in der SOX kennen gelernt hatte, hob nicht ab. Und der Allroundmagieknacker Rodin, der ihm mit seinen Verbindungen zur magischen Uni in Jena hätte behilflich sein können, schien ebenfalls auf Dienstreise zu sein. Wenigstens gelang es ihm, seinem ID-Spürhund die Personalien der Leichen aus dem Moskauer Haus durchzugeben.

Die Black Barons beobachteten ihn gespannt. Das machte ja einen tollen Eindruck vor den Jungs. Er warf ihnen ein Lächeln zu. »Ähm … die sind alle essen«, erklärte er seine vergeblichen Versuche. Wie stand er denn da? In seiner Not wählte er die Frau an, die er um Beistand bitten konnte, ohne dass sie es anschließend hinausposaunte. Zu seiner immensen Erleichterung nahm sie das Gespräch entgegen.

»Hey, super! Hier ist Poolitzer! Schön, dich zu hören. Hast du Zeit? Es ist was Geschäftliches. Ist ein Freiflug drin.« Er begann mit seinen Verhandlungen, die nach einigen Minuten endeten. »Alles erledigt.« Poolitzer grinste über beide Ohren. »Sie packt und kommt. Einer von euch müsste sie morgen am Flughafen in Frankfurt abholen. Ihr Name ist Carmen Peron.«

Die Tür des *Vorspiel* flog auf und unterbrach weitere Erklärungen. Dice stürmte herein.

»Aha, doch nicht tot? Hey, das bringt mir zehn Flocken«, merkte er beim Anblick des Reporters nur an. Mit Kennerblick begutachtete er das grün und gelb angelaufene Kinn. »Gebrochen?« Der Reporter schüttelte den Kopf. »Mist. Dann habe ich wieder zwanzig Piepen verloren.« Der Scout warf sich auf den Stuhl und angelte sich ein Pils vom Tablett. »Ich habe Neuigkeiten von Andex.«

Ein heißer Schauder rann Poolitzers Rückenmark entlang. Den hatte er total vergessen. *Lass ihn überlebt und nicht mein Nummernschild gesehen haben, bitte, o Gott aller Cybercams!,* richtete er ein Stoßgebet gen Himmel.

»Es geht ihm besser. Die Prellungen und die drei Rippenbrüche sind kaum von Belang. Anubis meinte, damit könnte er spielen, wenn er ein Korsett anzieht.«

»Allen Schutzheiligen sei Dank«, atmete der Stürmer auf. »Die Meisterschaft ist nicht völlig verloren.«

»Wer ist Anubis?«, fragte Poolitzer leise dazwischen.

»Unser Sani«, verriet ihm der Kapitän, der die Begeisterung in Dices Bericht angesichts der guten Neuigkeiten vermisste. »Wo ist der Haken?«

»Tja, wie soll ich's sagen? Er sitzt in Untersuchungshaft«, rückte der Aufklärer mit der Wahrheit heraus. »Wegen Körperverletzung und Sachbeschädigung. Er hat dem Fahrer des Fiat mit der Kühlerfigur die Fresse poliert und versucht, dessen Kopf durch die Motorhaube zu rammen. Als die Bullen auftauchten, haben sie ihn gleich einkassiert. Unser Anwalt meinte, er habe alles versucht. Aber die Latte von Vorstrafen hätten den Haftrichter nicht eben milder gestimmt.«

»In Zahlen ausgedrückt?«, verlangte Oneshot, das Schlimmste befürchtend, zu wissen.

Dice senkte das Glas. »Ich hatte auf drei Monate getippt, aber sie wollen ihn für ein halbes Jahr wegsperren. Und den Typen, der ihn zuerst angefahren hat, konnten sie nicht ausfindig machen.«

Die ganze Mühe für nichts. Tattoo schloss die Augen und kämpfte gegen den aufsteigenden Wutausbruch. Der Kapitän stöhnte lediglich gequält auf, Dice betrachtete niedergeschlagen seine Schuhe.

Schlagergott hob lasch den Arm. »Jupp, bring uns mal eine Flasche Schnaps.«

ADL, Schlossberghöhlen, Homburg (SOX),
26. 04. 2058 AD, 17:59 Uhr

Niemanden interessierte, ob die Rakete ihr Ziel traf oder verfehlte. Sie flüchteten ins Treppenhaus des Turmes, hetzten zwei Etagen hinab und blieben auf den Stufen stehen.

»Ein Drache! Das war ein verdammter toxischer Drache!«, schrie Michels aufgeregt und lehnte sich gegen die Wand. »Ich wusste nicht einmal, dass es so etwas gibt! Und jetzt will er uns fressen!«

Ordog gefiel die Entwicklung der Ereignisse überhaupt nicht mehr. Die gesamte Stadt fing Straßenzug um Straßenzug Feuer, und er wusste nicht einmal, wie weit sich die Brühe unterirdisch ausgebreitet hatte. Die Ghule und Punks strebten derweil unter der Führung von zwei verrückten Schamanen die Herrschaft in der SOX an, und ein verstrahlter Drache schwirrte über Homburg und gab den Wahnsinnigen Rückendeckung. Der Kontrollrat würde Jets einsetzen, vermutete er. Sie opferten die Stadt, um sich die Gefahr vom Hals zu schaffen.

Sheik zitterte am ganzen Leib. Der Anblick des riesigen Critterwesens hatte den letzten Rest an mentalem Gleichgewicht zum Kippen gebracht. »Ich habe es doch gewusst«, stammelte er leise. »Ich habe es gewusst!«

Der Anführer der Plünderer berührte den Magier an der Hand. »Mach nicht schlapp, Sheik. Du bist unsere einzige Hoffnung. Mit unseren Wummen machen wir ihn nicht platt, das weißt du.«

Die Augen schauten längst durch Ordog hindurch, der Araber brabbelte in seiner Muttersprache Wörter vor sich hin, die den Straßensamurai an ein Gebet erinnerten. Vorerst konnte er den Hermetischen von der Liste seiner Einsatztruppen streichen.

»Wir müssen weg«, beschied er Michels und dem Ork.

»Sag das dem Vieh da draußen«, murmelte der Zwerg grantig.

»Ich meine das sehr ernst. Sobald sich keiner mehr von den Kon-Truppen meldet, wird der Kontrollrat die Stadt mit einem Bombenteppich eindecken, dass nichts mehr stehen bleibt.« Sicherheitshalber checkte er seine Automatik. Angesichts des zu erwartenden Gegners eine hilflose Handlung. »Wir sind hier überflüssig.«

Demonstrativ verschränkte der kleinere der Metamenschen die Arme. »Ich bin doch nicht wahnsinnig und biete mich Feuerschwinge als Imbiss an.«

»Vielleicht hat er uns nicht gesehen?«, meinte der Ork vorsichtig.

Der Zwerg hob den Kopf. »Sicher. Er wird deine Rakete für ein fliegendes Essstäbchen halten, du verblödeter … Ach, was reg ich mich auf?« Er tippte Sheik an. »Hey, schau mal nach, wo der Drache ist.« Der Magier reagierte nicht. »Sohn aller Dschinnis?«

»Hab ich es nicht gleich gesagt, dass er einen Kurzschluss in der Birne hat?«, sagte der Saarländer.

Ordog stellte fest, dass im Leben nichts ohne Risiko war, schon gar nicht in seinem Leben. »Ich gehe nachschauen«, verabschiedete er sich und lief die letzten Stufen hinab. Der Turm verfügte über mehrere Ausgänge. Der bleiche Schattenläufer hoffte auf sein seltenes Glück und traf seine Wahl.

Fortuna war ihm hold. Keine dolchlangen Zähne bohrten sich in seinen Hals, als er nach der obligatorischen Spiegelprobe seinen Kopf aus der Tür steckte. Das Wesen hatte sich verzogen. Über Funk befahl er seinen Begleitern das Nachrücken.

Doch die beiden vermochten nicht, Sheik auch nur einen Millimeter zu bewegen. Der Magier zog unvermittelt eine Manabarriere um sich herum und ließ niemanden an sich heran. Das bedeutete eine unvorhersehbare Komplikation, die lebensbedrohlich für alle werden konnte.

Ordog stand vor der schweren Entscheidung, den Hermetischen im Stich zu lassen oder zu warten, bis der Mann seine Fassung zurückgewann. Den Zeitpunkt, wann das geschah, konnte nicht einmal Schibulsky vorhersagen. Minuten, Stunden, Tage. Alles wäre bei dem geistig schwer angeschlagenen Sheik möglich.

Einmal habe ich ihn zurückgelassen. Es wird nicht noch einmal geschehen. Er trabte zurück in das Gebäude. »Wir warten«, informierte er den Zwerg und den Ork. »Ballert mich nicht gleich über den Haufen, wenn ich die Treppe hinaufkomme.«

In der Enge des Treppenhauses machten sie es sich so bequem wie möglich und warteten.

ADL, Völklingen (SOX), Ares Makrotechnology-Arkologie, 26. 04. 2058 AD, 19:09 Uhr

Bernard de la Chance war dieses Mal besser als vor zwölf Stunden auf die Sitzung des Kontrollrats vorbereitet. Eine große Thermoskanne Kaffee stand neben ihm, seine Sekretärin goss ihm ein und reichte Gebäck. Fettfrei. Er wollte ein paar Kilo abspecken, um einen noch besseren Eindruck zu machen.

»Wir haben genügend Leute verloren«, brachte er seinen Standpunkt zur Lage in der Stadt Homburg zum Ausdruck. »Habe ich nicht gleich gesagt, wir sollten die Fläche bombardieren?«

Wo noch vor einem halben Tag ein Sturm der Entrüstung durch das Gremium gefegt war, herrschte Stille. Die Furchen in den Gesichtern der Repräsentanten hatten sich, so schien es de la Chance, verdoppelt. Niemals zuvor war ein toxischer Schamane zu einem derartigen Problem in der SOX geworden.

»Ich stimme Ihnen sofort zu«, sagte Siege, die ECC-Abgeordnete, entschlossen. Kein Wunder, immerhin befand sich die Arc des beschaulichen Kons in unmittelbarer Nachbarschaft des Orts, über dem sich durch die zahlreichen Brände eine riesige ätzende Wolke gebildet hatte, die nach Westen in Richtung Zentrum der Zone driftete.

»Bevor wir eine Bombe werfen und der ganze Landstrich in Schutt und Asche versinkt, bin ich für die Entnahme von Boden- und Flüssigkeitsproben«, schlug Langner eine professionellere Vorgehensweise vor und schnitt der Frau das Wort ab. »Es scheint, als sei das Areal hochgradig mit dieser brennbaren Substanz kontaminiert. Das Letzte, was wir in diesem Augenblick brauchen, ist eine unkontrollierte Kettenreaktion.« Der Befehlshaber des MET2000-Bunkers blätterte Ausdrucke durch, die vor ihm auf dem Tisch lagen. »Ich habe leider nur vage Hinweise auf die frühere Benutzung des Geländes in dieser kurzen Zeit sammeln können. Es scheint, als habe sich in diesem Bereich eine alte Deponie befunden. Weiß jemand mehr?«

Niemand antwortete ihm.

»Das hält uns nur auf«, widersprach Siege nach kurzem Zögern. »Was sollen wir machen, wenn die Punks zu unserer Anlage ziehen? Dass sie bestens bewaffnet sind, hat man ja wohl daran erkennen können, dass sie unsere Truppen völlig vernichtet haben.« Die Frau räusperte sich. »Noch etwas. Ich bestehe darauf, den Berg in unsere Präventionsmaßnahmen mit einzubeziehen.«

»Ach? Gibt es dafür einen Grund?«, wollte der Ares-Vertreter wissen. »Es braucht ordentlich Feuerkraft, um so ein massives Gestein zu zerstören. Ich sehe keinen Sinn darin.«

Siege hob einen bunten Glanzlichtprospekt vor die Kamera. »Sie werden Ihre Meinung gleich ändern. Sehen Sie sich das an. Im Zuge unserer Aufräumarbeiten sind wir vor wenigen Minuten auf die Hinterlassenschaften von Dr. Ole Leander gestoßen. Er hat in seinem Zimmer einen alten Prospekt von den Schlossberghöhlen aufbewahrt. Demnach müssen wir davon ausgehen, dass der ganze Berg aus Höhlen und Tunneln besteht. Zwölf Stockwerke. Haben Sie eine Ahnung, wie viele Ghule und Punks sich darin aufhalten könnten?« Ein kollektives Raunen ging durch den Raum. »Aus einem handschriftlichen Vermerk schließen wir, dass es einen Verbindungstunnel gibt, der aus der Zone führt.«

Langner nickte. »Lassen Sie uns das Material sofort zukommen. Eine unserer Patrouillen hat einen Eingang entdeckt – bislang gingen wir aber nur von einer kleineren Höhle aus.«

»Alors, messieurs dames«, sagte de la Chance etwas spitz. »Da haben wir noch ein wenig Arbeit vor uns, n'est-ce pas? Wie viele Bomben benötigt man, um einen ausgehöhlten Berg zum Einsturz zu bringen?«

»Geben Sie uns vierundzwanzig Stunden, und meine Leute haben eine Strategie entwickelt und zwei magische Koryphäen einfliegen lassen, um die Gefährlichkeit der Schamanen zu analysieren«, bat der Major. »Es wäre an der Zeit, die Sache in die Hände militärischer Experten zu legen. Ohne die Fakten genau zu kennen, schlage ich Folgendes vor: zuerst die Analyse des Geländes und der Flüssigkeit durch eine Drohne. Danach der Einsatz eines Gasgemischs, um den Gegner zu töten. Anschließend erfolgt die Einebnung des Berges und die damit verbundene Auslöschung der verbliebenen Feinde. Zum Schutz der ECC-Arkologie ziehen wir einen weiträumigen Drohnengürtel um Homburg, damit wir jede Bewegung des Feindes erkennen und umgehend agieren können. Einwände?«

Die Zustimmung erfolgte einstimmig. Bedenken wegen des Gaseinsatzes wurden nicht erhoben.

Da freut sich jemand aber sehr, endlich auch mal was zu sagen zu haben, dachte der Ares-Repräsentant, als er das Leuchten in den Augen des Soldaten erkannte. »Bonne chance, Major Langner«, verabschiedete er sich fröhlich aus der Tagung. »Wir sehen uns alle wieder, sobald die Operation beginnt, nehme ich an?«

Die anderen Abgeordneten gaben ihr Einverständnis. De la Chance unterbrach die Verbindung, ließ sich zur Ares-Niederlassung durchstellen und spielte die Aufzeichnung des Meetings ab, um die Kon-Bosse zu informieren. In der Chef-Etage zeigte man sich mit dem vorläufigen Plan von Langner ebenfalls einverstanden.

ADL, Groß-Frankfurt, Frankfurt,
27. 04. 2058 AD, 10:42 Uhr

Poolitzer schaute aus dem Fenster des *Vorspiel*, weil er eine Bewegung auf der Straße sah. Tattoos Sandstorm hielt an. Die Elfin hatte seinen Job übernommen, den Gast am Flughafen abzuholen. Mit dem Koffer am Handgelenk vermied er es, auf die Straße zu gehen, seit er sich die Aufzeichnung der gnadenlosen Vorgehensweise der Killer aus Moskau angeschaut hatte.

Ein eilig organisierter Störsender verhinderte, dass irgendein Signal aus dem Stahlbehälter zu einem Empfänger gelangte und seinen Aufenthaltsort verriet. Nun warteten sie darauf, dass Carmen Peron mehr erreichte als die Dame am Zoll, der es nicht gelungen war, auf astralem Weg einen Blick ins Innere zu werfen.

Tattoo öffnete die Tür, nickte in die Runde und setzte sich neben Oneshot.

Eine schwarz gekleidete junge Frau in einem dunkelgrauen Cape trat ein. Lange, feuerrote Haare mit orangefarbenen Strähnen hingen ihr etwas wirr ins weiß geschminkte Gesicht, raffiniert gesetzte Kajalstriche betonten die braunen Augen. Die Schnallen an den schwarzen, spitz zulaufenden Schuhen tönten leise. Zahlreiche Ringe zierten ihre Finger, die Hände steckten in einfachen, schwarzen Lackhandschuhen und schleppten zwei Reisekoffer.

»Danke für die Hilfe«, meinte die Magierin schneidend in Richtung der Elfin und setzte die Koffer hart auf den Boden.

»Beschwör doch einen Elementar«, murmelte die Aufklärerin unbeeindruckt und schaute zur Seite. Sie machte aus ihrer Ablehnung von Magischen kein Geheimnis. Wenn die Tussi irgendetwas über den Koffer ausplauderte, half ihr der beste Zauberspruch der Welt nicht. Als würde der Kapitän ihre Gedanken lesen, berührte er sie beruhigend am Oberschenkel.

Poolitzer stand auf und reichte ihr die linke Hand, in der anderen schleppte er den Metallkoffer. »Klasse, dass du gleich hergeflogen bist, Cauldron! Steht Seattle noch?«

»Ein großer Teil davon.« Sie grinste ihn an. »Seit du nicht mehr da bist, fliegen weniger Autos in die Luft.« Die Hermetische betrachtete seinen Koffer. »Ich schlage vor, wir kommen gleich zur Sache. Mein Rückflug geht in knapp acht Stunden, und ich wollte noch einkaufen.« Sie schaute sich um. »Hast du einen weniger belebten Ort als die Kneipe?«

»Sie ist sich ziemlich sicher, etwas ausrichten zu können«, meinte Dice zu Schlagergott. »Wettest du mit?«

Jupp ging zur Tür und verriegelte sie, danach fischte er eine Fernbedienung aus der Tasche. In langsamer Reihenfolge drückte er ein paar Knöpfe. »Die Fenster sind jetzt blickdicht«, verkündete er.

Cauldron hüstelte. »Hier?« Das Stadtkriegerteam und der Reporter nickten gleichzeitig. Murrend setzte sie sich auf einen Stuhl und wechselte auf die Astralebene. Es dauerte nach dem Empfinden der Wartenden sehr lange, bis sie zurückkehrte.

Sie langte nach dem Glas Wasser, das ihr der Wirt in der Zwischenzeit serviert hatte, und trank einen Schluck.

»Das ist sehr gute Arbeit«, erklärte sie. »Es ist nichts Magisches, sondern etwas Organisches, das verhindert, dass man sich das Innenleben anschauen kann.« Die Seattlerin lehnte sich ein wenig zurück. »Erzähl mir alles, was du über den Koffer weißt.«

Viel zu gehorsam, wie Tattoo fand, kam Poolitzer der Aufforderung nach. Am Ende seiner Erzählung war die Hermetische nicht wirklich schlauer, was man gegen diese Anti-Magie-Sicherung unternehmen könnte. Doch immerhin schien sie einer Überlegung nachzuhängen.

»Ich brauche eine Lötlampe«, rief sie Jupp zu, der sich umgehend auf die Suche machte. Cauldron bemerkte die neugierigen Blicke ihrer Auftraggeber. »Ich versuche es mit einem Trick«, führte sie aus. »Vor nicht allzu langer Zeit entwickelten ein paar findige Biologen eine Flüssigkeit, in der sich besondere Mikroorganismen sehr wohl fühlten und sich so stark vermehrten, dass sie für astrale Besucher eine undurchdringbare Barriere bildeten. Alles Organische können wir nicht durchqueren.« Der Wirt reichte ihr die Lötlampe. Cauldron entzündete sie und regulierte die Flamme auf bleistiftdicke Größe. »Allerdings hatten sie einen Schwachpunkt: Sie mochten Hitze nicht besonders.« Sie hielt die blaue Flamme an den Behälter. »Haben wir Glück, dann ist es genau das.«

Der InfoNetworks-Mitarbeiter wurde nervös. »Aber wenn da Sprengstoff drin ist? Und es hat mehrmals gepiepst.«

Leise zischend gab die Flamme ihre Wärme an das Metall des Koffers ab. »Risiko«, befand Cauldron nur. Sie drehte die Gaszufuhr ab. In Windeseile wechselte sie in die astrale Ebene, um nach dem Inhalt zu schauen.

Schon an ihren Mundwinkeln erkannte Poolitzer, bevor die Frau die Augen überhaupt aufschlug, dass ihr dieses Mal ein Erfolg vergönnt war. »Treffer«, sagte sie zufrieden. »Es waren tatsächlich diese Flechten.«

»Und? Was schleppe ich durch die Gegend?«

»Noch nehme ich Wetten entgegen«, schaltete sich Dice ein, wurde aber von Schlagergott durch einen Rempler gemaßregelt.

»Eine Kiste, schätze ich.«

»Wie, schätzen?«, wunderte sich der Reporter. »Du warst doch in dem dämlichen Koffer. Du musst doch gesehen haben, was …«

»Es liegt noch eine magische Barriere um den Gegenstand. Und der sieht aus wie eine Kiste«, erklärte sie ruhig. »Außerdem sind mehrere elektronische Sachen darin installiert, aber nichts, was nach Sprengstoff aussieht.«

»Das wollte ich nur hören.« Tattoos Sporne schnellten aus den verborgenen Hüllen. Die Spitzen setzten an der Vorderseite des Koffers an und wurden schwungvoll einige Zentimeter ins Metall getrieben. Die Kraft der Cyberarme brach das Schloss des Behältnisses einfach auf. Sie klappte den Deckel nach hinten.

Die Stadtkrieger, Poolitzer und Cauldron blickten auf eine Schatulle aus dunkelbraunem, beinahe schwarzem Holz. Silberne und goldene Intarsien waren sternförmig eingelegt, drei herrlich dunkelrote Granatsteine bildeten auf der Vorderseite eine senkrechte Linie.

»Dafür so ein Aufstand?«, rutschte es dem Stürmer heraus, womit er das Schweigen brach. »Eine Kiste für alten Krimskrams?«

»Ich wette, die Steine sind ein Vermögen wert«, schaltete sich der elfische Scout mit dem Wetttick ein.

Der Reporter wusste im Gegensatz zu den anderen sofort, was vor ihnen lag. Und dass die Schwierigkeiten erst richtig begannen. *Zirka fünfhundert Jahre alt, vorderasiatischer Raum. Magisch.* Er dachte an die Beschreibungen, die er von den bestohlenen Museen erhalten hatte.

»Eine so starke Barriere habe ich noch nie gesehen«, murmelte Cauldron abwesend.

»Dann geht es wohl mehr um den Inhalt als um die Steine«, vermutete Tattoo. »Hat jemand eine Ahnung, was das ist?«

Sagte er es oder sagte er es nicht? Poolitzer rang mit sich, während seine Pupillen über den kleinen schwarzen Kasten glitten. Die Dioden am elektronischen Bauteil blinkten hektisch und versuchten anscheinend zu funken, dass das Schloss aufgebrochen worden war.

Dank des Unterbrechers gelang der unhörbare Hilferuf nicht.

Die Magierin tastete den Behälter vorsichtig ab. Ihre professionelle Neugier erwachte von Sekunde zu Sekunde mehr, während die Stadtkrieger untereinander diskutierten, was man mit diesem nächsten Rätsel anstellen sollte.

Poolitzer hatte sich dazu entschlossen, die anderen an seinem Wissen teilhaben zu lassen, weil er sich erhoffte, damit weiterhin an dem Fall dranbleiben zu können. »Ich weiß ungefähr, worum es sich dabei handelt«, sagte er leise, und trotzdem hörten ihn alle. Rasch berichtete er von den Diebstählen in Museen und Privatsammlungen. Den Hinweis auf Diederichs verschwieg er ebenfalls nicht.

Cauldron war sofort Feuer und Flamme. »Ich könnte ein paar Freunde einschalten, die sich mit der Einschätzung von Artefakten bestens auskennen«, bot sie ihre Mitarbeit an. »Ich wäre gerne dabei, wenn es uns gelingen sollte, die Kiste zu öffnen.« Sie betrachtete die Schatulle nachdenklich. »Einfach wird es auf keinen Fall.«

»Teamberatung«, ordnete Oneshot an. Die Black Barons zogen sich ein wenig von den beiden Seattlern zurück und flüsterten miteinander.

Poolitzer nutzte die Gelegenheit und bat Jupp, ihn mit einem Bolzenschneider von seinem ungewollten Armband zu befreien. Grinsend hielt er es der Magierin unter die Nase. »Brauchst du das? Passt gut zu deinem Styling.«

Cauldrons Augen blitzten auf. »Nur weil wir einen Run zusammen hinter uns gebracht haben, heißt das noch lange nicht, dass ich keinen Manablitz auf dich schleudern würde, wenn du mich nervst.« Sie wurde wieder ernst. »Sag mal, hast du was von Xavier gehört? Ich meine, ist er hier oder hat er einen Auftrag?«

»Wolltest du nicht in acht Stunden nach Seattle zurückfliegen?«, stichelte Poolitzer. »Nein, schon gut, ich halte ausnahmsweise meine Klappe. Soweit ich weiß, ist er unterwegs. Jedenfalls geht er weder an die Tür noch ans Kom. Hattet ihr ein Treffen vereinbart?«

Hastig wehrte sie ab. »Nein, nein. Ich wollte nur wissen, ob sich Jeroquee bei ihm gemeldet hat. Sie bat mich um seine Adresse.«

»Jeroquee? Die Kleine, die zusammen mit Piers Ghule durch die Seattler Kanalisation gehetzt hat?« Er hatte damals ihr Feature gedreht, als sie sich für den Tod ihres Mentors an dessen Mörder rächte. »Will sie hier eine Niederlassung eröffnen? Ich hoffe, jemand hat ihr gesagt, dass die Ghule in der ADL den Behörden keine Prämie wert sind.«

»Doch, in Hamburg«, merkte Schlagergott trocken an. »Tausendfünfhundert Steine pro Exemplar. Tot oder lebendig.«

Die Hermetische schaute in die Ecke, in der die Stadtkrieger diskutierten. »Sie ist ausgestiegen und arbeitet jetzt als Runnerin für eine Firma, wenn ich sie richtig verstanden habe. Accessory Company oder so ähnlich.«

Poolitzer horchte auf, einen ähnlichen Namen hatte er schon einmal gehört.

Wo war das bloß? Die Eingebung traf ihn Sekunden später, als er sich an seinen Aufenthalt in Suhl erinnerte. »Kann es sein, dass du Fitting Company meinst?«, fragte er nach. Cauldron nickte gelangweilt. »Die liefern ausgewählte Fokus- und Fetischbestandteile an Werkstätten. Ist ja witzig. Über das Unternehmen wollte ich einen Bericht machen. Gut zu wissen, dass ich jetzt an der Quelle sitze.«

Da Xavier nicht da war, unterstellte er dem Runner, sich nach einem Gespräch mit der Seattlerin der Fitting Company angeschlossen zu haben. *Vielleicht hatte er genug davon, Versuchstier für die Magier zu sein,* grübelte er. Schleierhaft war dem Reporter nur, was ein Unternehmen, das sich auf magische Artefakte spezialisiert hatte, mit einem Negamagier wollte, dessen Berührung ausreichte, um den besten Fetisch völlig nutzlos werden zu lassen. Oder er lag mit seinen Vermutungen völlig falsch, und sein Bekannter saß irgendwo unter Palmen und genehmigte sich eine Auszeit.

Die Black Barons kehrten zu den beiden zurück. »Wir haben in zwei Tagen unser Halbfinale gegen die Blood Royals«, sagte der elfische Mannschaftsführer. »Bis dahin werden wir uns auf unsere letzten Trainingseinheiten mit den Anfängern der A666-Truppe konzentrieren. Wir nehmen das Kästchen mit in unser Stadion, wo sich Cauldron an der Barriere versuchen kann.« Oneshot wartete auf eine bestätigende Geste, und die Hermetische nickte zustimmend. »Sobald wir das Spiel hinter uns haben, kümmern wir uns um diese Sache. Bis dahin habt ihr beide freie Hand. Aber neue Leute werden nur nach Absprache mit uns hinzugezogen, und die Schatulle bleibt auf unserem Gelände. Poolitzer, du wartest mit der Berichterstattung, bis alles geklärt ist. Dafür bekommst du die Exklusivrechte. Einverstanden?«

»Aber naturalemente«, winkte der Reporter ab. »Wenn es zu meinem Vorteil ist, kann ich schweigen wie ein Fisch.«

»Dann bringen wir das Baby in unsere vier Wände.« Schlagergott packte die Kassette in seinen Rucksack. »Mich hält keiner auf.«

Die Gruppe machte sich abmarschbereit. Tattoo musste die Magierin wohl oder übel in ihrem Sandstorm mitnehmen, da alle anderen keinen Platz mehr hatten.

»Wartet nicht auf mich«, rief Poolitzer. »Ich muss mein Auto aus dem Parkhaus abholen.« *Und in die Werkstatt bringen, um die Spuren des Unfalls zu beseitigen.* Er winkte sich ein Taxi herbei und verschwand.

Cauldron schleppte ihr Gepäck zum Buggy, während die Aufklärerin den Motor anließ und ungeduldig aufs

Lenkrad trommelte. Sie hörte das angestrengte Schnaufen der Magierin sehr wohl. Für sie wäre es ein Leichtes gewesen, die Koffer zu verstauen. Doch sie rührte sich nicht aus dem Sitz. Stattdessen spielte sie mit dem Gaspedal.

Ruckartig öffnete sich die Beifahrertür, die Magierin schwang sich hinein und schlug die Tür lautstark ins Schloss. »Danke für die Hilfe«, sagte sie bissig. »Und dass du nicht ohne mich gefahren bist.«

Ohne Erwiderung startete Tattoo durch und fädelte sich in den Verkehr ein. Sobald der Geländewagen länger als eine halbe Minute warten musste, betätigte sie die Dreiklangfanfare, als könnten die Töne eine Schneise für ihren Wagen fräsen. Einmal war sie kurz davor, aus dem Fahrzeug zu springen und einen Fahrer aus dem Auto zu zerren, weil der ihr den Mittelfinger zeigte. Cauldron hielt sie zurück und erntete einen mörderischen Blick.

»Fass mich nicht noch einmal an«, warnte die Aufklärerin gefährlich leise. »Du gehörst nicht zum Team, also lass deine lackierten Fingernägel von meinem Arm.«

»Schon gut«, antwortete Caulderon sanft und zog ihre Hand zurück. »Habe ich dir irgendetwas getan oder bist du immer schlecht gelaunt?«

Das hatte ja kommen müssen. Die Elfin setzte den Blinker und zog einen Lidschlag später auf eine andere Spur. Ein Lkw blendete auf und hupte. »Es ist nichts gegen dich. Nur gegen deine Art.«

»Meine Art?«, wunderte sich die Rothaarige.

»Ich hasse Magier«, fügte die Stadtkriegerin hinzu. »Jede Form von Magie. Sie macht Menschen überheblich.«

Die Seattlerin beobachtete sie aus dem Augenwinkel. »Wenn dem so wäre, könnte man annehmen, dass auch du zu meiner Art gehörst. Ich halte dich ebenfalls für arrogant.«

»Schön, dass wir das geklärt haben.« Tattoo bog ab und steuerte den Sandstorm durch das Mainzer Industriegebiet.

Eine ganze Weile hielt es Cauldron aus, nicht nach dem Grund für den Hass zu fragen. Doch die Neugier überwog. »Warum kannst du Magische nicht leiden? Oder ist es nur eine Marotte für die Stadtkrieg-Liga?«

Tattoos Kom-Gerät piepte. »Ja? Nein, Straight, ich habe keine Zeit, mit dir essen zu gehen«, meinte sie entnervt. »Wir können gleich eine Runde trainieren. Ich bin in zehn Minuten im Stadion.« Sie unterbrach das Gespräch.

»Und?«, bohrte Cauldron unerbittlich nach und sammelte sich vorsichtshalber, um notfalls eine Barriere errichten zu können. Einen Schlag mit den Spornen wollte sie sich nicht einfangen.

»Es gibt keinen Grund«, knurrte die Aufklärerin der Black Barons und drosch auf die Hupe ein. »Nimm einfach hin, dass wir keine Freundinnen werden.«

Sie lenkte den Geländewagen halb auf den Bürgersteig, um dem Stau auszuweichen, schoss über eine Kreuzung und stand schließlich vor dem Tor zum Trainingsgelände der Stadtkrieg-Mannschaft. Rasant parkte sie den Sandstorm ein und sprang hinaus.

Die Welt war voller Verrückter. Kopfschüttelnd begann Cauldron damit, ihre Koffer von der Ladefläche zu zerren und sich nach Schlagergott zu erkundigen. Sie wollte das Kästchen sofort näher unter die magische Lupe nehmen, ein paar Elementare beschwören und sich an das Brechen der Barriere machen. So schwer würde es schon nicht sein.

Auf dem Weg zur Unterkunft der Spieler wanderten ihre Gedanken zu Xavier. In einer merkwürdigen Mischung aus Angst und Vorfreude hatte sie gehofft, den Negamagier zu sehen. Einfach ein paar Worte wechseln, mehr hätte sie gar nicht gewollt. Dennoch fürchtete sie sich davor, dass alte Wunden wieder aufgerissen wurden.

Ein Spieler der Black Barons verließ in dem Moment die Umkleidekabine, als sie den Raum betreten wollte. Er geleitete sie zu Schlagergott, der gerade seine Spiel-Maschine überprüfte und ein paar Schrauben am Firmpoint nachzog, auf dem das leichte MG montiert werden würde.

»Das erspart mir einen Weg«, sagte der Mann freundlich. »Kommen Sie, ich zeige Ihnen, wo Sie ungestört an dem Ding herumfummeln können.« Der andere Spieler grinste dreckig, weil er die Situation missverstand. »Sie wissen, was man spätestens in fünf Minuten von uns denken wird?«, meinte der Stürmer, während er sich die Hände abrieb, ihre Koffer nahm und die Magierin in ein Nebengebäude führte.

»Verwechslungen machen das Leben interessant«, bemerkte sie.

Sie betraten die Unterkunft, in der die Sicherheitsabteilung ihren Sitz hatte. »Sie können das gute Stück gleich rausholen. Ich weiß, dass Sie es wahrscheinlich kaum erwarten können, es in die Finger zu bekommen«, sagte er im Vorbeigehen. Die Wachleute feixten.

Cauldron lachte. »Das macht Ihnen Spaß, nicht wahr?«

Schlagergott summte ein Lied, das sie nicht kannte, und gab sich unschuldig. »Merken Sie sich die Kombination«, riet der junge Mann ihr und tippte eine Zahlenfolge auf einem schmalen Ziffernblock neben der Tür. Widerstandslos öffnete sie sich. »Hier werden die Wertsachen gelagert. Jeder Spieler besitzt ein eigenes Fach. Und hier stehen die richtig wichtigen Auszeichnungen.«

»Wollen Sie damit andeuten, dass sich die Barons untereinander beklauen?«

»Dafür haben wir die Fans. Oder die Putzhilfen. Oder Fans, die sich als Putzhilfen tarnen.« Der Stürmer grinste sie an und öffnete mit der gleichen Nummer ein freies Fach. Er nahm die Schatulle heraus und legte sie auf den Tisch. »Brauchen Sie sonst noch was?«

»Danke. Es reicht, wenn ich hier drinnen ein bisschen Feuer machen darf«, erwiderte Cauldron und packte ihre Utensilien aus. Sie rückte den Tisch zur Seite und begann, einen Kreis auf den Boden zu malen. »Sorgen Sie dafür, dass der Feuermelder ausgeschaltet wird.« Schlagergott verstand ihre Bitte nicht. »Ich wurde einmal nass, weil ich einen Feuerelementar in einem Hotel beschwor und der Melder etwas empfindlich reagierte. Das möchte ich vermeiden. Meine Garderobe würde das Wasser nicht gut vertragen.«

Der Stadtkrieger musste nun ebenfalls lachen. »Jeder Beruf hat seine Tücken. Dann mal viel Spaß bei den Versuchen.«

Er verschwand und setzte die Wachmannschaft über die Sonderwünsche der Magierin in Kenntnis.

Fassungslos schaute Poolitzer auf den Automaten, der die Parkgebühren anzeigte, die er bezahlen sollte. »Fünfzig EC? Nachtzuschlag?«, schrie er den grauen Kasten an, als ließe der mit sich handeln. Fluchend bezahlte er die geforderte Summe und trat zum Abschied gegen das Gehäuse.

Seine Laune erhielt einen weiteren Dämpfer, als sein Isuzu Crazy nicht mehr dort stand, wo er ihn abgestellt hatte. Dachte er zunächst, er befände sich in der falschen Etage, wurde es aber recht schnell zur Gewissheit, dass sein Auto entwendet worden war. Der Reporter fuhr mit dem Fahrstuhl zum Aufsichtsbüro und beschwerte sich lautstark beim Angestellten des Verbands der Wach- und Schließgesellschaft, der ihm seelenruhig zuhörte und dabei alle vier Sekunden an seinem Kaffee schlürfte.

»Sagen Sie mir mal das Kennzeichen«, verlangte er

gutmütig. Verdutzt nannte Poolitzer die Nummer, der Wachmann gab die Zahlen ein. »Dachte ich es mir doch. Der ist abgeschleppt worden.«

»Bitte?«

Der Mann drehte den Monitor so, dass der Reporter die Meldung und ein Foto des Wagens sehen konnte. »Der Isuzu stand im absoluten Halteverbot. Da hat ihn mein Kollege entfernen lassen«, erklärte er bedächtig. Er reichte ihm eine Überweisung. »Füllen Sie die aus, oder sagen Sie mir Ihre Kreditkartennummer, dann regeln wir das gleich jetzt.«

»Was? Was regeln?«

»Die Strafe für Parken im absoluten Halteverbot«, erklärte der Wachmann mit einer Engelsgeduld. »Das macht zweihundert EC.«

Poolitzer war der Ohnmacht nahe. Er wühlte in seiner Tasche, bis er das Ticket fand und es auf den Tresen knallte. »Hier, Kumpel. Ich habe eben fünfzig Mäuse fürs Parken bezahlt, und da wollen Sie mir noch was fürs Abschleppen berechnen?«

»Nein, nur fürs falsche Parken. Das Abschleppunternehmen schreibt Ihnen eine eigene Rechnung«, stellte der Aufpasser höflich fest. »Wenn Sie möchten, ziehe ich Ihnen die Zeit nach dem Abschleppen vom Ticketpreis ab. Sie müssen natürlich nur so lange zahlen, wie Sie auch bei uns geparkt haben.«

Er wollte nach der Quittung greifen, da schnappte der Reporter den Wisch. »Nein. Sie können mich mal! Auf die fünfzig EC scheiße ich, ich scheiße auch auf die zweihundert EC, und auf das Abschleppunternehmen scheiße ich erst recht!«

Wütend stürmte er hinaus und stellte sich in den Regen. Während er langsam, aber sicher durchnässt wurde, kühlte sich sein Gemüt ab. Er hatte die Kamera noch im Wagen. Was machte er, wenn sie den Bock verschrotteten, falls er nicht zahlte?

Kleinlaut kehrte er zur Aufsicht zurück, die ihm seinen Ausbruch nicht übel nahm. »Irgendwann gewöhnt man sich dran«, meinte der Mann locker.

Zähneknirschend überwies Poolitzer den Betrag und erhielt dafür eine Beschreibung der Straße, in der man seinen Wagen abgestellt hatte.

Nach einem strammen Fußmarsch von fünfzehn Minuten stand der Reporter vor dem Isuzu. Eine sorgsam auf Plastikfolie gedruckte Rechnung des Abschleppunternehmens über 120 EC klemmte unter dem Scheibenwischer.

Ich hasse Frankfurt, dachte er frustriert und steckte den Zahlungshinweis in die Manteltasche. Immerhin hatte er sein Fahrzeug wieder, und dieser Umstand brachte ihm ein bisschen Freude, die sich steigerte, als er endlich im Wagen saß und sich von der Heißluft und den Ventilatoren die Kleidung trocknen ließ.

Er startete den Crazy und setzte ihn in Bewegung. Per Auskunft suchte er sich eine nahe gelegene Werkstatt aus, die kleinere Reparaturen sofort durchführte. Die Karosserie musste so schnell wie möglich instand gesetzt werden.

Der Werkstattleiter versicherte ihm, dass innerhalb von einer Stunde nichts mehr vom Schaden zu sehen sei. Was allerdings 250 EC koste. Plus Ersatzteile.

»Wenn das so weitergeht, kaufe ich mir ein Jahresabo für die städtischen Verkehrsmittel«, sagte Poolitzer und nutzte die Warterei, um sich etwas zu essen zu gönnen.

Einen Döner, vier Tee und einen Raki später fuhr er im frisch restaurierten Isuzu in Richtung MaWie. Er aktivierte den Autopiloten und las die in seiner Abwesenheit auf seinem Palmtop eingetroffene Nachricht seines ID-Spions, den er auf Wiebke Otte angesetzt hatte.

Ihre Vita wies keine Besonderheit auf, in den deutschen Schatten kannte sie niemand. Interessanterweise gehörte sie der »Forschungsgruppe Alexandria« an, die

Vrenschel bereits erwähnt hatte. Sie war die zweite Präsidentin.

Das waren die Leute, die auf der Suche nach alten Büchern und Büchereien sind, erinnerte er sich. Warum interessiert sie sich für ein Kästchen? Nachdenklich schaute er aus dem Seitenfenster. War in dem Kästchen ein Buch? Bespitzelte sie ihn deshalb? Wenn Cauldron nicht weiterkam, würde er mit der attraktiven Dame ein Gespräch führen und sie mit seinem Wissen konfrontieren, um auf diesem Weg mehr zu erfahren.

Völlig in seine Überlegungen versunken, übersah er um ein Haar, dass sein Informant noch mehr Arbeit geleistet hatte. In einer zweiten Nachricht informierte er über die Identitäten der Leichen aus Moskau. Es handelte sich dabei um keinesfalls auffällige Personen: zwei Studierende, eine hatte sich für Archäologie und Arabisch, der andere für Theologie, Latein, Griechisch und Hebräisch eingeschrieben. Die Dritte im Bunde war eine Angestellte in einer Online-Bücherei. Als Letzten hatte es einen Doktoranden der Mittelalterlichen Geschichte erwischt.

Diese Konstellation brachte Poolitzer bei allem Elend zum Lachen. Die Scheinidentitäten waren zum Schieflachen. Zuerst wollte er nichts weiter auf die IDs der Toten geben, als ihm die geisteswissenschaftliche Verknüpfung doch sonderbar erschien. Ein Gespräch kostete ja fast nichts.

Die Kom-Nummern der Leute ermittelte er innerhalb weniger Minuten. Seine Kontrollanrufe förderten Erstaunliches zutage. Der Doktorand befand sich laut seines Anrufbeantworters in Urlaub, der Ehegatte der Bücherei-Angestellten suchte seine Frau schon seit zwei Wochen vergeblich. Die beiden Studierenden waren in ihren Wohnheimen nicht auffindbar.

Die Nase des InfoNetworks-Mitarbeiters juckte. *Sollten es die echten Personen sein, die in der Ruine vergam-*

meln? Verwundert schaute er noch einmal auf die Berufe. *Was brächte sie dazu, sich mit einem unbekannten Kurier in einem heruntergekommenen Haus in Moskau anzulegen?*

Daraus folgerte er, dass sie um die Fracht des Mannes wussten. Und dass sie das gleiche Ziel verfolgten: das Kästchen. Alle vier besaßen das Wissen, um Altertümern auf die Spur zu kommen und sie zu enträtseln.

Enthielt diese Schatulle wirklich ein Buch oder eine Schriftrolle, und waren die armen Gestalten von der Projektgruppe Alexandria losgeschickt worden? Demnach handelte es sich um sehr altes, verlorenes Schriftgut. Oder sie arbeiteten auf eigene Faust.

Ihm war nur schleierhaft, weshalb die Schatulle so unvermittelt ins Zentrum der Aufmerksamkeit gerückt war. All die Jahre über lagen die Kästchen in Museen, verschlossen und fast unbemerkt von der Öffentlichkeit. Jetzt begann eine regelrechte Jagd.

Seiner Einschätzung nach befanden sich noch zu viele Vermutungen in seinen Gedanken. Er würde das Gespräch mit Otte früher führen, als er geplant hatte. Konfrontierte er sie mit dem Tod ihrer Mitarbeiter, hoffte er auf eine verräterische Reaktion der Frau.

Das wollte er aber nur tun, wenn ihn ein paar von den Black Barons begleiteten. *Wer weiß, was die Biblio-Tante mit mir alles anstellen würde.*

Auf dem Weg zum Stadion kam er am Stammlokal des Mainzer Teams vorbei. Was ihm sofort ins Auge stach, war der lange Riss in der Panzerglasscheibe, auf die Jupp so stolz war.

Tektonische Verschiebungen, schätzte Poolitzer. Vermutlich hatte sich die Erde ein wenig geschüttelt, bedingt durch von der Mainzer Schwerindustrie verursachte Erschütterungen.

Und dann stellte er nach wenigen Metern fest, dass sich keine einzige Hure auf der Straße herumtrieb.

Schließlich entdeckte er das, was ihn zum abrupten Bremsen veranlasste. Die Kamera und die CamBrille flogen ihm beinahe von selbst in die Hand. Poolitzers reißerische Medienseele tat einen Freudensprung.

Vor dem *Sündenpfuhl* von Frosch-Manni lagen vier Gestalten, eine davon kroch unter Aufbietung aller Kräfte in Richtung eines zusammengeschossenen Ford Americar. Seine Kollegen, das zeigte ein Zoom mit der Fuchi VX2200C, würden mit den Verletzungen nichts mehr unternehmen.

»Action. Werte Zuschauer. InfoNetworks ist offenbar als erstes Medium am Tatort einer Schießerei. Wir erleben eine Premiere in der Halbwelt von Mainz-Wiesbaden. Frosch-Manni hat zum ersten Mal getroffen und den russischen Geldeintreibern drastisch erklärt, dass er wirklich nicht gewillt ist, Schutzgeld zu zahlen.« Er schwenkte nach rechts und links die menschenleere Straße hinunter. »Weder von der Polizei noch von BuMoNa ist eine Spur zu sehen ...«

Poolitzer stockte. Die zahlreichen Einschüsse in der Wand und die leeren Hülsen auf der Straße, gut zehn Meter von den Schwerverletzten entfernt, zerstörten seine Ansicht, dass Frosch-Manni der Exekutor der Russen gewesen war.

»Und es könnte sein, dass sich eine dritte Partei in den Streit einmischte«, fuhr er fort. »Warten wir ab, was die Spezialisten der Polizei sagen. InfoNetworks wird die Gesetzeshüter befragen, sobald sie eintreffen. Falls sie eintreffen«, fügte er nach einer kleinen Pause hinzu. »Schnitt.«

Er wollte lieber bei Jupp warten, denn es würde einen Grund geben, warum sich noch keiner im Freien blicken ließ. Unter Umständen lauerten die Psychopathen in irgendwelchen Hauseingängen und hofften auf neue Zielscheiben.

Der Reporter setzte den Isuzu zurück und parkte vor

dem *Vorspiel*. In geduckter Haltung lief er die Stufen hoch, sich ärgernd, dass er den Helm nicht griffbereit auf der Rückbank liegen hatte. Zwar würden die Kevlarschichten einen direkten Treffer aus einem Gewehr nicht aufhalten, aber gegen kleine Pistolenkaliber erwiesen sie sich als durchaus effektiv.

Erleichtert betrat er den Schankraum. »Hey, Jupp! Was war denn da draußen los? Komm her und gib Info-Networks ein Interview.«

Vom Wirt war nichts zu sehen. Jupp war sicher im Lager und suchte Schnapsflaschen. Poolitzer trat hinter den Tresen und zapfte sich ein Altbier, das er mit an den Tisch nahm, um sich das beschädigte Fenster genauer anzusehen.

»Was ist denn hier passiert?«, rief er laut durchs Lokal und nippte am Bier. »Wolltest du jemanden rausschmeißen und hast vergessen aufzumachen?« Er hörte, dass sich schwere Schritte aus dem hinteren Bereich näherten. Prüfend musterte er den Riss. »Betreibt einer von den Kons heimlich Untertageabbau? Sind das Grubenschäden?«

Er nahm einen langen Zug und entdeckte beim Absetzen den Metallkoffer auf dem Tisch. »Verschick den lieber. Am besten nach Ulan-Bator.« Spielerisch nahm er den Frequenzstörer in die Hand und wog ihn ab. Die Schritte des Kneipiers näherten sich der Durchgangstür des Lagers. »Die Dinger werden immer leichter, was? Ich frage mich, wie lange die Batterien halten.« Das Kontrolllämpchen leuchtete nicht mehr, wie seine Inspektion ergab. »Schau an. Damit hat sich meine Frage wohl erübrigt, was, Jupp? Du solltest schleunigst neue Powerzellen einlegen.« Er wandte sich um und hob das elektronische Gerät. »Sonst bekommst du noch …«

Keine vier Meter von ihm entfernt stand ein Typ in einer stadttarnfarbenen Teilrüstung, das leichte Maschinengewehr in einer Gyrohalterung eingespannt. Kopf und Gesicht lagen unter einem gleichfarbigen Helm verborgen. »Besuch?«, ergänzte sein Gegenüber mit elektronisch verzerrter Stimme.

Poolitzer schluckte schwer. »Action«, sagte er leise, um die VX einzuschalten. Gehorsam begann die Kamera mit der Aufzeichnung.

»Wo ist das Kästchen?«, wollte der mit Akzent sprechende Mann wissen.

»Was denn für ein Kästchen?«

Die Mündung des MG richtete sich auf die Brust des Reporters. »Sie haben sicherlich etwas damit zu tun, sonst wüssten Sie kaum über den Koffer Bescheid. Möchten Sie weiterhin die Kamera dort behalten, wo sie sich im Moment befindet? Dann sagen Sie mir lieber, wo unser Eigentum ist.«

»Gehören Sie zu denen, die das Spiel der Black Barons sabotiert haben?« Poolitzer wunderte sich einmal mehr über seine eigene Unverfrorenheit und verfluchte sie gleichzeitig. »Und warum haben Sie die Jungs draußen umgelegt?«

»Sind Sie Rechts- oder Linkshänder?«

»Äh, tut das was zur Sache?«

»Ich kann Ihnen auch in beide Hände schießen, wenn Sie nicht sofort antworten. Mir tut das nicht so weh wie Ihnen. Wo ist das Kästchen?«

Die Tür des *Vorspiel* wurde ruckartig nach außen gezogen. Der angeschossene MaWie-Kriminelle hatte es tatsächlich geschafft, sich mit seinen Verletzungen bis hierher zu schleppen. Ansatzlos hob er seine halbautomatische Schrotflinte und feuerte los. Die Projektile klatschten dem Gepanzerten gegen die Brust und brachten ihn nach dem ersten Einschlag zum Taumeln, beim dritten fiel er wie ein fettes Insekt zu Boden. Sein MG röhrte im Sturz auf.

Die Stahlgeschosse zogen eine gerade Linie den Boden entlang, bis sie den Angeschossenen erreichten und ihn durchsiebten. Der Mainzer Ganove fiel nach hinten um und rührte sich nicht mehr.

Während der Gepanzerte sich aufstemmte, sprang Poolitzer über den Toten und flüchtete sich in seinen Crazy. Genau das hatte er dringend gebraucht. Kaum startete er den Motor und rauschte nach einem Blitzstart die Straße hinab, sah er den Gepanzerten im Rückspiegel auftauchen.

Die Vollmantelgeschosse schlugen beängstigend präzise ins Heck des Autos ein. Das bisschen Blech und Plastik bot kaum Widerstand. Die Frontscheibe barst, das Armaturenbrett wurde gelöchert. Dem Umstand, dass er seine kugelsichere Weste um den Sitz gehängt hatte, verdankte der Reporter vermutlich sein Leben.

Er bog in die nächste Seitengasse, um dem Kugelhagel des vollautomatischen Gewehrs zu entkommen. Kaum gab ihm der Gegner die Verschnaufpause, rief er voller Panik die Stadtkrieger an, um sie in Kenntnis zu setzen.

»O nein! Sie verfolgen mich!«, rief er ins Kom, da sich zwei Pkws an seine Reifen hingen. »Was soll ich machen?«

»Fahr Richtung Mainz Süd-Kreuz A60«, wies Schlagergott ihn an. »Wir holen dich raus.«

Cauldron bestaunte im Astralraum die Barriere, die Unbekannte um die Kiste gelegt hatten. Sie war so angebracht worden, dass sie kaum wahrnehmbar wie ein hauchdünner Schutzfilm über dem dunklen Holz lag. Damit war es möglich, die Schatulle anzufassen, jegliche Beschädigung des natürlichen Materials würde dagegen misslingen.

Sie betrachtete das Elementarwesen, das sie zu ihrer Unterstützung gerufen hatte. Vorsichtshalber zog sie ein Schutzfeld um sich. Die Hermetische befahl ihm, die Barriere zu überwinden.

Die rot glühende Feuerkugel näherte sich der Kiste, flammende Fangarme streckten sich aus ihrem Inneren hervor. Behutsam betastete der Elementar die Barriere, fokussierte seine Energien und setzte die magischen Kräfte schlagartig frei.

Ein gewaltiger Blitz zuckte auf, und Cauldron schloss geblendet die Augen. Im nächsten Moment fegte eine Druckwelle über sie hinweg und wirbelte sie umher. Schreiend vor Schmerz zog sie sich aus dem Astralraum zurück und fand sich in einer Ecke des kleinen Zimmers wieder.

Neben ihr lagen die geborstenen Überreste des Tischs, die stark versengt waren. Selbst die schweren Schließfächerschränke waren von ihrem angestammten Platz verrückt worden. Die Lackierung warf Blasen, der blanke Stahl darunter hatte sich schwarz gefärbt. Die Trophäen der Mannschaft waren zu unansehnlichen, blubbernden Metallklumpen verschmolzen. Die Mauern strahlten eine immense Hitze ab.

Friedlich lag das Kästchen in der Mitte des hermetischen Kreises, als sei es nicht für die Katastrophe verantwortlich, die sich eben ereignet hatte. Ohne ihre eigene Barriere wäre sie zu einem Häufchen Asche geworden.

Bei allen Geistern! Cauldron stand auf und kontrollierte den Astralraum auf den Verbleib des Feuerelementars. Es fand sich keine Spur von dem Geist. Die Barriere der Schatulle schillerte freundlich und verriet nichts über ihre verheerende Wirkung, die sie freisetzen konnte.

Nicht auszudenken, wenn sich weitere Nichtmagische in dem Raum befunden hätten. In dem Fall hätten sich die Black Barons aus der Liga verabschieden können. Zitternd stakste sie zur Tür und öffnete sie, um sich ein Glas Wasser zu holen.

Die beiden Wachleute sahen sie an, warfen einen

Blick ins Zimmer und erhoben sich wie in Zeitlupe von ihren Bürostühlen. »Was haben Sie gemacht?«, erkundigte sich einer irritiert.

»Feuer«, antwortete sie lakonisch und nahm sich eine Dose Mineralwasser aus dem Kühlschrank. Sie rechnete damit, dass die Flüssigkeit verdampfte, als sie ihre Lippen daran setzte. Sie brauchte eine kleine Pause.

Die Seattlerin ließ sich auf die Liege fallen und schloss die Lider. Nach einem kurzen Nickerchen wollte sie es ein weiteres Mal versuchen.

Ich hätte nicht gedacht, dass der Bock so schnell werden kann. Poolitzer stand mit beiden Füßen auf dem Gaspedal und flog auf den Zubringer der A60. Die elektronische Anzeige meldete erreichte neunzig Stundenkilometer. Rücksichtslos scherte er unmittelbar vor der Schnauze eines Sattelschleppers auf die Schnellstraße ein, um sich aus der Schusslinie zu bringen.

»Geht's noch?«, erkundigte sich Schlagergott übers Kom.

»Keine Ahnung! Ich hab schon lang nicht mehr«, keifte er gereizt in Richtung der Freisprechanlage.

»Ich meinte deine Schatten.«

»Mann, die hängen mir gleich im Auspuff! Wo bleibt ihr denn? So was will der beste Stürmer der Stadtkrieg-Liga sein.«

»Obacht, Kollege«, meinte der Mann warnend. »Erstens bin ich der Beste, zweitens sind wir gleich da. Beschreib mir noch mal die Fahrzeuge.«

Einer der Verfolger rauschte auf der Standspur heran. »Das ist ganz einfach. Es ist die einzige Karre, die auf der rechten Seite überholt«, rief er schäumend. »Funktioniert das mit dem Abdrängen eigentlich?«

»Probier's«, riet ihm der Stadtkrieger.

Der Reporter riss das Lenkrad herum und rammte

den Wagen seiner Gegner, ohne dass dieser ins Schleudern geriet. Dafür büßte er den Außenspiegel und Teile des Lacks ein. Wenigstens geriet der Schütze, der auf der Rückbank saß und gerade eine MP hob, aus dem Gleichgewicht.

»Es klappt nicht!« Poolitzer näherte sich einem Nervenzusammenbruch. Zu allem Überfluss erschien der zweite Wagen auf der linken Seite. Einer Presse nicht unähnlich, nahmen sie ihn in die Mitte. »Sie haben mich eingekeilt! Die wollen mich garantiert entern!«

»Hau auf die Bremsen!«, befahl ihm Schlagergott ruhig. »Aber schau erst in den Rückspiegel ...«

Mehr hörte Poolitzer nicht mehr. In seiner Panik gehorchte er den gefunkten Anweisungen blind. Seine Fußsohlen schnellten vom Gas und pressten sich mit aller Gewalt auf das mittlere Pedal.

Seine Verfolger lösten sich schabend von dem Isuzu und nahmen das letzte bisschen Lackierung dabei mit. Mit dieser kamikazehaften Abwehrvariante rechneten sie nicht, da sie den nachfolgenden Verkehr bei ihrer Aktion berücksichtigt hatten.

Poolitzer nicht. Der Lkw, ein ScaniaSC 500 Magni, rauschte auf den Kleinwagen und schob ihn vor sich her, genau zwischen die beiden Verfolger zurück.

Verschissener Kackmist! Der Seattler kämpfte mit dem bockenden Fahrzeug, das gegen den Härtetest rebellierte. Seinen Protest zeigte das Fahrzeug, indem es mehr und mehr Teile seiner Verkleidung verlor. Die schweren Räder des Sattelschleppers zermalmten den abgefallenen Kotflügel zu kleinen Stücken. Laut dröhnte das Signalhorn des Straßengiganten, der nicht gewillt schien, seine Geschwindigkeit zu verringern.

»Verpisst euch! Ich halte nicht an!«, hörte er den Fahrer hinter sich. Offenbar vermutete er einen Trick, um ihn zum Stehen zu bringen und die Ladung zu klauen. Autobahnpiraten nutzten alle Finten, um an Ware zu gelangen. »Wenn du nicht gleich auf die Seite eierst, mach ich dich platt!«

Die Motorleistung des Isuzu ließ beständig nach. Die Kolben röchelten ein letztes Mal auf, dann glühten rote Warnlampen auf dem Armaturenbrett.

Aus. Hastig drückte Poolitzer die Kupplung und nahm den Gang raus. Nun bewegte er sich allein durch die Schubkraft des Scanias über die Autobahn. *Das überlebe ich nicht*, jammerte er im Stillen. *Das wird mein letzter Beitrag!*

»Hier kommt die Kavallerie!«, quäkte der Lautsprecher seines Koms. Eine BMW 1250Ti röhrte an dem merkwürdig anzuschauenden Gebilde vorbei. Der Fahrer trug eine Jacke mit der Aufschrift »Roy Black lebt«. Schlagergott tippte sich an den Helm, nahm eine Einkaufstüte aus der Tanktasche und warf sie nach dem rechten Verfolger.

Der prall gefüllte Beutel platzte. Schwarze Flüssigkeit schwappte auf die Frontscheibe und verteilte sich durch den Fahrtwind über das ganze Glas.

Der Fahrer schaltete zwar den Wischer ein, aber die schmierige Konsistenz verhinderte eine Verbesserung der Sicht. Eine Hand voll Nägel sorgte dafür, dass die Limousine trudelte, gegen die Mittelleitplanke knallte und sich mehrmals um die eigene Achse drehte. Den nachfolgenden Fahrzeugen gelang das Kunststück, nicht in den havarierten Pkw zu donnern.

Das zweite Auto machte einen Satz nach vorne. Die Angreifer erkannten, dass der Stadtkrieger eine wesentlich größere Gefahr bedeutete, und eröffneten das Feuer.

Schlagergott duckte sich flach an seine Maschine, kreuzte nach rechts und links. Plötzlich ließ er sich zurückfallen und befand sich eine Sekunde später neben dem Auto. Er warf einen kleinen Gegenstand durch die Scheibe, woraufhin es grell blitzte. Schlagartig füllte sich der Innenraum mit gelbem Rauch. Der Pkw verringerte abrupt die Geschwindigkeit, zog nach links und schnitt die Spur des Stürmers.

Poolitzer hielt den Atem an. Der Black Baron drückte sich ein weiteres Mal auf seine Geländemaschine und zog das Vorderrad in die Höhe. Gleichzeitig gab er Gas, federte schwungvoll nach oben und riss die BMW in die Luft. Genau berechnet setzte das Antriebsrad auf dem Heck des unter ihm hindurchschlitternden Fahrzeugs auf und gab ihm neuen Schub nach vorne.

Während die Gegner die Metallplanken durchbrachen und in einer gewaltigen Staubwolke in einem Feld verschwanden, landete Schlagergott die 1250Ti butterweich auf dem Asphalt. Den erhobenen Daumen reckte er in Richtung der Kamera.

Der Kutscher des Trucks sah ein, dass es niemanden um seine Ladung ging. Behutsam drosselte er sein Tempo und schob den Isuzu auf den Standstreifen. Mit wackelnden Knien stieg der Reporter aus dem Schrotthaufen.

»Das war eine Wahnsinnsshow!« Der Fernfahrer kletterte aus dem Führerhaus des Scania und zückte einen Notizblock, den er Schlagergott hinhielt. »Kann ich ein Autogramm haben?«

Poolitzer sah sich um. »Wo sind eigentlich die anderen? Haben die sich verfahren?«

Schlagergott, lässig auf dem Motorrad sitzend, einen Arm auf den Helm gestützt, hielt in seiner Plauderei mit dem Trucker inne. »Welche anderen?«

»Die anderen Black Barons?«

»Nein. Die kommen nicht. Habe ich dir nicht ausgereicht?«

»Du sagtest aber ›wir‹.«

»Damit meinte ich meine Maschine und mich«, erklärte der Stürmer grinsend. »Die anderen sind beim Training. Du weißt, dass wir bald ein wichtiges Spiel haben.«

»Das geht natürlich vor«, stimmte ihm der Fernfahrer zu. »Hey, ich halte euch die Daumen.« Er erklomm seinen SC500, hupte einmal und reihte sich in den nur noch spärlich fließenden Verkehr ein. Dort, wo es den ersten Verfolgerwagen erwischt hatte, war es zu einem Stau gekommen.

»Danke, Kumpel!« Der Mainzer winkte dem Lkw hinterher, ehe er sich den Helm überstülpte. »Such deine wichtigsten Sachen raus, damit wir von hier wegkommen. Die Bullen sind aufgetaucht.«

Poolitzer zwinkerte entgeistert. »Du bist alleine? Wegen des Trainings? Was, wenn es dich erwischt hätte? Was, wenn es mich erwischt hätte, hä?!«

»Hat es aber nicht.« Die Vorwürfe prallten an seinem wagemutigen Retter ab. Fast schien er beleidigt, dass der Seattler überhaupt an ihm gezweifelt hatte. »Los jetzt. Ich will nach Jupp sehen.«

Eilig raffte der Reporter Palmtop, Kamera und Kom an sich, die Schlagergott in der Tanktasche verstaute. »Fahr schon mal los. Ich warte auf die Polizei. Die werden meine Aussage brauchen. Sie finden sowieso heraus, dass es mein Auto ist. Wir sehen uns später im Stadion.«

Der Stadtkrieger nickte und fuhr davon. Tief atmend kehrte Poolitzer zum demontierten Crazy zurück. Traurig betrachtete er das Wrack.

»Du hast mich heute vierhundertsiebzig EC gekostet. Und für was? Damit du als moderne Skulptur auf dem Standstreifen endest«, sagte er und trat frustriert gegen die Motorhaube. Natürlich verletzte er sich dabei. Die Delle, die sein Fuß hinterließ, erinnerte ihn an ein hämisches Grinsen.

VIII.

ADL, Homburg (SOX), 27. 04. 2058 AD, 18:21 Uhr

Zwei leise elektronische Töne erklangen. Schibulsky schaute auf die Uhr, hob einen kleinen Käfer und warf ihn in Sheiks Richtung. Eine Armlänge vom Magier entfernt prallte das Insekt gegen ein unsichtbares Hindernis und fiel zu Boden. Der Ork, der dieses Ritual alle Viertelstunde durchführte, seufzte und suchte sich eine bequemere Sitzposition.

»Hält er die Barriere immer noch aufrecht?«, fragte ihn Ordog über Funk.

»Ja«, meinte der Metamensch frustriert. »Es hat sich nix getan. Wie sieht's draußen aus?«

»Die Brände haben sich ausgeweitet«, erklärte der Anführer der Plünderer, der zusammen mit Michels auf dem Dach des Gebäudes lag und nach allen Seiten sicherte. »Die ersten Feuer brennen außerhalb des Stadtgebiets. Die Brühe kommt unterirdisch gut vorwärts.« Ordog nahm das Fernglas zur Hand und kontrollierte die Umgebung. Anhand der rostbraunen Qualmwolken erkannte er sofort, wo sich etwas Neues tat. »Teilweise hat sie alte Bachläufe geflutet.«

Eine Drohne hatte vor rund sechs Stunden seine Neugier geweckt. Es handelte sich um einen Mikroskimmer, der durch die Straßen flitzte und im Krater des abgestürzten Hubschraubers verschwand. Nach einer Weile erschien er im Sichtfeld des fahlen Runners, der verdutzt beobachtete, wie die Hoverdrohne mithilfe eines schwenkbaren Bohrers die Seitenwand löcherte und eine Probe von dem Erdreich nahm. Anschließend huschte der Skimmer aus der Röhre, stoppte mitten auf dem freien Platz und wiederholte die Vorgehensweise. Dann surrte er davon.

»Ach ja. Sie haben Dreck eingesammelt«, meldete er an den Ork. »Wahrscheinlich, um sie auf die Kontaminierung zu untersuchen.«

»Aber warum?«, rätselte der Zwerg. »Wollen sie sich mitten im Krieg schon mal an die Entgiftung des Geländes machen? Da wären die Kons besser als ihr Ruf. Und daran glaube ich nicht.«

»Sie wollen wohl herausfinden, wo die Belastung der Erde so gering ist, dass sie für den Toxischen nicht als Beschwörungsgrund für seine Geister genutzt werden kann, ihr Unwissendsten der Unwissenden«, meldete sich höchst unerwartet Sheik zu Wort. Der Magier war aus seiner Lethargie erwacht.

Lautstark stieß Schibulsky die Luft aus. »Ei, das werd ja mol Zeit. Können wir jetzt gehen?«

»Sheik, lass Schibulsky deine Körpertemperatur und deinen Kreislauf überprüfen«, ordnete Ordog vorsorglich an. »Wenn wir aufbrechen, werden wir auf deine Einsatzbereitschaft angewiesen sein. Schaffst du das? Was macht dein Kopf?« Währenddessen zogen sich er und der Zwerg vorsichtig vom Dach zurück und kamen das Treppenhaus hinunter.

»Meinem Kopf geht es gut«, meinte der Hermetische überschwänglich. »Ich fühle mich, als hätte ich in den Höhlen der vierzig Räuber genächtigt und sieben mal sieben Tage in seidenen Betten geschlafen.«

Der Ork brummte. »Er ist immer noch bescheuert. Aber seine Vitalwerte sind einwandfrei. Kein Fieber, kein hoher Puls. Nur die Augen leuchten etwas komisch«, flüsterte er in sein Mikro und schirmte es mit der Hand ab, damit der Magier seine Einschätzung nicht vernahm. »Völlig normal für einen Verrückten.«

Die Gruppe schloss sich auf der zweiten Etage zusammen. Der Araber grinste breit und beschäftigte sich mit neuerlichen Eintragungen in sein Notizbuch. Ob sie dieses Mal mehr Sinn ergaben als jene, die Ordog auf den letzten Seiten gesehen hatte, erkannte er von seiner Position aus nicht. Strahlend verstaute er die Kladde.

»Sheik, bist du in der Lage, einen astralen Erkundungsflug zu unternehmen?« Ordog legte ihm die Hand auf die Schulter. »Wir müssen wissen, wo der Drache ist und wo sich die Ghule herumtreiben.«

Der Hermetische lächelte. »So es die kosmischen Energien zulassen, mein weißer Freund. Sie mögen den Ort, an dem wir uns befinden, nicht mehr. Sie zürnen ihm. Sie haben sich vor dem herrschenden Chaos zurückgezogen und schicken ihre Verbündeten, um die Schamanen und den Drachen zu töten. Aus unversöhnlichen Feinden wurden für dieses eine Mal Freunde.«

»Und woher weißt du das?«, meinte der Ork, dem der Araber unheimlich wurde.

Sheiks Blick richtete sich sanft auf das grobschlächtige Antlitz Schibulskys. »Sie haben es mir gesagt, Sohn der Angst. Sie haben zu mir gesprochen, während sich mein Verstand von den Schrecken erholte.«

Ordog suchte den Blick des Magischen. Von wegen Verstand. Er war völlig hinüber. »Würdest du mal versuchen zu tun, was die kosmischen Energien dir zugestehen wollen?«, bat er eindringlich. »Die möchten bestimmt nicht, dass du draufgehst.«

»Ähm, er hat von Verbündeten gesprochen«, erinnerte Michels. »Turbanwickler, wer soll denn anrücken, um die Toxischen zu killen?«

»Die Fresser der Magie«, erwiderte Sheik entrückt. »Sie kommen alle! Und zwar schon bald. Sie sammeln sich und verbinden sich zu einem großen Fressen und kommen mit vernichtender Gewalt über die verseuchte Stadt.« Er hockte sich hin und schloss die Augen.

Schibulsky bückte sich und hob eine Kellerassel auf, um sie sanft in Richtung des Arabers zu schleudern. Das Insekt traf den Magier auf der Brust. »Okay. Er ist noch da.«

Michels zerrte Ordog zu sich herunter. »Das geht schief, wenn wir ihm vertrauen. Es tut mir verdammt Leid um den Knaben, aber die Nullzonen haben ihm den Hirnkasten formatiert und nur Wahn übrig gelassen. Wir können ihm nicht trauen.«

Ruhig schaute er dem Zwerg ins Gesicht. »Wir werden ihn mitnehmen. Wir beide haben ihn schon einmal im Stich gelassen, erinnere dich. Das sind wir ihm schuldig. Von mir aus kann er auch Schwierigkeiten machen, aber zuerst werden wir es alle zusammen versuchen. Hast du Einwände?«

»Einen ganzen Sack voll. Was soll's.« Michels senkte den Blick. »Glaub jetzt nicht, dass ich kneifen will, aber die Stadt ist ein einziger Irrsinn: Ghule, Drachen, Punks, Gardisten, brennende Flüssigkeit, Drohnen …«

»Das schaffen wir. Mit ihm.« Der Schattenläufer deutete auf Sheik. *Hoffentlich.*

Der Araber kehrte in ihre Ebene zurück. »Ich kann fast nichts sehen. Die Toxischen haben ein Meer an Verschmutzung angerichtet. Weder von ihnen noch von dem Drachen habe ich etwas entdeckt. Aber zwei Hermetische sind hier gewesen. Sie suchten ebenfalls etwas.«

»Kon-Magier!«, schrie Michels heraus. »Sie bekämpfen Feuer mit Feuer.«

Es gab einen lauten Knall, als die Schallmauer durchbrochen wurde. Danach hörten sie das Rauschen von nahen Triebwerken.

Fünf Kampfjets des Typs Federated Boeing Lightning 4000 zischten über Homburg und drehten elegant ab. Sie stammten mit Sicherheit aus Ramstein, einem der größten Luftwaffenstützpunkte der MET2000.

»Das war nur ein Orientierungsflug«, vermutete der Anführer. »Wir gehen. Sofort!« Noch war Ordog schleierhaft, was sie mit ihren Raketen angreifen wollten.

»Lasst uns in die Höhlen gehen!«, riet Michels. »Wir müssen es nur bis zu unserem Durchgang schaffen, und schon sind wir weg.«

Der bleiche Straßensamurai war kurz davor, dem Zwerg zuzustimmen. »Nein«, entschied er dann zur Überraschung seiner Gefährten. »Wenn die Jets loslegen, werden sich die Ghule in den Berg zurückziehen. Dann sitzen wir in der Falle. Wir suchen uns einen anderen Weg.«

»Du willst durch den Todesstreifen?«, entgegnete der Zwerg entsetzt.

»Wenn ihr euch unbedingt durch eine Horde schwer bewaffneter Leichenfresser und Punks ballern wollt, nur zu.«

Sheik nickte ihm freundlich zu. »Ich komme mit dir, Freund in der Not.«

Damit war die Diskussion erledigt. Die Plünderer verließen das schützende Gebäude und trabten los. Sie hielten Ausschau nach einem größeren Fahrzeug, das sie schneller durch die unsicheren Straßen bringen würde.

Das Donnern der Jettriebwerke schwoll an, die Spezialisten für Bodenziele kehrten zurück. Schibulsky verfolgte einen der Lightning 4000, der eine enge Kurve flog und sich für einen Tiefflug vorbereitete, mit dem Fernglas.

»Ich sag's euch nur ungern, aber die haben keine Raketen angeschnallt«, gab er seine Entdeckung weiter. »Das sieht aus wie eine Bombe.«

Ordog hatte es befürchtet. Nachdem der Kontrollrat mit seinen Säuberungsversuchen keinen Erfolg erzielt hatte, griff er zum letzten Mittel: Er vernichtete die Stadt, um sich alle Gefahrenquellen vom Leib zu schaffen.

Zwei Kampfjets zischten über ihren Standort. Ungefähr fünfzig Meter hinter ihnen schlug ein Sprengkörper in das oberste Stockwerk ihres ehemaligen Hauptquartiers ein und zerriss drei Etagen. Hastig warfen sie sich in Deckung, um nicht von den umherfliegenden Trümmern getroffen zu werden.

Die nächste Bombe brachte den Bau zum Einsturz. Graue Staubwolken vernebelten den Platz. Ihre Atemmasken verhinderten, dass die feinen Dreckpartikel in Mund, Augen und Nase gelangten.

Den unerwarteten Sichtschutz wollte der Anführer nutzen. »Los!«, befahl er seinen Leuten. »Wir rennen zu der Tiefgarage. Da ist es sicherer als im Freien!«

Kaum hetzten sie die Stufen zur ersten Etage hinab, erschütterte ein gewaltiger Schlag das Gebäude. Die Wände des Treppenhauses durchzogen Risse, handgroße Betonstücke platzen ab und fielen zu Boden.

Ordog trieb sie vorwärts. Auf der zweiten Ebene stießen die Plünderer unvermittelt auf eine Gruppe, die sich ebenfalls in den Schutz der Tiefgarage begeben hatte. Die Attacke durch den Kontrollrat machte Ghule und Menschen trotzdem nicht zu Freunden, daher eröffnete der bleiche Anführer ohne zu zögern das Feuer auf die Leichenfresser.

Eine gezielte Salve streckte drei der goblinisierten Wesen zu Boden. Ordog dachte an das Ghulschutzprogramm, von dem der Bundesbeamte erzählt hatte. Er hechtete hinter einen Pfeiler, um sich vor den gegnerischen Projektilen in Sicherheit zu bringen, die in seine Richtung sirrten. Schließlich setzte Sheik Magie ein, und zwei Granaten von Michels beseitigten den letzten Widerstandswillen.

Drei Überlebende suchten kreischend das Weite. Ordog unterband deren weitere Flucht durch präzise Treffer. Er konnte es nicht zulassen, dass sie ihre Artgenossen auf die Gruppe aufmerksam machten und im Rudel über sie herfielen. Sie wären sicher dankbar für jeden Feind, an dem sie ihre Wut auslassen könnten.

Schibulsky verband sich die Streifschüsse, die er in die Schulter erhalten hatte, eine notdürftig von Sheik verzurrte Kompresse stoppte die Blutung am robusten Orkschädel. Ein Querschläger hatte dem Metamenschen den Helm durchlöchert und dabei eine Schramme an der linken Schläfe hinterlassen.

Knurrend setzte sich Schibulsky eine Injektion mit einem Kreislaufmittel, um den physischen Schock zu bekämpfen. »Ich werde nicht zusammenklappen«, beruhigte er Ordog. »Der Kopf brummt ein wenig, aber das geht. Meine Gehirnerschütterung kuriere ich daheim mit'm Bier aus.«

»Wo nichts ist, kann nichts erschüttert werden.« Der Zwerg grinste frech. »Komm schon, Grünhaut. Hoch mit dir. Selbst der pfälzische Wüstensohn ist zäher als du.«

Schibulsky runzelte die Stirn. »Warte mal, Kurzer.« Er wischte Michels mit einer Patronenhülse etwas Gel von seiner Kleidung. Da er einen Verdacht hegte, schmierte er es auf den Boden und hielt ein Feuerzeug daran. Die klebrige Substanz entzündete sich sofort. »Wir hatten ganz schön Glück«, informierte er die anderen. »Die haben nicht nur Bomben abgeworfen, sondern auch Brandgel.«

»Was ist das, mein grünhäutiger Freund?« Der Araber näherte sich dem kleinen Feuer, das sich langsam, aber beständig in den Bodenbelag einfraß.

»Früher haben sie Napalm dazu gesagt. Inzwischen haben sie die Mischung verbessert. Ist schwer zu behandeln. Frisst sich durch bis auf die Knochen.«

Michels starrte auf die Flamme. »Feuer mit Feuer«, wiederholte er entsetzt. Sofort schlüpfte er aus der besudelten Jacke.

Der Dauerbeschuss mit Raketen und Bomben brachte

immer mehr Teile des Parkhauses zum Einsturz, sodass sie sich nach einer kurzen Pause zum Weitergehen entschlossen. Unterirdisch suchten sie einen Weg, der sie aus Homburg bringen sollte. Sie wollten nicht zusammen mit der todgeweihten Stadt untergehen.

Andorra, Andorra la Vella, 28. 04. 2058 AD, 19:23 Uhr

Xavier staunte nicht schlecht. In seiner Unterkunft lagen Folien mit Gebäudeplänen und genau eingezeichneten Routen auf dem Schreibtisch.

Aha. Ich soll mich vorbereiten. Er hielt die Ausdrucke gegen das Licht. Dabei spiegelte sich eine dunkle Gestalt auf dem dünnen Plastik, die hinter der Tür auf seine Rückkehr gewartet haben musste. Da Jeroquee sich in der Küche aufhielt, konnte sie es nicht sein.

Er langte an den Gürtel, als wolle er sich die Hose hochziehen. Stattdessen fasste er unter das Hemd und zog das Küchenmesser. Dabei wirbelte er um die eigene Achse und warf die Folien nach der Gestalt.

»Sind Sie nervös?«, konstatierte Rose Abongi gelassen und betrachtete die umhersegelnden Plastikblätter. Sie trug unauffällige Straßenkleidung und Turnschuhe, ihr Freizeitlook, den er von ihr nicht gewohnt war. Ihre Finger steckten in dicken, über den Knöcheln gepolsterten Handschuhen. »Wer sollte Ihnen auf diesem Gelände etwas tun?«

»Warum sollte mir jemand in meinem Zimmer auflauern?«, konterte er, ohne dass er sich dabei entspannte. »War das ein Test?«

»Nein, Herr Rodin.« Sie stützte ihren rechten Fuß auf den Stuhl und lehnte sich nach vorne. »Der kommt jetzt.« Ihr Bein katapultierte das Möbelstück gegen den Negamagier.

Er wich zur Seite und fing es auf. Als er den Stuhl jedoch gegen Zozorias Vertraute einsetzen wollte, um sie damit einzukeilen, hatte sie ihren Platz längst verlassen.

Ihr Tritt traf den abgelenkten Deutschen seitlich, unterhalb des Rippenbogens. Aufkeuchend flog Xavier gegen den Kaminsims, das Messer klirrte zu Boden. »Aha. Sie wollen eine Schlägerei, ja?«, stellte er gepresst fest.

Die Afrikanerin nickte knapp. »Ich bestehe darauf.«

»Dann will ich mal nicht so sein.« Endlich erhielt er eine Möglichkeit, sich körperlich zu betätigen. Dass er sich mit einer Frau prügelte, störte ihn nicht weiter, zumal es sich bei Abongi sicherlich nicht um eine Anfängerin handelte.

Dennoch wunderte er sich darüber. Er hatte die attraktive Afrikanerin eher in die Sparte der Magischen eingeordnet, musste aber feststellen, dass sie sich ihrer Haut sehr gut zu wehren wusste. In der Folge aus rasanten Angriffen und nicht weniger schnellen Paraden sowie Ausweichbewegungen beschlich ihn der Eindruck, dass ausschließlich er Treffer einsteckte. Abongi verstand es, jeder Berührung auszuweichen. Dafür strafte sie einige Patzer seinerseits mit Missachtung und nutzte die sich auftuenden Lücken nicht richtig aus.

Sie spielte mit ihm, wie eine Katze mit einer Maus. So begriff er das raubtierhafte Lächeln und die Belustigung in den Augen der Frau. Der Negamagier machte einen Schritt zurück und senkte die Arme. Er wollte der Katze den Spaß an ihrem Treiben vermiesen.

Bewusst parierte er ihren nächsten Angriff nur halbherzig, um lediglich den größten Teil des Schwungs wegzunehmen. Die gepolsterten Knöchel knallten dennoch gegen seine Körpermitte. Xavier klappte zusammen und täuschte den Zusammenbruch vor.

Die Afrikanerin näherte sich vorsichtig, um nach ihm zu sehen. Er verbarg sein Grinsen und seine Vorfreude, so gut es ging. Mit einer kreiselnden Bewegung zog er ihr die Beine unterm Leib weg und warf sich auf sie.

Sie rollten sich über den Boden, bis ihnen die eingelassene Badewanne zum Verhängnis wurde. Schräg schlitterten beide hinein. Dabei verrutschte ihr T-Shirt, sodass seine rechte Hand ihre nackte, dunkelbraune Haut berührte.

Abongi schrie gequält auf. Der Laut ging in ein heiseres, gefährliches Fauchen über. Er spürte, wie ihr Körper unter ihm rasend schnell an Masse verlor, sich verformte und eine andere Gestalt annahm. Daher glitt er noch weiter auf die sich verändernde Frau. Seine Finger ertasteten plötzlich glattes Fell.

Ein weiteres kehliges Schnauben erklang unmittelbar neben seinem Ohr. Eine blauschwarz gefärbte Löwin wand sich unter ihm heraus und brachte sich mit einem eleganten Satz vor seinem Zugriff in Sicherheit. Leise zischend streifte das Tier hin und her und ließ den Negamagier nicht mehr aus den Augen.

Verblüfft setzte sich Xavier, nahm das T-Shirt und einen Schuh, um besser zu begreifen, was er eben erlebte. *Eine Gestaltwandlerin?*

Die Löwin strich zum Paravent und zog sich hinter die dünne Holzwand zurück. Ein letztes Zucken des Schweifs, und sie verschwand.

Jeroquee stürmte ins Bad, das Unterteil einer Stehlampe in den Händen. Sie entdeckte den Runner in der leeren Wanne. »Du musst Wasser hineinlaufen lassen, wenn du dich waschen möchtest.« Die einstige Ghuljägerin musterte die Kleider. »Es dürfte nicht ganz deine Größe sein.«

»Es sind meine«, sagte Abongi hinter dem Paravent. Die Vertraute des Antiquitätenhändlers trat hinter dem Sichtschutz hervor. Ihren nackten Körper hatte sie in einen Bademantel gehüllt.

»Oh!« Jeroquee machte große Augen, als sie die Afrikanerin sah. Mit einem solchen Zusammentreffen hatte sie nicht in ihren Träumen gerechnet. »Da habe ich die Vorbereitungen für eine … engere Zusammenarbeit gestört, was? Tut mir Leid.« Sie wandte sich auf dem Absatz um und verließ fluchtartig das Bad.

Abongi blieb stehen und fischte sich das T-Shirt mit ihren Zehen aus den Händen des Negamagiers. »Reichen Sie mir auch die anderen Sachen?«, bat sie ihn. »Würden Sie mein Geheimnis für sich behalten?«

Xavier kam ihrer Aufforderung nach. Die Ungläubigkeit war einer gewissen Faszination gewichen. Er starrte sie an und bewegte sich dabei wie in Zeitlupe.

»Das mache ich«, antwortete er schließlich, »wenn Sie mir sagen, was Sie in jener Nacht wollten. Sie stellten mich im Garten, und es sah ganz danach aus, als wollten Sie mich verspeisen.«

Rose suchte ihren weißen Slip und bedeutete dem Schattenläufer, sich umzudrehen. Er tat es, konnte aber nicht verhindern, dass er sie im Spiegel betrachtete.

Die Figur, die unter dem herabgleitenden Bademantel zum Vorschein trat, hätte sie spielend auf das Titelblatt des Männermagazins *Divine Bodies* gebracht. Für einen Moment dachte er daran, das kalte Wasser aufzudrehen, um sich abzukühlen.

Als seine Augen über die Spiegelung ihres dunklen Körpers streiften, entdeckte er eine auffällige Tätowierung auf Herzhöhe. Ein aufwendig gestochener, silberner fünfzackiger Stern zierte die Stelle, im mittleren Freiraum des Pentagramms prangten die Initialen »A.A.«.

Was es wohl bedeuten mag? Das hintere A steht für Abongi, aber das vordere? Ein geheimer zweiter Vorname?, sinnierte er, bedauernd, dass der attraktive Körper Stück für Stück unter Stoff verschwand. *Oder ihr Tiername?*

»Sie können sich umdrehen«, erlaubte sie ihm.

Beinahe wäre ihm ein verräterisches »Ich weiß« herausgerutscht. »Und? Was wollten Sie in der Nacht?«

Sie setzte sich auf den Rand der Badewanne und zog ihre Schuhe an. »Ehrlich gesagt, ich wusste es nicht. Mein Temperament ging mit mir durch«, gestand sie. »Ich war wütend auf Sie, weil Sie uns nachspionierten und mich in meiner wahren Gestalt sahen. Es ist ein Geheimnis, das Yakub und ich hüten. Dabei soll es auch bleiben. Von mir wird er nicht erfahren, dass Sie uns beobachteten. Ich erspare Ihnen weitere Scherereien, dafür halten Sie den Mund«, schlug sie ihm vor. »Yakub ist höllisch eifersüchtig.«

»Von mir aus«, willigte er ein. »Dieser Galoña wartet nur darauf, mich verprügeln zu lassen.« Er fixierte ihre unergründlichen Augen. »War der Test nur gespielt, damit Sie mich verprügeln können?«

Rose bleckte die Zähne, ihre verlängerten Eckfänge wurden sichtbar. »Nein, der war echt. Ich musste herausfinden, wie gut Sie als Nahkämpfer sind. Sie werden sich womöglich mit ein paar Wachleuten schlagen müssen. Für einen kaum vercyberten Menschen sind Sie nicht schlecht.« Sie stand auf. »Lassen Sie uns die Pläne betrachten, ich erkläre Ihnen die Details.« Die Afrikanerin langte in die Tasche und warf ihm einen Datenträger zu. »Schauen Sie sich das Schriftliche nachher an.«

»Habe ich Sie verletzt?«, erkundigte er sich nach ihrem Zustand. »Meine Antimagie hat doch hoffentlich nichts Schlimmes angerichtet?«

»Nein, ich glaube nicht. Es tat nur sehr weh«, schwächte sie ab. »So etwas will ich nicht noch einmal erleben.«

»Wird nicht wieder vorkommen«, versprach er und bedauerte es zugleich. Zusammen gingen sie in den anderen Raum, in dem die Spuren ihres Kampfs noch sichtbar waren.

Abongi erläuterte die drei Wege, die ihm bei seinem

Einbruch zur Verfügung standen, und sagte, dass es dazu keine Alternative gab. Auf den ersten Metern würde er von einem Spezialistenteam begleitet, das sich um die Sicherungsmaßnahmen kümmerte. Ab einem bestimmten Zeitpunkt müsste er alleine weiter vordringen, da der Bereich ausschließlich von Elementaren gesichert wurde.

»Sie werden die Barrieren durchbrechen, sich die Schatulle nehmen und damit flüchten. Das Team gibt Ihnen Rückendeckung. Egal, was geschieht, Sie müssen die Schatulle abliefern«, schärfte sie ihm ein. »In zwei Tagen geht es los. Rechnen Sie unterwegs mit allem.«

Xaviers Aufregung wuchs. Endlich bot sich eine Abwechslung vom Alltagstrott. »Kenne ich jemanden aus dem Team?«

Die Afrikanerin dachte einen Moment nach. »Außer Jeroquee wahrscheinlich nicht. Es sind bewährte ausländische Runner, genauso wie Sie. Profis eben.«

»Oh! Sie kommt mit? Gut.« Xavier sah die Pläne durch. »Es fehlt eine Beschriftung«, merkte er an. »Was ist das für ein Gebäude?«

Rose stand auf. »Das werden Sie sehen, wenn Sie drinnen sind«, entgegnete sie ausweichend. »Sie sind unser Aladin. Sie gehen rein in die Höhle, bringen uns die Wunderlampe und kehren zurück. Dafür bekommen Sie eine Belohnung in Höhe von dreißigtausend Nuyen. Ich instruiere Ihre Partnerin. Lernen Sie die Pläne auswendig. Bei Ihrem Run haben Sie keine Zeit für eine Verschnaufpause. Schlafen Sie gut.« Sie hob eine Aktentasche auf und schritt auf die Tür zu.

»Wie lautet eigentlich Ihr zweiter Vorname?«, rief er ihr hinterher.

Verwirrt schaute sie über die Schulter. »Wie kommen Sie darauf?«

»Wegen der Tätowierung.« Zu spät fiel ihm ein, dass er sie eigentlich nicht hätte sehen dürfen. »Ich konnte nichts dafür. Es spiegelte sich … im … Spiegel«, erklärte er sofort, die Hitze schoss ihm in den Kopf.

Roses Kiefermuskulatur arbeitete. »Ach so. Im Spiegel. Es ist ein Schutzsymbol. Das erste A steht für Amaryllis.« Sie ging rasch hinaus.

Ich Vollidiot. Ein absoluter Anfängerfehler, ärgerte er sich über seinen Versprecher. Amaryllis Abongi. Wie lustig. Xavier schaltete den in den Schreibtisch integrierten Computer an, fuhr den Bildschirm aus der Platte und klappte die Abdeckung der Tastatur zurück. Den Rest der Nacht wollte er damit verbringen, sich jede Kleinigkeit einzuprägen.

Die Freude über die neue Herausforderung wurde getrübt, da er nicht genau wusste, worauf er sich einließ. Dafür ergab sich die Gelegenheit, sich abzusetzen und unterzutauchen, was ihm mitten im andorranischen Gebirge unmöglich war.

Die Gefahr, dass Zozoria plötzlich beschloss, ihn in aller Ruhe nach getaner Arbeit aus dem Verkehr zu ziehen, ohne etwas bezahlen zu müssen, existierte in seiner Schattenläuferfantasie durchaus. Er wäre nicht der erste Runner, der mit dem Tod bezahlt wurde.

Es klopfte. Jeroquee streckte ihren Lockenkopf durch die Tür.

»Hey, ich habe gehört, wir beide gehen auf Achse. Wow, ich bin in die Oberklasse von Antique Enterprises aufgestiegen«, verkündete sie übermütig und lief zu ihm an den Tisch. Sie inspizierte seine Pläne und die Anweisungen, dann nickte sie. »Das hat mir Abongi auch gegeben.« Die junge Seattlerin schaute ihm in die Augen. »Was macht das Gehirn? Hast du unser Besäufnis gut überstanden?«

»Ja, aber normalerweise vertrage ich viel mehr«, verteidigte er sein Einschlafen beim Kampftrinken. Damit war sein Vorhaben, sie über Zozoria auszuquetschen, vorerst gestorben. »Wusstest du, dass Abongi noch einen zweiten Vornamen hat?« Er kicherte. »Stell dir vor, sie heißt Amaryllis.«

»Wie diese Belladonnalilie?«, wunderte sich die ehemalige Ghuljägerin. »Wie seid ihr denn darauf gekommen?«

»Sie hat eine Tätowierung, hier«, er tippte zur Verdeutlichung mit der Hand auf die Brust, »einen silbernen Stern mit Initialen drin. Amaryllis Abongi.«

Ihre Augenbrauen wanderten in die Höhe. »Chummer, dann musst du Röntgenaugen haben, oder sie hat für dich den Bademantel gelüpft.« Sie grinste dreckig.

»Sehr komisch.« Er verplapperte sich schon wieder, registrierte er verärgert.

Plötzlich legte sich ihre Stirn in Falten. »Nein, das sind bestimmt nicht ihre Initialen. Ich habe die Buchstaben schon mal woanders gesehen. Im Haus vom Chef, und der Ort hatte so gar nichts mit der schwarzen Perle zu tun.« Sie schüttelte ihre Locken, als wollte sie den Gedanken vertreiben. »Egal. Wie kommst du mit der Überwindung der Barriere voran?«

»Morgen ist die letzte an der Reihe«, antwortete er offen. »Ich kam schneller voran, als ich dachte. Entweder die Schutzfelder werden schwächer oder meine Kräfte stärker.«

Besorgt betrachtete sie sein Gesicht. »Und? Spürst du irgendwelche Veränderungen?«

»Weil wir vor kurzem über Vampire und Krankheiten sprachen? Ich merke nichts.«

»Okay.« Jeroquee neigte leicht den Kopf. »Wäre nämlich schade um dich, Xavier.« Sie berührte ihn am Arm und ging hinaus.

Verwirrt saß er auf seinem Stuhl. Wenigstens eine, die ihn mochte. Er ging hinüber ins Bad, um sich etwas anzuschauen, an das ihn eine Bemerkung der Seattlerin erinnert hatte.

Eingeklemmt hinter dem Spiegel bewahrte er die

Skizzen auf, die er sich von den Symbolen auf den Türen gemacht hatte. Aufmerksam betrachtete er die Zeichnung und entdeckte dabei das doppelte A.

»Guter Versuch, Rose«, murmelte er. Was auch immer das Kürzel bedeutete, es spielte eine nicht unbedeutende Rolle beim Rätsel um die Bücher. Sie gehörte offenbar zu einem Kreis von Menschen, die sich der Erkundung der Schriftzeichen verschworen hatten. Wie Zozoria und Galoña.

Sein Auftrag außerhalb von Andorra la Vella brachte einen weiteren Vorteil. Sein Komgerät würde endlich wieder betriebsbereit sein. Ihm fiel sofort jemand ein, der ihm helfen würde. Poolitzer fand bestimmt ein paar Sachen heraus.

Augenblicklich verwarf er den Gedanken. Der Reporter würde sich sofort auf seine Fährte setzen, wenn er es nicht schon getan hatte. Xavier erinnerte sich schwach an ihre Begegnung in der Bibliothek. Er wusste, dass er dem Bekannten von dem Anruf erzählt hatte, bei dem man ihn für den Diebstahl eines Artefakts anheuern wollte.

Das könnte unter Umständen zum Problem werden.

Ja. Ich gehe jede Wette ein, dass er schon nachgeforscht hat, dachte er. Dem Seattler mit dem lockeren Mundwerk traute er zu, inzwischen mehr erfahren zu haben. Hoffentlich erwartete er ihn nicht schon beim Einbruch, um ein Interview zu führen.

In seiner Vorstellung rannte er mit der Schatulle unterm Arm zum Fluchtwagen, während Poolitzer neben ihm herhechelte und Fragen stellte. Er betete, dass der Schnüffler nichts fand. Er redete sich ein, dass er ihm im Grunde keinerlei echte Anhaltspunkte geliefert hatte. Es gab Hunderte von Artefakten, die man stehlen konnte. Warum sollte er ausgerechnet dort auftauchen, wo Xavier und sein Team einstiegen?

Auf seiner Checkliste stand der Anruf bei Poolitzer

nun ganz oben. Nicht, um Erkundigungen einzuziehen, sondern um sich zu vergewissern, dass der Amerikaner nicht an der gleichen Sache dran war wie er.

Das wäre ein Ding. Seufzend scrollte er die Seite weiter und prägte sich die Route des zweiten Weges ein.

ADL, Homburg (SOX), 28. 04. 2058 AD, 01:27 Uhr

Der unterirdische Weg aus dem Inferno über ihnen verlangte den Plünderern alles ab. Wenn sie auf einen Kanal stießen, der nicht eingebrochen war, brannte in ihm die von den Schamanen freigesetzte Flüssigkeit lichterloh. Die Hitze machte die Röhren zu einem Backofen und brachte selbst beständigstes Material zum Schmelzen. An solchen Stellen gab es kein Durchkommen.

An die Oberfläche wagten sie sich nicht mehr zurück. Die Kampfjets setzten ihre Angriffe unvermindert fort. Dabei flogen sie den Geräuschen nach zu schließen in konzentrischen Kreisen und trieben die Ghule und Punks bis in das Zentrum und den Schlossberg zurück.

Die Jets mussten Bomberverstärkung aus Ramstein erhalten haben. Es war der MET-Söldnertruppe ein Leichtes, die Transportmaschinen, die normalerweise Luftlandeeinheiten absetzen, für ein Bombardement umzurüsten. Als die Jets nicht attackiert wurden, gab der Kommandobunker grünes Licht für die schwerfälligeren Cargoflugzeuge. Damit wäre die Kreisstadt bis zum Morgengrauen nichts weiter als ein Trümmerhaufen. Selbst Drachen und Schamanen würden gegen dieses Kaliber nichts ausrichten, fand das Trio.

Sie orientierten sich neu und wählten einen Abwasserschacht, der sie unter einer breiten Ausfallstraße auf ein Dorf namens Limbach zuführte. Dort wollten sie aussteigen und einen Weg durch den Todesstreifen suchen.

Unterwegs trafen sie Trebker wieder. Der Bundesbeamte erzählte ihnen, dass er sich beim Austreten in den Höhlen verlaufen hätte und Gardisten in die Arme gelaufen sei. Nachdem die Einheit vernichtet worden war, suchte er sich seinen eigenen Weg aus dem Inferno und kroch in die Tunnel. Sie erlaubten ihm, sich ihnen anzuschließen. Verstärkung konnten sie dringend gebrauchen.

Das Team schaffte es gegen alle Erwartungen, einen Weg aus der sterbenden Stadt zu finden. Kurz vor der Brücke, die über ein kleines Gewässer nach Limbach führte, kletterten sie ins Freie.

Die Lightning 4000-Jets zogen im Tiefflug über das brennende Homburg, um nach Zielen Ausschau zu halten, die dem Bombardement entkommen waren und zu flüchten versuchten. Trebker packte die Kamera aus und filmte.

Der rostbraune Qualm der toxischen Flüssigkeit mischte sich mit dem Schwarz der Brandbomben. Die gigantische Rauchsäule würde kilometerweit zu sehen sein und den Menschen in der Nachbarschaft zur SOX einige Fragen aufgeben.

Die Erde unter ihren Füßen zitterte. Das Beben hatte sein Epizentrum mitten in Homburg, dort waren die Bewegungen noch heftiger, wie die Schattenläufer erkannten. Ein Hotel am Schlossberg brach zusammen, rutschte den Hang hinunter und zerstörte die darunter liegenden Häuser. Keiner der Männer glaubte daran, dass die Gewalt eine natürliche Ursache hatte.

Sheik wechselte in den Astralraum, um nachzuschauen, was sich in der Stadt abspielte. Der Araber erkundete vorsichtig die Parallelebene und entdeckte sofort, wer der Urheber der Katastrophe war, die über Homburg hereinbrach.

Zwei hermetische Magier warteten in aller Seelenruhe. Sie dirigierten gewaltige Erdelementare und wiesen sie an, Homburg mit anhaltenden Wellen einzudecken. Eine Erschütterung jagte die nächste.

Die letzten Gebäude brachen zusammen. Stahlträger hielten sich wacker gegen das Schütteln, ihre Fundamente waren zu solide gegossen. Wie mahnende Finger ragten sie aus den Überresten.

Sheik sah die Kampfjets herandonnern und auf die letzten aufgescheuchten Ghule oder Punks schießen, die es nicht mehr bis in den sicheren Schlossberg geschafft hatten. Sheiks Freunde schauten derweil zum in Rauch gehüllten Berg. Der vorderste der Kampfjets löste ohne Vorwarnung seinen Schleudersitz aus, und der Pilot ritt samt Sessel auf dem winzigen Feuerstrahl in die Höhe. Seine Maschine geriet außer Kontrolle, trudelte nach links und rammte den nächsten Lightning. Wie Dominosteine schubsten sie sich gegenseitig an und vergingen in einem gewaltigen Feuerball, rauchende Überreste regneten zu Boden. Die beiden verbliebenen Jets zogen sofort die Nasen nach oben.

Ein alter Bekannter meldete sich zurück. Aus einer dichten Wolke tauchte das verätzte, von Säure und Strahlung gezeichnete Haupt des Großen Drachen auf.

Eine der Maschinen hielt genau darauf zu. In Todesangst löste der Pilot alle Bordwaffen aus, über die der Lightning verfügte. Vier Raketen lösten sich unter den Tragflächen und schossen auf das nahe Ziel zu, vor dem Lauf entstand ein nicht enden wollendes Mündungsfeuer.

Bevor sie den aufbrüllenden Drachen erreichten, detonierten sie an einer unsichtbaren Wand. Sekunden danach krachte der Jet gegen das Hindernis. Der Drache hatte sich mit einer Barriere geschützt. Ein weiteres hämisches Kreischen des Critterwesens erfüllte die Luft, und es zog sich in den Schutz des Qualms zurück.

»Zweifelt noch irgendwer an der Existenz des Drachen?«, fragte Michels mit belegter Stimme. Die fassungslosen Gesichter von Ordog und Schibulsky sprachen Bände.

Der Pilot des letzten Jets sollte sich nicht lange über sein Glück freuen. Aus einem halben Dutzend verborgener Öffnungen des Berges zischten unzählige Flugabwehrgeschosse und folgten unbeirrbar dem Abgasstrahl des Lightnings.

Drei raketengetriebene Sprengkörper fanden ihr Ziel, und der Jet wurde in kleine Fetzen zerrissen. Dazu hörte man das triumphierende Brüllen der Dracoform aus dem Rauch.

»So macht ein Drache«, stellte der größere Metamensch fest. »Verdammt laut.«

Trebker schirmte die Augen gegen das grelle Licht ab. Endlich gab er auf. »Was für ein Drache?«, meinte er zaghaft. Drei Köpfe zuckten in seine Richtung. »Ich habe nichts gesehen«, erklärte er bestimmt. »Nur die idiotische Aktion der Jets. Vermutlich haben die Schamanen nachgeholfen.«

»Haben Sie das Brüllen nicht gehört?«, setzte der Zwerg nach.

»Der Triebwerke, meinen Sie?«

»Nee, das Geplärr vom Drachen«, machte ihn der Ork auf die Verwechslung aufmerksam.

»Da müssen Sie einer kollektiven Halluzination zum Opfer gefallen sein.« Der Bundesbeamte stellte die Kamera auf das Brückengeländer und lud das Steyr durch. »Was ist mit Ihrem Freund? Der Magier …«

Sheiks Lider flatterten. Ein Ächzen kam aus seinem Mund, dann sank er zur Seite.

Sofort kniete Schibulsky neben ihm, um den Puls zu überprüfen. »Sauschwach.« Er gab Ordog hastige Anweisungen, welche Medikamente er benötigte, um den Kreislauf zu stabilisieren. Das wurde allmählich zu einem medizinischen Eiertanz, denn nicht jede Substanz war für einen Magier geeignet.

Sheik nahm wahr, dass sich der Ork um seinen Leib kümmerte. Sein Geist hing halb gefangen zwischen den beiden Parallelwelten. Die Ausläufer der Nullzone hüllten seinen menschlichen Körper vom Kopf bis zur Taille ein und behinderten seine Rückkehr.

Der Araber entschloss sich zu einem letzten Versuch. Seine Freunde mussten seinen Leib nach vorne schleppen, raus aus den Mägen der Magievernichter, damit er Geist und Körper zusammenbrachte. Eine astrale Projektion gelang ihm nicht. *Ihr Mächte des Kosmos, helft mir.*

Sheik flüsterte »tragen«, sein Arm zuckte schwach und wies die Straße hinunter.

ADL, Groß-Frankfurt, MaWie, 28. 04. 2058 AD, 00:22 Uhr

Müde und genervt stieg Poolitzer vor dem Trainingsstadion der Black Barons aus dem Taxi und bezahlte den Fahrer. Den ramponierten Stahlkoffer klemmte er sich unter den Arm. Auf dem Nachhauseweg hatte er einen Umweg zu Jupps Kneipe gemacht und es geschafft, den Transportbehälter der Schatulle an sich zu bringen. Und das, obwohl die Bullen noch mit der Spurensuche beschäftigt waren. Ein echtes Beweismittel im aktuellen Fall war es ohnehin nicht.

Die LKA-Abteilung hielt bei seiner Vernehmung mehr Fragen zu seiner Autobahneskapade parat, als er sich vorstellte. Da die Beamten sehr hartnäckig waren und nicht locker ließen, ahnte der Reporter, dass sie sich mit seiner Aussage, er wüsste von nichts und es handele sich sicherlich um die üblichen Autobahnräuber, nicht zufrieden geben würden. Dann erfuhr er, weshalb.

Die beiden Insassen aus dem ersten Crashfahrzeug waren zwar eingeklemmt, eröffneten aber sofort das Feuer auf die Polizei, als diese sich näherte. Ein SEK-

Kommando und ein Kampfmagier setzten dem Widerstand ein Ende.

Zu Poolitzers Beunruhigung teilte ihm einer der Fahnder mit, dass sich zwei Passagiere des anderen Autos auf der Flucht befanden. Zeugen hatten beobachtet, wie sie aus dem Wrack kletterten und sich vom Schrotthaufen entfernten. Ihren verletzten und eingekeilten Fahrer erschossen sie vorher. Damit wurde für ihn zur Gewissheit, dass die Killer aus Moskau die Spur bis ins *Vorspiel* verfolgt hatten.

Auch wenn die Beamten den Druck auf den Reporter mit geschickten Fragen erhöhten – er war gewieft genug, sich nicht zu widersprechen. Daher blieb ihnen nichts anderes übrig, als ihn nach Hause gehen zu lassen. Während der Fahrt zurück nach Mainz ertappte er sich dabei, dass er ständig aus dem Heckfenster schaute.

Vor dem Stadion kramte er seine Keykarte für den Isuzu aus der Tasche. Der Autoverleihservice hatte sie ihm zur Erinnerung geschenkt und die Kaution von eintausend Mark einbehalten. Tja, die brauchte er nicht mehr. Seufzend warf er sie in einen Gully.

Die Kamera oberhalb des Eingangs surrte herum, und seine Identität wurde überprüft. Er ging sofort in die Mannschaftsquartiere der Spieler. Die Warnung mussten alle erhalten. Und zwar sofort.

Wegen der intensiven Schulung der A666-Aushilfen übernachteten die Barons im Stadion. In einzelnen Zimmern leuchtete noch Licht. Poolitzer bemerkte den intensiven Brandgeruch, als er über den Hof ging.

Der Einfachheit halber rief er Tattoo an. Er war sich sicher, dass sie ihn nicht ausstehen konnte. Deshalb machte es nichts aus, wenn er bei ihr noch unbeliebter wurde. Sie hob sofort ab. »Hi, ich bin's. Hat euch Schlagergott in Kenntnis gesetzt? Die Russen sind hier.«

»Komm ins Seitengebäude«, wies sie ihn an.

Kurze Zeit später fand er sich bei ihr, Cauldron, Oneshot und Schlagergott wieder, die eine konspirative Sitzung abhielten. In aller Kürze berichtete er, was er bei der Polizei erfahren hatte. Dann rückte er damit heraus, dass Otte sich für seine Nachforschungen interessierte und die Projektgruppe Alexandria in irgendeiner Weise involviert war.

»Mit den Russen scheint sie aber nicht in Verbindung zu stehen«, schloss er seinen Bericht. »Sie hat vier ihrer Leute in Moskau verloren, als sie den Kurier stellten.«

»Dann heißen die Toten wirklich so?« Oneshot machte große Augen. »Hätten wir die Spur verfolgt, wären wir schneller an die Lösung gelangt.«

»Was hat es mit dieser Projektgruppe auf sich«, erkundigte sich die Hermetische.

Rasch erklärte der Reporter, was er wusste, und räumte ein, noch nicht weiter nachgeforscht zu haben.

Die Informationen schienen Cauldron vorerst auszureichen. »In der Schatulle wird sich ein Buch befinden, das so kostbar ist, dass jemand Einbrüche organisiert und vor handfester Gewalt nicht zurückschreckt.« Sie schaute in die Runde. »Ich könnte ein paar Fotos machen und sie einem Chummer schicken, der sich mit Artefakten auskennt. Bevor ich noch ein Zimmer in die Luft jage, wäre das der bessere Weg, oder?«

»Was?« Poolitzer blickte sie überrascht an.

»Die Barriere reagiert ausgesprochen heftig auf Versuche, sie aufzubrechen«, meinte sie rasch. »Ich werde es auf einen dritten Versuch nicht ankommen lassen, nachdem der zweite mich beinahe das Leben kostete. Die Flammen haben das Zimmer … in Mitleidenschaft gezogen.«

»Wow.« Der junge Seattler war beeindruckt. *Wie gut, dass ich nicht zum Filmen dabei war.*

»Das Foto können wir uns sparen«, sagte Tattoo. »Nach dem Spiel knöpfen wir uns Otte vor. Wenn wir sie freundlich bitten, gibt sie uns sicherlich ein paar Hinweise. Sie weiß ohnehin mehr oder weniger Bescheid. Damit vermeiden wir, dass wir neue Interessenten in den UCAS aufschrecken.« Sie schaute verächtlich zu Cauldron. »Angenommen, das Ding ist wirklich wertvoll, dann wimmelt es bald von Amis.«

»Meine Informanten arbeiten gut«, kommentierte sie patzig. »Sie verraten nichts.«

Die Elfin stieß die Luft aus, sagte aber nichts. Stattdessen wandte sie sich an Oneshot. Der Kapitän der Black Barons stimmte der Aufklärerin zu. »Einverstanden. Die Sicherheitsteams an den Eingängen werden verstärkt. Oder hat jemand andere Vorschläge?«

Nachdem er nichts als Schweigen hörte, nickte er in die Runde und verließ den Raum. Die übrigen Stadtkrieger folgten ihm, sodass Cauldron mit Poolitzer alleine zurückblieb.

»Kann man sich der Schatulle nähern, ohne dass sie einen zu Asche verbrennt?«, erkundigte er sich. »Ich würde sie gerne aus verschiedenen Einstellungen filmen.« Bittend schaute er sie an. »Nur zehn Minuten.«

Seufzend stand sie auf. »Komm mit, Snoop.«

»Klasse! Danke!« Er nahm die Tasche mit der Fuchi VX2200C und folgte der Frau ein Stockwerk höher.

Sie betraten den Raum. Inmitten eines mit Kreide gemalten Kreises lag das Artefakt. Poolitzer montierte die Portacam- und die Cambrille, nahm den Fund von allen Seiten auf und brannte die Daten auf Mini-CD. Schließlich legte er sich neben der Kassette auf den Boden, um in die Makroansicht zu wechseln. Jede Kleinigkeit hielt er fest.

Zu schade, dass man die Astralscheiße nicht sichtbar machen kann, bedauerte er. Es wäre der Renner, wenn die Zuschauer die Barrieren sähen.

»Hat sich Xavier bei dir gemeldet?«, fragte sie beiläufig. »Bei mir geht nur der Anrufbeantworter dran.«

»Er wird einen neuen Job an Land gezogen haben«, antwortete Poolitzer abwesend, da er sich auf die Aufnahmen konzentrierte. »Es wird ihm gereicht haben, das Antimagie-Versuchskaninchen zu sein. Vor kurzem hat ihn eine Frau aus Seattle angerufen und gefragt, ob er beim Diebstahl eines Artefakts mitmachen wolle. Da hat er bestimmt zugegriffen.« Noch während er den Satz zu Ende formulierte, machte es in seinem Hirn ›klick‹. Die Schlüsse hätte er schon viel früher ziehen müssen. Er hob ruckartig den Kopf und verstand beim Anblick der Magierin, dass sie die gleiche Eingebung gehabt hatte.

»Das kann kein Zufall sein, oder?« Poolitzer zählte an den Fingern auf, was ihm durch den Verstand huschte. »Wir haben einen Negamagier, der sich am Diebstahl eines Artefakts beteiligen soll. Mit seinen Kräften kann er jede Barriere überwinden. Er wäre für die Typen, die die Schatullen geklaut haben, pures Gold wert!«

»Und die Frau aus Seattle war Jeroquee. Seine Nummer hat sie von mir«, vollendete die Hermetische langsam. »Und sie arbeitet seit neuestem für die Fitting Company.«

»Die wiederum auf exklusive Zutaten für Fokusse und Fetische spezialisiert ist. Die beschaffen garantiert auch andere Sachen«, spann er den Faden aufgeregt weiter und rieb sich die juckende Nase. »Ha! Wir haben's! Okay, nehmen wir an, dass ein Unbekannter das Unternehmen mit der Beschaffung der Artefakte beauftragt hat. Damit haben wir unseren Gegenspieler, der verantwortlich für die Morde in Moskau ist!«

»Du solltest herausfinden, was es mit dem Unternehmen auf sich hat«, regte die junge Frau an. »Ich will die schlechten Geister des Kosmos nicht heraufbeschwören, doch es scheint mir, als würde sich etwas Größeres anbahnen.«

Poolitzer kramte ein Taschentuch hervor und schnäuzte sich herzhaft. »Du liegst wahrscheinlich genau richtig. Ich setze meine Quellen gleich drauf an. Mal sehen, ob sich noch etwas mehr Licht in die Sache bringen lässt. Wir müssen herausfinden, wie viele es von diesen Kisten insgesamt gibt.«

Das Jagdfieber machte ihm schwer zu schaffen. Am liebsten wäre er sofort zu Otte gefahren, doch er beherrschte sich und verzichtete auf einen Alleingang. Er bemerkte Cauldrons ernstes Gesicht. »Was ist?«

Die Seattlerin senkte den Blick. »Weißt du, was das unter Umständen bedeutet?«

»Äh, wir bekommen Ärger?«, schätzte er. »Für mich ist das nichts Neues«, schwächte er großspurig ab.

»Das meinte ich nicht«, unterbrach sie ihn leise.

»Xavier!«, fiel es Poolitzer wie Schuppen von den Augen. Dämlicher hätte es nicht laufen können. »Ach was, vergiss es. Es ist ja nur eine Theorie. Er kann alles Mögliche machen.« Ausnahmsweise hoffte er, dass sie sich irrten.

Cauldron schenkte ihm ein schwaches Lächeln. »Warten wir's ab.« Sie wandte sich um und verließ den Raum. »Nicht berühren«, erinnerte sie ihn an die Gefährlichkeit des Artefakts.

So verrückt bin ich nicht, antwortete er stumm. Andererseits würde es sich im Bericht gut machen, wenn er es schaffte, das Auslösen der Barriere auf CD zu bannen. Er brauchte dazu eine feuersichere Box für die Fuchi VX, aber dass die Magierin sich für ihn nochmals in Lebensgefahr begab, daran hegte er erhebliche Zweifel. Vielleicht retuschierte er was rein. Dürfte einfacher sein.

Poolitzer filmte die glitzernden Edelsteine ein letztes Mal, schritt zur Metalltür und zog sie hinter sich zu. Nur wenige Zentimeter trennten Rahmen und Türkante, da zischte es im Lagerraum auf. Eine Druckwelle fegte die Tür wuchtig ins Schloss, heißer Wind schoss durch den Spalt.

Erschrocken zuckte Poolitzer zusammen. *Shit, was war das denn?* Die automatische Verriegelung verhinderte, dass er umkehrte und einen vorsichtigen Blick ins Zimmer warf.

Als er sein Ohr gegen den Stahl legte, um zu lauschen, zog er es hastig zurück. Das Metall hatte sich stark erhitzt.

Fuck! Die Barriere wurde ausgelöst! Er war sich keiner Schuld bewusst. Das bedeutete, dass sich jemand auf magischem Weg für das Stück interessierte und sich im Raum befand.

»Cauldron!«, brüllte er alarmiert und rannte hinter der Hermetischen her.

ADL, Groß-Frankfurt, MaWie, 28. 04. 2058 AD, 00:59 Uhr

Tattoo, Oneshot, Schlagergott und Dice, Sicherheitsleute sowie Cauldron stürmten die Treppe ins zweite Stockwerk hinauf, wo sie ein aufgeregter Poolitzer schon erwartete. Die Kamera saß auf der Kopfhalterung, die Cambrille befand sich auf seinem Nasenrücken.

»Wo wart ihr denn so lange?«, sagte er vorwurfsvoll. In seinen Händen hielt er einen Wasserbecher, unaufhörlich lief er zwischen dem Spender und der Metalltür hin und her. Vor dem Eingang bildete sich eine kleine Lache. Schweiß rann von seiner Stirn. »Du hast zurückgerufen, du wärst gleich hier! Mann, der Stahl schmilzt gleich durch! Mach was!«

Eine schwüle Hitze herrschte im Obergeschoss, und der Lack auf der Metalltür blätterte.

»Was hast du angerichtet?«, fuhr ihn die Hermetische an. »Hast du die Schatulle angefasst?« Sie wollte seine lahmen Ausreden gar nicht hören, sie musste rasch handeln. Die junge Frau setzte sich auf einen

Hocker und konzentrierte sich auf den Übergang in den Astralraum.

Ein Leuchtfeuer begrüßte sie, kaum dass sie die Wahrnehmungsebene wechselte, das so hell brannte, als stünde der Astralraum in Flammen. Es schimmerte durch die toten Wände des Zimmers hindurch und machte die einzelnen Steine hinter der verputzten Mauer sichtbar.

Diesem Snoop sollte man die Finger brechen, damit er nichts mehr anfassen konnte, ärgerte sie sich über Poolitzer. Und ein wenig über sich, dass sie ihn wider besseren Wissens mit der Schatulle allein gelassen hatte.

Sie flog auf die Wand zu und schaute vorsichtig in das dahinter liegende Zimmer. Der Anblick fesselte sie.

Ein Luftelementar umkreiste die Kassette wie ein hungriger Löwe seine Beute, die sich aber heftig zur Wehr setzte. Wann immer er die Barriere attackierte, löste der Abwehrschirm einen magischen Energiestoß aus und flutete den Raum mit Feuer.

Dem Geist tat es nichts, doch das Wesen schien der imposante Anblick zu beeindrucken. Anscheinend versuchte es, die Barriere so lange zu reizen, bis die Energien geschwunden waren.

Hervorragend. Bei allen Kräften, das fehlte gerade noch. Ein Spielkind. Cauldron bereitete sich auf das Bannen des Elementars vor, den sie noch nicht bemerkt hatte. Zuvor schaute sie sich um, ob irgendjemand in ihrer Umgebung war, der den Geist lenkte.

Als sie das neugierige Wesen genauer betrachtete, um sich einen Eindruck von dessen Stärke zu verschaffen, brach Nervosität aus. Wie seine Aura verriet, war es nicht das Schwächste.

In dem Moment entschied sich der Luftelementar, mit aller Gewalt nach der Schatulle zu greifen. War es vorher ein neugieriges Tippen mit der Fingerspitze, wurde nun ein gieriges Raffen daraus.

Die Barriere entlud eine neue Verteidigungsvorrichtung. Oszillierende Fäden schossen aus der Schutzsphäre, legten sich um den Elementar und zogen ihn unnachgiebig näher. Die Aura des Geistwesens flackerte und wurde rasch schwächer. Mit einem letzten Kraftakt riss es sich los und zog sich in eine Ecke zurück.

Cauldron kannte kein Mitleid. Während der Elementar sich vom Schrecken zu erholen versuchte, setzte sie ihren Bannspruch ein, um dem verwundeten Wesen den Todesstoß zu versetzen. Sein Aufbäumen glich dem kraftlosen Versuch eines Ertrinkenden, einer Riesenwelle Widerstand zu leisten. Es bedurfte nur geringer Anstrengung ihrer Bannkunst, um das Wesen zu vernichten.

Augenblicklich erlosch das Leuchten der Barriere. Im Astralraum sah man der Schatulle zwar eine magische Eigenschaft an, aber die Ausmaße, die sie annehmen konnte, wurden in keiner Weise ersichtlich.

Die perfekte Falle. Mit noch größerem Respekt als vorher zog sie sich aus der Astralebene zurück.

Die Magierin öffnete die Augen. »Okay, keine Gefahr mehr.« Sie erhob sich, ging zum Eingang und betätigte die Nummer des Türöffners. Zwar summte es, der Durchgang blieb jedoch verschlossen. Die Hitze im Inneren musste das Schloss beschädigt haben.

»Scheißmagie«, murmelte Tattoo so laut, dass sie keiner überhören konnte. Sie ließ sich ein Brecheisen bringen und hebelte die Tür mit der übermenschlichen Kraft ihrer Cyberarme auf. Die Elfin nickte zur Seattlerin. »Es ist offen.« Sie machte deutlich, dass sie keinen Fuß in den Raum setzte, ehe die Magische nicht selbst mit gutem Beispiel voranging.

Cauldron zog eine Barriere hoch und betrat das Zimmer, das durch die Flammen steriler als jedes Krankenzimmer geworden war. Von den Tapeten war nichts mehr übrig geblieben, selbst der Putz war von der

Wand gefallen. Der nackte Stein lag unter einer dünnen, schwarzen Schicht. Die Lampen hingen an verschmorten Kabeln von der Decke, geschmolzenes Material troff zu Boden. Lediglich die Kreidestriche des magischen Kreises hatten ihre weiße Farbe behalten.

Die junge Magierin wagte es, näher an das Artefakt heranzugehen und es in Augenschein zu nehmen. Sie ließ ihre Barriere fallen, hielt sie aber parat, sollte ein Angriff durch die Abwehrmechanismen der Schatulle erfolgen. Ihr ausgestreckter Arm näherte sich dem Objekt.

»Halt!«, rief der Reporter entsetzt vom Eingang her.

Ihre Hand hielt inne. »Was ist?«

»Könntest du dich ein wenig zur Seite drehen, damit ich es besser filmen kann?«

Ohne weiter auf seine Bitte einzugehen, setzte sie die Bewegung fort. Einige der Stadtkrieger lachten schadenfroh.

Die Mächte seien mit mir. Ihre Fingerkuppen berührten die Oberfläche des Kästchens. Nichts geschah. Cauldron stieß erleichtert die Luft aus. »Alles in Ordnung«, versicherte sie, nahm das Artefakt in die Hand und drehte sich um.

Nun sah sie, dass der Reporter ganz nach hinten in der Reihe der Schaulustigen gedrängt worden war. »Was sollen wir damit tun? Es kommt mir so vor, als würde es Geister anziehen.«

»Ich habe den Koffer«, stieß Poolitzer hervor. Er deutete mit dem Zeigefinger hinter sich und meinte damit das Versammlungszimmer. »Er steht in der Ecke, samt Funkfrequenzstörer und frischen Batterien.«

Cauldron wandte sich an die Stadtkrieger. »Ich schlage vor, wir deponieren die Schatulle im Koffer. Zumindest, bis das Spiel vorbei ist. Ich sorge für eine zusätzliche Sicherung. Ein paar Watcher sollten als magische Alarmanlage genügen.«

Tattoo nickte nachdenklich. »Morgen ist der letzte Trainingstag, um den A666-Typen letzte Tipps zu geben. Schwingt euch in die Federn und betet, dass die Royals übermorgen einen schlechten Tag haben.«

In einer kleinen Prozession zogen sie in den Raum, in dem Poolitzer den metallbeschlagenen Koffer aufbewahrte. Cauldron deponierte die Kassette feierlich darin und verschloss ihn, soweit es die Beschädigung, die beim gewaltsamen Öffnen entstanden war, zuließ. Anschließend brachte sie den Koffer zurück in den verwüsteten Lagerraum. Zwei Watcher sorgten dafür, dass sie umgehend über Veränderungen informiert werden würde.

IX.

ADL, Homburg (SOX), 28. 04. 2058 AD, 02:59 Uhr

»Was will er?«, sagte Michels ratlos. »Wir sollen ihn die Straße …«

»Los.« Ordog und Schibulsky hoben den Magier an und schleppten ihn über den Asphalt, um seinem Wunsch nachzukommen. Sheik erwachte nach ein paar Metern aus seiner Benommenheit und gab ihnen zu verstehen, dass sie ihn loslassen könnten. Die Rückkehr in seinen Körper war ihm gelungen. Er lehnte erschöpft an der Brüstung der Brücke, fummelte mit zitternden Händen sein Notizbuch hervor und kritzelte. Irgendwann setzte er sich auf den Boden, Stift und Papier glitten herab. Starr richteten sich seine Augen ins Nirgendwo, seine Lippen bewegten sich lautlos.

Während ihr Anführer noch grübelte, wie man sich am besten vom Krisenherd entfernte, hörten sie aus weiter Entfernung das gedämpfte Brummen von leistungsstarken Triebwerken. *Was zum Teufel kommt jetzt?*, fragte sich Ordog ein wenig bang. Für seinen Geschmack erlebten sie genug. Es reichte.

Auf der Kuppe des Schlossbergs stoben Sandfontänen meterhoch auf, die Ruinen der Hohenburg stürzten zusammen, Bäume fielen um. Es war das Ende der uralten Gesteinserhebung und der darauf befindlichen Burgruine, die der bereits toten Stadt einst ihren Namen gab.

Nach einer knapp fünfminütigen Abwurforgie brach die imposante Erhebung in sich zusammen, weitere heftige Explosionen im Inneren verstärkten die Vernichtung des einstigen Wahrzeichens. Die Kuppe sank nach unten und tauchte in die immense, rotbraune Staubwolke ein, als versänke sie in einem Meer.

Das wirbelnde Gesteinsmehl mischte sich mit dem ätzenden Qualm der Brände. Zwar löschte das tonnenweise herabfallende Geröll die Feuer in der näheren Umgebung, dennoch wälzten sich gefährliche Rauchwolken unaufhaltsam auf das Team zu.

»Zeit zu gehen«, befahl Ordog und deutete auf die ersten Häuser Limbachs, unmittelbar hinter der Brücke. »Dort warten wir, bis der Sandsturm vorbei ist.«

Michels nahm den Araber wie ein kleines Kind an der Hand. Folgsam trottete Sheik hinter dem Zwerg her, die freie Rechte umklammerte sein Notizbuch und den Stift.

Der fahle Straßensamurai schaute unterwegs über die Schulter und musterte den Magier. Wenn es ein bisschen Gerechtigkeit auf der Welt gab, erholte er sich hoffentlich bald wieder.

Sie schlossen die Tür in dem Moment hinter sich, als der Wind die ersten Schwaden über die Brücke und auf das Dorf zutrieb.

ADL, Freistaat Thüringen, Weimar,
30.04.2058 AD, 10:25 Uhr

»Schatulle aus Teakholz, silberne und goldene Intarsien in Form von Sternen, dazu drei Granatsteine auf der Vorderseite senkrecht eingearbeitet. Zirka fünfhundert Jahre alt, vorderasiatischer Raum.« Poolitzer richtete sich ein wenig vom Schreibtisch auf, über den er sich eben gebeugt hatte, und fügte ein »Magisch« hinzu.

Wiebke Otte lächelte ihn unverbindlich an, die Linke lag auf dem Bergkristall ihres Amuletts. »Ist so etwas nicht aus den Museen verschwunden, die Sie vor kurzem kontaktierten?«

Er machte eine gewichtige Miene. *Mal schauen, ob dich das aus der Reserve lockt.* »Zwei junge Männer, einer studierte Archäologie und Arabisch, der andere Theologie, Latein, Griechisch und Hebräisch. Eine Angestellte in einer Online-Bücherei, ein Doktorand der Mittelalterlichen Geschichte«, sagte er betont langsam und ließ das Braun um ihre Pupillen nicht aus den Augen. »Alle vier lagen tot in einem Moskauer Slumviertel. Was sagt Ihnen das, Frau Vizepräsidentin der Projektgruppe Alexandria?«

Die Frau mit den hellbraunen Haaren sog erschrocken die Luft ein. »Tot?«, wisperte sie. »Sie sind … tot?« Sie bedeckte den Mund mit ihrer rechten Hand, der Schock über die Neuigkeit nahm sie sichtlich mit. »Wie konnte das passieren? Sie waren …«, flüsterte sie. Ihr Blick glitt durch den Reporter hindurch. Offenbar ging sie in Gedanken die Planung durch, die Unvorhergesehenes zunichte gemacht hatte.

Poolitzer tat es Leid, dass er Otte in den Gefühlsabgrund gestoßen hatte. Andererseits bestätigte ihre Reaktion, dass sie mehr wusste. In seiner Reporterneugier war er ohne das Wissen der Stadtkrieger nach Weimar gereist, um die Recherchen zu beschleunigen. Nicht zuletzt spielte die Angst vor dem Eingreifen der beiden russischen Attentäter, die nach wie vor frei herumliefen, eine große Rolle.

Otte erholte sich langsam von den Auswirkungen der unvermittelten Unglücksbotschaft. Sie ordnete bebend ihr knielanges, bordeauxfarbenes Kleid und zwang sich zu einer ruhigen Atmung.

Poolitzer goss ihr ein Glas Wasser ein und reichte es ihr. »Schluss mit dem Versteckspiel, Frau Otte«, sagte er sanft. »Wenn wir uns gegenseitig helfen, erreichen wir das Beste.« Auch wenn er keinen blassen Schimmer hatte, worum es hier ging.

Die Vizepräsidentin der Alexandriner nippte an dem Glas. »Wie haben Sie herausgefunden, dass sie gestorben sind?«, verlangte sie zu wissen.

»Einige Leute, die ich kenne, sind zufällig auf sie gestoßen«, erklärte er ausweichend. »Die Leichen befinden sich immer noch an dem Ort. Ich kann Ihnen sagen, wo das ist, um für eine Überführung in die ADL zu sorgen.« Er nahm die Kamera auf und legte sie in den Schoß. »Übrigens, ich wusste bis eben nicht, dass sie Ihretwegen in Moskau waren. Ich vermutete es, Sie haben es mir bestätigt. Und Sie wissen mehr, Frau Otte. Ich bin hinter der Story her und muss die Hintergründe kennen. Eine Hand wäscht die andere. Steht unser Deal?«

Es traf ihn ein entrüsteter Blick. »Was für ein Mensch sind Sie, Herr Gospini?«

»Ich bin kein Mensch. Ich bin Reporter.« Er grinste frech. »Und weil ich der beste bin, muss ich abscheulich sein, um an meine Informationen zu kommen. Hätten Sie mir gleich gesagt, dass Sie etwas von der Schatulle wissen, wären wir von Anfang an gleichberechtigte Partner gewesen.«

»Es geht dabei um mehr als nur Ihre Story. Dass Menschen starben, berührt Sie nicht sonderlich, oder?« Otte funkelte ihn wütend an. So sehr sie die Einstellung des Reporters hasste, so sehr war sie auf seine Informationen angewiesen. »Was wollen Sie wissen?«, gab sie klein bei.

Er drückte heimlich auf den manuellen Aufnahmeknopf der VX2200C. »Was ist in dem Kästchen? Was macht den Inhalt so interessant für Ihre Projektgruppe und andere, dass sie über Leichen gehen?«

Sie spielte mit einer Strähne und betrachtete die schwarz gefärbten Spitzen der dunkelblonden Haare. Anscheinend wog sie ab, was sie vor dem Reporter ausbreiten durfte und was nicht. »Versprechen Sie mir, dass ich den Bericht vorher sehe und Sie Änderungen vornehmen, falls etwas davon nicht an die Öffentlichkeit gelangen soll?«

Seine Finger kreuzten sich automatisch. So weit kam es noch, dass sich die Pressefreiheit etwas anderem beugte. »Aber sicher, Frau Otte. Legen Sie los.«

»Haben Sie etwas vom ILP gehört?«

»Dem was?«

»Index librorum prohibitorum. Die Liste der Verbotenen Bücher«, tat ihm Otte den Gefallen, den lateinischen Ausdruck sofort zu übersetzen. »Dieses geheime Verzeichnis enthält magische Bücher, die so gefährlich sind, dass sie niemals in die Hände von schlechten Personen geraten dürfen. Die darin aufgezeichneten Formeln sind zu gefährlich für den Magier selbst oder beherbergen solche Macht, dass sie einen einzelnen Menschen zu überlegen machen würden«, gab sie dem Seattler einen Schnellkurs. »Die ehrwürdige Doktor-Faustus-Verbindung ist verantwortlich für die Selektierung.«

Poolitzers Nase juckte. Eine großartige Story! »Klingt unheimlich spannend. Dann ist also dieses gefährliche Werk in der Kiste?«

Sie nickte halbherzig. Um ein Haar hätte der Reporter vor Freude aufgejauchzt. Doch der Glückszustand erhielt sofort einen Dämpfer. »Wir vermuten es.«

»Würden Sie bitte die Zusammenhänge erklären?«, bat er seufzend. »Ich kenne mich leider in der Magieszene nicht so gut aus. Worum geht es? Klartext, bitte.«

»Es geht um ein legendäres Buch namens ›Aeternitas‹. Manche Aufzeichnungen berichten davon. Glaubt man den Erzählungen, handelt es sich um aramäisch-lateinisch-griechisches Werk, das Beschwörungsformeln und Ritualangaben enthält. Damit wird der Zauberer so mächtig, dass er Elementare herbeirufen kann. Opfert er diese astralen Wesen wiederum auf spezielle Weise und fängt diese Energien in einem Fokus auf, schreckt er mit diesem Amulett den Tod ab.«

Poolitzer blinzelte. »Sie nehmen mich auf den Arm.«

»So steht es zumindest in einer Schriftrolle«, räumte Otte ein. »Aeternitas. Ewigkeit. Ewiges Leben.«

»Wie soll ich mir einen Talisman vorstellen, der den Sensenmann in die Flucht schlägt?« Poolitzer musste lachen. »Nee, jetzt mal ehrlich. Das sind Ammenmärchen, die Sie mir erzählen! Was ist wirklich drin? Und warum gibt es mehrere von den Dingern?«

»Ich muss Sie enttäuschen. Es ist der einzige Hinweis auf den Inhalt. Angeblich wurden mehrere Schatullen angefertigt, um das Geheimnis der Unsterblichkeit zu bewahren. Nur eines davon beinhaltet die korrekte Formel, alle anderen Exemplare weisen Fehler auf, sagt die Legende. Die magische Versiegelung soll dazu führen, dass nur der Beste an das Mysterium gelangt und den gerechten Lohn für seine Nachforschungen erhält.« Bedauernd zuckte sie mit den Schultern. »Mehr haben wir nicht herausfinden können. Übrigens nahm keiner der gelehrten Welt diese Mär ernst. Sie haben Recht, wenn Sie über die Vorstellung lachen, der Tod ließe sich von einem Amulett vertreiben.«

»Das setzte doch voraus, dass man den Tod magisch beeinflussen könnte?«, grübelte der Reporter laienhaft. »So ein Unsinn. Und dafür gingen Ihre Leute drauf?«

Ihre Unterkiefer mahlten gefährlich. »Vorsicht, Herr Gospini. Mehr Respekt. Die Menschen starben, um vielleicht eine Katastrophe zu verhindern, wie sie noch niemals auf der Erde stattfand.«

»Tatsächlich? Ich könnte Ihnen hundert Ereignisse aufzählen, die schlimmer sind als die Unsterblichkeit eines Einzelnen«, meinte er. »Wo ist das Problem? Soweit ich weiß, ist diese Barriere undurchdringbar.«

»Wir dachten ebenso wie Sie. Die Kassetten galten als nette Exponate oder Sammlerstücke, deren Wert darin bestand, dass die Barriere den Inhalt in den Bereich der Legende rückte.« Sie füllte das Glas und ging zum Fenster. »Beim ersten Diebstahl dachten wir uns nichts dabei. Manche ereigneten sich schon vor Jahrzehnten. Doch in den letzten Jahren trat eine Häufung auf, die wir anfangs mit einem Lächeln, später mit Schrecken registrierten. Jemand hatte die Jagd auf ›Aeternitas‹ eröffnet. Anfangs hinkten wir hinterher. Dass es auf die Liste der verbotenen Bücher gesetzt wurde, war eine Formsache, die uns die Arbeit erleichtern sollte. Ein Trugschluss.«

»Sie forschten nach und fanden heraus, dass sich Professor Diederichs ebenfalls im Besitz einer Schatulle befand«, fuhr Poolitzer für sie fort. »Sie nahmen Kontakt unter dem Decknamen Alexandra auf und informierten ihn über die Gefährlichkeit der Schatulle.«

Otte wandte sich um. »Wir waren sogar vor den Konkurrenten beim Professor, der sich aber nicht überzeugen lassen wollte. Als wir beschlossen, ihn mit dem Hinweis auf den Index zur Herausgabe zu zwingen, schlugen die Räuber zu. In Moskau waren wir dichter dran. Es gelang uns, einen Besitzer ausfindig zu machen und ihm ein Kaufangebot zu unterbreiten. Doch vor Ort informierte uns der Sammler, dass er sein Exemplar aus Geldnot an einen weiteren Interessenten veräußert hatte. Unsere Gruppe wollte den Käufer abfangen. Das war die letzte Mitteilung des Teams.« Ihre Stimme brach. »Der Versuch hat sie das Leben gekostet.« Zitternd leerte sie das Glas.

Warum stahl jemand abergläubischen Schrott, sinnierte Poolitzer. »Lassen Sie uns gemeinsam überlegen. Da jemand die Schatullen klaut, muss er sie öffnen können«, vermutete der Seattler und gab der Vizepräsidentin Gelegenheit, sich zu fangen. »Und er wird daher wissen, was sich wirklich darin befindet. Da der Typ über Leichen geht, muss es etwas Mächtiges sein.«

»Das meinte ich damit, als ich von einer Katastrophe sprach«, sagte Otte eindringlich. »Möglich, dass sich nichts darin befindet. Möglich wäre aber auch, dass finsterste Geheimnisse darin verborgen liegen.«

»Die Büchse der Pandorra? Werden Sie nicht albern. Wenn man mit dem Amulett den Tod abschrecken kann, meinte der Schreiber damit einfach nur, dass man die

Menschheit von jeglicher Seuche befreit. Nie wieder Aids, Krebs, Vitas und der ganze Mist. Ein cleverer, rücksichtsloser Geschäftsmann wäre in der Lage, sich mit der Not der Menschheit ein Vermögen zu erwirtschaften.« So oder so, die Geschichte setzte einen weiteren Stein auf seinem Weg zum unsterblichen Reporter-Ruhm. Er würde sich anstrengen, dass es ein Happyend gab. »Wie viele Kisten gibt es eigentlich, und wer ist unser Gegner?«

Die Frau kehrte an den Schreibtisch zurück, ihre Mundwinkel hoben sich ein wenig. »Schön, dass Sie uns unterstützen möchten.«

»Ich gehe davon aus, dass Sie die Guten sind«, erklärte Poolitzer seine Großzügigkeit. »Sollte unser Feind aber eine Frau sein, besser aussehen als Sie und mir versprechen, mindestens eine Nacht mit mir zu verbringen, wechsle ich die Seiten.« Er grinste breit. »Nur als Warnung.«

»Ja, das dachte ich mir.« Otte tippte etwas in ihren PC, anschließend drehte sie ihm den Flachbildmonitor zu. »Den Überlieferungen zufolge sollten es sieben Behälter sein. Sechs wurden bereits gestohlen. Der Aufbewahrungsort der siebten Kassette ist unbekannt.«

Poolitzers Zuversicht sank. »Shit. Die Wahrscheinlichkeit ist demnach hoch, dass sich die richtige Kassette bereits in deren Besitz befindet.« Ein wenig Kopfrechnen brachte ihm eine neue Erkenntnis. Er schlug sich an die Stirn. Kein Wunder, dass ihr Gegenspieler es riskierte, in ein Stadtkrieg-Spiel einzugreifen. Ausgerechnet die Black Barons besaßen die wichtigste Schatulle.

»Wer sich die Schatullen aneignet, wissen wir leider nicht. Anhaltspunkte existieren nicht. Es kann eine Gruppe, es kann ein Einzelner sein. Wir müssen uns darauf beschränken, schneller zu sein und die letzte Schatulle in Sicherheit zu bringen.« Ihre braunen Augen ruhten forschend auf seinem Gesicht. »Sagen Sie mal, wenn

Sie die Leichen und den toten Kurier fanden, wo war dann der Koffer, von dem unser Team berichtete?« Die Alexandrinerin erkannte an seiner Reaktion, dass er etwas zu verheimlichen versuchte. »Hat ihn die russische Polizei?« Die Finger der rechten Hand legten sich auf den Bergkristall. »Sie versprachen, mir alles zu sagen. Erinnern Sie sich, wir arbeiten gemeinsam!«

Der Seattler flegelte sich in seinen Stuhl. »Ich weiß nicht, ob ich Ihnen trauen soll, Frau Otte.«

Ihre Miene verhärtete sich. »Dafür sind Sie sehr wagemutig. Ohne Rückendeckung nach Weimar zu reisen könnte sich als sehr töricht erweisen.«

»Eine Drohung? Nicht doch. Woher wollen Sie wissen, dass ich allein bin?« Ein Unwohlsein breitete sich in ihm aus. *Habe ich sie unterschätzt? Vielleicht ist sie nicht so harmlos, wie sie tut?*

»Auf magischem Wege steht Ihnen niemand bei, da bin ich mir sicher«, sagte sie ihm auf den Kopf zu. »Die Sicherheitskameras zeigten mir niemanden, der Sie begleitete. Folglich säßen Sie in der Patsche, würde ich Ihnen Übles wollen.«

»Okay, dann trage ich eben einen versteckten Sprengstoffgürtel?«

Otte schüttelte den Kopf. »Dem ist aber nicht so. Begreifen Sie endlich: Nur die Projektgruppe Alexandria kann Ihnen helfen. Sind Sie im Besitz einer Schatulle, stecken Sie in unvorstellbaren Schwierigkeiten, Herr Gospini! Unsere Toten sollten Ihnen eine Warnung sein.«

»Ich weiß, wo sie ist«, räumte er zögerlich ein. »Einige andere Leute haben noch ein Mitspracherecht. Ich muss sie erst fragen, was mit der Kassette geschieht.« Er stand auf und wollte sich zurückziehen, solange Otte es noch zuließ. »Ich kann Ihnen für nichts garantieren. Ich werde denen zwar alles erzählen, was Sie mir über die Hintergründe darlegten. Aber ob sie das überzeugt?«

Die Vizepräsidentin stand auf und geleitete ihn zur Tür. »Sagen Sie ihnen, es sei eine Belohnung drin. Der Anreiz von zehntausend EC sollte ausreichen?«

Poolitzer bezweifelte das ernsthaft. Allein die Werbeverträge brachten einem Stadtkrieger sackweise Asche. Da bedeuteten zehntausend Mücken eine Auffrischung der Portokasse, mehr aber auch nicht. »Ähm, an Ihrer Stelle würde ich an ihr Verantwortungsgefühl appellieren«, riet er ihr.

Sie öffnete ihm die Tür und brachte ihn bis ins Foyer. »Wer immer die Schatulle haben möchte, Sie und ihre Freunde besitzen die vorletzte …«

»Die letzte«, verbesserte der Seattler leise.

»Nein, die vorletzte. Bevor Sie mir eröffneten, dass Sie die sechste besitzen, wähnte ich das Exemplar in den Händen unseres Gegenspielers. Eines haben Sie, eines liegt an einem Ort verborgen, den hoffentlich niemand findet. Auch wenn ich inzwischen nicht mehr daran glaube.«

»Ich rufe Sie an«, entgegnete der InfoNetworks-Mitarbeiter ausweichend. Er nickte und verließ hastig die Bibliothek, hüpfte die Stufen hinunter und ging in Richtung Bushaltestelle.

Die Alexandrinerin schaute ihm nicht lange nach. Eilig lief sie in ihr Büro zurück und rief einen Watcher herbei, den sie auf den Seattler ansetzte. Sorgsam inspizierte sie anschließend den Stuhl und den Boden, bis sie sich bückte und zufrieden ein gefärbtes Haar vom Schopf des Reporters aufhob. Sorgsam legte sie es in einen Briefumschlag.

ADL, Freistaat Thüringen, Jena,
30. 04. 2058 AD, 14:32 Uhr

Poolitzers Neugier sorgte dafür, dass er einmal mehr kurz davor stand, eine Straftat zu begehen. Nachdem er unterwegs vergeblich versucht hatte, den Negamagier zu erreichen und nur den Anrufbeantworter zu hören bekam, wollte er zu Xaviers Wohnung fahren und sich dort umschauen.

Der Besuch könnte ihm die Gewissheit bringen, dass der deutsche Runner für seine aktuellsten Gegner arbeitete. Diese Klarheit brächte nur bis zu einem gewissen Grad Befriedigung, aber immerhin hörte dann das Stochern im Nebel auf.

Der Reporter stand vor dem Eingang des Gebäudes, in dem mehrere Parteien wohnten. Sein schlechtes Gewissen rang mit dem journalistischen Recherchedrang. Ottes Worte, die in seinem Gedächtnis nachklangen, erleichterten ihm die Entscheidung, sich als Einbrecher zu versuchen.

Es ist rein geschäftlich, redete er sich ein, als er den Fuß über die Schwelle setzte. *Er wird nicht einmal merken, dass ich da war. Und wenn doch, mache ich ihn darauf aufmerksam, dass ich für die Guten arbeite.*

Anhand des Klingelschilds identifizierte er die Etage und machte sich daran, die Treppen zu erklimmen. Schnaufend erreichte er das zehnte Stockwerk, schaute sich nach Überwachungskameras um und ging durch den Korridor, als wohnte er hier.

Leise summend packte er ein Gerät zum Magschlossknacken aus, stöpselte sich die Talentsoft-Zylinder in die Buchse und machte sich an die Arbeit. Sekunden darauf stand er in Xaviers Behausung.

Fast leere Schränke und Schubladen wertete er als sichere Indizien dafür, dass der Negamagier für längere Zeit verreist war. Schreibkram entdeckte er nirgends, nicht einmal Ordner, Datenträger, Chips oder einen PC. Das erschien ihm merkwürdig.

Im Schrank mit den Bedienungsanleitungen für das Trideo, die Soundanlage und alle Küchengeräte stolperte er über den Kontrollausdruck eines Mietvertrags, mit dem Xavier ein kleines Büro in der Innenstadt angemietet hatte. Ortswechsel.

Nach einer neuerlichen Fahrt mit dem Jenenser öffentlichen Nahverkehr wiederholte er das Spiel mit dem Magschloss an der Bürotür. Besonders gekennzeichnet war sie nicht. Alleine die Beschreibung des Mietvertrags diente ihm als Orientierung. Nichts wies am Eingang auf einen Mieter hin, der Halter für eine Beschriftung war leer. Im Flur befanden sich weitere Büros, zahlreiche kleine Unternehmen richteten darin ihren Unterschlupf ein.

Dieses Mal benötigte der elektronische Dietrich wesentlich länger. Poolitzer fürchtete, dass die Polizei oder ein Wachdienst anrückten, um ihn einzubuchten. Doch das Warten lohnte sich. Nach fast zwei Minuten klackte es, die Verriegelungsautomatik hatte sich überlisten lassen.

Der Reporter huschte mit klopfendem Herz hinein. Aufgeregt machte er sich ans Stöbern und hörte gleichzeitig den Anrufbeantworter ab. Dabei stieß er auf den Anruf Jeroquees. Einen Beweis, dass der Negamagier ihr Angebot angenommen hatte, stellte es nicht dar.

Sein Armband-Kom vibrierte. Nach kurzem Überlegen nahm er das Gespräch entgegen. Der Gesprächspartner überraschte ihn.

»Keimag? Ich meine, Xavier? So ein Zufall.« Sofort schaute er sich um, ob er eine Kamera übersehen hatte und ihn der Negamagier am Kom zur Rede stellen wollte. »Was treibst du so? Die Leute in Jena machen sich schon Sorgen, und ich habe dir den Anrufbeantworter voll getextet.« Die Verbindung war schlecht, die

Stimme des Runners hörte er mehr als ein Krächzen zwischen immensen Störgeräuschen. »Sag mal, die Sache mit dem Artefakt, von der du mir in der Bibliothek erzähltest – hast du den Auftrag angenommen?«

»Nein. Ich mache momentan was anderes«, kam die Antwort wie aus der Pistole geschossen, als habe der Negamagier nur darauf gewartet. »Ich bin mit ein paar Profis auf der Jagd nach einem wichtigen Typen. Er ist Schamane und hat ein paar von denen mit einem Feuerball geröstet. Ich soll das in London regeln.«

Poolitzer glaubte kein Wort. Nicht dass er Beweise für eine Lüge besaß. Es war die Schwingung in der Stimme des Deutschen, diese Unsicherheit, die er von unzähligen Interviews her kannte. Mochte die Leitung noch so schlecht sein, täuschen ließ er sich nicht.

»Aha. Lastet dich das mehr aus, wie Versuchskarnickel zu sein? Hey, ich habe gehört, dass Jeroquee jetzt für die Fitting Company arbeitet.« Gespannt lauschte er.

Mit einem Mal wurde die Verbindung besser. Im Hintergrund hörte er eine Lautsprecherdurchsage, auf Deutsch mit thüringischem Akzent.

Xavier lachte nervös. »Das ist ja interessant. Würde man der Kleinen gar nicht zutrauen, wenn man sie so sieht.«

Gotcha! »Ach? Hast du sie mal getroffen?«, hakte er ein. »Vor kurzem kanntest du nämlich nicht mal ihren Namen.« Während er auf die Antwort wartete, drückte er die Konferenzschaltung-Funktion seines Kom-Geräts und wählte die Nummer, die der Anrufbeantworter beim Anruf Jeroquees eingeblendet hatte. Er musste lachen, als er hörte, wie im Hintergrund ein Kom-Gerät klingelte.

»Hallo?«, meldete sich die ehemalige Ghuljägerin etwas ungehalten.

»Hallo, Jeroquee«, grüßte Poolitzer und zwang sich,

sein Gelächter zu unterdrücken. »Sag Xavier guten Tag.«

Stille. Er konnte sich bildlich vorstellen, wie sich die beiden gegenseitig anschauten und nachdachten, wie sie aus der Situation herauskamen. »Ihr arbeitet beide für die Fitting Company, stimmt's?«

Ein synchrones Seufzen ertönte. »Ich gebe dir einen Rat, Linse«, sagte der Negamagier, der sehr, sehr müde klang. »Wenn du dich derzeit mit einer Sache beschäftigen solltest, in deren Mittelpunkt ein Kästchen steht, geh in Deckung und such die eine andere Story.«

»Hey, komm schon. Gib dir einen Ruck und sag wenigstens, für wen ihr die Schatullen einsammelt«, versuchte Poolitzer zu feilschen. »Ich sage niemandem, dass du mit drin hängst oder dass ich die Infos von dir habe.«

»Sehr witzig. Ich kann dir nur verraten, dass es eine Nummer zu groß für dich ist. Selbst für einen Kon-Schreck wie dich«, blieb der Runner eisern. »Bleib in den nächsten vierundzwanzig Stunden, wo du bist, und rühr dich nicht vom Fleck. Jeroquee und ich würden nicht auf dich ballern. Die anderen schon.«

»Seit neuestem zähle ich Mainzer Stadtkrieger zu meinen Freunden, keine Sorge. Dann ruf mich wenigstens an, wenn der Bruch gelaufen ist«, schlug der Seattler vor. »Aus Gefälligkeit. Ich möchte nur meine Geschichte vervollständigen, okay?«

»Mal schauen. Ich muss jetzt …« Xavier beendete ohne Vorwarnung das Gespräch.

Poolitzer tänzelte übermütig auf der Stelle. Er, Severin T. Gospini, war der größte Schnüffler von allen!

Schwungvoll warf er sich in Xaviers Sessel und telefonierte mit seinen Kontakten, die er drängte, mehr über die Fitting Company herauszufinden, und das innerhalb kürzester Zeit. Hinter der legalen Fassade eines Zubehörhandels liefen andere, krumme Geschäfte, über die man in den Schatten unter Umständen Bescheid wusste.

Das nächste ehrgeizige Ziel bildete sich in seinem Unterbewusstsein. Da er wusste, dass sich innerhalb der nächsten vierundzwanzig Stunden der Einbruch ereignen sollte und er eindeutig eine Durchsage mit thüringischem Zungenschlag vernommen hatte, lag es im Bereich des Möglichen, dass sich die siebte Schatulle gar nicht so weit entfernt von ihm befinden mochte. Er könnte dabei sein und die Geschehnisse dokumentieren.

Sogleich kamen ihm Zweifel. Fände er das Zielobjekt des Negamagiers und Jeroquees heraus, müsste er angesichts der Brisanz des Gegenstandes eingreifen. Auf die Unterstützung der Black Barons brauchte er nicht zu hoffen. Das Team bestritt an diesem Abend das Spiel gegen die Blood Royals. Cauldron müsste bei ihrer Kassette bleiben, um sie vor Geistern, russischen Messerklauen und anderen Langfingern zu beschützen. Damit stand er ohne Verbündete da.

Die Bullen in Kenntnis zu setzen schied aus. Seine guten Bekannten endeten bei deren Eingreifen für alle Ewigkeit im Knast, und das wollte er nicht verschulden.

Die Alexandriner kamen ebenfalls nicht infrage. Sie schienen nicht die begnadetsten Kämpfer zu sein. Selbst in der Überzahl wie in Moskau zogen sie den Kürzeren. Außerdem war fraglich, wie viele Helfer Otte auf die Schnelle zusammentrommeln konnte.

Bevor es an die Taktik ging, musste er erst herausfinden, wo sich die letzte verbliebene Schatulle befinden könnte. Die Suche nach der Nadel im Heuhaufen begann. Und je mehr er darüber nachdachte, desto größer wurden die Zweifel, dass er es schaffte.

Das energische Klopfen an der Tür erschreckte ihn. *Shit, hat mich jemand gesehen?* Da er hörte, wie das Schloss summte und entriegelt wurde, suchte er sich schnell ein Versteck. Er wollte der Putzfrau oder dem

Hausverwalter nicht begegnen und Fragen beantworten müssen. In letzter Sekunde verschwand er im unteren Fach des Büroschranks. Ein Spalt erlaubte es ihm, nach dem unerwarteten Besuch zu schauen.

Es war nicht die Putzfrau. Zwei kräftige Männer in unauffälliger Kleidung und langen Frühlingsmänteln betraten Xaviers Büro. Irritierend fand der Reporter die Tatsache, dass sie Sturmhauben über dem Gesicht und leichte Handschuhe trugen. Als sie sich leise in einer ihm unverständlichen Sprache unterhielten, wurden seine schlimmsten Befürchtungen wahr: Die beiden flüchtigen Russen hatten ihn gefunden.

Beide holten Kurzvarianten des AK-97 unter ihren Mänteln hervor und hielten sie locker, doch nicht weniger feuerbereit im Hüftanschlag. Klobige Schalldämpfer verhinderten, dass eine Exekution mehr Lärm als notwendig verursachte.

Während einer das Büro systematisch durchforstete, bezog der zweite Stellung an der Tür und verhinderte jeden Ausbruchsversuch, den er in seiner Verzweiflung sofort unternommen hätte. Seine hartnäckigen Jäger gaben ihm dazu keine Gelegenheit.

Fieberhaft dachte Poolitzer darüber nach, wie er sich seinem drohenden Schicksal entzog. In einem Anfall von Heldenmut entschied er sich zu aktivem Widerstand, da jeder Fluchtversuch aussichtslos war.

Eine Mossberg wäre gut. Aber leider lag sie in Seattle. Ganz vorsichtig zog er seine Pistole, lud sie durch und entsicherte sie. Den Lauf richtete er genau auf die Höhe, in der sich das Gesicht des Russen befinden würde. Er traute sich nicht, die Talentsoft »Schusswaffen« gegen das Schlösserknacken auszutauschen. Das Ziel war auf die Distanz kaum zu verfehlen.

Die Tür wurde nach hinten geschoben, und sofort drückte Poolitzer ab. Die Kugel sirrte knapp an der Sohle eines Turnschuhs vorbei.

Verfehlt! Ich habe ihn verfehlt! Jetzt half nur noch Geistesgegenwart. Er warf die Waffe nach draußen und hielt die Hände halb aus seinem Versteck, um zu zeigen, dass er keine weitere Waffen mehr besaß.

»Nicht schießen!«, rief er laut. »Wenn ihr die Kiste haben wollt, müsst ihr mich leben lassen, Iwans!«

Der Turnschuh wurde plötzlich riesig groß und traf den Reporter mehrfach am Oberkörper und am Kopf. Der Russe trat nach ihm wie nach Ungeziefer. »Ey, ich bin doch keine Kakerlake!« Benommen kippte er aus dem Schrank. Sofort richtete sich die Mündung der AK auf seine Nasenwurzel.

»Aufstehen!«, hörte er den gutturalen Befehl.

Benommen stemmte er sich in die Höhe, schwankend stand er vor dem Kleineren der beiden Russen.

Sein Gegenüber richtete einige Sätze in seiner Heimatsprache an den Begleiter und erhielt umgehend Antwort. »Gut, wir nehmen dich mit. Jemand wird sich kümmern um dich«, teilte er Poolitzer die gemeinsame Entscheidung mit. Dabei richtete er seine ungeteilte Aufmerksamkeit allein auf den Reporter.

Der zweite Russe senkte plötzlich den Kopf und schaute auf seine Arme, die zitternd den Lauf der Automatik hoben. Kaum stand das Gewehr senkrecht, ruckte der Oberkörper in der Hüfte herum, bis die Waffe genau auf seinen Mitstreiter zielte.

Aus dem geschlossenen Mund drang ein schwacher Laut. Was immer der Mann machte, er tat es nicht freiwillig.

Das verzweifelte Gewinsel weckte das Misstrauen seines Komplizen. Als er den Kopf zur Seite drehte, trafen ihn die ersten Projektile in den Unterleib. Die Einschüsse wanderten nach oben, bis sie den Hals erreichten. Erst mit der letzten Patrone endete der Angriff.

Der mehrfach Getroffene stürzte tot zu Boden. Im gleichen Moment setzte bei dem Schützen die Sprachfähigkeit wieder ein. Er redete laut mit sich selbst, blickte zum Reporter und schaute wieder auf seine Arme. Dabei wechselte er umständlich das Magazin des russischen Sturmgewehrs. Die Bewegungen machten einen marionettenhaften Eindruck.

Poolitzer sprang hinter den Schreibtisch in Deckung. Die Pistole lag unendliche Meter von ihm entfernt. *Shit, was wird das für eine Komödie? Die Iwans entsorgen sich gegenseitig?*

Das AK schoss eine kurze Salve, danach fielen ein schwerer Körper und etwas Metallisches auf den Teppich. Vorsichtig schielte der Reporter um die Ecke. Der Mann lag in seinem eigenen Blut, vom Kopf war nicht mehr viel übrig.

Schuldgefühle kamen für den Selbstmord nicht infrage. Jemand hatte seine magischen Finger im Spiel, um ihm den Hintern zu retten.

Cauldron! Eilig wählte er ihre Kom-Nummer. Nebenbei begann er, die Leichen zu durchsuchen. »Hei, Grufti! Wieder zurück aus dem Astralraum? Das war zwar nicht nett, dass du mich bespitzelt hast«, begrüßte er sie munter. »Aber weil du mir das Leben gerettet hast, verzeihe ich dir, großzügig wie ich bin.«

»Wovon redest du, Snoop?«, erkundigte sich die Magierin überrascht. »Was meinst du damit?«

Poolitzers Heiterkeit verschwand augenblicklich. »Würdest du bitte astral nach Jena kommen?«, flüsterte er in das Komgerät. »Ich glaube, ich bin magisch verwanzt worden. Und ich wäre meinen Aufpasser sehr gerne los, ehe ein Zauberer beschließt, mich wegzuhexen!«

»Keine Angst. Das macht niemand außer mir.« Ihre Stimme verriet nicht, ob sie es ernst meinte oder nicht. »Wo bist du genau?«

»In Xaviers Büro.« Er nannte die Adresse. »Findest du das?«

»Bleib, wo du bist«, entgegnete sie knapp und beendete das Gespräch.

Xavier untersuchte die Fundstücke der beiden Russen, fand aber außer ein paar Tickets für den Nahverkehr nichts, anhand dessen er mehr über die Killer erfuhr. Nun, da er sich beobachtet wähnte, vermeinte er die unsichtbaren Blicke eines Unbekannten aus dem Astralraum auf sich zu spüren. Beim leisesten Geräusch würde er sich auf den Boden werfen, auch wenn ihn das nicht vor einem Manaball retten würde.

Nach zehn Minuten entstand die astrale Projektion der Seattlerin vor ihm, was ihm beinahe einen Herzinfarkt bescherte. Cauldron nahm das Erschrecken mit Wonne wahr. »Es war nichts Besonderes«, erklärte sie ihm. »Ein Watcher hing an dir, den ich entsorgt habe. Jetzt würde ich aber gerne wissen, was du in Jena machst, Snoop. Hatten wir nicht vereinbart, auf Sonderaktionen zu verzichten?« Sie deutete auf die Toten. »Wer war das, und wer hat dir diesmal den Hintern gerettet?«

»Das waren die beiden Russen, die nach dem Unfall getürmt sind. Und da du mich nicht bespitzelt hast, wird es wohl Otte gewesen sein«, sinnierte er. »Die Vizepräsidentin der Alexandriner.«

Im Gesicht der Magierin regte sich nichts. »Erzähl mir am besten alles von vorne«, schlug sie vor. Ihr Unterton sorgte dafür, dass Poolitzer der Aufforderung augenblicklich gehorchte. Vorsichtshalber verschwieg er ihr, dass Xavier und Jeroquee zum zweiten Team gehörten, das innerhalb der nächsten vierundzwanzig Stunden auf Beutezug aus war.

Cauldron legte die Stirn in Falten. »Man sollte dich an die Kette legen. Ich denke gerade über einen permanenten Spruch nach. Aber zuerst verschwinden wir von hier, falls der Beschwörer des Watchers doch noch auftauchen sollte, um nach seinem Bluthund zu schauen.«

»Und was machen wir jetzt?«, wollte er kleinlaut wissen. »Meinst du, wir finden heraus, wo sie einsteigen? Nur Otte kann beurteilen, wo das sein könnte. Und ich weiß nicht, ob ich die noch mal besuchen möchte, ehe ich mit den Black Barons gesprochen habe.«

»Du fährst nach Mainz zurück«, entschied die Hermetische nach längerem Überlegen. »Wir beide könnten gegen das Team sowieso nichts ausrichten, oder?« Zudem könnte Xavier bei ihnen sein. Gegen ihn anzutreten wäre das Letzte, was sie wollte. Er nickte bestätigend. »Also beschränken wir uns darauf, selbst hinter das Geheimnis von ›Aeternitas‹ zu kommen.« Sie feixte, als sie sein unglückliches Gesicht sah. »Keine Sorge, ich bin astral bei dir. Ich werde dein magischer Schutzgeist sein.«

Erleichtert atmete er auf. »Danke. Bei Schießereien bin ich schon schlecht, aber gegen Magie kann ich gar nichts machen. Nicht wie Xavier.« Er merkte sofort, dass er einen Fehler begangen hatte.

»Was?«, fragte sie abwesend. »Entschuldige, ich habe dir nicht zugehört.«

Die Magierin reagierte nicht auf den Namen des Negamagiers. Offensichtlich war sie mit ihren Gedanken noch bei dem Buch, das ewiges Leben verleihen sollte.

»Vergiss es«, sagte er sofort. »Ich meinte nur, gut, dass du bei mir bist.« Er bekam gerade noch mal die Kurve. Er ging zur Tür und spähte durch den Spion nach draußen. Der Korridor war frei. »Hauen wir ab.«

Ihre astrale Projektion verschwand, und Cauldron glitt vollständig zurück in den Astralraum.

ADL, Groß-Frankfurt, Gallusviertel,
30. 04. 2058 AD, 19:41 Uhr

Beim Halbfinale der ISSV European Champions Trophy nahmen sich die Black Barons im Match gegen die Blood Royals das Heimrecht. Die Wahl des Komitees fiel auf ein heruntergekommenes Karree im Gallusviertel, das ohnehin bald der Abrissbirne weichen sollte. Die letzten Hausbesetzer, zwei Orksippen und vier zwielichtige Gestalten, denen man die Kriminalität aus den Augen triefen sah, verschwanden nach der ersten Warnung der ISSV. Die Offiziellen mussten nicht einmal von Schlagstock, Tränengas oder der Schusswaffe Gebrauch machen. Die Absperrung war schnell hochgezogen, das Spielfeld rasch präpariert.

Vor den mobilen Umkleidekabinen warteten die Übertragungsdrohnen darauf, dass sich die Spieler zeigten, um die ersten Bilder in die Welt zu senden. Vermutlich flimmerten zur Überbrückung der restlichen blutlosen Minuten gerade die besten Szenen aus den Begegnungen beider Mannschaften über die Mattscheiben.

Kommentatoren analysierten die Strategien der Kontrahenten, Werbespots machten den Zuschauern Fan-Artikel schmackhaft, ein nicht zu vernachlässigender Aspekt bei der Finanzierung der Liga.

Die Stadtkrieger beschäftigten sich unterdessen mit den Vorbereitungen auf den Gegner. Manche meditierten, andere lauschten Musik, ein paar machten sich gegenseitig durch Sprüche Mut. Vor allem die Neulinge aus den Reihen der A666-Rockergang benötigten markige Sprüche, um sich anzufeuern.

»Sie haben Angst.« Oneshot drückte behutsam die Tür seines Spinds zu, nachdem er seine Druckluftarmbrust herausgenommen hatte.

Tattoo, die nur mit einem Handtuch bekleidet auf einer Liege ruhte und sich massieren ließ, drehte den

Kopf zu dem Kapitän. »Wundert dich das? Wie hast du dich vor deinem ersten Spiel gefühlt?«

Der Elf überprüfte das Magazin mit den Stahlbolzen, ohne sie anzuschauen. »Genauso wie heute«, antwortete er nach einer Weile. »Keine Angst. Eher Sorge, ob ich es mit meiner Taktik schaffe, dass möglichst alle lebend nach Hause kommen.« Nun wandte er sein ernstes Gesicht doch in ihre Richtung. »Heute wird es mir nicht gelingen.« Unnötig hinzuzufügen, wen er damit meinte.

»Skrupel?«, sagte die Elfin erstaunt und schickte ihren Masseur weg. »Was ist denn mit dir los?« Sie schlang das Handtuch um die Hüfte und ging zu ihrem Schrank. Die lüsternen Blicke der A666-Stadtkriegazubis ignorierte sie.

Der Kapitän der Black Barons legte die Stirn in Falten. »Nein, Skrupel ist der falsche Ausdruck. Wir haben ihnen gesagt, was auf sie zukommt. Ich hätte mir nur gewünscht, sie ein bisschen besser vorzubereiten.«

Sie ließ das Handtuch fallen. Ihre Tätowierungen wirkten durch ihr Muskelspiel beinahe lebendig. Nacheinander zog sie ihre Unterwäsche und die Stadttarn-Uniform an, immer beobachtet von geifernden Rockern.

Die Elfin deutete mit dem Daumen über die Schulter. »Sie ballern den ganzen Tag und überfallen andere Leute. Jetzt dürfen sie es, ohne Angst vor den Bullen haben zu müssen. Nur mit dem Unterschied, dass es sich nicht um Omas handelt.«

»Eben«, stimmte der Elf zu, lehnte sich gegen seine Spindtür und stemmte das rechte Bein dagegen. »Wenn die Hälfte von ihnen überlebt, haben wir Glück. Ich will keinen Wipe-Out erleben.«

Tattoo legte die Spezialpanzerung an. »Jetzt verstehe ich dich endlich. Du machst dir Sorgen um die Trophy, nicht um die Leute.«

Energisch zurrte sie die Riemen der Weste fest und testete den Aufgabe-Schalter. Sofort leuchteten die eingewobenen Glühfäden im schussfesten Material auf. Würde sie das in einer regulären Partie tun, dürfte sie nicht mehr angegriffen werden, aber selbst in diesem Spielzug auch nichts mehr tun. Die Aufklärerin war stolz darauf, dass sie diese Option noch niemals benutzt hatte.

Oneshot schaute befremdet. »Natürlich. Was hast du denn gedacht?«

»Schon gut, Kapitän. Wir knacken die Blood Royals.« Sie ging in Kampfstellung. »Los, schlag mich.«

Kaum hatte sie die Worte ausgesprochen, landete die flache Hand Oneshots auf ihrer Wange. Tattoo schnaubte und stieß den Elf zurück, der sie seinerseits zurückschubste, dass sie gegen den Metallschrank knallte. Er setzte nach, gab ihr einen wilden Kuss und biss ihr dabei die Unterlippe blutig.

»Viel Glück«, raunte er. Mit einem schnellen Satz sprang er zurück.

Die Adrenalinpumpe aktivierte sich und puschte die Scoutin innerhalb von Sekunden auf doppelte Leistung. Ganz langsam wischte sie sich die Bluttropfen ab und betrachtete sie fasziniert. Jetzt konnte es losgehen!

Animalisch grinsend und die modifizierten Reißzähne fletschend, trabte sie zum Durchgang, der sie in die Stadtkriegzone führte. Dabei schlug sie immer wieder mit den Fäusten gegen Spinde oder die Wand.

Der Rest des Teams folgte ihr. Die A666-Ganger, die sie vorhin noch angestarrt hatten, rückten ein Stück weiter weg.

Der elfische Kapitän bildete den Schluss und klatschte die Neulinge ab, um sie aufzumuntern. Diejenigen, in deren Augen er eine Spur Unsicherheit erkannte, strich er in Gedanken bereits von der Liste derer, die sich nach dem Spiel unter der Dusche versammeln würden. Ohne Glauben an sich selbst lebte man beim Stadtkrieg nicht lange.

ADL, Herzogtum Sachsen, Leipzig-Halle,
30. 04. 2058 AD, 20:31 Uhr

Archibald Jones gähnte leise und schaute auf seine Uhr. *Er müsste bald kommen.* Die Printausgabe der Tageszeitung *Leipziger Herold* lag unangetastet vor ihm. Vom Fensterplatz des Cafés *Herzogenstolz* hatte er einen sehr schönen Blick zur Thomaskirche. Im Schein der untergehenden Sonne leuchteten die Gargoyle und anderen Steinfiguren auf dem Turm des Gotteshauses.

Die ganze Szenerie gefiel dem Briten, und die hervorragende Stellung der Aristokratie sprach seiner Ansicht nach sehr für die ADL. Oder zumindest für das Herzogtum Sachsen. Der Plex Leipzig-Halle besaß zwar einen gewissen Sonderstatus, dennoch herrschte ein Hauch von Adel, der sich seine Privilegien mit den Reichen aus den Kon-Etagen teilen musste.

Der Kellner hatte ihn mit Kennerblick als Touristen identifiziert und ihm den Rat gegeben, sich heute nicht in die Nähe von bestimmten Plätzen zu begeben, die er ihm sogar freundlicherweise notierte. Es sei Walpurgisnacht, da machten die Stadthexen die Straßen unsicher. Und wenn man als unbedarfter Mensch gar in einen der Clubs eingeladen würde, in denen sich Gruftis und andere schwarz gekleidete Goths aufhielten, könne man sehr schnell Spielball der Hexenmagie werden.

Jones bedankte sich artig für die Warnung. Von dem Kellner aufmerksam gemacht, entdeckte er auf der Straße tatsächlich umherstreifende Männer und Frauen in dunklem Lack und Leder. Silber war die vorrangige Farbe ihrer Accessoires, manche trugen mehr Piercings im Gesicht wie Haare auf dem Kopf, die Frisuren wirkten mitunter abenteuerlich.

In seinem Fremdenführer über Leipzig fand er den Hinweis auf die ausgeprägte Gothic-Szene, die sich seit mehr als sechzig Jahren in der Stadt hielt und mehr oder weniger verborgen ihre Marotten pflegte.

Jones beobachtete eine junge Frau, die ein mehr als aufreizendes Kleid trug. Viel Spitzen, Mieder und stofffreie Zonen machten sie zu einem Hingucker. In nicht ganz jugendfreie Gedanken versunken, hob er seine Kaffeetasse und führte sie an die Lippen.

Ein Stuhl wurde am Tisch neben ihm zurückgezogen, ein breit gebauter Mann setzte sich.

Sofort war der Kellner heran und nahm die Bestellung auf. Dabei schaute der Neunankömmling zufällig auf seinen Tisch. »Kann ich mal einen Blick in den Fremdenführer werfen, Sir?«, erkundigte er sich höflich. Jones reichte ihm die Broschüre.

Der Mann blätterte darin herum und schaute sich scheinbar zufällig irgendwelche Seiten an, ehe er das Büchlein zurückgab. Er trank aus, zahlte und verschwand.

Was für einen nichts ahnenden Beobachter eine völlig normale Szene darstellte, war in Wirklichkeit die Instruktion über den abendlichen Treffpunkt der Gruppe. Im Zeitalter von Elektronik, Matrix und Verschlüsselungssystemen vertraute Jones auf den einfachen Zahlencode. Der Leser kombinierte die Seitenzahl mit der bestimmten Wortzahl, wie Seite 213 und Wort 11, und schon ergab ein harmloser Fremdenführer den perfekten Nachrichtenträger. Ohne das passende Werk und vor allem das Wissen um die richtigen Zahlen nicht zu entschlüsseln. Und mit dem Auftauchen von Forbes war der Letzte aus dem Team eingeweiht. Der Run konnte starten.

Im Gegensatz zu den Russen bildete ihr Kommando die bislang erfolgreichste Gruppe, die im Auftrag eines Mr. Smith rund um die Welt reiste und sich Artefakte unter den Nagel riss. An diesem Abend fühlte sich der Anführer jedoch zum ersten Mal weniger ausgeglichen als sonst. Smith hatte ihnen zwei Neue zugeteilt, die sich nicht mit dem Prozedere im Team auskannten und deren Fähigkeiten er nicht einschätzen konnte.

Alles Sträuben nützte nichts, der Auftraggeber bestand darauf. Und ihm kam die Ehre zu, die beiden aus dem Hotel abzuholen, in dem sie als »Herr und Frau Nielsen« abgestiegen waren. Wenn etwas schief ginge, würde es an denen liegen.

Jones beglich seine Rechnung und gab noch ein paar Cent Trinkgeld.

»Geben Sie auf sich Acht, Sir«, riet ihm der Kellner noch einmal eindringlich.

»Sie sind sehr aufmerksam, danke. Ich werde Ihren Rat beherzigen.« Er packte den Reiseführer in den riesigen Rucksack und trat hinaus.

Gemächlich schlenderte der Brite die Straße entlang und schaute abschließend zu den steinernen Figuren auf der Thomaskirche. Für einen kurzen Moment dachte er, dass sich eine der Gargoylen bewegt hätte. Nein, das bildete er sich nur ein. Es war Walpurgisnacht, nicht Halloween.

Er suchte die entsprechende Passage aus dem Fremdenführer heraus. Ihr Plan basierte zu einem Teil auf diesem seit dem Mittelalter verankerten Volksglauben, dass unzählige Hexen auf dem Blocksberg zusammenkamen, um zu feiern und tanzen. Auch in Leipzig würden Hexensabbate begangen werden.

Dabei kam der Auslöser des Festes aus seiner Heimat Großbritannien. Der Name stammte von der heiligen Walpurgis oder auch Walburga ab. Die englische Nonne kam im Jahre 750 nach Deutschland und gründete hier eine Ordensgemeinschaft. Ihr war der erste Maitag gewidmet, um die Schmach des heidnischen Treibens in der Nacht des 30. April auszumerzen. *Das wird von den Hexen niemand wissen,* urteilte er abfällig.

Nach einer halben Stunde Fußmarsch befand er sich

in einer Seitenstraße, gegenüber der Absteige *Allerlei*, eine der wohl billigsten Übernachtungsmöglichkeiten in der Leipziger Innenstadt. Die beiden Personen, die er abholen sollte, standen unschlüssig an der Straße und warteten darauf, dass etwas geschah.

Jones aktivierte sein implantiertes Funkgerät. »MacRay, Bericht.«

»Keine Verfolger, Sir. Sie sind sauber«, kam es sofort. »Nur mit dem Mann stimmt etwas nicht. Ich kann ihn astral nicht askennen.«

»Hat er sich maskiert?«

»Negativ, Sir. Er ist nicht da«, stellte der Schamane aus seinem Versteck heraus richtig. »Jetzt verstehe ich, weshalb wir sie mitnehmen sollen.«

Der Teamchef pfiff leise. »Okay, MacRay. Over.« Er näherte sich der Frau und dem Mann. »Guten Abend, Lady und Gentleman«, sagte er leise. »Ich habe zwei Tickets für die Operette ›Paukenschlag‹. Sind Sie daran interessiert?«, begann er die vereinbarte Losung.

»Hey, das klingt wie ein Schotte«, sagte die Lockenhaarige begeistert und hörte sich dabei sehr amerikanisch an. Einen Hauch von Stadtsprache konnte sie nicht verbergen.

»Ja, wir würden gerne mitgehen. Für uns kommt aber nur Parkett infrage«, antwortete der Deutsche korrekt. Ungehaltenheit schwang in seiner Stimme. »Und wir möchten danach hinter die Bühne. Der Hauptdarsteller Albert soll sehr gut sein.«

»Dann folgen Sie mir, ich bringe Sie zum Ticketverkauf. Der Online-Modus ist leider ausgefallen.« Jones lief los.

Jeroquee betrachtete den Kontaktmann. Nichts an ihm machte ihn zu einem auffälligen Zeitgenossen. Kein Schmuck, keine Ohrringe, kein Anzeichen von Individualität. Der Typ gehörte zu dem Schlag Menschen mit einem Allerweltsgesicht, das man sah und vergaß. Seine kurzen dunkelblonden Haare wurden größtenteils von einer Kappe verborgen, eine Allzweckwetterjacke schützte vor Wind und Regen, der aus grauen Wolken drohte.

Die Seattlerin hatte dem knappen Dialog gelauscht. Die Wortwahl stimmte perfekt. Dennoch blieb sie misstrauisch genug, um eine Hand an der verborgenen Ruger Super Warhawk am Gürtelholster zu haben. In weiser Voraussicht hatte sie das Futter ihrer Manteltasche aufgeschlitzt, um die Waffe jederzeit ziehen zu können.

Der vermeintliche Schotte führte sie in die Seitengasse, öffnete eine Hintertür und schritt durch einen langen, dunklen Gang. Anschließend stiegen sie über eine provisorische Treppe in den zweiten Stock.

Es roch nach Staub, Bohnerwachs und altem Holz. Ein zerschlissenes, fleckiges Tuch verhängte eine breite Glasfront, ein Loch im Stoff erlaubte einen Blick hinaus. Davor stand ein Dreibein, auf dem ein hoch auflösendes Fernglas montiert war.

»Sie haben uns ausspioniert«, meinte Xavier überrascht.

»Sagen wir, ich habe mir einen ausgiebigen Blick auf Sie gegönnt«, meinte Jones. Dass er sie seit dem Bahnhof observierte, band er ihnen nicht auf Nase. Er mochte es nicht, mit Unbekannten zu arbeiten, daher schaute er sich solche Leute gerne vorher an. »Gehört zum Geschäft. Und da Sie nicht einmal die Vorhänge zuzogen, machten Sie es mir recht einfach. Ich musste die technischen Spielereien nicht mal auspacken.« Er zog einen schweren Vorhang vor das Fenster, ehe er das Deckenlicht anknipste. »Willkommen in meiner Einsatzzentrale.« Vorsichtig setzte er den Rucksack ab. »Sie befinden sich in einem ehemaligen Bürogebäude, das demnächst umgebaut werden soll.«

Die Möblierung bestand aus umgedrehten Kisten und alten Schreibtischen. Ein paar Getränkedosen und

Essensverpackungen lagen auf den Holzimitatdielen umher.

Der Negamagier blickte sich im nahezu leeren Raum um. »In den Filmen, die ich gesehen habe, hängen normalerweise Karten an den Wänden. Ich finde es ziemlich kahl für ein HQ.«

Jones öffnete eine Kiste und nahm drei Dosen Cola heraus. Er reichte sie an die beiden Runner. »Warten Sie's ab.« Er warf einen Blick auf seine Armbanduhr. »In einer knappen Viertelstunde sind wir vollzählig. Sie kennen die Gebäudepläne hoffentlich auswendig?«

»Ich träume sogar schon davon«, gestand Xavier. »Worum geht es?«

Der Anführer leckte einen Tropfen des Erfrischungsgetränks vom Weißblech ab. »Sie wurden über unser eigentliches Ziel nicht in Kenntnis gesetzt?« Dieses Mal sprach er in reinstem Oxford-Englisch, und Jeroquee hob erstaunt den Kopf. »Nein, ich bin kein Schotte. Nur manchmal klinge ich gerne wie einer. Sie sind aus Seattle, wie ich höre?« Die ehemalige Ghuljägerin nickte. »Selbst wenn ich es vorher nicht gewusst hätte, ich registriere so etwas. Man kann Leute dazu bringen, das Falsche anzunehmen.«

»Haben Sie sich auch schon mal getäuscht?«, konnte sich Jeroquee die Frage nicht verkneifen.

»Zweimal«, räumte Jones ein. »Es kommt aber sehr selten vor.« Er lächelte sie an. »Seien Sie bitte nicht zu nervös und schießen Sie jetzt nicht. Ich weiß, dass Sie die Hand an Ihrer Super Warhawk haben.«

Eine Sekunde darauf wurde die Tür geöffnet. Herein traten ein ziemlich breit gebauter, kahlköpfiger Mann, eine Frau mit kurzen schwarzen Haaren und ein Elf mit spitzen Ohren. Sie alle waren etwa im Alter des Negamagiers. In ihren Händen trugen sie Sporttaschen, ihre Kleider passten hervorragend zum unauffälligen Stil ihres Anführers.

»Das sind Forbes, Marble und MacRay«, stellte Jones das restliche Team vor. »Forbes ist Scharfschütze, Marble ist Allrounderin und Elektronikspezialistin, MacRay die magische Seite unseres Kleeblattes.« Die drei nickten Jeroquee und Xavier nicht sonderlich freundlich zu, wie der Deutsche bemerkte. »Bei Ihrem Gastspiel handelt es sich um ein Novum«, unterstrich der Brite. »Wir machen nur deshalb eine Ausnahme, weil Mr. Nielsen bei diesem Run von einmaliger Bedeutung ist.« Warum sie die ehemalige Ghuljägerin mitschleppten, darüber machte der Engländer keine Andeutung.

Ein militärisch kurzes Zeichen, und das Trio verteilte sich um den Tisch. Jones nahm einen Laptop aus seinem Rucksack und aktivierte das Gerät. Nach einer Reihe von Passwortabfragen leuchtete die Außenaufnahme eines Klosters auf.

»Das ist das Paulinerkloster, das vor fünfhundert Jahren in Leipzig gegründet wurde«, erklärte der Brite.

Kaum sah der Negamagier das Gebäude, machte er große Augen. Er kannte das Kloster und die dort angesiedelte Bibliothek. Im Rahmen seiner Recherche über negative Magie surfte er des Öfteren über deren Server im »Magik-Net« herum, stöberte im »Nature Wizardry« oder »Scientific Sorcerer«. Er wusste, dass ihre Bestände auf rund 4,5 Millionen Bände geschätzt wurden. Historische Werke aus mehreren aufgelösten Klöstern lagerten in den Regalen. Dass sich eine der Schatullen mit dem geheimnisvollen Buch ausgerechnet hierher verirrt hatte, wunderte ihn nicht.

Allerdings galt die »Bibliotheca Albertina« in den Sonderbereichen als derart magisch gesichert, dass niemand hineingelangte. Watcher und Elementargeister überwachten die Gänge.

Jetzt verstand Xavier, weshalb sie ihn brauchten. Nur er wäre in der Lage, die magischen Wesen ungesehen zu passieren.

Jones tippte gegen den Monitor. »Ladys and Gentlemen, unser Ziel.« Ein Tastendruck, und ein Gebäudeplan zeigte alle Stockwerke in 3-D-Ansicht. »Wir alle kennen die Wege. Mein Squad«, der Brite betonte das Wort besonders, »sorgt dafür, dass wir ungesehen durch den einfach gesicherten Bereich gelangen. Die Sicherheitsanlagen dort sind eine machbare Herausforderung. Ab einem gewissen Punkt sind Sie beide auf sich allein gestellt. Ab dieser Tür«, er betätigte einen Knopf und der Plan vergrößerte sich, »müssen Sie sehen, wie Sie durchkommen. Wir halten Ihnen den Rücken frei. Die Überwachungszentrale der Bibliothek wird schätzungsweise nach vier Minuten merken, dass die Kameras nicht einwandfrei funktionieren. Spätestens ab diesem Zeitpunkt sollten Sie auf dem Rückweg sein.«

Jeroquee fuhr sich durch ihre braunen Locken. »Ehrlich gesagt, ich komme mir ein wenig überflüssig dabei vor«, gestand sie. »Mir ist nicht ganz klar, was ich bei Xavier soll.«

»Sie werden sich um verschlossene Türen und alles andere Reale kümmern, das sich ihm in den Weg stellt«, erläuterte der Brite. »Da wir draußen beschäftigt sind und niemanden entbehren können, wollte ihn Mr. Nielsen nicht allein wissen. Eine Sicherheitsmaßnahme, damit er ankommt.«

Ich bin ein verdammter Kugelfang, dachte die Seattlerin gereizt. Eine Zielscheibe für die Elementare und Magier.

MacRay, ein junger Mann mit lebhaften grünen Augen, warf einen langen Blick auf den Deutschen. Die magische Neugier brach durch. »Können Sie mir sagen, wie Sie das machen, dass Sie im Astralraum nicht sichtbar sind?«

Xavier hob entschuldigend die Schultern. »Nein, kann ich nicht. Es ist eine angeborene Fähigkeit.« Dabei beließ er es. »Sie sollten mich nicht berühren«, warnte er ihn vorsichtshalber. »Kann sein, dass ich Sie verletze oder einen Ihrer Fokusse beschädige.«

MacRay nickte beeindruckt. »Also gut, ich werd's mir merken.«

Der Teamleiter bat um Aufmerksamkeit und erläuterte rasch die Vorgehensweise. Er hatte Goth-Kleidung besorgt, damit sie in der Walpurgisnacht nicht weiter beachtet würden, wenn sie in dunklen Ecken herumstünden.

Zügig legten sie die schwarze Kleidung an. Unter den weiten schwarzen Mänteln ließen sich die Kevlarwesten und die restlichen Waffen hervorragend verbergen. Marble schminkte sie alle nach der Vorlage aus einem Grufti-Magazin.

»Genug gesprochen. Lasst Taten folgen«, sagte Forbes getragen, der mit seiner Maskerade mehr als unheimlich wirkte. Er trug den Rucksack des britischen Squads mit den übrigen Utensilien wie ECM-Geräte, elektronisches Spielzeug und C-12 Plastiksprengstoff, falls der Türöffner klemmte. Der Negamagier und die Seattlerin erhielten jeweils eine kleine Taschenversion des Einbruchpäckchens.

Sie verließen das Gebäude und stiegen in einen in der Nachbarschaft geparkten VW-Transporter. Der erste Teil des Runs begann.

X.

ADL, Groß-Frankfurt, Gallusviertel,
30. 04. 2058 AD, 20:45 Uhr

Der Rundkick der Elfin gegen das Kinn des für eine Sekunde unaufmerksamen Schützen in der Torzone beförderte den Mann ins Reich der Besinnungslosigkeit, aufwachen würde er im »Kopfweh-Land«. Stocksteif fiel er zu Boden, die Bedrohung durch das MG war somit ausgeschaltet.

Neben einer Kiste sprang ein weiterer Royal hoch und feuerte. Blitzschnell ließ sie sich fallen, die Kugeln der MP sirrten über sie hinweg. Wie ein Breakdancer drehte sie sich am Boden, federte in die Höhe und schlug dem Angreifer die Maschinenpistole aus der Hand. »Und jetzt?«, grollte sie erregt. Das Adrenalin brachte sie an den Rand der Ekstase. Im Angesicht des Todes fühlte sie sich lebendiger denn je.

Er machte einen Satz zurück und zog ein Nun-Chaku. Die Stadtkriegerin parierte die wirbelnden Stöcke souverän mit ihren Sai-Gabeln, bis es ihr gelang, die Spitze in ein Kettenglied zu schieben und die Waffe des Gegners zu blockieren. Ihre zweite Sai-Gabel schlug mit voller Wucht gegen das Visier des Helms, das sofort Risse zeigte. Die Spitze bohrte sich genau in die Lücke am Halsansatz der Weste und perforierte die Lunge des Gegners. Ein harter Fußtritt gegen die Brust schleuderte den Verletzten zurück und auf die Erde.

»Sag gute Nacht!« Im Kampfrausch wollte sie nachsetzen, als die Leuchtfäden in der gegnerischen Weste aufglühten. Der Mann hatte aufgegeben und wurde somit unangreifbar.

Sie musste sich schwer beherrschen, ihre Spieße nicht

dennoch in seinem Leib zu versenken. Zwei Sekunden lang schwankte sie. Ihr bebender Schatten mit den erhobenen Waffen fiel drohend auf den Royal, bis die Vernunft die verlockende Stimme des Stresshormons niederrang.

Aus einer Nebenstraße rannte der feindliche Sani herbei und schaute nach dem Verteidiger, aus dessen Wunde Blut lief. Ächzend rang der Liegende nach Luft.

Die Elfin gab dem Publikum, was es sehen wollte. Genüsslich leckte sie das Rot von ihrer Stichwaffe und zeigte triumphierend die Stahlzähne.

»Achtung, Tattoo. Ein Neuling kommt zu dir. Wir haben ihn bis zur Ecke gedeckt, danach musst du übernehmen«, hörte sie Oneshots Stimme per Funk. »Wir können in Führung gehen.«

Am Ende der Gasse erschien der angekündigte Azubi ihres Teams. Und er trug tatsächlich den Ball! Sein Humpeln rührte von einer tiefen Schnittwunde am Unterschenkel, die ihn stark verlangsamte. Der Mainzer hatte es irgendwie geschafft, sich die Murmel zu schnappen und die Torzone zu erreichen.

»Okay, guter Job! Und jetzt pass hier rüber, verdammt!«, brüllte Tattoo ihrem verunsicherten Jäger zu, der unschwer erkennbar aus den Reihen der A666-Rocker stammte.

Zwei gegnerische Scouts tauchten auf und rannten auf ihn zu. Da ihnen die Munition ausgegangen war, schwangen sie ihre Katanas.

Tattoo realisierte wütend, dass sie zu weit entfernt stand. Ihre Waffe hatte keinen Schuss mehr, MG und MP durfte sie aufgrund des Reglements nicht einsetzen. Sie war zum Zuschauen verdammt.

Das kann doch nicht wahr sein! »Scheiße, wirf endlich, du Idiot!« Sie reckte die Hände. »Los!«

Das Gefuchtel der Scouts beeindruckte den Jungen nachhaltig. Entmutigt wich er zurück und klammerte sich an das Ei, als würde es ihn vor weiterem Schaden bewahren. Dabei bedeutete der Besitz des Balls das sichere Aus, wenn es einer der Gegner bemerkte.

Natürlich bemerkten es die Blood Royals, dazu leuchtete die Markierungsfarbe einfach zu gut.

Der ohnehin angeschlagene Black Baron hieb mit seiner dornenbesetzten Handkeule verzweifelt nach den Attackierenden, erlitt jedoch Sekunden darauf durch die Schneiden der Scouts einen Treffer, ehe er an den Aufgabeknopf gelangte. Der rot gefärbte Ball rollte über den Asphalt, wo er eine schmale Spur zog.

Einer der Royals deutete auf die Uhr, um ihr zu zeigen, dass sie zehn Sekunden hatte, den Ball aufzuheben. Der zweite winkte der Elfin hämisch zu.

Neun …

Der neue Elektroantrieb der getunten Ti1250-Geländemaschine Schlagergotts bewährte sich. Er hatte darauf bestanden, einen Hybridmotor einzubauen, um im Notfall auf Schleichfahrt gehen zu können und für Überraschung zu sorgen. Das gelang ihm hervorragend.

Acht …

Wie aus dem Nichts surrte die BMW um die Ecke, und bevor die beiden Scouts etwas unternahmen, röhrte das montierte G12 auf. Die Projektile schickten die Feinde lädiert auf die Straße. Ihre Aufgabesignale leuchteten synchron auf.

Sieben … sechs …

»Bleib, wo du bist«, lautete die Anweisung an Tattoo. Der Stürmer aktivierte den leistungsfähigeren Benzinmotor und raste mit Vollgas auf den Ball zu.

Fünf … vier …

Kurz bevor er den Ball überfuhr, bremste er abrupt und ließ das Hinterrad herumschwenken. Das Gummi traf das Ei perfekt. Das runde Hartplast hob ab und segelte durch die Luft.

Drei … zwei …

Die Aufklärerin fing den Ball in der neunten Sekunde der Aufnahme-Frist und schaffte das kleine Wunder, die Black Barons kurz vor Ende des zweiten Viertels gegen die favorisierten Blood Royals in Führung zu bringen.

Schlagergott hob den Daumen. Die Elfin erwiderte die Geste.

ADL, Herzogtum Sachsen, Leipzig-Halle,
30. 04. 2058 AD, 21:31 Uhr

Marble schnalzte ungehalten mit der Zunge, lötete ein paar Kontakte neu zusammen und korrigierte zum dritten Mal die Verkabelung. »Gleich hab ich's, Sir«, flüsterte sie.

MacRay überwachte das Squad aus dem Astralraum heraus, um vor Watchern und patrouillierenden Elementaren zu warnen. Die anderen standen zusammen, schirmten die Elektronikspezialistin ab und gaben vor, Leipziger Gruftis zu sein, die sich mit Alkohol auf die bevorstehende Walpurgisnacht einstimmten. Die Weinflasche, die dabei kreiste, enthielt Traubensaft.

»Affirmative.« Die Britin schnaubte zufrieden, stopfte den Kabelsalat zurück in die Öffnung und klemmte die Abdeckung davor. »Abgeklemmt und überbrückt, Sir«, berichtete die Frau. Die Kamera über ihnen zeigte nur noch das Standbild, der Alarm an der Tür war auf »Aus« geschaltet.

Jones öffnete die Tür und huschte in den Seitentrakt des Paulinerklosters. Die anderen folgten ihm, den Schluss bildete der Keltenschamane.

Sie standen in einem verlassenen, dunklen Kreuzgang, vor ihnen lag ein kleiner quadratischer Hof mit einem Springbrunnen und einem winzigen Kräutergarten.

»Vielleicht wäre da was für die Fitting Company dabei?«, meinte Jeroquee zu Xavier. »Sollen wir dem

Chef einen Gefallen tun und heilige Kräuter mitbringen?«

»Es reicht, wenn Sie Ihrem Chef die Kassette bringen«, sagte der Anführer leise. »Seien Sie ruhig.«

Die größeren Waffen wurden ausgepackt und innerhalb von Sekunden einsatzbereit gemacht. Die Briten arbeiteten ausschließlich mit nicht tödlicher Munition. Für Wetwork waren sie nicht bezahlt worden, also hatten sie keinerlei Gründe, jemanden zu erschießen. Zudem wirkte es sich strafmildernd aus, sollten sie geschnappt werden.

Sie zogen sich Sturmhauben über die weiß geschminkten Gesichter, um nicht unnötig Aufmerksamkeit zu erregen. Im Kloster kam es darauf an, nicht gesehen zu werden. Da bislang nichts schief gegangen war, wählten sie Route eins, die etwas länger war, aber weniger Hindernisse aufwies.

Marble hatte sich zudem ein elektronisches Gerät ähnlich einer Smartbrille aufgezogen. Es arbeitete mit verschiedenen Sichtmodi, wechselte durch verschiedene spektrale Ebenen und reagierte auf Temperaturschwankungen. Optimal, um Laserschranken und Kältezonen zu entdecken. Solche Kältezonen waren der neuste Schrei. Sobald sich die Temperatur eines künstlich gekühlten Raums veränderte, wozu schon eine Katze ausreichte, wurde Alarm ausgelöst.

Sie rechneten in dieser Zone noch nicht mit Hochtechnologie, wollten das Risiko aber weitgehend ausschließen. Die ersten Videokameras stellten kein Hindernis dar, sie wiesen tote Winkel auf, die die Truppe geschickt nutzte. Da der Trakt in erster Linie von Studierenden genutzt wurde und keinerlei Geheimnisse beherbergte, sparte der Dekan hier mit Sicherheitsvorrichtungen.

Das änderte sich nach zehn Minuten. Sie schickten sich an, den ersten der besser bewachten Bereiche zu durchqueren.

MacRay musste sie nun öfter vor Watchern warnen. Zwei Elementare tricksten sie ebenfalls aus, wobei Marbles Hitzesensor sie in letzter Sekunde vor einem der Feuerwesen warnte. Zwar konnte man nicht das Flimmern, dafür aber die Wärme des Geistes sehr deutlich erkennen.

Mit klopfendem Herzen drückte sich Jeroquee an die Buntsandsteinquader. *Ich habe anscheinend immer noch nicht die Profession gefunden, die mir liegt,* dachte sie reumütig. Wie gerne wäre sie jetzt in ihrem Appartement in Seattle Downtown, umgeben von wohlriechendem, warmem Wasser in ihrer riesigen Badewanne, dazu ein Glas Sekt und ein schöner Film. Doch der kleine Kick-Sucher in ihrem Hinterkopf applaudierte begeistert. Im Grunde wollte sie keinen langweiligen Job.

»Weiter«, befahl Jones und pirschte den Korridor entlang.

Vor einem PC-Terminal, das zur Buchrecherche diente, hielt das Team an. Marble entfernte die Metallverkleidung, kappte ein paar Kabel und verband die Enden mit einer schwarzen Box aus ihrem Rucksack. Sie aktivierte den einfachen Computer, ihre Finger flogen über die Tastatur. Statusmeldungen, die für ein Terminal sicherlich nicht gängig waren, flimmerten auf.

»Affirmative, Sir«, sagte die junge Britin nach einer Weile. »Sie haben die Recherche-Funktion mit dem zentralen System gekoppelt, um die Suchbegriffe der Studierenden besser kontrollieren zu können. Das spart mir Arbeit. Ich initiiere die Übernahme.« Sie verfiel in Schweigen, während die Kuppen in rasender Geschwindigkeit auf die Tastatur herabstießen.

Der Magier befand sich im Astralraum, Forbes spähte in die Dunkelheit, sein Sturmgewehr im Anschlag. Jones lehnte nachlässig an der Wand, seine Waffe locker vor dem Körper haltend.

Marble erwachte aus ihrer Starre. »Affirmative, Sir.

Ich habe Zugriff auf die Kameras und Sicherheitssysteme. Wenn es einen Sicherheitsrigger gibt, ist er derzeit nicht an seinem Platz.« Sie stockte. »Alles ruhig.«

Der Brite nickte Xavier und Jeroquee zu. »Das Ehepaar Nielsen sollte nun schleunigst dafür sorgen, dass wir die Schatulle kriegen. Wir halten die Stellung. Notfalls schicke ich Ihnen Forbes.«

Der Negamagier und die Seattlerin nickten gleichzeitig und eilten davon. Den Weg kannten sie aufgrund ihrer Vorbereitungen wie im Schlaf. Sie wagten es nicht, sich unterwegs zu unterhalten.

Drei Minuten später bogen sie um eine Ecke, hinter der die erste Haupttür auf sie wartete, aber zu Jeroquees Verblüffung standen sie vor einer massiven Wand. In Gedanken ging sie die zurückgelegte Route durch, konnte sich aber an keinerlei Fehler erinnern. Auch ihr Begleiter hatte nicht ein einziges Mal gezögert. Jemand musste Umbauten vorgenommen haben, von denen Zozoria, als er die Pläne des Paulinerklosters für den Run organisierte, nichts wusste.

Fuck! Unsicher schaute sie zu Xavier. »Und jetzt?«

ADL, Groß-Frankfurt, Gallusviertel,
30. 04. 2058 AD, 21:31 Uhr

Der Masseur walkte Tattoos Rücken mit aller Gewalt durch, um die Muskeln zu lockern, ließ davon ab und knetete die Oberschenkel durch. Die Elfin gönnte sich derweil einen Schluck zur Erfrischung und entspannte sich vollkommen.

Coach Karajan tigerte durch die Umkleide der Black Barons und beendete seine anfeuernde Rede an die Mannschaft mit den Worten »Sie werden schwächer!« und meinte damit die Blood Royals.

Davon hatte leider niemand etwas gespürt. Ganz im Gegenteil. Der von Tattoo ausgeschaltete Schütze war durch einen Troll ersetzt worden, mit dem sie sich im dritten Viertel anlegen mussten. Ein Troggy und ein MG, das hatte gerade noch gefehlt.

Dice hing angeschlagen in den Seilen und bekam von einem Sani gerade die Fleischwunde an seinem Schussarm zugetackert, eine Lage Panzertape stabilisierte die Konstruktion. Zwar würde er weitermachen, doch viel reißen würde er nicht mehr. So ziemlich alle Profis der Mainzer hatten sich Blessuren geholt, außer ihr, Oneshot und Schlagergott.

Drei der A666-Rocker lagen bereits auf Eis, bis die Vertreter der Organbank angekommen waren, um die noch verwertbaren Organe zu entnehmen. Das sorgte bei den Stadtkrieg-Azubis nicht gerade für eine optimistische Stimmung.

Zwar weigerte sich die Aufklärerin, das Halbfinale bereits vor dem dritten Viertel abzuschreiben, aber unvoreingenommen betrachtet war die Niederlage unausweichlich. Die Briten würden alles daransetzen, den Ausgleich zu schaffen und in Führung zu gehen. Wie sie gehört hatte, traten in wenigen Minuten nur Orks gegen sie an.

Oneshot schien ihre Gedanken zu lesen. Das Antlitz des Elfs verhieß nichts Gutes, als er zu ihr schlenderte und sich neben sie hockte. »Deine Einschätzung?«

»Willst du sie wirklich hören?«

Der Kapitän nickte. »Du musst es nicht sagen, ich denke das Gleiche. Wir sollten uns festlegen, was wichtiger ist: die Liga-Meisterschaft oder die Trophy.«

Tattoo warf einen Blick auf die Uhr, sprang auf und legte ihre Panzerweste ab. »Bei der Trophy sind wir noch lange nicht im Endspiel und würden spätestens dort den Kürzeren ziehen.« Sie schaute dem Elf in die Augen und schluckte. »Wir sollten das Handtuch werfen, ehe wir auch den letzten Rest der Stammbesetzung verlieren.« Ihre Hand deutete in Richtung Dice und des Stürmers. »Damit wäre die Meisterschaft ebenfalls passé.«

Plötzlich flammte Scheinwerferlicht auf und tauchte die beiden in Helligkeit. »Geschätzte Zuschauer, hier sind Sie Zeuge, was die Profis kurz vor dem Aufmarsch in das dritte Viertel bereden«, hörten sie Poolitzer sagen, der den Tonfall eines Marktschreiers imitierte. »Nur mit mir sind Sie so nah, so direkt, so live am Geschehen.«

Die Aufklärerin wandte sich langsam zur Kamera. »Schön, dass du da bist«, sagte sie ohne Freude in der Stimme. Sie warf das verschwitzte Handtuch über den Kopf des Reporters. »Film das, und stör uns nicht weiter, Linse. Wir haben Wichtiges zu bereden.«

»Darf ich das behalten?«, kam es gedämpft unter dem feuchten Stoff hervor. »Das lasse ich sofort einschweißen, und später versteigere ich es. Fans bezahlen unendlich viel Kies dafür, kann ich mir vorstellen.« Er riss sich den Blickschutz herunter. Unerbittlich richtete er das Objektiv auf die beiden Spieler. »Also, wie ist die Stimmung bei den Sympathieträgern Nummer eins in den ADL?«

Plötzlich hatte er die Kamera nicht mehr in der Hand und fand sich im großen Wäschekübel wieder, umgeben von blutigen T-Shirts und stinkenden Socken. Schimpfend kletterte er aus dem Behälter, das Gelächter der Stadtkrieger begrüßte ihn.

»Sehr komisch«, äffte er ihre Heiterkeit übertrieben nach. »Wo ist meine Kamera, Tattoo?«

Die Elfin deutete nach oben. Die VX2200 baumelte an der Decke, unerreichbar für Poolitzer.

»Elende Spielverderber«, grummelte er, während er eine Bank heranzog, um mit deren Hilfe nach der Kamera zu klauben.

Oneshot winkte den Coach zu sich, und flüsternd besprachen sie sich mit der Elfin, wie der Seattler bei seiner Bergungsaktion aus dem Augenwinkel sah.

Die Rückfahrt aus Weimar hatte länger gedauert als geplant, dennoch traf er rechtzeitig ein, um das Feature über die Black Barons fortzusetzen. Im Gegensatz zu anderen Reportern durfte er sich zwischen den Barons frei bewegen, was er dem gemeinsamen Interesse an der Schatulle verdankte. Zudem sahen ihn einige der Spieler bereits als Maskottchen an. Die DeMeKo besaß die Übertragungsrechte der Spiele, nicht aber die Rechte an Features. Damit stand ihm die Hintertür für seinen Bericht offen.

Ein beherzter Sprung brachte ihm die geliebte VX2200 zurück. *Wieder auf Sendung,* freute er sich und setzte sich die Portacam-Halterung auf.

In diesem Moment ließ Coach Karajan abstimmen, ob man das Viertelfinale mit Blick auf die Chance auf die Meisterschaft freiwillig aufgeben sollte. Überrumpelt schwenkte Poolitzer über die erhobenen Arme der Stadtkrieger, die sich schweren Herzens zum Rückzug aus dem Kampf um die Trophy entschieden. Anschließend ging Karajan hinaus, um die Gründe vor einer offiziellen ISSV-Kamera zu erläutern.

»Eine so bittere Niederlage mussten die Black Barons noch nie einstecken. Taktisches K.o.«, kommentierte Poolitzer für die Zuschauer und zoomte auf die niedergeschlagenen Gesichter der Kämpfer. »Hut ab vor der Entscheidung. Hoffen wir, dass das Team bei der deutschen Meisterschaft besser abschneidet.« Er schaltete das Gerät ab und zog sich die Kopfhalterung herunter. Aus weiter Entfernung hörte man den gedämpften Jubel der Blood Royals.

ADL, Herzogtum Sachsen, Leipzig-Halle,
30. 04. 2058 AD, 22:00 Uhr

»Ihr steht auf einer druckempfindlichen Platte«, informierte sie Jones über Kopfhörer. »Marble kann den Alarm nur unterdrücken, wenn ihr ihn nicht ständig von neuem auslöst. Dazu müsst ihr da weg!«

Die Seattlerin fluchte. »Wir stehen hier vor einer Wand, Jones. Wir haben die falschen Pläne …«

»Was redest du da?«, unterbrach sie Xavier erstaunt. »Los, kümmere dich um das Schloss.«

Die ehemalige Ghuljägerin unterbrach die Verbindung zu dem Briten. »Äh, sind meine Augen kaputt oder deine? Wie soll ich denn eine Mauer überbrücken? Hat der Stein irgendwo Anschlüsse für einen Magschlossknacker?«

Xavier kam ein Verdacht. Er trat nach vorn und streckte die Hand aus. Sein antimagisches Feld machte kurzen Prozess mit der Verzauberung. Sofort wandelte sich die Mauer für Jeroquee in eine Tür. »'tschuldigung. Ich hab nicht gesehen, dass jemand eine Illusion darauf sprach. Und, siehst du sie jetzt?«

»Ja.« Nun entdeckte sie den Eingang samt Schloss. Das konnte noch heiter werden. Hätten die Magier eine Fallgrube mit einem Scheinboden versehen, wäre sie die Glückliche, die im wahrsten Sinne des Wortes auf den Trick hereinfiel.

Nicht ganz bei der Sache begann sie, sich mit der Sperrvorrichtung zu beschäftigen. Dennoch setzte sie die Elektronik schachmatt, die Riegel fuhren ein und gaben den Weg frei.

»Hat sich das geklärt?«, erkundigte sich der Anführer.

»Alles in Ordnung«, beruhigte der Negamagier und zog die Tür auf.

Eine Flammenzunge schoss augenblicklich heraus und hüllte den Deutschen vollständig ein. Schreiend wich

Jeroquee vor der Hitze zurück und wandte sich ab, um das Gesicht zu schützen. Die Feuerwolke waberte nach oben und verpuffte. Es wurde wieder dunkel im Gang. Jemand tippte ihr auf die Schulter.

»Was war jetzt?«, fragte der Negamagier neugierig. »Ist was passiert?«

Die junge Seattlerin rang keuchend nach Atem. »Was? Das Feuer …« Sie begriff, dass sie schon wieder einer Illusion auf den Leim gegangen war. »Scheiße, das macht … mein Herz auf Dauer … nicht mit.« Sie konzentrierte sich, und der Puls regulierte sich auf ein Normalmaß. »Ich setze keinen Fuß in diese Magiehölle.«

»Du musst.«

»Nein.«

»Sei nicht so stur. Du kennst dich mit Elektronik aus, ich nicht«, machte er sie aufmerksam. »Du hast keine Wahl, wenn du den Run nicht platzen lassen willst. Zozoria ist dein Boss, du wirst es ihm also selbst erklären, warum er die Kiste nicht bekommt.« Er machte Anstalten, sich umzudrehen und zurückzugehen.

Die lebhafte Vorstellung, dem von seinem Ziel besessenen Magier das Scheitern der Mission verkünden zu müssen, zog. Jeroquee raffte sich auf.

»Ja, ja, schon gut«, pfiff sie ihn zurück. »Lass uns die Schatulle klauen.« Sie ging vorsichtig zur Tür und schaute in den dahinter liegenden Raum. Dieses Mal blieb alles ruhig. »Wir sollten unbedingt ›Ich sehe was, was du nicht siehst‹ spielen«, sagte sie über die Schulter und wich zur Seite, um ihn vorgehen zu lassen. »Und ›men first‹. Ausnahmsweise.«

Grinsend schritt er an ihr vorbei.

»Oh, heiliger Shit«, raunte sie. Sie wollte sofort an einen anderen Ort.

ADL, Kirkel-Limbach (SOX), 30. 04. 2058 AD, 21:59 Uhr

Von weitem hielt man sie für Glow-Punks, so abgerissen und mitgenommen sahen Ordog und sein Plündererteam inzwischen aus. Zwei Tage lang wagten sie sich nicht aus ihrem Kellerversteck und pflegten ihre Blessuren, die sie sich beim Marsch durch die Tunnel eingefangen hatten.

In der Umgebung von Homburg wimmelte es nur so von Kontrollrat-Gardisten und Drohnen. Ein ganzer Jagdtrupp, schwer gepanzert und noch schwerer bewaffnet, durchkämmte die kleine Ortschaft, und bevor sie das Runner-Team fanden, trafen die Soldaten auf eine Ghulsippe, die sie erledigen konnten. Zwar entdeckten sie auch die Plünderer und lieferten sich ein Feuergefecht mit ihnen, doch die Leichenfresser hatten ihnen vorher so schwer zugesetzt, dass die Gardisten unterlagen.

Dafür kassierten Schibulsky, Ordog und Trebker böse Verletzungen. Schuld waren die Projektile der Gegner und herabstürzende Trümmer des Gebäudes, in dem sie sich verschanzten. Die Ziegel und Dachsparren hagelten vor allem auf den Ork nieder, nachdem die Druckwelle einer Granate die Katastrophe auslöste.

Danach wurde es ruhig in Limbach, die Aktion war abgeschlossen und offensichtlich erfolgreich, wie man an der Stille erkannte. Keine Bomber, keine Hubschrauber. Todesstille.

Ordogs Bein schmerzte höllisch, wenn er den Schadenskompensator probehalber ausschaltete. Die Wunde im Oberschenkel pochte. Alle medizinische Kunst Schibulskys blieb nur ein Provisorium, die Verletzten mussten so schnell wie möglich in ein Krankenhaus.

Trebkers Halstreffer, die kaum geheilten Frakturen des Orks und seine Schrammen schrien nach einem Arzt, sterilen Räumen und intensiver Pflege. Doch ehe sie ihr müdes Haupt auf ein kuscheliges Kissen legten, mussten sie ihre angeschossenen Hintern aus der SOX bringen.

Mit Schrecken dachte der Anführer an die immensen Kosten, welche die Schattenklinik veranschlagen würde. Dazu addierten sich das Checken der Cyberware und mögliche Reparaturen oder Neuverdrahtungen, die Ausgaben für eine Dekontaminierung und Blutwäsche fügten sich nahtlos an.

Am Ende werde wir drauflegen, fluchte er niedergeschlagen und rieb über seinen Rucksack, in dem er den Schmuck aufbewahrte. Hoffentlich reichte das aus. »Ich schaue nach, ob die Luft rein ist«, erklärte er dem dösenden Schibulsky. Der Bundesbeamte und Sheik schliefen aneinander gelehnt, Michels Schnarchen klang mehr nach Grunzen und Schmatzen.

Mit zusammengebissenen Zähnen humpelte er die Treppe hinauf, kroch aus dem Keller und stieg ins halb zerstörte Dachgeschoss. Er wählte das Zimmer, das nach dem Einsturz noch intakt geblieben war.

Eine dicke, rötliche Staubschicht lag auf dem schrägen Fenster, die Reste des pulverisierten Schlossbergs, die der Wind im Umland verteilte.

Der fahle Straßensamurai legte seine Ersatzatemmaske an und öffnete die verglaste Luke. Die Feuer in der Ebene brannten nur noch leicht. Die Qualmwolken waren verschwunden, nichts mehr störte den Blick auf das grauschwarze Trümmerfeld. Von seiner Position aus wirkte die Ebene wie ein riesiger betonierter Platz, einem Flughafen sehr ähnlich. Der Bombenhagel hatte aus der Stadt ein Flachland gemacht, das vermutlich höher kontaminiert war als alle Giftmüllhalden der Welt zusammen. Die Altlasten und die Chemikalien der Sprengkörper, die Unmengen an explodierter Munition in den Schlossberghöhlen sorgten dafür, dass sich in den nächsten Jahren in diesem Bereich der SOX kein

Leben entwickelte. Nicht einmal mutiertes, wie es an anderen Stellen der verseuchten Zone der Fall war.

Angesichts dieser Ödnis kam Ordog eine Idee, wie sie an Geld gelangten. Nicht umsonst kannte er Poolitzer, der sich nach dem gemeinsamen Run gegen die ECC-Arkologie in einen anderen Teil der ADL abgesetzt hatte. Für solche Aufnahmen, direkt aus dem Sperrgebiet, würde er jede Menge Schotter abdrücken.

Er hinkte in das Versteck und holte das kleine Aufzeichnungsgerät. Mit dem letzten Rest Batteriepower machte er einen Schwenk über die postapokalyptische Szenerie. Das sollte Poolitzer ein paar Tausender wert sein. Die CD verstaute er bei Trebkers Datenträgern. Aus reiner Neugier überprüfte er die bisherigen Aufzeichnungen und entdeckte, dass auch das Bombardement des Berges auf CD gespeichert war.

Seine Begleiter erwachten nach und nach aus dem leichten Schlummer. In aller Kürze unterrichtete er sie darüber, auf welchem Weg er die SOX verlassen wollte.

Ihr Unternehmen würde erst am fünfzig Meter breiten Todesstreifen gefährlich werden, wenn es darum ging, das Minenfeld zu durchqueren und anschließend über die Mauer zu klettern.

Der Araber hockte daneben und kritzelte irgendwelche Zeichen in sein zerfleddertes Notizbuch. Dabei brummte er unverständliche Worte vor sich hin. Sein Äußeres war ebenso ungepflegt wie das der übrigen Runner, in den braunen Augen spiegelten sich abwechselnd Wahn und Leere.

Der Ork betrachtete ihn mitleidig. »Schade um den lieben Kerl.«

Der Zwerg klopfte ihm auf den Rücken. »Hey, Turbanwickler. Sag was.«

Trebker richtete sich vorsichtig auf und legte eine Hand dabei auf den Verband, damit er nicht verrutschte. »Um einen Aufenthalt in der Psychiatrie kommt er nicht herum. Seine Angehörigen werden für ihn sorgen müssen.«

Michels schüttelte den Kopf, Staub rieselte aus seinen Haaren. »Er hat keine Angehörigen. Der Kiffscheich hat sicher davon geträumt, ein kleiner Ölmulti zu sein. Aber er war's eben nicht.«

»Was wird dann aus ihm?«, wollte der Ork wissen. »Soll er sich irgendwo hinhocken und warten, bis er von allein tot umfällt?«

»Lasst uns erst mal aus der SOX verschwinden«, unterband Ordog jede weitere Gedankenspielerei.

Sie brachen auf. Die Invalidentruppe schleppte sich die Straße entlang und folgte dem grauen Asphaltband in Richtung Einöd.

Es wurde ein beschwerlicher Marsch. Hin und wieder warfen sie sich ins hohe Gras, um patrouillierenden Jagddrohnen zu entgehen. Auch die vorbeidonnernden Spähpanzer der Marke Wolf II schenkten ihnen keinerlei Beachtung. Die Plünderer wurden nach dem vielen Pech, das sie in den letzten Tagen heimgesucht hatte, nun von persönlichen Schutzengeln begleitet.

Gegen zwei Uhr erreichten sie die gerodete Zone. Ein Elektrozaun verhinderte, dass Tiere in den verminten Bereich liefen und die Sprengfallen auslösten. Drehbare Kameras mit Bewegungssensoren hingen etwa alle fünfzig Meter an den Pfosten. Schilder mit dem Aufdruck »Vorsicht! Minen!« und lachende Totenköpfe warnten, über die Absperrung zu steigen.

Wachtürme sahen sie keine. Dafür zischte eine Ares Sentinel der P-Serie in unregelmäßigen Abständen auf einer Laufschiene vorbei, die knapp unterhalb der fünf Meter hohen Mauerspitze installiert war. Ein leises Rauschen machte die Ausbrecher kurz vorher auf das Auftauchen der Drohne aufmerksam. Ihr Mini-Geschützturm trug ein leichtes Maschinengewehr.

»Hat jemand einen Vorschlag, wie wir das schaffen?«,

regte er die Gruppe zum Nachdenken an. »Und komm mir keiner mit dem Seiltrick. Ich habe kein so langes dabei.«

»Wir könnten ein paar Ghule suchen und sie durch ein Loch im Zaun jagen, damit wir wissen, wo die Minen liegen«, schlug der Zwerg vor, was ihm einen strafenden Blick des Bundesbeamten bescherte.

»Klauen wir uns doch einfach einen Panzer von den Gardisten, die durch die Gegend fahren«, toppte der Ork Michels' Vorschlag. »Wir müssen uns nur gut anschleichen und die Mannschaft bei ihrer Pinkelpause überraschen.«

»Können Sie so ein Ding fahren?«, fragte Trebker erstaunt.

Schibulsky verneinte. »So schwer kann's nicht sein. Gas, Lenker und immer der Nase nach«, meinte er zuversichtlich. »Was soll dann einen Panzer schon aufhalten?«

Ordogs Augen glitten den Waldrand entlang bis zu einer Stelle, an der das Gehölz ganz nah am Zaun stand. Ihm kam eine Idee.

Kurz darauf wurde der Stamm der Tanne von mehreren Detonationen durchgeschüttelt. Langsam neigte sich der Baum zur Seite und kippte genau auf den Todesstreifen.

»Timber!«, schallte es durch den Wald.

Das tonnenschwere Holz drückte den Elektrozaun mit Leichtigkeit zusammen und schlug auf dem gerodeten Gebiet auf. Die Spitze berührte noch nicht den Boden, da zerfetzten gleich fünf Sprengladungen den Stamm an verschiedenen Stellen. Splitter flogen davon, die Tanne wurde in mehrere Teile gerissen. Dort, wo sie aufschlugen, aktivierten sie die nächsten Sprengfallen. Es roch sehr intensiv nach frischem Harz.

»Timber!«, rief Michels ein weiteres Mal, der flach am

Boden lag und von dort aus nach der Sentinel-Drohne Ausschau hielt.

Der nächste Baum fiel in den Todesstreifen, direkt neben den ersten. Das Schauspiel wiederholte sich.

Ordog band die nächsten Handgranaten um den Stamm der dritten Tanne. Seine Begleiter sprangen in Deckung, Sheik wurde auf den Waldboden gedrückt, ein gezielter Schuss brachte die Handgranaten zum Hochgehen. Wie gehofft rumpelte der Baum in das verminte Areal.

Und dieses Mal tat sich nichts mehr. Die Bäume hatten alle Sprengfallen in diesem Bereich ausgelöst.

»Seid vorsichtig. Einer geht hinter dem anderen. Kann sein, dass nicht alle Minen hochgegangen sind.« Der Straßensamurai sprang auf und setzte sich an die Spitze.

Unsicher balancierte er über den Holzstamm der dritten Tanne. Sein Unterschenkelknochen beschwerte sich mit Dauerschmerz gegen die ständige Beanspruchung, eine Entzündung kündigte sich an. Obwohl er dreimal von der Rinde abrutschte und auf die Erde trat, geschah ihm nichts. Erleichtert stand er am Fuß der fünf Meter hohen Mauer und suchte das Stahlseil heraus.

Nach Trebker folgte Schibulsky, den Schluss bildeten Michels und der Araber. Sie hatten die Hälfte der Strecke zurückgelegt, als die Sentinel heranrauschte und sofort das Feuer auf die beiden eröffnete.

Der Zwerg ging das Risiko ein, sich neben der Tanne in den Staub zu werfen. Das dicke Holz gewährte ein wenig Schutz vor den Projektilen. Sheik wanderte auf dem Stamm weiter und kritzelte in seinem Buch herum. Weil er nicht auf den Untergrund achtete, verlor er den Halt und stürzte. Dem Ausrutscher verdankte er sein Leben. Kugeln pfiffen über ihn hinweg.

Die Sensoren der Drohne hatten sich auf den Zwerg und den Magier eingestellt, die Gruppe an der Mauer ignorierte sie vorerst. Die Sentinel schnurrte an ihrer Schiene entlang und suchte sich eine bessere Schussposition.

Michels entdeckte unmittelbar neben seiner Hand den Rand einer Mine. Wenn das mal kein Hinweis war. Sofort zückte er sein Messer und stocherte in der Erde herum, bis er die Sprengfalle gelockert hatte.

Er legte sie frei und betete dabei, dass sie über keinen Erschütterungssensor verfügte. Der warnende Zuruf Ordogs hielt ihn in letzter Sekunde davon ab, die Tretmine anzuheben. Am Boden des Konstrukts befand sich ein Draht, der in der Erde verankert war. *Eine zweite Reißleine,* schauderte der kleine Metamensch, während er die Sicherung kappte.

»Lenkt sie ab!«, rief er zu seinen Freunden. »Ich werfe das Ding!«

Trebker und Ordog feuerten auf die Drohne. Der Autopilot registrierte sie jetzt als weitere Gefahrenquelle. Das leichte MG schwenkte herum und visierte die schutzlosen Runner an.

Michels schnellte hinter seiner Deckung hervor, sprang zurück auf den Stamm und lief näher an die Sentinel heran.

Der künstliche Hundeverstand der Drohne geriet in Prioritätsprobleme. Das alte Ziel war wieder aufgetaucht, die neuen Ziele durften ebenfalls nicht vernachlässigt werden. Als die Mündung in Richtung des Zwergs schwenkte, war er auf fast zehn Meter heran.

»Runter!«, schrie er und schleuderte die Mine wie eine Frisbee-Scheibe. Dann hechtete er ebenfalls zurück. Die Sprengfalle segelte eiernd auf die Drohne zu.

Der Zwerg hatte sich verschätzt. Die Mine flog über die Sentinel hinweg, verfing sich im Stacheldraht und bahnte sich langsam ihren Weg durch die scharfen Metallhaken, bis sie mit dem Auslöser auf die Mauer prallte. Es gab einen lauten Knall, als die Mine detonierte und die Drohne mit Schrapnellen überschüttete.

Abgetrennte Stücke der Panzerung kreiselten davon, an einigen Stellen durchschlugen die Fragmente die Verschalung und beschädigten die Elektronik. Das MG deutete wie ein schlappes Stück Schlauch auf den Boden.

»Jemand verletzt?,« erkundigte sich Ordog bei seinen Leuten und schaute zu seinen Begleitern.

»Hier«, meinte Trebker schwach. Die Mauer hinter ihm war voller Blut. Ein scharfkantiges Metallstück von der Drohnenpanzerung steckte darin. In der nächsten Sekunde kippte er vornüber und stürzte wie ein Sack um. Im Rücken klaffte ein großes Loch.

Schibulsky musste sich nicht einmal bücken, um nach dem Puls des Mannes zu sehen. Eine solche Verletzung überlebte niemand, zumal er so viel Blut verloren hatte.

Michels kniff die Mundwinkel zusammen. »Scheiße.«

»Ich hätte es ihm gegönnt, nach Hause zu kommen.« Ordog nahm seinen Ausweis an sich und suchte die CDs aus dem zerfetzten Rucksack des Bundesbeamten. Hastig verstaute er sie und begann das Kabel hinaufzuklettern. »Weiter. Wir sind bald in der Freiheit.«

Oben angekommen, sicherte er sich und ließ den Leichnam des Bundesbeamten am Restseil festknoten. Er nutzte die sterblichen Überreste des Mannes, um sie über den Monofilamentdraht zu legen und die scharfen Stränge niederzudrücken.

Michels und Schibulsky setzten derweil zwei anrückende Aufklärungsdrohnen außer Gefecht. Nun würde es nur noch Minuten dauern, bis Gardisten auftauchten.

Verbissen verrichtete der bleiche Runner seine Arbeit, bis er sich auf die Mauerspitze schwang und einen Rundumblick wagte.

Michels hangelte sich hinauf, und zu zweit zogen sie Sheik nach oben und setzten ihn auf der anderen Seite wieder ab. Somit war der Araber der Erste des Teams, der sich in Freiheit befand, und dem es am gleichgültigsten war.

Keuchend zerrten sie den Ork die Wand hinauf, um ihn gleich wieder auf ADL-Boden abzuseilen. Der Zwerg ließ sich auf die Erde gleiten.

Das Stehen auf Trebkers Leiche wurde allmählich zu einer wackeligen Angelegenheit. Als sich Ordog bereitmachte, als Letzter aus der SOX zu flüchten, verabschiedeten sich die bislang fleißigen Schutzengel von dem Anführer.

Nicht nur, dass er ausglitt, nein, er stürzte sogar rückwärts.

ADL, Herzogtum Sachsen, Leipzig-Halle,
30. 04. 2058 AD, 22:04 Uhr

Sie spielten wirklich »Ich sehe was, was du nicht siehst«. Jeroquee stellte fest, dass ein gewöhnlicher Einbrecher in den heiligen Hallen der Bibliotheca Albertina den Verstand verloren hätte.

Doch Xavier machte Illusionen und magische Fallen durch eine simple Berührung zunichte. Zielsicher bewegte er sich vorwärts, bis sie vor der letzten Tür standen. Danach müsste sie warten. Dahinter lauerten mehrere Elementare, wie sie aus den Plänen wusste.

Die Seattlerin bediente den Magschlossknacker, wünschte Xavier viel Glück und zog sich in den Korridor zurück. Dort wartete sie mit gezogener Waffe auf die Rückkehr des Negamagiers.

Jones mahnte zu einer größeren Geschwindigkeit. Offenbar bemerkte jemand, dass mit dem Sicherheitssystem etwas nicht stimmte, und aktivierte eine Sicherheitsabfrage.

Xavier wartete, bis das grüne Lämpchen an dem elektronischen Dietrich aufleuchtete. Ein mulmiges Gefühl beschlich ihn. Zwar vertraute er seinen Fähigkeiten, allerdings reichte es aus, dass ein Elementar nur auf die Idee kommen musste, einen Schrank auf ihn fallen zu lassen, und schon wäre seine Antimagie-Befähigung für die Katz.

Hoffen wir, dass sie nicht ausgerechnet heute darauf kommen, bat er die Schicksalsgöttin.

Xavier betrat den nächsten Raum, der wie die anderen Zimmer vor Büchern überquoll. Die Archivierung war in vollem Gange, wie er an den umherliegenden Exemplaren und Karteikästen bemerkte. Dennoch schätzte er die Zeitspanne auf mehrere Jahre, bis alle Werke erfasst waren.

Aufmerksam schaute er sich um, dann erstarrte er. Ein Mann, um die fünfzig und sehr altertümlich gekleidet, saß vier Meter von ihm entfernt in einem Sessel und schmökerte in der Ausgabe »Die Wurzeln des Übels«. Unmittelbar neben ihm befand sich die vorletzte der Kassetten.

Klackend fiel die Tür ins Schloss, der Leser hob erstaunt den Kopf. Leere Augenhöhlen richteten sich auf den Eingang.

Plötzlich verschwand der Mann, nur um neben Xavier zu erscheinen. Seine Aufmerksamkeit richtete sich nicht auf den Eindringling, sondern auf die Tasche, die der Negamagier an seiner Seite trug. Vorsichtig tippte er dagegen.

Xavier erkannte, dass es sich bei dem Aufpasser um ein magisches Wesen handelte, das nicht ihn, dafür aber die Tasche sah, an die er gar nicht gedacht hatte. Seine Aura von Antimagie baute sich nur ausladend auf, wenn er attackiert wurde. Im Normalzustand leistete sie nicht mehr, wie sie unbedingt musste, machte nur ihn samt Kleidung unsichtbar. Jedenfalls erregte die schwebende Tasche die Neugier des Wesens.

Jetzt musste er auf seine angeborene Fähigkeit vertrauen. Er fasste blitzschnell zu und nahm den Kopf des Mannes in beide Hände.

Der Angegriffene brüllte seine Schmerzen heraus, fasste nach den Fingern des Negamagiers und verstärkte sein Geheul. Die Berührung bereitete ihm qualvolle Schmerzen. Einen Lidschlag später verging der Aufpasser.

Der Schrei war gehört worden. Hüter tauchten auf, huschten wie ein aufgescheuchter Bienenschwarm zwischen den Regalen entlang und machten sich auf die Suche nach dem Eindringling. Zu dem Zeitpunkt hatte der Runner den verräterischen Behälter längst abgelegt.

Einer der niederen Geister stieß mit ihm zusammen. Die Antimagie absorbierte ihn augenblicklich. Der Dekan der Bibliothek musste mit dem Besuch gerechnet und sehr genau gewusst haben, worauf es die Einbrecher absahen. Die plötzlich flimmernde Luft um die Schatulle warnte ihn, dass sich Elementare zum Schutz des Artefakts positionierten, während die Watcher verzweifelt versuchten, den Dieb aufzuspüren.

Er holte tief Luft und schritt an den Tisch heran. Da es nicht möglich war, an den magischen Buchwärtern vorbeizugreifen, berührte er das Flirren, um den Elementar zum Rückzug zu zwingen.

Seine Hand traf auf leichten Widerstand, der abrupt verschwand. Geschwind legte er seine Hände an die Schatulle und brach die Barriere auf. Der Vorgang nahm einige Sekunden in Anspruch.

Um ihn herum tobten die Watcher und schrien immer mehr herbei. Die Elementare attackierten ihn mit Sicherheit, dennoch spürte er nichts von ihren Angriffen. Solange sie dabei auf Magie vertrauten, befand er sich, so paradox es klang, in Sicherheit.

Endlich schwand der letzte Rest der Schutzsphäre um die Kassette. Hastig klappte er sie auf und langte hinein. Das Buch klemmte er sich unter die kugelsichere Weste und rannte zum Ausgang, was etliche niedere Geistwesen das Leben kostete.

»Sie haben das Buch, wie ich annehme, Mr. Nielsen?«, meldete sich der Brite. Im Hintergrund vernahm Xavier ein angestrengtes Atmen und leises Ploppen von schallgedämpften Waffen. »Bei uns sind einige Gentlemen aufgetaucht, die uns gerne an die frische Luft befördern möchten. Ich schlage daher vor, wir folgen ihrer Aufforderung. Beeilen Sie sich!«

Das ließ sich der Runner nicht zweimal sagen. Nichts hielt ihn bei seiner Flucht auf. Die Verwirrung der magischen Verteidiger stellte einen enormen Vorteil dar.

Jeroquee kauerte mit ihrer Waffe im Anschlag neben der ersten Tür und atmete sichtlich auf, als Xavier auftauchte. »Mann, endlich! Hier war ein kleiner …«

»Keine Zeit«, keuchte er und hetzte weiter. Sie deckte den Rückzug.

Jones und sein Squad verteidigten ihre Stellung am Terminal. Marble hatte sich inzwischen ausgeklinkt und zum Gewehr gegriffen, Jones und Forbes feuerten die Korridore hinab, um die Wachen auf Abstand zu halten. MacRay errichtete eine Barriere und dirigierte einen Geist gegen einen Wachelementar, der die Schutzhülle der britischen Runner attackierte.

Der Negamagier löste das feindliche Wesen durch eine flüchtige Berührung auf. »Wir können gehen«, sagte er und grinste den Schamanen an.

»Wo ist die Schatulle?«, verlangte ihr Anführer zu wissen.

Xavier deutete auf die ausgebeulte Weste. »Sie sollten mich gut schützen, sonst hat das Werk bald hässliche Löcher.«

Der Rückzug gelang nur, weil sie den Negamagier auf ihrer Seite hatten. MacRay wäre niemals imstande gewesen, die magischen Attacken abzuschmettern und die anstürmenden Elementare zu bannen. Immer wieder warf der Keltenschamane Xavier einen fassungslosen Blick zu, weil er nicht verstand, wie dieser arbeitete.

Sie schossen sich den Weg durch die Hand voll Leute vom Wachdienst bis zum Auto frei, wo der Negamagier noch einmal ausstieg, um einen letzten Elementar zu eliminieren, der sich am Tank zu schaffen machte. Kurz darauf brauste der VW-Transporter durch das nächtliche Leipzig.

Peinlich berührt stand Xavier eine Stunde später im Zimmer seines Hotels und schaute auf den verschwitzten Einband des gestohlenen Buchs. Bei der überstürzten Flucht hatte sein Schweiß unter der Kevlarweste dem Folianten Flecken beschert und, das war das Schlimmste an der Sache, die Schrift verwischt.

»Hast du Zozorias Nummer?«, fragte er die ehemalige Ghuljägerin mit belegter Stimme. »Ich muss ihm was beichten. Besser, er regt sich jetzt auf und hat sich bis zu unserer Ankunft an Galoña abreagiert, als dass er mir aus Rache in den Fuß schießt.«

Vorwitzig kam sie heran und entdeckte das Malheur. »Oh, das ist aber gar nicht gut.« Sie tippte eine Nummer in ihr Kom-Gerät und hielt ihm den Arm hin. »Da. Gestehe dem Meister«, grinste sie. »Sag ihm, dass der Inhalt unbeschädigt geblieben ist.«

Galoña meldete sich, dem er das Problem gleich schilderte. »Ich habe gehört, dass Ihr Einsatz erfolgreich verlief«, erwiderte der spanische Elf kühl. »Die Nachrichten sind voll mit Ihnen. Meinen Glückwunsch. Was das … Malheur angeht: Wenn Sie den Einband schon ruinierten, würden Sie bitte Seite 21 aufschlagen und sich die Kapitelüberschrift genau ansehen. Entdecken Sie dort einen leichten Blaustich?« Er kam der Aufforderung nach, bemerkte aber nichts. »Machen Sie Ihren Finger nass und reiben Sie leicht darüber.«

»Sie wollen mich doch nicht bei Zozoria reinreißen?«

Der Elf lachte. »Nein, gewiss nicht, Señor.«

Xavier folgte der Anweisung. Die Fingerkuppe färbte sich bläulich. Als er das dem Vertrauten des Antiquitätenhändlers berichtete, ließ er ihn noch weitere, scheinbar sinnlose Tests vollführen. Sein Gesprächspartner war dennoch zufrieden. »Gracias, Señor. Sie haben mit hoher Wahrscheinlichkeit eine Fälschung gestohlen. Machen Sie damit, was Sie möchten. Wir melden uns später, um Ihnen neue Anweisungen zu geben.« Der Elf legte auf.

Jeroquee und der Negamagier schauten sich an. »Das ist ja großartig. Da macht man sich so viel Mühe, und alles nur für eine Fälschung?«, platzte es aus der jungen Frau heraus. Wütend trat sie gegen das Buch. »Verdammt, dafür sind mir beinahe die Locken weggebrannt.«

»Tja, so ist das im Leben.« Xavier fühlte sich seit dem Einsatz im Paulinerkloster euphorisch. Er schob diese Hochstimmung auf die Menge an absorbierter Magie. »Ich …« Sein Handgelenk-Kom vibrierte. »Ja?«, meldete er sich verwundert.

»Hey, Exorzist. Weißt du eigentlich, für wen du arbeitest?«, sagte eine bekannte Stimme am anderen Ende der Leitung.

Die Seattlerin ging zur Zimmertür und ließ Jones herein, der ebenfalls telefonierte.

»Poolitzer?«, entfuhr es dem Negamagier verblüfft. »Ich habe dir doch gesagt, du sollst das Schnüffeln sein lassen.« Schnell drehte er sich von seiner Begleiterin und dem Briten weg.

»Ja, klar. Einen besseren Weg, mich auf eine Fährte zu setzen, gibt es beinahe nicht mehr«, entgegnete der Info-Networks-Mitarbeiter gut gelaunt. Dafür sank Xaviers Stimmung rapide. »Okay, nur damit du weißt, worauf du dich eingelassen hast: Die Süße und du, ihr arbeitet für eine Tochterfirma von Antique Enterprises, die wiederum einem Yakub Estefan Zozoria gehört«, ratterte Poolitzer sein Wissen herunter. »Meine Quellen haben mir gesteckt, dass er alles besorgt, was magisch ist, und wenn es die Eier eines Drachen sind.«

»Und? Wo liegt das Problem?«

»Los, gib mir einen Tipp, wer ›Aeternitas‹ haben möchte. Ich weiß, dass du heute Nacht im Paulinerkloster warst, alter Magierschreck. Nur du kommst in eine derartige Magiebude unbeschadet rein und raus.« Er schwieg. »Du bist doch unbeschadet?«, hakte er nach.

Aeternitas? »Du meinst das Buch?«

»Nein, ich meine die Schokoriegel. Natürlich meine ich das Buch«, entgegnete Poolitzer genervt. »Wer möchte denn unsterblich werden? Irgendein Kon-Mann? Ein Politiker? Eine Schauspielerin? Möchte sich Maria Mercurial das Geld für ihre Zellkur sparen?«

»Unsterblich?«, brach es aus Xavier hervor.

»Warum wiederholst du alles? Das Buch ist wahrscheinlich so etwas wie ein Heilmittel für alle Krankheiten und auch gegen das Altern.«

Mit einem schnellen Blick vergewisserte sich der Negamagier, dass Jones und die Ghuljägerin weit genug weg standen. Ihm fielen die Worte des Andorraners zum Thema Sterben und Tod ein. Jetzt ergab das alles einen Sinn. Zozoria dachte wirklich, er könnte ewig leben. Xavier ging zum Fenster und senkte seine Stimme. »Ich kann es dir nicht sagen.« Der Empfang wurde sehr schlecht, der Akku verreckte. »Scheiße!« Er drehte sich um. »Kann einer von euch mir sein Kom leihen?«

Jeroquee borgte ihm ihres. »Was will denn der Snoop von dir?«

Der Brite beobachtete ihn misstrauisch.

»Erzähle ich dir später«, wehrte er ab und kehrte ans Fenster zurück. Schnell wählte er die Nummer des Reporters. »Wo steckst du?«

»Warum? Willst du mir ein Interview geben?« Poolitzer war sofort Feuer und Flamme. »Cool.« Im Hintergrund hörte man viele Stimmen, die durcheinander redeten. »Habt ihr das Richtige schon gefunden? Und hast du Lust, bei den Black Barons als Gastspieler mitzumachen? Oder Jeroquee? Die suchen dringend gute Leute. Oder frag mal einen von den Typen, die euch begleitet haben.«

»Du redest zu viel«, fiel ihm der Negamagier ins Wort. »Nein, wir sind noch nicht am Ziel, und nein, ich spiele nicht Stadtkrieg. Ich bin doch kein Psychopath.« Jones trat näher und bedeutete ihm, dass er auflegen solle. »Ich melde mich wieder. Deine Informationen sind sehr interessant. Aber lass die Finger davon. Das ist eine ehrliche Warnung.« Er beendete das Gespräch und löschte die Nummer aus dem Kurzspeicher, ehe er Jeroquee das Kom zurückreichte.

Der Brite lächelte. »Mr. Smith hat mich eben angerufen und gebeten, einen weiteren Auftrag durchzuführen. Es geht um die letzte Schatulle. Der Einsatz eines anderen Teams hat nicht zum Erfolg geführt, also vollenden wir die Sache. Wie es aussieht, hat eine Stadtkriegmannschaft etwas mit der letzten Kassette zu tun.«

Nein, bitte nicht, flehte Xavier innerlich und bemühte sich, nach außen keine Reaktion zu zeigen.

»Es sind die Black Barons.« Er schaute abwechselnd auf die Frau und den Mann. »Wissen Sie, wie man am schnellsten von hier nach Mainz kommt?« Sie zuckten beide mit den Achseln. »Na, wir reden morgen. Bis dahin habe ich mehr in Erfahrung gebracht. Gute Nacht.« Jones verließ den Raum.

»Scheiße, verdammte!«, zischte der Negamagier und warf sich aufs Bett. Jetzt musste er auch noch gegen Stadtkrieger antreten, um die Schatulle zu bekommen. Natürlich würde das Spektakel von Poolitzer in Szene gesetzt werden.

»Was ist?«, erkundigte sich Jeroquee aufmerksam.

Er kreuzte die Arme hinter dem Kopf und starrte an die Decke. »Wenn wir Pech haben, müssen wir Poolitzer auf die Fresse hauen.«

»Wieso Poolitzer? Es ging doch eben um Stadtkrieger. Hey, das sind harte Jungs. In Seattle heißt es Urban Brawl.« Sie verstand nicht, was er mit diesen Andeutungen meinte. »Kannst du in verständlichen Sätzen reden oder muss man den Sinn erahnen?«

»Der Schnüffler ist zurzeit bei den Black Barons und bei denen vermutet Zozoria offensichtlich die letzte Schatulle. Ich hätte es mir denken können, dass Poolitzer sich um solche Storys reißt. Und ich Idiot gebe ihm auch noch einen Tipp.« Er blickte Jeroquee an. »Wusstest du eigentlich, dass Zozoria ein harter Knochen ist?«

»Wer wüsste das besser als ich?«

»Ach? Geht es genauer? Kannst du in verständlichen Sätzen reden, oder muss man den Sinn erahnen?«, benutzte er ihre Wortwahl.

Den Rest des Abends verbrachten sie damit, ihre Wissensstände anzupassen. Sie berichtete von Aufträgen, er von den Ausflügen in Zozorias Villa.

Was sich daraus ergab, brachte sie beide zu der Überzeugung, diesen Mann niemals zum Feind haben zu wollen und ihn auch niemals zu hintergehen. Vor dem kommenden Run gegen die Black Barons wollten sie aus fadenscheinigen Gründen aussteigen, um Interessenkonflikte zu vermeiden.

ADL, bei Homburg-Beeden (SOX),
30. 04. 2058 AD, 23:59 Uhr

Ordog spürte, dass er das Gleichgewicht verlor und sich nach hinten neigte. Innerhalb von Sekundenbruchteilen ging sein Verstand verschiedene Optionen durch, um den drohenden Sturz aus fünf Metern Höhe in ein Minenfeld zu verhindern.

Griff er in den Monofilamentdraht, verlor er seine Finger. Warf er sich stattdessen nach vorne, würde er sich mit Sicherheit mindestens einen Knochen brechen. Ein unkontrollierter Aufschlag könnte das Rückgrat in Mitleidenschaft ziehen. Tat er gar nichts und ließ sich rückwärts fallen, blühte ihm das gleiche Schicksal, zumal sich der Stamm einer Tanne nicht eignete, den Aufprall abzumildern. Die Äste und Zweige spießten ihn auf.

Der Runner riskierte den Sturz und griff im Fallen nach den Trageriemen des Rucksacks, den sie dem toten Trebker gelassen hatten, um dem messerscharfen Monofilamentgeflecht etwas mehr Widerstand entgegenzusetzen. Seine Finger fassten die Gurte und klammerten sich fest. Durch die Belastung rutschte der Leichnam ab, ehe sich die Reste der Teilpanzerung im Monofilament verfingen und ein weiteres Abgleiten verhinderten.

Trebkers Blut rann am Gurt entlang und lief über seine Hände. Der Kopf des Mannes befand sich genau vor seinen Augen, die gebrochenen Pupillen starrten ihn an. Wäre Ordog ein zartbesaiteter Mensch gewesen, hätte ihm der Anblick sicher zu schaffen gemacht.

»Hey, Ordog«, hörte er Michels besorgt rufen, »bist du gefallen?«

»Nein«, antwortete er gepresst und zog sich behutsam an den Riemen hinauf. »Ich bin auf dem Weg.«

Das knatternde Rotorengeräusch eines Hubschraubers näherte sich beständig ihrer Position. Nun konnte der bleiche Straßensamurai keine Rücksicht mehr nehmen. Entweder er schaffte es, zusammen mit den anderen im pfälzischen Wald zu verschwinden, oder er würde gleich von der Minigun des Helikopters durchlöchert.

Sorry, Trebker, dass wir so mit dir umgehen. Aber du rettest mein Leben. Keuchend glitt er über die Leiche, schnitt sich in seiner Hast mehrfach am Draht und kassierte eine böse Wunde am Oberarm. Das reißende Geräusch hinter ihm stammte von seinem eigenen Rucksack, der an einen Monofilamentstrang geriet.

Irgendwie schnappte er sich das Stahlseil und rutschte daran herab. Ein Ruck, und das Kabel löste sich. So schnell es ging, liefen sie in den schützenden Wald.

Als der Messerschmitt-Kawasaki Sperber die Stelle überflog, von der die Drohnen einen Kampf gemeldet hatten, fanden die Kameras lediglich eine übel zugerichtete Leiche auf der Mauer und drei umgestürzte Tannen im Minenfeld.

»Zentrale, hier Sparrow Hawk 17. Die Drohnen haben ihre Arbeit verrichtet, der Ausbruchsversuch wurde verhindert«, meldete der Bordingenieur an sein Hauptquartier. »Wir brauchen ein Reparaturteam für Abschnitt 218. Das Minenfeld muss neu bestückt und der Zaun instand gesetzt werden.«

»Roger«, bestätigte die Einsatzzentrale. »Sichern Sie die Zone, bis die benötigten Leute erschienen sind, Sparrow Hawk 17. Sehen Sie nach, ob sich Nachzügler im Wald verstecken. Over.«

»Roger und Over.«

Dem Piloten fiel etwas Glitzerndes inmitten des Stacheldrahts auf. Der Scheinwerfer am Rumpf des Kampfhubschraubers erwachte und tauchte die Leiche in gleißendes Licht. Neben ihr lagen funkelnde Schmuckstücke. Ein Diadem baumelte im Monofilamentdraht und wurde durch den Rotorenwind hin und her geweht.

Der Bordingenieur winkte ab. »Wir kommen eh nicht ran. Lass es die anderen einsammeln.«

Das Licht erlosch. Der Sperber neigte sich mit der Schnauze nach vorn und begann, das dicht bewachsene Areal auf der Seite der SOX mit seinen Ortungsgeräten abzusuchen.

XI.

ADL, Groß-Frankfurt, MaWie, 01. 05. 2058 AD, 10:21 Uhr

Die Nachricht über das verschobene Meisterschaftsspiel der deutschen Stadtkrieg-Liga verbreitete sich wie ein Lauffeuer unter den Black Barons. Die Abschlussgegner um den ersten Platz in den ADL, die Centurios Essen, hatten eine Verlegung um drei Wochen von sich aus angeboten, um sich später nicht anhören zu müssen, sie hätten die Schwäche der Mainzer unsportlich ausgenutzt.

Coach Karajan gewährte den Spielern zwei Tage Urlaub. Die Verwundeten wurden mit Hochdruck behandelt, damit sie in einer Woche am regulären Training und in drei Wochen am entscheidenden Spiel teilnehmen konnten. Eine Woche lang durften sich zudem Freiwillige bei den Black Barons melden, die sie als Kämpfer unterstützen wollten. Das Match gegen die Blood Royals hatte den Bestand sehr ausgedünnt. Tauglicher Ersatz tat Not.

Nach einem langen Schlaf und einem ausgiebigen Frühstück saßen Tattoo sowie der eiserne Kern der Stadtkrieger mit Poolitzer und Cauldron zusammen. Der Reporter berichtete ihnen, was er von Otte erfahren hatte und dass mit dem spektakulären Einbruch in die Bibliotheca Albertina »ihre« Schatulle die letzte darstellte, die sich nicht im Besitz der Diebe befand. Das Gespräch mit Xavier behielt er vorerst für sich. »Da diese Leute aber nicht auf den Kopf gefallen sind, werden sie ihr Glück noch einmal probieren«, sagte er abschließend. »Wenn sie eins und eins zusammenzählen, können sie sich denken, dass ihr das Buch habt.«

Die Spieler schauten sich an. »Die Meisterschaft ist das Ereignis, auf das wir hingearbeitet haben«, legte Oneshot seine Sicht der Dinge dar. »Sie hat Vorrang vor allem anderen. Selbst wenn Aeternitas unbezahlbar wäre, für mich ist der Pokal das Wichtigste. Die anderen sehen das genauso.« Die anderen Stadtkrieger nickten ohne zu zögern.

Dice schaltete sich ein. »Das Problem ist, dass wir mit dem Ding nichts anfangen können. Es liegt in seiner Box, niemand von uns bekommt sie auf. Dafür wird ein Fitting-Company-Team nach dem anderen hereingestürmt kommen und versuchen, die Schatulle zu klauen.«

»Also sollten wir sie uns vom Hals schaffen, oder?« Schlagergott organisierte eine Runde Getränke aus dem Kühlschrank und verteilte die Dosen. »Ich schlage vor, wir verscheuern das Buch an den Typen, der es unbedingt haben will. Als Schmerzensgeld für die Scheiße, die in Moskau passiert ist, setze ich mindestens fünf Millionen Nuyen an. Die zahlen wir anteilig an die Familien und Verletzten aus.« Zischend öffnete er die Dose. »Andere Ideen?«

»Ich höre wohl nicht recht?«, stutzte Poolitzer ehrlich überrascht.

Oneshots Gesicht verfinsterte sich. »Das Buch ist eine Störquelle. Noch mehr Ablenkung vor dem Endspiel können sich die Black Barons nicht leisten. Ist das verständlich?«

»Aber ihr wolltet doch Rache haben?«, erinnerte sie der InfoNetworks-Mitarbeiter. »Versteht mich richtig, ich will euch nicht zu Aktionen anstacheln, auf die ihr keinen Bock habt«, schob er sofort nach.

»Es ist der falsche Zeitpunkt«, meinte die Elfin kurz angebunden.

»Keine Sorge, der kriegt noch was auf die Fresse«, beschwichtigte der Stürmer. »In der saisonfreien Zeit können wir uns den Typen immer noch bei einem Privatbesuch vorknöpfen. Zuerst bitten wir ihn zur Kasse, danach gibt's was auf die Fresse.«

Für den Kapitän war die Sache damit erledigt. »Hast du die Nummer von dieser Firma?«, fragte er den Reporter.

So einfach wollte der Reporter es Zozoria und seinen Handlangern nicht machen. Der Appell von Otte lag ihm immer noch in den Ohren. Sollte sich wirklich ein Allheilmittel gegen Krankheiten in Aeternitas verbergen, musste es in die Hände derer gelangen können, die es zum Überleben brauchten, und nicht ausschließlich den Reichen vorbehalten bleiben.

»Leute, wir machen das anders«, schlug er ihnen vor. »Ich bringe es zusammen mit einer kleinen Barons-Eskorte an einen sicheren Ort, bis das Endspiel gelaufen ist, und dann bringen wir die Sache ordentlich zu Ende, wie es sich gehört.«

»Was heißt das?«, verlangte Dice zu wissen. »Bekommen wir das Geld für die Verletzten und die Angehörigen der Toten auch sicher?«

»Ähm …«, Poolitzer geriet ins Schwimmen. »Wir können doch so etwas wie eine Vorvereinbarung mit der Fitting Company abschließen. Fünf Millionen jetzt, die uns auf alle Fälle gehören, und fünf bei der Übergabe. Bei der verhaut ihr dann die Gestalten nach Strich und Faden.«

»Was du natürlich filmst«, fügte Dice hinzu.

»Logisch.« Er breitete die Arme aus. »Bin ich zum Spaß hier? Habe ich umsonst auf mich schießen und mich beinahe von der Straße drängen lassen? Nee, das wird ordentlich ausgeschlachtet.«

Er war sich sehr wohl im Klaren darüber, dass es ihm weitere Feinde schaffen würde, wenn er eine so große Firma wie Antique Enterprises in den Schmutz zog und sie mit dem Raub der Kassetten in Verbindung brachte.

Aber ist das nicht das Schöne am Snoop-Dasein?, dachte er und grinste innerlich.

Mit ein wenig Glück machte er das BKA auf Zozorias Machenschaften aufmerksam und legte ihm das Handwerk. Er würde es als Erfolg sehen, wenn der egozentrische Andorraner sich seine Existenz neu aufbauen müsste.

Parallel dazu entstanden das Feature über die Black Barons und der Bericht über ein legendäres Werk, das Unsterblichkeit versprach. Die Kasse würde klingeln. Er hätte nie gedacht, dass sich so große Geschichten daraus entwickelten.

Cauldron verfolgte das Gespräch schweigend. »Dürfte ich erfahren, wo du das Artefakt unterbringen möchtest?«, warf sie ein. »Besitzt du eine Festung?«

Mit dieser Frage hatte er gerechnet. »Beinahe. Ich dachte an die Universalbibliothek in Weimar. Wir nehmen uns die Alexandriner als Verbündete ins Boot. Die haben sehr gute Beziehungen zur Doktor-Faustus-Verbindung und organisieren bestimmt dutzendweise Magier, die das Buch beschützen. Wenn diese Professoren das Buch schon auf die verbotene Liste gesetzt haben, sollen sie gefälligst was unternehmen, damit es auch wirklich niemand in die Finger bekommt.« Gespannt wartete er auf eine Reaktion. Da meldete sich sein Kom-Gerät. »Entschuldigt mich«, meinte er und trat ein paar Schritte zur Seite. »Poolitzer?«

»Ich bin's«, meldete sich eine rauchige Stimme. »Interessiert an der SOX?«

Es dauerte ein paar Sekunden, bis er die Stimme einem Gesicht zuordnen konnte. »Das ist ja eine Überraschung. Der Vampir!«, lachte er freundlich. »Ordog, wie geht's?«

»Scheiße. Verletzt, müde, pleite«, erhielt er die ehrliche Antwort. »Ich brauche dringend Geld und hätte Aufnahmen aus der Zone zu bieten.«

»Hm, die dürften nicht sonderlich spannend sein, es sei denn, du hättest einen Kon bei einem Prototyp-Test gefilmt. Seit wann filmst du eigentlich?«

»Hast du die Nachrichten aus Badisch-Pfalz verfolgt?«

Poolitzer setzte sich. »Nimm's mir nicht übel, Ordog, aber ich habe so viel um die Ohren, dass ich nicht noch Glotze schauen kann. Was war los?«

»Ich habe die Erklärung für die riesige Rauchwolke in der Nähe von Zweibrücken. Der Kontrollrat hat Homburg und den Schlossberg platt gemacht, um zwei toxische Schamanen wegzuputzen. Reicht das, um dich neugierig zu machen?«

Die Nase des Reporters juckte. Vier Knallerthemen! Er liebte die ADL. »Klar macht mich das heiß.«

»Einhunderttausend EC.«

»Oh, stolzer Preis. Komm einfach ins Trainingslager der Black Barons in Mainz. Ich sehe mir die Aufnahmen an und sage dir, was sie wirklich wert sind.«

Ordog hustete gequält. »Ich bin im Moment nicht gut zu Fuß«, krächzte er.

»Brauchst du einen Doc? Ich habe Zugriff auf die besten Weißkittel, die du dir vorstellen kannst. Alles legal.« Er hielt die Hand über die Sprechmuschel und zwinkerte den Stadtkriegern zu. »Ich kaufe euch gerade einen guten Mann ein«, sagte er zu Oneshot. Er nahm die Hand wieder weg. »Hör zu, wenn du mit dem Preis runter gehst, schicke ich dir ein Taxi und lege dafür die medizinische Behandlung gratis oben drauf.«

»Wir sind vier. Die müssten auch mit«, feilschte der bleiche Straßensamurai kraftlos.

»Okay. Wie gesagt, wir verrechnen das mit dem Preis für die Aufnahmen. Gib mir deine Adresse.« Poolitzer notierte sich die Straße. »Ich schicke jemanden hin. Bis dann.« Strahlend wandte er sich zu den Black Barons. »Soeben hat sich einer der härtesten Hunde auf den

Weg zu euch gemacht, um sich die Meisterschale zu holen«, versprach er den Spielern. »Ordog ist ein Killer. Der macht für Geld alles. Wie ich ihn verstanden habe, braucht er das zurzeit dringend.«

Die anderen schauten wenig überzeugt, würden sich aber von der Qualität der angepriesenen Messerklaue gerne überzeugen lassen.

Als Nächstes rief er den Negamagier an, um sich die Nummer eines Verhandlungspartners wegen der Schatulle geben zu lassen. Nach einem weiteren Kom-Gespräch stand der Deal mit dem Unbekannten. Innerhalb der nächsten vierundzwanzig Stunden würden fünf Millionen Nuyen auf ein Zweitkonto des Reporters auflaufen, in drei Wochen sollte die Übergabe stattfinden. Bis dahin vereinbarten beide Seiten, nichts zu unternehmen. Der Umstand, dass sich der Unbekannte auf ein solch windiges Geschäft einließ, bewies ihm, dass dem Mann viel an dem Buch lag. Wie schön, dass er es niemals bekommen würde.

Poolitzer fühlte sich fast schon wie ein Manager, weniger wie ein Berichterstatter. *Irgendwo werde ich mir ein Stück Honorar abschneiden,* beschloss er. Für seine Mühen. Und das Risiko. Immerhin wussten die Gegenspieler, wer er war. Gefahrenzuschlag hielt er für durchaus angebracht. »Sieg auf der ganzen Linie«, verkündete Poolitzer laut. »Und jetzt bringen wir Aeternitas nach Weimar.«

ADL, Freistaat Thüringen, Weimar, Universalbibliothek,
01. 05. 2058 AD, 19:14 Uhr

Schwungvoll betrat der InfoNetworks-Mitarbeiter das Büro von Dr. Otte. Die VX2200C trug er dabei wie eine Krone auf seinen schwarz-weißen Haaren, um die Übergabe an die Hermetische für die Nachwelt zu bannen. Er stellte den Rucksack auf ihren Schreibtisch, packte die Schatulle vorsichtig aus und stellte sie auf die Arbeitsplatte.

»Bitte sehr, einmal Aeternitas in original Schutzatmosphäre.« Er zückte ein Blatt Papier und nahm sich einen Stift. »Bitte quittieren Sie den Empfang, Dr. Otte. Sonst reißen mir die Black Barons den Kopf ab. Ich brauche einen Nachweis, dass ich Ihnen diese Kostbarkeit überlassen habe.« Er deutete mit dem Kugelschreiber auf das vorbereitete Formular. »Sehen Sie? Ich habe die Projektgruppe Alexandria als Empfänger eingetragen.«

Die stellvertretende Vizepräsidentin glitt in den Astralraum und betrachtete sein Mitbringsel. Er sagte die Wahrheit. Sie öffnete die Augen und schenkte ihm ein hinreißendes Lächeln. »Sie sind ein echtes Wunder, Herr Gospini«, lobte sie ihn. Mit viel Elan setzte sie ihre Unterschrift darunter. Poolitzers Kamera hielt die Unterzeichnung fest. »Vielen Dank für Ihre Kooperation.«

Er schaltete die Fuchi aus und verstaute die Quittung unter seiner dünnen Panzerweste, die er durch einen weiten Pulli verbarg. Während des Transports wollte er auf alles vorbereitet sein. »Gern geschehen. Wenn es auch weiterhin unklar bleiben wird, was es mit dem Buch auf sich hat.«

»Besser so, als dass es einem skrupellosen Sammler in die Hände fällt«, resümierte die Frau, die an diesem Tag ein weites Kleid trug. Sie wirkte sehr glücklich. »Ich kann Ihnen gar nicht sagen, was es für unsere Projektgruppe bedeutet. Nach den vielen Rückschlägen doch zum Erfolg gelangt zu sein ist einfach … großartig.« Otte stand auf und ließ sich aus Überschwänglichkeit dazu hinreißen, dem Reporter einen Kuss zu geben. Ihre Lippen waren weich und warm. Das, was er von ihrem Körper in die Hand bekam, fühlte sich gut an.

Während er sich noch über das Prickeln freute, das sein Rückgrat entlangrieselte, trat sie an einen Beistelltisch und öffnete eine Flasche Sekt. Der Korken ploppte aus dem Hals, sie füllte zwei Gläser. »Darauf stoßen wir an.«

»Wollen Sie das gute Stück nicht erst in Sicherheit bringen, Dr. Otte?«, erkundigte er sich, noch leicht verwirrt von der beinahe schon intimen Berührung der Alexandrinerin, die er als unnahbar eingeschätzt hatte.

»Nennen Sie mich Wiebke«, erlaubte sie ihm in ihrer Hochstimmung und reichte ihm den Sekt. Klirrend stießen die Gläser zusammen. »Ich habe alles arrangiert. Nachdem Sie Ihre Ankunft ankündigten, haben wir zusätzliche Barrieren errichtet. Aeternitas ist sicher.« Ihr Blick glitt an ihm hinab. »Und was machen Sie nun ...?«

»Oh, mein Vorname ist Severin«, erklärte er schnell. »Ich bringe zuerst die Geschichte über die Stadtkriegmannschaft in Mainz zu Ende, dann habe ich noch ein heißes Eisen im Feuer.« Er nippte an seinem Glas. »Und natürlich wird diese Aeternitas-Sache abgeschlossen. Wir wollen den Hintermann enttarnen, nicht wahr?«

Sie setzte sich auf den Schreibtisch. »Nur deshalb haben wir Ihrem ... deinem Vorschlag zugestimmt. Bis zur Übergabe habe ich einige Magier zur Unterstützung organisiert. Die Doktor-Faustus-Verbindung ist sehr daran interessiert, den Auftraggeber zu finden.«

Es tat dem Seattler fast Leid, dass er sie auf den Boden der harten Geschäftswelt zurückholen musste. »Wiebke, du meintest, dass du den Überbringern einen Finderlohn in Höhe von zehntausend EC zahlst. Es sind insgesamt fünf Stadtkrieger, die auf ihre Entschädigung warten.«

Sie nahm es ihm keinesfalls übel. »Gewiss doch. Abmachung ist Abmachung.« Die Alexandrinerin drehte sich um und suchte einen Scheck heraus, der ihre Unterschrift trug. Ohne zu zögern setzte sie die Zahl »50 000« ein. Hastig schaltete er die Fuchi ab, als sie sich umdrehte und den Scheck hinhielt.

»Es mag altmodisch sein, seine Geschäfte so abzuwickeln, aber ich habe im Moment keinen Ebbie da«, entschuldigte sie sich. »Der Scheck ist natürlich gedeckt.« Sie lächelte ihn himmlisch an.

»Vielen Dank.« Er verstaute die Zahlungsanweisung ebenfalls unter seiner Panzerweste.

»Ruf mich an«, verabschiedete sie ihn.

»Was?« Es roch nach einer Verabredung. Cupido war auf seiner Seite.

»Ruf mich an, wenn dein Team so weit ist«, präzisierte sie. »Damit wir einen Plan zur fingierten Übergabe ausarbeiten.«

»Ach so«, erwiderte er enttäuscht. »Ich dachte schon, du wolltest dich mit mir verabreden.«

Sie warf ihm einen schelmischen Blick über den Rand des Glases hinweg zu, den er deuten konnte, wie er wollte.

Um ein Haar hätte er noch ein weiteres Anliegen vergessen. Er schlug sich gegen die Stirn, um die Bilder von Brüsten und Unterwäsche aus dem Schädel zu bekommen. »Noch eine Frage. Eine gute Bekannte von mir ist hermetische Magierin aus Seattle. Sie hat von der riesigen Bibliothek gehört und würde gerne die drei Wochen nutzen, um zu schmökern, wenn du es erlaubst.«

»Sie ist nicht zufällig hier, um aufzupassen, dass wir nichts mit Aeternitas anstellen, was unserer Vereinbarung widerspricht?«, vermutete Otte. Auch wenn Poolitzer vehement den Kopf schüttelte, ganz so falsch lag sie damit nicht. Dennoch ging sie auf die Frage ein. »Kein Problem. Wir stellen ihr ein Zimmer in unserem Gästetrakt zur Verfügung. Sie erhält einen Bibliotheksausweis und kann sich nach Lust und Laune umschauen.«

Der Reporter strahlte sie an. »Das ist sehr nett, Wiebke.« Nun machte er einen Schritt auf sie zu und drückte ihr einen Kuss auf die Lippen. Länger, als es sich für ein Dankeschön gehörte.

Die Vizepräsidentin der Projektgruppe ließ ihn gewähren, scheinbar gefiel es ihr.

Ich bin ein Womenizer! Er löste sich von ihr. »Sehr nett«, wiederholte Poolitzer breit grinsend. »Ich schicke Cauldron gleich rein. Das ist ihr … Künstlername. In Wirklichkeit heißt sie Carmen Peron.«

Otte richtete ihre Kleidung und nahm einen Schluck Sekt. »Nur zu!« Sie winkte ihm zum Abschied und wartete darauf, dass die Hermetische eintrat.

Nach einer kurzen, sehr oberflächlichen Unterhaltung hatte sie alles Notwendige mit ihr geregelt. Eine Assistentin zeigte der Seattlerin, wo sie ihre Sachen unterbringen konnte.

Die Alexandrinerin nahm Platz und schaute auf die Kassette, deretwegen einige Mitglieder ihrer Organisation gestorben waren. In Gedanken schweifte Wiebke jedoch zu dem frechen Reporter, den sie eigentlich gar nicht an sich hatte heranlassen wollen.

Das Draufgängerische imponierte ihr ein wenig. Mehr als diese beiden Küsse würde der Amerikaner aber nicht von ihr erhalten. Oder vielleicht höchstens eine kleine Affäre für zwischendurch. Sie räumte der Bewahrung von Aeternitas Vorrang ein.

Ihr Plan stand fest. Sie würde die Schatulle in einem Koffer in einem besonders gesicherten Raum des Lesesaals verstauen. Die Anzahl der Elementare, die dazu dienten, Reibereien zwischen den Studierenden aus Erfurt und Jena zu verhindern, unterband jeden Versuch, das Artefakt zu entwenden. Der Sicherheitsdienst würde vorsichtshalber verstärkt werden.

In aller Ruhe suchte sie einen passenden Koffer, um die kleine Kiste unauffällig zu transportieren.

Die Gegensprechanlage erwachte zum Leben. »Dr.

Otte, Sie erwarten Besuch«, kündigte die Vorzimmerdame an. »Professor Beckert ist soeben eingetroffen.«

»Nur herein mit ihm«, gab sie gelöst zur Antwort. Demonstrativ rückte sie die Schatulle in die Mitte ihres Schreibtischs, wobei sie darauf achtete, dass das Licht dramaturgisch perfekt auf das Holz fiel.

Der Professor betrat den Raum, und mit ihm hielt ein anderes Jahrhundert Einzug. Bislang hatte sie den Präsidenten der Jenenser Universität nur zweimal getroffen, aber auch damals trug er den altertümlichen Anzug und die dunkelgraue Weste mit dem weißen Stehkragenhemd darunter. Unverrückbar lagen die grauen Haare am Kopf an, die Pomade glänzte leicht, der Mittelscheitel saß exakt in der Mitte.

»Schön, Sie zu sehen, Frau Doktorin.« Er streckte ihr die rechte Hand entgegen. Sein polierter Siegelring funkelte im Licht und blendete sie einen Moment. »Ah, und da haben wir das besondere Stück.«

Die Alexandrinerin wurde durchgeschüttelt, ihre Finger lösten sich, und sie bot dem Professor den Platz vor ihrem Schreibtisch an. Ihre Linke legte sich auf das Kästchen, als wollte sie zeigen, wem das Artefakt gehörte. »So ist es. Ich bekam es vor einer knappen halben Stunde und informierte selbstverständlich die Gesellschaft.«

»Selbstverständlich. Gestatten Sie, dass ich einen kurzen Blick darauf werfe?« Er wartete höflich, bis sie nickte, und verschwand für mehrere Minuten im Astralraum. »Äußerst bemerkenswert«, resümierte er zufrieden. »Wie ich sehe, ist die Barriere noch intakt. Wenn wir uns nicht verrechnet haben, stellt diese Schatulle die letzte und wahrscheinlich das Original dar?«

Die Magierin pochte gegen das Holz. »In der Tat, Professor. Sobald wir den Drahtzieher hinter der Angelegenheit ermittelt haben, wird es vollständig in die

Obhut der Gesellschaft übergehen. Wir brauchen es ein letztes Mal als Köder, um den Raubfisch zu fangen.«

Beckert deutete eine Verbeugung an. »Meine Hochachtung vor Ihnen und Ihrem Team, Frau Doktorin. Wie haben Sie das gedeichselt, wo doch alles so sehr nach einem Fiasko aussah?« Er nahm sich ein frisches Glas und schenkte sich von dem Sekt ein. »Sie feierten bereits ein wenig.«

»Der Anlass bot sich an, Professor«, meinte sie beschwingt.

Seine graublauen Augen ruhten auf ihrem Gesicht. »Würden Sie mir den Gefallen tun und mich in aller Kürze auf den neuesten Stand bringen? Der Auftrag der Gesellschaft, mich der Thematik anzunehmen, erreichte mich etwas überraschend, muss ich gestehen. Ich kenne nur die Legenden, die sich darum ranken.«

»Aber gerne.« Otte stellte ihr Glas ab und gab in kurzen Worten wieder, was sie und Poolitzer beredet hatten. Sie erzählte auch, dass sie annahmen, es sei dem Auftraggeber gelungen, die Barrieren zu öffnen, obwohl alle Versuche in der Vergangenheit gescheitert waren. »Es müssen demnach sehr mächtige Magier hinter den Diebstählen stecken«, schloss sie daraus.

Beckert horchte auf. Spontan fiel ihm noch jemand ein, der ein solches Wunder vollbringen konnte. Das Forschungsobjekt von Dr. Scutek, diese Anomalie der magischen Gesetze. *Wie hieß er noch gleich?*, versuchte er sich an den Namen des Deutschen zu erinnern. »Kein Wunder, da es doch um das ewige Leben geht, nicht wahr?«, meinte er. »Oder was auch immer es mit dem Buch auf sich hat.«

»Vielleicht sind wir bald klüger«, stellte sie in Aussicht. »Ein Mitglied unserer Projektgruppe meldete vor nicht allzu langer Zeit den Fund einer arg beschädigten Schriftrolle, datiert auf den Anfang des 18. Jahrhunderts. Sie stammt aus Byzanz beziehungsweise Istanbul.

Weil ihm ein Sammler berichtete, er habe etwas über Aeternitas, ging er auf den Handel ein. Die Restaurierungsarbeiten schreiten gut voran. Wie es aussieht, haben wir die Abschrift einer sehr alten Anmerkung zum eigentlichen Aeternitas aus dem 16. Jahrhundert.«

»Und bis wann glauben Sie, ein Ergebnis vorlegen zu können?«

Die Doktorin der magischen Künste schaute auf die Schatulle. »Das ist sehr schwer zu beurteilen. Wir müssen schonend mit dem Pergament umgehen, es ist stark verblasst. Die Schrift ist ein Mischmasch aus Lateinisch und Griechisch, einige Brocken Arabisch sind ebenfalls enthalten.«

Beckert stellte sein Getränk ab. »Ich will die Abschrift sehen.«

Verwundert hob sie den Blick. »Das kommt ein wenig überraschend. Ich weiß nicht, ob ich die Erlaubnis von …« Sie schaute in die graublauen Augen, die keinerlei Widerspruch duldeten. »Es wird schon gehen«, willigte sie sanft ein. »Folgen Sie mir.«

Schweigend machten sie sich auf den Weg und passierten mehrere Räume und Treppen, ehe sie in den Restaurierungswerkstätten der Bibliothek anlangten. Sie legten die vorgeschriebenen Schutzanzüge an, gingen durch die Schleuse und begaben sich an den Arbeitsplatz, wo das jahrhundertealte Pergament gerade mit unterschiedlichen Konservierungsmethoden behandelt wurde. Der Spezialist grüßte kurz und konzentrierte sich weiterhin auf seine Tätigkeit.

Der zweifache Professor setzte sich auf den Hocker neben ihm. Otte entschuldigte sich nach einer Weile. Sie wollte sich um die Unterbringung des Artefakts kümmern.

»Ich komme gleich nach«, versprach Beckert und hob die Hand. Danach schaute er dem Konservator über die Schulter, um seine Handgriffe zu beobachten.

Die Schriftzeichen wurden allmählich und nur vereinzelt sichtbar. Der Mann streute geduldig Substanzen auf die spröde Oberfläche, kehrte sie mit einem feinen Pinsel ab, besprühte das Pergament, wartete geduldig, bis es getrocknet war, und streute wieder etwas anderes darüber. Wenn sich eine Veränderung einstellen sollte, bewegte sie sich im My-Bereich.

Für den Unipräsidenten sah es nicht sehr effektiv aus. Enttäuschung machte sich breit, dem Geheimnis von Aeternitas nicht rascher auf die Spur zu kommen.

Wieder gingen Dinge vor, die von einer Institution kontrolliert werden müssten. Was, wenn es sich wirklich um ein Allheilmittel handelte? Er würde Sandmann kontaktieren, sobald er mehr über den wahren Inhalt des Buches herausfand. »Sagen Sie, geht das nicht schneller?«, verlangte er ungeduldig von dem Spezialisten zu wissen.

»Im Prinzip schon, Herr Professor. Mit aggressiveren Mitteln könnte man die Reste der Tinte schneller sichtbar machen. Dafür würde das Pergament nach kurzer Zeit zerstört werden, man hätte also gar nichts davon«, erklärte der Konservator ruhig. Sanft führte er seine Instrumente, mit der Linken deutete er auf eines von vielen Sprayfläschchen. »Damit ginge es sehr schnell. Dann bräuchten Sie aber eine Kamera, um die Schrift zu fotografieren. Das Pergament löste sich innerhalb von Minuten auf, wie ein Vampir im Sonnenlicht. Das soll ja nicht passieren.«

Ein böses Lächeln stahl sich in Beckerts Züge. »Natürlich nicht.« Er fixierte den Behälter.

Als der Mann die Sprayflasche erneut aufnahm und die Pumpe betätigen wollte, löste sich die Sprühvorrichtung vom kleinen Tank. Die Dose fiel so unglücklich, dass sich der gesamte Inhalt über die Seite ergoss und sie von oben bis unten tränkte.

»Scheiße!«, fluchte der Konservator und stürmte los,

um einen Fotoapparat zu suchen. Alles andere, als ein Bild zu schießen, war zwecklos. Die Chemikalien wirkten bereits.

Die geschwungene Handschrift eines Menschen, der vor mehr als 300 Jahren diesen Brief aufgesetzt hatte, erschien sehr deutlich:

»Verehrter Richard,
Ihr seid noch nicht lange in unserer kleinen Gemeinschaft, daher sende ich Euch die klärenden Worte, auf dass Ihr zu den Wissenden gehört.

Ihr hörtet von Aeternitas und habt von der lebensverlängernden Wirkung vernommen, die man seinen Zeilen nachsagt. Doch nicht ewiges Leben wird der Lohn jener sein, die sich den Ritualen unterziehen.

Wir fürchten, dass ein mächtiges Wesen, zu dem die Araber Dschinn sagen, aus seinem Gefängnis heraufbeschworen und befreit wird. Es soll einst von Zauberern wegen seiner Stärke und seiner Grausamkeit gebannt worden sein. Ein Anhänger dieses Dschinns fand einen Weg, die Barriere zu brechen. Doch er allein war zu schwach. So schrieb er alles nieder.

Sein listiges Werk nannte er Aeternitas, um andere, die nach ewigem Leben streben, dazu zu bringen, den Geist zu befreien, anstatt sich unsterblich zu machen. Er gab das Buch in eine Kiste und versah es mit einem Zauber. Die Feinde …«

An dieser Stelle begann bereits die Zersetzung des Pergaments. Schnell las Beckert weiter, die Übersetzung fiel ihm recht leicht, die arabischen Worte bremsten ihn kaum.

»Unsere kleine Gemeinschaft besitzt kein sicheres Wissen darüber, ob so etwas möglich ist. Dennoch gibt es Menschen, die für die Rückkehr des Dschinns alles unterneh-

men. So haben wir Vorkehrungen getroffen und die Schatullen in die Welt getragen. Mögen sie ihren Zweck erfüllen und falsche Fährten legen. Eine sende ich Euch.

Bringt sie nach Venedig, benehmt Euch dabei geheimnisvoll und weckt die Aufmerksamkeit derer, die den Dschinn befreien wollen. Sie sollen immer gezwungen sein, uns zu folgen und uns doch nie einzuholen.

Ihr seid ein Staffelläufer für die gute Sache, verehrter Richard. Tragt den Stab, bis Ihr ihn an einen von den Unsrigen weitergeben könnt. Verteidigt die Schatulle wie Euer Leben! Das Geheimnis um Aeternitas soll niemals …«

Das Pergament zersetzte sich. Beckert schaute nach dem Spezialisten, der mit der Kamera vom anderen Ende des Labors angerannt kam. Der Schutzanzug behinderte ihn beim Laufen. Er rutschte aus und musste sich abfangen, um nicht zu stürzen. Dabei knallte der Fotoapparat auf einen Tisch. Die Linse zerbrach in tausend Splitter. »Scheiße noch mal!«

Trotz zerstörter Optik hielt er drauf und drückte mehrfach den Auslöser. Von Pergament und Schrift war zu diesem Zeitpunkt kaum mehr etwas zu sehen.

Voller Hoffnung schaute der Konservator auf den Professor. »Haben Sie etwas entziffern können? Die Otte bringt mich sonst um.«

Der Präsident der Friedrich-Schiller-Universität schüttelte sein graues Haupt. Hoffentlich reichten seine marginalen schauspielerischen Fähigkeiten aus, den Mann zu täuschen. »Nein, bedaure. Die Otte wird Sie wohl umbringen.« Er machte sich auf, das Labor zu verlassen.

Aeternitas beherbergte etwas Unfreundliches, unter Umständen etwas sehr Gefährliches, da war er sich absolut sicher.

Das Buch muss einer staatlichen Kontrolle zugeführt werden, lautete seine logische Schlussfolgerung. *Ich will der letzte Staffelläufer sein.*

Während er die Treppen hinaufging, um Otte von dem Rückschlag zu berichten, führte er mit Sandmann vom Bundesinnenministerium ein schnelles Kom-Gespräch.

ADL, Freistaat Thüringen, Weimar, Universalbibliothek, 01. 05. 2058 AD, 21:48 Uhr

»Das Ei ist im Horst«, meldete Forbes an den Anführer des britischen Runner-Teams. »MacRay sagt, es seien zu viele Adler um das Nest. Keine Chance für die Falken. Roger.«

»Well«, meinte Jones mehr zu sich selbst als zu seinem Scharfschützen. »Es sieht so aus, als ob wir Geduld bräuchten, oder, Forbes?«

»Affirmative, Sir«, bestätigte der Engländer. »Ich sitze hier gut. Meine Thermoskanne ist noch voll.«

»Jones an alle: Wir bleiben in Position, bis sich eine Gelegenheit ergibt. Over.«

Der Brite schaute auf seine verschiedenen Überwachungsmonitore, auf denen unterschiedliche Ansichten des Bibliotheksgeländes flimmerten. Er selbst saß ungefähr fünfhundert Meter von dem Gebäude entfernt in einem Miettransporter, den sie in eine mobile Spionagezentrale umgebaut hatten.

Zugegebenermaßen boten sich unendlich viele Möglichkeiten, um die Kassette ungesehen hinauszuschmuggeln. Da der Reporter die Schatulle aber an Otte übergeben hatte und sie offensichtlich planten, aus der Übergabe eine Falle zu machen, glaubte der Anführer nicht, dass sie Aeternitas aus der hervorragend gesicherten Bibliothek fortbringen würden.

Er musste grinsen. Alle Absicherungen durch Watcher, Elementare und Barrieren änderten nichts an der Tatsache, dass man dank eines Laserrichtmikrofons Gespräche beinahe ohne Qualitätsverlust belauschen konnte.

Mit ein wenig Softwarebearbeitung lieferte das Band einen glasklaren Mitschnitt der Unterhaltung zwischen dem Snoop und der Alexandrinerin. Sogar die Küsse waren dem elektronischen Lauscher nicht verborgen geblieben.

Observation war zu seiner Zeit beim MI5 sein Spezialgebiet. Es war ihm und seinem Squad ein Leichtes, die Umgebung mit Minilinsen zu bestücken. Als Spaziergänger getarnt gelangten sie beinahe überall hin, sogar in den Eingangsbereich der Bücherei. Ihre künstlichen Augen und Ohren hafteten beinahe überall, sogar auf der Toilette. Zwei kleinere bewegliche Wanzen befanden sich im Standby-Modus, um durch Lüftungsschächte zu klettern.

Es war seinen Leuten nicht entgangen, dass Xavier Rodin in Leipzig mit dem Reporter in seinem Hotelzimmer telefonierte. Zwar hatte er nichts davon gehört, aber die Kamera gegenüber zeichnete auf, welche Nummer der Deutsche in das Kom-Gerät tippte. Einen Testanruf später wusste Jones Bescheid. Es hatte den Anschein, als verschöben sich seine Prioritäten. Das Virus der Unbeständigkeit sprang auch auf die Amerikanerin über, wenn er sich nicht völlig täuschte.

Zusammen mit Gospini traf eine Magierin in Weimar ein, wie MacRay die Frau anhand ihrer Aura identifizierte. Eine Initiierte. Sie blieb in der Bibliothek und sorgte offenbar für zusätzlichen Schutz.

Seine von Mr. Smith zugeteilten Aushilfsarbeiter hatten wissende Blicke getauscht, als sie die Großaufnahme der Hermetischen auf den Bildschirmen sahen, und vereinbarten per Blickkontakt, nichts weiter zur Identität zu sagen. Später stellte sich heraus, dass ihr Name Carmen Peron beziehungsweise Cauldron lautete. Seine Bedenken wegen Jeroquee und Rodin lagen mit Sicherheit schon zusammen mit dem elektronischen Bericht auf dem Schreibtisch seines Auftraggebers.

Doch damit war die Party nicht zu Ende. Zu allem Überfluss war vor einer Stunde der Unipräsident hereinspaziert, der sich im Namen einer Doktor-Faustus-Verbindung einmischte und mit Otte über die Zukunft des Artefakts verhandelte. In der Stimme MacRays hörte er zum ersten Mal Unsicherheit angesichts der magisch hochpotenten Gegner, die ihnen gegenüberstanden.

Die Anzahl der involvierten Parteien gefiel Jones ebenfalls nicht. Wenigstens verzog sich die Bande der Stadtkrieger gleich wieder, samt dem Snooper. Dennoch, im offenen Kampf würde sein Squad gnadenlos untergehen. Also blieb ihnen nur der Hinterhalt. Damit kannte er sich bestens aus. Die Leute der Bibliothek vertrauten der Magie zu sehr. Seiner Ansicht nach ein Fehler, den er zu seinem Vorteil nutzen wollte.

»Achtung, Sir. Beckert kommt raus«, machte ihn Marble aufmerksam. »Er telefoniert. Over.«

Die entsprechende Kamera wurde aktiviert, ein Mikrofon in die Richtung geschwenkt.

Seine Augen wurden beim Gehörten immer größer. Der Universitätspräsident holte sich Anweisungen von einem Typen namens Sandmann. Es klang nicht so, als handelte es sich dabei um einen Privatmann. Mehrfach fiel der Begriff »Bundesinnenministerium«.

Innenministerium? »MacRay, folge ihm. Marble, du gehst in seine Wohnung und siehst nach, was für ein Spiel er spielt.«

»Roger, Sir«, meldete der Magier.

»Affirmative, Sir«, bestätigte auch die Allrounderin.

»Wenn du reinkommst, verwanze seine Bude. Over.« Der Brite summte ein englisches Volkslied und änderte die Routine, in der die Bilder auf den Monitoren umsprangen.

ADL, Freistaat Thüringen, Weimar,
01. 05. 2058 AD, 19:58 Uhr

»Wir würden gerne aussteigen, Herr Zozoria, bitte«, bat Xavier eindringlich am Kom den Andorraner, sie aus seinen Diensten zu entlassen. Unruhig lief er durchs Zimmer der schäbigen Pension, in der sie sich eingemietet hatten. »Es ist … eine Spur zu persönlich geworden.«

»Erklären Sie das bitte genauer, Herr Rodin«, hörte er die freundliche Stimme seines Bosses. »Sie verstehen, dass Sie kein x-beliebiger Runner sind, den ich auf die Schnelle austauschen kann. Dank Ihrer Eigenschaften sind Sie unverzichtbar für mein Vorhaben. Miss Jeroquee kann gehen, wenn sie möchte.«

»Ich will aber nicht mehr!«, rief er laut. Jeroquee legte warnend den Zeigefinger vor die Lippen. »Lassen Sie mich aussteigen, Herr Zozoria«, wiederholte er sein Anliegen flehend. »Es ist plötzlich jemand auf der anderen Seite dabei, den ich … sehr gut kenne.« Mehr wollte er nicht sagen, doch seine flehenden Worte verrieten selbst dem Empathielosesten, was Sache war.

»Ah, ich verstehe. Das Gefühl.« Der Andorraner lachte gönnerhaft. »Sind Sie ein Anfänger, Herr Rodin?«

»Hören Sie auf damit. Ich habe Ihnen gute Dienste geleistet.«

»Eben«, kam es sofort. »Und es fehlt mir nur noch eine letzte Schatulle, dann habe ich mein Ziel erreicht, und Sie können tun und lassen, was Sie wollen. Vorher kann ich Sie nicht aus dem Team abziehen. Doppeltes Honorar?«

»Nein! Dann gehe ich eben, ohne Sie noch einmal zu fragen.«

»Seien Sie kein Narr. Wollen Sie einen Mann wie mich zum Feind haben? Ich finde Sie«, drohte Zozoria. »Und wenn ich Sie nicht aufstöbere, dann Ihre Freunde. Ich fange bei Mister Gospini an und höre bei Miss Cauldron auf.«

Dem Negamagier verschlug es die Sprache. Er sah die toten grünen Augen seines Auftraggebers vor sich und traute ihm alles zu. Zozoria wusste Bescheid. *O mein Gott, er weiß alles!* Ihm lief es eiskalt über den Rücken. »Wenn Sie Cauldron nur ein Haar krümmen, dann …«

»Dann?«, provozierte der Antiquitätenhändler lauernd. »Na, womit wollen Sie mich einschüchtern?«

»Mache ich aus Ihrer Bettlöwin einen Bettvorleger«, versprach er grimmig. »Ich kenne Ihr Geheimnis. Mal sehen, wie es einer Gestaltwandlerin ergeht, wenn sie von einem Negamagier gevögelt wird!«

Am anderen Ende der Leitung herrschte Eisesstille. Die ehemalige Ghuljägerin schaute ihn erschrocken an. Der Verdacht keimte in ihm auf, einen Schritt zu weit gegangen zu sein.

Er räusperte sich. »Na, was ist, Zozoria? Lassen Sie mich gehen?«

Der Andorraner blieb unerbittlich. »Ich will das Buch, Herr Rodin. Wird es mir von Jones gebracht, vergesse ich das, was Sie eben sagten. Erhalte ich es nicht, sind Sie und alle, die Sie kennen, Freiwild. Die Jäger suche ich persönlich aus.« Sein Ton senkte sich eine Nuance. »Sollten Sie sich jemals in der Nähe meiner Chauffeurin zeigen, breche ich Ihnen alle Knochen. Und jetzt scheren Sie sich hinaus, um mir das Buch zu besorgen!« Die Leitung erstarb.

Jeroquee wippte nervös mit den Beinen. »Die Verhandlungen verliefen nicht gut?«

Er senkte die Hand, die das Kom-Gerät hielt. »Ich muss es tun«, seufzte er verzweifelt. »Du kannst aussteigen, meinte Zozoria. Ich geb dir einen Rat: Tu es.«

Als sie das ablehnte, überraschte es ihn nicht sonderlich. »Nein, Xavier. Ich habe dich reingeritten, ich bleibe bis zum Schluss.«

ADL, Freistaat Thüringen, Weimar, Universalbibliothek, 01. 05. 2058 AD, 22:07 Uhr

Eine persönliche Nachricht erschien auf dem Display von Jones' Kom-Gerät. Sie stammte von Mr. Smith und bezog sich auf Jeroquee und den Deutschen.

Die soeben erhaltenen Instruktionen kamen seinen Absichten sehr entgegen.

Rasch informierte er sein Squad.

ADL, Völklingen (SOX), Ares Makrotechnology-Arkologie, 02. 05. 2058 AD, 09:29 Uhr

Die letzten Bilder zeigten eine völlig zerstörte Stadt und einen bis auf wenige Felsbrocken eingeebneten Berg.

»Hier haben wir die Erklärung, was sich in der SOX ereignete, verehrte Zuschauerinnen und Zuschauer und liebe Lebensformen«, sagte eine Stimme, die Bernard de la Chance sowie der gesamte Kontrollrat bereits von einer anderen unangenehmen Berichterstattung her kannten. Es war der gleiche Reporter, der in die ECC-Arkologie eingedrungen war und über die interessanten Forschungen von Cyberdynamix und DrakenSys berichtet hatte.

Wie er dieses Mal an die Aufnahmen gelangt war, entzog sich seiner Vorstellungskraft. Die improvisierte Brücke aus Tannen, die quer durchs Minenfeld der Todeszone verlegt worden war, machte es wahrscheinlich, dass der Tote auf der Mauer nicht allein gewesen war. Die Gardisten hatten geschlampt.

»Gerade einmal zehn Kilometer von Zweibrücken entfernt wartete der Kontrollrat mit fast allen erdenklichen Mitteln auf, um die beiden toxischen Schamanen zu vernichten. Gerüchte über das Auftauchen eines toxischen Drachen, mehrmals fiel der Name Feuerschwinge, haben sich bislang nicht bewahrheitet. Trotzdem wird sich der Kontrollrat von der Bundesregierung die Frage gefallen lassen müssen, ob die totale Zerstörung einer Stadt samt Infrastruktur notwendig war«, hörte er den Off-Kommentar.

Die Kamera brachte eine Vergrößerung der rostroten Rauchschwaden, die den Himmel verdunkelten. »Giftige Inhaltsstoffe in der Wolke, die über bewohnte Gebiete zog, sind anzunehmen. Überlegen Sie mal, verehrte Lebensformen, was da runterkam und was verbrannt ist. Soweit mir bekannt ist, wurde die Bevölkerung in den Städten Pirmasens und Kaiserslautern nicht gewarnt, die Telekoms in den Stadtverwaltungen liefen wegen der Vielzahl der Anrufe von besorgten Bürgern heiß. Meine Recherchen ergaben, dass sich Menschen mit Atembeschwerden, Kopfschmerzen und Nasenbluten in verschiedenen Krankenhäusern oder bei ihren Hausärzten meldeten. Die medizinischen Untersuchungen werden ergeben, ob diese Beschwerden mit der Wolke zusammenhängen. Wenn das so ist, kann der Kontrollrat schon mal den Geldbeutel zücken. Leute, nehmt euch einen Anwalt! Holt des Letzte aus den Kons raus!«

Mit diesem Appell endete die Berichterstattung. Die Monitore zeigten die Gesichter der übrigen Mitglieder des Kontrollrats, in denen sich mehr oder weniger Betroffenheit abzeichnete.

»Alors, was sagen wir dazu?«, erkundigte sich der Ares-Vertreter. Da niemand etwas sagen wollte, begann er mit seiner Einschätzung. »Ich finde, wir sind noch sehr gut weggekommen. Immerhin haben wir zwei toxische Schamanen eliminiert. Und das mit der kleinen Rauchwolke, mon dieu, abstreiten können wir es schwerlich. Schieben wir es einfach auf unvorhersehbare Winde. Einverstanden, messieurs dames?«

»Klingt plausibel«, stimmte Christina Siege, die Leiterin der ECC-Ark, zu. Trotz allem war sie sehr beruhigt über den Umstand, dass ihrem Labor keine Gefahr mehr drohte. »Interessanter fände ich zu erfahren, wie es dem Reporter gelungen ist, wieder lebend herauszukommen.«

Major Langner, Kopf der MET2000-Truppe im unterirdischen Bunker in der SOX, kaute hektisch auf seinem Kaugummi. »Er kam durchs Höhlensystem des Schlossbergs rein, über das Sie uns zu spät in Kenntnis setzten. Nach dem Bombardement dürfte es unmöglich gewesen sein, diesen Gang zu nutzen. Wir vermuten, dass er und seine Begleiter es waren, die den Weg durch die Todeszone genommen haben«, erklärte er zerknirscht. »Die Patrouille hielt sich an den Befehl, nur die SOX zu kontrollieren. So konnte er wahrscheinlich entkommen. Bei der Leiche handelte es sich um einen gewissen Volker Trebker, Amtmann beim Bundesamt für Umweltschutz. Welchen Auftrag er verfolgte, wissen wir nicht.«

Merde. Jetzt kontrollieren sie uns schon heimlich, ob wir uns an die Auflagen halten, ärgerte sich de la Chance. »Ich bin dafür, dass wir die Kontrollen an der Mauer verstärken und die Bäume entlang der Todeszone fällen, damit nicht noch jemand auf diese großartige Idee kommt«, forderte er. Einstimmig wurde sein Vorschlag angenommen. »Bon, was ist mit dem Drachen?«

Der MET2000-Söldner musste lachen. »Da kann ich Sie beruhigen. Wir haben nichts entdecken können. Auch unsere Magier spürten keinerlei Anzeichen für eine Dracoform auf. Unsere Experten nehmen an, dass es sich um eine Illusion handelte, um die Ghule und Punks zu beeindrucken. Momentan können wir das Areal aber nicht überprüfen, da sich dort eine Nullzone befindet. Noch Fragen?«

»Sind die Schamanen wirklich ausgelöscht?«, wollte Siege wissen. »Wir haben die leidvolle Erfahrung gemacht, dass dieses Ungeziefer äußerst hartnäckig sein kann.«

»Meine Dame, wenn nicht zufällig jemand einen Atomschutzbunker in Homburg gebaut hat, in dem sich die beiden Herren verkrochen haben, stehen die Chancen sehr gut, dass kein Lebewesen unsere Abwürfe überlebt hat. Gebäudekomplexe, in denen wir derartige Sonderbauten vermuteten, haben wir mit Panzer brechenden Uranbomben eingedeckt«, erklärte Langner nüchtern. »Spezielle Drohnen sind im Einsatz, um nach Leben zu suchen und es zu vernichten. Sobald die Nullzonen verschwunden sind, machen sich die Magier auf den Weg, um letzte Zweifel zu beseitigen. Ich versichere Ihnen, dass die Gefahr ausgeschaltet wurde.«

»Uranbomben?«, wiederholte der Ares-Abgeordnete. »Strahlen die nicht?«

»Als käme es darauf in der SOX an«, meinte Langner unbeeindruckt und erntete damit das Gelächter des Kontrollrates.

Die Videokonferenz wurde beendet. Der Major goss sich einen Schluck Cola ein. Die Operation »Nontoxic« verlief einwandfrei, bis auf den Verlust der Kampfjets und Hubschrauber, die den Kräften der Schamanen unterlagen. Die Verluste bei den Kon-Gardisten betrachtete er als bedauerlich, sie hielten sich allerdings in Grenzen.

Dass Feuerschwinge in die Ruinen von Völklingen abgestürzt war, wollte er de la Chance nicht auf die Nase binden. Ares hätte ihre Ark unter diesem Vorwand in eine Festung verwandelt und noch mehr Truppen in die SOX gekarrt. Das wollte die MET nicht.

Kurz überflog er die Liste der unterschiedlichen Bombentypen, welche die Kreisstadt nach und nach eingeäschert hatten. Er hatte damit gerechnet, dass ihn jemand aus den Reihen der kleineren Kons fragte, warum das Bombardement so lange dauerte. »Logistische Schwierigkeiten«, hätte er geantwortet, was zu einem gewissen Teil der Wahrheit entsprach.

Die MET2000-Anteilseigner Ares und Ruhrmetall brauchten teilweise sehr lange, bis sie ihre Bomben-Neuentwicklungen zum Luftwaffenstützpunkt nach Ramstein transportierten. Die beiden Kons nutzten die sich bietende Gelegenheit zum Test. Die Effekte der Einschläge wurden von koneigenen Ingenieuren, die in den Flugzeugen saßen, genauestens vermessen und aufgezeichnet.

Dabei mussten die Flüge so gestaffelt werden, dass immer nur ein Kon beim Abwurf zum Zug kam, um unverfälschte und vor allem geheime Ergebnisse zu erhalten. Den ersten Stimmen nach schienen die Entwickler der Sprengkörper zufrieden zu sein.

Der Major verfolgte die Aufrüstung mit gemischten Gefühlen. Die Auseinandersetzungen zwischen den Großkonzernen schaukelten sich auf und drohten zu einem handfesten Krieg zu werden.

Kopfschüttelnd blickte er auf die Typenbezeichnungen, die ihm ein aufmerksamer MET2000-Offizier der Flugsicherung notiert hatte. Ihm war es gleichgültig, ob sie die Dinger auf die Arks warfen. Sein Kommandobunker hielt einiges aus.

Er griff nach dem Kom und rief seinen Stab zu einer Besprechung, um restriktivere Kontrollen entlang der SOX-Mauer einzuführen. Selbst das gelegentliche Wegschauen, wenn ein T-Bird der Schmuggler seine Route nach Luxemburg flog, hatte ab jetzt ein Ende. Gerüchteweise nahmen einige der Posten für eine Pinkelpause zur rechten Zeit Geld. Nun nicht mehr.

Er blickte auf seine Uhr. Alles, was ab 10.00 MEZ ohne Berechtigung in der Zone auftauchte, galt als Ziel.

ADL, Groß-Frankfurt, MaWie, 02. 05. 2058 AD, 09:36 Uhr

InfoNetworks beendete den Sonderbericht über die Ereignisse am Rande der SOX. Poolitzer, der sich im Aufenthaltsraum der Black Barons niedergelassen hatte, leerte einen Kaffee nach dem anderen und stellte sich lebhaft vor, wie seine Kollegen heuschreckenartig in Zweibrücken einfallen würden, immer auf der Suche nach angeblichen Augenzeugen und Kon-Gardisten, die gegen eine Prämie vielleicht etwas ausplauderten, wenn man ihre Stimme und ihr Konterfei verzerrte.

Doch den großen Coup hatte er gelandet. Niemand würde seine Bilder, die ihm Ordog verkauft hatte, überbieten können. Unter den gegenwärtigen Umständen käme nicht einmal mehr eine Maus durch die Todeszone in die SOX. Sein Sender kündigte derweil eine Stellungnahme des Gremiums zu den Vorkommnissen an, die gegen elf Uhr gesendet werden sollte.

Mit diesem Film machte er sich endgültig einen Namen in den ADL, der Verkauf der Rechte und die Beteiligung an der weiteren Nutzung der Bilder durch andere Sender beförderte sein Konto aus den roten Zahlen. Sein Credo lautete »Sparen«, um Forge seinen Schuldschein abkaufen zu können, ehe der Wisch in die Hände von zwielichtigen Typen geriet. Dennoch würde er Ordog als Lieferanten der Aufnahmen eine stattliche Summe davon abgeben.

Schön gemacht, Severin. Er stand auf verließ das Refugium, den gepanzerten Rucksack mit der Kamera auf dem Rücken, und besuchte die Krankenstation der Stadtkrieger, wo der reichlich zerrupfte Ordog und seine Mitstreiter verarztet wurden.

Dr. Anubis stand im Vorraum und beschäftigte sich mit den erhöhten Strahlenwerten des Trios, wie er Poolitzer erläuterte. Bis zum Spiel wären die drei Plünderer wieder einsatzbereit. Ob und wie sich die Radioaktivität langfristig auswirkte, beantwortete er nur ausweichend.

Poolitzer betrat den Raum. Vorsichtshalber lagen die Patienten jeweils unter einem Sauerstoffzelt. »Na, ihr Atomkerne?«, grüßte er taktvoll wie immer. »Was macht die Strahlung?«

»Alles normal«, erwiderte Schibulsky, der die Frage des Seattlers offenbar ernst nahm.

Der Zwerg packte seine Haare und zog daran. »Fest. So schlimm kann es nicht sein.«

Der InfoNetworks-Mitarbeiter zog sich einen Stuhl heran. »Ich will euch nichts vormachen, Jungs. Anubis hat von Becquerel so viel Ahnung wie eine Kuh vom Stricken. Es wird dauern, bis wir jemanden gefunden haben, der euch dazu mehr sagen kann. Bis dahin schluckt ihr fleißig Jod und werdet gesund, damit ihr gegen die Centurios Essen auflaufen könnt.«

Michels wirkte von der Vorstellung nicht sehr begeistert, und auch Ordog quoll die Zufriedenheit nicht aus den Poren. Aber Abmachung war Abmachung. Da der Reporter sie wirklich aus Zweibrücken hatte abholen und sicher unterbringen lassen, würden sie ihren Teil des Deals erfüllen.

Wo ist schon der Unterschied zu meinem sonstigen Alltag?, überlegte er. Er würde keinem der Centurios vorher Stoff verchecken, ehe es zu einer Schießerei ausartete, wie er es von der Straße her kannte. Es musste sofort geballert werden. Das machte es einfacher. »Wir sind dabei, wenn wir vorher nicht vor Strahlung durchbrennen«, sagte er angestrengt. »Wo sind unsere Sachen?«

Poolitzer wand sich. »Ähm, die haben so gestrahlt, dass man sie entsorgt hat, wie mir Anubis erklärte. Ich muss los. Das Feature über die Barons wartet.« Er verabschiedete sich.

Michels und Schibulsky stritten sich leise darüber,

welche Position sie im Meisterschaftsspiel einnehmen würden. Der Zwerg wollte als Schütze in die Verteidigung, der Ork wünschte sich einen Einsatz als Scout, was ihm den Spott des Kleineren einbrachte.

Ordogs Blicke ruhten auf dem regungslosen Sheik. Er sagte gar nichts mehr, aß und trank mechanisch und kritzelte ständig in seinem Buch herum. Seinen Verstand musste er in der SOX gelassen haben.

Es war ungerecht. *Mitgebracht hab ich dich, aber zu welchem Preis?* Frustriert schloss er die Augen und versuchte einzuschlafen. Dösend bemerkte er, wie ein OP-Team anrückte und den Ork mitnahm. Zwei Stunden später kam er unters Messer.

ADL, Freistaat Thüringen, Weimar, Universalbibliothek, 09. 05. 2058 AD, 22:07 Uhr

Herry Töpfer säbelte an seinem Steak herum, das sich seiner Ansicht nach ein wenig zäh gestaltete. Zwar gewöhnte man sich als Studierender im dritten Semester an der Schiller-Uni schnell an weniger gutes Essen, doch heute musste der Koch geschlafen haben. Weimar war eben nicht Jena.

Er blickte über den Rand seiner runden Brille zu seinem Tischnachbarn und höhergradigen Burschenschaftskamerad des »Corps Astralia Jenense«, Timo Harlander. Der Kommilitone kaute das Fleisch angestrengt, dann spuckte er es aus.

»Der Weimarer Maître de cuisine sollte dringend eine Fortbildung besuchen«, kommentierte Töpfer pikiert.

»Das müssen die NUE-Deppen in der Küche abgegeben haben«, meinte Harlander undeutlich. »Wetten, dass das ein krepiertes Vieh aus ihrem Krypto-Zoo ist?« Angewidert schob er seinen Teller von sich.

In diesem Moment lockerte sich die Fahne mit dem Aufdruck »Universitas Schiller« über ihren Köpfen in ihrer Halterung, flutschte aus dem Haken und krachte mitten auf den Tisch. Der Stoff bedeckte alle Sitzenden; der Burschenschaftswimpel, das Hoheitszeichen schlechthin, wurde geknickt.

Von der anderen Seite der voll besetzten Mensa schallte das spöttische Gelächter der Studierenden der Neuen Universität Erfurt herüber. Klatschen brandete auf, man schlug mit dem Besteck gegen die Teller, als die Rivalen vom Unfall heimgesucht wurden.

Wütend wühlte sich Töpfer aus der Fahne. »Haltet die Klappe, ihr mentalen Niedrigflur-Magier!«, brüllte er hinüber. »Sonst …«

Der Schall seiner drohenden Worte bewirkte Sonderbares. Die Standarte der NUE löste sich von der Wand, kurz darauf waren etliche der Erfurter zugedeckt. Einer bekam die Stange gegen den Schädel und blieb benommen liegen.

Jetzt gab es auf der Seite der Jenenser kein Halten mehr, doppelt so laut lachte man über das Malheur der ungeliebten Uni. »Medizinhütte!« und »Blumenkinder« wurde skandiert, um sie mit ihrem naturmedizinischen Ansatz zu verhöhnen.

Plötzlich flogen Teller von rechts nach links, erste Zaubersprüche wurden gerufen. Laut hallte der Ausruf »Corps Astralia Jenense« als Kampfschrei durch die Mensa. Mit einer Schlägerei gab man sich nicht zufrieden. Die Gelegenheit bot sich, ihre Gegner mit dem Erlernten zu beeindrucken.

Als die Luft zu flimmern begann und kleinere Geister auftauchten, wurde der Frau an der Essensausgabe klar, dass wieder eine Schlacht zwischen den Studierenden ausbrach. Sie duckte sich hinter den Tresen, um nicht von umherschwirrenden Steaks, Soße oder Kartoffeln getroffen zu werden, und tastete nach dem Kom, um die Bibliotheksleitung zu informieren.

Beckert zuckte im Lesesaal zusammen und erwachte aus dem leichten Schlummer. Von draußen erklang lautstarker Tumult, und selbst die diszipliniertesten Studenten rannten hinaus, um nach dem Grund für das Durcheinander zu schauen. Sogar die Angestellten der Buchausgabe liefen los. Ein solches Spektakel hatte es seit Monaten nicht mehr gegeben.

Der Professor ließ sich nichts anmerken, wechselte auf die Astralebene und registrierte zufrieden, dass er, zwei Wachelementare und drei Hüter der Bibliothek allein waren. Sein Ablenkungsmanöver funktionierte.

Ohne zu zögern rief er seine eigenen vier Geister herbei und schickte sie gegen die Aufpasser in den Kampf. Beckert selbst vernichtete die überraschten Hüter, die seinem Können nichts entgegenzusetzen hatten. Als der Kampf endete, verfügte er über zwei Elementare, die er auf Abruf parat hielt, während er in die normale Ebene zurückkehrte.

Seelenruhig ging er an die Stelle, wo Otte Aeternitas deponierte, nahm sich die Schatulle, um sie in seine Aktentasche zu stecken, und bewegte sich auf den Ausgang zu.

Im Türrahmen stieß er mit einer Frau zusammen, die ihm auch in einer finsteren Nacht in einer Leipziger Seitengasse hätte begegnen können. Mitte zwanzig, schwarz gekleidet, weiß geschminkt, feuerrote Haare, Silberschmuck und stark betonte Augen machten ihre Erscheinung für ihn als strikt konservativen Menschen zu einer unschönen Begegnung. Bestellzettel regneten zu Boden.

»Verzeihen Sie, ich war in Eile«, besaß sie wenigstens die Höflichkeit, sich für ihr Ungestüm zu entschuldigen. »Sie sind doch der Leiter der Schiller-Uni? Ihre Studierenden laufen gerade Amok.« Ihre Hand mit den schwarz lackierten Fingernägeln deutete auf die Mensa. »Besser, Sie reden mal ein Wörtchen mit denen.«

»Vielen Dank.« Er deutete eine Verbeugung an. »Ich war gerade im Begriff, nach dem Rechten zu sehen.« Schon drückte er sich an ihr vorbei, der Flügel der Schwingtür klappte zu.

Seltsamer Kerl, wunderte sie sich. Cauldron ging in die Hocke, sammelte die Zettel ein und schaute zur verwaisten Buchausgabe. »Hallo?« Sie wanderte an der Theke entlang und spähte nach hinten, um einen der Bediensteten ausfindig zu machen.

Dabei sah sie aus den Augenwinkeln, dass eine dunkle Gestalt die Treppen der Bibliothek hinunterstürmte. Es war Beckert.

Hier stimmt doch was nicht. Misstrauisch geworden, überprüfte sie die Stelle, wo die Kassette mit dem Buch aufbewahrt wurde. Natürlich fehlte sie.

Der Professor fühlte sich allen magischen Herausforderungen gewachsen, aber er war ein verdammt schlechter Schauspieler.

Vorzutäuschen, er habe die Schrift auf dem Pergament im Labor nicht lesen können, kostete ihn enorme Anstrengung. Und das Zusammentreffen mit dieser Schreckensgestalt im Lesesaal brachte sein Herz zum Wummern. Ein oder zwei Sekunden früher, dann hätte sie ihn beim Stehlen erwischt. Wahrscheinlich prangte in großen Lettern auf seiner Stirn, dass er verantwortlich für das Chaos in der Mensa war.

Ein VW-Transporter stand auf der gegenüberliegenden Straßenseite. Die Truppe, die ihm Sandmann versprochen hatte, hielt sich an den Zeitplan. Als Beckert sich dem Fahrzeug näherte, startete der Motor.

Schabend öffnete sich die breite Seitentür. Eine Frau mit Sonnenbrille sprang aus dem Inneren und kam auf ihn zu. »Professor Beckert, mein Name ist Gretchen, Innenministerium, persönliche Mitarbeiterin von Herrn Sandmann«, stellte sie sich vor.

»Persönlich? Sie waren damals beim Essen gar nicht dabei.« Noch machte er keinerlei Anstalten, die Tasche mit dem wertvollen Inhalt zu überreichen. »Tausend Störche …«

»… toben turmwärts«, vollendete sie die vereinbarte Losung. »Sie sind etwas aufgeregt, Professor?« Sie winkte ab. »Wir haben aus dem Rückraum für Ihren Schutz gesorgt. Wenn Sie mich oder die anderen Mitarbeiter gesehen hätten, wären wir schlecht.« Sie streckte die Hand aus. »Die Tasche, bitte.«

Ihre Erklärung machte Sinn. Erleichtert händigte er den Koffer aus. Damit war das gute Stück in Sicherheit und er die Bürde los. »Sie hätten gerne mitgegessen. Es ist sicher kein leichter Beruf, uns beim Kaviaressen zuzuschauen.«

Anstatt auf seine Frage zu antworten, schaute sie unvermittelt über seine Schulter. »Gehört die Dame zu Ihnen oder bedeutet das Schwierigkeiten?«

Beckert folgte ihrem Blick und entdeckte die schwarz gekleidete Frau, die aus dem Haupteingang trat. »Schwierigkeiten«, entschied er. Die naseweise Person würde er nach ihrem Tod zum Sündenbock für den Verlust machen. Seine beiden Elementare glitten aus dem Astralraum. »Ich kümmere mich darum.«

»Um Ihre Frage zu beantworten, nein, es ist kein leichter Beruf«, sagte die Frau hinter ihm. »Aber Ihnen zuzuschauen war einfach. Ich mache mir nichts aus Kaviar.«

Sofort wirbelte er herum und schnappte nach dem Griff des Koffers. Gleichzeitig befahl er einem Geist den Angriff gegen den Transporter.

Beim japanischen Essen mit Sandmann hatte er vieles zu sich genommen, aber gewiss keinen Kaviar. Er verabscheute die schwarzen Fischeier. Das hätte Gretchen wissen müssen, wenn sie wirklich dabei gewesen wäre. Folglich betrachtete er sie als Feindin.

Den zweiten Elementar hetzte er auf die andere Frau.

»Das Ehepaar Nielsen sofort in den Einsatz!«, befahl Jones mit mühsam beherrschter Stimme, als er sah, dass sich die Dinge nicht ganz so entwickelten, wie er sich das vorgestellt hatte. »Bringen Sie mir die Tasche!«

Kaum hatten der Negamagier und Jeroquee den rückwärtigen Bereich verlassen, da zog MacRay eine Barriere um den Transporter, um ihn gegen die Attacken des Elementars zu schützen.

Marble hatte weniger Glück, sie stand außerhalb. Ein Schlag des manifestierten Geistes brachte sie zum Abheben. Sie flog über den VW, trudelte mehrere Meter durch die Luft und prallte auf die Wiese, wo sie sich mehrfach überschlug. Zwar versuchte die Britin, sich in die Höhe zu stemmen, brach aber zusammen.

»Forbes?«

»Negative, Sir«, meldete der Scharfschütze. »Er hat einen Schild aktiviert. Die Kugeln kommen nicht durch, Sir.«

Das ansonsten britisch-stoische Blut des Squadleiters geriet in Wallung. Der Negamagier wurde damit zur entscheidenden Figur.

Für Xavier trat das ein, was er unter allen Umständen hatte verhindern wollen. Er musste sich beteiligen, und Cauldron stand in unmittelbarer Nähe.

Bitte, bleib vernünftig, schickte er der Hermetischen eine gedankliche Botschaft, die sie aber kaum empfangen würde. Er umrundete den Transporter und sah, wie Jones' Allrounderin in hohem Bogen davongeschleudert wurde. Das Flimmern wandte sich Jeroquee zu. Ihn übersah der Elementar wie immer und würde seine Ignoranz gleich fürchterlich bereuen.

Mit ausgebreiteten Armen warf sich der Runner gegen das Flirren. Xavier spürte, wie sich der Geist gegen die Schmerzen zur Wehr setzen wollte, gab aber wenig später auf.

Der Negamagier rannte auf Beckert zu, den er vom Sehen kannte, und hob die geballte Faust schlagbereit. Mehr brauchte er nicht, um an den Koffer zu gelangen.

Der Präsident der Friedrich-Schiller-Universität wurde zu sehr von seinem unvermittelten Auftauchen und dem Umstand überrascht, dass der Mann einfach durch seinen Schild lief. Beckert erinnerte sich an das Bild, das er von dem Angreifer in Scuteks Akte gesehen hatte. Alle direkten Sprüche würden an der Anomalie verpuffen. Er musste über Bande spielen, um ihn aufzuhalten.

Was zum Teufel ist das? Jeroquee spürte, wie etwas von ihrem Körper Besitz ergriff.

Sie fühlte sich wie eine Marionette und musste hilflos zusehen, wie ihre Hände unter ihren Sicherheitsmantel langten, um die beiden Browning MaxPower zu ziehen. Sie konzentrierte sich mit aller Macht auf ihre Arme. Sie versuchte, die Muskulatur an der Kontraktion zu hindern. Für einen winzigen Moment dachte sie, sie bewegten sich langsamer, unterlag aber einer Täuschung.

Die beiden Browning ruckten in die Höhe. Kimme und Korn der Waffen legten sich in einer gerade Linie auf den Rücken des Negamagiers.

Streng dich an!, peitschte sie sich an, der Schweiß rann ihr T-Shirt entlang. Ihre Arme zitterten, doch senken ließen sie sich nicht. Die Zeigefinger krümmten sich. Ein verzweifelter Schrei stieg aus ihrer Kehle.

Dem Negamagier blieb keine Zeit mehr, auf irgendeinen Zuruf zu reagieren. Zuerst musste der Unipräsident ausgeschaltet werden. Aus vollem Lauf hieb er dem zurückweichenden Beckert die Knöchel mitten auf die Nase. Kraft und Antimagie wirkten gleichzeitig, die Schmerzen verdoppelten sich.

Schreiend fiel der Professor auf die Knie, da traf ihn der Stiefel Xaviers schwungvoll in den Schritt. Den

Schutzreflex des Attackierten, sich nach vorne zu beugen und die empfindliche Stelle zu schützen, nutzte der Runner, um das Kinn mit seinem Knie kollidieren zu lassen. Ein zweiter Faustschlag schickte Beckert bewusstlos auf den Rasen. Die Finger des Gelehrten gaben den Griff der Tasche frei.

Als sich der Negamagier nach der Tasche bückte, erhob sich der Behälter in die Luft und flog auf Cauldron zu. Die Seattlerin hatte ihren Angreifer offensichtlich in die Flucht geschlagen und kümmerte sich zu seinem Entsetzen um die Sicherung des Artefakts.

»Die Tasche, Herr Nielsen«, befahl Jones ihm unnachgiebig per Funk. »Machen Sie schon. Es ist nur irgendeine Magierin.«

»Nein, ist es nicht«, gab er halblaut zurück.

Ein Wachmann trat aus dem Gebäude und zog seine Pistole. Mehr unternahm er nicht mehr, sondern klappte einfach zusammen. Jones, der sich als Scharfschütze eine versteckte Position gesucht hatte, passte auf.

»Wir halten Ihnen den Rücken frei. Und die Front, wie Sie sehen«, meinte der Brite ungeduldig. »Nehmen Sie sich endlich die Schatulle! Wir müssen weg!«

Das geht nicht gut, befiel ihn eine dunkle Vorahnung. Er lief auf die Magierin zu.

Mit jedem Schritt, den er tat, kehrte ein wenig von dem Gefühl, das er seit Monaten erfolgreich zu bekämpfen glaubte, zurück. Er sah ihr blasses Gesicht und verfluchte sein Schicksal, das ihn zu einer Nullzone auf zwei Beinen machte, das ihn und die Hermetische zudem in Gegner wider Willen verwandelte.

»Hallo, Cauldron«, grüßte er sie heiser.

»Hi, Keimag … Xavier«, erwiderte sie. Ihr zurückhaltendes Lächeln war echt. Trotz der Umstände freute sie sich, ihn wiederzusehen. »Du weißt, dass ich dir Aeternitas nicht überlassen kann«, sagte die Seattlerin leise, aber fest. Die junge Frau wandte sich zum Gehen.

»Du musst. Du kannst nichts gegen mich machen.« Er griff durch ihre Barriere und hielt den Koffer fest.

Cauldron drehte sich langsam um und richtete die Mündung einer Hold-Out auf seinen Kopf. »Magisch nicht. Ballistisch schon«, stellte sie richtig. Sie funkelte ihn an. »Bitte geh!«

Xavier schaute ihr in die Augen. »Deine Barriere ist zusammengebrochen. Meine Begleiter haben einen Scharfschützen«, flüsterte er. Dabei stellte er sich so, dass sich sein Körper als Schutzschild vor ihrem befand. »Wenn sie es bemerken, stirbst du wie der Wachmann dort auf den Stufen.« Dass die Engländer nur Gel-Munition benutzten, wusste sie hoffentlich nicht, sonst wäre sein Bluff wirkungslos.

Ihr Zeigefinger zuckte leicht. »Ich werde abdrücken.«

Jeroquee schloss zu ihnen auf, in den Händen die schweren Pistolen haltend. »Gib ihm das Ding, Cauldron. Du weißt nicht, warum er es tut«, beschwor sie ihre Bekannte. »Es geht um das Leben vieler Menschen.«

Die Hermetische schaute eine winzige Sekunde zu der ehemaligen Ghuljägerin hinüber.

Sorry. Der Negamagier tauchte unter dem Lauf der Secura weg und berührte seine ehemalige Geliebte ganz leicht im Gesicht. Sie schrie auf und stolperte rückwärts.

Blitzschnell setzte Jeroquee nach und betäubte sie mit einem gezielten Schlag in den Nacken. »Auf mich kann sie ruhig sauer sein«, erklärte sie dem verblüfften Runner. »Komm, bringen wir den Einsatz zu Ende und erklären es ihr hinterher. Ich gebe ihr auch einen Freischlag, wenn sie möchte.«

»Ich warne dich. Cauldron nimmt das Angebot an«, sagte Xavier erleichtert. Er schnappte sich Beckerts Tasche. Sie liefen nebeneinander zum Transporter.

»Holen Sie die Schatulle aus der Tasche. Mr. Smith möchte sicher sein, dass wir nicht auf eine Fälschung reingefallen sind«, wies Jones ihn auf halber Strecke an. »Niemand kennt das Artefakt so gut wie Sie.«

Xavier packte die prächtig gearbeitete Kassette mit den Intarsien aus. Die Barriere wehrte sich zäh gegen seine Gabe, bis auch sie wie die sechs vorherigen barst. Es wurde immer leichter, empfand er.

»Sie ist es.« Zur Bestätigung schlug er den Deckel auf und schaute auf das Buch. »Das Original von Aeternitas.« Bald lag es in den Händen eines menschenverachtenden Scheusals. Es fiel ihm nichts ein, wie er das verhindern konnte. Wütend klappte er die Schatulle zu.

MacRay erschien in der breiten Tür des VW-Transporters und hob die Hände wie ein Passfänger beim Football. »Geben Sie her. Ich kümmere mich darum«, verlangte er.

Xavier warf es ihm zu. Beim nächsten Schritt, den er machte, flog ihm ein großes Insekt gegen die Stirn. Eine Biene oder eine Hummel hatte sich wohl ein wenig in ihrer Strecke verschätzt. Die Härte des Aufpralls überraschte ihn, sein Kopf brummte.

Er wollte wedeln, um das Tier zu verscheuchen, ehe es ihn stach. Zu seiner Verwunderung hingen die Arme wie totes Fleisch herab, reagierten nicht auf die Impulse des Hirns. *Wieso …*

Seine Beine knickten unter ihm weg. Das Licht der Sonne wurde greller, blendete seine Pupillen und steigerte sich zu absolutem, reinem Weiß, in dem die Umgebung verschwand. Mehr nahm er nicht mehr wahr.

Jeroquee bemerkte, dass Xavier unvermittelt anhielt, still stand und schräg nach links kippte, ohne auch nur den Versuch zu unternehmen, sich abzufangen.

»Xavier, was ist?«, rief sie besorgt und zuckte nach vorn, um ihn zu greifen.

Ein Windstoß wirbelte um ihr Ohr, etwas rauschte gefährlich sirrend an ihren Locken vorüber. »Fuck! Forbes,

Sie sollten uns decken!« Die ehemalige Ghuljägerin zog eine ihrer Pistolen und drehte sich zur Bibliothek, weil sie vermutete, ein zweiter Wachmann sei aufgetaucht.

Als die Kugeln gleich mehrfach in ihren Rücken einschlugen, erkannte sie ihren Irrtum. Getroffen sank sie zu Boden.

Der Scharfschütze sprang aus seiner Deckung, schnappte sich Marble und sprintete zum Transporter, der sofort beschleunigte und die Straße mit Höchstgeschwindigkeit hinunterdonnerte.

»Forbes, mein Freund. Du warst schon mal sicherer«, bemerkte der Squadleiter spitz, der das Gaspedal bis zum Bodenblech durchdrückte.

Der Mann entgegnete nichts, wechselte die Präzisionswaffe gegen ein MG, um auf alles vorbereitet zu sein. MacRay kümmerte sich um Marble, die einige Knochenbrüche im Brustkorb aufwies.

Jones schaute in den Rückspiegel. Sie wurden nicht verfolgt. Nur noch eine kurze Übergabe, und die Operation »Aeternitas« fand für sein Squad ein gutes Ende.

Um das Ehepaar Nielsen tat es ihm ein wenig Leid, gerade weil der Mann so etwas wie ein Unikat darstellte. Aber Anweisung blieb Anweisung, kam sie auch noch so überraschend. Da Mr. Smith in beiden Fällen die Wetwork-Tarife bezahlte, stand der Auftragserledigung nichts mehr im Weg.

Cauldron schüttelte die Benommenheit ab, ihr Nacken fühlte sich taub und geschwollen an. Noch immer hatte sie Schwierigkeiten, ihre Umgebung deutlich zu sehen. Ihr Hirn kämpfte mit den Nachwirkungen der Erschütterung.

Die Hermetische nahm ihre Secura und rappelte sich mühsam auf. Sie taumelte an den Straßenrand, wo zwei Menschen abseits von Beckert halb übereinander am Boden lagen. In weiter Entfernung sah sie den VW-

Transporter abbiegen. Allein der Versuch, einen Zauberspruch hinterherzuschicken, verursachte ihr Schwindelgefühle.

Ihr Blick klärte sich allmählich. Sie erkannte die beiden Personen, die am Boden lagen. Die Frau musste Jeroquee sein, und der Mann …

»Xavier!«, schrie sie schockiert. Cauldron näherte sich den beiden und hörte, wie hinter ihr die Türen der Universalbibliothek aufflogen. Leute strömten heraus, jemand rief nach einem Krankenwagen.

Neben den beiden ging sie auf die Knie. Sanft zog sie die Lockenhaarige vom Runner runter. Ihre Kleidung wies mehrere Einschusslöcher auf, Blut sickerte hervor. Rasch fühlte sie nach dem Puls. Er war zu schwach, als dass sie ihn mit bloßen Fingern ertasten konnte. Da sie auf den ersten Blick keine Verletzung an Xavier entdeckte, kümmerte sie sich zuerst um Jeroquee.

Unter Aufbietung ihrer letzten Kräfte begann sie, die Wunden der ehemaligen Ghuljägerin auf magischem Weg zu behandeln, bis sie eine drohende Ohnmacht davor warnte, zu viel zu wollen. Wenigstens stoppte sie die Blutung, bis der Notarzt eintraf.

Noch mit den Auswirkungen des magischen Entzugs ringend, dachte sie nicht darüber nach, als sie sich Xavier zuwandte und ihm liebevoll etwas Dreck aus dem Gesicht wischte. Ihre Finger berührten seine Haut.

Die übliche Reaktion, das schmerzhafte Reißen in ihrem Inneren, blieb aus. Keine Antimagie oder was auch immer von dem Mann normalerweise ausging, bestrafte sie für die Nachlässigkeit.

Rote Flüssigkeit quoll unter dem Schmutz hervor und trat aus einem bleistiftdicken Loch exakt in der Mitte der Stirn aus, das sie wegen der Schmutzschicht zuerst nicht entdeckt hatte.

Nein! In Gedanken verschmolzen die Züge von Xavier und Bullet, ihrem ehemaligen Verlobten, der bei einem Run erschossen worden war. Sie hatte ihn damals nicht retten können. Genau das schien sich grausam zu wiederholen.

Zitternd beugte sie sich vor und küsste ihn, dabei aktivierte sie unter Tränen ihre magischen Heilkräfte. Der verzweifelte Versuch der Magierin, stärker als die Erschöpfung sein zu wollen, endete in ihrer Ohnmacht. Cauldrons Lippen lösten sich von denen Xaviers. Sie kippte entkräftet zur Seite.

Die salzigen Tropfen rannen über das Gesicht des Negamagiers und funkelten im Licht der Straßenlaterne diamantgleich auf. Im Gras mischten sich die flüssigen Perlen mit seinem dunklen Blut.

XII.

ADL, Groß-Frankfurt, MaWie, 22. 05. 2058 AD, 16:21 Uhr

Das Vorprogramm zur deutschen Stadtkriegmeisterschaft bot den Fans der Black Barons auf der Bühne vor der Riesenleinwand eine monumentale Show, die beinahe an amerikanische Verhältnisse heranreichte. Nachwuchsbands aus Mainz rockten, dann dröhnten Techno-Klänge aus den Boxen des ehemaligen Fußballstadions, das die Stadtkrieger als Übungsarena benutzten. Zwischendurch traten Go-go-Girls auf, um die Menge, die sich zu Tausenden versammelt hatte, noch einmal anzuheizen. Das Management war bestrebt, die Anhänger des Teams im Vorfeld so einzustimmen, dass selbst eine Niederlage als Gewinn gewertet wurde und es nur zu kleinen Ausschreitungen kam.

Poolitzer stand am Rand der Masse und richtete die Linse auf die Menge. »Das sind wahre Fans, verehrte Zuschauerinnen und Zuschauer. Sie kommen hierher, um gemeinsam den erhofften Sieg der Mannschaft zu feiern. An eine Niederlage denkt hier niemand.«

Der Reporter zoomte auf einen besonders wabbelnden Bauch und animierte eine junge Dame, sich in die Arme der Männer zu wagen. Grinsend filmte er ihre hüpfenden Körperteile. Eine Bierdusche machte ihr weißes T-Shirt durchsichtig.

Der InfoNetworks-Mitarbeiter hob den Daumen. *Titten, Bier und blanke Ärsche,* sinnierte er über den Titel des Beitrags. Das war die andere Seite seines Jobs. Neben den Themen-Knallern musste auch Routine für weniger intelligente Zuschauer erledigt werden.

Er streifte durch die Menge, filmte ein paar knutschende Pärchen und kehrte in den Aufenthaltsraum zurück, um die Aufnahmen per Modem an die Redaktion zu senden. Sie würden in die laufende Berichterstattung eingebaut werden. Poolitzer schaute auf die Uhr.

Zeit, sich auf die Socken zu machen. Er schlenderte hinaus, gab einem Kollegen, der für ihn weiterfilmte, ein paar Tipps und ging zum Auto. Minuten später setzte der Autopilot das Gefährt in Gang.

Dem Reporter blieb auf der Fahrt nach Essen Gelegenheit, die dramatischen Ereignisse der letzten Tage Revue passieren zu lassen.

Nach dem Raub der letzten Schatulle behauptete Beckert allen Ernstes, er sei von den fremden Runnern erpresst worden, ihnen das Artefakt zu beschaffen. Eine Geistessondierung brachte nichts, was ihn einer Lüge überführte. Da er aber zweifacher Professor der Magie und an einer Uni mit dem Schwerpunkt Hellsicht dozierte, galt diese Prüfung nicht viel. Wenigstens hatte der Präsident seinen sofortigen Rücktritt eingereicht. Beckert räumte gerade sein Büro auf.

Seine wahren Beweggründe blieben im Dunkeln. Selbst Vrenschel, die Beckert recht gut kannte und über die Vorkommnisse während ihrer Abwesenheit entsetzt war, vermochte es sich nicht zu erklären. Ob die Leichen von vier Unbekannten in der Nähe der Universalbibliothek, wie in der Zeitung zu lesen stand, mit Aeternitas in Verbindung standen, darüber konnte der Reporter nur spekulieren.

Parallel zum Verschwinden des Buchs wurden die überwiesenen fünf Millionen Nuyen von Poolitzers kleinem Geheimkonto retransferiert. Zwar hatte er das Geld umgeschichtet, doch der vom Auftraggeber angeheuerte Decker musste Sicherheitslücken entdeckt haben. Bis auf eine kleine Summe von 50 000 Nuyen waren er und die Stadtkrieger den Reichtum wieder los, den sie nach dem Meisterschaftsspiel an die Opfer aus Moskau und deren Hinterbliebenen zahlen wollten.

Diese schlechten Nachrichten machten es für die Eingeweihten der Black Barons nicht einfacher, sich auf das entscheidende Spiel gegen die Centurios einzustimmen. Doch es schürte den Hass auf den Drahtzieher ungemein. Wenn sie einen Weg fanden, dieses Gefühl im Kampf umzusetzen, würden sie die Essener mit einem Wipe-Out besiegen, nicht nach Punkten.

Allmählich machte er sich große Sorgen um Cauldron. Seit jenem Tag in Weimar wurde sie nicht mehr gesehen.

Ein Notarztwagen holte die sterblichen Überreste Xaviers und die schwer verwundete Jeroquee ab und brachte sie ins nächste Krankenhaus. Verständlicherweise verweigerte das Unternehmen jegliche Auskünfte über Kunden und verwies auf die Datenschutzbestimmungen.

Jeroquee kontaktierte ihn bald nach der Schießerei. Sie hatte das Gefecht dank Cauldrons Eingreifen überstanden und genas im Weimarer Zentralkrankenhaus von den letzten Wehwehchen.

Cauldron und Xavier blieben verschollen. Also setzte der Reporter einen befreundeten Kommissar aus Pirmasens, Spengler, auf die Sache an. Vielleicht fand er mit seinen Kontakten mehr heraus. Die Seattlerin selbst meldete sich nicht. Ihr Kom-Gerät verwies darauf, dass die Nutzerin nicht zu erreichen sei.

Wie sie den Tod des deutschen Runners verarbeitete, konnte er nur vermuten. Die Alexandrinerin berichtete davon, dass die Hermetische den Toten geküsst und die Nutzung der astralen Energien sie so sehr geschwächt hatte, dass sie das Bewusstsein verlor. Der Kuss deutete darauf hin, dass sie ihn ebenso wenig vergessen hatte wie er sie.

Poolitzer blickte aus dem Fenster und schaute zu den Wolken, aus denen erste Tropfen regneten. *Hoffentlich hat sie nicht vor, sich im Jenseits mit ihren beiden Lieben zu vereinen,* bangte er ein wenig. Wie viele Verluste hielt ihre Seele aus?

Das Grau um ihn herum deprimierte ihn, zumal die Erinnerungen an seine eigene unglückliche Liebe aufzusteigen drohten. Ein weiterer Nachteil seines Jobs und dem eines Runners: Man lernte Leute schnell kennen und sah sie fast genauso schnell sterben.

Eilig schaltete er das Radio ein und tippte so lange auf die »Search«-Taste, bis er eine Übertragung der großen ISSV-Party in Berlin fand. Das lenkte ab und stimmte ihn auf seine Arbeit ein. Hängende Mundwinkel brachten keinen Interviewpartner zum Lachen oder Plaudern. *Lockerheit, Stimmung, Severin,* feuerte er sich selbst an und fixierte sein Gesicht im Rückspiegel. Er sah sehr müde aus.

Im Handschuhfach entdeckte er ein paar »Hallo-Wach-Pillen«, eine Mischung aus Traubenzucker, Koffein und Guarana. Ohne zu zögern warf er sich welche ein und überprüfte zum dutzendsten Mal sein Kamera-Equipment.

Auch wenn der Stadtkrieg um die ADL-Meisterschaft ein wichtiges Ereignis darstellte, das der ISSV international sendete, echter Spaß wollte sich nicht bei Poolitzer einstellen.

ADL, Nordrhein-Ruhr-Plex, Essen, Karnap-Altenessen,
22. 05. 2058 AD, 18:41 Uhr

Die Centurios hatten sich geweigert, das Endspiel in Berlin, dem Sitz der ISSV, auszutragen und verwiesen auf die schwierige Lage der einstigen bundesrepublikanischen Hauptstadt. Die Berliner verfolgten das Spektakel daher im großen ISSV-Stadion, in dem ansonsten Arena-Stadtkrieg für Jugendliche mit Tennisballgewehren veranstaltet wurde.

Am Vortag des Spiels herrschte Aufregung in »Klein-Babel«, wie das Gebiet wegen seines Ausländeranteils von 99 Prozent in Altenessen bis nach Katernberg genannt wurde. Als die ISSV-Beauftragten ein besonders heruntergekommenes Viertel als Zone für die Stadtkriegsmeisterschaft festlegen wollten, kam es zu kleineren Tumulten und Handgreiflichkeiten mit den Anwohnern.

Die Flüche und Drohungen prasselten in Griechisch, Türkisch, Italienisch und verschiedenen osteuropäischen Sprachen auf die Offiziellen ein, etliche Orks und Trolle bauten sich drohend um die Diskutierenden auf. Erst als Saeder-Krupp vier Mannschaftstransporter mit Hightechschlägern schickte und zehn Drohnen im Formationsflug über die Köpfe schrappten, verließen die Anwohner das Areal. Die Vorbereitungen liefen ungestört weiter, sowohl in der Zone als auch knapp einen Tag später in den Umkleidekabinen.

Coach Karajan verzichtete auf eine Ansprache. Jeder im Team war sich der Bedeutung des Matchs gegen die hoch favorisierten Centurios mit dem mächtigen Saeder-Krupp-Kon im Rücken im Klaren.

Das Team der Black Barons dagegen galt bei den Buchmachern als geschwächt und deutlich unterlegen, auch was die Spieleffizienz anging. Da wichtige Stammspieler bereits in Moskau ausgefallen waren oder im Knast saßen und das Team mit Neulingen aufgestockt wurde, unterstellten die Experten den Mainzern, nicht in ihren Rhythmus zu finden, mit dem sie sich erfolgreich in der Liga nach oben gespielt hatten.

Tattoo studierte zusammen mit den anderen Aufklärern die Blaupausen und Luftbilder des verwinkelten Viertels, in dem sich jeder berufen gefühlt hatte, mal da einen Balkon anzubringen, mal dort einen Anbau vorzunehmen und mal hier ein Geschoss aufzusetzen. Das machte es sehr unübersichtlich und verdammt schwierig, den Gegner bei seinem Angriff ausfindig zu machen. Ihre Torzone würden sie im ersten Viertel in einem Hinterhof platzieren, den ihr Schütze notfalls alleine halten konnte.

Ihr Blick schweifte zur Seite, wo Ordog auf der Bank

lag, die Beine aufgestützt, die Augen auf das Plastikdach ihrer Umkleide gerichtet. Das Demovideo, das Poolitzer von ihm und Michels aus der SOX zeigte, überzeugte sie von der Abgebrühtheit des Straßensamurais, nicht aber von den echten Teamfähigkeiten, die man im Stadtkrieg benötigte. Er war Zweckgemeinschaften gewohnt. Seine Gleichgültigkeit bestätigte ihre Vermutung.

Dice wurde ebenfalls aufmerksam. »Hey, Newcomer. Sag Bescheid, wenn wir zu laut reden und dich beim Schlafen stören. Ich weiß, die Teambesprechung nervt. Bleib einfach liegen, wir gehen gleich raus.«

Ordog reagierte auf den provozierenden Anschiss durch den Scout nicht.

»Dice macht keine Witze«, schaltete sich der Kapitän ein. »Es wäre gut, wenn du dir die Pläne anschaust, damit wir dich später nicht durch die Gassen lenken müssen. Sie sind sehr verworren.«

Der fahle Straßensamurai blieb, wo er war. »Ich habe sie mir angeschaut.«

Michels und Schibulsky tauschten viel sagende Blicke aus. Der Zwerg bekam wirklich das MG zugestanden, nur der Wunsch des Orks, den sie in »Cybulski« umtauften, erfüllte sich nicht ganz. Mit seiner Aufstellung als Brecher und der Schrotflinte schien er aber ganz glücklich zu sein.

»Wenn wir wegen dir das Ei nicht in den Kreis kriegen, Kumpel, stehst du auf der Liste der bedrohten Arten«, fauchte die Elfin ihn an. Ihre Gereiztheit stieg von Minute zu Minute. Ein wenig künstliche Aufregung kam gerade recht.

»Schieb dir einen rein, Spitzohr, und entspann dich«, empfahl er gelangweilt.

»Was?« Ihre Sporne zischten aus den Halterungen.

»Schokoriegel«, gab Michels den Worten feixend einen unverfänglicheren Sinn. »Er meinte, du sollst dir einen Schokoriegel in den Mund schieben.«

»Ruhe!«, befahl Coach Karajan. Dem bleichen Neuzugang schenkte er ein geringschätziges Kopfschütteln. »Konzentriert euch, es geht gleich los.« Er streckte seine Hand aus, alle anderen legten die ihren drauf. »Die Gegner sind gut!«, brüllte er.

»Wir sind besser«, schrien die Black Barons zurück. Die Arme flogen in die Luft, man klatschte sich gegenseitig ab, es wurde geschubst und geboxt, Helme stießen gegeneinander. Sogar Michels und Cybulski ließen sich mitreißen.

Oneshot begann mit dem Aufmarsch und stellte sich als Erster ins Rampenlicht der Übertragungsdrohnen. In den Stadien Essen, Berlin und Mainz musste nun die Hölle losbrechen. Vor den Trideos wurden mit Sicherheit Fähnchen geschwenkt.

Lediglich Ordog beteiligte sich nicht an dem Ritual. Seelenruhig nahm er sein G12 in die Linke und wackelte an der klobigen Plastikschnecke, die er anstelle des Magazins nutzte und in der einhundert Schuss lagerten. Solche gewundenen Spezialmagazine benutzten Militärs, wenn sie wussten, dass es mal wieder länger dauerte. Danach prüfte er den Sitz der Altmayr am rechten Oberschenkelholster und montierte ein langes Bajonett unter den Lauf des Gewehrs. Ein zweites Messer mit Griffschutz hing jederzeit erreichbar auf der Vorderseite seiner Weste.

Er setzte sich eine Sonnenbrille auf. Ordog glaubte, seit der Behandlung gegen die Strahlungsauswirkung lichtempfindlicher geworden zu sein. Der Arzt nannte es eine Sinnestäuschung. Alle drei wiesen erhöhte Strahlungswerte auf. Die verabreichten Medikamente dienten zur Vorsorge.

Die getroffene Abmachung lautete »Behandlung gegen Spiel«. An der medizinischen Versorgung hatte er nichts auszusetzen, daher würde er sich in den nächsten Minuten voll einbringen. Seine Taktik wich jedoch von jener der Black Barons ab.

Er verließ die Kabine als Letzter, schaute noch mal zum Plan der Spielzone und trabte hinaus. Während ihn die Drohnen umschwirrten und sein markantes, aschfahles Gesicht mit dem dunkelroten Tribetattoo auf der rechten Schläfe groß in Szene setzten, rief er sich alle guten Sniper-Positionen ins Gedächtnis.

»Es ist wieder Kriiiiiiiieg!«, hörte er den offiziellen Startschuss in seinem Kopfhörer.

Oneshot warf Cybulski den Ball zu, die Aufklärer der Black Barons schwärmten aus. Michels verschanzte sich hinter einem Stahlcontainer und behielt die Durchfahrt im Auge.

Der Straßensamurai lief, das Sturmgewehr lässig geschultert, eine Zeit lang hinter den Jägern her, dann bog er in eine Seitengasse ab und erklomm eine Feuerleiter.

Straight, der hoffnungsvolle Stadtkrieg-Novize aus den Reihen der A666-Rocker, fand die Torzone der Centurios und die dort lauernden Verteidiger. Die Vollmantelgeschosse des leichten Maschinengewehrs des Schützen verwandelte die Schulter des jungen Gangers zu einer blutenden Masse. Wenigstens schaffte er es, die Position des Gegners vor seiner Ohnmacht durchzugeben. Anubis machte sich sofort auf den Weg, um erste Hilfe zu leisten.

Das Angriffsteam der Essener musste den Weg durch die Häuser gewählt haben und nutzte den Schutz der Hinterhöfe, die der Spielerzone italienisches Flair verliehen. Schlagergott übernahm die Rolle der Patrouille, ohne jedoch auf Widerstand zu stoßen.

Tattoo kam zusammen mit Cybulski, Oneshot, Dice und einem anderen Jäger namens Heitor gut vorwärts. Die restlichen Barons streiften umher, um das Ballteam der Centurios abzufangen. Noch zwei Quergassen und einmal rechts, und sie stünden kurz vor dem ersten Punkt für ihr Team. Das hieß, wenn es ihnen gelänge, die Verteidigung auszuschalten, was nicht leicht sein würde.

Saeder-Krupp stopfte sein Team stets mit bester Cyberware voll, und gerade vor dem Endspiel wurden zahlreiche Modifikationen an den Spitzenspielern vorgenommen, das war ein offenes Geheimnis. Insofern kam die dreiwöchige Pause auch dem Gegner zugute.

Oneshot deutete auf den Jäger und dann nach oben. Heitor stürmte in das nächste Haus hinein, um auf das Dach zu gelangen und die Lage von oben zu checken.

»Okay, hier ist …«, meldete er sich nach einer Weile. Eine Reihe von schnellen Schüssen, dem tiefen Klang nach handelte es sich um ein Schrotgewehr aus nächster Nähe, unterbrachen seinen Bericht.

Zwei Sekunden später fiel er seinen Teamkollegen vor die Füße. Die eingewobenen Glühfäden flackerten heftig, ehe sie ganz erloschen. Der Aufschlag aus zehn Metern Höhe musste die Batterie beschädigt und einen Kurzschluss ausgelöst haben. Ihr Sani konnte sich den Weg sparen. Heitor hatte weder die Einschüsse noch den Sturz überlebt.

»Die Centurios wollen echten Krieg«, raunte Dice wütend.

»Es geht um die Meisterschaft, also erwartet keine Fairness«, warnte ihr Kapitän kalt. »Aufs Dach.« Sie stürmten die Treppe hinauf.

Tattoos Adrenalinpumpe stachelte sie an. Während ihre Jungs ihr Deckung gaben, hechtete sie von Kamin zu Kamin, bis sie unvermittelt neben dem feindlichen Brecher auftauchte und ihn mit ihren Sai-Gabeln attackierte.

Er parierte die unnatürlich schnell hagelnden Schläge mit dem Gewehr. Bald flogen Splitter des Plastikkolbens davon. Sie achtete genau darauf, ihn nicht sofort kampfunfähig zu machen, sondern trieb ihn rückwärts auf den Rand des Daches zu.

Der mörderische Ausdruck in ihren Augen warnte ihn. Angst keimte in ihm auf, seine Hand näherte sich dem Aufgabeschalter.

Die Elfin kam ihm zuvor. Mit der rechten Waffe durchbohrte sie den Unterarm und hielt ihn fest. Die beiden brutalen Tritte gegen den Oberkörper und der abschließende Ellbogenschlag ihres Cyberarmes genau unter das Kinn hoben den Mann in die Luft.

Sein Becken prallte gegen die halbhohe Mauer, der Torso bekam Übergewicht. Schreiend verschwand der Essener in der Tiefe.

»Das war für Heitor!« Tattoo fletschte das Stahlgebiss in Richtung einer der vielen Drohnen und leckte das Blut von der Sai-Gabel.

Anschließend setzten sie ihren Sturm fort, um keine Strafe wegen unzureichender Offensive zu kassieren.

Poolitzer erreichte keuchend die Kabine der Mainzer Mannschaft und warf sich in einen Sessel. *Scheiße, zu spät.*

Er hatte nicht damit gerechnet, dass sich die Fans der Centurios rund um die Stadtkriegszone versammelten, um das Team anzufeuern. Das führte zu elend langen Staus auf den ohnehin schmalen Straßen Klein-Babels. Letztlich ließ er das Auto stehen und rannte hierher.

Durstig vergriff er sich an den bereitgestellten Getränken und schnappte sich ein paar Schnittchen, die er sich in den Mund schob. Kauend schaute er zur Monitorwand, auf der Coach Karajan die Schlacht um die Meisterschaft verfolgte. Eben wiederholte der ISSV-Sender Tattoos Kampf gegen den Essener in Superzeitlupe. Selten hatte man pure Todesfurcht so genau gesehen wie in den Pupillen des Centurios.

Shit, ist die Elfin meschugge. Der Reporter setzte sich neben ihn und reichte ihm eine Dose. Automatisch schaltete er seine Fuchi an und richtete die Linse auf den Trainer der Barons. »Wie läuft's?«

»Durchwachsen«, meinte Karajan zerstreut. »Ziemlicher Gleichstand, was die Verluste angeht.«

Die Kameras blendeten ein größeres Gefecht ein.

Das Ballteam der Essener war auf das Abfangkommando der Mainzer gestoßen. Sogar die beiden Stürmer beteiligten sich an dem Geballere. Auf beiden Seiten fielen Spieler zu Boden und blieben verwundet liegen.

Der Coach und Poolitzer sprangen auf, wobei der Seattler die Kamera auf das Gesicht des Trainers hielt. Emotionen machten sich bei einer Meisterschaft einfach perfekt.

Die Centurios beförderten einen ihrer Scouts auf dem Motorradsattel aus der Schusszone. Am Ende der Gasse sprang er ab und hielt die Hände in die Höhe und deutete Fangbereitschaft an. Einen Lidschlag später segelte der Ball über die Helme der Black Barons genau in die Handschuhe des Gegners, der hastig in Deckung sprang.

Schlagergott startete durch und machte sich an die Verfolgung, während der Rest sich weiterhin dem Feuerkampf hingab. Vor allem die A666-Rocker ließen nicht locker und wollten sich beweisen.

Karajan warf die Dose wütend auf den Boden. »Verdammte Kacke! Lasst euch doch nicht provozieren!«, schrie er die Bildschirme an, als könnten sie seine Anweisungen an seine Mannschaft übertragen. »Punkten sollt ihr, nicht schießen!« Er bemerkte, dass ihn Poolitzer bei seinem Ausbruch filmte. »Mach das Ding aus, bevor ich es dir dahin schiebe, wo die Sonne niemals scheint.«

»Okay, okay«, beruhigte der Reporter ihn und aktivierte seine eingebaute Kamera. Niemand gab Severin T. Gospini Regieanweisungen.

Ordog zog den Stecher des G12 zweimal nach hinten, wechselte das Ziel und jagte eine weitere Kugeldublette in einen Centurio. Das Gasventil federte den ohnehin schwachen Rückstoß ab, Smartverbindung und die Vergrößerungsfunktion seiner Cyberaugen ergänzten sich perfekt. Alle vier Projektile streckten die Gegner nieder. Die Treffer in die Knie oder Unterschenkel garantierten, dass sich seine Ziele an diesem Spiel nicht mehr beteiligen würden.

Der Straßensamurai kroch rückwärts und suchte sich die nächste Scharfschützenposition, von der aus er eine der Straßen überblickte, die in die eigene Torzone führten. Er legte den Lauf auf die Fensterbank und drückte den Kolben fest an die Schulter. Die Mündung wurde zwischen den beiden Blumenkästen regelrecht unsichtbar, die Gardine verbarg seinen Kopf perfekt. Das Knattern eines Motorrads warnte ihn vor dem anrückenden gegnerischen Stürmer.

Kaum rollte der Centurio um die Ecke, holten ihn zwei Treffer in die Brustpanzerung von seiner Kiste. Der verletzte Gegner wälzte sich hinter einen Mauervorsprung, die Geländemaschine stürzte um und tuckerte im Leerlauf vor sich hin.

Im Zwei-Sekunden-Rhythmus beschoss er die Maschine, deren Motor nach dem achten Treffer abrupt erstarb. Der Stürmer gab lieber das Zweirad auf, als sich dem Kugelhagel auszusetzen.

Viel zu spät sah er, wie sich eine riesige Gestalt vom Balkon auf der anderen Seite löste und mit einem gewaltigen Sprung genau auf sein Fenster zuhielt. Er schaffte es gerade noch, sich nach hinten zu werfen, als sein Besucher durch die Öffnung brach.

Der Fensterrahmen krachte aus der Halterung, Staub und Splitter wirbelten umher, ein Glasregen überschüttete den bleichen Runner. Das Gewehr entglitt ihm und klapperte außerhalb seiner Reichweite.

Aus dem grauen Nebelschleier zuckte ein Blitz hervor – so zumindest wirkte es auf den überraschten Ordog. Als der vermeintliche Blitz rasend schnell näher kam, erkannte er die mehrfach gezackte Klinge einer wuchtigen Axt, wie sie nur von einem Troll geführt werden konnte.

Ein Albtraum trat aus dem Dunst: rund drei Meter groß, Kunstmuskulatur am warzigen Leib, Dermalpanzerung und ein ungeschlachter Schädel aus Chrom. Nur die Gesichtspartie war fleischig, alles andere bestand aus funkelndem, poliertem Metall. Was er zuerst für gegelte Haare hielt, entpuppte sich bei genauem Hinsehen als fingerlange Eisenspitzen. Auf der Stirn prangten zwei dreißig Zentimeter lange stählerne Rammhörner.

Den Hieb erahnte der am Boden kauernde Ordog mehr, als dass er ihn sah. Es gelang ihm, in letzter Sekunde die Beine zu spreizen. Die Schneide der modifizierten Wallacher Kampfaxt fuhr wenige Zentimeter vor seinem Schritt in den Laminatboden.

Keine Panik, redete er sich ein. Wie von selbst sprang die Altmayr in seine Hand, das Vollgeschoss verließ den Lauf und traf den Troll, der die Axt kinderleicht aus dem zerschlissenen Kunstparkett riss, genau ins Knie. Der Gegner schrie nicht einmal.

Ordog rollte sich zur Seite und tauchte nach dem G12. Es reichte aus, um es in letzter Sekunde schützend vor den Oberkörper zu halten. Das dumpfe Pfeifen der Axt warnte ihn rechtzeitig.

Die Schneide traf mit einem hässlichen Geräusch in Höhe des Abzugs gegen das Gewehr. Der Stahl der automatischen Waffe knickte leicht ein, die dikotebeschichtete Klinge wurde durch die Kraft seines Gegners einige Zentimeter in den Stahl getrieben.

Er taumelte zurück, die Linke verlor den Halt. Der Lauf des G12 klatschte Ordog gegen den Unterkiefer, das Bajonett verfehlte ihn um wenige Zentimeter. Sterne tanzten vor seinen Augen.

Seine Reflexbeschleuniger nützten ihm in diesem Fall wenig. Wieder schoss die Klinge auf ihn herab, erwischte ihn aber nur mit der flachen Seite.

Der Arsch spielte Golf mit ihm. Er hob ab und krachte durch das zweite, geschlossene Fenster im Zimmer. Sein Sturz wurde durch die Markise eines Gemüseladens abgefangen.

Schon tauchte in der Öffnung über ihm der blinkende Chromschädel mit dem bisschen Fleisch auf. Der Troll grinste höhnisch und schwang sich mit beiden Füßen voran nach draußen. Auf den genagelten Sohlen, die auf Ordogs Unterleib zielten, stand »Chrome Bean«.

Jetzt erlaubte sich Ordog etwas Panik. Sie beflügelte ihn, sich aus der Landezone der tödlichen Quadratlatschen zu bringen. Das Gewicht des Centurios würde ihm ansonsten alle Gedärme aus dem Leib quellen lassen.

Der Markisenstoff riss beim Aufprall des Trolls. Der fahle Samurai zückte sein Messer und rammte es bis zum Anschlag in den neben ihm auftauchenden unterschenkeldicken Oberarm des Gegners.

Brüllend fuhr der Troll in die Höhe, Ordog sprang ebenfalls auf die Beine. Er unterschätzte die Reichweite des Metamenschen, dessen Pranke ihn im Nacken zu fassen bekam und ihn einfach festhielt. Die Schneide der Wallacher tauchte langsam neben ihm auf. Chrome Bean nahm Maß.

Röchelnd schaute er nach dem ISSV-Offiziellen, der keine Anstalten machte, dem Trolltreiben Einhalt zu gebieten. Im Kampf um die international ausgestrahlte Meisterschaft und Einschaltquoten war anscheinend alles erlaubt.

Bevor er in zwei Teilen auf der Straße aufschlug, betätigte er den Aufgabeschalter seiner Rüstung. Stolz war eine schöne Sache, wenn man ihn sich leisten konnte. Sofort stellte ihn der Centurio auf den Boden und klopfte ihm freundschaftlich auf den Helm.

Da erscholl die Durchsage, dass die Essener soeben ihren ersten Punkt erzielt hatten.

Frustriert saßen die Mainzer Spieler im Ruheraum. Ihr engagierter Kampf gegen die übermächtigen Essener brachte ihnen nicht die erhofften Früchte, sondern nur Tote und Verwundete. Lustlos schütteten sie aufputschende Getränke in sich hinein und kauten Traubenzuckerriegel. Anubis lief durch die Reihen und injizierte ihnen gerade noch legale Stimulansmittel. Die illegalen Sachen bewahrte er in einer geheimen Seitentasche seines Koffers auf, um sie im Notfall einsetzen zu können.

»Poolitzer, mach die Kamera aus«, befahl ihm der Coach. Der Reporter hob den Daumen. »Ich habe gehört, dass es keine Spielunterbrechung oder Strafen wegen unnötiger Härte geben wird«, eröffnete er den Black Barons. »Nach Ansicht der ISSV soll es im Meisterschaftsspiel entsprechend hart zugehen. Einige von uns haben bereits zu spüren bekommen, was ich meine.« Seine Augen richteten sich auf Ordog, der sich gerade ein neues G12 nahm und die Smartverbindung überprüfte. »Wir liegen mit einem Punkt zurück, was uns aber nicht stören darf, Barons! Wir holen uns den Titel!«, feuerte er sie enthusiastisch an. Er schaute auf die Uhr. »Okay, in fünf Minuten geht es ins zweite Viertel. Unsere Torzone wird nicht verlegt, dafür wird die Verteidigung etwas besser aufpassen. Michels mache ich keine Vorwürfe, er hat zwei Mann ausgeschaltet. Aber der Dritte hätte von einem Brecher abgefangen werden müssen.«

»Ich war beschäftigt. Der Troll wollte meinen Arsch«, erklärte der bleiche Straßensamurai wortkarg und erntete damit das Gelächter der A666-Ganger.

Tattoo kam zu ihm. »Dein Arsch gehört mir, wenn du noch mal pennst, Kumpel«, drohte sie ihm leise. »Du hast nicht aufgepasst und Tontaubenschießen gemacht, anstatt zu spielen. Dein Zwerg hatte Glück, dass ihn keiner der Essener getroffen hat.«

»Weißt du was, Spitzohr? Ich schick dir den Troll vorbei.« Ordog hielt ihrem Killerblick stand. Nach dem Kampf mit Chrome Bean, den die Centurios als Scout gesetzt hatten, schockte ihn nichts mehr.

Ihre Hand schnellte in die Höhe und wollte nach dem Kragen seiner Weste greifen. Er schlug ihren Arm mit dem Gewehr zur Seite, die Bajonettspitze lag plötzlich an ihrem ungeschützten Hals. »Mach mich nicht an«, sagte er gefährlich ruhig. »Ich kämpfe auf meine Weise.«

Die anderen Aufklärer zogen die kurz vor dem Explodieren stehende Tattoo nach hinten weg und redeten beruhigend auf sie ein.

Oneshot schaute zu dem bleichen Menschen, eine Augenbraue hob sich, er sagte aber nichts. Wäre die Aufklärerin in der nächsten Sekunde ausgerastet, hätte der fahle Brecher sie nicht lange aufhalten können, dafür schätzte er ihre Verdrahtung und ihr Können als zu überlegen ein. Aber dass jemand sie überrumpelt hatte, das brachte sie aus der Fassung.

Einige Rocker gaben ihm durch Gesten zu verstehen, dass sie seine Aktion cool fanden. Er schaute auf sein Sturmgewehr, nahm sich das nächste Schneckenmagazin und arretierte es in der Schachthalterung, danach zog er die Spannschrauben an.

Poolitzer beschränkte sich auf lautlose Anwesenheit und heimliches Filmen. Testosteron lag in der Luft, und da sich im Moment keine Gelegenheit für eine schnelle Nummer bot, staute es sich in Aggressionen auf. Ein Fragen stellender Reporter bedeutete ein prima Ventil, daher machte er sich klein und unscheinbar, um nichts zu provozieren. Die kleine Einlage von Ordog und Tattoo ließen ihn noch vorsichtiger sein.

Doc Anubis schaute bei dem fahlen Samurai vorbei und verpasste ihm eine Ladung »Schmerz-weg« und »Muskel-dicker«, wie er die Mittel nannte, angereichert mit »Happyness«. Das nächste Viertel konnte beginnen.

Grinsend und erfüllt mit unerklärlich guter Laune betrat Ordog das Schlachtfeld.

ADL, Freistaat Sachsen, Nebra,
09. 05. 2058 AD, 22:07 Uhr

Der behandelnde Arzt in der Notaufnahme hatte unmittelbar nach der Einlieferung in das BuMoNa-Vertragskrankenhaus in Weimar die Verlegung des Reanimierten empfohlen und ihn zusammen mit seiner Begleiterin, die für die Behandlungskosten aufkam, nach Sachsen in die Mercenario-Klinik überstellen lassen. Dort sei man auf die Behandlung von solch schweren Fällen spezialisiert.

Das Krankenhaus in der Nähe von Nebra, idyllisch an der Unstrut gelegen, mit seiner hervorragenden chirurgischen Abteilung galt als einer der Hauptanlaufpunkte für im Einsatz verletzte Söldner. Davon gab es in Sachsen mehr als genug.

Offiziell als Überfallopfer deklariert, hinderte das sächsische Ärzteteam nichts daran, sich um den Mann zu kümmern. Eine Überprüfung seiner ID ergab, dass keinerlei Anklagepunkte gegen Xavier Rodin vorlagen. Weder existierte ein Haftbefehl, noch gab es unbezahlte Strafzettel.

Der Mann war von einer Kugel schräg in die Stirn getroffen worden. Die Fragmente des zersplitterten Projektils wurden in einer mehrstündigen Operation von den Medizinern entfernt. Das geschah alles noch in den frühen Morgenstunden des 10. Mai.

Nun war sein Körper allein auf seine eigene Genesungskraft angewiesen, jeder Versuch von magischer Behandlung scheiterte. Die Zaubersprüche glitten wirkungslos an dem Patienten ab. Seitdem lag der Mann in einem künstlichen Koma.

Cauldron schlief im angrenzenden Zimmer. Zwischendurch kaufte sie sich ein paar neue Kleider zum Wechseln und verbrachte sonst jede Minute am Lager des Mannes, den man vor lauter Schläuchen und Kabeln kaum mehr erkannte.

Gelegentlich blätterte sie in dem OP-Bericht, ohne den Wortlaut des medizinischen Fachchinesisch zu verstehen, bis ihr ein Arzt erläuterte, womit der Negamagier rechnen musste, sollte er sich jemals von der Verletzung erholen.

Ein Splitter hatte den Stirnlappen der Großhirnrinde, der in enger Beziehung zur Persönlichkeitsstruktur stand, beschädigt. Die Teile des Kleinhirns, die für den richtigen Ablauf aller Körperbewegungen verantwortlich waren, hatten ebenfalls gelitten. Ein weiterer Splitter war in die »Formatio reticularis« eingedrungen, das dichte Netzwerk von Schaltneuronen, die unter anderem die Aufmerksamkeit ein- und ausschalten sowie den Schlaf-Wach-Rhythmus steuerten. Was letztendlich auf Dauer beschädigt blieb, zeigte sich erst, wenn sie den Patienten aus dem Heilschlaf weckten, was frühestens nach einem Monat geschehen würde.

Cauldron unterdrückte ein Gähnen und ging zum Fenster, um auf den ruhig dahinziehenden Fluss zu schauen. Der Anblick des strömenden Wassers beruhigte sie, steigerte ihre Müdigkeit und brachte sie zum Entschluss, sich ins Bett zu legen. Sie hatte für heute genug gewacht.

Sie nahm ihr Kom-Gerät und tippte kurz entschlossen die Nummer von Poolitzer. Auf seinem Anrufbeantworter hinterließ sie die Nachricht, dass sich niemand Sorgen um sie oder Xavier machen musste. Mehr wollte sie nicht sagen. Sie mochte niemanden anderen um sich haben, schon gar nicht den aufdringlichen Snoop samt Kamera.

Die Magierin strich liebevoll über die Decke, unter der sich die Beine ihres Geliebten abzeichneten. *Wem soll ich dieses Mal Rache schwören?*, dachte sie verbittert und zog innerlich Parallelen zu Bullets Schicksal.

Der Mörder ihres Verlobten war zwar tot, doch nicht sie hatte diese Tat vollbracht. Andere, Außenstehende, richteten den Killer und ahndeten Bullets Tod. Der Umstand verschaffte ihr Befriedigung, es aber nicht selbst getan zu haben hinterließ einen faden Nachgeschmack.

Wieder hing ein Mann, der ihr nahe stand, zwischen Leben und Tod. Zuerst hatte sie Jeroquee dafür hassen wollen, dass sie Xavier in den verhängnisvollen Run gezogen hatte, danach sich, weil sie der Ghuljägerin seine Nummer gegeben hatte. Ihr Grimm richtete sich nun gegen den Schützen und letztlich gegen den Auftraggeber, bis sie sich eingestand, dass sie im Moment nichts ausrichten konnte.

Niedergeschlagen verließ sie den Raum und löschte das Licht.

ADL, Nordrhein-Ruhr-Plex, Essen, Karnap-Altenessen, 22. 05. 2058 AD, 22:41 Uhr

Das dritte Viertel begann. Beide Seiten mussten Ersatzspieler für Totalausfälle einwechseln, die verletzten Leute hielten sich dank schmerzstillender Drogen auf den Beinen und stellten sich ein weiteres Mal dem Feind.

Nach der hitzigen Schießerei im ersten Drittel erhielten die Stadtkrieger eine Standpauke von ihren Coachs, sich nicht auf so etwas einzulassen. Infolgedessen beherrschten die schnellen Spielzüge wieder die Szene.

Tattoo, Oneshot und Schibulski war es zu verdanken, dass die Black Barons mit den Essenern gleichzogen. Michels und Ordog verteidigten die eigene Torzone so gut es ging. Aber Chrome Bean und seine Begleiter waren durch nichts aufzuhalten. Beide Teams hatten fünf Punkte auf dem Konto.

Die Fans der Nahkampf-Sequenzen kamen nun voll auf ihre Kosten. Blutige Szenen reihten sich dank der allgegenwärtigen Drohnen fast lückenlos aneinander. Die Schiedsrichter griffen selten regulierend ein und verhängten nur in Ausnahmefällen Strafen.

Nach dem Ballverlust der Centurios knapp vor der Barons-Torzone entschieden die Mainzer, dass der Gegner wieder aus seiner eigenen Torzone heraus anfangen musste, während sie ihre Positionen beibehielten. In dieser kurzen Unterbrechung brachten Helfer Verletzte zu Erste-Hilfe-Stationen. Anubis behandelte kleinere Wunden, andere verteilten Ersatzmunition sowie Erfrischungen an die Spieler.

In Oneshots linkem Arm steckten ein paar Schrotkügelchen, die erst nach dem Spiel entfernt werden sollten. Tattoos Helm fehlte nach einem Treffer mit einer Keule das Visier, Dice büßte zwei seiner Stiftzähne und seine bis dahin gerade Nase ein. Kleinigkeiten im Vergleich zu perforierten Bauchdecken und durchschossenen Arterien.

Lediglich Ordog wirkte auf unheimliche Art unverletzt. Ausgerechnet ihm hatten die Stadtkriegspieler am meisten einen Streifschuss oder eine andere Blessur gewünscht.

Er zog seine effiziente Taktik des lauernden Scharfschützen eiskalt durch und führte die Abschussliste der Barons an, beförderte bislang zehn der Essener ins Spielaus, darunter vier Centurios, die als Starspieler galten. Der beste Reflexbeschleuniger nützte nichts, wenn die Kugel aus dem Hinterhalt abgefeuert wurde. »Sechster Sinn« als Cyberware gab es noch nicht.

Die Mannschaft von Saeder-Krupp verfolgte nach dem Anpfiff eines neuen Spielzugs eine veränderte Taktik. Dem aufgeregten Funkspruch eines Azubi-Scouts zufolge hatte sich das Trollmonster den Ball genommen. Eine breite Angriffsfront von zehn Mann walzte auf die

Torzone der Mainzer zu. Noch bevor er sich auf Geheiß von Oneshot zurückziehen konnte, setzte Geballere ein, ihr Scout verstummte. Anubis sprang auf und rannte los.

Der Elf schaute seine besten Spieler an. »Einschätzungen?«

»Wipe-Out«, sagte Dice sofort. »Sie wollen uns platt machen. Die Angriffswelle ist nur Ablenkungsstrategie, um sich keine Strafe einzuhandeln. Hätten wir die Ausrüstung der Centurios, würden wir es auch versuchen, oder?« Er klemmte sich den Ball unter den Arm. »Ich wette, dass wir sie nach Punkten schlagen. Hundert Flocken.«

Tattoo schlug ein. »Ich wette zweihundert dagegen, dass wir den Wipe-Out machen«, raunte sie erregt und drückte mit dem Finger in die Schnittwunde in ihrem Gesicht. Der Schmerz versetzte ihrer Adrenalinpumpe einen neuerlichen Tritt und flutete sie mit dem Stresshormon. Das Kunstherz schaltete einen Gang hoch.

Ihr kleiner, aber feiner Angriffstrupp setzte sich in Bewegung.

Bei den Essenern sprach sich herum, dass die Barons einen Scharfschützen zum Einsatz brachten, der vor der Torzone lauerte. Das führte dazu, dass zwei Scouts über die Dächer kamen und unvermittelt hinter Ordog auftauchten.

Der Besuch überraschte ihn zwar, was aber nicht bedeutete, dass sie ihn überwältigten. Den Schuss in den Arm steckte er weg und revanchierte sich mit einer Salve aus dem G12, das die leichte Panzerung des ersten Aufklärers locker durchschlug. Röchelnd sank er um.

Der zweite Centurio musste der gewesen sein, der Tattoo bereits zu schaffen gemacht hatte. Er ging mit zwei unterarmlangen Eisenstäben in den Nahkampf, jeweils ein Ende der metallenen Stöcke war zusätzlich verstärkt.

Zuerst verlor der bleiche Brecher sein Sturmgewehr, danach seinen Helm. Die wirbelnden Kampfstäbe ließen ihn nicht einmal an seine Zweitwaffe am Oberschenkel kommen und wurden zusehend zum Gesundheitsproblem.

Ordog improvisierte. Er packte die Stehlampe zu seiner Rechten, drosch damit auf den Gegner ein und trieb ihn in die Küche. Dort schleuderte er alle herumstehenden Küchengeräte nach dem Essener, angefangen bei einem Mixer bis hin zum Dosenöffner. Da der »Centurio« mit der Abwehr beschäftigt war, nutzte der Straßensamurai die Gelegenheit, die Altmayr zu ziehen. Blitzschnell tauchte der Kontrahent hinter dem mannsgroßen Kühlschrank ab.

Das bringt dir auch nichts. Ein gewaltiger Sprung katapultierte den Barons-Stadtkrieger gegen das Gerät. Der Schrank rutschte nach hinten und keilte den Centurio ein. Rechts und links standen die Arme mit den Stäben heraus.

Ordog umrundete das Hindernis und richtete die stattliche Mündung der kurzläufigen Schrotflinte auf den Kopf des Esseners. »Na? Was jetzt?«

Dessen Mundwinkel hingen bis zum Boden. Wüst schimpfend betätigte er den Aufgabeschalter.

Der Runner trabte zurück in das Zimmer, wo er sein Sturmgewehr verloren hatte. Der Funkverstärker in seinem Helm hatte durch den Schlag gelitten und leitete nur Rauschen auf die Kopfhörer weiter. Es ging auch so. Auf diese Weise musste er sich keine dämlichen Befehle mehr anhören. Grinsend stülpte er sich den Kopfschutz über und spähte aus dem Fenster.

Wie er an dem nahen Gewehrfeuer erkannte, waren Michels und zwei andere Brecher damit beschäftigt, die angreifenden Centurios abzuwehren. Vor der Toreinfahrt warteten ein Troll als Ballträger und sein Aufpasser darauf, dass sich die Lage im Hof zugunsten der Essener entwickelte.

Ordog duckte sich herab, kroch an das geöffnete Balkonfenster heran und legte auf die Gegner an. Vorsichtshalber pumpte er vier Geschosse in die Knie des Trolls, der schreiend den Ball fallen ließ und zu Boden ging. Sein Aufpasser schnappte sich schneller als erwartet das Ei und sprintete aus dem Hof. Ordogs Salve, die in Erwartung des Spielzugs genau auf die Einfahrt gerichtet war, prasselte wirkungslos in die Mauer. Der Centurio hatte ihn überlistet.

Da er es sich durchaus zutraute, gegen einen einzelnen Essener zu bestehen, flankte er über das Geländer des kleinen Vorbaus, rutschte an der Straßenlaterne nach unten und machte sich an die Verfolgung des Ballträgers. Kurz vor der Hofeinfahrt hielt er an und warf einen Blick hinein.

Das Kopfsteinpflaster lag voller Verwundeter. Vereinzelt glühten die Fäden als Zeichen der Aufgabe, in manchen Fällen hatte es mancher nicht mehr geschafft, den rettenden Knopf zu drücken. Undeutlich erkannte er Michels und Schibulski unter den Liegenden. *Oh, Scheiße.* Er musste schlucken.

Dann trat die erschütternd imposante Silhouette von Chrome Bean in die Einfahrt und winkte, da er den Mainzer wohl für jemanden aus seinem Team hielt. »Los, Knatter. Kannst kommen. Steht keiner mehr.«

Ordog riss die Waffe hoch. Der Lauf seines G12 richtete sich auf den Stahlschädel des Trolls. In der Hoffnung, die kleine mit Fleisch versehene Partie des verdrahteten und aufgepowerten Centurios zu erwischen, gab er mehrere Einzelschüsse ab.

Chrome Bean hob augenblicklich die breite Klinge der Wallacher schützend vor das Gesicht und stürmte gebückt auf Ordog zu. »Ey, du bist nicht Knatter!«

Gegen einen solchen Gegner ließ er sich nicht noch einmal auf einen Nahkampf ein. Der fahle Samurai drehte sich um und legte einen Sprint ein, wie er ihn selten in seinem Leben geschafft hatte.

Tattoo und das restliche Angriffsteam der Barons waren nicht mit dem Pulk der Centurios zusammengetroffen, sondern standen kurz vor dem Areal, in dem die Essener bis vorhin noch ihre Torzone platziert hatten. Eine MG-Garbe zur Begrüßung bestätigte ihnen, dass sie richtig waren.

Dice erklomm trotz des geschwollenen Gesichts, das vom gebrochenen Kiefer stammte, die Fassade und checkte die Lage von oben. Oneshot und die Elfin nahmen die unteren Fenster des Gebäudes, um sich einigermaßen gedeckt in Richtung auf den neonfarbenen Kreis zu bewegen.

Neben ihr federte ein Gegner aus seiner Deckung und brüllte sie an. Ihr rechter Arm mit der Super Warhawk wies sofort auf das Ziel. Ihr Zeigefinger krümmte sich bereits, als sie erkannte, dass es sich um den gegnerischen Sani handelte. Ein Angriff auf ihn bedeutete ihr sofortiges Ausscheiden. Sie zog den Lauf gerade noch zur Seite, die Kugel jagte statt gegen seine Bauchpanzerung in die Tapete.

Der Arzt grinste.

»Du blöder Hund! Das war Absicht«, schrie sie ihn wütend an. *Dafür schnappe ich mir euren Schützen.* Sie schlich weiter und hörte, wie Oneshot sich ein Gefecht mit einem feindlichen Verteidiger lieferte. Der Kapitän der Mainzer und der Centurio beförderten sich gegenseitig aus dem Match.

Tattoo rief Schlagergott zu Hilfe und warnte ihn vor dem MG-Schützen. Das verstand der Stürmer jedoch als Herausforderung an seine fahrerische Geschicklichkeit. Nach nicht ganz zwanzig Sekunden tauchte er auf. Sie sah seinen Helm am Fenster vorüberhuschen. Offenbar nutzte er den Elektroantrieb.

»Warte auf uns!«, wies sie ihn an.

»Zu spät. Er hat mich gesehen«, meldete der Roy-Black-Fan schnell atmend. »Kommt nach.«

Sein G12 und das MG des Schützen röhrten gleichzeitig auf, dann hörte sie, wie das Motorrad mit etwas kollidierte.

Die Elfin trat ans Fenster und spähte in die Seitengasse, wo der gegnerische MG-Schütze rücklings auf der Erde lag, begraben von der schweren Maschine Schlagergotts.

Der am Unterschenkel angeschossene Stürmer kauerte direkt unter ihrem Fenster, seine entsicherte Pistole mit beiden Händen umklammernd. »Mein Motorrad ist einfach umwerfend«, meinte der junge Mann nur, ständig auf der Suche nach dem letzten Gegner. »Hast du den Ball?«

Die Elfin lachte und glitt aus dem Fenster. »Sicher. Ich geh dann mal punkten. Pass auf meinen Hintern auf. Und ballere nicht sofort. Riskiere es, ein wenig zu ...«

Ihr Rat erfolgte zu spät. Als der schreiende Sani um die Ecke sprang und so tat, als würde er angreifen, bewegten sich Schlagergotts Arme nach oben. Die Pistole schickte ein Projektil auf die Reise. Die Kugel traf den Sani in den Oberarm.

Wegen des eindeutigen Regelverstoßes mussten die ISSV-Offiziellen eingreifen. Per Fernbedienung aktivierten sich die elektronischen Schaltkreise, das Neolux™-Gewebe in der Rüstung des Stürmers verkündete in neongelber Farbe die Strafe »Abschuss«. Damit wurde Schlagergott zur Bewegungslosigkeit verdammt, bis ihn eine bewaffnete ISSV-Eskorte abholte. Würde er nur mit dem Finger wackeln, versetzte ihm eine Ahndungssicherung nach einem zehnsekündigen Countdown über Funk einen moderaten Elektroschock.

Natürlich veränderte er seine Haltung und wollte gegen den unfairen Trick des gegnerischen Arztes aufbegehren. Selbst die Startzählung des E-Schocks brachte ihn nicht zur Raison.

Darum konnte sich Tattoo nicht kümmern. Sie musste die Pille in den Kreis befördern und den Mainzer Stadtkriegern endlich den Vorsprung holen. Die Elfin kroch hinter dem Container entlang und bereitete sich auf den Spurt vor.

Da stockte ihr der Atem. Der Kreis war verschwunden. Die Centurios hatten ihre Torzone verlagert und nur so getan, als würden sie das Areal beschützen. Diesen Schreck musste sie erst einmal verdauen.

Währenddessen brach Schlagergott unter den elektrischen Energien zusammen und lag zuckend auf der Straße.

Wie aus dem Nichts tauchte der zweite gegnerische Brecher am anderen Ende der Gasse auf und eröffnete das Feuer aus seiner MP. Fluchend rutschte sie zurück. Beständig trommelten die Geschosse gegen ihre Deckung. »Dice, zu mir. Torzone«, funkte sie ihn an. »Ich bin in Schwierigkeiten.«

Nichts.

»Dice?«

Das bedeutete, dass auch dieser Aufklärer ausgeschieden war.

Na schön. Ihr kämpft unfair, dann kämpfen wir auch unfair. Beim nächsten Beschuss schrie sie gellend auf, taumelte hinter dem Container hervor und fiel. Dabei öffnete sie die Finger, damit der Ball und die Pistole davonflogen. Das würde die Abschusssimulation perfekt machen. Innerlich zählte sie von zehn rückwärts, damit sie das Ei rechtzeitig aufnehmen konnte und der Ball nicht als tot erklärt wurde.

Der Centurio rannte los. Sein Ziel war die feindliche Pille.

Die scheinbar Verletzte sprang auf die Beine. Ein rascher Griff, und die Sai-Gabeln befanden sich in ihren Händen.

Abrupt hielt der Essener an. Die MP schwenkte auf die heranstürmende Elfin, die aus vollem Lauf zur Seite sprang, sich von der Wand abdrückte und zu einem Rundkick ansetzte. Das war der Moment, wo die Regie wieder auf Zeitlupe schalten musste, um die Aktion besser nachvollziehbar zu machen.

Die Stahlkappe ihres Kampfstiefels durchstieß das Plexiglas des Visiers. Die Wucht ihres Tritts, in den sie ihr ganzes Gewicht legte, schleuderte den Brecher davon. Mit blutüberströmtem Gesicht blieb er liegen. Hastig verstaute sie die Stichwaffen, nahm Ball und Pistole an sich und trabte los.

Irgendwo in der Nähe musste die Torzone der Centurios sein. Alleine würde sie etwas länger brauchen, bis sie ans Ziel gelangte. Da sich keiner mehr auf ihre Funksprüche meldete, nahm sie an, dass die Essener den Rest der Barons ausgeschaltet hatten. Somit entschieden ihre geistige und körperliche Verfassung sowie ihr Können, ob die Mainzer Stadtkrieger einen Punkt machten oder durch einen Wipe-Out die Meisterschaft verloren.

Ein paar Häuserblocks entfernt entspann sich ein bizarres Wettrennen. Ordog hatte den Ballträger der Centurios genau vor sich und schoss im Laufen nach dem Scout, der es aber immer irgendwie in letzter Sekunde schaffte, entweder hinter einer Mauer zu verschwinden oder einen derartigen Haken zu schlagen, dass ihn die Kugeln verfehlten.

Schließlich warf der bleiche Straßensamurai das G12 mit dem klobigen Magazin weg, denn allmählich wurde es ihm zu schwer. Die Altmayr musste genügen, um den Essener zu stoppen.

Nicht allzu weit hinter ihm hetzte Chrome Bean, der zwar gefährlich, aber nicht sonderlich gut zu Fuß war.

Schätzungsweise fünfhundert Kilo oder mehr machten sich schon bemerkbar.

Und so rannten sie hintereinander her. Keiner schaffte es, den anderen einzuholen.

Zu allem Elend musste Ordog zwischendurch lachen, weil er sich die tobenden Stadien und die Bilder lebhaft vorstellen konnte, die gerade über die Riesenleinwände und Bildschirme auf der ganzen Welt flimmerten. Stadtkrieg machte mehr Spaß, als er angenommen hatte. Oder waren das die verdammten Substanzen, die ihm Anubis gegeben hatte?

Eine schlanke Gestalt sprang aus einem Seiteneingang, die neonfarbene Pille unter den Arm geklemmt. Der Farbe der Rüstung und dem Emblem nach handelte es sich um Tattoo.

Die Elfin setzte sich knapp hinter den Läufer der Centurios. Ihre folgende Aktion bewies, dass sie mehr Humor besaß, als Ordog ihr zugetraut hatte: Sie holte aus und warf dem Gegner den Ball mit Wucht an den Kopf, dass er zu Fall kam.

»Schnapp dir unser Ei!«, rief sie dem Straßensamurai zu und attackierte den liegenden Essener, der ihr den Stiefel in den Unterleib trat. Ihre Ablenkung nutzte der Scout, um aufzuspringen und sein Schwert zu ziehen. Er legte sich den Ball vor die Füße und schirmte ihn mit der langen Klinge ab. Da die Zehn-Sekunden-Regelung für die Ballaufnahme im Kampf nicht galt, konnte er es sich erlauben, das Ei abzulegen. Sollte es der Elfin jedoch gelingen, es aufzunehmen, würde es zu einer neuen Spielphase kommen.

Ordog hetzte an ihnen vorbei und krallte sich den Barons-Ball. Mit der anderen Hand visierte er den Unterschenkel des anrollenden Trolls an, der sich mit schwingender Axt auf ihn stürzte. Der erste Treffer der kurzläufigen Schrotflinte saß, und dennoch war er nicht zufrieden damit.

Falsches Magazin!, durchfuhr es ihn. Der Runner beschloss, seinen Schutzengel ein weiteres Mal zu testen. Er öffnete alle seine Munitionstaschen und forschte darin herum, bis er das markierte Magazin fand. Schnell tauschte er die Plastikstreifen mit den Patronen aus, lud die Altmayr durch und schoss auf das Knie von Chrome Bean.

Der Troll schwang seine Axt wie einen Baseballschläger gegen das heranfliegende Projektil. Knallend barst das Explosivgeschoss und hinterließ einen schwarzen Fleck auf der Klinge.

Der riesige Scout war heran und stieß mit dem Stiel senkrecht nach vorne. Der Dorn am Ende der Axthalterung rammte sich in Ordogs Panzerjacke. Chrome Beans Muskulatur schwoll an und stemmte den Menschen in die Höhe, als wäre er ein Ballen Stroh.

Innerhalb weniger Sekunden befand sich der Runner in fünf Metern Höhe, der Wind pfiff ihm um die Ohren. Er erinnerte sich, dass er so etwas Ähnliches schon einmal erlebt hatte. Als kleiner Junge hatte er einmal einen Überschlag mit einer Schiffschaukel geschafft, gleich würde es kopfüber abwärts gehen.

Weder ließ er den Ball fallen, noch trennte er sich von der Schrotflinte. Stattdessen nutzte er die Gelegenheit zum Schuss, auch wenn er sich gefährlich nahe am Wirkungsbereich der Spezialmunition befand.

Als der blitzende Chromschädel des Metamenschen unter ihm vorüberglitt, drückte er ab und feuerte zweimal auf den massiven Kopf. Ein Geschoss schlug in die Schulterpanzerung. Das zweite landete im erhofften Ziel, das trotz Smartverbindung unter diesen Umständen alles andere als leicht zu treffen war.

Schon küsste er die Erde. Die Wirbelsäule wurde durch den Aufprall gestaucht, ein stechender Schmerz fuhr sein Rückgrat entlang. Er klappte wie ein Taschenmesser zusammen und stürzte nach links.

Ich fühle meine Beine nicht mehr, registrierte er verwundert. Erst als er sich stark konzentrierte und sein Gehirn die Beinmuskulatur praktisch anschrie zu gehorchen, regte sich sein Unterleib ab der Hüfte abwärts wieder. Er musste sich aber nicht die Mühe machen, selbst aufzustehen. Chrome Bean half ihm gerne.

Tattoo drehte sich leicht zur Seite, das Schwert verfehlte die Kevlarweste um Haaresbreite. Ihre Sai-Gabeln schnellten in die Höhe und klemmten die Klinge mit den Seitenhaken ein. Da sie die Waffe arretiert hatte und der Centurio nicht so clever war, den Griff loszulassen und sie mit den Fäusten oder seinen Dolchen anzugreifen, verpasste sie ihm einen Kick nach dem anderen in die Körpermitte, bis er sich übergeben musste. Endlich lösten sich seine Finger. Er sprang zurück und zückte sein Kurzschwert.

Die Elfin fletschte die Zähne. »So ist es gut. Wehr dich, Junge.« Sie wetzte die schmalen Klingen ihrer Waffen und begann ihre Angriffsserie, die in der versuchten Aufgabe ihres Gegners endete. Wieder blockierte sie den Arm, als er nach dem Schalter tastete. Voller Kampfgier warf sie die Sai-Gabeln weg und stürzte sich in eine mörderische Schlägerei.

Der Essener aktivierte seine Sporne und glaubte, nun eine Chance gegen die Aufklärerin zu haben. Nach dem ersten Handkantenschlag ihrer Cyberhand, der ihm den Unterarm brach, fiel er zu Boden. Er wollte nicht mehr kämpfen und schaffte das Kunststück, die Neolux-Fäden zum Leuchten zu bringen.

Wütend beugte sich Tattoo über ihn und brüllte ihm ihre Frustration ins Gesicht. Dann hob sie ihre schmalen Stichwaffen sowie das herrenlose lange Schwert auf und hetzte zu Ordog, der wie ein Kind im Griff des letzten Centurio hing, aus dessen Nacken Blut sprudelte. Noch immer umklammerte er den Ball.

»Ich … hab … noch … fünf«, krächzte der bleiche Straßensamurai, weil ihm die Hand des Trolls die Luft abdrückte. Sein Arm mit der Altmayr richtete sich geradewegs auf das Gesicht des Esseners. »Lass mich los …«

Groß erschien die Schneide der Wallacher vor seinen Augen, die sein gesamtes Sichtfeld ausfüllte. Als er wieder mehr sah, fehlte die Schrotflinte. Und dummerweise auch seine Hand.

Schmerzen spürte er nicht. Darüber musste Ordog laut lachen, denn er fand es unheimlich komisch, seine Finger am Boden liegen zu sehen.

»Nix haste mehr«, griente Chrome Bean. »Los, gib auf. Oder ich schmeiß dich hoch und teil dich in der Luft in zwei Hälften.«

Tattoo sprang wie ein Derwisch heran und rammte dem abgelenkten Troll das Katana in den Rücken. Ihre Kraft reichte aus, um die Schneide zu zwei Dritteln etwa auf Höhe der Nieren in den breiten Körper zu bohren. Ehe sie zu einem weiteren Hieb ausholte, warf der Metamensch sein erstes Opfer weg und wandte sich der neuen Bedrohung zu.

Ordog fiel in den Staub. Der Ball entglitt seinen Fingern und rollte zum Ball der Centurios. Das fand er wieder unglaublich lustig. Ein Kichern bahnte sich an.

Sofort war Anubis an seiner Seite und verarztete den Stumpf, indem er den Arm abband und die offene Stelle desinfizierte. Danach hob er das abgetrennte Körperglied auf und packte es in den Behälter mit Eis.

»Willst du deine Alte oder eine Mechanische? Oder sollen wir dir eine Neue züchten?«, fragte er und tippte auf seinem Unterarmpalmtop herum. Abwartend schaute er in das Gesicht des Stadtkriegers. Als Antwort bekam er einen hysterischen Lachanfall. »Dann entscheide ich für dich. Schlaf dich aus, Junge.«

Der Sani gab dem Verletzten ein Betäubungsmittel

und verfolgte, wie der Kampf der Aufklärerin gegen den Troll verlief. So oder so, in den nächsten Sekunden gab es einen Meisterschaftstitel durch Wipe-Out.

Es sah seltsam aus. Der Troll und die Elfin rannten los, um sich die Pillen ihres Teams zu greifen und als neue Ballträger gewertet zu werden. Danach ließen sie die Bälle gleichzeitig fallen und eröffneten den alles entscheidenden Zweikampf. Da beide jetzt dem Reglement entsprechend Ballträger waren und sich in einer Auseinandersetzung befanden, galt die Zehn-Sekunden-Aufnahmeregelung nicht. Sie konnten sich voll auf das Gefecht konzentrieren.

Die Elfin umkreiste den Essener wie einen verwundeten Stier. Sie kannte die Schwachstelle. Die breite rote Bahn auf dem Rücken des Trolls hatte sie auf die offene Stelle im Nacken aufmerksam gemacht. Das Explosivgeschoss leistete die Vorarbeit, den Rest erledigte sie.

Chrome Bean schwang die Axt mit enormer Behändigkeit und stand ihrer Schnelligkeit kaum nach. Sie tauchte unter den Schlägen weg, bekam aber keine Gelegenheit, die scharfen Enden ihrer Waffen in Körperstellen zu stoßen, bei denen ein Treffer letal wirkte. Der Troll fiel auf keine ihrer Finten rein. Um sie herum schwebten ein Dutzend Drohnen, vier ISSV-Offizielle wachten darüber, dass bei diesem Zweikampf alles mit rechten Dingen zuging. Zu viel hing davon ab, als dass man ein Auge zudrückte, wie das bisher geschehen war.

Fieberhaft überlegte Tattoo, wie sie die Anwesenheit der Schiris zu ihrem Vorteil nutzen konnte. Wenn sie Chrome Bean dazu brachte, einen von den Aufpassern oder Anubis anzugreifen, war er aus dem Match und die Black Barons waren deutscher Meister.

Doch das entspräche nicht ihrem persönlichen Stil. Am liebsten würde sie an der Kehle des Trolls hängen und so lange zubeißen, bis er aufgab oder verblutete. Die Elfin wusste aber zu gut, dass sie den Versuch nicht überleben würde. Blieb nur der waidwunde Nacken des riesigen Cyborggeschöpfs.

Sehen wir, ob das Universum der Meinung ist, dass wir die Meisterschaft gewinnen sollen, dachte sie und rannte in den Troll hinein. Im letzten Moment warf sie sich auf die Erde und rutschte zwischen seinen Beinen hindurch.

Sie sprang auf, packte den Griff des Katanas und riss ihn mit aller Kraft nach links. Ein Spalt klaffte in der Weste des Scouts, die Schneide hatte sich durch das Material und mit Sicherheit auch durch das Gewebe des Metamenschen geschnitten.

Kreischend drehte sich Chrome Bean um und hieb nach Tattoo. Eine der gezackten Schneiden erwischte sie in der Seite und fügte ihr eine üble Wunde zu. Knapp schrammte das geschliffene Metall über ihre Rippen, ohne sie jedoch zu brechen. Warmes Blut strömte aus der Wunde, tränkte ihr T-Shirt und die Weste und sickerte an ihrem Körper herab.

Den Schwung, den ihr die Axt verpasste, setzte sie in einer spontanen Anlaufbewegung fort. Gelang ihr der nächste akrobatische Zug nicht, nähmen die Centurios den Pokal in Empfang.

Ihre schnellen Schritte erzeugten das notwendige Tempo, um der Hiebwaffe zu entgehen. Der Troll drehte sich jetzt wesentlich langsamer als vorher. Die Verletzungen, die bei normalen Spezies seiner Art sofort zum Tod führten, sowie der Blutverlust zeigten bei ihm erst langsam Wirkung.

Die Wallacher surrte knapp an ihr vorbei und prallte vernehmbar auf den Asphalt. Tattoo drückte sich ab, fasste mit einer Hand den Laternenmast und schwang sich daran mit einer schwungvollen Drehung wieder in den Rücken ihres Feindes. Ihr rechter Fuß nutzte den aus der Rückseite herausragenden Griff des Katanas als

Trittbrett. Schon flog sie an ihm empor, krallte sich in seiner Weste fest, während sie mit den Knien auf seinen breiten Schultern landete.

Ohne zu zögern attackierte sie die offene Stelle in seinem Nacken. Die erste Sai-Gabel drang tief in das Fleisch ein. Im Hals des massigen Orks wirkte sie klein wie eine Akupunkturnadel.

Chrome Bean schrie auf. Die Axt fiel zu Boden, die Hand schnellte nach oben und fasste ihren Kopf. Seine Finger umspannten den Helm wie einen Schraubstock und drückten zu. Das Material knirschte gefährlich.

Sie klammerte sich an eines der metallenen Rammhörner an seiner Stirn. »Die Gegner sind gut«, rief sie in eine Kamera. Die Spitze der zweiten Stichwaffe glänzte matt auf, als die Elfin sie hoch in die Luft reckte und mit aller Gewalt ins Genick bohrte. Ein Ruck lief durch Chrome Beans Leib. »Aber die Black Barons sind besser!«

Der Gigant der Centurios stürzte. Das Wipe-Out für die Mainzer und das Wunder, mit dem keiner der Experten gerechnet hatte, waren geschafft.

Tattoo sprang von dem fallenden Gegner und rollte sich über die Schulter ab. Sie erinnerte an eine stolze Stierkämpferin, als sie neben dem besiegten Troll mit den beiden Hörnern stand und sich mit letzter Kraft auf den zittrigen Beinen hielt. Sie verzichtete sogar darauf, eine Sai-Gabel aus dem Essener zu ziehen und dessen Lebenssaft abzulecken.

Die Elfin wollte nur noch ihre Wunden versorgt wissen, feiern, sich ein paar Männer nehmen und danach zwei Tage lang schlafen. Vielleicht würde sie zur Feier des Tages Straight ranlassen, wenn er dazu in der Lage wäre.

XIII.

ADL, Groß-Frankfurt, MaWie, 23. 05. 2058 AD, 12:03 Uhr

Die letzten Alkoholleichen lagen am frühen Morgen noch zwischen leeren Bierbechern, Plastikfolien und Chipstüten, als die ersten Fans schon wieder in das ehemalige Fußballstadion strömten.

Gegen Mittag passte keine Maus mehr auf den Sportplatz, die Ränge und Tribünen, die begeisterten Fans warteten auf die Ankunft des erfolgreichen Stadtkrieg-Teams. Die Black Barons, die Gossenkrieger, hatten es der gesamten Liga gezeigt und mit ihrem Sieg den letzten Spöttern das Maul gestopft. Selbst wer ansonsten wenig für den Sport übrig hatte, kam in die Arena, um an der ausgelassenen Stimmung teilzuhaben.

Ein Meer aus silber-schwarzen Schals begrüßte die Mannschaft, die Flaggen mit dem Symbol der Barons, dem geballten schwarzen Panzerhandschuh, wehten überall.

Fünfzigtausend Menschen, Trolle, Elfen und Zwerge stimmten Lieder an, eine Woge nach der anderen lief durch die Ränge. Als die Namen der Spieler ausgerufen wurden und die Betreffenden einzeln auf die riesige Bühne kamen, dröhnten Applaus und Getrommel, dass es beinahe beängstigend laut wurde.

Natürlich stellte sich Tattoo erst am Ende den Massen. Der Stadionlautsprecher kam nicht gegen den begeisterten Aufschrei an, der bei den ersten Buchstaben ihres Namens durch die Arena brandete.

Die Elfin schaute über die rasende Menge, die sie frenetisch feierte und »Tattoo« skandierte. Sie bleckte die Zähne und riss die Arme mit dem Pokal hoch. Die Geräuschkulisse schwoll an.

Coach Karajan nahm sich das Mikrofon und bedeutete den Fans, etwas leiser zu sein. »Was soll ich noch großartig sagen? Wir sind Meister.« Pfiffe, Jubel und Fahnenschwenken waren die Antwort. Der Trainer wartete, bis sich die Begeisterung legte. »Aber wir sollten jene nicht vergessen, die im Krankenhaus liegen oder die ihren Einsatz mit dem Leben bezahlt haben.« Er nannte die Namen der Toten, die auf dem Schlachtfeld geblieben waren, und führte sogar die gegnerischen Verluste auf. »Wir gedenken ihrer im Stillen.«

Schlagartig wurde es im Stadion leise. Poolitzer, der sich mit seiner Fuchi eine unauffällige Position auf der Bühne gesucht hatte, bekam eine Gänsehaut. Der Wechsel wirkte gespenstisch. Er hoffte, dass seine VX2200C diese Stimmung genauso einfing, wie er es sich vorstellte.

Eine Minute lang hielt das Schweigen in der Arena an, ehe Karajan das Mikrofon an die Lippen hob. »Danke.« Er räusperte sich und wischte verstohlen eine Träne der Rührung aus den Augenwinkeln. Der Reporter zoomte näher heran. »Und nun lassen wir es richtig krachen, Leute!«, rief er. »Die Gegner waren gut …«

»Die Black Barons sind besser!«, schallte es tausendfach zurück. Sofort setzte das Toben der Menge wieder ein, die Lieder anstimmte und die Mannschaft feierte. Nach einer halben Stunde mischten sich die Black Barons unters Volk, ließen sich auf die Schulter klopfen und schrieben sich die Finger wund.

Einzig Ordog setzte sich von dem Treiben ab. Natürlich freute er sich über den Sieg, auch wenn ihn das vorübergehend die Hand gekostet hatte. Ein Spezialistenteam setzte sie ihm unmittelbar nach dem Spiel wieder an, sein Arm befand sich in einer Aluschiene, um das angenähte Körperteil ruhig zu stellen und das Wachstum zu fördern. Aber es war nicht sein Ding, sich zwischen so vielen Menschen zu bewegen. Außerdem wollte er nach Sheik sehen.

Im Vorbeigehen kritzelte er ungelenk einige Autogramme auf T-Shirts und schaffte es endlich, hinter die Absperrung zu kommen, wo Sicherheitsbeamte den VIP-Bereich abschirmten. Kurz darauf stand er in der Krankenstation vor einem leeren Bett, in dem der Araber zuvor gelegen hatte. Ansonsten befanden sich hier nur noch einige Leichtverletzte des letzten Spiels.

Verdutzt schaute er auf die zerknüllten Laken. »Hat einer mitbekommen, wo der Typ hin ist?«, erkundigte er sich bei den Stadtkriegern. Die sagten ihm, dass das Bett bereits seit ihrer Ankunft leer gewesen sei. *Er wird doch nicht mit wirrem Kopf im OP-Hemd durch die Gegend laufen?*

Er rief bei der Pforte an, um sich nach dem Verbleib des Magiers zu erkundigen. Die Antwort versetzte ihn in Erstaunen.

Ein Wagen mit vier dunkelhäutigen Männern sei vorgefahren, die sich als Verwandte von Ali Reza Abolhassan, Sheiks echten Namen, auswiesen. Einer von ihnen präsentierte zudem einen Diplomatenpass. Nachdem ihre IDs überprüft worden waren, nahmen sie den Hermetischen mit. Es sei eine Botschaft hinterlassen worden, falls sich jemand nach seinem Verbleib erkundigte.

Ordog ging zur Pforte und nahm das Kuvert in Empfang. Eine Karte fiel heraus, auf der einige Dankesworte geschrieben standen. Man kümmere sich um den »verloren geglaubten Bruder« selbst und führe ihn den besten Spezialisten zu. Sollte sich sein Zustand bessern und Sheik Ali Reza Abolhassan selbst Kontakt aufnehmen wollen, werde das geschehen. Ansonsten seien Nachforschungen jeder Art zwecklos.

Der bleiche Straßensamurai trommelte Schibulski und Michels zusammen und las ihnen die Worte vor. Beide zierten dekorative Verbände. Die oberflächlichen Verletzungen trugen sie aus der Abwehrschlacht gegen Ende des dritten Drittels davon.

»Sheik ist ein echter Scheich?« Der Zwerg zwinkerte ungläubig. »Dann hat die Geschichte des Turbanwicklers also doch gestimmt? Dabei dachte ich wirklich, er sei waschechter Karlsruher«, sagte er kopfschüttelnd. »Na, das ist eine Story.«

»Die InfoNetworks gerne aufzeichnet«, freute sich Poolitzer von der Tür her. »Hey, Chummers. Ist ja hoch interessant, was ihr da gerade beplauscht.«

»Gell?« Schibulski nickte begeistert. »Nur schade, dass er nix von seinem Titel hat. Aber vielleicht hat die Verwandtschaft genug Kohle, sein Hirn wieder hinzubiegen.«

»Da kann man gespannt sein, ob sich Sheik wieder meldet«, meinte der Reporter. »Ihr ruft mich an, wenn er das tut?«

»Sicher, Linse«, log Ordog und drehte ihm den Rücken zu. »Wir rufen dich doch immer an.«

Der Seattler hörte schon am Unterton, dass ihn keiner des Trios kontaktieren würde. Er würde es schon mitbekommen. An der Eingangskontrolle organisierte er sich die überprüften IDs der vier Araber, damit er etwas in der Hand hatte. Den restlichen Nachmittag verbrachte er damit, Fans und Spieler zu interviewen. Er schnitt das Material grob zurecht und schickte es an InfoNetworks.

Der Sender verzeichnete seit seiner Mitarbeit eine Zuschauersteigerung um vier Prozent, die Beträge für Werbeminuten konnten locker angehoben werden. Daraufhin schraubte Poolitzer seine Honorarforderungen in die Höhe, und der Sender zahlte sein Entgelt mittlerweile ohne Lamentieren oder Feilschen.

Abends fuhr er zum Bahnhof, um Jeroquee vom Zug aus Weimar abzuholen. Die ehemalige Ghuljägerin erwartete ihn bereits. Sie machte auf ihn einen körperlich fitten Eindruck. Wenn ihn seine Beobachtungsgabe nicht sehr täuschte, zählte er einige Falten im ansprechenden Gesicht der Seattlerin.

»Hallo, Snoop«, grüßte sie ihn und lächelte schwach. »Gibt's was Neues?«

Er nahm ihre Koffer und brachte sie zum Ausgang. »Pass auf deinen Rucksack auf. Hier gibt es Langfinger«, warnte er sie und erinnerte sich, wie Tattoo den Aktenkofferdieb spektakulär verfolgt hatte. »Geht's dir gut?«

»Die Ärzte waren super. Ich könnte Bäume ausreißen. Oder Andorranern den Kopf von der Schulter schießen«, erwiderte sie grimmig.

Poolitzer horchte auf. »Wieso Andorranern? Waren die Typen vor der Bibliothek von dort?« Da erinnerte er sich, dass Zozoria aus dem Zwergstaat stammte. »Steckt der Chef von Antique Enterprises etwa persönlich dahinter?«

»Ich erkläre es dir unterwegs«, bot sie ihm an. »Ein Interview. Aber nur, wenn du mich hinterher verfremdest. Immerhin bin ich in die Bibliotheca Albertina eingebrochen.«

»Kein Problem«, erklärte er sich sofort einverstanden. Die Nase juckte.

Weil aus ihrem Geständnis hervorging, dass Zozoria auch das Team nach Moskau geschickt hatte, das für die Ausfälle bei den Stadtkriegern verantwortlich war, musste sie vor Tattoo, Oneshot, Dice und Schlagergott die Geschichte ein weiteres Mal erzählen. Auch Ordog und seine beiden Kumpel gesellten sich hinzu und lauschten der jungen Frau aufmerksam.

Die Neuigkeiten lieferten den Black Barons endlich einen Schuldigen, den sie zur Verantwortung ziehen konnten. Die Sache hatte allerdings zwei Haken: Erstens wussten sie nicht, wo sich der Andorraner aufhielt. Zweitens bräuchten sie ohne die Unterstützung durch hervorragende Magier gar nicht in ein Flugzeug zu steigen. Zozoria und seine Hermetischen zauberten ihnen schneller das Gehirn vor die Füße, als sie den Abzug ihrer Knarren betätigen konnten.

In Poolitzers grauen Zellen entstand ein Plan. Das Stadtkrieg-Team interessierte sich nur für Rache, die Alexandriner hingegen wollten Aeternitas zurück und beherbergten mit Sicherheit einige gute Zauberkundige in ihren Reihen oder verfügten über entsprechende Kontakte. Otte hatte damals die »Doktor-Faustus-Verbindung« erwähnt.

Dieser Allianz aus Magie und Feuerkraft räumte er Chancen ein, Zozoria zur Strecke zu bringen. Er und seine geliebte Kamera wären unstrittig bei diesem Spektakel dabei. Er hielt seinen Plan für recht passabel. Und den Aufenthaltsort fänden sie auch noch heraus. Es wurde Zeit, die anderen einzuweihen.

Der Reporter klatschte in die Hände. »Hört mal her. Ich hätte einen Vorschlag zu machen.«

ADL, Freistaat Sachsen, Nebra, 09. 06. 2058 AD, 07:02 Uhr

Ein lauter, undeutlicher Schrei weckte Cauldron. Sie war in Xaviers Zimmer eingeschlafen und hatte die Nacht unfreiwillig auf dem Stuhl neben seinem Bett verbracht. Der furchtsame Schrei riss sie aus dem Schlaf, erschrocken hob sie den Kopf. Ihre Augen schauten in das verängstigte Grünbraun des Negamagiers.

»Xavier«, stammelte sie fassungslos vor Freude und drückte sofort den Alarmknopf, der das Personal herbeirief.

Ohne sich Gedanken über die Auswirkungen der Berührung zu machen, fasste sie seine Hand und spürte ein leichtes Kribbeln, als seien ihre Finger taub. Es stellte keinen Vergleich zu den Schmerzen dar, die sie von früheren Berührungen kannte. Der Negamagier hatte offenbar als Auswirkung seines Ausflugs ins Reich des Todes und der Reanimation den Großteil seiner zerstörerischen Kräfte verloren. »Sch, sch, ich bin bei dir«, sagte die Hermetische beruhigend.

Er drehte den Kopf beim Klang ihrer Stimme. Ein vorsichtiges Lächeln zeigte sich auf seinem Gesicht.

Schwungvoll öffnete sich die Tür, das Ärzteteam kam ins Zimmer und kümmerte sich um den erwachten Patienten. Rasch wurden die Schläuche und Infusionen entfernt, erste Reflextests durchgeführt.

Xavier schien mit dem turbulenten Geschehen um ihn herum überfordert zu sein. Die Magierin nahm seine Hand und redete beruhigend auf ihn ein. Schließlich befanden sich nur noch der Oberarzt und sie mit Xavier im Raum. Der Negamagier entspannte sich sichtlich.

»Willkommen zurück, Herr Rodin«, grüßte ihn der Mediziner freundlich. »Das Sprechen wird Ihnen anfangs noch schwer fallen, daher nicken Sie, wenn Sie mich verstehen.« Zögernd ruckte der Kopf auf und ab. »Sehr schön. Wir werden in den nächsten Stunden herausfinden, welche bleibenden Schäden Ihre Verletzungen nach sich gezogen haben. Aber da Sie mich verstehen, bin ich zuversichtlich, dass wir alles mit der Zeit in den Griff bekommen. Ich schicke Ihnen gleich unsere netten Assistentinnen, die sich mit Ihnen beschäftigen.« Er schaute zu Cauldron. »Und Sie müssten so lange das Zimmer verlassen, um Herrn Rodin nicht abzulenken. Gehen Sie in aller Ruhe frühstücken. Wir rufen Sie, wenn wir fertig sind.«

Widerwillig erhob sie sich, aber dem Arzt zu widersprechen war albern und führte zu nichts. Xavier hielt sie fest. Seine Lippen bewegten sich lautlos.

»Warte.« Die Magierin beugte sich über ihn, die langen, feuerroten Haare kitzelten sein Gesicht. »Versuch es noch einmal.«

»Ich … liebe … dich«, flüsterte er angestrengt.

Eine warme Woge durchlief sie. Schmetterlinge flatterten in ihrem Bauch, und die Glückshormone versetzten sie in kindliche Freude. Sie küsste seine spröden Lippen und nahm das Kribbeln gerne in Kauf.

Am Abend saßen sie wieder zusammen und sprachen über die Ergebnisse der Untersuchungen und Experimente. Die Hirnverletzungen führten dazu, dass sein rechter Arm und seine rechte Schulter unbeweglich blieben und das rechte Bein nur mit größter Konzentration gehorchte. Xavier bewegte sich wie jemand, dem der Straßendoc eine schlechte Prothese verpasst hatte.

Das Sprechen bereitete ihm unendliche Mühe, jedes Wort brauchte einige Zeit, bis es über die Lippen kam. Persönlichkeitsveränderungen wurden nicht diagnostiziert, auch Cauldron fiel nichts auf. Abgesehen von der nachvollziehbaren Depression, die ihm die neue Situation bescherte, benahm er sich wie immer.

An die Ereignisse in Weimar erinnerte er sich nur schwach. Dafür wusste er sehr genau, wem er den Mordanschlag verdankte. Die Hinterhältigkeit des einstigen Auftraggebers, dessen Skrupellosigkeit ihn hätte warnen müssen, versetzte ihn in Rage. Er wollte sich gerne dafür revanchieren, dass Zozoria einen Krüppel aus ihm gemacht hatte. Voll ohnmächtigen Hasses ballte er die Linke.

Die Seattlerin ahnte, was in ihm vorging. »Sicher gibt es Methoden, die beschädigten Nervenbahnen im Zerebrum mit elektronischen Teilen zu überbrücken«, machte sie ihm Mut. »Ich rede mit dem Arzt.«

Er nahm ein Palmtop und tippte die Antwort ein. »Das kann sein. Aber dennoch soll Zozoria dafür büßen!!!!«, stand auf dem Display.

»Zozoria? Tut mir Leid, ich verstehe nicht. Was hat er damit zu tun?«

Daraufhin begann er in den kleinen Computer zu hacken und erklärte im Schnellverfahren, was alles zu seinem Kopfschuss geführt hatte. Dabei erwähnte er auch die Initialen, die er entdeckt hatte.

Das sagte der Magierin etwas. »Kein Wunder, dass er so besessen von dem Unsterblichkeitsgedanken ist«, befand sie. »Die beiden Buchstaben stehen für den Zirkel ›Astrum Argentum‹, wenn ich mich richtig entsinne. Sie gehören zum Hermetischen Orden der Goldenen Dämmerung, bei uns in den UCAS als ›Golden Dawn‹ bekannt«, erklärte sie nachdenklich. »Ihr Ziel ist es, Unsterblichkeit zu erlangen, und dabei heiligt der Zweck die Mittel. Ein Buch wie Aeternitas ist für sie der Stein der Weisen. Sie schließen sich in Zirkeln zusammen, eine Ansammlung von eingeweihten Egozentrikern, die nur sich im Kopf haben. Keiner von meinen Bekannten wollte etwas mit denen zu tun haben.« Sie küsste seine Hand. »Wenn wir dem in den Hintern treten wollen, haben wir uns was Großes vorgenommen.« *Zu groß*, dachte sie, sprach es aber nicht aus, um ihm die Illusion zu lassen. Vorerst.

»Wo ist Jeroquee?«, schrieb er. »Ruf sie an und frag, wie es ihr geht.«

Cauldron erreichte die einstige Ghuljägerin tatsächlich, die sich vor Freude gar nicht mehr beruhigen wollte. Die beiden Frauen vereinbarten ein Treffen in Mainz, um alles Weitere zu besprechen. Anscheinend sannen noch andere Opfer Zozorias danach, sich an dem Antiquitätenhändler zu rächen.

Sorgenvoll betrachtete sie die schmaler gewordenen Gesichtszüge ihres Geliebten. »Hältst du es für eine gute Idee, dass wir nach Mainz reisen?«

»Was soll ich noch hier?«, erwiderte er. »Besser wird es nicht mehr …« Wegen seiner Aufregung vertippte er sich ständig und musste die Korrekturtaste betätigen.

Mit einem wütenden Aufstöhnen warf er den Palmtop vom Tisch und stützte die Stirn auf die Linke. Die Verzweiflung übermannte ihn, heiße Tränen rannen seine Wangen hinab. Ein Wrack, mehr war er nicht.

Die hermetische Magierin umrundete den Tisch. Sie stellte sich vor ihn. Liebevoll barg sie seinen Kopf in ihren Armen und presste ihn an sich. Auch sie weinte.

Heimlich, um ihn mit ihrer Traurigkeit nicht zusätzlich zu bekümmern.

Andorra, Andorra la Vella, 02. 07. 2058 AD, 23:05 Uhr

Der Lärm der Rotoren schreckte die ruhenden Ziegen auf und scheuchte die Tiere die steilen Berghänge hinauf. Ein breiter Schatten flog über die mondbeschienene Wiese hinweg, dann war der Mil Mi-32 schon an ihnen vorbei.

Der russische Transporthubschrauber stammte aus den 2035er Jahren, die robuste Fabrikation machte ihn aber zu einem Dauerbrenner im Frachtgeschäft. Notfalls baute man sich die Ersatzteile selbst. So einfach konstruierte man in Russland, das erzählte zumindest der Pilot seinen Passagieren vor dem Start.

Der Großraumhelikopter knatterte seinem Ziel entgegen, das dieses Mal abseits seiner sonstigen Route lag. Auch die rund dreißig Personen im Rumpf gehörten nicht zu den Kunden, die üblicherweise per Pauschalflug von Paris nach London oder von Hamburg nach Warschau wollten. Mit dem Gepäck wären sie an jeder Grenzkontrolle verhaftet worden.

Da sich die Russian Icarus aber prinzipiell nicht für die Vorhaben der Kunden interessierte, sondern nur gewünschte Ziele ansteuerte, scherte sich der Pilot nicht weiter um seine Passagiere, die jedem Wachmann den Angstschweiß auf die Stirn getrieben hätten.

Drei Dutzend bis an die Zähne bewaffnete Menschen, Trolle, Orks und Elfen hockten im hinteren Bereich. Die mit den weniger dicken Knarren und der noch stärkeren Panzerung gehörten in die Kategorie »Magische«. Wem auch immer der Besuch der Streitmacht galt, demjenigen wünschte der Pilot, dass er entweder auf die Gäste vorbereitet oder nicht zu Hause war.

Der Mil Mi-32 sackte nach unten weg und folgte den

Konturen des Gebirges. Cauldron machte große Augen und konzentrierte sich darauf, sich nicht zu übergeben. Einem flauen Magen bescherten die schnellen Manöver bei hoher Geschwindigkeit eine Härteprobe nach der anderen. Auch von anderen Sitzen hörte sie Würgen. Das Rattern der Rotoren drang laut in die Kabine und machte eine Unterhaltung entweder nur schreiend oder via Funk möglich.

»Eintreffen T minus zehn Minuten«, gab der Pilot die geschätzte Ankunftszeit durch.

Zwei der Magier, die ihnen Otte über verschwiegene Kanäle besorgt hatte, wechselten in den Astralraum, um die magische Umgebung zu überprüfen. Die Watcher, mit deren Hilfe man Zozorias Anwesen ausfindig gemacht hatte, meldeten sich seit geraumer Zeit nicht mehr. Grund genug, sich äußerst vorsichtig an das Grundstück heranzubewegen.

Im Bauch des Hubschraubers saßen ausgewählte Vertreter der Black Barons sowie eine Abordnung der Alexandriner. Nicht ganz freiwillig beteiligte sich Prof. Beckert an dem Unternehmen, nachdem ihm die Doktor-Faustus-Verbindung diese Gelegenheit zur Rehabilitierung angeboten hatte. Das wussten sie vom Reporter, der wiederum von der Vizepräsidentin der Alexandriner einen schadenfrohen Tipp erhalten hatte.

Sie waren über Spanien nach Andorra unterwegs und hatten sich von einer spanischen Stadtkriegmannschaft, den Madrid Matadores, die Ausrüstung besorgen lassen. So vermied man jeden Ärger am Zoll. Die Solidarität unter den Mannschaften, wenn es um Persönliches ging, überwand alle Grenzen. Und niemand verstand die Barons besser als die stolzen spanischen Stadtkrieger.

Poolitzer hockte ein wenig verloren zwischen den Kampfmaschinen und wunderte sich zwischen seinen Brechattacken insgeheim, wie er diese Sache zuerst vorschlagen konnte und dann auch noch mitging. *Ich hätte allen eine kleine Kamera auf der Schulter installieren sollen,* befand er, als der Mil Mi-32 sich in die Kurve legte und dicht an einer Steilwand entlangbrauste.

Poolitzer klammerte sich fest und schaute zur nächsten in der »Riege der Freiwilligen«, wie er sie nannte. Dazu gehörten außer dem Professor auch Cauldron, Xavier und Jeroquee. Er filmte die blassen Gesichter und fühlte sich dabei an einen Actionstreifen erinnert. Gedanklich wählte er bereits die passende Hintergrundmusik zu seinem Beitrag aus.

Ordog starrte in seine Richtung. Ob er ihn anschaute oder an ihm vorbei zu Tattoo, wusste der Reporter nicht. Der Runner mit der Hautpigmentstörung legte die Sonnenbrille wegen seiner angeblich gestiegenen Lichtempfindlichkeit nicht mehr ab. Auf alle Fälle erhöhte es den Coolness-Faktor ganz erheblich. *Er wird sich doch nicht in die Elfin verguckt haben?*, wunderte sich Poolitzer.

Da in seinen Zügen nichts zu lesen war, blieb es bei seinen wagemutigen Vermutungen bezüglich der Gefühle zur Aufklärerin der Barons. Immerhin hatte sie ihm das Leben gerettet, was sie aber als Teamverhalten bezeichnete. Da er aus eigener Erfahrung wusste, wie Ordog es hasste, bei anderen in der Schuld zu stehen, würde er bestimmt versuchen, diese Verpflichtung so schnell wie möglich abzulegen.

Das wäre vielleicht ein Pärchen. Er zoomte auf ihn, schwenkte herum und holte sich das sehr unelfische Gesicht von Tattoo nahe heran. *Die Psychopathen der ADL hätten zwei neue Götter.* Sie hatte die Augen geschlossen und schien zu schlafen. »Verehrte Zuschauer, so sehen abgebrühte Stadtkriegerinnen aus. Das ist der Unter…«

Da schnappte sie sich ruckartig eine Kotztüte und übergab sich schallend.

»Schnitt«, meinte Poolitzer nur leidend. Die Szene

würde er entfernen und für private Partyabende aufbewahren. Aus Sympathie erbrach er sich ebenfalls.

Die beiden Magier kehrten von ihrem Erkundungsflug zurück und berichteten Oneshot, der die Aktion »Revenge & Recovery« leitete.

Demnach hatte sich so etwas wie ein astrales Erdbeben auf dem Grundstück ereignet. Die Hintergrundstrahlung, von der die ersten Watcher nichts berichtet hatten, war enorm.

Es liefen auch weniger Menschen als erwartet umher. Dafür gab es reichlich Tote und jede Menge Fokusse, teils zerstört, teils aktiv, die ungesichert in der Umgebung lagen. Ihrer Einschätzung nach musste bei einem Beschwörungsversuch einiges schief gegangen sein. Näher wagten sie sich aus taktischen Gründen nicht heran, um den Überraschungseffekt nicht zu gefährden.

Oneshot stellte die Entwicklung nicht wirklich zufrieden. »Wir gehen direkt rein«, entschied er und informierte den Piloten über die geänderten Pläne.

Jeroquee erinnerte sich daran, dass sie Zozoria einst viele magische Anhänger verkauft hatte. Sie stammten aus der Hinterlassenschaft von Vater und Sohn Seg, die sie in der Seattler Kanalisation getötet hatte. *Dafür hat er sie gebraucht! Um seine Zirkel-Kumpel magisch aufzupowern. Scheint ihnen aber nichts gebracht zu haben,* dachte sie voller Schadenfreude.

»Bitte festhalten«, empfahl der Pilot rasch, und schon zog er den Mil Mi-32 in die Höhe. Eine Flugabwehrrakete zog unter dem Rumpf durch und rauschte in die wenige Meter entfernte Bergwand. Der Explosionsdruck schüttelte den Frachthubschrauber ordentlich durch, bis der Pilot ihn im Griff hatte.

»Automatisches System«, meldete der Mann knapp. »Hat eine Freund-Feind-Kennung gesendet, auf die nicht die richtige Antwort von uns kam. Kriege ich hin.«

Darauf wollte sich Oneshot nicht verlassen. Er schickte die beiden Magier wieder los, welche die nächsten Raketen weit vor dem Einschlag ins Heck der Maschine zur Detonation brachten. Ein dritter überprüfte, welche Reaktionen in Zozorias Unterschlupf erfolgten. Entdecken konnte er nichts.

Das Licht im Innenraum sprang von Grün auf Rot. »Ankunft in T minus 120 Sekunden«, gab der Pilot durch. »Danke, dass Sie mit Russian Icarus geflogen sind. Ihr Rückflug steht in T minus jederzeit bereit. Auf Wiedersehen.«

Schibulski und Michels warfen sich aufmunternde Blicke zu. Beide hatten sich leichte Maschinengewehre ausgesucht.

Der Mil Mi-32 landete im Schutz einer Felsnadel auf der Kuppe über der weitläufigen Bergwiese. Nach dem Kampfruf der Barons schwangen sich die Angreifer aus dem Rumpf des stählernen Vogels, formierten sich zu den vorher eingeteilten beiden Teams und begannen den Sturm auf Zozorias Anwesen.

Der Pilot ließ die Rotoren im Leerlauf kreisen und packte seinen Mitternachtsimbiss aus.

Gruppe Blau bestand unter anderem aus Ordog, Michels, Schibulski und Tattoo sowie Poolitzer, Jeroquee, Cauldron und Xavier. Beckert schloss sich ihnen ebenfalls an. Das Team traf zuerst auf Widerstand.

Bei den Verteidigern handelte es sich um halbwegs gut ausgebildete Muskeln, die aus den Fenstern des Haupthauses heraus den Beschuss mit Maschinengewehren eröffneten.

Für die Stadtkrieger stellten sie eine willkommene Herausforderung dar. Es dauerte nicht lange, und die ersten Nahkämpfer waren im Schutz des eigenen Deckungsfeuers bis an die Mauer heran und infiltrierten das Gebäude. Ordog und Tattoo bildeten eine der Spitzen, Michels und Schibulski räumten in den Nachbarzimmern auf.

Am Ende lagen acht Lohnmesserklauen tot auf den teuren Mahagoni-Dielen. Niemand der Blauen wurde ernsthaft verletzt, kleinere Streifschüsse zählten sie inzwischen nicht mehr. Anubis stoppte die leichten Blutungen in einer ruhigen Minute. Poolitzer filmte ununterbrochen.

Ihre Gruppe durchkämmte das Haus von oben nach unten. Die Lähmung des Negamagiers bremste ihr Vorwärtskommen, dafür kannte er sich in dem Gebäude einigermaßen aus.

Währenddessen nahm Gruppe Rot ein Nebengebäude nach dem anderen ein. Während sich im Haupthaus nichts rührte, musste sich das zweite Team sowohl mit Samurais als auch mit Magiern herumschlagen. Die Alexandriner sorgten für die magische Ausgeglichenheit, die Stadtkrieger unter der Führung von Oneshot eliminierten einen Gegner nach dem anderen und schreckten nicht vor dem Einsatz von Granatwerfern zurück. Die Gegner erhielten eingedenk der Toten in Moskau nicht den Hauch einer Chance.

Das erste Team war auf eine Barriere gestoßen. »Scheißmagie«, fluchte die Elfin. »Das macht alles nur unsinnig kompliziert.«

Xavier trat nach vorne und legte seine Hand gegen die unsichtbare Blockade. Seine eigenen Energien benötigten seinem Empfinden nach unendlich lange, bis die Barriere in sich zusammenbrach. Schließlich stand es ihnen frei, die Tür zu öffnen.

Cauldron setzte zwei Watcher als Aufklärer ein. Sie berichteten von einem Gang und einer starken magischen Sicherung vor einer weiterführenden Tür.

»Vorwärts!«, peitschte Tattoo die Gruppe an und setzte sich an die Spitze.

Ehe sie sich mit der reich verzierten Tür beschäftigten, kontrollierten sie alle zehn Räume, die unmittelbar in den Korridor mündeten. Es handelte sich um Gästezimmer, in denen verschiedene Kleidungsstücke, Toilettenartikel, persönliche Unterlagen und andere Gegenstände in Schränken und Koffern lagerten. Offenbar waren sie auf den Gästetrakt gestoßen.

Xavier fühlte sich dazu berufen, seine Fähigkeiten einzusetzen, damit Cauldron und Beckert ihre eigenen Kräfte für eine wichtigere Sache aufsparten. Seine Linke legte sich gegen den Widerstand, sanft presste er dagegen.

Etwas für ihn Erstmaliges ereignete sich: Die Barriere konterte seinen Angriff und fügte ihm körperliche Schmerzen zu.

Er keuchte auf und knickte ein. Zum ersten Mal in seinem Leben kapitulierte er vor etwas Magischem. Schwindel breitete sich aus, einen flüchtigen Moment dachte er, er verlöre das Bewusstsein. Zutiefst ernüchtert lehnte er an der Wand. Welchen Wert besaß er, wenn er nicht einmal als Magievernichter taugte?

Anubis überprüfte seinen Kreislauf und spritzte ihm ein stabilisierendes Mittel.

Gemeinsam attackierten die Magierin aus Seattle und der ehemalige Präsident der Friedrich-Schiller-Universität das Hindernis, beharkten sie so lange mit Angriffssprüchen, bis sie verging. Kaum brach die Barriere zusammen, manifestierten sich zwei Erdelementare mitten in der Gruppe.

Beckert und Cauldron wandten der Teakholztür den Rücken zu, um ihren Begleitern beizustehen. Der Eingang hinter ihnen öffnete sich lautlos.

Die beiden Magier waren so mit dem Angriff gegen die Elementare beschäftigt, dass sie die Gefahr in ihrem Rücken nicht realisierten. Xavier bemerkte das Auftauchen des neuen Feindes.

Die hagere männliche Gestalt in der Tür identifizierte er als Galoña, der seinen Anzug gegen eine Robe eingetauscht hatte. Verkrustetes Blut haftete an seinem Hals und unterhalb der Nase. Irgendetwas hatte ihn angeschlagen.

Da er den spanischen Elf als hochmagisch und somit brandgefährlich einstufte, drückte er sich von der Wand ab und wollte ihm einen Kinnhaken verpassen. Seine Faust knallte gegen eine Barriere. Das wäre früher nicht passiert. Er war beinahe wirkungslos geworden. Xavier brüllte, um auf den Vertrauten Zozorias aufmerksam zu machen. Ein magisches Duell entspann sich zwischen dem spanischen Elfen und ihren eigenen Zauberern.

»Los, mir nach«, meinte Michels zu Cybulski und deutete auf das am nächsten liegende Gästezimmer. »Wir nehmen den Umweg. Sichere mich.«

Im Gästezimmer langte er in seinen Rucksack und pappte einen Klumpen C12 an die Wand, die an die Kammer grenzte. Er verschob den Schrank, und der Ork verkeilte auf seine Anweisung hin das Bettgestell so, dass das massive Möbelstück fest an das Mauerwerk gepresst wurde. Seine Konstruktion sollte dazu dienen, den Explosionsdruck zu lenken, sofern das durch einen Schrank möglich war.

Sie rannten hinaus in den Gang, wo Cauldron und Beckert einen erbitterten Zweikampf mit dem gegnerischen Spitzohr austrugen.

Der Zwerg zündete die Ladung nach einer kurzen Warnung an die eigenen Leute. Der Plastiksprengstoff detonierte ohrenbetäubend, die Druckwelle erwischte den Spanier unvorbereitet und fegte ihn aus dem Türrahmen. Somit hatten die beiden Runner ungewollt erreicht, dass der Eingang frei wurde.

Die Black Barons und ihre Verbündeten stürmten in den dahinter liegenden Saal, der offenbar als Zeremonialraum diente. In der Mitte befand sich ein in Stein gemeißeltes, riesiges Pentagramm. Nach der restlichen Ausstattung hätte sich jede magische Hochschule die Finger geleckt, im hinteren Bereich standen alchemistische Vorrichtungen, wie sie Poolitzer aus Suhl kannte. Er zählte vier Leichen, drei Frauen und ein Mann, die alle identische Roben trugen.

Während er sich noch einen Überblick verschaffte, drangen die Black Barons auf Galoña ein, der sich soeben mit blutendem Schädel vom Marmorboden erhob und etliche Geschosse der Stadtkrieger einstecken musste. Er brach ächzend zusammen und verwandelte sich beim Angriff von Cauldrons Feuerelementar in eine Fackel, da ihn die Schmerzen an der Konzentration für einen Verteidigungszauber hinderten. Zozorias Vertrauter schmurgelte zusammen.

»Das nenne ich Overkill«, kommentierte der Reporter. »Und da es ihn erwischt hat, besaß er das Amulett gegen den Tod eindeutig nicht.«

»Sucht das Buch«, gab Tattoo die neue Anweisung. Die vorgefundenen Leichen bluteten aus Mund, Nase und Ohren, was Beckert zu der Annahme veranlasste, dass die Magier entweder an den Folgen magischer Erschöpfung oder an einem Angriffszauber starben, der das Hirn der Betroffenen zum Dampfen brachte. Die Suche blieb erfolglos. Aeternitas befand sich nicht in diesem Raum.

Die Außengruppe meldete, dass sie sich ein anhaltendes Gefecht mit einer zähen Söldnertruppe lieferte, die irgendwo auf dem Gelände einen Scharfschützen postiert hatte. Oneshot warnte sie davor, nach draußen zu gehen, bevor sie den Sniper ausgeschaltet hatten. Angesichts der magischen Überlegenheit müsste das Problem innerhalb von Minuten erledigt sein.

Jeroquee und der Negamagier wussten sofort, um wen es sich dabei handelte. Die Briten machten die Gegend unsicher. Vor allem mit Forbes würde Oneshot noch viel Spaß haben.

Die magische Abteilung ihrer Gruppe vernichtete die Barriere vor der nächsten Tür. Xavier hielt sich am Ende des Angriffsteams auf, da er seinem Empfinden nach vorne mehr im Weg stand als nützte.

Die Anführerin des Stoßtrupps wurde vom Jagdfieber getrieben und stieß den Eingang auf. Sie fand ein geräumiges Zimmer, eine Art Ruheraum. Nur die darin wartende Kreatur war der Entspannung abträglich. Auf dem Bett lag eine schwarze Löwin und fauchte sie an.

»Na, komm schon, Pussy!« Tattoo fletschte ihre künstlichen Reißzähne und provozierte das Tier zum Angriff. »Schau, meine sind länger als deine.«

Die Löwin sprang sie an und biss in den angebotenen linken Unterarm. Ein wütendes Maunzen erklang, als das Gebiss keinen Knochen durchtrennte, sondern am Stahl scheiterte. Der rechte Sporn der Elfin fuhr aus der Halterung, die Faust schlug zu.

»Nicht! Das ist eine Gestaltwandlerin«, rief der Negamagier. »Sie weiß bestimmt, wo sich Zozoria aufhält.«

Die Aufklärerin reagierte vorbildlich. Die Metallspitze schnappte kurz vor dem Aufprall auf die empfindliche Nase der Raubkatze zurück. Die Löwin gab den Arm benommen frei, ein Fetzen Kunsthaut verfing sich zwischen den abgebrochenen Fangzähnen. Fauchend versuchte sie zu flüchten, aber die Elfin packte den Schweif der Raubkatze und zog sie wie an einer Leine zurück. Wieder versuchte die Löwin einen Angriff.

Elegant wich Tattoo zur Seite, die Handkante traf das springende Tier exakt in den Nacken. Der verblüffte Schibulski, der hinter der Elfin gestanden hatte, fing das ohnmächtige Tier auf und stand reichlich überrascht im Türrahmen. »Sieh an! Eine große schwarze Miezekatze.«

Poolitzer drängelte sich nach vorne, auch Xavier rückte vor. »Ja«, sagte er nach einer Weile, als er im Fell herumstrich und die Tätowierung, das doppelte A, auf dem Rücken fand. »Das ist die Geliebte des Andorraners.«

»Anubis«, sagte Tattoo über die Schulter, »mach sie wach.«

Der Sani injizierte nach kurzem Überlegen ein Mittel, das dem Verstand der Löwin einen Kick verpasste. Ein halbes Dutzend Mündungen richtete sich auf ihren Kopf.

»Verwandle dich in einen Menschen, wenn du das kannst«, verlangte die Elfin gefährlich leise. »Sofort.«

Aus dem Tier wurde Rose Abongi, die sich das Laken vom Bett zerrte, um ihre Blößen zu bedecken. Sie schwieg und beschränkte sich darauf, die Eindringlinge anzublitzen.

»Geil«, meinte der Ork beeindruckt. »Kannst du auch ein anderes Viech nachmachen oder nur eine Löwin?«

Michels schnalzte mit der Zunge. »Mann, Schibulski. Halt die Fresse.«

»Wo ist Zozoria?«, verlangte Xavier zu wissen und streckte die Hand aus, als wolle er sie berühren.

Da sie von seinen reduzierten Kräften nichts wusste, rutschte sie sofort von ihm weg. »Ich weiß es nicht«, giftete sie. »Er hat gesagt, es sei etwas bei der Beschwörung misslungen, und ich solle auf ihn oder Ignazio warten. Ich sei hier sicherer als draußen.«

»Was ist erschienen?«, fragte Beckert aufgeregt dazwischen.

»Ich bin seit zwei Stunden in diesem Zimmer. Ich habe nichts gesehen«, wiederholte sie stur.

Poolitzer freute sich, dass er alles im Kasten hatte. Aber der Einwurf des Professors machte ihn stutzig. Beinahe klang es für ihn so, als wisse der Magier mehr, als er zugab. Otte hatte ihm von dem Missgeschick in der Restaurierungswerkstatt berichtet, bei dem eine entscheidende Schriftrolle zu Aeternitas in Beckerts Anwesenheit vernichtet worden war. Poolitzer fand den Gelehrten verdächtig.

Der Sani schickte die Geliebte Zozorias mit einem starken Beruhigungsmittel schlafen, der Ork durfte sie aufs Bett legen und langte ordentlich hin. Die Gruppe stand etwas ratlos um das Bett.

Da rief sie das Außenteam nach draußen. Die letzten Widerständler hätten sich verbarrikadiert und eine Barriere um die Hütte gezogen. Alle Magischen würden im Freien benötigt.

Sie suchten unter Führung Xaviers den Weg nach oben. Die Teams näherten sich von allen Seiten dem Gästehaus, das Jeroquee und Xavier bekannt war. Vor nicht allzu langer Zeit verbrachten sie darin einige sehr angenehme Tage. Jetzt diente es als letztes Widerstandsnest.

Raketen zischten gegen die Barriere, ohne sie zu knacken. Die Stadtkrieger mussten wohl oder übel den Alexandrinern das Feld überlassen.

Die Magier schickten Elementare gegen die unsichtbare Barriere. Die Luft war erfüllt von Zischen, es roch nach Ozon wie nach einem Blitzeinschlag.

Ordog kümmerte sich nicht um den tobenden Kampf der Zauberkundigen, sondern beobachtete die Umgebung im Rücken der Belagerer. Seine elektronischen Augen schalteten um auf Thermalsicht und zeigten zwei Wärmequellen, die die steile Wiese zum Hubschrauber hinaufstiegen.

Er tippte Tattoo auf die Schulter. »Hat sich jemand abgemeldet, um zum Helikopter zu gehen?« Sie schüttelte den Kopf. »Dann haben wir ein Problem, um das wir uns schnell kümmern sollten.«

Die Stadtkriegerin blickte in die angegebene Richtung und sah zwei Gestalten hinter der Felsnadel verschwinden. Auch Jeroquee wurde aufmerksam. Sie nahm ein

Fernglas und erkannte die breite Statur von Forbes und Jones.

»Kümmere dich darum«, sagte die Elfin zum fahlen Straßensamurai. »Die brauchen sowieso noch länger, bis sie die Barriere aufbrechen.«

Ordog hetzte davon, gefolgt von Cybulski und Michels. Jeroquee schloss sich ihnen an. Sie hatte eine Rechnung mit den Briten zu begleichen.

Die vier rannten von Deckung zu Deckung und gaben sich alle Mühe, einigermaßen leise zu sein. Ihre Geschwindigkeit wurde durch die sperrige Ausrüstung gedrosselt, die Gyrohalterungen der MGs, die Rucksäcke mit der Munition und die Rüstungen addierten sich zu einem stattlichen Gewicht. Als sie hörten, dass die Rotorblätter des Mil Mi-32 ihre Drehzahl erhöhten, aktivierten sie die letzten Kraftreserven.

Ordogs Thermalsicht warnte ihn vor einem Gegner, der rechts von ihnen auf einem Felsen kauerte.

»Zwei Uhr, Deckung!«, rief er und warf sich hinter einen Stein. Michels' kleine Statur verschwand hinter einem Granitbrocken. Jeroquee warf sich flach auf den Boden und schlängelte sich zu Ordogs Deckung.

Ein leises, ploppendes Geräusch erklang. Dann hörten sie, wie ein kleiner metallischer Gegenstand leise klingelnd über Fels hopste, bis er im Gras aufschlug.

Ein schwerer Körper prallte hinter der jungen Frau auf den Boden. Die ehemalige Ghuljägerin schaute hinter sich.

Es hatte den Ork erwischt. Er lag auf dem Rücken, die Arme seitlich von sich gestreckt. Forbes' Scharfschützengewehr forderte ein weiteres Opfer.

Ordog kroch zu dem Getroffenen und zerrte ihn am Fuß hinter das Granitstück. »Michels, sieh nach ihm.«

Mit fliegenden Fingern löste er das MG aus der Gyrohalterung und trennte den Munitionsgurt ab. Anderthalb Meter Patronen standen ihm zur Verfügung. Vorsichtig spähte er über den Rand der Deckung. Die Wärmequelle war verschwunden.

Der bleiche Samurai sprintete die restlichen Meter der Wiese hinauf, die Seattlerin folgte ihm leicht versetzt. Sie erreichten das kleine Plateau in dem Moment, als sich die Räder des Frachthubschraubers von der Erde lösten und der Rumpf sich in die Lüfte schwang. Der Wind der Rotoren drückte das Gras nieder und zerrte an der Kleidung der beiden Runner. Aus der geöffneten Seitenluke baumelte ein Seil. Jeroquee erkannte Jones' Gesicht im Cockpit.

»Ihr Schweine!« Ordog kniete sich ab, nahm das Maschinengewehr in den Anschlag und feuerte Salve um Salve auf den startenden Helikopter ab.

Die Panzerung verhinderte, dass sich ein Geschoss durch die Schnauze der Maschine in den Körper des Briten bohrte. Allerdings zeigte der Dauerbeschuss an anderer Stelle erste Auswirkungen: Das Glas bekam Risse. Die Aussicht, die Gegner doch erwischen zu können, machte den Deutschen blind für andere Gefahren. Schuss um Schuss setzte er auf den Schwachpunkt, um den Piloten auszuschalten.

Jeroquee konnte den Sinn des Seils noch immer nicht begreifen. Es sei denn, Jones wollte jemanden nachträglich an Bord nehmen. Sie nahm ihr Sturmgewehr fester und sicherte die Umgebung.

Ihre Vorsicht wurde belohnt. Forbes tauchte hinter einem Felsvorsprung auf. Der lange Lauf seines Scharfschützengewehrs schwenkte hoch. Der Brite schaute durch sein Zielfernrohr. Er visierte sie an.

Jeroquees Smartverbindung und die Vergrößerungsfunktion machten aus seinem Kopf ein leichtes Ziel. *Bye, Forbes, mein Freund,* grüßte sie ihn gedanklich. Für Xavier und sie. Ihre Kugel durchschlug die Zielvorrichtung des Briten und setzte ihren Flug in gerader Linie fort. Der Mann brach tödlich getroffen zusammen. Im gleichen Moment bewegten sich die Sehnen an Forbes' Schusshand.

Sekunden verstrichen. Sie wunderte sich, warum sie immer noch stand. Normalerweise bedeutete sie für den geübten Schützen ein leichtes Ziel.

Die Schüsse von Ordogs MG wurden unregelmäßig, bis sie ganz endeten. Sie wirbelte herum und sah, wie der Runner schwankte und sich ungelenk auf den Hosenboden setzte. Ächzend kippte er um.

Nicht sie war Forbes' Ziel gewesen. Der Schuss war dazu bestimmt gewesen, die Gefahr für den Hubschrauber auszuschalten, was dem Samurai auch gelungen war.

Der Mil Mi-32 gewann an Höhe. Jones erkannte, dass sein letzter Mann gefallen war, und zog die Flucht vor.

Jeroquee rannte zur Leiche des Scharfschützen. Hastig packte sie das Spezialgewehr und brachte sich in eine günstige Schussposition. Sie legte den Lauf auf einen Stein und umfasste den Griff. Die Smartverbindung sprang an. Die Seattlerin richtete die Mündung auf das beschädigte Cockpitfenster, hielt die Luft an und löste aus.

Unzählige Risse zogen sich wie feine Spinnweben durch das Verbundglas, das dem Projektil Widerstand bot. Jeroquee feuerte noch einmal und schrie vor Freude, als das Geschoss ein Loch in das Material stanzte.

Der Brite bemerkte die Gefahr und drehte den Frachthelikopter so, dass er der Schützin nicht mehr die verletzbare Breitseite darbot. Ihre letzte Chance führte nicht zum Erfolg. Nach dem dritten Schuss, der das Fenster ebenfalls durchschlug, setzte der Mil Mi-32 seinen Flug fort.

»Fuck!«, schrie sie ihre Enttäuschung heraus. Ihr Ruf wurde vom Lärmen der kreiselnden Rotorblätter geschluckt. Die Seattlerin nahm das Steuergetriebe am

Heck des Helikopters unter Beschuss und hoffte, dass eine der Kugeln eine wichtige elektronische Leitung kappte und ihn zum Absturz brachte.

Ihr Wunsch erfüllte sich nicht. Frustriert warf sie das Gewehr weg und lief zu Ordog, dem Forbes ein Projektil genau ins Schlüsselbein gesetzt hatte.

»Halt durch, Chummer«, sagte sie beschwörend und langte nach ihrem Funkgerät.

Ein scharfes Zischen weckte ihre Aufmerksamkeit. In zwei Kilometer Entfernung hoben sich die plumpen Umrisse des Frachthubschraubers gegen die mondbeschienenen Berge ab.

Der Mil Mi-32 flog gerade an einer Steilwand vorbei, als das automatische Flugabwehrsystem Zozorias ansprang. Zwei Raketen stießen wie wütende Insekten aus ihren Abschussvorrichtungen und ritten auf gleißenden Strahlen dem Ziel entgegen.

Damit hatte Jones nicht gerechnet. Er kannte die Flugeigenschaften des schwerfälligen Helikopters nicht gut genug, um angemessen zu reagieren. Zwar begann er ein Ausweichmanöver, das die intelligenten Suchköpfe der Treibgeschosse jedoch nicht ansatzweise täuschte.

Eine Rakete folgte dem heißen Abgasstrahl und rauschte in den Motor, die zweite drang in den Rumpf. Die Sprengkraft zerriss den Mil Mi-32 in mehrere Teile. Brennend stürzte das Wrack auf den kahlen Felsen und loderte vor sich hin, da der restliche Treibstoff in Flammen aufging.

Voller Genugtuung betrachtete sie das Feuer. Dann aktivierte sie ihr Funkgerät und setzte Tattoo in Kenntnis.

Endlich fiel die Barriere um das Gästehaus. Daraufhin versuchte die Gruppe, die sich dort verschanzt hatte, sich zum Startplatz von Zozorias Gästehubschraubern durchzuschlagen.

»Es ist wieder Kriiiiieg!«, hörten sie das Signal Oneshots. Die ungeduldigen Stadtkrieger schlugen los und begannen den Nahkampf mit den Söldnern.

Poolitzer drückte sich flach in seine kleine Erdkuhle und beschränkte sich darauf, die VX2200C über den Rand zu heben, während vor ihm geschossen, gehauen und gestochen wurde. In diesen Psychopathenpulk würde er sich mit Sicherheit nicht begeben, schließlich hing er an seinem Leben.

Ich bin kein Kriegsberichterstatter. Wie konnte ich nur mitgehen?, wunderte er sich über sich selbst. Die Schießereien in den Barrens unterschieden sich doch sehr von diesem Gefecht, in dem die Black Barons die Oberhand errangen.

Es wurde ruhiger. Vorsichtig linste er hinaus und entdeckte, dass eine kleine Gruppe, bestehend aus Tattoo, Xavier, Cauldron und Beckert sowie Dice und Schlagergott, sich an das Gästehaus anschlich, um die letzten Muskeln samt Zozoria zu schnappen.

»Und um Aeternitas zu sichern. Aber nur zusammen mit InfoNetworks und dem einmaligen Severin T. Gospini«, murmelte er. Ohne ihn wüssten die gar nicht, was sie da jagten. Er sprintete quer über die freie Fläche und hängte sich an sie dran.

Dice drehte sich um und zielte auf die Person, die zielstrebig auf sie zugerannt kam. »Der Reporter kommt«, meldete er Tattoo, die daraufhin fluchte. »Soll ich ihn anschießen, große Anführerin? Dann kann er uns nicht mehr auf die Nerven gehen. Ich wette, dass ich ihn ohne Smartverbindung in den kleinen Zeh treffe.«

»Topp«, stieg der Stürmer ein.

Die Elfin schlug ihnen an die Helme. »Ihr seid unmöglich, Jungs«, rügte sie die Stadtkrieger ernsthaft. »Konzentriert euch gefälligst.«

»Das sehe ich genauso«, bemerkte Cauldron unwirsch.

Ihrer Meinung nach stand ihnen der stärkste Gegner noch bevor, und da kam die Alberei der Männer unpassend, auch wenn das ihre Art war, den mentalen Druck abzubauen.

Poolitzer keuchte heran. »Hey! Ihr … habt … was … vergessen«, hechelte er sie an.

»Munition, Knarre, Kevlarweste«, tastete der Scout nacheinander die aufgezählten Gegenstände ab. »Nein, ich habe alles.«

»Mann, Dice. Er meinte sich«, grinste Schlagergott.

»Du bleibst mit deiner Kamera hinten, Snoop«, sagte die Magierin im Befehlston zu ihm. »Es geht um mehr als nur um eine Story.«

Ihr unnachgiebiger Blick warnte ihn davor, einen lockeren Spruch anzubringen und auch die Elfin sah alles andere als gut gelaunt aus. Es stand zu viel auf dem Spiel, als dass er eine dicke Lippe riskieren konnte.

»Wenn ihr mich sucht, ich bin hinten«, erklärte er griesgrämig. »Aber wartet wenigstens, wenn ihr den Showdown vorbereitet.«

Das Team stieg durchs Fenster ein. Den unerfahrenen Professor lotsten sie so, dass er sich nicht selbst in Gefahr brachte. Die Feinde konnten überall lauern.

Beckert und Cauldron benutzten Watcher als magische Aufklärer, die keinerlei Feinde entdeckten. Der Zauberspruch der Seattlerin, um Lebewesen aufzuspüren, brachte ihnen die Gewissheit, im ersten Stock alleine zu sein.

Sie entdeckten weitere Leichen in den Zimmern. Mitunter hatten sich die Besucher auf eine schnelle Abreise vorbereitet, Koffer lagen halb gepackt auf den Betten.

Teilweise waren es Lohnsamurais, die von den Kugeln des roten Teams niedergestreckt wurden, nachdem die Barriere fiel, teilweise handelte es sich um Magische, wie anhand der Kleidung zu vermuten war. Letztere starben an inneren Blutungen. Unter den ausgeschalteten Feinden fanden sie MacRay und Marble, die durch Xavier identifiziert wurden.

Dice zerrte an einer verrutschten Bodenplatte, die sich mit ein wenig Kraft zur Seite schieben ließ. Eine Stahltreppe führte nach unten. Die ausgeschickten Watcher kehrten zurück und meldeten eine weitere Barriere, die sie nicht durchdringen konnten.

Das Team stieg vorsichtig hinab. Cauldron entdeckte in dem kurzen Gang keinerlei Lebensformen, wieder fungierten ihre Elementare als Barrierebrecher.

Die Amerikanerin wurde sofort auf die kleine Gruppe von Leuten aufmerksam, die sich hinter der Tür befand. Sie wechselte auf die Astralebene und erkannte zwei Frauen sowie drei Männer. Die Frauen und ein Mann waren Magier, alle strahlten sehr mächtig. Mit zweien von ihnen war etwas faul, ihre Auren wirkten maskiert. Die anderen waren hochgradig vercybert.

Die Zauberer wurden auf sie aufmerksam und zogen eine neue Kuppel aus Energie um sich herum. Sie kehrte in ihren Körper zurück und erstattete Bericht.

Die Stadtkrieger und Xavier mussten Tattoo überreden, dass der Professor und Cauldron Barrieren schufen, in denen sie sich geschützt in den Raum begaben, um erst Verhandlungen zu führen. Die Elfin stimmte widerwillig zu. Auf den Schutz der verhassten Magie vertraute sie nur ungern.

Jeder ihrer Leute nahm Schockgranaten zur Hand, die ein probates Mittel darstellten, die zum Zaubern notwendige Konzentration zu stören. Gegen Projektile und Zaubersprüche gesichert, betraten sie den Raum.

Die leeren Halterungen verrieten, dass die Samurais hier Waffen und Munition lagerten. Xavier ärgerte sich, dass er und Jeroquee das Versteck nicht gefunden hatten.

Die fünf Frauen und Männer rechneten mit einem Angriff. Die Muskeln hatten die automatischen Waffen auf sie gerichtet, um sofort schießen zu können, falls ihre Barriere zerstört wurde.

»Wir suchen Zozoria. Sagt uns, wo er ist, oder wir putzen mit euch die Wände«, knurrte Tattoo wenig diplomatisch.

»Ich glaube nicht, dass sie in der Lage sind, Forderungen zu stellen«, meinte die Dunkelhaarige angespannt, aber keineswegs unsicher. »Wir haben mit Ihrer Angelegenheit nichts zu tun, also lassen Sie uns in Ruhe abziehen. Wir sterben nicht für Dinge, die uns nicht tangieren. Yakub wollte zum Hubschrauber.«

Die Blondine holte nervös Luft. »Scheren Sie sich raus und suchen sie den verdammten Andorraner draußen. Er möge in der Hölle schmoren!«

Die Dunkelhaarige warf ihr einen giftigen Blick zu. »Daran können Sie sehen, dass auch wir nicht die besten Freunde von Yakub sind. Nicht mehr.« Sie deutete auf die Tür. »Dürfte ich Sie bitten zu gehen und Ihre Nachforschungen am Hangar fortzusetzen? Wenn alles vorbei ist, kommen wir hinauf und lassen uns abholen. Wir bleiben nicht länger als notwendig.«

Schlagergott deutete auf die zweite Tür. »Wohin führt die?«

»Zum Hangar«, sagte die Blondine schnell. »Wenn Sie sich beeilen, erwischen Sie den Bastard noch! Er ist ein Feigling, dass er die Brüder und Schwestern seines Zirkels im Stich lässt. Ich wünsche Ihnen viel Erfolg.«

Poolitzer wollte etwas an seiner Kamera umstellen und schaltete aus Versehen in den Wärmebildmodus. Die Gestalt der Blondine strahlte enorme Hitze ab, vor allem die Gesichtspartie glühte. Er kannte das von Interviews mit zwielichtigen Informanten, bei denen er sicherheitshalber mit Hauttemperaturanalyse arbeitete. Jemand, der so leuchtete, sprach zweifellos die Unwahrheit. Zu gerne hätte er einen Stimmen-Stress-Analysator dazu geschaltet.

Daraus zog er seine Schlüsse, die er seinen Begleitern mitteilte. »Die blonde Tussi lügt«, sagte er laut. »Die will uns verarschen.«

Ohne es zu ahnen, stieß der Reporter mit seinen wenigen Worten die Pforten zu ihrer persönlichen Hölle auf.

Der Kampf im Freien neigte sich dem Ende entgegen. Die verbliebenen Lohnsamurais wurden hin und her gehetzt, bis sie vor Erschöpfung aufgaben oder bei einem Zweikampf unterlagen. Der Hangar mit den vier Hubschraubern wurde durch ein Team gesichert.

Die Sanis und einige der Alexandriner kümmerten sich um die verletzten Black Barons. Die verwundeten Gegner interessierten nicht weiter. Sie hatten einen Vertrag unterschrieben und kannten die Gefahren ihres Jobs.

Oneshot stellte ein Team aus frischen Mainzern und der Projektgruppe zusammen, das nach der Einnahme eines kleinen Cocktails aus Aufputschmitteln das Gästehaus stürmte, um nach den anderen zu sehen, die sich nicht mehr meldeten. Eine zweite Sani-Gruppe schickte er los, um Cybulski und Ordog abholen zu lassen, die sich offenbar mit dem Scharfschützen angelegt hatten.

Der Scout und seine Leute drangen in das grabesstille Gebäude ein. Sein Gefühl verhieß ihm nichts Gutes.

Kaum hatte Poolitzer seinen Verdacht geäußert, jagte die Dunkelhaarige mehrere Zaubersprüche gegen ihre Barrieren, die daraufhin zusammenbrachen.

Die Geschwindigkeit, mit der das geschah, übertraf alles, was der Reporter jemals gesehen hatte. Die Kamera hatte ihre Bewegungen wahrscheinlich nur als hektische Streifen aufgezeichnet. Was viel schwerer wog: Der magische Schutz um seine Gruppe war geplatzt!

Bei der nächsten unsichtbaren Attacke brachen Schlagergott und Dice zusammen, ohne reagieren zu können. Tattoo ging unter Krämpfen auf die Knie und hielt sich die Schläfen. Cauldron, Beckert und er standen noch, auch Xavier zeigte sich resistent gegen den Magieangriff, wenn er auch einen leichten Schwindel verspürte.

Shit! Das sieht nicht gut aus. Poolitzers Selbsterhaltungstrieb setzte sich durch. Der Reporter tat so, als sei er ebenfalls getroffen, und sank theatralisch zu Boden, damit auch jeder der Anwesenden mitbekam, dass er ohnmächtig war. Dabei warf er sich geschickt neben das Sturmgewehr Schlagergotts und bereitete sich darauf vor, es an sich zu reißen. Niemand sollte ihn vorerst zu den Aktiven in diesem Raum rechnen.

Die Söldner eröffneten das Feuer. Die Seattlerin schaffte es, den nächsten Schild hochzuziehen, während sich einer ihrer Elementare auf die Schützen warf und sie zu Asche verbrannte.

Die Blondine sprang auf den Ausgang zu. Cauldron befahl dem zweiten Elementar, die Flüchtende aufzuhalten.

»Nein!«, rief sie verzweifelt und attackierte den Geist mit Angriffszaubern. »Sie verstehen nicht! Lassen Sie mich gehen! Die Ewigkeit kann mir gestohlen bleiben!«

Ein heftiger Kampf entspann sich, in dem die bereits geschwächte Magierin unterlag. In einer Funken sprühenden Umarmung des Feuerwesens starb sie.

Der verbliebene gegnerische Zauberer stand mit erhobenen Händen in der hintersten Ecke und beschränkte sich darauf, eine Schutzsphäre um sich zu errichten. Seine Passivität machte deutlich, dass er sich an dem Kampf nicht beteiligen würde.

Somit kümmerten sie sich um die dunkelhaarige Frau. Auch Beckert mischte mit. Blitze flogen durch den Raum, Flammen loderten auf, doch keiner errang die Oberhand.

Der Negamagier nahm Schlagergotts Sturmgewehr, hinkte von Cauldron weg und schoss auf die Gegnerin. Dabei schritt er langsam, aber beständig auf sie zu. Seine scheinbar sinnlose Aktion diente einzig dazu, die Aufmerksamkeit auf sich anstatt auf seine Geliebte zu ziehen. Die Sprüche würden ihm nichts anhaben können, und Cauldron sowie Beckert erhielten Gelegenheit, sich in aller Ruhe auf einen konzertierten Gegenschlag vorzubereiten.

Die Dunkelhaarige bewies, dass auch Negamagier nicht mit allem fertig wurden. Eine der Söldnerleichen wurde emporgehoben und mit voller Wucht gegen den überraschten Xavier geschleudert, den es von den Beinen riss. Mühsam versuchte er, sich von seiner Last zu befreien. Seine Lähmung behinderte ihn sehr.

Die Tatsache, dass die Angreiferin darauf verzichtete, ihn magisch zu attackieren, irritierte Poolitzer. Die Schwarzhaarige wusste demnach, dass Xavier gegen direkte Sprüche immun war. Es wurde Zeit für ihn, den Joker. Die Hand des Reporters kroch millimeterweise auf die Schockgranate zu, mit der er mehr ausrichten würde. Eine vom Knall und Blitz überraschte Magierin würde kaum herumhexen.

Er hatte Glück. Niemand bemerkte, dass der vermeintlich Bewusstlose sehr rege war. Poolitzer schaffte es, an beide Granaten zu kommen, zog die Zünder und wartete kurz, um keine Zeit für eine Gegenreaktion zu lassen. Er stieß sie wie Eishockeypucks über den Boden. Die Sprengkörper schlitterten bis an die Barriere ihrer Kontrahentin. Den Bruchteil einer Sekunde darauf detonierten sie.

»Flashbang« nannte man die Eier in den Schatten Seattles, und ihrem Namen machten sie alle Ehre. Obwohl er die Augen geschlossen hielt und auf den Knall vorbereitet war, zuckte er heftig zusammen.

Sicher, eine solche Barriere schützte vor Splittern und

Kugeln, aber nicht vor Geräuschen und Licht. *So, Baby. Putzen wir dich von der Platte und machen mich zum Helden des Tages.*

Der Reporter packte den Griff der MP. Er öffnete die Augen und richtete die Maschinenpistole auf die Frau. *Liebes Aktions-Soft, lass mich dieses Mal treffen.*

Sein Finger hielt inne. Anstelle der erwarteten Frau stand jetzt ein Mann im Geschäftsanzug vor ihm, Mitte vierzig, mit schwarz-grauen Haaren.

»Was zum ...?«

Neben Poolitzer röhrte ein CETME-Sturmgewehr los. Tattoo kümmerte sich nicht weiter um die veränderten Äußerlichkeiten. Vor Schreck zog Poolitzer ebenfalls den Abzug und pumpte mehrere Projektile in den Leib des Unbekannten, dessen Gesicht ihm vage bekannt vorkam.

Zozoria!, entsann er sich. Das Konterfei hatte ihm einer seiner Informanten zusammen mit den Infos über Antique Enterprises geschickt. Er ballerte gerade den Chef eines weltweit operierenden Unternehmens zusammen und filmte sich dabei. Das brachte ihn in die Zelle oder in den ewigen Schlaf. *Ach, ich behaupte einfach, es war Tattoo.*

Die Schockgranaten hatten nicht nur Zozoria, sondern auch Beckert und Cauldron sowie das passive Zirkelmitglied gelähmt. Sie erholten sich allmählich von dem Schreck.

Die Stadtkriegerin landete mit ihren präzisen Feuerstößen ausschließlich Treffer. Die Projektile des spanischen Automatikgewehrs verteilten sich in der ungeschützten Brust. Anzug und Hemd des Mannes färbten sich augenblicklich rot. Routiniert begann sie mit dem Wechsel des Magazins.

»Hilf mir«, stöhnte Zozoria zu seinem Zirkel-Bruder. Der Mann schüttelte nur den Kopf. Zozoria schwankte.

»Das … wird … euch … nicht … helfen.« Schwer atmend stützte er sich an der Wand ab. »Gleich …« Der Andorraner legte den Kopf in den Nacken. Sein Körper zitterte unkontrolliert, als pulsierten elektrische Energien in ihm.

»Nein, bleib!«, raunte er flehend. »Verlass mich nicht! Du hast versprochen …« Ein letzter Ruck folgte. Stocksteif stand er an der Wand, die toten, grausamen Augen hefteten sich flehentlich an die Decke. »Versprochen«, schrie er verzweifelt.

Zozoria wollte noch etwas sagen, da trafen ihn mehrere Kugeln in den Kopf. Tot stürzte er zu Boden, sein Blut rann an der Wand hinter ihm hinab.

Xavier, der noch immer auf der Erde lag, warf die rauchende MP mit ausdruckslosem Gesicht weg. Er hatte den verhassten Menschen erschossen. »Ich wollte nicht länger warten«, meinte er lakonisch.

»Oh, ich habe damit kein Problem. Es hätte dir sowieso zugestanden.« Poolitzer stemmte sich vom Boden hoch und half dem Negamagier auf die Beine. Das Blut an dem Deutschen stammte ausschließlich von dem Toten, mit dem Zozoria ihn beworfen hatte. »Alles in Ordnung?«

»Jetzt ja.« Xavier nickte und lächelte in Richtung Cauldron.

Ja, so lieben das meine Zuschauer. Der Reporter nahm sich die Zeit für eine Großaufnahme von den erleichterten Gesichtern der Liebenden. Große Gefühle und Happyend.

»Gute Idee, Linse, die Aktion mit den Granaten.« Tattoo kümmerte sich um ihre Stadtkriegerfreunde. Mehr Lob gab es aus ihrem Mund nicht für den Schnüffler. »Ich brauche einen Sani. Verdacht auf innere Verletzungen«, funkte sie. Oneshot antwortete, dass sie in wenigen Minuten bei ihnen seien.

Beckert machte sich an dem Toten zu schaffen. »Er hat das Buch nicht dabei«, meldete er den anderen. Sein Blick wandte sich dem letzten Überlebenden des Astra Argentum zu. »Wissen Sie, wo das Buch ist?«

»Und vor allem hätte ich gerne einen ausführlichen Bericht darüber, was so alles in den Bergen geschah«, rief Poolitzer ihm zu. »Wir beide machen einen Exklusivvertrag. Ich schlage vor, wir nehmen Sie mit und lassen Sie leben, wenn Sie mit der Wahrheit rausrücken, einverstanden? Und keine Tricks.«

Der Magier zeigte keinerlei Absicht, sich zu rühren. Seine Augen ruckten suchend hin und her. »Ist er weg?«

»Sind Sie blind?«, fragte der Reporter lachend. »Die Flashbang hat Ihnen die Netzhaut gegart, was? Klar ist er weg. Kopfschuss. Hier, der gelähmte Held, hat sich seine Rache genommen.«

Cauldron hob misstrauisch den Kopf. Wo waren ihre Elementare? »Flicker? Beacon?«, versuchte sie, die Geister herbeizurufen.

In der Mitte des Raums flimmerte die Luft. Ein Geist nahm seine manifeste Gestalt an.

»Siehst du? Da sind sie doch.« Poolitzer hielt das Objektiv darauf, um den Effekt für den Bericht aufzunehmen und an passender Stelle hineinzuschneiden. »Wahnsinn, wie gut man die Dinger sieht.«

Die Magierin erschrak, als sie das starke Flirren entdeckte. »Poolitzer, Xavier, kommt rüber zu mir«, ordnete sie ruhig an und bereitete sich darauf vor, eine Barriere hochzuziehen, sobald alle in ihrer Nähe waren. Sie stellte sich so, dass die Stadtkrieger ebenfalls geschützt würden. Beckert sollte für sich selbst sorgen.

Nun wusste sie die gestammelten Sätze Zozorias und die Aura des Andorraners zu deuten. Er hatte sich einem freien Elementar freiwillig als Wirt zur Verfügung gestellt!

Kurz vor dessen Tod zog es das Wesen vor, den sterbenden Leib zu verlassen, um einer vorübergehenden Zerrüttung zu entgehen. Das erklärte, warum der Initiierte so verflucht schnell gewesen war. Schloss sie vom Schimmern auf die Stärke des Geists, wurde ihr vor Angst beinahe schlecht.

Poolitzer reagierte mit Unverständnis. »Wieso? Ist was nicht in Ordnung?«

»Ich biete unendliches Leben«, hörten sie die freundliche Stimme des Elementares, »und unendliche Reichtümer. Lass mich in dich.«

»Hey, Cauldron! Dein Elementar macht unmoralische Angebote!« Der Seattler schätzte die Situation falsch ein.

»Komm sofort her, Snoop!«, zischte sie. »Das ist keiner von meinen Geistern.«

Der Reporter wurde blass. Stumm rückte er an sie heran und verhielt sich mucksmäuschenstill.

»Nein«, wehrte der Zirkel-Magier entsetzt ab und bewegte sich auf den Ausgang zu. »Du hast sie alle umgebracht!«

»Nicht alle«, gluckste der Geist heiter. »Du lebst noch. Danke mir, indem du mich aufnimmst.« Das Flimmern näherte sich dem Mann. »Ich verspreche dir ewiges Leben. Sobald du mich an den Ort gebracht hast, an den ich möchte, und tust, was ich dir sage, mache ich dich zu meinem verborgenen Quell des Lebens.« Es hatte den Zauberer eingeholt. Die Barriere blitzte auf und erlosch. »Sträube dich nicht, Menschlicher. Wolltest du nicht ewiges Leben, wie all die anderen? Nun, greif zu! Das ist mein letztes Angebot.«

»Geh! Verschwinde!« Der Umworbene setzte zu einem Bannspruch an. »Vade retro ...«

Der freie Elementar gab ein tosendes Heulen von sich und umschloss den Mann. Der Magier röchelte, griff sich an den Hals und brach zusammen. Ohne Eile bewegte sich das Schimmern auf die Gruppe zu.

»Ich biete unendliches Leben«, sagte es dieses Mal

einnehmend zu Cauldron, »und unendliche Reichtümer. Lass mich in dich.«

Tattoos Sporne schnellten hervor, und früher, als sie jemand zurückhalten konnte, attackierte sie den Geist, begleitet von einem rasenden Kampfschrei.

Obwohl sie keinerlei Ahnung hatte, machte es die Stadtkriegerin instinktiv richtig und griff das Wesen aus Quecksilber und Schatten in seiner manifesten Form direkt an.

Der Geist unternahm nichts, um den funkelnden Spornen auszuweichen. Offenbar rechnete er nicht damit, von einem schwachen fleischlichen Wesen auf diese Weise herausgefordert zu werden.

Sie traf. Zu ihrer eigenen Verwunderung spürte sie Widerstand. Im nächsten Moment glaubte sie, mitten in einem tobenden Orkan zu stehen. Starker Wind erfasste sie und trug sie davon. Allen anderen Menschen und losen Einrichtungsgegenständen erging es wie ihr. Der Elfin gelang es gerade noch einem Regal auszuweichen, das über sie hinwegtrudelte. Der von ihr gereizte Elementar erzeugte eine Windhose im Zimmer und wirbelte alles durcheinander, was nicht festgenagelt war. Nur der Professor, Cauldron und Xavier, der sich an ein im Boden verschraubtes Gestell klammerte, wurden nicht erfasst.

Die ungewollte Karussellfahrt führte die Elfin am Ausgang vorbei. Sie sah die ausgestreckte Hand Oneshots und griff sofort zu. Mit vereinten Kräften zogen sie die Stadtkriegerin aus dem Luftwirbel, während Schlagergott und Dice wie Gliederpuppen umherkreiselten. Immer wieder schlugen ihre Körper gegen die Wände. Lange würden sie den Ritt nicht durchstehen. Poolitzer hatte sich zu einer Kugel zusammengerollt und machte sich ganz klein.

Scheiß Magie. Tattoos stählerne Finger ballten sich. Eine hilflose Geste der zur Untätigkeit Verdammten.

Xavier stand neben seiner Geliebten und verstand, dass ihre Antwort über ihr Leben entschied. Er ließ nicht zu, dass ihr etwas geschah.

Als sich ihre Lippen öffneten und dem Elementar ein »Niemals« entgegnen wollten, tat er das, was in der Vergangenheit stets gewirkt hatte.

Der Negamagier breitete die Arme aus und sprang, so weit es ihm seine Behinderung ermöglichte, in das Flimmern.

Poolitzer schrammte an der Wand entlang und prallte wie ein Gummiball ab. Schreiend segelte er auf die Reste eines umgestürzten Gestells zu. Eine Querstrebe reckte sich ihm wie eine Speerspitze entgegen und würde ihn in wenigen Sekunden aufspießen.

Das war's. Er wollte der Nachwelt ein Zeugnis seiner Qual hinterlassen und richtete die Linse der Fuchi auf sein Gesicht. »Verehrte Zuschauer, ich verabschiede mich nun«, brüllte er gegen das Toben des Sturms an. »Danke fürs …«

Abrupt riss der Wind ab. Millimeter vor dem zackigen Strahlende zog ihn die Schwerkraft dem Boden entgegen. Anstatt die Weste und seine Eingeweide zu durchbohren, schlitzte die Kante im Abtauchen nur seinen Oberarm auf. Der Schmerz ließ ihn inbrünstig aufstöhnen.

Er überschlug sich mehrmals, ehe er an Schwung verlor und sich sofort aufraffte, um auf die Suche nach Motiven zu gehen. InfoNetworks war wieder dabei. Aus der Deckung eines Tischs heraus filmte er die Szene, die sich ihm bot.

Das Flimmern und damit der Elementar war verschwunden. Oneshot und Tattoo betraten den Raum und schauten nach den Verletzten. Anubis und ein weiterer Sani rannten zu Schlagergott, der auf einem Regal lag. Dice rappelte sich stöhnend auf. Beckert stand etwas ratlos in dem ganzen Chaos.

Cauldron beugte sich gerade über den Negamagier. Ihre Hand ruhte auf seiner Brust. Panisch rief sie nach einem der Stadtkrieg-Ärzte.

Anubis kam sofort zu ihr. Während er Xavier eine Injektion verpasste, gab er Anweisungen an einen der Stadtkrieger, der ihm einen zweiten Koffer reichte. Der Sani klappte die Abdeckung zurück und legte ein paar Schalter um. Das lang gezogene und langsam anschwellende Fiepen eines aufladenden Akkus erklang. Obwohl es sehr hektisch zuging und viele Menschen durcheinander sprachen, hörte Poolitzer diesen Ton sehr genau.

Anubis nahm zwei handflächengroße Kontakte, an denen Kabel hingen, an den isolierten Griffen. Erfahren wie er war, setzte er sie auf dem Oberkörper an und löste den Elektroschlag des Defibrillators aus.

Tausend Volt schossen durch den Körper des Negamagiers, die Muskeln kontrahierten und brachten ihn zum Hüpfen. Die Kontaktflächen hinterließen rote Brandmale.

Der Akku sammelte neuerliche Energie. Der Sani wartete und kontrollierte gespannt die Herztätigkeit. Eine weitere Injektion und ein weiterer Wiederbelebungsversuch erfolgten.

Dieses Mal schaffte Anubis es. Xavier öffnete verstört die Augen.

Poolitzer wagte sich hinter seiner Deckung hervor und näherte sich dem Paar. »Mann, der arme Kerl. Die wievielte erfolgreiche Wiederbelebung ist das?« Die Magierin warf ihm einen tödlichen Blick zu.

Er schwieg lieber und filmte. Anubis schaute kurz nach der Wunde und wandte sich stattdessen Dice zu. »Hey! Ist das vielleicht nichts?«, rebellierte er gegen die Nichtbeachtung.

Tattoo zeigte die Zähne. »Komm her. Ich näh's dir zu, Linse.«

»Ah, nein, danke. Ich warte auf fachkundiges Personal«, lehnte er rasch ab. Die Psychopathin ließ er nicht an sich ran.

Xaviers rechte Hand umfasste die Finger seiner Geliebten. Cauldrons Gesicht drückte Verwunderung aus. Sie schloss die Augen.

»Ist was?« Der junge Reporter war aufmerksam geworden und schwenkte die Fuchi herum. Die verbrannten Stellen auf Xaviers Brust färbten sich zu Zartrosa und nahmen schließlich die Blässe der unversehrten Hautpartien an.

Er hat sich geheilt? Poolitzer betrachtete die konzentrierte Magierin. *Nein, sie hat ihn geheilt!* »Verehrte Zuschauer, wir erleben eine magische Anomalie«, kommentierte er das Geschehen.

Cauldrons Lider hoben sich, und in der nächsten Sekunde gab sie dem Negamagier einen innigen Kuss. Er erwiderte die Zärtlichkeit und richtete sich mit ihrer Hilfe behutsam auf.

»Ihr knutscht?«, brach es aus Poolitzer hervor. »Hey, nicht dass ich was gegen das Glück anderer Leute hätte, aber war da nicht was? Magie und Antimagie? Wie Feuer und Wasser?«

»Wie Intelligenz und du?«, setzte sie seine Vergleiche spöttisch fort. »Später«, wehrte die Hermetische entschieden ab und gesellte sich zu den anderen, um ihre Hilfe bei magischen Heilungen anzubieten.

»Meine Zuschauer hätten gerne eine Erklärung!« Den Beleidigten mimend, zog sich der InfoNetworks-Mitarbeiter zurück und tauschte die bespielte CD seiner VX 2200C gegen eine neue aus. Dann eben nicht. Es gab einiges zu drehen. Neugierig schlenderte er los. Vielleicht entdeckte er Aeternitas.

XIV.

Andorra, Andorra la Vella, 03. 07. 2058 AD, 16:01 Uhr

Die Black Barons versorgten ihre Verletzten, unter denen sich einige Wackelkandidaten befanden, was den zukünftigen Einsatz in der Liga anging. Etliche von ihnen waren nur unter größten Vorsichtsmaßnahmen transportfähig. Dice würde aufgrund seiner Wirbelsäulenverletzung, die ihm die Windattacke des Elementars beschert hatte, nie mehr auf dem Spielfeld stehen können.

Sie hatten ihre Verwundeten im Untergeschoss des Haupthauses einquartiert und die Nacht dort verbracht. Die Stadtkrieger benötigten nach dem Gefecht eine Auszeit und schliefen bis in den späten Nachmittag hinein.

Den einzigen Toten in ihren Reihen hatte es beim Kampf um den Hubschrauber gegeben, mit dem Jones in den Tod geflogen war. Schibulskis Körper blieb gegen das Projektil des Scharfschützengewehrs chancenlos, der Ork erlag noch auf der Wiese seiner schweren Kopfverletzung. Sein Tod berührte Ordog und Michels mehr, als sie zugeben wollten.

Gegen Mittag begann das große Suchen nach Aeternitas, jedoch entdeckte niemand das Original des verhängnisvollen Buches. Dafür fanden sie die sechs Imitate im Haupthaus des Antiquitätenhändlers. Die Alexandriner nahmen sie an sich, um sie in Weimar auszuwerten. Die Buchexperten verbrachten zudem Stunden in Zozorias Bibliothek und überprüften die Bestände. Sie entdeckten einige wertvolle Druckwerke, die sie für ihre Projektgruppe beschlagnahmten. Des Weiteren nahmen sie alle Datenträger mit, auf denen sich etwas über Zauberei befand.

Die Stadtkrieger filzten das Haus von oben bis unten und brachten alles ins Freie, was wertvoll war und man tragen konnte. Die Koffer der Toten wurden ausgeleert und zu Schatzkisten umfunktioniert. Außer Bargeld lagen am späten Nachmittag Fokusse und Fetische, Credsticks, Anhänger und Schmuck in den Behältern. Ordog wies sie an, auch Computer abzumontieren und Laptops mitzunehmen. Sie könnten Passwörter zu Konten von Antique Enterprises enthalten, mit denen ein Decker an das wirklich große Geld gelangte. Danach brachte Michels Sprengsätze in den Häusern an, um nichts übrig zu lassen, was der Astrum Argentum jemals wieder für Beschwörungsversuche dienen konnte.

Welche magische Katastrophe sich auf dem Anwesen ereignete, blieb nicht lange im Dunklen. Sie verhörten Rose Abongi im Wohnzimmer des Haupthauses ein weiteres Mal, die bei ihrer Version blieb, was sie von Beckert, der sie dabei mental sondierte, bestätigt bekam.

Immerhin erfuhren sie, dass Zozoria einundzwanzig hochrangige Mitglieder des Astrum Argentum eingeladen hatte, um mit ihnen die Rituale von Aeternitas zu praktizieren. Die Afrikanerin selbst gehörte zu den Anfängern des Geheimbundes und durfte den Beschwörungszeremonien nur zu Beginn beiwohnen.

Jedenfalls sei Zozoria plötzlich sehr aufgeregt zu ihr gekommen und habe sie gebeten, im Schlafzimmer zu bleiben, bis sich der Dschinn beruhigte habe. Er sei nach langer Verbannung zurück auf die reale Ebene gekommen und müsse sich erst orientieren, ähnlich wie ein langsam erwachendes wildes Tier. In diesem unsteten Zustand sei er unberechenbar.

Cauldron konnte sich denken, was passiert war. Freie Geister lebten vom gespendeten Karma, der Energie, der Erfahrung eines Menschen. Mit Sicherheit war der Elementar nicht zufrieden mit der Gabe, die man ihm anbot. Die Geheimbündler hatten den Geist sträflich unterschätzt.

Die Angaben eines schwer verletzten Söldners brachten noch mehr Licht in die Angelegenheit. Seiner Erzählung nach lief Zozoria zwischenzeitlich Amok gegen seine eigenen Mitbrüder und -schwestern. Angeblich lähmte der Geist Männer und Frauen, der Andorraner führte eine Art Kurzritual oder Zauberspruch durch, den er aus Aeternitas vorlas. Nach einigen Minuten seien die Betroffenen tot umgefallen.

Bei allen Kräften! Karmaübertragung wider Willen, vermutete die Seattlerin. *Er hat den Elementar mit der Energie der anderen gefüttert! Was für ein Scheusal!*

Nach dem Verschwinden von einigen Geheimbündlern erahnten die Restlichen, was Zozoria tat, und verbündeten sich gegen den Andorraner. Es kam zum magischen Gefecht, bei dem die Gäste nach und nach fielen. Der Samurai selbst verlor irgendwann das Bewusstsein, als sich einer der Zauberer um ihn kümmerte. Als er im Haupthaus erwachte, wurde der nächste Alarm ausgelöst, weil die Stadtkrieger anrückten. Mit den Magiern, die ihr Boss zur Mitarbeit überredet hatte, habe er sich ins Nebenhaus zurückgezogen, wo ihn ein paar Kugeln erwischten.

»Schnitt«, meinte Poolitzer. »Okay, wir wissen jetzt, was geschehen ist, aber wo ist der freie Geist abgeblieben?«

»Xaviers Berührung muss ihn vertrieben haben. Vermutlich ist er noch niemals mit so etwas wie Negamagie in Kontakt geraten«, versuchte sich die Rothaarige an einer Erklärung. »Entweder zog er sich in den Astralraum zurück, oder die Kräfte meines Schatzes reichten aus, den Elementar vorübergehend zu zerreißen. Ehe er sich wieder gesammelt hat, werden einige Tage vergehen.«

»Es war … wie … wenn man versucht, eine Dampfwalze aufzuhalten«, versuchte Xavier seine Empfindungen zu erklären. Eine glühend heiße Dampfwalze. Er schaute zärtlich zu der Magierin und nahm ihre Hand. Seitdem sie keine Schmerzen mehr dabei verspürte, würde er sie am liebsten gar nicht mehr loslassen. »Sie ist wohl über mich gefahren und hat mich zerquetscht, bevor sie ausriss. Ich hatte Glück, dass Anubis und ihr da wart.«

»Ich schätze, dass ohne dich keiner von uns mehr hier sitzen würde«, schwächte sie seinen Dank ab. »Wir hätten dem Dschinn nichts entgegensetzen können.«

»Also ist er nicht vernichtet?«, hakte der Reporter beunruhigt ein.

»Er war ein Elementar der großen Kategorie, wenn ich es richtig beurteile. Die sind nicht so leicht auszulöschen, schon gar nicht, wenn es sich um freie handelt«, antwortete sie ihm aufrichtig. »Aber bis er sich erholt hat, sind wir weg. Sei locker, Snoop«, versuchte sie ihn aufzumuntern.

»Das will ich doch sehr hoffen«, murmelte er. »Wie geht es weiter?«, richtete er sich an Oneshot.

»Wir haben Russian Icarus über den Verlust informiert«, meinte der Kapitän langsam. »Sie schicken einen Ersatzhubschrauber und vier Piloten, damit sie die anderen Helikopter als Entschädigung mitnehmen können. Vor den Raketenabschussanlagen dürften sie sicher sein. Wir haben die Zentrale gefunden und abgeschaltet.« Er hob seinen Arm mit dem Kom-Gerät und schaute auf die Zeitanzeige. »Sie kommen in einer Viertelstunde. Ein Krankenhaus für unsere härtesten Fälle ist organisiert. Die Matadores werden bei Rückfragen der Ärzte behaupten, die Wunden stammten aus einem Trainingsspiel.« Er wies Beckert an, den Alexandrinern Bescheid zu sagen, die im Stockwerk über ihnen Bücher wälzten, und ihnen zu helfen. Der Professor verschwand. »Heute Abend sind wir zu Hause, Team.«

»Du siehst nicht glücklich aus«, meinte Tattoo, die zusammen mit Ordog aufmerksam gelauscht hatte.

Der Elf schaute stumm zu dem mit einem Tuch bedeckten Leichnam von Schibulski. »Ich habe jemanden aus dem Team verloren«, entgegnete er leise. »Es hätte niemand von uns dabei draufgehen sollen. Das war der Plan.«

Ordog schwieg. Nicht dass er den Ork gut gekannt hätte. Aber da sie den Bombenhagel durch die SOX und die Flucht aus der Zone überstanden hatten, ging ihm der unspektakuläre Tod des Runnerkollegen in den Bergen Andorras besonders nahe.

Eine einzige Kugel richtete mehr aus als Kon-Gardisten, Punks, Ghule, Schamanen, Drohnen, der Todesstreifen oder Bomben. Es machte ihn traurig, und die Verletzung steuerte nicht gerade dazu bei, dass er sich besser fühlte.

»Er wusste, was er tat«, meinte er nach einer Weile. »Und er wusste, was passieren kann.« Der Straßensamurai zuckte mit den Achseln und versuchte, gleichgültig zu wirken. »Runnerschicksal.«

»Er bekommt eine Abschiedsparty«, versprach Oneshot. »Wo er starb, macht für mich keinen Unterschied. Er starb für die Black Barons, und das macht ihn letztendlich zu einem von uns.« Seufzend erhob er sich, die anderen folgten seinem Beispiel. »Fertig machen. Der Krieg ist vorbei.«

Beckert übermittelte die Nachricht des Kapitäns an die Büchertruppe der Alexandriner. Sie delegierten gleich die Arbeit an ihn weiter und teilten ihn zum Schleppen der Folianten ein.

Da er keine besondere Lust hatte, sich die Hände schmutzig zu machen, nutzte er einen Telekinesespruch, um einen ganzen Stapel auf einmal in die Luft steigen zu lassen. Leise summend stieg er die Stufen hinunter, der Packen Wälzer schwebte vor ihm her. Beim Hören der Töne fiel ihm auf, dass er unbewusst die Ode »An die Freude« brummte. Es passte zu seiner Stimmung.

Der Professor, der in wenigen Wochen seine neue Stelle beim Bundesinnenministerium antreten würde, atmete auf, einige Minuten abseits von den Alexandrinern und Stadtkriegern, vor allem von diesem aufdringlichen Reporter zu sein.

Keiner hatte im Keller bemerkt, wie Aeternitas den Besitzer wechselte. Zozoria trug es in seinem Rucksack, wo der Professor es fand. Er nahm es an sich und schob das verhängnisvolle Werk hastig unter seine Panzerung. Dort befand es sich immer noch. Der fremde Magier, der ihn dabei mit riesigen Augen beobachtete, wurde praktischerweise von dem freien Geist beseitigt. Sandmann würde sich sehr über sein Mitbringsel freuen.

Das gefährliche Beschwörungsbuch, das hinter staatliche Schloss und Riegel gehörte, wäre nicht das Einzige, was er mit auf seine neue Stelle nahm. Leider gestalteten sich die Umstände seines Ausscheidens aus dem Amt als Präsident der Universität nicht sehr erbaulich. Eine Feier wäre ihm lieber gewesen.

In Gedanken versunken, achtete er nicht auf die Stufen und übersah ein quer verlaufendes Kabel, das zu einem der Sprengstoffpakete führte. Der kurze Widerstand reichte aus, um ihn ins Straucheln zu bringen und die nächste Stufe verfehlen zu lassen. Seine Konzentration erlosch schlagartig. Seine Hand griff vergebens nach dem Halt bietenden Geländer.

Zusammen mit den Büchern polterte Beckert die Treppe hinunter. Schon hörte er auf dem Absatz über sich die ersten Rufe. Fußschritte näherten sich, Menschen kamen, um nach ihm zu sehen.

Sein Blick war von der Wirkung des Aufpralls getrübt und klärte sich nur langsam. Intuitiv fasste er unter seine Kevlarweste. Aeternitas fehlte! Hastig wühlte er im Durcheinander aus Folianten, bis er das vermisste Buch fand.

Er wollte es gerade erleichtert hinter seine Panzerung schieben, als er einen identischen Einband zwischen zwei Wälzern entdeckte. Und noch einen. Und noch einen. Und …

Die Hitze der Aufregung schoss ihm in den Kopf. Es blieb ihm keine Zeit mehr, lange nachzudenken. Die ersten Tritte kamen die Stiegen hinunter.

Wahllos griff er sich eines von den insgesamt sieben zur Auswahl stehenden Exemplaren und steckte es ein.

Hände packten ihn und stellten ihn auf die Beine. »Alles in Ordnung, Herr Professor?«, erkundigte sich einer der Magier der Projektgruppe.

Schnell wandte sich Beckert ab, damit niemand in seine Augen schauen konnte. Wie gesagt, seine Schauspielkunst war miserabel. »Ja, ja, nichts passiert.«

Zu allem Elend wich der Alexandriner nicht mehr von seiner Seite und bestand darauf, ihm zu helfen. »Sie gehen nach oben und nehmen sich den nächsten Stapel. Ich mache das lieber, ehe Sie die gedruckten Schätze ein weiteres Mal fallen lassen.«

Er nahm die Bücher, packte sie in einen Alukoffer und verschwand mit seiner Last hinaus, wo der Transporthubschrauber gerade landete. Damit ergab sich keine Gelegenheit mehr, die Bücher zu überprüfen.

Nachdenklich legte der einstige Präsident der Jenenser Universität die Hand auf die Weste.

Je mehr er darüber nachdachte, desto sicherer war er sich, das Original gegriffen zu haben.

Zuerst starteten die von der Russian Icarus-Fluggesellschaft beschlagnahmten Privathubschrauber, danach hob sich der Transporthelikopter schwerfällig in die Luft. Die Flugmaschinen nahmen eine lockere Formation ein und orientierten sich zur spanischen Grenze hin. Leiser und leiser wurde das Donnern der Rotoren, bis die Berge nur noch das Echo zur Hochwiese trugen.

Rose Abongi stand in einem der Gärten und blickte den im Licht der untergehenden Sonne blinkenden Hubschrauberrümpfen nach.

Die Stadtkrieger hatten beschlossen, sie wie alle anderen Söldner und Verletzten der Gegenseite auf dem Plateau zurückzulassen. Es war ihrer Ansicht nach auf alle Fälle besser, als eine Kugel zwischen die Augen zu bekommen.

Für die Black Barons war die Angelegenheit mit dem Tod Zozorias erledigt. Nicht so für die Afrikanerin. Ihre Stunde brach mit dem Tod des »Männchens« erst an. Ein neues Rudel sollte entstehen.

Gerade als es still wurde, detonierten die ersten Sprengladungen. Nacheinander zerriss es die luxuriös eingerichteten Bauten, die Zozoria einst ein Vermögen gekostet hatten. Hunderttausende Nuyen vergingen in Explosionen und Flammenbällen. Schwere Rauchwolken stiegen in den Abendhimmel. Trümmerstücke hagelten in ihrer unmittelbaren Nähe nieder.

Die Frau drehte sich um. Regungslos betrachtete sie das Inferno, das durch das rücksichtslose Streben nach unendlichem Leben, nach der menschlichen Unendlichkeit ausgelöst worden war. Das war der Fehler, den Yakub begangen hatte. Die Rücksichtslosigkeit brachte seinen Plan zum Scheitern. Ihr würde das nicht passieren.

Direkt zu ihren Füßen schlug der schwarze Rest eines Holzstücks auf und bohrte sich mit der spitzen Seite in die Wiese. Rose erkannte ihren Irrtum. Vor ihr steckte Zozorias Gehstock, den die Explosion aus seinem Versteck zu ihr trug. Sie verstand es als Zeichen. Behutsam legte sie die Finger um den Totenschädelknauf. Damit hatte sie seine Nachfolge als Führerin des Rudels und des Reiches, das er einst beherrschte, akzeptiert.

Da hier nichts mehr zu retten war, würde sie sich auf den Weg nach Andorra la Vella machen und von der Katastrophe berichten, die sich ereignet hatte. Unterwegs würde sie sich eine Geschichte von Attentätern oder Räubern ausdenken oder von Runnern, die ein neidischer Konkurrent gegen ihren einstigen Geliebten aussandte. Die Stadtkrieger wollte sie aus der Sache raushalten. Die Wogen mussten sich nach dem Tod Zozorias erst glätten. Vor dem Entfachen eines neuen Sturms galt es, das Imperium des »Männchens« an sich zu reißen und zu sichern. Es würden genügend Hyänen und Schakale auftauchen. Ein starkes Rudel neu aufzubauen wäre umso wichtiger.

Alles andere hatte Zeit. Schließlich beabsichtigte sie, ewig zu bestehen. Gab es eine bessere Demütigung für die persönlichen Feinde, als sie schlicht zu überleben und auf ihren Gräbern zu tanzen? *Nein.*

Ihr Magen knurrte laut und erinnerte sie daran, dass sie seit mehr als vierundzwanzig Stunden nichts mehr gegessen hatte. Die Vorräte brannten munter vor sich hin. Somit suchte sie sich etwas anderes. Etwas Proteinreiches.

Der verletzte Samurai, der in letzter Sekunde vor den Detonationen geflüchtet war, winkte ihr von etwas oberhalb. »Señora Abongi, was machen wir? Wie kommen wir von hier weg?«

Sie begann zu seinem Erstaunen, ihre Kleider nach und nach abzulegen. Sogar ihre Unterwäsche zog sie aus und bot dem Mann einen Ausblick auf ihren nackten Körper.

»Ich laufe nach Andorra la Vella«, erklärte sie ihm, während sie die Sachen säuberlich zusammenlegte und mit einem Schnürsenkel verschnürte. Aus der zweiten dünnen Leine knotete sie eine Schlinge.

»Das schaffen Sie … niemals«, stotterte die Messerklaue. »Was machen Sie da?«

Sie erhob sich und kam auf ihn zu. »Ich habe mich vorbereitet. Aber bevor ich aufbreche, muss ich mich stärken.« Für einen Moment geriet sie außerhalb seines Sichtfelds.

»Señora?« Plötzlich sprang eine schwarze Löwin geschmeidig vor ihm auf den Felsen. »Todos santos! Que es …« Ohne Vorwarnung griff sie den Samurai an.

Eine Viertelstunde später war der Hunger der Raubkatze gestillt. Sie leckte sich die Pfoten und die Schnauze sauber und strich anmutig zu der Stelle, an der die Kleider von Rose lagen. Geschickt schlüpfte die Löwin mit dem Kopf durch die Schlaufe des Bündels.

Die schwarz gefärbte Raubkatze schenkte dem brennenden Anwesen noch einen letzten Blick aus den gelben Pupillen. Sie nahm den Gehstock behutsam zwischen die Kiefer, sprang davon und wurde eins mit der Dunkelheit.

ADL, Groß-Frankfurt, MaWie, 06. 07. 2058 AD, 20:21 Uhr

Drei Tage lang hatte sich Poolitzer mit seiner Ausrüstung von den Black Barons abgesetzt und werkelte wie ein Besessener an den Beiträgen über Aeternitas sowie über Zozorias Verstrickung in die Überfälle herum, bis er sich endlich zufrieden vom Computer erhob und das Ergebnis seiner Arbeit an den Sender überspielte.

Die Stadtkrieger genossen die Stille. Oneshot hielt zusammen mit der Mannschaft die Trauerfeier für Schibulski ab, die in ihrem Stadion stattfand. Die Pressestelle erklärte das Ableben des Brechers durch einen tragischen Unfall bei einem Training. Insgeheim informierten sie den Fanclub über den wahren Hintergrund. Die treuen Anhänger sollten wissen, dass die Black Barons den Überfall in Moskau weder vergessen noch vergeben hatten.

Weitere Erklärungen würden die Berichte des Seattler Reporters liefern. InfoNetworks hatte die letzten beiden Tage mit »exklusivem Material« geworben, das ein »weltweites Unternehmen zu Fall bringen würde«. Die Mainzer öffneten an diesem Abend ihr Stadion, um die Beiträge auf der Großbildleinwand zu übertragen.

Cauldron und Xavier erschienen ebenfalls in Mainz und wurden von den Stadtkriegern mit Handschlag begrüßt. Die Wiedersehensfreude war aufrichtig. Sogar Tattoo reichte der Magierin die Hand.

»Schade, dass Poolitzer nicht da ist«, kommentierte Xavier amüsiert. »Ein historischer Moment – und keine Kamera weit und breit.«

Der Elfin war es nicht recht, dass sie auf die Schippe genommen wurde. »Es ändert nichts an der Tatsache, dass ich Magie grässlich finde«, knurrte sie.

»Was hast du eigentlich gegen Magie?«, erkundigte sich Cauldron.

»Sie ist … unfair«, beharrte die Aufklärerin auf ihrem Standpunkt. »Weil sie Menschen besser macht als andere, ohne dass sie etwas dafür geleistet haben.«

»Okay. Dann muss ich es so akzeptieren«, entscheid die Rothaarige diplomatisch und gab Xavier einen schnellen Kuss.

Tattoo wurde von den Fans gebeten, Autogramme zu schreiben, und so tauchte sie in der Menge unter.

Xavier zog Cauldron etwas weg vom Eingang. In einer schattigen Ecke vor neugierigen Blicken verborgen, fasste er die Magierin an der Taille. Es fiel ihm schwer, die Finger von ihr zu lassen. Sie genossen die körperliche Zweisamkeit, da ihre Gefühle doch schon seit langem in Einklang waren. Er drückte ihr einen innigen Kuss auf den Mund. Ihre Lippen öffneten sich leicht.

»Das Tolle an Restlichtverstärkern ist, dass man mit ihnen selbst in den schummrigsten Ecken taghelle Aufnahmen machen kann«, hörten sie Poolitzer hämisch sagen.

Cauldron stieß die Luft aus. »Es wäre auch zu schön gewesen«, stöhnte sie entnervt. Die erotische Spannung war wie weggewischt. Eine kalte Dusche wirkte nicht weniger ernüchternd.

»Was Neid aus Menschen macht«, sagte Xavier nur. »Die Missgunst bringt sie dazu, glückliche Paare zu belauern.«

Der Reporter schaltete die Fuchi ab. »Unsinn, ihr versteht mich falsch«, klärte er sie auf. »Ich bastle an einem herzergreifenden Schluss, und ihr standet gerade so verliebt herum, dass ich euch unbedingt filmen musste. Im Anschluss an die Übertragung gibt es noch eine Fan-Vorführung mit dem Material, das ich für die Beiträge nicht benutzt habe. Es wird eine Hommage an die Stadtkrieger und an Schibulski.« Er klopfte auf seinen gepanzerten Rucksack. »Ihr werdet Augen machen, was ich alles dabei habe.«

Ein großer Tumult am Eingang machte sie auf den Einzug eines altbekannten Stadtkriegers aufmerksam. Andex schritt wie ein Triumphator durch die Menge und schüttelte Hände.

»Freigang!«, lautete seine gerufene Erklärung an die Menge. »Ich muss aber um Mitternacht wieder ins Bett. Weint nicht um mich, bei der nächsten Meisterschaft bin ich wieder dabei.« Er grüßte Poolitzer und hob die goldene Kühlerfigur, die von dem Transporter stammte, der ihn überfahren hatte. Der Reporter winkte zurück.

Nach und nach füllte sich das Stadion, auch wenn sich nur der harte Kern von rund sechstausend Menschen einfand. Tattoo wühlte sich durch die Menge und stellte sich neben den Rollstuhl, in dem Dice saß. Der Scout schenkte ihr ein gezwungenes Lächeln.

Selbst Tattoo spürte die enorme Traurigkeit, die von ihm ausging, wofür sie vollstes Verständnis hatte. Der Elf lebte für den Stadtkrieg und würde sein restliches Leben in einem Rollstuhl verbringen. Sie ging zu ihm und klopfte ihm an den Kopf, als habe er eine Dummheit begangen. »Na?«

»Selber na«, erwiderte er lahm. »Ich bin mal gespannt, was die Linse zusammengeschnitten hat. Wenn ich nicht heldenhaft aussehe, überfahre ich ihn mit meinem Rollstuhl.« Seine Finger trommelten demonstrativ gegen die Armlehnen. »Wir beide freunden uns gerade an«, erklärte er ihr. »Ich hasse ihn zwar, aber vorerst habe ich keine Wahl. Ein Eingriff wäre möglich, ist aber riskant …« Dices Haupt senkte sich. »Scheiße, machen wir uns nichts vor. Ich werde nie wieder spielen können, Tattoo. Ihr könnt mich als Ersatzteillager benutzen, wenn ihr wollt.«

Sie ging in die Hocke. *Toll. Ausgerechnet ich als Seelentrösterin.* »Hey, Dice. Willst du, dass ich mich aufrege? Du weißt, was dann los ist«, warnte sie. »Das Adrenalin zündet mich wie eine Rakete, ich flippe aus, schlage die ganze Bude zusammen, und die Fans verklagen mich. Also, erzähl gefälligst keine Scheiße. Karajan hat dir eine Stelle als zweiter Coach angeboten, und die …«

Erstaunt hob er den Kopf. »Woher …«

Sie packte ihn drohend an der Jacke. »… und die wirst du gefälligst annehmen, verstanden, Spitzohr? Dann müsste ich auf dich hören, ist das nichts?« Tattoos Finger lösten sich. »Bleib dem Stadtkrieg treu, Dice. Die Barons brauchen dich. Du musst die Neuen auf Vordermann bringen«, bat sie ihn und hielt ihm die Hand hin.

Nun musste der gelähmte Scout doch grinsen. »Scheiße, du kannst auch ohne die Stahlbeißer überzeugend sein, Tattoo.« Er schlug ein. »Wen meinst du mit den Neuen? Ordog und Michels müssen kaum was lernen.«

»Taktik, Spitzohr«, erinnerte ihn die Elfin. »Die können vielleicht gut ballern, und der Albino trifft respektabel. Aber von Taktik und Teamplay wissen sie noch nicht viel. Das wirst du ihnen beibringen.« Sie klopfte ihm gegen den Schädel, wie sie es immer tat, und wanderte weiter, um Andex mit einer Dose Starkbier zu begrüßen.

Der große Filmabend im Black Barons-Stadion begann mit einer Übertragung der InfoNetworks-Reportage über Aeternitas, und im Anschluss daran wurden die Verstrickungen von Antique Enterprises in die Diebstähle und Überfälle auf Museen und Sammlungen dokumentiert. Dabei wurde auch das Massaker in Moskau erwähnt, was bei den Fans und den Stadtkriegern unangenehme Erinnerungen wachrief. Zum Abschluss wurde gezeigt, wie unbekannte Söldner das Anwesen in Andorra stürmten.

Jeroquee, durch Computertechnik stimmlich und äußerlich verfremdet, bekam noch einen langen Auftritt, bei dem sie erzählte, wie Zozorias Unternehmen illegal magische Artefakte zum Weiterverkauf besorgte oder geschützte Pflanzen stahl.

Am Ende sah man eine breit lächelnde Professorin Vrenschel und eine etwas gequält strahlende Dr. Otte, wie sie die sechs Ausgaben von Aeternitas in einer Vitrine drapierten.

Fortan würden die entzauberten Fälschungen in der Universalbibliothek zu Weimar öffentlich zu bewundern sein. Dabei machte die Leiterin der Büchersammlung mehrmals deutlich, dass es sich um Fälschungen handelte. Das Original sei leider zerstört worden. Otte nickte heftig und pflichtete ihrer Vorgesetzten bei, wie es abgesprochen war. Niemand sollte auf die Idee kommen, dass Aeternitas noch existierte.

InfoNetworks schob hinterher, dass die Ermittlungsbehörden die Untersuchungen gegen Antique Enterprises aufgenommen hätten.

Unter dem Johlen der Menge legte Poolitzer die Scheiben mit dem unzensierten Material ein. Nun sah man die Black Barons und die Alexandriner beim Einsatz gegen die Messerklauen und Magier Zozorias, was zu atemloser Stille im Stadion führte. Vor allem die Sequenzen im Keller unter dem Gästehaus sorgten für fassungsloses Staunen. So etwas hatten die Mainzer Fans höchstens als gut gemachtes Trid oder BTL gesehen, aber niemals hätten sie es für möglich gehalten, dass so etwas geschehen könnte. Nach einer Stunde, die auch Einblicke in die Recherchen des Reporters gab, brandete Applaus auf. Poolitzer verließ den Regieraum und stellte sich dem Beifall des Publikums.

Als er auf der kleinen Bühne vor der Leinwand ankam, entdeckte der Hausmeister eine Scheibe, die der junge Mann vergessen hatte, in das Datenlesegerät zu schieben. Dachte er zumindest.

So war Poolitzers Verwunderung groß, als die Leinwand plötzlich mit neuen Szenen erhellt wurde. Da er mitten im Licht des Projektors stand und geblendet war, erkannte er die Sequenzen nicht, die auf die Leinwand geworfen wurden.

Am plötzlichen Schweigen der Masse erkannte er, dass es nichts war, was den Menschen gefiel. Die Boxen lieferten eine schräge Gesangseinlage von ihm. Er machte einen Schritt rückwärts, um das Geschehen besser zu verfolgen.

Man sah das Heck eines VW Sandstorm, der ruckartig auf den Bürgersteig abbog und anhielt. Eine Bierbüchse flog aus dem Fenster auf die Fahrbahn. Andex stieg unvermittelt aus dem Buggy und hob die Dose auf, während der Sandstorm mit qualmenden Reifen in die Straße einscherte.

Die Kamera, die in einem nachfolgenden Auto installiert sein musste, war jetzt ganz dicht am Rücken des Orks, lautes Hupen dröhnte aus den Stadionlautsprechern. »Aus dem Weg, du Arschloch!«, rief Poolitzers Stimme panisch aus dem Off. »Nein, nein, nein! Fuck!« Im nächsten Moment flog der Stadtkrieger über die Motorhaube. Dann endete die Aufzeichnung.

Die Flutlichtanlage des Stadions erwachte zum Leben. Der Reporter stand auf der Bühne wie ein erschrockenes Reh im Rampenlicht. Verkrampft lachte er.

»Gute Retuschierung, was? Sieht aus wie echt. Ist es aber nicht. Ehrlich«, scherzte Poolitzer. Ein Plastikbecher mit Bier flog heran und verfehlte ihn knapp. »Moment, Moment«, versuchte er die Lawine zu stoppen. Zu spät. Es hagelte Plastikgeschosse, bald war der Reporter klatschnass.

Andex hatte sich erhoben. In seiner Hand wog er die Kühlerfigur. »Dreimal darfst du raten, wo du die gleich hinbekommst«, meinte er voller boshafter Vorfreude.

Der junge Mann schaute auf seine Uhr. »Oh, sorry, ich muss noch woanders hin. InfoNetworks möchte mich sehen.« Er drehte sich um und lief langsam los. Ohne dass er es wollte, beschleunigten sich seine Schritte. Schweigend schritt er an den Fans entlang.

»Schnappt ihn!«, gab Andex das Signal. Die Fans sprangen von den Sesseln auf und rannten los. Der Seattler verfiel in einen rekordverdächtigen Sprint.

Tattoo, Cauldron, Jeroquee und die anderen Stadtkrieger schütteten sich aus vor Lachen. Sie wünschten dem Snoop, dass er es bis zum nächsten Taxi schaffte. Sonst würde sein guter Riecher garantiert leiden müssen.

ADL, Hannover, 26. 07. 2058 AD, 10:21 Uhr

Beckert stellte die beiden Koffer auf den Tisch von Staatssekretär Rüdiger Sandmann. »Bitte sehr. Abschriften aller Berichte zu magischen Forschungsprojekten, die in meiner Amtszeit in Jena durchgeführt wurden«, erklärte er dem Bundesbeamten die Datenmenge. »Es sind teilweise Ausdrucke, weil ich an die eigentlichen Dateien wegen der Sicherung nicht mehr kam.« Der ehemalige Präsident der Universität legte zwei Boxen mit CDs darauf. Zweifel, das Richtige getan zu haben, befielen ihn nicht. Die Ereignisse um das Buch bestärkten ihn in seiner Ansicht, dass Magische in der ADL besser kontrolliert werden sollten. »Und das sind noch mehr Berichte von der Doktor-Faustus-Verbindung. Ich hoffe, Sie können etwas damit anfangen.«

Beeindruckt schaute Sandmann auf das Mitbringsel des Mannes, den er dazu gebracht hatte, die Seiten zu wechseln. »Sehr interessant, Professor. Ich lasse es gleich erfassen.«

»Lassen Sie das sofort wegsperren«, fügte Beckert hinzu. Er legte ein Buch auf die graue Arbeitsplatte. »Das ist Aeternitas. Das Original.«

Der Bundesbeamte streckte die Hand aus, um es durchzublättern. »Ach? Wurde nicht erst vor kurzem gemeldet, das Original sei zerstört worden?«

Beckert schüttelte lächelnd den Kopf. »Es ist zu gefährlich, um es Runnern und Alexandrinern zu überlassen. Da requirierte ich es, wie wir es vereinbart hatten. Haben Sie eine adäquate Aufbewahrungsstätte, Herr Sandmann?«

Der Staatssekretär strahlte. »Sie sind ein Glücksfall für uns, Professor.« Die Tür öffnete sich, und zwei Sicherheitsbeamte traten ein. Wortlos nahmen sie das Buch sowie die Datenträger an sich und verschwanden wieder. »Wir haben einen Tresor unter dem Gebäude, der magisch gesichert ist. Dort bringen die netten Herren Ihre Informationen und Aeternitas vorerst in Sicherheit, bis wir nächstes Jahr voll in Aktion treten dürfen. Bis dahin beschränken wir uns aufs Sammeln.« Er blickte auf seine Uhr. »Oh. Entschuldigen Sie mich bitte, Professor. Ich muss zu einer Besprechung. Die leidige Routine.« Sandmann erhob sich und begleitete Beckert zur Tür. »Sie können sich nicht vorstellen, wie sehr ich darauf warte, dass wir das Bundesamt für Hermetik und Hexerei offiziell eröffnen.« Er winkte eine schwarzhaarige Frau heran. »Das ist meine Referentin Monika.

Sie wird Ihnen Ihr Büro zeigen. Sie nehmen Ihre Ausdrucke mit und schreiben Sie in aller Ruhe ab. Niemand soll Einblick erhalten, daher ist das eine vertrauensvolle Aufgabe für Sie. Morgen gehen wir zusammen Kaffee trinken und bereden alles Weitere.«

Ehe der Akademiker etwas zu sagen vermochte, schloss sich die Tür. Die Koffer mit den Unterlagen standen rechts und links neben ihm.

Charmant lächelnd und Hüften schwingend, lotste ihn die Dame in einen steril eingerichteten Raum am Ende des Ganges, in dem sich nichts außer einem Schreibtisch, einem Stuhl und einem Computer befand. Monika ging wieder.

Verloren nahm Beckert auf der Sitzgelegenheit Platz. Er wühlte in den Blättern und entdeckte den zweiten, überarbeiteten Aufsatz von Dr. Scutek, in dem der Thaumaturge eine abenteuerliche Theorie über Rodin aufstellte und darum bat, sie veröffentlichen zu dürfen.

Scuteks Ansicht nach war Rodin eine magische Mutation. Seine Veranlagung konterte jede Konfrontation mit Magie reflexhaft mit einer genauso intensiven Gegenwelle. Dabei zapfte er unbewusst die benötigte astrale Energie über den gegen ihn gerichteten Spruch aus dem Astralraum und brachte den Zauber somit zum Zusammenbrechen.

»Interessant. Aber nicht mehr von Relevanz, Herr Kollege«, diagnostizierte der Professor halblaut. Rodin hatte seinen Wert verloren. Offenbar kämpfte er mit den gleichen Nebenwirkungen, unter denen ein Magischer litt, wenn er schwere Verletzungen davontrug und von steriler Schulmedizin behandelt wurde. Je mehr technische Apparate man zum Einsatz brachte, desto mehr verflüchtigte sich die Gabe, mit Magie zu hantieren.

Er steckte den Aufsatz zurück in den Koffer. Mit dem Lesen hatte er gerade einmal zehn Minuten verbracht.

Der Computer war nicht angeschlossen, wie er feststellte. Zur Untätigkeit verurteilt, starrte er auf die weiße Wand. So hatte er sich seine Aufgabe nicht vorgestellt.

Russland, St. Petersburg, 07. 08. 2058 AD, 10:21 Uhr

»Und somit vermache ich alle meine Besitztümer und Unternehmen Ignazio Galoña«, verlas der russische Notar in schlechtem Englisch. »Sollte Ignazio Galoña zu diesem Zeitpunkt nicht mehr leben, geht mein Besitz an Rose Abongi über. St. Petersburg, 20. Juni 2054«, beendete der Mann seine Vorlesestunde. »Wenn Sie das Erbe antreten möchten, unterschreiben Sie bitte hier.« Er schob der Afrikanerin das Formular und einen Stift hin.

Rose nahm den Stift in die Hand. Sie zögerte und dachte an die Schwierigkeiten, die ihr mit der Unterschrift blühten.

Die Polizeibehörden verschiedener Länder, die Steuerfahndung und andere Institutionen stürzten sich seit der Berichterstattung wie die Geier auf Antique Enterprises und die Fitting Company. Etliche Konten waren eingefroren, das Geld wurde knapp.

Schakale und Hyänen witterten ihre Chance, nachdem der Löwe gestorben war. Verschiedene Vorstandsmitglieder erklärten, dass sie der Nachfolger von Yakub Estefan Zozoria seien, woanders brannten ranghohe Angestellte mit dem Inhalt des Safes durch.

Sie selbst war in den letzten zwei Monaten kaum zur Ruhe gekommen. Sie reiste von Niederlassung zu Niederlassung, um die Gemüter der Angestellten und Kunden zu beruhigen, und präsentierte sich als Erbin, ohne von den meisten wirklich ernst genommen zu werden. Viele betrachteten sie als die »schwarze Perle«, die Yakubs Autos fahren durfte und sich von ihm flachlegen ließ.

Sie täuschten sich. Sie täuschten sich alle. Den Beweis wollte sie bald erbringen. Sobald ihr neues Rudel entstand, würde keiner der schwarzen Löwin ihren Anspruch mehr streitig machen. Schwungvoll setzte sie ihren Namen auf die Linie.

»Vielen Dank.« Der Notar schüttelte ihre Hand und siegelte das Dokument. »Ich lasse Ihnen beglaubigte Kopien ausstellen, schriftliche und elektronische, damit Sie keine Schwierigkeiten haben.«

»Ich habe zu danken«, erwiderte sie höflich. »Sie kennen die Adresse, wohin Sie die Unterlagen bringen lassen.« Rose nahm ihren beigefarbenen Sommermantel und warf ihn über ihr hautenges champagnerfarbenes Kleid. »Auf Wiedersehen.«

Der Notar hielt ihr die Tür auf und deutete eine Verbeugung an.

Mit dem geschätzten Bentley ging es nach Hause, nur mit dem Unterschied, dass sie sich fahren ließ.

Bis Ende des Jahres würde sie die Geschäfte des kränkelnden Imperiums von Russland aus führen. Die Behörden waren für Zuwendungen empfänglicher als in den UCAS, und somit hielt sie sich eventuelle Bluthunde vom Hals, bis sie die internen Dinge geregelt hatte. Einige der Stärkeren standen in der Vorauswahl, sich ihrem Rudel anschließen zu dürfen. Fähige Weibchen gab es genug, nur gute Männchen waren selten.

St. Petersburg war ein Traum. Kein Albtraum, sondern ein Sommernachtstraum, der ihr beim Abschalten half. Rose würde zwei Tage nichts tun, außer Kraft zu tanken. Die Häuserzeilen der ehrwürdigen Stadt flogen an den Scheiben der Limousine vorüber. Sie dirigierte den Fahrer an der Peter-und-Pauls-Festung, am Menschikow-Palast und am Winterpalast sowie der Isaaks-Kathedrale vorbei, um sich an den Prachtbauten zu erfreuen.

Nach einem hervorragenden Essen im *Zar Peter* kehrte sie in das Appartement zurück, in dem sie und Yakub einige sehr schöne Stunden verbracht hatten.

Sie vermisste ihn, als Liebhaber und als Mentor. Die Afrikanerin öffnete die Fenster zur Dachterrasse und ließ die Sommerluft ins Innere strömen. Die Gardinen wehten sachte im lauen Wind.

Ein wenig ausspannen, bevor ich um mein Reich, mein Territorium kämpfe, dachte sie eindösend. *Nur ein wenig schlafen.*

Wie lange sie schlummerte, konnte sie bei ihrem Erwachen nicht einschätzen. Draußen senkte sich die Sonne dem Horizont entgegen und tauchte den Himmel in dunkles Rot. Gähnend stand sie auf, um das Fenster zu schließen. Es wurde empfindlich kalt, sobald die wärmenden Strahlen fehlten.

Ich werde mir noch etwas zu essen machen und dann zu Bett gehen, beschloss sie. Ihre Augen bewunderten die Altstadt von St. Petersburg. Es war einfach schön. Fröstelnd legte sie die Arme um ihren Körper. *Aber es ist definitiv zu kalt für eine Löwin.*

Rose wandte sich um und erstarrte. Zwei Meter vor ihr flirrte die Luft äußerst intensiv.

»Ich biete unendliches Leben«, hörte sie die freundliche Stimme des Elementars, »und unendliche Reichtümer. Lass mich in dich …«

Das Flimmern kam näher.

Lesen Sie weiter in:

MARKUS HEITZ

Schattenläufer